SANG D'ENCRE

DU MÊME AUTEUR

L'appel du Coucou, Grasset, 2013.
Le Ver à soie, Grasset, 2014.
La Carrière du Mal, Grasset, 2016.
Blanc mortel, Grasset, 2019.
Sang trouble, Grasset, 2022.

ROBERT GALBRAITH

SANG D'ENCRE

roman

Traduit de l'anglais
par PERRINE CHAMBON

BERNARD GRASSET
PARIS

L'édition originale de cet ouvrage a été publiée en 2022 par Sphere
sous le titre :

THE INK BLACK HEART

Couverture : Design et image : Duncan Spilling © Little,
Brown Book Group Ltd 2022
Scene photography : Figures – Duncan Spilling
Scene – ©iStock and Shutterstock

ISBN : 978-2-246-83666-7

À Steve et Lorna,
ma famille, mes amis,
deux remparts contre l'anomie
avec amour

Il existe deux formes d'obscurité. L'une est la nuit…
L'autre la cécité.

Mary Elizabeth COLERIDGE,
Doubt

PROLOGUE

Les blessures du cœur sont souvent fatales, mais pas forcément.

Henry GRAY,
Membre de l'Académie des sciences,
Gray's Anatomy

1

Pourquoi as-tu ainsi laissé tes yeux se poser sur moi,
Et retenu ta respiration ?
En tout temps, cela ne pourra être
Et n'aura jamais été.

Mary Elizabeth COLERIDGE,
A Moment

De tous les couples présents au Rivoli Bar du Ritz ce jeudi soir-là, les deux personnes qui, manifestement, s'amusaient le plus, n'étaient en réalité pas en couple.

Cormoran Strike et Robin Ellacott, détectives privés, associés et meilleurs amis, fêtaient les trente ans de Robin. Ils avaient ressenti une légère gêne, l'un comme l'autre, en arrivant dans ce bar semblable à un coffret à bijoux art déco, avec ses murs au lambris foncé, ses dorures et ses panneaux en verre fumé signés Lalique, car ils étaient conscients qu'en presque cinq années d'amitié, c'était leur première sortie de ce type. Ils n'avaient encore jamais passé de soirée tous les deux en dehors du travail, sans amis ni collègues, et sans un prétexte extérieur (comme la blessure infligée involontairement par Strike à Robin quelques semaines plus tôt, qui lui avait valu deux cocards et un curry à emporter en guise de compensation).

Plus inhabituel encore, ils étaient reposés et s'étaient faits beaux. Robin portait une robe bleue ajustée, ses longs cheveux blond vénitien détachés, et les coups d'œil suggestifs que lui avaient adressés les hommes installés au bar quand elle l'avait traversé n'avaient pas échappé à son associé. Il l'avait déjà complimentée sur l'opale qu'elle portait au creux de son cou, cadeau de ses parents pour ses trente ans. Sertie de minuscules diamants, elle irradiait dans la lumière tamisée du bar et, dès que Robin bougeait, des éclats écarlates scintillaient au cœur de la pierre.

Strike portait son costume italien préféré assorti d'une chemise blanche et d'une cravate foncée. Le nez cassé, légèrement en surpoids, sa ressemblance avec Beethoven était d'autant plus frappante qu'il avait rasé le bouc qu'il s'était dernièrement laissé pousser, mais le sourire chaleureux de la serveuse qui servit à Strike son premier Old Fashioned rappela à Robin ce que la nouvelle épouse de son ex-mari, Sarah Shadlock, avait dit un jour au sujet du détective :

— Il est étrangement séduisant, non ? Du genre un peu amoché, mais ça ne m'a jamais dérangée.

Quelle menteuse ! Sarah aimait les hommes à la beauté lisse, comme le prouvait sa conquête, à l'issue d'une cour acharnée, de Matthew.

Assis l'un en face de l'autre sur des sièges à motif léopard, Strike et Robin avaient dans un premier temps parlé travail, histoire de dissiper ce léger embarras. Ils avaient chacun siroté un cocktail tout en énumérant les affaires en cours à l'agence, et leurs éclats de rire avaient commencé à attirer l'attention des clients comme des serveurs. Robin eut bientôt les yeux brillants et les joues rosies, et même Strike, beaucoup plus costaud que son associée et qui tenait bien l'alcool, avait bu assez de bourbon pour se sentir agréablement gai et détendu.

Après leur deuxième cocktail, leur discussion devint plus personnelle. Strike, fils illégitime d'une rock star qu'il n'avait rencontrée que deux fois, confia à Robin que l'une de ses demi-sœurs, Prudence, voulait faire sa connaissance.

— Quelle est sa place dans la famille ? demanda Robin.

Elle savait que le père de Strike avait été marié trois fois, et que son associé était le fruit d'une rencontre d'un soir avec une femme que la presse avait taxée de « supergroupie », mais elle connaissait mal le reste de l'arbre généalogique.

— C'est l'autre enfant illégitime. Elle a quelques années de moins que moi. C'est la fille de cette actrice métisse, Lindsey Fanthorpe. Elle a joué dans plein de trucs, *EastEnders*, *The Bill*…

— Tu as envie de rencontrer Prudence ? demanda Robin en adoptant le tutoiement, comme ils en étaient convenus.

— Je ne sais pas trop. Au fond de moi, je me dis que j'ai déjà bien assez de famille. Et puis, elle est psy.

— De quel genre ?

— Jungienne.

Son expression, mélange de méfiance et de dégoût, amusa Robin.

— Qu'est-ce qu'il y a de mal à être une psy jungienne ?

— Je sais pas… Je la trouvais sympa quand on s'envoyait des textos, mais…

Tout en cherchant les mots justes, Strike posa les yeux sur le panneau de bronze fixé au mur au-dessus de la tête de Robin, à l'effigie de Leda nue que fécondait un Zeus en forme de cygne.

— … eh bien, elle prétendait que pour elle non plus ça n'avait pas été facile d'avoir un père pareil. Mais quand j'ai découvert ce qu'elle faisait dans la vie…

Il s'interrompit. Il but une gorgée de bourbon.

— Tu as trouvé qu'elle avait manqué de sincérité ?

— Pas exactement…, reprit-il en poussant un soupir. J'ai entendu assez de psys de supermarché expliquer ma vie en fonction de ma soi-disant famille. Dans un de ses textos, Prudence m'a dit qu'elle trouvait ça « apaisant » d'avoir pardonné à Rokeby… Mais bon, on s'en fout, c'est ton anniversaire, parlons plutôt de *ta* famille. Qu'est-ce qu'il fait dans la vie, ton père ? Tu ne m'en as jamais parlé.

— Ah bon ? Il est professeur en science vétérinaire des moutons, production et reproduction.

Strike s'étrangla avec son cocktail.

— Qu'est-ce que ça a de drôle ?

— Pardon, s'excusa Strike tout en toussant et riant. Je ne m'attendais pas à ça, c'est tout.

— C'est un ponte dans son domaine, je te ferais remarquer, précisa Robin en feignant d'être vexée.

— Professeur en science vétérinaire… C'était quoi la suite, déjà ?

— Des moutons, production et reprod… Mais enfin, qu'est-ce que ça a de *si* drôle ? répéta Robin alors que Strike gloussait une seconde fois.

— Je sais pas, peut-être le côté « production » et « reproduction ». Et aussi le mouton.

— L'énoncé complet de sa fonction compte soixante-quatre lettres. J'ai compté, quand j'étais petite.

— Très impressionnant.

Il avala une nouvelle gorgée de bourbon tout en essayant de paraître sérieux et reprit :

— Alors, à quel moment a-t-il commencé à s'intéresser aux moutons ? C'est une passion de toujours ou bien est-ce qu'un mouton en particulier lui a tapé dans l'œil quand il était…

— Il ne les *baise* pas, Strike !

Le nouvel éclat de rire du détective lui valut quelques regards de leurs voisins.

— Son frère aîné a hérité de la ferme familiale, alors mon père s'est lancé dans des études de vétérinaire à Durham et voilà, il s'est spécialisé dans… Mais arrête de rigoler, bon sang ! Il est aussi rédacteur en chef d'un magazine.

— S'il te plaît, dis-moi que ça parle de moutons.

— Absolument. Ça s'appelle *Tout sur le mouton*, et avant que tu poses la question : non, il n'y a pas de rubrique intitulée « Courrier du mouton ».

Cette fois, toute la clientèle du bar profita de l'hilarité de Strike.

— Moins fort, lui dit Robin en souriant, mais bien consciente qu'on les regardait maintenant avec insistance. Il ne manquerait plus qu'on soit *encore* exclus d'un bar de Londres.

— On s'est pas fait exclure de l'American Bar, si ?

Les souvenirs que Strike avait du Stafford Hotel, où il avait tenté d'envoyer un coup de poing à un suspect, étaient flous, non parce qu'il était ivre mais parce qu'il avait été en proie à une rage aveuglante.

— Ils ne nous ont peut-être pas exclus *explicitement*, mais essaie d'y retourner et tu verras l'accueil qu'ils te réservent.

Robin picora l'une des dernières olives qui avaient accompagné leur première tournée.

Strike avait déjà terminé toutes les chips.

— Le père de Charlotte avait des moutons, dit Strike.

Robin ressentit aussitôt ce petit frisson d'intérêt, habituel lorsqu'il mentionnait son ex-fiancée, ce qui n'arrivait presque jamais.

— Ah bon ?

— Ouais, sur l'île d'Arran. Il avait une énorme baraque avec sa troisième femme. Il élevait des animaux pour son plaisir, tu sais. Sans doute un moyen de défiscaliser. C'était des machins hideux, les moutons je veux dire, je me rappelle plus le nom de la race. Noirs et blancs. Avec des cornes énormes et des yeux jaunes.

— Ça ressemble à des Jacob, dit Robin, et en voyant le sourire de Strike, elle poursuivit : J'ai grandi avec des piles énormes de *Tout sur le mouton* à côté des toilettes, alors forcément, je connais les races… C'est comment, l'île d'Arran ?

Ce qu'elle avait réellement envie de demander c'était : Elle est comment, la famille de Charlotte ?

— Joli, dans mon souvenir, mais je ne suis allé qu'une seule fois dans cette maison. On m'a jamais réinvité. Le père de Charlotte m'a détesté au premier regard.

— Pourquoi ?

Strike avala le reste de son cocktail avant de répondre.

— Eh bien, pour un certain nombre de raisons, mais je crois que la principale, c'est que sa femme a essayé de me séduire.

Robin lâcha un « oh » de surprise plus sonore qu'elle ne l'avait voulu.

— Ouais. Je devais avoir vingt-deux, vingt-trois ans. Elle, au moins quarante. Très belle, si on apprécie le côté maigre des accros à la coke.

— Qu'est-ce qui s'est passé ?

— On était allés sur l'île pour le week-end. Schéhérazade – la belle-mère – et le père de Charlotte étaient de très gros buveurs. La moitié de la famille avait aussi des problèmes de drogue, tous les demi-frères et sœurs. Après le dîner, on est restés à boire tous les quatre. Son père ne m'avait pas beaucoup apprécié, dès le départ ; il avait espéré quelqu'un de mieux né. Il nous avait installés, Charlotte et moi, dans des chambres séparées, à des étages différents. Je suis monté dans ma chambre sous les toits, vers deux heures du matin, je me suis déshabillé, je me suis effondré dans le lit, complètement bourré, et quelques minutes plus tard, la porte s'est ouverte. J'ai pensé que c'était Charlotte, évidemment. Il faisait complètement noir dans la pièce. Je me suis décalé, elle s'est glissée à côté de moi…

Robin prit conscience qu'elle avait la bouche ouverte et la referma.

— … nue. J'ai pas bougé d'un pouce, j'avais avalé quasiment une bouteille de whisky. Elle a… heu… tendu la main vers moi, si tu vois ce que je veux dire…

Robin se couvrit la bouche.

— On s'est embrassés, et c'est seulement quand elle a murmuré à mon oreille qu'elle m'avait vu regarder ses seins au moment où elle s'était penchée au-dessus du feu que je me suis rendu compte que j'étais au lit avec la maîtresse de maison. Ça n'a aucune importance, mais je n'avais pas regardé ses seins. Je me préparais à la rattraper. Elle était tellement bourrée que j'avais peur qu'elle trébuche dans la cheminée en essayant d'y jeter une bûche.

— Qu'est-ce que tu as fait ?

— J'ai bondi du lit comme si j'avais un bâton de dynamite dans le cul, répondit Strike alors que Robin recommençait à rire, j'ai heurté la table de toilette, je l'ai renversée et j'ai cassé un énorme broc victorien. Elle s'est contentée de ricaner. J'ai eu l'impression qu'elle s'attendait à ce que je me remette au lit avec elle une fois le choc passé. J'étais en train de chercher mon caleçon dans le noir quand Charlotte, la vraie, a ouvert la porte.

— Oh, l'horreur !

— Et elle a pas trop aimé de me trouver nu avec sa belle-mère. Difficile de dire lequel de nous deux elle avait le plus envie de tuer. Son hurlement a réveillé Sir Anthony. Il a déboulé à l'étage dans sa robe de chambre de brocart, mais il était trop bourré pour la nouer correctement. Il a allumé la lumière, planté là, une canne-siège à la main, sans se rendre compte que sa bite pendouillait jusqu'à ce que sa femme le lui fasse remarquer : « Anthony, on voit ton zizi. »

Robin riait tellement fort à présent que Strike dut attendre qu'elle se calme pour continuer son histoire. Au bar, non loin de leur table, un homme aux cheveux argentés observait Robin, un petit sourire narquois sur les lèvres.

— Et ensuite ? demanda-t-elle à bout de souffle en se tapotant les yeux avec la miniserviette en papier qui accompagnait sa boisson.

— D'après mes souvenirs, Schéhérazade n'a pas jugé utile de se justifier. Elle avait l'air de prendre tout ça à la rigolade. Charlotte lui a sauté dessus, et j'ai dû la retenir. Quant à Sir Anthony, il semblait me juger responsable parce que je n'avais pas fermé ma porte à clé. Charlotte paraissait un peu de cet avis. Mais mon enfance dans des squats avec ma mère ne m'avait pas vraiment préparé à ce qu'il fallait attendre de l'aristocratie. D'un autre côté, il faut dire que les gens se comportaient bien mieux dans les squats.

Strike leva la main pour indiquer à la serveuse souriante qu'ils étaient prêts à commander d'autres boissons, et Robin, qui avait mal aux côtes à force de rire, se leva.

— Faut que j'aille aux toilettes, dit-elle dans un souffle.

L'homme aux cheveux argentés assis sur un tabouret de bar la suivit du regard quand elle s'éloigna.

Leurs verres étaient petits mais les cocktails très forts, et Robin, qui passait la plus grande partie de sa vie en planque, chaussée de baskets, n'avait plus l'habitude de porter des talons. Elle dut agripper fermement la rampe pour descendre l'escalier couvert de moquette rouge menant aux toilettes, qui étaient plus majestueuses que toutes celles qu'elle avait fréquentées jusque-là. Tapissée de rose poudré tel un macaron à la fraise, la pièce comprenait des lavabos circulaires en marbre, un canapé en velours et des fresques murales représentant des nymphes déambulant dans des lacs parsemés de nénuphars.

Quand elle eut terminé, Robin lissa sa robe et vérifia son mascara dans le miroir, s'attendant à ce qu'il ait coulé à force d'avoir ri. Tandis qu'elle se lavait les mains, elle repensa à l'histoire que venait de lui raconter Strike. Même si elle l'avait trouvée drôle, elle était aussi légèrement intimidante. En dépit du large éventail des vicissitudes humaines, la plupart liées au sexe, que Robin avait pu rencontrer au cours de sa carrière de détective, elle se sentait, sur le plan personnel, novice et naïve comparée à d'autres femmes de son âge. Sa propre expérience des sentiers aventureux de la sexualité était inexistante. Elle n'avait connu en tout et pour tout qu'un seul partenaire et avait particulièrement besoin de faire confiance à la personne avec qui elle couchait, pour de bonnes raisons. Un homme mûr atteint de vitiligo sous l'oreille gauche avait un jour affirmé devant un tribunal qu'à dix-neuf ans, Robin l'avait attiré sous un escalier sombre pour avoir un rapport sexuel avec lui et qu'il l'avait étranglée jusqu'à ce qu'elle perde connaissance parce qu'elle lui aurait affirmé qu'elle « aimait quand ça fait mal ».

— Je crois qu'il vaudrait mieux que je passe à l'eau, annonça Robin cinq minutes plus tard en se rasseyant lourdement en face de Strike. Ces cocktails sont costauds.

— Trop tard, répliqua Strike alors que la serveuse posait une nouvelle tournée devant eux. Un sandwich, ça te dit, pour éponger un peu ?

Il lui passa le menu. Les prix étaient exorbitants.

— Non, écoute…

— Je ne t'aurais pas invitée au Ritz si je n'étais pas prêt à casser ma tirelire, dit Strike avec un large geste de la main. J'aurais bien commandé un gâteau, mais…

— Ilsa l'a déjà fait pour demain soir, c'est ça ?

Le lendemain soir, un groupe d'amis, dont Strike, se réuniraient autour d'un dîner pour l'anniversaire de Robin, organisé par leur amie commune.

— C'est ça. Je n'étais pas censé te le dire, alors tu feras semblant d'être surprise. Qui vient à ce dîner, d'ailleurs ?

Il était assez curieux de savoir s'il y aurait des inconnus, notamment des hommes.

Robin énuméra les noms des couples.

— … et toi et moi, conclut-elle.

— C'est qui, Richard ?

— Le nouveau copain de Max.

Max était son colocataire et propriétaire, un acteur qui louait une chambre pour pouvoir rembourser son emprunt.

— Je commence à me demander s'il n'est pas temps pour moi de déménager, ajouta-t-elle.

La serveuse apparut, et Strike lui commanda deux sandwiches avant de revenir à Robin.

— Pourquoi tu envisages de déménager ?

— La série dans laquelle joue Max marche super bien et ils viennent de commander une deuxième saison. En plus, Richard et lui ont l'air très attachés l'un à l'autre. Je n'ai pas envie d'attendre qu'ils me demandent de partir. Et puis, j'ai trente ans, dit-elle avant de boire une gorgée de son nouveau cocktail. Il est temps que je vive seule, tu crois pas ?

Strike haussa les épaules.

— Je suis pas du genre à penser qu'il faut faire certaines choses à un certain âge. C'est plutôt la spécialité de Lucy.

Lucy était la sœur avec laquelle il avait passé la plus grande partie de son enfance, parce qu'ils avaient la même mère. Lucy et lui avaient en général des avis opposés concernant les plaisirs de la vie et ses priorités. Elle était désespérée de voir que Strike, à bientôt quarante ans, continuait de vivre seul dans un deux-pièces qu'il louait au-dessus de son bureau, sans les obligations liées à la stabilité – une épouse, un emprunt, des réunions parents-profs, d'incontournables fêtes de Noël entre voisins – que leur mère, avant lui, s'était toujours arrangée pour esquiver.

— Bref, je pense qu'il est temps d'avoir mon propre appart, reprit Robin. Wolfgang va me manquer, mais…

— C'est qui, Wolfgang ?

— Le teckel de Max, répondit-elle, étonnée par le ton sec de Strike.

— Oh… j'ai cru que c'était un Allemand dont tu t'étais entichée.

— Ha… non.

Elle se sentait complètement pompette, à présent. Elle espérait que les sandwiches allaient faire leur effet.

— Non, c'est pas le genre de Max d'essayer de me caser avec des Allemands. Ça me change, je dois dire.

— Il y a beaucoup de gens qui essaient de te caser avec des Allemands ?

— Pas forcément avec des Allemands, mais… Tu sais ce que c'est. Vanessa n'arrête pas de me tanner avec Tinder et ma cousine Katie veut que je rencontre un de ses amis qui vient d'arriver à Londres. Ils le surnomment Colgate.

— Colgate ? répéta Strike.

— Oui, à cause de son nom… Bref, j'ai oublié les détails, expliqua Robin avec un vague geste de la main. Comme il vient de divorcer, Katie a pensé qu'on serait parfaits l'un pour l'autre. Je ne vois pas en quoi ça pourrait rendre deux personnes compatibles, uniquement parce qu'elles ont toutes les deux foiré leur mariage. En fait, au contraire…

— Tu n'as pas foiré ton mariage.

— Si. Je n'aurais jamais dû épouser Matthew. C'était une catastrophe, et ça n'a fait qu'empirer ensuite.

— C'est lui qui t'a trompée.

— Mais c'est moi qui n'avais pas envie d'être avec lui. C'est moi qui ai voulu le quitter pendant la lune de miel, avant de me dégonfler…

— Ah bon ?

— Oui. Au fond de moi, je savais qu'on faisait complètement fausse route.

L'espace d'un instant, elle fut transportée de nouveau aux Maldives, vers ces nuits tièdes où elle marchait seule sur le sable blanc, devant leur villa, pendant que Matthew dormait, à se demander si elle était amoureuse de Cormoran Strike.

Les sandwiches arrivèrent et Robin demanda un verre d'eau. Pendant une minute environ, ils mangèrent en silence, jusqu'à ce que Strike dise :

— Moi, je ne m'inscrirais pas sur Tinder.

— Tu parles pour toi ou tu me déconseilles de le faire ?

— Les deux, reconnut Strike qui avait réussi à terminer son premier sandwich et à attaquer le second avant que Robin ait avalé deux bouchées. Dans notre job, ce n'est pas très malin de s'exposer sur Internet.

— C'est ce que j'ai dit à Vanessa. Mais elle a suggéré que j'utilise un faux nom jusqu'à ce que je trouve quelqu'un qui m'intéresse.

— Rien de tel que de mentir sur ton identité pour entamer une relation basée sur la confiance, commenta-t-il.

Robin rit de nouveau.

Strike commanda de nouveaux cocktails, et Robin ne protesta pas. Il y avait plus de monde au bar maintenant qu'à leur arrivée, le murmure des conversations avait augmenté et les cristaux suspendus aux chandeliers étaient nimbés d'une auréole brumeuse. Robin ressentait à présent de l'affection pour toutes les personnes présentes dans la pièce, sans distinction, autant pour le couple âgé bavardant doucement autour d'une coupe de champagne que pour les barmen affairés vêtus de vestes blanches, et pour l'homme aux cheveux argentés qui lui souriait tandis qu'elle regardait autour d'elle. Mais surtout, elle ressentait de l'affection pour Cormoran Strike qui lui offrait une soirée d'anniversaire merveilleuse, mémorable et coûteuse.

Quant à lui, Strike, qui n'avait pas, en toute sincérité, reluqué les seins de Schéhérazade Campbell à cette époque lointaine, il faisait son maximum pour se montrer aussi irréprochable envers son associée, mais elle était plus belle que jamais : les joues rosies par l'alcool et la bonne humeur, ses cheveux blond vénitien brillant à la douce lumière du plafonnier-coupole. Quand elle se pencha subitement en avant pour ramasser le petit sac violet Liberty qui contenait le cadeau de Strike, celui-ci aperçut le creux profond de son décolleté, là où reposait son opale.

— Le parfum, dit-elle en se redressant. J'ai envie d'en mettre un peu.

Elle dénoua le ruban, ouvrit le paquet, en sortit le petit flacon blanc cubique, et Strike la regarda s'en déposer une goutte sur chaque poignet puis – il s'efforça de détourner les yeux – entre les seins.

— J'adore, commenta-t-elle en humant son poignet. Merci.

De là où il était assis, il perçut un effluve de parfum : malgré un odorat altéré par des années de tabagisme, il détecta une senteur de roses aux nuances musquées qui lui évoquait une peau caressée par le soleil.

Leurs nouveaux cocktails arrivèrent.

— Je crois qu'elle a oublié mon verre d'eau, constata Robin en sirotant son Manhattan. Ce sera mon dernier. Je ne porte presque plus jamais de talons. J'ai pas envie de me vautrer en plein milieu du Ritz.

— Je t'appellerai un taxi.

— Tu as assez dépensé.

— On est plutôt à l'aise, côté rentrées d'argent, dit Strike. Pour une fois.

— C'est génial, non ? On a des comptes à l'équilibre, mais aussi une tonne de travail qui arrive. Strike, c'est la réussite ! dit-elle en souriant et il lui rendit son sourire.

— Qui l'aurait cru ?

— Moi.

— Quand tu m'as rencontré j'étais quasiment en faillite, je dormais sur un lit de camp dans mon bureau et j'avais un seul client.

— Et alors ? Ce qui m'a plu, c'est que tu ne jettes pas l'éponge. Et je n'ai pas douté une seule seconde de tes compétences.

— Qu'est-ce qui pouvait bien te faire penser ça ?

— Je t'ai vu en pleine action, non ?

— Tu te rappelles, quand tu as apporté ce plateau avec café et biscuits, pour John Bristow et moi, le premier matin ? Je n'ai pas compris d'où tu avais sorti tout ça. Comme par un coup de baguette magique.

Robin éclata de rire.

— J'avais juste commandé au gars, en bas.

— Et tu as dit « on ». « Je me suis dit qu'après avoir proposé au client un café, *on* se devait de lui en servir un. »

— Quelle mémoire, remarqua Robin, surprise qu'il se souvienne mot pour mot de ses propos.

— Il faut dire que… tu n'es pas… quelqu'un d'ordinaire, expliqua Strike.

Il saisit son verre presque vide et le brandit.

— À l'Agence Strike et Ellacott. Et joyeux anniversaire à toi.

Robin l'imita, trinqua avec lui et vida son verre.

— Merde, Strike, regarde l'heure, lâcha-t-elle soudainement en posant les yeux sur sa montre. Il faut que je me lève à cinq heures, je suis censée filer le petit ami de Miss Jones.

— O.K., grogna Strike qui aurait volontiers passé encore une heure ou deux confortablement installé sur son siège, dans cette atmosphère feutrée, bercé par les effluves de rose et de musc flottant depuis l'autre côté de la table.

D'un geste, il réclama l'addition.

Comme l'avait prédit Robin, elle traversa maladroitement le bar perchée sur ses talons et il lui fallut plus de temps qu'à l'ordinaire pour retrouver au fond de son sac le jeton lui permettant de reprendre son manteau.

— Est-ce que tu peux me tenir ça, s'il te plaît ? demanda-t-elle à Strike en lui tendant le sac contenant le parfum, pendant qu'elle fouillait dans ses affaires.

Une fois qu'elle eut récupéré son manteau, Strike l'aida à l'enfiler.

— Je suis soûle, sans aucun doute, marmonna-t-elle en reprenant le petit sac violet, et quelques secondes plus tard, elle le prouva quand elle se prit le talon dans le tapis circulaire qui recouvrait le sol en marbre de l'entrée, et dérapa. Strike la rattrapa et maintint son bras autour de sa taille le temps de la diriger vers l'une des sorties latérales situées de part et d'autre de la grande porte à tambour, parce que cela lui parut plus sûr.

— Désolée.

Ils descendirent prudemment les marches en pierre raides du Ritz, le bras de Strike toujours autour de la taille de Robin.

Elle aimait le sentir contre elle, robuste et chaud : souvent, les rôles avaient été inversés et elle l'avait soutenu, quand le moignon de sa jambe droite ne pouvait plus le porter, après avoir trop forcé. Il la tenait si près de lui qu'elle avait presque la tête posée sur sa poitrine et qu'elle pouvait sentir par-dessus l'odeur habituelle de tabac froid, l'après-rasage qu'il avait appliqué pour l'occasion.

— Taxi ! lança Strike en pointant le doigt vers un véhicule noir qui se garait lentement près d'eux.

— Strike…

Elle leva les yeux vers lui. Elle voulait le remercier, lui dire qu'elle avait passé une merveilleuse soirée, mais quand leurs regards se croisèrent, aucun mot ne sortit. L'espace d'une seconde, tout se flouta autour d'eux, comme s'ils étaient pris au ralenti dans un tourbillon de voitures et de phares, de piétons et de nuages flottant dans le ciel, et que seuls leur contact et leur odeur étaient réels. Strike baissa les yeux vers elle et, oubliant subitement toutes les bonnes résolutions qui l'avaient retenu ces cinq dernières années, approcha presque imperceptiblement la tête, ses lèvres frôlant les siennes.

Involontairement, l'expression de Robin passa de la joie à la peur. Il s'en aperçut et se redressa, et avant qu'ils puissent comprendre ce qui venait de se passer, le ronflement d'une moto de coursier les ramena à la réalité : le tourbillon avait cessé et Strike guidait Robin vers le taxi dont la portière était ouverte, et où elle s'engouffra.

— Bonne nuit, lança-t-il.

La portière avait claqué et le taxi s'était éloigné avant que Robin, sonnée, ne puisse décider ce qui l'emportait en elle : le choc, la joie ou le regret.

2

Viens, laisse-moi te parler, petite part
D'immortalité – mon cœur à moi !

Maria Jane JEWSBURY,
To My Own Heart

Pour Robin, les jours qui suivirent cette soirée au Ritz furent agités et tendus. Elle avait tout à fait conscience que Strike, sans le formuler, lui avait posé une question à laquelle elle avait répondu par la négative, avec bien plus de vigueur que si elle avait été sobre. À présent, Strike faisait preuve d'une plus grande retenue, d'un enthousiasme légèrement forcé et prenait soin d'éviter tout sujet personnel. Les barrières qui étaient peu à peu tombées durant leurs cinq années de collaboration semblaient s'être réédifiées. Robin craignait d'avoir blessé Strike, ce qui n'était pas peu dire chez un homme aussi discrètement confiant et résilient que son associé.

De son côté, Strike ne cessait de s'en vouloir. Il n'aurait jamais dû avoir cette attitude stupide et inconsidérée : est-ce qu'il n'avait pas décrété, quelques mois plus tôt, qu'une relation avec son associée était impossible ? Ils passaient trop de temps ensemble, ils étaient liés l'un à l'autre par leur fonction, leur amitié était trop précieuse à ses yeux pour qu'il la compromette, alors pourquoi, dans ce bar luxueux aux cocktails hors de prix, avait-il fait fi de toutes ses bonnes résolutions pour céder à une impulsion incontrôlée ?

Ses remords se mêlaient à d'autres sentiments encore moins agréables. Il s'avérait que Strike avait très rarement été rejeté par les femmes, parce qu'il était bien plus doué que la moyenne pour comprendre les autres. Jamais auparavant il n'avait fait des avances sans être certain qu'elles seraient accueillies favorablement, ni obtenu de réactions semblables à celle de Robin : une réaction de panique

que, dans ses moments les plus sombres, Strike interprétait comme du dégoût. Il avait peut-être le nez cassé, des kilos en trop et une jambe en moins, des cheveux noirs tellement frisés et denses que ses camarades d'école les avaient comparés à des poils pubiens, cela ne l'avait jamais empêché de séduire de très belles femmes. D'ailleurs ses amis masculins, à qui le sex-appeal du détective échappait complètement, n'en revenaient pas que sa vie sexuelle soit aussi bien remplie, et ils l'enviaient. Mais peut-être était-ce pure vanité de penser que l'attirance qu'il avait exercée par le passé perdurait, alors que sa toux matinale empirait et que des mèches grises avaient commencé à apparaître dans sa chevelure.

Le pire, c'était de penser qu'il s'était trompé sur les sentiments de Robin ces dernières années. Il avait cru que la vague gêne qu'il percevait parfois chez elle quand ils étaient contraints à la promiscuité physique ou émotionnelle était mue, comme chez lui, par une détermination à ne pas succomber à la tentation. Dans les jours qui avaient suivi le rejet silencieux de son baiser, il n'avait cessé de repenser à des détails qui prouvaient que leur attirance était mutuelle, ressassant le fait qu'elle avait interrompu sa première danse avec Matthew pendant leurs noces pour le suivre lui, laissant son mari seul sur la piste. Strike et elle s'étaient enlacés en haut de l'escalier de l'hôtel et quand il l'avait serrée contre lui dans sa robe de mariée, il aurait pu jurer qu'ils partageaient les mêmes dangereuses pensées : prenons la fuite, peu importent les conséquences. Est-ce qu'il avait tout imaginé ?

Peut-être que oui. Peut-être que Robin avait voulu prendre la fuite, mais pour retrouver Londres et son job. Peut-être qu'elle le considérait comme un mentor et un ami, rien de plus.

C'est dans cette humeur incertaine et sombre que Strike aborda son quarantième anniversaire, qui fut marqué par un dîner au restaurant, organisé, comme celui de Robin avant lui, par leurs amis communs Nick et Ilsa.

C'est à cette occasion que Robin rencontra pour la première fois le plus vieil ami de Strike, Dave Polworth, originaire de Cornouailles, et, comme Strike l'avait un jour prédit, elle ne l'apprécia guère. Petit et volubile, Polworth formulait des commentaires négatifs sur tous les aspects de la vie londonienne et appelait toutes les femmes des « gonzesses », y compris la serveuse qui s'occupait d'eux. Installée en face de Strike à l'autre bout de la table, Robin passa une grande partie de la soirée à bavarder sans grand intérêt avec la femme de Polworth, Penny, dont la conversation tournait autour de ses deux enfants, du coût exorbitant de la vie à Londres et de son abruti de mari.

Pour son anniversaire, Robin avait offert à Strike un exemplaire rare d'un vinyle de *Closing Time*, le premier album de Tom Waits. Elle savait que c'était son chanteur préféré et garderait en mémoire la surprise sincère et le plaisir qui s'étaient peints sur le visage de Strike quand il avait déballé son cadeau. Quand il l'avait remerciée, elle avait cru percevoir de nouveau sa chaleur habituelle, et elle espérait qu'à travers ce cadeau, il comprendrait qu'elle n'aurait pas cherché à lui faire plaisir si elle avait ressenti du dégoût à son égard. Elle ignorait que Strike, de son côté, se demandait si Robin le considérait comme un contemporain du chanteur de soixante-cinq ans.

Une semaine après l'anniversaire de Strike, le collaborateur de longue date de l'agence, Andy Hutchins, lui remit sa démission. C'était sans surprise : même si sa sclérose en plaques était en rémission, ce métier commençait à lui peser. Ils organisèrent un pot de départ pour Andy auquel tout le monde assista sauf Sam Barclay, l'autre collaborateur, parce qu'il avait eu la malchance d'être désigné pour une filature dans le West End.

Tandis que Strike et Hutchins parlaient boulot de l'autre côté de la table du pub, Robin bavardait avec leur nouvelle recrue, Michelle Greenstreet, surnommée Midge à sa demande. Ancienne employée de la police de Manchester, elle était grande, mince et très sportive. Accro à la gym, elle avait des cheveux noirs lissés en arrière et des yeux gris clair. Robin s'était sentie légèrement complexée en voyant les abdos de Midge quand celle-ci avait tendu les bras pour atteindre un dossier posé en équilibre tout en haut du meuble de rangement, mais elle aimait ses manières directes et le fait qu'elle ne prenne pas Robin de haut sous prétexte qu'elle était la seule de l'agence à ne pas sortir de la police ou de l'armée. Ce soir-là, Midge confia à Robin qu'elle était venue s'installer à Londres après une grosse rupture.

— Est-ce que ton ex travaillait aussi dans la police ? demanda Robin.

— Non. Elle n'a jamais passé plus de quelques mois dans le même job, expliqua Midge avec une certaine amertume. C'est un génie méconnu qui va soit écrire un best-seller, soit peindre un tableau qui remportera le Turner Prize. Je me cassais le cul toute la journée à gagner de l'argent pour payer les factures, et elle restait à la maison à glander sur Internet. Je l'ai quittée quand j'ai découvert son profil sur le site de rencontres Zoosk.

— Oh, je suis désolée. Moi, j'ai quitté mon mari quand j'ai découvert une boucle d'oreille en diamants dans notre lit.

— Ouais, Vanessa m'en a parlé, dit Midge qui avait été recommandée à l'agence par l'amie policière de Robin. Elle m'a dit que tu l'avais même pas gardée, espèce d'andouille.

— Moi je l'aurais revendue ! intervint d'une voix rauque Pat Chauncey, la secrétaire administrative de direction, en prenant la conversation en route.

Pat, la voix rocailleuse, les cheveux noirs comme le jais, les dents couleur vieil ivoire, était une femme de cinquante-sept ans qui fumait cigarette sur cigarette quand elle était à l'extérieur du bureau et vapotait en permanence à l'intérieur.

— Un jour, une femme a envoyé à mon premier mari des slips par la poste, la garce.

— Sérieux ? fit Midge.

— Oh que oui, gronda Pat.

— Vous avez fait quoi ? demanda Robin.

— Je les ai accrochés sur la porte d'entrée pour qu'il les voie dès qu'il rentrerait du travail, expliqua Pat qui tira longuement sur sa cigarette électronique avant d'ajouter : Et elle, je lui ai envoyé quelque chose en retour qu'elle est pas près d'oublier.

— Quoi ? demandèrent en chœur Robin et Midge.

— Peu importe, répondit Pat. Mais disons simplement que ça s'étalerait pas facilement sur un toast.

Les éclats de rire des trois femmes attirèrent l'attention de Strike et Hutchins : Strike croisa le regard de Robin, qui le maintint et sourit. Il se sentit aussitôt un peu plus léger que ces dernières semaines.

Le départ d'Andy mettait l'agence sous pression, parce qu'ils menaient plusieurs enquêtes très chronophages. La première et la plus ancienne d'entre elles consistait à tenter de salir la réputation de l'ex-petit ami d'une cliente surnommée Mrs. Jones, plongée dans une bataille sans pitié pour la garde de sa petite fille. Miss Jones était une belle brune dont l'attirance pour Strike était presque gênante. Cette cour éhontée aurait pu flatter son orgueil qui en avait bien besoin, s'il n'avait pas été complètement repoussé par cette femme dont le besoin d'affection n'avait d'égale que l'arrogance.

Leur deuxième client était aussi le plus aisé : un milliardaire russo-américain qui vivait entre Moscou, New York et Londres. Quelques objets de très grande valeur avaient récemment disparu de sa maison dans South Audley Street, mais l'alarme ne s'était pas déclenchée. Le client soupçonnait son beau-fils, basé à Londres, et voulait prendre le garçon en flagrant délit sans alerter ni la police ni sa femme, qui estimait volontiers que son rejeton fêtard et sans emploi était un enfant modèle incompris. Des caméras pilotées par l'agence avaient été dissimulées dans toute la maison. Le beau-fils, baptisé Fingers par les détectives, était lui aussi sous surveillance, au cas où il tenterait de vendre le coffret Fabergé volé ou la tête d'Alexandre le Grand.

La dernière affaire dont s'occupait l'agence, nom de code Groomer, était d'après Robin particulièrement tordue. Une journaliste connue, correspondante pour une chaîne de télévision américaine, avait récemment rompu avec son petit ami qu'elle fréquentait depuis trois ans, un producteur de télévision tout aussi connu. Peu de temps après leur amère séparation, la journaliste avait découvert que son ex avait gardé le contact avec sa fille de dix-sept ans, que Midge avait surnommée Legs. L'adolescente, grande et mince avec de longs cheveux blonds, n'était pas inconnue de la presse à scandales, à cause de son nom de famille mais également parce qu'elle avait commencé à jouer les mannequins. Même si l'agence n'avait pas été témoin de rapports sexuels entre Legs et Groomer, leur langage corporel au cours de leurs petits rendez-vous n'était pas celui d'un parent avec un enfant. Cette situation avait causé la fureur de la mère de Legs, ainsi qu'une appréhension et une suspicion qui empoisonnaient ses relations avec sa fille.

Au grand soulagement de tous, parce qu'ils étaient vraiment en sous-effectif après le départ d'Andy, Strike avait réussi au début du mois de décembre à piquer à une agence concurrente un ancien officier de la Met, Dev Shah. Strike et Mitch Patterson, directeur de l'agence en question, entretenaient des relations houleuses depuis l'époque où Patterson avait placé Strike sous surveillance. Quand on lui avait demandé pourquoi il voulait quitter Patterson Inc, Shah avait répondu : « Parce que j'en ai ras le bol de bosser pour des cons. » Strike l'avait engagé sur-le-champ.

Comme Barclay, Shah était marié et avait un enfant en bas âge. Il était plus petit que ses deux nouveaux collègues masculins, et avait des cils tellement épais qu'ils avaient l'air faux, d'après Robin. À l'agence, tout le monde aimait bien Dev : Strike, parce qu'il comprenait vite et gérait ses dossiers méthodiquement ; Robin pour son humour pince-sans-rire et sa personnalité dénuée de ce qu'elle surnommait intérieurement la connardise ; Barclay et Midge, parce que Dev avait immédiatement démontré son esprit d'équipe sans avoir besoin, visiblement, d'écraser les autres ; et Pat, comme elle le dit à Robin de sa voix rocailleuse un vendredi, tandis que cette dernière lui transmettait ses reçus, parce qu'il « aurait pu battre Imran Khan à plates coutures, non ? Les yeux qu'il a ! ».

« Mmm, il est très beau », avait répondu Robin, indifférente, tout en comptant ses reçus. Ces douze derniers mois, Pat avait passé beaucoup de temps à espérer que Robin tombe sous le charme d'un de leurs anciens collaborateurs, tout aussi beau que bizarre. Robin se félicitait que Dev soit marié.

Elle avait dû remettre à plus tard sa recherche d'appartement car elle travaillait beaucoup, mais cela ne l'empêcha pas de se proposer pour surveiller la résidence du milliardaire pendant les fêtes de Noël. Cela lui faisait une bonne excuse pour ne pas retourner chez ses parents à Masham, parce qu'elle était certaine que Matthew et Sarah exhiberaient leur nouveau-né, dont le sexe n'avait pas encore été révélé, dans ces rues familières où Matthew et elle s'étaient promenés main dans la main, adolescents. Les parents de Robin étaient déçus, et Strike mal à l'aise qu'elle se porte volontaire.

— C'est bon, dit Robin qui n'avait pas envie de s'expliquer. Je préfère rester à Londres. Tu n'as pas fêté Noël l'année dernière.

Elle commençait à se sentir épuisée, physiquement et mentalement. Elle avait travaillé quasiment sans relâche ces deux dernières années, en plus de gérer une séparation et un divorce. La distance qui s'était installée depuis peu entre elle et Strike lui pesait, et même si elle n'avait pas envie de rentrer à Masham, la perspective de travailler pendant les fêtes était indéniablement déprimante.

Finalement, à la mi-décembre, la cousine préférée de Robin, Katie, l'invita au dernier moment à se joindre à un séjour aux sports d'hiver pour le Nouvel An. Un couple s'était désisté quand ils avaient appris qu'ils attendaient un bébé ; la location du chalet était déjà réglée, si bien qu'il ne restait que l'avion à réserver. Robin n'avait jamais skié de sa vie, mais comme Katie et son mari avaient prévu de se relayer pour garder leur garçon de trois ans pendant que l'autre profiterait des pistes, il y aurait toujours quelqu'un avec qui bavarder, si elle n'avait pas envie de passer son temps à se casser la figure dans la neige. Robin pensait que ce voyage lui permettrait peut-être de prendre du recul et de retrouver un peu de sérénité. Elle avait déjà accepté quand elle apprit qu'en plus de Katie et son mari, et d'un couple d'amis communs originaire de Masham, Adam Labrosse, alias Colgate, serait également de la partie.

Elle n'expliqua rien de tout cela à Strike, si ce n'est qu'elle allait prendre un peu plus de vacances que prévu au Nouvel An parce qu'elle avait l'occasion d'aller skier et comptait en profiter. Conscient que Robin avait de très nombreux congés en retard, Strike accepta sans hésiter, et lui souhaita de bonnes vacances.

3

Des yeux comme les tiens,
Aux nuances et reflets lie-de-vin
Peuvent subjuguer un homme…

Emily PFEIFFER,
A Rhyme for the Time

Le 28 décembre, l'ex-petit ami de Miss Jones, qui avait mené une existence en apparence irréprochable pendant des semaines, finit par commettre une bourde monumentale en achetant une grande quantité de cocaïne sous les yeux de Dev Shah, avant de la sniffer en compagnie de deux prostituées qu'il ramena ensuite chez lui à Islington. Euphorique, Miss Jones insista pour venir au bureau voir les photos prises par Shah, puis essaya de prendre Strike dans ses bras. Quand il la repoussa avec douceur mais fermeté, elle sembla plus intriguée que vexée. Après avoir réglé sa dernière facture, elle tint à l'embrasser sur la joue, lui lança avec assurance qu'elle lui était redevable et qu'elle espérait pouvoir lui rendre la pareille un jour, puis disparut dans un effluve de Chanel N° 5.

Le lendemain, la mère de l'adolescente dans l'affaire Groomer était envoyée en Indonésie pour couvrir une catastrophe aérienne. Peu avant son départ, elle appela Strike et l'informa que sa fille avait prévu de passer le Nouvel An chez Annabel's, en compagnie de la famille d'une camarade de classe. Elle était persuadée que Groomer allait essayer de la retrouver là-bas et demanda à l'agence de poster des détectives dans la boîte de nuit pour surveiller.

Strike, qui aurait préféré demander de l'aide à n'importe qui sauf à elle, appela Miss Jones, qui pourrait les faire entrer, Midge et lui, comme invités. Strike voulait être accompagné de Midge, qui pourrait suivre Legs aux toilettes si nécessaire, et pour que Miss Jones n'imagine pas qu'il avait provoqué cette situation dans l'espoir de coucher avec elle.

Il ressentit un profond soulagement quand cette dernière l'appela, deux heures avant le rendez-vous fixé, pour lui annoncer que son bébé avait de la fièvre.

— En plus, ma fichue nounou est malade, et mes parents sont sur l'île Moustique, donc je suis coincée ! Mais vous pouvez y aller quand même : j'ai donné vos noms à l'entrée.

— Je vous en suis très reconnaissant. J'espère que votre fille va se rétablir rapidement.

Il raccrocha avant que Miss Jones n'ait le temps de lui proposer un autre rendez-vous.

À vingt-trois heures, Strike et Midge, vêtue d'un smoking rouge foncé en velours, étaient installés au sous-sol de la boîte sur Berkeley Square, attablés face à face entre deux piliers recouverts de miroirs, avec au-dessus de leurs têtes des centaines de ballons dorés gonflés à l'hélium d'où pendaient des rubans. Leur cible de dix-sept ans était assise à quelques tables de là avec la famille de sa camarade. Elle ne cessait de lancer des coups d'œil vers l'entrée de l'établissement, d'un air à la fois nerveux et plein d'espoir. Les téléphones portables étaient interdits chez Annabel's et Strike pouvait voir la frustration grandissante de l'adolescente, en permanence sur le qui-vive.

— À cinq heures, groupe de huit, glissa doucement Midge. On te regarde.

Strike les aperçut au moment où Midge les annonçait. À la table de huit, un homme et une femme s'étaient tournés sur leur siège pour l'observer. La femme aux longs cheveux blond vénitien comme Robin portait une robe noire moulante et des talons aiguilles dont le laçage serpentait le long de ses fins mollets hâlés, jusqu'au genou. L'homme, vêtu d'une veste de smoking en brocart assortie à une cravate de dandy, rappelait vaguement quelque chose à Strike, mais il ne parvenait pas à le remettre.

— Tu crois qu'ils t'ont reconnu à cause des journaux ? demanda Midge.

— J'espère bien que non. Sinon je peux mettre la clé sous la porte.

La photo le plus souvent utilisée par la presse datait de l'époque où Strike était dans l'armée ; depuis, il avait vieilli, grossi, et s'était laissé pousser les cheveux. Les rares fois où il avait dû témoigner à un procès, il portait toujours une grosse barbe qui heureusement poussait vite et s'avérait bien pratique quand il en avait besoin.

Observant cet homme et cette femme dans le reflet d'un des piliers, Strike remarqua qu'ils semblaient à présent échanger des confidences.

La femme était très belle et – chose inhabituelle dans cet endroit – son visage ne semblait pas avoir été retouché ; des rides apparaissaient sur son front quand elle haussait les sourcils, ses lèvres n'étaient pas artificiellement charnues et, à trente-cinq ans peut-être, elle était trop jeune pour avoir succombé à la chirurgie contrairement à la femme plus mûre présente à sa table qui donnait l'impression étrange de porter un masque.

À côté de Strike et Midge, un Russe corpulent expliquait l'histoire de *Tannhaüser* à sa compagne beaucoup plus jeune.

— Mais Mezdrich l'a remis au goût du jour, et dans cette production, Jésus apparaît maintenant dans une vidéo d'orgie dans la cave de Vénus…

— Jésus ?

— *Da*, alors l'Église n'est pas contente et Mezdrich va être viré, conclut tristement le Russe en portant une coupe de champagne à ses lèvres. Il se défend, mais ça va mal finir pour lui, crois-moi.

— Legs se déplace, annonça Strike à Midge tandis que l'adolescente se levait avec le reste de son groupe, la frange effet plumes d'autruche de sa minirobe froufroutant derrière elle.

— Piste de danse, devina Midge.

Elle avait raison. Dix minutes plus tard, Strike et Midge avaient trouvé un poste d'observation dans une alcôve près de la minuscule piste de danse, d'où ils voyaient parfaitement leur cible se trémousser, perchée sur ses talons trop hauts, ne quittant pas des yeux la porte d'entrée.

— Je me demande si Robin s'amuse bien au ski, cria Midge à Strike alors que « *Uptown Funk* » se mettait à résonner dans la boîte. Un pote à moi s'est cassé la clavicule la première fois qu'il a essayé. Tu sais skier ?

— Non.

— C'est un coin sympa, Zermatt, reprit Midge d'une voix forte avant d'ajouter autre chose que Strike n'entendit pas.

— Quoi ?

— J'ai dit : « Je me demande si elle a trouvé un mec ? » C'est une bonne occasion, le Nouvel An…

Legs indiqua par gestes à sa copine qu'elle allait s'asseoir. Quittant la piste, elle attrapa son sac à main et se faufila hors de la pièce.

— Elle va utiliser son portable dans les toilettes, anticipa Midge qui lui emboîta le pas.

Strike resta dans l'alcôve, sa bouteille de bière sans alcool déjà tiède à la main, avec pour tout compagnon un énorme Bodhisattva en stuc. Des gens un peu éméchés s'étaient vautrés sur les canapés à côté de lui et criaient sur la musique. Strike venait de dénouer sa cravate et de défaire le premier bouton de sa chemise quand il vit l'homme en veste de brocart s'approcher de lui, trébuchant au passage sur les sacs et écrasant les pieds des clients. Strike le reconnut enfin : Valentine Longcaster, l'un des beaux-frères de Charlotte.

— Ça fait un bail, cria-t-il en s'approchant de Strike.

— Oui, répondit celui-ci en serrant la main qu'il lui tendait. Comment ça va ?

D'un geste, Valentine repoussa sa longue frange humide de sueur, révélant de larges pupilles dilatées.

— Pas trop mal, répondit-il par-dessus les basses assourdissantes. J'ai pas à me plaindre.

Strike apercevait une légère trace de poudre blanche au creux de sa narine.

— Tu es là pour le travail ou pour le plaisir ?

— Pour le plaisir, mentit Strike.

Valentine hurla quelque chose d'inaudible et Strike ne perçut que le nom du mari de Charlotte, Jago Ross.

— Quoi ? demanda-t-il sans esquisser le moindre sourire.

— J'ai dit : Jago veut citer ton nom dans leur procédure de divorce.

— Il peut essayer. J'ai pas vu Charlotte depuis des années.

— C'est pas ce que prétend Jago. Il a trouvé une vieille photo d'elle nue qu'elle t'a envoyée, sur son ancien téléphone.

Merde.

Valentine s'appuya contre le Bodhisattva pour garder l'équilibre. Son amie aux cheveux blond vénitien les observait depuis la piste de danse.

— C'est Madeline, cria Valentine dans l'oreille de Strike en suivant son regard. Elle te trouve sexy.

Valentine lâcha un rire aigu. Strike sirota sa bière en silence. Le jeune homme finit par se désintéresser de lui, se redressa, feignit un salut militaire et disparut en trébuchant de nouveau, pile au moment où Legs revenait vers la piste pour se laisser tomber sur un tabouret en velours dans un froufrou de plumes d'autruche, visiblement malheureuse.

— Pause pipi, confirma Midge quand elle rejoignit Strike quelques instants plus tard. Je pense pas qu'elle ait pu avoir du réseau.

— Bien, répondit sèchement Strike.

— Tu crois qu'il lui avait promis de venir ?

— Apparemment.

Strike but une nouvelle gorgée de sa bière tiède et ajouta :

— Alors, ils sont combien à participer à ce séjour au ski avec Robin ?

— Je crois qu'ils sont tous les six, répondit Midge d'une voix forte. Deux couples et un mec seul.

— Ah bon, répliqua Strike comme si cette information n'avait guère d'importance.

— Ils essaient de la caser avec lui. Elle m'en a parlé avant Noël… Il s'appelle Adam Labrosse, annonça-t-elle en regardant Strike dans l'attente d'une réaction. *La brosse à dents…*

— Marrant, fit Strike, forçant un sourire.

— Marrant, si on veut. Pourquoi les parents ne prononcent pas le nom de leur enfant à voix haute avant de faire leur choix ?

Strike hocha la tête sans quitter des yeux l'adolescente qui s'essuyait le nez d'un revers de main.

Il était minuit moins le quart. Avec un peu de chance, songea Strike, une fois les douze coups de minuit sonnés, leur cible repartirait tranquillement avec la famille de sa copine jusqu'à leur domicile de Chelsea. À ce moment-là, la copine en question s'approcha de Legs pour la traîner sur la piste de danse.

À minuit moins dix, Legs disparut de nouveau en direction des toilettes, Midge sur ses talons. Strike, dont le moignon était douloureux et qui avait envie de s'asseoir, n'avait pas d'autre choix que de s'appuyer contre le gigantesque Bodhisattva, la plupart des sièges libres étant encombrés de sacs et de vestes qu'il n'avait pas envie de déplacer. Son verre était vide, à présent.

— Vous aimez pas trop le Nouvel An, je parie ? lança une voix dont l'accent indiquait les quartiers populaires de Londres.

C'était la femme aux cheveux blond vénitien, les joues roses, décoiffée d'avoir dansé. Il ne l'avait pas vue arriver car presque tous les clients s'étaient levés pour se ruer sur la piste de danse exiguë, excités à l'approche de minuit.

— Je suis pas fan, répondit-il en criant.

Elle était extrêmement élégante et certainement défoncée, bien qu'elle s'exprimât de façon très cohérente. De délicates chaînes en or pendaient à son cou gracieux, sa robe-bustier accentuait sa poitrine et la flûte de champagne qu'elle tenait à la main menaçait de se renverser.

— Moi non plus, pas cette année, lui cria-t-elle à l'oreille.

Il appréciait d'entendre un accent de l'East End au milieu de toute cette bourgeoisie.

— Vous êtes Cormoran Strike, c'est ça ? Valentine me l'a dit.

— C'est ça. Et vous… ?

— Madeline Courson-Miles. Vous n'êtes pas de service ce soir, quand même ?

— Non.

Il était beaucoup moins pressé de la voir déguerpir que Valentine un peu plus tôt.

— Pourquoi pas cette année, tout particulièrement ? lui demanda-t-il.

— Gigi Cazenove.

— Pardon ?

— Gigi Cazenove, répéta-t-elle plus fort, son souffle lui chatouillant l'oreille. La chanteuse ? C'était une de mes clientes.

Voyant qu'il ne réagissait pas, elle ajouta :

— On l'a retrouvée pendue ce matin.

— Merde.

— Ouais. Elle avait seulement vingt-trois ans.

Elle but une gorgée de champagne, l'air sombre, puis reprit :

— Je n'ai jamais rencontré de détective privé, avant.

— Pas à votre connaissance, en tout cas ! Et vous, vous faites quoi ?

— Je suis joaillière.

À son petit sourire, Strike comprit que la plupart des gens auraient reconnu son nom.

La piste de danse était à présent envahie par une foule compacte et endiablée. Beaucoup de clients portaient des chapeaux de fête à paillettes. Strike vit le gros Russe qui parlait un peu plus tôt de *Tannhaüser* se dandiner sur « *Rather Be* », de Clean Bandit, dégoulinant de sueur.

Strike songea à Robin, quelque part dans les Alpes, peut-être ivre d'avoir bu trop de vin chaud, en train de danser avec ce type fraîchement divorcé que ses amis avaient tellement envie qu'elle rencontre. Il se rappela l'expression de son visage quand il s'était penché pour l'embrasser.

It's easy being with you, chantait Jess Glynne,
Sacred simplicity,
As long as we're together,
There's no place I'd rather be…

— Plus qu'une minute avant 2015, mesdames et messieurs, lança le DJ.

Madeline Courson-Miles leva les yeux vers Strike, vida sa coupe et se pencha pour lui glisser à l'oreille :

— Cette fille en smoking, c'est votre copine ?

— Non, une amie. On était tous les deux laissés pour compte ce soir.

— Alors ça ne la dérangerait pas si je vous embrassais à minuit ?

Il la regarda, détaillant son joli visage attirant, ses yeux noisette, ses cheveux ondulant sur ses épaules.

— Elle, non, répondit Strike avec un demi-sourire.

— Mais vous, si ?

— Préparez-vous ! lança le DJ.

— Vous êtes mariée ? demanda Strike.

— Divorcée.

— Vous fréquentez quelqu'un ?

— Non.

— *Dix...*

— Dans ce cas, reprit Cormoran Strike en posant sa bouteille vide.

— *Huit...*

Madeline se pencha pour poser sa coupe sur une table basse toute proche mais manqua son but ; la coupe tomba par terre et Madeline se redressa en haussant les épaules.

— *Six... Cinq...*

Elle lui passa les bras autour du cou ; il la saisit par la taille. Elle était plus mince que Robin : il pouvait sentir ses côtes à travers sa robe ajustée. Le désir qu'il lisait dans ses yeux le réconfortait. C'était le Nouvel An. Plus rien n'avait d'importance.

— *Trois... deux... un...*

Elle se serra contre lui, lui passa les mains dans les cheveux et glissa sa langue dans sa bouche. Autour d'eux retentirent des cris et des applaudissements. Ils restèrent ainsi jusqu'à ce que les gens entonnent les premières notes d'« *Auld Lang Syne* ». Strike regarda autour de lui. Aucun signe de Midge ni de Legs.

— Je vais devoir y aller bientôt, cria-t-il. Mais je veux ton numéro.

— Donne-moi ton portable, alors.

Elle tapa son numéro avant de lui rendre le téléphone. Elle lui adressa un clin d'œil, puis tourna les talons, disparaissant dans la foule.

Midge ne réapparut qu'un quart d'heure plus tard. Legs rejoignit la famille de sa copine, les yeux barbouillés de mascara.

— Elle a essayé de trouver du réseau, mais impossible, expliqua Midge dans l'oreille de Strike. Alors elle est allée chialer dans les chiottes.

— La pauvre.

— C'est du rouge à lèvres que tu as là ? lui demanda Midge en l'observant.

Il s'essuya la bouche d'un revers de main.

— J'ai croisé une vieille amie de ma mère. Bon eh bien, bonne année 2015.

— À toi aussi, répondit Midge en lui serrant la main.

Tout en regardant la foule surexcitée qui jouait avec des ballons et balançait des confettis, Midge ajouta :

— Première fois que je passe le réveillon du Nouvel An aux toilettes. J'espère que c'est pas mauvais signe.

4

Dors tranquille, comme dort la patiente rose.
Foule avec courage les neiges immaculées,
L'hiver est le passage de son propre hiver.

Helen JACKSON,
January

Dans l'ensemble, Robin s'était plu à Zermatt. Elle avait fini par oublier à quoi ressemblaient les nuits de huit heures ; elle avait apprécié les repas, le ski, le temps passé avec ses amis ; et avait à peine réagi quand Katie lui avait dit, d'abord inquiète puis soulagée en voyant la réaction de Robin, que Matthew avait effectivement amené Sarah à Masham pendant les fêtes, avec leur nouveau-né.

— Ils l'ont appelé William, lui annonça Katie. On les a croisés un soir au Bay Horse. La tante de Matthew gardait le petit. Je l'aime pas du tout, cette Sarah. Une vraie snob.

— Je peux pas dire que je la trouve sympa, moi non plus, renchérit Robin.

Elle était heureuse d'apprendre qu'elle avait échappé à des retrouvailles presque inévitables dans leur ville d'origine et, avec un peu de chance, l'année prochaine, ce serait au tour de la famille de Sarah d'avoir leur petit-fils à Noël, si bien qu'ils ne risqueraient pas de se croiser par hasard.

De sa chambre, Robin voyait le Matterhorn enneigé, s'élevant dans le ciel azur tel un gigantesque croc. La lumière sur la montagne passait du doré à l'orangé, du bleu nuit au violet en fonction de l'orientation du soleil et, seule dans sa chambre à contempler la montagne, Robin avait presque ressenti l'apaisement qu'elle recherchait en partant en voyage.

Le seul élément des vacances dont Robin se serait bien passée, c'était Adam Labrosse. Il avait deux ans de plus qu'elle et travaillait dans l'industrie pharmaceutique. Il était plutôt beau gosse, avec une barbe soignée, de larges épaules et de grands yeux bleus, et il n'était pas désagréable, mais Robin ne pouvait s'empêcher de le trouver légèrement pathétique. Quel que soit le sujet de discussion, il trouvait le moyen d'évoquer son divorce, qui semblait l'obnubiler. Après six ans de mariage, son épouse lui avait annoncé qu'elle n'était pas heureuse, que cela durait depuis longtemps, et elle avait fait ses valises pour prendre le large. Adam raconta deux fois cette histoire à Robin au cours des premiers jours des vacances et au bout du deuxième récit quasiment identique, elle fit en sorte de ne plus s'asseoir à côté de lui au dîner. Malheureusement, il ne comprit pas le message et ne cessa de rechercher son attention, lui demandant des détails de son propre divorce sur un ton lugubre qui aurait été plus approprié s'ils avaient tous les deux souffert de la même maladie incurable. Robin, elle, avait adopté une attitude positive, lui rétorquant que d'autres occasions se présenteraient et que, personnellement, elle était contente d'avoir retrouvé sa liberté. Adam lui dit d'un air un peu plus guilleret malgré des yeux emplis de larmes qu'il admirait sa combativité, et elle craignit qu'il ait interprété cette revendication d'indépendance comme une invitation tacite.

— Il est adorable, non ? risqua Katie pleine d'espoir.

Elles étaient au bar, un soir, et Robin venait de se débarrasser enfin d'Adam après une énième anecdote d'une heure sur son ex-femme.

— Il est plutôt sympa, concéda Robin qui ne voulait pas vexer sa cousine, mais pas du tout mon genre, Katie.

— En général, il est assez drôle, répliqua-t-elle, déçue. Tu ne le vois pas sous son meilleur jour. Attends qu'il ait bu un verre ou deux.

Mais au réveillon du Nouvel An, après avoir consommé une grande quantité de bière et de schnapps, Adam se montra d'abord bavard quoique peu amusant, puis pleurnichard. À minuit, chaque couple s'embrassa et Adam, les yeux larmoyants, tendit les bras vers Robin qui le laissa lui faire un bisou sur la joue avant de tenter de se libérer tandis qu'il lui murmurait à l'oreille d'un air bien éméché :

— Tu es vraiment charmante.

— Merci. Tu peux me lâcher s'il te plaît ?

Il s'exécuta, et Robin alla se coucher peu après, porte fermée à clé. Quelqu'un frappa dès qu'elle eut éteint la lumière ; elle resta allongée dans le noir, à faire semblant de dormir, puis entendit des pas s'éloigner.

L'autre aspect plus mitigé de ses vacances avait été sa tendance à ressasser son histoire avec Strike. Quand elle était concentrée sur ses skis pour éviter la chute, il était assez facile de ne pas penser à son associé, mais le reste du temps, son esprit vagabondait et elle se demandait en boucle ce qu'il se serait passé si elle avait surmonté ses inhibitions et ses peurs, et succombé à son baiser. Cela entraînait invariablement une autre question, celle qu'elle s'était posée en marchant sur le sable blanc des Maldives, trois ans plus tôt. Est-ce qu'elle allait passer le reste des vacances, et de sa vie, à se demander si elle était amoureuse de Cormoran Strike ?

Non, se répétait-elle. *Il t'a donné ta chance et peut-être que tu l'aimes un peu, parce que c'est ton meilleur ami, mais tu n'es pas amoureuse.* Puis, de façon plus honnête : *Et si c'est le cas, tu dois t'en remettre. Il s'est peut-être senti blessé que tu ne veuilles pas l'embrasser, mais ça vaut mieux que de penser que tu es folle de lui. Une associée amoureuse, c'est la dernière chose qu'il souhaiterait.*

Si seulement elle était ce genre de femmes capable de se laisser aller à un baiser un soir d'ivresse puis à en rire le lendemain. Vu la vie amoureuse qu'avait menée Strike, c'était ce qu'il appréciait : des femmes qui se lançaient avec une insouciance que Robin n'avait jamais eue.

Elle revint au bureau la deuxième semaine de janvier avec une grande boîte de chocolats suisses. Elle dit à tout le monde, y compris à Strike, qu'elle avait passé d'excellentes vacances.

PREMIÈRE PARTIE

Le cœur est l'organe central de l'organisme et se compose d'un muscle creux ; en se contractant, il envoie du sang à toutes les parties du corps à travers un réseau complexe de tubes…

Henry GRAY,
Membre de l'Académie des sciences,
Gray's Anatomy

5

Quel étrange mystère que le pouvoir des mots !
Ils recèlent la vie, et la mort. Un mot peut
Faire rougir une joue en un instant,
Par mille significations, ou figer mortellement
Le sang jusqu'au cœur.

Letitia Elizabeth LANDON,
The Power of Words

14 septembre 2011
The Buzz, site Internet d'information et de divertissement

The Buzz s'entretient avec Josh Blay et Edie Ledwell, le couple de créateurs du film d'animation qui cartonne sur YouTube : *Sang d'encre* !

TB : Un film d'animation qui fait intervenir des corps en décomposition, des squelettes, un démon et un fantôme... Comment expliquez-vous ce succès ?

Edie : Attendez, Drek est un démon ?

TB : À vous de me le dire !

Edie : Honnêtement, je ne sais pas.

[Josh éclate de rire]

TB : En tout cas, quand on décrit *Sang d'encre* à des gens qui ne l'ont pas vu, ils sont un peu surpris de son succès. [*Edie et Josh rient*]. Est-ce que vous vous attendiez à cette réaction face à votre film d'animation qui est, il faut bien l'avouer, très étrange ?

Edie : Non, certainement pas.

Josh : On a fait ça pour s'amuser. Au fond c'est surtout des blagues qui nous font rire.

Edie : Mais, apparemment, ça fait rire beaucoup plus de gens qu'on le pensait.

TB : Ça les fait rire, mais certains y trouvent beaucoup de sens !

Josh : C'est vrai et parfois on est totalement d'accord avec l'interprétation des spectateurs, mais d'autres fois...

Edie : Ils voient des choses qu'on ne voyait pas nous-mêmes, ou qui étaient involontaires.

TB : Vous pouvez donner un exemple ?

Josh : The Worm, le ver qui parle. Nous, ça nous faisait juste marrer, parce qu'un ver dans un cimetière, en gros il se nourrit de corps en décomposition. Donc on aimait bien l'idée qu'il en ait ras le bol de son job et qu'il en parle comme s'il se tuait à la tâche. Comme s'il bossait à l'usine. Il est juste blasé.

Edie : Y'a plein de gens qui y ont vu un symbole phallique, ou quelque chose comme ça. Et un groupe de parents s'est plaint...

Josh : Ils ont prétendu qu'on faisait des blagues de cul pour les gamins.

Edie : Absolument pas. The Worm n'est pas un pénis.

[*Rires*]

TB : À votre avis, qu'est-ce qui a provoqué cet engouement pour *Sang d'encre* ?

Edie : On n'a pas plus de réponse que vous. On vit tout ça de l'intérieur, on n'a pas de recul.

Josh : On peut seulement en conclure qu'il y a bien plus de gens tordus dans le monde que ce qu'on aurait cru !

[*Rires*]

TB : Qu'est-ce qui rend Harty, le cœur désincarné qui est le héros du film, aussi attachant pour le public ? C'est vous qui faites la voix d'Harty, Josh ?

Josh : Oui, heu... [*longue réflexion*] Il sait qu'il est méchant, mais il essaie d'être gentil.

Edie : Il n'est pas réellement méchant. Sinon il n'essaierait pas d'être gentil.

Josh : À mon avis, les gens s'identifient un peu à lui.

Edie : Il a traversé pas mal d'épreuves.

Josh : Ouais, il a dû traverser une cage thoracique, un cercueil et remonter jusqu'à la surface.

[*Rires*]

TB : Quels sont vos projets pour ce film ? Rester sur YouTube ou... ?

Edie : On n'a pas vraiment de projets, si ?

Josh : Les projets c'est pour les abrutiks !

TB : Mais le succès est énorme ! Ça vous rapporte gros, non ?

Josh : Carrément. Qui aurait pu le prévoir ? C'est dingue.

TB : Est-ce que quelqu'un vous aide à gérer ça ? Un agent ?

Josh : Oui, on a une amie qui s'y connaît là-dedans et qui nous donne un coup de main.

TB : Deux fans ont créé un jeu en ligne basé sur celui auquel joue Drek dans le dessin animé. Est-ce que vous l'avez vu ?

Josh : Oui, on l'a découvert l'autre jour. Ils ont codé tout ça, c'est impressionnant.

Edie : En même temps, c'est bizarre, parce que le jeu de Drek, dans le film...

Josh : Ouais...

Edie : C'est pas vraiment un jeu, en fait. Du moins, c'était pas censé en être un.

[*Josh acquiesce*]

Edie : C'était censé être plutôt l'inverse : tout l'intérêt du jeu, c'est que ce n'est pas un jeu.

TB : Du coup, quand Drek force tout le monde à « jouer le jeu »...

Edie : Il les force ? Je n'en suis pas sûre. Je crois qu'ils le charrient un peu parce qu'il s'ennuie...

Josh : Il s'ennuik.

Edie : Oui, pardon, il s'ennuik, alors les autres acceptent de jouer, mais ça finit toujours mal pour quelqu'un.

Josh : Le jeu de Drek, c'est [*prend la voix du personnage*] : « Joue le jeu, mon pote ! »... suis la règle, quoi. Fais ce qu'on attend de toi.

TB : Donc c'est une métaphore ?

Edie : Oui, mais c'est paradoxal parce que Drek lui-même ne respecte jamais les règles. Ce qu'il aime, c'est voir les autres marcher droit.

TB : Vous dites que vous ne faites pas de projets, mais est-ce qu'il va y avoir... ?

Josh : Des T-shirts de Drek ? L'autre jour, on nous a demandé où est-ce qu'on pouvait se procurer des T-shirts de Drek.

Edie : On s'est dit : sérieux ?

TB : Pas de produits dérivés, donc ?

Edie : [*en riant*] On n'a pas prévu ça !

Josh : On aime prendre les choses comme elles viennent. On s'est bien amusés. On fait pas du business.

Edie : On est plutôt du genre à aller s'allonger dans un cimetière et imaginer des cœurs surgir des cadavres.

[*Rires*]

15 septembre 2011
Extrait d'un tchat interne des cocréateurs du jeu en ligne *Drek's Game*

<15 septembre 2011 20 h 38>

Anomie : « C'est pas ce qu'on voulait dire ». Toutes les règles viennent de son putain de film, à cette espèce de connasse

Morehouse : Calme-toi

Anomie : ça va vraiment mal tourner pour Ledwell. Elle chie sur tous les fans en disant qu'ils sont débiles d'aimer notre jeu

Morehouse : elle a pas dit ça

Anomie : bien sûr que si, elle a dit qu'on était deux cons qui captaient pas ses métaphores

Anomie : c'est de sa faute si les fans se retournent contre elle après

Morehouse : ouais, d'ailleurs mets-la un peu en veilleuse sur Twitter

Anomie : tu sais leur vrai problème ? Notre jeu devient trop populaire. Elle aime pas que les fans se divertissent avec nous en attendant de nouveaux épisodes. Elle a peur qu'on ait trop de pouvoir. Elle va bientôt essayer de nous faire taire

Morehouse : T'es pas un peu parano ? On les menace pas. C'est une grosse hypocrite qui pense qu'à l'argent

5 février 2013
The Buzz, site Internet d'information et de divertissement

Après avoir cartonné sur YouTube, *Sang d'encre* est acheté par Netflix

Le dessin animé culte *Sang d'encre* va quitter YouTube pour Netflix et prépare une deuxième saison. Les animateurs, Josh Blay et sa petite amie Edie Ledwell, qui ont imaginé le dessin animé dans le cimetière de Highgate, auraient signé un contrat à six chiffres avec la plate-forme de streaming.

Les fans du dessin animé sont partagés sur cette nouvelle direction. Certains sont enthousiastes, d'autres craignent que la relation privilégiée que les fans entretiennent avec les créateurs soit brisée.

Le superfan qui se surnomme Anomie, créateur du jeu en ligne *Drek's Game*, très populaire, a déclaré sur Twitter :

> « Et voilà, le contrat tant attendu par Ledwell est en route. Apparemment, tout ce qu'aimaient les fans va être sacrifié au nom de l'argent. Préparez-vous au pire, les p'tits cœurs. »

6 février 2013
Conversation interne entre Anomie et trois modérateurs de *Drek's Game*

<Canal des modérateurs>

<6 février 2013 21 h 41>

**<Anomie, Hartella,
Demony1, Worm28 >**

Anomie : vous avez
vu, The Buzz m'a cité

Hartella : lol, t'es
célèbre !

Anomie : j'étais déjà
célèbre

Anomie : tous les fans
veulent savoir qui
est Anomie

Hartella : c'est vrai, on veut savoir !

Demony1 : je comprends toujours pas pourquoi tes fidèles modérateurs ont pas le droit de savoir

Anomie : j'ai mes raisons

Anomie : je vous avais dit qu'ils iraient chez Netflix, non ?

Hartella : comment tu fais pour toujours savoir ce qui va se passer ?!

Anomie : je suis un génie. En tout cas, je pense qu'il nous faut 2-3 modérateurs en plus, on a de plus en plus de joueurs

Anomie : pourquoi pas cette fille, Paperwhite. Elle a l'air intelligente

Hartella : LordDrek joue depuis plus longtemps et je l'aime bien

Anomie : comment ça tu « l'aimes bien » ?

Hartella : bah il a l'air cool et il est super fan du dessin animé et du jeu

Anomie : je veux pas d'amitiés dans la vraie vie. Règle 14 tu te rappelles ? Anonymat total

<Un nouveau canal privé est ouvert>

<6 février 2013 21 h 43>

<Demony1 invite Worm28>

<Worm28 rejoint le canal>

Demony1 : de plus en plus modeste, la fille. « Je suis un génie »

Worm28 : Anomie ?

Demony1 : qui d'autre ?

Worm28 : tu crois toujours qu'Anomie est une fille ?

Hartella : je le connais pas en vrai, il a juste l'air sympa !

Anomie : ok, je vais demander à lui et Paperwhite. Et peut-être Vilepechora, il est toujours là, il le mérite

Hartella : tu dois pas consulter Morehouse ?

Anomie : pourquoi ?

Anomie : il sera content de mon choix de toute façon

Anomie : c'est moi qui suis célèbre je te rappelle

Hartella : lol

>

>

>

Hartella : il est où, Morehouse d'ailleurs ? Il vient plus beaucoup en ce moment

Anomie : Tkt il va revenir

Demony1 : j'en suis sûr. Je le sais, vu ce qu'elle dit

Worm28 : Morehouse connait Anomie en vrai et il dit que c'est un homme

Demony1 : c'est juste pour brouiller les pistes

Worm28 : Anomie c'est quelqu'un, ok ?

Demony1 : tout le monde est quelqu'un

Worm28 : je veux dire un genre d'espion dans *Sang d'encre*

Demony1 : peut-être, j'en sais rien

Worm28 : dommage qu'ils ont quitté Youtube. J'ai pas Netflix. J'ai pleure quand j'ai su

Demony1 : j'étais triste aussi, mais faut qu'Anomie arrête de dénigrer L******. Elle va finir par interdire le jeu

Worm28 : dis pas ça, je vais mourir

28 mai 2014
The Buzz, site Internet d'informations et de divertissement

L'agent d'Edie Ledwell confirme son hospitalisation

Après plusieurs jours de rumeurs, Allan Yeoman, agent de l'autrice/réalisatrice Edie Ledwell, a confirmé que la cocréatrice de *Sang d'encre* avait été hospitalisée dans la nuit du 24 mai, mais qu'elle avait à présent regagné son domicile.

Dans un communiqué, Yeoman, à la tête de l'agence AYCA, a déclaré :

« À la demande d'Edie Ledwell, nous confirmons qu'elle a été admise à l'hôpital le 24 mai et qu'elle en est sortie. Edie tient à remercier les fans pour leur intérêt et leur soutien, et leur demande de respecter son intimité afin de pouvoir se concentrer sur sa santé. »

Les hypothèses sont allées bon train du côté des fans quand la presse a annoncé que la police et une ambulance avaient été appelées au domicile de la créatrice le 24, un peu avant minuit. Des témoins ont déclaré qu'Edie Ledwell avait été transportée inconsciente dans l'ambulance sur un brancard.

Les fans de *Sang d'encre*, dont l'attitude sur les réseaux a été qualifiée de « toxique », sont divisés au sujet de l'hospitalisation de l'artiste. La plupart des fans ont exprimé leur soutien mais quelques trolls ont suggéré qu'Edie Ledwell avait mis en scène une tentative de suicide pour s'attirer la compassion...

28 mai 2014
Tchats internes entre Paperwhite, nouvelle modératrice de *Drek's Game*, Morehouse et Anomie, cocréateurs de *Drek's Game*

<Canal privé>

<28 mai 2014 23 h 03>

Paperwhite : alors
L******a vraiment
essayé de se suicider ?

Morehouse : on dirait

Paperwhite : merde
trop triste

Morehouse : ouais

Paperwhite : t'as
parlé à Anomie ?

Morehouse : pas encore

Morehouse : je crois
qu'il m'évite

Paperwhite : pourquoi ?

Morehouse : parce que je lui ai dit de lâcher la grappe de L****** sur Twitter

Paperwhite : en vrai, tu crois pas que c'est pour ça qu'elle l'a fait ? À cause des trolls de Twitter ?

Morehouse : je sais pas mais ça doit pas aider qu'on te traite tout le temps de vendue et de traître

>

Paperwhite : t'es trop mignon

Morehouse : ah bon ?!

Paperwhite : je veux dire sympa

Paperwhite : t'es même pas vénère qu'Anomie récolte toute la gloire

Morehouse : je lui laisse

Morehouse : la vie c'est pas juste ton nombre de followers sur Twitter

Paperwhite : lol t'es trop un sage. En vrai, trop classe

Paperwhite : je peux te demander un truc ?

Morehouse : vas-y

Paperwhite : est-ce qu'Anomie est un mec ?

Morehouse : oui bien sûr, pourquoi ?

Paperwhite : Demony1 pense que c'est une fille

Paperwhite : il a fait genre Anomie et toi vous êtes ensemble

Morehouse : Demony1 est un fouille-merde, faut pas écouter ce qu'il dit sur moi ou Anomie

Paperwhite : Hartella m'a dit que t'es fâché avec Demony1

Morehouse : ouais, il est con et immature parfois

Morehouse : attends, Anomie est arrivé

>

>

>

>

Paperwhite : il dit quoi ?

>

>

>

>

>**Morehouse** : il veut que je modère demain

<Un canal privé a ouvert>

<28 mai 2014 23 h 05>

<Anomie invite Morehouse>

Anomie : salut

<Morehouse a rejoint le canal>

Morehouse : je t'ai envoyé des textos toute la journée

Anomie : j'avais des trucs à faire. J'ai besoin que tu modères demain matin, je peux pas me libérer

Morehouse : moi non plus, j'ai un article à rendre

>

>

>

>

>

>

>

Paperwhite : j'avais peur qu'il sache que je t'ai envoyé des photos

>

>

Morehouse : t'es tjs là ?

Paperwhite : oui

>

>

>

>

Morehouse : ok, je fais vite

Paperwhite : < 3

>

>

>

>

>

Anomie : qu'est-ce que tu fais là alors ? Ou est-ce qu'un « article à rendre », c'est un rdv avec Paperwhite ?

Morehouse : ha ha

Anomie : vous avez l'air de bien vous entendre. J'espère que vous avez pas échangé de photos. Règle 14, n'oublie pas

Morehouse : t'as vu les infos ?

>

Anomie : quoi, le « suicide » ? Ouais j'ai vu

Morehouse : faut que tu lâches Ledwell, je suis sérieux

Anomie : dis ça au reste des fans. Tu crois qu'il y a que moi qui en ai ras le bol de son hypocrisie et de sa duplicité ?

Morehouse : y a que toi à avoir cinquante mille followers sur Twitter que t'incites à la harceler

Anomie : si elle a vraiment essayé de se foutre en l'air, c'est pas à cause de Twitter. Sûrement un coup de pub

Anomie : du coup je vais demander à Hartella de modérer demain si tu peux pas

>

>

>

>

>

>

>

>

>

Morehouse : c'est fait

Paperwhite : il t'a écouté ?

Morehouse : tjs difficile de savoir avec Anomie. Peut-être qu'il a retenu un truc

Morehouse : mais il aime pas qu'on parle, toi et moi

Paperwhite : ouais d'ailleurs… tu vas m'envoyer une photo aussi ?

Morehouse : je peux pas

Morehouse : la caméra de mon téléphone marche plus

Paperwhite : va te faire foutre, Morehouse

Morehouse : lol. Ok, j'aime pas les photos

Morehouse : pourquoi tu peux pas, toi ?

Anomie : rdv à l'hosto

Morehouse : merde, ça va ?

Anomie : c'est pas moi, je l'amène juste

Anomie : et putain, ce connard pourrait prendre les transports en commun

Anomie : bon je te laisse retourner à ton « article »

<Morehouse a quitté le canal>

<Anomie a quitté le canal>

<Le canal privé est fermé>

Paperwhite : je t'aurais pas envoyé ma photo hier soir si j'avais pas pensé que tu ferais pareil

Morehouse : t'es magnifique

Paperwhite : merci

Morehouse : moi non

Paperwhite : on s'en fout. Je veux juste une photo de toi

Paperwhite : j'adore parler avec toi. Je veux juste voir à quoi tu ressembles !

Morehouse : imagine le geek de base

Paperwhite : j'aime bien les geeks. Envoie une photo !

Morehouse : alors ça se passe comment, l'école d'art ?

Paperwhite : waouh, super le changement de sujet

7 janvier 2015
The Buzz, site Internet d'information et de divertissement

Fans de *Sang d'encre*, attention !

D'après nos infos, les studios Maverick Film ont le projet d'adapter votre dessin animé préféré en film ! Les pourparlers entre Maverick, Josh Blay et Edie Ledwell seraient « à un stade avancé », et un contrat devrait se concrétiser d'un jour à l'autre. Qu'est-ce que vous pensez de ce passage au grand écran ? Dites-le-nous en commentaires !

Les commentaires font l'objet d'une modération.
***The Buzz* se réserve le droit de supprimer les commentaires qui ne se conforment pas au règlement.**

Carla Mappin	*Sang d'encre* c'est fini. C'est devenu une grosse machine à fric	402	52
Sharon Leaman	Trop hâte. Le film va être génial !	49	131
Anomie	Ledwell la gourmande était soi-disant « contre les produits dérivés » et maintenant elle gratte tout ce qu'elle peut.	984	12
→ **Brian Daniels**	Pourquoi est-ce qu'elle devrait refuser cette récompense financière ?	28	49
→ → **Anomie**	Parce qu'elle nique les fans sans qui elle serait rien.	889	20
→ → → **Brian Daniels**	Alors ne regarde pas le film.	19	34
→ → → → **Anomie**	Maverick a besoin de nous plus que de Ledwell. S'ils la virent, les fans iront peut-être voir le film.	996	61

7 janvier 2015
Tchats internes entre six des huit modérateurs de *Drek's Game*

<Un nouveau canal privé est ouvert>

<7 janvier 2015 16 h 01>

<LordDrek invite Vilepechora, Paperwhite, Hartella, Demony1, Worm28>

LordDrek : CECI EST URGENT

<Paperwhite a rejoint le canal>

Paperwhite : c'est au sujet du film ?

LordDrek : bien plus important que ça

<Hartella a rejoint le canal>

Hartella : putain, vous avez vu les infos ?

Paperwhite : pour le film ?

Hartella : non, les mecs qui ont tiré sur des dessinateurs à Paris

<Worm28 a rejoint le canal>

<Vilepechora a rejoint le canal>

Paperwhite : Charlie quelque chose, ouais

LordDrek : Charlie Hebdo

LordDrek : voilà ce qu'on devrait faire à Ledwell. Aller là-bas et faire un carnage, la tuer avec tous ceux qui bossent sur le film

Vilepechora : lol

Worm28 : Drek, rigole pas avec ce gnere de trucs

Paperwhite : c'est pour ça que tu voulais nous réunir, pour planifier une tuerie ?

LordDrek : pas si loin que ça

Paperwhite : pourquoi t'as pas invité Anomie ou Morehouse ?

LordDrek : pour Anomie, tu vas comprendre dans une minute.
Morehouse parce que je lui fais pas confiance, il est capable de tout cafter à Anomie

Paperwhite : cafter quoi ?

LordDrek : tu verras

Worm28 : tu mr fais peur

LordDrek : attends d'entendre ce que j'ai à dire

LordDrek : là t'auras vraiment les boules

<Demony1 a rejoint le canal>

Demony1 : désolé, j'ai dû me changer

Vilepechora : t'es au courant qu'on te voit pas, non ?

Demony1 : ha ha

Demony1 : j'étais en tenue de sport

Vilepechora : quel sport ?

Demony1 : foot

LordDrek : ok, préparez-vous

LordDrek : Vilepechora et moi on a des doutes sur Anomie

LordDrek : alors on a tracé son adresse IP

Paperwhite : quoi ?

Vilepechora : y a d'autres trucs qu'on a découverts/déduis

Vilepechora : mais l'adresse IP confirme qui elle est vraiment

Demony1 : putain je SAVAIS que c'était une fille !

LordDrek : bah t'avais raison

LordDrek : mais pas n'importe qui

Hartella : c'est-à-dire ?

LordDrek : bon, ok

LordDrek : Anomie = Edie Ledwell

>

Demony1 : putain pas possible

Worm28 : ?????????

Paperwhite : putain ça a pas de sens !

Vilepechora : si

Vilepechora : elle nous a eus

LordDrek : elle nous a pris pour des cons

Hartella : pourquoi elle ferait ça ?

LordDrek : parce qu'elle joue un double jeu

Demony1 : dsl mais c impossible

LordDrek : c'est vrai pourtant

LordDrek : elle va « trouver un accord »

avec Anomie pour officialiser le jeu et faire rentrer le cash

Vilepechora : sauf qu'Anomie existe pas. C'est le jeu de Ledwell depuis le début

Demony1 : j'y crois pas

Paperwhite : moi non plus

Paperwhite : Morehouse aurait jamais accepté ça

LordDrek : t'as rencontré Morehouse en personne ?

Paperwhite : non

Vilepechora : tu l'as pas regardé se branler devant toi sur ta webcam ?

Paperwhite : va te faire foutre

Paperwhite : je crois pas que Morehouse aurait laissé Ledwell nous piéger comme ça c'est tout

Demony1 : elle gagnerait quoi à se faire passer pour Anomie et se troller elle-même ?

LordDrek : facile : « rencontrer » Anomie et décider que finalement il est du bon côté. Il s'inquiète sincèrement de la surcommercialisation et toutes ces conneries

LordDrek : on va vendre le jeu, comme ça Anomie aura toujours les bénéfices, il le mérite

LordDrek : elle mettra sans doute un gamin handicapé pour jouer Anomie, histoire d'en rajouter une couche

LordDrek : ensuite Anomie le paralytique dira aux fans qu'en la rencontrant il s'est rendu compte qu'il s'était trompé sur elle, qu'elle est fantastique. Blay sera mis de côté/attaqué par les fans qui veulent le jeu

Vilepechora : les fans seront à fond pour Ledwell, elle empochera le fric

LordDrek : et les fans casqueront en pensant que le fric va à Anomie

LordDrek : seul pb : Ledwell va avoir besoin d'une victime qui aurait « hacké » Anomie, ou une autre excuse qu'elle trouvera pour justifier qu'elle l'a descendue pendant tout ce temps

LordDrek : et elle a les moyens et assez de contacts pour nous faire porter le chapeau

Worm28 : je comprends pas. Elle déteste Anomie

Vilepechora : tout ça c'est faux, abruti. Elle joue les victimes pour la presse et les fans

LordDrek : si vous voulez des preuves, je vous en envoie maintenant

<LordDrek veut vous envoyer un fichier>

<Cliquez sur alt+y pour accepter le fichier>

>

>

>

>

Worm28 : merde c'est énorme

Hartella : dingue les gars, vous bossez là-dessus depuis combien de temps ?

LordDrek : des mois

>

>

Hartella : waouh

Hartella : quand le jeu a planté au moment où Ledwell était

à l'hôpital ????
J'ai jamais fait le rapprochement !

Paperwhite : vous êtes sûrs que les dates collent ?

Hartella : j'ai toujours su que c'était une menteuse mais là c'est ouf

Demony1 : comment vous avez récupéré ses emails à son agent ???

LordDrek : d'une source sympa qui bosse pour l'agent et trouve que Ledwell est une connasse

Hartella : MAIS OUI - vous vous rappelez quand elle a dit qu'elle parlerait à Anomie uniquement en personne ?

Vilepechora : ouais, elle préparait le terrain

Hartella : j'ai trouvé ça super bizarre sur le coup ! Pourquoi elle aurait voulu le rencontrer vu qu'il la déteste ?

Vilepechora : exactement

LordDrek : et lisez les tweets supprimés. Elle s'est plantée plusieurs fois en tweetant par erreur. Des messages d'Anomie depuis son compte

Hartella : j'ai envie de gerber

Vilepechora : et oublie pas qu'on a dit des saloperies sur Ledwell devant elle pendant tout ce temps

Worm28 : alors c'est la fin du jeu ? on peut plus jouer ?

Paperwhite : mais non c'est pas fini, sois pas bête

Paperwhite : ce jeu il est à nous, pas à elle

Paperwhite : le jeu est plus fort que Blay/Ledwell

Worm28 : arrête d'utiliser leurs vrais noms, on a pas le droit ! Règle 14 !

LordDrek : à mon avis, B*** a le droit de savoir qu'elle l'a trahi

LordDrek : elle essaie de le niquer comme nous

Vilepechora : comment on fait pour l'avertir ?

>

Hartella : je peux aller le voir si vs voulez

Worm28 : on c'est pas ou il habite

Hartella : moi si. Il sera OK pour me parler j'en suis sûre

Paperwhite : tu connais J*** B*** ? en vrai ?

Hartella : oui. Je l'ai dit aux autres mais t'as dû nous rejoindre après. J'étais l'assistante de L****** et B***

Paperwhite : quoi ?????

Hartella : Drek, on pourrait aller parler à J*** ensemble

LordDrek : je peux pas chérie, dsl, je suis occupé avec tu sais quoi

Worm28 : quoi ?

LordDrek : pas ton pb

Worm28 : je suis la seule a respecter la règle 14 ?

Hartella : ok alors j'irai toute seule pour lui montrer le dossier

LordDrek : t'es sérieuse ?

Hartella : bien sûr, c'est nul ce qu'elle fait

Demony1 : Hartella, tu la connais - tu penses vraiment qu'elle a pu se faire passer pour Anomie ?

Hartella : franchement, oui. C'était pas cool de bosser pour elle. Elle est dure et elle pense qu'à sa gueule

LordDrek : t'es sûre que tu veux y aller seule ?

Hartella : ouais sans pb

LordDrek : dommage j'aurais bien aimé venir

Vilepechora : c'est super de ta part, Hartella

Hartella : rien n'est trop bien pour les fans

Vilepechora : ok oubliez pas : on dit rien sur le canal des modérateurs, ni devant Anomie ou Morehouse

Vilepechora : on est jamais trop prudent

Vilepechora : on fait comme d'hab

Vilepechora : pas de blague ou de sous-entendu, rien

Vilepechora : parce qu'elle va chercher un bouc émissaire, rappelez-vous

<Worm28 a quitté le canal>

Paperwhite : je dois modérer, à plus

<Un nouveau canal privé est ouvert>

<7 janvier 2015 16 h 25>

<LordDrek invite Hartella>

<Hartella rejoint le canal>

Hartella : salut ! comment ça se passe les répèts ?

LordDrek : plein de boulot, c'est du Tchekhov, quoi. Dis, tu pourrais me rendre un service steup ?

LordDrek : dis pas à Josh où tu as eu le dossier

LordDrek : s'il pense que deux modérateurs de Drek's Game ont monté ça, il y croira pas

<Paperwhite a quitté le canal>

Demony1 : j'ai toujours des doutes les gars

Vilepechora : lis le dossier et tu changeras d'avis

<Demony1 a quitté le canal>

>

>

>

<Hartella a quitté le canal>

LordDrek : ils sont tous partis ?

Vilepechora : ptdr

Vilepechora : putain ils sont cons

Vilepechora : pas sûr que Demony1 ait gobé l'histoire

LordDrek : on s'en balek de ce que pense ce petit pédé

LordDrek : ce qui compte c'est que Blay y croie

Vilepechora : c'est clair

LordDrek : j'ai appelé cette grosse vache de Hartella « ma jolie »

Vilepechora : ptdr espèce de deb

Hartella : ok mais je dis quoi alors ?

LordDrek : dis que des fans inquiets te l'ont envoyé. C'est incroyable, t'es une leader parmi les fans

Hartella : ok, je vois. Je vais essayer d'aller voir Josh samedi

LordDrek : t'es une star. Tiens-nous au courant

Hartella : ça marche xxx

Hartella : ok faut que je retourne bosser,
à plus xxx

LordDrek : merci ma jolie xxx

<Hartella a quitté le canal>

<LordDrek a quitté le canal>

<Le canal privé est fermé>

LordDrek : mais elle a accepté de pas dire où elle avait eu les infos

Vilepechora : truc de ouf

Vilepechora : tu penses que Paperwhite va en parler à Morehouse ?

LordDrek : non sauf si elle est complètement conne

LordDrek : explosif allumé, mon pote

Vilepechora : lol si ça marche…

6

Tu auras la gloire ! Oh, moquerie ! Donne au roseau
Un abri contre les vents – donne à la lourde vigne
Un support où enrouler ses tiges –
Donne à la fleur assoiffée une goutte de pluie et sa part
De mots d'amour à la femme ! Vaine gloire !

Felicia HEMANS,
Properzia Rossi

En ce dernier vendredi après-midi de janvier, Robin était assise seule à son bureau de l'agence de Denmark Street, à feuilleter le dossier Groomer pour tuer le temps avant une visite d'appartement à Acton. La rue était bruyante : d'importants travaux de construction continuaient de perturber la circulation sur Charing Cross Road et, dès qu'on mettait le pied hors du bureau, il fallait emprunter des passerelles en bois au milieu des marteaux-piqueurs à air comprimé et des ouvriers qui sifflaient.

À cause de ce brouhaha à l'extérieur, la seule chose qui indiqua à Robin qu'un client potentiel avait franchi le seuil, ce n'était pas le bruit de la porte vitrée qui s'ouvrait, mais la sonnerie du téléphone de son bureau.

Elle décrocha et entendit la voix de baryton de Pat.

— Message de la part de M. Strike. Est-ce que vous seriez disponible pour vous rendre à Gateshead ce samedi ?

C'était un code. Depuis la résolution d'un *cold case* l'année précédente, qui avait valu à l'agence des éloges dans la presse, deux clients potentiels, particulièrement excentriques, s'étaient présentés. La première, manifestement dérangée, avait supplié Barclay, le seul détective présent à ce moment-là, de l'aider à prouver que le gouvernement la surveillait à travers la grille d'aération de son appartement, à Gateshead. Le second, un homme tout tatoué et un peu fou, avait menacé Pat quand elle lui avait annoncé qu'aucun détective n'était présent pour écouter son réquisitoire contre son voisin, qui selon lui appartenait à l'État islamique. Par chance, Strike était entré au moment où l'homme saisissait l'agrafeuse de Pat pour la lui balancer au visage. Depuis lors, Strike tenait à ce que Pat verrouille la porte d'entrée quand elle était seule au bureau, et ils étaient tous convenus d'un code qui signifiait, en gros : « Y a un dingue à l'accueil. »

— Menaçant ? demanda Robin doucement en refermant le dossier Groomer.

— Oh non.

— Dérangé ?

— Peut-être un peu.

— Un homme ?

— Non.

— Vous lui avez demandé de partir ?

— Oui.

— Elle veut parler à Strike ?

— Pas nécessairement.

— O.K., Pat, je vais la recevoir. J'arrive.

Robin raccrocha, replaça le dossier Groomer dans le tiroir et se dirigea vers l'accueil.

Une jeune femme aux cheveux châtains mi-longs et décoiffés était assise sur le canapé en face du bureau de Pat. Plusieurs détails étranges frappèrent immédiatement Robin. Elle donnait l'impression d'être négligée, voire pire : elle portait de vieilles bottines aux semelles élimées, du mascara appliqué à la va-vite peut-être bien la veille et une chemise froissée au point qu'elle semblait avoir dormi avec. Toutefois, à moins d'une contrefaçon, le sac à main Yves Saint Laurent posé sur le canapé à côté d'elle devait avoir coûté plus de mille livres et son long manteau de laine noir paraissait tout neuf et de grande qualité. Quand elle aperçut Robin, la jeune femme prit une brève inspiration et lança, avant que la détective ait pu ouvrir la bouche :

— S'il vous plaît, ne me mettez pas dehors. Par pitié. J'ai vraiment besoin de vous parler. Je vous en prie.

Robin hésita avant de répondre :

— O.K., entrez. Pat, vous pouvez dire à Strike que je m'occupe de Gateshead ?

— Très bien. Mais à votre place, j'aurais refusé.

Robin invita la jeune femme à entrer dans son bureau, puis articula silencieusement à l'intention de Pat : « Vingt minutes. »

Quand Robin ferma la porte séparant les deux pièces, elle remarqua que les cheveux de la jeune femme étaient tout emmêlés, formant une espèce de paquet, comme si elle ne s'était pas coiffée depuis des jours, mais l'étiquette qui dépassait de son manteau portait la marque Alexander McQueen.

— C'était un genre de code ? demanda-t-elle en se tournant vers Robin. Cette histoire de Gateshead ?

— Non, non, mentit Robin avec un sourire rassurant. Asseyez-vous.

Robin s'installa derrière le bureau et la femme, qui paraissait du même âge qu'elle, sur la chaise d'en face. Malgré ses cheveux en bataille, son maquillage raté et ses traits tirés, elle était jolie, d'une façon peu conventionnelle. Elle avait un visage carré et pâle, une bouche pulpeuse et des yeux d'une étonnante couleur ambre. À en juger par son accent, elle était originaire de Londres. Robin remarqua un petit tatouage aux contours flous sur l'une de ses phalanges : un cœur noir qu'elle aurait pu se tatouer elle-même. Elle avait les ongles rongés jusqu'au sang et des traces jaunâtres sur l'index et le majeur de la main droite. Tout cela donnait l'impression d'une femme qui traversait une mauvaise passe et avait piqué les affaires d'une copine plus fortunée qu'elle.

— Je peux pas fumer, j'imagine ? demanda-t-elle.

— Non, en effet, nous sommes dans un espace non-fumeur…

— C'est pas grave. J'ai des chewing-gums.

Elle fouilla dans son sac à main dont elle sortit d'abord un dossier brun rempli de papiers. Alors qu'elle tentait de déballer un chewing-gum tout en maintenant son sac en équilibre sur ses genoux sans lâcher le dossier, les papiers qu'il contenait glissèrent et s'éparpillèrent au sol. D'après ce que pouvait voir Robin, il s'agissait de tweets imprimés et de notes manuscrites.

— Merde, désolée, lâcha la jeune femme en ramassant les documents disséminés pour les remettre dans la pochette.

Elle se redressa, encore plus échevelée à présent, engoncée dans son manteau, serrant son sac contre elle comme s'il s'agissait d'un animal en danger.

— Vous êtes bien Robin Ellacott ?

— Oui.

— C'est vous que j'espérais trouver, j'ai lu un article à votre sujet dans le journal.

Robin fut surprise. En général, les clients demandaient Strike.

— Je m'appelle Edie Ledwell. Votre assistante m'a dit que vous ne preniez plus de nouveaux clients…

— En effet.

— Je sais que vous devez être très sollicités, mais j'ai les moyens de payer. Ça ne pose aucun problème, et pour être honnête, je suis complètement désespérée.

— Malheureusement, nous n'avons vraiment plus aucun créneau. Nous avons une longue liste d'attente.

— Est-ce que je peux simplement vous expliquer ce qui m'amène ? Juste ça ? S'il vous plaît ? Et ensuite, si vous ne pouvez pas vous occuper de mon affaire, vous pourriez me conseiller quelqu'un ? Je vous en prie…

— Je vous écoute.

Robin était curieuse.

— Est-ce que vous avez entendu parler de *Sang d'encre* ?

— Heu… oui, dit la détective, surprise.

Sa cousine Katie avait mentionné le dessin animé un soir, à Zermatt. Elle l'avait regardé pendant son congé maternité et était devenue accro, sans pour autant savoir si elle trouvait ça drôle ou juste bizarre.

— C'est sur Netflix, non ? Je n'ai jamais regardé.

— O.K., bon, c'est pas très important. En fait, c'est moi qui l'ai cocréé avec mon ex-petit ami, et ça a beaucoup de succès.

Edie parut curieusement tendue en prononçant ce mot.

— Il va peut-être y avoir une adaptation au cinéma, mais ça n'a aucun rapport avec… Enfin, ce n'est pas pour ça que je suis là, mais c'est juste pour vous montrer que j'ai les moyens de payer.

Avant que Robin ne puisse réagir, elle poursuivit :

— Il y a quelques années, deux fans – j'imagine qu'on peut les appeler des fans, au début en tout cas – ont créé un jeu en ligne dont les héros sont inspirés de nos personnages. Personne ne connaît leur véritable identité. Ils se font appeler Anomie et Morehouse. Anomie est le plus connu et il est très suivi sur les réseaux. Certains prétendent qu'Anomie et Morehouse sont une seule et même personne, mais je ne sais pas si c'est vrai. Enfin bref, Anomie, il s'est… Je suis sûre que c'est un homme… il s'est mis en tête de… de…

Elle lâcha un rire soudain, totalement dénué de gaieté ; cela aurait pu être un cri de douleur.

— … de me pourrir la vie autant que possible. Au quotidien. Il n'arrête jamais, c'est permanent… Ça a commencé quand Josh et moi on a donné une interview dans laquelle on nous a demandé notre avis sur ce jeu. Et… c'est difficile à expliquer. Dans le dessin animé, il y a un personnage baptisé Drek. Je regrette vraiment que ce personnage existe, mais c'est trop tard, maintenant. Drek fait jouer les autres personnages à un jeu dont il change constamment les règles et qui se termine toujours mal pour tout le monde, sauf pour lui. Ce n'est pas *vraiment* un jeu, en fait, il n'y a aucune logique, il s'amuse juste à faire tourner les autres en bourrique.

« Donc, dans cette interview, on nous a demandé si on avait vu le jeu d'Anomie et de Morehouse et on a répondu que oui, mais que dans notre dessin animé, il ne s'agissait pas réellement d'un jeu. C'est plutôt une métaphore… Je suis désolée, tout ça doit vous paraître stupide, mais c'est comme ça que ça a commencé, vous voyez, quand j'ai déclaré que le jeu d'Anomie n'était pas vraiment le même que celui de Drek dans le dessin animé.

« Quand l'interview est parue en ligne, Anomie a pété un plomb. Il s'est mis à m'attaquer non-stop. Il a prétendu que toutes les idées venaient du dessin animé, qu'il n'avait rien changé. Plein de fans ont pris son parti en pensant que je critiquais le jeu parce qu'il est accessible gratuitement et que je cherchais avant tout le profit.

« J'ai pensé que ça allait se tasser, mais ça n'a fait qu'empirer. Vous ne pouvez pas imaginer jusqu'où c'est allé. Anomie a publié en ligne une photo de mon appartement. Il a convaincu les gens que je me prostituais quand j'avais besoin d'argent. Il m'a envoyé des photos de ma mère décédée en prétendant que je mentais sur sa mort. Et les fans croient tout ça, ils me reprochent des choses que je n'ai jamais faites, jamais dites, des choses auxquelles je ne crois pas. Mais il connaît aussi des détails réels de ma vie, qu'il n'a pas à connaître.

Robin voyait que les doigts de la jeune femme, qui serraient les poignées de son sac à main, tremblaient.

— L'année dernière, j'ai fait une tentative de suicide.

— Je suis vraiment…

Edie l'interrompit d'un geste impatient : manifestement elle ne voulait pas qu'on s'apitoie sur elle.

— Presque personne n'était au courant, sauf Anomie qui l'a su avant que la presse n'en parle ; il savait où j'étais hospitalisée. Il l'a annoncé sur Twitter, en prétendant que c'était une mise en scène pour amadouer les fans.

« Et puis dimanche dernier, Josh, le type avec qui j'ai créé *Sang d'encre*… comme je vous l'ai dit on était… on était ensemble mais on s'est séparés. On continue de collaborer sur le dessin animé. Josh m'a appelée pour m'informer qu'une rumeur courait selon laquelle Anomie c'était moi, et que j'avais monté ces attaques de toutes pièces pour attirer l'attention et inspirer la pitié. Je lui ai demandé qui m'accusait comme ça, mais il n'a pas voulu me donner de nom. Il s'est contenté de répéter ce qu'on lui avait raconté. Et il voulait que je lui dise droit dans les yeux que ce n'était pas vrai. J'ai explosé : « Comment est-ce que tu peux penser une seule seconde que ça pourrait être vrai, putain ? »

Edie avait presque crié.

— Je lui ai raccroché au nez, mais il a rappelé, on s'est de nouveau disputés, ça fait environ deux semaines et il continue de le croire. J'arrive pas à le convaincre.

On frappa à la porte.

— Oui ? lança Robin.

— Quelqu'un veut un café ? proposa Pat en entrouvrant la porte.

Robin savait que Pat voulait s'assurer que tout se passait bien, parce qu'elle avait entendu Edie hausser la voix.

— Non, merci, Pat, répondit Robin. Edie ?

— Heu… non, merci.

Pat referma la porte.

— Avant-hier, reprit Edie, Josh et moi on s'est parlé au téléphone, et cette fois il m'a annoncé qu'il avait tout un dossier de « preuves » attestant que j'étais Anomie.

— Est-ce que c'est ça ? tenta Robin en pointant le doigt vers le sac d'Edie posé sur ses genoux, contenant la pochette en carton.

— Non, ça c'est juste les tweets que m'a envoyés Anomie. Je ne pense pas que ce soi-disant dossier dont a parlé Josh existe. Je lui ai demandé d'où il venait et il a refusé de me répondre. Il était défoncé, il fume beaucoup d'herbe. J'ai raccroché encore une fois.

« Hier j'ai passé la journée… à tourner en rond. Quels éléments il peut bien avoir pour prouver que je suis Anomie, putain ? C'est ridicule !

Sa voix monta de nouveau dans les aigus et se brisa. Les larmes coulèrent sur ses joues et en voulant les essuyer, Edie étala son mascara qui laissa de longues traînées noires sur son visage.

— Mon copain était au travail et j'étais… je me sentais tellement désespérée que je me suis dit qu'il y avait un seul moyen d'arrêter tout ça. Il faut que je révèle l'identité d'Anomie, preuves à l'appui. Parce que je crois bien que je sais de qui il s'agit.

« Il s'appelle Seb Montgomery. Il était en école d'art avec Josh. Josh s'est fait virer, mais ils sont restés amis. Seb a bossé avec nous sur les deux premiers épisodes de *Sang d'encre*. Il est bon en animation, mais on n'a plus eu besoin de lui ensuite et je sais qu'il nous en a voulu quand on a commencé à avoir du succès. Il m'a accusée. Je l'ai jamais beaucoup apprécié, c'est vrai, mais j'ai pas forcé Josh à le lâcher, c'est juste qu'on n'avait plus besoin de lui.

« Seb et Josh sont restés amis. Josh ne sait pas garder les choses pour lui, il n'a aucun filtre, surtout quand il est bourré et défoncé, c'est-à-dire la plupart du temps. Du coup, c'est comme ça que Seb a dû apprendre des trucs personnels qu'Anomie sait sur moi, mais ce qui prouve que c'est bien lui, c'est qu'Anomie connaît quelque chose que je n'ai dit qu'à Seb. Vous voyez, il y a un autre personnage dans le dessin animé…

Même si Robin ressentait une compassion sincère pour cette jeune femme venue sans rendez-vous, elle jeta un coup d'œil discret à sa montre. Le temps passait et elle avait un appartement à visiter à Acton.

— Ce personnage s'appelle Paperwhite, c'est un fantôme et elle aussi, elle a causé plein de problèmes, mais… Bref, un soir, j'ai raconté à Seb que pour le personnage de Paperwhite, je m'étais inspirée de mon ex-coloc. Et il y a un mois, Anomie a balancé ça sur Twitter en donnant le nom de ma coloc.

« J'ai appelé Seb. Je lui ai dit : « À qui t'as parlé de Paperwhite et Shereece ? » Et il a fait celui qui se rappelait même pas la conversation.

« Il ment. Je sais que c'est lui, Anomie. Je le sais, et il faut que je le prouve, je peux pas continuer comme ça. Il y a six mois, j'ai créé un profil de joueur, pour voir à quoi ressemble le jeu de l'intérieur. C'est magnifique, il faut le dire ; celui qui l'a créé a vraiment du talent, mais c'est pas aussi bien qu'un vrai jeu. Ça ressemble plus à un chatroom animé. Beaucoup de fans se connectent là-dessus juste pour raconter des saloperies sur moi, apparemment. J'ai voulu demander à d'autres joueurs qui était Anomie et s'ils avaient des infos sur lui. Quelqu'un a dû lui dire que je posais trop de questions, parce qu'on m'a interdit l'accès.

« J'ai quasiment pas dormi la nuit dernière, et quand je me suis réveillée ce matin, je me suis dit : il faut que j'agisse, parce que ça peut plus durer. J'ai besoin d'un détective privé, alors j'ai pensé…

— Edie, l'interrompit enfin Robin. Je comprends parfaitement que vous vouliez découvrir l'identité d'Anomie, et je compatis, mais…

— S'il vous plaît, la supplia Edie qui semblait tout à coup disparaître dans son grand manteau. Je vous en prie, aidez-moi. Je ferais n'importe quoi, à ce stade.

— On n'enquête pas dans ce domaine-là, expliqua Robin sans mentir. Je pense qu'il vous faut un spécialiste de la cyber-criminalité, et ce n'est pas vraiment notre rayon. Par ailleurs, nous n'avons pas de disponibilité.

— Vous ne pouvez pas vous imaginer ce que ça fait de se demander tout le temps qui c'est, et pourquoi il me déteste à ce point. Sa façon de parler… il aime bien Josh, mais moi il me hait. J'ai l'impression qu'il se prend pour le véritable… je sais pas… comme s'il devait être le seul à contrôler *Sang d'encre*, à décider des scénarios, à faire des recommandations à la société de production et à choisir toutes les voix des acteurs. À l'entendre, on dirait que je suis juste un… un parasite qui s'est incrusté dans l'univers qu'il a créé.

— Écoutez. Je vais vous donner le nom de deux autres agences qui pourraient peut-être vous aider, parce que je ne pense pas qu'on corresponde à vos besoins.

Robin écrivit deux noms sur un papier et le passa à Edie.

— Merci, répondit-elle timidement en regardant le papier qu'elle tenait d'une main tremblante. J'aurais bien voulu… J'aurais aimé que ce soit vous, mais si vous ne pouvez pas…

Elle fourra le papier dans son sac et Robin sentit qu'elle allait l'égarer. En voyant Robin regarder son sac, Edie le souleva légèrement.

— Ça fait seulement un mois que je l'ai, expliqua-t-elle en le tournant pour montrer à Robin plusieurs taches maculant le cuir rouge foncé. Mon stylo a fui. Je sais pas prendre soin de mes affaires. Quand je l'ai acheté, je me suis dit que je le méritais bien parce qu'on cartonne… Tu parles, ajouta-t-elle avec amertume.

Elle se leva, et Robin l'imita. La lumière crue du bureau soulignait la pâleur d'Edie, et quand Robin avança pour ouvrir la porte, elle découvrit qu'elle avait un hématome dans le cou.

— Qu'est-ce qui vous est arrivé ?

— Pardon ?

— Cette trace, là. Vous avez un bleu.

— Oh, ça.

Edie effleura légèrement son cou.

— C'est rien. Je suis maladroite. Vous l'avez remarqué.

Quand les deux femmes entrèrent dans son bureau, Pat leva la tête.

— Est-ce que je peux utiliser vos toilettes ? demanda Edie d'une voix éteinte.

— Oui, elles sont sur le palier, indiqua Robin.

— D'accord. Au revoir, alors.

La porte vitrée s'ouvrit puis se referma et Edie Ledwell disparut.

7

Elle fuit encore, et les chiens affamés toujours plus féroces s'élancent derrière elle,
Elle fuit encore, et les chasseurs toujours plus rapides la poursuivent...

Amy LEVY,
Run to Death

— Qu'est-ce qu'elle voulait ? demanda Pat de sa voix rocailleuse.

— Qu'on enquête sur quelqu'un qui la persécute en ligne.

Même s'ils ne pouvaient pas prendre de nouveau client, et que l'agence n'était pas spécialisée en cyber-criminalité, Robin regrettait de ne pas être en mesure d'enquêter sur le dossier d'Edie Ledwell. Plus l'agence gagnait en notoriété, plus la proportion d'individus improbables qui prenaient contact avec eux augmentait. Évidemment, ceux qui cherchaient à prouver une infidélité ou une trahison étaient, par définition, assez anxieux, mais parmi leurs récents clients, certains, notamment le milliardaire de South Audley Street, avaient une nette tendance à traiter Robin comme leur boniche, et la phrase d'Edie Ledwell, « J'aurais aimé que ce soit vous », l'avait touchée. Derrière la porte vitrée, le bruit de la chasse d'eau se fit entendre et Robin vit la silhouette d'Edie, en manteau noir, passer sur le palier avant de descendre l'escalier en métal.

— Vous lui avez dit non ? lui demanda Pat après avoir tiré une longue bouffée de sa cigarette électronique.

— Bien obligée.

Elle se dirigea vers le coin kitchenette. Elle avait juste le temps pour un thé avant d'aller à Acton.

— Parfait, dit Pat sur un ton sec en se remettant à pianoter sur son clavier. Elle ne m'inspirait pas.

— Pourquoi ça ?

— À mon avis, elle joue la comédie. Et elle est mal coiffée, en plus.

Habituée aux jugements hâtifs de Pat, essentiellement basés sur l'apparence des gens et parfois sur une vague ressemblance avec des personnes de sa connaissance, Robin ne chercha pas à la contredire.

— Vous voulez un thé ? demanda cette dernière tandis que la bouilloire chauffait.

— Avec plaisir, merci, répondit Pat tout en continuant à taper, cigarette électronique toujours à la main.

Robin prépara deux tasses avant de retourner dans son bureau, ferma la porte et se rassit. Elle posa les yeux sur le dossier Groomer, puis le mit de côté, alluma l'ordinateur et tapa dans Google « dessin animé *Sang d'encre* ».

« Dessin animé indépendant devenu culte… », « le film d'animation qui cartonne… », « De YouTube à Hollywood : *Sang d'encre* bientôt sur grand écran ? »

Robin ouvrit YouTube, trouva le premier épisode du dessin animé et cliqua sur Play.

Un air de piano lugubre résonnait tandis qu'une brume se dissipait peu à peu pour révéler des tombes éclairées par la lune. La caméra se faufilait entre des anges de pierre recouverts de lierre jusqu'à ce que surgisse un personnage féminin diaphane, blanc comme le marbre, au milieu des tombes.

— C'est triste, tellement triste, soupira le fantôme.

Bien que son visage fût stylisé de façon simple, son petit sourire sinistre créait une impression étrange.

Elle se retourna pour disparaître entre les tombes, se fondant dans l'obscurité. Au premier plan, une forme noire et brillante jaillit du sol avec un bruit de succion. Quand elle pivota pour se montrer de face, Robin vit que c'était un cœur humain noir de jais, doté d'un visage souriant et aimable qui contrastait totalement avec son apparence grotesque. Robin entendit vaguement la porte vitrée de l'agence s'ouvrir de nouveau, mais n'y prêta pas attention, concentrée sur le cœur qui saluait en agitant une artère sectionnée et en lançant, d'une voix enjouée de présentateur télé pour enfants :

— *Salut ! Je suis Harty. Je vis ici, dans le cimetière de Highgate avec mes amis. Vous devez vous demander pourquoi je ne me suis pas décomposé…*

On frappa à la porte du bureau et Midge entra sans attendre de réponse.

— *Ben c'est parce que je suis mauvais !*

— Oh pardon, s'excusa Midge. Je croyais que tu étais en congé cet après-midi. J'ai besoin de…

L'air déconcerté, elle s'interrompit, et se posta derrière Robin pour regarder l'écran où Harty bondissait à présent entre les tombes et présentait une série de personnages qui sortaient de terre en rampant pour le rejoindre.

— Non mais sans déconner, lâcha Midge d'un air atterré. Toi aussi ?

Robin coupa le son.

— Comment ça, moi aussi ?

— Mon ex était complètement obsédée par ce foutu dessin animé. C'est de la merde. Un truc qu'ils ont dû faire quand ils étaient défoncés.

— C'est la première fois que je le regarde. La fille qui l'a cocréé est venue nous voir tout à l'heure, elle voulait nous engager.

— L'autre, là, machine Ledwell ?

— Oui.

Elle était surprise que Midge connaisse son nom.

— Beth pouvait pas la saquer.

— Ah bon ? Pourquoi ?

— J'en sais rien. Cette communauté de fans est toxique. *« Hé, joue le jeu, mek ! »*, brailla-t-elle d'une voix suraiguë.

— Quoi ?

— C'est une des phrases récurrentes, dans le dessin animé. Beth répétait tout le temps ça quand je voulais pas faire quelque chose. « *Hé, joue le jeu, meuf !* » Complètement con. Elle jouait aussi au jeu, pour de vrai, en ligne.

— Celui qu'a créé Anomie ?

— Je sais pas qui l'a créé. Des conneries pour les gamins, commenta Midge en saisissant le dossier Groomer. Ça t'embête pas si je te pique ça ? Faut que j'ajoute des éléments.

— Vas-y.

Au moment où Midge quittait la pièce, le portable de Robin sonna ; c'était Strike. Elle mit le dessin animé sur Pause.

— Salut.

— Salut, répondit Strike.

Elle entendit un bruit de circulation en fond.

— Désolé, je sais que c'est ton après-midi de repos, mais…

— C'est pas grave, je suis toujours au bureau. J'ai un appartement à visiter à Acton à dix-huit heures. C'était pas la peine de repasser par chez moi avant.

— Ah, O.K. Je me demandais si tu pouvais échanger ta surveillance avec la mienne, demain ? Ce serait plus pratique pour moi d'aller à Sloane Square plutôt que Camden.

— Pas de problème.

Sur l'écran d'ordinateur devant elle, le cœur noir était figé, indiquant l'entrée sombre d'un mausolée.

— Merci, c'est sympa. Tout va bien ? ajouta-t-il, détectant quelque chose d'inhabituel dans la voix de Robin.

— Oui, c'est juste que… on a eu une Gateshead à l'instant. Enfin, Pat l'a mise dans cette catégorie. Mais elle n'était pas vraiment dingue. Est-ce que tu as déjà entendu parler de *Sang d'encre* ?

— Non, c'est quoi ? Un groupe de rock ?

— Un film d'animation, répondit Robin en appuyant de nouveau sur Play.

Le son de la vidéo était toujours coupé. Harty, effrayé, reculait devant une silhouette qui émergeait lentement du caveau. Grande, voûtée et vêtue d'une cape noire, la créature avait un visage en forme d'énorme bec.

— La jeune femme qui l'a cocréé voulait qu'on enquête sur un fan qui la harcèle en ligne.

— Ah, et tu lui as dit quoi ?

— Qu'on n'avait pas de disponibilités, mais je l'ai orientée vers Patterson Inc et McCabes qui font tous les deux dans la cybercriminalité.

— Mouais, j'aime pas filer du boulot à Patterson.

— Je voulais lui rendre service à elle, se justifia Robin. Elle était dans tous ses états.

— Tu as bien fait. En tout cas, merci pour l'échange demain, je te revaudrai ça.

Après qu'elle eut raccroché, elle remit le son. Elle regarda le film d'animation pendant environ une minute sans comprendre grand-chose. Peut-être avait-elle manqué des éléments clés pendant qu'il était en sourdine, mais elle rejoignait quand même Midge : en dehors de l'esthétique séduisante, ça ressemblait à un délire macabre de junkie.

Elle s'apprêtait à éteindre le PC quand Pat frappa et pénétra de nouveau dans le bureau.

— J'ai trouvé ça dans les toilettes, annonça-t-elle en brandissant le dossier en carton. Cette souillon a dû l'oublier. Posé sur le réservoir de la chasse d'eau.

— Oh, fit Robin en le prenant à la main. Bon, ben elle reviendra peut-être le récupérer. Sinon il faudra trouver une adresse pour le lui renvoyer. Est-ce que tu pourrais vérifier rapidement si elle a un agent, Pat ? Elle s'appelle Edie Ledwell.

Pat quitta la pièce, l'air pincé comme pour montrer que cette femme n'annonçait rien de bon. Robin attendit qu'elle referme la porte avant d'ouvrir le dossier. Edie avait imprimé de nombreux tweets d'Anomie, qu'elle avait annotés d'une écriture ronde caractéristique.

Anomie avait plus de cinquante mille followers sur Twitter. Robin se mit à feuilleter les tweets qui n'étaient plus rangés par ordre chronologique, étant donné que les papiers s'étaient éparpillés par terre.

Anomie
@AnomieGamemaster

Ceux qui croient aux pleurnicheries de La Goinfre sur son enfance pauvre doivent savoir que son oncle riche lui a donné deux gros paquets de fric au début des années 2000. #EdieLaMenteuse

16 h 21 22 sept 2011

Sous le tweet, Edie avait écrit : *Anomie me surnomme soit « Ledwell la Goinfre » parce que je suis une ancienne boulimique et que, selon lui, tout ce qui m'intéresse c'est l'argent. Ou « Edie La Menteuse » soi-disant parce que je mens sans arrêt sur mon passé et mes sources d'inspiration. C'est vrai que mon oncle m'a donné de l'argent. 200 £ la première fois, puis 500 £ la deuxième. La deuxième fois, j'étais sans abri. Il m'a donné de l'argent en me disant qu'il ne pouvait rien faire de plus pour moi. Josh le sait et a pu le dire à Seb.*

Robin tourna la page.

Anomie
@AnomieGameMaster

En privé, Ledwell la Goinfre se vante de s'être inspirée de son ex-coloc black, Shereece Summers, pour créer cette salope de Paperwhite. La goinfre en veut toujours plus.

3 h 45 24 janvier 2015

J'ai dit à Seb que je m'étais un peu inspirée de Shereece quand on a créé le personnage de Paperwhite, mais je n'en ai jamais parlé à personne d'autre.

Robin lut le tweet suivant.

Anomie
@AnomieGameMaster

Info intéressante pour les fans. #LedwellLaGoinfre critique peut-être notre jeu, mais elle en joue un autre #JoueAvecTonCul

> **Max R** @mreger#5
> Pas fier de ça, mais en 2002 j'ai payé @EdLedDraws pour me tailler une pipe

16 h 21 13 avril 2012

Edie avait écrit : *Ça, c'est un de ses petits jeux. Il motive d'autres personnes qui me détestent à faire le sale boulot à sa place, affirmer des trucs qu'il peut retweeter, comme ça on ne peut pas l'accuser de raconter n'importe quoi.*

Robin tourna une nouvelle page.

Anomie
@AnomieGameMaster

Il paraît qu'Edie Ledwell aurait « fait une tentative de suicide ». Pas de commentaire de son agent. Quelqu'un a plus d'infos ?

22 h 59 24 mai 2014

Anomie
@AnomieGameMaster

D'après une source, elle est à l'hôpital de Kensington.
Overdose supposée

23 h 26   24 mai 2014

En dessous, Edie avait écrit : *Anomie a été au courant de ça en quelques heures. Je pensais que Josh était le seul à savoir.*

Anomie
@AnomieGameMaster

Mmmmmm…

> **Johnny B** @jbaldw1n1>>
> Réponse à @AnomieGamemaster
> C'est bizarre, ma sœur bosse dans cet hosto et l'a vue arriver à pied et en rigolant.

00 h 16   24 mai 2014

N'importe quoi. Je ne suis pas arrivée à pied, j'étais inconsciente. Ce Johnny est un de ses petits complices, qui raconte des mensonges.

Anomie
@AnomieGameMaster

?

> **Sally Anne Jones** @SAJ345_>
> Réponse à @AnomieGamemaster
> Sérieusement, cet hôpital fait beaucoup de chirurgie esthétique. Si c'était une overdose, il y aurait eu un communiqué ?

01 h 09   25 mai 2014

Cette Sally Anne est un faux compte, créé ce soir-là et qui n'a jamais retweeté depuis. Elle raconte que je me suis fait refaire le nez.

Au-dessous, une liste de réactions à la tentative de suicide de Ledwell.

Max R @mreger#5
Réponse à @AnomieGamemaster
Que des conneries. Elle est allée se refaire le nez #NezRefait

---

Lepines Disciple @LepinesD1sciple
Réponse à @AnomieGamemaster
Quelqu'un vit près de l'hosto ? Ça devrait être facile de la prendre en photo quand elle sort #NezRefait

---

Algernon Gizzard Esq @Gizzard_Al
Réponse à @AnomieGamemaster
Mourir après une chirurgie esthétique ratée ce serait à mourir de rire 😂😂😂

DrekIsMySpiritAnima @playDreksgame
Réponse à @Gizzard_Al @LepinesD1sciple @AnomieGamemaster
😂😂😂😂😂😂😂😂😂

Zozo @sangdencre28
Réponse à @AnomieGamemaster
Arretez de rire sur sa. c'est puet etre vrai.

Laura May @May_Flower*
Réponse à @AnomieGamemaster
si elle a vraiment voulu se tuer, c'est nul ce que vous faites

---

Andi Reddy @ydderidna
Réponse à @May_Flower* @AnomieGamemaster
si c'était vrai y aurait eu une déclaration #trollaugrandcoeur

Robin consulta sa montre : il était l'heure de partir si elle ne voulait pas arriver en retard pour visiter l'appartement d'Acton. Elle referma la pochette qu'elle prit avec elle ainsi que son mug vide, et ressortit du bureau. Midge était assise sur le canapé, occupée à ajouter ses notes au dossier Groomer.

— Quoi de beau prévu pour ce soir ? lui demanda Pat tandis que Robin prenait son manteau suspendu à un crochet à côté de la porte.

— Je visite un appartement à Acton. Espérons qu'il soit mieux que le précédent que j'ai vu. Le plafond de la salle de bains était recouvert de moisissure et le lavabo à moitié arraché du mur. D'après l'agent immobilier, il avait besoin d'un « petit rafraîchissement ».

— L'enfer de l'immobilier à Londres, grommela Midge sans lever les yeux. Je vis dans une boîte de sardines, putain.

Robin salua ses deux collègues avant de partir.

Il faisait froid dans Denmark Street. En marchant vers la station de métro, elle se prit à dévisager tous les passants, à la recherche d'Edie Ledwell, qui avait peut-être remarqué son oubli, mais ne la vit pas.

C'était presque l'heure de pointe. Quelque chose la tracassait, qu'elle n'arrivait pas vraiment à déterminer. Elle se rendit compte en arrivant en haut de l'escalier mécanique que ce n'était pas Edie Ledwell ni son dessin animé qui la troublait.

Strike n'était pas censé travailler ce soir, et vu que cela l'arrangeait de surveiller l'appartement de Fingers le lendemain matin plutôt que l'école de Legs à Camden, où pouvait-il bien passer la soirée ?

8

C'était une fille sans peur et sans souci…
Au bon cœur, au fond,
Mais à la langue bien pendue
Et qui pouvait blesser.

Christina ROSSETTI,
Jessie Cameron

L'entrée du Nightjar, le bar d'initiés où se dirigeait Strike ce soir-là, n'était pas facile à trouver. Il était d'abord passé devant la porte en bois discrète dans City Road sans la voir et avait dû faire demi-tour. Après avoir sonné et donné son nom, il fut admis et emprunta un escalier menant au sous-sol pour gagner le bar à l'éclairage tamisé où régnaient le bois sombre et la brique.

C'était son sixième rendez-vous avec Madeline Courson-Miles. Toutes leurs rencontres avaient commencé dans un bar différent qu'elle avait choisi, pour terminer dans sa maison au fond d'une allée de Pimlico, où elle vivait avec son fils, Henry, qu'elle avait eu à dix-neuf ans. Le père de Henry, que Madeline n'avait pas épousé, avait le même âge qu'elle. C'était devenu un architecte d'intérieur reconnu et Strike était impressionné par leur bonne entente.

Depuis sa séparation du père de Henry, Madeline avait épousé un acteur dont elle avait divorcé, après qu'il l'avait quittée pour l'actrice principale de son tout premier film. Strike était évidemment bien différent de tous les artistes avec qui elle était sortie auparavant, mais, heureusement pour lui, elle semblait apprécier ce contraste. Quant à Henry, seize ans, il s'exprimait par monosyllabes et se montrait tout juste poli envers Strike quand il leur arrivait de se croiser chez Madeline. Strike n'en prenait pas ombrage. Il se souvenait de ce qu'il ressentait plus jeune quand sa mère ramenait des hommes à la maison.

Le détective laissait bien volontiers sa nouvelle petite amie choisir leurs lieux de rendez-vous ; comme le travail régissait sa vie depuis longtemps, il connaissait très mal les bonnes adresses de Londres. Certaines de ses ex, dont son ancienne fiancée Charlotte, lui avaient reproché ne pas avoir les moyens de les inviter dans des endroits chics, mais dorénavant il gagnait suffisamment pour ne pas se préoccuper des notes de bars ou de restaurants. La seule chose qui l'ennuyait un peu, c'est que Madeline semblait oublier qu'un homme de sa corpulence ne pouvait pas se contenter de grignoter un petit en-cas à la fin d'une journée de travail, si bien qu'il avait pris la précaution de manger un Big Mac et une grande frite avant de rejoindre le Nightjar, adresse qui, selon Madeline, proposait de bonnes boissons et de la musique live.

On le conduisit à une table pour deux où il s'installa pour patienter. En général, Madeline arrivait avec au moins une demi-heure de retard. Elle dirigeait une affaire florissante, avec une boutique en vue dans Bond Street où elle vendait et prêtait des bijoux à des clients célèbres parmi lesquels se trouvaient des actrices de premier plan et des membres de la famille royale. Strike s'était habitué à voir Madeline arriver tendue, parler avec frénésie du dernier problème qu'elle avait rencontré au travail, pour finalement se détendre après le premier verre. Elle ne devait sa réussite qu'à elle-même et il aimait son implication, sa passion pour son travail et ses critiques lapidaires envers ceux qui la sous-estimaient à cause de son accent et de ses origines sociales. Par ailleurs, elle était sublime et semblait prendre son pied au lit avec lui, ce qui flattait considérablement l'ego de Strike, un peu entamé après une longue période de célibat forcé et cet incident périlleux avec Robin devant le Ritz. Même s'il n'avait dit à personne qu'il sortait avec Madeline, il essayait, comme il se le répétait à lui-même, de « donner une chance à cette histoire ».

— Je vais attendre, merci, dit-il à la serveuse venue prendre sa commande.

Il passa les vingt minutes suivantes à détailler la carte des boissons, remarquable tant par sa richesse que par les mélanges extravagants qu'elle proposait. À la table voisine, un couple sirotait des cocktails dont les verres étaient agrémentés de barbe à papa. Strike aurait de loin préféré une pinte de bière ambrée.

— Chéri, je suis désolée d'être encore en retard, lança Madeline en arrivant, hors d'haleine.

Vêtue d'une minirobe en daim avec des bottes, elle était magnifique, comme chaque fois qu'ils sortaient tous les deux. Elle se glissa sur la chaise à côté de lui, passa un bras autour de son cou et l'attira à elle pour l'embrasser sur la bouche avant d'ajouter :

— J'avais un rendez-vous avec des avocats, et j'ai vraiment besoin d'un verre. Ils ont examiné les photos de près, et on dirait bien que ces pétasses d'Eldorado m'ont piqué mon design. Ils ont passé *une heure et demie* à m'expliquer à quel point c'était difficile à prouver, comme si j'étais pas déjà au courant. Mais il faut croire que me répéter la même chose de dix façons différentes, ça leur permet de faire tourner le compteur vu qu'ils se font payer à l'heure, évidemment. Je n'ai pas regardé la carte, revenez tout à l'heure, dit-elle sur un ton sec à la serveuse qui était réapparue.

La jeune femme les laissa tranquilles. Madeline arracha la carte des mains de Strike.

— Tu prends quoi ? J'ai besoin d'un truc fort. T'en penses quoi, de ce bar ? C'est cool, hein ? Qu'est-ce que je vais boire ? Vodka… oui, je vais prendre un Punch Orca. Où est passée cette serveuse ?

— Tu viens de l'envoyer balader, lui fit remarquer Strike.

— Merde, j'ai été désagréable ? Vraiment ? J'ai eu un après-midi *horrible*. En plus, on a un nouvel agent de sécurité qui fait du zèle. Il a failli empêcher Lucinda Richardson d'entrer dans la boutique cet après-midi. Je crois que je vais devoir lui faire une petite liste de nos clientes. Oh, la revoilà, ajouta Madeline, adressant un grand sourire à la serveuse qui revenait d'un air un peu méfiant. Est-ce que je peux avoir un Punch Orca ?

— Et un Toronto, s'il vous plaît, commanda Strike.

La serveuse lui adressa un sourire et repartit.

— Et toi, ta journée ? lui demanda Madeline.

Mais avant qu'il puisse répondre, elle glissa une main sous la table pour lui caresser la cuisse et reprit :

— Chéri, il faut que je te demande quelque chose et ça me stresse un peu. Je préférerais t'en parler maintenant pour qu'on soit débarrassés.

— Je m'y attendais, répondit Strike très sérieux. Non, je ne poserai pas pour tes séances photos.

Madeline éclata de rire.

— Sérieux, tu serais fantastique ! Ça ferait une pub canon : je pourrais te mettre une tiare. Mais c'est marrant que tu dises ça parce que… Écoute, c'était déjà dans les tuyaux, mais j'ai un peu peur que tu le prennes mal… c'est Charlotte Campbell.

— Qu'est-ce qui lui arrive ? demanda Strike en essayant de rester normal.

Vu que Madeline dînait avec le beau-frère de son ex le soir où il l'avait rencontrée, il n'avait pas été surpris qu'elle soit au courant de son histoire houleuse avec Charlotte. Il avait toutefois tenu à connaître exactement la nature des liens qu'elles entretenaient avant d'accepter un deuxième rendez-vous avec Madeline, et avait été heureux d'apprendre que sa nouvelle conquête avait uniquement prêté des bijoux à son ex, et qu'elles se croisaient de temps en temps à des fêtes et des cocktails auxquels participaient souvent les clientes de Madeline.

— Elle avait accepté l'année dernière de poser pour ma nouvelle collection, lui expliqua Madeline tout en guettant attentivement la réaction de Strike. Il y a quatre modèles en tout : Alice de Bock, Siobhan Vickery, Constance Cartwright et…

Strike ne connaissait pas ces noms-là, ce que Madeline sembla déduire de son absence de réaction.

— Bon, elles sont toutes un peu… Alice est une mannequin qui s'est fait arrêter pour vol, et Siobhan a eu une aventure avec Evan Duffield alors qu'il était encore marié. Ma collection s'appelle « Notoire », alors je voulais des femmes qui sont… tu vois, quoi. Des femmes qu'on retrouve dans la presse à scandales, pourrait-on dire. J'avais l'intention de faire aussi appel à Gigi Cazenove, ajouta-t-elle d'un air sombre, cette pauvre fille qui…

— Qui s'est pendue le jour du réveillon du Nouvel An, je me souviens, compléta Strike.

Depuis cette soirée-là, il avait lu des articles sur le sujet. La chanteuse pop de vingt-trois ans ne figurait pas parmi les artistes que Strike écoutait, et les photos d'elle dans la presse, avec ses grands yeux et son visage mince, lui évoquaient un cerf effarouché. Pendant les six mois qui avaient précédé sa mort, elle avait été porte-parole d'une association de défense de l'environnement.

— Exactement. Elle s'est pris une avalanche de saloperies sur les réseaux sociaux, sans aucun fondement, et je m'étais dit que pour elle, ce serait un sacré doigt d'honneur à tous ceux qui lui avaient fait du mal, mais… Enfin bref, Charlotte a accepté de poser pour moi et on est censées faire le shooting photos la semaine prochaine. Mais si tu ne veux pas, je pense qu'on peut annuler…

— Ne dis pas n'importe quoi, l'interrompit Strike. C'est tes affaires, au sens propre. Je m'en fiche. Ça ne me concerne pas.

Il n'était pas ravi de cette nouvelle, mais pas surpris non plus. Durant les années qu'avait duré leur relation, Charlotte avait posé de temps à autre comme mannequin, en plus d'écrire parfois un article ou deux pour *Vogue* et *Tatler* : le passe-temps typique de la jolie it-girl qui n'a pas besoin de gagner sa vie.

— T'es sérieux ? Vraiment ? Parce qu'elle serait vraiment canon, et toutes les quatre, elles feraient un carton. Charlotte va poser avec un joug serti d'émeraudes non taillées. Un message super fort.

— Un joug ? répéta Strike à qui cela évoquait un animal de trait.

— Ouais, un genre de collier bien serré, expliqua Madeline en éclatant de rire avant de se pencher pour l'embrasser de nouveau. Bon sang, t'en as rien à foutre des bijoux et j'adore ça. Ça me change, pour une fois.

— Est-ce que les hommes s'intéressent aux bijoux, en général ?

— Tu serais surpris, oui. Du moins, je sais pas s'ils s'intéressent aux bijoux, mais souvent, ils sont curieux du design, de la valeur des pierres, en tout cas ils ont toujours un avis. J'en ai tellement ras le bol des hommes qui me donnent leur avis. Ou alors je peux juste plus saquer les avocats. Où elle est passée, cette serveuse à la con ? J'ai *trop* besoin d'un verre, là…

Comme Strike s'y attendait, après un demi-Punch Orca, Madeline commença à se détendre. Un quartet de jazz s'installa sur la petite estrade et elle posa tranquillement sa main sur la cuisse de Strike pendant qu'ils bavardaient en se hurlant dans les oreilles.

— Tu m'as dit comment s'était passée ta journée ? lui demanda Madeline quand leur deuxième tournée arriva.

— Non, mais elle s'est bien passée.

Madeline trouvait cela légèrement frustrant qu'il ne lui donne jamais de détails de ses enquêtes. Ils avaient inventé une petite blague récurrente entre eux selon laquelle il enquêtait sur le maire de Londres, et il aurait pu lui raconter pour rire un crime fictif perpétré par Boris Johnson, mais le saxophoniste jouait tellement fort qu'il n'avait pas la force de parler par-dessus la musique. Néanmoins, quand elle finit par s'interrompre, et que les applaudissements cessèrent, il lui demanda :

— Tu as déjà entendu parler de *Sang d'encre* ?

— Sang quoi ? Ah, attends, ce dessin animé bizarre ?

— Oui. Tu connais ?

— Non, pas vraiment, mais Henry l'a regardé, à un moment. Y a un personnage qui s'appelle Dred ou Dreg, un truc comme ça, non ?

— J'en sais rien. J'en ai entendu parler pour la première fois aujourd'hui.

— Ouais, Henry aimait bien Dreg. Mais ils ont viré le gars qui doublait sa voix, il me semble. Je me souviens que Henry en parlait avec ses copains. Après ça, ça ne l'a plus intéressé. Ça me passe un peu au-dessus de la tête, tous ces trucs sur YouTube. C'est pas là-dessus qu'on vend des bijoux.

— C'est quoi le mieux, pour vendre ?

— Instagram, répondit immédiatement Madeline. Tu n'as pas vu ma page Instagram ? Bon sang, et t'appelle ça un petit ami…

Elle sortit son iPhone de son sac et le déverrouilla pour la lui montrer, tapotant impatiemment du bout de sa botte parce que le wifi était lent.

— Tiens, regarde, dit-elle en tournant l'écran vers lui.

Il passa lentement en revue les photos de femmes magnifiques portant les bijoux de Madeline, alternant avec des clichés artistiques de Londres et quelques selfies où elle portait ses créations.

— On pourrait faire un selfie que je pourrais poster ! suggéra-t-elle en récupérant son téléphone pour appuyer sur la fonction appareil photo. Le décor est cool, ici.

— Les détectives privés ne se montrent pas sur Instagram, répliqua Strike en levant instinctivement la main pour obturer l'objectif.

— Ah bon ? Non, en effet, j'imagine. Dommage. On est tous les deux sexy ce soir.

Elle rangea son téléphone dans son sac.

— Tu pourras poster une photo de moi avec cette tiare, ajouta Strike.

Madeline gloussa.

— Tu veux boire autre chose ou bien rentrer chez moi ? lui susurra-t-elle à l'oreille.

— Rentrer, dit Strike en vidant son verre. Il faut que je sois à Sloane Square tôt demain matin.

— Oh, oh. Qu'est-ce que Boris fabrique à Sloane Square ?

— Il pique des enjoliveurs, arrache les sacs à main des vieilles dames. Classique, quoi. Mais c'est un petit malin et je n'ai pas encore réussi à le prendre en flagrant délit.

Madeline éclata de rire et Strike leva la main pour demander l'addition.

9

L'honneur de la pâle souveraine !
Un rire bas, cinglant et tranchant
Un murmure rappelant ceux des morts dans leurs tombes...

Jean INGELOW,
The Sleep of Sigismund

Tchats internes entre sept des huit modérateurs de *Drek's Game*

<Canal des modérateurs>

<12 février 2015 09 h 22>

>

>

>

Anomie : c'est calme aujourd'hui

>

>

Vilepechora : ouais. Les connexions sont en baisse depuis deux semaines

>

>

<Un nouveau canal privé a ouvert>

<12 février 2015 09 h 24>

<Hartella invite LordDrek, Vilepechora, Demony1, Worm28, et Paperwhite>

>

>

>

>

>

>

>

>

Anomie : c'est peut-être parce que les modérateurs sont plus nombreux ?

>

Vilepechora : je sais pas

>

>

Anomie : je vais interdire ce connard Harty292 s'il continue

Vilepechora : il fait quoi ?

Anomie : il respecte pas la règle 14. Il essaie de choper les adresses et les âges des filles. Gros con

>

>

>

>

Hartella : hello tout le monde

>

<Vilepechora a rejoint le canal>

<LordDrek a rejoint le canal>

<Worm28 a rejoint le canal>

Worm28 : vs avez des nouvelles de Josh ?

Hartella : attendons les autres

>

<Paperwhite a rejoint le canal>

<Demony1 a rejoint le canal>

>

Demony1 : qu'est-ce qu'y a ?

Hartella : Josh vient de m'envoyer un sms. Il va voir Ledwell en personne cet aprem. Elle continue de nier, alors il va lui montrer le dossier

Demony1 : ouah

Worm28 : putain

Vilepechora : TROP BIEN !

LordDrek : elle pourra pas lui raconter de conneries pour s'en tirer cette fois

Anomie : ok j'en ai marre. Je l'interdis

Vilepechora : si t'arrêtes pas de virer des gens ça va pas nous aider

>

>

>

>

>

>

>

>

>

>

>

Anomie : j'ai un rdv tout à l'heure. Tu peux prendre le relais ?

>

Vilepechora : désolé mon pote, j'ai une réunion de boulot

Vilepechora : demande à Morehouse

Anomie : il est pris, il peut pas

>

>

>

Paperwhite : ils se retrouvent où ?

Hartella : je peux pas le dire, déso

Paperwhite : tu sais pas ou bien ?

Hartella : Josh me fait confiance pour que j'en parle pas

Worm28 : ect-se qu'il y aura leur acovat ?

Vilepechora : c quoi un acovat ptn ?

LordDrek : ptdr

Demony1 : vos gueules elle est dyslexique

Hartella : non, Worm, juste eux 2

Vilepechora : elle râle sur la chaîne des modérateurs parce que les connexions sont en baisse. Attendez que Blay lui montre notre dossier ha ha

Paperwhite : pourquoi tu peux pas nous dire où ils ont rdv ?

Hartella : je t'ai dit : Josh veut pas

Hartella : il veut pas être dérangé par des fans pour signer des autographes je pense

Paperwhite : non mais je vais pas essayer d'avoir un autographe

>

>

>

Anomie : j'ai des trucs à faire

Anomie : je reviens

<Anomie a quitté le canal>

>

>

>

>

>

>

>

>

>

>

>

>

>

>

>

>

>

je suis super loin de Londres, je me demandais juste

Paperwhite : en vrai c est un peu évident leur lieu de rdv

Hartella : Paperwhite, sérieusement, si des fans se pointent, Josh me fera plus jamais confiance

Paperwhite : je viens de te dire je pourrais pas venir. Je suis loin

Hartella : Josh me fait confiance, ok ?

Paperwhite : Ptn Hartella, on a compris. Josh Blay a ton 06. Tu vas t'en remettre

Paperwhite : À +

<Paperwhite a quitté le canal>

Hartella : c'est quoi son pb ?

Demony1 : elle a l'habitude d'être la chouchoute d'Anomie et Morehouse.
Elle aime pas que tu attires toute l'attention

LordDrek : je savais que Morehouse la kiffait mais Anomie aussi ?

Demony1 : je sais pas mais il est plus cool avec elle t'as pas remarqué ?

>

>

>

>

>

>

>

>

>

>

>

>

>

>

>

>

<Worm28 a rejoint le canal>

Vilepechora : salut

>

>

>

>

Vilepechora : pas trop grave si on glande un peu j'imagine, lol

Vilepechora : devine qui a quitté le canal des modérateurs parce qu'il a un rdv ?

Hartella : ben tu vois. CQFD

LordDrek : elle va essayer de se faire belle avant de le voir

Hartella : lol

LordDrek : sans toi on aurait pas pu faire ça Hartella

Hartella : *rougit*

LordDrek : Blay devrait y aller armé. Je commence à me dire qu'elle est psycho

Vilepechora : qqn peut m'aider sur le canal des modérateurs ?

Worm28 : je peux

>

Hartella : quand ce truc sortira la communauté de fans va exploser

LordDrek : ouais. Est-ce que JB te tiendra au courant du rdv ?

Hartella : il a dit que oui

LordDrek : ptn c Noël

10

Le sol est creux sur le chemin de la joie…

Felicia HEMANS,
The Festal Hour

La réunion habituelle regroupant toute l'équipe de l'agence se tint le deuxième vendredi de février, au bureau. C'était une journée grise et humide. Une pluie intense tambourinait sur les carreaux et la lumière artificielle de la pièce donnait à tout le monde, sauf à Dev, mauvaise mine.

— Bon, dit Strike après avoir réglé quelques questions en suspens et des détails administratifs. Venons-en à Groomer. Comme vous le savez, on le pensait trop intelligent pour traîner devant le lycée de Legs, mais il y a eu du changement hier à l'heure du déjeuner, n'est-ce pas, Midge ?

— Oui, confirma-t-elle en prenant la boîte de biscuits en fer des mains de Barclay pour la passer à Strike sans se servir elle-même. Il a débarqué au volant de sa BMW à midi trente, vitre baissée pour observer toutes les filles qui sortaient déjeuner. J'ai pris des photos, que Pat a imprimées…

Coinçant sa cigarette électronique entre ses dents, Pat ouvrit le dossier sur ses genoux et fit passer le paquet de photos.

— Comme vous pouvez le voir, reprit Midge, il lui a envoyé un texto pour éviter de l'interpeller devant ses copines. Quand ses amies se sont éloignées, elle a fait demi-tour pour grimper avec lui dans la voiture. J'avais peur qu'ils aillent loin, mais il s'est contenté de se garer au coin de la rue pour ne pas rester en vue du portail du lycée.

Ce fut au tour de Robin de regarder les photos. Elle les examina l'une après l'autre. La dernière, prise à travers le pare-brise de la BMW, montrait Groomer, bel homme de quarante ans environ, chevelure châtain clair tirant sur le blond et sourire en coin séduisant, en train d'embrasser la main de l'adolescente assise sur le siège passager à côté de lui.

— Cette scène s'est déroulée juste avant que la cloche sonne, précisa Midge. À ce moment-là, elle a consulté son téléphone, s'est rendu compte qu'il était l'heure et s'est sauvée. Il a redémarré. Il n'est pas revenu, elle est rentrée chez elle en bus comme d'habitude.

— Mais depuis, il y a eu du nouveau, ajouta Strike. Quand Midge m'a montré ces photos, je les ai envoyées directement à la mère qui m'a appelé ce matin. Elle en a parlé à Legs en lui racontant qu'une autre mère l'avait vue monter dans la voiture de Groomer. Legs a prétendu qu'il passait devant le lycée par hasard et l'avait saluée de la main. La mère a demandé à voir son portable. Legs a refusé. Elles ont fini par en venir aux mains.

— Oh non, grogna Robin.

— Legs a réussi à tenir son portable éloigné, donc sa mère, qui paie les factures, l'a verrouillé à distance et a effacé l'historique.

— Bien joué, commentèrent en chœur Barclay et Midge.

Dev, lui, secoua la tête.

— Il va se servir de ça et lui en acheter un autre. Le pire qui puisse arriver à cette femme en ce moment, c'est de passer pour la méchante.

— Je suis d'accord, reconnut Strike. La cliente panique déjà en pensant à ce qui va se passer la prochaine fois qu'elle partira en déplacement à l'étranger. Legs restera chez sa camarade de classe, dont la famille l'avait amenée chez Annabel's au Jour de l'An. Je les ai vus, ils n'ont pas l'air très à cheval sur la discipline. Enfin bref, à l'heure qu'il est, mère et fille sont en route pour Hereford pour les quatre-vingt-dix ans de mamie.

— L'ambiance dans la voiture doit être fantastique, supposa Dev.

— Donc en gros, reprit Strike, l'affaire Groomer continue, même si au fond de moi, je sens qu'on ne pourra pas donner satisfaction à la cliente. Sa fille est majeure. L'attitude de Groomer est peut-être moralement répréhensible, mais ce n'est pas illégal. Cela étant, s'il continue à traîner devant le portail du lycée, on aura peut-être de quoi travailler.

— Il est trop malin pour répéter ça régulièrement, dit Dev.

— Un bon coup de batte de base-ball dans les burnes, ça pourrait le calmer, intervint Barclay.

— Ce qu'il faut, c'est qu'on prouve *à cette fille* que ce type est louche, dit Robin. Ça mettrait fin à l'affaire. Le problème, c'est que pour l'instant elle le trouve formidable.

— Ah bon ? s'étonna Midge. Ou est-ce que ça la botte de piquer le petit copain de sa mère ?

— Peut-être les deux, concéda Robin.

— Je suis d'accord, reprit Strike. Psychologiquement, réussir à détourner cette fille de lui est le meilleur moyen d'y mettre un terme, mais surveiller Groomer à plein temps va doubler la note et je ne suis pas sûr que la cliente accepte ça. Elle pense qu'elle peut régler la situation en les menaçant tous les deux et en haussant la voix.

— Elle paraît beaucoup plus intelligente que ça à la télé, commenta Dev en mâchonnant un biscuit.

— On n'est jamais intelligent quand il s'agit de sa propre famille, dit Barclay. Je ne serais pas marié si ma belle-mère n'avait pas arrêté de dire à ma femme que j'étais un bon à rien en puissance.

— Mais tu viens de repeindre la cuisine de ta belle-mère, non ? demanda Robin.

— Hé ouais. Elle a même failli me remercier ! C'était magique.

Robin et Dev rirent en voyant son expression aigrie.

— Vous savez quoi, on a un week-end assez light, poursuivit Strike songeur en frottant son menton déjà moins lisse que le matin même après le rasage. Ce serait pas une mauvaise idée de jeter un œil aux activités de Groomer pendant que l'ado n'est pas là. Qui a envie de faire un peu d'heures sup ?

— Moi, se proposa Dev avant que les autres ne puissent en placer une. J'ai besoin d'arrondir mes fins de mois. Ma femme est de nouveau enceinte, on vient juste de l'apprendre.

Tout le monde le félicita.

— O.K., super. Tu as son adresse. Tout ce que tu peux trouver qui ternira un peu son image de chevalier servant aux yeux de l'ado… Bon, passons à Fingers, maintenant. Il est censé rentrer des Maldives demain en milieu de journée, donc les affaires vont reprendre à partir du moment où il aura atterri à Heathrow, à midi quarante. Moi j'ai un rendez-vous lundi avec ce type tout échevelé qui a un problème de brevet en cours d'homologation. Je vous dirai comment ça s'est passé. Est-ce que quelqu'un a un souci avec le planning de février ? Pat est en train de préparer celui du mois de mars, donc voyez avec elle pour les dates.

— Je me demandais si quelqu'un pouvait prendre mon dimanche ? demanda Robin. Je suis censée surveiller Fingers. Mais il y a la visite d'un appartement qui me plaît bien. Ça se passe uniquement le dimanche.

— Pas de problème, dit Strike. Je prends ton dimanche, si ça ne t'ennuie pas de prendre mon lundi ?

Ils convinrent de l'échange puis la conversation se prolongea en petit bavardage, si bien que Robin en profita pour écrire rapidement un email sur son téléphone à l'agent immobilier.

Une notification de BBC News apparut sur son écran pendant qu'elle rédigeait son message. On donnait les noms de victimes d'une attaque au couteau ; elle la balaya d'un mouvement du pouce pour la supprimer. Il y avait tellement d'agressions au couteau à Londres que c'était difficile de se tenir au courant : la cicatrice de vingt centimètres que Robin portait sur l'avant-bras, toujours enflée, légèrement rosée et brillante, était la trace d'une attaque de ce type.

Le reste de l'équipe s'affairait à ranger les chaises ou à les remettre à leur place. La pluie continuait à tambouriner sur les carreaux du bureau. Quand Robin appuya sur « Envoyer », une deuxième notification de la BBC s'afficha : « Ledwell et Blay retrouvés dans le cimetière de Highgate. »

Robin fixa l'écran des yeux pendant quelques secondes, puis cliqua sur la notification. Quelqu'un lui dit au revoir mais elle ne répondit pas, parce qu'elle attendait que l'article complet consacré à l'attaque au couteau dans le cimetière de Highgate se charge. La porte vitrée du bureau s'ouvrit, puis se referma. Midge et Barclay étaient sortis en bavardant et le bruit de leurs pas dans l'escalier s'éloigna.

« Les créateurs du film d'animation culte victimes d'une attaque au couteau à Highgate

Scotland Yard a révélé l'identité des victimes d'une double attaque au couteau hier soir dans le cimetière de Highgate. Il s'agit d'Edie Ledwell, 30 ans, et de Josh Blay, 25 ans, cocréateurs du film d'animation *Sang d'encre*, qui connaît un grand succès sur Netflix et dont l'intrigue se déroule dans ce même cimetière.

C'est un employé du cimetière qui a découvert le corps d'Edie Ledwell. Josh Blay a survécu à l'attaque et a été transporté au Whittington Hospital, où il est toujours dans un état critique.

La police a demandé à tous ceux qui auraient remarqué un individu suspect aux abords du cimetière entre 16 h et 18 h le 12 février de contacter la ligne dédiée (voir numéro ci-dessous). Aucune description de l'assaillant n'a été communiquée.

Les deux victimes qui se sont connues au North Grove Art Collective avaient obtenu un succès inattendu avec leur film d'animation… »

Malgré le puissant écho qui résonnait dans ses tympans, Robin entendit quelqu'un lui adresser la parole. Elle leva la tête.

— Que se passe-t-il ? demanda vivement Strike en voyant que son associée avait pâli.

— Cette fille… cette femme qui voulait qu'on enquête sur du harcèlement en ligne ? Elle a été tuée.

11

Mais si le jeu
S'avérait vraiment sincère,
Si la jubilation luisait
Dans le regard figé de la mort,
N'aurait-on pas payé
Trop cher pour s'amuser ?
La plaisanterie ne serait-elle pas
Allée trop loin ?

Emily Dickinson,
LV

Tchats internes entre les huit modérateurs de *Drek's Game*

<Canal des modérateurs>

<13 février 2015
17 h 34>

Worm28 : Hartella ?

Worm28 : je vois que t'es connectée

Worm28 : coucou

Worm28 : y a qqn ?

Worm28 : s'il vous pliat ?

>

<Morehouse a rejoint le canal>

Worm28 : Morehuse, tu as entendu ?

Morehouse : oui

Worm28 : je puex pas

Worm28 : sa puet pas être possible

Worm28 : j'arrete pas de pleurer

Worm28 : c'ets pas possible

Morehouse : faut croire que si, Worm

Morehouse : ils auraient pas donné de noms s'ils étaient pas sûrs

Worm28 : oh mon dieu

<Demony1 a rejoint le canal>

Demony1 : vous êtes au courant ?

Worm28 : oui

\>

\>

Demony1 : qqn a des infos ?

Morehouse : non

Demony1 : ptan je tremble

Worm28 : j'arrête pas de pleurer

<Un nouveau canal a ouvert>

<13 février 2015 17 h 35>

<Morehouse invite Paperwhite>

Morehouse : Paperwhite ?

\>

\>

\>

\>

\>

\>

\>

\>

\>

\>

\>

\>

\>

<Paperwhite a rejoint le canal>

Paperwhite : salut Mouse, désolée je suis dans le bus, j'arrive ds 20 min

Morehouse : t'es assise ?

Paperwhite : ben ouais je suis dans le bus !

<Un nouveau canal privé a ouvert>

<13 février 2015 17 h 36>

<Vilepechora invite LordDrek>

Vilepechora : t'es la, C ?

<LordDrek a rejoint le canal>

LordDrek : putaiiiiiiiiiiiiin

Vi : hahahahaha

\>

LordDrek : PUTAIIIIIIIIIIIIN

Vilepechora : t'y crois putain ?

\>

Demony1 : tu crois que c'est Blay ?

Worm28 : quoi/ ??

Demony1 : vous pensez qu'il l'a attaquée avant de se poignarder lui-même ?

Worm28 : pourquio tu dis ça ?

Demony1 : va sur Twitter, ils disent que ça s'est passé comme ça

<Vilepechora a rejoint le canal>

<LordDrek a rejoint le canal>

LordDrek : vous êtes tous au courant ?

Worm28 : oui

Demony1 : oui

LordDrek : putain

LordDrek : une tragédie ptn

Vilepechora : je parie que je sais qui c'est

Demony1 : ?

LordDrek : K** N****

Vilepechora : exactement

Salope.

LordDrek : ouais, j'ai toujours pensé que c'était une future Jodi Arias

Morehouse : t'as pas vu les infos ?

Paperwhite : quelles infos ?

Morehouse : Lewell a été assassinée

>

>

Paperwhite : quoi ?

Morehouse : au couteau hier, dans le cimetière de H. Blay aussi.
Il est à l'hôpital en état critique

>

>

>

>

Paperwhite : Morehouse, si c'est une blague c'est pas drôle

Morehouse : tu crois que je ferais une blague là-dessus ?

>

>

>

>

>

>

>

Morehouse : t'es tjs là ?

LordDrek : viens on va voir sur le canal des modés, on va voir comment ils réagissent

<Vilepechora a quitté le canal>

<LordDrek a quitté le canal>

<Le canal privé est fermé>

<Anomie a rejoint le canal>

Anomie : putain

>

Anomie : vous avez vu ?

Worm28 : oui

<Hartella a rejoint le canal>

>

>

Anomie : putain

>

>

Anomie : vous avez tous perdu votre langue ou quoi ?

>

Demony1 : non on est juste choqués

Worm28 : j'arrete pas de pleurer

>

Worm28 : les gens sur Twitter disent que s'est la faute des fans

Demony1 : pourquoi ?

Worm28 : ils pensnet que c'est un fan qui a fait sa

>

Paperwhite : oui

>

Paperwhite : je viens de regarder sur internet

>

>

Paperwhite : je vais vomir je crois

Morehouse : je comprends

Morehouse : qu'est-ce qu'ils foutaient ensemble dans ce cimetière ?

Morehouse : je croyais qu'ils se parlaient plus

Paperwhite : qui t'a dit ça ?

Morehouse : Anomie

>

>

Paperwhite : Mouse, faut que je te dise un truc

Morehouse : quoi ?

Paperwhite : LordDrek et Vilepechora pensaient que Ledwell était Anomie

Morehouse : hein ?!

<Un nouveau canal privé a ouvert>

<13 février 2015 17 h 47>

<Hartella invite LordDrek et Vilepechora>

Hartella : Drek parle moi

>

>

>

Hartella : Vile, t'es là ?

<LordDrek a rejoint le canal>

<Vilepechora a rejoint le canal>

LordDrek : comment ça va ?

Hartella : t'es au courant ?

LordDrek : ouais

>

>

>

>

Demony1 : ça pourrait être une attaque au hasard

Demony1 : genre vol à main armée

Demony1 : ou un malade mental

Worm28 : pourquio tu dis sa ?

Worm28 : tu crois que je pourrai tuer qqn ?

Demony1 : Worm, je parlais pas d'un dépressif ou quoi

<Worm28 a quitté le canal>

Demony1 : merde

Anomie : lol

>

>

>

>

>

>

>

>

Paperwhite : ils ont assemblé tout plein de preuves, un genre de dossier

Morehouse : quand ?

Paperwhite : y a deux semaines

Paperwhite : j'y ai pas cru mais certains si

Paperwhite : et Hartella a proposé d'apporter le dossier à Blay

Paperwhite : et Blay y a cru, c'est pour ça qu'il avait rdv avec Ledwell, pour lui dire qu'il savait qu'elle était Anomie

>

Morehouse : pourquoi tu m'as rien dit putain ?

Paperwhite : ils voulaient pas que je t'en parle parce que t'étais complice

Morehouse : tu viens de dire que t'y croyais pas

Paperwhite : je savais plus quoi penser

Paperwhite : j'aurais dû te le dire mais le dossier était vraiment convaincant et Drek et Vile aussi

>

>

>

Vilepechora : terrible ptn

>

>

Hartella : j'ai trop peur

LordDrek : ?

Hartella : sur Twitter ils disent que c'est Blay

Vilepechora : si c'est lui qui a fait ça, il est allé trop loin

LordDrek : d'après les infos il est dans un état CRITIQUE

Hartella : c'est moi qui l'ai persuadé de la voir

LordDrek : et ?

Hartella : je savais qu'ils allaient se retrouver dans le cimetière

Hartella : il me l'a dit en sms

Hartella : ce sera sur son tel

LordDrek : et alors ? t'as un alibi ?

Hartella : pourquoi tu dis ça ? pourquoi je voudrais qu'ils meurent ?

Anomie : le nombre de connexions est au taquet là

Demony1 : t'es sérieux ?

Demony1 : c'est ce qui compte le plus aujourd'hui, le nombre de connexions ?

Anomie : j'annonce un fait, c'est tout

<Demony1 a quitté le canal>

>

>

>

>

>

Anomie : Hartella, pourquoi tu dis rien ?

>

>

>

>

>

>

>

>

>

>

>

>

>

Paperwhite : je suis désolée, mais je te connais pas

Paperwhite : t'as pas voulu m'envoyer de photo

>

>

Paperwhite : Morehouse, réponds

Morehouse : j'aurais pu te dire qu'Anomie c'est pas Ledwell

Paperwhite : tu m'as dit que tu l'avais jamais rencontré

Morehouse : pas besoin de ça pour savoir qui c'est. Je le sais depuis le début, on s'est parlé sur Facetime

Paperwhite : je me sens trop coupable maintenant

Morehouse : pourquoi ?

Paperwhite : j'ai deviné où Blay et Ledwell avaient rdv. J'ai dit aux autres que c'était évident

Morehouse : et ?

Paperwhite : et Hartella a pensé que j'allais venir

LordDrek : jamais dit ça, j'essayais de te rassurer

Hartella : j'étais chez ma sœur

LordDrek : alors pas de souci à te faire

Hartella : non

Hartella : je sais

>

Hartella : Anomie est sur le canal des modés

LordDrek : ouais je vois

Vilepechora : merde

LordDrek : on pensait vraiment que c'était Ledwell

LordDrek : je te jure

Hartella : tu penses que je devrais parler à la police pour expliquer leur rdv ?

LordDrek : c'est toi qui vois

Vilepechora : vaut mieux leur dire direct avant qu'ils viennent t'interroger

LordDrek : ouais si t'es sur son téléphone et qu'il t'a dit où ils se retrouvaient, les flics vont vouloir te parler

Hartella : ouais

Hartella : je vais aller réfléchir

>

Hartella : dsl Anomie, faut que je digère la nouvelle

Hartella : un peu sous le choc là

Hartella : je peux pas rester dsl

<Hartella a quitté le canal>

LordDrek : putain, c'est terrible

Vilepechora : carrément

LordDrek : le nombre de connexions est en train d'exploser

Anomie : je sais

>

Vilepechora : ça peut se comprendre

Vilepechora : les gens ont envie de se connecter

>

>

Anomie : Harty292 est revenu, je croyais qu'on l'avait viré pour de bon ce con

LordDrek : je vais aller le foutre dehors

Vilepechora : t'as une théorie, Paperwhite ?

demander un autographe ou quoi

>

Paperwhite : Morehouse je sais que t'es fâché mais parle moi

Morehouse : t'as peur qu'on te suspecte ?

Paperwhite : je regrette d'avoir deviné le lieu

Paperwhite : je pensais juste que c'était évident

Morehouse : mais t'habites à genre 400 km du cimetière de Highgate

>

Paperwhite : comment tu le sais ?

Morehouse : j'en sais rien, c'était une façon de parler

>

>

Paperwhite : 400 km c'est pas une façon de parler

Morehouse : je voulais juste dire que t'as pas l'air de connaître Londres

Morehouse : donc j'ai pensé que t'habites pas là

LordDrek : compris

LordDrek : prends soin de toi xxx

Hartella : xxx

<Hartella a quitté le canal>

Vilepechora : lolololol

LordDrek : trop conne

LordDrek : canal des modés, on va remuer un peu la merde

>

>

>

>

>

>

>

>

>

>

>

>

>

>

>

>

>

Vilepechora : toi et Morehouse vous vous consolez tous les deux sur un autre canal ?

>

>

>

>

>

>

LordDrek : putain le nombre de connexions explose tout là

Vilepechora : si ça continue on va péter le record

>

>

>

>

>

>

>

>

>

>

>

>

>

Paperwhite : et t'as dit 400 km au pif

Paperwhite : on n'a jamais parlé de Londres

Morehouse : tu m'as dit que t'étais jamais allée au cimetière de Highgate

Paperwhite : c'est vrai mais comme plein d'habitants de Londres je parie

>

Paperwhite : tu sais qui je suis

Morehouse : non, comment je pourrais savoir ?

Paperwhite : je t'ai envoyé des photos

Morehouse : je sais mais ça veut pas dire que je te connais

Paperwhite : donc toi t'as le droit de me traquer sur le net et moi je peux même pas avoir une photo ?

Morehouse : je t'ai pas traquée sur le net

Paperwhite : je te crois pas

<Paperwhite a quitté le canal>

<Morehouse a quitté le canal>

<Le canal privé est fermé>

>

>

>

>

LordDrek : je te parie 500 £ que Paperwhite est en train de tout déballer à Morehouse pour le dossier

Vilepechora : hahaha

>

>

>

>

>

>

>

>

>

>

>

>

>

>

>

>

LordDrek : va voir ce qui se passe au Circle of Lebanon

>

>

Morehouse : Anomie, on devrait fermer le jeu pendant qqs jours

Morehouse : par respect

Anomie : tu parles

Anomie : au contraire, c'est le moment de montrer que les fans veulent Drek's Game

Anomie : montrer notre force

Morehouse : t'es taré ou quoi ?

Morehouse : Ledwell est morte et Blay pas loin

Morehouse : on a l'air de minables à laisser le jeu ouvert comme si de rien n'était

Anomie : si elle s'était impliquée dans le jeu ou nous avait soutenus, je fermerais qqs jours

Anomie : mais elle pouvait pas nous blairer donc je reste ouvert

LordDrek : ouais, les fans se retrouvent ici pour se soutenir, Morehouse

Vilepechora : ouais ils viennent se recueillir ici

Morehouse : mon cul

Vilepechora : pourquoi ?

LordDrek : va voir c'est à mourir de rire

>

>

>

>

Vilepechora : hahahaha

LordDrek : excellent ptn

>

>

>

>

>

>

>

>

>

>

>

>

>

>

>

>

>

Morehouse : va voir Circle of Lebanon

LordDrek : pourquoi qu'est-ce qu'il y a ?

Morehouse : ils font la fête

Morehouse : pour célébrer sa mort

Vilepechora : je crois pas, mec

Morehouse : je te jure

Morehouse : et vous 3 vous avez pas l'air super tristes non plus

< Morehouse a quitté le canal>

Anomie : va te faire foutre pauvre nain marron

Vilepechora : lol

LordDrek : lol

>

Anomie : alors c'est vous qui avez attaqué Blay et l'autre sorcière de Ledwell ?

>

Vilepechora : lol, on pensait que c'était toi mec

Anomie : vous avez raison

Anomie : c'était juste pour vous tester ;)

>

Vilepechora : hahaha, Morehouse a remarqué

>

>

>

>

>

>

>

>

>

>

>

>

LordDrek : attends c Morehouse ?

Vilepechora : on dirait bien

LordDrek : c bon à savoir

Vilepechora : tu veux t'incruster ?

LordDrek : nan

LordDrek : faut qu'on aille parler aux gars

Vilepechora : ON EN A TUÉ UNE, MEC !!!

12

Moi, qui aurais dû savoir,
Anticiper les méchancetés !

Elizabeth BARRETT BROWNING,
Aurora Leigh

La réunion d'équipe s'était terminée depuis plus d'une heure. La pluie continuait de tomber sur Denmark Street. Derrière les fenêtres du bureau, le ciel était noir d'orage et dans le carreau, les reflets de Strike et Robin, désormais seuls, étaient fantomatiques.

Pat s'était attardée un peu plus longuement que d'habitude avant de rentrer chez elle, non pas pour rencontrer l'officier de police judiciaire qui avait annoncé à Robin qu'il arriverait bientôt, mais parce qu'elle semblait trouver que Strike manquait de sollicitude envers son associée.

— Elle a l'air secouée, dit Pat à Strike quand il revint à l'accueil après s'être isolé dans le bureau où Robin l'avait entendu annuler au téléphone un dîner prévu ce soir-là. Elle devrait prendre un brandy. Je vais aller en acheter.

— J'ai pas envie de parler à la police avec l'haleine chargée d'alcool, Pat, protesta Robin avant que Strike puisse répondre. Et si j'ai mauvaise mine, c'est à cause de la lumière ici. Tout va bien. Rentrez chez vous et profitez de votre week-end !

Pat saisit son parapluie et son sac à main suspendus à la patère à côté de la porte vitrée et s'en alla, non sans jeter un regard sceptique à Robin.

— Qu'est-ce qu'elle a, la lumière ici ? demanda Strike une fois la porte refermée.

— Elle nous donne un air blafard. Et tu n'avais pas à annuler ton dîner ce soir, au fait. Je peux m'entretenir seule avec la police.

— Je préfère rester. Tu veux un autre thé ?

— Avec plaisir. Merci.

Elle était contente qu'il soit là. Elle se sentait plus secouée qu'elle ne voulait bien l'admettre. Comme elle avait besoin de bouger, elle replia la chaise en plastique sur laquelle elle était assise pendant la réunion, la rangea, et prit place dans le fauteuil à roulettes de Pat, beaucoup plus confortable.

— J'ai mis du sucre, précisa Strike en posant le mug devant elle.

— Je vais bien, bon sang, insista Robin légèrement agacée. Si je m'effondrais chaque fois que quelqu'un se fait poignarder à Londres, je passerais la moitié de ma vie à tomber dans les vapes.

Strike s'installa dans le canapé en simili cuir, avec un mug de thé lui aussi, et dit :

— Le meurtre de Ledwell n'a rien à voir avec le fait que tu aies refusé d'accepter son dossier. Tu le sais, non ?

— Oui, répondit Robin qui préférait regarder sa tasse pour ne pas croiser le regard de son associé. Bien sûr que oui.

— On n'aurait pas pu enquêter sur son affaire vu notre liste d'attente.

— Je sais.

— Et même si elle a bien été attaquée par ce troll qu'elle cherchait à identifier, ce qui me paraît hautement improbable, on n'aurait jamais trouvé son identité en si peu de temps.

— Je sais, mais… mais on aurait peut-être pu changer les choses quand même. Elle détourna la tête pour s'essuyer les yeux sur sa manche. Une image saisissante d'Edie Ledwell avait pris forme dans son esprit : le mascara qui avait coulé, la main au tatouage et aux ongles rongés, serrant fermement le sac taché d'encre posé sur ses genoux. La pluie tambourinait sur les fenêtres. Robin avait hâte que la police arrive. Elle voulait savoir exactement ce qui s'était passé.

La sonnette retentit. Robin sursauta, mais Strike s'était déjà levé. Quand il appuya sur le bouton de l'interphone, une voix annonça :

— Inspecteur Ryan Murphy, pour Robin Ellacott.

— Très bien, montez, répondit Strike en appuyant sur le bouton pour déverrouiller la porte de l'immeuble.

Strike avança sur le palier et baissa la tête vers l'escalier en métal. Deux personnes gravissaient les marches. Un homme de grande taille, à la peau blanche, aux cheveux châtain clair ondulés et au physique agréable et une femme menue aux cheveux noir de jais. Tous les deux en civil.

— Ryan Murphy, annonça l'officier.

— Cormoran Strike, dit le détective en lui serrant la main.

— Voici Angela Darwish.

La femme aux cheveux noirs hocha la tête à l'intention de Strike tandis qu'ils s'approchaient de l'accueil où Robin s'était levée, prête à leur serrer la main. Une fois les présentations faites, Strike ressortit les chaises pliantes du placard. Quand tout le monde fut assis, et que les policiers eurent refusé thé et café, Ryan Murphy demanda à Robin de leur raconter exactement ce qui s'était passé pendant son entrevue avec Edie Ledwell lorsque cette dernière s'était présentée à l'agence.

Strike écouta son récit tout en buvant son thé. Il s'enorgueillissait des facultés d'observation de son associée et de la précision méthodique de sa description. Murphy prenait des notes et posa une ou deux questions. Darwish qui, d'après Strike, devait avoir plus de quarante ans, regardait Robin les sourcils légèrement froncés.

— Comment épelle-t-on « Anomie » ? demanda Murphy quand Robin prononça son nom pour la première fois.

Elle le lui épela.

— Est-ce que c'est un jeu de mots avec « anonyme » ?

Strike, qui ne connaissait pas le pseudonyme de la personne qui harcelait Ledwell sur Internet, ouvrit la bouche pour répondre, mais Darwish fut plus rapide et énonça d'une voix limpide :

— L'anomie signifie une désorganisation sociale résultant de l'absence de normes communes dans une société.

— Ah bon ? fit Murphy. Jamais entendu parler de ça. Poursuivez, dit-il à Robin. Vous disiez qu'elle était en possession d'un dossier, que contenait-il ?

— Des tweets d'Anomie, annotés par elle. Je n'ai pas tout regardé. En fait, elle l'a oublié ici.

— Vous l'avez toujours ?

— Non, j'ai demandé à notre secrétaire de le lui renvoyer via son agent. Je peux vérifier si elle s'en est chargée.

— Je vais le faire, proposa Strike en se levant pour quitter la pièce et les laisser poursuivre tranquillement.

— Donc, reprit Murphy, cet Anomie détenait beaucoup d'informations sur la vie d'Edie Ledwell ?

— Oui. J'ai feuilleté le dossier avant de le confier à Pat pour qu'elle le renvoie. Anomie savait qu'Edie avait reçu de l'argent d'un oncle et qu'elle avait fait une tentative de suicide. Il connaissait aussi le nom de l'hôpital où elle avait été amenée.

Quand Robin prononça le mot « suicide », elle remarqua que Darwish jeta un rapide coup d'œil à Murphy. Celui-ci, impassible, continuait de fixer Robin, qui poursuivit :

— Anomie connaissait aussi le nom d'une fille dont s'était inspirée Edie pour l'un des personnages de son dessin animé. C'est ça qui l'a mise sur la piste d'un coupable éventuel.

— Et de qui s'agit-il ?

— D'un certain Seb Montgomery.

À cet instant, Robin crut percevoir de la déception chez Murphy et Darwish, dont les épaules s'affaissèrent et les visages se fermèrent légèrement.

— Est-ce qu'elle vous a donné des informations sur ce Montgomery ?

— Oui, il fait de l'animation, et il les a aidés, Josh Blay et elle, quand ils ont commencé à travailler sur *Sang d'encre*. Il me semble que Montgomery et Blay ont fréquenté la même école d'art. Après quelques épisodes, ils n'ont plus eu besoin de lui, et elle a expliqué qu'il leur en avait voulu de l'avoir lâché, surtout quand le film a commencé à avoir du succès.

La porte s'ouvrit et Strike revint dans la pièce.

— Tu avais raison. Pat a renvoyé ce dossier à l'agent de Ledwell. Il s'appelle Allan Yeoman. Il dirige une agence d'artistes dans le West End : AYCA.

— Super, merci, dit Murphy en prenant des notes pendant que Strike se laissait tomber dans le canapé en poussant un grognement.

— Est-ce que Ledwell avait d'autres suspects en vue ?

— Non, uniquement lui.

— Selon vous, quel était son état d'esprit quand elle est venue vous consulter ?

— Elle était à bout. Elle ne semblait pas prendre soin d'elle : ongles rongés, vêtements froissés, bottines aux semelles usées.

— Vous avez remarqué ce détail ?

Sa lèvre supérieure, charnue, ajoutait une espèce de douceur au visage de Murphy, par ailleurs anguleux. Il avait des yeux noisette, moins beaux que ceux d'Edie Ledwell, aux reflets ambrés.

— Oui. Elle était… pleine de contrastes. Elle avait un sac et un manteau très chers, mais pour le reste, elle était négligée. Elle avait également des bleus, comme des marques de doigts, dans le cou.

— Des bleus dans le cou ?

— Oui. J'ai d'abord pensé que c'était de la crasse mais en m'approchant, j'ai vu que c'était autre chose. Quand je lui ai demandé de quoi il s'agissait, elle a répondu qu'elle s'était cognée, qu'elle était maladroite. Mais c'étaient des marques de doigts, j'ai reconnu l'empreinte d'un pouce. Elle a parlé de son petit ami mais ne m'a pas donné son nom. J'ai eu l'impression qu'ils vivaient ensemble.

— Oui, c'est exact, confirma Murphy. Il est enseignant. Vous a-t-elle laissé supposer qu'elle essayait de fuir cette relation ? Elle n'a pas évoqué de violence domestique ?

— Non. Elle semblait obnubilée par ce qu'Anomie lui faisait subir et par l'idée que Josh Blay puisse imaginer qu'elle était derrière tout ça, mais je ne serais pas surprise d'apprendre qu'elle avait d'autres problèmes personnels. Disons que… si j'avais appris aux infos qu'elle s'était suicidée, cela m'aurait moins surprise que ce meurtre. Vous êtes certain qu'elle ne s'est pas infligé ça elle-même ?

— Absolument.

— Idem pour Blay ? demanda Strike.

— Oui, mais je pense que vous pouvez comprendre que…

— Bien sûr, répondit Strike.

Ça ne coûtait rien d'essayer.

— Cette accusation formulée par Josh Blay, prétendant qu'Edie serait Anomie, relança Murphy. D'où lui est venue cette idée, d'après vous ?

— Si je me souviens bien, répondit Robin en fixant des yeux le bureau pour se rappeler les mots exacts d'Edie Ledwell, il avait entendu parler de quelque chose, sans lui dire comment il le savait. Ils se sont parlé quelquefois au téléphone, il a répété à chaque fois ses accusations et elle a continué de nier. Finalement, au cours de leur dernier appel, il lui a dit qu'il avait un dossier prouvant qu'elle était Anomie.

— Un vrai dossier ? Sur papier ?

— Je n'en suis pas certaine, mais elle semblait penser que oui. Elle lui a demandé ce qu'il contenait, mais Josh a refusé de le lui dire.

— O.K., il va falloir qu'on examine ça, jugea Murphy en regardant Darwish qui hocha la tête. Ce dossier et Anomie. On va entendre ce Seb Montgomery, aussi. Vous ne savez pas où il travaille, j'imagine ?

— Non. Désolée. Puisqu'on ne pouvait pas enquêter sur cette affaire, je n'ai pas demandé de détails.

— Aucun problème. Ça ne devrait pas être trop difficile de le retrouver s'il a travaillé sur les débuts de ce dessin animé.

Darwish, qui était seulement intervenue pour donner la définition de l'anomie, s'éclaircit la voix.

— Deux ou trois choses encore, dit-elle à Robin en faisant cliquer son stylo et en ouvrant son carnet. Est-ce qu'Anomie avait attaqué Ledwell sur ses convictions politiques ?

— Non, elle n'a pas du tout parlé de politique. Les attaques étaient personnelles : il a prétendu qu'elle s'était prostituée, il a posté une photo de son appartement. Il a également divulgué des informations personnelles sur sa vie privée.

Darwish prit une note rapide, puis leva la tête et demanda :

— Et vous êtes sûre qu'elle n'a mentionné personne d'autre qui aurait pu la persécuter ?

— Sûre et certaine.

— Est-ce qu'elle a parlé de l'acteur qui a doublé la voix du personnage de Drek ?

— Non, répondit Robin, sourcils froncés, mais elle a effectivement parlé de ce personnage : elle regrettait de l'avoir créé. Elle n'a pas expliqué pourquoi, en dehors du fait que, dans le dessin animé, Drek est celui qui force les autres personnages à jouer le jeu. Peut-être qu'elle voulait dire que sans Drek, Anomie n'aurait pas créé ce jeu.

— Vous avez regardé le dessin animé, n'est-ce pas ? lui demanda Murphy.

— Juste un petit bout. C'est…

— Dingue ?

Robin força un sourire.

— Oui, un peu.

Après avoir pris une nouvelle note, Darwish referma son carnet et regarda son collègue comme pour dire : C'est bon, j'ai tout ce qu'il me faut.

— Parfait, vous nous avez beaucoup aidés, mademoiselle Ellacott, dit Murphy en se levant en même temps que Darwish. Je vais vous donner mon numéro, au cas où quelque chose vous revienne.

Il lui tendit sa carte. Il lui serra la main ; elle était large, chaude et sèche. Il était aussi grand que Strike, mais nettement plus mince.

Strike les raccompagna vers la sortie. Robin était en train de ranger la carte de Murphy dans son sac à main quand son associé revint.

— Tout va bien ? demanda-t-il en refermant la porte vitrée.

— Oui, répondit Robin pour la énième fois.

Elle vida le fond de son thé sucré dans l'évier et rinça son mug.

— Il y a quelque chose de pas net, déclara Strike quand résonna dans la cage d'escalier le claquement de la porte du bas.

Robin se retourna pour le regarder. Strike venait de décrocher son imperméable de la patère. Il pleuvait toujours à verse.

— Comment ça ?

— Cette question sur la politique.

— Ben… j'imagine que les gens se prennent le bec tout le temps sur Twitter à cause de la politique.

— Oui, dit Strike qui tenait son portable à la main, mais pendant que Murphy te demandait ton avis sur le dessin animé, j'ai cherché sur Internet l'acteur qui double la voix de Drek.

— Et ?

— Il a été viré à cause de ses opinions politiques, que beaucoup jugeaient d'extrême droite. Il a expliqué que c'était satirique, mais Ledwell et Blay n'ont rien voulu entendre, et ils l'ont mis dehors.

— Je vois.

Strike se gratta le menton, les yeux fixés sur la porte vitrée.

— Je ne sais pas si tu as remarqué, mais ils n'ont pas précisé le poste qu'occupe Angela Darwish. Elle n'a pas laissé de carte.

— J'ai supposé qu'elle venait aussi de la Brigade criminelle.

— Peut-être.

— Où pourrait-elle travailler, sinon ?

— Je me demande si elle ne fait pas partie du contre-terrorisme. Peut-être du MI5.

Robin fixa Strike des yeux, puis se rendit compte que de l'eau tiède s'écoulait du mug qu'elle tenait toujours dans les mains. Elle le posa sur l'égouttoir.

— Le MI5 ?

— Juste une idée comme ça.

— Quel genre de terroristes viseraient deux animateurs… ?

Elle se tut en voyant Strike lever un sourcil. L'écho lointain des balles criblant les locaux d'un journal parisien sembla emplir l'espace qui les séparait.

— Mais *Charlie Hebdo*, ça n'avait rien à voir. *Sang d'encre* n'est pas un dessin animé politique, il ne parle pas de religion.

— Non, concéda Strike. Tu as peut-être raison. Tu es prête à y aller ? Je vais faire un bout de chemin avec toi, prendre un plat à emporter.

Si Robin n'avait pas été concentrée sur le lien entre l'attaque de deux animateurs et le MI5, elle se serait probablement demandé pourquoi Strike allait chercher un repas à emporter à Chinatown équipé d'un petit sac à dos, mais elle était tellement préoccupée que le mensonge passa inaperçu.

13

Mais quand tes amis seront en détresse,
Tu riras et te gausseras tout de même...

Joanna BAILLIE,
A Mother to her Waking Infant

Madeline et son fils, Henry, habitaient au bout d'une impasse aux alentours d'Eccleston Square, dans le quartier de Pimlico. Le père de Henry résidait à quelques rues de là avec sa femme et leurs trois enfants. Madeline et lui avaient décidé d'habiter dans le même quartier, afin que leur fils puisse naviguer facilement entre les deux foyers. Henry semblait bien s'entendre avec sa belle-mère et ses demi-frères et sœurs. Pour Strike, qui avait grandi dans une atmosphère angoissante, tout cela semblait relever d'une grande maturité.

Il profita de parcourir à pied la petite distance depuis Victoria Station, col relevé contre la pluie persistante, pour fumer une cigarette, parce que Madeline, non fumeuse, préférait que la maison impeccable le reste. Le subtil réajustement qu'il lui fallait toujours opérer en sortant du travail pour la retrouver s'avérait plus coûteux que d'habitude, ce soir-là. S'il ne reprochait jamais ses retards à Madeline, c'était qu'ils lui laissaient un peu de temps pour convoquer l'énergie nécessaire à encaisser la tension qu'elle dégageait de prime abord. Mais ce soir, il pensait à Robin et au tableau étonnamment détaillé de la défunte qu'elle avait peint aux policiers, avec ses bleus au cou et ses vieilles bottines. En toute honnêteté, il aurait préféré rester au bureau à spéculer sur les deux agressions en compagnie de Robin, devant un chinois à emporter, plutôt que d'aller voir Madeline.

Mieux valait donc éviter l'honnêteté pour le moment.

C'était la veille de la Saint-Valentin. Strike avait commandé un superbe bouquet d'orchidées qui devait être livré chez sa petite amie dans la matinée, et il avait une carte pour elle dans son sac à dos. C'était ce qu'on faisait pour la femme avec qui on couchait si on voulait continuer de coucher avec elle, et Strike en avait envie, pour des raisons évidentes qu'il s'était pourtant à peine formulées.

Le coup de sonnette de Strike fut suivi d'un bruit de pas rapides dans l'escalier, ceux d'un adolescent, puis Henry ouvrit la porte. C'était un garçon charmant aux cheveux blond vénitien comme Madeline, qu'il portait aussi longs que l'autorisait la Westminster School. Strike se souvenait ce que c'était d'avoir l'âge de Henry : le côté ingrat de l'acné bourgeonnant sur son menton imberbe, la difficulté à trouver des pantalons suffisamment longs mais étroits à la taille (problème que Strike n'avait plus depuis longtemps), la mauvaise coordination et la maladresse, sans parler de tout un tas de désirs puissants et insatisfaits qu'adolescent, il avait partiellement réglés sur un ring de boxe.

— Bonsoir, dit Strike.

— Salut, répondit Henry sans un sourire.

Il tourna les talons pour remonter directement à l'étage. Strike supposa qu'il n'était pas descendu de son propre chef, mais que sa mère lui avait demandé d'aller ouvrir.

Le détective entra, s'essuya les pieds, ôta son imperméable qu'il suspendit à côté de la porte d'entrée, puis gravit l'escalier d'un pas plus lent que Henry et en utilisant la rambarde. Il déboucha dans la pièce à vivre où il trouva Madeline assise sur le canapé, crayon en main, tête penchée sur un assortiment de pierres précieuses disposées sur une grande feuille de papier blanc, dépliée sur la table basse. Une bouteille de vin à moitié vide était posée à côté, ainsi qu'un verre plein.

— Désolé chéri, ça t'embête si je finis ça ? demanda Madeline avec nervosité.

— Bien sûr que non, répondit Strike en posant son sac à dos sur un siège en cuir.

— Je suis vraiment désolée, dit Madeline en fronçant les sourcils devant le design sur lequel elle travaillait. Je viens d'avoir une idée et je veux la creuser avant de la perdre. Henry va t'apporter à boire. Mon chéri ! Sers un verre à Cormoran !

Elle avait haussé la voix parce que Henry venait de remettre ses écouteurs et s'était réinstallé à son bureau dans le coin de la pièce, face à un grand écran d'ordinateur.

— Quoi ?

— Va servir un verre à Cormoran !

Henry se retint de jeter son casque, de rage. Strike aurait bien proposé de se servir lui-même, mais il supposait que l'adolescent l'aurait trouvé un peu trop sans-gêne.

— Tu veux quoi ? grommela-t-il au détective en passant devant lui.

— Une bière, ce serait parfait.

Henry se dirigea vers la cuisine, frange flottant devant les yeux. Afin de laisser Madeline travailler tranquillement, Strike lui emboîta le pas.

Tout était blanc dans la maison : murs, plafonds, tapis de la chambre. Partout ailleurs, du parquet et des finitions gris métallisé. Madeline avait expliqué à Strike qu'elle trouvait reposant de passer ses soirées dans un espace serein et monochrome, après des heures à scruter des pierres précieuses aux teintes éclatantes dans son atelier, ou à travailler dans sa boutique haute en couleurs de Bond Street. Apparemment, la décoration de sa maison de campagne était beaucoup plus colorée et chargée. Elle avait proposé qu'ils y aillent un week-end, et Strike, décidé à donner une chance à leur relation, avait accepté.

Henry avait déjà ouvert l'énorme réfrigérateur-congélateur Smeg quand Strike arriva dans la cuisine minimaliste.

— Il y a de la Heineken ou de la Peroni.

— Une Heineken, s'il te plaît. Est-ce que je peux te poser une question, Henry ?

— Quoi ? fit l'ado sur un ton méfiant.

Il était bien plus petit que le détective et n'aimait pas, visiblement, devoir lever la tête pour lui parler.

— Ta mère m'a dit que tu connaissais *Sang d'encre* ?

— Ouais, répondit-il, toujours méfiant, en ouvrant des tiroirs à la recherche d'un ouvre-bouteille.

— Je ne l'ai jamais vu. Ça parle de quoi ?

— Je sais pas trop… de ce qui se passe dans un cimetière pendant la nuit.

Il ouvrit puis referma un nouveau tiroir et, à la grande surprise de Strike, poursuivit :

— C'était mieux au début. Plus marrant. Ils ont perdu leur inspiration.

— Qui ça ?

— Les gens qui l'ont créé.

— Les deux personnes qui ont été agressées hier ?

— Quoi ? dit Henry en regardant Strike.

— Les deux personnes qui l'ont créé ont été agressées au couteau hier après-midi, dans le cimetière de Highgate. La police vient de communiquer leurs noms.

— Ledwell et Blay ? Ils ont été agressés dans le cimetière de Highgate ?

— Oui. Elle est décédée. Lui est dans un état critique.

— Merde, lâcha l'adolescent avant de se reprendre : Je veux dire…

— Non, le coupa Strike. Je crois que merde convient plutôt bien à la situation.

Un mouvement confinant au sourire se dessina furtivement sur le visage de Henry. Il avait trouvé l'ouvre-bouteille. Après avoir décapsulé la bière, il proposa :

— Tu veux un verre ?

— Ça ira comme ça.

Henry lui passa la bouteille.

— Est-ce que tu enquêtes dessus ? lui demanda-t-il en lui jetant un regard de biais.

— Sur les agressions ? Non.

— Ils pensent que c'est qui le coupable ?

— Pour le moment je crois qu'ils ne savent pas, répondit Strike avant de boire une gorgée de bière. Il y a un personnage baptisé Drek dans le dessin animé, non ?

— Ouais. C'est ça qui a fini par merder. C'était surtout pour lui que je regardais. Il était super drôle. Elle est morte, en vrai ? Ledwell ?

Strike résista à la tentation de répondre : Non, pas en vrai, juste pour de faux.

— Oui.

— Waouh, fit Henry.

Il paraissait plus perplexe que triste. Strike se rappela ses seize ans : la mort, à moins qu'elle ne vous touche de très près, était une abstraction lointaine et quasi incompréhensible.

— J'ai entendu dire que l'acteur qui faisait la voix de Drek a été viré, reprit Strike.

— Ouais. C'est quand ils ont viré Wally que tout est devenu nul. C'est devenu trop politiquement correct.

— Wally comment ?

— Wally Cardew, répondit Henry avec une méfiance renouvelée. Pourquoi ?

— Tu sais s'il a réussi à retrouver du boulot ?

— Ouais, il est youtuber maintenant.

— Ah. Et ça consiste en quoi ?

— À faire des vidéos sur des jeux, et tout, expliqua Henry sur le même ton que si un adulte expliquait à un enfant le rôle du Premier ministre.

— D'accord.

— Il passe ce soir, dit Henry en jetant un coup d'œil à l'horloge de la cuisinière. À onze heures.

Strike consulta sa montre.

— Est-ce qu'il faut s'inscrire à YouTube pour regarder ?

— Non, répondit Henry en esquissant une grimace gênée face à tant d'ignorance.

— Bon ben merci pour la bière. Et les infos.

— Pas de souci, répondit Henry en ressortant de la cuisine.

Strike demeura où il était, appuyé sur le flanc, face au frigo. Après quelques gorgées de bière, il sortit son téléphone, ouvrit YouTube et chercha Wally Cardew.

Il comprit alors le mépris de Henry face à son ignorance : l'acteur qui avait fait la voix de Drek avait plus de cent mille abonnés à sa chaîne YouTube. En sirotant sa Heineken, Strike fit défiler les vidéos archivées. Les images immobiles à côté des titres montraient toutes Cardew en train de faire une grimace comique : s'arracher les cheveux de désespoir, rire de façon hystérique la bouche grande ouverte ou hurler triomphalement, le poing serré en signe de victoire.

Cardew ressemblait beaucoup à un jeune soldat sur lequel Strike avait enquêté alors qu'il travaillait encore pour le service d'enquêtes spéciales de l'armée, un certain Dean Shaw, qui avait exactement les mêmes cheveux filasse, la peau claire couperosée et les yeux d'un bleu intense. Shaw était passé en cour martiale pour ce qu'il prétendait être un canular qui avait mal tourné, et qui s'était soldé par la mort par arme à feu d'une jeune recrue de seize ans. Constatant avec regret qu'il avait atteint l'âge où quasiment tous les gens qu'il rencontrait lui rappelaient quelqu'un d'autre, Strike continua à faire défiler les vidéos de Cardew.

La coupe de cheveux du youtuber variait au fil du temps. Trois ans plus tôt, ses cheveux blond polaire lui arrivaient aux épaules, mais aujourd'hui sa coupe était beaucoup plus courte. La plupart de ses vidéos s'intitulaient *Le Wally & MJ Show*. Strike supposa que MJ était le jeune homme métisse aux joues rondes et à l'air joyeux, portant une barbichette, qui apparaissait à côté de Wally sur certaines images, dans l'ombre de la star.

Strike s'arrêta sur une vidéo datée de 2012 intitulée « *Cœur pété* », qui avait quatre-vingt-dix mille vues. Il appuya sur Play. Un Wally aux cheveux longs et un MJ aux cheveux courts apparurent, assis côte à côte au bureau, chacun installé dans un grand fauteuil en cuir. Le mur derrière eux était recouvert de posters de jeux vidéo.

— Yo, salut tout le monde, lança Wally dont l'accent typique de la classe ouvrière de Londres n'était pas sans rappeler celui de Madeline.

Sa main était posée sur un morceau de papier qui semblait comporter une en-tête.

— J'avais juste envie de vous faire une petite mise à jour de ce que m'ont envoyé mes anciens amis. Je crois que ça s'appelle une lettre de licenciement.

— Carrément, acquiesça MJ.

— Le mec, il fait comme s'il comprenait ces trucs juridiques, dit Wally à la caméra en se moquant de MJ qui éclata de rire.

— Mon oncle est avocat, mon pote !

— Ah ouais, le mien il est gynéco mais j'ai pas l'occase de fourrer mon doigt n'importe où.

— Il est gynéco ? Sérieux ?

— Non, abruti, je rigole. Bon, en gros, j'ai plus le droit d'utiliser la voix de Drek, ni ses phrases, ni…

Il consulta la lettre et lut à voix haute :

— « Aucune propriété intellectuelle d'Edie Ledwell ou Josh Blay, ci-nommés *les créateurs*. » Voilà, quoi.

— Putain ça craint, mec, commenta MJ en secouant la tête.

— Hé ! s'exclama Wally comme s'il venait d'avoir une idée. Ton oncle, il pourrait pas me représenter gratos ?

MJ parut décontenancé. Wally éclata de rire.

— Je rigole, ajouta-t-il avant de regarder la caméra. Ouais, donc faut croire que Drek, c'est fini pour moi, les *meks* !

— Attention à ce que tu dis !

— Putain, c'est…

— Ouais, carrément, renchérit sobrement MJ. C'est de la merde.

— J'ai quasiment créé cette voix, ce personnage et tout, mais apparemment on peut plus rien dire, on peut plus être satirique, on peut plus se moquer.

La caméra zooma soudainement et le visage de Wally apparut en très gros plan.

— PLUS DU TOUT, tonna Wally d'une voix modifiée pour résonner en écho.

Quand la caméra revint en plan large, les deux hommes se trouvaient au beau milieu d'un espace blanc. MJ faisait mine de somnoler sur son siège en dodelinant de la tête, coiffé d'une longue perruque châtain foncé, vêtu d'une chemise en denim et d'un jean troué, fumant ce qui ressemblait à un gigantesque joint. Wally portait une perruque châtain clair hirsute, du rouge à lèvres et de l'eyeliner, un T-shirt imprimé des mots *Cœur pété*, et une longue jupe à fleurs.

D'une voix aiguë à l'accent du Sussex, il dit :

— Alors bon… on était allongés dans le cimetière et, t'as ressenti un truc, hein Josh ?

— Ouais, marmonna mollement MJ.

— Et on fumait, non ?

— Ouais.

— Et tout à coup j'ai eu une idée fulgurante. C'est comme ça qu'on a créé *Cœur pété*. Parce que quand tu pètes, c'est un peu comme si une partie de toi cherchait à se libérer, tu vois, c'est une métaphore, genre c'est beau et profond, quoi.

Wally souleva une fesse pour laisser échapper un pet sonore et apparemment sans trucage. MJ sursauta avant de marmonner de la même voix planante :

— Ouais, une métaphore.

— J'ai eu l'idée du pet en pensant à ma mère qui est morte. Elle avait un gros problème de flatulences.

MJ fut secoué d'un rire à peine réprimé.

— Nous, c'est pas le pognon qui nous intéresse, hein, Josh ?

— Noooon.

— On est des esprits libres, quoi. On veut que le monde entier profite de mon génie gratuitement.

— C'est ça, gratuitement.

— C'est pour ça qu'on paie pas les gens, hein, Josh ?

MJ proposa sans rien dire son joint à Wally.

— Non, bébé, faut que je garde les idées claires pour les négos avec Netflix. Oups, attends, j'ai dit ça à voix haute ? Merde. Bon ben merci tout le monde, j'espère que vous continuerez tous à regarder *Cœur pété*.

Wally péta à nouveau.

— Ouh, ça va mieux. Allez bébé, dit-il en se levant et en agrippant la chemise de MJ, faut que tu dessines Harty.

— J'ai besoin d'un verre, Ed. Je suis défoncé.

— Viens avec moi, feignasse, on va faire du pognon… heu, je veux dire, de la création. On va faire de l'art…

— Mais c'est quoi ce truc que tu regardes ?

Strike appuya sur pause et tourna la tête. Madeline se tenait à l'entrée de la cuisine.

— Des youtubers, répondit Strike.

Madeline s'approcha de lui en souriant, vêtue de son pull en cachemire gris pâle et d'un jean, lui passa les bras autour du cou et l'embrassa. Il sentit le goût du merlot.

— Désolée. Il fallait que je concrétise le design tant que c'était frais dans ma tête. Parfois on a une idée et il faut l'exploiter immédiatement.

— Pas de problème. Ils étaient très gros ces rubis, enfin si c'était ça…

— C'est du toc. Je ne garde pas de vraies pierres chez moi, ce serait un cauchemar avec l'assurance. Parfois j'utilise des pierres en strass pour me rendre compte de ce que ça donne. J'ai envie d'un autre verre, ajouta-t-elle en le lâchant pour tendre le bras vers le casier à vin fixé au mur. J'ai eu une journée *cauchemardesque*. J'avais oublié que j'avais accepté de donner une interview à une blogueuse bijoux tout juste sortie de l'adolescence. Sans vouloir généraliser, certaines sont vraiment de petites merdeuses. Tout ce qu'elle voulait savoir, c'est si mes matériaux sont intégralement issus de filières éthiques – où est passé ce foutu tire-bouchon ? – et comme je ne pouvais pas garantir de me rendre systématiquement jusqu'en Colombie pour creuser moi-même les mines et donner la moitié de mon butin à un putain d'orphelinat… franchement, je fais l'effort d'acheter responsable, mais tu aurais dû l'entendre sur le… sur le…

Madeline avait du mal à ouvrir la bouteille. Strike rangea son portable dans sa poche et lui tendit les mains.

— Merci. Je me suis cassé un ongle en ouvrant la précédente. Bon bref, elle n'arrêtait pas de me parler de diamants et j'ai…

Empoignant la nouvelle bouteille de vin et sa bière, il suivit Madeline jusqu'à la pièce à vivre d'où Henry s'était éclipsé. Elle se laissa tomber dans le canapé tout en parlant des extractions illégales d'or en Amérique latine et des efforts qu'elle et ses collègues joailliers avaient faits pour s'assurer que la production de matériau brut respectait les droits de l'homme. Strike remplit le verre de Madeline et s'assit à son tour ; il avait l'impression qu'elle continuait de se justifier face à un interlocuteur invisible. Son ventre gargouillait. Il avait espéré qu'à défaut de cuisiner le repas, Madeline propose un plat à emporter.

— Maman, lança Henry du haut de l'escalier. Je vais chez papa.

— Quand est-ce que tu seras… ?

Mais Henry avait déjà dévalé les marches. Strike et Madeline entendirent la porte claquer.

— Est-ce qu'il a été malpoli avec toi ? demanda Madeline en fronçant les sourcils. Il est de mauvais poil parce que son ordinateur a planté. C'est pour ça qu'il utilise mon PC.

— Non, il a même été assez bavard.

— Ah bon ? Ça change. Tu sais t'y prendre avec lui. Jim était nul pour ça.

Strike avait déjà beaucoup entendu parler de son ex-mari, l'acteur qui avait quitté Madeline pour sa partenaire à l'écran et trahi la confiance de Henry, mais il feignit de s'intéresser aux nouvelles anecdotes que Madeline ajouta à cette longue liste. Son estomac gargouilla de nouveau. Quand Madeline s'interrompit pour descendre la moitié de son verre de vin, il dit, dans l'espoir qu'elle pense enfin au repas :

— Désolé de ne pas avoir pu me libérer pour le dîner.

— Oh, pas de problème, je peux pas te reprocher d'être retenu au travail, vu que je suis pareille. Mais si tu veux…

Elle se recroquevilla contre lui dans le canapé et glissa de nouveau ses bras autour de son cou.

— Tu peux te rattraper maintenant.

Une heure plus tard, Strike était allongé, nu, dans la chambre toute blanche de Madeline, d'une certaine façon comblé, mais pas suffisamment pour lui faire oublier sa faim. Sans doute que pour être mince comme Madeline, il fallait manger peu, mais lui n'était pas du genre à suivre un régime draconien, même s'il aurait pu se permettre de perdre un peu de poids. Madeline avait posé la tête sur son épaule et ses cheveux lui chatouillaient le visage. Elle glissa la main sur son torse velu.

— Mon Dieu, c'était bon, articula-t-elle en bâillant. Désolée, je suis crevée. J'ai dû me lever à cinq heures pour un rendez-vous téléphonique avec Los Angeles.

Il l'embrassa sur la tête et lui dit :

— Ça t'ennuie si je vais me préparer un petit quelque chose à manger ?

— Non, chéri, sers-toi.

Elle décolla la tête de son épaule et roula jusqu'à l'autre côté du lit. Tandis qu'il enfilait son pantalon et sa chemise dans le noir, craignant de croiser Henry, il crut entendre un léger ronflement.

L'étage de la maison était silencieux. Pieds nus, Strike gagna la cuisine, sa prothèse produisant un bruit sourd sur le parquet à chaque pas. Comme il le redoutait, le frigo contenait peu de choses qui lui fassent envie. Il fouilla sans grand enthousiasme à travers les salades de quinoa, les yaourts zéro pour cent et les sachets d'avocats en rêvant de bacon avec des œufs ou d'une grande portion de frites. Il finit par tomber sur un morceau de pecorino, se confectionna une tartine et s'ouvrit une autre Heineken.

L'horloge de la cuisinière affichait vingt-deux heures. Il lui semblait qu'il était beaucoup plus tard. S'approchant de la fenêtre, il regarda la rue baignée de pluie : les pavés luisaient comme du jais à la lueur des lampadaires. Au bout d'un moment, Strike trouva une assiette, emporta son sandwich et sa bière dans le coin-salon plongé dans l'obscurité et s'assit devant l'ordinateur.

Il connaissait le mot de passe, que Madeline lui avait donné lors de sa dernière visite, parce que sa batterie de téléphone était déchargée et qu'il avait dû regarder les horaires du vol réservé par Fingers pour rentrer à Londres. Il alluma le PC, entra le mot de passe *spessartite19*, traîna près d'une heure à lire les infos et consulter ses emails puis, à vingt-trois heures, se connecta à la chaîne YouTube de Wally Cardew pile à temps pour le direct.

Les posters de jeux en arrière-plan avaient changé, et les deux présentateurs, Wally et MJ Cardew avaient maintenant les cheveux courts sur les côtés et un peu plus longs sur le dessus. Le visage de MJ était plus mince qu'en 2012, sa coiffure plus soignée. Ils avaient tous les deux la mine fermée et MJ paraissait nerveux.

— Salut les mecs, lança Wally. Bienvenue dans ce nouvel épisode de *Le Wally & MJ Show*, avant de commencer je voudrais… on voudrait…

Il jeta un coup d'œil à MJ, qui acquiesça.

— Avant tout, on voudrait dire, voilà quoi, qu'un truc horrible est arrivé hier. Mais on l'a appris qu'aujourd'hui.

— Les gens nous appellent, genre non stop depuis cinq heures, intervint MJ, en nous disant : Vous étiez au courant ? Vous étiez au courant ?

— Ouais, reprit Wally en hochant la tête. Et nous, on est là genre : non on était pas au courant, on l'a appris aux infos. Voilà, quoi, on parle de ce qui est arrivé à Josh Blay et Edie Ledwell, au cas où vous savez pas. Et c'est complètement ouf, on n'en sait pas plus que vous, mais sérieux, c'est ouf. Et je voudrais, genre, présenter toutes mes condoléances à leurs familles et je croise les doigts à fond pour Josh, quoi. On peut... je sais pas, tu pries, toi, MJ ?

— Ouais, mon pote, dit MJ à voix basse, carrément, je prie.

— Moi, reprit Wally en montrant ses paumes de mains, je sais pas en quoi je crois, mais on pense aux familles et on espère juste que Josh va s'en sortir, quoi.

— Carrément. Sérieux, on l'espère vraiment.

Wally poussa un soupir, tapa les mains sur ses cuisses et lança :

— O.K., bon, on a préparé un truc spécial pour vous ce soir – et n'oubliez pas les amis, ce mois-ci on donne vingt-cinq pour cent de tous les bénéfices du merchandising au Great Osmond Street Hospital, parce que, comme certains le savent...

— Mon petit cousin, il a été soigné là-bas pour une leucémie, compléta MJ.

— Allez c'est le moment de dérouler les commentaires.

Une longue série de commentaires de spectateurs se mit à défiler en jaune fluo, en haut à droite de l'écran, à une vitesse telle qu'il était difficile de tout lire. MJ regardait sur un écran annexe, lisant ce que les internautes pouvaient voir.

Drekfan10 :	Je vous aime Wally et MJ !!!!!!
KeiraS :	Fais la voix de Drek Wal
Derky96 :	joli hommage
Krayfish :	classe les gars
BDJoker :	je connaissais ledwell et blay
Hyggard :	faites pas genre vous êtes tristes
Sh0zelle :	Wally dis bonjour à Shona et Deb !
RedPill*7 :	un bon gaucho est un gaucho mort
Chigginz :	j'ai acheté trois T-shirts faites-moi signe

— Allez, annonça Wally, on y va ! Mais avant ça, il nous faut deux trois trucs.

Il chercha quelque chose sous le bureau.

— Tiens-moi ça, MJ.

Wally avait sorti un long couteau qui semblait couvert de sang. MJ lâcha un cri à mi-chemin entre l'horreur et la surprise, puis couvrit son visage de ses mains en essayant de réprimer un rire nerveux.

— Putain ! lâcha-t-il face caméra en écartant les doigts. Putain, je savais pas qu'il allait faire ça, je vous jure !

Impassible, Wally dit :

— Qu'esquya ? Ah, *ça* ? fit-il en léchant la lame. C'est de la sauce tomate, mon pote, j'ai coupé une pizza avec.

— Bordel, Wa, dit MJ en ôtant ses mains et en riant.

— O.K., si tu veux pas le tenir…

Il lança le couteau par-dessus son épaule puis sortit un tas de papiers de sous le bureau.

— Parce que bon, c'est le thème du jour, hein. J'ai été pas mal actif sur ce bon vieux réseau Twitter et, depuis l'annonce des agressions de Ledwell et Blay, il s'est passé plein de trucs. J'ai posté mes condoléances, enfin un truc dans le genre, et j'ai reçu une tonne de messages m'accusant d'avoir tué Edie Ledwell, alors j'ai pensé que j'allais en partager quelques-uns avec vous. Voyons voir ce qu'on a… Ah, celui-là il est pas mal.

Wally saisit une feuille de papier et se mit à lire. Le tweet s'afficha derrière lui, au milieu des commentaires en direct.

The Coffin Fly @carla_mappin5
Réponse à @the_Wally_Cardew

comment tu peux dire que t'es triste, sale hypocrite. T'as démonisé Ledwell et Blay depuis qu'ils t'ont viré, à juste titre. La haine tue.

15 h 15 13 février 2015

— « La haine tue », répéta Wally en regardant la caméra d'un air sérieux.

— Wahou, dit MJ en secouant la tête. Tu te sens rejeté, mon pote ?

— Je vais être honnête, mon ami, ça m'a fait réfléchir à, genre, tout le système éthique. Tu vois, on me rend complice de meurtre juste parce que je me suis foutu de la gueule de *Sang d'encre*. Du coup, j'ai regardé un peu comment Carla Mappin se comportait, elle. Pour apprendre des meilleurs, tu vois.

— Ouais, l'utiliser comme modèle, précisa MJ.

— C'est ça. Voilà donc un message écrit par Carla à la fin de l'année dernière.

Un nouveau tweet apparut derrière Wally, qu'il lut à haute voix.

The Coffin Fly @carla_mappin5
Réponse à @AnomieGamemaster

franchement, à ce stade, elle peut crever la chienne. Toutes ces conneries, comme quoi elle fait ça par amour pas pour l'argent. #stopLedwell #JesoutiensJosh

21 h 02 2 novembre 2014

— « Elle peut crever la chienne », mesdames et messieurs, répéta Wally.

— C'est qui, cette chienne ? demanda MJ.

Strike ne parvenait pas à savoir s'ils avaient répété ce morceau. Seul le couteau avait été une surprise.

— Elle parle d'un animal en détresse qui risque la mort ?

Wally lâcha un petit rire.

— Non, ironiquement, MJ, Carla parle ici d'Edie Ledwell. « Elle peut crever la chienne », répéta-t-il une fois de plus en regardant la caméra.

— Wal, dit MJ fixant un point hors cadre, on a quelques récompenses à distribuer. On va donner des cadeaux : Chigginz, tu as acheté trois T-shirts : super, mon pote. BDJoker… J'imagine que c'est des pseudos.

— Merci, BD, dit Wally. Tu gagnes une casquette de base-ball Wally & MJ.

— Et Sooze et Lily, des sweats. Merci les filles !

— Bon, revenons à Twitter, reprit Wally en consultant son tas de documents. Voyons voir… encore un qui est bien.

Les commentaires continuaient de défiler presque trop vite pour que Strike les lise tous.

motherofdrags :	les gauchos « quand j'ai parlé de racaille je le disais dans le bon sens » lol
LostInSpunk :	gauchos tous des faux-culs lololol
@Heimd&ll88 :	je kiffe trop
hotrod209 :	je te soutiens on leur met bien profond aux gauchos
RubyLoob :	Ledwell était l'incarnation du privilège blanc
arniep :	suce ma bite
LilaP :	je t'aime Wally xxxxxxxxxxxxxxx
ArkeTheShadow :	on a le droit de faire la fête quand des méchants meurent
LeDémon :	jusqu'où vous iriez pour faire parler de vous, abrutis ?
TommyEngland14 :	wally va voir lafraternitedultimathule.com

— Et maintenant, reprit Wally en fouillant ses papiers, on a celui que je préfère. Putain, celui-là je l'adore. Andi Reddy, son vrai nom, regardez :

Andi Reddy @ydderina
Réponse à @the_Wally_Cardew

t'as peut-être pas tenu le couteau mais t'as jeté de l'huile sur le feu, et s'ils découvrent qu'un troll d'extrême droite a fait ça, tu pourrais être arrêté.

18 h 52 13 février 2015

— Andi a l'air de connaître la loi, non ? lança Wally.

— Ça doit être une juge. Sympa de sa part de dire que t'as peut-être pas tenu le couteau, n'empêche.

— Et si nous allions voir comment Andi jette de l'huile sur le feu ?

— Vas-y, l'encouragea MJ en se remettant à glousser.

Le deuxième tweet d'Andi apparut au-dessus de leurs têtes. Une nouvelle fois, Wally le lut à voix haute.

Andi Reddy @ydderina
Réponse à @AnomieGamemaster

est-ce que qqn peut dire à cette salope d'aller bouffer les pissenlits par la racine ? #StopLedwell #JesoutiensJosh

11 h 45 29 juillet 2014

Wally et MJ se tordirent de rire en chœur.

— Mais c'est pas fini ! Attendez, il y en a un autre. Ça montre vraiment que c'est une pacifiste dans l'âme.

Un nouveau tweet apparut.

Andi Reddy @ydderina

la seule chose qui me consolerait de voir mon dessin animé pref se faire attaquer de partout, c'est #LedwellLaGoinfre qui ferme sa gueule avec un masque de Drek et y foutre le feu

22 h 34 16 septembre 2014

Alors que Wally et MJ riaient de plus belle en se tapant sur les cuisses, Strike entendit un mouvement derrière lui et coupa le son de la vidéo. Henry était rentré. Il paraissait perplexe de voir ce que Strike regardait.

— Ce que tu m'as dit a éveillé ma curiosité, expliqua Strike.

— Ah bon.

Ils échangèrent un regard dans la pénombre de la pièce uniquement éclairée par la lumière de l'ordinateur.

— J'vais me coucher, marmonna Henry avant de monter à l'étage.

Strike remit le son et revint au direct. Wally et MJ étaient toujours pliés de rire à cause du dernier tweet qu'avait lu le youtuber. Les commentaires continuaient de défiler.

algizzard :	Wal va voir lafraternitedultimathule.com
GillySangEncre :	Wally dis bonjour à ta grand-mère pour moi !
ArkeTheShadow :	Ledwell était une voleuse et une menteuse
saxonaxe14 :	les larmes de crocodile quand tout le monde l'a traitée de conne
dmitriplayssax :	Wally dis bonjour à Dmitri
PokerFac£ :	wally est-ce que tu baises kea niven ?
LepinesDisciple :	J'ai tué Ledwell
TattyB :	ouais chui pas triste qu'une raciste et élitiste soit morte
MGTOWise :	montre tes preuves, mec, c'est classe !
SophieBeee :	J'ai acheté un tee-shirt dis bonjour à Soph Brown
HéMec88 :	Wally, vire ton sale nèg**
Aoifeoconnor :	les gens étaient en colère à cause de Netflix c'est tout
Sammmitchell :	les gens disent des trucs sur le coup
FrereUltima88 :	toutes les petites salopes gauchos essaient de couvrir leurs traces lolololololo ololololol

14

Elle est couchée tout au fond, dans sa tombe !
Ne me parlez pas de plaisir,
Car elle, je ne peux la sauver.

Christina ROSSETTI,
Despair

Le deux-pièces à Walthamstow que Robin visita le dimanche après-midi était le premier où elle pouvait s'imaginer être heureuse. Il était situé au deuxième étage d'un immeuble récent : propre et lumineux, avec un salon assez grand pour un canapé-lit, si un ami voulait rester dormir, et proche de la station de métro Blackhorse Road.

— Je vous tiens au courant, informa-t-elle l'agent immobilier. Est-ce qu'il y a eu beaucoup de visites ?

— Un certain nombre, répondit le jeune homme.

Il portait une cravate large et Robin se serait volontiers passée de son bavardage incessant. Il lui avait demandé deux fois si elle comptait habiter seule. Robin se demandait ce qu'il aurait dit si elle l'avait supplié les larmes aux yeux d'emménager avec elle afin de ne plus avoir à endurer plus longtemps le célibat.

Après avoir pris congé de l'agent immobilier, elle se dirigea vers la station de métro en minutant le trajet. Son temps de transport pour aller au travail serait plus long que depuis son appartement actuel, mais pas autant que depuis d'autres appartements qu'elle avait visités. Tout bien considéré, elle pensait vraiment que celui-ci pourrait faire l'affaire. En rentrant chez elle, elle se demanda quelles étaient ses chances face aux autres candidats : son dépôt de garantie était conséquent, elle avait réussi à l'obtenir de haute lutte, depuis le compte commun, dans le cadre de son divorce, et elle gagnait un salaire bien plus élevé qu'à ses débuts, mais à Londres on ne pouvait jamais être sûr de rien.

Robin avait eu le moral dans les chaussettes pendant tout ce week-end froid et humide, et quand elle quitta la station d'Earl's Court sous la pluie, la brève joie qu'elle avait ressentie à l'idée de s'installer dans ce joli petit appartement commença à se dissiper.

Max passait le week-end à la campagne en compagnie de Wolfgang le teckel. Une fois rentrée, Robin ôta son manteau et ses gants, prit son ordinateur portable dans sa chambre et l'emporta à l'étage, dans la pièce à vivre, où son regard tomba sur la carte de la Saint-Valentin non désirée qu'elle avait reçue la veille de la part d'Adam Labrosse, alias Colgate, et qu'elle avait laissé traîner sur le plan de travail de la cuisine. On y voyait un saint-bernard portant un baril en forme de cœur autour du cou avec les mots « Tu me fais saliver ». À l'intérieur de la carte, Hugh avait écrit : « Si jamais tu t'ennuies », accompagné de son numéro de téléphone. Robin supposait que ce chien était censé évoquer des souvenirs joyeux de la Suisse, mais vu qu'Adam avait été pour elle l'élément le moins positif du séjour, tout ce qu'elle ressentait, c'était de l'agacement envers Katie qui avait donné son adresse à ce type. Luttant toujours contre la déprime, elle jeta la carte à la poubelle avant de se préparer un café, puis s'assit pour consulter les sites d'informations en quête d'éléments nouveaux sur les attaques du cimetière de Highgate.

Josh Blay était toujours en vie mais demeurait dans un état critique, et la police avait communiqué un nouvel élément : les deux victimes avaient été tasées avant d'être poignardées. Les enquêteurs avaient renouvelé leur appel au public invitant à signaler toute personne au comportement suspect entre 16 h et 18 h le 12 février.

Il était illégal pour un civil de posséder et d'utiliser un taser, donc Robin se demandait où et comment le tueur se l'était procuré. Est-ce qu'il l'avait transporté en contrebande depuis le continent ? Volé ? Cet élément suggérait davantage un crime prémédité qu'un acte impulsif. Elle aurait bien aimé en discuter avec Strike.

Une nouvelle alerte de la BBC apparut sur l'écran de son ordinateur. Il y avait eu deux attaques terroristes distinctes par armes à feu à Copenhague : la première dans une exposition baptisée « Art, Blasphème et Liberté d'expression », la seconde dans une synagogue. La boule que Robin avait au ventre se fit d'autant plus pesante. Des êtres humains massacrés pour avoir écrit ou dessiné : Edie Ledwell ne pouvait pas en faire partie, tout de même ? Que pouvait bien contenir ce petit dessin animé qui puisse offenser et enrager quelqu'un au point qu'il juge ces deux artistes bons à être assassinés ?

Ces dernières vingt-quatre heures avaient vu une prolifération d'articles consacrés à *Sang d'encre*. Robin lut en diagonale des entrefilets retraçant le succès inattendu du dessin animé, des analyses de son impact et de son poids sur le plan culturel, des critiques de ses qualités et ses défauts, et des hypothèses quant à son évolution future. Presque tous ces articles commençaient par souligner l'ironie de la situation : Edie Ledwell avait trouvé la mort dans le cimetière même où Blay et elle avaient situé leur dessin animé : « un parallèle grotesque », « une coïncidence presque inconcevable », « une fin tragique dotée de la même étrangeté gothique que l'œuvre ».

De nombreuses pages étaient aussi consacrées à la communauté des fans du dessin animé, « qui se prénomment les cœurs d'encre, et sont connus pour se livrer des guerres intestines ». Ces querelles avaient repris de plus belle depuis l'annonce des attaques des deux artistes ; tout en se reprochant de le faire, Robin cliqua sur un entrefilet intitulé « Les cœurs d'encre et leur théorie du meurtre créent le scandale ». Elle y apprit que, sur les réseaux sociaux, on se demandait si Josh Blay n'avait pas poignardé Edie Ledwell avant de retourner l'arme contre lui, accusation vigoureusement réfutée par les fans de Blay qui, remarqua Robin, étaient bien plus nombreux que ceux soutenant son ex-petite amie.

Robin ouvrit YouTube dans l'intention de regarder un épisode entier de *Sang d'encre*, mais une vidéo intitulée « La toute première interview de Josh Blay et Edie Ledwell » retint son attention. Elle datait de juin 2010 et avait été vue de nombreuses fois.

Robin cliqua sur la vidéo, puis sur Play.

Edie Ledwell et Josh Blay étaient assis côte à côte sur un lit simple, dos à un mur où était punaisée une quantité de dessins, des coupures de magazines et des reproductions de tableaux format carte postale. Edie avait les cheveux plus longs, plus brillants et mieux coiffés que lors de son passage à l'agence. Elle portait un jean et ce qui ressemblait à une chemise d'homme bleue aux manches retroussées.

Vêtu d'une chemise semblable, Josh était d'une beauté remarquable. Avec ses longs cheveux bruns, sa mâchoire carrée, ses pommettes hautes et ses grands yeux bleus, ça aurait pu être une rock star. Robin avait appris par la presse qu'il avait cinq ans de moins qu'Edie, ce qui voulait dire qu'en 2010, il en avait vingt.

— O.K., c'est bon ? lança Josh avec un accent cockney.

Il fit un petit salut de la main, regarda Edie, puis ils éclatèrent de rire. La personne qui tenait la caméra rit aussi.

— Heu…, fit Josh en regardant l'objectif. Ouais, alors, on a eu plein de commentaires sympa sur les deux premiers épisodes de *Sang d'encre*, du coup, ben on voudrait dire que ça nous fait hyper plaisir. Notre copine Katya, elle s'est dit, genre que ce serait cool si on répondait à quelques questions que vous avez postées sous les épisodes. Voilà, ben du coup c'est ce qu'on va faire, quoi.

Il avait annoncé cela d'un ton mal assuré, comme pour expliquer que cette vidéo, qui pouvait paraître narcissique, n'était pas son initiative.

— Par exemple, continua Josh, on nous a souvent demandé : « Est-ce que vous êtes défoncés ? »

Il se mit à rire, tout comme la personne qui filmait, laquelle fit légèrement trembler la caméra. Josh et Edie étaient assis si près l'un de l'autre que leurs bras se touchaient.

— Réponse courte, lui rappela Edie.

— Ouais, répondit Josh. Ouais, pour être honnête, on était carrément défoncés. Comme Tim, en ce moment.

Il dirigea son regard vers le caméraman. Le Tim en question se défendit, avec un accent des Home Counties :

— N'importe quoi, c'est pas vrai !

Josh regarda Edie et ils échangèrent un sourire, le sourire caractéristique de deux personnes éperdument amoureuses.

— Du coup, heu, on se présente ou quoi ?

— Ben, y a personne d'autre ici pour s'en charger, dit Edie, à moins que Tim veuille bien. D'ailleurs, on devrait le présenter, lui.

La caméra pivota vers le haut : une vue vertigineuse du plafond laissa place à un gros plan d'un jeune homme roux.

— Salut, dit-il.

La caméra se posa de nouveau sur Edie et Josh.

— C'était Tim, dit Edie. C'est lui qui fait la voix de Worm. Alors moi c'est Edie.

— Et moi c'est Josh, et heu, on a eu l'idée de *Sang d'encre* un jour, quand on était au cimetière de Highgate.

— En train de fumer, compléta Tim derrière la caméra.

— En train de chercher l'inspiration, s'indigna Josh sur un ton exagéré.

— Et de bavarder, précisa Edie.

— Ouais, dire n'importe quoi surtout…

— Parle pour toi.

— Nan, j'étais vraiment inspiré et genre profond, dit Josh avant de pointer l'index vers Edie tout en continuant à l'intention de la caméra : Non, en vrai, c'est elle, c'est à cause d'elle tout ça. On parlait de… vous voyez, des gens qui sont enterrés là-bas, quoi.

— C'est ça, poursuivit Edie, on se disait qu'on était à quelques mètres seulement au-dessus des cadavres.

— Ça nous a fait trop flipper.

— Toi, t'as flippé, pas moi.

— Parce que t'es trop zarbe !

Edie éclata de rire.

— En vrai, Ed, je dis pas genre comme une tueuse en série ou quoi, mais t'es juste… bizarre quoi. Bon bref, elle a commencé à imaginer ce qui se passe la nuit et elle a eu toutes ces idées tordues, putain.

— Katya t'a dit de ne pas être grossier pendant l'interview.

— Un peu tard pour ça, bordel.

Edie rit.

— Ouais, donc toutes ces idées venaient d'Edie, et on était allongés là, genre, à imaginer.

— Et puis on s'est fait dégager du cimetière parce que c'était l'heure de la fermeture, expliqua Edie. Donc on est rentrés chez nous, c'est-à-dire dans la communauté artistique où on habite, c'est une grande maison, vieille.

— Pourquoi t'as besoin de raconter ça ?

— Je sais pas… pour expliquer notre « processus » ?

Edie rit de nouveau.

— Bref, peu importe, on est rentrés chez nous et Josh s'est mis à dessiner. Qui est-ce que tu as dessiné en premier ?

— Harty, et toi Drek. On est tous les deux en école d'art, précisa-t-il à la caméra.

— Pas moi, toi oui tu étais un vrai artiste.

— J'me suis fait virer de St. Martin's, expliqua Josh pour le public. Parce que je glandais.

— Ouais, confirma Edie. Du coup, on a dessiné les personnages pour s'amuser, à partir d'idées qu'on a eues quand on était…

— Défoncés ! cria Tim hors champ.

— Dans le cimetière, rectifia Edie en souriant. Après, ça s'est…

— Développé, conclut Josh.

— J'allais dire « enrichi ».

— Ouais, c'est parti de ça, quoi. Et notre pote Seb nous a aidés à créer le premier épisode. Seb c'est un vrai artiste, il est toujours à

St. Martin's. On a demandé à des copains de faire les voix et on a fait le premier épisode, et puis Edie a eu d'autres idées, du coup, ben on en a fait un autre, quoi.

— C'est ça, poursuivit Edie, et on ne s'attendait pas à… On a été vraiment surpris par le succès que ça a eu auprès du public, et c'est pour ça qu'on voulait vous dire à quel point on appréciait vos commentaires. Donc on va répondre maintenant aux questions qui reviennent le plus souvent.

Josh disparut le temps de saisir un morceau de papier à lignes manifestement arraché d'un carnet, y jeta un œil, puis dit à la caméra :

— O.K., y'a un truc qu'on nous demande souvent : « Où est-ce que vous avez eu les idées pour Harty ? »

Il regarda Edie et lui dit :

— C'est toi qui dois répondre parce que je sais pas ce qui se passe dans ta tête.

— Je sais pas exactement comment m'est venue cette idée, mais quand j'étais petite, ma mère m'a raconté un conte de fées à propos d'un cœur de pierre. Est-ce que ça s'est vraiment passé ou est-ce que je l'ai imaginé ? En tout cas, je me souviens de cette histoire où quelqu'un remplaçait son cœur par une pierre et je m'étais vraiment imaginé le cœur quittant la poitrine. Du coup, quand on est allés dans le cimetière, j'ai eu cette idée d'un personnage vraiment méchant dont le cœur survivrait après sa mort et essaierait de se rattraper. Son propriétaire avait rendu son cœur tout noir à force de mal agir, mais le cœur a survécu alors que le reste du corps a pourri, parce que…

— Parce qu'il est blindé de méchanceté, dit Josh sur un ton savoureux.

— Si on veut, mais… non, en fait, parce que Harty, justement, c'est le personnage le plus sympa du truc.

— Ouais, j'imagine, dit Josh lentement. Il est genre innocent… mais pas vraiment non plus, tu vois ? S'il est tout noir, c'est parce qu'il est méchant.

— Mais c'est pas de sa faute, insista Edie.

Ils discutaient entre eux à présent, ayant oublié la caméra.

— Harty se fait accuser de tout ça, on le stigmatise, mais il était victime du cerveau, ou de la volonté, enfin bref, il essaie de faire mieux, mais il est ridicule, du coup personne ne croit qu'il est bon.

Elle fit de nouveau face à la caméra.

— Est-ce que c'était clair ? Non. Question suivante.

— « Est-ce que Paperwhite est censée être une connasse ? », lut Josh sur un morceau de papier.

Il regarda la caméra et répondit :

— Oui.

— Non ! le contredit Edie, mi-indignée, mi-amusée.

— Mais si. Elle veut pas donner sa chance à Harty.

— Elle est juste un peu… En fait, on n'a jamais analysé tout ça.

— Ça, indiqua Josh, ça se voit dès qu'on regarde le dessin animé !

Ils éclatèrent tous de rire, y compris Tim. Un bip retentit.

— Merde, c'est le mien, dit Josh. J'ai oublié de l'éteindre.

— On est hyperprofessionnels, expliqua Edie au public.

— C'est un message de Katya, dit-il en le lisant à voix haute : « Est-ce que vous avez eu le temps de tourner une vidéo pour les fans, parce que je pense que ce serait… »

Il répondit dans la foulée, en lisant ce qu'il écrivait :

— « On… est… en train… de… le… faire… » Et hop, sur silencieux.

Il balança le téléphone sur le lit.

— On disait quoi ?

— On parlait de Paperwhite. Elle veut revenir à la vie. Elle déteste être un fantôme.

— Mais c'est quand même un peu une connasse.

— Non, elle est coincée parmi tous ces…

— Ouais, ces trucs monstrueux.

— Ces parties du corps ambulantes, reformula Edie en faisait rire Josh. Personne n'aurait envie d'être à sa place.

— O.K., dit Josh en choisissant un autre papier. Question suivante. Drek. « C'est quoi, Drek ? »

Ils échangèrent un regard et éclatèrent de rire une fois de plus.

— On n'en sait rien, répondit Josh.

— On n'en a vraiment aucune idée.

— Mais tu l'as dessiné.

— J'ai dessiné sa tête, oui, à partir d'un masque que j'ai vu il y a super longtemps, un masque comme ça, expliqua-t-elle en mimant un énorme bec. Un masque de docteur pendant la peste. Avec une espèce d'énorme bec et de petits yeux, et j'ai trouvé ça vraiment flippant. Donc… il est un peu sinistre, Drek.

— Mais c'est quoi ?

— J'en sais rien, honnêtement, répondit Edie en se mettant à rire. Qu'est-ce que c'est, à ton avis ?

— J'en sais foutre rien. Ce sera peut-être l'épisode trois : « Mais putain, c'est qui, Drek ? » Question suivante. « C'est quoi les abrutiks et les konarkos ? »

À cette question, Josh et Edie s'esclaffèrent de plus belle, se serrant l'un contre l'autre en essayant de reprendre leur souffle. Quand ils retrouvèrent leur calme, ils avaient les larmes aux yeux.

— On peut pas répondre à ça ! lança Josh d'une voix suraiguë.

— On ne peut pas mettre de mots là-dessus, expliqua Edie hors d'haleine.

— Vous reconnaîtrez un abrutik quand vous en croiserez un, dit Josh en contenant son hilarité. Pareil pour les konarkos.

Ils repartirent dans leur fou rire. Derrière la caméra, Tim était hilare, lui aussi. Josh finit par dire :

— Bon alors, on va se reprendre, hein, c'est… c'est une émission sérieuse, dit-il en brandissant un morceau de papier. « Est-ce que vous connaissez les travaux de Jan Pieńkowski, parce que votre dessin animé me rappelle ses illustrations. » Oui ! On adore ce qu'il fait. C'est une de nos influences. Ma mère m'a offert un bouquin de lui, publié dans les années 1970.

Edie disparut brièvement et revint dans le cadre avec à la main un livre de contes illustrés.

— C'est ce livre-là. Je n'avais jamais entendu parler de Jan avant que Josh me le montre, et maintenant, je suis trop fan.

Elle ouvrit le livre et montra aux spectateurs quelques images.

— Vous voyez ? Il a dessiné des silhouettes incroyables sur du papier marbré. C'est dingue, non ?

— Bon allez, on avance, l'interrompit Josh. On a une autre question, ici.

Il continuait de lutter contre son fou rire.

— « Est-ce que vous pensez qu'il y aura un jour un film adapté de… »

Edie et lui se tordirent de nouveau de rire.

— « De… de *Sang d'encre* ? » Alors heu… non, franchement, ça n'arrivera jamais. Vous imaginez ? Un film de…

— Ouais, non, renchérit Edie en se tapotant les yeux. Je peux pas…

— Les abrutiks et les konarkos auront pas envie de voir ce film.

— Bon, du coup, il y a d'autres questions ?

— Encore une : « Est-ce que vous sortez ensemble ? »

Toujours hors d'haleine d'avoir autant ri, ils se regardèrent, dans leurs chemises presque identiques, collés l'un à l'autre, adossés contre le mur couvert d'images.

— Heu…, fit Edie.

— Est-ce qu'on est O.K. pour parler de ça ici ? demanda Josh.

— Ouais, t'as raison. Et si les paparazzi se ramènent ?

— C'est un sujet sérieux, reprit Josh face caméra. Nous demandons que notre vie privée soit respectée, en ce moment difficile.

— C'est ce qu'on dit quand on se sépare, pas quand on est ensemble.

— Ah désolé, s'excusa Josh. J'ai pas lu tout le Manuel des célébrités, juste la dernière page.

— Ça finit comment ?

— Ben, sans vouloir tout révéler : mal.

— Alcool et drogue ?

— Non, ça c'est maintenant.

Edie et Tim rirent. Edie regarda la caméra à son tour.

— Si des enfants nous regardent, on plaisante.

Derrière elle, Josh articula muettement : « Non, on plaisante pas. »

La vidéo toucha à sa fin.

Robin garda les yeux fixés sur l'image immobile encore quelques secondes : Josh Blay et son grand sourire charmant, Edie heureuse à ses côtés, les yeux brillants. Puis elle craqua et se mit à pleurer.

DEUXIÈME PARTIE

Les artères se divisent en de nombreuses ramifications à travers le corps, et se terminent par de minuscules vaisseaux appelés artérioles, qui à leur tour ouvrent sur un réseau dense de vaisseaux microscopiques, appelés capillaires.

Henry GRAY,
Membre de l'Académie des sciences,
Gray's Anatomy

15

Qui mentionna le diable, quand de jeunes pieds
Dansaient en rond dans le hall empli d'échos ?

Felicia HEMANS,
Pauline

Un mois entier s'était écoulé depuis la mort d'Edie Ledwell dans le cimetière de Highgate, et les journaux n'avaient annoncé aucune nouvelle piste. Comme elle se tenait au courant de l'affaire, Robin savait que Josh Blay était toujours hospitalisé, dans un état non plus critique mais grave. En dehors de ça, aucune information.

— Peut-être que Blay n'a pas vu son agresseur ? suggéra Robin à Strike, un soir à Sloane Square.

Ce dernier venait d'arriver pour prendre la relève dans la surveillance de Fingers. Leur cible, qui vivait au troisième étage d'un vaste immeuble dont le rez-de-chaussée était occupé par un grand magasin, ne s'était pas approché de South Audley Street et n'avait pas non plus montré la moindre intention de se débarrasser du coffret ou de la sculpture qui avaient disparu de la maison de son beau-père. Pour Robin, l'idée qu'un jeune homme suffisamment aisé pour vivre au cœur de Belgravia puisse voler son beau-père dépassait l'entendement, mais après des années à enquêter sur la vie des ultrariches, elle avait appris que ces choses-là étaient relatives. Peut-être que pour Fingers, c'était comme piquer un billet de dix dans le portefeuille de ses parents.

— Si Blay a d'abord été attaqué au taser, puis par-derrière, je doute qu'il ait vu quoi que ce soit, analysa Strike. Est-ce que notre ami a mis le nez dehors aujourd'hui ? ajouta-t-il en levant les yeux vers la fenêtre avec balcon où vivait Fingers.

— Non. Mais il a eu une grosse soirée hier. Barclay dit qu'il n'est pas rentré avant quatre heures.

— Du nouveau pour ton appartement ? demanda Strike en allumant une cigarette.

— J'essaie encore de décider jusqu'à combien je suis prête à mettre, répondit Robin dont la première offre avait été rejetée. J'en ai visité un autre à Tower Hamlets hier soir. Le genre d'appart où le sinistre Dr Crippen se serait senti chez lui.

Elle avait les pieds engourdis à cause du froid, si bien qu'elle souhaita rapidement bonne nuit à Strike, le laissant adossé à un arbre opportunément placé là, l'air frais lui piquant les doigts pendant qu'il fumait. Résigné à rester à Sloane Square jusqu'à au moins deux heures du matin, heure où l'on pouvait supposer sans risque que le jeune homme serait couché, les pensées de Strike s'attardèrent brièvement sur Robin, avant de se concentrer sur d'autres dilemmes personnels qui le tracassaient.

Le premier concernait Madeline, qui, la veille, lui avait proposé de l'accompagner au lancement du livre d'une amie romancière connue. Strike aurait pu prétexter du travail ce soir-là, mais il avait choisi l'honnêteté et lui avait répondu qu'il ne souhaitait pas prendre le risque que sa photo apparaisse dans les journaux.

Même s'ils ne s'étaient pas disputés, il avait compris au ton de Madeline que son refus ne passait pas très bien, et avait dû ensuite lui expliquer, de façon assez ferme, ce qui constituait pour lui les bases d'une relation. Il lui avait expliqué qu'il ne pouvait pas travailler comme détective privé tout en figurant dans les pages mondaines de *Tatler*, en train de boire du champagne avec l'intelligentsia londonienne.

— Tu as déjà été dans *Tatler*, lui rappela Madeline. Ton agence a figuré dans la liste des « 25 numéros dont vous pourriez avoir besoin ».

Strike n'était pas au courant de cette publication, qui expliquait la légère recrudescence de clients nantis contactant l'agence pour prendre en filature leurs épouses.

— Je ne peux pas me permettre qu'on me reconnaisse, dit Strike.

— Ta photo a *déjà* été publiée dans les journaux.

— Toujours barbu et jamais par choix.

— Pourquoi tu ne viens pas au lancement tout en leur disant que tu ne veux pas être photographié ?

— Je préférerais assurer le coup en évitant d'assister à ce genre d'événement où les gens vont pour se montrer.

— Alors qu'est-ce que tu faisais chez Annabel's ?

— Je travaillais, répondit Strike qui ne lui avait jamais avoué avoir menti le soir de leur rencontre.

— Ah bon ? fit Madeline, distraite. Oh attends, tu enquêtais sur qui ?

— C'est confidentiel. Écoute, je ne peux pas t'accompagner à des événements où il y aura des journalistes. Ça pourrait faire couler mon agence. Je suis désolé, mais c'est comme ça.

— O.K., très bien.

Mais quelque chose dans sa voix lui disait qu'elle ne trouvait pas ça très bien.

Ce coup de téléphone avait laissé à Strike un goût désagréable de déjà-vu. Sa relation avec Charlotte semblait avoir été une longue bataille sur le type d'existence qu'ils voulaient mener. En définitive, ils n'avaient pas pu concilier l'inclinaison de Strike pour une carrière impliquant de longues journées et – du moins à ses débuts – de très faibles revenus, avec le désir de Charlotte de continuer à jouir du milieu dans lequel, après tout, elle était née : un monde conjuguant bien-être, célébrité et fortune.

À l'exception de leurs amis Nick et Ilsa, tous les couples que connaissait Strike étaient obligés de faire des compromis insupportables à ses yeux. C'était sans doute la raison pour laquelle Charlotte lui avait constamment reproché son égoïsme. Les bus de nuit passaient en vrombissant, et la fumée de cigarette de Strike flottait pesamment dans l'air froid, tandis qu'il repensait à cette soirée au Nightjar où Madeline avait essayé de faire un selfie avec lui. Pour la première fois, il se demanda si son potentiel médiatique était une des choses qui l'attiraient chez lui. Cette pensée était désagréable. Comme ce type d'hypothèse n'apportait rien de satisfaisant, il se concentra plutôt sur son deuxième dilemme personnel.

Sa demi-sœur, Prudence, thérapeute d'obédience jungienne, elle aussi enfant illégitime de Jonny Rokeby, l'avait de nouveau contacté par email, en lui demandant s'il était disponible pour un verre ou un dîner à trois dates bien précises. Il ne lui avait toujours pas répondu, en grande partie parce qu'il n'avait pas encore décidé s'il avait envie de la rencontrer.

Il aurait été plus facile de refuser tout net, mais depuis que Prudence l'avait contacté plus d'un an auparavant, il s'était senti étrangement intéressé. Était-ce à cause des liens du sang, ou parce qu'ils avaient en commun le statut d'enfants illégitimes, deux conséquences non désirées des ardeurs sexuelles presque légendaires de Rokeby ? Ou bien était-ce lié au tournant des quarante ans ?

Souhaitait-il inconsciemment se réconcilier avec un passé aussi douloureux que compliqué ?

Mais avait-il de la place pour une nouvelle relation, une nouvelle personne à qui consacrer du temps et de l'affection ? Il devait compartimenter son existence et cela commençait à le fatiguer. Il était doué pour ça ; d'ailleurs, toutes les femmes avec qui il était sorti s'étaient plaintes de sa facilité à le faire. Il ne racontait quasiment rien de son quotidien à Madeline. Il n'avait pas dit à Robin qu'il fréquentait Madeline, pour des raisons qu'il préférait ne pas s'avouer. Il évitait également de mentionner Prudence à sa demi-sœur Lucy. L'idée de nouer une relation avec Prudence sans que Lucy le découvre – parce qu'il était certain que cela ne lui plairait pas, qu'elle se sentirait d'une certaine façon remplacée – risquait de rendre insoutenable la duplicité dans une vie déjà lourde des secrets des autres, et requérant dissimulation et subterfuges.

Strike resta sur la place jusqu'à deux heures. Toutes les lumières de l'appartement de Fingers s'étaient éteintes, et, après avoir attendu une demi-heure supplémentaire pour être certain que sa cible n'allait pas sortir, il rentra dans sa chambre sous les toits pour se mettre au lit, accablé par un sentiment diffus de persécution.

Il avait l'intention de passer la matinée suivante à mettre sa paperasse à jour, mais à onze heures, le beau-père de Fingers appela de New York, furieux. Sa femme de ménage de Londres avait trouvé l'une des caméras cachées par l'agence.

— Il faut les remplacer, et les mettre dans un endroit où elle ne pourra pas les trouver, cette fois, ironisa-t-il à l'autre bout de la ligne.

Strike s'engagea à s'en occuper personnellement, raccrocha, puis appela Barclay pour savoir où se trouvait Fingers.

— Il vient de rentrer chez James Purdey and Sons.

— L'armurerie ? s'étonna Strike qui était déjà en train d'attraper son manteau à l'accueil. C'est près de South Audley Street, ça, non ?

— À quelques blocs. Il est avec un copain, cette espèce de type barbu et dégueulasse.

— Garde-le à l'œil, et s'il prend la direction de la maison, préviens-moi. Je viens d'accepter de remplacer la caméra immédiatement.

— Et s'ils débarquent là-dedans avec un flingue et qu'ils tombent sur toi ?

— Je serai prévenu à l'avance, il me semble, à moins que tu n'aies décidé de poser ton après-midi ? Et puis, du petit larcin au meurtre, il y a un grand pas.

— Y'a rien de petit dans ce larcin-là, répliqua Barclay. T'as pas dit que cette espèce de boîte qu'il a chourrée valait un quart de million ?

— Une bagatelle pour des gens comme eux. Tiens-moi au courant de ses mouvements, c'est tout.

La journée était grise et froide. Quand Strike arriva à Mayfair, Barclay lui envoya un message : Fingers et son ami avaient quitté l'armurerie et s'éloignaient de South Audley Street. À court de cigarettes, et soulagé de ne pas risquer de tomber sur Fingers, Strike entra chez un marchand de journaux et se plaça dans la file. Tout en réfléchissant au meilleur endroit où cacher la caméra de sécurité pour que la femme de ménage ne la trouve pas, il ne remarqua pas immédiatement le titre du *Times*, posé sur le comptoir : « L'agression des animateurs de dessins animés ».

— Un Benson & Hedges en vingt, une boîte d'allumettes, et ça, dit Strike en montrant un exemplaire du journal, qu'il coinça sous son bras avant de repartir.

Le client avait fourni à l'agence un trousseau de clés de sa maison. Strike jeta un coup d'œil de part et d'autre dans la rue avant d'entrer, puis éteignit l'alarme pour traverser dans un écho les pièces ornées de marbre et de dorures, où des œuvres d'art valant des centaines de milliers de livres ornaient les murs et des sculptures tout aussi précieuses trônaient sur des socles subtilement éclairés.

La caméra de sécurité découverte par la femme de ménage était cachée dans un faux livre rangé dans la bibliothèque du salon. Après avoir passé quelques minutes à envisager les possibilités qui s'offraient à lui, Strike plaça la nouvelle caméra au sommet d'un haut placard, à l'autre bout de la pièce. Comme elle était cachée dans une petite boîte noire en plastique, avec un peu de chance, la femme de ménage penserait que c'était pour Internet ou le système de sécurité existant et n'y toucherait pas.

Une fois la boîte installée, Strike se demanda une nouvelle fois si l'employée de maison était aussi innocente qu'il y paraissait. Leur client soutenait mordicus qu'elle n'avait pas commis ce vol, car ses références étaient impeccables, son salaire généreux et les risques encourus en volant des objets aussi précieux et identifiables bien trop élevés pour une femme qui envoyait de l'argent tous les mois chez elle, aux Philippines. Pendant les semaines où elle avait été, sans le savoir, sous surveillance, la femme de ménage n'avait pas été surprise à faire quoi que ce soit de plus criminel qu'une pause devant le *Jeremy Kyle Show* sur l'énorme écran plat. D'une certaine façon, Strike trouvait cela extrêmement consciencieux de sa part de dépoussiérer les livres un par un – c'était ainsi, soi-disant, qu'elle avait trouvé la caméra – étant donné que ses employeurs étaient absents pour encore six semaines au minimum.

Une fois la nouvelle caméra installée, Strike rebrancha l'alarme, quitta la maison et se rendit chez Richoux, un salon de thé edwardien proposant des tables en terrasse où il pouvait fumer. Après avoir commandé un double espresso, il déplia le *Times* et lut l'article qui occupait quasiment toute la une.

DES DÉPUTÉES ET DES CÉLÉBRITÉS VISÉES PAR UN GROUPE D'EXTRÊME DROITE

Un groupe d'extrême droite revendiquant plusieurs victimes a été découvert lors d'une opération conjointe du service de contre-terrorisme de Scotland Yard et des services de sécurité. Le groupe est soupçonné d'avoir envoyé des engins explosifs à plusieurs députées, et revendique également les assassinats de l'enfant star et activiste pour les droits des animaux Maya Satterthwaite (21 ans), la chanteuse et porte-parole contre le changement climatique Gigi Cazenove (23 ans) et l'animatrice de dessins animés Edie Ledwell (30 ans).

D'après une source proche du dossier, le groupe d'extrême droite, qui s'est baptisé « Le Halvening », « s'est modelé sur des organisations paramilitaires et des groupes terroristes religieux ». Utilisant le dark web comme canal de communication, il est divisé en « cellules » chargées de missions et de cibles spécifiques. Le Halvening s'est, jusqu'à maintenant, rendu responsable de plusieurs actes de violence mortels ou potentiellement mortels contre d'éminentes femmes de gauche.

Il s'agit d'une opération complexe, qui a non seulement planifié et mis à exécution des attaques directes contre des femmes politiques élues, mais qui utilise les réseaux sociaux pour recruter des membres, répandre la désinformation et créer l'hostilité envers leurs cibles, révèle une source.

Selon le *Times*, ce groupe terroriste aurait une liste d'« Actions directes » et d'« Actions indirectes ». La liste d'Actions directes comprendrait des attaques contre des députées de gauche comme

Amy Wittstock et Judith Marantz, qui ont toutes les deux reçu des engins explosifs dans les bureaux de leur circonscription au cours des douze derniers mois. Les bombes artisanales ont été désactivées par des démineurs, sans faire de victime. Les femmes supposées figurer sur la liste des Actions directes ont été alertées et mises sous protection, à leur domicile comme dans leurs permanences.

Agression des deux animateurs de dessins animés

Le groupe terroriste affirme que son programme d'Actions indirectes a fait trois victimes, a provoqué une tentative de suicide et une blessure grave. Parmi ces personnes se trouvent Maya Satterthwaite, qui est décédée d'une overdose en avril 2012, Gigi Cazenove retrouvée pendue au réveillon du Jour de l'An 2014, et Edie Ledwell, poignardée dans le cimetière de Highgate le mois dernier. Josh Blay, cocréateur avec Edie Ledwell du dessin animé culte *Sang d'encre*, a également été attaqué et est toujours hospitalisé. L'autrice de bande dessinée Fayola Johnson a elle aussi été visée par le groupe…

Le portable de Strike sonna. C'était Madeline.

— Salut, dit-elle d'une voix extrêmement tendue. Tu peux parler ?

— Oui, je suis en pause. Qu'est-ce qui se passe ?

— Tu as vu le *Times* ? Gigi Cazenove.

— Oui. Je viens juste de lire l'article.

— Ces connards de trolls d'extrême droite l'ont forcée à se tuer, putain ! lâcha Madeline au bord des larmes. C'est juste… je veux dire, j'arrive pas à comprendre. Elle avait vingt-trois ans, quelle menace elle pouvait représenter pour un groupe de fachos ?

— Je crois pas que tu trouveras de réponse rationnelle. Mais c'est horrible, c'est sûr.

— Je vais pas prétendre que c'était ma meilleure amie, mais c'était vraiment une gentille fille. Elle passait souvent à la boutique pour papoter et… désolée… je peux pas… je veux dire, son seul crime c'était de parler du changement climatique, bordel !

— Ouais, je sais.

— Merde, il faut que j'y aille. J'ai encore une foutue réunion avec des avocats. On se parle plus tard ?

— Ça marche. Je t'appelle.

Madelin raccrocha. Strike rangea son téléphone dans sa poche, reprit le journal et poursuivit sa lecture.

L'autrice de bande dessinée Fayola Johnson a elle aussi été visée par le groupe, mais a survécu à une tentative de suicide en octobre 2013.

Avant leur décès, les trois femmes ont été victimes de campagnes de « trolls » sur les réseaux sociaux, qu'on sait aujourd'hui avoir été planifiées et menées par « Le Halvening », dans le but de forcer leurs cibles à se retirer de la vie publique, ou à se donner la mort.

Ce que l'on voit à l'œuvre ici, ce sont des campagnes élaborées de désinformation et de harcèlement qui visent en partie à semer la discorde chez les progressistes, explique cette source au *Times*. Alors que, précédemment, nous avions vu des trolls viser des libéraux sur des plates-formes comme 4chan, ce groupe terroriste utilise les réseaux sociaux de façon plus organisée et sophistiquée, afin d'inciter au harcèlement et lancer des campagnes d'intimidation.

La chanteuse Gigi Cazenove était victime d'injures permanentes sur les réseaux sociaux après la révélation d'emails où elle aurait décrit en termes racistes une ancienne choriste. Les emails se sont plus tard révélés faux. Maya Satterthwaite a été accusée d'avoir « mégenré » une éminente femme trans dans des messages privés qui ont également été révélés en ligne, tandis qu'Edie Ledwell a fait l'objet d'une longue campagne de haine pour de prétendus propos diffamatoires, notamment contre les personnes handicapées, et a survécu à une tentative de suicide en 2014, avant d'être poignardée en février 2015.

Symboles de haine

Le nom du groupe terroriste est emprunté à un terme utilisé dans l'univers de la crypto-monnaie, où un « Halvening » consiste à réduire de moitié la quantité de bitcoins qui peut être minée.

L'objectif déclaré du Halvening est de réduire le nombre des soi-disant « gauchistes » dans la vie publique et de diminuer la valeur de ceux qui ont des idées progressistes, explique notre source.

Le terme de « guerriers pour la justice sociale » est utilisé de façon péjorative par la droite pour décrire ceux qui défendent et répandent des théories de progrès social, même s'il est largement employé avec fierté par des gens de gauche.

Alors que Le Halvening…

Le portable de Strike sonna une deuxième fois. Il l'extirpa de sa poche et vit le numéro de Lucy. Il hésita avant de répondre, mais décida qu'il valait mieux se débarrasser de cette conversation maintenant, pendant qu'il avait la liberté de parler, plutôt que de la remettre à plus tard et risquer qu'elle lui en veuille.

— Stick ?

— Salut, Luce. Comment ça va ?

— Je viens d'avoir Ted. Il a l'air vraiment déprimé…

Ted était l'oncle de Strike, récemment veuf, un homme qu'il avait toujours considéré comme un père de substitution.

— Donc je lui ai demandé de venir passer le week-end chez nous, le 17 avril. Tu pourrais nous rejoindre ?

— Heu, je n'ai pas mon planning sous les yeux, répondit Strike en toute sincérité. Mais je vais…

— Stick, je te laisse le temps de te retourner, c'est dans un mois !

— Mais je vais essayer, termina Strike.

— D'accord, ben je t'enverrai un texto pour te le rappeler. Ça lui ferait vraiment plaisir de te voir, Corm. Tu n'es pas allé en Cornouailles depuis Noël.

Cinq minutes de remontrances plus tard, Lucy raccrocha. Renfrogné, Strike remit son portable dans sa poche, lissa de nouveau le *Times*, et reprit sa lecture.

Bien que le nom du Halvening vienne du monde de la cryptomonnaie, le groupe emprunte également le vocabulaire et l'iconographie de l'extrême droite. Ses membres utilisent des pseudonymes inspirés des runes nordiques, suivis du nombre 88. D'après la Ligue anti-diffamation, le 88 est un symbole de haine représentant la huitième lettre de l'alphabet, répétée deux fois, et signifie « Heil Hitler ».

Menace grandissante

D'après le MI5, la menace terroriste qui se développe le plus rapidement au Royaume-Uni provient de l'extrême droite.

Historiquement, chez les néonazis et la droite ultra, la menace émane plutôt d'individus isolés, ce qui les rend difficiles à tracer. Les groupuscules terroristes d'extrême droite ont tendance à être éphémères.

Le groupe Le Halvening, en revanche, semble mieux organisé et discipliné que les autres. Il propose une idéologie fédératrice s'appuyant sur des éléments à la fois politiques et religieux. Les mouvements dotés d'une philosophie ou d'un système de pensée cohérent sont généralement plus soudés, et réussissent davantage à fidéliser et à recruter. *Voir suite page 4*

Strike tournait la page quand son portable sonna pour la troisième fois.

— Bon sang.

Il le ressortit de sa poche. L'appel avait été transféré depuis le bureau.

— Cormoran Strike.

— Bonjour, dit une voix inconnue. Je m'appelle Allan Yeoman. Je suis l'agent d'Edie Ledwell, enfin…

Il se racla la gorge et corrigea :

— J'étais son agent.

16

Il faut se lever et partir :
Dehors le monde est froid
Sombre et plein
De mystère, d'hostilité et de doute,
Mais nous devons partir...

Charlotte MEW,
The Call

Au moment précis où Strike répondait à l'appel d'Allan Yeoman, à douze kilomètres de là, à Walthamstow, Robin feignait de s'intéresser à un vitrail représentant Adam nu nommant les animaux. Il était assis, épaules voûtées, sur une touffe d'herbe, pointant un tigre tandis qu'à ses côtés, un ange barbu consignait les noms dans un livre. Deux oiseaux exotiques semblaient sortir la tête du halo de l'ange. Le visage d'Adam n'exprimait aucune émotion, il était impassible.

Groomer et Legs tournaient le dos à Robin à l'autre bout de la pièce, discutant du symbolisme du pélican dans une création d'Edward Burne-Jones. Comme le redoutait la mère de Legs, le jour même de son départ pour l'Irak où elle allait couvrir la destruction par Daech du site archéologique antique de Nimroud, sa fille avait manqué l'école, prétextant sans doute être malade. Dix minutes après que les parents de sa camarade de classe étaient partis travailler, Groomer était arrivé pour passer la journée avec elle. Robin les avait suivis au volant de la BMW de Strike parce qu'elle avait déjà utilisé sa vieille Land Rover pour filer la jeune fille un peu plus tôt. Elle avait craint que le couple ne se dirige vers un hôtel et avait été agréablement surprise qu'ils se garent sur le parking de la William Morris Gallery.

Robin avait l'impression d'avoir beaucoup appris sur la relation unissant Legs et Groomer en les suivant de loin de salle en salle, surprenant leurs conversations. Apparemment, Legs avait exprimé un certain intérêt pour le « Arts and Crafts Movement », un mouvement artistique sur lequel elle avait fait un commentaire fortuit qu'elle essayait maintenant de développer, tandis que Groomer, de son côté, accueillait ses opinions et analyses avec un sérieux flatteur. Le chaste baiser qu'avait surpris Midge ne s'était pas reproduit, même si Groomer avait posé la main sur le dos de Legs quand ils changeaient de salle, et avait enlevé quelque chose d'invisible dans ses cheveux. Legs était amoureuse au point de ne pas pouvoir le dissimuler, et Robin pouvait seulement imaginer à quel point il était plaisant pour le quadragénaire d'entendre l'adolescente rire à ses moindres traits d'esprit, le regarder avec admiration quand il lui parlait des préraphaélites, et la voir rougir quand il la complimentait sur ses connaissances et sa perspicacité. Pour Robin, tout cela sonnait comme des remarques empruntées hâtivement à Wikipédia.

Après lui avoir expliqué le symbolisme chrétien du pélican, qui nourrissait ses petits avec son propre sang, Groomer se demanda à voix haute si Legs avait envie d'une boisson, et après avoir fait semblant d'admirer Adam encore quelques minutes, Robin les suivit au café, un espace tout en verre et briques apparentes donnant sur le jardin de la galerie.

Elle venait de commander un cappuccino quand son portable sonna.

— Salut, chuchota-t-elle à Strike, deux secondes, il faut que je me trouve une place.

Après avoir payé son café, elle choisit une table avec une vue dégagée sur Groomer et Legs, puis replaça son téléphone contre son oreille.

— O.K., je suis là. Qu'est-ce qu'il y a ?

— Pas mal de choses. Tu peux parler ?

— Je devrais avoir une quinzaine de minutes devant moi, jugea Robin en regardant ses cibles. Legs ricanait tout en rejetant ses cheveux derrière ses épaules et n'avait pas encore touché à son café.

— J'imagine que t'as pas lu le *Times* ?

— Non. Pourquoi ?

Strike lui résuma l'article sur Le Halvening.

— Alors tu avais raison. C'était bel et bien une attaque terroriste.

— Je n'en suis pas si sûr.

— Mais…

— Ledwell figure sur la liste d'Actions indirectes de ce groupe. Ils essayaient de la harceler au point qu'elle se suicide. Ils n'avaient pas prévu de l'assassiner, et apparemment, ils n'ont pas attaqué qui que ce soit d'autre au couteau. D'après le *Times*, leur méthode de prédilection est l'engin explosif.

— Eh bien, dit Robin le regard perdu sur la pelouse impeccable de la galerie, ils ont peut-être sauté sur une occasion et préféré la tuer plutôt que la convaincre de le faire ?

— Dans ce cas, pourquoi attaquer Blay ? On ne le mentionne sur aucune des listes. Si je comprends bien, c'est surtout les femmes de gauche qui leur posent problème.

— L'attaque contre Blay n'était pas nécessairement au programme. Il s'est peut-être retrouvé là par hasard. Il a même pu essayer de la défendre.

— Je continue de penser que ça aurait été plus simple de la tuer une fois seule, si c'était ça le but. Avec deux cibles, on multiplie les risques que l'une d'elles s'enfuie ou appelle à l'aide. Cela étant, on ne connaît pas le nombre d'assaillants. Ils étaient peut-être plusieurs.

— Il se peut qu'ils aient découvert la présence de Blay une fois sur les lieux. D'ailleurs, comment l'agresseur a-t-il su que Ledwell allait se trouver dans ce cimetière cet après-midi-là ?

— Excellente question, dit Strike. Et on peut probablement obtenir une réponse, si tu es d'accord. Je viens d'avoir au téléphone l'agent d'Edie Ledwell, Allan Yeoman.

— Vraiment ?

Robin ressentit cette petite montée d'excitation qui faisait partie des bons côtés du métier, et qui était souvent provoquée par une découverte inattendue, une perspective nouvelle qui s'ouvrait tout à coup.

— Oui. Il veut savoir si on serait prêts à le rencontrer. Pas seulement lui. Il y a aussi un type, Richard Elgar, qui est à la tête de Maverick Films au Royaume-Uni, ainsi que la tante et l'oncle d'Edie. Il a proposé qu'on déjeune tous ensemble à l'Arts Club, dans Dover Street, la semaine prochaine. Il veut savoir si on serait partants pour découvrir la véritable identité d'Anomie.

— Mais on n'a toujours pas le temps pour ça, déplora Robin.

— Le planning a un peu changé. Dev vient d'appeler : il s'est occupé du gars avec son problème de brevet en cours d'homologation. La taupe provenait de son propre bureau, il a des photos d'une fille avec le président d'une compagnie concurrente.

— Vite expédié, commenta Robin, impressionnée, avant de revenir à leur sujet de conversation. Pourquoi est-ce que l'agent d'Edie Ledwell veut trouver qui est Anomie, maintenant ?

— Yeoman préfère nous expliquer tout ça en personne, mais j'ai cru comprendre qu'Anomie continuait de faire des siennes.

— Tu as précisé à Allan Yeoman qu'on ne faisait pas de cybercriminalité ?

— Absolument, mais il n'a pas l'air de trouver ça problématique. Je me suis dit qu'on comprendrait tout ça si on acceptait le déjeuner. De toute façon, j'imagine que tu aimerais mieux enquêter sur Anomie que sur une énième épouse fortunée qui cherche à tirer le meilleur parti financier de son futur divorce ?

— Sans aucun doute.

— Ouais, moi aussi. Bon, alors je rappelle Yeoman pour lui dire qu'on est libres mardi prochain. Bon courage avec tes tourtereaux.

Il raccrocha et, malgré l'excitation déclenchée par cette nouvelle perspective, Robin se concentra de nouveau sur Groomer et Legs, qui se murmuraient à présent des mots doux, les yeux dans les yeux.

17

Est-il inepte de dire
Que je n'aurai pas passé un seul jour avec toi ?
Peu importe ; je ne toucherai jamais tes cheveux
Ni n'entendrai le petit tic-tac sous ta poitrine…

Charlotte MEW,
On the Road to the Sea

Tchat interne entre des modérateurs de *Drek's Game*, Paperwhite et Morehouse

<Un nouveau canal privé a ouvert>

<13 mars 2015 14 h 31>

<Paperwhite invite Morehouse>

<Morehouse a rejoint le canal>

Paperwhite : ça fait des plombes que j'attends que tu te pointes ! T'étais où ?

Morehouse : je parlais à Anonie

Paperwhite : t'as vu les infos ?

Morehouse : le truc sur le Halvening ? Oui

>

>

Paperwhite : et ?

Morehouse : et quoi ?

>

>

>

Paperwhite : t'es fâché contre moi ou quoi ?

Morehouse : pourquoi je serais fâché ?

>

>

>

>

>

Paperwhite : Morehouse, parle-moi

Morehouse : est-ce que tu as toujours ces « preuves » que t'ont données LordDrek et Vilepechora, comme quoi Anomie était Ledwell ?

Paperwhite : oui, pourquoi ?

Morehouse : t'en penses quoi ?

>

>

Paperwhite : tu crois que LordDrek et Vilepechora font partie du Halvening ?

Morehouse : regarde la méthode qu'ils expliquent dans le *Times*. C'est exactement ce que LordDrek et Vile ont fait avec vous

Morehouse : ils ont créé une fausse histoire pour vous monter contre Ledwell

Paperwhite : c'est pas eux qui ont commencé à dire qu'elle était Anomie

Paperwhite : y a plein de fans qui pensaient ça

Morehouse : qui ça ?

Paperwhite : je connais pas leurs noms, mais c'était dans le dossier

Morehouse : des faux comptes

Morehouse : tous créés pour inciter les gens à la harceler

Paperwhite : je l'ai jamais harcelée

Morehouse : je parlais pas de toi

Paperwhite : Hartella pense que c'était une attaque au hasard

Morehouse : ouais ça m'étonne pas

Paperwhite : qu'est-ce que tu veux dire ?

Morehouse : ça la dédouane. Elle a parlé à la police ?

Paperwhite : je crois bien

Morehouse : elle leur a dit où elle avait eu ce dossier ?

Paperwhite : je sais pas

Morehouse : je pense que l'un d'entre vous devrait apporter ce dossier à la police si Hartella l'a pas fait

>

>

>

Paperwhite : Morehouse, y avait un mec dans la classe au-dessus de moi qui a retweeté un message de la droite ultra et ils l'ont viré de la fac

Paperwhite : j'ai jamais pensé que Ledwell était Anomie, j'ai jamais réclamé ce dossier, je lui ai jamais souhaité de mal, mais la presse en aura rien à foutre

Paperwhite : ils vont tous nous attaquer s'ils pensent qu'on est impliqués avec la droite ultra et ce meurtre

Paperwhite : et tu crois que C******** aimerait bien ça ?

Morehouse : tu parles exactement comme Anomie

Paperwhite : ça veut dire quoi ?

Morehouse : on ferme les yeux sur le fait que des néonazis nous ont infiltrés, c'est ça ?

Paperwhite : non, si c'est prouvé que LordDrek et Vilepechora en font partie, alors évidemment Anomie devrait les exclure

Paperwhite : mais explique-moi comment ce dossier peut avoir un rapport avec les attaques de Ledwell et Blay ?

Morehouse : c'est pour ça qu'ils se sont donné rdv, c'est pour ça qu'ils sont allés au cimetière

Morehouse : LordDrek et Vilepechora ont tout mis en scène, résultat : deux attaques au couteau

Morehouse : le Halvening voulait sa mort et elle est morte

Paperwhite : et s'ils pensaient vraiment qu'elle était Anomie ?

Morehouse : je pense qu'ils en croyaient pas un seul mot et toi-même t'as dit que t'y croyais pas

Morehouse : et si TOI t'as deviné leur lieu de rdv, tout le monde pouvait le deviner

Paperwhite : merci, je suis si conne que ça ?

Morehouse : ptn je disais pas ça dans ce sens-là, tu parles comme Worm28

Morehouse : je dis que n'importe qui aurait pu deviner et se planquer, sauter sur l'occasion de les planter. Ou bien Hartella a pu dire à LordDrek et Vilepechora où ils allaient se retrouver, sur un canal privé

>

>

>

Paperwhite : ma mère est malade. Hors de question de la jeter en pâture à la presse et la police. J'ai rien fait de mal

Morehouse : tu m'avais pas dit pour ta mère

Paperwhite : je pensais que tu t'en foutrais

Morehouse : pourquoi je m'en foutrais, pourquoi tu dis ça ?

>

>

>

Morehouse : Paperwhite ?

Paperwhite : U8N xetubg

>

Paperwhite : merde

Paperwhite : je pleure j'arrive pas à voir3

Morehouse : qu'est-ce qu'elle a ta mère ?

Paperwhite : pas envie d'en parler

Paperwhite : si j'en parle ça devient réel

Morehouse : dis-moi

Paperwhite : pourquoi ?

Morehouse : tu sais pourquoi

Morehouse : parce que t'es importante pour moi

Paperwhite : tu parles, tu me balades depuis le début

Paperwhite : en me faisant t'envoyer des photos nue, sans rien envoyer en retour

Paperwhite : tu joues les sensibles

Paperwhite : t'en fais marcher combien d'autres comme ça ?

Morehouse : qu'est-ce que tu racontes ? personne

Morehouse : je t'ai jamais demandé ces photos

Paperwhite : ah ouais je suis une salope alors ?

Morehouse : j'ai dit ça ?

Paperwhite : voilà je chiale au milieu de la bibliothèque ptn

Morehouse : pleure pas

Morehouse : j'ai pas voulu te faire de mal

Morehouse : dis-moi ce qu'elle a ta mère

>

>

Paperwhite : elle a une tumeur

Paperwhite : les résultats de la biopsie sont arrivés hier

Paperwhite : tumeur maligne

Morehouse : oh merde

Morehouse : je suis désolé

Paperwhite : j'en peux plus

Paperwhite : tu penses que je suis pas assez bien pour toi

Morehouse : ?????

Paperwhite : tu sais qui je suis, je le sais. Ce truc sur les 400 km

Paperwhite : si t'avais aimé ce que t'as vu t'aurais essayé de me rencontrer

Morehouse : c'est pas si simple

Paperwhite : j'ai des sentiments pour toi mais toi non

Morehouse: c'est faux

Paperwhite : c'est trop pour moi, j'en peux plus, surtout avec ma mère malade

Paperwhite : je vais supprimer Drek's Game de mon téléphone

Morehouse : fais pas ça

Morehouse : s'il te plaît

Paperwhite : pourquoi ?

>

Morehouse : écoute c'est dingue d'avoir des sentiments aussi forts pour une inconnue mais c'est vrai

Morehouse : je pense à toi tout le temps

>

Paperwhite : ça te paraît peut-être difficile à croire mais j'ai d'autres propositions, tu sais

Morehouse : je trouve pas ça difficile à croire du tout

Paperwhite : alors prouve-moi que je t'intéresse, envoie une photo de toi

>

>

>

Morehouse : je peux pas

>

<Paperwhite a quitté le canal>

18

Puits d'obscurité, profanateur,
Empli de flatterie et honni,
Ah, par quelle malice as-tu tourné
Une innocente pensée,
Comment et à quelles fins,
Tu fais et défais les amitiés !

Mary Elizabeth COLERIDGE,
The Contents of an Ink Bottle

Le mardi suivant, Strike et Robin se rendirent en taxi jusqu'à l'Arts Club. Robin remarqua que Strike portait le même costume italien que pour sa soirée d'anniversaire au Ritz, mais ne fit pas de commentaire. Elle-même avait choisi un tailleur-pantalon élégant mais discret. En route pour Mayfair, Strike désactiva l'interphone conducteur-passagers pour confier à son associée :

— J'ai bien réfléchi à tout ça, et on ne peut pas leur révéler les soupçons d'Edie concernant l'identité d'Anomie. Si elle s'est trompée, c'est une accusation très sérieuse.

— Je sais. Cela dit, ce serait intéressant de savoir s'ils partagent son avis.

— J'ai fait des recherches sur Montgomery, hier, sur Internet, expliqua Strike qui avait eu, lui, son lundi de congé. Je l'ai trouvé sur LinkedIn et Instagram. Il travaille à Fitzrovia, à dix minutes à pied de l'agence, pour une compagnie spécialisée dans les effets numériques. Il vit à Ladbroke Grove avec sa copine. Son profil Instagram est rempli de photos d'eux avec leurs amis bobos.

Robin lança à Strike un regard de biais.

— Tu ne penses pas que ce soit lui, conclut-elle.

C'était plus une affirmation qu'une question.

— Si c'est lui, il doit avoir un patron très tolérant qui se fiche de le voir tweeter à longueur de journée. J'ai jeté un coup d'œil au compte d'Anomie hier soir. Il est tout le temps sur Twitter… Je me base peut-être sur un cliché. Quand on pense aux trolls sur Internet, on imagine qu'ils ne doivent pas vraiment avoir de vie. Celle de Montgomery paraît bien remplie, d'après ce que je vois.

Étant donné qu'il se trouvait à tout juste dix minutes du domicile du milliardaire dans South Audley Street, Robin s'attendait à ce que l'Arts Club soit un lieu chic, mais la somptuosité de l'endroit l'étonna malgré tout. Des serveurs en veste blanche au sol en marbre, du bar à huîtres aux chandeliers modernes et extravagants, cet endroit n'avait rien à envier au Ritz. Edie Ledwell, avec ses cheveux mal coiffés et ses doigts tachés d'encre, n'aurait pas été dans son élément ici ; d'ailleurs, la clientèle semblait uniquement composée d'hommes d'une cinquantaine d'années en costume, visiblement fortunés. La tenue de Robin était presque identique à celle de l'élégante jeune femme qui les accueillit à l'entrée pour les mener à l'étage dans une salle de restaurant privée, leur précisa-t-elle, où on les attendait.

La petite pièce rappelait un peu une fumerie d'opium, avec ses murs rouge foncé, ses paravents sculptés au style vaguement chinois et son éclairage délicat. Les quatre personnes avec lesquelles ils avaient rendez-vous n'étaient pas encore installées. Quand Strike et Robin entrèrent, elles se retournèrent toutes en même temps et cessèrent de parler.

— Ah, lança en souriant l'homme rubicond à lunettes qui se tenait près de la porte.

Il paraissait plus jeune que sa tignasse blanche ne le suggérait, et son costume légèrement trop ample laissait présager un homme qui privilégiait le confort au style.

— Mr. Strike et Miss Ellacott, n'est-ce pas ? Comment allez-vous ? Je suis Allan Yeoman.

Il leur serra la main avant de les présenter au fringant quadragénaire qui se tenait à côté de lui, et dont la cravate était lamée comme les rideaux de la chambre de Madeline. Ses cheveux bruns étaient aussi soigneusement coiffés que ceux de Yeoman étaient ébouriffés, et son costume bien taillé avait sans aucun doute été choisi pour son style.

— Je vous présente Richard Elgar, président de Maverick Films pour le Royaume-Uni.

— Bonjour, dit Elgar.

Il avait un accent américain. Quand il leur serra la main, ses boutons de manchette en onyx et métal scintillèrent fugitivement.

— Ravi de vous rencontrer. Vous avez aidé une de mes amies à régler un problème personnel, il y a quelques années.

Il mentionna le nom d'une cliente qui avait divorcé d'un milliardaire coureur de jupons.

— Et voici Grant Ledwell, annonça Yeoman.

Il montra un homme dont les sourcils broussailleux et le menton proéminent n'étaient pas sans rappeler un bulldog. Ses cheveux épais étaient coupés court, son costume bleu avait un double boutonnage et le col de sa chemise paraissait serré.

— Vous savez, l'oncle d'Edie, précisa-t-il.

La mâchoire carrée de Grant et ses sourcils épais ne concordaient pas totalement avec son air pugnace.

— Toutes mes condoléances, dit Strike en le saluant.

Grant poussa un grognement rauque indéfinissable.

— Et son épouse, Heather, termina Yeoman.

Heather, qui était enceinte, paraissait avoir au moins dix ans de moins que son mari. Bien qu'elle ne fût pas exactement belle, sa grossesse la rendait radieuse, avec sa peau laiteuse et ses longs cheveux châtains soyeux. Sa robe portefeuille violette, ajustée et décolletée, donnait un bel aperçu de sa poitrine pulpeuse. Il n'échappa pas à Robin que Strike gardait résolument les yeux braqués sur le visage de Heather pendant qu'il lui serrait la main.

— J'ai lu beaucoup d'articles sur vous, dit Heather en souriant. Impressionnant.

— Et si nous prenions place ? proposa Allan Yeoman.

Les six convives s'installèrent autour de la table ronde et Robin se demanda si cela évoquait aux autres une séance de spiritisme, avec la suspension qui plongeait dans l'ombre les recoins de la pièce. Quand Heather tira sa chaise, la lumière éclaira ses seins ronds comme deux sphères ; le serveur qui était arrivé pour donner les menus les fixa des yeux un instant, comme en transe.

Elgar parla un peu de l'Arts Club, dont ils étaient membres, jusqu'à ce que le serveur ferme la porte, les laissant seuls.

— Bien, dit Yeoman en se tournant vers les détectives. C'est très gentil à vous de nous rencontrer.

— Nous sommes heureux d'être là, répondit Strike.

— Je sais qu'Edie se réjouirait de cette rencontre, elle aussi, continua l'agent tristement. Comme vous pouvez l'imaginer, le choc a été terrible pour nous tous. Et pour Grant et Heather, c'est une tragédie personnelle, bien sûr.

— Comment avance l'enquête de police ? demanda Strike à Grant.

— Nous n'avons plus de nouvelles depuis une semaine, répondit l'oncle d'Edie dont la voix était rocailleuse. Mais ils ont l'air assez convaincus que c'est quelqu'un de ce groupe d'extrême droite, Le Halvening, ou un nom comme ça.

— Est-ce qu'ils ont une description de l'agresseur ? demanda Strike.

— Non, répondit Grant. Blay affirme qu'il a été touché dans le dos par le taser. Il est tombé en avant, il a été poignardé au sol, et tout ce qu'il a vu, c'est quelqu'un qui s'enfuyait, des tennis noires aux pieds.

— Est-ce qu'ils ont un doute sur sa version ? demanda Strike qui avait détecté une note de scepticisme dans la voix de l'oncle.

— Sur Internet, les gens prétendent que c'est lui qui a attaqué Edie, répondit Heather sans laisser le temps à son mari de le faire. Hein, Grub ? Et honnêtement, tout se goupille pas mal pour Blay, non ? C'est lui qui hérite de tout, n'est-ce pas ?

— Certainement pas, rétorqua Grant. On va faire en sorte que ça ne se produise pas.

Il y eut un silence un peu gêné.

— D'après les journaux, on l'aurait poignardé dans le cou, dit Strike.

— C'est exact, confirma Yeoman avant que Grant ne réponde. D'après ce que j'ai compris, ce qui l'a sauvé, c'est le col relevé de sa veste en cuir. Si le couteau s'était planté entièrement… apparemment, ça s'est joué à quelques millimètres. Quoi qu'il en soit, il s'en sort avec de graves blessures à la moelle épinière et il est en partie paralysé.

— Edie et lui s'étaient brouillés, commença à expliquer Grant.

À ce moment-là, les serveurs revinrent dans la pièce apporter des bouteilles d'eau et du pain, et tout le monde se tut. Personne n'avait commandé d'alcool. Quand le serveur qui remplissait les verres d'eau leur demanda s'ils avaient fait leur choix, Heather laissa échapper un petit rire :

— Oh, je n'ai pas choisi ! dit-elle en ouvrant la carte pour regarder le menu.

Quand elle eut commandé, elle se tourna vers Robin et lui dit, en se caressant le ventre :

— C'est un garçon, et ça j'en suis sûre ! Je n'avais pas autant faim avec nos filles.

— C'est prévu pour quand ? demanda Robin poliment.

— Juin. Vous avez des enfants ?

— Non, répondit-elle en souriant.

— Pour être honnête, celui-là n'était pas prévu, expliqua Heather en feignant de murmurer. Mais il suffit qu'il me regarde et je tombe enceinte. Enfin qui sait, je pourrai peut-être me permettre d'engager quelqu'un si…

Elle ne termina pas sa phrase. Tout en buvant un peu d'eau, Robin se demanda ce que Grant et Heather avaient à gagner de cet héritage inattendu.

Une fois les commandes passées, les serveurs s'éclipsèrent de nouveau. Quand la porte fut refermée, Yeoman reprit :

— Comme je vous l'ai dit au téléphone, nous aimerions que vous enquêtiez pour nous, expliqua-t-il en se désignant lui-même et Elgar. Le contrat serait établi à notre nom et nous prendrions les frais en charge, mais nous trouvions normal que Grant soit présent aujourd'hui, comme il était le plus proche parent d'Edie. Richard, est-ce que tu aimerais…

— Merci Allan, enchaîna l'Américain en croisant ses doigts parfaitement manucurés. Pour vous donner quelques éléments : quand Edie est décédée, Josh et elle s'apprêtaient à conclure un accord avec nous. Josh avait déjà signé et Edie était censée le faire dans les bureaux d'Allan le lendemain de son agression. Il y a quelques jours, Josh nous a fait parvenir un message, via son agent, disant qu'il ne voulait pas donner suite à ce projet tant qu'on n'avait pas trouvé un moyen de museler Anomie.

— Si je comprends bien, vous n'êtes pas l'agent de Josh ? présuma Strike. Seulement celui d'Edie ?

— Exactement, confirma Yeoman. Josh est représenté par Katya Upcott. Nous y reviendrons.

— À l'évidence, comme Josh a déjà signé le contrat, il ne peut pas légalement empêcher le film de se faire, continua Elgar, mais naturellement personne ne souhaite aller contre sa volonté, vu ce qui s'est passé.

— Il faut ajouter que la poursuite de ce projet de film est entièrement dans l'intérêt de Josh, précisa Yeoman. S'il ne retrouve pas un peu de mobilité, il est fort probable qu'il ne puisse plus jamais travailler dans l'animation. Sa famille n'est pas aisée. Nous voulons apaiser ses craintes au sujet d'Anomie pour qu'il puisse se concentrer sur sa convalescence. Il se sent extrêmement coupable d'avoir accusé Edie d'être Anomie. D'après Katya, il se torture avec ça.

— Mais oui, imagine ! L'accuser de ça ! intervint Heather indignée. Comme si quelqu'un pouvait écrire des horreurs pareilles sur son propre compte ! En ce moment, on comprend un peu mieux ce qu'elle a traversé, n'est-ce pas, Grub ? dit-elle en jetant un regard en coin à son mari. Dès qu'Edie est morte, Anomie s'est mis à balancer toute notre vie privée sur Twitter !

— Vraiment ? dit Strike en sortant un carnet. Ça vous dérange si on prend des notes ?

— Non, bien sûr que non, répondit Heather qui semblait au contraire tout excitée à cette idée. Il a dit quelques bêtises : il a prétendu que Grant avait vécu en Arabie saoudite et non à Oman, et que j'étais sa secrétaire, ce qui est faux, j'étais assistante de quelqu'un d'autre. Il a prétendu que Grub et moi avions eu une liaison pendant qu'il était encore marié, mais son premier mariage était…

— Devenu une mascarade, compléta Grant d'une voix plus forte que nécessaire.

— Depuis un mois, il ne nous lâche plus, sous prétexte que maintenant, Grant va avoir son mot à dire sur le film ! continua Heather. J'ai fait une liste de ces soi-disant fans qui laissent des commentaires horribles sur notre page Facebook. Je peux vous donner des noms, si vous voulez.

— Ce serait très utile, merci, dit Strike sans le penser vraiment. C'est intéressant qu'Anomie connaisse des détails de votre vie personnelle et pas seulement de celle d'Edie. Est-ce qu'il aurait pu les trouver en ligne, sur votre page Facebook par exemple ? Ou est-ce qu'il connaît des choses que le public ignore ?

Grant et Heather échangèrent un regard.

— Certains détails apparaissent sur notre page Facebook, c'est vrai, répondit Heather comme si l'idée ne l'avait pas effleurée. Mais il sait que Laura a un lupus. Je ne vois pas comment il aurait pu avoir cette information, hein, Grub ?

— Laura est mon ex-femme, expliqua-t-il. Non, je ne vois pas non plus. J'étais à Oman quand la mère d'Edie, ma plus jeune sœur, est morte.

Strike comprit qu'ils allaient entendre un discours bien rôdé.

— À l'époque, je n'étais pas marié et je travaillais tout le temps, continua-t-il. Je ne pouvais pas m'occuper d'un enfant en bas âge. Quand j'ai rencontré ma première femme, Edie avait été placée dans une bonne famille d'accueil. J'aurais fait plus de mal que de bien en bouleversant sa vie et sa scolarité pour l'emmener à l'étranger. Ensuite, quand on est rentrés en Angleterre, Laura est tombée malade. Elle avait tout juste la force de s'occuper de notre fille, Rachel. Soyons clairs : j'allais voir Edie pour m'assurer que tout allait bien, affirma-t-il avec un mouvement agressif du menton, mais étant donné ma situation personnelle… nous ne pouvions tout simplement pas la recueillir chez nous.

— Plus tard, elle s'est mise à prendre de la drogue et tout, ajouta Heather. Hein, Grub ? On ne voulait pas de ça pour nos enfants.

Elgar, qui n'avait affiché qu'un air vaguement intéressé tout au long de cette digression, tenta de revenir à ce qui, pour lui, constituait la raison essentielle de cette entrevue.

— Comme l'a dit Allan, nous voulons ce qu'il y a de mieux pour Josh, mais sur le plan professionnel, nous avons aussi de bonnes raisons pour arrêter Anomie. Il est contre ce film et il fédère la communauté de fans autour de lui. Il est bien connu pour créer l'animosité face à tout nouveau projet qui, dans cette franchise, ne lui convient pas.

Yeoman, qui mâchait un morceau de pain, acquiesça et ajouta, la bouche pleine :

— Quand le dessin animé est passé sur Netflix, Anomie a lancé une campagne de haine contre les acteurs qui doublaient les voix des personnages, et contre les animateurs. Quelques personnes ont démissionné parce que Anomie les harcelait en ligne. D'une certaine façon, *Sang d'encre* en tant que marque commence à être connue autant pour l'agressivité des fans que pour le dessin animé lui-même. Personne ne veut que cela devienne synonyme d'agression en ligne, mais j'ai bien peur qu'on prenne cette direction, si rien ne change.

— Et c'est dommage, renchérit Elgar, parce qu'on a beaucoup d'espoir pour l'adaptation au cinéma. On prévoit un mélange de prises de vues réelles et d'effets spéciaux numériques. Une histoire d'amour gothique mêlée à une comédie sombre, pleine de personnages drôles et attachants.

Robin eut l'impression que cette dernière phrase sortait tout droit d'un communiqué de presse.

— J'imagine, intervint-elle, que Maverick obtiendrait les droits de produire des jeux vidéo, si le contrat pour le film était signé ?

— Exactement, Miss Ellacott, dit Elgar avec un sourire ironique. Le jeu d'Anomie fera l'objet d'une grosse concurrence, quand on aura obtenu les droits dans ce domaine. Selon nous, c'est surtout pour ça qu'il est décidé à empêcher l'adaptation au cinéma.

— Comment Josh en est venu à penser qu'Edie était Anomie, vous le savez ? demanda Strike.

Yeoman soupira.

— Quelqu'un lui a transmis un dossier contenant de soi-disant preuves. Je n'ai pas encore pu parler à Josh, donc c'est tout ce que je sais, mais comment dire… il consomme beaucoup d'alcool et de cannabis. À la fin, sa relation avec Edie s'était pas mal dégradée ; il y avait beaucoup d'amertume, de paranoïa et d'acrimonie. Je ne pense pas qu'il ait fallu bien longtemps pour le convaincre qu'Edie mijotait quelque chose.

— Vous avez refusé Edie parce que vous n'enquêtez pas sur la cyber-criminalité, c'est ça ? demanda Elgar à Robin.

— Et parce que notre planning était complet à ce moment-là, ajouta la détective.

— Il faut que vous sachiez que les parties représentées à cette table ont probablement épuisé la piste de la cyber-investigation, reprit Elgar.

— Vraiment ? dit Strike.

— Oui. Nous agissions tous de façon indépendante, expliqua Yeoman, et c'est seulement depuis le décès d'Edie que nous avons pu obtenir des informations. Grant…

— Un ami proche enquête sur cet Anomie depuis plusieurs semaines, continua Grant avec un nouveau mouvement agressif du menton. Len est à la tête d'une entreprise de cyber-sécurité. Je l'ai rencontré à Oman. Il m'a dit que la sécurité autour du jeu d'Anomie était au top. Il n'a pas réussi à trouver quoi que ce soit sur la personne qui se cache derrière tout ça.

— Juste pour clarifier un point, le coupa Robin. Ce jeu est censé avoir été créé par deux personnes, non ? Pas uniquement par Anomie ?

— C'est juste, affirma Yeoman. L'autre se fait appeler Morehouse et…

— C'est la même personne, asséna Heather avec une confiance absolue. J'ai lu plein de choses en ligne. C'est la même personne.

— Enfin, peut-être… je ne sais pas, pondéra Yeoman avec tact. Morehouse, s'il s'agit d'une vraie personne, reste très discret. Il ne tweete pas beaucoup et, pour autant que je sache, n'a jamais harcelé Edie. C'est Anomie qui a pris le pouvoir de la communauté de fans et qu'on reconnaît comme créateur du jeu.

— Vous avez également essayé d'enquêter sur Anomie en ligne ? demanda Strike à Yeoman et Elgar.

— Oui, confirma ce dernier. Plus la date de signature approchait, plus l'opposition des fans nous inquiétait. Anomie répandait un mélange particulièrement néfaste de faits réels et de mensonges.

— Il connaissait des détails qu'il aurait dû ignorer ? s'enquit Robin.

— En effet, répondit Elgar. Juste des petits détails, rien de capital, mais suffisamment pour que je me demande s'il ne travaillait pas au sein du studio. J'ai contacté une entreprise de cyber-investigation à qui on avait déjà fait appel pour une histoire de fuite d'infos dans le studio. Ils n'ont rien trouvé de plus que l'ami de Grant. Anomie et Morehouse ont très bien réussi à se protéger, eux et leur jeu. En fait, mes types pensent même que ça ne peut pas être des amateurs, quoi qu'ils prétendent en ligne. Mais on était contents de savoir qu'Anomie ne tweetait pas depuis l'enceinte de notre entreprise, ce qui était déjà bien.

— Anomie et Morehouse affirment être des fans ordinaires, n'est-ce pas ? demanda Robin.

— C'est ça. Tout le monde suppose qu'ils sont jeunes mais ils n'ont jamais révélé leur âge, d'après ce que je sais, dit Yeoman. On suppose que ce sont des hommes, mais bien sûr, on ne sait pas non plus si c'est exact.

— Vous aussi, vous avez essayé de démasquer Anomie ? demanda Strike à Yeoman.

— Oui, acquiesça l'agent. Je n'en ai pas parlé à Edie, je ne voulais pas lui donner de faux espoirs. Je lui avais recommandé de ne plus prêter attention à Anomie. Elle a échangé avec lui quelques fois sur Twitter, ça n'a pas aidé. En fait, ça a même empiré la situation. Mais c'est une chose de conseiller à une cliente d'ignorer les réseaux sociaux et une autre de la forcer à le faire. Donc oui, il y a six mois, j'ai demandé à quelqu'un de l'agence de travailler là-dessus. Benjamin s'occupe de notre cyber-sécurité, c'est un petit génie. Il a examiné le fonctionnement du jeu d'Anomie, il a même – ça reste entre nous – essayé de contourner sa sécurité, de s'introduire dans le compte administrateur et sur le canal des modérateurs, mais ça n'a rien donné. Comme l'a dit Grant, celui qui a créé le jeu est très intelligent.

Les portes se rouvrirent et les serveurs leur apportèrent leurs plats. Strike, Yeoman et Grant avaient commandé le bœuf Wagyu, Elgar et Robin des salades, Heather le risotto.

— Quel festin ! s'exclama Heather.

Robin, qui avait jusque-là combattu son antipathie pour elle, cessa de résister. Ils étaient réunis là, dans ce club élégant à déguster des plats délicieux parce que sa nièce par alliance avait été brutalement assassinée. Même si Heather l'avait peu connue, Robin trouvait son engouement non dissimulé pour ce repas élaboré et ses coups d'œil incessants lancés à Strike tout aussi déplacés que déplaisants.

Une fois la porte refermée derrière les serveurs, la détective demanda :

— Est-ce que quelqu'un a essayé de parler à Anomie ? De le raisonner, ou de lui donner rendez-vous ?

— Oui, Edie l'a fait, répondit Yeoman en coupant vigoureusement sa viande. Elle a proposé à Anomie sur Twitter une rencontre face à face. Il n'a jamais répondu.

— Vous ne pouviez pas vous en remettre à la loi sur le copyright ? demanda Strike. Que dit la loi, sur le fait que le jeu utilise tous les personnages des deux créateurs ?

— C'est une zone grise, expliqua Yeoman entre deux bouchées. On peut dénoncer un non-respect du droit d'auteur, mais vu que les fans aimaient le jeu et que personne n'y gagnait d'argent, on a jugé plus sage de ne pas s'engager dans cette voie. Si Anomie avait commencé à commercialiser le jeu, alors oui, il y aurait eu violation du copyright. On s'est dit que les fans finiraient par en avoir assez, ce qui aurait diminué l'influence d'Anomie, mais ça ne s'est pas produit.

— Normalement, enchérit l'Américain, on aurait essayé de le faire entrer dans nos rangs, comme influenceur. Vous savez, ces superfans qui sont très suivis au sein de la communauté. Ils ont des billets pour les avant-premières, des interviews exclusives avec les auteurs et les acteurs, ce genre de choses. Mais dans ce cas, c'était impossible, même si nous étions disposés à nous montrer généreux. Anomie semble très soucieux de conserver son anonymat, ce qui me fait penser qu'en étant démasqué, il risquerait gros.

— J'ai une question embarrassante, risqua Strike en se tournant vers Grant. Étant donné qu'Anomie semble disposer de nombreuses informations personnelles, est-ce que vous avez envisagé qu'il puisse s'agir d'un membre de la famille ?

— Ça ne vient pas de la famille, décréta Grant catégorique.

— Personne ne la connaissait vraiment, chez nous, ajouta Heather. Même toi, Grub, non ?

— Je vivais à l'étranger, répéta Grant en fusillant Strike du regard, et mon ex-femme était malade. Mes parents sont morts, ceux d'Edie aussi. Les seules personnes qui restent sont mes enfants, et ils ne l'ont jamais rencontrée. Ça ne peut pas être quelqu'un de la famille.

— J'ai mené une petite enquête en toute discrétion, à l'agence, intervint Yeoman, parce que naturellement, je me suis demandé si ça ne venait pas de chez nous. Mais d'après ce que j'ai appris, personne n'a bu le moindre café avec Edie en dehors du bureau. Et même si quelqu'un avait pu être au courant des projets de film, il n'aurait pas pu deviner tous ces détails de sa vie privée. Selon moi, Anomie est forcément une personne qui a, pendant un temps, gravité autour d'Edie ou, peut-être plus probablement, de Josh.

— Pourquoi plus probablement dans l'entourage de Josh ? demanda Robin.

Yeoman posa son couteau et sa fourchette, avala une bouchée et répondit :

— Eh bien tout d'abord parce que Anomie n'a jamais visé Josh. Il s'est toujours concentré sur Edie, il l'a insultée et harcelée. C'est notamment ce qui les a éloignés, tous les deux : la communauté de fans se montrait très sympathique envers Josh, et rendait Edie responsable de tout ce qui leur déplaisait. Mais encore une fois, Josh boit trop, et fume beaucoup d'herbe. Malheureusement, il ne sait pas très bien cerner les gens, non plus. On avait quelques problèmes avec le casting d'origine, essentiellement composé d'amis à lui, ce qui nous ramène à Katya Upcott.

Yeoman jeta un coup d'œil à Elgar, qui, d'un geste de sa fourchette, enjoignit l'agent à poursuivre.

— Je n'ai pas convié Katya à ce déjeuner parce qu'elle défend Josh bec et ongles, ce qui, bien sûr, est tout à son honneur, surtout vu son état. Sans elle, nous pouvons échanger plus librement.

— Est-ce que Katya possède sa propre agence ? demanda Strike.

— Heu, non. C'est une femme très gentille qui dirige une petite entreprise de fournitures pour loisirs créatifs. Elle travaille chez elle. Katya a rencontré Josh et Edie il y a quelques années, dans le collectif artistique où ils habitaient. Katya prenait des cours du soir là-bas. Comme elle travaillait dans la communication avant de monter son affaire de loisirs créatifs, elle a conseillé Josh et Edie quand *Sang d'encre* a commencé à avoir du succès.

« Au bout d'un moment, elle s'est mise à jouer le rôle d'agent. En 2012, Edie a décidé de prendre un agent professionnel, donc elle m'a contacté. Josh est resté avec Katya. Ce n'est pas inhabituel, vous savez, que des gens qui connaissent un succès inattendu préfèrent s'entourer de personnes en qui ils ont confiance. C'est une question de loyauté, bien sûr, mais de peur aussi. Quand on devient connu, ça peut être difficile de savoir à qui se fier. Katya est une femme très gentille et bien intentionnée, et elle sait que j'ai fait appel à des détectives privés pour essayer de retrouver Anomie.

Elle m'a dit qu'elle nous aiderait, dans la mesure de ses moyens. Elle connaît beaucoup mieux que moi l'entourage de Josh, mais allez-y doucement, parce qu'elle est fermement opposée à l'idée que Josh, par naïveté, négligence ou manque de jugement, puisse être en partie responsable de cette situation avec Anomie.

— Il a de la famille ? demanda Robin.

— Il a été élevé par un père célibataire. Ils étaient trois enfants, et j'ai eu l'impression – d'après ce que m'en a dit Edie en tout cas – que Mr. Blay père n'avait jamais vraiment su comment s'occuper de son fils. Récemment, il semble avoir délégué tout devoir parental à Katya, qui a l'âge d'être la mère de Josh.

— Si vous pouviez nous donner les coordonnées de Katya, ce serait super, dit Strike.

Yeoman hocha la tête tout en reprenant son couteau et sa fourchette.

— Edie avait un autre petit ami au moment de son décès, n'est-ce pas ? demanda Robin.

— Oh, celui-là ! lâcha Heather avec mépris.

— Oui. Il s'appelle Phillip Ormond, précisa Yeoman. Il est enseignant, de géographie je crois. Il travaille dans une école de Highgate. Il a rencontré Josh et Edie en allant prendre des cours du soir, comme Katya. Quand le couple s'est séparé, Phillip a beaucoup soutenu Edie.

— Il prétend qu'ils étaient fiancés, au moment de sa mort, dit Heather.

— Vous pensez que c'est faux ? demanda Strike.

— Personne d'autre n'était au courant. Elle ne portait pas de bague, expliqua Heather qui arborait un gros diamant à l'annulaire, en plus de son alliance.

— Non, je n'étais pas au courant non plus, dit Yeoman.

— Pas plus que la fille de la famille d'accueil, qui était un peu comme sa sœur, insista Heather. Je lui ai demandé, aux obsèques.

— Comment s'appelle-t-elle ? demanda Strike.

— Catriona Douglas, répondit Grant. Edie a gardé le contact avec elle après avoir quitté la famille.

Strike nota son nom.

— Si vous voulez mon avis, Ormond essaie de sauter sur l'occasion, jugea Heather. Il espère pouvoir réclamer une partie de l'héritage. Il y a eu cette histoire ridicule des lettres dans son cercueil. D'abord Josh – qui aurait pu le prévoir, après l'avoir accusée d'être Anomie. Enfin bref, il a dicté ce qu'il voulait dire à Katya, qui nous a donné la lettre. Et quand Phillip a su que Josh avait écrit une lettre, il fallait qu'il fasse pareil. J'ai dit à Grub : « C'est un cercueil, pas une boîte aux lettres, ma parole ! »

Si Heather s'était attendue à provoquer l'hilarité, elle devait être déçue.

— C'est sûr, chacun a voulu décrocher la palme du plus grand éploré, dit Grant. Je peux pas dire que j'apprécie vraiment Ormond, mais il a plus de légitimité pour pleurer Edie que Josh. Il partageait sa vie à ce moment-là, et il ne l'accusait pas de tout et n'importe quoi.

— Il serait bon de parler à Ormond, dit Strike. Et à cette sœur d'accueil, Catriona. Vous avez leurs coordonnées ?

— J'ai celles d'Ormond, répondit Grant en sortant son téléphone.

Il baissa les yeux sur son portable et marmonna à l'intention de sa femme :

— Un appel manqué de Rachel.

— C'est sa fille, expliqua Heather en faisant de nouveau semblant de murmurer. Elle est un peu difficile.

— Elle a dû appeler à propos du match. Je la rappellerai plus tard, dit-il en tendant son téléphone à Strike.

— Vous dites que vous aviez des problèmes avec les amis de Josh qui faisaient partie du casting ? reprit Strike en s'adressant à Yeoman. Est-ce que vous parlez de Wally Cardew ?

— Ah, vous êtes déjà au courant pour Wally ? Oui, il est l'un des premiers à nous avoir posé problème. Josh et lui étaient à l'école ensemble. Wally n'avait aucune expérience d'acteur, mais quand ils étaient ado, il imitait toujours l'un de leurs profs en prenant une voix comique, aiguë et glaçante. Quand Edie et Josh ont créé le premier épisode, ils ont demandé à Wally de doubler la voix de Drek. Il a repris cette voix et les fans ont adoré.

« Mais Wally a pris la grosse tête. Il s'est mis à poster des vidéos de son côté, sur YouTube, en utilisant la voix de Drek, ses expressions, ses tics de langage, et il a fait des blagues très douteuses. Certains fans continuaient d'adorer. D'autres n'ont pas suivi. C'est à ce moment-là que Wally et son ami MJ ont tourné cette vidéo tristement célèbre à propos des cookies.

— Des cookies ? répéta Strike.

— Un clip soi-disant satirique pour se moquer de l'Holocauste, poursuivit Yeoman sans joie. Les répercussions ont été nombreuses. Josh pensait que ça allait se tasser, mais Edie était furieuse. Josh a accepté à contrecœur de le virer, et Wally l'a très mal pris. Depuis, il a fait une carrière sur YouTube. On s'est demandé si Wally pouvait être Anomie, expliqua l'agent en anticipant la question qui brûlait les lèvres de Strike. Il est malin, mais je ne le crois pas assez intelligent pour créer ce jeu, et je dois dire que son ego est trop démesuré pour supporter l'anonymat.

— Y a-t-il d'autres amis de Josh à qui nous devrions parler ? demanda Strike.

— Oui, Sebastian Montgomery, un animateur qui les a aidés pour les deux premiers épisodes. Il a étudié dans la même école d'art que Josh et il a fait quelques commentaires moqueurs sur les réseaux sociaux, à propos de *Sang d'encre*, quand ils ont cessé de faire appel à lui, mais je ne suis pas sûr qu'il connaissait bien Edie, donc je ne pense pas qu'il ait pu connaître certains détails de sa vie privée.

— À moins qu'il les ait appris par Josh, avança Strike.

— Oui, j'imagine, admit l'agent.

— Personne d'autre ?

— Réfléchissons… Il y avait un jeune homme, Timothy Ashcroft… mais maintenant que j'y pense, c'était un ami d'Edie et non de Josh. Il a doublé la voix de The Worm, et je crois qu'il avait des velléités d'acteur, donc il n'a pas dû apprécier qu'on le remercie. Mais pour autant que je sache, il est resté ami avec Edie. Je n'ai pas les coordonnées de Tim, hélas.

— Pourquoi se sont-ils séparés de lui ? demanda Robin.

— Tout simplement parce qu'il n'était pas très bon. J'ai vu les premiers épisodes : The Worm est un bon personnage comique, mais Tim ne lui faisait pas honneur. Quand ils ont signé avec Netflix, la production a imposé de pouvoir donner son avis sur le casting. Je crois honnêtement qu'Edie était soulagée que quelqu'un d'autre prenne ces décisions. Josh avait doublé la voix de Harty au début, et Catriona, la fille de la famille d'accueil d'Edie, celle de Paperwhite, mais d'après ce qu'elle m'a dit à l'enterrement, elle n'avait pas du tout envie de continuer. Cela ne lui plaisait pas et elle était heureuse qu'une actrice prenne le relais.

« Mais comme je ne travaillais pas pour eux à l'époque, il y a peut-être d'autres personnes qui ont été mises de côté et dont je n'ai pas connaissance. Là encore, c'est à Katya qu'il faut parler de ça. Elle était là depuis le début. Mais attendez, se reprit Yeoman, Edie a mentionné une autre amie. Elle vivait dans le collectif artistique. Comment elle s'appelait, déjà ? Miria, ou quelque chose comme ça.

— Vous voulez parler du collectif artistique de North Grove, c'est bien ça ? demanda Strike, prêt à noter.

— Oui, c'est ça. Il est géré par un Hollandais qui semble assez excentrique. Edie et Josh ont tous les deux loué des chambres là-bas pendant un temps, c'est comme ça qu'ils se sont rencontrés, et je sais que Josh est resté ami avec le Hollandais et qu'il retournait souvent là-bas, même après que le dessin animé avait commencé à avoir du succès. North Grove, c'est juste à côté du cimetière de Highgate. C'est comme ça qu'Edie et Josh ont eu l'idée du dessin animé un jour, en allant traîner là-bas.

— Bon, dit Strike en saisissant le dossier qu'il avait apporté avec lui, avant qu'on aille plus loin, vous devriez jeter un coup d'œil à notre contrat standard et nos honoraires. J'ai apporté des contrats, si vous voulez les regarder.

Il fit passer les documents autour de la table et, pendant qu'Elgar et Yeoman les parcouraient, il y eut un silence uniquement brisé par les bruits de couverts des autres convives, et celui de la mastication de Grant qui était particulièrement sonore. L'agent et le producteur finirent par sortir des stylos et signèrent les papiers ainsi qu'un troisième exemplaire pour l'agence.

— Merci, dit Strike une fois qu'il eut récupéré son exemplaire.

— Quant à moi, ajouta Yeoman qui sortait à son tour un dossier, je voulais vous donner ceci.

C'était la pochette en carton qu'Edie avait apportée à l'agence et oubliée dans les toilettes.

— On s'y met sans tarder, assura Strike. Donnez-moi vos coordonnées et nous vous tiendrons au courant toutes les semaines. Mais bien sûr, en cas de question, nous vous contacterons immédiatement.

Elgar et Yeoman lui tendirent chacun leur carte de visite.

— Juste par curiosité, ajouta Strike après les avoir rangées dans son portefeuille, quand vous saurez qui est Anomie, qu'est-ce que vous comptez faire ?

Il y eut un nouveau silence, plus profond cette fois, car Grant avait cessé de mastiquer. Richard Elgar prit alors la parole :

— Personne ne peut échapper au jugement public. Si vous parvenez à découvrir son identité, je suis sûr que nous trouverons des preuves de mensonge, de xénophobie, de harcèlement sexuel… Ceux qui vivent pour la célébrité doivent se préparer à en mourir. Une fois que nous saurons à qui nous avons affaire, je crois qu'il ne sera pas très difficile de transformer le chasseur en proie.

19

Oui ; J'étais fatiguée, mais pas dans mon cœur ;
Non – il bat, satisfait,
Car maintenant j'ai ajouté
À ma nature active l'aventure ;
Je me suis élancée avec toi dans le vaste monde
Et j'ai dirigé mon énergie, jadis oisive
Vers un dessein important.

Charlotte BRONTË,
The Wood

— Une pinte et un débriefing, ça te tente ? proposa Strike une demi-heure plus tard.

Ils étaient sur le trottoir, dans le froid, et Strike hélait un taxi.

— Carrément, répondit Robin.

— Au Tottenham Pub, Charing Cross Road, lança-t-il au chauffeur avant d'ouvrir la portière pour céder la place à Robin.

Le ton enthousiaste avec lequel elle avait accepté sa proposition lui fit plaisir. Il prenait lentement conscience que Robin n'évitait pas les tête-à-tête avec lui, comme elle l'aurait fait si elle s'était sentie vraiment repoussée à la suite de l'incident du Ritz. Il s'était attendu à ce qu'elle se montre, comme lui, sur la réserve, pourtant elle semblait sincèrement vouloir que leurs relations redeviennent aussi amicales qu'avant ce malheureux événement.

— Des nouvelles de l'appartement ? lui demanda-t-il tandis que le taxi les ramenait vers le West End.

— J'ai fait une seconde offre, plus élevée, hier. J'attends la réponse. Ce serait tellement bien si je le décrochais. J'en ai marre de visiter des taudis et de tenir la chandelle chez Max.

Devant le Tottenham, le pub préféré de Strike dans le quartier de leur bureau, le chantier se poursuivait, si bien que pour y accéder, ils durent emprunter une passerelle en bois permettant d'enjamber un fossé rempli de gravats. Une fois entrés, ils oublièrent le brouhaha de la ville et retrouvèrent le havre qui leur était familier, avec ses miroirs en verre sculpté et ses panneaux fantaisie peints par un décorateur de théâtre décédé depuis longtemps.

Après avoir commandé un café, Robin s'installa sur une banquette en cuir rouge et sortit son téléphone pour se renseigner sur le collectif artistique de North Grove. Quand Strike la rejoignit, pinte à la main, il déclara :

— On devrait avertir la police qu'on nous a demandé d'enquêter sur Anomie. Je vais appeler le commandant Murphy.

— Parfait, répondit-elle avant de montrer son portable à son associé. Regarde, c'est là que tout a commencé.

Strike examina la photo d'une grande maison rose, accompagnée d'une description du projet :

« COLLECTIF ARTISTIQUE DE NORTH GROVE
Nous proposons des cours de dessin du vivant,
poterie, gravure et photographie.
Débutants bienvenus ! Nous proposons également
des studios d'artistes à la location. »

— Si Josh traînait toujours là-bas juste avant les agressions, il faut qu'on y aille, dit Robin. C'est sûrement un des repaires possibles d'Anomie.

— Je suis d'accord.

Il était en train de parcourir le site pour observer les photos des cours d'art, où l'on voyait des adultes assis derrière un tour de poterie, des enfants vêtus de tabliers réalisant des gravures, avec de nombreux exemples de travaux des étudiants : peintures à l'huile, photographies, dessins au crayon. Il lui rendit son téléphone en disant :

— Et si on essayait de dresser le profil du suspect ?

— C'est parti, répondit Robin en sortant son carnet.

— Alors, si Anomie est vraiment tel qu'on le présente – un fan obsédé par le jeu – il est sûrement jeune.

— Je suis d'accord. Je peux pas imaginer qui que ce soit de plus de trente ans obsédé à ce point par un dessin animé sur YouTube.

— Mais s'il ne s'agit pas *uniquement* d'un fan en colère, de quelqu'un qui en veut à mort à Edie et a trouvé là un moyen de se venger…

— Dans ce cas oui, il pourrait avoir n'importe quel âge, j'imagine.

— Quelqu'un qui a de l'expérience en programmation ou en codage, poursuivit Strike en sortant son carnet pour commencer à écrire.

— À moins que…, commença Robin.

Strike leva les yeux.

— Edie m'a précisé que le jeu était un chatroom réalisé avec beaucoup de talent. Si deux personnes l'ont réellement créé, l'une des deux est peut-être artiste ou designer, et l'autre programmateur.

— Il faut qu'on pénètre dans ce chatroom, décida Strike en posant son stylo pour sortir son téléphone. C'est la première étape : avoir un aperçu de l'intérieur et voir ce qu'on peut apprendre.

Pendant que Strike recherchait le jeu en ligne, Robin but son café, savourant un sentiment de satisfaction tout en parcourant des yeux ce décor familier. La légère retenue qui avait présidé à ses échanges avec Strike depuis cette soirée au Ritz semblait avoir complètement disparu à l'occasion de cette nouvelle affaire. Strike était penché sur son téléphone à taper des mots-clés de ses gros doigts, et Robin s'autorisa à l'observer et à ressentir cette affection sans réserve pour lui qui avait si souvent perturbé sa sérénité.

— Merde, lâcha son associé après cinq minutes de silence.

— Quoi ?

— Je ne peux pas y entrer. Je viens de faire trois tentatives.

Il montra à Robin l'écran de son téléphone. Une petite animation de Harty, le cœur noir de jais, dont les artères et les veines pendaient, les regardait, en souriant et en haussant les épaules. Dessous, on pouvait lire :

« Oups ! Il y a eu un problème. Essaie plus tard, mek ! »

— Je vais essayer, proposa Robin.

Elle sortit son téléphone, entra l'adresse email qu'elle avait créée pour ce type de circonstances, et qui n'avait aucun lien avec son vrai nom ni avec l'agence, puis, après avoir choisi un mot de passe, elle vit également apparaître la petite animation de Harty haussant les épaules qui lui conseillait de réessayer plus tard.

— Ils ont peut-être un problème technique, supposa-t-elle.

— Espérons, parce que le seul moyen fiable d'éliminer des suspects, ce sera de les observer dans leur quotidien et de voir s'ils utilisent leur téléphone ou leur ordinateur portable, à des moments où Anomie tweete ou est actif dans le jeu. Bon, jusqu'à maintenant, voici le profil de notre suspect : il a probablement moins de trente ans…

Il leva la tête vers Robin qui acquiesça.

— Il est pro du codage, artiste ou les deux. Homme ou femme à ton avis ?

— L'un ou l'autre, répondit Robin. Même si tout le monde a l'air de penser qu'Anomie est un homme.

— À mon avis, il faut plonger dans le compte Twitter d'Anomie pour trouver quelque chose qui aurait pu le trahir. À ce propos, est-ce que tu veux bien m'expliquer Twitter ?

— Comment ça ?

— Eh bien, j'ai déjà vu ce que c'était, mais je ne l'ai jamais utilisé. Et toi ?

— J'ai eu un compte Twitter, mais il ne me sert pas à grand-chose.

— Ça marche comment, exactement ?

— On écrit des messages brefs – des tweets – et on peut communiquer avec tout le monde sur le réseau, sauf si on nous bloque.

— Tous les utilisateurs peuvent donc lire les tweets des autres ?

— Oui, à moins que tu aies choisi d'avoir un compte privé. Dans ce cas-là, seuls tes followers ont accès à ce que tu as écrit. Et si deux personnes sont mutuellement abonnées, elles peuvent s'envoyer des messages privés que personne ne peut voir.

— D'accord. Et quel est le but ?

— Je ne sais pas, répondit Robin en riant. Ça peut être amusant, il y a beaucoup de blagues qui circulent, des trucs comme ça. Tu peux communiquer directement avec des gens connus. Échanger un peu.

— Avant, les gens allaient au pub pour ça. Bon, on pouvait pas parler aux gens connus, certes… Enfin bon, c'est peut-être mieux si c'est toi qui surveilles le profil d'Anomie vu que tu connais un peu Twitter.

— Et si je m'inscrivais pour un cours du soir au collectif artistique de North Grove ? Qu'est-ce que tu en penses ? Si ça ne m'apporte rien, je pourrai toujours me désister, et toi tu pourrais aller les interroger seul.

— Bonne idée, et c'est mieux si c'est toi plutôt que moi, parce que tu sais dessiner.

Robin le nota dans son carnet.

— Vient ensuite la question du mobile, reprit Strike en tapotant son carnet avec l'extrémité de son stylo.

— Je me suis dit que..., commença Robin.

Strike, anticipant à juste titre la suite de sa phrase, compléta :

— Que ce n'était pas une affaire ordinaire. Les moyens mis en œuvre sont certes essentiels, mais ici, le « pourquoi » est plus important que d'habitude, parce que quelque chose ne colle pas, n'est-ce pas ? Le jeu n'a pas pu être créé juste pour conduire Ledwell au suicide, parce que ça n'a pas de sens. Il a sûrement été créé par amour pour le dessin animé.

— Surtout qu'il ne rapporte pas d'argent.

— Exactement. Mais ensuite, Anomie a changé et il a commencé à l'insulter copieusement sur Twitter.

— D'après Edie, c'était parce qu'elle avait critiqué le jeu dans une interview.

— Tu ne penses pas que c'est un peu léger pour persécuter quelqu'un pendant quasiment quatre ans ?

— Si un déséquilibré a trouvé dans ce dessin animé quelque chose qui lui parle au plus profond de lui-même, toute critique formulée par la créatrice, ou tout changement envisagé dans cette œuvre, peut lui apparaître comme une attaque personnelle.

— C'est vrai.

— J'ai regardé une vidéo d'Edie et Josh discutant du dessin animé. Ils répondaient à des questions de fans et parlaient de Harty, le héros. C'est ce cœur noir que tu as vu sur ton écran. Ils cherchaient à savoir s'il est mauvais ou pas, s'il a été *rendu* mauvais et est donc une victime, ou s'il est la cause des mauvaises actions que la personne à qui il appartenait a accomplies quand elle était en vie. Harty se présente lui-même assez joyeusement comme un personnage mauvais. Est-ce que quelqu'un qui ne se sent nulle part à sa place peut se retrouver en lui ? Est-ce que c'est pour ça que cette personne est devenue aussi obsédée par le dessin animé ?

— Tu crois qu'on devrait ajouter « méchant et conscient de l'être » au profil du coupable ?

— Tu en plaisantes, mais peut-être que oui... Je ne sais pas, je n'arrête pas de me demander pourquoi il s'est surnommé Anomie. On s'attendrait plutôt à ce qu'un superfan prenne le nom d'un des personnages, non ? Se baptiser Anomie, c'est presque une déclaration d'intention : « Absence de valeurs morales et sociétales. » C'est presque bizarre de l'affirmer aussi ouvertement. Ou alors c'est juste un ado en colère. C'est le genre de nom qu'un jeune pourrait choisir. S'il en veut à la terre entière.

— À t'écouter, j'ai l'impression qu'on poursuit un fan complètement fou, pas un ami proche.

— Mais ça ne peut pas être un fan ordinaire. Il connaît trop de choses sur sa vie personnelle, il a accès à certaines informations… Tout ça suggère que c'est un proche. Même si Anomie n'était peut-être pas en contact direct avec Josh et Edie. Il pourrait être l'ami d'un ami. Il faudrait qu'on vérifie les compagnes, compagnons et colocataires de tous les proches de Josh et Edie. Cela dit, il ne peut pas y avoir trop d'intermédiaires. Anomie a été au courant de certaines choses très rapidement. Ça ne peut pas être l'ami d'un ami d'un ami.

— Je suis d'accord, acquiesça Strike.

Ils réfléchirent un moment, puis Strike brisa le silence.

— Il y a indéniablement un fond de narcissisme là-dedans. Anomie pense que c'est lui qui devrait réaliser le dessin animé, dit-il en reprenant son téléphone. Ce qui nous ramène à Wally Cardew. Selon moi, c'est exactement le genre de petit con égocentrique qui n'aimerait pas entendre des critiques sur son jeu, même des critiques légitimes.

— Comment ça se fait que tu en saches autant sur Willy Cardew ?

— J'ai regardé une de ses vidéos sur YouTube, expliqua Strike en accédant au site. Quelques heures après l'identification des victimes de l'attaque au couteau, Wally et son acolyte, MJ, ont fait un live durant lequel Cardew a sorti un couteau plein de sang de sous le bureau. Pour plaisanter. En fait c'était de la sauce tomate.

— Très malin, railla Robin.

— « Cookies », reprit Strike qui avait trouvé ce qu'il cherchait. C'est la vidéo qui lui a valu d'être viré. Je ne l'ai pas regardée.

Strike jeta un coup d'œil autour de lui pour s'assurer que personne n'écoutait, puis tourna son téléphone à l'horizontale, l'adossa à son verre de bière pour que Robin puisse suivre, et appuya sur Play.

Wally et MJ se tenaient côte à côte derrière une table où se trouvaient des ingrédients de pâtisserie et un grand saladier. Wally avait les cheveux longs et MJ était légèrement bouffi et moins soigné que dans l'autre vidéo qu'avait regardée Strike. Ils portaient tous les deux des tabliers et des toques de chef.

— *Salut, les meks !* lança Wally d'une voix suraiguë. *Aujourd'hui, y a des abrutiks et des konarkos qui disent qu'on fait rien que des méchantes blagues racistes et qu'on est rien que des konarkos de fachos !*

Il poursuivit de sa voix normale :

— Bon, aujourd'hui, on va juste faire un peu de pâtisserie, tranquillement, expliqua-t-il avant d'indiquer à MJ un paquet de farine. Est-ce que c'est casher ?

— C'est halal, répondit MJ.

— C'est pareil, non ?

— Non, mon pote, dit MJ en riant un peu, c'est…

— *Arrête de faire l'abrutik, mek !* répliqua Wally de sa voix aiguë. *Joue le jeu, mek !*

MJ éclata de rire et Wally ouvrit le paquet qu'il versa énergiquement dans le saladier. Il en mit partout à côté et un nuage de farine s'éleva.

— Ensuite on ajoute le beurre casher, dit-il.

Il saisit une plaquette de beurre qui portait une étoile de David dessinée au feutre, et l'ajouta, sans la déballer, dans le saladier avant de saisir une brique de lait.

— Ensuite on ajoute… attends, est-ce que c'est casher ? *Les vaches, c'est kasher, meks ?*

— Les vaches c'est… c'est pas chez les hindous qu'elles sont sacrées ? demanda MJ.

— Qui peut bien penser qu'une vache est sacrée, putain ? *Ces gens c'est rien que des abrutiks, c'est tous des konarkos !* piailla Wally en faisant gicler le lait dans le saladier.

Il s'assura d'éclabousser MJ au passage, qui s'écarta en riant.

— Et les œufs sont casher, regardez comme c'est joli, dit-il en les montrant à la caméra.

Comme pour le beurre, il avait dessiné des étoiles de David dessus. Il les jeta violemment dans le saladier, dans l'intention d'éclabousser de nouveau MJ avec sa mixture.

— *Maintenant t'es un gentil garçon tout blanc, MJ* ! s'exclama Wally avec la voix de Drek.

MJ, riant et toussant, essuyait les traces de farine sur son visage.

— *Et on touille, on touille*, dit Wally en attrapant une cuiller pour balancer la pâte sur MJ. Et on chante : « *Ebony and ivory live together in perfect harmony.* »

— Arrête, putain, arrête ! cria MJ qui riait toujours tout en essayant de se protéger des projectiles de Wally.

— *Maintenant on a une jolie miksture, les meks !*

La vidéo enchaîna sur un plan montrant Wally et MJ avec une boule de pâte à cookies crue, posée sur la table devant eux. MJ était entièrement couvert de farine, Wally, lui, tout propre.

— *Maintenant on lui tape dessus à cet abrutik !* dit Wally en prenant un rouleau à pâtisserie pour écraser la boule. *Et puis on coupe des petits bouts.*

Il saisit un emporte-pièce en forme de bonhomme et le pressa sur la pâte.

On vit ensuite Wally mettre la plaque à biscuits dans le four, puis la vidéo enchaîna avec le dessin d'une main réglant un commutateur de four sur « à fond », avant de revenir sur Wally et MJ debout derrière leur table, bras croisés. De sa voix normale, Wally se tourna vers MJ et demanda :

— T'as vu le match samedi ?

— Ouais, joli but de Drogba, répondit MJ tout aussi sérieux.

— T'as vu ce que Fuller a…

— Ouais. Donner un coup de pied dans les couilles, c'est pas cool putain.

Il y eut un silence et les deux jeunes hommes tambourinèrent des doigts sur leurs bras.

— Tu penses que les biscuits sont prêts ? demanda Wally à MJ.

— Oui peut-être.

Wally consulta sa montre.

— On peut les laisser un peu plus longtemps.

Un écran noir s'afficha où défila le message « 1 h plus tard ». Puis Wally et MJ apparurent de nouveau, devant un four d'où s'échappait une épaisse fumée noire. Ils continuaient à bavarder comme si de rien n'était.

— Je vais aller me balader avec ma grand-mère, expliquait Wally.

— C'est sympa, mon pote, c'est vraiment sympa.

Il y eut un nouveau silence bref, puis Wally reprit :

— Bon, ils devraient être cuits maintenant.

Il ouvrit la porte du four et se mit à tousser.

La vidéo montra un gros plan des cookies brûlés à tel point qu'on ne pouvait plus les reconnaître, puis un plan plus large de Wally et MJ tenant leurs toques devant eux en signe d'hommage silencieux, des bougies brûlant sur une ménorah derrière eux. Strike appuya sur Pause et regarda Robin.

— Ça ne t'amuse pas ?

— Sur quelle planète on appelle *ça* de la satire ?

— Manifestement, on est trop bêtes pour saisir la subtilité de l'ironie. Soit dit en passant, parmi les commentaires apparaissant au cours du live que j'ai regardé juste après les attaques, j'ai remarqué que certains fans de Wally accolaient le nombre 88 à leur pseudo. Tu mets bout à bout des blagues sur l'Holocauste, des followers d'extrême droite et un lien avec *Sang d'encre*…

— Et tu comprends pourquoi le MI5 pose des questions, conclut Robin.

— Voilà. D'un autre côté, Cardew n'est peut-être pas conscient d'attirer des fans néonazis. Il est possible, ajouta Strike en reprenant sa pinte, qu'il pense que vu que son acolyte est métisse, il ne peut pas être raciste.

— Tu sais, si Wally est Anomie et qu'il a été recruté par Le Halvening après avoir créé le jeu…

— Le passage de fan à persécuteur s'explique, c'est certain. Quand tu investigueras le compte Twitter d'Anomie, sois attentive à tout ce qui pourrait indiquer son bord politique. J'imagine que le MI5 a vérifié, mais je doute qu'ils partagent leurs conclusions avec nous.

Robin le nota dans son carnet.

— Mais si ce n'est pas un membre du Halvening, reprit Strike, on se demande bien pourquoi ces deux créateurs veulent à ce point conserver leur anonymat. On pourrait penser qu'ils seraient fiers du jeu, si c'est vraiment deux jeunes qui ont fait ça pour s'amuser. Richard Elgar a émis l'hypothèse que se faire démasquer coûterait trop cher à Anomie, et je suis d'accord, mais pourquoi ? Pourquoi ne pas revendiquer la création du jeu ?

— Anomie a quand même une forme de reconnaissance publique, nuança Robin. Cinquante mille followers sur Twitter et un intérêt pour la vraie personne qui se cache derrière. Ça doit flatter son ego.

— C'est vrai, mais tu as entendu ce qu'a dit Elgar : s'il s'était dévoilé plus tôt, il aurait pu avoir une vraie place dans la franchise, alors pourquoi il ne l'a pas fait ? Et puis il y a aussi la gratuité du jeu.

— Ça, on sait pourquoi, non ? Ce serait de la violation de droits d'auteur, s'il gagnait de l'argent à partir des personnages de quelqu'un d'autre.

— Oui, mais je regarde ça sous un autre angle. Anomie et Morehouse ont passé des années à travailler sur le jeu sans gagner un centime. Ça suggère qu'ils ont beaucoup de temps et n'ont pas besoin de revenus. Est-ce qu'ils sont financés par quelqu'un d'autre ? Le contribuable ? Les parents ?

— Certains jobs te laissent du temps, fit remarquer Robin. Ils peuvent être à leur compte ou travailler à mi-temps. Si ça se trouve, ils gagnent bien leur vie, et c'est juste un hobby.

— Mais si Anomie travaille, il doit avoir un job qui lui laisse utiliser Internet ou son téléphone quand il veut. Donc le petit ami d'Edie…, dit Strike en cherchant dans ses notes pour trouver son nom, ce prof, Phillip Ormond, n'est pas très bien placé.

— On ne l'a jamais vraiment considéré comme un candidat potentiel en plus, ajouta Robin. Pourquoi est-ce que son copain la persécuterait sur Internet ? De toute façon, ils n'étaient pas ensemble quand Anomie a lancé le jeu. Elle sortait toujours avec Josh.

— Il arrive que des gens jouent à des jeux en ligne avec leur moitié, voire que quelqu'un sorte avec une personne sans se rendre compte qu'il la connaissait déjà en ligne. Mais je suis d'accord avec toi, Osmond n'est pas un coupable potentiel. Cela dit, il devrait pouvoir nous éclairer, plus que n'importe qui d'autre, sur les proches d'Edie, ou ses confidents. Donc, poursuivit Strike en reprenant son stylo, je vais contacter Ormond, Katya Upcott et cette sœur d'accueil, Catriona. En attendant on va mettre sous surveillance Seb Montgomery et Wally Car…

Il fut interrompu par le téléphone de Robin.

— Oh là là, c'est l'agent immobilier ! s'exclama-t-elle l'air soudain paniqué.

Elle décrocha.

— Allô, Andy ?

Strike vit l'expression du visage de Robin passer de l'anxiété au soulagement.

— Sérieusement ? C'est fantastique ! Merci !… Oui !… Oui, bien sûr !… Quand ? Non, ça me va… O.K. ça marche… Merci !

— Mauvaise nouvelle ? demanda Strike quand Robin raccrocha, radieuse.

— J'ai l'appart ! Waouh ! Tu sais quoi ? Je vais le prendre, ce verre. Je ne travaille pas ce soir.

— Je vais le chercher, annonça Strike.

Robin était déjà debout. Comme elle s'extirpait de la banquette, elle se pencha impulsivement pour serrer Strike dans ses bras. Ses cheveux lui balayèrent le visage et il sentit le parfum qu'il lui avait offert pour ses trente ans.

— Pardon, mais je suis tellement contente ! Ça va faire une sacrée différence dans ma vie !

— Ne t'excuse pas, dit Strike en lui tapotant le bras quand elle le lâcha.

Robin alla au bar, et Strike, prenant conscience qu'il souriait bêtement, fit l'effort de se contenir. Même si elle s'était serrée contre lui seulement quelques instants, il sentait encore la chaleur de son corps.

20

Je me suis forgé
Un bouclier contre les ennemis et les amants
Et personne ne sait
Que sous le bouclier se trouve mon cœur battant

Mary Elizabeth COLERIDGE,
The Shield

Tchats internes entre cinq des huit modérateurs de *Drek's Game*

<Canal des modérateurs>

<19 mars 2015 18 h 25>

<Présents : Anomie, Hartella>

Anomie : y a encore un tas de nouveaux joueurs qui essaient de s'inscrire au jeu

Hartella : ah ouais ?

<Worm28 a rejoint le canal>

Worm28 : j'ai eu une journée de merde

<Vilepechora a rejoint le canal>

Vilepechora : lol vous êtes sur Twitter là ?

Hartella : non, pourquoi ?

Vilepechora : #ExhumeLedwell fait un carton

Anomie : ouais j'ai vu. C pas drôle

Vilepechora : je pensais que tu trouverais ça marrant

Anomie : je veux pas qu'on l'exhume

Vilepechora : toujours pas mauvaise conscience, mek ?

Anomie : je veux juste qu'elle pourrisse là où elle est

Anomie : maintenant on se concentre sur le tonton

<Demony1 rejoint le canal>

Demony1 : vous êtes sur Twitter là ?

Vilepechora : on parlait de ça, super drôle mais Anomie trouve ça nul

Demony1 : c'est pas drôle c'est horrible. Et si sa famille voit ça ?

Anomie : elle arrêtait pas de nous dire qu'elle avait pas de famille

Hartella : je suis d'accord avec Demony1 c'est horrible

>

>

Anomie : j'accepte aucune nouvelle inscription tant que les effectifs baissent pas. On va attendre qu'ils en aient ras le bol

Demony1 : de quoi tu parles ?

Anomie : on parle de 100 nouvelles demandes par jour. La police sans doute. Donc j'accepte aucun nouveau

Vilepechora : tant mieux mon pote

Demony1 : si c'est la police ils pourraient nous pirater

Vilepechora : nan

Vilepechora : Morehouse est censé avoir rendu le truc impossible à pirater

Demony1 : il est où d'ailleurs ? il modère pas ce soir ?

Vilepechora : en train d'engrosser Paperwhite quelque part j'imagine

Worm28 : Hartella le remplace parce qu'il avait un truc

Vilepechora : ouais un truc de cul

<Un nouveau canal privé a ouvert>

<19 mars 2015 18 h 30>

<Hartella invite Anomie>

Hartella : tu penses pas sérieusement que la police essaie de se connecter ?

<Anomie a rejoint le canal>

Anomie : ça me paraît évident

Hartella : pourquoi ?

Anomie : ils veulent sûrement savoir si on a tué Ledwell

Anomie : t'as la trouille ?

Hartella : pourquoi j'aurais la trouille ?

Anomie : le dossier que t'as donné à Blay pour « prouver » que je suis Ledwell ?

>

Hartella : qui te l'a dit ?

Vilepechora : je comprends elle est canon

Demony1 : comment tu le sais ?

Vilepechora : top secret

Demony1 : faut que j'y aille

<Demony1 a quitté le canal>

Vilepechora : lol quel petit pédé

Worm28 : dis pas ça

Vilepechora : je peux te demander un truc, Worm ?

Worm28 : quoi ?

Vilepechora : pourquoi tu mets un espace avant chaque signe de ponctuation ?

Worm28 : quoi ?

Vilepechora : t'es allé où à l'école ?

<Worm28 a quitté le canal>

Vilepechora : ptdr

Hartella : Vile, t'étais obligé ?

Anomie : ahahahaha

Anomie : Paperwhite l'a dit à Morehouse qui me l'a dit

Anomie : c'est pas grave. Je me suis expliqué avec LordDrek et Vile. On peut se tromper

Hartella : je pensais que t'allais péter un câble

Anomie : non, c'est plutôt marrant

Anomie : et ça a un avantage

Hartella : comment ça ?

Anomie : Ledwell La Goinfre est morte

Hartella : OMG Anomie arrête de blaguer

Anomie : bref tu devrais augmenter mon pourcentage de royalties pour te faire pardonner

Anomie : parce que faut reconnaître que sans moi, vous avez rien

Hartella : faut que je parle à P

Anomie : parle-lui

<Hartella a quitté le canal>

21

Des nuits sans sommeil s'éveillent d'inquiets esprits,
Et d'habiles farceurs enfilent leur costume…
Et d'innocents comploteurs prennent la route…

Joanna BAILLIE,
An Address to the Night – A Joyful Mind

— Je te parie un billet de dix qu'ils ont décidé de ne pas accepter de nouveau joueur dans *Drek's Game* parce qu'ils ont peur d'être surveillés par la police, dit Strike à Robin quand ils se croisèrent au bureau un jeudi, à l'heure du déjeuner, trois semaines après leurs débuts sur l'affaire Anomie.

— Je préfère pas parier, répondit Robin qui terminait un sandwich à leur table de travail tout en observant le compte Twitter d'Anomie sur son écran.

Malgré les multiples tentatives de Strike et Robin pour se connecter au jeu, ils tombaient systématiquement sur la petite animation de Harty haussant les épaules en leur disant : « Essaie plus tard, mek. » À présent, leur seul espoir d'éliminer Seb Montgomery ou Wally Cardew, c'était qu'Anomie tweete au moment où ils surveillaient deux cibles et qu'elles n'utilisaient aucun appareil numérique. La situation était pour le moins frustrante.

— Où vas-tu ? demanda Robin à Strike, qui venait de donner ses reçus à Pat et n'avait pas encore enlevé son manteau.

— Je prends la relève de Dev dans quinze minutes, répondit-il en regardant sa montre. Je vais suivre Montgomery jusqu'à un énième bar branché ce soir, j'imagine. Au fait, j'ai regardé deux épisodes du dessin animé hier soir. Je me suis dit que c'était pas mal, pour comprendre ce sur quoi on enquête.

— Tu en as pensé quoi ?

— C'est complètement fou. Ce Drek, c'est censé être quoi exactement ?

— Je suis pas sûre que Josh et Edie le savaient eux-mêmes.

— Comment ça avance, de ton côté ? demanda Strike en indiquant le fil Twitter d'Anomie.

— Quelques petits trucs intéressants, mais rien d'important jusqu'à maintenant.

— Il faudrait qu'on fasse un vrai point bientôt. Au fait, Phillip Ormond est disponible pour nous parler jeudi prochain. Il était parti en Irlande. Vacances scolaires.

— Super. Tu as eu un retour de Katya Upcott ?

— Non. J'ai eu son mari, qui m'a dit qu'elle rendait visite à Blay à l'hôpital et ça semblait l'énerver. Elle ne m'a pas rappelé. Je la relancerai peut-être cet après-midi. Bon ben… amuse-toi bien sur Twitter.

C'était un jour d'avril ensoleillé et le court trajet vers Newman Street laissait le temps à Strike de fumer une cigarette. Quand il le vit approcher dans la rue, Shah s'éloigna sans lui parler, et Strike comprit que leur cible était toujours à l'intérieur du bâtiment à la double porte vitrée décorée de motifs graphiques voyants, peints de couleurs vives.

Strike se demandait s'il allait s'installer au café idéalement placé juste en face du bureau de Seb Montgomery, quand la porte vitrée s'ouvrit et que ce dernier en sortit.

Il ressemblait trait pour trait à une centaine d'autres jeunes hommes parcourant les rues de Fitzrovia à l'heure du déjeuner : taille moyenne, mince, barbe soigneusement taillée, cheveux bruns coupés courts sur les côtés et plus longs sur le dessus, comme Wally Cardew, et tenue noire comprenant un T-shirt, une veste bombers, un jean et des baskets. Il portait également une besace en bandoulière et un téléphone à la main, sur lequel il était en train de pianoter. Strike vérifia machinalement le fil Twitter d'Anomie, qui était inactif.

Strike sentait une certaine allégresse chez Montgomery, comme s'il avait terminé sa journée de travail alors qu'il était à peine quatorze heures. Cela se confirma quand, au lieu de bifurquer dans l'un des restaurants placés sur son chemin, Montgomery s'engouffra dans la station de métro de Gouge Street, Strike sur les talons.

Le détective comprit bientôt que Montgomery ne rentrait pas chez lui, parce qu'il empruntait la North Line. Strike monta dans le même wagon et choisit de rester debout dans un coin pour surveiller le reflet de Montgomery dans la vitre. Le jeune homme était assis les jambes bien écartées, bloquant ainsi l'accès aux sièges voisins, visiblement captivé par un jeu sur son téléphone, et levant les yeux de temps en temps. Quand ils approchèrent de la station Highgate, Montgomery rangea son téléphone dans sa poche, saisit sa besace et se dirigea vers les portes.

Strike laissa un groupe de quatre jeunes femmes le dépasser jusqu'à l'escalier roulant afin de ne pas trop se rapprocher de sa cible. Quand il sortit à l'air libre, son téléphone vibra dans sa poche. Barclay avait envoyé un texto.

Cardew se dirige vers le nord. Peut-être Highgate.

Montgomery avait quitté la station et s'avança vers un jeune homme de grande taille déjà chauve qui attendait devant la sortie. La tenue – jean, chemise et veste – de l'inconnu était banale et aurait pu convenir à un homme de cinquante ans comme de trente, ce qui, d'après Strike, devait être son âge. Montgomery et l'inconnu se serrèrent la main, l'air un peu gênés même s'ils semblaient se connaître, car ils s'adressèrent les politesses d'usage « Comment ça va ? », « Ça fait longtemps ». Le détective s'attarda à l'intérieur de la station, parce qu'il était clair que Montgomery et l'autre homme attendaient quelqu'un, et il n'y avait pas besoin d'être très perspicace pour deviner qui était cette troisième personne.

« **Suis à la station** », écrivit-il à Barclay. « **SM attend WC. Je propose qu'on se salue et qu'on les suive ensemble** ».

Vingt minutes plus tard, quand Montgomery et son compagnon semblèrent avoir épuisé tous les sujets de conversation, Wally Cardew passa le tourniquet, vêtu d'un jean et d'un T-shirt annonçant : « FUCK LE CALME, BATS-TOI JUSQU'À LA MORT ET RENDEZ-VOUS À VALHALLA. » En apercevant Montgomery et le deuxième homme, il lança d'une voix forte et suraiguë :

— *Vous êtes rien que des abrutiks !*

Les deux autres éclatèrent de rire, mais Strike vit un voile d'anxiété se draper sur le visage de l'inconnu. Montgomery rendit à Wally sa poignée de main compliquée à laquelle s'ajoutaient des gestes hip-hop, et comme l'autre ne parvint pas à l'imiter, ils rirent tous les trois, ce qui sembla briser la glace. Le groupe se mit en route et remontait la rue lorsque Barclay sortit de la cachette où il avait patienté.

— Sherlock la Biroute, je présume ? murmura Barclay à Strike.

— Et vous devez être Tartan le Gros Gland, répliqua Strike. On y va ?

Ils emboîtèrent le pas à leurs cibles qui se trouvaient déjà deux cents mètres plus loin, et marchaient dans une direction apparemment prédéfinie.

— Cardew a fait quoi ? demanda Strike.

— Aucune idée, putain. Il a pas mis le nez dehors de la journée, répondit Barclay. Ils vont peut-être aller voir les lieux du crime. Il est où le cimetière ?

— Pas loin, répondit Strike en vérifiant sur son téléphone. C'est là qu'on se dirige.

— Qui c'est, ce chauve ?

— J'en sais rien.

Tout en suivant les trois jeunes hommes, Strike se connecta de nouveau au compte Twitter d'Anomie. Il n'y avait pas de nouvelle activité : la dernière fois qu'Anomie avait tweeté, c'était peu avant onze heures, pour commenter l'attaque terroriste qui avait visé le marathon de Boston.

Anomie
@AnomieGamemaster

Haha la mère de Dzokhar Tsarnaev dit que c'est « le meilleur de tous »

Ouais, tu dois être tellement fière, espèce de conne

10 h 58 9 avril 2015

Les trois jeunes hommes que suivaient Strike et Barclay remontèrent une rue bordée de maisons géorgiennes puis bifurquèrent dans la cour d'un grand pub à façade en bow-window, baptisé le Red Lion and Sun, où des tables et des bancs en bois étaient entourés de buissons en pots. Après une brève hésitation, ils décidèrent de s'installer à l'extérieur. Le grand chauve pénétra à l'intérieur pour commander la première tournée. Strike choisit une table proche de leurs cibles, tandis que Barclay allait chercher les boissons. Les seuls autres clients sur la terrasse étaient un couple d'un certain âge assis à lire le journal, leur épagneul nain endormi à leurs pieds.

— Il est quasiment chauve maintenant, le pauvre ! dit Cardew d'une voix suffisamment forte pour que Strike l'entende. La dernière fois que je l'ai vu, il avait encore de quoi se coiffer.

Montgomery rit.

— T'es toujours dans cette boîte, là, ce truc de dessins animés ? reprit Cardew.

— D'effets numériques, corrigea Montgomery dont l'accent était classe moyenne.

— T'as niqué des bons coups, récemment ?

À cette question, les propriétaires du chien tournèrent la tête avant de se replonger rapidement dans leurs journaux. Strike trouva que c'était plus sage.

Montgomery éclata à nouveau de rire, mais un peu moins franchement.

— Oui, je suis... j'ai une copine. On vit ensemble, en fait.

— Pour quoi faire, putain ? s'emporta Cardew. T'as mon âge !

— Je sais pas, répondit Montgomery. On s'entend vraiment... Ah tiens, voilà Nils.

Strike leva les yeux de son téléphone auquel il feignait de s'intéresser. Un géant au teint cireux aux longs cheveux blonds et à la barbichette broussailleuse était en train de traverser la rue, tout droit vers le pub. La quarantaine, le nouveau venu portait une chemise ample rose foncé, un short kaki et des Birkenstock sales. Il mesurait au moins deux mètres. Il était accompagné par un garçon, certainement son fils : ils avaient tous les deux une large bouche dont les commissures pointaient vers le haut et des yeux tombants, ce qui leur donnait une apparence étrange, comme s'ils portaient un masque. Même si le garçon était déjà aussi grand que Seb Montgomery, sa démarche enfantine, les pieds légèrement rentrés, suggéra à Strike qu'il était bien plus jeune que ce que sa taille laissait supposer. Il devait avoir onze ou douze ans.

— Merde, dit Wally, il a emmené Bram. Et où est passé Pez ?

— Nils ! lança Montgomery quand le grand approcha de leur table. Comment ça va ?

— Sympa de te voir, Seb, dit Nils en serrant la main de Montgomery.

Il avait un très léger accent, et Strike, qui se souvenait que le propriétaire du collectif artistique était néerlandais, devina qu'il s'agissait de lui.

— Et toi aussi, Wally. Hé, Tim ! s'exclama-t-il quand le grand chauve ressortit du pub avec trois pintes.

— Salut, Nils, dit Tim, en posant les verres et en serrant les mains. Salut, Bram.

Le petit ne répondit pas.

— Wally ? demanda l'enfant d'une voix fluette, l'air excité. Wally ?

— Quoi ? dit Wally.

— *Joue, le jeu, mek !*

— Ouais, fit Wally en se forçant à rire. Super.

— Je te regarde sur YouTube !

— Ah ouais, dit Wally sans enthousiasme avant de se tourner vers Nils : Il vient pas, Pez ?

— Non, il avait des trucs à faire, répondit Nils. Ou une fille à voir.

Wally et Seb rirent, mais Tim resta impassible.

Barclay revint avec deux bières sans alcool pour Strike et lui. Les deux détectives s'engagèrent dans une conversation à voix basse, tout en continuant à prêter l'oreille à celle, bien plus sonore, du groupe qu'ils observaient. Le téléphone de Seb était posé sur la table à côté de sa bière, mais ceux des autres n'étaient pas visibles. Strike gardait un œil sur le fil Twitter d'Anomie, toujours inactif. Quand Nils alla chercher une boisson, Bram resta dehors et continua à lancer des phrases de Drek malgré l'agacement croissant de Wally.

— *Drek il est tout keul et il s'ennuik ! Vous êtes rien que des abrutiks ! Jouez le jeu, meks !*

— Il adore Drek, expliqua Nils comme si c'était nécessaire, en revenant à la table.

Il donna un Coca à son fils avant de glisser ses immenses jambes sous la table.

— Bon… Je crois qu'on devrait trinquer, non ? À Edie, et au rétablissement de Josh.

Les autres ne paraissaient pas s'attendre à ça. Tim le chauve alla même jusqu'à rougir, comme si quelqu'un avait lâché une insulte. Les trois burent néanmoins une gorgée et Montgomery demanda à Nils :

— Comment va Josh, tu as des nouvelles ?

— Oui, j'ai eu Katya hier soir. Elle vous passe le bonjour. Elle était en pleurs. Il a tout le côté gauche paralysé et n'a plus aucune sensation à droite. La moelle épinière n'est pas sectionnée mais gravement endommagée. Ça porte un nom, ce qu'il a. C'est un syndrome.

— Merde, jura Montgomery.

— C'est horrible, commenta Tim.

— Mais il y a des chances que ça puisse s'améliorer, reprit Nils. Katya dit qu'il y a une chance.

Le fils de Nils, qui était resté assis le temps de vider son Coca d'un trait, se releva, cherchant quelque chose à faire. Il vit un pigeon picorer quelques miettes de chips sur une table vide et s'élança vers lui en agitant les bras. Une fois le pigeon envolé, Bram avisa l'épagneul endormi sous la table voisine et s'avança audacieusement vers les propriétaires.

— Je peux caresser votre chien ? demanda-t-il d'une voix forte.

— Je crois qu'il dort, répondit la dame.

Bram n'en tint pas compte. Il s'agenouilla et commença à embêter le chien qui se réveilla en sursaut, grogna et le mordit. Tout le monde s'agita subitement et le couple âgé, craignant sans doute qu'on accuse leur chien d'avoir arraché un morceau de chair au garçon, tenta de retenir l'épagneul pour convaincre Bram de le laisser tranquille. En vain. Nils buvait sa bière, aussi indifférent à l'agitation que Bram quand il avait ignoré l'agacement de Wally face à ses imitations de Drek. Les quatre hommes continuaient à bavarder, mais Strike et Barclay ne pouvaient plus les entendre parce que le couple, qui avait décidé de partir, le faisait très bruyamment. Le mari tenait fermement dans ses bras le chien qui jappait ; Bram, qui était aussi grand que le vieil homme, continuait de vouloir le caresser alors que le propriétaire se détournait et que sa femme répétait :

— Non, mon garçon, ne fais pas ça, s'il te plaît, arrête.

Quand ils s'éloignèrent enfin avec leur chien, Bram, tout sourire, revint à la table et dit à Wally, qui n'y prêta aucune attention :

— *Y sont partis les konarkos.*

Seb parlait à voix basse ; les trois autres l'écoutaient attentivement et Strike distinguait à peine ce qu'ils disaient :

— … au travail. Donc je les ai rappelés, évidemment, en disant que je pouvais volontiers les aider, mais je préférerais ne pas le faire au bureau. Donc ils ont dit O.K. et ils sont venus à l'appart samedi matin.

— Ils t'ont interrogé pendant combien de temps ? demanda Tim.

— Environ une heure.

— Je peux manger quelque chose ? Nils ? … Nils ? … Nils, je peux avoir un truc à… ?

Si Seb ne s'était pas arrêté de parler au moment où Bram les avait interrompus, Strike pressentait que son père ne l'aurait jamais écouté. Nils sortit de sa poche un billet froissé et le tendit à son fils, qui courut vers le pub.

— Donc ouais, reprit Seb, en gros ils m'ont dit qu'Edie – c'est complètement dingue – mais qu'elle pensait que j'étais Anomie.

— Que tu étais « Anomie » ? répéta Nils l'air surpris.

— Oui, ce fan qui a créé le jeu en ligne. Un jeu multijoueurs. Vous vous rappelez. Josh et Edie le détestaient.

— Je ne savais pas qu'il se faisait appeler Anomie, dit Nils. C'est étrange.

— À qui elle a bien pu dire ça, que tu étais Anomie ? demanda Tim.

— Ils n'ont pas précisé. Après, ils m'ont posé des tas de questions sur mes profils de réseaux sociaux.

— C'est pas sur les réseaux sociaux qu'elle a été poignardée, putain, commenta Wally. Je sais pas pourquoi ils restent bloqués là-dessus.

— C'est à cause d'un groupe néonazi, non ? intervint Seb. Ils doivent penser qu'Anomie en fait partie.

— Du coup, dit Tim, l'air anxieux, ils t'ont pris ton téléphone, ton disque dur, ou… ?

— Non, heureusement, répondit Seb. Non pas que je… enfin vous voyez ce que je veux dire. Personne ne veut que la police farfouille dans son disque dur, si ?

Les trois hommes secouèrent la tête et Tim éclata de rire.

— Non, ils ont posé plein de questions, je leur ai montré mon compte Twitter et je me suis connecté devant eux pour prouver que c'était moi, je leur ai montré ma page Instagram, et je leur ai dit : c'est tout, c'est tout ce que je fais sur les réseaux sociaux.

— Ils t'ont pas demandé où t'étais quand on les a…, commença Wally.

— Si, répondit Seb, ils ont demandé.

— Merde, c'est vrai ? demanda Tim.

Bram revint, accompagné d'un barman qui tenait un paquet de chips.

— Nils, dit ce dernier, je te l'ai déjà expliqué : on peut rien vendre à des mineurs dans le pub.

— Il veut seulement des chips, expliqua Nils.

— C'est un adulte qui doit les acheter, insista le barman.

Il posa le paquet et la monnaie sur la table avant de s'éloigner, son exaspération indiquant qu'ils avaient déjà eu cette conversation avant. Bram se rassit sur le banc en se dandinant, ouvrit son paquet de chips et grignota un moment en silence.

— Alors tu leur as donné, genre ton alibi ?

— Mon « alibi » ? répéta Seb sur un ton légèrement ironique comme si cela pouvait aider à dédramatiser le mot. Oui, je leur ai dit que j'avais rendez-vous avec des copains, sauf que je m'étais trompé dans le nom du pub.

— Oh, pas cool, mek ! s'exclama Wally.

Bram rit bruyamment.

— Je me suis rendu compte de mon erreur, et je suis allé les rejoindre. Rien de bien grave.

— Ils ont vérifié auprès de tes potes ? demanda Wally.

— Ouais.

— Bon sang ! lâcha Tim. Ils laissent rien au hasard.

— Vous parlez de la police ? brailla Bram.

Personne ne prêta attention à lui.

— Qu'est-ce qu'ils t'ont dit, Wal ? demanda Seb.

— J'sais plus, le même genre de conneries. Mais ça a duré plus d'une heure, par contre.

— Ils t'ont demandé si tu étais Anomie ?

— Nan, mais ils m'ont demandé si je savais qui c'était. Ensuite ils ont pas arrêté de me bassiner avec la Fraternité d'Ultima Thulé je sais pas quoi.

— Je croyais que le groupe s'appelait Le Halvening, intervint Seb.

— Ils en ont pas parlé, ils restaient bloqués sur cette Fraternité. Je leur ai dit : je fais pas partie de ce genre de trucs, j'ai l'air d'un moine ou quoi ? Ils m'ont posé des questions sur l'époque où j'ai été viré, et sur ce que je pensais des opinions politiques d'Edie.

— T'as répondu quoi ? demanda Tim.

— Que ses opinions, c'étaient que des conneries. Ils le savaient, de toute façon, répondit Wally avec un soupçon d'agressivité. Ils avaient vu mes vidéos. Je leur ai dit d'aller voir plutôt du côté de tous ces connards de gauchos. Ils voulaient sa mort. Allez chercher les fils de p…

Il s'interrompit trop tard et Bram rit.

— Il a l'habitude, commenta Nils sur un ton léger.

— *T'es un konarkos malpoli* ! dit Bram à Wally, de sa voix suraiguë de Drek.

— Enfin bref, reprit Wally, je leur ai dit : allez trouver ce mec qui écrit le blog du Justicier numérique. Vous avez vu ça ? demanda-t-il aux autres.

Ils secouèrent la tête.

— Ça te plairait à toi, dit Wally à Tim avec un air malicieux. Apparemment, The Worm est transphobe.

Tim afficha un sourire forcé.

— Ah ouais ?

— Carrément. Il est hermaphrodite, non ? Du coup, il se fout des gens non binaires. Évidemment.

— Et ils t'ont demandé ce que tu faisais cet après-midi-là ? demanda Seb.

— Ouais, je leur ai répondu que j'étais chez moi avec ma grand-mère et ma sœur. Ils les ont interrogées et elles ont confirmé. Et voilà.

— Ils ont voulu savoir quand t'avais vu Edie pour la dernière fois ?

— Ouais. J'ai répondu que je l'avais pas vue depuis que j'avais été viré, mais que je voyais encore Josh de temps en temps.

— Tu le vois ? demanda Tim, surpris.

— Ouais. On était potes avant ce putain de dessin animé. Et puis c'est pas lui qui voulait que je parte, hein ? C'était elle. Ils m'ont demandé quand j'avais vu Josh pour la dernière fois, et j'ai répondu au Nouvel An. On était à la même teuf.

— Ah ouais ? fit Tim.

— Ouais il était déchiré, expliqua Wally en riant. Il parlait de contrat de cinéma et des conneries comme ça.

— Katya a parlé du film, hier soir, intervint Nils.

— Ça peut plus se concrétiser maintenant, si ? demanda Seb. Si Josh est…

— Je pense que ça va se faire, affirma Nils.

Tim sortit son téléphone, consulta l'écran et ne parut pas ravi de ce qui s'affichait, puis le replaça dans sa poche. En même temps, Seb prit le sien et tapa rapidement quelque chose avant de le reposer. Strike jeta un coup d'œil au fil Twitter d'Anomie. Pas de nouvelle publication. Les deux détectives continuèrent de bavarder même si les quatre hommes et le garçon ne paraissaient ni s'intéresser à eux, ni s'inquiéter que quelqu'un puisse surprendre leur conversation.

— Et toi, Nils, ils t'ont demandé quoi ? demanda Tim. Pourquoi ils t'ont interrogé, d'ailleurs ?

— Ils savaient que Josh avait habité à North Grove pendant un mois avant leur agression.

— Il vivait là ? fit Wally.

Il paraissait aussi surpris que les deux autres.

— Oui. Il avait inondé son nouvel appart, et celui du dessous. Y a eu beaucoup de dégâts.

— Le con, répliqua Seb sans méchanceté.

— Du coup, on lui a dit qu'il pouvait reprendre son ancienne chambre, expliqua Nils. La police m'a demandé si Yasmin lui avait rendu visite et…

— Qui ça ? demanda Seb.

— Ah, tu la connais peut-être pas. Elle leur a donné un coup de main pendant un moment, à mi-temps. Elle gérait le courrier des fans, elle programmait les interviews et tout ça.

— Je me souviens d'elle, dit Wally. Une grosse, non ? Edie l'avait virée aussi.

— Oui. Enfin bref, Yasmin est venue voir Josh dans son nouvel appart, mais il y était pas, donc elle l'a retrouvé chez nous. Ils ont discuté et après ça, Josh s'était mis en tête qu'Edie était…

À ce moment-là, Bram, qui s'ennuyait, se releva et se mit à brailler à tue-tête des phrases de Drek. En cherchant autour de lui de quoi se divertir, son regard balaya la table de Strike et Barclay.

— *Drek il est tout keul et il s'ennuik ! Drek il est tout keul et il s'ennuik ! Drek il est tout keul et il s'ennuik !*

Ce vacarme recouvrait tout ce que racontait Nils. Cela ne dura que quelques minutes mais parut beaucoup plus long. Nils finit par s'interrompre, sortit son téléphone de la poche de son pantalon et le tendit sans un mot à Bram, qui l'attrapa, se rassit et se tut en lançant un jeu sur le portable.

— Bref, reprit Nils, Katya m'a dit que Josh avait apporté le dossier avec lui.

— Ils l'ont trouvé dans le cimetière ? demanda Seb.

— Non, répondit Nils. Ils pensent que l'agresseur l'a emporté. Et a piqué le téléphone de Josh.

— Merde, lâcha Seb.

— Et les flics, ils ont interrogé Pez ? demanda Wally.

Nils secoua la tête.

Tim sortit de nouveau son téléphone de sa veste et pianota quelque chose dessus. Strike vérifia le profil Twitter d'Anomie. Il était toujours inactif.

— Va falloir que je file, annonça Tim.

— On n'a même pas encore parlé de toi, protesta Wally.

— Je vous l'ai dit, ils m'ont pas contacté, rétorqua Tim en se levant. Je m'étais dit que s'ils vous avaient interrogés, c'est qu'ils devaient s'intéresser à tous ceux qui ont bossé sur *Sang d'encre*, mais apparemment ils avaient d'autres raisons de vous parler.

Cette idée semblait le rassurer lui-même.

— C'était cool de vous voir, en tout cas, poursuivit-il.

Il aperçut un taxi et ajouta :

— Je vais le prendre.

Il quitta la terrasse à petites foulées et agita la main pour arrêter le taxi.

Wally, Seb et Nils le regardèrent partir. Bram ne leva pas les yeux de son jeu.

Quand le taxi s'éloigna, Wally déclara :

— J'ai toujours trouvé que c'était un branleur, celui-là.

Seb gloussa. Wally consulta à son tour son téléphone et dit :

— Ouais, faut que je me casse aussi. Passe le bonjour à Mariam, Nils. Dis-lui au moins que j'ai pas déclenché d'incendie.

Nils parut comprendre le message. Il sourit et serra la main de Wally.

— Seb, tu reprends le métro ?

— Non, je vais prendre un taxi, moi aussi.

— O.K., bon ben à plus.

Wally s'éloigna d'un pas rapide en direction de la station de métro. Barclay lui laissa une longueur d'avance avant de tendre la main à Strike, qui la serra.

— Ravi de vous avoir rencontré, dit Barclay d'une voix basse. Mais vous ne ressemblez pas du tout à votre photo.

— Pour tout dire, c'était une photo de mon cul, répliqua Strike.

L'Écossais partit en souriant, laissant Strike seul à table.

Seb était reparti à pianoter sur son téléphone. Strike consulta le sien : Anomie n'avait pas tweeté.

— Bon, je vais y aller aussi, annonça Seb qui vida le reste de sa bière, visiblement pressé de s'éclipser. Sympa de t'avoir vu, Nils.

— On va t'accompagner, suggéra Nils.

L'autre ne sembla pas particulièrement apprécier la proposition.

Strike les laissa s'éloigner avant de se lever, dans l'intention de suivre Seb jusqu'à ce qu'il saute dans son taxi.

Celui-ci en héla un au niveau du petit rond-point tout proche du pub, laissant Nils et Bram continuer sur Hampstead Lane. Bram jouait toujours sur le téléphone de son père, heurtant régulièrement des lampadaires, des murs ou des gens. Strike fit une pause sur le trottoir pour allumer une cigarette. C'était seulement le milieu d'après-midi ; il avait du temps à tuer avant son rendez-vous avec

Madeline dans la soirée, peut-être même pouvait-il repasser par chez lui pour prendre une douche et se changer, un luxe qu'il ne pouvait pas s'offrir très souvent. Il avait l'intention de finir sa cigarette avant d'arrêter lui aussi un taxi, quand ses yeux tombèrent sur une jeune femme entièrement vêtue de noir qui se hâtait sur le trottoir opposé, téléphone collé à l'oreille, regardant tout autour d'elle d'un air désespéré.

22

... une enfant chétive
Ses yeux cernés au regard précocement acéré.

Christina Rossetti,
Behold, I Stand At the Door and Knock

La détresse de la jeune femme était si évidente que cela retint l'attention de Strike. Petite – peut-être à peine un mètre cinquante – mince voire maigre. Il remarqua de là où il était ses clavicules saillantes. Ses cheveux, qui lui arrivaient à la taille, étaient teints d'un noir aux reflets bleutés et ses yeux maquillés d'un épais trait de khôl ressortaient sur sa peau très pâle. Strike lui donnait au moins dix-huit ans, malgré sa taille et son absence de poitrine, parce qu'elle portait une série de tatouages noirs sur le bras gauche. Son débardeur fin, sa longue jupe et ses bottines plates paraissaient vieux et bas de gamme.

Manifestement, la personne qu'elle tentait de joindre ne répondait pas. Elle ne cessait d'appuyer sur l'écran du bout de l'index avant de porter de nouveau le téléphone à son oreille, tout en continuant de scruter la rue dans tous les sens. Elle finit par se diriger d'un pas rapide vers le pub que Strike venait de quitter.

Pivotant sur ses talons, cigarette à la main, Strike la suivit depuis le trottoir opposé. Quand il fut presque arrivé au niveau du Red Lion and Sun, la jeune fille traversa la rue en courant, le téléphone toujours collé à l'oreille. Strike ralentit, la vit passer en revue les tables où quelques clients étaient installés, avant de s'engouffrer dans le pub. Quand elle passa devant Strike, il aperçut son visage de plus près. Ses dents paraissaient immenses dans ce visage émacié et, avec un léger frisson de surprise, il reconnut l'un des tatouages sur son bras : Harty, le héros de *Sang d'encre*.

Résolument intrigué à présent, Strike attendit sur le trottoir parce qu'il pressentait que la personne que cette jeune fille recherchait ne se trouvait pas dans le pub. Il avait vu juste : elle ressortit moins d'une minute plus tard, toujours au téléphone même si elle ne parlait pas. Elle hésita quelques secondes devant la sortie tandis que Strike feignait de s'affairer sur son portable, puis elle s'éloigna du pub plus lentement, comme si elle ne savait plus vraiment où aller. Elle continuait néanmoins à vouloir joindre quelqu'un au téléphone et Strike en déduisit qu'elle tombait toujours sur la messagerie, car elle baissait ensuite son portable pour appuyer, supposait-il, sur « Rappeler », et recommencer.

Strike continua de la suivre à une vingtaine de mètres. Elle portait de nombreux bracelets argentés de pacotille qui tintaient à ses poignets. Ses omoplates étaient aussi saillantes que ses clavicules. Elle était tellement maigre que Strike aurait pu faire le tour de son bras d'une seule main. Il se demanda si elle était anorexique.

Tandis qu'il la suivait dans Highgate High Street, il sentit son portable vibrer dans sa poche. Il le sortit.

— Strike.

— Oui, bonjour, dit une femme à la voix nerveuse et à l'accent classe moyenne. Ici Katya Upcott.

— Ah, merci de me rappeler, Mrs. Upcott, dit Strike tout en continuant de suivre la jeune fille vêtue de noir.

Elle était tellement petite que, du haut de son mètre quatre-vingt-dix, Strike craignait d'avoir l'air d'un pervers, si bien qu'il se tenait en retrait.

— Je suis vraiment désolée. Inigo avait noté vos coordonnées sur un carnet, mais il s'était trompé dans un numéro et je n'arrêtais pas de tomber sur une pauvre dame qui a fini par s'énerver. J'ai donc appelé votre agence à l'instant, et un monsieur très aimable prénommé Pat m'a donné le bon numéro.

Cette remarque fit sourire Strike, qui répondit :

— C'est très gentil à vous de vous être donné tout ce mal. J'imagine que vous savez pourquoi je vous ai contactée ?

— Au sujet d'Anomie, oui. Je suis ravie qu'Allan et Richard aient fait appel à vous. J'espère vraiment que vous pourrez trouver de qui il s'agit. Josh, reprit-elle sur un ton légèrement plus aigu au moment de prononcer son nom, est bouleversé. Je sais qu'ils vous en ont parlé. C'est un horrible malentendu.

Strike avait l'impression qu'elle était au bord des larmes.

— On est tous les deux tellement contents que ce soit vous qui vous occupiez de l'affaire, dit-elle. J'ai lu à Josh un article de journal sur vous.

— On va faire de notre mieux, je peux vous l'assurer, affirma Strike. À ce propos, comment va Josh ?

— Il est…, commença-t-elle avant de craquer. Je suis désolée. C'est tellement dur. Il est vraiment très courageux. Il est paralysé. Ils appellent ça le syndrome de Brown-Séquard. Il ne peut pas du tout bouger d'un côté, et il a perdu toutes ses sensations de l'autre. Ils disent qu'avec ce type de paralysie l'état peut s'améliorer, et j'essaie, on essaie tous d'être positifs. Il a envie de vous rencontrer. Il a réussi à me le dire, cet après-midi, mais les médecins préféreraient qu'il ne s'agite pas trop à ce stade, parce qu'il a du mal à s'exprimer et que parler lui provoque une telle agitation et une si grande émotion que…

Elle prit une brève inspiration et Strike l'entendit étouffer un sanglot. Il devina qu'elle avait posé la main sur le téléphone.

Devant lui, la jeune femme en noir avait bifurqué dans un parc. Il continua de la suivre.

— Désolée, s'excusa Katya Upcott dans le combiné.

— Je vous en prie, ne vous excusez pas. C'est une situation terrible.

— Oh oui, confirma-t-elle comme s'il venait de formuler une remarque profondément perspicace que personne avant lui n'avait jamais faite. Vraiment. Il… il se sent tellement mal pour Edie, et de l'avoir accusée d'être Anomie. Je… Il m'a dicté une lettre pour que je la mettre dans son… dans son cercueil. Il lui a demandé pardon, il lui a dit… à quel point elle comptait pour lui. Il a vingt-cinq ans ! sanglota-t-elle.

Elle ne donna pas d'explication, mais Strike comprit ce qu'elle voulait dire. Le jeune homme qui avait péri dans l'explosion au cours de laquelle Strike avait perdu une jambe avait le même âge que Josh Blay.

— Désolée, désolée, répéta Katya qui tentait de se reprendre. Je lui rends visite tous les jours. Il n'a pas grand monde autour de lui. Son père est un alcoolique fini et ses amis… disons qu'à leur âge, ce qui est arrivé leur fait peur. De toute façon, les médecins préfèrent qu'il garde son calme, en ce moment.

— Bien sûr, et je ne veux surtout pas l'embêter tant qu'ils ne le jugent pas en état. En revanche, j'aimerais beaucoup vous parler, puisque vous avez connu Josh et Edie dès les débuts de *Sang d'encre*. J'aimerais savoir qui était proche d'eux, parce que, comme vous le savez, Anomie connaît beaucoup d'informations sur la vie personnelle d'Edie.

La jeune fille qu'il suivait avançait dans l'allée pavée qui traversait le milieu du parc, toujours au téléphone.

— Bien sûr, oui, je ferai tout pour vous aider, dit Katya. Edie a pas mal bougé avant de s'installer à North Grove. Elle avait eu beaucoup de colocataires avant, et travaillé avec une foule de gens. Mais je ferai le maximum pour vous aider. Je l'ai promis à Josh.

— Est-ce qu'on pourrait se voir la semaine prochaine ? proposa Strike.

— Oui, la semaine prochaine, c'est possible mais, j'imagine qu'Allan vous l'a expliqué, je travaille chez moi. Est-ce qu'on pourrait plutôt se rencontrer dans un café ? Mon mari est malade, voyez-vous, et je préfère ne pas le déranger.

— Sans aucun problème, répondit Strike. Dans quel secteur ?

— On habite à Hampstead. Est-ce que ça vous ferait trop loin ?

— Non, pas du tout. Je serai dans le quartier jeudi prochain pour m'entretenir avec Phillip Ormond. Vous savez… ?

— Oui, je sais qui est Phillip.

— Je dois le voir à dix-huit heures, dans un pub proche de l'école où il travaille. Peut-être qu'on pourrait se retrouver un peu plus tôt dans l'après-midi ?

— Jeudi, jeudi…, dit Katya.

Il entendit un bruit de pages qu'on tourne et supposa que Katya faisait partie de cette espèce de plus en plus rare : celle des gens qui possédaient un agenda papier.

— Oui, jeudi ça devrait être possible. En général, je rends visite à Josh tous les après-midi, mais je sais qu'il préférerait que je vous voie en priorité.

Ils convinrent d'un horaire et d'un café à Hampstead puis, d'une voix légèrement rauque à présent, Katya le remercia une nouvelle fois d'avoir accepté cette affaire, et raccrocha.

Devant Strike, la jeune fille continuait de marcher en essayant de joindre quelqu'un au téléphone. Strike vérifia de nouveau le compte Twitter d'Anomie. Aucune nouvelle publication.

L'extrémité de sa jambe amputée commençait à le démanger, en dépit du gel qu'il appliquait entre le moignon et la prothèse. Il n'avait pas anticipé qu'il marcherait autant, cet après-midi. Strike restait concentré sur le bras gauche de la jeune fille, avec ses tatouages sophistiqués. Ils avaient dû lui coûter une petite somme, mais si elle avait des centaines de livres sterling à dépenser en tatouages, pourquoi portait-elle des vêtements aussi élimés et bon marché ?

Tout à coup, la jeune fille s'arrêta. Elle parlait enfin à quelqu'un à l'autre bout du fil, l'air extrêmement agité. Elle quitta l'allée pour se laisser tomber sur un banc, tête baissée, une main sur les yeux. Feignant d'être concentré sur son téléphone, Strike traversa la pelouse, un type de terrain toujours difficile à appréhender avec sa prothèse. Il approcha, l'air de rien, du banc où elle était assise jusqu'à pouvoir entendre sa conversation.

— Mais pourquoi tu pouvais pas me le dire, juste me le dire ? demandait-elle avec un fort accent du Yorkshire que Strike n'aurait pas soupçonné. Tu penses que ça m'a fait quoi quand t'as dit que tu devais voir Nils ?

Un long silence s'ensuivit, durant lequel son interlocuteur lui parlait, manifestement.

— Oui mais pourquoi ? répéta la fille.

Sa voix se brisa, mais contrairement à Katya, elle n'essaya pas de le camoufler.

— Pourquoi ?

Il y eut de nouveau un long silence. Ses fines épaules tremblaient et elle reniflait bruyamment. Un jeune homme, capuche de sweat sur la tête, passa sans un regard de compassion pour elle.

— Oui, mais pourquoi je pouvais pas venir aussi, dans ce cas ? … Mais ils avaient pas besoin de savoir… Pourquoi ça ?

Il y eut une nouvelle pause, puis elle explosa :

— Mais tu veux que je dise que tu étais avec moi quand ça t'arrange, c'est ça ?

Elle bondit sur ses pieds et se remit à marcher, plus rapidement qu'avant. Strike lui emboîta le pas, perdant du terrain parce qu'il dut traverser la pelouse pour regagner l'allée. Elle vociférait en gesticulant à présent, agitant son bras gauche. Il savait qu'elle devait pleurer, à cause des regards curieux des passants qui la croisaient.

Elle approchait de la sortie du parc et Strike prit alors conscience qu'ils jouxtaient le cimetière de Highgate. De là où il se trouvait, il apercevait des tombes à travers les arbres, sur sa gauche. Sa cible sortit et prit à gauche dans la rue qui descendait, puis, tandis qu'il se rapprochait d'elle, il put saisir des fragments de conversation, elle était tellement bouleversée qu'elle semblait ne pas se soucier qu'on l'entende.

— Je voulais pas dire… J'ai jamais menacé… Mais pourquoi ?… juste des excuses… Je travaille ce soir… Mais pourquoi ?

Manifestement, son interlocuteur avait raccroché. Elle s'arrêta au niveau de l'imposante maison de gardien néogothique située à l'entrée du cimetière, et Strike ralentit à son tour, feignant encore de s'intéresser à son téléphone. La jeune fille s'essuya les yeux sur son avant-bras d'un geste enfantin ; la voyant hésitante, le regard fixé sur l'entrée droite du cimetière, et de nouveau de profil, il songea que son visage creusé et pâle, ses dents trop saillantes lui donnaient l'air d'une tête de mort. Les longs cheveux teints en noir, le bras tatoué et les vêtements bon marché collaient curieusement avec la scène : elle était à la fois moderne et gothique victorienne, semblable à une enfant en deuil dans sa longue jupe noire, scrutant les tombes. Tout en faisant mine d'écrire un texto, Strike prit en douce plusieurs photos d'elle contemplant le cimetière, avant qu'elle ne se remette en route.

Il la suivit pendant encore vingt-cinq minutes jusqu'à Junction Road, une longue rue encombrée de circulation. Elle poursuivit son chemin, passant devant magasins et bureaux, avant de bifurquer enfin dans Brookside Lane pour disparaître derrière une porte latérale dont Strike devina qu'elle menait à l'étage d'une boutique en coin, aux proportions atypiques. Les vitrines étaient crasseuses. Le panneau d'un agent immobilier était placardé sur l'une d'elles.

Il prit des photos du lieu avant de se détourner pour monter dans un taxi. L'extrémité de son moignon le faisait beaucoup souffrir à présent, et il décida d'aller manger un burger plutôt que de rentrer chez lui se changer, dans l'éventualité très probable que le bar choisi par Madeline ne proposerait guère que des cacahuètes épicées en guise de repas.

Il mit dix minutes à trouver un fast-food. Il s'assit en poussant un soupir de soulagement quand il sentit s'alléger le poids sur sa prothèse, puis mordit dans son cheeseburger avant d'essayer pour la énième fois de créer un compte sur *Drek's Game*. Comme cela s'était passé chaque fois, le petit cœur noir animé apparut, souriant et haussant les épaules, lui proposant de réessayer.

Strike croqua une deuxième bouchée de son cheeseburger, puis se connecta à Twitter pour voir si Anomie avait quelque chose à dire.

Le tweet apparut pendant que Strike mangeait ses frites.

Anomie @AnomieGamemaster

Si dieu veut qu'on soit compatissants, pourquoi il rend les gens qui pleurent aussi moches ?

17 h 14 9 avril 2015

23

Il n'y a ni juste ni faux ;
Rien qu'une odieuse mascarade
Où dansent toutes choses…

Amy LEVY,
Magdalene

Tchat interne entre six des huit modérateurs de *Drek's Game*

<Canal des modérateurs>

<9 avril 2015 19 h 32>

<Présents : Hartella, Demony1, Worm28>

Hartella : LordDrek est dans le coin ?

Demony1 : je l'ai pas vu pourquoi ?

Hartella : comme ça

Demony1 : Anomie laisse toujours pas entrer de nouveaux ?

Hartella : non

<Morehouse a rejoint le canal>

Morehouse : Pas d'Anomie ?

Hartella : il était là y a une demi-heure mais il a disparu

Morehouse : ouais. Il était au téléphone avec moi

Demony1 : wow, c'est comme d'avoir le 06 de Dieu

Worm28 : lol

Morehouse : LordDrek et Vilepechora sont là ?

Hartella : je les ai pas vus aujourd'hui. Pourquoi ?

Morehouse : parce que j'en ai marre d'attendre qu'Anomie les mette dehors

Hartella : Morehouse, ils font pas partie du Halvening, j'arrête pas de le répéter !

Worm28 : ils pourraeint

Hartella : t'es bête

<Worm28 a quitté le canal>

Demony1 : Hartella, arrête de lui dire qu'elle est bête !

Demony1 : elle est vraiment pas sûre de son orthographe et tout

<Paperwhite a rejoint le canal>

Demony1 : pas trop tôt

<Un nouveau canal privé a ouvert>

<Anomie invite Morehouse>

<9 avril 2015 19 h 35>

<Morehouse a rejoint le canal>

Anomie : je te l'ai dit la dernière fois putain. M'appelle plus jamais chez moi

Morehouse : tu veux pas m'en parler ici, donc j'ai appelé

Demony1 : je pouvais pas partir avant que t'arrives, ordre d'Anomie

Demony1 : c'est pas parce que t'es la chouchoute de Morehouse que tu peux faire ce que tu veux

<Demony1 a quitté le canal>

Paperwhite : quoi ?

Hartella : fais pas attention à lui. Il est jaloux

Paperwhite : pourquoi ?

Hartella : parce que toi et Morehouse vous êtes proches. Ça lui plaît pas. Je suis presque sûre qu'il est gay

Paperwhite : je savais pas

Hartella : et Worm28 est partie aussi. Elle est super susceptible

Paperwhite : on a tous nos faiblesses

Hartella : je sais, mais elle est ridicule. Elle a intérêt à revenir. Faut que je parte à 9 h

Hartella : d'ailleurs, tu peux peut-être raisonner Morehouse

Paperwhite : à quel sujet ?

Morehouse : et si tu continues de refuser d'en parler ici, je recommencerai

Anomie : tu peux pas m'appeler sur le fixe putain. Tu peux pas faire ça

Morehouse : j'étais dans une cabine. T'es parano !

Anomie : ouais, une cabine à C********

Morehouse : on peut laisser tomber ces enfantillages sur ******* ?

Anomie : tu veux quoi ? Je t'ai dit que je vérifierais pour LordDrek et Vilepechora. J'ai pas fini

Morehouse : ça fait des semaines

Anomie : et ça prend des semaines. Ils sont clean. Si j'avais trouvé un truc, ils seraient virés

Morehouse : tu t'attends à trouver quoi, une capuche du KKK ?

Anomie : écoute, je peux pas les virer sans preuve

\>

\>

\>

Hartella : LordDrek et Vilepechora

Hartella : ils pensent que c'est des terroristes nazis

Paperwhite : tu penses que c'est pas vrai ?

Hartella : je sais que ça se peut pas, ok ?

Paperwhite : comment tu sais ?

Hartella : par des conversations que j'ai eues avec eux

>

Paperwhite : attends, tu les connais ?

Hartella : bien sûr que non

<Worm28 a rejoint le canal>

Paperwhite : salut Worm x

Worm28 : salut Paperwhite

Hartella : Worm, je voulais pas te blesser tout à l'heure

Worm28 : ok mais j'en ai marre des gens qui disent que je suis bete ou abrutie

Hartella : je t'ai jamais dit que t'étais abrutie

Morehouse : mon cul. Tu sais que je l'ai toujours trouvé louche, Vilepechora

>

Anomie : ils l'ont pas tuée, ok ?

Morehouse : et comment tu peux en être aussi sûr ?

Anomie : je le sais. Je sais qu'ils étaient pas à Highgate ce soir-là

Morehouse : putain, tu les connais ?

Anomie : non, ce serait une infraction à la règle 14

Morehouse : oublie la règle 14 bordel, on parle d'un meurtre

Morehouse : ce qu'ils ont fait, convaincre les autres que tu étais Ledwell, c'est du Halvening tout craché

Anomie : si je découvre qu'ils font partie du Halvening, je les vire

Morehouse : tu le promets ?

Anomie : tu veux quoi, que je crache par terre en levant la main ?

Anomie : j'ai dit que j'allais vérifier

Worm28 : pas toi, Vilepechoro

Worm28 : je peux pas l ‘ ecrire

Worm28 : et il me reprend toujours sur ma ponctuation aussi

Hartella : il le pense pas

Hartella : c’est juste une blague

Paperwhite : c’est pas très drôle

Worm28 : non

Hartella : bon, faut que j’y aille

Hartella : à demain

<Hartella a quitté le canal>

Paperwhite : ça va, Worm ?

Worm28 : oui

Worm28 : merci

>

Paperwhite : si ça peut te rassurer, t’es pas le seul à avoir des pbs avec certains modés. Demony1 me déteste

Worm28 : non, pas vraiment

>

>

>

Anomie : mais c’est des bons modés, même si c’est des nazis

Morehouse : c’est censé être drôle ?

Anomie : un peu ouais

Morehouse : j’ai l’impression que t’as une raison pour les garder et que tu me le dis pas

Anomie : genre quoi ?

Morehouse : vous êtes peut-être tous du Halvening ?

Anomie : va te faire foutre. Je bois pas à la santé d’Odin dans une corne ou ces conneries-là

Morehouse : qui fait ça ?

Anomie : le Halvening, j’imagine. Des runes nordiques et tout

>

Morehouse : t’es bien informé

Anomie : je l’ai lu dans le Times comme tout le monde

Anomie : de toute façon, t’es mal placé pour me faire la morale

Worm28 : lui et Morehouse étaient vraiment amis mais ils se sont disputes

Paperwhite : quand ?

Worm28 : juste avant que tu deviennes modé

Worm28 : je sais pas pourquoi

>

Paperwhite : j'arrive pas à imaginer Morehouse se disputer avec qqn

Worm28 : il peut etre dur quand il a besoin

Worm28 : il est vraiment pas content que LordDrek et Vile soient toujours là

>

Paperwhite : ouais je sais

Anomie : on fait des cachotteries dans le dos du patron ?

Paperwhite : non, on discute

>

>

>

>

Morehouse : Paperwhite, je peux te parler ?

Morehouse : c'est-à-dire ?

Anomie : tu te branles devant les photos nues de Paperwhite

Anomie : quand on a créé le jeu, on était d'accord là-dessus

Morehouse : comment tu sais qu'elle m'a envoyé des photos ?

Morehouse : t'espionnes les canaux privés ?

Anomie : non

Anomie : elle m'a envoyé une photo pour toi par erreur

>

>

>

Morehouse : je te crois pas

Anomie : demande-lui

Morehouse : je vais le faire

<Morehouse a quitté le canal>

<Anomie a quitté le canal>

<Le canal privé est fermé>

Paperwhite : oui bien sûr

Anomie : lol

Worm28 : il se passe quoi ?

Anomie : querelle d'amoureux

<Hartella a rejoint le canal>

Anomie : je me demandais où t'étais

Hartella : désolée, je me suis trompée d'heure. J'ai encore une heure avant de partir

Anomie : je croyais que Worm était la seule modé spéciale ici

<Worm28 a quitté le canal>

Hartella : oh franchement Anomie, elle vient juste de revenir, je l'avais vexée sans le vouloir !

Anomie : elle va revenir, elle est censée modérer

Anomie : je reviens dans 1 min pour voir et si elle est pas là, ça va chier

<Anomie a quitté le canal>

>

>

>

<Un nouveau canal privé a ouvert>

<9 avril 2015 20 h 04>

<Morehouse invite Paperwhite>

Morehouse : faut que je te demande un truc

Paperwhite : tu me fais peur. Quoi ?

Morehouse : Anomie prétend que tu lui as envoyé une photo pour moi, par erreur

Paperwhite : oh merde

Morehouse : c'est vrai ?

Paperwhite : oui

>

>

>

>

>

>

>

Paperwhite : je t'en ai pas parlé parce que j'avais peur que tu te fâches

>

>

>

Hartella : Paperwhite ?

>

Hartella : je peux pas modérer toute seule, ça rame à Wombwell

>

Paperwhite : j'arrive

>

>

>

>

Hartella : Paperwhite j'ai besoin de toi !

>

>

>

Paperwhite : j'arrive je te dis !

>

>

>

>

>

Paperwhite : où est Worm ?

Hartella : partie

Morehouse : merde

>

Paperwhite : Morehouse, je suis désolée, mais c'était pas une photo cochonne ni rien

Paperwhite : j'ai été obligée de dire que c'était pas pour lui

Paperwhite : j'aurais dû faire plus attention, je sais

Paperwhite : je suis vraiment vraiment désolée

Morehouse : ça va

Paperwhite : non ça va pas, maintenant il sait qu'on respecte pas la règle 14

>

Paperwhite : tu penses qu'il va me virer ?

Morehouse : il peut pas te virer sans me consulter, je suis co-créateur tu te rappelles ?

Morehouse : je voulais pas qu'Anomie soit au courant parce qu'il manipule les gens. Il veut tout contrôler. Il aime pas que les gens aient des contacts sans lui. Soit tu fayottes comme Hartella soit t'es viré. Si je suis encore là c'est parce qu'il a besoin de moi

Hartella : Anomie l'a vexée

>

>

>

>

>

>

>

>

>

>

>

>

Paperwhite : ok, tu veux que j'aille où ?

Hartella : ça rame à Wombwell

Paperwhite : je vois ça

>

<Worm28 a rejoint le canal>

Hartella : ouf, Anomie va bientôt revenir vérifier que t'es là, Worm

Worm28 : j ' en ai marre que tout le monde se moque de moi

Paperwhite : je suis désolée Morehouse

Morehouse : c'est bon

Morehouse : c'était quelle photo ?

Paperwhite : celle avec la chemise rose

Morehouse : putain t'avais dit pas une photo cochonne ?!

Paperwhite : on voit pas mes seins

Morehouse : lol c'est ça la définition ?

Paperwhite : oui

Paperwhite : ça et le pubis

Morehouse : lol

Paperwhite : bb, faut que j'aille modérer sinon Anomie va me faire chier

Morehouse : ok xxx

Paperwhite : *envoie des bisous*

<Morehouse a quitté le canal>

<Paperwhite a quitté le canal>

<Le canal privé est fermé>

Hartella : personne se moque de toi, viens nous aider à Wombwell ou on va tous être dans la merde

Morehouse : du calme je peux aider aussi

<Anomie a rejoint le canal>

Anomie : bien, tout le monde est là

Anomie : sinon ça aurait chié

Morehouse : on adore tes discours d'encouragement

Anomie : oderint dum mentuant

>

>

>

>

>

Anomie : Hartella, exclus ce connard Encre501

Hartella : pourquoi ?

Anomie : il arrête pas de demander aux gens ce qu'ils savent sur moi

Hartella : ok
>

>

>

<Un nouveau canal privé a ouvert>

<9 avril 2015 20 h 08>

<Anomie invite Morehouse>

Anomie : alors ?

<Morehouse a rejoint le canal>

Morehouse : alors quoi ?

>

>

Anomie : t'as checké avec Paperwhite pour la photo ?

Morehouse : oui

Morehouse : ok tu mentais pas

Hartella : c'est fait

Anomie : bien

Hartella : Anomie, il y a du nouveau sur Maverick et le film ?

Anomie : pourquoi je saurais ?

Hartella : parce que tu sais toujours tout avant tout le monde

Anomie : lol. C'est vrai.

Hartella : alors ils vont le faire ou quoi ?

>

>

>

>

>

>

>

>

>

>

Anomie : je révèlerai ce que je sais sur Twitter en temps voulu

Anomie : donc tu pourras pas annoncer la nouvelle avant moi

Anomie : beaux nichons, je te l'accorde

Morehouse : va te faire foutre

>

>

Anomie : t'es sûr que c'est vraiment elle sur la photo ?

Morehouse : oui

Anomie : comment ? t'as tchatté avec elle par vidéo aussi ?

Morehouse : ça te regarde pas

Anomie : donc c'est non

Morehouse : qu'est-ce que ça peut te faire ?

Anomie : je m'en fous, mek. Je m'inquiète juste pour toi. Tu lui fais confiance ?

Morehouse : pourquoi, je devrais pas ?

Anomie : c'est le jeu, non ?

Anomie : personne n'est ce qu'il prétend être, dans le jeu

Morehouse : parle pour toi

Anomie : je parle pour nous deux

Anomie : ou bien tu lui as aussi envoyé des photos de toi ?

Hartella : c'est pas pour ça que je demandais !

>

Anomie : tu me pardonneras si je te fais pas entièrement confiance, vu certains événements récents, Hartella

Anomie : je préfère ne pas me fier à des gens qui me cachent des choses

Anomie : et avant qu'on me dise que moi aussi je cache mon identité, c'est un autre sujet. Splendide mendax, telle est ma devise

Worm28 : ça veut dire quoi ?

Anomie : « mensonger pour de nobles raisons »

Anomie : c'est assez drôle, parce que ça s'applique aussi à mon co-créateur

<Morehouse a quitté le canal>

Morehouse : va te faire foutre

<Morehouse a quitté le canal>

>

>

<Anomie a quitté le canal>

<Le canal privé est fermé>

24

Une envie silencieuse nourrie de l'intérieur,
Un mécontentement égoïste, aigri
Fier, le péché du diable.

Christina ROSSETTI,
The Lowest Room

Robin passa la matinée suivante à surveiller l'appartement de Fingers à Sloane Square, heureuse, par cette journée douce et ensoleillée, de pouvoir porter la robe bleue qu'elle avait mise pour sa soirée au Ritz. Ce soir-là, elle allait dîner dans un restaurant chic à dix minutes du bureau de Denmark Street, avec l'avocate Ilsa Herbert.

Ilsa, qui avait fréquenté la même école primaire que Strike, avait épousé l'un des camarades de classe du détective, Nick, originaire de Londres. Robin était devenue proche d'eux elle aussi, parce qu'ils l'avaient hébergée pendant un mois quand elle avait quitté son mari. Cela faisait un moment qu'elle n'avait pas vu Ilsa, et ce soir, elles allaient fêter deux événements : le bail que Robin espérait signer bientôt (elle aurait préféré signer avant et, légèrement superstitieuse, priait pour que cela ne gâche pas tout), et une affaire difficile qu'Ilsa avait gagnée alors qu'elle pensait la perdre. C'était Ilsa qui avait fait le choix du restaurant de ce soir, Bob Bob Ricard, parce qu'elle avait toujours voulu le tester. Ils proposaient de la cuisine anglo-russe et chaque box possédait un bouton pour commander le champagne, boisson qu'ils servaient en plus grande quantité que tout autre établissement du pays.

Fingers finit par quitter son appartement aux alentours de midi, vêtu intégralement en Armani, et parcourut à pied la courte distance jusqu'à The Botanist, un restaurant qu'il fréquentait de la même manière que Robin et Strike déjeunaient parfois rapidement au kebab du coin. Heureusement, sa robe bleue ne détonnait pas avec celles des jeunes femmes qu'elle voyait entrer et sortir du restaurant. Elle resta à proximité de l'entrée jusqu'à 14 heures, moment où Midge apparut pour la relayer, ponctuelle comme toujours, équipée d'une paire de Ray-Ban, d'un jean et d'une veste en cuir.

— Il est toujours en train de déjeuner, l'informa Robin.

— Quelle feignasse, commenta Midge.

Robin la quitta pour prendre la direction du bureau, où elle avait l'intention de continuer à éplucher le compte Twitter d'Anomie en quête d'informations personnelles.

Quand Robin eut gravi l'escalier en métal qu'elle connaissait bien, et qui tournait autour de la cage d'ascenseur hors service depuis ses premiers jours à l'agence, seule Pat était présente.

— Il vient d'appeler, annonça Pat en pianotant sur son clavier, sa cigarette électronique à la bouche comme d'habitude.

Robin comprit qu'elle parlait de Strike, dont elle mentionnait rarement le nom. Avec le temps, cette habitude était presque devenue une marque d'affection.

— Qu'est-ce qu'il voulait ? demanda Robin en ôtant son imperméable.

— Il dit qu'il vous a envoyé un email avec des photos, et voulait savoir si vous auriez le temps d'en discuter à son retour à seize heures trente. Et vous avez eu un message d'Adam Labrosse.

— Pardon ? fit Robin en se retournant vers Pat.

— Il a demandé à ce que je vous transfère l'appel. Mais comme je ne savais pas qui c'était, j'ai répondu que vous étiez occupée. Il vous demande de le rappeler.

— D'accord, eh bien je serai toujours occupée si Adam Labrosse appelle.

Pat parut intriguée.

— Des amis ont essayé de me caser avec lui, expliqua Robin en approchant de la bouilloire. Je ne suis pas intéressée, et je pensais qu'il avait fini par le comprendre.

— Plus la merde pue, plus elle colle à la godasse, commenta Pat sur un ton laconique.

Après avoir préparé un café pour elles deux, Robin se dirigea vers l'autre bureau pour lire l'email de Strike.

« Quelques éléments tirés de la surveillance d'hier.

Montgomery, Cardew et Tim Ashcroft se sont retrouvés dans un pub de Highgate pour parler des agressions. Un certain Nils les a rejoints, et ils attendaient un certain Pez qui n'est jamais arrivé.

J'ai identifié Nils grâce à Internet. Il s'agit de Nils de Jong, le propriétaire néerlandais du collectif artistique de North Grove. Tim Ashcroft était rouquin avant mais il est quasiment chauve aujourd'hui. C'est l'ami d'Edie qui a fait la voix de The Worm dans le dessin animé, et il est actuellement membre d'une compagnie théâtrale qui va dans les écoles pour donner des représentations et animer des ateliers. La troupe s'appelle les Roving School Players.

Je ne sais pas qui est Pez, je continue de chercher.

Également présent : Bram, le fils de Nils, qui est immense et insupportable.

Éléments intéressants :

– De Jong, Cardew et Montgomery ont tous les trois été entendus par la police. Cardew et Montgomery ont donné des alibis pour l'heure des agressions : Montgomery était soi-disant au pub avec des amis et Cardew chez lui avec sa sœur et sa grand-mère.

– D'après ce que j'ai trouvé en ligne, Ashcroft, qui n'a pas été entendu par la police, est célibataire et vit avec ses parents à Colchester quand il n'est pas en tournée avec sa troupe. Aucun signe de compétences quelconques en informatique ou en design.

– La police a demandé à Cardew s'il appartenait à une certaine « fraternité ». Montgomery s'est interrogé là-dessus et a dit que ce groupe d'extrême droite s'appelait « Le Halvening ». Il me semble avoir lu ou entendu quelque chose au sujet d'une fraternité récemment, mais je ne me rappelle pas où. Est-ce que tu es tombée sur des infos qui feraient le lien avec Cardew ou le dessin animé ?

– Blay est retourné vivre à North Grove pendant un mois avant d'être agressé, parce qu'il avait inondé son appartement (adresse inconnue).

– Pendant ce mois à North Grove, Blay a reçu la visite d'une certaine Yasmin (pas de nom de famille), qui avait travaillé pour Blay et Ledwell. Elle gérait le courrier des fans. D'après Cardew, elle est grosse et Ledwell l'aurait virée.

– C'est Yasmin qui aurait incité Blay à croire que Ledwell était Anomie et il semble probable qu'elle soit la source de ce dossier de « preuves ».

– Blay est parti pour le cimetière avec le dossier, qui n'a pas été retrouvé. On présume que le tueur l'a pris.

– Le tueur aurait également emporté le téléphone de Blay (aucune mention de celui de Ledwell).

– Cardew a évoqué un blog baptisé « le Justicier numérique », qui semble avoir pris pour cible Ledwell/*Sang d'encre*. Ça vaudrait le coup de vérifier s'il ne s'agit pas d'une activité annexe d'Anomie.

– Peu après le départ de Montgomery, Cardew, Ashcroft et de Jong, une fille avec le bras tatoué à l'effigie de *Sang d'encre* est arrivée. Il était clair qu'elle les cherchait. Elle a téléphoné à un inconnu en lui demandant pourquoi il ne l'avait pas avertie qu'il voyait Nils et pourquoi elle ne l'avait pas vu depuis un mois ; elle est originaire du Yorkshire. Je te joins sa photo, ainsi qu'une photo de son immeuble. Il faudrait l'identifier et savoir aussi si elle vit avec quelqu'un.

On pourra partager ces infos quand on se verra, mais je voulais te tenir au jus de ma journée d'hier.

J'ai également décroché un rdv avec Katya Upcott et Phillip Ormond jeudi. On devrait aller leur parler ensemble. – S »

Robin ouvrit la première pièce jointe et vit la photo de la jeune fille maigre vêtue de noir qui regardait à l'entrée du cimetière. En zoomant sur ses tatouages, elle vit non seulement Harty, mais aussi Drek, Paperwhite le fantôme et un ver à l'air triste. Elle soupçonnait que tous les tatouages, y compris ceux qu'elle ne reconnaissait pas, comme la pie et les deux squelettes souriants portant des chapeaux victoriens, provenaient du dessin animé. Par ailleurs, comme Strike, elle se demanda combien cela lui avait coûté d'inscrire pour toujours ces personnages sur sa peau.

Elle ouvrit la deuxième photo en pièce jointe. Même l'appartement le plus miteux qu'ait visité Robin avait une façade moins délabrée que celle de l'immeuble de Junction Road, avec ses encadrements de fenêtres craquelés et son plâtre crasseux.

Retournant à l'email de Strike, Robin remarqua qu'elle était déjà en mesure d'apporter une réponse à l'un des éléments. En remontant le fil Twitter d'Anomie sur trois ans, elle était tombée sur le blog du Justicier numérique. Elle ouvrit le document qu'elle avait prévu de partager avec Strike plus tard, et l'envoya pour impression dans le bureau de Pat.

Ensuite, elle consulta le nouveau compte Twitter qu'elle s'était créé, @fansangdencre :). Elle suivait déjà Anomie et Morehouse et ajouta autant de comptes de fans de *Sang d'encre* que possible, pour pouvoir rester au courant des rumeurs et des nouveaux éléments. Au lieu de sa propre photo, elle avait mis celle d'une jeune et jolie brune. Elle avait déjà reçu trois messages privés.

@jbaldw1n1>>
Si c'est vraiment ta photo tu dois en avoir marre des mecs qui te contactent en MP donc je te laisse.

@Drekmek9
branle moi

@mreger#5
C'est pas une technique de drague à la con, je voulais juste dire que la remarque de Julius était déplacée et je l'ai signalé.

Intriguée par ce troisième message, Robin alla voir ce qui l'avait déclenché.

Deux jours plus tôt, Robin avait tweeté qu'elle espérait que l'adaptation cinématographique de *Sang d'encre* allait rester fidèle au dessin animé, une opinion qu'elle ne jugeait pas susceptible de déclencher la controverse. Pourtant, les réactions avaient été vives. Les fans s'étaient relayés pour lui expliquer que l'idée même d'un film, peu importe sa qualité, risquait de détruire tout ce qu'ils aimaient de *Sang d'encre*. Toutefois, personne n'avait réagi plus violemment que @i_am_evola.

Julius @i_am_evola
Réponse à @fansangdencre :)
Pauvre conne

Julius @i_am_evola
Reponse à Réponse à @fansangdencre :)
Si tu te faisais violer à chaque fois que tu dis une connerie, t'aurais tout le temps une bite dans la chatte

Robin scruta une seconde ou deux les messages avant d'aller regarder le compte de @i_am_evola. L'avatar du compte était un adolescent qu'elle soupçonnait d'avoir seize ans au plus. Ses principaux centres d'intérêt semblaient être les films de superhéros, *Sang d'encre*, et le type de messages comme celui qu'elle avait reçu. Elle se dit que ça ne mènerait à rien d'interagir avec lui et retourna sur le profil d'Anomie avant d'ouvrir le dossier papier que Yeoman lui avait redonné et qui contenait des tweets que Robin avait rangés par ordre chronologique pour les comparer aux publications Twitter d'Anomie.

Le dernier tweet sur lequel elle s'était penchée datait de 2012. Quand on avait révélé, en octobre, que Jimmy Savile, feu DJ et prince de la télévision, était le pédophile le plus célèbre et le plus prolifique d'Angleterre, Edie Ledwell avait tweeté : « Comment on a pu négliger tous ces gens qui dénonçaient ? Pourquoi personne n'a écouté ? »

Anomie avait retweeté ce commentaire en ajoutant le sien : « Tu vas commencer à dire que c'est lui qui t'a touchée ? #trollau grandcoeur »

Sous la version imprimée de ce message, Edie avait écrit : *Ceci signifie qu'il sait que j'ai été victime d'abus sexuel dans l'une des familles d'accueil où j'ai vécu. Je n'en ai jamais parlé publiquement.*

Robin continua de remonter lentement le fil Twitter d'Anomie.

Certaines de ses publications étaient innocentes : en juillet 2012, il informa ses followers qu'un chat s'était assis sur la clôture de son jardin, et qu'il l'observait derrière la fenêtre. « Voilà pourquoi j'ai une catapulte. »

Est-ce qu'il blaguait ou est-ce qu'il était sérieux ? Est-ce que cette histoire de chat était vraie, et même cette histoire de clôture ? Devait-elle ajouter « possible haine/phobie des chats » au profil que Strike et elle étaient en train de créer ?

Elle continua de faire défiler.

« Les gens disent qu'on devrait me payer pour les services rendus à la communauté des fans. J'accepte les Magnum Infinity. Ils sont super bons. »

Ce n'est pas très original, songea Robin en continuant son passage en revue. Qui n'aimait pas les glaces ?

Mais le 8 juin 2012, Anomie avait fait une révélation plus intéressante.

Anomie

@AnomieGamemaster

Ledwell a viré Katya Upcott, l'amie qui l'a aidée à lancer #SangDencre vers le succès. Elle est maintenant avec @<AY©A>. @realJoshBlay reste avec Upcott

23 h 53 8 juin 2012

Edie avait imprimé ce tweet et commenté dessous : *Anomie était au courant de ça quelques heures après que j'ai dit à Katya que je voulais engager un vrai agent. Si je ne voulais plus que Katya continue de me représenter, ce n'est pas parce que je refusais de payer. On n'avait jamais signé de contrat et elle refusait tout paiement. Je trouvais qu'elle nous conseillait mal, et je voulais un véritable agent que je puisse rémunérer, parce que tout commençait à s'emballer et à nous dépasser. Josh n'a pas apprécié que je quitte Katya. Il m'a trouvée déloyale.*

Andi Reddy @ydderidna
Réponse à @AnomieGamemaster
Oh putain, quand elle a enfin les moyens de payer son amie pour tout ce qu'elle a fait, elle la jette ?

Caitlin Adams @CaitAdumsss
Réponse à @AnomieGamemaster
Même #LedwellLaGoinfre était jamais tombée aussi bas. Ces gens l'ont aidée et elle les vire.

Arlene @queenarleene
Réponse à @AnomieGamemaster
Bravo à @realJoshBlay de rester avec Katya, je l'aime encore plus pour ça. Et honnêtement, à ce stade #fuckLedwell.

Kea Niven @realPaperwhite
Réponse à @AnomieGamemaster
Elle est profondément raciste et discrimine les handicapés. Si c'est seulement maintenant que ça vous choque, je sais pas où vous étiez.

Robin continua sa lecture. Deux jours seulement avant l'annonce qu'Edie avait rejoint l'agence d'Allan Yeoman, Anomie avait fait d'autres révélations.

Anomie
@AnomieGamemaster

Il paraît que Netflix renifle autour de #SangDencre

#LedwellLaGoinfre est prête à interdire Drek's Game, à virer d'autres artistes…

22 h 06 6 juin 2012

Anomie
@AnomieGamemaster
Réponse à @AnomieGamemaster

... virer Blay etc pour toucher le pognon.

Partagez votre opinion avec @EdLedDraws et @realJoshBlay. Qu'est-ce qui devrait être non négociable ? 2/2

22 h 00 6 juin 2012

Commentaire d'Edie : *Cet éventuel accord n'était pas connu du grand public et on n'était pas censés en parler. Je n'avais pas l'intention de faire toutes ces horreurs. Je n'avais pas le pouvoir de virer Josh, on était associés.*

Robin consulta les réactions évidemment explosives provoquées par les tweets d'Anomie.

MrsHarty @carlywhistler_*
@AnomieGamemaster
Noooooon c'est pas vrai ? comment tu le sais ?

Anomie @AnomieGamemaster
Réponse à @carlywhistler_*
Le Gamemaster sait tout

Thimothy J Ashcroft @TheWormTurning
Réponse à @AnomieGamemaster
Je ne crois pas que @EdLedDraws ait l'intention de faire ça, honnêtement

---

Anomie @AnomieGamemaster
Réponse à @TheWormTurning
Tu te trompes. J'ai entendu que t'étais le premier sur la liste à dégager

Robin s'interrompit pour noter qu'Anomie prétendait savoir que Tim Ashcroft, qui faisait la voix de The Worm, allait être viré. Puis elle reprit sa lecture.

HartysGirl @hartyalways7
Réponse à @AnomieGamemaster
Si elle vire Josh et interdit le jeu, elle va perdre tous ses fans et elle peut aller cramer en enfer #JeSoutiensJosh

---

DrekMek @hellandfurie$
Réponse à @AnomieGamemaster
#Arrêtonsdegaverlagoinfre

Lepines Disciple @LepinesD1sciple
Réponse à@hellandfurie$ @AnomieGamemaster
Excellente idée : #Arrêtonsdegaverlagoinfre a la cote

Zozo @sangdencre28
Réponse à @AnomieGamemaster
Elle puet pas interdire le jeu, il est à nous !!!! # NonaNetflix @EdLedDraws écoute tes fans stp !!!!!

Kea Niven @realPaperwhite
Réponse à @AnomieGamemaster
Waou c'est génial, toutes mes idées vont sur Netflix et c'est Edie Ledwell qui va toucher l'argent

---

Loren @l°rygill
Réponse à @realPaperwhite @AnomieGamemaster
Kea, si tu lançais une cagnotte, plein de gens te soutiendraient pour que tu la traînes en justice
#Arrêtonsdegaverlagoinfre #NonaNetflix

Robin relut les deux derniers tweets. Intriguée par cette Kea Niven qui laissait entendre qu'elle avait des raisons pour poursuivre Edie Ledwell en justice, elle alla consulter son compte.

La bannière en haut de la page montrait un double arc-en-ciel. La bio de Kea annonçait : *Spoonie – mucoviscidose – STOP – fibromyalgie – elle / iel. Oui, je porte le nom d'un perroquet. Et alors ?*

Même en tenant compte des filtres utilisés sur le compte, Robin devinait que Kea Niven était une très jolie fille. Ses longs cheveux châtains tombaient en cascade sur ses épaules et ses immenses yeux noisette regardaient vers le haut et en biais, en direction de l'objectif, avec une petite moue boudeuse.

Un tweet datant d'octobre 2021 était épinglé en haut de sa page Twitter. Il annonçait :

« C'est la vérité. Croyez-moi ou pas, j'en ai rien à foutre. »

Robin cliqua sur le lien YouTube sous cette annonce.

La vidéo montrait d'abord Kea Niven assise sur un lit simple. Elle était effectivement très belle, avec un visage en forme de cœur, une bouche bien dessinée et de grands yeux brillants. Elle portait un jean déchiré et un T-shirt noir avec un dessin jaune, rose et bleu, et Robin reconnut la couverture d'un album des Strokes.

Le décor rappela à Robin la première vidéo que Josh et Edie avaient tournée, dans laquelle eux aussi étaient assis sur un lit une place face à la caméra. Derrière Kea, le mur était couvert de croquis, mais il semblait n'y avoir personne derrière l'objectif car l'image était fixe. Une perruche masquée était posée sur l'épaule de Kea : son corps était bleu nuit et ses yeux cerclés de noir.

Kea prit la parole avec le même sourire timide et la même petite voix que Josh sur la vidéo qu'avait visionnée Robin.

— Alors, heu… bonjour ! Je m'appelle Kea Niven et je suis étudiante en deuxième année à St. Martin's. Voici ma carte d'étudiante…

Elle sortit une carte de la poche arrière de son jean et la brandit devant l'objectif.

— Ça, c'est moi, faites pas attention à ma coiffure, c'était un mauvais jour. Derrière moi, vous pouvez voir une partie de mon travail, ça prouve que je suis pas genre une fille qui fait croire qu'elle sait peindre. Et ça c'est Yoko, hein ? ajouta-t-elle d'une voix aiguë en s'adressant à la perruche sur son épaule. On a John et Yoko, ça c'est Yoko.

« Alors, pourquoi je tourne ce vlog ? lança Kea en agitant les mains et en reprenant sa respiration. Bon, d'abord, il faut que je dise que je suis super stressée de le faire et que je me suis demandé un million de fois si c'était une bonne idée, mais je suis pas intéressée par l'argent ou… C'est pas une question d'argent, c'est une question de justice, et j'aimerais au moins qu'on reconnaisse mon travail.

« Donc… *Sang d'encre*, si vous connaissez, a été créé par mon ex-petit ami, Josh Blay et Edie Ledwell. Josh et moi on sortait ensemble à St. Martin's et évidemment dans ces cas-là, on se raconte tout, on partage nos idées, et tout ça.

« J'ai raconté à Josh l'histoire de Margaret Read qui a été accusée de sorcellerie en 1590 à King's Lynn, la ville où j'ai grandi. Quand ils l'ont brûlée sur le bûcher – attention c'est super gore, vous êtes prévenus – son cœur a explosé et percuté le mur et ça a laissé une trace. J'ai une photo de ça sur mon téléphone, attendez…

Elle prit son portable et fit défiler les photos. Robin soupçonnait que rien de tout ça n'était aussi spontané que Kea voulait bien le laisser croire.

— Là, vous voyez ? dit Kea en montrant la photo d'un cœur dessiné sur le linteau en brique d'une fenêtre. C'est là que le cœur de Margaret Read a cogné dans le mur.

« Bref j'ai raconté ça à Josh et j'ai eu cette idée du cœur qui surgissait d'une poitrine. Et puis… un an plus tard, j'ai entendu Edie Ledwell parler de « son » idée pour Harty et je me suis dit : tiens, tiens, ça me rappelle vraiment quelque chose.

« Dans ces cas-là, on conclut pas immédiatement qu'on s'est fait voler son idée ou quoi, poursuivit Kea devant la caméra sur un ton plaintif, mais j'ai vu le dessin animé et je me suis dit O.K. C'est exactement ce que j'avais imaginé. C'était ennuyeux parce que ce n'était pas Josh qui prétendait avoir eu l'idée. J'ai pensé qu'il avait dû lui en parler et que maintenant elle répétait partout que c'était elle qui l'avait inventé. Du coup j'ai regardé tous les épisodes et je vais pas mentir, c'était vraiment, heu… dérangeant.

« Parce qu'il y a aussi Magpie, l'oiseau qui parle. J'ai expliqué ça à Josh quand on était ensemble, que les pies pouvaient apprendre à parler, il le savait pas. Et là encore, Edie Ledwell prétend que c'est son idée.

« Ensuite, le fantôme, cette héroïne dans le dessin animé, ça me paraît dingue, mais plusieurs personnes m'ont dit qu'elle me ressemblait. D'ailleurs Josh répétait tout le temps que j'avais la peau très claire, et quand j'ai vu le fantôme dans le dessin animé, je me suis demandé s'ils voulaient dire que quand on est très pâle, ça fait peur, ou un truc comme ça. Josh avait des photos de moi, évidemment, alors est-ce qu'elle a créé le fantôme exprès pour qu'il me ressemble ou… C'est un peu bizarre…

« Et enfin, et ça c'est la cerise sur le gâteau. Vous voyez ce dessin ?

Perruche toujours sur l'épaule, Kea se retourna pour s'agenouiller sur le lit et indiqua un dessin au crayon affiché au mur, au-dessus d'elle. Il représentait un monstre à tête d'oiseau avec un corps humain, et dont l'ombre s'étendait.

— J'ai dessiné ça pendant que je passais le bac. C'était un cauchemar que j'avais fait, donc c'est super personnel. Aïe, Yoko…

La perruche s'était envolée hors champ et avait tiré une mèche de cheveux de Kea en partant. Kea se rassit sur le lit.

— J'ai montré ce dessin à Josh quand on sortait ensemble. C'est juste un croquis mais c'est… je veux dire l'ombre qu'on voit c'est… Si vous avez vu le dessin animé, le personnage de Drek ressemble complètement à cette ombre-là, dont on ne voit pas le cou, avec un énorme bec. Oh j'ai oublié de préciser que j'avais grandi entourée d'oiseaux. Ma mère élève des perroquets. J'avais fait un rêve avec un monstre à tête de perroquet et quand j'ai vu le personnage de Drek… ça m'a vraiment rappelé quelque chose. Vous voyez, j'invente rien.

« Du coup je me suis dit : Attends, est-ce que c'est une coïncidence, là…

« J'imagine que des gens vont penser : ouais, elle joue les ex aigries. Mais ce qui me perturbe, c'est pas que Josh puisse dire : « Je me suis inspiré d'une amie, d'une ex », mais qu'elle, elle dise qu'elle a tout inventé alors que… Je veux dire, si y avait seulement un truc, je veux bien, les coïncidences ça arrive, mais j'arrive pas à croire qu'elle fasse l'innocente, genre : « Je me rappelle plus d'où m'est venue cette idée du cœur, c'est apparu comme ça. » Comment elle pourrait oublier un truc pareil ? C'est pas le genre d'idées qui vient en tête tous les quatre matins. Donc en gros, voilà, c'est à peu près tout ce que j'ai à dire, et je veux le dire ici, pour que mon travail soit respecté. Je voulais juste… faire entendre ma voix, quoi.

Elle lâcha un petit ricanement puis se pencha pour éteindre la caméra.

Sous la vidéo, on pouvait lire les commentaires.

Harty Harterson il y a 3 semaines
J'ai entendu dire que Ledwell avait pompé plein de gens donc apparemment t'étais juste la première

Nikki il y a 4 semaines
On dirait bien qu'ils t'ont piqué l'idée du cœur comme tu dis ! J'adore ton petit oiseau !

Crash Test Dummy il y a 1 an
« Ils ont eu l'idée du fantôme grâce à moi parce que je suis très pâle » ptdr

Robin resta immobile une minute, pour réfléchir à ce qu'elle venait de lire, puis elle décrocha le téléphone du bureau et appela

Allan Yeoman. On la mit en attente pendant quelques instants durant lesquels résonna une version instrumentale de « My Heart Will Go On ». Enfin, elle entendit la voix de l'agent.

— Oui, allô Robin ?

— Bonjour, Allan. J'ai une petite question et je me demandais si vous pouviez m'aider. Est-ce que vous connaîtriez une jeune fille qui s'appelle Kea Niven ?

— Kea Niven..., répéta lentement Yeoman. Ce nom me dit quelque chose... Désolé, rappelez-moi qui c'est ?

— Une ex-copine de Josh Blay qui...

— Oh, Kea Niven, oui, bien sûr, bien sûr ! Celle qui prétend qu'Edie a volé toutes ses idées pour *Sang d'encre* ?

— Voilà.

— J'aurais dû la mentionner pendant le déjeuner. Elle ne peut pas être Anomie.

— Qu'est-ce qui vous fait dire ça ?

— Edie avait complètement éliminé cette possibilité, il me semble, parce qu'Anomie était présent dans le jeu à un moment où Kea ne pouvait pas y participer. Vous saviez qu'Edie avait fini par réussir à s'introduire dans le jeu ?

— Oui, je le savais. Elle a été exclue parce qu'elle posait trop de questions au sujet d'Anomie.

— Exactement.

— Et donc cette fille, Kea ?

— Josh l'a plaquée pour Edie. Je sais qu'Anomie a tenté de jouer sur ce tableau-là pendant un moment.

— Ah bon ? Je n'ai pas encore trouvé de quoi le prouver.

— Il a multiplié ses allégations de plagiat il y a quelques années, mais si je me souviens bien, il a fini par se lasser et est passé à autre chose. Il a trouvé des moyens plus efficaces de nuire à Edie.

— Vous pensez que Kea est sincère, quand elle accuse Josh et Edie de lui avoir volé ses idées ?

— C'est possible. Vous savez, c'est très courant, quand une production a du succès. C'est généralement des bouteilles à la mer, ou une véritable incapacité à accepter que beaucoup d'idées germent chez plusieurs personnes différentes. C'est incroyable le nombre de films qui sortent en même temps sur le même sujet. Personne n'a rien volé. Les idées sont juste là, vous savez, à disposition. Cyril Scott aurait dit que ce sont les dieux qui murmurent aux oreilles des gens suffisamment réceptifs.

Après l'avoir remercié et raccroché, Robin se concentra sur la page Twitter de Kea qu'elle se mit à faire défiler, en quête d'interactions entre Kea et Anomie. Elle finit par en trouver trace en 2011, quelques jours seulement après que Kea avait posté sa vidéo.

Anomie
@AnomieGamemaster

Tiens, tiens, tiens. Ça expliquerait pourquoi La Goinfre est tellement vague quand elle parle de la création de Harty.

> **Kea Niven** @realPaperwhite
>
> L'histoire du cœur de Margaret Read que j'ai racontée à @realJoshBlay et qui ressemble étrangement à un *certain* personnage de dessin animé
> https://www.youtube.com/watch?v=8qxGhc4caBQ

23 h 16 11 oct 2011

Un peu plus bas, Robin tomba sur un échange direct entre eux deux :

Kea Niven @realPaperwhite
Réponse à @AnomieGamemaster
Merci pour le partage ☺

Anomie @AnomieGamemaster
Réponse à @realPaperwhite
Pas de souci, super coiffure d'ailleurs

Kea Niven @realPaperwhite
Réponse à @AnomieGamemaster
Lol merci ♥

Encore plus intriguée, Robin continua de faire défiler. C'était le premier signe de ce qui aurait pu ressembler à du flirt sur le fil d'Anomie. D'ailleurs, en examinant attentivement ses publications précédentes, elle avait noté qu'elles étaient étrangement asexuées, dans les deux sens du mot. Il n'y avait aucune trace d'intérêt romantique ou sexuel ; le seul besoin physique qu'il ait jamais mentionné était la faim.

Quelques jours après la première interaction entre Anomie et Kea, Anomie avait une nouvelle fois dirigé ses followers vers sa vidéo, et Kea l'avait remerciée.

Kea Niven @realPaperwhite
Réponse à @AnomieGamemaster
Merci beaucoup pour ce partage et pour soutenir la vérité ♥

Anomie @AnomieGamemaster
Réponse à @realPaperwhite
Je t'ai envoyé un MP.

Un MP : un message privé. Robin ne put trouver aucun autre échange public entre eux.

Elle se replongea dans les échanges Twitter les plus récents de Kea et vit que durant les cinq jours qui avaient suivi l'annonce des agressions, Kea n'avait pas tweeté. Par contre, le sixième jour, elle avait posté un lien vers un tumblr sur lequel cliqua Robin.

> « À la suite d'un terrible problème de santé, j'ai dû quitter Londres pour retourner vivre avec ma mère. Je suis actuellement clouée au lit. Comme je cumule de nombreux handicaps, ce n'est pas une situation inhabituelle, mais c'est sans doute la plus sévère rechute que j'ai connue ces dernières années. Honnêtement à ce stade, la mort serait une délivrance. »

Ce message avait suscité cent quinze commentaires. Au début, ils étaient assez bienveillants.

> « Je pense à toi Kea xxx »

> « Désolé pour toi, K. N'oublie pas que s'aimer ce n'est pas de l'égoïsme »

Mais peu à peu, sans grande surprise pour Robin, un autre thème commença à se dessiner.

> « désolé de te savoir malade mais t'as rien à dire sur ton ex qui se bat pour survivre ? »

« aucun commentaire sur le meurtre d'Edie Ledwell ? »

« ouais à ta place j'irais au lit et j'y resterais »

« putain pas un mot, PAS UN MOT sur Ledwell et Blay ? »

« connasse t'as pas arrêté de parler de Ledwell et Blay pendant des années et là t'as plus rien à dire ? »

« la mort serait un soulagement ? waou, donc on devrait te plaindre plus que Ledwell, c'est ça ? »

Le téléphone fixe du bureau sonna. Robin répondit sans détacher les yeux de la page tumblr de Kea.

— Allô ?

— Message de Mr. Strike, annonça la voix rocailleuse de Pat. Il vous faudra peut-être aller à Gateshead lundi.

— Vous plaisantez, dit Robin à voix basse en fermant la fenêtre du tumblr. Encore un ?

— Ce n'était pas très clair, reprit Pat, mais oui, je crois bien qu'il a dit Gateshead.

— Un homme ?

— Non.

— O.K. J'arrive.

— Merci, je lui transmettrai, répondit Pat avant de raccrocher.

Robin se leva, avança jusqu'à la porte séparant les deux bureaux et l'ouvrit.

Charlotte Campbell, belle et calme, était assise sur le canapé en skaï.

25

... en vérité maintenant as-tu vu
Ailleurs telle beauté, telle stature, telle contenance ?
Elle est peut-être reine des démons, mais reine assurément.

Christina ROSSETTI,
Look On This Picture and On This

Strike remontait Charing Cross Road en direction du bureau, fatigué, il avait des douleurs dans tout le corps et regrettait amèrement le curry Balti qu'il avait mangé tard la veille au soir avec Madeline. Adepte de la cuisine très épicée, il ne comprenait pas pourquoi cela lui avait retourné les entrailles pendant une grande partie de la journée, à moins d'un mauvais mélange entre les épices madras et le cocktail acide que Madeline avait tenu à ce qu'il boive en apéritif, parce que c'était une spécialité du restaurant. La nuit avait été courte, les gaz l'avaient empêché de dormir. Ensuite, au lieu de surveiller le bureau de Groomer confortablement installé dans un café – leur cliente ayant admis qu'il fallait maintenant trouver quelque chose au sujet de Groomer qui puisse repousser sa fille – il avait dû suivre sa cible à pied jusqu'à Bond Street où il avait fait des courses, puis dans un restaurant très prisé, avant de marcher jusqu'au British Museum où il s'était vu refuser l'entrée par deux gardiens portant des badges, car il s'agissait sans doute d'un rendez-vous d'affaires.

— Je sais pas où il est passé putain, grommela Strike quand Barclay le retrouva dans l'immense cour toute blanche du musée dont le plafond en verre spectaculaire découpait des ombres triangulaires sur les murs et le sol. Il est monté dans cet ascenseur, mais je n'ai pas pu l'attraper à temps.

Il refusait d'admettre que le tendon ischio-jambier de sa jambe amputée, qu'il s'était déchiré par le passé, le faisait de nouveau souffrir. Il avait raté l'ascenseur parce qu'il s'était mis à boiter et avait marché trop lentement pour dépasser un groupe de touristes.

— Bah, c'est pas grave, le rassura l'Écossais de Glasgow, il faudra bien qu'il redescende tôt ou tard. De toute façon, je pense pas qu'il y ait de la drogue et des putes, là-haut.

Strike l'avait donc laissé là et, comme par masochisme, avait pris le métro plutôt qu'un taxi. En abordant cahin-caha Denmark Street, il se sentit soulagé à l'idée de s'asseoir pendant une petite heure avec un mug de thé bien infusé, non loin des toilettes où il pourrait, au besoin, péter à loisir.

Pour la millième fois, il se demanda en gravissant l'escalier pourquoi il n'avait jamais contacté le propriétaire afin qu'il répare l'ascenseur. Après s'être enfin hissé jusqu'au deuxième étage à l'aide de la rampe, il poussa la porte vitrée et se trouva face à trois femmes qui le dévisagèrent : Pat, Robin et Charlotte.

L'espace d'un instant, il ne put détacher son regard de Charlotte, assise sur le canapé en simili cuir, ses longues jambes croisées, ses cheveux bruns attachés en chignon décoiffé, sa peau parfaite dénuée de maquillage. Elle portait une robe en cachemire couleur crème ainsi qu'un long manteau en daim avec bottes assorties. Bien que très mince, elle était toujours aussi belle.

— Bonjour Corm, le salua-t-elle en souriant.

Il ne lui rendit pas son sourire, mais lança un coup d'œil presque accusateur à Robin, qui se sentit prise au piège. Ce n'était pas elle qui avait invité Charlotte à entrer dans le bureau, et ce n'était pas sa faute si Charlotte, entendant que Strike était absent, avait décrété qu'elle allait l'attendre.

— Robin n'y est pour rien, annonça Charlotte comme si elle avait lu dans les pensées des deux associés. Je suis passée sans prévenir. Est-ce que je peux te parler ?

Sans mot dire, Strike avança en boitant vers la porte qui séparait l'accueil du bureau des associés, l'ouvrit et indiqua froidement à Charlotte qu'elle pouvait entrer. Elle se leva sans se presser, prit son sac à main, adressa un sourire à Pat et à Robin, les remercia, même si elles n'avaient rien fait qui puisse le mériter, et passa devant Strike en laissant derrière elle des effluves de Shalimar.

Quand Strike eut refermé la porte les séparant de son associée et de sa secrétaire, Charlotte demanda :

— Est-ce que vous avez un code pour désigner les femmes qui viennent ici dans l'espoir de se jeter sur le célèbre détective ? Est-ce que c'est ça, « Gateshead » ?

— Qu'est-ce que tu veux ? demanda Strike.

— Tu ne me proposes pas de m'asseoir ? Tu préfères que tes clients restent debout, peut-être ?

— Fais comme tu préfères, mais dépêche-toi. Je suis occupé.

— Je n'en doute pas. Comment ça se passe avec Madeline, au fait ? demanda-t-elle en s'asseyant, puis en croisant ses longues jambes.

— Qu'est-ce que tu veux ? répéta-t-il.

Il choisit de rester debout même si son tendon le faisait souffrir, et croisa les bras en la toisant.

— J'ai besoin d'un détective. Ne t'en fais pas, je ne m'attends pas à ce que tu me fasses un prix. Je paierai.

— Ça ne sera pas nécessaire, parce qu'on n'est pas disponibles. Tu vas devoir trouver quelqu'un d'autre. Je te conseille McCabes.

— Je savais que tu m'enverrais chez un confrère, dit Charlotte en perdant son sourire, mais si je parle de ce problème à McCabes, il risque de le retourner contre toi. J'imagine qu'en ce moment, tu dois te faire quelques ennemis dans la profession. Tous les clients te veulent, toi.

Comme Strike ne répondait pas, Charlotte regarda autour d'elle et reprit :

— C'est plus grand que dans mon souvenir, ici. J'aime bien Madeline, d'ailleurs, commenta-t-elle en posant de nouveau ses yeux vert tacheté sur Strike qui demeurait impassible. Tu sais que j'ai fait le mannequin pour elle la semaine dernière ? C'était sympa. La collection est baptisée « Notoire ».

— Oui, je sais.

— Je parie qu'elle a dû te travailler au corps pour que tu acceptes.

— Elle n'a pas eu besoin de me convaincre. Ça ne me regardait pas.

— Elle m'a dit que tu avais donné ton accord, répliqua Charlotte l'air surpris.

Maudissant intérieurement Madeline, Strike répliqua :

— Tout ce que je lui ai dit c'est de faire ce qu'elle voulait, et que ça ne me regardait pas.

— Oh, arrêtons de jouer au plus malin, Bluey, reprit Charlotte sur un ton sincère.

— Ne m'appelle pas comme ça.

— Je sais que tu sais ce qui m'amène ici. Valentine t'en a parlé, au Nouvel An.

Puisque Strike gardait le silence, elle continua :

— Je dois avouer que j'ai été étonnée que tu choisisses une fille qui sortait avec Valentine.

— Tu penses que j'ai dragué Madeline uniquement pour me venger de toi, c'est ça ? Ton putain d'ego... Le seul défaut que je pouvais lui trouver, c'est qu'elle connaisse ton beau-frère.

— Si tu le dis, mon cher.

Il perçut le frisson de plaisir dans sa voix. Elle avait toujours adoré les joutes verbales. « Au moins quand je me bats, je me sens vivante. »

— Bon, reprit-elle sur un ton léger, puisqu'il faut que j'explique tout : Jago a trouvé la photo nue que je t'ai envoyée, sur mon ancien téléphone.

— Ah bon ?

— Ne fais pas semblant, Bluey, tu le sais très bien, Valentine te l'a raconté. Et lui, tu ne le qualifierais pas de... comment est-ce que tu m'as appelée, la dernière fois qu'on s'est disputés ? Une mythomane narcissique ?

— À mon avis, tu as tout fait pour que Jago trouve cette photo, que je n'avais ni réclamée ni désirée, et tu le sais.

— Mmm..., fit Charlotte en haussant les sourcils.

Honnêtement, combien d'hommes hétéros pouvaient affirmer sans mentir qu'ils n'avaient pas envie de voir une photo d'elle nue ?

— Jago n'y croit pas. Il sait aussi que tu as téléphoné à l'hôpital de Symonds House quand j'étais internée là-bas. Et, d'ailleurs, moi non plus, je n'ai jamais demandé à ce que tu fasses ça.

— Tu m'avais envoyé des messages suicidaires.

— Tu n'étais pas obligé de me prendre au sérieux, mon cher, ça n'aurait pas été la première fois. Enfin bref, Jago sait que c'est toi qui as appelé l'hôpital et il refuse de croire que c'était par charité. Il pense que tu cherchais à me sauver la vie par intérêt.

— Et bien sûr, tu t'es empressée de le détromper.

— Quand Jago veut croire quelque chose, rien ne peut le faire changer d'avis.

Strike fit un pas vers elle. Sa douleur à la jambe était atroce.

— Si mon nom apparaît dans ton divorce à la con, ma boîte va couler. Les paparazzi vont me suivre partout, j'aurai ma photo dans les journaux.

— Exactement, répondit Charlotte en le regardant droit dans les yeux. J'ai donc pensé que tu aimerais m'aider à trouver quelque chose contre Jago avant qu'il nous mette tous les deux dans la merde. Il veut m'enlever la garde des jumeaux. Il veut la garde exclusive et il est prêt à me traîner devant les tribunaux pour qu'on me déclare inapte à m'occuper d'eux. Il connaît un psy qui affirmera volontiers que je suis folle et instable, et il espère prouver que je suis accro à la drogue et de mœurs très légères. Te pourrir la vie à toi, ce sera juste le petit plus.

— Quand tu étais enceinte, tu m'as dit que tu avais hâte de pouvoir te débarrasser de tes gosses.

À ces paroles, il crut voir son assurance vaciller, mais en feignant avec talent le calme, elle répondit :

— Ce sont mes enfants autant que les siens. Je ne suis pas juste un utérus, quoi que pense la mère de Jago. Je suis la mère du futur vicomte Ross. James est l'héritier du titre, c'est mon fils et ils ne l'auront pas. Je vais garder mes jumeaux. Amelia va témoigner qu'il me bat, reprit-elle.

Amelia était la sœur de Charlotte, une femme moins belle mais beaucoup plus fiable, qui n'avait jamais beaucoup aimé Strike.

— Elle m'a vue avec un cocard, juste avant que je parte pour Symonds House.

— Si tu espères éveiller mon instinct chevaleresque, laisse-moi te rappeler que tu savais très bien dans quoi tu t'engageais en l'épousant. Quand tu es venue me voir en Allemagne, tu m'as dit qu'il frappait son ex, je m'en souviens. Tu en avais entendu parler par tes copines et tu étais bien contente de t'en être mieux sortie.

— Donc je mérite qu'on m'en colle une ? rétorqua Charlotte en haussant la voix.

— Arrête ton cinéma. Tu sais très bien que si je pensais qu'une femme mérite toujours une bonne trempe, on n'aurait pas cette conversation parce que tu ne serais plus de ce monde.

— Charmant.

— Si tu as accepté d'épouser Jago, c'est parce que tu pensais me voir débarquer en plein mariage pour l'en empêcher et que je vienne à ta rescousse une fois de plus. Tu me l'as dit : « Je ne pensais pas que tu me laisserais le faire. »

— Et alors ? dit Charlotte impatiemment. Où est-ce que ça nous mène, tout ça ? Est-ce que tu vas m'aider à trouver quelque chose sur Jago, oui ou non ?

— Non.

Il y eut un long silence. Charlotte soutint le regard de Strike pendant une bonne minute ; il la connaissait bien et ne put s'empêcher de la trouver à la fois désirable et horripilante.

— Très bien, mon cher, lança-t-elle sur un ton sec en se baissant pour prendre son sac, avant de se relever. Tu n'oublieras pas cette conversation quand tu essaieras de me coller sur le dos les ennuis qui t'attendent. Je t'ai demandé de m'aider à empêcher ça. Tu as refusé.

Elle lissa sa robe en cachemire. Il se demanda combien de temps elle avait pensé à sa tenue avant de venir. Son style épuré, souvent encensé par les magazines, était, il le savait, le fruit d'une minutieuse réflexion. À présent, comme à son habitude, elle attendait qu'il lui ouvre la porte ; elle qui prétendait regretter d'être née dans la haute société avait souvent, par le passé, exigé de son petit ami issu des quartiers défavorisés qu'il adopte les manières du vieux monde.

Strike ouvrit la porte d'un coup sec. Quand elle passa devant lui, il sentit les effluves de Shalimar, et il s'en voulut d'avoir reconnu le parfum.

Plongée dans le document qu'elle avait imprimé un peu plus tôt, Robin leva la tête. Sa robe bleue qu'elle aimait bien lui parut être un torchon comparée aux vêtements de Charlotte ; Robin savait que toute cette garde-robe nécessitait d'aller au pressing.

— Bref mais sympathique, conclut Charlotte en souriant à Robin. Ravie de vous rencontrer enfin. Je crois qu'on s'est parlé quelquefois au téléphone.

— Oui, confirma Robin.

Elle était consciente que Strike fulminait, mais parvint à afficher un sourire.

— C'est drôle, reprit Charlotte en examinant plus attentivement Robin, tête inclinée sur le côté. Vous ressemblez un peu à Madeline.

— Pardon, à qui ça ?

— La petite amie de Corm, expliqua Charlotte en se retournant vers Strike avec un sourire angélique. Vous ne l'avez jamais rencontrée ? Madeline Courson-Miles. Une femme adorable. Elle est créatrice de bijoux. Je viens de poser pour sa nouvelle campagne. Bon, au revoir, Corm. Prends soin de toi.

Sous le choc à cause de ce que venait de dire Charlotte, Robin eut soudain un nœud à l'estomac. Elle se détourna de Strike, feignant de vérifier si la machine avait tout imprimé alors qu'elle savait pertinemment que oui. La porte se referma derrière Charlotte.

— Elle se prend pas pour n'importe qui, celle-là, lâcha Pat avec dédain avant de se remettre à taper sur son clavier.

— Mais elle n'a pas de troubles mentaux, Pat, nuança Robin qui ne cherchait même pas à faire de l'humour, juste à garder un ton neutre.

Elle entendit Strike retourner dans le bureau voisin et ajouta :

— C'était pas une Gateshead.

— Bien sûr que si, insista la secrétaire d'une voix qui se voulait un murmure mais s'apparentait davantage à un grondement rauque. J'ai lu les journaux.

— On se fait un point sur Anomie ? lança Strike depuis la pièce voisine où il s'était enfin assis.

— Oui mais rapidement, répondit Robin en essayant de conserver un ton strictement professionnel. Je retrouve Ilsa tout à l'heure pour un apéro et un dîner.

Elle avait amplement le temps de se rendre chez Bob Bob Ricard, mais elle était soudain prise d'un désir de fuir Strike le plus tôt possible. Elle avait toujours l'estomac noué, ainsi qu'une petite sensation de choc qui, elle le craignait, rendait l'indifférence difficile à feindre.

— Je t'ai imprimé ça, dit-elle en entrant dans la pièce. Tu voulais des infos sur le blog du Justicier numérique. Voilà ce que j'ai trouvé pour l'instant.

Visiblement furieux, Strike serrait la mâchoire. Robin reprit courage en voyant qu'il n'essayait pas de faire croire que la visite de Charlotte l'avait laissé indifférent.

— Tu ne m'avais pas dit que tu voyais quelqu'un.

Elle perçut dans sa propre voix quelque chose de faussement détaché. Mais est-ce qu'ils n'étaient pas censés être amis ? Meilleurs amis ?

Strike lança à Robin un regard fugace avant de se concentrer sur le document qu'elle venait de lui donner.

— Heu… effectivement, je vois quelqu'un. Donc c'est ça, le document sur le Justicier numérique ?

— Oui. Oh, et j'ai aussi trouvé une fille sur Internet qui prétend qu'Edie Ledwell lui a volé toutes ses idées pour *Sang d'encre*.

— Ah bon ?

— Oui.

Robin était toujours devant lui, dans sa robe bleue qu'il reconnaissait, celle de leur soirée au Ritz.

— Elle s'appelle Kea Niven, précisa-t-elle. J'ai appelé Allan Yeoman pour lui en parler, mais apparemment elle ne peut pas être Anomie parce qu'Edie l'avait écartée.

— Sur quelle base ? demanda Strike qui préférait garder les yeux sur les papiers plutôt que sur Robin.

— Anomie était actif dans le jeu à un moment où Kea n'avait pas d'accès Internet, expliqua Robin dont l'envie de s'éloigner de Strike prenait le dessus. Bon, comme je t'ai dit, je dois boire un verre assez tôt avec Ilsa. Ça t'ennuie pas si je pars maintenant ?

— Non, pas du tout, répondit Strike tout aussi désireux de se retrouver seul avec ses pensées.

— À jeudi, alors, dit Robin.

Leur planning ne nécessitait pas qu'ils se voient d'ici là. Elle retourna à l'accueil pour prendre son manteau et son sac, dit au revoir à Pat en souriant et sortit.

Strike resta à son bureau, le cœur battant comme s'il descendait d'un ring de boxe, et se força à lire le document que Robin lui avait donné.

Note sur le blog du Justicier numérique

> Le blog anonyme du Justicier numérique a été créé en janvier 2012.
>
> La personne à l'origine du blog a pour pseudo Twitter @justiciernum. Sa localisation est cachée. Le blog a pour but de…

Il ne parvenait pas à se concentrer. Il jeta les papiers sur le bureau, cédant à sa colère contre Charlotte, bien plus violente que celle qu'il ressentait envers lui-même. Il avait négligé un danger menaçant. Il savait que Jago avait trouvé cette fichue photo, mais il n'avait rien fait, persuadé que Valentine, grand consommateur de coke, cherchait surtout à lui faire peur. Il avait été beaucoup trop confiant et les conséquences étaient catastrophiques : à la fois pour ses affaires et – il fallait cesser de se voiler la face – pour sa relation avec Robin qui, il s'en était convaincu, n'avait pas besoin de connaître l'existence de Madeline.

Charlotte avait une faculté hors du commun pour percevoir les émotions d'autrui, un talent aiguisé par nécessité, elle qui avait grandi dans une famille frappée par l'addiction et la maladie mentale. Sa capacité extraordinaire à déceler chez les gens les espoirs et les angoisses qu'ils croyaient cacher lui permettait à la fois de faire son petit numéro de charme et de manipuler. On aurait pu conclure que ce qu'elle venait de faire était né d'une volonté de détruire, ce qui était un de ses traits de caractère les plus agaçants, mais Strike savait qu'il y avait autre chose. Dans son dernier texto, six mois plus tôt, Charlotte lui avait écrit : « De toute ma vie, je ne pense pas avoir autant envié cette Robin. » Il était prêt à parier tout son compte en banque qu'elle avait senti qu'il essayait de déplacer son attirance pour Robin vers Madeline, parce que Charlotte lisait en lui comme lui en elle.

— J'y vais ! lança Pat depuis l'accueil.

— Bon week-end, répondit Strike par automatisme.

Dès qu'il l'entendit partir, il chercha une cigarette et sortit le cendrier rangé dans un tiroir du bureau. En tirant une longue bouffée de la Benson & Hedges qu'il avait allumée, il se demanda comment il allait régler le problème de Jago Ross et de cette fichue photo, mais ses pensées revinrent à Robin. Il se retrouva à faire ce qu'il évitait précisément depuis des mois : se remémorer ce moment ridicule au Ritz et, pour la première fois, regarder la réalité en face.

Il ne voulait pas que Robin soit au courant pour Madeline, parce que, au fond de lui, il continuait d'espérer qu'il s'était trompé au sujet de ce « non » qu'elle avait muettement formulé. Ce qu'elle avait vécu par le passé l'avait peut-être fait automatiquement reculer devant ces avances inattendues. Ce qu'il avait pris pour un « non » était peut-être un pur réflexe, conditionnel voire temporaire ? Récemment, elle avait semblé lui montrer qu'elle ne craignait pas de voir cet épisode maladroit se reproduire. D'après son expérience, les femmes trouvaient des moyens pour faire comprendre à un homme que d'autres avances ne seraient pas les bienvenues. Elle n'était pas devenue plus distante, n'avait pas évité les tête-à-tête avec lui, ni mentionné de nouveau petit ami pour signaler son indisponibilité ; elle avait accepté avec enthousiasme de boire un verre avec lui et l'avait spontanément pris dans ses bras au pub. Rien de tout ça n'indiquait une éventuelle répulsion, ou un désir de le fuir.

Mais s'il avait encore une chance, qu'est-ce que cela signifiait ? Il n'y avait pas de réponse simple. S'il essayait de développer leur relation au-delà des frontières de l'amitié, les mêmes obstacles se dresseraient devant lui : ils étaient associés, ils passaient trop de temps ensemble, et si leur relation se détériorait, cela emporterait tout sur son passage, leur agence, unique élément de stabilité dans la vie de Strike.

Cela étant, il avait beaucoup de mal à étouffer ce qu'il éprouvait pour Robin, et qu'il peinait à définir. La vérité, c'était qu'il voulait la voir célibataire le temps de comprendre ses propres sentiments et désirs. Maintenant, grâce à Charlotte, Robin allait se sentir libre de trouver un autre Matthew, qui allait lui offrir une bague – c'était le genre de femme que les hommes voulaient épouser, Strike le savait – et tout s'écroulerait aussi sûrement que s'ils avaient couché ensemble et l'avaient immédiatement regretté, parce qu'elle finirait par quitter l'agence, tôt ou tard. C'était difficile d'exercer ce métier tout en gardant une vie amoureuse stable, il en était la preuve vivante.

Évidemment, il ne serait peut-être bientôt plus en mesure de l'exercer. Si Charlotte et Jago divorçaient et se disputaient la garde des enfants, avec leur château en Écosse et vu la famille de Charlotte – divisée, photogénique et adepte du scandale – les journaux ne parleraient que de ça. S'il ne faisait rien pour l'empêcher, Strike verrait son nom et sa photo reproduits dans tous les articles et n'aurait plus qu'une solution s'il voulait continuer d'exercer le métier pour lequel il avait tant sacrifié : une chirurgie faciale complète. Sans cela, il serait réduit à du travail de bureau ; il accueillerait les clients, vérifierait les comptes et laisserait les filatures à Robin et aux autres collaborateurs.

Strike écrasa sa cigarette à moitié fumée, prit son téléphone et appela Dev Shah qui répondit à la deuxième sonnerie.

— Qu'est-ce qu'il y a ?

— Où es-tu, en ce moment ?

— À Newman Street, j'attends que Montgomery quitte le travail, répondit Dev. Sa copine est là, avec deux amis. On dirait qu'ils vont aller boire un coup dans leur quartier.

— Super, dit Strike. J'aimerais te parler de quelque chose. Une fois que vous serez posés quelque part, je te rejoins.

— Ça marche, répondit Shah avant de raccrocher.

26

Et je marchais comme éloignée
De moi-même, quand je tenais debout,
Et je plaignais mon cœur,
Comme s'il tenait dans ma main…

Elizabeth Barrett BROWNING,
Bertha in the Lane

Robin traversait Soho d'un pas tout à fait normal, comme si les jambes qui la portaient appartenaient à un individu lambda bien ancré dans la réalité et non pas complètement déconnecté de ce qui l'entourait.

Elle connaissait cette sensation. Elle l'avait déjà vécue une fois, après avoir trouvé la boucle d'oreille en diamant de la maîtresse de son ex-mari, dans leur chambre. Quand elle avait attendu que Matthew rentre, elle avait ressenti précisément cette sensation étrange d'être hors de son corps, et elle avait vu la pièce où elle se trouvait comme si elle était à des années-lumière, sachant qu'elle n'y remettrait plus jamais les pieds, et qu'un jour elle verrait dans cette période un tournant de son existence.

Je suis amoureuse de lui.

Elle se voilait la face depuis trop longtemps. Ce n'était ni de l'amitié, ni de l'affection : quand on apprenait qu'un ami avait une nouvelle copine, on n'avait pas l'impression que notre estomac se transformait tout à coup en banquise. Mais c'était une façon très violente d'admettre la réalité. Il aurait été tellement plus facile d'en prendre conscience progressivement, dans la lumière tamisée du Ritz, en buvant des cocktails qui auraient pu atténuer le choc, ou en contemplant le sommet pointu du Matterhorn. Elle aurait eu le temps et l'espace pour accepter une évidence qu'elle avait préféré fuir.

Quand la nouvelle relation de Strike avait-elle débuté ? Combien de temps séparait cette rencontre du moment qu'ils avaient vécu ensemble sur le trottoir, devant le Ritz ? Elle refusait de croire qu'il voyait déjà quelqu'un, à cette époque-là ; quelle que soit la colère qu'elle ressentait pour lui en ce moment, il ne l'aurait certainement pas prise dans ses bras ni failli l'embrasser s'il avait eu une copine qui l'attendait.

Son téléphone sonna dans son sac. Elle espérait que ce n'était pas Strike ; elle ne pensait pas pouvoir lui parler pour l'instant. Elle fut soulagée de voir un numéro inconnu.

— Robin Ellacott.

— Bonjour. Ici Ryan Murphy.

— Ryan…, répéta Robin, incapable de le remettre.

— Le commandant Murphy. Je suis venu dans votre bureau au sujet d'Edie Led…

— Ah oui, bien sûr. Désolée.

— Je ne vous dérange pas ?

— Non, répondit Robin en essayant de se concentrer.

— Je voulais vérifier quelques points avec vous, si ça ne vous ennuie pas.

— Non, allez-y.

Robin continuait d'avancer vers le restaurant où Ilsa ne la retrouverait que dans une heure et demie.

— Je me demandais si Edie Ledwell avait mentionné une certaine Yasmin Weatherhead, quand elle est venue vous voir.

— Non.

Puis, comme si elle se transposait mentalement au bureau, elle ajouta :

— Est-ce l'assistante qui aidait Edie et Josh à gérer le courrier des fans ?

— C'est elle.

— C'est aussi elle qui a apporté ce dossier qui « prouvait » soi-disant à Josh qu'Edie était Anomie ?

— Ah, vous en êtes déjà là ? répliqua Murphy d'un air légèrement impressionné. Oui, en effet, c'est elle.

— On a entendu dire que le dossier n'avait pas été retrouvé dans le cimetière.

— Est-ce que vous avez amadoué un policier qui vous transmet des infos ?

— Non, on l'a appris au cours d'une filature.

— Ah, O.K. Eh bien vous avez raison, on ne l'a pas retrouvé dans le cimetière. Désolé, on est un peu tatillons avec nos sources, en ce moment. J'imagine que vous avez lu l'article du *Times* ?

— Au sujet du Halvening ? Oui.

— Ça n'aide pas, de voir ça affiché à la une des journaux. On ne voulait pas qu'ils sachent qu'on les surveille.

— J'imagine. Comment se passe l'enquête ?

Elle posa la question uniquement pour éviter un instant de penser à Strike. Murphy produisit un son qui se situait à mi-chemin entre le soupir et le grognement.

— On a peut-être ratissé un peu large en lançant un appel à témoins dans les alentours du cimetière de Highgate. On nous a signalé deux vélos volés dans le secteur, un berger allemand agressif à Hampstead Heath, mais personne n'a vu quelqu'un de louche fuir les lieux en courant, ni déguisé ou au comportement étrange à proximité au moment des agressions. Nous sommes en train d'éplucher les archives téléphoniques de Ledwell et Blay.

— Le tueur a emporté le portable de Blay, c'est ça ?

— Vous êtes sûre que quelqu'un de chez nous ne vous donne pas des infos ?

— Ça provient de la même filature.

— Les deux téléphones ont disparu. Vous savez où est passé celui de Ledwell ?

— Non.

Malgré son état, Robin sentit un regain de curiosité.

— La presse va peut-être en parler parce que des gens ont vu la police fouiller l'étang, mais gardez ça pour vous, s'il vous plaît. D'après le signal satellite, le téléphone de Ledwell s'est déplacé vers Hampstead Heath après son meurtre. Selon nos informations, il a été désactivé au niveau du premier étang de Highgate. On l'a fouillé, ainsi que l'étang voisin, mais on n'a rien trouvé.

— Le tueur a pris le téléphone avec lui jusqu'à Hampstead Heath ?

— Apparemment.

— Et celui de Blay ?

— Éteint à peu près au moment des attaques. Le tueur a dû se rendre compte plus tard qu'il n'avait pas éteint l'autre. Enfin bref…

— Oui, je vous laisse, dit Robin qui supposait que Murphy devait y aller.

— Non, non, en fait, heu… comment dire… j'allais… j'allais vous demander si vous étiez disponible pour boire un verre ce week-end.

— Oh, eh bien, il faut que je vérifie sur le planning. Vous souhaitez que Strike soit présent également ?

— Pardon ?

— Vous voulez nous parler à tous les deux, ou bien…

— Je… heu non, en fait je vous demandais si vous vouliez boire un verre… avec moi, quoi.

— Ah, O.K. ! s'exclama Robin, honteuse. Je suis désolée, j'ai pensé que… je travaille tout le week-end.

— D'accord, répondit Ryan Murphy qui paraissait aussi gêné qu'elle. Très bien, pas de souci. Bon alors, bonne chance pour vos filatures. Au revoir.

— Au revoir ! répondit Robin d'une voix plus aiguë qu'à l'ordinaire.

Elle raccrocha.

Elle avait les joues brûlantes. Elle reprit son chemin, d'un pas plus rapide, pressée de mettre de la distance entre elle et Cormoran Strike, et de trouver un recoin sombre où elle pourrait à loisir se féliciter d'être la femme de Londres la plus nulle en amour.

27

Il cherche la guerre, son cœur est prêt,
Ses pensées amères, il ne fléchira pas.

Jean INGELOW,
At One Again

Une demi-heure à peine après leur coup de téléphone, Shah rappela Strike pour l'informer que Montgomery et ses amis dînaient chez Opium, un restaurant de dims sums dans Chinatown, non loin du bureau. Strike avait soulagé ses désagréments gastriques par un passage aux toilettes, mais son moignon souffrait toujours de soutenir son poids. Ne tenant pas compte de la douleur, il enfila son manteau, ferma le bureau à clé et se mit en route pour rejoindre Shah en slalomant une fois de plus entre les travaux de la rue.

Le groupe de Montgomery se trouvait au troisième étage (*évidemment*, songea Strike en gravissant les marches malgré son tendon extrêmement récalcitrant). Ils étaient assis sur des tabourets à pied de métal autour d'une table en bois où un barman préparait des cocktails devant eux. Aux yeux de Strike, tous les jeunes hommes du groupe ressemblaient à Montgomery avec leur barbe soigneusement entretenue et leur T-shirt serré, tandis que les jeunes femmes, toutes très maquillées, arboraient des chevelures aux teintes aussi naturelles que le violet, le vermillon ou le bleu. Tout le monde avait sorti son téléphone et prenait des photos des cocktails, des étagères de bouteilles derrière le barman et de l'image peinte sur un placard, à l'effigie de Mao. La brique apparente et le parquet rappelaient à Strike l'un des bars où il était allé avec Madeline, et qui se mélangeaient tous dans sa tête à présent.

Shah était assis non loin du groupe, dans une pièce adjacente, Montgomery en ligne de mire.

— Anomie vient de tweeter, annonça-t-il à Strike comme il s'asseyait en face de lui. Et Montgomery était sur son téléphone à ce moment-là.

— O.K., garde-le à l'œil pendant que je te parle. J'ai besoin de toi pour une autre mission.

Pendant qu'il lui exposait le problème que constituait Jago Ross, Shah regardait d'un air absent le groupe bruyant près du comptoir du barman. Quand Strike eut fini de parler, Shah le regarda droit dans les yeux pour la première fois.

— Donc… tu veux trouver quelque chose sur le mari de ton ex.

Shah avait sur le visage une expression étrange que Strike ne lui avait jamais vue : neutre, fermée.

— C'est ça. S'il me cite dans son divorce, je suis complètement foutu. J'ai besoin d'une monnaie d'échange.

Shah jeta un coup d'œil à la table de Montgomery, puis reprit :

— Pourquoi tu me demandes ça à moi ?

— Ben, je peux pas m'en charger, c'est évident. Il me connaît. C'est un connard mais il est pas con. Je ne veux pas non plus risquer qu'il reconnaisse Robin. On l'a vue dans les journaux l'année dernière, et Barclay aussi. Je veux un nouveau visage, qu'il ne peut pas associer à moi. Donc toi ou Midge.

Shah but une gorgée de sa boisson, regarda de nouveau vers Montgomery, mais garda le silence.

— Il y a un problème ? demanda Strike, embêté.

— C'est un job réglo, on est d'accord ? Ou est-ce qu'on parle d'un truc au black non déclaré ?

— Pourquoi tu poses cette question ?

— Parce que Patterson avait tendance à utiliser son agence pour emmerder des gens contre qui il avait une dent. Tout au black, non déclaré, sauf que parfois il « oubliait » de payer. C'était généralement moi qu'il choisissait pour ce genre de missions.

— Je cherche pas à me venger de lui. Sa femme, j'en suis bien débarrassé. Il fait ça pour me mettre dans la merde. S'il n'essayait pas de me traîner dans leur sale histoire, je m'en foutrais. Ce sera une enquête comme les autres, déclarée, et je te paierai comme n'importe quel client.

Strike n'avait pas anticipé la façon dont il l'annoncerait à Robin, mais il n'avait plus trop le choix, à présent.

— J'ai tout à fait conscience qu'on ne peut pas vraiment prendre de nouvelle affaire en ce moment, ajouta Strike. Si je pouvais, je ferais autrement.

— O.K., désolé, je voulais juste que ce soit clair, dit Shah. Tu as les coordonnées du gars ?

— Je t'envoie tout par mail quand je retourne au bureau. C'est son deuxième mariage. J'essaierai de trouver les coordonnées de sa première femme aussi, je mettrai Midge en copie.

— Très bien. J'attaque dès que j'ai reçu tout ça.

Strike remercia son collaborateur et quitta le bar, boitant un peu plus à chaque marche.

28

C'en est donc fini, fini d'aimer,
D'espérer et de croire ;
Que reste-t-il alors,
Sinon le chagrin et le désespoir ?

Anne EVANS,
Outcry

Il était presque dix-neuf heures quand Robin, alternant entre humiliation et tristesse, quitta le café de Soho où elle s'était installée pour rejoindre Bob Bob Ricard. Elle approchait de l'entrée quand Ilsa, chevelure blonde et lunettes sur le nez, sortit d'un taxi devant elle.

Elles se serrèrent l'une contre l'autre. Ilsa avait l'air fatigué mais contente de voir Robin, qui avait très envie d'un verre pour se décharger de ses soucis. La question était de savoir jusqu'à quel point elle voulait partager cela avec Ilsa, qui avait par le passé joué les entremetteuses entre Strike et Robin, pour le plus grand embarras de cette dernière.

On les mena au sous-sol, dans une salle qui combinait l'opulence victorienne et une ambiance de boîte de nuit : éclairage spectaculaire, décorations rouge et or, sol imitant un plateau de backgammon, banquettes en cuir et – elle le vit dès qu'elles s'installèrent dans leur box – un bouton « Appuyez pour le champagne » sur le mur à côté d'elle.

— Tu vas bien ? demanda Ilsa, l'air inquiet.
— Je crois que j'ai besoin d'un verre avant de t'en parler.
— Dans ce cas, appuie sur le bouton, c'est fait pour ça, non ?
— Parle-moi de ton dossier, l'enjoignit Robin.
— Je n'arrive pas à croire qu'on ait gagné, reconnut Ilsa.

Le temps qu'un serveur en gilet de veston rose leur apporte le champagne, elle parla à Robin de l'adolescente qui avait été jugée pour avoir aidé à planifier une attaque terroriste.

— … et les quatre autres ont tous été reconnus coupables, termina Ilsa quand le serveur posa les coupes de champagne devant elles. Ils le méritaient amplement, mais j'ai pensé : c'est fichu pour elle. J'entendais la mère sangloter derrière nous. Dieu merci, la juge a cru le psychologue. Quinze ans, profondément autiste et convaincue qu'elle avait trouvé de vrais amis sur Internet… elle est tombée dans le piège, évidemment. En plus c'était sur elle qu'ils avaient l'intention de fixer les explosifs. Les salauds. Bon, dis-moi ce qui t'arrive.

— Avant toute chose : félicitations pour cette victoire, dit Robin en trinquant avec Ilsa avant de boire un peu de champagne. Un gars de la Brigade criminelle vient de me proposer un rendez-vous avec lui, et je lui ai demandé si je pouvais venir avec Strike.

— Tu as fait *quoi* ?

Quand Robin eut fini d'expliquer, Ilsa riait si fort que les autres clients se retournèrent.

— Arrête, grommela Robin dont la honte était quelque peu allégée par l'allégresse de son amie. Je suis une idiote.

— Mais non, ce type t'appelait au sujet d'une enquête, qu'est-ce que tu étais censée croire ? Allez Robin, c'est drôle !

— Ouais, enfin… il y a autre chose. Charlotte Campbell a débarqué au bureau cet après-midi.

— Quoi ? fit Ilsa redevenue sérieuse.

— Je ne sais pas ce qu'elle voulait. Enfin si, je le sais, elle voulait voir Strike. Ils se sont isolés dans le bureau pendant cinq minutes seulement, et quand ils sont ressortis, elle a dit que je ressemblais à la nouvelle copine de Strike, Madeline. Je ne savais pas qu'il voyait quelqu'un. Il ne m'en a pas parlé. C'est une créatrice de bijoux, apparemment.

— Il a une copine ? répéta Ilsa.

Elle semblait aussi abasourdie que s'y attendait Robin, et c'était à la fois douloureux et agréable d'entendre dans sa voix un écho de ce qu'elle ressentait elle-même.

— Depuis quand ? Il ne nous en a jamais parlé !

— En tout cas c'est vrai, dit Robin en haussant les épaules. Il me l'a confirmé après le départ de Charlotte.

— O.K., avant qu'on parle de cette *Madeline*, dit Ilsa comme si ce prénom était suspect, laisse-moi te dire exactement ce que Charlotte faisait là.

Elle prit une profonde inspiration avant de poursuivre :

— Robin, elle sent qu'il se passe quelque chose entre Corm et toi, et elle veut tout faire foirer.

Les paroles d'Ilsa ou le champagne avaient légèrement remonté le moral de Robin, qui répondit néanmoins :

— Charlotte ne nous a jamais vus ensemble jusqu'à aujourd'hui, et ça a duré maximum trois minutes.

— Ça n'a rien à voir, trancha Ilsa. Corm et toi vous travaillez à l'agence depuis, quoi, cinq ans, maintenant ? Il t'a prise comme *associée*, bon sang ! Nick et moi, on n'aurait jamais pensé qu'il ferait ça. Il s'est officiellement engagé avec toi et, connaissant Corm, crois-moi, ça veut dire quelque chose. Je n'ai jamais rencontré personne qui ait aussi peur… On ferait mieux de commander, dit Ilsa en croisant le regard d'un serveur, sinon ils vont sans arrêt nous interrompre.

La commande passée, le serveur s'éloigna et Ilsa reprit :

— J'en étais où ? Ah oui, j'ai jamais rencontré personne qui ait aussi peur de s'engager que Corm.

— Il a quand même demandé Charlotte en mariage.

— Oh, je t'en prie, ironisa Ilsa en levant les yeux au ciel. Il était au plus bas, et il en a connu beaucoup, des moments comme ça. Il venait de perdre sa jambe, sa carrière militaire était terminée, et elle a décidé de jouer les bons samaritains parce que tout ça était dramatique. Évidemment, il est tombé dans le panneau, comme n'importe qui. Robin, il passe le plus clair de son temps avec toi. Cinq ans, c'est son record avec une femme. Charlotte doit le savoir et ça ne lui plaît pas du tout. Crois-moi. Je la connais, ajouta Ilsa sans gaieté.

Elle prit sa coupe de champagne, mais la reposa sans avoir bu.

— Charlotte n'a jamais voulu qu'il lance cette agence, reprit-elle. Elle a peut-être prétendu le contraire pendant cinq minutes après leurs fiançailles, mais dès qu'elle a compris qu'il travaillerait tout le temps sans ramener d'argent, elle a tout fait pour que le projet capote. Mais maintenant, regarde : il réussit très bien, et il le dit lui-même : il n'y serait jamais arrivé sans toi. Crois-moi, si Charlotte avait su que l'agence allait se développer comme ça, que Corm allait être connu et reconnu, elle se serait accrochée et ne l'aurait jamais laissé partir. Charlotte sait *exactement* ce que tu représentes pour lui, et elle savait *exactement* ce qu'elle faisait quand elle a mentionné devant toi cette nouvelle copine.

Robin avait fini son champagne. Avant qu'elle n'appuie sur le bouton, Ilsa la devança. Robin éclata de rire et reprit :

— Il y a autre chose. Mais n'en fais pas une montagne.

— Vas-y, lança son amie, l'air fascinée.

— Tu sais que Strike m'a emmenée boire un verre au Ritz pour mon anniversaire ?

— Oui…

— Ce n'est pas aussi palpitant que ça. On n'a pas… fini au lit ensemble, quoi.

Ilsa paraissait encore plus intéressée.

— Mais on était tous les deux un peu soûls. Les cocktails qu'on avait bus étaient costauds et on n'avait pas beaucoup mangé. Bref, il avait son bras autour de moi parce que j'avais failli tomber, et il y a eu ce moment devant le Ritz quand on attendait le taxi… Je crois, je sais pas, mais je suis presque sûre qu'il voulait m'embrasser.

Ilsa lâcha une exclamation et un serveur qui passait par là se retourna.

— Ne commence pas, grommela Robin. Honnêtement, Ilsa. C'était… Oh mon Dieu, je ne peux pas oublier l'expression de son visage. Il s'est penché vers moi, j'ai paniqué et je crois que… qu'il a eu l'impression… Il a dû penser que cette idée me dégoûtait, ou quelque chose comme ça. Il avait l'air un peu…

Robin ferma momentanément les yeux, se remémorant l'expression de Strike.

— … honteux. Il a reculé et on a fait comme si de rien n'était. Enfin en quelque sorte. Après ça, il est devenu un peu plus distant.

— Pourquoi tu as paniqué ?

Le serveur arriva pour remplir la coupe de Robin. Elle en but presque la moitié avant de répondre :

— Je ne sais pas… Parce que j'ai trente ans et que j'ai connu un seul homme de toute ma vie ? se lamenta-t-elle en repensant au coup de téléphone de Ryan Murphy. Parce que je suis tellement bête que je ne comprends même pas quand on me propose un rendez-vous ?

Cependant son inexpérience n'était pas la seule raison, et Robin le savait.

— Mais au fond, je savais que Strike allait le regretter, si on s'embrassait. Je savais que ça se passerait comme ça une fois les effets de l'alcool dissipés et… je ne pouvais supporter de l'entendre me dire que c'était une grosse erreur. Tu sais comment il est, avec sa vie privée, son espace, et on passe déjà la plupart de notre temps ensemble. Je ne voulais pas l'entendre me dire qu'il n'en avait pas vraiment envie.

Ilsa se renfonça dans sa banquette en fronçant légèrement les sourcils. Elle tendit une fois de plus la main vers sa coupe de champagne, mais se ravisa de nouveau.

— Oui, tu as raison. Il l'aurait regretté. Il est comme ça, non ? analysa l'avocate. Il aurait mis cette erreur sur le compte de l'alcool et ensuite, il aurait sans doute trouvé le moyen de creuser un fossé entre vous pour préserver ses conceptions ridicules sur les relations amoureuses… Je te parierais cher qu'il a commencé à sortir avec cette garce…

— Tu ne sais pas si c'est une garce, objecta Robin. Elle est peut-être très sympa. Sa dernière copine, Lorelei, elle était très bien.

— Bien sûr, et c'est pour ça qu'il l'a jetée, lâcha Ilsa sur un ton sec. Comment continuer de penser que s'engager dans une relation stable signifie s'enfermer dans une prison, s'il sort avec des femmes qui ne lui pourrissent pas la vie ? Non, je te parie un mois de salaire qu'il est avec cette nouvelle femme parce que vous avez failli vous embrasser et que ça lui a foutu la trouille.

Ilsa resta pensive quelques secondes, puis afficha un large sourire.

— Pourquoi tu souris ?

— Désolée, c'est plus fort que moi. Je pense juste que ça lui a fait les pieds, de penser qu'il te dégoûtait.

— Ilsa !

— Oh, enfin Robin, tu as vu l'effet qu'il fait aux femmes. Elles le prennent d'abord pour un mollasson mal rasé et hautain, et une demi-heure plus tard, c'est l'homme le plus sexy de la Terre. Moi, ça me laisse de marbre. Le genre « comment je vais aider cet homme qui, clairement, ne veut pas d'aide », c'est pas mon truc. Mais beaucoup de femmes adorent ça, d'où son succès.

— Je ne l'ai jamais trouvé sexy, commenta Robin.

Mais la sincérité de la conversation et le champagne la poussèrent à rectifier :

— Pas pendant des années, en tout cas.

— Non, je pense qu'il a été plus rapide que toi sur ce coup. Ne me dis pas que je ne sais pas de quoi je parle, j'ai vu la façon dont il te regardait à ton dîner d'anniversaire. À ton avis, pourquoi il ne t'a pas dit qu'il voyait cette Madeline ?

— Je ne sais pas.

— Moi je sais. Parce qu'il n'a pas envie que tu sois libre d'aller t'envoyer en l'air avec des officiers de la Brigade criminelle. Il veut tremper son biscuit et que tu restes disponible pendant qu'il décide si ça vaut la peine de retenter le coup avec toi.

« Je connais Corm depuis l'âge de cinq ans. Ce fichu Dave Polworth me tirait les cheveux à la récré. Tu n'as jamais rencontré sa tante Joan. Je l'adorais, comme tout le monde, mais c'était l'exact opposé de sa mère. Avec Joan, ça filait droit, il fallait avoir de bonnes manières, se tenir correctement, ne pas faire honte à la famille. Leda avait l'habitude de débarquer pour le ramener à Londres avec elle, où elle le laissait faire ce qu'il voulait pendant qu'elle se défonçait. Il a passé son enfance entre deux extrêmes : il était l'homme de la maison avec trop de responsabilités quand il était avec Leda, et le petit garçon qui devait se tenir droit avec Joan. Pas étonnant qu'il ait de drôles de conceptions des relations humaines.

« *Toi* par contre, dit Ilsa en regardant Robin d'un air malicieux derrière ses lunettes, tu es une nouveauté totale pour Corm. Tu n'as pas besoin d'aide. Tu te débrouilles seule. Et en plus, tu l'aimes tel qu'il est.

— Je n'en suis pas si sûre. Pas ce soir.

— Est-ce que tu veux qu'il quitte ce job ? Tu penses qu'il est temps qu'il s'installe, ait des enfants, se mette à conduire une Range Rover et rejoigne l'association des parents d'élèves ?

— Non, parce que l'agence ne serait pas ce qu'elle est, sans lui.

— L'agence, répéta Ilsa en secouant la tête sans comprendre. Franchement, tu es exactement comme lui.

— Comment ça ?

— Le job d'abord. Écoute-toi. « L'agence ne serait pas ce qu'elle est. » Mon Dieu, il a de la chance de t'avoir. Je ne crois pas qu'il ait déjà rencontré une femme qui veuille le laisser libre de faire ce qu'il aime.

— Et toutes ces femmes qui finissent par le trouver sexy après avoir passé une heure avec lui ?

— Au bout d'une heure, ou d'une semaine, il commence à leur taper sur les nerfs. Moi, il me taperait sur les nerfs. Le truc bizarre, c'est qu'à mon avis ce serait différent avec toi si vous arriviez à ce stade… Qu'est-ce que tu sais de cette femme avec qui il sort ?

— Simplement qu'elle s'appelle Madeline Courson-Miles et qu'elle est créatrice de bijoux. Elle doit avoir du succès. Charlotte a posé pour sa nouvelle collection.

Ilsa sortit le téléphone de son sac et chercha ce nom sur Internet.

Robin, qui n'était pas sûre de vouloir voir les résultats, vida sa deuxième coupe.

— Trouvée ! s'exclama Ilsa les yeux rivés sur son écran. Oh la vache, regarde-la !

Elle lui passa le téléphone. Robin découvrit la belle Madeline, souriante, cheveux ébouriffés, debout entre deux top modèles, toutes les trois avec une coupe de champagne à la main.

— Tu ne vois pas ? demanda Ilsa avec impatience.

— Quoi donc ?

— Robin, elle te ressemble !

Robin se mit à rire.

— Ilsa...

— Vraiment ! insista Ilsa en reprenant son téléphone pour examiner de nouveau la photo de Madeline. Même couleur de cheveux, même...

— Quand est-ce que tu m'as vue porter un pantalon en cuir et une chemise lamée argentée décolletée jusqu'au nombril ?

— Bon, O.K., la chemise ne t'irait pas, tes nichons sont trop gros. Donc ça fait deux points pour Ellacott, zéro pour Courson-Miles, pour l'instant.

Robin éclata de rire.

— Ilsa, tu veux bien boire ton champagne ? J'ai pas envie d'être la seule à appuyer sur le bouton.

Après une hésitation, Ilsa répondit à voix basse :

— Je peux pas. Je suis enceinte.

— *Quoi* ?

Robin savait qu'Ilsa et Nick essayaient depuis des années d'avoir un bébé et que leur dernière FIV avait échoué.

— Ilsa, c'est merveilleux, je croyais que vous ne vouliez pas refaire de...

— C'est arrivé tout seul, expliqua son amie d'un air stressé. Mais ça ne tiendra pas. Ça ne tient jamais. Trois FIV, trois fausses couches. Ça va mal se passer, comme d'habitude.

— Tu en es à combien ?

— Presque douze semaines.

— Et Nick, comment il le...

— Il n'est pas au courant. Tu es la seule à qui je l'ai dit.

— *Quoi ?*

— Je peux pas supporter de revivre tout ça. L'espoir et puis finalement... Pas la peine que Nick souffre.

— Mais si tu es déjà presque à douze...

— Non, l'interrompit Ilsa d'une voix ferme. Je peux pas... J'ai bientôt quarante ans. Même s'il s'accroche, il y aura peut-être un problème avec le bébé.

— Donc tu n'as pas passé d'échographie ?

— Je ne veux pas voir sur l'écran un minuscule machin qui frétille et ne verra jamais le jour. À quoi bon ? Je suis passée par là et ça a failli me tuer. Plus jamais ça.

— Tu les as perdus à combien de semaines, les autres ?

— Huit semaines pour le premier, dix pour le deuxième. Ne me regarde pas comme ça. C'est pas parce que celui-là a duré deux semaines de plus…

— Et si tu es toujours enceinte dans deux semaines ? Dans un mois ?

— Dans ce cas… j'imagine que je devrai l'annoncer à Nick.

Soudain prise de panique, Ilsa ajouta :

— Ne le dis pas…

— Évidemment, je ne dirai rien à Strike, pour qui tu me prends ?

— Tiens, bois-le, proposa Ilsa en poussant son champagne vers elle.

Leurs entrées arrivèrent. Alors que Robin dégustait sa première bouchée de pâté, Ilsa lui demanda :

— Il est comment, ce mec de la Brigade criminelle qui t'a proposé un verre ?

— Grand et plutôt pas mal je crois, mais on parlait de meurtre, alors tu sais… je ne pensais pas à autre chose.

— Rappelle-le. Dis-lui que ça te ferait plaisir.

— Non, insista Robin. Il doit penser que je suis pas normale, après la conversation qu'on a eue.

— Comment est-ce que tu vas gagner en expérience avec les hommes si tu ne sors avec personne ? C'est juste un verre. Tu ne risques pas grand-chose. Tu ne sais pas ce que ça pourrait donner.

Robin regarda son amie en plissant les yeux.

— Et je suis sûre que rendre Strike jaloux est la dernière chose à laquelle tu penses.

— Eh bien, disons, peut-être pas la *dernière*, répliqua Ilsa en lui adressant un clin d'œil.

29

Je fus la proie d'une sorcière,
Êtes-vous mon ennemie à présent,
Vous, cruelle peur ? Vient une fin
À chaque jour ; vous ne pourrez
Me poursuivre là où je vais…

Jean INGELOW,
At One Again

À vingt-deux heures, après avoir fini les légumes sautés qu'il se préparait en général quand il ne savait pas quoi cuisiner, Strike s'était allongé tout habillé sur son lit, dans sa chambre sous les toits, ceinture ouverte et pantalon déboutonné, cigarette à la bouche, une triple dose de son single malt préféré posée sur sa table de chevet, et les documents imprimés par Robin sur le blog du Justicier numérique étalés sur le lit.

L'irruption de Charlotte dans son bureau avait occupé ses pensées pendant des heures, mais l'équilibre revenait peu à peu : tout d'abord parce qu'il avait décidé de contrer Jago Ross dont l'objectif était de gâcher l'existence de Strike et de son ex-femme ; ensuite parce que c'était son deuxième triple whisky ; et enfin, parce que la discipline mentale qui l'avait accompagné pendant toute sa carrière avait repris le dessus. Le travail avait toujours été son meilleur refuge, et si ses émotions n'étaient pas faciles à contenir, il pouvait au moins essayer de mettre de l'ordre dans l'affaire compliquée d'Anomie. Il sortit donc son téléphone et tenta, pour la énième fois, de se connecter à *Drek's Game*, mais comme lors des précédentes tentatives, Harty apparut, haussa les épaules et lui dit de réessayer plus tard.

Posant son portable sur le lit, Strike but une gorgée de scotch avant de prendre les notes imprimées par Robin sur le blog du Justicier numérique, qu'il se mit à lire.

Note sur le Blog du Justicier numérique

Le blog anonyme du Justicier numérique a été créé en janvier 2012.

La personne à l'origine du blog a pour pseudo Twitter @justiciernum. Sa localisation est cachée. Le blog a pour but de critiquer la pop culture. Cependant, le Justicier numérique a consacré au moins trois billets de blogs à *Sang d'encre*, contre un seul pour d'autres séries ou films. Anomie en a rédigé un (voir plus loin).

Anomie et le Justicier numérique ont eu quelques échanges. Si la même personne se cache derrière ces deux entités, elle prend soin de maintenir deux identités différentes sur Internet. En gros, Anomie partage tout ce qui peut montrer Edie Ledwell sous un mauvais jour, que ce soit des publications de blog critiquant certaines faiblesses du dessin animé ou d'autres productions, d'un point de vue sociopolitique.

Après la tentative de suicide d'Edie en mai 2014, Anomie et le Justicier numérique ont été accusés de l'avoir harcelée. Anomie a prétendu que c'était une fausse tentative de suicide. Le blog, lui, est resté silencieux sur le sujet pendant six semaines, puis il a publié un post intitulé « Pourquoi la culture de la dénonciation est un outil puissant de changement social », qui se conclut ainsi :

> « On m'a accusé de vouloir forcer les gens à se rallier à mes opinions en utilisant la honte ou le harcèlement. Je ne m'en excuse pas. Si la société doit changer en mieux, si elle doit devenir plus inclusive de toutes les ethnies, genres, handicaps, ce n'est pas une mauvaise idée de commencer par faire peur aux fanatiques. La prétendue « cancel culture » consiste tout simplement à demander à ceux qui rendent volontairement leurs opinions publiques d'assumer leurs responsabilités.
>
> Est-ce que je souhaite la mort d'Edie Ledwell ? Bien sûr que non.
>
> Est-ce qu'Edie Ledwell contribue à rendre le monde plus dangereux pour toutes les minorités, en multipliant les stéréotypes à l'écran ? Oui, certainement.
>
> Je me réjouis qu'elle soit rétablie. Maintenant, j'aimerais qu'elle fasse mieux que ça. »

Même si Morehouse (cocréateur du jeu avec Anomie) le nie, une rumeur persistante au sein de la communauté de fans prétend qu'il est le rédacteur du blog. Cette théorie a émergé en janvier 2013 (voir les tweets ci-dessous).

Penny Peacock @rachledbadly
@theMorehou©e je sais que tu as écrit ça
www.ThePenOfJustice/PourquoiLa...

Morehouse @theMorehou©e
Réponse à @rachledbadly
non

Penny Peacock @rachledbadly
Réponse à @theMorehou©e
Heisenberg

Morehouse @theMorehou©e
Réponse à @rachledbadly
Tu te trompes autant en pensant que je suis l'auteur de Justicier numérique que sur le principe d'incertitude

---

Penny Peacock @rachledbadly
Réponse à @theMorehou©e
lol

Mags Pie @maggiespie25
Réponse à @suze_mcmillan @rachledbadly @theMorehou©e
Attendez, quoi ? Morehouse = le Justicier numérique ?????

Carol S @CJS_Sangdencre
Réponse à @maggiespie25 @suze_mcmillan @rachledbadly @theMorehou©e
Le blog a raison, *Sang d'encre* est carrément discriminant envers les handicapés

---

Dan Spinkman @SpinkyDan
Réponse à @CJS_Sangdencre @maggiespie25 @suze_mcmillan @rachledbadly @theMorehou©e
C'est un dessin animé qui parle de cadavres. Ce serait un peu bizarre qu'ils soient en super bonne santé

Kea Niven @realPaperwhite
Réponse à @SpinkyDan @CJS_Sangdencre @maggiespie25 @suze_mcmillan @rachledbadly @theMorehou©e
explique-moi pourquoi des personnes handicapées comme moi devraient supporter ce genre d'« humour » de merde #spoonie #handidiscrimination #SangDencre

---

Lepine's Disciple @Lep1nesDisciple
Réponse à @realPaperwhite @SpinkyDan @CJS_Sangdencre @maggiespie25 @suze_mcmillan @rachledbadly @theMorehou©e
pas baisable ≠ handicapé

Strike avait la vague sensation qu'un de ces noms lui disait quelque chose mais, peut-être parce qu'il avait consommé un tiers d'une bouteille de whisky, il ne pouvait pas dire lequel. Il tourna la page et vit que Robin avait écrit : *Voici l'article du Justicier numérique retweeté par Anomie.*

**Pourquoi *Sang d'encre* est validiste
et pourquoi cela devrait vous inquiéter**

Avertissement : Cet article contient des termes et expressions liés au handicap physique et mental qui peuvent paraître insultants, dénigrants ou blessants. Même si je les utilise à des fins pédagogiques, je recommande fortement au lecteur de se protéger en reportant sa lecture s'il traverse une période difficile ou vulnérable, ou s'il se trouve dans un état instable. Les questions traitées dans cet article provoqueront nécessairement des réactions chez les personnes en situation de handicap.

Strike marqua une pause pour se gratter la jambe à la jonction du moignon et de la prothèse, geste inutile puisque la démangeaison provenait des terminaisons nerveuses qui refusaient d'accepter que la partie inférieure de sa jambe ne soit plus là.

Le validisme est partout. C'était quand, la dernière fois que vous avez passé toute une journée sans entendre les mots *idiot, crétin, abruti, bête, nul, débile, gogol, nase, fou, mytho, dérangé, cinglé, dingue, déséquilibré, déformé, handicapé, hystérique, sociopathe* ou *accro* ?

Les personnes en situation de handicap sont extrêmement mal représentées dans la pop culture, tant par leur nombre que par la reconnaissance de leurs compétences. Les rares fois où l'on voit à l'écran une personne en situation de handicap, elle est généralement interprétée par un acteur valide. Par ailleurs, les personnages handicapés sont en général définis par leur problème physique ou mental de façon superficielle ou stéréotypée.

Étant donné que l'un des créateurs du dessin animé prétend souffrir de maladie mentale, on aurait pu attendre de *Sang d'encre* qu'il combatte cette tendance. Malheureusement, il s'agit sans aucun doute de la production la plus discriminante actuellement proposée sur nos écrans.

Presque tous les personnages ont un handicap « comique ». Des palpitations irrégulières de Harty aux squelettes de Wyrdy-Grobs qui perdent des os à tout moment, on nous invite à rire de l'étrangeté des corps imparfaits. La maladie mentale ne s'en sort pas mieux : la dépression et l'anorexie de Paperwhite et les épisodes indéniablement maniaco-dépressifs de Drek sont eux aussi tournés en dérision. De The Worm et Magspie, les seuls personnages de la classe ouvrière, on nous dit qu'ils ont « causé » leur propre pathologie : The Worm en mangeant trop et Magspie en volant des objets trop lourds à porter. Ceci reprend bien entendu le stéréotype selon lequel les pauvres (criminels) sont les seuls responsables de leur obésité et de leurs douleurs chroniques.

Le langage utilisé dans le dessin animé est systématiquement problématique. Il se passe rarement un épisode sans qu'un personnage traite un autre de « détraké » ou « mochik », c'est-à-dire psychologiquement instable/laid. La cruauté est banalisée : Drek profite du fait que Harty n'ait pas de jambes et l'utilise comme un ballon de foot ; Magspie se moque de Paperwhite qui ne parvient pas à se ressaisir et à faire quelque chose de sa vie misérable ; tous les autres personnages se moquent des Wyrdy-Grob, persuadés qu'ils sont toujours beaux et en bonne santé, alors qu'ils sont juste des os.

Il n'est pas excessif de dire que, comme on visitait au dix-huitième siècle l'hôpital psychiatrique de Bedlam pour se moquer des patients et les insulter, nous sommes invités à rire des personnages malheureux de *Sang d'encre*.

Strike tendit le bras vers son whisky, but une gorgée, puis tourna la page et continua de lire, le verre posé sur la poitrine.

Au début de la nouvelle page, Robin avait écrit : *Dispute entre Anomie et Edie après qu'Anomie a retweeté le post au sujet du handicap. Kea Niven participe à la discussion.*

Après un effort de concentration, Strike se rappela ce que Robin lui avait dit un peu plus tôt, au sujet d'une fille persuadée qu'Edie Ledwell avait volé ses idées pour *Sang d'encre*.

Anomie @AnomieGamemaster
Bonne analyse de la fascination bizarre de Ledwell la Goinfre pour le handicap et la laideur :

www.penofjustice/PourquoiSangDencre...

Anomie @AnomieGamemaster
Réponse à @AnomieGamemaster
Fun fact : le frère de la famille d'accueil de Ledwell est handicapé. Apparemment, la démarche de Lord Wyrdy-Grob est basée là-dessus

---

Edie Ledwell @EdLedDraws
Réponse à @AnomieGamemaster
C'est un mensonge

Anomie @AnomieGamemaster
Réponse à @EdLedDraws
où t'as eu cette idée pour la démarche ?

Edie Ledwell @EdLedDraws
Réponse à @AnomieGamemaster
C'est pas moi qui m'occupe de Lord Wyrdy-Grob, c'est Josh

Anomie @AnomieGamemaster
Réponse à @EdLedDraws
bien sûr. En vrai, t'as envisagé d'arrêter de mentir ?

Edie Ledwell @EdLedDraws
Réponse à @AnomieGamemaster
C'est pas un mensonge. Laisse mes amis et ma famille tranquilles

Anomie @AnomieGamemaster
Réponse à @EdLedDraws
Dixit la meuf qui prétend ne pas avoir de famille et qui a littéralement plus aucun ami, vu qu'elle les a tous baisés.

Edie Ledwell @EdLedDraws
Réponse à @AnomieGamemaster
tu dis que de la merde

Anomie @AnomieGamemaster
Réponse à @EdLedDraws
ouais, continue d'insulter les fans en ligne, c'est classe

Kea Niven @realPaperwhite
Réponse à @AnomieGamemaster @EdLedDraws
Elle en a rien à foutre des fans, tout ce qui l'intéresse c'est £££ et ses propres objectifs #validisme

---

Kea Niven @realPaperwhite
Réponse à @realPaperwhite @AnomieGamemaster @EdLedDraws
Son dessin animé pourri répand l'idée que les personnes handicapées sont « différentes » /ridicules/ bizarres #spoonie #validisme

---

Yasmin Weatherhead @YazzyWeathers
Réponse à @realPaperwhite @AnomieGamemaster @EdLedDraws
et elle a toujours pas voulu rencontrer de personnes en situation de handicap pour discuter des inquiétudes légitimes des fans #validisme

---

Lepine's Disciple @Lep1nesDisciple
Réponse à @YazzyWeathers @realPaperwhite @EdLedDraws @justiciernum @AnomieGamemaster
c'est quoi ton handicap ? Être une grosse vache ?

Les notes de Robin s'arrêtaient là. Strike reposa la liasse de documents, vida son verre de whisky, écrasa sa cigarette et reprit son téléphone pour consulter la page Twitter de Kea Niven.

Après avoir remarqué à quel point elle était jolie, il cliqua sans le vouloir sur le lien vers sa page tumblr.

Comme il n'avait jamais entendu parler de ce site, il ne comprit pas immédiatement le fonctionnement. La page de Kea était couverte d'images et de textes brefs, certains repostés depuis d'autres comptes, d'autres qu'elle avait elle-même écrits ou dessinés. En haut de la page il y avait une image représentant plusieurs cuillers, légendée ainsi :

Artiste handicapée – mode, musique, amoureuse des oiseaux –
La vie en ce moment, c'est surtout la maladie.
Mucoviscidose – fibromyalgie – STOP – allodynie
Il me faut d'autres cuillers…

Strike ne comprenait rien à cette histoire de cuillers, et supposait que c'était tiré d'un livre ou d'un film qu'il ne connaissait pas. Il lut le post de Kea dans lequel elle racontait son retour forcé chez sa mère, puis passa en revue certaines de ses créations artistiques, fortement influencées par les dessins animés. Elle avait reposté de nombreuses publications consacrées à la maladie chronique (« la pilule la plus difficile à avaler, c'est d'admettre qu'on ne peut pas tout régler par la force de l'esprit », « renoncer à celui qu'on était censé être, ce n'est pas facile ») et une multitude de citations, en général écrites sur un fond pastel :

« Écorche le corps et il guérit, mais blesse le cœur et la plaie durera tout une vie. » **Mineko Iwasaki**

« Quand on donne son cœur à quelqu'un et qu'il n'en veut pas, on ne peut pas le reprendre. C'est perdu pour toujours. » **Sylvia Plath**

« Autour de moi tout a changé,
Je ne chante ni ne prie ;
Tu es comme l'arbre empoisonné
Qui m'a volé ma vie. » **Elizabeth Siddal**

Strike continua sa lecture jusqu'à ce qu'il tombe sur deux petits textes écrits par Kea.

Ma mère, une femme qui élève des perroquets alors qu'elle est allergique aux plumes, critique mes choix de vie. Si tu veux, Karen.

Et un peu plus bas :

Ce n'est pas grave de ne pas « travailler » ou « réussir ».
Se culpabiliser parce qu'on n'arrive pas à faire ça, c'est la conséquence d'un capitalisme internalisé.

Ce n'est pas grave de réclamer des ajustements. L'évaluation de nos propres besoins physiques ne devrait pas dépendre de l'opinion des autres sur nos maladies.

Ce n'est pas grave d'utiliser un outil pour améliorer notre mobilité si ça nous facilite la vie, même s'il n'a pas été prescrit ou recommandé par un médecin.

Sans le vouloir, Strike jeta un coup d'œil vers le tiroir où était rangée la canne télescopique que Robin lui avait achetée un jour, quand sa jambe amputée lui faisait tellement mal qu'il pouvait à peine marcher. Il n'aimait pas l'utiliser, d'abord parce que la canne ajoutait un élément reconnaissable à son physique qui ne passait déjà pas inaperçu, et ensuite parce que cela suscitait des questionnements et une compassion qui n'étaient généralement pas bienvenus.

Il ferma la page tumblr de Kea qu'il avait trouvée mièvre et sans intérêt, puis resta immobile sur son lit pendant une minute encore, scrutant le plafond, avant de se lever et de boiter jusqu'à la salle de bains. Pendant qu'il urinait, il se rappela que Charlotte aussi lui avait offert une canne : un objet d'antiquité, fabriquée en rotin, avec une poignée en argent. Elle avait soi-disant appartenu à son arrière-grand-père, mais qui sait si c'était vrai ; elle provenait peut-être d'une boutique d'antiquaire. Dans tous les cas, elle n'avait servi à rien : beaucoup trop petite pour lui, et quand ils s'étaient définitivement séparés, Charlotte l'avait reprise.

Les yeux fixés sur le mur de la salle de bains en attendant que sa vessie se vide, Strike se sentait sur le point d'inventer un aphorisme comparant les besoins d'un homme à ses caprices, ou encore la valeur des choses à leur prix mais son cerveau fatigué, ramolli par le whisky, refusait de tourner de jolies phrases. Il se concentra donc plutôt sur une tâche plus pragmatique : ôter sa jambe artificielle pour enduire son moignon de crème avant de s'affaler dans son lit.

30

Mais si je peux leurrer mon cœur en lui disant
Que l'amour s'oublie,
N'est-ce pas préférable ?

Adah Isaacs MENKEN,
Myself

Le champagne et sa discussion avec Ilsa avaient momentanément remonté le moral de Robin, mais alors qu'elle rentrait chez elle en taxi, elle sentit la déprime reprendre le dessus. La découverte de la nouvelle relation amoureuse de Strike continuait de l'affecter. Ilsa avait tenté de lui redonner espoir : Strike pouvait miraculeusement changer, et vouloir vivre une histoire d'amour avec la femme qu'il considérait comme sa meilleure amie, même si cela mettait en péril l'agence ainsi que l'existence spartiate et autonome qu'il menait dans sa chambre sous les toits, une existence qu'il n'avait jamais voulu échanger contre une vie moins solitaire. Ilsa était certes une vieille amie de Strike, mais Robin pensait connaître davantage qu'elle l'homme qu'il était devenu. Que son amie ait vu juste ou pas concernant les raisons qui avaient poussé Strike à tenir secrète sa rencontre avec Madeline, le détective avait manifestement besoin de compartimenter sa vie, et Robin doutait qu'il se départisse un jour de cette habitude.

En regardant par la vitre du taxi tandis qu'ils longeaient les vitrines sombres des magasins, avec parfois un néon d'enseigne encore allumé, elle se dit : *Il faut que tu arrêtes de l'aimer. C'est aussi simple que ça.*

Mais elle ignorait comment faire. Avec son ex-mari, cela n'avait nécessité aucun effort : l'amour s'était simplement épuisé à cause d'une incompatibilité que les circonstances avaient permis de cacher, jusqu'à ce qu'elle finisse par se rendre compte que les sentiments avaient disparu. Sa trahison l'avait libérée.

Comme si elle l'avait appelée de ses vœux, la chanson « Wherever You Will Go », de The Calling, résonna dans le taxi. C'était leur chanson, à Matthew et elle, la première danse lors de leur mariage, et elle eut beau essayer de prendre cette coïncidence à la légère, les larmes lui montèrent aux yeux. La chanson avait continué alors qu'elle s'était élancée derrière Strike qui quittait la soirée, donnant ainsi le ton (ou du moins le pensait-elle aujourd'hui) à ce mariage raté.

Run away with my heart,
Run away with my hope,
Run away with my love…

— C'est ridicule, murmura-t-elle en essuyant ses larmes.

Puis, imitant son associé une heure plus tôt, elle se plongea dans le travail, refuge plus sain que la boisson.

Elle ouvrit Twitter et constata qu'elle avait deux nouveaux messages privés envoyés par celui qui la draguait, @jbaldw1n1>>.

@jbaldw1n1>>
Ptn tu vas jamais répondre ?

@jbaldw1n1>>
Va te faire foutre sale pute

Elle referma ses messages et regarda le fil d'Anomie où un nouveau tweet avait été posté pendant qu'elle était au restaurant.

Anomie
@AnomieGamemaster

Voilà comment le « protecteur de la flamme » remercie *Sang d'encre* et ses fans.

> **Grant Ledwell**
> @gledwell101
>
> Un bref message pour remercier les fans de leurs condoléances.
>
> La famille d'Edie Ledwell s'engage à développer et protéger #SangEtEncre comme l'aurait souhaité Edie.

23 h 15 10 avril 2015

Robin avait suffisamment côtoyé l'univers des fans du dessin animé pour deviner la réaction qu'allait provoquer ce tweet relayé par Anomie.

DrekIsMySpiritAnimal @playDreksgame
Réponse à @AnomieGamemaster @gledwell101
Ce connard connaît même pas le titre
😂😂😂😂😂😂😂

Belle @Hell5 ! Bell5 !
Réponse à @AnomieGamemaster @gledwell101
t'aurais pu faire gaffe au titre, abruti

LepinesDisciple @LepinesD1sciple
Réponse à @AnomieGamemaster @gledwell101
hé Le Bouledogue, ta femme ressemble à un tas de cellulite après une liposuccion

---

Encre Noire @sammitchywoo
Réponse à @AnomieGamemaster @gledwell101
on écoute Josh, pas toi. Lui au moins il connaît le titre #nonaMaverick #IJesoutiensJosh

---

Zozo @sangdencre28
Réponse à @AnomieGamemaster @gledwell101
Oh ptn, Josh est sur Twitter. Josh demande aux gens de pas, attaquet les Ledwell

> **Josh Blay** @realJoshBlay
> Réponse à @AnomieGamemaster
> Laissez les Ledwell tranquille s'il vous plaît. Arrêtez ça.

LepinesDisciple @LepinesD1sciple
Réponse à @sangdencre28 @realJoshBlay @AnomieGamemaster @gledwell101
c'est pas lui, il est comme un légume maintenant. c'est sûrement un pauvre connard de la com chez Maverick

La lumière orangée des lampadaires se reflétait sur les banquettes du taxi et le téléphone de Robin. Soudain dégoûtée par Twitter, Robin quitta l'application et essaya une nouvelle fois de se connecter à *Drek's Game*, en vain. En voyant Harty qui souriait en haussant les épaules, elle se dit que Strike avait raison : Anomie ne voulait pas admettre de nouveaux joueurs.

Tout à coup, une solution à leur problème lui apparut, comme si un des fameux dieux mentionnés par Yeoman la lui avait chuchotée à l'oreille. Ils devaient se connecter en utilisant un profil existant. Une soudaine montée d'adrénaline balaya sa déprime et elle essaya de se rappeler comment était organisé le planning de la soirée. Barclay surveillait Cardew, Shah filait Montgomery, et Midge devait donc être sur Fingers. Elle appela leur collaboratrice qui répondit à la deuxième sonnerie.

— Hello.

— Super, tu ne dors pas.

— Ouais, je suis encore à Belgravia avec un groupe de connards.

— Midge, j'ai besoin d'un service. L'agence te remboursera, si nécessaire.

— Vas-y.

— Strike et moi, on n'arrive toujours pas à se connecter au jeu d'Anomie. On dirait qu'il n'accepte pas de nouveaux joueurs. Donc je me demandais si…

— Robin, l'interrompit Midge, j'espère que tu penses pas à ce que je pense.

— Je crois que c'est pourtant exactement ça.

Devant le taxi, une voiture de police se gara pour régler ce qui ressemblait à la fin d'une bagarre. Un groupe se tenait devant un bar, un homme par terre se tenant la tête. Il y avait du verre brisé tout autour.

Midge poussa un grognement.

— Putain, Robin.

— Est-ce que Beth y jouait toujours, quand vous vous êtes séparées ?

— Plus tellement. Je crois que ça la soûlait.

— O.K., c'est assez idéal pour nous.

— Peut-être pour *vous*, mais moi j'avais l'intention de plus jamais lui adresser la parole.

— Est-ce qu'il y a quelque chose qu'on pourrait lui offrir en échange de ses identifiants de connexion ?

Il y eut un long silence.

— Toi non, répondit Midge, mais moi oui.

— Je ne veux pas que tu sois amenée à faire quelque chose qui ne te plaît pas, tempéra Robin en croisant les doigts.

— C'est pas que ça me plaît pas, c'est que ça me fait carrément chier de lui donner ce qu'elle veut.

— Et qu'est-ce qu'elle veut ?

— Quand on s'est séparées, j'ai gardé un miroir ancien. Elle l'adore.

— On peut t'en racheter un autre, proposa Robin.

— Je m'en fous de ce miroir, je le déteste. Je l'ai gardé juste parce qu'elle le voulait et que c'était moi qui l'avais payé, expliqua Midge avant de pousser un profond soupir. O.K., je vais voir ce que je peux faire.

— Midge, je pourrai jamais te remercier assez, dit Robin enthousiaste.

Après avoir raccroché, et même si elle venait juste de quitter l'appli, elle rouvrit Twitter.

Les réactions à la malheureuse erreur de Grant continuaient d'affluer.

Soph The Gopher @BlackHartIsMe
Réponse à @AnomieGamemaster @gledwell101
si ce débilos reprend le flambeau #SangDencreEstFini

Frère d'Ultima Thulé @UltimaBro88
Réponse à @AnomieGamemaster @gledwell101
#ReprenezWailyPourDrek

Algernon Gizzard Esq @Gizzard_Al
Réponse à @AnomieGamemaster @gledwell101
Hé, Anomie, la prochaine fois bute Grant

31

Le rat est le plus concis des locataires,
Il ne paie pas de loyer, –
Refuse toute obligation,
Déterminé.

Emily DICKINSON,
The Rat

<Canal des modérateurs>

<10 avril 2015 23 h 29>

<Anomie, Vilepechora, Paperwhite, Demony1, Hartella, Worm28>

Anomie : ok, tout le monde est là ?

Worm28 : sauf Morehouse

Hartella : ni LordDrek

Anomie : OK on va attendre parce que je veux que tout le monde entende ça

Anomie : vous avez vu ce que Le Bouledogue vient de faire sur Twitter ?

Vilepechora : ouais il s'est trompé sur le titre

<Un nouveau canal privé a ouvert>

<10 avril 2015 23 h 29>

<Morehouse invite Anomie>

>

>

>

>

>

>

>

>

>

<Anomie a rejoint le canal>

<Un nouveau canal privé a ouvert>

<10 avril 2015 23 h 29>

<LordDrek invite Vilepechora>

LordDrek : qu'est-ce qui déconne chez toi ?

LordDrek : t'es bourré ?

>

>

<Vilepechora a rejoint le canal>

Vilepechora : qu'est ce qu'y a ?

LordDrek : t'es bourré ?

>

Vilepechora : lol ouai

Worm28 : mais josh veut pas qu'on l'attaque

Vilepechora : est-ce que josh a des pouvoir magiques à l'hôpital ?

Worm28 : ?

Vilepechora : « abracadabra ». Ou comme tu dirais : « acadarabra »

Demony1 : ta gueule et laisse Worm tranquille, Vilepechora

Hartella : Josh doit aller beaucoup mieux s'il est sur Twitter

Demony1 : il a peut-être demandé à une infirmière de tweeter pour lui

Demony1 : grouille-toi Anomie, arrête le suspense, c'est pas X Factor

Worm28 : lol

>

>

>

Hartella : c'est horrible que Grant Ledwell ait autant de pouvoir sur Sang d'encre alors qu'il connaît même pas le titre

Anomie : y a réunion sur la canal des modés, viens

Morehouse : pourquoi t'as pas viré LordDrek et Vilepechora, comme t'avais dit ?

Anomie : j'ai dit que je regarderai

Anomie : c'est fait, ils font pas partie du Halvening

Morehouse : t'as fait quoi exactement ?

Anomie : je leur ai demandé

Morehouse : putain, t'attendais quoi, une confession ?

Morehouse : je suis remonté dans les archives. Ils étaient pas là quand les agressions ont eu lieu

Anomie : toi non plus et je vois personne t'accuser d'avoir tué Ledwell

Morehouse : ils ont dit quoi sur ce dossier ?

Anomie : ils pensaient que c'était vrai

Morehouse : conneries, ils essayaient de retourner les fans contre Ledwell pour qu'ils la harcèlent

LordDrek : tu joues à quoi ptn de dire ça sur Twitter ?

Vilepechora : dire quoi ?

LordDrek : qu'Anomie devrait buter Grant Ledwell ensuite

LordDrek : ptn, on est pas censés dire qu'on est ds le jeu

LordDrek : et pas besoin d'être un génie pour savoir qui est « Al Gizzard »

Vilepechora : on est parano dis donc ?

LordDrek : je suis pas parano, je viens juste de parler à Eihwaz. Les flics l'ont interrogé cet aprem

Vilepechora : merde pourquoi ?

LordDrek : soit on nous a encore infiltrés soit hackés parce qu'apparemment ils pensent qu'il a fabriqué la bombe

Vilepechora : ce con a probablement gueulé trop fort au pub en parlant d'explosifs

LordDrek : en tout cas je veux pas que tu relies publiquement ton nom du Halvening à ce jeu

>

Hartella : à quoi le film va ressembler si c'est lui qui s'en occupe

Demony1 : il sera pas seul, josh sera tjs là

Worm28 : Maverik devrait consulter les fans, pour qu'on dise ce qu'on veut dans le film

Hartella : ouais

Paperwhite : mais ça arrivera pas

<LordDrek a rejoint le canal>

LordDrek : désolé du retard, je rentre du taf

Hartella : salut LordDrek xxx

LordDrek : salut Hartella

Anomie : bon tout le monde est là ?

Anomie : OK, la petite bourde de Ledwell Le Bouledogue prouve que ça sert à rien de continuer à jouer les gentils

Demony1 : ah ouais t'étais gentil jusque-là ?!

Anomie : c'est le moment de foutre la trouille au Bouledogue et à ces connards de Maverick

Anomie : ils disaient juste ce que pensent beaucoup de fans. C'était une grosse profiteuse. T'es obsédé par le Halvening

Morehouse : ça devrait t'obséder aussi

Anomie : viens sur le canal des modés. Je leur parle de mon idée pour le Comic Con

Morehouse : rien à foutre de ton idée, j'ai pas fini de parler de ça

<Anomie a quitté le canal>

<Morehouse a quitté le canal>

<Le canal privé est fermé>

>

Vilepechora : ok, j'ai supprimé le tweet

LordDrek : supprime le compte, débile !

<Vilepechora a quitté le canal>

<LordDrek a quitté le canal>

<le canal privé est fermé>

Demony1 : comment ?

Anomie : on se pointe tous au Comic Con avec un tee-shirt de Drek's Game

Anomie : pour leur montrer que le jeu est l'épicentre de la communauté

Anomie : et que toute tentative de nous faire taire aura de grosses conséquences pour eux et leur film de merde

<Morehouse a rejoint le canal>

Worm28 : mais comment on peut repescter la règle 14 si on est tous la ?

Anomie : pas de noms, pas de coordonnées, juste des masques

LordDrek : sexy. Comme dans une orgie de cul

Hartella : lol

Morehouse : je veux parler du Halvening

Anomie : ptn Morehouse fous nous la paix avec ça

Morehouse : je pense qu'on a deux membres du Halvening ici et je veux qu'ils dégagent de ce jeu définitivement

>

<Un nouveau canal privé a ouvert>

<10 avril 2015 23 h 37>

<Hartella invite Morehouse >

LordDrek : j'imagine que tu parles de Vilepechora et moi ?

Morehouse : correct

LordDrek : on en a parlé avec Anomie et il reconnaît qu'on a fait une erreur

Morehouse : ah ouais

Vilepechora : oui

Vilepechora : on savait même pas ce qu'était le Halvening avant qu'Anomie nous l'explique

Vilepechora : il connaît bien tous ces trucs du dark net

Vilepechora : on pense qu'il a utilisé le bitcoin pour acheter la machette et le taser

Worm28 : comment tu peux faire une blague sur ça ?

Demony1 : va te faire foutre Vilepechora !

Demony1 : un être humain a été assassiné et tu fais des blagues

Demony1 : Morehouse a raison, si c'était juste une erreur, tu te cacherais de honte après ce qui est arrivé à Ledwell et BLay, mais t'en rigoles. Je pense pas que c'était une erreur

Hartella : Morehouse, s'il te plaît, fais pas ça

Hartella : c'est impossible que LordDrek soit du Halvening !

Hartella : dis pas à Anomie que je sais ça, parce que j'ai enfreint la règle 14, mais LordDrek est noir !

Hartella : comment il pourrait être un suprématiste blanc ?!

>

>

>

>

Hartella : Morehouse ?

>

>

>

>

>

<Hartella a quitté le canal>

<Le canal privé est fermé>

<Un nouveau canal privé a ouvert>

<10 avril 2015 23 h 41>

<LordDrek invite Vilepechora>

<Vilepechora a rejoint le canal>

LordDrek : FERME TA GRANDE GUEULE

LordDrek : je plaisante pas ptn

LordDrek : dis moi la vérité : t'as parlé à Anomie du bitcoin ?

>

<Demony1 a quitté le canal>

Anomie : réconcilié avec Demony1, hein, Morehouse ?

Anomie : vous avez eu des petites conversations en privé, comme avant ?

Morehouse : soit tu gardes LordDrek et Vile, soit moi, Anomie

<Morehouse a quitté le canal>

>

>

>

>

>

>

LordDrek : écoute, si notre présence gâche le jeu pour tout le monde, on se casse

Hartella : dis pas n'importe quoi ! Morehouse débloque !

LordDrek : mais c'est le co-créateur

LordDrek : on est juste deux cons qui trouvaient que Drek's Game c'était cool

Vilepechora : ouais

<Un nouveau canal privé a ouvert>

<10 avril 2015 23 h 46>

<Paperwhite invite Morehouse>

Paperwhite : t'es mon héros

<Morehouse a rejoint le canal>

Paperwhite : on a tous la trouille de dire ça à Anomie

Morehouse : c'est eux ou moi et Anomie a bien plus besoin de moi

Morehouse : il aurait pas pu faire ça sans moi. Coder tout ça

Morehouse : je suis tellement vénère là que je pourrais te dire qui c'est

>

Vilepechora : ouais un peu

LordDrek : pauvre con de merde

LordDrek : je t'ai dit quoi quand on a commencé ce job ? on est juste deux geeks à la con obsédés par un dessin animé

LordDrek : tu lui as donné d'autres instructions ?

Vilepechora : non

LordDrek : faut pas que ce connard de Morehouse parle de nous aux flics

LordDrek : alors ta gueule et fais ce que je te dis

>

>

>

>

>

>

>

>

>

>

>

Hartella : Anomie, ils savent que c'est faux, hein ?

LordDrek : si on peut pas revenir ici demain, on saura que vous aurez voté contre nous

<LordDrek a quitté le canal>

<Vilepechora a quitté le canal>

Hartella : c'est dingue !

Hartella : Anomie, tu sais qu'ils ont juste fait une erreur !

Hartella : tu vas pas laisser Morehouse te faire du chantage ?

Anomie : bien sûr que non

Hartella : si on votait, Morehouse serait le seul à vouloir qu'ils partent

Hartella : pas toi, Worm, hein ?

Worm28 : je sais pas

Hartella : Worm, on peut pas les virer !

Anomie : comment ça, « on », Hartella ?

Hartella : je veux dire tous les modérateurs

Paperwhite : non

Paperwhite : tu vas t'en vouloir

Paperwhite : c'est tjs ton ami

Morehouse : ah ouais ?

Paperwhite : tu m'as dit que vous étiez super proches

Morehouse : plus maintenant

>

Morehouse : des fois je pense que c'est lui

Paperwhite : lui quoi ?

Morehouse : à ton avis ?

>

Paperwhite : arrête

Paperwhite : c'est dingue

Paperwhite : pourquoi il l'aurait fait ?

Morehouse : tout ce qui l'intéresse c'est Drek's Game

Morehouse : s'occuper du jeu et être un leader sur Twitter

Paperwhite : c'est pas un mobile

Morehouse : pas pour qqn de normal

>

>

>

>

>

>

>

>

>

LordDrek : si je découvre que t'es venu ici dire à Anomie comment acheter des trucs sans laisser de traces

Vilepechora : j'ai rien dit

LordDrek : y a intérêt putain

Vilepechora : j'ai rien dit

>

LordDrek : on se voit demains chez les parents

LordDrek : on en reparlera

<LordDrek a quitté le canal>

<Vilepechora a quitté le canal>

<Le canal privé est fermé>

Anomie : je ne crois pas que tu aies créé le jeu

Hartella : je sais, c'est pas ce que je voulais dire, désolée, Anomie

>

Worm28 : c'est bizarre ce qu'ils ont fait qaund même

Worm28 : le dossier qu'ils nous on montré, tout était faux

Hartella : c'était une erreur

Worm28 : mais ou ils ont eu les emails ?

Hartella : c'est pas parce que Ledwell n'était pas Anomie que les emails ne sont pas réels

Worm28 : je sais que t'aimes bien LordDrek, mais si ils ont tout inventé ?

Hartella : oh, ta gueule Worm

<Worm28 a quitté le canal>

Hartella : oh putain

>

>

>

>

>

>

Morehouse : ok oublie ce que j'ai dit

Morehouse : j'ai vraiment une drôle d'impression avec lui ces derniers temps

Morehouse : comment va ta mère ?

Paperwhite : ça va

Paperwhite : elle a eu ses trois premières chimios

Paperwhite : elle a commencé à perdre ses cheveux

Paperwhite : mais bon si ça marche

Morehouse : ouais. Je croise les doigts

Paperwhite : xxx

>

>

>

>

>

>

>

>

Paperwhite : écoute je sais que ça va paraître super parano

>

Hartella : Anomie ?

Anomie : quoi ?

Hartella : tu vas faire quoi pour LordDrek et Vile ?

>

>

>

Anomie : c'est mon pb. Mais Worm a raison, t'as l'air de *vraiment* bien aimer LordDrek

Hartella : N'importe quoi !

Hartella : je veux dire, je l'aime bien comme vous tous

Anomie : donc vous avez pas enfreint la règle 14 ?

Hartella : bien sûr que non !

>

>

>

Anomie : Worm28 était censée modérer ce soir

Hartella : je sais

Anomie : vu que tu lui as dit de dégager, tu vas prendre son tour à la place

Paperwhite : mais t'as pas des échanges avec Demony1 hein ?

Morehouse : bien sûr que non, pourquoi ?

Paperwhite : à cause de ce qu'a dit Anomie sur le canal des modés « des petites conversations »

Paperwhite : genre si t'es bi ça me gêne pas

Morehouse : je suis pas bi, je suis hétéro et j'ai pas échangé avec Demony1 par canal privé depuis un an

Paperwhite : ok, juste d'après ce que les gens ont dit ici, on dirait que Demony1 t'aimait bien avant

Morehouse : non, pas dans ce sens-là

>

Paperwhite : j'ai envie de te demander un truc mais j'ai peur que tu flippes

Morehouse : vas-y

>

>

Paperwhite : t'es handicapé ?

>

>

Hartella : Anomie, je peux pas, je me lève tôt !

Anomie : considère ça comme un petit rappel : tu donnes pas d'ordre ici. C'est mon job

Hartella : s'il te plaît, Anomie, je me lève à 6 h !

Anomie : dommage

<Anomie a quitté le canal>

>

<Morehouse a quitté le canal>

>

Morehouse : pourquoi tu me demandes ?

>

>

Paperwhite : mouse, ça me gênerait pas du tout si tu l'étais

Morehouse : qu'est-ce qui te fait penser ça ?

Paperwhite : juste un truc qu'a dit Demony1 un jour

<Morehouse a quitté le canal>

32

Et toutes nos observations touchaient
Aux arts et aux Lettres
À la vie et à l'Homme. Nous nous tenions fièrement, tous les deux, en haut,
Sur le trône de notre objectivité ;
Tout juste amis, pas amants (d'après l'un et l'autre),
Philosophes sûrs et sans sexe.

Amy LEVY,
Philosophy

Durant les cinq jours qui suivirent, Strike et Robin communiquèrent uniquement par texto et email. C'est par voie électronique que Strike annonça à Robin que l'agence avait accepté une nouvelle mission : trouver des éléments permettant de discréditer Jago Ross, et susceptibles d'éviter à Strike d'être mêlé au divorce des Ross. Comme Strike ne précisa pas pourquoi Jago le soupçonnait d'avoir une liaison avec Charlotte, Robin repartit dans de douloureuses spéculations, et bien qu'elle eût récemment reconnu qu'elle était peut-être amoureuse de son associé, elle n'avait jamais ressenti plus de compassion pour les femmes qu'il énervait, comme l'avait dit Ilsa. En temps normal, elle l'aurait appelé pour partager avec lui les nouveaux éléments transmis par Ryan Murphy – l'étrange trajet du téléphone d'Edie, qui avait quitté le cimetière de Highgate pour se retrouver près d'un étang de Hampstead Heath après la mort de sa propriétaire – mais elle choisit de le lui annoncer par retour de mail.

Strike, de son côté, avait cette impression assez familière que sa vie était devenue une longue suite de besoins affectifs qu'il échouait à satisfaire et de nécessités physiques auxquelles il était à peine capable de répondre. Son tendon continuait de le faire souffrir, et en dépit de la crème qu'il appliquait deux fois par jour, l'extrémité de sa jambe amputée demeurait enflammée. Comme c'était sa faute si on avait ajouté une affaire au planning de l'agence, il essayait de travailler le plus possible afin de libérer Dev et Midge pour le dossier Ross. Non seulement cela signifiait qu'il ne pouvait pas se poser pour ôter sa prothèse et appliquer un pack de glace sur son moignon, comme son médecin le lui aurait conseillé, mais il avait dû aussi décliner une invitation de Madeline pour voir *La fille mal gardée* au Royal Opera House, et une autre de Lucy, qui l'avait invité chez elle à Bromley, avec leur oncle Ted. Elles n'avaient ni l'une ni l'autre dissimulé leur déception quand il avait annoncé devoir travailler. Mais parce qu'il aimait beaucoup moins le ballet que son oncle, il avait quand même réussi à prendre un café avec Ted avant son retour en Cornouailles.

Passer du temps avec son neveu préféré n'était pas non plus au programme ces temps-ci. Le rapprochement progressif de Strike et Jack était aussi surprenant pour le détective que pour sa sœur. Il n'avait eu que peu de contact avec les trois fils de Lucy avant l'hospitalisation de Jack, quand Strike avait été forcé de représenter les parents, retenus en Italie. De cet événement traumatisant et fortuit était né entre eux un lien totalement inattendu qui s'était renforcé au fil des années. Strike se languissait sincèrement de ses sorties avec Jack, qui tournaient autour d'intérêts communs – en général, l'armée. Comme Jack avait maintenant un téléphone portable, ils s'échangeaient parfois des blagues ou des informations. Jack avait récemment parlé à son oncle de son devoir sur la Première Guerre mondiale, consacré à la bataille de Neuve-Chapelle (où la Royal Military Police, dans laquelle Strike avait servi et Jack espérait s'engager, avait joué un rôle décisif). Strike ayant appris au garçon beaucoup de choses sur cet événement, il avait ressenti pendant quelques minutes une fierté inhabituelle qui motivait peut-être les gens à avoir des enfants, désir qu'il n'avait personnellement jamais ressenti.

Pour ajouter à cette pression, Strike se rendit compte le mercredi soir que deux des trois dates proposées par sa demi-sœur Prudence pour un rendez-vous étaient déjà passées. Il lui écrivit à la hâte un email pour s'excuser de ne pas avoir répondu plus tôt, lui expliqua qu'il avait une charge de travail phénoménale et ajouta avec une certaine imprudence qu'il essaierait de se libérer pour la troisième date.

Quand Robin récupéra Strike au bureau le jeudi midi, elle vit dans le rétroviseur de sa vieille Land Rover qu'il boitait. Comme il ne réagissait jamais très bien quand on s'inquiétait de sa jambe, et comme elle lui en voulait beaucoup de toute façon, elle ne fit aucun commentaire.

— Je viens d'avoir un coup de fil de Katya, annonça Strike qui essaya de ne pas grimacer en montant dans la Land Rover. Le lieu du rendez-vous a changé. Elle voudrait qu'on vienne chez elle, parce que sa fille est malade et ne va pas à l'école. Lisburne Road à Hampstead. Je peux faire le GPS.

— O.K., répondit froidement Robin en démarrant. Les papiers sur le tableau de bord, c'est pour que tu y jettes un œil. Je crois que j'ai trouvé cette Fraternité dont la police a parlé à Cardew, et j'ai aussi découvert un élément intéressant au sujet du téléphone d'Edie.

Strike tendit le bras vers la pochette en plastique d'où il sortit quelques feuilles. La première provenait d'un site Internet.

Fraternité d'Ultima Thulé

« Que jamais homme n'avance sur sa route
Sans ses armes de guerre ;
Car jamais il ne sait quand il aura besoin
D'une lance le jour où il n'en aura pas. »

Le Hávamál

La Fraternité d'Ultima Thulé s'engage à défendre les valeurs communes des nations civilisées d'Europe du Nord : la justice, la pureté de la race, les valeurs des Lumières et la souveraineté nationale. Nous souscrivons aux idéaux vikings de la force, la solidarité et la fraternité. Nous vivons par les lois et maximes exposées dans le Hávamál. Nous croyons que le féminisme et la légalisation de l'homosexualité ont dramatiquement affaibli à la fois la famille traditionnelle et la société en général. Nous croyons que le multiculturalisme a échoué. Nous soutenons le rapatriement bienveillant des Juifs et autres groupes ethniques non natifs vers leurs nations d'origine.

Ultima Thulé

Ultima Thulé est le nom, donné dans l'Antiquité, à une terre de l'extrême nord, un lieu aux confins du monde connu. Ultima Thulé était la capitale de l'Hyperborée, le pays au-delà du vent du nord. Des découvertes archéologiques récentes confirment que les hominidés qui ont à l'origine peuplé les régions boréales provenaient du Grand Nord. Le lieu d'origine des races nordiques n'est pas l'Afrique, mais l'Ultima Thulé.

Religion

La Fraternité d'Ultima Thulé pratique l'odinisme, une religion ancestrale. C'est une pratique religieuse des races nordiques, totalement non corrompues par l'influence juive.

Publications

FUT publie régulièrement des articles sur des questions actuelles. Le fondateur de la Fraternité, Heimdall, a publié deux ouvrages : *Le Hávamál pour l'homme moderne* et *Retrouver la masculinité*.

La Fraternité

FUT n'accepte que des membres masculins. Les nouveaux frères doivent être cooptés par deux membres. Pour plus de détails, merci de contacter heimdall@#F_U_T.com.

Réunions

FUT organise régulièrement des rassemblements politiques et des retraites odinistes.

Suivez FUT sur Twitter à @#f_u_t et sur Reddit r/fraternited ultimathule

— J'ai trouvé ça hier, dit Robin en gardant les yeux sur la route devant elle, grâce aux tweets de la page suivante. Ils datent d'il y a trois ans. Leurs membres ne cachent pas leur appartenance à la Fraternité. Ils sont nombreux à avoir ajouté « FUT » ou « UT » à leurs pseudos.

Comme le montraient les tweets, Wally Cardew avait été remarqué par la Fraternité d'Ultima Thulé grâce à la vidéo sur les « Cookies » qui lui avait valu d'être viré de *Sang d'encre*.

Fraternité d'Ultima Thulé
@#F_U_T

Le truc le plus drôle que vous verrez cette année

www.YouTube/DrekFaitDesCookies

21 h 06   12 Mars 2012

Arlene @queenarleene
Réponse à @#F_U_T
Si tu penses que c'est drôle de rire de l'Holocauste, t'es vraiment dégueulasse

---

SQ @#F_U_T_Quince
Réponse à @queenarleene @#F_U_T
Ils se moquent de tous ces bien-pensants qui veulent fliquer toutes les blagues, espèce de débile

---

Wally Cardew @The_Wally_Cardew
Réponse à @#F_U_T_Quince @queenarleene @#F_U_T
Exactement. On se moque des gauchos qui voient du nazisme partout.

Strike tourna la page.

Anomie
@AnomieGamemaster

Ledwell la goinfre s'apprête à virer @The_Wally_Cardew alias Drek. Il paraît que @realJoshBlay ne veut pas qu'il parte.

Signez la pétition ci-dessous pour #GarderWallyDrek

https://www.change.org/GarderWallyDrek

19 h 27   15 Mars 2012

Zozo @sangdencre28
Réponse à @AnomieGamemaster
Noooooooooonnn #GarderWallyDrek

Terence Ryder @Ultime_Frère_14
Réponse à @AnomieGamemaster
Ça peut pas être vrai putain #GarderWallyDrek

Justicier numérique @justiciernum
Réponse à @AnomieGamemaster
Je suis souvent en désaccord avec Ledwell, mais honnêtement je ne pense pas que @The_Wally_Cardew lui a vraiment laissé le choix

Algernon Gizzard Esq @Gizzard_Al
Réponse à @justiciernum @AnomieGamemaster
Va te faire foutre connard. Wally est le seul truc bien dans ce dessin animé merdique.

Justicier numérique @justiciernum
Réponse à @Gizzard_Al @AnomieGamemaster
Oui, si par « bien » tu veux dire « nazi »

Wally Cardew @The_Wally_Cardew
Réponse à @AnomieGamemaster
Je savais pas que j'étais viré.

Anomie @AnomieGamemaster
Réponse à @The_Wally_Cardew
Désolé de t'annoncer la nouvelle. Tu deviens trop célèbre pour #LedwellLaGoinfre. Personne ne peut faire mieux qu'elle.

Roi d'Ultima Thulé @Heimd&ll88
Réponse à @The_Wally_Cardew @AnomieGamemaster
C'est ce qu'on récolte quand on travaille pour les gauchos. Va voir www.fraternitedultimathule.com

— Donc Anomie savait que Cardew était viré, avant lui, constata Strike. Et ensuite le chef de la Fraternité a essayé de le recruter ?

— Il a essayé deux fois, précisa Robin. Regarde le reste des tweets.

Fraternité d'Ultima Thulé @#F_U_T
.@The_Wally_Cardew

Regarde la réaction à ton licenciement

www.FraterniteDUltimaThule/LeLicenciementDe...

20 h 03 18 Mars 2012

Wally Cardew @The_Wally_Cardew
Réponse à @#F_U_T
Ouais, ça résume bien, merci pour le soutien

Fraternité d'Ultima Thulé @#F_U_T
Réponse à @the_Wally_Cardew
On est fans. Ce serait super de se rencontrer. Contacte-moi ici ou à @Heimd&ll88.

— Bon travail, commenta Strike. C'était la dernière fois que la Fraternité et Wally ont échangé sur Twitter, il y a trois ans ?

— Je crois bien. Je n'ai rien vu d'autre.

— Peut-être qu'après ça, ils ont échangé en privé. Tu as lu ce que la Fraternité disait sur le licenciement de Wally ? demanda-t-il en constatant que l'article en question n'était pas joint.

— Oui, mais il ne contenait rien de nouveau. Ils ont résumé ça en disant que Wally était discriminé parce que c'était un homme blanc hétérosexuel, que les feminazis gouvernaient le monde et qu'on ne pouvait pas faire une blague sur des juifs qui brûlent sans que la police vienne frapper à votre porte.

La voiture s'engagea dans Tottenham Court Road.

— Ça te dérange si je fume ? demanda Strike par égard pour Robin, résolument distante.

En temps normal, il n'aurait pas posé la question, étant donné qu'elle rangeait une boîte de conserve dans la boîte à gants afin qu'il puisse s'en servir comme cendrier.

— Non. Tu penses qu'il y ait une possibilité pour que la Fraternité d'Ultima Thulé et Le Halvening soient...

— Les faces publique et privée de la même organisation ?

— Exactement.

— Une forte possibilité, à mon avis, répondit Strike en soufflant consciencieusement la fumée par la fenêtre. La Fraternité est l'outil de recrutement et les membres les plus extrêmes sont enrôlés dans la branche militante.

Strike arriva à la dernière page imprimée par Robin, un court extrait d'une interview en ligne avec Edie Ledwell provenant d'un site web baptisé Femmes Créatrices, datant de 2011.

FC : Quelle est votre journée type ?

Edie : Il n'y en a pas vraiment. La première tâche, c'est de tirer Josh du lit. Mais comme on travaille souvent jusqu'à 3-4 h du matin, j'imagine qu'il a droit à une petite grasse matinée.

FC : Et comment vous répartissez-vous le travail ?

Edie : En général, c'est moi qui propose l'histoire pour chaque épisode, mais Josh ajoute toujours des idées, que j'utilise pour les développer. On s'occupe tous les deux de l'animation : il fait Harty, Magspie et Lord et Lady Wyrdy-Grob et moi Drek, The Worm et Paperwhite.

FC : Est-ce que votre procédé a évolué, ou est-il resté le même ?

Edie : On est un peu mieux organisés. J'ai commencé à rédiger mes idées et mes mémos sur mon téléphone au lieu de bouts de papier que je perds tout de suite ou que je jette par erreur.

— Elle notait ses idées sur son téléphone, répéta Strike. Intéressant… Je me demandais pourquoi on avait volé les téléphones. La réponse évidente, c'est pour empêcher la police de voir qui ils ont appelé juste avant d'aller au cimetière, mais ça veut dire que le tueur n'a pas eu conscience que la police pouvait obtenir cette info par un autre biais. Si le mobile était de lui voler ses idées, ça s'intègre mieux dans mon autre théorie.

— Laquelle ?

— Que les téléphones ont été volés comme trophées, expliqua Strike. Avant de tuer Lennon, Mark Chapman a pris soin de faire dédicacer son album.

Un frisson désagréable parcourut Robin.

Ils poursuivirent jusqu'à traverser Camden, tandis que Strike fumait toujours par la fenêtre.

Il se demandait pourquoi Robin était aussi glaciale. En général, quand une femme ne lui parlait plus, il pouvait deviner ce qu'il avait fait de mal. Il avait sans aucun doute détecté dans sa voix une certaine froideur après que Charlotte avait évoqué Madeline, mais il avait été tellement obnubilé par ses propres émotions à ce moment-là qu'il n'avait pas analysé ce que Robin, elle, ressentait. Est-ce que son attitude était due au fait qu'il n'avait pas mentionné cette relation à sa meilleure amie, et qu'elle était donc vexée d'être la dernière au courant ? Ou était-elle fâchée qu'il ait ajouté une nouvelle affaire à leur planning déjà surchargé, affaire dont elle le tenait peut-être, à tort, responsable ? Ou bien – mais il avait conscience que se poser cette question relevait de la même vanité qui avait présidé à ses avances non désirées au Ritz – est-ce qu'elle était jalouse ?

Juste pour briser le silence, il dit :

— J'arrive toujours pas à me connecter à ce fichu jeu.

— Moi non plus.

Elle n'avait pas parlé à Strike de son idée d'utiliser les identifiants de connexion de l'ex de Midge, en partie parce que cette dernière ne l'avait pas recontactée et qu'elle ne voulait pas risquer de faire une promesse intenable, mais également (si elle était honnête), parce qu'elle ne voyait pas pourquoi Strike serait le seul à faire des cachotteries.

— Au fait, j'ai lu tes notes sur le Justicier numérique, reprit Strike en faisant tomber sa cendre par la fenêtre. Il faut qu'on demande à Katya ce qu'elle sait à ce sujet, et au sujet de Kea Niven… C'est ici, ajouta-t-il tandis qu'ils prenaient Parkhill Road, puis à gauche dans cinq cents mètres.

Le reste du trajet s'effectua en silence.

33

Lentement, par degrés, cela parvint à sa conscience…
Qu'elle non plus dans cet éden de plaisir
N'était pas à sa place, et, telle une enfant écervelée,
Elle blessa ce qu'elle aimait le plus,
Une pensée suffisante à rendre folle une femme.

Elizabeth Barrett BROWNING,
Aurora Leigh

Lisburne Road était une paisible rue résidentielle bordée de maisons mitoyennes en briques rouges : des demeures familiales solides et imposantes. Comme la plupart des places de stationnement étaient occupées, Strike et Robin durent se garer à une certaine distance de chez Katya Upcott, et Strike subit en silence tandis que son tendon et l'extrémité irritée de son moignon le faisaient de plus en plus souffrir. Ils parcoururent la rue qui montait légèrement.

Tandis qu'ils approchaient de la porte, les notes d'un violoncelle leur parvinrent depuis la fenêtre du rez-de-chaussée. Le solo était tellement bien maîtrisé que Robin supposa qu'il s'agissait d'un enregistrement, mais quand Strike appuya sur la sonnette, une longue note tenue se brisa et ils entendirent une voix masculine lancer :

— J'y vais !

Un jeune homme mince, vêtu d'un sweat très ample leur ouvrit la porte. Ses joues étaient couvertes de boutons qui bourgeonnaient comme des choux-fleurs, visiblement douloureux, et l'un de ses yeux était gonflé.

— Bonjour, marmonna-t-il. Entrez.

Des peintures à l'huile étaient alignées sur les murs de l'entrée, couleur crème. Un ascenseur-escalier avait été installé, actuellement arrêté en haut du palier. Derrière l'escalier étaient disposés trois grands cartons. L'un d'eux, ouvert, contenait des carrés de tissus.

— Oh merci, Gus ! lança une voix nerveuse.

Une femme qu'ils supposèrent être Katya Upcott se hâta de descendre l'escalier. Comme son fils, elle était mince, mais Gus avait des cheveux bruns épais, alors que ceux de Katya étaient châtains et plus fins. Elle portait un sweat moutarde qui paraissait fait main, une jupe en tweed et des chaussons en peau de mouton. Des lunettes de lecture pendaient à un cordon autour de son cou. Tandis que Gus retournait vers ce que Strike supposait être le salon et refermait la porte, Katya expliqua :

— C'est la chambre de Gus. Nous avons réorganisé la maison pour faciliter la vie à Inigo, qui reste essentiellement à l'étage. Il a une encéphalomyélite myalgique. Inigo, je veux dire. Donc on a mis Gus en bas et on a monté le salon en haut, démoli un mur pour qu'Inigo puisse avoir un bureau et une chambre juste à côté, ainsi qu'une salle de bains accessible en fauteuil roulant. Oh, dit-elle en lâchant un petit rire et en leur tendant sa main fine : je suis Katya, vous l'aurez compris, et vous devez être Cormoran et… ?

— Robin, compléta la détective habituée à ce que les clients ne connaissent pas son nom.

Quand ils suivirent Katya à l'étage, les notes de violoncelle reprirent de nouveau dans la chambre de Gus.

— Il est très doué, commenta Robin.

— Oui, répondit Katya ravie du compliment. Il aurait dû terminer sa dernière année au Royal College of Music, mais il a dû interrompre le temps qu'on soigne son urticaire. Vous avez vu ? murmura-t-elle. On pensait que c'était guéri, et puis c'est revenu de plus belle, et il a un œdème de Quincke ; même sa gorge est enflée. Il a été vraiment malade le pauvre, il a été hospitalisé un moment. Mais on lui a trouvé un excellent spécialiste à Harley Street, donc on espère qu'il va aller mieux. Il veut juste continuer ses études. Personne n'a envie d'être coincé à la maison avec ses parents, à son âge, n'est-ce pas ?

À côté de la porte du salon il y avait un bouton à hauteur de taille. Quand Katya appuya dessus, la porte s'ouvrit lentement. Robin se demanda combien cela avait coûté d'adapter la maison de cette façon, et supposa que la boutique de loisirs créatifs de Katya devait bien marcher. Une fois dans le salon et la porte refermée, on n'entendait plus le violoncelle.

— On a fait insonoriser l'étage, précisa Katya, pour que Gus ne dérange pas Inigo quand il fait la sieste. Est-ce que vous voulez un thé ? Un café ?

Avant que l'un des deux associés puisse répondre, une seconde porte électrique à l'autre bout de la pièce s'ouvrit et un homme en chaise roulante apparut lentement sur les notes de « The Show Must Go On ». Il avait le visage bouffi, le teint jaunâtre, des cheveux gris ébouriffés et des lèvres épaisses qui lui donnaient un air irascible, le tout complété par des lunettes en demi-lunes perchées au bout de son nez. Son fin pull marron était parsemé de pellicules et ses jambes montraient des signes d'atrophie musculaire. Sans saluer ni Strike ni Robin, il s'adressa à sa femme d'une voix posée et lente donnant l'impression d'un homme qui parlait au prix d'un effort suprême.

— C'est une catastrophe. Pas le moindre centime de bénéfice ce mois-ci.

À ce moment-là, comme si sa vision avait un temps de retard, il se rendit compte de la présence des deux inconnus, et Strike trouva qu'il surjouait légèrement.

— Oh, bonjour. Excusez-moi. J'essaie de mettre de l'ordre dans la comptabilité de ma femme.

— Mon chéri, tu n'as pas besoin de faire ça, répliqua Katya avec une inquiétude évidente. Je m'en occuperai plus tard.

— *Acta non verba*, la sermonna Inigo, puis en regardant Strike il demanda : Et vous êtes… ?

— Cormoran Strike, se présenta le détective qui tendit la main.

— Pas de poignée de main, malheureusement, dit Inigo sans sourire ni bouger les mains. Je dois faire très attention aux virus.

— Ah, dit Strike. Voici Robin Ellacott.

Cette dernière sourit. Inigo se contenta de cligner les yeux, le visage impassible, et Robin eut l'impression d'avoir souri dans le vide.

— Donc, est-ce que quelqu'un veut du thé ou du café ? répéta Katya.

Les deux détectives acceptèrent un café.

— Mon chéri ? demanda-t-elle à Inigo.

— Une tisane, mais pas ce machin à la fraise, lança-t-il dans son dos tandis que la porte se refermait.

Après un nouveau silence, Inigo les invita à s'asseoir et se dirigea lui-même au bout de la table basse disposée entre deux canapés identiques, de la même couleur que le sweat de sa femme. Une peinture abstraite dans les tons marron était fixée au-dessus de la cheminée et un buste en marbre moderniste représentant un torse de femme était posé en évidence sur un guéridon. Pour le reste, l'ameublement de la pièce était minimaliste. Le sol était en parquet, idéal pour le fauteuil roulant. Strike et Robin s'assirent face à face, chacun sur un canapé.

Depuis la pièce adjacente, meublée d'un lit et d'un bureau, Freddie Mercury continuait de chanter :

Outside the dawn is breaking
But inside in the dark I'm aching to be free…

Strike trouvait que l'entrée d'Inigo dans la pièce manquait de spontanéité, qu'elle avait peut-être même été mise en scène avec autant de grandeur et de mélancolie que la chanson qu'ils entendaient. Étaler la comptabilité de sa femme devant deux inconnus, ignorer ou faire semblant d'avoir oublié qu'elle avait rendez-vous avec deux détectives privés, n'offrir aucun sourire en expliquant pourquoi il ne serrait pas les mains, tout cela suggérait à Strike un désir contrarié de tout contrôler, un caractère aigri.

— Vous êtes comptable, monsieur Upcott ? demanda-t-il.

— Qu'est-ce qui vous fait croire ça ? répliqua Inigo visiblement outré par cette suggestion que Strike avait formulée uniquement pour faire la conversation, sans y croire lui-même.

— Vous disiez que vous vous occupiez de la comptabilité de votre femme…

— N'importe quel imbécile sait lire un tableur, sauf Katya apparemment. Elle dirige une entreprise de loisirs créatifs. Elle a pensé qu'elle pouvait tenter le coup… Toujours optimiste.

Après une brève pause, il poursuivit :

— J'étais éditeur indépendant de musique.

— Ah oui ? Quel genre de…

— Majoritairement ecclésiastique. Nous avions un catalogue…

La porte électrique donnant sur le palier s'ouvrit et une fille d'environ douze ans pénétra dans la pièce. Elle avait de longs cheveux bruns, des lunettes aux verres épais et portait une grenouillère à motifs de Noël, agrémentée d'une branche de houx sur la capuche. Elle sembla déconcertée par la présence de deux inconnus ou par l'absence de sa mère, et tourna les talons pour sortir sans dire un mot, mais son père la rappela.

— Qu'est-ce que je t'ai dit, Flavia ? demanda-t-il.

— De ne pas m'approcher…

— De ne t'approcher de moi sous aucun prétexte. Si tu es suffisamment malade pour manquer l'école, tu devrais être au lit. Maintenant sors d'ici.

Flavia appuya sur le bouton pour ouvrir la porte électrique et quitta la pièce.

— Je dois faire extrêmement attention aux virus, expliqua Inigo à Strike et Robin.

Après un silence, il reprit :

— Eh bien, c'est un sacré bazar, n'est-ce pas ?

— Quoi donc ? demanda Strike.

— Ces agressions au couteau et je ne sais quoi encore.

— Sans aucun doute.

— Katya va à l'hôpital presque tous les jours… Elle ne pourra pas appuyer sur le bouton si elle porte un plateau, ajouta-t-il en regardant la porte.

Mais au même moment, la porte s'ouvrit de nouveau. Gus avait accompagné sa mère à l'étage pour lui ouvrir. Robin vit que le garçon essayait de se retirer mais Inigo le rappela dans la pièce.

— Tu travailles ?

— Oui, répondit Gus, légèrement sur la défensive.

Il montra à son père les doigts calleux de sa main gauche, où les cordes avaient creusé de profonds sillons.

— Est-ce que vous l'avez entendu en arrivant ? demanda Inigo à Robin.

Elle ne savait pas si Inigo recherchait des compliments par procuration ou s'il craignait que son fils ne lui mente.

— Oui, confirma-t-elle. C'était magnifique.

L'air gêné, Gus approcha de nouveau de la porte.

— Des nouvelles de Darcy, mon chéri ? lui demanda sa mère.

— Non, répondit le jeune homme.

Il quitta la pièce avant qu'on ne lui pose d'autres questions. Quand la porte se fut refermée, Katya murmura :

— On pense qu'il s'est séparé de sa copine.

— Inutile de murmurer, c'est insonorisé, lui rappela Inigo qui ajouta avec une soudaine véhémence : Et elle ne vaut rien si elle ne peut pas soutenir un homme qui est malade. Alors pourquoi tu n'arrêtes pas de lui poser des questions là-dessus ? Bon débarras.

Le bref silence gêné fut brisé par Freddie Mercury qui chantait à présent une autre chanson.

I'm going slightly mad,
I'm going slightly mad…

— Va éteindre ça, tu veux ? aboya Inigo à l'intention de sa femme, qui s'empressa d'obéir.

— Inigo est musicien lui aussi, expliqua-t-elle sur un ton enjoué quand elle revint avec des mugs.

— Je l'étais, la corrigea son mari. Jusqu'à ce que cette connerie arrive.

Il indiqua son fauteuil.

— Vous jouiez de quel instrument ? s'enquit Strike.

— De la guitare et du clavier, dans un groupe. Je composais aussi.

— Quel genre de musique ?

— Du rock, répondit Inigo avec un léger regain d'animation. On composait nos propres morceaux. Des reprises. Rien de votre père, lança-t-il à Strike.

Strike comprit ainsi que, contrairement à ce qu'il avait voulu faire croire, Inigo était au courant de la visite des deux détectives.

— J'aurais pu choisir la voie du classique, comme Gus, j'en avais les capacités, mais je n'ai pas fait ce qu'on attendait de moi. Au grand dam de mes parents. Vous avez devant vous le fils d'un évêque… Personne n'appréciait vraiment le rock chez moi.

En se tournant vers sa femme, il ajouta :

— Flavia est passée, au fait. Si elle a de la fièvre, elle ne devrait pas m'approcher.

— Je sais, je suis désolée, mon chéri, répondit Katya toujours debout. Mais elle s'ennuie là-haut, tu sais.

— Notre enfant à problèmes, expliqua Inigo en regardant Robin qui ne sut quoi répondre. On l'a eue sur le tard. Mauvais timing. Je venais d'attraper ce fichu machin.

Une nouvelle fois, il indiqua son fauteuil roulant.

— Oh, tu exagères, rouspéta vaguement Katya.

Et, peut-être pour changer de sujet, elle ajouta à l'intention de Strike :

— Vous m'avez dit au téléphone que vous vouliez tout savoir sur les amis de Josh et Edie, alors j'ai pensé que…

Elle s'approcha d'un petit secrétaire dans le coin de la pièce, prit une feuille de papier à lettres et revint vers Strike en la lui tendant.

— Ça vous sera peut-être utile. J'ai fait une liste de tous ceux dont je peux me souvenir et qui étaient proches d'Edie et Josh quand le jeu d'Anomie est sorti.

Strike saisit le papier et dit :

— Ça nous sera extrêmement utile. Merci beaucoup.

— Il a fallu que je vérifie certains noms de famille, expliqua-t-elle en se juchant au bord du canapé à côté de Robin, mais heureusement ils apparaissaient au générique des premiers épisodes, donc j'ai pu vérifier sur Internet. Je sais qu'il vous faudra éliminer un maximum de personnes. Je suis vraiment, *vraiment* sûre qu'aucun ami de Josh ne peut être Anomie. Ils étaient tous très sympathiques, mais je comprends bien qu'il vous faut éliminer des possibilités.

Le soleil qui entrait par la large baie vitrée soulignait toutes les rides sur le visage épuisé de Katya. *Elle avait dû être belle quand elle était jeune*, songea Robin, et peut-être pouvait-elle encore l'être avec suffisamment de sommeil. Ses yeux noisette et ses lèvres charnues étaient séduisants, mais elle avait la peau sèche, le teint inégal et le front, comme la peau autour de la bouche, creusés de profonds sillons qui suggéraient un état d'anxiété permanente.

— Comment va Josh ? lui demanda Robin.

— Oh merci de… il n'y a pas de changement, mais les médecins n'en attendaient pas si rapidement.

Sa voix était montée dans les aigus. Elle fouilla dans sa manche pour en sortir un mouchoir en papier qu'elle pressa sur ses yeux.

Robin remarqua que les mains d'Inigo tremblaient quand il essaya de porter le mug à ses lèvres. Il semblait sur le point de s'ébouillanter en renversant le thé sur lui.

— Est-ce que vous avez besoin…, proposa-t-elle.

— Oh, merci, répondit Inigo sèchement.

Il la laissa saisir le mug pour le reposer sur la table.

— C'est très gentil, ajouta-t-il.

Strike balayait du regard le document que Katya lui avait donné. Elle ne s'était pas contentée d'écrire le nom des personnes d'une écriture régulière et carrée, elle avait précisé le rôle de chacune d'elles dans *Sang d'encre*, sa relation avec Josh et Edie, et ajouté le nom de ses proches quand elle les connaissait : « colocataires, noms inconnus » et « petite amie baptisée (je crois) Isobel ». Quand elle connaissait les adresses, elle les avait également notées.

— On devrait vous recruter à l'agence, madame Upcott, dit-il. C'est exactement ce qu'il nous fallait.

— Oh, ça me fait bien plaisir. Et appelez-moi Katya s'il vous plaît, dit-elle en rougissant.

Robin trouva cette réaction un peu pathétique.

— Je veux vraiment faire mon maximum pour vous aider, reprit-elle. Josh est déterminé à trouver qui est Anomie. Je crois qu'en plus du reste, expliqua-t-elle en montant de nouveau dans les aigus, il pense qu'il peut se rattraper auprès d'Edie, d'une certaine façon.

Elle termina sa phrase rapidement avant de presser une nouvelle fois le mouchoir sur ses yeux.

Strike plia la liste que Katya lui avait donnée, la rangea dans la poche intérieure de sa veste et dit :

— C'est vraiment très utile. Merci. On a quelques questions, si ça ne vous dérange pas ? Est-ce que ça vous ennuie si on prend des notes ?

— Bien sûr que non, répondit Katya d'une voix étouffée.

— On peut peut-être commencer par ce que Josh pense d'Anomie ? suggéra Strike en ouvrant son carnet. Est-ce qu'il avait la moindre idée de qui pouvait se cacher derrière ce jeu, avant de croire qu'il s'agissait d'Edie ?

— Oh là là, fit Katya d'un air affligé. J'avais bien peur que vous me posiez cette question.

Strike attendit, stylo en l'air.

— Vous voudriez bien me redonner mon thé ? demanda Inigo à Robin d'une voix basse.

Elle lui tendit son mug et le regarda avec appréhension le porter lentement à ses lèvres.

— Alors… en effet, Josh m'a confié un jour le nom de la personne qu'il soupçonnait d'être Anomie, mais il disait un peu n'importe quoi à ce moment-là.

— Est-ce que c'était un soir où il a débarqué ici complètement soûl ? demanda Inigo par-dessus le rebord de son mug tremblotant.

— Inny, ça s'est juste produit deux fois, nuança Katya avec un faible sourire, avant de se tourner de nouveau vers Strike pour répondre :

— Il faut *vraiment* que je vous le dise ?

— Ce serait utile.

— Bon d'accord… mais c'est ridicule. Josh pensait que c'était un garçon de douze ans.

— Un garçon en particulier ?

— Oui, reprit Katya. Il s'appelle Bram. Bram de Jong. C'est le fils de Nils, celui qui gère le collectif artistique.

Du coin de l'œil, Robin vit Inigo secouer très lentement la tête d'un air las, comme si la conversation prenait un tour qu'il avait prévu, mais déplorait. Katya poursuivit rapidement :

— Mais Josh n'est plus du tout de cet avis maintenant, parce que…

Sa voix repartit dans les aigus tandis qu'elle retenait ses larmes.

— Parce que, voyez-vous, Josh pense que c'est Anomie qui les a attaqués. C'est la première chose qu'il… qu'il m'a dite quand je l'ai vu, après. Après ce qui s'est passé. « C'était Anomie. »

— Il l'a confié à la police ? demanda Strike.

— Oh oui. Au début, ils n'ont pas compris ce qu'il marmonnait, mais je me suis rendu compte qu'il disait ça. Ils lui ont demandé d'où lui venait cette certitude. C'est parce que cette personne lui a murmuré quelque chose, après l'avoir poignardé.

Pour la deuxième fois de l'après-midi, Robin sentit un frisson lui parcourir la nuque.

— Et il a murmuré quoi ? demanda Strike.

— « Je m'occupe de tout maintenant, ne t'inquiète pas. » Il a pris le dossier que Josh avait apporté au cimetière avec lui, ainsi que son téléphone.

— « Je m'occupe de tout maintenant, ne t'inquiète pas », répéta Strike. C'était une voix d'homme ou de femme ?

— Il pense que c'était un homme mais n'est pas sûr que ce soit Bram. Enfin, évidemment que ça ne peut pas être lui ! Il a seulement douze ans.

— Le dossier qu'a pris l'agresseur, j'imagine qu'il contenait…

— Des éléments prouvant qu'Edie était Anomie, oui.

— Prétendument, la corrigea Inigo.

— C'est Yasmin Weatherhead qui a donné ce dossier à Josh, c'est bien ça ? demanda Strike sans tenir compte d'Inigo.

— Oh, vous êtes déjà au courant ? Oui, c'était elle.

— On ne sait pas grand-chose sur elle, si ce n'est qu'elle a assisté Josh et Edie pendant un moment.

— Oui, elle les aidait pour les courriers des fans et les réseaux sociaux. En fait, c'est moi qui leur ai recommandé Yasmin. Je trouvais qu'elle était… en tout cas quand je l'ai rencontrée à North Grove, elle paraissait être une jeune fan sympathique. Elle est… comment dire… elle est en surpoids, elle paraissait très gentille et heureuse d'avoir l'occasion de travailler avec des gens qu'elle admirait tant. Elle ne semblait pas avoir grand-chose d'autre dans la vie, alors j'ai insisté pour que Josh lui donne un coup de main. Ils avaient réellement besoin d'un assistant et Yasmin me paraissait idéale. Elle travaillait déjà pour une petite entreprise de cosmétiques où elle gérait les réseaux sociaux et la com, donc elle savait ce que c'était et… mais ça s'est mal terminé. Elle avait l'air gentille et sincère, mais au fond, elle était tout le contraire.

— Pourquoi dites-vous ça ? demanda Strike.

— Josh et Edie ont découvert qu'elle jouait à *Drek's Game*. Le jeu d'Anomie, vous savez. Je crois même qu'elle était devenue, modératrice, c'est ça ? Modératrice dans le jeu. Edie n'était vraiment pas contente, parce qu'Anomie était très méchant avec elle sur Internet. Donc quand elle a découvert que Yasmin échangeait avec lui, elle a soupçonné Yasmin de lui transmettre certaines informations personnelles. Edie a dit à Josh qu'elle voulait se débarrasser d'elle, et voilà.

« Enfin bref, Yasmin est venue à North Grove il y a quelques semaines. Josh logeait là parce qu'il avait accidentellement inondé son appartement et elle lui a montré son dossier qui prouvait soi-disant qu'Edie était Anomie. Il a apporté le dossier ici, la veille au soir. Avant l'attaque.

— Il était donc ici la veille au soir ? répéta Strike en levant les yeux de son carnet.

— Oui, confirma Inigo avant que sa femme puisse répondre. Katya avait fait comprendre à Mr. Blay qu'il pouvait venir à n'importe quelle heure du jour ou de la nuit, et il a bien profité de cette proposition.

Il y eut un bref silence pesant. Robin aurait préféré qu'on entende encore Freddie Mercury.

— Josh a involontairement mis le feu à une corbeille de papiers, dans sa chambre de North Grove, expliqua Katya, et les rideaux ont pris feu aussi. Je crois qu'il s'était endormi avec une cigarette allumée. Enfin bon, Mariam était furieuse et elle l'a mis dehors. Il était vingt-deux heures. Il a traîné un peu et il a fini par venir ici, parce qu'il n'avait nulle part où dormir.

Inigo s'apprêta à répondre mais Katya fut plus rapide :

— Il ne pouvait pas retourner chez son père, Inny. Ils ne se parlaient plus.

— Et tous les hôtels étaient fermés, bien entendu, ironisa Inigo.

— Donc Josh a passé la nuit ici ? répéta Strike.

— Oui, dans la chambre d'amis à l'étage, dit Katya d'un air peiné.

— Et il vous a montré le dossier que Yasmin lui avait donné ?

— Oui, le lendemain matin.

Les jointures de ses doigts étaient blanches à force de serrer son mouchoir.

— Je n'ai pas tout lu, précisa-t-elle. Juste quelques passages.

— Vous vous en souvenez ?

— Il y avait des tweets d'Edie et d'Anomie qui disaient la même chose, par exemple qu'ils avaient apprécié le même film ou qu'ils n'étaient pas enthousiastes à l'idée du Jubilé de la reine. Il y avait aussi des emails d'Edie à son agent, Allan Yeoman. Elle écrivait par exemple que les propos d'Anomie n'étaient pas une mauvaise chose, parce que les fans commençaient à avoir pitié d'elle, ce qui pouvait leur donner, à elle et Allan Yeoman, plus de poids dans leurs négociations avec Josh et moi. Cet email était assez déplaisant envers moi d'ailleurs, elle disait que j'avais toujours été de mauvais conseil. Et que *Drek's Game* était un bon jeu, qu'il devait y avoir moyen d'en tirer de l'argent. Elle a dit à Allan qu'Anomie devrait toucher le plus gros des recettes puisque c'était son travail, ce qui semblait bizarre vu qu'Anomie la persécutait en ligne depuis tout ce temps.

— Vous pensiez que ces emails étaient authentiques ? demanda Strike qui pensait déjà connaître la réponse.

— Je ne savais pas quoi penser. Ils avaient l'air authentiques, mais… comme je l'ai dit, cela faisait trois ans que je n'avais pas vu Edie… Bref, je ne savais pas quoi penser. Quand elle s'est passée de mes services – on n'avait pas de contrat – elle a tout simplement arrêté de m'adresser la parole et a engagé Allan Yeoman. Ces emails paraissaient convaincants. Mais quand j'ai lu l'article du *Times* disant qu'Edie figurait sur la liste des cibles d'un groupe d'extrême droite, alors là j'ai compris que les emails devaient être faux. Quelqu'un avait dû rouler Yasmin dans la farine. Je ne peux pas croire qu'elle l'ait fait délibérément. Je ne peux pas croire qu'elle puisse faire partie d'un groupe terroriste. Je suis certaine qu'elle ne trempe pas dans ce genre de choses.

— Vous savez quand Josh et Edie ont fixé leur rendez-vous ? demanda Robin.

— La veille de l'agression. Le onze. Edie a appelé Josh.

— C'est elle qui l'a appelé ? releva Strike.

— Oui. Il m'a dit qu'il n'avait pas arrêté de l'appeler à ce sujet pendant deux semaines mais qu'elle raccrochait à chaque fois. Et puis elle a fini par le rappeler et lui dire : « O.K., on va s'expliquer et tu vas me montrer ce fameux dossier. »

— Josh était à North Grove quand il a reçu cet appel, n'est-ce pas ?

— C'est ça.

— Est-ce qu'ils ont fixé l'heure et le lieu du rendez-vous pendant cette même conversation ?

— Oui.

— Qui a eu l'idée de se retrouver dans le cimetière ?

— Edie. D'après Josh, elle lui aurait demandé : « Tu crois sincèrement que j'avais prévu de t'entuber il y a cinq ans ? Je veux que tu me répondes droit dans les yeux. »

— C'est-à-dire, quand le jeu est apparu en ligne ? explicita Robin.

— Exactement.

— Est-ce qu'ils ont décidé d'un lieu précis dans le cimetière ?

— Oui, continua d'expliquer Katya d'une voix tremblante. Là où étaient nées leurs premières idées, un lieu caché au milieu des tombes. C'est un endroit du cimetière accessible uniquement avec les visites guidées, mais ils connaissaient un chemin par lequel se faufiler. Les chenapans, ajouta-t-elle d'une toute petite voix.

— D'où Edie a-t-elle appelé Josh, vous le savez ? demanda Robin.

— Non, mais elle vivait à Finchley à ce moment-là, avec son nouveau copain, Phillip Ormond, répondit-elle en regardant Strike. Vous m'avez dit que vous alliez le…

— Tout à l'heure, oui.

— Est-ce que Josh et Edie étaient ensemble au moment de l'agression ? demanda Robin.

— Non, Josh avait du retard. La police pense qu'Edie a été tuée avant que Josh n'arrive sur place. Elle a été retrouvée sur le lieu du rendez-vous. D'après eux, le tueur s'en est pris à Josh ensuite, il l'a approché par-derrière et l'a immobilisé au taser.

« Ils ont d'abord trouvé Josh. Un employé sonne la cloche tous les soirs à dix-huit heures, pour avertir les visiteurs que le cimetière ferme, avant de verrouiller le portail. Il a trouvé Josh étalé sur le chemin. Il l'a cru mort, puis il a vu qu'il essayait de bouger. Josh lui a fait comprendre qu'il y avait peut-être une deuxième victime, donc l'homme a donné l'alerte et ils ont commencé à chercher. Il leur a fallu un peu de temps pour la trouver, parce qu'elle était à l'écart du chemin. Elle avait été… ça s'est passé comme pour Josh. Immobilisée au taser puis poignardée avec le même genre de couteau. De grande taille, comme une machette. Ils pensent qu'elle est morte sur le coup. On l'a poignardée dans le dos, pile au niveau de…

Tremblante, agitée de sanglots, Katya essaya d'essuyer ses larmes et son nez qui coulait à l'aide de son mouchoir devenu inutile.

— Je suis… désolée… il me faut d'autres…

Elle se leva et tituba jusqu'à la porte. Elle dut appuyer deux fois sur le bouton pour que le mécanisme électrique se déclenche. Ils entendirent quelques notes du violoncelle de Gus avant que le son ne soit de nouveau étouffé.

— Je sais ce que vous pensez, intervint Inigo d'une voix grave.

Strike et Robin se tournèrent vers lui. Ses mains tremblaient tellement que son thé coulait à présent sur son jean, comme l'avait craint Robin.

— Une femme d'âge mûr qui s'engage avec deux gamins en pensant les aider. Elle se sent utile. Elle donne des conseils gratuitement. C'est bon pour son ego… et voilà où on en est, conclut-il comme si l'attaque au couteau dans ce cimetière était la conséquence inévitable de l'aide qu'elle leur avait apportée.

La porte s'ouvrit de nouveau et Katya réapparut, visage gonflé, un nouveau paquet de mouchoirs à la main.

Quand elle se fut réinstallée, Strike dit :

— Est-ce qu'on peut revenir à Bram ? Qu'est-ce qui a donné à Josh l'idée qu'il puisse être Anomie, vous le savez ?

— Oui, répondit Katya d'une voix devenue rauque. Quand Josh et Edie vivaient à North Grove, ils ont découvert que Bram avait percé un trou dans le mur de leur chambre pour les espionner.

— Il avait percé un trou dans le mur ? répéta Robin.

— Bram est un peu… c'est un garçon bizarre. Il est très grand pour son âge et je pense qu'il a un trouble de l'attention. Il y a des outils dans l'atelier de sculpture, il les utilise et ses parents n'ont pas l'air de s'en soucier. Il traînait beaucoup avec Josh et Edie quand ils vivaient là-bas et… sans vouloir critiquer l'éducation de ses parents… J'aime beaucoup Nils et Mariam, mais ils laissent Bram faire ce qu'il veut et je sais que Nils lui a ouvert des comptes sur les réseaux sociaux alors qu'il n'a pas l'âge, mais bon, il est néerlandais, dit Katya comme si cela expliquait tout. Il ne croit pas aux interdictions en fonction de l'âge et tout ça. Enfin bref, il m'a dit que Bram trouverait un moyen de se connecter à Twitter de toute façon, donc autant qu'il le fasse avec la permission de ses parents.

— Josh ne pensait quand même pas que Bram avait créé le jeu ? demanda Strike. Il n'avait que sept ou huit ans quand Anomie l'a lancé, non ?

— Non, il ne pensait pas que Bram l'avait créé. Sa théorie c'était…

— Il faut comprendre, dit Inigo en parlant en même temps que sa femme qui se tut à ce moment-là, que Mr. Blay fume une grande quantité d'herbe, ce qui explique…

— Inigo, ce n'est pas j…

— … non seulement le nombre quasi biblique d'inondations et d'incendies qu'il déclenche…

— C'était juste une idée qu'il a eue.

— … mais également un certain degré d'irrationalité.

— Mais c'était comme si Anomie écoutait vraiment les conversations de Josh et Edie, il était au courant de tout si rapidement !

— Comme l'a souligné Mr. Strike, même si c'est une réflexion qui ne nécessite pas beaucoup de jugeote, un garçon de huit ans n'aurait pas pu…

— C'est justement ce que j'essayais d'expliquer ! tenta de protester Katya. Josh pensait que Bram était de mèche avec un fan plus âgé qu'il avait rencontré en ligne et qui a créé le jeu, parce qu'il y a une autre personne impliquée, qui se fait appeler Morehouse. Josh pensait donc que Bram devait écouter les conversations et les rapporter à Morehouse, et que ce Morehouse est le véritable créateur du jeu tandis que Bram, lui, s'occupait du compte Twitter et publiait en ligne toutes les informations sur la vie privée de Josh et Edie.

— Est-ce que Josh en a parlé à Bram, ou à ses parents ? demanda Strike.

— Oh non, il adore Nils et Mariam, il n'aurait pas voulu les inquiéter. Je sais qu'Edie était furieuse que Bram les ait espionnés et qu'elle voulait en parler à Mariam, mais Josh l'en a dissuadée. Il a bouché le trou, persuadé que Bram n'oserait pas en faire un deuxième, et je crois que c'en est resté là. Mais Edie a refusé de loger à North Grove, après ça.

— C'est pour ça qu'ils se sont séparés ? demanda Robin.

— Non, ils étaient encore ensemble, mais ça n'allait plus très bien entre eux. Josh refusait d'emménager avec elle, mais il se sentait en sécurité à North Grove. Il était entouré d'amis. Je continuais d'y aller pour mes cours de peinture. Il a fini par déménager, mais c'était après leur séparation. Il s'est acheté un très bel appartement dans Millfield Lane, sur le Heath.

— C'est Katya qui lui a trouvé, intervint Inigo qui essayait de reposer son mug de thé aux fruits sur la table d'une main tremblante.

Son jean était à présent parsemé de taches d'eau. Robin l'aida à terminer son geste.

— Merci. Oui, Katya a emmené Blay visiter l'appartement. Joli et proche de chez nous. Faut que j'aille aux toilettes, ajouta-t-il.

Il se dirigea lentement vers la porte, appuya sur le bouton, recula d'un mouvement habile quand elle s'ouvrit et quitta la pièce. Quelques notes de violoncelle leur parvinrent de nouveau avant que la porte ne se referme.

— Inigo pense que je m'investis trop, expliqua Katya à voix basse. Il ne comprend pas : on se serrait tous les coudes. J'étais en pleine dépression quand j'ai rencontré Josh et Edie à North Grove. Ce n'est pas toujours facile, avec la maladie d'Inigo, ce pauvre Gus qui a de graves problèmes de peau, et Flavia qui avait des problèmes à l'école. Je suis la seule à travailler en ce moment. On a un peu d'économies, mais on ne veut pas piocher dedans, étant donné l'état incertain d'Inigo. J'ai dû quitter mon travail, et diriger une entreprise depuis chez soi, ça peut être assez stressant. Donc finalement j'ai vu un thérapeute qui m'a conseillé de faire quelque chose pour moi. J'ai toujours eu envie de dessiner, donc je suis allée à North Grove et c'est là que j'ai rencontré Josh et Edie, ainsi que tous les autres. On s'amusait bien. Tous leurs amis doublaient les voix. Tim est adorable et c'était chouette. C'est sûr, avec Josh je me sentais un peu…, expliqua-t-elle en hésitant sur le mot, un peu comme une mère. Avec eux deux, d'ailleurs.

Robin se rappela la vidéo YouTube où apparaissait Josh, très beau avec ses longs cheveux bruns, sa mâchoire carrée, ses pommettes hautes et ses grands yeux bleus. Elle vit Katya rougir de nouveau et se sentit gênée, comme si elle venait de la surprendre en sous-vêtements.

— Josh est assez vulnérable, s'empressa de poursuivre Katya, et il avait du mal à s'adapter à la célébrité, donc je l'ai aidé du mieux que j'ai pu. Quand j'ai rencontré Inigo, je travaillais dans la communication, donc j'ai de l'expérience. J'étais contente que Josh se sente libre de discuter avec moi quand il en avait besoin. Ça faisait partie du… disons qu'il avait besoin de quelqu'un à qui parler, en toute confiance. Il peut être assez lunaire et naïf, il croit toujours que tout le monde est gentil, et les gens en profitent ! Quand le dessin animé a commencé à attirer beaucoup de fans, les managers et les agents se bousculaient pour prendre leur commission de dix ou vingt pour cent, je ne connais pas leurs honoraires, mais je ne suis pas sûre qu'ils auraient cherché à défendre au mieux les intérêts de Josh. En plus, il n'a pas de famille, de vraie famille. Sa mère est morte, son père est alcoolique…

Katya s'interrompit au moment où la porte se rouvrait ; les notes de violoncelle qui parvinrent du rez-de-chaussée furent de nouveau étouffées quand Inigo revint près de la table basse.

— On aurait souhaité votre aide sur un autre point, dit Strike. On est tombés sur un blog baptisé le Justicier numérique, qui critique beaucoup Edie et J…

— Ah, oui, je vois très bien de quoi vous parlez ! s'exclama Katya dont le soudain changement d'humeur était surprenant. Je suis sûre qu'il est rédigé par…

— Katya, la mit en garde son mari en plissant les yeux, avant de causer encore plus de dégâts sous prétexte de vouloir aider, je te conseille de bien réfléchir à ce que tu vas dire.

Katya parut blessée.

— Ma femme est devenue quelque peu obsédée par ce blog, expliqua Inigo en regardant Strike.

Ce dernier trouvait qu'Inigo prenait un plaisir cathartique à exprimer ainsi sa colère.

— Je…

— Si tu passais autant de temps à gérer ton entreprise que sur ce fichu site, on n'aurait pas à se faire rembourser la moitié de nos investissements pour payer le traitement de Gus. Je pensais qu'après tout ce qui s'est passé, tu aurais appris de tes erreurs !

— Qu'est-ce que tu…

— Tu as encouragé Blay à demander des explications à Edie au sujet de ces prétendus emails. Tu lui as fait croire que la seule femme au monde à qui il pouvait faire confiance, c'était *toi*. Et maintenant tu vas dénigrer une jeune fille par jalousie !

— Par jalousie ? Comment ça ? bégaya Katya. Ne sois pas ridicule, il n'est pas question de…

— Tu n'as pas la moindre preuve.

— Ils nous demandent des informations.

— Des élucubrations fantaisistes nées du ressentiment, ce n'est pas de l'information !

— C'est *exactement* son style ! J'ai regardé toutes ses vidéos !

— Ah oui, mission essentielle j'imagine dans ton rôle d'agent, de manager, ou de coach de vie, enfin quel que soit le titre que tu t'attribues en ce moment !

— Je suis peut-être complètement à côté de la plaque, risqua Robin d'une voix posée qui força les Upcott à la regarder, mais est-ce que vous pensez que Kea Niven est la rédactrice du blog ?

— Ah, tu vois ! exulta Katya triomphante. Je ne suis pas la seule ! Ils sont déjà au courant pour Kea !

Katya se retourna avec intérêt vers Robin.

— Cette fille a littéralement harcelé Josh depuis leur séparation. Elle prétend qu'il a volé ses idées. N'importe quoi. Elle se dit malade et je crois que Josh a pitié d'elle, c'est pour ça qu'ils n'ont pas voulu la poursuivre en justice.

— S'il a pitié de quelqu'un, la coupa Inigo d'un ton désagréable, c'est pas de Kea Niven.

Katya avait le visage tout rouge. Elle respirait avec difficulté. Robin, qui était certaine que le couple n'avait jamais parlé ouvertement de ces choses-là auparavant, était vraiment désolée pour elle.

— D'après ce que j'ai entendu dire, reprit Inigo, Josh a traité cette jeune femme comme un chien. Évidemment, contrairement à mon épouse, je ne suis pas dans les confidences de Josh, oh que non, mais il me semble que ce jeune homme a l'habitude de manipuler les gens, avant de les rejeter. Et quand on a été utilisé et jeté comme un déchet…

La porte électrique s'ouvrit de nouveau et Flavia pénétra dans la pièce, toujours vêtue de sa grenouillère de Noël, un téléphone à la main.

— Maman, tata Caroline dit que je peux aller voir les chiots si…

— SORS DE LÀ ! hurla Inigo avec une soudaine férocité comme si Flavia était un animal sauvage. Tu es CONTAGIEUSE !

Flavia s'arrêta net.

— Si tu veux me voir cloué au lit pendant les six prochaines semaines, alors vas-y, continue à la laisser entrer dans la pièce, putain ! lança Inigo à Katya. Mais c'est peut-être ça, ton idée ? Tu sais quoi ? Je vais me retirer puisque personne ne semble particulièrement intéressé par mon bien-être.

Il fit pivoter le fauteuil roulant et s'éloigna rapidement dans la pièce adjacente. La porte se referma. La colère d'Inigo continua de résonner dans la pièce.

— Maman, est-ce que je peux aller voir les chiots s'il te plaît ? demanda Flavia d'une petite voix.

Éplorée et encore rouge, Katya répondit :

— Tu es malade, Flavia.

— Tata Caroline m'a dit qu'elle s'en fichait, qu'elle a déjà eu ce virus.

— Bon d'accord, mais habille-toi correctement.

Flavia ressortit. Cette fois, on n'entendit pas le violoncelle, et ils comprirent pourquoi quand, juste avant que la porte ne se referme complètement derrière Flavia, Gus se glissa dans la pièce, téléphone portable à la main.

— Le Dr Hookham a eu une annulation et peut me prendre demain après-midi.

— Ça devrait être possible, répondit sa mère, épuisée et en larmes.

— Je peux y aller tout seul en voiture si tu vas à l'hôpi…

— Tu ne peux pas conduire ! protesta Katya d'une voix aiguë. Tu n'y vois que d'un œil ! Tu prendras les transports en commun.

Gus ressortit en boudant.

— Je suis vraiment désolée, s'excusa Katya dans un couinement. Comme vous le voyez, on ne s'ennuie pas.

— Vous nous avez été très utile, dit Strike qui se leva en glissant son carnet dans sa poche.

Robin et Katya se levèrent, cette dernière haletante, incapable de regarder ses interlocuteurs dans les yeux.

Ils gagnèrent le rez-de-chaussée en silence.

— Merci beaucoup de nous avoir reçus, dit Robin en serrant la main de Katya.

— Avec plaisir, répondit-elle d'une voix faible.

Dans la chambre de Gus, le violoncelle avait repris. Il jouait à présent un morceau rapide en staccato qui semblait refléter les vives émotions des différents occupants de la maison.

34

La mort donne importance à une chose
Que l'œil pressé n'avait pas vu…

Emily DICKINSON,
Death Sets a Thing Significant

— Dieu nous protège des gens bien intentionnés qui veulent aider bénévolement, commenta Strike tandis qu'ils approchaient du portail.

Avant que Robin ne puisse répondre, Flavia surgit de derrière la haie. Elle sautillait sur place en tirant sur les lacets d'une tennis. Malgré les instructions de sa mère, elle portait toujours sa grenouillère de Noël.

— C'est à vous, ça ? leur demanda-t-elle en remontant ses lunettes et en indiquant la Land Rover garée plus loin.

La vieille voiture détonnait au milieu des berlines familiales plutôt haut de gamme qui l'entouraient.

— Oui, répondit Robin.

— C'est ce que je pensais, dit Flavia en leur emboîtant le pas dans la rue, parce que je ne l'ai jamais vue avant.

— Bon sens de l'observation, constata Strike en allumant une cigarette.

Flavia leva la tête vers Robin.

— Vous êtes détective, vous aussi ?

— Oui, répondit-elle en lui souriant.

— Moi j'aimerais bien être détective, annonça Flavia en faisant un petit bond. Je pense que je pourrais être bonne si je m'entraînais. Maman n'aime *vraiment* pas Kea Niven, ajouta-t-elle. Elle n'arrête pas de parler d'elle.

Comme les deux associés restaient silencieux, elle ajouta :

— Papa a une encéphalomyélite myalgique. C'est pour ça qu'il est en fauteuil roulant.

— Oui, ta maman nous l'a dit, répondit Robin.

— Il trouve que *Sang d'encre* c'est stupide.

— Tu l'as déjà vu ? demanda Robin, indifférente à l'opinion d'Inigo.

— Oui, moi j'aime plutôt bien. Le plus drôle c'est The Worm. Je marche avec vous parce que vous êtes garés devant la maison de ma tata Caroline, expliqua-t-elle comme si elle avait peur qu'ils ne la trouvent envahissante. C'est pas ma vraie tata, elle me garde juste des fois. Sa chienne a eu des petits, ils sont super mignons. Quand on s'assoit à côté d'eux, ils avancent tout doucement pour nous lécher. Vous avez un chien ?

— Il n'est pas à moi, mais oui, je vis avec un teckel qui s'appelle Wolfgang, répondit Robin.

— C'est vrai ? J'adorerais avoir un chien, dit Flavia avec enthousiasme. J'aimerais vraiment récupérer un des chiots de ma tata, mais papa dit qu'on peut pas parce que les chiens c'est pas propre, que ça ferait trop de travail pour maman et que Gus a peur parce qu'il a été mordu à quatre ans. J'ai dit que c'est moi qui m'occuperais du chien, pas maman, et que Gus pouvait aller voir un hypnotiseur, parce qu'il y avait une dame qui avait peur des araignées et après elle pouvait tenir une tarentule… mais papa a dit non quand même, conclut Flavia tristement.

Après quelques secondes de silence, elle reprit :

— Vous allez aller à North Grove pour leur poser des questions, aussi ?

— Peut-être, répondit Robin.

— J'y suis allée plusieurs fois avec maman. Les gens sont bizarres là-bas. Y a un monsieur qui se balade sans chemise. Tout le temps. Et y a un garçon qui s'appelle Bram ou quelque chose comme ça, et il a cassé le bras d'un autre garçon à l'école.

— Par accident ? demanda Robin.

— Il a dit que oui mais il en rigolait, répondit Flavia pensive. Je l'aime pas trop. Il m'a montré des trucs qu'il fait pour tendre des pièges aux gens.

— Comme quoi ? demanda Strike.

— Eh ben… il a une appli qui fait des bruits quand on est au téléphone pour faire croire qu'on est dans le train, par exemple. Une fois, il a appelé son père en sélectionnant un bruit d'aéroport et il lui a fait croire qu'il était à Heathrow et qu'il allait monter dans un avion parce que sa belle-mère l'avait grondé, et son père l'a cru, expliqua Flavia avec gravité, et il est allé jusqu'à Heathrow, il a fait appeler Bram dans les haut-parleurs. Pendant tout ce temps, Bram était caché sous son lit à North Grove.

— J'imagine que son père était en colère quand il s'en est rendu compte, avança Robin.

— J'en sais rien. Je pense qu'il était surtout content que Bram ait rien. Mais si *moi* je faisais ça, papa me tuerait. Vous avez rencontré Tim ? Il est chauve.

— Pas encore, dit Robin.

— Il est sympa, reprit Flavia. Un jour, j'étais à North Grove et il m'a montré comment dessiner des animaux en commençant par des formes. C'était super intelligent. Vous allez revenir chez nous ?

— Je ne crois pas qu'on en aura besoin, dit Strike. Ta maman nous a beaucoup aidés.

— Oh, dit Flavia d'un air déçu.

Ils étaient arrivés à la voiture.

— J'étais à l'enterrement d'Edie, dit-elle en s'arrêtant en même temps qu'eux. Vous avez déjà vu son copain ? Il s'appelle Phillip. Il est à North Grove, des fois.

— Oui, on va le rencontrer, dit Strike en consultant sa montre, dans un peu plus d'une heure.

Flavia semblait sur le point d'ajouter quelque chose, mais se ravisa.

— Vous aurez peut-être besoin de revenir, dit-elle à Robin.

— Peut-être, répondit Robin en souriant.

— Bon ben au revoir, dit Flavia avant de s'éloigner.

Strike et Robin montèrent dans la Land Rover. Tandis que Robin attachait sa ceinture, elle observa Flavia à travers le pare-brise. La petite appuya sur la sonnette de la voisine et entra après les avoir salués d'un geste de la main.

— Je ne la vois pas comme une enfant à problèmes, commenta Robin.

— Non, admit-il en claquant la portière. A priori, elle paraît être la moins dingo de toute la famille Upcott.

Robin démarra la voiture et quitta Lisburne Road, tandis que Strike consultait son téléphone.

— Que dirais-tu d'aller jeter un coup d'œil à ce fameux étang de Highgate avant de voir Phillip Ormond ? On sera à quatre minutes de voiture du Flask.

— O.K.

Strike poussa un soupir puis dit :

— Bon, cette visite chez les Upcott nous donne beaucoup à penser, non ?

— En effet.

— Et si Anomie était un petit prodige de la musique ? suggéra Strike tandis qu'ils bifurquaient au coin de la rue.

— Tu es sérieux ?

— Il remplit quelques critères : il ne travaille pas, ses parents subviennent à ses besoins, il a beaucoup de temps.

— On ne devient pas aussi doué en violoncelle en passant la journée assis à son ordinateur.

— C'est vrai, mais il n'a pas de manager qui surveille tous ses faits et gestes. J'ai l'impression que dans cette famille, on est bien content de rester à l'écart les uns des autres. Tu as déjà vu ce vieux film, *Ladykillers* ?

— Non, pourquoi ?

— Un gang d'escrocs loue une chambre chez une vieille dame en prétextant être un groupe de musique. Ils diffusent des morceaux classiques tout en planifiant leur hold-up et ne prennent leur instrument que quand elle frappe à la porte pour leur proposer le thé.

— Gus n'est pas entré au Royal College of Music en diffusant des disques.

— Je ne dis pas qu'il ne joue jamais, mais peut-être pas tout le temps. Et il a un accès potentiel à beaucoup d'informations concernant Josh et Edie, par sa mère.

— Si j'étais Gus Upcott, commenta Robin, je passerais le plus de temps possible au rez-de-chaussée. Et comme ils ont insonorisé l'étage…

— Il a pu poser des micros.

— C'est un peu poussé…

— Si Anomie c'est lui, il a sûrement posé des micros ! Une méchante crise d'urticaire et un violoncelle ne sont pas des raisons suffisantes pour ne pas le surveiller de près.

— D'accord, concéda Robin, mais je ne vois pas bien comment le surveiller s'il est reclus dans sa chambre tout le temps.

— Ouais, c'est ce qui nous embête dans cette affaire, non ? Continue à gauche, ajouta-t-il après avoir vérifié le plan sur son téléphone. Il faut contourner le Heath. On doit réussir à se connecter à ce putain de jeu. Ça va nous prendre des années pour éplucher la liste de suspects si on a seulement le fil Twitter d'Anomie. Cela dit, compléta-t-il comme si une soudaine pensée lui venait, Gus Upcott va chez le médecin à Harley Street demain après-midi. Si on a de la chance et qu'Anomie tweete alors que Gus est dans le métro sans réseau, on pourra le rayer de la liste. Je vais peut-être voir si Barclay peut s'en charger.

Il écrivit un message à leur secrétaire puis reprit :

— Où en est ton inscription pour un cours à North Grove ?

— Je suis prise, répondit Robin, mais évidemment, le cours ne commence pas avant quinze jours.

— C'est bien. Par hasard, est-ce que tu as avancé sur la fille aux tatouages qui vit vers Junction Road ?

— Elle ne figure sur aucun document que j'ai pu trouver. Peut-être qu'elle vient tout juste d'emménager.

— Alors il va falloir la filer elle aussi, pour découvrir de qui il s'agit, dit Strike. Bon sang, on pourrait mettre tout le monde à l'agence sur cette affaire-là et ce serait encore trop juste.

N'oubliant pas qu'il venait d'ajouter une affaire à leur charge de travail, affaire dont elle le considérait entièrement responsable, Robin ne dit rien. Après un bref silence, Strike reprit :

— Donc Blay pense que c'est Anomie qui les a poignardés. « Je m'occupe de tout maintenant, ne t'inquiète pas. » Difficile de comprendre de quoi il parlait, sinon du dessin animé.

— Est-ce que tu penses que Maverick aurait quand même fait le film si Josh et Edie étaient morts tous les deux ? demanda Robin.

Aussi agacée par Strike qu'elle l'était, l'intérêt de la conversation prit momentanément le dessus.

— Ça aurait été sacrément déplacé, commenta Strike.

— Donc, d'une certaine façon, c'est Anomie qui aurait géré la communauté des fans. Tout ce qui serait resté, ce serait de vieux épisodes et *Drek's Game*.

— La police doit chercher qui savait qu'ils avaient rendez-vous au cimetière ce jour-là. On sait que les Upcott étaient au courant, pour commencer.

— Katya le savait, le corrigea Robin, mais pour les autres on ne peut pas être certains. C'était un jeudi : Flavia était sûrement à l'école, et comme tu l'as souligné, la famille ne semble pas beaucoup communiquer.

— N'empêche, Katya a pu leur en parler. Ou ils ont pu surprendre une conversation.

— Inigo ne peut pas poignarder qui que ce soit. Il n'est vraiment pas en bonne santé, analysa Robin alors que Hampstead Heath se dessinait derrière les grilles, à leur gauche. Tu as vu comme il tremble.

— Je suis quasiment sûr qu'il y avait beaucoup de colère là-dedans, commenta Strike sans compassion. Mais il a l'air faible, c'est sûr. Ses jambes sont fichues… mais bon, on ne peut pas savoir si le tueur est allé au cimetière à pied. Et immobiliser quelqu'un avec un taser avant de le poignarder, ça permet de ne pas avoir à le maîtriser physiquement.

— Phillip Ormond était sans doute au courant de ce rendez-vous, supposa Robin, vu qu'il vivait avec Edie.

— Oui, en imaginant qu'il l'ait entendue passer son appel ou qu'elle se sentait suffisamment à l'aise pour lui confier qu'elle voyait son ex dans un lieu qui avait une signification romantique pour eux. Ou alors, il se peut qu'Edie n'ait pas passé ce coup de fil depuis la maison, qu'elle n'ait rien dit à Ormond, auquel cas n'importe qui a pu l'entendre.

— Et à l'autre bout du fil, on a Josh à North Grove.

— Tu vas bientôt pouvoir t'introduire là-bas. Tu réussiras peut-être à trouver qui était dans le coin à ce moment-là.

— Il y a aussi une fenêtre d'au moins deux heures durant laquelle Josh a erré dans la nuit après avoir été viré de North Grove.

— Oui. Je suis sûr que la police a retracé ses mouvements pendant ce laps de temps. Tu pourrais peut-être faire un peu de rentre-dedans à Murphy et voir si…

— Fais-le toi-même si tu veux savoir, lâcha Robin d'un ton sec.

Strike tourna la tête vers elle, surpris par son ton.

— Je ne suggérais rien de… Je dis juste qu'il aimerait peut-être bien qu'on partage toutes nos pistes. Tu les as aidés en leur parlant de la visite d'Edie à l'agence, non ?

Robin ne répondit rien. La simple évocation de Murphy avait ravivé des souvenirs dont elle se serait bien passée.

— On arrive, dit Strike en pointant le doigt devant lui, toujours perplexe quant à l'irritabilité de son associée. On devrait se garer dès qu'on voit une place.

— Tu sais où on est ? demanda Robin en ralentissant.

— Où ça ?

— À Millfield Lane, là où se trouve l'appartement de Josh.

— Alors ça, dit Strike en regardant les maisons qui bordaient la rue, c'est une étrange coïncidence, n'est-ce pas ?

Ils descendirent de la Land Rover, traversèrent la rue et pénétrèrent dans le Heath, entre deux grands étangs qu'on aurait pu davantage qualifier de lacs. Le moignon de Strike, qui était déjà assez douloureux quand il marchait sur le bitume, le fit souffrir plus que d'habitude quand ils gagnèrent le chemin inégal.

— C'est celui-là, indiqua Strike en montrant l'étang sur leur gauche, bordé d'arbres.

Différentes variétés de gibier d'eau voguaient paisiblement sur la surface verdâtre ou étaient regroupées près de la berge dans l'attente qu'un passant leur jette du pain.

— Alors, dit Strike quand ils s'arrêtèrent près d'une rambarde assez basse. Qu'est-ce qui a poussé le tueur à venir ici ?

— Il est certainement pas venu pour jeter le téléphone d'Edie dans l'étang, puisque la police l'a fouillé sans rien trouver, estima Robin en regardant autour d'eux. Mais peut-être que l'étang n'était pas ce qu'il visait, après tout. Le tueur s'est peut-être simplement rendu compte ici que le téléphone était toujours allumé.

— C'est vrai. Dans ce cas, où est-ce qu'il se dirigeait ?

Sans un mot, Strike et Robin se tournèrent tous les deux vers Millfield Lane.

— Est-ce qu'il aurait pu aller chez Josh, maintenant qu'il le croyait mort et qu'on ne pouvait pas le déranger ?

— C'est une possibilité, admit Strike. Et ça suggère que le tueur savait l'appartement accessible. Dommage qu'on ne sache pas si quelque chose a disparu chez lui. Remarque, ajouta Strike en consultant le plan sur son téléphone, si la destination c'était l'appartement de Josh, difficile de comprendre pourquoi il est venu par le Heath. Il y a un accès plus direct depuis le cimetière de Highgate jusqu'à Millfield Lane, en empruntant des petites rues. Si le tueur était Gus Upcott, admettons, il aurait été plus rapide de traverser le Heath pour aller et revenir du cimetière, tout en évitant les caméras de télésurveillance. Cependant, il n'aurait pas longé l'étang. C'est complètement en dehors de son parcours, à supposer qu'il soit rentré directement chez lui après l'agression.

— Et si le tueur avait un rendez-vous ici ? proposa Robin. Il y a beaucoup d'arbres. C'est pratique pour se cacher. Ou s'il s'est dirigé vers les arbres pour ôter un déguisement ?

— Ce sont deux possibilités, reconnut Strike en hochant la tête, même s'il y a des petits bosquets sur le Heath, là où Gus serait logiquement entré. Bien sûr, à supposer que le tueur ait vraiment voulu venir ici. L'alternative, c'est qu'il ait été forcé de dévier de sa route pour une raison ou une autre.

— Pour éviter les gens ?

— Les gens… ou peut-être juste une personne qui aurait pu le reconnaître, précisa Strike qui venait de sortir la liste de noms que Katya lui avait donnée. Regarde cette liste… Beaucoup de personnes qui ont gravité autour de *Sang d'encre* à ses débuts ont grandi dans ce quartier ou vivent ici. Wally Cardew, Ian Baker et Lucy Drew qui ont joué Lord et Lady « Wyrdy-Grob », viennent tous de Gospel Oak. Des camarades d'école de Blay. Et Preston Pierce vivait à North Grove en même temps qu'Edie et Josh. « De Liverpool, a doublé la voix de Magspie pendant deux épisodes. »

— Pez, lâcha soudain Robin.

— Quoi ?

— Preston. Pez. La personne que Nils, Wally, Seb et Tim étaient censés retrouver au Red Lion and Sun. C'était dans tes notes.

— Tu as raison, commenta Strike. Oui, ça doit être lui.

— Dans quelle direction se trouve North Grove ? demanda Robin en regardant autour d'elle.

Strike consulta la carte.

— Par là, dit-il en indiquant la rue de l'autre côté de l'étang. Si le tueur retournait à North Grove, je ne vois pas pourquoi il serait venu par ici. Ce n'est pas le chemin, et en plus ça monte.

Strike replia le papier de Katya et le replaça dans son carnet. Il contempla un cygne en balade sur l'eau, puis reprit :

— Ces agressions ont été planifiées. L'heure et le lieu n'étaient peut-être pas prédéterminés, mais on ne peut pas acheter de tasers dans ce pays et on a rarement une machette sous la main. Tout ça sent la personne à l'affût de la bonne occasion. Tout était prêt.

Le téléphone de Robin sonna. C'était Midge. Elle répondit, le cœur battant.

— Bonjour...

— Tu me revaudras ça, Ellacott.

— Oh ! waouh.

Strike se demanda pourquoi elle paraissait si joyeuse tout à coup.

— T'as un stylo ? demanda Midge.

— Oui, répondit Robin qui fouilla dans sa poche et sortit son carnet.

Elle s'accroupit, ouvrit son stylo avec les dents et s'apprêta à écrire, carnet ouvert sur un genou.

— O.K., voilà, dit Midge d'un ton grave. Son nom d'utilisateur c'est Buffypaws, en un seul mot, B majuscule. Ne rigole pas. Buffy, c'était le nom de notre chat.

Robin épela le mot à voix haute tout en l'écrivant.

— C'est ça, confirma Midge. Et le mot de passe, c'est JaimeraisEtreAvecEllen. Majuscule à chaque mot. Tu sais quoi ? Je vais te l'envoyer par texto.

— Midge, je te serai éternellement reconnaissante.

— « J'aimerais être avec cette connasse d'Ellen », dit Midge avec aigreur. C'était son ex, avant moi.

— Classe, commenta Robin. Tu as été obligée de lui donner le miroir ?

— Ouais. Mais t'inquiète, quand elle va le recevoir, y aura une belle grosse fissure.

Robin éclata de rire, remercia encore Midge, puis se leva.

— On va pouvoir entrer dans le jeu.

— Quoi ?

Robin lui expliqua.

— Ellacott, t'es un génie ! Tu peux te connecter pendant que j'interroge Ormond. Si Anomie est présent dans le jeu pendant notre entretien, ça nous fait un suspect de moins.

35

Par cette porte je pénétrai seule
Dans cette belle ville de pierre blanche…
Pourtant aucun bruit humain ne me parvint ;
Tout était calme et silencieux
Telle une cité de défunts.

Christina ROSSETTI,
The Dead City

Situé non loin du Heath, The Flask était un très vieux pub, avec trois salles différentes et deux bars ; c'était idéal pour mener de front deux activités.

— Super, ils ont le wifi, constata Robin en consultant son téléphone alors qu'ils entraient dans le pub ensemble, quinze minutes avant l'heure du rendez-vous avec Phillip Ormond. Je vais surveiller le fil Twitter d'Anomie sur mon téléphone et me connecter au jeu avec mon iPad. Je le trimbale avec moi tous les jours depuis que j'ai demandé à Midge les identifiants de Beth, expliqua-t-elle en sortant l'appareil du petit sac à dos en nylon qu'elle utilisait en général pour les surveillances. Au cas où.

— Les Scouts auraient dû te recruter, commenta Strike. Qu'est-ce que tu prends ?

— Un jus de tomate et un petit sachet de chips, s'il te plaît, je meurs de faim. Ensuite j'irai me cacher dans un coin où Ormond ne pourra pas me voir.

Quand elle eut récupéré sa commande, Robin laissa Strike pour s'installer dans une des salles proches du bar principal, où elle s'assit dans un recoin près de la cheminée. Après avoir dévoré un tiers du paquet de chips en quelques bouchées, elle posa son iPad devant elle, ouvrit son carnet et son stylo, vérifia le fil Twitter d'Anomie où il n'y avait aucun signe d'activité, puis se connecta à *Drek's Game*.

Un groupe de quatre Américains d'une cinquantaine d'années entrèrent dans la pièce et l'une des femmes lisait un guide à voix haute :

— … « hanté », dit-elle avec un accent du sud des États-Unis qui allongeait les voyelles, « par le fantôme d'une serveuse espagnole qui s'est pendue dans la cave parce qu'elle aimait le patron du pub, sans retour ».

Le groupe fit quelques commentaires, tira des chaises et s'installa à la table à côté de Robin.

Tendue, cette dernière entra le nom d'utilisateur Buffypaws dans la barre d'identification de *Drek's Game* puis, après avoir vérifié les majuscules du mot de passe, tapa JaimeraisEtreAvecHelen.

Pourvu que ça marche, Pourvu que ça marche, Pourvu que ça marche.

— « The Flask », continua l'Américaine qui lisait le guide, « est le lieu où se déroulèrent les premières autopsies d'Angleterre… », oh mon Dieu !

Robin n'avait jamais attendu avec autant d'impatience qu'une page Internet se charge.

— « … sur un corps volé par des fossoyeurs dans le cimetière de Highgate… »

Sur l'iPad, l'écran devint noir. Des lettres blanches apparurent en flottant.

Bienvenue dans *Drek's Game*

Le message disparut. Une belle image animée s'afficha, représentant le cimetière de Highgate où des volutes de brume enveloppaient des anges de pierre. La palette de couleurs était monochrome, comme le dessin animé original. Des personnages tout blancs traversèrent l'écran. Certains ressemblaient à Paperwhite, le fantôme, d'autres étaient squelettiques, plus nombreux encore étaient les cœurs bondissants, comme le héros, Harty. À l'évidence, les joueurs pouvaient choisir leur apparence dans le jeu, selon un nombre limité d'options. Robin ne savait pas quelle apparence elle revêtait pour les autres joueurs. Chacun portait son nom en toutes petites lettres au-dessus de son avatar. Pendant ce temps, une barre latérale affichait le nom de tous ceux qui rejoignaient ou quittaient le jeu.

<SangDencre66 a quitté le jeu>
<Paperwhite MOD a rejoint le jeu>
<StaceySangEncre a rejoint le jeu>

Après quelques tentatives hésitantes, Robin repéra un panneau de contrôle qui lui permettait de se déplacer. Lentement, elle remonta une allée envahie de brouillard et passa devant des urnes recouvertes de végétation. Tout à coup, une chauve-souris frôla son personnage et se transforma en vampire, bloquant le passage. Le vampire, qui paraissait affaibli et chétif, haletait, mains sur la poitrine, puis une phrase de dialogue s'afficha en travers.

je pourrais te sucer une artère ?

Robin se dépêcha de trouver comment taper du dialogue et, au bout de quelques secondes, un clavier s'afficha. Comme elle ignorait quelle était la réponse correcte – ni s'il y en avait même une – elle tapa :

J'ai pas envie

Le vampire parut pousser un soupir.

Mais je suis anémié

Un peu amusée, Robin tapa :

Désolée

Le vampire répondit :

Un jour tu ne seras plus mort.
À ce moment-là tu seras désolé.

Il se transforma de nouveau en chauve-souris et s'éloigna.

Robin reprit sa route. Certaines tombes proposaient des éléments interactifs, s'ouvraient pour révéler des crânes ou des os voire une araignée géante qui paraissait prête à la poursuivre si bien que Robin déplaça son personnage. Ensuite, l'un des fantômes de Paperwhite traversa le sentier et lui « parla ».

StaceySangEncre : Salut Buffypaws, ça fait un bail

Buffypaws : Salut StaceySangEncre

StaceySangEncre : Comment ça va ?

Buffypaws : Bien merci et toi ?

StaceySangEncre : C'est horrible pour J*** et E***

Buffypaws : ouais affreux

Robin se demanda à quoi servaient les astérisques. Les joueurs n'étaient peut-être pas autorisés à écrire le nom des créateurs du dessin animé dans le jeu. Est-ce que l'ego d'Anomie était disproportionné au point de refuser de les mentionner ?

Ses réflexions furent interrompues par deux fenêtres de dialogue qui s'ouvrirent simultanément devant elle.

<Un nouveau canal privé est ouvert>

<15 avril 2015 17 h 57>

<Worm28 MOD invite Buffypaws >

Worm28 : oooooh, j'ai cru que t'étais partie pour tjs !!!!

>

>

>

<Un nouveau canal privé est ouvert>

<15 avril 2015 17 h 57>

<Vilepechora MOD invite Buffypaws >

Vilepechora : je pensais qu'on te verrait plus

Vilepechora : toujours gougou ?

>

>

Merde.

Robin saisit son téléphone et composa rapidement un message pour Midge.

« Dis-moi quelque chose au sujet de Beth, n'importe quoi. Je suis connectée au jeu. Certains la connaissent. »

À côté de Robin, l'Américaine, lunettes violettes perchées au bout du nez, continuait de lire le guide à voix haute :

— « Byron, Keats et Shelley sont connus pour avoir fréquenté The Flask, tout comme le célèbre bandit de grand chemin, Dick Turpin » !

Trouvant que cela paraîtrait louche si elle ne répondait pas aux deux modérateurs, Robin se remit à taper.

Worm28 : j'ai pensé que je t'avais saoulee avec mes problèmes !

Buffypaws : non, ça me manquait de pas venir ici !

>

>

Buffypaws : mais non enfin, bien sûr que non

Buffypaws : comment ça va ?

Worm28 : devine quoi je suis à L****** !

>

Buffypaws : sans dec !

Worm28 : ouais

Worm28 : je suis venue voir mon copain

Buffypaws : oh trop bien !

Buffypaws : ouais, finalement ça peut pas s'oublier

Vilepechora : lol

Vilepechora : peut-être que t'as juste pas une bonne bite

Buffypaws : ou peut-être que la bite c'est pas mon truc

>

>

Vilepechora : si t'as baisé que des chattes tu peux pas savoir

Buffypaws : intéressant comme théorie

>

>

>

>

>

Le téléphone de Robin vibra. Midge avait répondu à son texto :

« Narcissique et infidèle. Elle aime les chats. Elle écrit un roman (3 paragraphes), se dit artiste (des collages de merde), aime Rachel Maddow, ne sait pas cuisiner sauf des pâtes avec une boîte de thon jetée dessus, collectionne les décos de Noël et les ex vénères. »

Robin sourit et lui répondit :

« Et les miroirs brisés. Merci x »

Elle revint à son iPad.

Buffypaws : chuis de retour

Worm28 : moi ça va pas super

Buffypaws : comment ça ?

Worm28 : devine combien de fois je l'ai vu depuis mon arrivee

Buffypaws : dis-moi

Worm28 : une

Buffypaws : oh non c'est nul

Worm28 : il est super occupé

Worm28 : et toi avec ta copine ?

>

Buffypaws : Anomie est pas là ce soir ?

Vilepechora : non

Vilepechora : t'es revenue pour voir s'il a tué L******

Vilepechora : haha au moins t'es honnête

>

>

>

Vilepechora : ouais c'est lui qui l'a tuée

Robin essaya de faire des captures d'écran des conversations, mais le jeu ne l'y autorisait pas. Elle prit un stylo, écrivit les deux noms « Worm28 » et « Vilepechora » en haut de la page et griffonna quelques notes avant de retourner à son iPad.

Buffypaws : on s'est séparées

Worm28 : enfin !

Buffypaws : ouais il était temps

Worm28 : je m'inqiuétais pour toi, elle avait l'air de tout controler

>

>

Vilepechora : chui bourré là

Buffypaws : comme nous tous

>

Buffypaws : ouais, donne-moi de tes nouvelles

Worm28 : je travaille un peu

Worm28 : j'aimerais bien pouvoir te dire ou

Buffypaws : dis-moi !

Worm28 : lol

Worm28 : j'ai trop peur d'Anomie

Worm28 : si je te le dis on va délcnecher la règle 14

>

Buffypaws : ok un indice

Worm28 : vaut mieux pas

Worm28 : mais devine

Worm28 : j'ai rencontré B*** !!!

Vilepechora : t'es habillée comment ?

Buffypaws : armure totale

>

>

Vilepechora : jme fais tro chier ici

Buffypaws : pourquoi tu restes ?

Vilepechora : je fais du renseignement

Vilepechora : t'utilises des godes ?

>

>

>

Robin prit son stylo et nota rapidement sous « Worm28 » : « renc possible avec Blay, travaille un peu » ; sous « Vilepechora » : « en quête d'infos » et en face, sur une page blanche, elle écrivit : « Règle 14, c'est quoi ? » Elle revint à son iPad

Buffypaws : sans dec !!!

Worm28 : ouai en vria

Worm28 : je suis rentrée dans la piece et il etait la

Worm28 : j'ai failli tombee dans les pommes

Vilepechora : t'es assise sur ton gode là ?

Buffypaws : sens de l'humour toujours aussi sophistiqué je vois

Vilepechora : t'as de la chance que je te vire pas

Buffypaws : tu lui as parlé ?

Worm28 : non j'ai pas pu !!!

Buffypaws : lol

>

Buffypaws : pourquoi je serais virée ?

Vilepechora : pcq t'es pervertie

L'Américaine avait entrepris de lire le menu à voix haute pour ses compagnons, bien que chacun en possédât un.

— Tourte bœuf rognons… pommes de terre bouillies…

Le téléphone de Robin vibra. Elle baissa les yeux ; c'était Strike :

« Ormond est là. »

36

Et sur son bouclier il portait un cœur sanglant…

Mary TIGHE,
Psyche

Assis à une table pour deux en face de la porte du pub, Strike identifia immédiatement Phillip Ormond quand il entra, même s'il ne ressemblait en rien à l'image qu'il se faisait ni d'un enseignant de géographie, ni d'une personne susceptible de s'inscrire à des cours de dessin. À sa façon de se tenir et à son allure impeccable, Strike soupçonna un ancien militaire.

Plus petit que son interlocuteur, Ormond avait l'air de fréquenter régulièrement la salle de gym. Il avait des yeux écartés bleu clair, des cheveux châtains coupés très court, un menton pointu avec une barbichette bien entretenue. Sans la mallette noire qu'il portait, son costume sombre et sa cravate bleu marine unie auraient pu suggérer un employé des pompes funèbres. Il s'arrêta à l'entrée pour regarder autour de lui, en carrant les épaules.

Croisant le regard du détective, il approcha de la table.

— Cormoran Strike ?

— C'est moi.

Strike se leva pour lui serrer la main malgré son moignon douloureux qui n'en pouvait plus de supporter le poids de son corps après la position assise.

— Phillip.

Ormond faisait partie de cette catégorie d'hommes qui semblent craindre d'être taxés d'impotence si leur poignée de main ne cause pas à leur interlocuteur une douleur physique.

— Je vais prendre une boisson, annonça Ormond en se dirigeant vers le bar.

Il revint avec un demi et s'assit en face de Strike, l'air légèrement méfiant.

— Alors, comme je vous l'ai expliqué au téléphone…, entama Strike.

— Vous essayez de serrer Anomie.

— Ça vous ennuie si je prends des notes ? demanda Strike en relevant l'utilisation par Ormond du jargon policier.

— N'hésitez pas, répondit Ormond sans enthousiasme.

— Qu'est-ce qui vous est arrivé ? demanda Strike en remarquant que deux doigts de la main gauche d'Ormond étaient bandés.

— Je me suis renversé de l'acide fluorhydrique dessus.

Comme Strike ne paraissait pas comprendre, il expliqua :

— J'ai fait un peu d'eau-forte à North Grove. Je n'essaierai plus. La brûlure s'est infectée. J'ai suivi deux traitements d'antibiotiques.

— Ça paraît sérieux.

— C'est pas le pire qui me soit arrivé récemment, répliqua Ormond un peu agressif.

— Non, c'est sûr. Toutes mes condoléances.

— Merci, dit Ormond en se redressant. Ça a été… dur.

— J'imagine. Est-ce que ça vous ennuierait de répondre à quelques questions sur North Grove ?

— Allez-y.

— Quand avez-vous commencé à prendre des cours là-bas ?

— En 2011.

— Vous pratiquez beaucoup le dessin, la peinture ?

— Pas vraiment. Mon truc, c'est plutôt l'écriture, en fait.

— Ah oui ? Vous avez publié ?

— Pas encore. Je m'amuse simplement avec quelques idées. C'est quelque chose qu'on avait en commun, Edie et moi : les histoires.

Strike, qui peinait à imaginer Ormond écrivant des histoires, hocha la tête. Même si l'enseignant était plutôt bel homme, il était assez surpris qu'Edie l'ait choisi comme petit ami. Mais peut-être que ce qui l'avait attirée, c'était qu'il soit l'antithèse totale de son ex, fumeur d'herbe, bon à rien, sinon à mettre le feu aux rideaux.

— Je suis allé à North Grove parce que je venais de me séparer de ma femme, expliqua Ormond spontanément. Pour occuper un peu mes soirées. Je me suis inscrit à un cours du soir, je me suis dit pourquoi ne pas essayer de rencontrer une fille à l'ancienne, vous voyez ? dit-il avec un petit sourire gêné. J'ai connu ma femme sur un site de rencontres. Et celles qu'on croise à la gym, elles n'en ont pas suffisamment là-dedans pour moi, dit-il en tapotant sa tempe.

— Donc quand vous avez rencontré Edie… ?

— Elle sortait encore avec Josh Blay, oui. Je me suis intéressé à leur dessin animé à force d'en entendre parler à North Grove, et j'ai fini par les inviter à l'école tous les deux pour une intervention dans ma classe de sixième au sujet de l'animation et de l'imagerie générée par ordinateur. Les gamins ont bien aimé.

— Vous enseignez la géographie, c'est ça ?

— Non, l'informatique, le corrigea Ormond en fronçant les sourcils. Qui vous a dit que j'enseignais la géographie ?

— L'agent d'Edie, je crois, répondit Strike en notant quelque chose. On a dû se mélanger les pinceaux quelque part. Quand avez-vous entendu parler d'Anomie pour la première fois ?

— J'ai vu qu'il avait posté une photo de l'appartement d'Edie sur Twitter. Je lui ai envoyé un texto pour m'assurer qu'elle allait bien. J'avais toujours son numéro après qu'elle était venue parler à ma classe. On s'est envoyé quelques textos et on a fini par aller boire un verre. À ce moment-là, Blay et elle s'étaient séparés. On a découvert qu'on avait pas mal de points communs. L'écriture. Les histoires. On a rigolé un peu à propos de North Grove. Il y a de vrais personnages là-bas. Notamment un gamin vraiment spécial.

— Est-ce qu'il s'agit de Bram de Jong ?

— Oui c'est lui. Un soir, je quittais North Grove et j'ai reçu un caillou derrière la tête. Il était sur le toit à balancer des trucs sur tous ceux qui passaient. Je l'ai pris en flag ; il m'a blessé, expliqua Ormond en indiquant l'arrière de son crâne.

Ormond avait utilisé à nouveau le jargon policier.

— J'ai toujours la cicatrice, reprit-il. Edie m'a parlé de certaines choses qu'il a faites pendant qu'elle vivait là-bas. Un jour elle a trouvé un oiseau mort dans son lit. Ses parents sont tout simplement… ils ne posent aucune limite.

Strike remarqua qu'il avait gonflé les narines en disant cela.

— Aucune, insista-t-il.

— Quand vous êtes allés boire un verre avec elle, vous avez parlé d'Anomie ?

— Oh oui, elle m'a tout raconté. Elle pensait que c'était quelqu'un qu'elle connaissait, parce qu'il savait beaucoup de choses sur elle. Elle a passé en revue les gens qu'elle soupçonnait. Tout ça faisait un peu penser à cette fille… comment elle s'appelle, déjà ? L'ex de Josh.

— Kea Niven ?

— Oui, mais Edie l'a éliminée.

— Comment elle a fait ?

— Elle m'a raconté qu'elle était dans le studio d'animation un après-midi, qu'elle regardait par la fenêtre et qu'elle l'a détronchée.

Une nouvelle fois, Strike releva le terme policier.

— Elle espérait croiser Josh, vous voyez. Edie avait lancé le jeu d'Anomie sur son ordinateur et il était présent à ce moment-là, son personnage bougeait et parlait, alors que Kea n'utilisait pas son téléphone, ni un iPad ou quoi que ce soit.

— C'est très utile, merci, dit Strike en notant quelque chose, avant de relever les yeux. Donc, Kea traînait autour du studio ?

— Oui. Edie m'a raconté qu'elle a débarqué une ou deux fois quand elle était avec Josh dans un bar ou un pub. J'ai eu une ex comme ça. Une dingue.

— Est-ce que vous vous rappelez précisément quand Edie a éliminé Kea de sa liste ?

— Avant qu'Edie et moi on prenne notre premier verre ensemble, donc ça devait être courant 2013.

Ormond but une gorgée de bière avant d'ajouter :

— N'empêche que pour moi, Kea avait besoin qu'on lui coupe la chique : toutes ces histoires de plagiat… mais Edie avait peur que ça empire les choses, ou plutôt c'est son agent qui a dû le lui dire, précisa le prof sur un ton un peu ironique. Le conseil de Yeoman, c'était toujours « ne rien faire ». Pas mon genre.

— Vous n'avez jamais parlé à Kea personnellement ?

— Non, tant mieux pour elle, répondit Ormond en gonflant de nouveau les narines. Elle était comme Anomie, elle attaquait Edie sans jamais rien reprocher à Josh. Aux yeux des fans, il ne faisait jamais rien de mal, ce qui prouve qu'ils ne savaient rien.

— Que voulez-vous dire ?

— Eh bien, Edie produisait quatre-vingt-dix pour cent du travail et Josh était défoncé quasiment toute la journée. Elle en avait assez de tout gérer, à la fin. Et je peux vous le dire, elle serait outrée si elle savait qu'il a voulu laisser une lettre dans son cercueil, après ce qu'il lui a fait subir pendant les deux dernières semaines.

— Est-ce qu'Edie a éliminé quelqu'un d'autre de sa liste, à votre connaissance ?

Ormond secoua la tête.

— On sait qu'elle soupçonnait Seb Montgomery, vers la fin, mais est-ce qu'il y avait quelqu'un d'autre ?

— Ah, vous êtes au courant pour Montgomery ? releva Ormond, de nouveau légèrement méfiant. Oui, c'était son suspect numéro un, mais avant ça, elle se demandait si ça pouvait être Wally Cardew parce qu'il s'en est pris à elle quelquefois après avoir été viré. Mais elle pensait que Cardew ne serait pas resté anonyme. Trop grande gueule. En plus, elle ne pensait pas qu'il pouvait avoir des talents d'animateur ou de programmeur.

— Et Tim Ashcroft, qui doublait la voix de The Worm ?

— Lui ? Un vrai profiteur, répondit Ormond d'un air méprisant. Il pensait que s'il fayotait assez auprès d'Edie, elle lui trouverait un rôle dans le film. Je lui ai dit : « Il faut que tu arrêtes de traîner avec lui. » C'était pas un ordre, hein. Mais j'aimais pas le voir profiter d'elle comme ça. Il pensait qu'il avait une chance de décrocher un rôle s'il allait boire des cafés avec elle.

— Mais elle n'a jamais soupçonné Ashcroft d'être Anomie ?

— Non. C'est un snob. Un bourge de gauche. Vous voyez le genre.

— Donc à votre connaissance, Montgomery était son seul suspect crédible ?

— Oui. Elle en était persuadée après qu'Anomie a dit sur Twitter qu'un personnage était inspiré d'une de ses colocs. C'étaient des conneries.

— Donc elle ne s'est pas inspirée de cette fille pour Paperwhite ?

Ormond but une gorgée de bière et répondit :

— Elle s'en est peut-être inspirée un peu, mais ça ne veut pas dire que c'est elle trait pour trait. Croire qu'un personnage de fiction aurait un équivalent dans la vraie vie, c'est n'importe quoi, déplora Ormond qui rougit légèrement. On ne peut pas dire qu'Untel ou Untel *est* cette personne. C'est une composition. Une image vue à travers les yeux de l'écrivain, dit-il avant de boire une nouvelle gorgée de bière. C'est mon expérience de l'écriture, en tout cas.

Strike n'avait aucun moyen de savoir si l'enseignant exprimait là une pensée originale sur le thème de l'inspiration et de la construction d'un personnage, mais soupçonnait néanmoins Ormond de répéter comme un perroquet les paroles de quelqu'un d'autre.

— Est-ce qu'Edie vous parlait beaucoup de son travail ?

— Tout le temps, répondit Ormond soudain plus animé. Elle partageait avec moi tout son processus de création. Oui, on avait beaucoup de discussions approfondies sur les personnages, et j'ajoutais mes idées.

— Vous collaboriez, donc ? demanda Strike en prenant soin de paraître impressionné.

— Oui, j'imagine qu'on pourrait dire ça, dit-il en regardant le détective droit dans les yeux. Edie voulait même me citer au générique pour le scénario. Parce que je lui avais donné de super bonnes idées.

— Intéressant qu'elle ait cherché à convier d'autres collaborateurs en plus de Blay.

— Pas d'autres collaborateurs au pluriel. Il n'y avait personne d'autre que moi, affirma Ormond avec fermeté.

— Les producteurs doivent être contents que vous puissiez leur expliquer comment Edie envisageait le film.

Il y eut un bref silence, puis Ormond déclara :

— On pourrait le croire, mais personne n'a daigné répondre à mon email.

— Ils semblent manquer un peu de longueur de vue. Mais vous avez noté tout ça par écrit, non ?

— On n'a rien écrit. On en a juste parlé. C'est tout là-dedans, dit-il en se tapotant la tempe une nouvelle fois. Et je suis le seul à savoir, donc on pourrait croire qu'ils…

Il haussa les épaules, agacé.

— Frustrant, commenta Strike.

— Oui. Et maintenant, son oncle à la noix qui lui a filé deux cents balles pour se débarrasser d'elle quand elle dormait dans la rue, est aux abois. C'est drôle de voir qui finit par bénéficier de tout ça. Mais comme elle a pas fait de testament, voilà quoi, conclut Ormond avec une certaine aigreur.

— Ma question suivante est délicate, reprit Strike. Edie a tenté de se suicider en 2014. Anomie a su ce qui s'était passé, jusqu'au nom de l'hôpital, en très peu de temps.

— Oui, je me rappelle, dit Ormond d'un air sombre.

— J'aimerais bien savoir qui aurait pu être au courant.

— Bonne question. J'ai été le dernier averti.

— Vraiment ?

— Oui. Enfin, elle a essayé de me joindre, évidemment, ajouta très vite l'enseignant comme pour se rattraper, mais je n'ai pas entendu mon portable parce que j'étais au pub. Je buvais un verre avec des collègues de travail. Du coup, elle a appelé Josh. Quand elle a pris conscience de ce qu'elle avait fait, elle a contacté la police. Ils ont été obligés d'enfoncer sa porte.

Le souvenir de la voix groggy de Charlotte, quand elle l'avait appelé depuis le parc de Symonds House, revint à Strike, mais il l'étouffa immédiatement.

— Elle a fait une overdose après avoir passé la soirée à boire seule chez elle, et à regarder les gens sur Twitter l'inciter à se suicider. C'était avant qu'on habite ensemble. Je m'en suis voulu, évidemment, quand j'ai découvert ce qu'elle avait fait. Elle n'était pas vraiment en état de vivre seule, pas à ce stade. C'est après cette overdose qu'elle a emménagé avec moi et ça a été un grand tournant, vous savez. Elle était beaucoup plus heureuse. Rien à voir.

— Vous vivez dans le secteur ?

— Non, je suis à Finchley. Ballards Lane.

— Est-ce que vous savez si Josh était seul quand il a appris qu'elle avait fait une overdose ? demanda Strike.

— Aucune idée, mais ce que je sais, c'est qu'il a pris son temps avant de m'avertir. Quand il m'a appelé, j'ai pensé qu'il mentait pour se fabriquer un alibi.

— Pardon, l'interrompit Strike, mais est-ce que vous êtes un ancien policier ?

Ormond sembla momentanément décontenancé, mais pour la première fois, il sourit.

— Ça s'entend, c'est ça ? Oui, j'ai bossé à la Met. J'ai arrêté parce que mon ex-femme me l'a demandé. J'ai suivi une formation d'enseignant, mais mon couple n'a pas tenu le coup pour autant.

— Désolé, continuez. Vous pensiez que Blay racontait n'importe quoi.

— Oui, il avait l'air défoncé. Remarquez, il l'était, la plupart du temps ; il avait dû fumer un joint pour se détendre avant de m'appeler. Bref, ça m'a pris environ une minute pour comprendre ce qu'il marmonnait.

— Est-ce que quelqu'un d'autre était avec vous, quand vous avez reçu cet appel ?

— Oui, il y avait quelqu'un avec moi. Un de mes voisins, âgé. Il a quatre-vingt-dix ans et des poussières. Je l'aide de temps en temps avec ses courses, expliqua modestement Ormond, légèrement gêné. Je l'emmène chez le médecin quand il en a besoin. C'est un gentil monsieur.

— Mais pas un candidat potentiel pour Anomie, conclut Strike en prenant des notes.

— Bien sûr que non. Non, la seule possibilité pour qu'Anomie ait su aussi rapidement ce qu'avait fait Edie, c'est forcément parce que Josh l'a crié sur tous les toits. Pendant des heures il l'a répété à tous ses copains avant de penser à me prévenir. Moi, son petit ami.

Strike griffonna de nouveau quelque chose, puis leva la tête vers Ormond.

— Est-ce qu'Edie s'est déjà sentie physiquement menacée par Anomie ? Est-ce qu'elle avait peur qu'il puisse se montrer violent ?

— Non, je ne crois pas.

— Même après qu'Anomie a publié son adresse en ligne ?

— C'était pas Anomie.

— Je croyais que…

— Il a publié une photo de son appartement, oui, mais c'est un autre gars qui lui a proposé de le contacter par message privé s'il voulait son adresse complète.

— Et qui était cette personne, vous le savez ?

— Non. Ils étaient très nombreux à l'attaquer.

— Est-ce que vous pensez qu'Anomie a pu la tuer ? demanda Strike en observant attentivement la réaction d'Osmond.

— Je ne sais pas, répondit l'enseignant.

La question semblait l'avoir remué.

— Comment savoir ? Je n'ai aucune raison d'affirmer que c'est lui. Enfin, je n'ai aucune raison de penser ça de qui que ce soit.

Strike prit soin de noter la phrase d'Ormond telle quelle, avant d'enchaîner :

— Ce dossier que Josh disait posséder, qui prouvait qu'Anomie était Edie…

— Quel ramassis de conneries, lâcha Ormond. Edie aurait passé trois ou quatre ans à se persécuter elle-même ? Faut pas exagérer.

— Je crois que Yasmin Weatherhead ne travaillait plus pour eux quand vous les avez rencontrés ?

— C'est exact, confirma Ormond. Pourquoi ?

— C'est elle qui a apporté à Blay le dossier contenant les soi-disant preuves.

— Ah oui, c'est vrai. Non, ils s'étaient passés de ses services avant que je sorte avec Edie.

Ormond but une nouvelle gorgée de bière.

— J'ai trouvé ça un peu sévère d'ailleurs, de la renvoyer juste parce qu'elle jouait à ce jeu. Je pense qu'Edie devenait un peu parano, elle imaginait que tout son entourage refilait des infos à Anomie.

Surpris par cette indulgence à l'égard de Yasmin étant donné le jugement sans concession qu'Ormond formulait au sujet des proches d'Edie, Strike demanda :

— Vous n'avez pas trouvé ça bizarre qu'une assistante rejoigne le jeu d'Anomie ? Ou qu'elle continue à y jouer, vu tout ce qu'Anomie balançait sur Edie ?

— C'est vrai que dit comme ça… Oui, j'imagine, reconnut Ormond comme si le sujet ne l'intéressait guère.

— Vous vous étiez fiancé avec Edie avant son décès, paraît-il ?

— Oh, vous êtes au courant ? dit Ormond manifestement ravi. Oui, je l'ai demandée en mariage deux jours avant… avant que ça arrive. On devait aller acheter une bague ce week-end-là.

— C'est très triste, commenta Strike en laissant passer un petit silence. Revenons au dossier : Josh a appelé Edie et l'a accusée d'être Anomie, c'est bien ça ?

— Oui, confirma Ormond, le visage fermé.

— Est-ce qu'Edie en a parlé avec vous ?

— Bien sûr.

— Qu'est-ce que vous lui avez conseillé de faire ? De s'expliquer avec lui ?

— Je lui ai conseillé de l'envoyer balader, expliqua Ormond fermement. Il n'arrêtait pas de l'appeler, elle raccrochait systématiquement. Elle avait bien raison. Il fumait tellement qu'il était capable de croire à un truc pareil…

— Mais ensuite, Edie a changé d'avis, elle a décidé de le voir.

— Oui. Pour lui dire en personne ce qu'elle pensait de lui.

— Lequel des deux a appelé l'autre ?

— Lui, comme je l'ai expliqué. Il n'arrêtait pas.

— D'accord, nota Strike.

— Et puis finalement, elle a décidé de crever l'abcès.

— C'est elle qui vous l'a dit ?

— Évidemment, répondit Ormond avec impatience.

— Vous saviez donc qu'ils avaient rendez-vous cet après-midi-là.

— Oui.

— Est-ce que vous saviez où ?

— Non. Je pensais que c'était dans un café.

— Et comme Edie ne rentrait pas…

— Évidemment, je me suis inquiété. Je surveillais une élève en retenue, cet après-midi-là. Après coup, je me suis rendu compte que je surveillais Sophie Webster en train d'écrire sa punition pendant que… vous savez, pendant que ça se produisait. Quand je suis rentré, je pensais trouver Edie à la maison. Elle n'y était pas. J'ai attendu. À vingt-trois heures j'ai commencé à m'inquiéter. J'ai appelé la police vers minuit moins le quart.

— Est-ce que vous avez essayé d'appeler Edie, pendant ce laps de temps ?

— Oui, deux fois, mais elle n'a pas répondu. La police m'a mis en attente. Ils savaient qu'il s'était passé quelque chose, évidemment. J'ai été flic. Je sais comment ça marche. Ils m'ont demandé de décrire Edie, ce que j'ai fait. Ils m'ont dit qu'ils m'envoyaient quelqu'un pour me parler. Ils sont arrivés chez moi et m'ont annoncé que le corps d'une femme correspondant à la description de ma fiancée avait été retrouvé au cimetière de Highgate. Il fallait que j'aille l'identifier.

— Je suis désolé, s'excusa Strike. Ça a dû être l'enfer.

— Oui, confirma Ormond avec un regain d'agressivité. C'est sûr.

Strike parcourut ses notes. Il avait appris bien peu de choses sur Anomie. Il connaissait néanmoins beaucoup mieux la personnalité de Phillip Ormond.

— Bon eh bien, à moins que vous n'ayez d'autres idées ou informations sur l'identité d'Anomie… ?

— Si vous voulez savoir, dit Ormond qui semblait se détendre légèrement maintenant que la discussion touchait à sa fin, il est sérieusement détraqué. Qui que ce soit, si c'est un gamin qui se cache derrière un clavier, ajouta-t-il en faisant un vague geste de la main vers son visage pour indiquer un masque, il y a un truc qui ne tourne vraiment pas rond. Harceler quelqu'un en ligne pendant quatre ans ? De quoi était coupable Edie ? D'avoir créé quelque chose qu'ils étaient censés aimer ? Non, je pense qu'Anomie est le genre de personne qui ferait n'importe quoi pour sauver sa peau, qui serait capable d'accuser quelqu'un d'autre ou de faire porter les soupçons sur n'importe qui, tant que ça le tirerait d'affaire.

— Qu'est-ce qui vous fait dire ça ?

— C'est juste une impression, répondit Ormond avant de terminer sa bière.

— Eh bien, je crois que j'ai tout ce qu'il me faut, conclut Strike sans en penser un mot. Ah oui, je me demandais juste une chose : est-ce que c'est vous qui avez suggéré notre agence à Edie, ou c'était son idée ?

— Pardon ? fit Ormond en fronçant les sourcils.

— Edie est venue parler à mon associée, à l'agence, précisa Strike.

Il était facile de voir les pupilles d'Ormond se dilater, même dans le pub peu éclairé, à cause de ses iris bleu pâle. À l'évidence, ni la police, ni Allan Yeoman n'avait parlé au soi-disant fiancé d'Edie de sa visite à l'agence, et cela disait quelque chose de l'attitude des policiers et de l'agent envers Phillip Ormond.

L'enseignant sembla se rendre compte que son silence durait trop longtemps pour rester crédible.

— Heu… je n'en savais rien. C'était quand ?

— Dix jours avant l'agression.

— Pourquoi elle était venue vous voir ? demanda Ormond.

— Pour nous aider à trouver qui était Anomie.

— Ah oui. C'est vrai, mais je ne savais pas que c'était *vous* qu'elle avait consulté. Elle m'a dit qu'elle y pensait, oui, je trouvais que c'était une bonne idée.

— Mais elle ne vous a pas informé qu'elle nous avait contactés ?

— En fait, reprit Ormond après une nouvelle hésitation, elle m'en a peut-être parlé mais je n'ai pas fait attention. Elle était super stressée et moi j'avais beaucoup de travail. Je n'ai pas dû entendre correctement, ou je n'ai pas écouté. J'avais vraiment beaucoup de travail, insista-t-il. J'avais un entretien à préparer, pour devenir prof principal.

— Vous avez eu le poste ?

— Non, lâcha-t-il d'un ton sec.

— Quand elle est venue à l'agence, mon associée a remarqué qu'elle avait des bleus.

— Ah O.K., c'est votre associée qui a raconté aux flics que je l'avais étranglée ?

Ormond sembla aussitôt regretter cette phrase. Il fixa Strike de ses grands yeux bleus, sans savoir comment rattraper l'impression catastrophique qu'il venait de donner.

— Personne n'a parlé d'étrangler qui que ce soit, tempéra Strike. Mon associée a simplement déclaré qu'elle avait remarqué des bleus. Bon, merci beaucoup de cette discussion, Phillip. Vous m'avez beaucoup aidé.

Après un bref mais pesant silence, Ormond se leva lentement.

— De rien, dit-il d'une petite voix. Bonne chance pour votre enquête.

Strike lui tendit la main, préparé cette fois à lui rendre la monnaie de sa pièce.

Ormond quitta le pub avec, Strike en était persuadé, la main droite en feu, une pensée dont il se félicitait bassement. Quand l'enseignant eut disparu, le détective sortit son portable et envoya un bref message à un ami de la Metropolitan Police.

37

… le travail était fait ; le nouveau roi
S'était levé et avait marché sur son royaume
Qui l'avait acclamé.

Jean INGELOW,
A Story of Doom

Robin était toujours concentrée sur l'écran de son iPad quand Strike vint la retrouver à sa table dans un coin, hors de vue du bar principal. Il avait commandé une pinte de London Pride pour lui et un jus de tomate pour elle, même si elle avait à peine touché au premier. Son téléphone portable était posé à côté de son iPad, toujours connecté au fil Twitter d'Anomie, et de l'autre côté, son carnet ouvert. Strike, qui était assez doué pour lire les mots à l'envers, vit que Robin avait tracé trois colonnes avec les noms Worm28, Vilepechora et Paperwhite, et qu'elle avait ajouté des notes. La colonne de Worm28 semblait être la plus remplie.

— Anomie est dans le jeu ? demanda Strike en s'asseyant.

— Non, répondit Robin en levant les yeux brièvement pour retourner immédiatement à son écran. Je ne l'ai pas vu depuis qu'Ormond est arrivé. Désolée, je ne peux pas m'interrompre. Il y a un modérateur là-dedans qui s'appelle Worm28 et qui était ami avec Beth. C'est soit un gay soit une fille, parce qu'il sort avec un homme dont j'ignore le prénom mais dont je suis censée avoir déjà entendu parler. Il fait beaucoup de confidences à Beth. Il pense qu'il l'avait fait fuir en lui racontant tous ses problèmes.

— Vingt-huit, remarqua Strike. C'est encore un symbole de haine.

— Sérieusement ?

— La deuxième lettre de l'alphabet, et la huitième : BH. Ça signifie « Blood and Honour ». C'est le nom d'un groupe de skinhead néonazi.

— Je n'imagine pas Worm28 en skinhead, commenta Robin tout en continuant à taper. Si je devais deviner, je dirais que c'est une fille, plutôt jeune. Probablement dyslexique. Elle fait pas mal de fautes et sa ponctuation est toute bizarre. Mais si tu cherches un membre potentiel du Halvening, Vilepechora paraît être un bon candidat. Attends... ah, ouf, Worm28 a besoin d'aller aux toilettes.

Robin tourna son iPad pour que Strike puisse le voir. Il approcha sa chaise ; Robin sentit son genou frôler le sien.

— Les joueurs peuvent échanger ouvertement dans le jeu, expliqua Robin pendant que Strike sirotait sa bière, les yeux rivés sur les personnages animés qui déambulaient entre les tombes.

Comme Robin, il était frappé par la beauté de l'animation, avec ses volutes de brume et ses tombes imposantes.

— Les modérateurs, eux, ont la possibilité d'ouvrir des canaux de discussion privés avec qui ils veulent, et personne ne voit ce qu'ils se disent. Worm28 et Vilepechora ont tous les deux ouvert un canal avec moi dès que je me suis connectée.

— Qu'est-ce qui te fait penser que Vilepechora pourrait appartenir au Halvening ?

— Homophobe comme pas deux. Il m'a dit que j'étais pervertie.

— Sympa, jugea Strike.

— Je suis quasiment sûre que c'est un homme. Et qu'il est bourré. Il me l'a dit trois fois. Il dit que le jeu l'ennuie et quand je lui ai demandé ce qu'il faisait encore là, il m'a répondu : « du renseignement ».

— Du « renseignement » ? répéta Strike. Très intéressant.

— Il m'a aussi dit qu'Anomie avait tué Ledwell.

Elle leva les yeux pour observer la réaction de Strike.

— Tiens, tiens.

— Sur le ton de la plaisanterie, ajouta Robin en se concentrant de nouveau sur le jeu. La seule autre modératrice à qui j'ai parlé, c'est Paperwhite. Elle m'a demandé si j'avais besoin d'aide pour m'orienter dans le jeu et m'a donné quelques conseils pour accéder à la zone qu'ils ont développée depuis la dernière connexion de Beth. Elle n'a pas ouvert de canal privé, elle m'a juste proposé son aide en dialogue ouvert. Je ne suis pas sûre que ce soit une femme évidemment, mais j'imagine que oui, vu son nom. Pas de tchat personnel.

Strike observait la barre latérale annonçant l'arrivée et le départ des joueurs.

<DrekSennuik a quitté le jeu>
<Encre1010 est entré dans le jeu>
<Magspy7 est entré dans le jeu >

— Si je me déconnecte, dit Robin en tournant de nouveau son écran d'iPad vers elle, tu pourras me raconter ton entrevue avec Ormond.

— Reste connectée, lui recommanda-t-il, pour qu'on puisse garder Anomie à l'œil. J'aimerais bien voir comment il se comporte dans le jeu. Tu peux dire à Worm que tu as des choses à faire ?

— « Je vais étendre le linge », écrivit Robin en prononçant les mots à voix haute. « Je reviens ».

Elle se carra dans son siège d'un air soulagé, but une gorgée de jus de tomate et réajusta l'angle de son iPad pour qu'ils puissent continuer à suivre tous les deux.

— C'était comment, avec Ormond ? demanda Robin.

— C'était assez intéressant. Ce n'était pas ce à quoi je m'attendais. Il est prof d'informatique et ancien policier.

— Ah bon ?

— Oui, et à mon avis, il ne sortait pas avec Edie avant sa tentative de suicide. Je pense qu'il a profité de sa vulnérabilité pour lui proposer de vivre avec lui, et qu'elle a eu du mal à lui échapper ensuite. Je l'ai interrogé sur les marques de main sur son cou. Ça ne lui a pas trop plu.

— Tu m'impressionnes, commenta Robin.

— Je suis sceptique aussi sur cette histoire de fiançailles. Je pense que Heather Ledwell a raison : il est dégoûté de ne pas toucher un centime de son héritage, ni aucune compensation financière si le dessin animé est adapté au cinéma. Il a précisé qu'elle n'avait pas rédigé de testament. Mais il n'a pas abandonné tout espoir : il a passé la moitié de l'entretien à faire valoir ses qualités d'écrivain. Il prétend avoir collaboré avec elle sur de futurs scénarios, et qu'elle voulait le citer au générique si le film aboutissait. Je lui ai demandé si tout cela avait été couché par écrit, mais non, les idées sont uniquement dans sa tête. Il a contacté les gens de Maverick par email pour leur offrir ses services, mais ils ne lui ont jamais répondu.

— Bon sang, lâcha Robin à voix basse.

— Il y a d'autres détails intéressants. D'une part, il affirme qu'Edie lui avait dit qu'elle devait retrouver Josh le jour où elle a été tuée, mais qu'il ne connaissait pas le lieu du rendez-vous. Le truc bizarre, c'est qu'il prétend que c'est lui qui l'a appelée pour proposer le rendez-vous. Entre Katya et Ormond, un des deux se trompe et je parierais que c'est lui. Ce que je soupçonne, c'est qu'il n'était pas au courant de ce rendez-vous avec Josh, donc pourquoi il ment ? S'il avait peur qu'on l'accuse d'être l'agresseur, il vaudrait mieux dire carrément la vérité. Il ment partiellement en disant qu'il avait eu vent de ce rendez-vous, mais pas du lieu. C'est étrange. Bien sûr, c'est peut-être une question d'ego : il n'a pas envie de passer pour le mec dont la copine voit son ex en douce. Il m'a fait cette impression-là.

« Autre chose bizarre, ajouta Strike en ouvrant son carnet. Selon lui, Anomie serait « le genre de personne qui ferait n'importe quoi pour sauver sa peau », notamment en essayant de faire porter le chapeau à quelqu'un d'autre. Quand je lui ai demandé d'expliquer, il a simplement répondu que c'était une « impression », mais je pense qu'il ne s'agit pas que de ça. On dirait qu'il a peur qu'Anomie sache des choses sur lui.

— Mais alors ça voudrait dire qu'il connaît son identité.

— On pourrait le penser, mais il ne s'est pas empressé de me proposer des noms. Bien au contraire : il a éliminé tous les candidats que j'ai mentionnés. D'ailleurs, il a précisé qu'Edie avait rayé Kea de sa liste. Elle l'a aperçue dans la rue sans téléphone ni rien, alors qu'Anomie était actif dans le jeu.

— Oh, fit Robin. C'est bon à savoir.

— En effet. Dernière chose étrange qu'a dit Ormond : quand je lui ai demandé si, pour lui, Anomie pouvait être le tueur, il a répondu : « Je n'ai aucune raison d'affirmer que c'était lui. »

— « Je n'ai aucune raison d'affirmer que c'était lui » ? répéta Robin. Étrange formule.

— Tout à fait. Pourquoi ne pas répondre tout simplement « non » ?

Dans sa poche, son téléphone sonna. Il le sortit. C'était un numéro masqué. Craignant qu'il s'agisse de Charlotte, il hésita un instant, mais après quelques secondes, il se ravisa.

— Strike.

Il entendit une respiration au bout du fil. La réception était mauvaise. Puis une voix très grave et sonore annonça :

— Si tu veux la vérité, déterre Edie Ledwell.

Puis la communication fut coupée.

À l'expression de Strike, Robin comprit que quelque chose d'inhabituel venait de se produire. Elle pensa immédiatement à Charlotte. Puis elle se demanda si son associé n'était pas devenu subitement tout pâle à cause de Madeline.

Strike baissa son téléphone et regarda son écran comme si le nom de son interlocuteur pouvait miraculeusement s'afficher.

— On vient de me conseiller de « déterrer Edie Ledwell » si je voulais la vérité.

— Quoi ?

— « Si tu veux la vérité, déterre Edie Ledwell. »

Ils échangèrent un regard.

— À quoi ressemblait cette voix ?

— À Dark Vador. Une voix très grave ou trafiquée. La communication n'était pas très bonne.

— Il y a quelques semaines de ça, un hashtag a pas mal tourné sur Twitter : « Exhumez Ledwell. »

— Pour une raison précise ou juste pour s'amuser ? demanda Strike en rangeant son téléphone.

— Un troll a prétendu qu'elle avait sans doute mis en scène son propre meurtre pour s'attirer la pitié des gens, et qu'il fallait la déterrer pour s'en assurer.

— Bon, eh bien si c'est un troll qui m'a appelé, il sait qu'on est sur l'affaire. J'espère vraiment qu'on n'a pas été identifiés pendant qu'on filait nos cibles.

— Regarde ! s'exclama soudain Robin en pointant son iPad. Il est arrivé !

Une silhouette unique dans le jeu était apparue à l'écran. Le personnage ne ressemblait à aucun autre : ni aux fantômes de Paperwhite, ni aux petits cœurs bondissants comme Harty, ni aux squelettes errants. Il revêtait la forme d'une grande cape vide qui ondulait comme si elle était agitée par le vent. Il n'y avait pas de visage : on ne voyait rien à l'intérieur de la capuche. Malgré la simplicité de l'animation, elle produisait un effet étrange. La légende « Anomie MOD » était suspendue au-dessus de sa tête. Le personnage se mit à « parler », les lettres s'affichant là où aurait dû se trouver son visage.

Anomie : bonjour les enfants

Les avatars des autres joueurs se regroupèrent, du texte s'affichant sur leur visage.

Encre101 : Anomie dans la place !!!!!

Mr_Drek_D : Comment ça va mek ?

Hartsore9 : Anomie, réintègre Harty192 il plaisantait

Paperwhite MOD : salut

SangEncre4evs : Anomie, mek

Vilepechora MOD : acclamons l'empereur roi

Magspy7 : Anomie, j'adore te voir attaquer Le Bouledogue sur Twitter !

WyrdyOne : on va au Comic Con, Anomie ?

Anomie ne répondit à personne, mais s'approcha en flottant de Strike et Robin et, bien qu'elle sût que c'était totalement irrationnel puisqu'ils étaient dans un pub et que ce personnage était constitué de pixels sur un écran, Robin eut un frisson de peur. Anomie s'approcha si près de Buffypaws que la capuche béante de son vêtement remplit quasiment tout l'écran.

Anomie MOD : t'es revenue

Robin se hâta de répondre, sans bouger l'écran de sorte que Strike puisse suivre l'échange.

Buffypaws : ouais ça me manquait

Anomie MOD : ton animal préféré ?

— Le chien, suggéra Strike.
— Non, j'ai vérifié.

Buffypaws : le chat bien sûr

— Bon sang, j'espère que ça va le faire. Je ne connais pas grand-chose d'autre sur elle.

Anomie MOD : ta position sexuelle préférée ?

Robin relut la question, consciente que cette fois, Strike n'avait rien à lui suggérer. Après quelques secondes, elle se mit à écrire en sentant qu'elle risquait gros :

Buffypaws : il me semble que la dernière fois que t'as demandé je t'ai dit d'aller te faire foutre

Ils scrutèrent l'écran. Robin avait l'impression que Strike, lui aussi, retenait sa respiration.

Anomie MOD : lol

Anomie MOD : ouais c'est vrai

— Bravo, la félicita Strike.

Anomie MOD : maintenant pose la question qui te brûle les lèvres

Robin hésita.

Buffypaws : comment ça ?

Anomie : est-ce que j'ai tué E*** L******

Robin ne sut quoi répondre, mais avant qu'elle se décide, Anomie reprit la parole :

Anomie MOD : la réponse est oui. C'est cadeau.

Anomie s'éloigna en flottant au milieu des autres personnages dont les réactions furent immédiates :

Vilepechora MOD : je lui avais dit ptn ! lolololol

DaddyDrek : hahahahahahaha

SangEncre4evs : ptn de légende lol

Mr_Drek_D : ptdr

Hartsore9 : omg plaisante pas

GhostyHi : lol

WyrdyOne : on vénère notre roi

MyHart1sBlak : lolololololol

Enre101 : yaaassssss king

Paperbitch9 : t'as jeté la poubelle

Magspy7 : hahaha bravo ptn

Kinkheart : Anomie gère trop lol

Blackhart_4 : T'ES NOTRE ROI

Strike et Anomie regardèrent en silence la silhouette d'Anomie s'éloigner, puis disparaître dans les brumes du jeu, vers un autre coin du cimetière.

— Eh ben voilà, annonça Strike en prenant sa pinte. On l'a, notre confession. Maintenant, il n'y a plus qu'à découvrir qui l'a formulée.

TROISIÈME PARTIE

« Si on ôte l'épicarde et la graisse sous-jacente d'un cœur qu'on a longuement porté à ébullition... les fibres superficielles des ventricules seront exposées. »

Henry Gray,
Membre de l'Académie des sciences,
Gray's Anatomy

38

Je t'ai attentivement scruté,
Décidée à pénétrer tes secrètes manières,
Mais, j'ai beau t'observer,
Tes manières demeurent un mystère.

Christina ROSSETTI,
The Queen of Hearts

L'honorable James « Jago » Murdo Alastair Fleming Ross, marié deux fois, héritier du vicomte de Croy, banquier d'affaires, père de cinq enfants et séparé de Charlotte Campbell, était sous surveillance depuis presque deux semaines. C'était extrêmement optimiste, Strike le savait, de s'attendre à trouver des éléments compromettants sur son compte en si peu de temps, et de fait, les résultats jusque-là étaient décourageants. Ross était protégé par sa fortune. Un chauffeur le conduisait au travail tous les jours et quand il déjeunait à l'extérieur, c'était dans des clubs privés très sélects. Ross mettait un point d'honneur à apparaître toujours seul, si bien qu'en examinant les quelques photos que Midge et Dev avaient réussi à prendre durant les quinze derniers jours (Ross était très reconnaissable sur les clichés avec son nez pointu et ses cheveux blond polaire), il conclut que leur cible soupçonnait à juste titre sa femme de l'avoir placé sous surveillance.

Les recherches de routine avaient révélé que la première femme de Ross s'était remariée et vivait désormais dans l'Oxfordshire. Son petit frère travaillait comme secrétaire particulier d'un membre de la famille royale. La fille aînée de Ross, issue de son premier mariage, était interne à la Benenden School ; les deux plus jeunes allaient dans une école primaire de la région. Charlotte vivait avec ses jumeaux et deux nounous qui se relayaient, dans leur maison de famille de Belgravia, tandis que Ross logeait en semaine dans un appartement luxueux de Kensington qui, comme le révéla leurs investigations, appartenait à ses parents depuis trente ans, et le week-end dans une vaste maison de campagne du Kent, où l'une des nounous lui conduisait les jumeaux.

Ross travaillait dans un gratte-ciel de Fenchurch Street, où sa banque avait récemment déménagé. Même si Strike n'avait, d'une façon générale, aucune préférence architecturale, il trouvait cela très adapté que Ross passe ses journées dans une tour d'une laideur remarquable, dont l'une des façades concaves réfléchissait tellement le soleil qu'un jour, certaines pièces d'une voiture garée à proximité avaient fondu. En théorie, le public avait accès aux trois étages supérieurs du Talkie Walkie, avec son jardin sur le toit, et c'était ce qui avait convaincu les urbanistes d'approuver la construction de cet imposant immeuble situé en bordure d'une zone protégée. En pratique, on pouvait gagner le sommet du bâtiment par créneaux de quatre-vingt-dix minutes, comme l'avait découvert Dev Shah quand on lui avait demandé de partir avant que Jago ne se présente au restaurant où il déjeunait habituellement. Les deux exceptions notables dans la routine de Jago étaient des visites à une avocate aux honoraires exorbitants, réputée pour être coriace. Strike se demanda si cette peau de vache, sortie victorieuse de nombreux divorces médiatisés, avait déjà récupéré le vieux téléphone de Charlotte, dans lequel Jago avait trouvé cette photo compromettante.

Strike n'avait confié à personne son inquiétude d'être mêlé au divorce des Ross, surtout pas à Madeline, parce que le lancement de sa nouvelle collection était imminent et qu'elle était encore plus stressée qu'à l'accoutumée. Leurs rendez-vous se résumaient pour l'instant à des rapports sexuels réguliers chez elle, ce que Strike trouvait salutaire même si, dans ces moments-là, d'autres inquiétudes l'accaparaient.

— Au fait, quand est-ce que vous vous êtes séparés, Robin et toi ? demanda Madeline un soir alors qu'ils étaient allongés nus dans le noir.

Strike, qui résistait à la forte tentation de fumer une cigarette après l'amour, songeait au débriefing sur le dossier Anomie qu'il avait prévu avec son associée le lendemain, et il lui fallut quelques secondes pour comprendre ce qu'elle venait de lui demander.

— Quand est-ce que quoi ?

— Robin et toi, répéta Madeline qui avait bu presque une bouteille de vin avant qu'ils ne gagnent la chambre. Vous vous êtes séparés quand, exactement ?

— De quoi tu parles ?

— Robin et toi, lança-t-elle d'une voix plus forte.

Elle avait posé sa tête sur son épaule ; il portait toujours sa prothèse, qu'il allait devoir retirer bientôt ; il sentait l'extrémité de son moignon le démanger fortement.

— Tu veux dire quand est-ce que je l'ai virée ? la corrigea Strike qui était certain de ne jamais avoir évoqué cet épisode avec Madeline.

— Tu l'as virée ? rebondit-elle en s'appuyant sur un coude et en le toisant dans le noir.

— Oui, il y a quelques années.

— Pourquoi ?

— Elle a fait quelque chose que je lui avais demandé de ne pas faire.

— Vous étiez ensemble, à l'époque ?

— Non. On n'a jamais été ensemble. Qui… Attends un peu.

Il alluma la lampe de chevet pour voir le visage de Madeline. Elle était à la fois désirable et très tendue.

— Ce ne serait pas Charlotte qui t'a raconté ça, hein ?

— Ben… si.

— Putain !

Strike se passa une main sur le visage. S'il s'était agi de Charlotte et non de Madeline, il aurait été tenté de balancer quelque chose contre un mur.

— Il n'y a jamais rien eu entre Robin et moi. On n'est jamais sortis ensemble.

— Ah bon.

— Charlotte remue la merde, elle est douée pour ça. Mieux vaut partir du principe que tout ce qu'elle raconte sur moi, c'est juste un tas de conneries.

— Donc Robin et toi, vous n'avez jamais…

— Non, répondit fermement Strike.

— D'accord, accepta Madeline, avant d'ajouter : D'après Charlotte, je ressemble beaucoup à Robin.

— C'est faux, mentit Strike.

Madeline continuait toujours de le toiser.

— Tu es en colère.

— Non. Enfin, pas contre toi.

— Ça n'a pas d'importance pour moi. Si c'est fini, c'est fini.

— Ça n'a jamais commencé, répliqua Strike en la regardant, furieux.

— O.K., céda Madeline. Désolée.

— Pas de problème, mentit de nouveau Strike en étendant le bras pour l'inviter à se réinstaller au creux de son épaule, avant d'éteindre la lumière.

Il resta allongé dans le noir, toujours furieux, jusqu'à ce que Madeline s'endorme dans cette position. Et pour ne pas risquer de la réveiller et de relancer une conversation au sujet de Robin ou Charlotte, il dormit cette nuit-là avec sa prothèse, ce qui provoqua une réaction allergique à l'extrémité de son moignon.

La réunion prévue par les deux associés fut retardée parce que Strike passa plus de temps que prévu à surveiller Groomer, qui déjeuna très longuement au Charlotte Street Hotel. Il était dix-sept heures passées quand il quitta enfin la table, et Strike, qui prenait des photos depuis la rue, le regarda disparaître, puis appela Robin.

— Salut, lança-t-elle, l'air aussi fatigué que lui. Est-ce que le déjeuner a duré tout ce temps ?

— Oui, désolé. Il faut que tu rentres ?

— Non. Est-ce que tu es toujours partant pour faire un point sur Anomie ?

— Oui bien sûr, répondit Strike qui avait très peu mangé en surveillant Groomer. Écoute, ça t'ennuie si on fait ça en cassant la croûte ? Peut-être à Chinatown ?

— Super. Je meurs de faim. Je trouve un resto et je t'envoie un message.

Vingt minutes plus tard, Strike arriva à l'étage de Gerrard's Corner Restaurant où il trouva Robin assise à une table près de la fenêtre, téléphone portable posé devant elle à côté d'un carnet ouvert. Ils étaient les seuls clients européens.

— Salut, dit-elle en levant les yeux quand il s'assit, avant de retourner au jeu. Anomie est là, donc il faut que je continue à jouer. Il vient titiller les gens s'ils restent trop longtemps immobiles. Je prie pour que Montgomery quitte son bureau sans son téléphone tant qu'Anomie est toujours actif, pour qu'on puisse au moins éliminer quelqu'un.

— Ça nous aiderait bien, confirma Strike en étirant doucement sa jambe douloureuse.

Son portable vibra dans sa poche. Il espérait vraiment que ce n'était pas Madeline et constata avec soulagement qu'il s'agissait de sa demi-sœur Prudence qu'il avait accepté de voir le lendemain soir.

« Cormoran, je suis vraiment désolée : je ne vais pas pouvoir me libérer demain soir. Légère crise familiale. Ce serait possible de reporter ? Pru »

Strike était tellement soulagé que ce soit elle et non lui qui annule le dîner qu'il ressentit une vague d'affection pour cette femme qu'il n'avait jamais rencontrée.

« Aucun problème, je comprends. J'espère que tout va bien. »

Robin, qui leva de nouveau les yeux pendant qu'il rédigeait son message, remarqua son sourire affectueux et pensa qu'il s'adressait à Madeline. Elle se concentra de nouveau sur son iPad en essayant d'étouffer un sentiment grandissant d'hostilité.

— Tu as commandé ? demanda Strike.

— Non, mais je vais prendre des nouilles pour pouvoir manger d'une main. Et il me faut une fourchette.

Strike héla un serveur pour commander deux plats de nouilles de Singapour, puis dit à Robin :

— Tu veux entendre un truc intéressant avant qu'on parle d'Anomie ?

— Vas-y, répondit Robin toujours concentrée sur le jeu.

— J'ai demandé à Eric Wardle de me rendre un service et de trouver pourquoi Phillip Ormond avait quitté la Met. J'avais l'impression que ce n'était pas de son plein gré.

— Et ?

— S'il n'était pas parti, on l'aurait forcé à le faire. « Il avait un côté Dirty Harry », m'a-t-il dit. Il n'y allait pas de main morte avec les suspects. Par ailleurs, sa femme l'a quitté avant qu'il démissionne de la police, contrairement à ce qu'il nous a raconté.

Strike sortit son carnet et reprit :

— Tu veux qu'on discute d'Anomie pendant que tu continues de jouer ?

— Oui, s'il te plaît, répondit Robin qui déplaçait Buffypaws au milieu des tombes.

— J'ai passé en revue tous les gens qui étaient proches d'Edie et Josh quand le jeu est sorti. La bonne nouvelle, c'est qu'on peut quasiment tous les éliminer.

— Dieu merci.

— J'ai commencé par les frères et sœurs de Josh. Son frère travaille pour Kwik Fit, les réparations de véhicules, et sa sœur est caissière chez un opticien. J'ai éliminé aussi quasiment tous les membres du casting. Ils ont tous des jobs de bureau et aucun d'entre eux ne pourrait tweeter ou modérer le jeu à n'importe quelle heure sans être viré.

— J'ai contacté la fille de la famille d'accueil avec laquelle Edie est restée proche. Elle gère l'événementiel pour un hôtel, et si elle avait passé autant de temps qu'Anomie sur Internet, on l'aurait virée aussi. Même chose pour le garçon de la famille d'accueil.

— N'empêche, il faudrait parler à Tim Ashcroft. Il était ami avec Edie avant *Sang d'encre*, et il doit sans doute connaître des proches d'Edie dont on n'a pas encore eu connaissance.

— Tu ne penses pas qu'il pourrait être Anomie ? demanda Robin.

— Il aurait pu leur en vouloir d'avoir été licencié, reconnut Strike, mais rien ne prouve qu'il s'y connaît en codage ou en animation.

— Il a appris à Flavia à dessiner des animaux à partir de formes, lui rappela Robin.

— Merde, tu as raison. Bonne mémoire. La fille de la famille d'accueil n'a pas ses coordonnées, et je ne suis pas sûr qu'il soit très prudent d'aborder Tim Ashcroft frontalement. Il est toujours en contact avec Wally, Sebastian et Nils de Jong et je préférerais ne pas alerter d'éventuels Anomie qu'on enquête sur l'affaire. La seule idée que j'ai, c'est d'interroger Tim Ashcroft sans qu'il ait conscience de s'adresser à un détective.

— Par exemple en te faisant passer pour un journaliste, ou quelque chose comme ça ?

— Pas d'un journal avec pignon sur rue, ce serait trop facile à vérifier, et puis il n'est pas assez connu pour intéresser ce type de publication, nuança Strike. Mais je pourrais imaginer quelque chose sur le thème de l'éducation, vu que sa troupe théâtrale travaille avec les écoles. Et si on demandait à Spanner de bricoler un site web sur le théâtre dans l'éducation, ou quelque chose dans le genre ?

Spanner était un spécialiste de l'informatique, à qui l'agence faisait appel pour ce genre de questions.

— Ensuite, ajouta Strike, s'il te cherche sur Internet…

— Tu veux que ce soit moi qui l'interroge ?

— Je préférerais, oui. Je ne pense pas qu'il m'ait vu devant le Red Lion and Sun, mais mieux vaut rester prudent.

— O.K. On va mettre Spanner sur le coup.

— Ça veut dire que je vais devoir te relayer pour jouer Buffymachin dans *Drek's Game* pendant que tu es avec Ashcroft. Tu pourrais me préparer des anti-sèches ?

— Sans problème, répondit Robin qui interrompit ses activités dans le jeu pour ajouter ça à sa longue liste de missions.

— Ensuite, poursuivit Strike en tournant une page de son carnet, il y a une autre personne de la liste sur Katya qui m'intéresse : Preston Pierce.

— Celui qui doublait Mags… Oh, Anomie a quitté le jeu, annonça soudain Robin.

Elle prit son téléphone pour appeler Barclay.

— Tu vois Montgomery, là ?

Strike devinait, à l'air frustré de son associée, que la réponse était non.

— Mince, lâcha-t-elle en soupirant après avoir remercié Barclay et raccroché. Désolée. Continue sur Preston Pierce.

— Trente-sept ans, originaire de Liverpool, artiste numérique. Il semble être basé à North Grove même s'il retourne souvent chez lui, à en juger par son compte Instagram. À l'évidence, il possède les compétences qu'on recherche, il n'est pas salarié mais travaille en free-lance et il nourrit aussi un petit ressentiment. Je suis tombé sur un échange Twitter entre Preston et le Justicier numérique, au sujet de The Worm et Magspie qui seraient des caricatures des classes ouvrières.

— Je crois que j'en ai lu une partie, confirma Robin en s'efforçant de se souvenir, sourcils froncés.

Le Justicier numérique était tellement prolifique qu'elle n'avait pas eu le temps de lire toutes les publications.

— Le blog reprochait au dessin animé que Magspie soit de Liverpool, non ? demanda Robin. Parce que c'est une voleuse et qu'ils trouvaient ça stéréotypé ?

— Exactement, confirma Strike. Preston Pierce était d'accord pour dire que Magspie était une insulte à sa ville natale et a affirmé que s'il avait su ce qu'allait devenir le personnage, il n'aurait jamais accepté de le doubler au départ.

— Pardon, s'excusa Robin en étouffant un bâillement. La journée a été longue. Je boirais bien une bière.

— Prends-en une.

— On travaille et il faut que je reste connectée à ce fichu jeu. Midge surveille Cardew.

— Il est où ?

— À la maison, avec sa grand-mère. C'est tout le problème, non ? On ne peut pas voir ce qu'ils font quand ils sont à l'intérieur.

— Haut les cœurs, l'encouragea Strike. On va finir par trouver quelque chose.

— Bon, je serai à North Grove pour mon premier cours de dessin demain soir. On ne sait jamais… Est-ce que Preston Pierce y est, actuellement ?

— Oui, confirma Strike qui ouvrait Instagram sur son téléphone. Tiens regarde, c'est lui.

Robin prit le téléphone des mains de Strike et vit la photo d'un jeune homme torse nu, à la fois sec et musclé, avec des cheveux bruns bouclés un peu longs et de grands yeux tristes. Il avait une fine ligne tatouée à la base du cou.

— C'est sans doute de lui que parlait Flavia : le type qui ne porte jamais de chemise, déduisit Robin en lui rendant son téléphone.

— En attendant, reprit Strike qui rangea son téléphone et reprit son carnet, je ne connais toujours pas l'identité de cette fille tatouée qui vit à Junction Road, mais j'espère que tu vas pouvoir trouver quelque chose sur elle aussi, à North Grove. Si elle connaît Nils, il est possible qu'elle suive des cours… Qu'est-ce qui se passe dans ton jeu ?

Robin baissa les yeux vers l'iPad où un canal privé avait ouvert, et poussa un gémissement.

— C'est Worm28 qui veut discuter. J'ai passé deux bonnes heures hier à essayer de lui remonter le moral. C'est sans aucun doute une fille. Elle m'a dit que ses règles venaient de commencer et qu'elle se sentait super mal.

— Ah oui, ça paraît sans équivoque.

— Je pense l'avoir retrouvée sur Twitter, aussi. Elle se surnomme Zozo sur ce réseau, alias @sangdencre28. Zozo fait exactement le même genre d'erreurs de grammaire que Worm28. Le compte prétend être localisé à Londres, mais je n'ai pas encore eu le temps de passer en revue tous ses tweets. Je vais lui dire que je peux pas lui parler pour le moment : « Désolée, je suis au téléphone avec ma mère », lut-elle à voix haute tout en tapant.

— Les seules autres infos que j'ai concernent Yasmin Weatherhead, annonça Strike.

— J'ai deux ou trois trucs sur elle aussi. Toi d'abord.

— Elle travaille toujours pour la même entreprise de cosmétiques à Croydon et gère leurs réseaux sociaux. Elle vit avec ses parents, à Croydon également. Elle tweete beaucoup moins régulièrement depuis l'agression d'Edie et Josh. Et c'est tout pour l'instant.

— Voilà nos nouilles.

Un serveur posa leurs assiettes devant eux. Strike commanda deux bières.

— Je ne peux pas, protesta Robin. Sérieusement. Ça va me donner envie de dormir et je vais rater les aveux d'Anomie.

— Il a déjà avoué, lui rappela Strike. Je la boirai si tu n'en veux pas.

Du bout de ses baguettes, il saisit une grande quantité de nouilles et reprit :

— Bon, dis-moi ce que tu as.

Robin prit elle aussi des nouilles à l'aide de sa fourchette, mastiqua, déglutit, puis ouvrit son carnet.

— Alors, puisque tu as mentionné Yasmin, dit-elle en feuilletant les pages couvertes d'écriture, elle est toujours modératrice dans le jeu, où elle se fait appeler Hartella.

— Tu es sûre que c'est elle ?

— À quatre-vingt-dix-neuf pour cent. Tout concorde. Worm28 m'a confié plus de choses qu'elle ne le pense. Elle a mentionné que Hartella connaissait Edie et Josh et aussi qu'elle s'était entretenue avec la police après le meurtre. Quand je lui ai demandé pourquoi, elle a prétendu ne pas savoir, mais je sens qu'elle a peur d'en dire trop.

— Tu as parlé directement avec Hartella ?

— Uniquement au cours du jeu, au sujet de certaines tâches. Elle n'a pas l'air d'avoir été amie avec Beth.

Robin prit une autre grosse bouchée de nouilles et agita sa fourchette, le temps de mâcher.

— Dans le jeu, il y a une règle qui interdit l'utilisation des noms de lieux ou de personnes. Les joueurs contournent la règle en tapant l'initiale suivie d'astérisques à la place des autres lettres.

— Étrange, jugea Strike.

— Oui. L'identité des joueurs est soumise au secret absolu. Selon ce qui s'appelle la Règle 14.

— Le quatorze est un autre symbole de haine.

— Est-ce qu'il existe des chiffres qui n'en sont pas ?

— Oui, la plupart d'entre eux, répondit Strike en souriant. Mais le quatorze renvoie aux quatorze mots.

— Lesquels ?

— Je ne les connais pas par cœur, mais ça provient d'un slogan de l'extrême droite qui parle de sauvegarder l'avenir des enfants blancs. Continue, sur cette histoire de secret.

— O.K. : tout le monde a peur de se faire expulser du jeu, ce qui est censé arriver si on utilise un nom propre ou qu'on donne trop d'infos personnelles. Anomie a soi-disant mis en place un mécanisme qui déclenchera automatiquement la Conséquence 14 si on enfreint la règle.

— Soi-disant ?

— Je ne crois pas que ce mécanisme existe. Je pense que c'est un mensonge que la plupart des joueurs acceptent et que gobent les plus crédules.

— Comme Worm28 ?

— Oui, même si elle aurait pu se rendre compte que si ce mécanisme existait vraiment, elle n'aurait pas pu me confier tout ça. Elle répète sans arrêt qu'elle est déprimée parce que le type pour qui elle est venue dans le Sud ne l'a quasiment pas appelée depuis son arrivée à Londres et qu'ils ne se sont pas vus non plus.

— Au lieu de Londres, elle écrit L****** ?

— Exactement. Elle m'a dit aussi qu'elle n'aimait pas beaucoup son boulot. Elle travaille avec des enfants, mais je n'en sais pas plus. Bref, apparemment même les modérateurs ne connaissent pas les identités des uns et des autres, ou en tout cas ils ne sont pas censés les connaître. Worm28 pense que Hartella connaît le vrai nom d'un modérateur qui se fait appeler LordDrek. La seule interaction directe que j'ai eue avec lui était assez insultante.

— Comment ça ?

— Il a ouvert un canal de discussion privé et m'a immédiatement accusée d'avoir des pratiques perverties.

— C'est pas aussi arrivé avec un autre ?

— Oui, avec Vilepechora, lors de ma première connexion au jeu. J'ai remarqué que Worm28 parle souvent de LordDrek et Vilepechora ensemble, comme si c'était un genre de duo. Hier soir, Worm28 a fait un commentaire étrange sur Hartella et LordDrek, et je suis quasiment sûre qu'elle était défoncée. Elle m'a dit qu'elle avait trouvé un dealer et après ça, son écriture est devenue encore plus chaotique que d'habitude. On ne peut pas faire de captures d'écran du jeu, mais j'ai pris une photo avec mon iPad.

Robin trouva la photo sur son téléphone et la passa à Strike.

Worm28 : Harltlea aime vriament bien lordDrek je le sias

Buffypaws : tu penses qu'ils se sont rencontrés irl ?

Worm28 : chai pas

Worm28 : ms elle le portege

Buffypaws : c'est-à-dire ?

>

Worm28 : police

Buffypaws : ?

>

>

>

Worm28 : jaurai pas du di r ça

— Très intéressant, commenta Strike.

— C'est pas fini, continua Robin en mangeant ses nouilles. Fais défiler à droite.

Strike s'exécuta et vit une deuxième image de l'échange privé entre Robin et Worm28.

Buffypaws : je le dirai à personne !

Worm28 : non oublie que jai dis, ça stp

Worm28 : ct une errueur

Worm28 : ce qu'ils on fait

Buffypaws : Hartella et LordDrek ?

Worm28 : non

Worm28 : LordDrek et Vile

>

>

Worm28 : oubli stp

— J'ai rien pu lui tirer de plus, expliqua Robin. J'ai pas voulu insister mais avec un peu de chance, elle va se défoncer de nouveau et je pourrai réessayer.

Leurs bières arrivèrent. Malgré ses résolutions, Robin s'en versa un peu dans un verre et but une gorgée. C'était délicieux, et l'effet apaisant de l'alcool était bienvenu.

— Ces deux types. Ce sont des hommes, d'ailleurs ?

— Je pense que oui. Worm28 les considère comme tels en tout cas.

— Donc ces deux types qui pensent qu'être lesbienne c'est une perversion et qui semblent être de mèche, ont fait quelque chose qui pourrait intéresser la police. Et Hartella les protège. Ou au moins un des deux.

— Exactement, confirma Robin. Tu te rappelles la page d'accueil de la Fraternité d'Ultima Thulé ? « Nous croyons que le féminisme et la légalisation de l'homosexualité ont affaibli la civilisation occidentale », ou quelque chose comme ça ?

— Est-ce que tu sais si on peut transmettre des documents via les canaux privés ?

— Aucune idée, j'ai pas essayé.

— Si c'est possible, réfléchit Strike, alors c'est peut-être comme ça que le dossier constitué de faux emails est parvenu à Yasmin Weatherhead, non ? Ce serait le moyen idéal. Dans le jeu, tout le monde est obligé de conserver l'anonymat, et la Fraternité/Le Halvening aurait déjà un terreau de personnes qui détestent Ledwell, prêtes à avaler n'importe quoi. Je pense qu'il faudrait surveiller Yasmin, tu sais. Pour savoir qui elle rencontre dans le vrai monde.

Il mangea en silence pendant une minute, le temps de réfléchir.

— À ta connaissance, reprit Strike, est-ce qu'il est possible pour un joueur d'interagir sur plusieurs canaux de modérateurs ? Est-ce qu'Anomie pourrait être aussi LordDrek ou Vilepechora ? Voire les deux ?

— La communication sur les canaux privés se passe en temps réel, donc j'ai déjà eu deux modérateurs qui me parlaient simultanément. Mais en toute logique, une même personne ne peut pas taper deux messages en même temps. Cela dit, oui, j'imagine qu'une même personne pourrait avoir deux comptes de modérateur, tant que les deux n'écrivent pas en même temps. J'aimerais vraiment bien m'introduire sur le canal des modérateurs. Si Anomie laisse échapper des infos, je suis sûre que c'est là.

— Il y a combien de modérateurs ?

— Huit, répondit Robin en tournant les pages de son carnet pour trouver les notes qu'elle avait prises sur chacun d'entre eux. Anomie, évidemment, Worm28, LordDrek, Vilepechora, Hartella, Demony1…

— C'est qui, ça ?

— D'après ce que m'a dit Worm28, c'est un jeune homme. Elle pense qu'il est gay. Dans un de nos premiers tchats, elle a dit : « Tu sais que Morehouse et Demony1 étaient super bons copains mais ils se sont brouillés. » Elle ne sait pas pourquoi. Je n'ai jamais échangé avec Demony1, même dans le jeu.

— Une piste sur Morehouse ?

— Rien de concret, mais son principal centre d'intérêt en dehors du jeu, ça semble être les sciences. Son avatar Twitter…

— Son quoi ?

— Tu sais, la photo de son compte. C'est une comète, et je l'ai vu discuter des découvertes spatiales avec une fille qu'il a l'air de connaître. Cette fille est encore au lycée, étant donné qu'elle parlait de ses devoirs et de ses disputes avec sa mère.

— On sait où se trouve cette fille ? Si elle est au lycée avec Morehouse…

— Non, j'ai vérifié, mais sa localisation indique « hors de ma tête ». Je n'ai eu aucun contact direct avec Morehouse, ce qui est frustrant dans la mesure où tout le monde dit qu'il est le seul à savoir vraiment qui est Anomie. Mais Worm28 a laissé entendre qu'il entretiendrait une relation avec Paperwhite.

— Une relation virtuelle ?

— Aucune idée.

— Et sur Paperwhite, qu'est-ce qu'on sait ?

— C'est la modératrice la plus récente, et Worm28 a mentionné qu'elle plaît à tous les modérateurs.

— Comment est-ce qu'elle peut leur plaire ? Ils ne connaissent pas sa véritable identité, si ?

— Je n'ai pas compris non plus, mais c'est ce qu'a dit Worm28. En dehors de ça, je n'ai rien trouvé sur elle. Mais j'ai compilé tout ce que j'ai sur Anomie. J'ai entièrement remonté son fil Twitter et ajouté tous les détails que Worm28 a pu laisser échapper. J'ai tout imprimé et inclus au dossier dans le bureau, mais c'est aussi sur mon carnet, si tu veux un résumé.

— Vas-y, l'encouragea Strike qui continuait à avaler ses nouilles.

— O.K., répondit Robin en tournant des pages encore plus remplies. D'abord Twitter. Le compte d'Anomie a été créé le 10 juillet

2011. Son premier tweet invitait les gens à découvrir le jeu multijoueurs qu'il avait conçu avec Morehouse. Le compte de Morehouse a été créé le même jour, mais il tweete environ cent fois moins qu'Anomie, n'a jamais attaqué Edie ou Josh et n'échange quasiment jamais avec les fans. La plupart du temps, il annonce des infos du genre : « Allez voir la nouvelle extension du jeu. » C'est purement informatif.

« Au départ, les tweets d'Anomie concernaient uniquement le jeu et il aimait vraiment bien que les fans le complimentent. Les fans mouraient d'envie de savoir qui était Anomie et Morehouse, et Anomie semblait vraiment apprécier ces réactions et faisait des commentaires du style : « Ah tu aimerais bien savoir. » Les fans pensaient qu'Anomie était Josh Blay, mais cette rumeur s'est éteinte pour de bon le 14 septembre 2011, quand l'interview de Josh et Edie a été publiée en ligne, interview dans laquelle ils confiaient avoir vu le jeu et que ce n'était pas exactement conforme à ce qu'ils avaient voulu faire. Le même jour, Anomie a tweeté : « Alors Ledwell n'aime pas notre jeu parce que "le jeu, c'est surtout une métaphore". On a utilisé tes règles, espèce de connasse. »

« À partir de là, reprit Robin, Anomie l'a attaquée sans relâche jusqu'à sa mort. En octobre de la même année, il a tweeté : « Comment le dire poliment ? Une boulimique devrait être… mince, non ? » Et il a inventé le hashtag Ledwell LaGoinfre, qui n'a jamais vraiment disparu.

— Elle était boulimique ?

— Elle l'avait été, si j'en crois une note écrite dans son dossier. C'est la toute première information personnelle qu'Anomie a utilisée contre elle.

— Et sur le plan politique, il se situe où ? On le sait ?

— Il n'a jamais publié de déclaration ouvertement politique. Il s'intéresse uniquement aux critiques progressistes du dessin animé qu'il peut retourner contre Ledwell en la traitant d'hypocrite et en l'accusant de cruauté envers ses proches. Mais il y a un petit noyau de comptes d'extrême droite qui gravite en permanence autour d'Anomie. Ils reprochent tous au dessin animé d'être devenu politiquement correct. Il y en a un qui s'appelle Lepine's Disciple, grand fan d'Anomie, qui le défend dès que des progressistes le critiquent pour avoir par exemple révélé la boulimie d'Edie.

— Lepine's Disciple, répéta Strike. Oui, je crois que je l'ai vu. Tu veux une autre bière ?

Il avait déjà fini la sienne.

— Je ne peux pas, répondit Robin. Je risque de m'endormir. Il y a aussi des extrémistes de gauche qui gravitent autour de lui : en général, ils taxent Edie de racisme et de discrimination envers les handicapés. Ce genre de choses.

« Mais Anomie ne s'engage jamais vraiment sur le terrain politique, sauf s'il peut en tirer parti pour attaquer Ledwell. Selon moi, la justice sociale, c'est pas son truc. En me basant uniquement sur son compte Twitter, son but premier est de maintenir son statut dans la communauté et d'étendre son influence. Il donne l'impression d'être, comment dire, avide de pouvoir.

« Tu as l'air de penser que les gens commettent des erreurs et finissent par révéler leurs véritables identités en ligne, mais lui, il est très prudent. J'ai l'impression qu'il fait très attention de ne laisser filtrer aucune information qui pourrait permettre de l'identifier. De temps en temps, il donne quelques détails anecdotiques : il aime les Magnum (les glaces) et *The Dark Knight Rises*. J'ai tout noté, mais au final ce n'est pas grand-chose. Je parie qu'on pourrait trouver plusieurs millions de gens à Londres qui ont les mêmes goûts qu'Anomie.

« Mais il y a trois tweets un peu plus révélateurs. Le premier : il annonce qu'il veut utiliser une catapulte pour buter un chat sur la clôture de son jardin. C'est peut-être une forme d'humour, mais ça colle avec son ton général et sa cruauté habituelle. Tu as vu comment Anomie s'est vanté d'avoir tué Edie le jour où j'ai rejoint le jeu. Il est fanfaron et froid, un mélange qui rappelle fortement Wally Cardew. Cette vidéo où il sort un couteau ensanglanté de sous le bureau ? Je l'ai regardée. Ça ressemblait beaucoup à l'humour d'Anomie, en particulier le ton qu'il adopte dans le jeu.

« Le deuxième tweet que j'ai trouvé un peu bizarre a été posté il y a un an. De nombreux produits dérivés de *Sang d'encre* sortaient à ce moment-là, et Anomie a accusé Edie de faire ce qu'elle avait critiqué par le passé, c'est-à-dire produire des T-shirts et des porte-clés à l'effigie du dessin animé. Anomie a tweeté : « Tandis que les caisses enregistreuses s'activent dans tout le pays, @SebMonty91 est le Pete Best de *Sang d'encre* et on se demande comment il vit ça. »

— Quel est le problème ?

— J'ai dû chercher qui était Pete Best.

— Tu plaisantes ?

— Non, répondit Robin, amusée par l'air presque scandalisé de Strike. Les Beatles se sont séparés quatorze ans avant ma naissance, tu sais.

— Oui, mais… c'est les Beatles.

— Tout ce que je dis, c'est qu'il y a des tas d'exemples beaucoup plus récents de groupes qui se sont séparés avant de connaître le succès. Des noms auxquels une personne de moins de trente ans penserait spontanément, sans aller jusqu'à Pete Best. LaTavia Roberson…

— Qui ça ?

— Une des membres de Destiny's Child, à l'origine. Du coup, je me demande pourquoi Anomie a pensé à Pete Best. C'est étonnant, s'il a une vingtaine d'années. Tu n'es pas convaincu ? demanda-t-elle en voyant l'expression de Strike.

— Non, rétorqua-t-il, tu as raison… mais je suis passé à côté de ça. Je n'y aurais jamais pensé.

— Enfin bon, le troisième tweet qui m'a interpellée, c'est celui où Anomie a relayé le blog du Justicier numérique, sur le handicap. Je me suis demandé pourquoi il partageait celui-là. Le blog est assez prolifique, et Anomie n'a retweeté aucune autre publication. Est-ce qu'il est handicapé ou malade ? Ou proche d'un malade ?

« Et je l'ai relié avec quelque chose que m'a confié Worm28. Quand j'ai dit qu'Anomie pouvait être un peu brutal, elle m'a répondu : « Ce n'est pas quelqu'un de mauvais. Je pense qu'il est soignant. Il parle parfois d'une personne qu'il doit conduire à l'hôpital. »

— Anomie, un soignant ?

— Je sais, j'aimerais pas trop être une de ses patientes. J'ai essayé de creuser, mais je pense qu'elle ne sait rien de plus. Par ailleurs, j'ai remarqué autre chose. Ou plutôt quelque chose qui manque. Anomie a un rapport bizarre au sexe.

Strike continuait de mâchonner ses nouilles, impassible.

— J'ai passé en revue quatre années de tweets. À un seul moment, il flirte un peu. C'est avec Kea Niven. Il la complimente sur sa coiffure. Et, un peu plus tard, il l'informe qu'il lui a envoyé un message privé. Quatre ans, répéta Robin. Quatre années durant lesquelles il a beaucoup d'admiratrices, des filles qui veulent savoir qui il est. Et Anomie n'en profite pas, il ne flirte pas, n'essaie jamais de les manipuler, ou de leur proposer des infos en échange de photos nues. Si tu étais une fille qui utilise Internet, expliqua Robin avec impatience parce que Strike ne semblait pas comprendre, tu verrais exactement ce que je veux dire.

— Je vois très bien, protesta Strike, mais…

— Le truc c'est que dans le jeu, Anomie est différent. Un peu grande gueule. Tu as vu la question concernant ma position sexuelle préférée, ou celle de Buffypaws en tout cas. On dirait que dans le jeu, il fait ce qu'on attend de lui. Tout le monde pense que c'est un homme, mais d'une certaine façon, pour moi ça sonne faux. Du coup… j'ai une théorie.

— Dieu merci, lâcha Strike. Parce que j'ai pas la moindre idée. Vas-y.

— Je pense qu'il faut qu'on examine Kea Niven de plus près. Je sais qu'Edie l'avait éliminée, ajouta-t-elle avant que Strike ne puisse en placer une. Mais ce serait donner beaucoup de crédit à ses propos si on ne creusait pas un peu la question. On croit Allan Yeoman et Phillip Ormond sur parole quand ils affirment qu'Edie a vu Kea sans appareil numérique pendant qu'Anomie était actif dans le jeu. On ne sait pas si Edie avait vraiment une bonne vue sur la rue, ni si les deux hommes ont entendu correctement ou si leurs souvenirs sont exacts. Allan était assez vague, au téléphone. Quoi ? demanda-t-elle en voyant Strike esquisser un petit sourire.

— Rien, répondit-il.

Mais comme il voyait bien qu'elle n'allait pas se contenter de cette réponse, il ajouta, après avoir fait des cercles avec ses baguettes comme Robin avec sa fourchette pour indiquer qu'il finissait sa bouchée :

— Juste que tu es douée pour l'enquête.

Décontenancée, Robin éclata de rire.

— Enfin bon… Kea est artiste, elle en veut énormément à Edie, elle est malade, ce qui expliquerait qu'elle retweete le post du Justicier numérique sur le handicap, et si c'est Anomie, ça peut expliquer cette contradiction dont on a parlé : créer le jeu en hommage au dessin animé tout en haïssant l'un des créateurs. Il se peut qu'à l'origine, le but de *Drek's Game* était de montrer à Josh que Kea pouvait faire mieux qu'Edie. Ensuite, Edie a critiqué le jeu, ce qui a donné à Kea une excuse pour l'attaquer, emportant l'adhésion des fans. En plus, si c'est Kea, ça explique aussi l'anonymat. Elle ne voudrait pas que Josh sache qu'elle est derrière tout ça, si ? Elle paraît complètement obsédée par lui.

— Alors tu penses que ce petit échange entre Anomie et Kea… ?

— Ça pourrait être une mise en scène, non ? En prétendant qu'Edie a volé toutes ses idées, Kea est un peu plus entendue. Elle se complimente à travers Anomie, attire l'attention du public sur sa vidéo. Elle établit deux identités différentes. Sans compter qu'elle possède deux perruches prénommées John et Yoko.

— Excellent raisonnement, Ellacott, commenta Strike qui avait enfin fini ses nouilles et se carrait sur sa chaise, admiratif.

— Il reste une grande question, cependant, tempéra Robin en essayant de ne pas montrer à quel point sa réaction lui faisait plaisir. Comment Kea a-t-elle pu connaître autant de choses sur Edie ? J'ai ma petite idée là-dessus aussi.

— Vas-y.

— Il y a des chances pour que Josh soit resté en contact avec elle après leur séparation, sans en parler ni à Edie, ni à Katya. Allan Yeoman a dit que Josh était charmant mais qu'il n'aimait ni la confrontation ni les conversations désagréables. Il a ajouté qu'il n'était pas très bon pour cerner les gens. Peut-être qu'il a pensé qu'en racontant à Kea les difficultés subies par Edie dans sa vie, il la persuaderait d'arrêter de l'attaquer.

— En lui donnant ainsi encore plus de billes ?

— Exactement. On n'a personne de disponible pour surveiller Kea à King's Lynn, n'est-ce pas ? De toute façon, si elle dit la vérité, elle est clouée au lit. On ne ferait que surveiller sa maison.

Strike réfléchit en silence. Il finit par dire :

— Si tu as raison, et que Josh était la source de toutes ses informations, je ne vois pas pourquoi on ne la contacterait pas directement. Elle n'a jamais été amie avec leur petit cercle. Tu n'as rien qui prouve qu'elle ait été en contact avec eux, si ?

— Non, confirma Robin, mais je n'ai pas encore eu le temps d'éplucher tous ses comptes sur les réseaux sociaux.

— On va le tenter, suggéra Strike. Je l'appellerai demain. Si elle accepte de me voir, tu peux surveiller le jeu pendant que je m'entretiens avec elle. On a bien mérité d'avancer un peu, répéta Strike tout en levant la main pour commander une autre bière. Et ta théorie me plaît beaucoup.

C'était dans des moments comme celui-là que Robin trouvait difficile de rester fâchée contre Cormoran Strike, aussi agaçant qu'il puisse être.

39

Je n'aurai aucun commerce avec la pensée personnelle
Dans le pur temple de l'art.

Elizabeth Barrett BROWNING,
Aurora Leigh

Les trois perruques et les nombreuses lentilles de contact colorées que Robin avait au bureau furent mises à contribution le lendemain en fin d'après-midi. À l'aide d'un miroir grossissant qu'elle gardait dans le dernier tiroir de son bureau, elle entreprit de se déguiser pour son premier cours à North Grove.

Elle s'était inscrite sous le nom de Jessica Robins et s'était inventé un personnage ainsi qu'une histoire. Jessica, cadre en marketing avec des aspirations artistiques, venait de quitter son petit ami et cherchait à occuper ses soirées. Robin opta pour une perruque brune longueur d'épaules (Jessica avait une coiffure sage, étant donné le poste qu'elle occupait), des yeux noisette, puis appliqua du rouge à lèvres rouge et de l'eyeliner inspiré de Kea Niven, parce que Jessica aimait pimenter un peu une apparence somme toute conventionnelle. En plus de son jean, Robin choisit un T-shirt noir rétro portant le message « Blondie is a band » assorti d'une vieille veste en daim noire achetée dans une friperie pour des occasions comme celle-ci. Elle s'examina dans le miroir piqué des toilettes, sur le palier, et fut satisfaite de ce qu'elle voyait : Jessica Robins renvoyait exactement l'image qu'elle désirait : un look classique avec un brin d'originalité. Ses cinq années à la capitale avaient permis à Robin de parfaire son accent londonien, si bien qu'elle décida que Jessica avait grandi dans une cité de Lismore Circus, comme Josh Blay. Cela pourrait lui servir d'excuse pour évoquer *Sang d'encre*, même si elle prévoyait de se faire passer pour quelqu'un qui ne connaissait pas bien le dessin animé. Elle emporta son iPad dans un grand tote bag dans l'intention de laisser le jeu tourner, tout en observant Preston Pierce, si elle le pouvait.

Pat avait déjà quitté le bureau. Robin avait presque atteint la porte quand l'ombre de Strike se dessina derrière la vitre gravée. Il entra dans le bureau en boitant, les traits tirés par la souffrance.

— Qui êtes-vous ? demanda-t-il en souriant quand il la découvrit.

— Jessica Robins, cadre dans le marketing avec des aspirations artistiques, annonça Robin dans un anglais typique de Londres. Et toi, tu étais où ? Avec Fingers ?

— Oui, répondit Strike en se laissant tomber dans le canapé en face du bureau de Pat sans même ôter son manteau.

Il ferma les yeux un instant, heureux de pouvoir soulager son moignon.

— Ce salopard a beaucoup marché cet après-midi, expliqua-t-il, il est notamment allé chez Sotheby's.

— Ah bon ?

— Oui, mais il n'est pas bête au point de vendre ce qu'il a piqué.

— Ça me semble peu probable.

— Peut-être qu'il cherchait à acheter. J'ai également appelé Kea Niven, mais je suis tombé sur sa mère. Apparemment, sa fille est beaucoup trop malade pour me parler, elle ne sait absolument pas qui est cet Anomie, c'est une personne très fragile qu'on diabolise parce qu'elle défend ses droits, et en gros elle m'a dit d'aller me faire voir.

— Ah merde.

— J'ai demandé à Mrs. Niven de ne pas révéler qu'on planchait sur Anomie, parce que ça pourrait compromettre notre enquête, et ça ne lui a pas plu non plus : à qui pensais-je qu'elle pourrait le répéter ? Kea est trop malade pour en parler à qui que ce soit, et tout et tout.

Strike avait vraiment envie d'un thé et d'un antalgique, mais cela impliquait de se lever. L'idée de demander à Robin lui traversa l'esprit, mais il ne dit rien. Avec ses lentilles de contact noisette, sa ressemblance avec Madeline était frappante. De son côté, Robin envisagea également de proposer un thé à Strike, mais il fallait qu'elle parte sans tarder pour arriver à l'heure à North Grove, et elle se dit avec un pincement au cœur que s'il avait besoin d'aide, il n'avait qu'à appeler sa copine.

— Bon, je t'envoie un texto si je trouve quelque chose d'intéressant, dit-elle avant de partir.

Le début de soirée était chaud et la perruque brune, assez serrée, la démangeait. Il lui fallut une demi-heure pour gagner Highgate Station en métro, puis quinze de plus pour rejoindre la grande maison à façade vieux rose située au coin d'une rue également baptisée North Grove. L'endroit paraissait légèrement délabré : de nombreuses fenêtres étaient condamnées – dont une où était collée une affiche « VOTEZ TRAVAILLISTE » – d'autres étaient ouvertes pour laisser entrer l'air du soir.

Robin s'attarda quelques minutes sur le trottoir pour jeter un coup d'œil à *Drek's Game*, avant d'entrer. C'était toujours plus lent quand elle perdait le wifi et n'avait plus que la 4G. Les deux seuls modérateurs présents à ce moment-là étaient Paperwhite et Hartella. Robin rangea son iPad dans son sac sans se déconnecter du jeu, puis parcourut la petite allée qui menait au collectif.

La vaste entrée du bâtiment était pour le moins surprenante. Un grand escalier en colimaçon, manifestement pas d'origine, trônait en plein milieu, avec une rampe imitant des branches d'arbres polies, sinueuses et entremêlées. À droite de l'entrée, dans un coin, poussait un énorme philodendron dont les feuilles vertes et grasses s'étendaient au-dessus de la tête de Robin et atteignaient presque le plafond.

Les murs étaient ornés de dessins et de tableaux, certains encadrés. On distinguait par endroits le mur, peint d'un rose vif. À gauche de Robin, il y avait une porte vitrée menant à une petite boutique aux étagères chargées de tasses ou de personnages en terre cuite. Comme l'entrée était déserte et qu'aucun panneau ne lui indiquait où aller, Robin se dirigea vers la boutique où une petite femme replète aux longs cheveux gris attachés en chignon comptait sa caisse. Elle portait un débardeur violet et un tatouage de la même couleur sur le haut du bras, représentant une fleur à cinq pétales.

— Dessin du vivant ? demanda-t-elle quand Robin entra.

— Oui.

— C'est mon cours. Par ici, indiqua son interlocutrice en souriant.

Prenant avec elle la petite boîte cadenassée, elle guida Robin jusqu'à un atelier à l'arrière du bâtiment, où cinq autres élèves étaient déjà installés à leur chevalet. Au centre de la pièce se trouvait un petit socle recouvert d'un drap crasseux, où était posée une chaise en bois vide. Au fond, les grandes fenêtres donnaient sur un petit carré de jardin mal entretenu. Dans le crépuscule naissant, Robin aperçut un chat écaille-de-tortue qui avançait dans l'ombre, entre quelques jonquilles maigrichonnes.

Robin s'installa à un chevalet libre, auquel une feuille blanche était déjà punaisée.

— Bonjour, dit un homme d'un certain âge installé à côté d'elle, dont la barbe grise semblait rêche et qui portait un pull breton. Je m'appelle Brendan.

— Jessica, se présenta Robin qui sourit en ôtant sa veste en daim.

— On va commencer dans cinq minutes, annonça la femme qui tenait sa petite boîte cadenassée. On attend encore un étudiant.

Elle quitta la pièce avec sa boîte dans laquelle des pièces cliquetaient. Dans le bâtiment, une voix aiguë d'enfant s'éleva, entonnant une chanson en néerlandais.

Het witte ras verliest,
Kom op voor onze mensen…

— Arrête ! lança l'enseignante. C'est pas drôle.

Les élèves de la classe entendirent ensuite un rire s'élever, puis des pas dévaler l'escalier.

— Je vais peut-être passer aux toilettes avant le début du cours, murmura Robin à Brendan au pull breton. Tu ne saurais pas où c'est ?

— La deuxième sur la droite, lui indiqua-il. Je suis un vieux de la vieille.

— Super, merci.

En réalité, elle avait l'intention de fureter rapidement, à la recherche de Preston Pierce. Elle prit son tote bag pour aller aux toilettes, et passa devant une salle ouverte où se trouvaient plusieurs ordinateurs. Un homme gigantesque avec des cheveux blonds scrutait l'un des écrans.

La décoration des toilettes était aussi éclectique que celle de l'entrée. Chaque millimètre de mur, ainsi que la porte, étaient recouverts de portraits probablement réalisés par des étudiants, certains peints, d'autres dessinés. Robin en reconnut deux. En haut de la porte était accroché un croquis bien réalisé d'Edie Ledwell esquissant un petit sourire. Exécuté au charbon et au crayon, il était signé JB. Elle mit plus de temps à identifier le deuxième, punaisé au mur, qui représentait Gus Upcott, dessiné sans doute par sa mère, bien plus talentueuse que Robin ne l'aurait cru. Un petit casier à livres rempli de volumes abîmés était posé à côté des toilettes, contenant *Ride the Tiger* de Julius Evola, *Suicide*, d'Émile Durkheim, et *Breek het partijkartel ! De noodzaak van referenda*, de Thierry Baudet.

Elle s'assit sur le siège des toilettes et sortit son iPad, mais comme elle s'y attendait, le réseau était mauvais et le jeu était bloqué. Pour autant qu'elle pouvait le voir, Anomie n'était pas présent.

Après avoir tiré la chasse, Robin ouvrit la porte et faillit se cogner contre une fille fluette aux longs cheveux teints en noir et dont le visage squelettique indiquait qu'il s'agissait, à n'en pas douter, de la personne que Strike avait photographiée devant le cimetière de Highgate. Ses tatouages n'étaient pas visibles parce qu'elle portait un haut noir à manches longues qui aurait pu aller à un enfant de huit ans.

— Pardon, s'excusa Robin.

— Pas de souci, répondit-elle avec un accent du Yorkshire. Est-ce que vous avez vu un petit enf… ? Oh merde ! lâcha-t-elle en s'élançant dans le couloir.

Robin vit un petit enfant blond qui portait une couche grimper les marches de l'escalier. Les branches polies étaient suffisamment espacées pour qu'il puisse passer au travers. La fille en noir lui courut après et l'attrapa.

— Je t'ai dit de pas monter et descendre toute seule !

La fille en noir emmena dans ses bras la petite qui gémissait, et disparut par là où elle était venue.

Robin regagna l'atelier où la dernière étudiante était arrivée : une jeune fille avec des cheveux courts teints en bleu et de nombreux piercings. En l'absence de Robin, un jeune homme aux cheveux bouclés vêtu d'un vieux peignoir s'était installé sur la chaise en bois posée sur le piédestal, jambes nues et croisées. Il regardait par la fenêtre où le jardin était peu à peu plongé dans l'obscurité. Même si Robin ne pouvait pas voir son visage, elle se doutait de qui il s'agissait.

L'enseignante au débardeur violet se tenait debout devant la classe. Elle semblait attendre le retour de Robin.

— Désolée, s'excusa cette dernière en reprenant place à côté de Brendan, qui lui adressa un clin d'œil.

— Très bien, annonça leur enseignante en souriant aux sept étudiants. Je suis Mariam Torosyan et c'est moi qui donne le cours. Je suis illustratrice et créatrice de vitraux, mais j'ai suivi une formation aux beaux-arts et j'enseigne depuis presque trente ans maintenant. Alors, continua-t-elle en tapant des mains, quand les gens s'inscrivent en dessin du vivant, ils imaginent en général qu'ils vont travailler à partir de nus, et comme j'aime bien répondre aux attentes des étudiants, c'est exactement ce que vous allez faire ce soir.

De petits rires nerveux s'élevèrent et le jeune homme sur le piédestal tourna la tête, un grand sourire aux lèvres. Comme l'avait soupçonné Robin, il s'agissait de Preston Pierce. Il avait le teint cireux et les yeux cernés de noir.

— Je vous présente Preston Pierce, ou Pez, comme on l'appelle, annonça Mariam, qui est également un artiste très talentueux. Il vit ici, à North Grove, et nous sert de modèle quand on en a besoin.

— J'ai surtout besoin de sous, intervint-il avec un accent de Liverpool.

La classe rit de nouveau.

— Je vous propose de vous présenter avant de nous y mettre. Vous pouvez peut-être nous dire ce qui vous a donné envie de venir à ce cours et si vous avez de l'expérience en dessin. Brendan, tu veux bien commencer ? Brendan est un vieil ami, expliqua Mariam avec affection. Il a suivi… combien de cours maintenant, Brendan ?

— C'est mon cinquième, répondit-il joyeusement. J'essaie de découvrir si je suis bon à quelque chose !

Les étudiants, ainsi que Mariam, rirent de nouveau.

— Il est très modeste, dit-elle à la classe. Il a du talent pour la gravure et n'est pas mauvais du tout en poterie. Et toi, ma belle ? demanda-t-elle à Robin.

— Je m'appelle Jessica, annonça Robin dont le pouls s'était un peu accéléré. J'ai étudié l'art au lycée, mais rien depuis. Je travaille dans le marketing et j'ai décidé de venir ici pour voir un peu autre chose !

La classe eut de nouveau une réaction enthousiaste qui montrait que les étudiants partageaient ce sentiment. Preston Pierce détailla Robin du regard, un petit sourire se dessinant sur ses lèvres.

Les autres élèves se présentèrent tour à tour. Une femme forte vêtue d'un sweat magenta expliqua qu'elle avait « toujours aimé dessiner », un jeune homme à la barbe hirsute avait une idée de BD qu'il voulait illustrer, et une fille noire portant une minirobe jaune avait envie d'explorer sa créativité. Une femme d'un certain âge avec de fins cheveux blonds était également une habituée de North Grove et s'était inscrite à ce cours sur les conseils de Mariam, qui trouvait cela utile pour son épanouissement artistique.

— Et toi ? demanda Mariam à la fille aux cheveux bleus.

— Moi, je suis une grande fan de *Sang d'encre*. Je voulais juste me plonger dans l'atmosphère et voir ce que je peux en retirer.

Elle adressa un large sourire à l'ensemble du groupe. Si elle avait espéré créer par là un lien immédiat avec les autres, elle dut être déçue. Robin trouva que le sourire de Mariam s'était légèrement figé et elle tourna la tête pour parler au groupe.

— Voilà, nous avons tous des expériences différentes, et c'est parfait. Le but, c'est que vous vous amusiez. Je vous donnerai des conseils constructifs mais ce soir, vous allez surtout plonger dedans et apprendre tout en dessinant. Preston…

Pierce se leva et ôta son peignoir gris, sous lequel il était entièrement nu. Sec et musclé, il s'installa nonchalamment sur son siège.

— Je me mets à l'aise, expliqua-t-il en prenant la pose.

Il s'assit de profil par rapport au groupe, un bras par-dessus le dossier de la chaise, le visage tourné vers Brendan et Robin. Celle-ci se concentra pour ne pas scruter le pénis du modèle qui était sensiblement mieux membré que son ex-mari, et qui était soudain devenu le seul objet de la pièce.

— Je vous ai donné tout le matériel nécessaire, dit Mariam. Vous avez deux crayons 2B, une gomme neuve et…

— Mariam, est-ce que je peux utiliser mes propres crayons ? demanda la femme d'un certain âge.

— Ce que tu préfères, ma grande, répondit Mariam.

La vieille dame fouilla dans un grand sac en canevas.

Tous les étudiants se mirent au travail, la plupart assez timidement, à l'exception de Brendan le barbu qui traçait déjà de grands traits sur son papier.

Pendant les trente minutes qui suivirent, on entendit uniquement le bruissement des crayons sur le papier et, de temps à autre, les murmures d'encouragement de Mariam. Au bout d'un moment, faisant semblant de ramasser sa gomme par terre, Robin consulta son iPad dans son sac. Le réseau était meilleur dans l'atelier que dans les toilettes : le jeu était reparti, même si c'était un peu haché. Anomie n'était toujours pas arrivé (au grand soulagement de Robin), ni Worm28, mais Paperwhite avait ouvert un canal de discussion avec elle vingt minutes plus tôt. Robin lut rapidement son message :

<Un nouveau canal est ouvert>

<23 avril 2015 20 h 14>

<Paperwhite MOD invite
Buffypaws>

Paperwhite : Salut

>

>

>

>

Paperwhite : Y a quelqu'un ?

Après avoir jeté un coup d'œil anxieux autour d'elle, Robin composa rapidement une réponse.

Buffypaws : désolée, j'ai raté le msg

>

>

>

>

Paperwhite : te voilà ! t'es coincée dans le jeu ? je peux t'aider ?

Buffypaws : ça va, merci

Mariam avançait lentement vers Robin.

Buffypaws : dsl je reviens

Elle fourra son iPad dans son sac et se redressa de nouveau.

— C'est pas mal du tout, la complimenta l'enseignante en voyant son travail. Tu sais dessiner, c'est sûr. Il faut que tu apprennes à regarder. Je voudrais que tu observes attentivement Preston, parce que ça, expliqua-t-elle en indiquant l'épaule dessinée par Robin qui n'avait pas cherché à la reproduire fidèlement, ce n'est pas ce que tu vois. Maintenant, observe attentivement, et corrige-moi cette épaule.

Robin obéit. Concentrée sur l'épaule de Preston, elle avait conscience qu'il n'avait pas détourné les yeux d'elle ou de Brendan, mais elle se força à ne scruter que sa clavicule.

Au bout de quinze minutes, Mariam proposa une pause et invita les étudiants à la suivre dans la cuisine pour une tasse de thé ou un verre de vin. Robin laissa les autres étudiants quitter la pièce sans elle, afin de pouvoir répondre à Paperwhite.

Buffypaws : je suis là, vraiment dsl

>

>

>

Paperwhite : j'ai vu que t'avais pas bougé depuis un moment et Anomie est furax

Buffypaws : pourquoi ?

Paperwhite : il aime pas que les joueurs viennent sans jouer

Buffypaws : ma sœur m'a appelée pile quand je me suis connectée

Paperwhite : oh ok

Paperwhite : Anomie veut qu'on vérifie que tout le monde est bien là pour jouer

Paperwhite : et pas pour espionner les autres

Merde.

Buffypaws : pourquoi je voudrais espionner les autres joueurs ?

Paperwhite : on pense que la police surveille les fans à cause de ce qui est arrivé à E*** L******

— Tu réponds à tes emails pros ? demanda Preston Pierce.

Robin sursauta. L'artiste-modèle, qui avait heureusement enfilé de nouveau son peignoir, s'était approché d'elle pendant qu'elle tapait et la regardait avec le même petit sourire que tout à l'heure.

— Comment tu as deviné ? répliqua Robin sur un ton léger.

— T'as l'air d'avoir des choses à terminer.

Robin sourit. Il était à peine plus grand qu'elle. La phrase tatouée à la base de son cou était en partie dissimulée par son peignoir. Robin ne distinguait que « hard to be someone but it ».

— Tu veux rien boire ? demanda Preston.

— Si si, l'assura-t-elle en rangeant son iPad. C'est par où ?

— Suis-moi.

Preston la conduisit hors de la pièce et Robin répondit au hasard à ses questions sur le marketing, tout en se demandant s'il était préférable qu'elle se déconnecte du jeu ou qu'elle reste inactive pendant la durée du cours.

À l'arrière du bâtiment se trouvait une immense cuisine commune, peinte du même rose vif que l'entrée. Pile en face de Robin se dressait un grand et beau vitrail réalisé, supposa-t-elle, par Mariam. Il était subtilement éclairé par une source lumineuse extérieure au bâtiment, si bien que, même de nuit, ses reflets colorés dansaient sur la table en bois et les nombreux ustensiles suspendus aux murs. À première vue, il semblait représenter une vision paradisiaque, mais les personnages n'avaient ni ailes ni halos. Ils travaillaient ensemble à un certain nombre de tâches : planter des fruits et des arbres, s'occuper d'un feu pour cuisiner, construire une maison et décorer sa façade de guirlandes.

Mariam bavardait avec les étudiants à côté d'une vieille cuisinière noire en fonte. Certains buvaient du thé, d'autres de petits verres de vin. Robin supposait que ces moments de pause contribuaient à attirer les étudiants à North Grove. Le géant aux cheveux blonds qu'elle avait aperçu un peu plus tôt était attablé avec un verre de vin beaucoup plus gros que celui des étudiants, et participait de temps en temps à leur conversation. Appuyée contre un buffet à l'autre bout de la pièce avec un babyphone branché à côté d'elle, la fille fluette aux longs cheveux noirs, qui ne se mêlait pas aux conversations, sortit son téléphone. La petite fille à la couche n'était pas dans les parages.

Robin finit par se décider au sujet du jeu et adressa un sourire à Preston qui semblait disposé à rester près d'elle. Elle lui dit :

— Désolée, je vais devoir envoyer un email.

— Consciencieuse, commenta-t-il en se dirigeant vers le groupe qui entourait Mariam.

Robin sortit son iPad et son cœur se serra quand elle vit que Worm28 venait de se connecter et avait inévitablement ouvert un canal de conversation avec elle.

Worm28 : salut comment s'est passé ta journée ?

>

Buffypaws : pas mal

Buffypaws : Paperwhite veut que je m'active dans le jeu sinon Anomie va me prendre pour un espion

Worm28 : oui Anomie a dit a tous les modes de s'assurer que les jouerus sont pas de la plice.

Buffypaws : je vais déconnecter du coup. Je suis au tel avec ma sœur. Je veux pas être expulsée.

Worm28 : je croyais que t'étais fille unique

Merde, merde, merde.

Buffypaws : la fille de mon beau-père, on n'a jamais vécu ensemble

Worm28 : ah ok

Buffypaws : j'y vais à demain ?

Worm28 : ok xxxx

Robin ferma le canal privé, se déconnecta du jeu et remit son iPad dans son sac. Quand elle releva la tête, elle vit la fille en noir pousser un gros soupir et ranger son téléphone dans sa poche. Comme si elle se sentait observée, elle tourna les yeux vers Robin. Celle-ci pressentit soudain quelque chose mais s'efforça de demeurer impassible et s'approcha du groupe entourant Mariam. L'enseignante racontait à ses étudiants l'histoire de son tatouage violet au bras, tout récent.

— … pour le centième anniversaire demain, conclut-elle.

— Le génocide arménien, chuchota Preston Pierce à l'oreille de Robin. Elle a perdu ses arrière-grands-parents comme ça. Tu veux du vin ? proposa-t-il en lui tendant un verre.

— Super, merci, répondit Robin qui n'avait pas l'intention d'en boire plus d'une gorgée.

— Jessica, c'est ça ?

— Oui. Il est impressionnant, ce vitrail, enchaîna-t-elle.

— Oui, c'est Mariam qui l'a réalisé il y a cinq ou six ans. Tous les personnages sont des amis à elle. Moi je suis celui qui aide à construire le toit de la maison.

— Waouh, fit Robin en examinant le personnage frisé. Tu es là depuis longtemps, non ?

— Et Edie et Josh, ils sont dessus ? s'empressa de demander quelqu'un derrière eux.

Ils se retournèrent : la fille aux cheveux bleus et aux piercings, qui se prénommait Lia, admirait le vitrail. D'après Robin, elle ne devait pas avoir plus de dix-huit ans.

— Non, répondit Preston.

Robin eut l'impression qu'il mentait. Lia ne bougea pas, indifférente au ton glacial de Pierce.

— De qui elle parle ?

— Edie Ledwell et Josh Blay, expliqua Lia heureuse de pouvoir donner cette information. Ils ont créé *Sang d'encre*. Le dessin animé.

— Ah oui, je crois que j'en ai entendu parler.

— Ils ont vécu ici, continua Lia. C'est ici que tout a commencé. T'as pas vu dans les journaux qu'Edie a été…

— Edie était notre amie, à Mariam et moi, l'interrompit sèchement Pierce. Son meurtre, c'est pas vraiment un ragot amusant pour nous. Alors arrête de faire croire que tu veux apprendre à dessiner, et va renifler du côté du cimetière. Y a peut-être encore un peu de sang d'Edie dans l'herbe. Tu pourras l'encadrer et le vendre sur eBay.

Lia se détourna, les yeux emplis de larmes. Elle s'éloigna de Preston. Robin eut pitié d'elle.

— Pauvres groupies, commenta Preston à voix basse. Y en a une autre, là-bas, dit-il en indiquant d'un mouvement du menton la fille aux cheveux noirs. Fallait la voir chialer après la mort d'Edie, on aurait cru qu'elles étaient jumelles. Elles se connaissaient même pas.

— Je suis désolée, pour ton amie, dit Robin en feignant d'être choquée. Je… je ne sais pas quoi dire.

— Ça va, répondit brusquement Preston. Y a rien à dire.

Avant que Robin puisse ajouter quelque chose, un garçon blond très costaud vêtu d'un jean et d'un T-shirt déboula dans la cuisine.

Il avait les mêmes traits que le géant blond : un visage rappelant un masque de comédie antique stylisé. Robin en déduisit qu'il s'agissait de Bram de Jong. Il se remit à chanter à tue-tête :

Het witte ras verliest,
Kom op voor onze mensen.

— Hé ! lança Preston à Bram. On t'a déjà dit d'arrêter de chanter ça !

Quelques étudiants réunis autour de Mariam se retournèrent avec curiosité. Bram imita le canard d'une voix forte. Son père semblait légèrement amusé.

— Qu'est-ce que ça signifie ? demanda Robin.

— Vas-y, dit Preston au garçon. Explique-lui.

Bram adressa un grand sourire insolent à Robin.

— C'est du néerlandais, expliqua-t-il d'une voix aiguë et enfantine.

— Oui, mais ça veut dire quoi en anglais ? insista Preston.

— Ça veut dire « la race blanche décline. Battons-nous pour nos peuples… ».

— Ça suffit, l'interrompit Mariam d'une voix forte. C'est pas une blague, Bram. C'est pas drôle. Allez, tout le monde, on s'y remet.

Les étudiants déposèrent les tasses et les verres sur la table qu'occupait Nils. Robin entendit Mariam lui murmurer, l'air fâché :

— Il arrêtera si c'est toi qui lui dis.

Mais Nils, qui s'amusait maintenant à se bagarrer avec son fils, n'entendit pas Mariam ou choisit de ne pas l'écouter.

Tout en attendant de déposer le verre qu'elle avait à peine touché, Robin observa de nouveau le vitrail pour essayer d'y distinguer Josh et Edie. Elle supposa qu'il s'agissait des deux personnages ramassant des fruits : ils avaient tous les deux de longs cheveux bruns et la femme, perchée dans l'arbre, lançait des pommes à l'homme en bas. Puis, avec un petit sursaut de surprise, elle vit une inscription en lettres rouges tout en haut de l'image, tel un sermon biblique.

Un état d'anomie est impossible
Tant que des organes solidaires entre eux
Restent en contact,
Et en contact prolongé.

40

Mais moi, qui ai dix-sept ans l'année prochaine,
Certains soirs, dans mon lit, j'écoute jusqu'à en être transie
Cette passion solitaire de la pluie
Qui fait penser à la mort
Et à un endroit pour poser sa tête
Comme si j'étais redevenue enfant,
Pleurant une chose connue et proche
De ton cœur vide, pour apaiser la faim et la peur
Qui tambourinent sur la vitre.

Charlotte MEW,
The Fête

Au moment de clore le cours, Mariam commenta brièvement chacun des travaux réalisés. Preston Pierce, qui avait renfilé son peignoir gris, était assis à fumer une cigarette roulée, et souriait à chaque fois qu'on brandissait une réalisation à son effigie. Il s'intéressa tout particulièrement à celle de Robin, que Mariam complimenta. Une fois les dessins passés en revue, Mariam souhaita une bonne semaine à ses élèves, ajouta qu'elle avait hâte de les voir à la prochaine leçon et les informa qu'il n'y aurait pas cours dans deux semaines car c'était le jour des élections et qu'elle tenait le bureau de vote local.

Il était vingt-deux heures et derrière les fenêtres de l'atelier, tout était noir. Tout le monde se leva et enfila veste ou manteau. La fille aux cheveux bleus et aux piercings sortit la première, apparemment aussi impatiente de partir qu'elle l'avait été d'assister au cours. Robin était certaine qu'elle ne reviendrait pas.

L'autre fille, aux longs cheveux noirs, bavardait avec un couple dans l'entrée quand Robin quitta l'atelier. Robin fit mine de chercher quelque chose dans son sac pour pouvoir s'attarder et prêter une oreille à la conversation.

— … endormi, disait la jeune femme, et je lui ai donné son doudou sorti de la machine à laver.

— O.K., merci Zo, répondit la femme plus âgée aux cheveux courts.

Elle se dirigeait déjà vers l'escalier, main dans la main avec son mari qui portait un turban.

— À lundi, alors, lança-t-elle.

Le couple gravit les marches. La jeune fille en noir serra sa veste autour d'elle, puis quitta le bâtiment en passant sous les feuilles de la gigantesque plante.

Robin lui emboîta le pas, décidée à entamer une conversation avec elle, quand une voix lança dans son dos :

— Hé, Jessica.

Robin se retourna. Preston Pierce avait quitté l'atelier et s'était élancé derrière elle. Il portait toujours son peignoir.

— Tu rentres direct chez toi ?

L'espace d'une seconde, Robin hésita. Preston Pierce était un suspect potentiel, mais elle était sûre que la fille en noir pouvait lui faire des confidences, et si elle bavardait avec Pierce tout en gardant un œil sur son iPad, cela paraîtrait très étrange.

— Oui, répondit Robin en feignant d'être désolée. Je me lève à cinq heures demain. Je vais à Manchester.

— Toutes mes condoléances, dit-il en souriant. J'ai bien aimé le dessin que t'as fait de moi.

— Merci, répondit Robin en souriant et en s'efforçant de ne pas penser à son pénis.

— Bon, ben… à la semaine prochaine.

— Oui ! J'ai hâte !

La réaction de Robin parut le ravir et il sembla prendre cela comme un encouragement, ce qui était le but. Il lui adressa un petit salut, pivota sur ses talons et regagna la cuisine, pieds nus.

Robin prit son tote bag et quitta le bâtiment en regardant autour d'elle pour retrouver la jeune femme. Elle l'aperçut au loin qui passait sous un lampadaire, bras croisés, marchant d'un pas rapide.

Robin se hâta à ses trousses, réfléchissant à une stratégie. Elle finit par sortir son portefeuille de son sac, se mit à courir et, en accentuant légèrement son accent naturel du Yorkshire, lança :

— Excuse-moi ?

La jeune femme se retourna, étonnée, et attendit que Robin arrive à sa hauteur.

— C'est à toi, ce portefeuille ? lui demanda-t-elle.

Comme Robin la vit hésiter, elle ouvrit rapidement le portefeuille pour regarder le nom sur la carte de crédit.

— Comment tu t'appelles ?

— Zoe Haigh. Non, c'est pas à moi.

— Merde, lâcha Robin en regardant autour d'elle. Quelqu'un l'a perdu. Je ferais mieux de l'apporter à la police. Tu sais où se trouve le commissariat le plus proche ?

— Peut-être à Kentish Town ? suggéra Zoe avant de demander avec curiosité : tu es du Yorkshire ?

— Oui, confirma Robin, de Masham.

— Ah ouais ? Moi je suis de Knaresborough.

— Mother Shipton's Cave, répliqua Robin en marchant à côté de Zoe. On y est allés en voyage de classe. C'était super flippant.

Zoe lâcha un petit rire. Son visage lui donnait l'air étrangement vieux : creusé et pâle, lisse et émacié. L'épais trait d'eyeliner ne faisait qu'accentuer son apparence cadavérique.

— Oui c'est vrai, reconnut-elle. On m'a emmenée là-bas quand j'étais petite. Je croyais que la sorcière y vivait toujours. J'étais pétrifiée !

La principale attraction de Mother Shipton's Cave était la fontaine pétrifiante, qui transformait les objets en pierre par un procédé de calcification. Robin, qui comprit la blague involontaire, rit. Zoe sembla contente de l'avoir amusée.

— Qu'est-ce que tu fais à Londres, si tu es de Knaresborough ?

— Je suis venue pour me rapprocher de mon copain, répondit Zoe.

L'idée qui avait traversé l'esprit de Robin dans la cuisine de North Grove parut soudain beaucoup moins saugrenue. *Zoe. Zozo. @sangdencre28. Worm28.*

— Moi aussi, dit Robin.

C'était vrai : elle n'était ni mariée ni même fiancée à Matthew quand elle était venue le rejoindre à Londres.

— Mais on s'est séparés, ajouta-t-elle.

— Merde, dit Zoe.

Cette information sembla la déprimer.

— Tu travailles à North Grove, non ? demanda Robin en glissant discrètement le portefeuille dans son sac.

— Oui, à mi-temps.

Elles marchèrent en silence pendant presque une minute puis Zoe reprit :
— Mariam aimerait bien que j'emménage là-bas. J'aurais une chambre pas chère. Moins chère que celle où je suis actuellement.
Robin supposait que si Zoe était encline à se confier à une inconnue, c'était parce qu'elle se sentait seule. Elle donnait l'impression de quelqu'un de malheureux.
— Mariam, c'est celle qui animait le cours, c'est ça ?
— Oui.
— Elle a l'air super sympa.
— Oui, elle est très gentille.
— Alors pourquoi tu n'emménages pas là-bas ? Ça a l'air cool, comme endroit.
— Mon copain veut pas.
— Pourquoi ? Il aime pas les gens ?
Comme Zoe ne répondait pas, Robin demanda :
— Qui d'autre vit là-bas ? C'est comme une communauté, non ?
— Ouais. C'est Nils le proprio. Le type super grand que t'as vu dans la cuisine.
Zoe resta silencieuse quelques secondes, puis reprit :
— Il est très riche.
— Ah bon ?
— Oui. Son père était un genre d'homme d'affaires. Nils a hérité de, je sais pas, plusieurs millions. C'est pour ça qu'ils peuvent se payer cette grosse maison et tout ça.
— On dirait pas qu'il est millionnaire, quand on le regarde, commenta Robin.
— Non, reconnut Zoe. Ça m'a surprise. On dirait plutôt un vieux hippie, non ? Il m'a dit qu'il avait toujours voulu vivre comme ça. Être artiste et avoir un endroit où plein d'artistes vivent ensemble.
Mais le ton de Zoe n'était guère enthousiaste.
— Ils sont ensemble, Mariam et lui ?
— Oui. Mais Bram, le gros gamin blond, c'est le fils de Nils.
— Ah bon ?
— Oui. Il l'a eu avec une fille en Hollande, mais elle est morte alors Bram est venu vivre à North Grove.
— C'est triste.
— Ouais.
Elles marchèrent en silence jusqu'à un arrêt de bus et Robin supposa que Zoe s'arrêterait là, mais elle continua son chemin.
— Tu rentres comment ? demanda Robin.

— À pied.

La journée avait été ensoleillée, mais dans cette nuit sans nuages, la température avait chuté. Zoe marchait les bras serrés autour d'elle et Robin pensa qu'elle devait grelotter.

— Tu habites où ?

— À Junction Road, répondit Zoe.

— C'est dans la même direction que le commissariat, non ? demanda Robin en espérant que ce soit vrai.

— Oui.

— Alors tu dois aimer l'art, non ? Pour avoir décroché un job à North Grove ?

— En quelque sorte, répondit Zoe. Je veux être tatoueuse.

— Sérieux ? C'est cool.

— Oui.

Elle regarda Robin, puis releva la manche de sa veste ainsi que le fin tissu du haut noir qu'elle portait en dessous, pour montrer son bras couvert de tatouages à l'effigie des personnages de *Sang d'encre*.

— C'est moi qui les ai faits.

— Quoi ? fit Robin l'air étonné. C'est toi, ça ?

— Oui, dit Zoe timidement.

— C'est incroyable ! Tu as fait ça comment ?

Zoe éclata de rire et Robin put entrevoir un pan de la personnalité de la jeune femme qui se cachait derrière ce visage squelettique.

— Faut juste faire les pochoirs, avoir de l'encre et une machine à tatouer. J'en ai acheté une d'occasion, sur Internet.

— Mais le faire sur toi…

— J'ai utilisé des miroirs. Ça m'a pris beaucoup de temps. Plus d'un an pour tout finir.

— C'est que des trucs de *Sang d'encre*, non ?

— Oui.

— J'adore ce dessin animé ! s'exclama Robin.

Elle avait bien conscience d'avoir créé deux Jessica : l'une, londonienne, qui avait vaguement entendu parler de *Sang d'encre*, et l'autre du Yorkshire qui était fan du dessin animé, mais ce n'était pas le moment de se préoccuper de ça.

— C'est vrai ?

Zoe regarda de nouveau Robin tout en baissant sa manche. Elle sembla l'apprécier d'autant plus qu'elle venait de dire ça.

— Oui, bien sûr, enchérit Robin. C'est vraiment marrant ce truc, non ? J'adore les personnages, ce qu'ils disent sur… je sais pas…

C'était vrai : elle cherchait quelques généralités.

— Sur la vie et la mort, et le fait qu'on joue tous un jeu…

C'était ce que signifiait le jeu de Drek, non ?

— Et puis j'adore Harty, conclut-elle.

Elle ne prenait pas de risques : presque tous les fans dont elle avait parcouru les tweets ces dernières semaines aimaient Harty.

Zoe serra de nouveau les bras autour d'elle en regardant droit devant et se mit à débiter d'un coup :

— Il m'a sauvé la vie, ce dessin animé. Quand j'avais treize ans, je me sentais super mal dans ma peau. Je vivais en famille d'accueil, comme Edie Ledwell. Y a tellement de points communs entre nous. Elle a essayé de se suicider et moi aussi, à quatorze ans. Je me suis ouvert les veines des poignets, j'ai tatoué par-dessus les cicatrices.

— Oh, je suis vraiment dés…

— Je suis tombée sur *Sang d'encre* sur YouTube et c'était hyper bizarre mais j'ai pas pu arrêter de le regarder. J'adorais le style de dessin et tous les personnages. Ils sont tous déglingués mais ils sont sympa aussi. À quatorze ans, je me sentais vraiment nulle mais tout ce que dit Harty, qu'il est jamais trop tard, même si on a fait des mauvais choix, qu'on n'est pas obligé d'être mauvais pour toujours. J'adorais regarder ça, et c'est vraiment drôle.

« J'ai failli recommencer, m'ouvrir les veines encore une fois. J'étais prête, j'avais prévu de dire que j'allais dormir chez une copine, mais je voulais aller dans les bois où personne n'allait me trouver. Mais le dessin animé c'est le premier truc qui m'a fait rire en, genre, un an. J'ai pensé que si je pouvais encore rire, alors… ensuite j'ai vu Edie Ledwell annoncer qu'elle allait en refaire un autre, du coup je me suis pas suicidée. C'est ça qui m'a arrêtée. C'est dingue non ? Mais c'est la vérité.

— Ça paraît pas si dingue, dit Robin d'une voix douce.

— J'ai regardé le deuxième et il était vraiment marrant. C'était le premier épisode où apparaît Magspie. Tu sais ce type qui t'a parlé, tout à l'heure ? Preston ? Celui qui faisait le modèle pour le cours ?

— Oui.

— Il a doublé la voix de Magspie dans les épisodes deux et trois.

— Sans déconner !

— Ouais, mais ensuite il est rentré chez ses parents, du coup ils ont trouvé quelqu'un d'autre pour faire l'accent de Liverpool. Il déteste qu'on parle de *Sang d'encre*. Quand il a vu mes tatouages il a été super con avec moi. Il est…

Zoe en resta là. Elles marchèrent en silence un moment et Robin se demanda si évoquer le jeu était une bonne idée.

— Edie Ledwell m'a parlé une fois, reprit Zoe, brisant le silence. Sur Twitter.

Sa voix était douce et pleine d'admiration, comme si elle mentionnait une expérience religieuse.

— Wow, c'est vrai ? fit Robin.

— Oui. C'était le jour de la mort de ma mère.

— Oh, je suis vraiment désolée.

— Je vivais pas avec elle. Elle était... Elle avait beaucoup de problèmes. Elle avait été internée deux fois. Elle prenait de la drogue. C'est surtout pour ça que j'ai été placée en famille d'accueil. La mère de ma famille m'a annoncé qu'elle était morte et m'a gardée à la maison pour la journée. Je l'ai annoncé sur Twitter. Et Edie Ledwell m'a parlé. Elle...

Robin baissa les yeux vers elle : Zoe sanglotait. Elle aurait pu être une femme de quatre-vingt-dix ans ou un bébé, le visage défait. Ses larmes ne faisaient pas couler son épais trait de khôl et Robin se rappela soudain le visage d'Edie Ledwell barbouillé d'eyeliner quand elle était venue la voir à l'agence.

— Elle était vraiment gentille, sanglota Zoe. Je lui ai raconté que la dame de ma famille venait de me l'annoncer et elle m'a dit qu'elle aussi elle avait été en famille d'accueil. Elle m'a envoyé un câlin en emoji et je lui ai dit que c'était mon héroïne et tout ça. Et que je l'aimais. J'ai dit ça...

— Tiens, dit Robin en sortant un mouchoir de son sac.

— Désolée, s'excusa Zoe. C'est juste que... les gens... tout le monde était horrible avec elle sur Internet. J'aimais pas ça, que les gens accusent le dessin animé de transmettre de mauvais messages mais... je sais pas... j'ai jamais pensé qu'ils faisaient quelque chose de mal. Sauf que quand j'ai lu ce que des gens disaient, j'ai mieux compris... mais je regrette d'avoir... mon copain dit qu'on n'a rien fait de mal mais...

Le portable de Robin sonna. Maudissant intérieurement la personne qui l'appelait, elle le sortit de son sac. C'était Strike.

— Salut, dit-il. Comment ça s'est passé à North Grove ?

— Je t'ai dit tout ce que j'avais à te dire le week-end dernier, annonça froidement Robin. Je suis occupée, O.K. ?

— Je vois, répondit Strike sur un ton amusé. Appelle-moi quand tu auras le temps.

— Non, c'est toi, lâcha-t-elle avant de raccrocher.

— Ton ex ? demanda Zoe d'une petite voix.

Elle s'essuyait le visage avec le mouchoir en papier que lui avait donné Robin.

— Oui. Pardon, qu'est-ce que tu disais ?

— Oh rien, répondit Zoe sur un ton désespéré.

Elles continuèrent de marcher, Zoe reniflant de temps en temps. Highgate Hill était une longue rue bien éclairée où la circulation était encore dense. Un groupe de jeunes siffla les deux femmes depuis le trottoir opposé.

— Vos gueules, pesta Robin à voix basse.

Zoe esquissa un faible sourire.

— J'ai rencontré Josh Blay, lui confia Zoe d'une voix légèrement rocailleuse.

— Sérieux ? dit Robin d'un air impressionné.

— Oui. Il a logé à North Grove pendant un mois avant… avant les agressions.

— Tu lui as parlé ? demanda Robin qui connaissait déjà la réponse.

— Non, j'avais trop la trouille ! Je suis entrée dans la cuisine et il était là.

Et tu t'es mise à trembler.

— Je me suis mise genre à trembler, avoua Zoe avec un petit rire chargé de larmes. Mariam m'a présentée mais je pouvais pas parler. J'ai pas eu le courage.

Il était évident pour Robin que Zoe était un cas à part au sein des fans de *Sang d'encre* : quelqu'un qui estimait Edie plus que Josh.

— Il était comment ? lui demanda Robin.

— Défoncé, répondit Zoe avec un sourire triste. La plupart du temps. Il aimait pas voir des gens. Il restait beaucoup dans sa chambre et il arrêtait pas d'écouter cette chanson des Strokes, « Is This It » sans arrêt. Après, il a foutu le feu.

— Il a fait quoi ? demanda Robin en feignant la surprise.

— Mariam a pensé que c'était lui en tout cas, mais moi je crois pas.

— Ce serait qui, alors ?

— Vaut mieux pas que je le dise si je veux garder mon job.

Robin était tentée d'insister mais craignait de perdre la confiance de Zoe qu'elle gagnait peu à peu.

— Tu fais quoi, à North Grove, d'ailleurs ?

— Plein de trucs. Quand je suis arrivée à Londres, je suis allée voir, juste par curiosité. Je suis allée à la boutique et j'ai bavardé avec Mariam. Elle m'a dit des trucs sympa sur mes tatouages, je lui ai dit que j'étais une grande fan et tout ça, que je sortais de ma famille d'accueil. Elle m'a demandé si j'avais un job, j'ai dit non et elle m'en a proposé un.

« Je l'aide avec les cours qu'elle donne le mardi pour des enfants en difficulté. C'est ce que faisait Edie quand elle vivait là-bas. Je nettoie les pinceaux, je fais un peu de cuisine, et je garde les enfants. Star est mignonne, la petite de Freyja, mais Bram… il est plus grand que moi. Quand je lui dis un truc il en a rien à foutre.

Elles bifurquèrent enfin dans Junction Road.

— Tiens au fait, dit Robin comme si elle venait juste d'y penser, t'as déjà joué à ce jeu, toi ? Celui qui a été créé par les fans, autour de *Sang d'encre* ? Je demande juste parce que j'y ai joué un peu. Il y a quelques années. Je venais de découvrir le dessin animé. Le jeu était pas mal, pour des amateurs.

— Ouais, répondit Zoe prudemment. J'y ai joué une ou deux fois… c'était quoi, ton nom d'utilisateur ? On a peut-être tchatté.

— C'était… oh zut, je me rappelle plus, prétendit Robin en lâchant un petit rire. Sangdencre ou quelque chose comme ça.

— Il y en a plein, des Sangdencre.

C'était précisément la raison pour laquelle Robin l'avait choisi.

Elles passèrent devant un magasin de jouets et la silhouette fluette de Zoe se refléta dans la vitrine.

— J'habite ici, annonça Zoe en indiquant le petit immeuble qui faisait l'angle et que Robin reconnut pour l'avoir vu en photo.

— Ah oui ? Tu as des colocs ?

— Pas vraiment. Il y a d'autres personnes qui vivent là, mais j'ai juste une chambre. Avec un lavabo, quand même, ajouta-t-elle presque sur la défensive.

— Les apparts à Londres, commenta Robin en levant les yeux au ciel.

— Ouais. Bon, c'était cool de te parler. Sympa de rencontrer quelqu'un qui vient du Yorkshire.

— Oui, dit Robin chaleureusement. J'espère qu'on se verra la semaine prochaine. Je vais aller rapporter ce portefeuille au commissariat de police.

— Tu vis loin d'ici ?

— Non. Pas loin à pied. Salut !

Zoe sourit et bifurqua au coin. Robin continua d'avancer. Après avoir traversé la rue, elle jeta un coup d'œil et aperçut Zoe qui entrait dans le bâtiment par la porte latérale.

Sans s'arrêter de marcher, Robin sortit son téléphone et rappela Strike.

— Salut, lança-t-il. Comment ça s'est passé ?

— Plutôt bien, répondit Robin en cherchant un taxi du regard. J'ai rencontré Preston Pierce et ta fille avec les tatouages.

— Sérieusement ?

— Elle travaille à North Grove et… attends, y a un taxi, dit Robin en lui faisant signe.

Après avoir donné son adresse au chauffeur, Robin recolla son téléphone contre son oreille tout en fouillant dans son sac pour chercher son carnet. Elle voulait consigner tout ce que lui avait dit Zoe avant d'oublier.

— Elle s'appelle Zoe Haigh, mais elle est modératrice dans le jeu sous le pseudo de Worm28.

— Tu plaisantes ?

— Pas du tout, répondit Robin en mordant dans son stylo pour ouvrir le capuchon. Elle est venue à Londres pour être avec son copain et ça se passe mal. Worm28 m'a dit dans le jeu « J'aimerais bien te dire où je travaille ». Eh bien Zoe travaille à North Grove. Worm28 m'a dit qu'elle avait rencontré Josh Blay mais n'avait pas réussi à lui parler et qu'elle était restée là toute tremblante. Zoe m'a raconté exactement la même chose.

— Mince alors. Je t'avais dit qu'on avait bien mérité une avancée.

— C'est pas tout, continua Robin tout en griffonnant. Il y a quelque chose au sujet de son copain, elle m'a dit : « On n'a rien fait de mal. » Elle avait l'air de culpabiliser, même si c'était juste pour avoir critiqué *Sang d'encre* en ligne. Elle adorait le dessin animé, mais elle semble penser qu'il était discriminatoire.

— Son copain, c'est forcément un des trois avec qui Nils avait rendez-vous au Red Lion and Sun. Je parie que c'est Wally Cardew.

— Tu crois ?

— Tu peux imaginer cette fille avec Montgomery ? Il vit avec sa copine, il a un bon job : pourquoi il voudrait être avec Zoe ?

— Ça pourrait avoir commencé comme un flirt sur Internet qu'elle a pris beaucoup plus au sérieux que lui. Il n'a peut-être pas cru qu'elle allait tout plaquer pour le rejoindre.

— Je n'imagine pas ce scénario avec Montgomery. Pourquoi est-ce qu'il laisserait un flirt sur Internet dégénérer et gâcher sa petite vie tranquille ? D'après ce qu'on sait, Cardew n'a pas de copine et c'est un vrai branleur. Je l'imagine bien coucher avec de jeunes fans et être choqué ensuite quand l'une d'entre elles débarque ici pour être avec lui.

— Et Tim Ashcroft ?

— Un vrai snob, un bon bourgeois. Je sais pas, pourquoi pas, mais je l'imaginerais avec quelqu'un d'un peu plus…

— BCBG ? suggéra Robin.

— Oui, voilà.

— Il est acteur. Il est peut-être attiré par des filles plus bohèmes. Et n'oublie pas le surnom de Zoe dans le jeu. Ashcroft a doublé The Worm.

— C'est pas faux, reconnut Strike sans conviction.

— Zoe a dit autre chose, ajouta Robin en continuant de prendre des notes sur une page qui passait tour à tour de l'orange au gris dans la lumière des lampadaires. Elle ne croit pas que ce soit Blay qui ait mis le feu à sa chambre, mais elle a refusé de me dire qui. Elle ne veut pas perdre son job.

— Intéressant.

— Oui. Bon, j'ai aussi des mauvaises nouvelles. J'ai dû me déconnecter du jeu. Anomie a donné l'ordre de surveiller les joueurs qui se connectent sans jouer. Il pense que la police espionne les fans, ce qui pourrait expliquer qu'il ne soit pas très présent lui-même en ce moment.

— Embêtant mais pas dramatique, commenta Strike. Il faudra juste s'assurer que tu joues sérieusement durant les prochains jours, pour lever tout soupçon. Et Pierce ?

L'image du gros pénis de Pierce pénétra immédiatement l'esprit de Robin et elle la repoussa.

— Il était à deux doigts de me proposer d'aller boire un verre.

— Tu n'as pas perdu de temps, commenta Strike que cela ne semblait guère réjouir.

— J'ai refusé pour pouvoir raccompagner Zoe chez elle. Je pense que j'ai bien fait. Je ne pouvais pas l'interroger tout en gardant un œil sur le jeu. De toute façon, il y a un cours la semaine prochaine. Autre chose : c'est peut-être une énorme coïncidence, mais il y a un vitrail dans la cuisine commune. C'est Mariam qui l'a réalisé, celle qui a animé le cours. Il est là depuis cinq ou six ans, d'après Pierce. Il y a une phrase, peut-être une citation, j'en sais rien, écrite tout en haut. Et ça parle de l'anomie. Le vitrail représente une sorte de vie communautaire idéalisée et tous ceux qui sont peints ont vécu dans le collectif ou sont des amis de Mariam, apparemment. Et tout en haut, il y a cette citation qui parle des conditions dans lesquelles il est impossible de ressentir l'anomie. Un truc au sujet des organes qui sont solidaires les uns des autres.

Pendant le silence qui suivit, Robin put presque entendre Strike réfléchir. Il finit par commenter :

— Les coïncidences, ça arrive, mais là quand même…

— Tu penses que ça pourrait être là qu'Anomie a eu l'idée de son pseudo ?

— C'est fort probable.

— Ils étaient tous à North Grove, à un moment donné. Tous les acteurs qui doublent les voix.

— Tu as fait un sacré travail ce soir, Robin.

Robin crut entendre une voix de femme en fond. La télévision, ou Madeline Courson-Miles ?

— Il faut que j'y aille, conclut-elle rapidement. À demain.

Elle raccrocha avant que Strike puisse répondre.

41

Alors arriva un garçon ignorant,
Qui se pavanait et observait, l'air narquois…

Constance NADEN,
Natural Selection

L'état du moignon de Strike se détériorait. Il avait beau appliquer de la crème deux fois par jour, la peau sous la poche de gel était toujours irritée et enflammée. Il craignait qu'il s'agisse des premiers symptômes d'une infection au cours de laquelle la peau pouvait s'ulcérer et se déchirer, néanmoins il ne prit pas de rendez-vous chez le médecin. À quoi bon ? Il ne pouvait pas se permettre de s'arrêter de travailler. La surveillance de Jago Ross en plus de leurs autres affaires rendait le planning impossible à gérer. La seule solution était de recruter d'autres collaborateurs.

Après avoir épuisé tous ses contacts dans la police et l'armée, Strike passa en revue les collaborateurs temporaires qu'il avait engagés sans vouloir les garder à long terme. De guerre lasse, il finit par réembaucher, sur la base d'un contrat hebdomadaire que les deux parties pouvaient interrompre sans préavis, un ancien militaire, Stewart Nutley, qui, trois ans plus tôt, avait embouti avec sa moto l'arrière du taxi qu'il était censé suivre. Strike avait engueulé Nutley avant de le virer sur-le-champ, et c'est donc avec peu d'enthousiasme et dans ses petits souliers qu'il le rappela. Jeune trentenaire, marié, les dents écartées et la chevelure indéfinissable, Nutley arborait en permanence sur le visage une agaçante expression d'autosatisfaction. Comme il n'avait pas réussi à garder un poste de détective depuis que Strike s'était séparé de lui, Nutley était enclin à faire ses preuves auprès de cette agence qui, entre-temps, avait gagné en prestige. Même si, dans l'équipe, personne n'était très fan de lui, tout le monde était content d'avoir une nouvelle recrue.

Par ailleurs, le lancement de la collection de Madeline était prévu d'ici une semaine, ce qui signifiait qu'elle n'avait absolument pas le temps de voir Strike et cela l'arrangeait, il devait bien l'admettre, même s'il lui disait le contraire. Son état de tension extrême se traduisait par de longs monologues téléphoniques.

— Je n'aurais pas dû proposer une collection aussi importante. Plus jamais ça. Dis, tu me rejoindras quand le lancement sera terminé ? J'ai besoin de faire un break. C'est le pire événement de ma vie. J'ai envie d'être avec quelqu'un qui n'en a rien à foutre des bijoux. J'ai envie d'être avec toi, de boire et de baiser.

Strike ne voyait aucune objection à ce programme dans l'ensemble, toutefois il soupçonnait un guet-apens :

— Une fois le lancement terminé, on est d'accord ? Tu ne me demandes pas d'y assister ? Il y aura des journalistes, n'est-ce pas ?

— Oui, mais… O.K., ne viens pas si tu n'as pas envie.

— Très bien. On se verra après. À quelle heure ça se termine ?

— Vingt et une heures. S'il te plaît, viens si tu peux. Tu me manques et je sais que si tu es là pour me changer les idées, je pourrai sourire sur les photos.

— Tu devrais sourire de toute façon, tout ce que tu m'as montré est incroyable.

— Oh Corm, t'es trop mignon, dit-elle avec des sanglots dans la voix. Tout ça me paraît complètement merdique, mais ça me fait toujours ça avant un lancement. Enfin il me semble, tous mes souvenirs se brouillent.

Toujours décidé à donner une chance à cette relation, Strike résolut de retrouver Madeline après son lancement, même si elle voulait qu'il la récupère sur place alors que lui préférait la retrouver ailleurs pour ne pas croiser Charlotte. Mais s'il partageait cette inquiétude avec elle, il ouvrirait la porte à une autre conversation qu'il n'avait pas envie d'avoir, donc ils restèrent tous les deux vagues, chacun espérant, peut-être, que sa préférence l'emporterait.

Pendant ce temps, deux absences allégeaient temporairement la pression sur l'agence : Groomer s'était envolé vers le Maroc pour dix jours, et Fingers était à New York pour rendre visite à sa mère qui l'adorait et à son beau-père qui le prenait pour un voleur.

— C'est l'occasion d'éliminer quelques suspects potentiels, annonça Strike durant une réunion en visioconférence.

Le premier lundi de mai, jour férié, Strike se rendit en boitant jusqu'au lotissement de Lismore Circus, peu après le lever du soleil, afin de surveiller la petite maison où Wally Cardew vivait avec sa grand-mère et sa sœur. À huit heures du matin, seuls deux signes de vie étaient apparus dans le domicile : quelqu'un avait ouvert un rideau, et un chat tout blanc avait grimpé sur le rebord de la fenêtre pour observer les alentours avec l'arrogance propre à son espèce.

D'après le recensement, le youtuber et sa sœur vivaient dans cette même maisonnette avec leur grand-mère depuis vingt ans. La sœur de Wally, qui travaillait dans une pharmacie du coin, ressemblait à son frère : d'apparence scandinave avec des cheveux filasse, elle était toutefois plus plantureuse que son frère qui était, pour sa part, petit et trapu, et elle avait de grands yeux bleus et des lèvres pulpeuses. Shah et Barclay avaient, chacun de leur côté, informé Strike, sans que Robin, Midge ou Pat l'entende, qu'ils seraient heureux de surveiller Chloe Cardew pendant toute la durée de l'enquête, voire plus.

Pendant que Strike observait la petite maison de Gospel Oak, Robin était installée dans un café de Croydon, baptisé le Saucy Sausage, situé pile en face de la maison de Yasmin Weatherhead et ses parents. Elle était soulagée d'être hors du bureau où elle avait passé beaucoup de temps à jouer pour dissiper les soupçons d'Anomie. Cela avait engendré quelques tchats avec Worm28 qui lui avait raconté de façon ingénue qu'elle avait rencontré une gentille dame originaire, selon ses mots, du même endroit qu'elle, mais n'avait rien dit sur son petit ami ni sur l'identité d'Anomie. Strike, comprenant bien que Robin avait besoin de faire autre chose que de scruter un écran toute la journée, avait accepté qu'elle surveille Yasmin. La jeune femme ne figurait pas en tête de leur liste de suspects.

La rue de Yasmin dégageait un air de respectabilité tranquille. Elle était bordée d'un côté par une rangée de magasins et de l'autre par des maisons mitoyennes de taille moyenne avec un jardinet à l'avant. Robin se partageait entre la surveillance de la maison, le jeu et Twitter où Anomie avait posté ce matin-là.

Anomie
@AnomieGamemaster

La grosse Ledwell a annoncé qu'elle avait hâte d'embaucher plusieurs nounous pour les gosses qu'elle arrête pas de pondre, une fois qu'elle encaissera le #PognonPourSangDencre.

9 h 06 4 mai 2015

Tous les suspects pour Anomie actuellement sous surveillance étaient chez eux quand ce post était paru. Personne ne surveillait Kea Niven parce qu'ils n'avaient pas assez de monde, mais Strike avait décidé de laisser un nouveau message, habilement formulé, sur son répondeur. Il insista en évoquant ce que Blay penserait d'elle si elle refusait de les aider.

À dix heures dix, Robin, qui en était déjà à son troisième café afin de justifier sa présence au Saucy Sausage, et qui n'avait pas encore aperçu Yasmin Weatherhead, reçut un appel de Strike.

— Wally et son pote MJ sortent de chez lui. Je les suis. Quel est le statut d'Anomie dans le jeu ?

— Absent, soupira Robin tout en déplaçant Buffypaws sur l'un des sentiers du jeu où se trouvait un vampire.

— Je crois qu'ils se dirigent vers le métro, l'informa Strike qui accéléra en grimaçant pour ne pas perdre les deux jeunes hommes. MJ transporte une caméra vidéo. Ce serait le moment idéal pour Anomie de débarquer dans le jeu. Cardew n'est pas sur son téléphone.

— Je commence à penser qu'Anomie sait exactement quand il nous serait utile qu'il débarque dans le jeu, et fait tout pour éviter ça, répliqua Robin d'un ton aigre.

— Tu as vu Yasmin ?

— Non. Personne n'a quitté la maison depuis neuf heures ce matin. C'est un jour férié, en même temps.

— Attends, dit Strike.

Robin se tut.

— Il y a quelqu'un d'autre qui les suit, reprit son associé à voix basse.

— La police ? demanda Robin.

La serveuse se retourna en entendant ces mots.

— Non. Je ne crois pas. Je te rappelle.

Il raccrocha.

L'homme qu'avait repéré Strike ne passait pas inaperçu. Il mesurait au moins un mètre quatre-vingt-cinq et sa coupe de cheveux était tellement courte qu'il avait quasiment le crâne rasé, mais il portait aussi une barbe fournie et une moustache. Adossé à un mur, il feignait d'écrire un texto quand Wally et MJ s'étaient approchés, mais une fois qu'ils passèrent devant lui, il rangea son téléphone et leur emboîta le pas, mains enfoncées dans les poches de son jean. Sa veste en cuir portait, dans le dos, une tête de mort surmontée d'un casque en métal. Il avait de nombreux tatouages et si l'Union Jack dans son cou et la croix gothique au dos de sa main gauche étaient peut-être faux, le gros crâne tatoué à l'arrière de sa tête, visible à travers ses cheveux très courts, était certainement authentique, ce qui excluait qu'il puisse être officier de police.

L'inconnu entra dans la même rame de métro que Wally et MJ, Strike sur les talons. Plongés dans leur conversation, les youtubers n'avaient pas remarqué qu'on les suivait. Strike prit discrètement deux photos de l'inconnu, remarquant un autre tatouage sur sa pomme d'Adam. Même s'il n'était pas expert en Futhark, le détective pensa qu'il s'agissait de runes nordiques.

Après un trajet de vingt minutes, ils arrivèrent à Embankment, où Wally et MJ descendirent, suivis d'abord par l'homme tatoué puis par Strike.

Les quatre hommes, dont deux n'avaient pas remarqué qu'on les filait, se dirigèrent vers Whitehall Gardens où Wally sortit un micro de son sac à dos tandis que MJ allumait la caméra.

La raison de leur venue ici un jour férié devint évidente quand les deux youtubers se mirent à arrêter des touristes pour leur demander, d'après ce que voyait Strike, d'être interviewés devant la caméra. D'abord deux Japonaises puis une famille qui, à en juger par le maillot de foot du petit garçon, venait du Brésil. Strike était trop loin pour entendre les questions de Wally, mais à mesure que l'échange progressait, il voyait les gens passer de l'amabilité à l'incrédulité, puis à la consternation, voire, dans le cas du papa brésilien, à la colère. Strike supposa que le but de cette vidéo était de se moquer des étrangers. L'homme tatoué à la veste de cuir s'était assis sur un banc à une centaine de mètres de là, pour observer ouvertement la scène. Décidant d'en faire autant, au cas où l'autre le remarquerait, le détective s'installa derrière une statue de Henry Bartle Frere, un administrateur colonial du dix-neuvième siècle, et consulta son téléphone pour s'informer sur les runes, parmi lesquelles il trouva celle que le barbu portait fièrement sur sa gorge. Elle ressemblait à une lettre P angulaire et était baptisée Thurisaz ce qui, d'après Internet, signifiait danger, chaos, et force brutale.

Strike s'apprêtait à ranger son téléphone dans sa poche quand celui-ci sonna.

— Cormoran Strike.

— Bonjour ? murmura une timide voix féminine.

— Bonjour. Qui est-ce ?

— Heu… Kea Niven.

— Ah, bonjour, répondit Strike heureux que son message culpabilisant ait fonctionné. Merci de me rappeler, Kea. J'imagine que vous savez pourquoi je vous ai contactée ?

— Oui… Anomie, murmura-t-elle. Oui, mais… je ne sais rien.

Elle semblait avoir bien moins de vingt-cinq ans. S'il n'avait pas connu son âge, il lui en aurait donné treize.

— Est-ce qu'on pourrait se rencontrer pour discuter ? proposa Strike.

— Je ne suis… je ne vais pas bien. Je ne pense pas que ce soit possible.

— Je peux sans problème venir chez vous, si ça vous arrange.

— Non, je… je ne crois pas pouvoir… mais je veux vous aider. Vraiment. Donc je me suis dit… que j'allais appeler… et vous dire que… je ne sais rien.

— Je vois. Bon, je préfère vous avertir, Kea, qu'il y a une théorie qui circule selon laquelle vous seriez Anomie.

Nul besoin de préciser que cette théorie émanait de son associée.

— Que je suis quoi ?

— Que vous êtes Anomie, répéta Strike.

— Qui… ? Oh ! mon Dieu… est-ce que Josh… est-ce qu'il pense ça ?

— Il veut que je retrouve qui est Anomie, expliqua Strike sans répondre directement. Mais si vous n'êtes pas assez en forme pour me parler…

— Je… oh non !

Elle fondit en larmes. C'était peut-être sincère, ou pas, mais ce n'était pas le rôle de Strike de la réconforter. Il observa des pigeons qui s'envolaient vers le ciel, jusqu'à ce que Kea finisse par dire :

— Pourquoi… pourquoi on en parle pas maintenant ? Je ne sais rien… je ne suis pas Anomie ! Je n'aurais jamais… jamais !

— Je voulais juste vous donner l'occasion de vous défendre. Et vous montrer deux ou trois choses.

— Quoi donc ?

— Des photos.

Ce n'était pas complètement faux. Les captures d'écran qu'il avait faites de ses activités sur Twitter constituaient un type de photos.

— Et des documents, ajouta-t-il.

Documents, ça faisait toujours peur.

— Pourquoi vous ne… pouvez pas me les envoyer par email ?

— Parce que c'est confidentiel.

Il y eut de nouveau un long silence.

— Je… D'accord…
— Vous voulez bien qu'on se parle ?
— Oui, je suppose… oui.
— Quel jour vous arrangerait ?
— Pas cette semaine, répondit-elle rapidement. Je suis trop malade. Heu… peut-être jeudi de la semaine prochaine ?
C'était le jour du lancement de Madeline. Strike aurait pu se passer d'un aller et retour de cinq ou six heures à King's Lynn ce jour-là, mais comme sa priorité était d'éliminer un maximum de suspects pour Anomie, il dit :
— Super. J'arriverai de Londres, je pourrai être chez vous vers onze heures, si ça vous va ?
— Oui, murmura Kea. Très bien.
— Et gardez ça pour vous, termina Strike.
— À qui… à qui je pourrais le dire ?
— Je veux simplement vous signaler que si vous parlez de l'enquête, ça risque de lui nuire, et comme vous pouvez l'imaginer, Josh a très envie qu'on réussisse.
Après avoir raccroché, Strike envoya un texto à Robin pour l'informer qu'il avait prévu un entretien avec Kea, et reçut un bref « Super » en réponse.
Strike venait de ranger son téléphone dans sa poche quand Nutley, qui était censé surveiller Gus Upcott, appela.
— Qu'est-ce qui se passe ? demanda Strike.
— Je surveille le jeune, on est d'accord ?
— Comment ça ? demanda Strike en essayant de dissimuler son agacement.
— Le vieux bonhomme vient de sortir de la maison.
— En fauteuil roulant ?
— Non. Avec une canne. Et il parle au téléphone.
— Reste où tu es tant que le fils ne sort pas. Et les autres membres de la famille ?
— La mère est sortie avec sa fille il y a une demi-heure, en voiture.
— O.K., tu restes sur Gus.
— C'est compris.
Nutley raccrocha.
Wally et MJ avaient réussi à convaincre un groupe d'étudiants chinois de leur parler. Le tatoué, ou Thurisaz, comme le surnommait Strike désormais, avait quitté son banc. Strike songea à Inigo Upcott, qui profitait de l'absence de sa femme pour sortir à pied malgré ses

jambes atrophiées, et passer un appel là où le seul autre membre de la famille présent à ce moment-là ne pouvait pas le déranger.

Il rappela Nutley.

— Prends le vieux en filature.

— Quoi ?

— Suis-le. Il est toujours en vue ?

— Oui, il va pas vite.

— File-lui le train. Si tu peux, essaie d'écouter sa conversation.

Après avoir raccroché une deuxième fois, Strike se demanda à quoi il jouait et ne trouva pas de bonne réponse. Il n'aimait ni les pressentiments ni les intuitions, qui s'avéraient être, la plupart du temps, des préjugés ou de pures hypothèses. Néanmoins, il savait que s'il avait surveillé la maison des Upcott, il aurait suivi Inigo.

Pendant ce temps-là, au Saucy Sausage, Robin, qui en était maintenant à son quatrième café, avait réussi à entrer en contact avec le modérateur baptisé Demony1 avec qui elle n'avait jamais échangé en privé, et avec qui elle avait entamé une conversation en exprimant sa frustration face à l'une des tâches les plus difficiles du jeu.

Buffypaws : J'ai tout essayé. TOUT !

Demony1 : lol

Demony1 : t'es pas la seule. Ça rame toujours à la tombe de Wombwell

Buffypaws : tu peux m'aider ?

Demony1 : essaie les drekismes

Buffypaws : j'ai déjà essayé

Demony1 : un pas très connu. Essaie d'imaginer ce que dirait Drek si un lion de pierre refusait de le laisser passer.

Buffypaws : ?

Buffypaws : je suis censée bosser mais j'arrête pas de réfléchir au moyen de contourner un lion de pierre

Demony1 : indice : saison 2, épisode 3

Buffypaws : ok ça va m'aider, mais si je me fais virer parce que j'ai regardé Sang d'encre au boulot, ce sera de ta faute.

Demony1 : lol tu bosses ? c'est férié

Buffypaws : les petites entreprises sont pas obligées de respecter les jours fériés

Buffypaws : t'es en repos toi ?

Demony1 : oui mais non

Buffypaws : ?

Demony1 : je suis en repos au taf mais le Grand Seigneur m'a demandé de modérer à partir de 6 h.

Demony1 : punition pour être allé au foot samedi

Robin écrivit : « Demony1 fan de foot » dans son carnet. Elle suggéra, au hasard :

Buffypaws : M********* U*****

Demony1 : ha non. mais j'ai adoré voir WBA les battre

Demony1 : t'es fan de M** U ?

Robin ne s'intéressait pas au foot, mais se dit qu'elle trouverait toujours de l'aide sur Google si elle voulait lui faire croire le contraire. Elle répondit :

Buffypaws : ouais

Demony1 : lol dsl alors

Buffypaws : et toi ?

Demony1 : le W*****

Robin sortit son téléphone et prit une photo de leur échange.

Buffypaws : pourquoi Anomie aime pas que t'ailles au foot ?

Demony1 : j'ai oublié que je devais modérer du coup Hartella a dû le faire toute seule toute la journée

Robin releva la tête pour jeter un coup d'œil à la maison des Weatherhead.

Une jeune femme avançait dans l'allée du jardin, d'un pas traînant. Elle avait de longs cheveux épais blond foncé et portait un gilet noir qui lui descendait aux genoux, ce qui n'aidait pas à camoufler son surpoids. Plongée dans son téléphone, la jeune femme avait le visage baissé si bien que Robin ne distinguait pas ses traits. Après avoir ouvert le portillon, elle, probablement Yasmin selon Robin, avança sur le trottoir, toujours concentrée sur son téléphone.

Robin baissa les yeux sur son iPad. Demony1 continuait de lui parler.

Demony1 : il m'a menacé de me retirer mon statut de modé et tout

Demony1 : tu connais son laïus

— L'addition s'il vous plaît ! demanda Robin en cherchant de la monnaie dans son sac.

De l'autre côté de la rue, Yasmin avait levé la tête. Elle avait un visage pâle et rond. Elle observait la circulation. Pendant que la serveuse préparait la note, Robin se hâta de répondre à Demony1.

Buffypaws : quel laïus ?

Demony1 : oderint dum metuant

Demony1 : t'as déjà dû le voir

Demony1 : il le répète tt le tps

Robin photographia également cette conversation.

Buffypaws : merde y a mon chef

Demony1 : ok @plus

<Le canal privé est fermé>

Robin rangea son iPad dans son sac, paya et quitta le café, portable à la main.

Une Ford Fiesta rouge foncé ralentit, conduite par un homme que Robin ne connaissait pas. À l'aide de son téléphone, elle filma Yasmin entrain de sourire au conducteur et lui adressant un signe de la main. La voiture s'arrêta devant elle et Yasmin monta à l'intérieur. Robin remarqua que la plaque d'immatriculation se terminait par CBS, les initiales de Strike.

42

Certes, la loi était sûrement un peu
De son côté ; comme toujours, avec les hommes,
Même quand ils se trompent.

Elizabeth Barrett BROWNING,
Aurora Leigh

Après une absence de trente minutes, l'homme tatoué réapparut dans le jardin de Whitehall ; il déambulait entre les massifs de fleurs et les bancs en parlant au téléphone. Strike, qui s'était assis sur un banc, se cacha de nouveau derrière la statue de Henry Bartle Fere, la jambe douloureuse, espérant que les youtubers en avaient bientôt terminé avec les interviews de touristes et qu'ils allaient s'arrêter pour déjeuner.

Effectivement, vers treize heures, Wally et MJ arrêtèrent de filmer. Strike, qui portait maintenant des lunettes de soleil et faisait semblant de parler au téléphone, regarda Wally ranger son micro dans son sac à dos, sortir son portable et composer un message. Enfin, l'homme tatoué et barbu s'approcha de Wally d'un pas décidé et le salua.

Le détective était trop loin pour entendre leur conversation, mais il aurait juré voir Thurisaz articuler les mots « grand fan ». Thurisaz et Wally se serrèrent la main, bavardèrent pendant une dizaine de minutes, riant de plus en plus souvent à mesure que la discussion progressait, tandis que MJ paraissait de plus en plus renfrogné.

Strike vit l'homme proposer quelque chose à Wally. Ce dernier sembla accepter. Il se retourna vers MJ qui secoua la tête. Après quelques minutes de discussion, MJ s'éloigna dans la direction opposée, emportant la caméra, tandis que Wally et Thurisaz quittaient le jardin en direction de Villiers Street.

Strike les suivait depuis moins d'une minute en essayant de ne pas prêter attention aux douleurs dans sa jambe quand son téléphone sonna de nouveau. C'était Robin.

— Anomie a rejoint le jeu il y a une dizaine de minutes, mais il n'est pas actif. Il est présent mais ne se manifeste pas. Il est peut-être en pleine discussion privée avec un joueur. Mais le plus important c'est que Barclay vient de m'envoyer un texto : Tim Ashcroft est dans un café, sur son ordinateur portable. Il s'est mis à taper il y a dix minutes.

— O.K., j'ai quelque chose moi aussi : un autre suprématiste blanc potentiel, annonça Strike qui était hors d'haleine et tentait de ne pas boiter de façon trop visible. Il y a une dizaine de minutes, Cardew s'est mis à taper sur son téléphone, mais il a été interrompu par un grand type tatoué qui l'a suivi pendant toute la matinée et je parierais cher qu'il fait partie de la Fraternité d'Ultima Thulé.

— Sérieusement ?

— Oui, répondit Strike qui peinait à ne pas se laisser distancer par les deux hommes. Il a une rune tatouée sur la pomme d'Adam. Je crois que je suis en train d'assister à une tentative de recrutement en direct. MJ s'est fait évincer et Cardew s'éloigne avec l'autre type. Des nouvelles des autres ?

— Non. Preston Pierce est sorti acheter du pain et il est rentré. Montgomery n'est pas sorti de la journée. Je n'ai pas de nouvelles de Nutley, donc j'imagine que Gus est chez lui aussi.

— Nutley ne suit plus Gus.

— Tu l'as déjà viré ? demanda Robin, anxieuse.

— Non, j'ai modifié mes ordres. Je t'expliquerai.

— D'accord. Je m'apprête à t'envoyer une vidéo. Rien d'urgent.

— Je regarderai quand je serai arrêté. Tiens-moi au courant pour Anomie.

Strike raccrocha.

Les deux hommes qu'il suivait bifurquèrent dans une allée baptisée Craven Passage, en direction d'un pub, le Ship & Shovell, un établissement séparé en deux par une petite allée. Les deux parties du pub avaient une porte et des fenêtres rouges et arboraient une enseigne identique, à l'effigie d'un marin du dix-septième siècle coiffé d'une perruque. Wally et Thurisaz entrèrent dans le bar par la droite.

Soulagé de pouvoir faire une pause, Strike attendit cinq bonnes minutes et fuma une cigarette à l'extérieur, avant de les suivre dans le pub.

Des boxes en bois étaient alignés sur un côté du bar, qui était bondé. Dans un box proche de la porte se trouvaient Wally, Thurisaz et un troisième individu dont Strike ne voyait qu'une manche de veste en velours, à cause de trois touristes allemands qui bloquaient le passage.

Après avoir commandé une pinte de Badger, Strike se posta aussi près que possible du box, sans être visible de ses cibles. Le brouhaha du pub recouvrait leur conversation, mais avec l'expérience, le détective avait appris à faire abstraction de la cacophonie ambiante pour se concentrer sur les paroles qui l'intéressaient.

Contrairement à ce qu'il aurait pu attendre, Thurisaz avait une voix douce. L'homme en veste de velours, dont l'accent suggérait la classe moyenne supérieure, complimentait Wally sur ses productions YouTube, et connaissait manifestement très bien les vidéos de Cardew, ce que ce dernier trouvait sans doute flatteur. À un moment, Wally répliqua avec la voix de Drek :

— *T'es pas un abrutik, mek !*

Ses deux compagnons éclatèrent de rire.

Au bout d'un certain temps, on leur servit leurs plats. Le pub ne désemplissait pas. Strike, qui n'entendait presque plus rien, sortit son téléphone et ouvrit la vidéo que Robin lui avait envoyée.

Il vit une fille en surpoids vêtue d'un long gilet noir sourire et faire un signe de la main au conducteur d'une Ford Fiesta rouge foncé qui se gara, laissa Yasmin monter côté passager et repartit. Strike se repassa la vidéo en fronçant les sourcils. Il mit la vidéo sur pause au moment où on voyait le mieux le profil du conducteur, puis il zooma et examina attentivement l'image. Il envoya un texto à Robin :

« Le conducteur de la voiture c'est Phillip Ormond. »

Elle répondit à peine une minute plus tard.

« C'est pas vrai ! »

« J'ai trouvé sa réaction bizarre quand j'ai parlé d'elle. Il faut qu'on enquête là-dessus. Il fait quoi, Anomie ? »

« Connecté au jeu mais inactif. Barclay dit qu'Ashcroft est tjs sur son ordi. Où est Cardew ? »

« Au pub en train de flirter avec l'extrême droite »

« Worm28 m'a dit que la devise d'Anomie c'était : oderint dum metuant »

« "Qu'ils haïssent, tant qu'ils ont peur" »

« Pas très étonnant. J'ai aussi échangé en privé avec Demony1 tout à l'heure. C'est quoi comme équipe de foot W***** ? »

« The Whites = Leeds Utd. Connus aussi sous le nom de P******* »

« Ça veut dire quoi ? »

« Je te laisse deviner »

Strike esquissa un petit sourire, puis remit son téléphone dans sa poche. Il appuya de tout son poids sur sa jambe valide en essayant de ne pas penser à son moignon brûlant et à son tendon douloureux.

Un groupe arriva dans le pub et se colla contre Strike en parlant sans doute en finnois. Utilisant cette excuse pour se rapprocher du box, il réussit à surprendre quelques bribes de phrases que prononçait l'homme en veste de velours, qui semblait débiter un petit speech :

— … et on ne peut plus rire de rien. Tu sais ça mieux que personne… Me considère comme un réaliste racial. Est-ce que tu as lu Jared Taylor ? Tu devrais, c'est franchement… La privation du droit de vote, la marginalisation, le remplacement… Écoute tu es un maître… Une grande portée… Changer la culture… Discours acceptable…

Strike tenta de reporter un peu du poids de son corps sur sa fausse jambe. Il avait besoin d'uriner. Il allait essayer de prendre une photo des compagnons de Wally en sortant des toilettes, à l'aide d'un miroir judicieusement orienté.

Le détective fit un pas en direction de l'escalier menant au sous-sol, mais ne put aller plus loin. Son pied artificiel se prit dans la lanière d'un sac posé par terre, près de l'une des Finlandaises. Strike tentait en vain de se rattraper, quand sa main glissa le long de l'encadrement en bois du box qu'occupait Wally ; il s'effondra contre l'un des Finlandais qui lâcha un cri de surprise en perdant l'équilibre, puis il s'étala par terre. Par miracle, la pinte de Strike, vide, roula au sol sans se briser.

Tous les clients du pub se retournèrent. Prenant garde à ne pas révéler son visage au groupe de Wally, Strike, honteux, rejeta gentiment toutes les mains qui se tendaient pour l'aider. Il comprit, aux questions que lui posaient les Finlandais dans un anglais parfait, que dans sa chute, la tige métallique de sa prothèse avait été dévoilée. Furieux, il réussit à se remettre péniblement debout, et gagna cahin-caha l'escalier raide, qu'il descendit avec difficulté tant son moignon tremblait.

Une fois dans les toilettes, il tituba jusqu'à une cabine, verrouilla la porte, baissa d'un geste sec l'abattant des toilettes, s'assit dessus en respirant bruyamment et essaya de remonter la jambe de son pantalon. Son genou, qui avait bien trinqué pendant la chute, était gonflé. Il tâta l'arrière de sa cuisse ; son tendon semblait de nouveau enflammé. La douleur se faisait ressentir par vagues, jusqu'à la nausée. Il s'en voulait de ne pas avoir vu le sac par terre. Si son pied valide s'était pris dedans, il aurait pu garder l'équilibre. Le problème, c'est qu'il n'avait aucune sensation dans son autre pied.

Il entendit la porte des toilettes s'ouvrir, pria pour que cet inconnu ne soit pas venu pour la grosse commission, et entendit avec soulagement qu'il urinait. Strike se remit debout, releva l'abattant des toilettes et soulagea à son tour sa vessie en se soutenant d'une main contre la paroi.

De là, le bureau n'était plus très loin à pied, mais il ne pensait pas pouvoir y arriver sans aggraver son état. Il allait devoir prendre un taxi. Il ouvrit la porte de sa cabine.

Le barbu aux runes tatouées se tenait devant lui et l'attendait. Grand et large d'épaules, l'air agressif, Thurisaz fixa le détective des yeux sans ciller, fit un pas de côté, les pieds bien parallèles.

Trois secondes s'écoulèrent. Il avait fallu moins longtemps au véhicule de la police royale militaire où se trouvait le sergent Strike pour exploser, lui arrachant la moitié de la jambe ; c'était suffisamment long pour que Strike en déduise que son ami barbu l'avait repéré un peu plus tôt, au moment où ils suivaient les mêmes personnes ; un laps de temps suffisant pour qu'un boxeur averti anticipe ses mouvements. Une personne lambda aurait dit « Excusez-moi » ou « Est-ce qu'il y a un problème ? », ou aurait rendu les armes et suggéré une discussion, mais il eut une montée d'adrénaline qui prit momentanément le dessus sur sa douleur atroce.

De la main gauche, il feinta et visa la tête de Thurisaz. Ce dernier vacilla légèrement puis fit volte-face mais trop tard : Strike le frappait violemment au plexus solaire de la main droite. Il sentit son poing s'enfoncer profondément dans le ventre de son adversaire, l'entendit pousser un couinement aigu, le vit se plier en deux et glisser par terre dans une flaque qui semblait être sa propre urine. Le souffle coupé, Thurisaz mit un genou à terre et Strike se hâta vers la porte.

Perclus de douleur, parce que le coup qu'il avait porté avait fortement irrité son moignon contre l'extrémité de sa prothèse, Strike remonta péniblement l'escalier, impatient de regagner la rue avant que Thurisaz ne recouvre ses esprits. Wally et le type en veste de velours avaient disparu ; à l'évidence, ils avaient envoyé le chien de garde régler son compte à l'inconnu qui les avait suivis, pendant qu'eux battaient en retraite.

C'était un jour de chance pour Cormoran Strike : un taxi s'engagea dans Craven Street au moment où le détective sortait dans la rue, le visage trempé de sueur, le bras tendu pour le héler.

— Denmark Street, articula-t-il hors d'haleine en se cramponnant à la poignée pour se hisser à l'intérieur.

Quand le taxi redémarra, Strike jeta un coup d'œil par la lunette arrière juste à temps pour apercevoir Thurisaz surgir dans l'allée en courant, le cherchant des yeux de tous côtés. Il le vit lâcher un juron. Strike regarda de nouveau droit devant lui. Il savait qu'il ne pouvait plus marcher, pour l'instant. La perspective de gravir trois étages pour accéder à son studio sous les toits le désespérait : il allait probablement devoir monter les marches une à une sur les fesses, comme un enfant.

Son téléphone sonna à nouveau. Il pensa que c'était Robin mais découvrit le numéro de Nutley.

— Salut, dit Strike en essayant de ne rien laisser transparaître de sa douleur. Qu'est-ce qui se passe ?

— J'ai du nouveau sur le vieux avec sa canne, annonça Nutley qui semblait content de lui. Mr. Upcott.

— Vas-y, l'encouragea Strike, en nage.

— Il cache bien son jeu. Il est resté au téléphone avec une femme pendant cinquante minutes. On a fini dans un café. Je me suis assis dos à lui. J'ai tout entendu.

— Comment tu sais qu'il parlait à une femme ?

— Ça s'entend, non ? Le ton de sa voix. « Ma petite », « Écoute, ma chérie ». Il avait l'air d'avoir peur qu'on les capte. C'est elle qui parlait le plus. Il la rassurait. J'ai pris des notes, ajouta Nutley comme si cela témoignait d'un sens de l'initiative hors du commun. « Ne t'en fais pas ». « Je vais m'en occuper ». « Je gère ça de mon côté ». Elle avait l'air terrifié. Sans doute à cause de son mari. « Tu n'as pas à t'en vouloir de quoi que ce soit ».

— Il t'a remarqué, à ton avis ?

— Il m'a vu en sortant du café, mais à part ça…

— Barre-toi tout de suite.

— Je pense pas qu'il ait…

— Barre-toi, insista Strike plus agressif.

Il ne voulait pas que deux membres de l'équipe puissent devenir identifiables ; une énorme erreur, ça suffisait pour la journée.

— Tu ne pourras plus surveiller les Upcott, lui annonça-t-il.

— Si je l'avais pas suivi jusqu'au café, j'aurais pas entendu…

— Je sais.

C'était extrêmement tentant de rediriger sa colère contre Nutley, mais il avait besoin de cet abruti.

— Tu pourras suivre d'autres suspects. Bravo pour ton travail aujourd'hui, ajouta-t-il, les dents serrées.

Apaisé, Nutley raccrocha. Strike se carra dans la banquette du taxi. Sa douleur irradiait maintenant dans tout son corps, à tel point qu'il était tenté de donner cinquante livres au chauffeur juste pour qu'il continue de rouler, dans l'espoir d'alléger un peu le poids de sa jambe.

43

Alors cesse, par un reproche sévère, d'ajouter
De nouveaux chagrins à l'opprimé :
Ne parsème pas d'épines la route accidentée
De celui qui, par absence de repos, manque de défaillir.

Mary TIGHE,
To ______

Vu la charge de travail de l'agence et le retour imminent de Groomer et Fingers au Royaume-Uni, Strike n'aurait pas pu choisir de plus mauvais moment pour suspendre ses activités, mais ce qui l'inquiétait davantage, c'était les répercussions de sa surveillance catastrophique de Cardew. Il était possible que Thurisaz, membre potentiel de la Fraternité d'Ultima Thulé et peut-être du Halvening, ait reconnu le détective privé. Cette crainte poussa Strike à appeler le commandant Ryan Murphy le lendemain matin pour l'informer de ce qui s'était passé.

— J'ai une photo du type, je peux vous l'envoyer, proposa Strike qui tentait de minimiser l'incompétence que suggérait son récit. Comme je vous l'ai dit, je voulais photographier sa tenue, mais je me suis cassé la figure avant de parvenir à mes fins.

— Oui, j'aimerais bien voir ces photos, merci, dit Murphy. C'est assez révélateur qu'il n'ait pas porté plainte pour agression.

— Écoutez, j'ai bien conscience de me trahir dans cette affaire…

Strike avait pesé le pour et le contre avant de le contacter.

— Je n'ai rien entendu, le rassura Murphy.

— Merci.

— Que pouvez-vous me dire du troisième larron ?

— J'ai seulement aperçu sa veste en velours. Je n'ai pas distingué clairement son visage. Un type éduqué, qui s'exprime bien.

Strike entendit de nouveau son interlocuteur taper sur son clavier d'ordinateur. Puis Murphy déclara :

— O.K., donnez-moi un instant.

Strike entendit un bruit de pas et en déduisit que Murphy allait se réfugier dans un coin plus discret pour poursuivre la conversation.

— Merci, reprit Murphy. Votre agence nous a beaucoup aidés, donc je vais partager une info avec vous. J'espère que ça n'ira pas plus loin.

— C'est compris.

— Les membres du Halvening ont modifié leur façon de communiquer. Ils utilisent toujours le dark web, mais le MI5 a enregistré une de leurs conversations hier soir, dans laquelle ils craignaient d'avoir été suivis par un officier infiltré jusqu'au pub où ils prévoyaient de recruter un nouveau « visage », comme ils les appellent. Le type qui vous a sauté dessus dans les toilettes était simplement envoyé pour vous retenir un peu afin de donner à Cardew et son acolyte le temps de s'échapper. Il s'est fait passer un savon parce qu'il a été violent avec vous. À l'heure qu'il est, ils ne savent pas qui vous êtes. Je pense que vous n'avez rien à craindre, mais je vous conseille quand même de surveiller vos arrières. Si vous recevez un colis anonyme, appelez-nous.

Strike fut donc contraint d'informer Pat et ses différents collaborateurs de la possibilité qu'à cause de lui, l'agence soit devenue la cible d'un groupe terroriste d'extrême droite. Il savait que cette nouvelle n'allait pas remonter le moral de l'équipe et soupçonnait ce que ses employés pouvaient dire de lui pendant qu'il se retirait dans sa chambre sous les toits, où il appliquait une crème spéciale à l'extrémité de son moignon, enduisait son tendon de gel anti-inflammatoire et continuait d'appliquer des packs de glace dans l'espoir que tout cela guérisse bientôt.

En dépit du fait que Robin était son associée, Strike était toujours considéré par les collaborateurs comme le patron (après tout, c'était son nom qui était gravé sur la vitre de la porte), et pour cette raison ou parce qu'ils avaient des scrupules à exprimer leur frustration à un unijambiste à présent coincé dans un grenier, c'était vers Robin qu'ils dirigeaient leur ressentiment.

— Bon, j'espère qu'il va bien, dit Dev sur un ton sec depuis Hampstead où il surveillait la maison des Upcott. Mais sur ce coup-là, il ne nous a pas aidés !

— J'espère juste qu'il va trouver quelqu'un d'autre, maugréa Midge qui appelait depuis le Lancashire.

Tim Ashcroft avait entrepris pendant une semaine une tournée des écoles dans le nord avec les Roving School Players, et Midge lui collait au train, munie de quelques perruques.

— On peut pas continuer comme ça, conclut-elle.

— Le con, il aurait dû nous avertir que sa jambe était mal en point, lui reprocha Barclay quand il croisa Robin devant la bouilloire du bureau.

— Il n'a pas fait exprès de tomber, le réprimanda Pat depuis son bureau.

Robin et Barclay se tournèrent vers elle. C'était la première fois qu'ils l'entendaient défendre Strike.

— Quoi ? fit-elle, cigarette électronique entre les dents. Ça vous plairait, vous, d'être coincé là-haut à sautiller sur une seule jambe ?

— Je donnerais ma jambe droite pour un peu de sommeil, là, lâcha Barclay avec aigreur.

Il s'en alla, abandonnant le mug dans lequel il avait commencé à faire infuser du thé.

— Quel ingrat, grommela Pat tandis que les pas de Barclay résonnaient dans l'escalier. Strike lui a donné du boulot, non ?

— Tout le monde est stressé, c'est tout, tempéra Robin, épuisée elle aussi.

Essayer de jouer à *Drek's Game* tout en observant des suspects, cela commençait à la pousser à bout.

— La femme de Sam râle parce qu'il travaille trop.

— Au fait, annonça Pat, vous avez eu un autre appel d'Adam Labrosse. Il semblait penser que je n'avais pas transmis le précédent.

— Oh, bon sang ! lâcha Robin. Pardon, je vais devoir l'appeler et le lui expliquer plus clairement.

Elle emporta son thé dans le bureau et referma la porte, agacée qu'Adam Labrosse ait ajouté un nouvel élément à sa longue liste de choses à faire. Elle vérifia *Drek's Game*, remarqua que la seule modératrice présente était Paperwhite, joua un peu pour s'assurer qu'on ne reproche pas à Buffypaws d'être immobile, puis retourna consulter un compte Instagram qu'elle avait découvert : celui de Christabel Ross, la fille de Jago Ross, âgée de quatorze ans.

Comme Strike, Robin soupçonnait Ross de prendre un maximum de précautions pour éviter toute photo compromettante. Elle avait eu l'idée de s'intéresser aux comptes des enfants de Jago sur les réseaux, à force d'y être en permanence dans le cadre de l'affaire Anomie. Elle avait un peu honte de le faire, mais étant donné que

Ross constituait une menace bien plus importante pour l'agence que Le Halvening lui-même, elle avait mis ses doutes de côté.

Elle avait trouvé le compte Instagram de Christabel assez facilement, en examinant toutes les photos de la famille Ross parues dans la presse. Une vieille photo du quarantième anniversaire de Jago lui avait été particulièrement utile : parue sur Tatler.com, elle montrait Jago, Charlotte enceinte jusqu'aux yeux et magnifique comme à son habitude, ainsi que ses trois filles issues de son précédent mariage, qui avaient toutes hérité de ses cheveux blond polaire, de son visage fin et de ses pommettes hautes. L'aînée ne faisait aucun effort pour sourire à l'objectif et, après avoir minutieusement observé le cliché, Robin avait remarqué que le père serrait sa fille un peu trop fermement.

La page Instagram de @christy_ross était envahie de selfies, de photos du batteur Ashton Irwin dont elle semblait obsédée et d'autres de ses copines d'école faisant des grimaces. Il y avait aussi des éléments repostés depuis d'autres comptes Instagram, qui avaient tous des thèmes similaires.

Le bouc émissaire est l'enfant qui ose être en désaccord avec un parent narcissique.
MIEUX VAUT UN PARENT ABSENT QU'UN PARENT TOXIQUE.

Certaines personnes sont là pour vous montrer l'inverse de l'amour.

Avant qu'elle puisse poursuivre son enquête sur les activités numériques de Christabel, son téléphone sonna.

— Désolé, s'excusa Strike.

Il se sentait tellement coupable en ce moment qu'il avait tendance à commencer toutes ses conversations ainsi.

— Je me demandais si tu avais du temps pour qu'on échange un peu ?

Robin monta donc le rejoindre, son thé dans une main et son iPad dans l'autre. Elle frappa à la porte du studio doucement, avec le coude.

Il ouvrit la porte, appuyé sur des béquilles, jambe droite du pantalon repliée. Il avait le teint grisâtre, accentué par le fait qu'il ne s'était pas rasé.

— Désolé, répéta-t-il.

— Y a pas de quoi, dit Robin.

L'appartement de Strike, qui comprenait une cuisine, une chambre et une toute petite salle de bains avec des toilettes et une douche, était, comme toujours, propre et en ordre. On n'y comptait que deux objets de décoration ou chargés d'une valeur sentimentale. Le premier était une photo d'école représentant ses trois neveux, envoyée par sa sœur Lucy. Strike détestait Luke, l'aîné, ressentait plutôt de l'indifférence pour le deuxième, Adam, mais comme il adorait le plus jeune, Jack, âgé de douze ans, il avait posé la photo sur une commode de sa chambre, dans son cadre en carton. L'autre objet non fonctionnel de son appartement, c'était une photocopie des trois pages rédigées et illustrées par Jack sur la bataille de Neuve-Chapelle, scotchée sur les placards de sa cuisine. Ce devoir avait valu à son neveu préféré un A lors de sa dernière interrogation d'histoire, et comme Strike l'avait encouragé et félicité, Lucy lui en avait envoyé une copie couleur.

— C'est Jack qui a écrit ça ? demanda Robin.

Elle avait veillé le garçon aux côtés de Strike, en réanimation, tandis qu'il luttait contre une infection, et se sentait donc personnellement investie.

— Oui, répondit Strike qui esquissa à la fois un sourire et une grimace en s'asseyant péniblement sur une des chaises de la cuisine. C'est bien, non ?

— Très bien, renchérit Robin en s'installant face à lui.

L'ordinateur portable de Strike était ouvert sur la table et Robin y appuya son iPad, toujours connecté à *Drek's Game*.

— J'essaie de nous trouver un nouveau collaborateur. Mais rien pour l'instant. On va devoir renoncer à une affaire.

Robin, qui pensait la même chose, s'empressa d'ajouter :

— Pas Anomie.

Strike hésita.

— Moi aussi je veux garder Anomie, dit-il, même si c'est ce qui nous monopolise le plus.

C'est parce que tu as rajouté le mari de Charlotte qu'on est dans la merde, songea Robin.

— Du coup, il va falloir laisser tomber Groomer, trancha Strike. La cliente s'impatiente, de toute façon. Je l'ai eue au téléphone hier. Elle était à deux doigts de suggérer qu'on tende un piège à Groomer. Il est dégueulasse, on l'a prouvé, mais je ne vais pas cacher de la drogue chez lui non plus. Et puis je ne veux pas me débarrasser de Fingers, parce qu'il paie très bien.

— O.K. Ça se comprend. Tu veux appeler la mère de Legs ?
— Oui, je m'en charge. Des nouvelles de Midge ?
— Pas des tonnes. Ashcroft passe énormément de temps sur son ordinateur dans les cafés, expliqua Robin, et ça a coïncidé deux fois avec la présence d'Anomie dans le jeu, donc malheureusement on ne peut pas l'éliminer. Et le site de Spanner, il en est où, au fait ?

Arts et Théâtre à l'École

La première ressource pour l'utilisation des arts et du théâtre comme outils pédagogiques, toutes disciplines confondues. ATE fournit du matériel éducatif et organise des ateliers quel que soit le niveau, de l'école primaire jusqu'au supérieur.

Le travail de Spanner était très convaincant. Robin fit défiler la page d'accueil, qui contenait de nombreuses photos de performances théâtrales et des citations d'acteurs qui prétendaient avoir collaboré avec ATE.
— Que des photos trouvées sur le web, expliqua Strike. Et les interviews des acteurs sont des copier/coller d'autres publications. Clique sur « Qui sommes-nous ».
Robin s'exécuta et tomba sur une liste de personnes censées gérer ATE. Pour l'une d'entre elles, Venetia Hall, il manquait une photo.
— Spanner a besoin d'une photo de toi avec ta perruque, dit Strike.
— O.K., je le note.
— Il lui faut aussi un profil Twitter pour Venetia, à qui il a acheté cinq mille followers.
— Quoi ?
— Il t'a acheté cinq mille followers, répéta Strike. Je ne savais pas non plus que ça se faisait, mais ça te donnera de la crédibilité, si Ashcroft doute suffisamment pour aller fureter sur le web.
— D'accord. Et Kea Niven, alors ? Tu ne préfères pas que j'aille à King's Lynn ?
— Non, ça ira mieux d'ici là. En plus, c'est dans une semaine. Tu as consulté sa page tumblr, récemment ?
— Non, pourquoi ?
Strike tourna son ordinateur portable vers lui, tapa quelque chose puis l'orienta de nouveau vers son associée, qui lut :

« La semaine dernière, on m'a demandé de faire quelque chose qui, je le sais, va me causer beaucoup de stress et avoir un impact négatif sur mon bien-être physique et mental. Cette demande est liée à un trauma que j'ai subi récemment et que je n'ai pas encore bien digéré. En fait, je pense même souffrir d'un syndrome de stress post-traumatique.

Je sais d'expérience que céder à cette pression et subir cette épreuve aura des conséquences catastrophiques sur ma santé. Pourtant, j'ai accepté, même si je sais que ça va me faire du mal.

J'ai déjà expliqué sur mon blog que j'essaie de moins me sacrifier, et de mettre en place des mécanismes sains pour mieux cerner mes limites. La société nous répète que pour être quelqu'un de bien, il faut privilégier les autres. Comme tous les malades chroniques, je m'en veux en permanence de ne pas savoir gérer certaines choses que les gens en bonne santé considèrent comme acquises.

L'un de mes (nombreux !) problèmes, c'est que je souffre de TDAH, qui s'accompagne en plus d'une Dysphorie Sensible au Rejet. Ma DSR est déclenchée par des critiques qui n'affectent pas les gens normaux. Donc quand on me fait comprendre (implicitement) que je suis égoïste/sans cœur parce que je refuse de faire quelque chose qui va me blesser, je suis facile à convaincre même si je sais qu'on me manipule.

Voilà, il faut croire que la douleur constante et les envies suicidaires, ça suffisait pas. Merci, la vie ! Est-ce que d'autres spoonies ont des conseils à me donner ?

#maladechronique #spoonie #STOPs #TDAH #DSR #allodynie #sfc #maladieinvisible #handicap #limites #validisme

Deux commentaires suivaient :

Spoonie-sara-j

Kea, c'est dur mais tu dois te concentrer sur TOI !

Jules-evola

Suicide-toi.

— Ça veut dire quoi, « spoonie » ? demanda Strike quand il eut terminé sa lecture.

— Il a fallu que je cherche la signification, répondit Robin. C'est un terme qui s'applique aux malades chroniques. Ça vient d'un blog où quelqu'un comparait le fait d'avoir une certaine dose d'énergie au fait de posséder un certain nombre de cuillers.

— Des cuillers ?

Malgré sa fatigue, Robin sourit en voyant son expression perplexe.

— Je pense que les cuillers représentent des unités d'énergie. Enfin bref, Kea ne s'est pas défilée, c'est positif, non ?

— Oui, pour l'instant, pondéra Strike en tendant la main vers ses cigarettes.

Il en alluma une, jeta l'allumette dans le cendrier et demanda :

— Est-ce que tu as eu le temps de lire le message de Nutley au sujet d'Inigo Upcott ?

— Oui. Évidemment, il est possible qu'il ait une liaison, mais il pouvait tout bonnement donner des conseils à quelqu'un.

Les notes de Nutley n'avaient pas vraiment permis de reconstituer la conversation, parce qu'elles étaient trop éparses. Il en avait lu quasiment l'intégralité au téléphone à Strike.

— « Ma chérie », c'est assez intime comme langage, nuança Strike. Mais je doute que la vie sexuelle d'Inigo nous mène où que ce soit dans cette affaire.

Si Strike n'avait pas eu l'air aussi épuisé et déprimé, Robin lui aurait peut-être demandé pourquoi il avait envoyé Nutley suivre Inigo. Son associé dut lire dans ses pensées, parce qu'il poursuivit :

— Je ne sais pas pourquoi j'ai demandé à Nutley de le suivre. Son attitude m'a juste paru bizarre, le fait de sortir pour passer un coup de fil.

Le portable de Strike sonna. Lisant le nom de « Madeline » à l'envers, Robin se leva et annonça :

— Je te laisse répondre. Il faut que j'y aille, de toute façon.

Si Robin ne s'était pas levée, Strike n'aurait pas répondu. Il n'avait pas envie de subir un monologue de quarante-cinq minutes sur le désastre qu'allait être le lancement, mais comme il ne trouvait pas de bonne raison de retenir Robin, il attendit qu'elle ait refermé la porte pour répondre.

La conversation commença comme toutes celles qu'il avait eues récemment avec Madeline : elle prit des nouvelles de sa jambe, exprima sa frustration de ne pouvoir ni l'aider, ni l'accueillir chez elle, vu sa charge de travail.

Loin d'être en colère, Strike se sentit soulagé. Il lui avait répété qu'il était mieux dans son appartement, où il était autonome.

— Tu as de quoi manger ? demanda anxieusement Madeline.

— Pat me fait des courses, la rassura-t-il.

C'était vrai. La secrétaire lui avait monté ses courses sans broncher.

— Quand est-ce que tu penses pouvoir bouger de nouveau ?

— Dans deux jours, j'espère.

— Donc tu pourras me retrouver après le lancement la semaine prochaine ?

— Si ma jambe va mieux…

— Tu viens de dire que tu irais mieux dans deux jours.

— Oui, je suis sûr que je pourrai être là, dit Strike en dissimulant son agacement.

Ensuite, comme il s'y attendait, Madeline s'embarqua dans un énième monologue sur les tribulations liées à sa nouvelle collection de bijoux. Strike resta assis en silence, à fumer, en essayant de ne pas penser à Robin.

44

... des mimes fatigués, ôtant le masque,
Retrouvent ce visage presque oublié d'eux-mêmes
Et, assis au creux de la nuit,
Apprennent d'elle leurs propres secrets...

Augusta WEBSTER,
Medea in Athens

L'élection générale se tenait le jeudi. Le blog du Justicier numérique publia son premier post depuis le meurtre d'Edie Ledwell : selon lui, voter pour un autre parti que les travaillistes indiquait une absence totale de valeurs humaines. Wally Cardew partagea une vidéo où le leader du parti indépendantiste britannique affirmait que les migrants venaient en Angleterre pour suivre des traitements contre le VIH de 25 000 livres. À ceux qui le taxèrent de racisme et de sectarisme, Wally se défendit en tweetant que « des citoyens britanniques sont en attente de soins, à cause de ceux qui grillent la queue ». Parmi les soutiens de Wally, un certain @jkett_FUT lui envoya le message suivant : « Continue de dire la VÉRITÉ. L'Angleterre doit rester BLANCHE. »

Il n'y avait pas de cours de dessin à North Grove ce soir-là, à cause de l'élection. Le deuxième cours de Robin s'était avéré bien moins fructueux que le premier : Preston Pierce n'était pas là, et au lieu de dessiner un homme nu, les élèves s'étaient concentrés sur une série de natures mortes. Zoe avait expliqué à Jessica qu'elle passait la nuit sur place pour garder les enfants, et qu'elles ne pourraient donc pas bavarder sur le chemin du retour. En dehors de cet échange avec Zoe, Robin avait parlé le moins possible, espérant que les gens oublieraient l'accent londonien qu'elle avait pris lors du premier cours.

Robin avait prévu de passer la matinée de l'élection chez elle, à jouer à *Drek's Game*, puis d'aller voter avant de prendre le relais sur la surveillance de Wally Cardew dans l'après-midi. Toutefois, un imprévu bouleversa totalement ses plans. Max, son colocataire, avait rendez-vous chez le dentiste et lui confia la garde de son vieux teckel, Wolfgang, qui n'avait rien mangé depuis vingt-quatre heures et avait uriné dans son lit pendant la nuit. Le chien avait refusé d'aller se promener ce matin-là, restant immobile à frissonner sur le trottoir quand son maître s'éloigna.

Vingt minutes après le départ de Max, Wolfgang commença à avoir du mal à respirer. Max étant injoignable, Robin décida de conduire le chien chez le vétérinaire.

Robin, qui était née à la campagne, s'attendait au diagnostic du spécialiste, mais cela ne le rendit pas plus facile à accepter. Depuis qu'elle vivait avec Max, elle s'était beaucoup attachée à Wolfgang.

— Ce n'est pas mon chien, expliqua-t-elle, la gorge serrée. Je vais appeler son propriétaire, il est chez le dentiste.

Deux heures plus tard, Max et Robin, en larmes, assistèrent aux derniers instants de Wolfgang, euthanasié par le vétérinaire. Tandis que Max, bouleversé, parlait crémation avec ce dernier, Robin s'éclipsa dans la salle d'attente, faisant semblant de s'intéresser aux jouets pour animaux tout en s'essuyant les yeux sur sa manche.

Son téléphone sonna. Robin répondit en reniflant.

— Salut, lança Ilsa.

— Salut, répondit Robin en essayant de se reprendre. Comment ça va ?

— Bien et toi ? Tu as une drôle de voix.

— J'ai… Wolfgang vient d'être euthanasié. Le chien de Max.

— Oh non, je suis désolée.

— Ça va, la rassura Robin en cherchant un mouchoir dans sa poche. Et toi, comment tu te sens ?

— Nick et moi, on travaille pas aujourd'hui, alors je lui ai annoncé ma grossesse.

— Enfin !

À chaque fois qu'elle avait eu Ilsa au téléphone, elle l'avait encouragée à le faire. Ilsa était maintenant enceinte de seize semaines. Robin craignait qu'elle le cache à Nick jusqu'au moment de l'accouchement.

— Comment il a réagi ?

— Il était à la fois ravi et furieux. Il m'a accusée de vouloir le punir parce que après la dernière fausse couche, il m'avait reproché de travailler trop et m'avait conseillé de me reposer. Mais ce n'est pas pour ça que j'ai attendu aussi longtemps pour lui annoncer ; je voulais simplement lui épargner du chagrin, au cas où ça ne fonctionne pas. Ensuite, il m'a de nouveau reproché d'avoir accepté cette affaire de terrorisme alors que je savais que j'étais enceinte.

— C'est pas vrai ! s'exclama Robin, à la fois amusée et agacée. C'est dingue !

— Du coup, on s'est engueulés, reprit joyeusement Ilsa, mais on s'est réconciliés, il a versé sa petite larme et là on a ouvert le champagne pour le déjeuner. Et au fait, c'est un garçon.

— S'il te plaît, dis-moi que Nick le sait. Je ne veux pas faire de bourde.

— Oui, je lui ai dit. En fait, on voit que c'est un garçon, à l'échographie. C'est ce qui l'a fait pleurer, d'ailleurs.

— Voir le pénis de son fils ?

— Tu sais comment sont les hommes avec le pénis. Source inépuisable de fierté.

Malgré son chagrin à cause de Wolfgang, Robin se mit à rire.

Entre la mort du chien, la nouvelle annoncée par Ilsa et sa surveillance de Wally Cardew, Robin oublia complètement d'aller voter. Au moment où toutes les lumières s'éteignirent dans la maison du youtuber, les bureaux de vote étaient fermés.

Quand Robin arriva chez elle, Max et son petit-ami, Richard, étaient blottis l'un contre l'autre sur le canapé. Richard parlait déjà de reprendre un chien quand il emménagerait. Robin, qui ne voulait pas les déranger, se prépara un sandwich au fromage, prit une pomme, et descendit dans sa chambre.

En allumant son ordinateur, elle découvrit que les résultats du vote étaient déjà annoncés : s'ils étaient définitifs, cette élection qui s'était annoncée très serrée avait été remportée haut la main par les conservateurs. Robin entendit Max et Richard pousser des cris d'horreur à l'étage ; ils venaient eux aussi de découvrir l'issue du scrutin.

Déprimée, elle saisit son iPad pour jeter un coup d'œil au jeu. Peu après minuit, Anomie arriva, acclamé par les joueurs, comme d'habitude. Il semblait être d'humeur bavarde, répondant aux saluts par de petites insultes sarcastiques. Ceux qui avaient le privilège de les recevoir les prenaient comme des marques d'estime et d'affection.

Robin nota l'heure à laquelle Anomie s'était connecté au jeu, puis envoya un texto à Midge, Nutley et Shah, qui surveillaient Seb

Montgomery, Tim Ashcroft et Preston Pierce. Tous les suspects étaient actuellement chez eux.

En poussant un soupir, Robin revint à son ordinateur portable. Anomie s'adressait aux joueurs.

Anomie : certains sont déjà au courant

Anomie : on a des tshirts dispos sur www.keepdreksgame.org

Anomie : allez acheter le vôtre

Puis un nouveau canal s'ouvrit devant elle.

<Un nouveau canal privé a ouvert>

<8 mai 2015 00 h 23>

<Anomie invite Buffypaws >

Robin scruta l'écran, inquiète. Anomie n'avait jamais demandé à lui parler en privé.

Buffypaws : salut

Peut-être qu'il valait mieux surfer sur cette inquiétude :

Buffypaws : j'ai fait quelque chose de mal ?

En attendant la réponse d'Anomie, elle resta attentive au jeu, où Morehouse venait d'entrer. La cape d'Anomie était suspendue en l'air mais ne bougeait pas. Elle le soupçonnait de parler à quelqu'un d'autre en même temps – ou peut-être à plusieurs personnes – sur des canaux privés.

Anomie finit par écrire.

Anomie : lol

Anomie : tu te sens coupable ?

Buffypaws : oui

Buffypaws : parce que j'ai pas voté !

Anomie : c'est débile de se sentir coupable pour ça

Anomie : j'ai tué quelqu'un l'autre jour et jme sens pas coupable

Anomie : j'aurais cru que si

Anomie : mais rien

Anomie : jsuis là à planifier le prochain ahaha

Robin prit une photo de cet échange, puis reposa son téléphone et réfléchit.

Buffypaws : lol qui est le prochain ?

Anomie : ils en parleron tu veras

Buffypaws : c'est pas moi, j'espère ?

>

>

>

>

Cette fois-ci, la pause dura deux minutes. Convaincue à présent qu'Anomie échangeait avec d'autres personnes, Robin attendit qu'il revienne.

Anomie : sauf si tu me casses les couilles

Anomie : tes a Macnhester, c'est ca ?

Buffypaws : oui

Robin remarqua qu'Anomie ne s'embarrassait pas d'astérisques avec les noms propres et cela confirma ce qu'elle soupçonnait : la Règle 14 n'existait que pour les esprits crédules. Anomie savait donc que Beth vivait à Manchester. Est-ce qu'il avait l'habitude de percer à jour les identités des joueurs ?

Anomie : faut plein de joueurs présnets au Comic Con le 23. C'est pas loin de chez toi.

Anomie : foutre les boules au Bouledogue et à Maverick

Anomie : je veix le pls de jouers possible

Robin se demanda si Anomie était ivre ou défoncé. Elle n'avait jamais vu autant de coquilles quand il écrivait. Il avait peut-être célébré la victoire surprise des conservateurs. Elle nota la date du Comic Con et répondit :

Buffypaws : et la règle 14 ?

Anomie : si tu vuex revenir ds le jue, pas de pb. Des masques et pas d'echnage d'ingo persos

Anomie : d'infos

Buffypaws : ok je vais essayer de venir

Anomie : et porte un tshirt

Buffypaws : oui bien sûr

Elle pensa qu'Anomie allait quitter le canal mais il n'en fit rien. Le curseur clignotait, marquant les secondes qui s'écoulaient, traçant une longue suite de flèches sur l'écran.

Soudain, il reprit :

Anomie : ouai jsuis bhourré on sen fous

Anomie : je vx pas la meme chsoe que toi, tu va comprendre

Anomie : la reusiste, ttes ces connereis

Anomie : tu connais ma situation

Anomie : jsuis ds une ptn de cage

Anomie : je m/occupe de LordD et V

Anomie : ils sernot partis a la fin du moi

Anomie : ok ?

>

>

Anomie : hahaha

Anomie : ça me rappelle une chnason

Anomie : i don't want what you want

Anomie : I don't feel what you feel

Anomie : hgeart in a cage

Anomie : gonna put it on

Robin prit rapidement une photo de l'écran, juste à temps. Dix secondes après qu'Anomie avait tapé les derniers mots, le canal privé ferma et elle ne vit plus que le petit personnage d'Anomie dans le jeu principal.

Elle observa ce dernier échange pendant plusieurs minutes, réfléchissant intensément. Il était une heure vingt, beaucoup trop tard pour appeler Strike. Elle décida de lui envoyer un texto.

« Tu dois dormir mais si tu regardes
encore les résultats de l'élection,
j'ai peut-être quelque chose sur Anomie »

Au moment où elle lui envoya le message, elle se dit qu'il était peut-être au lit avec Madeline. Elle imaginait son téléphone vibrer pendant qu'il ronflait (Robin savait qu'il ronflait ; il s'était endormi dans la Land Rover un jour lors d'un long trajet et avait ronflé pendant des heures) et Madeline tendre le bras vers le portable, agacée que l'associée de Strike trouve normal de lui envoyer un message à cette heure-là. Entre Robin et Strike, les rôles s'étaient inversés : avant, c'était elle qui recevait des reproches de son compagnon quand le téléphone sonnait tard ; maintenant, c'était Madeline qui les adressait certainement à Strike, et il devait maudire son associée.

Le portable de Robin sonna.

— Tu as trouvé quoi ? demanda Strike qui semblait bien réveillé.

— Tu ne dormais pas, j'espère ?

— Non, je suis au lit devant l'implosion du parti travailliste. Les sondages se sont bien plantés, non ?

— Complètement. Comment va ta jambe ?

— Pas trop mal.

Robin interpréta cela comme « pas bien ».

— O.K., je vais t'envoyer quelques extraits d'une conversation privée que je viens d'avoir avec Anomie.

Elle lui envoya ses photos. Tout en attendant sa réponse, Robin s'allongea sur son lit, les yeux braqués sur la nuit noire de la fenêtre.

Il lut à voix haute.

— « J'ai tué quelqu'un l'autre jour et je me sens pas coupable. J'aurais cru que si. Mais rien. j'suis là à planifier le prochain… »

— Peut-être qu'il fanfaronne et pense qu'il fait de l'humour ?

— Espérons.

— Tu as lu la suite ?

— Oui.

— Anomie n'avait pas l'intention de m'envoyer ça. Il était ivre et il est devenu négligent. Je suis sûre qu'il avait plusieurs canaux privés ouverts et qu'il m'a envoyé ça à moi par accident. À mon avis, il parlait à Morehouse, vu le ton qu'il adopte.

— Oui. On dirait qu'Anomie lui parle d'égal à égal, non ? Il promet de se débarrasser de LordD et V, j'imagine qu'il s'agit de…

— LordDrek et Vilepechora.

— « Je veux pas la même chose que toi », « Je suis dans une putain de cage ».

— Strike, tout ça fait penser à Kea. Ces paroles de chanson citées par Anomie viennent de « Heart in a Cage », des Strokes. Kea portait un T-shirt avec la couverture d'un de leurs albums dans sa vidéo.

— Très bien vu, remarqua Strike. J'imagine que cette « cage », c'est la maison de sa mère où elle a dû retourner parce qu'elle est malade. Elle n'est pas fan de la notion de réussite, non plus. Elle le dit sur sa page tumblr : culpabiliser parce qu'on ne réussit rien, c'est un des effets du capitalisme internalisé, apparemment.

— Sérieusement ?

— Oh oui. Tu es déjà allée dans un pays communiste ? Les gens passent leur temps allongés sur un canapé pendant que des caniches dressés leur apportent des gâteaux.

— Ha ha. Il y a aussi le fait qu'elle fréquentait une école d'art, avant.

— Ça pourrait tout autant s'appliquer à Gus Upcott, tu sais. Histoire très similaire. Mauvaise santé, forcé d'arrêter ses études de musique.

— Mais il a l'intention de reprendre. Il ne semble pas avoir renoncé à toute forme de réussite, vu ce qu'il jouait.

— Et Preston Pierce, il t'a paru ambitieux, quand tu l'as rencontré ?

— Difficile à dire, répondit Robin en essayant de ne pas se le représenter nu. Mais je ne vois pas pourquoi il se définirait comme coincé dans une cage. Enfin on ne peut pas savoir, évidemment.

— Tim Ashcroft pourrait coller, aussi. Il est acteur, il pensait percer avec *Sang d'encre*. Mais au lieu de ça il fait des représentations dans des gymnases à Salford.

— Il n'y a rien de mal à donner des spectacles dans des écoles, le reprit Robin.

— J'ai pas dit ça, simplement que lui le pense peut-être. Cette phrase « La réussite, toutes ces conneries », c'est le genre de trucs que disent les gens quand ils sont aigris de ne pas avoir réussi. Au fait, t'es au courant, pour Ilsa et Nick ?

— Oui, répondit Robin. C'est génial, non ?

— Oui, je suis très heureux pour eux. Tu sais qu'ils vont nous demander d'être parrain et marraine ?

— Ah non… je ne savais pas ! répondit Robin à la fois surprise et touchée.

— Merde. Bon, ben fais comme si tu ne savais rien quand Ilsa te le demandera… C'est quoi exactement, ce Comic Con où Anomie veut que tu sois présente ?

— C'est une conférence pour les fans de cinéma et de BD. Tu vois le genre.

— Est-ce qu'Anomie y sera ?

— Aucune idée.

— On devrait y aller ensemble, au cas où.

— Avec des masques ?

— Oui. Personne ne nous reconnaîtrait. La moitié des gens seront déguisés en personnages de *Star Wars*. Je te verrais bien en maître Yoda.

— Et toi, tu serais super en Dark Vador, conclut Robin.

Sur ce, ils se souhaitèrent une bonne nuit.

En se voyant dans le miroir de sa coiffeuse, Robin constata qu'elle souriait. Comme d'habitude, elle refréna sa bonne humeur en se rappelant l'existence de Madeline Courson-Miles et le divorce de Charlotte Campbell.

45

Il semblait si enclin à faire le bien
Qu'ensuite, pensait-elle volontiers,
Il lui fallait remplir cette réserve de joie

Elizabeth Barrett BROWNING,
Aurora Leigh

Une heure après le lancement du site pour les Arts et le Théâtre à l'École, Venetia Hall contacta Tim Ashcroft via son compte Twitter, pour lui demander un entretien en lui donnant le numéro du téléphone prépayé, acheté pour l'occasion. À la grande surprise de Robin, Ashcroft répondit avec enthousiasme à peine vingt minutes plus tard, et après un bref échange d'emails, ils se donnèrent rendez-vous dans trois jours. Robin n'avait plus beaucoup de temps pour potasser le parcours professionnel d'Ashcroft et établir ses anti-sèches pour Strike, qui allait prendre le relais de Buffypaws pendant cette entrevue.

— La vache ! lâcha Strike en lisant le document qu'elle lui présenta dans son studio, la veille de la rencontre.

Son moignon reposait toujours sur une chaise, l'extrémité enduite de crème et un pack de glace posé sur le genou.

— Tu penses que je vais avoir besoin de tout ça ?

— Il faut que tu puisses accomplir toutes les tâches. Si tu n'y arrives pas, ils vont immédiatement flairer l'embrouille, parce que je suis tout le temps connectée et que je pourrais jouer les yeux fermés. Le reste, c'est essentiellement des trucs qu'on a échangés sur nos vies, Zoe et moi, pour éviter les bourdes si elle te parle, mais avec un peu de chance, tu n'auras pas besoin de tout ça. Je ne devrais pas rester plus de deux heures avec Ashcroft.

— Où est-ce que vous vous retrouvez ?

— Dans un bar de Colchester qui s'appelle le Qube. J'ai proposé de me rapprocher de chez lui et il a accepté. Comment va ta jambe ?

— Mieux. Tu veux un thé ?

— J'ai pas le temps. Il faut que je me prépare pour demain. Je t'envoie un message quand j'arrive à Colchester.

Leur échange expéditif et le départ soudain de Robin laissèrent Strike découragé. Il aurait bien aimé bavarder un peu, ne serait-ce que pour parler des publications de Kea Niven sur les réseaux sociaux, qu'il épluchait consciencieusement avant d'aller l'interroger.

Il n'avait pas pris la mesure du ressentiment que Robin nourrissait contre lui en ce moment. Elle savait qu'il s'inquiétait de leur charge de travail et qu'il souffrait en permanence, mais il aurait quand même pu se rappeler qu'elle était en plein déménagement. Il connaissait sa capacité à tout mener de front, n'empêche, elle aurait apprécié qu'il lui pose la question, par politesse.

En réalité, le vendeur de l'appartement de Robin avait réclamé un report de la date d'emménagement parce que, de son côté, l'achat du nouveau bien qu'il visait avait été annulé. Le notaire avait eu beau répéter à Robin qu'elle n'avait pas à s'y plier, elle avait accepté. Jusqu'à ce que Strike soit littéralement remis sur ses pieds, l'agence, débordée, avait besoin d'un associé à temps plein et elle ne pouvait pas se permettre de prendre des congés. Elle avait dû décommander ses parents qui avaient prévu de venir l'aider et annoncer à Max et Richard qu'elle allait rester encore un peu avec eux. Cela lui avait plombé le moral et l'avait fait stresser davantage encore.

Le lendemain matin, Robin prit la route pour Colchester au volant de sa Land Rover. Pour l'occasion, Venetia Hill, pseudonyme qu'elle avait déjà utilisé par le passé, portait une perruque blond cendré avec des cheveux ondulés qui n'allait pas à Robin mais qui, doublée d'une paire de lunettes carrées et de lentilles de contact gris clair, modifiait considérablement son apparence. À la main gauche, elle portait une bague de fiançailles et une alliance en toc ; les vraies, elle s'en était séparée au moment du divorce. L'époux imaginaire de Venetia, qu'elle avait pris autant de temps à peaufiner que son propre personnage, existait dans l'unique but de faciliter les confidences de Tim.

Une fois garée, Robin envoya un texto à Strike.

« Je serai au bar dans moins de 5 min »

Elle venait de verrouiller la Land Rover quand elle reçut sa réponse.

« Ce jeu est super chiant »

Le bar que Tim avait proposé avait une façade noire minimaliste. Les lieux choisis par un interlocuteur constituaient souvent un bon indicateur de leur personnalité. En entrant, Robin se demanda pourquoi Tim avait opté pour un établissement tamisé et aussi sophistiqué.

— Venetia ? dit un homme avec l'accent élégant des Home Counties.

Elle se retourna en souriant et vit Tim, un grand chauve, lui sourire en retour en lui tendant la main.

— Tim, bonjour ! s'exclama Robin avec son plus bel accent londonien.

Ils échangèrent une poignée de main. Tim portait une chemise bleue et un jean.

— J'espère que cet endroit vous convient ? demanda-t-il. Au moins ici, on ne sera pas interrompus par des amis de mes parents. C'est ma ville d'origine.

— Ah oui, je comprends !

Il avait déjà jeté son dévolu sur une table flanquée de deux sièges à haut dossier et attendit poliment que Robin s'assoie.

— C'est parfait, répondit-elle en sortant un petit dictaphone de son sac, pour le poser sur la table près de Tim. C'est tellement gentil de votre part d'avoir accepté de me parler.

— Oh mais avec plaisir, répliqua Tim.

Sa calvitie précoce détonnait avec son visage lisse, poupin, et ses beaux yeux aux reflets verts.

— Est-ce qu'on commande au bar ? demanda Robin.

— Non, ils viennent prendre la commande.

— C'est une ville charmante, dit-elle en jetant un coup d'œil par la fenêtre où apparaissait une maison à colombages. Je n'étais jamais venue. Mon mari m'a toujours dit que c'était très joli. Il a grandi à Chelmsford.

— Ah bon ?

Ils parlèrent de Colchester et de Chelmsford, situé à une demi-heure de route de là, en attendant que la serveuse vienne prendre leur commande. Robin parvint à glisser que son mari, Ben, était producteur pour la télévision. En entendant cela, Tim haussa les sourcils et son sourire devint encore plus chaleureux.

Quand leurs cafés arrivèrent, Robin appuya sur le bouton enregistreur de son dictaphone, vérifia son fonctionnement et le plaça bien en face de Tim.

— Est-ce que vous pourriez dire quelques mots, pour que je m'assure que ça marche bien ? Récitez-moi quelque chose, par exemple.

Tim se lança dans le monologue de Iago, dans *Othello* :

C'est ainsi que je fais de ce bouffon ma bourse.
Car je galvauderais mon expérience humaine
Si je perdais mon temps avec cet étourneau
Sans avantage et sans profit. Je hais le Maure.

— Super ! s'exclama Robin. Parfait, ça marche très bien. D'ailleurs, je ne vais pas rembobiner, je vais le laisser tourner.

La fausse interview commença ainsi. Robin lui posa une série de questions qu'elle avait préparées, sur l'utilisation et les applications de techniques de théâtre en éducation. Tim évoqua avec enthousiasme le plaisir de faire découvrir le théâtre aux enfants, souvent dans des quartiers défavorisés, et Robin enchaîna sur de nombreuses questions, tout en prenant des notes.

— En fait, expliqua Tim, c'est grâce à une de mes amies, Edie, Edie Ledwell, qui a créé *Sang d'encre* que…

— Oh, c'est terrible ce qui lui est arrivé, rebondit Robin avec empathie. Je suis vraiment désolée.

— Merci. Donc c'est grâce à Edie que je travaille avec les écoles. Elle donnait des cours de dessin à des enfants en difficulté, pour un collectif artistique. Comme à l'époque j'étais sans emploi, elle m'a proposé de l'aider et j'ai adoré. Les enfants ont une vision du monde tellement réjouissante.

— Vous dessinez, n'est-ce pas ?

— Un peu. Je ne suis pas très doué.

— Ça doit être un challenge d'éveiller la curiosité des jeunes pour le théâtre. Aujourd'hui, ils sont vissés à leurs écrans, non ?

— Oui, on parle beaucoup de l'utilisation d'Internet pendant nos ateliers : le harcèlement en ligne, les trolls, etc.

— Vous avez des enfants ?

— Pas encore. Il faut d'abord que je trouve la personne qui voudra bien en avoir avec moi.

Robin sourit en convenant que ce serait mieux, puis continua à poser ses questions. Elle ne voulait pas rebondir sur Edie Ledwell trop rapidement, ni aborder *Sang d'encre* avant que Tim soit convaincu qu'elle était venue pour lui. Elle mentionna le rôle qu'il avait joué récemment dans une production locale, ce qui lui fit plaisir.

— J'ai dû porter une perruque pour la première partie, parce que mon personnage apparaît d'abord adolescent puis adulte et que, bon…

Il indiqua sa tête en esquissant un sourire en coin.

— Ce qui est drôle, c'est qu'un critique a pensé que c'était mon crâne chauve qui était faux.

Robin éclata de rire et dit :

— Sa critique était élogieuse.

— Oui, j'étais super content… D'ailleurs, pour mon personnage, je me suis inspiré d'un des gamins qui traînaient toujours à North Grove.

— Pardon, où ça ? demanda Robin, veillant à ne pas montrer tout ce qu'elle savait concernant *Sang d'encre*.

— C'était le collectif d'artistes où je donnais un coup de main, avec les enfants. Vous savez cette attitude qu'ont les ados quand ils sont en pleine croissance, cette façon de vouloir se cacher des regards ?

Tout en parlant, Tim mima inconsciemment cette attitude. Même si Allan Yeoman ne lui trouvait aucun talent de doubleur, Robin était impressionnée par son interprétation, alors qu'il n'avait modifié que légèrement sa posture.

— Il était couvert d'acné, ce gamin, et on avait l'impression qu'il voulait devenir invisible. Dans la pièce, mon personnage, Lionel, est vraiment méchant. Mais on comprend qu'à l'adolescence, il s'est fait harceler et tyranniser. Le théâtre permet de réfléchir à ce genre de problèmes fréquents à l'école : le harcèlement, la violence.

— C'est vraiment super, s'enthousiasma Robin. Dommage que Ben ne soit pas là pour entendre ça. Mon mari. Il prépare un projet pour Channel 4. Il voudrait emmener des comédiens dans une école en difficulté pour qu'ils travaillent avec les élèves. Il faut toujours se battre pour maintenir les financements dans le secteur artistique, surtout avec les conservateurs, donc il s'oppose fermement aux coupures budgétaires.

— Waouh, ça a l'air génial, commenta Tim en portant le café refroidi à ses lèvres pour tenter de dissimuler son soudain intérêt.

— Oui. Ce n'est qu'un projet pour le moment, mais je ne vais pas mentir, c'est une des raisons qui m'amènent ici. Ben pense qu'avec votre expérience auprès des écoles et votre collaboration à *Sang d'encre*, vous seriez utile dans l'équipe pour convaincre la société de production. Ça permettrait de créer un lien immédiat avec les gamins qui passent leur vie sur YouTube et n'ont jamais mis les pieds au théâtre, non ?

— Oui, j'imagine, même si certains pourraient me reprocher justement d'avoir participé à ce dessin animé.

Il lâcha un petit rire gêné.

— Pourquoi ça ? demanda Robin en feignant la surprise.

Tim jeta un coup d'œil au dictaphone, que Robin éteignit. Il n'avait pas besoin de savoir qu'un autre enregistrement continuait de tourner, dissimulé dans son sac resté ouvert.

— Eh bien, reprit Tim, étant donné les circonstances… je me sens déloyal de dire une chose pareille.

Robin continuait d'écouter poliment.

— J'adorais Edie, vraiment. Elle était fantastique. Mais honnêtement, je n'aurais peut-être pas participé au projet si ça n'avait pas été une amie. Il est assez problématique, ce dessin animé, vous savez.

— Je dois avouer que je ne le connais pas très bien, confia Robin d'un air penaud. Je sais juste que ç'a été un énorme succès. En fait, Ben a un collègue, Damian, qui aimerait y consacrer une émission. C'est grâce à lui que j'ai découvert le dessin animé. J'imagine que ça s'adresse à des gens un peu plus jeunes.

— Oui, j'ai ressenti ça aussi. Au fil du temps, j'étais de plus en plus gêné par certains personnages et certaines intrigues. Je ne sais pas si vous avez entendu parler de Wally Cardew ? Il jouait un personnage baptisé Drek qui est… bon sang je me sens vraiment nul de dire ça, mais c'était une caricature de Juif.

— Ah bon ?

— Il a le nez crochu, il vit dans le plus grand mausolée et il manipule les autres personnages. J'ai essayé d'alerter Edie. Les fans en parlaient. On s'est même disputés à ce sujet, en fait. Elle soutenait que Drek n'avait rien à voir avec les Juifs, que c'était un genre de démon et qu'elle s'était simplement inspirée d'un masque de médecin au temps de la peste, mais bon, on doit tous questionner nos préjugés, non ?

— Absolument.

— Et Wally, qui doublait la voix de Drek, a tourné une vidéo YouTube dans laquelle il se moque de l'Holocauste. CQFD…

— Oh là là.

— Josh et Edie l'ont viré, mais le mal était fait. Drek n'était pas le seul problème. Leur sens de l'humour était parfois douteux. Du genre sombre. J'en avais marre que The Worm se demande s'il est un homme ou une femme. On avait reçu des plaintes de la part de gamins non-binaires. J'en ai parlé à Edie et ça a provoqué une nouvelle dispute. « Un ver, c'est hermaphrodite, pourtant », a-t-elle répondu. Elle avait eu une enfance difficile. On ne pouvait pas lui en vouloir d'être… pas exactement ignorante, mais…

Visiblement incapable de trouver un autre mot, Tim se contenta de hausser les épaules.

— C'est exactement le genre de discussion qu'on aimerait proposer, si l'émission aboutit, rebondit Robin. Un débat sur les préjugés, les a priori, etc. Damian voudrait aussi interviewer des gens qui connaissaient bien Edie Ledwell. Il veut faire une émission bienveillante, en donnant la parole aux différents points de vue. Est-ce que ça vous intéresserait, éventuellement, d'y participer ?

— Je ne sais pas trop… Vous savez, vu ce qui s'est passé récemment… et avec toute la controverse autour du dessin animé… je ne sais pas si ça me tenterait.

— Je comprends très bien. Je dirai à Damian que c'est non. Vous ne connaîtriez pas quelqu'un qui voudrait bien se confier ? Un proche ?

— Edie était assez solitaire. Elle n'avait pas beaucoup d'amis. Elle avait une sœur, dans sa famille d'accueil. Elle pourrait peut-être vous aider. Au moment où elle est décédée, Edie avait un nouvel amoureux. Un type qui s'appelle Phillip Ormond.

— Oui, je crois que Damian a entendu parler de lui.

— Je ne l'aimais pas trop, marmonna Tim. Il est… bon, je préfère ne pas m'attarder là-dessus.

— Oui, bien sûr.

— Elle… je ne crois pas que c'était une relation très saine, disons. Je lui ai conseillé d'arrêter. J'aurais bien aimé qu'elle m'écoute.

— Vous ne sous-entendez pas que…

— Oh non, pas du tout ! s'exclama Tim d'un air paniqué. Non, non. Je suis sûr que le coupable, c'est ce groupe d'extrême droite. C'est de là que provenaient tous les problèmes au sein des fans, à cause de Drek. Tous ces types de l'extrême droite l'adoraient. Ils se sont mis à utiliser ses phrases, et puis après le licenciement de Wally, ils ont tous perdu la boule et s'en sont pris à Edie.

« Moi, à sa place, j'aurais supprimé ce personnage du dessin animé. Pour faire passer un message. Quand même, si l'ultradroite rigole à vos blagues, ça devrait vous alerter, non ? Je ne dis pas que c'était de sa faute, évidemment, parce que ce qui s'est passé, c'est absolument terrible. Mais l'art devrait être moral, non ?

— Oh, bien sûr, abonda Robin.

— O.K., reprit Tim visiblement rassuré. Je garde toujours ça en tête, quand je travaille sur un nouveau projet, je me pose la question : « Quel est le message ? » et aussi « Comment pourrait-on l'interpréter ? », « Est-ce que certains groupes pourraient se sentir blessés par cette pièce, cette production, etc. ? », « Est-ce que c'est basé sur des stéréotypes ? ». Je ne pense pas qu'Edie se posait ce genre de questions.

— Comment l'avez-vous rencontrée ?

— En travaillant dans des bars. On bossait tous les deux dans un bar du West End, pas loin de Shaftesbury Avenue. Je cherchais du boulot comme comédien, elle prenait des cours de dessin et vivait dans un appartement miteux. C'était avant qu'elle emménage à North Grove et rencontre Josh Blay.

— C'est avec lui qu'elle a créé le dessin animé, c'est ça ? Damian a demandé à lui parler, mais apparemment il n'est pas encore en état.

— Non, à ce qu'il paraît, il est plutôt mal en point.

Il y eut une brève pause, puis Ashcroft laissa échapper un torrent de paroles.

— Ça a été terrible pour nous tous, évidemment, notre amie a été assassinée. On a tous été entendus par la police, tous ceux qui avaient un lien avec le dessin animé. J'ai même dû donner un alibi. Pour tout vous avouer, dernièrement, j'ai eu un peu peur d'être amalgamé à *Sang d'encre* pour toujours, donc quand vous m'avez demandé de parler des Roving School Players, j'étais vraiment content. Ça paraît bête, hein. J'ai eu l'impression qu'on s'intéressait à moi pour mon travail. Vous voyez ce que je veux dire. Tout ce que je veux, c'est changer un peu les choses grâce au théâtre.

— Évidemment. Je n'imagine pas le stress que vous avez dû subir. Devoir donner un alibi !

— J'en avais un en béton, donc ça allait. J'étais avec quelqu'un pendant tout l'après-midi et toute la soirée, cette personne l'a confirmé et ça a convaincu la police, du coup ça s'est arrêté là. Mais les réseaux sociaux c'est assez flippant, les gens peuvent raconter n'importe quoi à votre sujet. Déformer la vérité, inventer des trucs…

— C'est vrai.

— Toute cette histoire a déjà eu des conséquences sur ma vie. J'ai dû déménager, enfin, je n'étais pas obligé, mais je vivais à Londres, je partageais un appartement avec un ami, et il m'a plus ou moins demandé de partir parce que la police était venue et qu'il avait peur d'être la prochaine victime, ou un truc comme ça. C'est un type que je connais depuis des années. Il s'est cassé la jambe il y a six mois, je le transportais partout... Désolé, je ne sais pas pourquoi je vous... Je ne veux pas ennuyer mes parents avec toutes ces histoires. Vous venez pour me parler d'éducation et je vous soûle avec tout ça, désolé !

— Je vous en prie, ne vous excusez pas. Vous êtes secoué, c'est normal. Ça se comprend, vu ce qui s'est passé.

— C'est vrai, reconnut Tim légèrement rassuré. Si vous voulez que je participe à votre émission sur le théâtre à l'école, je préfère que vous entendiez la vérité de ma bouche plutôt que de chercher des infos sur Twitter ou ailleurs, et découvrir que la police m'a interrogé. Mais comme je vous l'ai dit, je ne suis pas le seul à avoir été interrogé. Je sais qu'ils ont aussi entendu Wally Cardew et un autre type, Pez, qui n'a doublé qu'un ou deux épisodes. Bref, vous n'êtes pas venue pour parler de ça, donc voilà, désolé. Tout ça a été difficile.

— Il n'y a pas de problème, je vous assure. Je comprends tout à fait.

— Merci, je n'avais vraiment pas prévu de vous embêter avec tout ça.

Robin but une gorgée de sa boisson avant de répliquer :

— Damian m'a expliqué que certains fans étaient un peu dingues.

— Certains sont complètement obsédés, c'est vrai, admit Tim en lâchant un nouveau petit rire.

— Il m'a parlé d'un troll qui harcèle pas mal de gens sur Internet.

— Anomie ?

— Oui, je crois que c'est ça, dit Robin en feignant d'être surprise que Tim retrouve immédiatement son nom.

— Oh, tous ceux qui ont participé à *Sang d'encre* savent qui est Anomie. Enfin je veux dire, ils en ont entendu parler. Même si moi, je crois savoir qui c'est réellement.

— Ah bon ? fit Robin en essayant de ne pas paraître impressionnée.

— Oui, si je ne me trompe pas, c'est une jeune fille un peu perturbée. Je crois que tous ces trolls ont besoin de se donner de l'importance, non ? Je le vois dans nos ateliers, avec certains jeunes difficiles…

Après cinq minutes et plusieurs anecdotes sur les effets bénéfiques du théâtre sur les adolescents, Tim s'interrompit pour reprendre sa respiration.

— C'est fabuleux, commenta Robin qui avait eu la présence d'esprit de réenclencher son dictaphone. Dommage que vous n'ayez pas eu cet Ano-machin dans un de vos cours.

— Oui, je pense que ça l'aiderait, sérieusement.

— Vous ne pourriez pas me dire, en confidence, à qui vous pensez ? demanda Robin avec un sourire enjôleur. Juste entre nous. Damian aimerait tellement l'interviewer, pour se faire une idée de la communauté des fans, avec ses défauts.

— Non, je… je ne peux pas. Je me trompe peut-être. En tout cas, si c'est elle, ça pourrait la faire totalement basculer.

— Oh, dit Robin d'un air inquiet. S'il s'agit de maladie mentale…

— Je ne suis pas sûr qu'elle souffre de ça, mais je sais qu'elle a eu des problèmes avec la police par le passé et… non, je ne voudrais pas formuler d'accusation sans fondement.

Extrêmement frustrée, Robin baissa les yeux vers ses notes et dit :

— Bon, je pense que j'ai tout ce qu'il me faut. Ça a été un vrai plaisir. Je sais que Ben va être très intéressé par tout ce que vous m'avez raconté. Oh, qui est Pez, au fait ? Est-ce que Damian devrait lui parler ? C'est son vrai nom ?

— Non.

Il y eut un silence, un peu plus long que ne l'avait anticipé Robin. Elle avait posé la question sur Pez uniquement pour ramener la conversation sur *Sang d'encre* et Anomie. En relevant les yeux, elle vit qu'Ashcroft était bouche bée, comme pétrifié. Il se dérida un quart de seconde plus tard et sourit.

— J'ai totalement oublié son vrai nom. Zut, on se connaissait à peine mais je devrais quand même… Pez, Pez… Comment il s'appelait, bon sang ? Non, désolé, j'ai oublié. Mais il ne connaissait pas Edie, pas réellement, pour être honnête, donc… il ne la connaissait même pas du tout.

— Pas de souci, dit Robin en haussant les épaules et en souriant. Damian pourra toujours chercher le nom dans les génériques s'il en a besoin.

— Oui, mais comme j'ai dit, Pez n'était pas… il est assez… comment dire… pas exactement fantaisiste, mais… disons que je n'accorderais pas beaucoup de crédit à ses paroles. C'est le genre de type qui aime provoquer. Vous voyez le genre.

— Oh oui !

Elle était quand même très intéressée par ces propos.

— Je ne voudrais pas que des gens se fassent de fausses idées sur Edie. Pez n'est pas… zut, comment il s'appelait, déjà ? se demanda Tim avec un rire peu convaincant.

Ils se dirent au revoir devant le bar, échangeant sourires et poignée de main. Quand Robin se retourna, trente secondes plus tard, elle vit Tim, toujours planté là où elle l'avait laissé, pianoter rapidement sur son téléphone.

46

En rêve je vis un enfer moderne, plus effrayant
Que le spectacle de Dante ; ni ténèbres ni éclat,
Mais folie et désespoir sous de nouvelles formes,
Recélant de complexes tortures, certaines nées de la Terre…
De ta Terre et de son joyeux sort
Ta soif de douleur pourra pleinement se nourrir…

Constance NADEN,
The Pessimist's Vision

— Comment ça s'est passé ? demanda Strike au téléphone.

— Il pense savoir qui est Anomie.

— Sérieusement ?

— Oui, mais il n'a pas voulu me révéler son identité. J'ai insisté autant que je pouvais sans me griller, mais il a juste dit que c'était une jeune femme, peut-être même une ado, qui a des problèmes et est déjà connue de la police. Kea Niven n'a pas de casier judiciaire, si ?

— Pas à ma connaissance.

Il avait justement ouvert ses pages tumblr, Instagram et Twitter sur son ordinateur portable. Mais il avait délaissé tout cela depuis une heure et demie pour jouer à *Drek's Game* sur son téléphone.

— J'imagine qu'Anomie n'est pas présent dans le jeu ?

— Non. Tu as dû t'ennuyer ferme à passer des heures sur ce jeu.

— Ça fait partie du job.

Assise dans sa voiture, Robin avait ôté ses lunettes mais conservé sa perruque au cas où Tim Ashcroft viendrait.

— J'ai récolté quelques infos intéressantes sur Ashcroft. Tout d'abord, depuis que tu l'as vu dans ce pub de Highgate, il a été entendu par la police. Il a dû donner un alibi pour l'après-midi du meurtre. Quelqu'un a attesté avoir passé l'après-midi et la soirée avec lui.

— Est-ce qu'il t'a dit qui lui a fourni cet alibi bien pratique ?

— Non, je pouvais pas insister davantage, ça aurait paru louche.

— Oui, c'est le problème quand on est infiltré.

— L'autre chose, plutôt étrange, c'est qu'Ashcroft n'a vraiment pas envie qu'on interroge Preston Pierce. Il prétend que ce dernier connaissait à peine Edie, mais on sait que c'est un mensonge. J'ai eu l'impression que Pierce savait quelque chose au sujet de Tim qui risquerait de l'incriminer.

— Intéressant. Maintenant que tu as rencontré Ashcroft, tu imagines qu'il puisse être Anomie ?

— Pas vraiment. Mais je le verrais bien rédacteur du Justicier numérique.

— Ah ouais ?

— Oui. Je suis retournée jeter un œil au blog. Son premier post parle du personnage de Drek comme étant une caricature de Juif et c'est presque mot pour mot ce que m'a dit Tim.

— Il s'est écoulé combien de temps entre le moment où Ashcroft a été viré du dessin animé et la création du blog ?

Robin vérifia.

— En fait, le blog a commencé avant que Tim ne se fasse virer. La première publication remonte à janvier 2012. Tim a cessé de doubler la voix de The Worm en mars 2013.

— Donc s'il est le rédacteur du blog, il traitait Ledwell et Blay de racistes depuis plus d'un an tout en continuant à travailler pour eux ?

— Pourquoi aurait-il fait ça ? demanda Robin en réfléchissant à voix haute. Si ça se savait, même les gens qui partageaient son avis sur le dessin animé lui auraient reproché d'être un hypocrite, non ? Je dois me tromper… Il est peut-être lecteur du blog et pas rédacteur. Il vaudrait mieux explorer cette piste-là. Est-ce que tu peux continuer à jouer jusqu'à ce que je prenne le relais ?

— Oui. Mais tu devrais toucher une prime vu les heures que tu as passées là-dessus.

Peu après qu'ils eurent raccroché, Strike reçut un texto de son neveu, Jack, qui avait appris par sa mère que Strike était momentanément immobilisé chez lui.

« Comment va ta jambe ? »

« Elle a pas repoussé, mais on croise les doigts », répondit Strike avec trois émojis symbolisant un éclat de rire.

En réalité, il fallait du temps pour que son moignon se rétablisse. Il savait très bien qu'il devait perdre au moins vingt-cinq kilos, faire les exercices recommandés par le kiné et arrêter de fumer, parce que s'il développait de l'artériosclérose, il se pourrait que la peau de son moignon refuse tout bonnement de cicatriser. Comme il n'avait aucune intention de prendre ce genre de mesures raisonnables dans l'immédiat, il avait choisi de transformer son auto-récrimination en rage contre Thurisaz qui était responsable de son état, d'après lui.

Le lendemain, Strike éplucha toute l'activité numérique de Kea Niven. Il envoya à Robin un résumé de ce qu'il avait découvert, puis demanda à Pat d'imprimer les captures d'écran des extraits les plus pertinents, afin de pouvoir les montrer à Kea quand il la rencontrerait le jeudi suivant. Deux éléments en particulier l'intriguaient et il avait hâte de lui demander des explications.

Toujours incapable de se lever, Strike décida de parcourir les comptes Twitter des membres de l'ultradroite qui gravitaient autour de *Sang d'encre*, dans l'espoir, peut-être irréaliste, d'identifier son agresseur du pub.

Comme Robin l'avait déjà remarqué, les partisans de la Fraternité d'Ultima Thulé ajoutaient généralement les initiales FUT, ou des variations de « Ultima Thulé », à leurs noms d'utilisateurs. Leurs comptes ne comportaient jamais leur photo, ni leur véritable identité, probablement une des règles de la Fraternité. Pour la plupart, ils utilisaient le *vegvísir* islandais, un symbole complexe rappelant une boussole, qui était autrefois considéré comme un symbole magique permettant d'aider son propriétaire à s'orienter dans la tourmente. C'est ce qu'indiquait leur site. Une jeune Islandaise avait envoyé un tweet à l'un des membres de la Fraternité pour lui demander de ne pas s'approprier un symbole qui n'avait rien à voir avec la suprématie blanche. Pour toute réponse, il l'avait traitée de « salope qui baise les n***** ».

Autant les partisans de la Fraternité restaient discrets sur leur identité, autant ils se lâchaient sur les insultes. Deux membres avaient réagi sans modération au tweet d'Edie célébrant le mariage gay.

Edie Ledwell @EdLedDraws

Le mariage gay est légalisé au Royaume-Uni ! ♥

16 h 30   17 juillet 2013

Algernon Gizzard Esq @Gizzard_Al
Réponse à @EdLedDraws
Va te faire foutre la gouine

Lepine's Disciple @LepinesD1sciple
Réponse à @EdLedDraws
Je sens ta chatte dégueu d'ici

Will A @will_de_FUT
Réponse à @Gizzard_Al @EdLedDraws
Suce des bites

Anglais de Souche @jkett_FUT
Réponse à @EdLedDraws
T'applaudis mais vous les gauchos vous avez pas ouvert vos grandes gueules pour Lee Rigby

Strike nota les pseudos de @will_de_FUT et @jkett_FUT puis continua à faire défiler les pages.

Une heure plus tard, après avoir avalé un sandwich au jambon, il avait remonté le fil d'Edie, jusqu'à un an plus tôt.

Edie Ledwell
@EdLedDraws
Qu'est-ce qui se passe dans ce pays pour que les scores de UKIP soient si élevés ?

Harv @HN_Ultima_Thule
Réponse à @EdLedDraws
Il se passe que les gens voient qu'on est envahis, sale pute

Strike releva le nouveau pseudo utilisé, alla voir le compte en question, n'y trouva aucun élément permettant de l'identifier et continua à faire défiler le fil d'Edie.

Il savait que l'élément déclencheur de cette haine de l'extrême droite contre Edie, c'était le licenciement de Wally Cardew, mais il comprenait à présent que, pour la Fraternité, il y avait un élément aggravant : l'acteur qui avait remplacé Wally était noir.

Anomie
@AnomieGamemaster

Ledwell La Goinfre a choisi le nouveau Drek. Si on ferme les yeux et qu'on l'écoute… il est nul.
Pourquoi l'avoir choisi lui ?

#politiquementcorrect #complaisance

19 h 27 21 avril 2012

Un nom familier apparaissait juste au-dessous de ce tweet.

Yasmin Weatherhead @YazzyWeathers
Réponse à @AnomieGamemaster
C'est pas juste, il faut donner sa chance à @MichaelDavidActs.

Strike remarqua que Yasmin n'avait pas mis de photo mais un dessin d'elle très flatteur.

Il fit défiler les réponses.

Lepine's Disciple @LepinesD1sciple
Réponse à @YazzyWeathers @MichaelDavidActs @AnomieGamemaster
T'aimes les bites de n**** autant que Ledwell ?

Jules @i_am_evola
Réponse à @LepinesD1sciple @YazzyWeathers @MichaelDavidActs @AnomieGamemaster
Ledwell est pas difficile. J'ai entendu qu'elle avait sucé son propriétaire hollandais pour pas payer son loyer.

Algernon Gizzard Esq @Gizzard_Al
Réponse à @i_am-evola @LepinesD1sciple @YazzyWeathers @MichaelDavidActs @AnomieGamemaster
« c'est quoi le secret de votre réussite, Mlle Ledwell ? »
« J'ai la mâchoire bien musclée et j'avale »

Justicier numérique @justiciernum
Réponse à @AnomieGamemaster @MichaelDavidActs
Je ne partage pas les critiques sur MD mais c'est vrai qu'engager un acteur noir est une façon maladroite de compenser le racisme présent dans *Sang d'encre*.

Mon avis sur cette bonne décision prise pour de mauvaises raisons :

www.leJusticiernumérique/PourquoiEngagerMichaelDavid...

SQ @#F_U_T_Quince
Réponse à @justiciernum @MichaelDavidActs
pauvre connard Drek est pas un n****

Strike nota le nom de @#F_U_T_Quince puis continua de lire la discussion sur Michael David à laquelle Edie avait, peut-être à tort, participé.

Edie Ledwell
@EdLedDraws
Réponse à @justiciernum
Tu étais là quand on l'a recruté, non ? C'était le meilleur candidat pour le poste, rien à voir avec sa couleur de peau

> **Justicier numérique** @justiciernum
> Réponse à @AnomieGamemaster @MichaelDavidActs
> Je ne partage pas les critiques sur MD mais c'est vrai qu'engager un acteur noir est une façon maladroite de compenser le racisme présent dans *Sang d'encre*. Mon avis sur cette bonne décision prise pour de mauvaises raisons :
> www.leJusticiernumerique/PourquoiEngagerMichaelDavid...

Anomie @AnomieGamemaster
Réponse à @EdLedDraws @justiciernum
Si t'es tellement susceptible et agressive que t'attaques les fans sur Twitter, tu ferais mieux de te casser et de laisser @theJoshBlay gérer

---

Edie Ledwell @EdLedDraws
Réponse à @AnomieGamemaster @justiciernum
Crois-moi, y a des jours où l'idée paraît excellente.

Ruby Nooby @rubynooby*_*
Réponse à @EdLedDraws @AnomieGamemaster
Dis pas ça, on t'aime !

Zozo @sangdencre28
Réponse à @EdLedDraws @AnomieGamemaster
Non, t'en va pas !!!!!

Penny Peacock @rachledbadly
Réponse à @EdLedDraws @AnomieGamemaster
Tout le monde dit de la merde ici, tu as plein de fans, on veut pas que tu partes

---

Anomie @AnomieGamemaster
Réponse à @rachledbadly @rubynooby*_* @sangdencre28 @EdLedDraws
#Solidarité Troll 👏👏👏

Strike entendit frapper à sa porte.

— J'ai imprimé vos documents, annonça Pat sur le seuil. Et j'ai apporté du gâteau.

— C'est ouvert ! lança Strike en resserrant sa robe de chambre pour s'assurer qu'elle dissimulait son caleçon. Un gâteau ?

— Oui.

Elle entra à reculons, cigarette électronique au bec comme à son habitude, tenant d'une main une pochette en carton et de l'autre une assiette avec un gros morceau de cake aux fruits.

— J'ai préparé ça hier soir. Je me suis dit que ça vous ferait plaisir.

— Merci beaucoup. C'est pour moi ?

— Pas pour vous, répliqua Pat sans affection avant de tirer une longue bouffée de sa cigarette électronique, puis de dire : Enfin, pas uniquement pour vous. Le moral de l'équipe n'est pas au top. L'avantage du cake aux fruits c'est que ça donne un coup de fouet. Vous avez tout ce qu'il vous faut ?

— Oui, tout va bien.

Elle s'apprêtait à repartir. Strike lui demanda :

— Tout le monde râle, c'est ça ?

— Rien de bien méchant, répondit-elle en s'arrêtant sur le pas de la porte. Robin s'en occupe.

Elle redescendit. Strike mangea le cake, qui était très bon. Il ressentait un mélange d'agacement envers ceux qui se plaignaient et d'admiration inattendue pour Pat. Ses manières très terre-à-terre étaient étrangement apaisantes. Strike n'aurait jamais eu l'idée de confectionner un gâteau pour l'équipe, même s'il fallait reconnaître que dans son état, il aurait eu du mal à se lancer dans la pâtisserie.

Une fois le gâteau terminé, il alluma une cigarette et retourna sur Twitter.

Il commençait à se sentir comme un cochon truffier essayant de faire son travail dans une pièce où régnait une odeur d'encens, de poisson mort et de fromage fort. Les heures s'écoulèrent lentement. Il se laissa distraire par des fils de discussion qui n'avaient rien à voir avec la Fraternité d'Ultima Thulé. Il s'intéressait tout particulièrement aux deux comptes qui interagissaient le plus avec Edie et Anomie : Lepine's Disciple et Algernon Gizzard, qui semblaient prendre un plaisir non dissimulé à attaquer Edie depuis des années.

Il finit par aller jeter un œil au compte de Lepine's Disciple.

L'avatar était une photo en noir et blanc montrant un jeune homme chevelu à la barbe fournie. Ce visage lui disait quelque chose, et après avoir vérifié sur Google, il comprit qu'il s'agissait de Marc Lépine, le tueur en série canadien qui avait assassiné quatorze femmes en 1989 avant de retourner l'arme contre lui. Il avait laissé derrière lui un message accusant les féministes d'avoir anéanti sa vie.

D'après ce que voyait Strike, le compte de @LepinesD1sciple semblait uniquement destiné à harceler et menacer des jeunes femmes. Edie était une cible régulière, mais Kea Niven n'était pas épargnée non plus, au prétexte qu'elle « avait utilisé » Anomie pour nourrir ses accusations de plagiat jusqu'à ce qu'Anomie la « perce à jour ». En dehors de ça, Lepine's Disciple attaquait des franchises gâchées, selon lui, par des actrices et des autrices, notamment *Star Wars*, *Dr Who* et de nombreux jeux vidéo. Il visait des femmes en les accusant d'être laides, de défendre leurs idées ou (obsession récurrente) à cause de leur surpoids. Lepine's Disciple faisait fréquemment cause commune avec des comptes d'extrême droite, parmi lesquels la Fraternité d'Ultima Thulé, souvent appuyé par Anomie, dont les attaques contre Ledwell semblaient le réjouir.

Son compte était envahi de mèmes et de répliques que Strike avait déjà lues ailleurs : issues du dessin animé *Stacy and Chad*, des personnages superficiels et narcissiques qui incarnaient « la norme », avaient des rapports sexuels très fréquents, et prétendaient que les hommes étaient devenus des esclaves et les femmes des oppresseurs. Lepine's Disciple était également adepte des solutions radicales aux problèmes des jeunes hommes. À un ado américain qui se plaignait du couvre-feu imposé par sa belle-mère, il avait suggéré de mettre des micros dans sa chambre pour enregistrer ses rapports sexuels et les diffuser sur haut-parleur dans la rue. Un homme qui s'était fait plaquer par sa copine, enseignante, avait reçu comme conseil de cacher des photos de pédopornographie dans son sac et d'appeler la police. Parmi toute cette rage, ce fiel et ces appels à une révolution de « l'homme béta », il transparaissait ouvertement que le propriétaire du compte n'avait pas perdu sa virginité.

L'effet cumulatif des publications de Lepine's Disciple n'était pas seulement déplaisant mais inquiétant. Sa carrière de détective avait montré à Strike que les gens dangereux basculaient très rarement dans la violence du jour au lendemain. Néanmoins, étant donné que Lepine's Disciple était anonyme et qu'on ne connaissait pas sa localisation, on ne pouvait pas faire grand-chose contre lui. Strike se consolait en se disant que le compte n'avait que soixante-dix-sept followers dont la plupart étaient des robots, d'après ce qu'il pouvait voir.

Il se concentra à présent sur le compte d'Algernon Gizzard, qui comptait un peu plus de trois mille followers. L'image en bannière montrait Chelsea célébrant leur récente victoire en Première Ligue : Drogba, Ramires et Rémy allongés sur la pelouse à côté du trophée tandis que derrière eux, le reste de l'équipe applaudissait et brandissait le poing. En bon supporter d'Arsenal, cette image ne lui inspira pas davantage de sympathie envers @Gizzard_Al.

L'avatar montrait un crâne noir aux cheveux courts vu de dos, avec une paire de lunettes de soleil d'aviateur portées à l'envers : l'arcade était en cuir, et la marque imprimée en toutes petites lettres argentées sur le verre. Strike crut y lire « Cartier ».

La vie décrite par le propriétaire du compte, à supposer que tout ce qu'il racontait était vrai, était à l'opposé de celle de Lepine's Disciple. Aucune trace de haine de soi, cette fois ; au contraire, le type était plutôt fanfaron, et ouvertement consumériste. Gizzard publiait souvent des photos du coupé Mercedes Classe E rouge qu'il prétendait posséder, tout en prenant soin de ne jamais photographier sa plaque d'immatriculation. La photo d'un match opposant Chelsea à Manchester avait été prise depuis une tribune privée, avec une bouteille de champagne dans un seau en arrière-plan. Une autre montrait une blonde de dos, cheveux longs et minijupe, marchant dans Bond Street et légendée : « J'avais la dalle alors j'ai rappelé la zouz que j'avais jetée y a un mois. » Gizzard utilisait régulièrement les mots « zouz » et « teupu » pour désigner les femmes, termes que Strike, à quarante ans, avait dû chercher sur Internet.

Il y avait deux selfies, qui ne dévoilaient pas grand-chose du visage de Gizzard. Dans le premier, on voyait juste un bout de sourcil et une longue plage de sable blanc rappelant les Seychelles. Sur le deuxième, la moitié d'un œil noisette, plusieurs top-modèles et une actrice célèbre manifestement soûle dans le carré VIP d'une boîte que Strike reconnut pour y avoir un jour filé un mari infidèle. Gizzard avait légendé la photo : « Un groupe de teupus. » Le tweet lui avait valu cinq mille likes.

Plus Strike étudiait le compte de Gizzard, plus son inconscient tentait de lui envoyer un message. Mais lequel ? Il revint tout en haut de la page pour lire attentivement la bio.

Algernon Gizzard Esq
@Gizzard_Al
« Je n'ai plus de pitié pour les déchets de la société.
Qu'ils vivent ou qu'ils meurent, je m'en fiche » – weev

Tout à coup, Strike s'exclama :

— Algiz, putain ! Algiz.

Il tapa ce mot dans Google. Algiz, comme Thurisaz, était une rune de l'ancien alphabet futhark. On lui attribuait comme signification : protection, défense et supériorité du moi.

— Ça peut pas être une coïncidence, marmonna Strike.

Il examina d'autant plus attentivement le compte de Gizzard, remontant consciencieusement le fil de la chronologie, en portant une attention toute particulière à ceux avec qui Algiz avait interagi. Il finit par trouver un échange avec la Fraternité d'Ultima Thulé, en 2013.

Ryder T @Ultima_T_14
Je vais me prendre une sacrée cuite ce soir

Algernon Gizzard Esq @Gizzard_Al
Réponse à @Ultima_T_14
Auf die alten Götte !

Strike soupçonnait cette phrase allemande d'être un classique odiniste. Il continua de remonter le fil et tomba enfin sur un élément qui justifiait ses deux heures de recherche sur @Gizzard_Al. En 2011, il avait soutenu le terroriste d'extrême droite qui avait massacré soixante-dix-sept personnes lors de l'université d'été du parti travailliste, en Norvège.

Algernon Gizzard Esq @Gizzard_Al
Je viens de lire le manifeste du tireur
👍👍👍

Jamie Kettle @BlackPill28
Réponse à @Gizzard_Al
Putain de héros

— Ça y est, je te tiens, salopard ! lâcha Strike à voix haute.

Sur la photo associée au compte de Jamie Kettle, basé à Londres, on voyait Thurisaz sourire aux lèvres. La seule différence entre 2011 et aujourd'hui, c'était l'absence de rune tatouée sur la pomme d'Adam. Toutefois, l'image de sa bannière montrait le tatouage de crâne que Strike avait vu sur Thurisaz.

Le compte comportait tous les éléments d'extrême droite que Strike connaissait bien maintenant : hostilité envers l'immigration, inquiétude face à la marginalisation des hommes blancs, dénonciation de la police de la pensée qui bâillonnait la liberté d'expression, sans oublier la dénonciation du narcissisme, de la cupidité et de la vacuité des femmes. Toutefois, le compte avait pris un véritable tournant en 2012 : tout contenu politique avait disparu, et Kettle ne postait plus que sur deux sujets : la menuiserie, en montrant des exemples de ses réalisations, et sa moto Norton Commando de 1968.

Strike fouilla dans ses papiers éparpillés sur la table de la cuisine pour trouver la liste des comptes d'Ultima Thulé qu'il avait compilée, et trouva rapidement @jkett_FUT, également connu sous le pseudo de Anglais de Souche, dont le compte avait été créé en avril 2012 : le moment précis où celui de Jamie Kettle avait été purgé de tout contenu politique.

— T'as voulu faire le malin ? T'es démasqué, lâcha Strike avec un petit sourire.

Il saisit son téléphone pour appeler le commandant Murphy.

47

... ces âmes maculées sont avides de contagion,
Et soufflent leur haleine fétide au visage de la sœur
Comme si cela les soulageait.

Elizabeth Barrett BROWNING,
Aurora Leigh

Tchats internes entre cinq des huit modérateurs de *Drek's Game*

<Canal des modérateurs>

>13 mai 2015 20 h 47>

<Vilepechora, Hartella, Worm28, Paperwhite>

Hartella : je suis super excitée d'aller au Comic Con

Worm28 : moi aussi

Vilepechora : tout le monde a son masque ?

Worm28 : lol oui

Hartella : t'y vas, Vile ?

Vilepechora : m'appelle pas comme ça

Hartella : lol

Worm28 : lol

Vilepechora : j'y vais si Paperwhite y va

Paperwhite : pourquoi ?

Vilepechora : j'adore les blondes. Vrai sang viking

Hartella : comment tu sais qu'elle est rousse ?

Vilepechora : lol je peux pas le dire

>

Hartella : est-ce que LordDrek y va aussi ?

Worm28 : je sais pas, on l'a pas vu ici depuis super lontgemsp

Worm28 : je pense qu'Anomie devrais trouver un autre modé

Hartella : non

Worm28 : mais il vient plsu

Worm28 : Vile, il est parti LordDrek ?

Hartella : je suis sûre que non

Hartella : il a juste plein de trucs à faire

>

>

>

>

<Un nouveau canal privé a ouvert>

<13 mai 2015 23 h 50>

<Paperwhite invite Vilepechora>

Paperwhite : comment tu sais que je suis blonde ?

<Vilepechora a rejoint le canal>

Vilepechora : je suis honoré. Je pensais que Morehouse était le seul à avoir des sessions privées avec toi

Vilepechora : les tourtereaux se sont disputés ? j'ai remarqué qu'il vient plus beaucoup ici

Vilepechora : et toi t'es tout le temps là

Paperwhite : réponds à ma question ptn

Vilepechora : j'aurais dû dire une rousse *naturelle*

>

>

<LordDrek a rejoint le canal>

Hartella : OMG on parlait de toi !

LordDrek : en bien j'espère ?

Hartella : oui bien sûr !

Hartella : comment ça va ?

LordDrek : pas mal

LordDrek : Morehouse est pas là ?

Hartella : non

LordDrek : très bien, parce que se faire traiter de nazi toutes les 10 minutes c'est saoulant

Hartella : je suis désolée

LordDrek : pas ta faute x

Hartella : Morehouse aurait jamais dû dire ça

LordDrek : il est pas là Anomie ?

Hartella : non il est parti y a une demi-heure, il avait un truc

LordDrek : c'est un vampire ou quoi ? il est minuit passé

Vilepechora : poils pubiens et tout

Paperwhite : comment tu sais ?

Vilepechora : lol

Vilepechora : je te le dis si tu réponds à une question

Paperwhite : laquelle ?

Vilepechora : tu me dis qui est Anomie ?

Paperwhite : j'en sais rien

Vilepechora : arrête, je sais que Morehouse te l'a dit

Paperwhite : non

Vilepechora : mais Morehouse il sait non ?

Paperwhite : oui mais il te le dira jamais ptn

Vilepechora : je sais, c'est pour ça que je te demande

Paperwhite : pourquoi ça t'intéresse tout à coup ?

Vilepechora : c'est pas tout à coup

Vilepechora : tous les fans veulent savoir qui c'est

Vilepechora : en plus il a tué Ledwell

Paperwhite : ta gueule

Hartella : lol

LordDrek : peut-être qu'il est parti à la chasse, vu qu'il aime bien tuer

Hartella : lol dis pas ça

LordDrek : c'est pas moi qui le dis c'est lui

LordDrek : tout le temps, dans le jeu

LordDrek : un de ces jours qqn va le prendre au sérieux

LordDrek : à mon avis y a pas de flics ici mais il suffit d'un et il est foutu

LordDrek : salut, Vilepechora

>

Vilepechora : suis occupé, j'arrive ds 5'

>

>

Hartella : c'est super injuste s'ils surveillent les fans

Hartella : un fan ferait jamais ça

Hartella : surtout à Josh

Worm28 : pourquio tu dis ca ?

Vilepechora : c'est qui alors ?

Paperwhite : toi peut-être

Vilepechora : j'ai un alibi en béton, poupée

Paperwhite : ce gros connard

Paperwhite : un vrai connard de merde

Paperwhite : comment il ose faire ça ?

Paperwhite : il arrête pas de nous saouler avec la règle 14 et il fait ça ?

Vilepechora : tkt j'ai supprimé la photo

Paperwhite : t'as intérêt

Vilepechora : je l'ai supprimée. Ma copine est du genre jalouse

Vilepechora : je parie que tu veux savoir qui est Anomie maintenant non ?

>

>

Paperwhite : tu viens au Comic Con ?

Vilepechora : je sais pas pourquoi ?

Paperwhite : Anomie y va déguisé en Drek

Worm28 : surtout pas a Josh ?

Hartella : tu vois ce que je veux dire

Worm28 : non, vasy explique

Hartella : parce que c'est elle qui gâchait tout en voulant plus de fric, non ?

Worm28 : pourquio ?

Hartella : tout le monde sait qu'elle faisait ça pour le fric

Worm28 : t'en sais quoi ? t'était pas la a toute leur reunion et tout

Worm28 : comment tu sais que j*** voulais pas plus d'argent ?

Worm28 : E*** a eu toutes les idées et les mailleurs persos

Worm28 : j'en ai marre que tout le monde lui chit dessus

Worm28 : c'était qqn de bien je le sais

Worm28 : va te faire foutre Hartella

<Worm28 a quitté le canal>

>

Hartella : heu elle nous fait quoi là ?

Vilepechora : en vrai ?

Paperwhite : Morehouse me l'a dit y a longtemps

Paperwhite : Anomie y va toujours déguisé en Drek

Vilepechora : comme plein de gens

Paperwhite : c'est pour ça qu'il le fait, abruti

Paperwhite : tu pensais qu'il irait avec un panneau écrit « Anomie c'est moi » ?

Vilepechora : lol ok

Paperwhite : j'espère que tu vas trouver qui c'est, ce connard

Paperwhite : je vais le chercher moi aussi

Vilepechora : super, on devrait chercher ensemble

Paperwhite : je fais pas équipe avec toi

Vilepechora : pourquoi, Morehouse serait jaloux ?

Paperwhite : Vilepechora, si ma photo se retrouve sur Internet…

Vilepechora : t'inquiète

Vilepechora : j'aurais pu l'utiliser pour te faire chanter

LordDrek : lol

LordDrek : elle retourne sa veste

Hartella : c'est pas comme si je *connaissais* L******

Hartella : Josh aurait laissé le dessin animé gratuit sur YouTube pour toujours. C'est elle qui voulait faire payer

LordDrek : ouais un sacré rapace apparemment

Hartella : ouais un peu

>

>

Hartella : tu viens au Comic Con ?

LordDrek : j'aimerais bien mais je peux pas ☹

LordDrek : et toi ?

Hartella : oui. Et dans 3 semaines je vais voir une pièce

LordDrek : ah ouais ? laquelle ?

Hartella : Tchekhov

LordDrek : wouahou j'espère que ça te plaira

Hartella : j'espère que la star me donnera un autographe à la fin

Vilepechora : mais je l'ai pas fait, je suis sympa

Paperwhite : ouais c'est ça

Vilepechora : qu'est-ce que tu veux dire ?

Paperwhite : le Halvening ?

Vilepechora : oh va chier, on a passé un temps fou sur ces recherches, on pensait vraiment qu'Anomie était Ledwell

Paperwhite : ok si tu le dis

Paperwhite : mais je suis sérieuse pour ma photo

Vilepechora : je te jure au nom d'Odin et des anciens dieux que je vais pas l'utiliser

Paperwhite : t'as dit que tu l'avais supprimée

Vilepechora : c'est vrai. C'est pour ça que je peux pas l'utiliser

Paperwhite : ok ben j'espère que c'est vrai

<Paperwhite a quitté le canal>

<Vilepechora a quitté le canal>

<Le canal privé est fermé>

LordDrek : on sait jamais

Hartella : tu penses que oui ?

LordDrek : je dirais qu'il y a de très grandes chances

Hartella : lol

Hartella : je devrais faire quoi à ton avis ? traîner devant sa loge ?

>

LordDrek : attends y a qqn à la porte

Hartella : pas de souci x

>

>

Paperwhite : Morehouse est ds le coin ?

Hartella : non

Hartella : vous vous êtes disputés ?

Paperwhite : non je veux juste lui parler

>

>

>

Paperwhite : tu peux lui dire que je veux lui parler s'il vient ?

<Un canal privé a ouvert>

<14 mai 2015 00 h 04>

<Vilepechora invite LordDrek>

Vilepechora : j'ai du nouveau

>

>

<LordDrek a rejoint le canal>

LordDrek : t'as eu des infos ?

Vilepechora : elle dit qu'elle sait pas qui c'est

Vilepechora : mais il va au Comic Con déguisé en Drek

LordDrek : ça sert à rien, va y avoir des centaines de Drek

Vilepechora : c'est ce que j'ai dit mais elle a répondu que c'est bien pour ça qu'il le fait

Vilepechora : Paperwhite a envie de savoir qui c'est maintenant qu'elle sait qu'il a distribué ses photos de nus dans le jeu

Hartella : oui ok

Paperwhite : merci

<Paperwhite a quitté le canal privé>

Hartella : t'es tjs là LordDrek ?

>

>

>

>

>

>

>

LordDrek : deux secondes bb

Hartella : dsl je voulais pas insister !
>

>

>

>

>

>

>

>

>

>

>

Vilepechora : je pourrais faire équipe avec elle pour trouver qui c'est

LordDrek : ta gueule, on inclut pas des gauchos dans nos affaires

LordDrek : moi aussi j'ai du nouveau et c'est pas bon

LordDrek : vaut mieux en parler ici que sur le canal habituel parce que les flics nous surveillent peut-être

LordDrek : Thurisaz a été interrogé par les flics y a une heure

Vilepechora : fait chier

LordDrek : il devait y avoir une caméra dans les chiottes du pub

LordDrek : ce con, il avait gardé son ancien compte Twiter avec sa photo et son nom, c'est comme ça qu'ils l'ont identifié

Vilepechora : comment tu le sais ?

LordDrek : Uruz était chez Thurisaz quand les flics ont débarqué

LordDrek : ils ont demandé à Thurisaz si c'était bien son ancien compte

>

>

>

>

>

LordDrek : dsl c'était mon voisin qui a oublié sa clé

Hartella : t'as un double de chez lui ?

LordDrek : ouais

Hartella : lol j'imaginais pas qqn comme toi faire ça pour un voisin

LordDrek : qqn comme moi ?

Hartella : tu vois ce que je veux dire

Hartella : qqn d'aussi connu que toi

LordDrek : on est simplement des gens comme les autres

Hartella : lol ouais c'est vrai

Hartella : juste du mal à l'imaginer

LordDrek : vaut mieux arrêter d'en parler. Règle 14.

Hartella : lol oui désolée.

Hartella : des fois je fais moins gaffe qd Anomie est pas là

LordDrek : il pouvait pas vraiment dire non, la moto était garée devant chez lui

Vilepechora : merde

LordDrek : donc je veux que tu supprimes ton compte Algiz IMMÉDIATEMENT

Vilepechora : ok ok je fais ça tout de suite

>

>

>

Vilepechora : voilà c'est fait

Vilepechora : mais j'ai jamais utilisé mon vrai nom ni de photo de moi

LordDrek : non juste ta voiture, ton équipe de foot et ta boîte préférée

Vilepechora : qqn devrait aller au Comic Con pour essayer d'identifier Anomie

Vilepechora : il arrête pas de dire que c'est lui qui les a attaqués. Si on trouve qui c'est on pourra informer la police. S'il est arrêté, ils nous lâcheront la grappe

>

LordDrek : tu vas faire quoi, enlever les masques des gens ?

Hartella : j'imagine qu'à la fin d'une représentation, les acteurs rentrent chez eux pour dormir

LordDrek : oui

Hartella : dommage

LordDrek : je pense que les metteurs en scène sont assez stricts là-dessus

Hartella : j'imagine

Hartella : mais ils doivent laisser les spectateurs rendre visite aux acteurs dans leurs loges avant la pièce non ?

>

>

LordDrek : désolé, le voisin revient, sa clé est cassée dans la serrure

Hartella : oh non

LordDrek : je vais me déconnecter, il va attendre un serrurier ici

Hartella : ah ok

Hartella : bonne soirée

>

LordDrek : bye xxx

<LordDrek a quitté le canal>

Vilepechora : ptn ça vaut le coup d'essayer

Vilepechora : il aura un masque de Drek et un T-shirt du jeu. On essaiera de le faire parler

>

>

LordDrek : ok vas-y mais fais pas de connerie

LordDrek : pas comme Thurisaz

LordDrek : s'il avait pas attaqué ce flic il serait pas en gardav

Vilepechora : Thurisaz dira rien

LordDrek : c'est pas la question

Vilepechora : ça tient tjs pour samedi ?

LordDrek : ouais faut pas lâcher sur la discipline en ce moment

LordDrek : faut que je continue à flatter cette grosse vache de Hartella pour pas qu'elle ait de soupçons

>

LordDrek : elle va venir me voir jouer. Elle veut un autographe devant la porte de ma loge

>

>

>

>

>

>

>

Hartella : t'es toujours réveillé, Vile ?

>

>

>

>

<Vilepechora a quitté le canal>

Vilepechora : ptdr pauvre con. Tu vas dire quoi quand Michael David lui mettra un vent, faire comme si tu l'avais pas vue ?

Vilepechora : elle y croira pas, elle est gaulée comme un éléphant

LordDrek : je sais. T'aurais dû lui faire croire que t'étais Stevie Wonder

Vilepechora : lol

<LordDrek a quitté le canal>

<Vilepechora a quitté le canal>

<Le canal privé est fermé>

48

Parfois, comme il arrive aux jeunes âmes, elle me blesse,
Capricieuse ou trop insouciante, ou trop aveugle,
Comme ces oiseaux qui, se laissant porter par le vent,
S'écrasent contre l'arbre qui leur est familier…

Augusta WEBSTER,
Mother and Daughter

Le lendemain matin, le réveil de Strike sonna tôt, parce qu'il devait aller jusqu'à King's Lynn pour interroger Kea Niven. Bien qu'appréhendant la façon dont son moignon allait supporter le voyage, le texto qu'il avait reçu de Ryan Murphy la veille au soir lui avait légèrement remonté le moral. Les policiers étaient allés chez Thurisaz, alias Jamie Kettle, et l'avaient emmené au poste pour l'interroger. À l'heure qu'il était, ils fouillaient son ordinateur en quête de traces d'activités sur le dark web, ainsi que sa maison pour chercher d'éventuelles preuves de confection d'une bombe. Il aurait été exagéré de dire que la chute de Strike au beau milieu de ce pub était un coup de chance, étant donné les répercussions que cela avait sur son agence, mais il était néanmoins satisfait que ces longues recherches sur Twitter aient porté leurs fruits. Il prit donc son petit déjeuner dans un état d'esprit plus apaisé.

Mais quand il sortit de la douche, il vit qu'il avait un appel manqué. Craignant fortement qu'il s'agisse de Kea, il consulta sa messagerie.

— Allô, monsieur Strike ? C'est Sara Niven. Kea se sent très affaiblie aujourd'hui, donc malheureusement nous allons devoir annuler l'entrevue. Désolée.

Strike se tenait sur une jambe, agrippé d'une main au dossier de la chaise, une serviette de bain enroulée autour de la taille. Il décida de faire comme s'il n'avait pas eu le message. L'appel avait été transféré depuis le poste du bureau : il prétexterait un problème technique.

À son grand soulagement, l'extrémité de son moignon accepta docilement la chaussette, la poche de gel et la pression de son poids sur sa jambe artificielle. Son tendon était toujours enflammé, mais s'il ne voulait pas se rendre à King's Lynn en train avec des béquilles, puis retrouver Madeline plus tard dans la soirée avec la jambe du pantalon repliée, son tendon allait devoir tenir le coup. Il décida toutefois d'emporter avec lui la canne télescopique que Robin lui avait offerte, avant de descendre prudemment l'escalier vêtu d'un costume parce qu'il ne voulait pas repasser chez lui avant de retrouver Madeline.

Strike était sur l'A1 et contournait Cambridge quand Robin lui téléphona.

— Bonne nouvelle : Seb Montgomery n'est définitivement pas Anomie.

— Super ! s'exclama Strike. Il était temps qu'on élimine quelqu'un de la liste. Comment tu l'as découvert ?

— Anomie s'est connecté au jeu il y a cinq minutes pour encourager plus de joueurs à assister au Comic Con. Seb avait quitté son bureau pour aller chercher un café, à ce moment-là. Je l'avais sous les yeux : pas de téléphone, pas d'iPad, aucun moyen de communication numérique.

— Excellent travail, Ellacott. De mon côté, la mère de Kea Niven m'a appelé pour m'informer que sa fille n'est pas en état de me recevoir.

— Oh merde. Qu'est-ce que tu vas faire ?

— J'y vais quand même. Je m'en fous. Comme si je n'avais pas reçu le message.

Il y eut un bref silence, pendant lequel Strike doubla une Vauxhall Mokka qui lambinait.

— Tu penses que ça pourrait être elle ?

— C'est toi qui la verrais bien en Anomie, lui rappela-t-il.

Compte tenu des événements de la semaine précédente, il craignait qu'on lui reproche d'agir de façon inconsidérée.

— Non, tu as raison, j'imagine, concéda Robin. Sinon elle va continuer de remettre ça à plus tard.

— Tu as lu mon email au sujet de James Kettle ? demanda Strike.

Il avait informé Robin qu'il avait identifié Thurisaz juste après avoir appelé Murphy.

— Oui, répondit Robin. Super. Ça a dû te prendre un temps fou.

— Vingt-trois heures de recherches sur Twitter. Murphy était content. Où tu es, toi ?

— Je me dirige vers Harley Street. Gus Upcott a pris le métro pour s'y rendre, d'après Midge. Je vais la relayer sur Gus pour qu'elle puisse à son tour relayer Barclay sur Preston Pierce. Je pense qu'on devrait…

— Alterner un peu plus, oui, répondit Strike en espérant que Robin ne lui en voulait pas secrètement d'être resté si longtemps sur Cardew, devenant ainsi une cible pour Thurisaz. Bon, je t'envoie un message dès que je vois Kea.

La bonne nouvelle concernant Montgomery était tellement réjouissante que Strike ne se sentit même pas déprimé en apercevant sa première éolienne et le paysage qui se transformait en marais. Il ne se rendait jamais dans le Norfolk s'il n'y était pas obligé et avait même un léger a priori contre cette région, parce que le pire endroit où sa mère, en quête perpétuelle de nouveauté, avait emmené son fils et sa fille, était une communauté du Norfolk, un endroit qui, espérait-il, n'existait plus.

Il arriva à King's Lynn peu après onze heures. Son GPS lui fit parcourir des ruelles quelconques jusqu'à ce qu'il débouche sur un quai longeant la Great Ouse, une rivière à l'aspect boueux qui coulait devant la maison des Niven. Strike se gara, envoya à Robin un message indiquant qu'il était devant la maison et sortit de la voiture, pochette sous le bras. Au moment de refermer la portière, il attrapa sa canne, même s'il n'en avait pas réellement besoin, puis parcourut South Quay jusqu'au domicile des Niven, où il sonna.

Une voix aiguë cria quelque chose à l'intérieur mais il ne comprit pas ce qu'elle disait. Au bout d'une minute, la porte s'ouvrit.

Une femme d'une cinquantaine d'années, à l'air vaguement bohème, avec des cheveux gris ébouriffés se tenait devant lui. La mère de Kea Niven, supposa Strike. Quand elle vit le détective, le désarroi se peignit sur son visage.

— Oh…

— Cormoran Strike, annonça le détective. Je viens voir Kea.

Au moment où il prononçait son nom, la voix aiguë hurla :

— Non ! Tu m'as dit que tu l'avais prévenu !

— Kea ! la sermonna sa mère en pivotant sur ses talons.

Mais à ce moment-là, ils entendirent des bruits de pas dans l'escalier puis une porte claquer.

— Oh non ! se lamenta Sara Niven qui se retourna vers Strike en lui lançant, pleine de colère : Je vous avais dit de ne pas venir ! Je vous ai laissé un message ce matin !

— Ah bon ? fit Strike en s'appuyant lourdement sur sa canne, l'air à la fois confus et étonné. Vous êtes sûre d'avoir composé le bon numéro ? La messagerie du bureau est fiable, habituellement.

— J'en suis sûre !

Une porte claqua de nouveau. Strike en déduisit que Kea venait de s'enfuir par la porte de derrière. De l'intérieur de la maison, une voix bizarre et métallique répéta :

— S'il te plaît, Kea ! S'il te plaît, Kea ! S'il te plaît, Kea !

— J'arrive de Londres, expliqua Strike, toujours appuyé sur sa canne, sourcils froncés. Est-ce que je pourrais au moins utiliser vos toilettes ?

Elle hésita avant de répondre :

— Oui, allez-y.

Sara recula pour laisser entrer Strike et lui indiqua une porte avant de disparaître au bout du couloir, vers l'arrière de la maison. Elle appela :

— Kea ? Kea ?

Strike fit une pause sur le paillasson et regarda autour de lui. À sa droite, il aperçut un salon avec une décoration assez chargée au motif Liberty. Deux perruches en cage le regardèrent en clignant les yeux. Un ordinateur portable était posé sur le canapé, ouvert.

Il se glissa furtivement dans la pièce et toucha le pavé tactile. Il était chaud. Kea avait regardé des robes sur le site prettylittlething.com. Il consulta l'historique de navigation, prit quelques photos à la hâte des sites qu'elle avait visités récemment, puis ressortit aussi rapidement pour gagner la porte que Sara lui avait indiquée.

Les toilettes comportaient aussi un lavabo. La propreté laissait à désirer. Des journaux étaient empilés par terre. Des images pâlies d'oiseaux exotiques étaient accrochées de guingois sur les murs. L'étrange voix métallique continuait de crier :

— S'il te plaît, Kea ! S'il te plaît, Kea ! S'il te plaît, Kea !

Quand Strike sortit des toilettes, il entendit Sara Niven crier :

— Tais-toi !

La voix métallique modifia son message :

— Tais-toi ! Tais-toi ! Tais-toi !

Strike suivit les voix. Sara Niven se tenait dans la cuisine, anxieuse et furieuse, appuyée contre l'évier qui débordait de vaisselle. Sa robe ample était en Liberty kaki accordé aux coussins du salon. Ses collants, troués aux pieds, laissaient entrevoir son gros orteil.

— Tais-toi !

Dans un coin de la cuisine trônait un grand perchoir sur lequel se trouvait un cacatoès blanc qui regardait Strike d'un regard perçant. Après avoir formulé ces derniers mots, il se mit à se ronger les griffes.

— Ne vous approchez pas de lui, le mit en garde Sara. Il n'aime pas les hommes.

Strike obéit. Par la fenêtre, au-dessus de l'évier, il remarqua que la moitié de la cour était occupée par des volières. Une grande variété d'oiseaux colorés étaient perchés ou voletaient. Il flottait dans la cuisine une odeur un peu rance.

— Kea est partie, annonça Sara sur un ton accusateur. Elle est sortie par le portillon du jardin.

— Ah. C'est dommage. J'imagine que vous savez ce qui m'amène, madame Niven ?

— Oui, vous l'avez expliqué au téléphone : cette personne, Anomalie, ou je ne sais plus comment. Kea m'a dit que Josh pensait que c'était elle, c'est complètement ridicule !

— Kea a dû mal me comprendre, rectifia Strike. Je lui ai dit qu'il y avait une théorie prétendant qu'elle était Anomie, mais pas que Josh croyait ça. Il veut simplement que Kea me parle parce qu'elle a été en contact direct avec Anomie.

— Écoutez, Kea a déjà parlé à la police. Quelqu'un a contacté les flics – c'est totalement absurde – pour leur dire que Kea avait persécuté une fille, cette Ellie Led-machin, pendant des années, du coup ils l'ont interrogée sur des propos qu'elle a tenus sur les réseaux sociaux. Ce n'est pas de la persécution de dire qu'on vous a volé vos idées, si ? En plus, Josh Blay a été horrible avec Kea, ça a eu des conséquences affreuses sur sa santé mentale, elle a dû quitter l'université…

— Oui, je sais que Kea avait été malade. Pardon, mais ça vous ennuie si je m'assois ?

Il releva la jambe de son pantalon pour montrer sa prothèse. Comme il l'avait espéré, cette vision sembla choquer Sara.

— Oh, je suis désolée. Je ne savais pas…

Strike, dont l'unique objectif était d'empêcher Sara de le mettre à la porte, s'installa sur une chaise. La table était couverte de miettes. Sara prit place machinalement en face de lui et poussa d'un air absent quelques miettes par terre. Ce n'était pas ainsi que vivait Strike, maniaque comme il était.

— Elle allait bien mieux avant tous ces événements, expliqua Sara.

Strike en déduisit qu'elle parlait du meurtre.

— Mais évidemment, le stress que ça a causé… J'ai porté plainte. Elle aurait dû être assistée de quelqu'un pendant cet interrogatoire. J'aurais dû être présente. Elle est malade, bon sang. Ce n'est pas de sa faute à elle s'il l'a appelée ! Ensuite, ils lui ont mis la pression, ça lui a causé un de ces stress !

— Pardon, qui a appelé Kea ? rebondit Strike.

— Josh, répondit Sara en regardant Strike avec un mélange d'incrédulité et d'indignation. Je pensais que vous le saviez : il l'a appelée la veille des attaques, le soir.

— Je vois.

— Mais il ne lui a pas dit qu'il allait au cimetière le lendemain, elle n'était pas au courant. Pourquoi il lui aurait parlé de ça ? Il ne mentionnait quasiment jamais Ellie Led-truc. Mais la police lui a mis la pression alors évidemment, elle a fait une énorme rechute.

— Oui, Kea m'a expliqué au téléphone qu'elle devait rester au lit.

Il y eut un bref silence durant lequel la fuite soudaine de Kea quelques minutes plus tôt sembla résonner dans la pièce comme un écho.

— Il y a des jours avec et des jours sans, c'est comme ça, quand on a ce type de maladie. Les médecins ne servent à rien. « Ses résultats de prises de sang sont normaux », « Nous conseillons la psychothérapie ». Ah bon, vraiment ? Et comment le problème peut-il être psychiatrique, alors qu'elle souffre et qu'elle est épuisée ? C'est à nous de trouver toutes les informations sur Internet, de faire le boulot à leur place. J'ai payé tout un tas de tests dans des cliniques privées. Mais le stress de tout ça, dit-elle avec un grand geste de la main, a été atroce, elle est dans un état…

Tout à coup, le cacatoès blanc prit son envol, faisant sursauter Strike, et disparut dans le couloir.

— Vous le laissez voler dans la maison ?

— Seulement au rez-de-chaussée, précisa Sara. Il y a une porte en haut de l'escalier.

Bien qu'invisible, l'oiseau continuait de crier :

— S'il te plaît, Kea ! S'il te plaît, Kea ! S'il te plaît, Kea !

Les deux perruches en cage piaillèrent en retour.

— Josh Blay est paralysé, reprit Strike. Le couteau lui a transpercé le cou. Il vient tout juste de retrouver la parole.

Sara sembla se recroqueviller dans sa robe informe.

— Tout ce qu'il veut, c'est qu'on arrête ce troll qui continue de semer la zizanie et d'attaquer la famille d'Edie. Depuis sa mort, Anomie s'en prend à son oncle et…

— Kea ne ferait jamais ça.

— Josh ne pense pas que Kea puisse être Anomie. Il veut seulement qu'elle me parle, comme je l'ai expliqué, parce qu'elle a été en contact avec lui. Tout ce qu'elle peut nous dire, même le détail le plus infime, pourrait nous aider à l'identifier et à apaiser Josh.

— S'il te plaît, Kea ! S'il te plaît, Kea ! cria l'oiseau depuis une autre pièce.

— Oh mon Dieu, se lamenta Sara Niven au bord des larmes.

Strike pensa à une autre mère de famille qui avait pleuré elle aussi en évoquant Josh Blay, mais pour des raisons bien différentes. Sara se leva pour saisir un torchon et un inhalateur posé à côté de la bouilloire.

— Je suis asthmatique, expliqua-t-elle à Strike avant d'inspirer.

Elle se rassit en poussant un soupir.

— Cette théorie selon laquelle Kea se cacherait derrière le compte d'Anomie, reprit-elle, d'où vient-elle ?

— Les rumeurs se répandent d'elles-mêmes sur Internet. Ce n'est pas toujours facile de remonter leur origine.

— Elle n'aurait jamais…, commença Sara.

Mais elle fut interrompue par le cri du cacatoès qui se mit à imiter une sonnerie de téléphone tellement fidèle que Strike porta instinctivement la main à sa poche.

— Oh, fit-il en comprenant d'où venait le son. Pardon, vous disiez ?

— Écoutez, vous ne comprenez pas, répondit Sara hors d'haleine. Kea a vraiment traversé une mauvaise passe. Elle a perdu son papa à dix-huit ans et elle l'adorait, elle le vénérait. Il a eu une crise cardiaque au travail, dans la cafétéria. Six mois plus tard, elle est entrée dans une école d'art et a rencontré Josh. Il l'a trompée et il l'a larguée. Ensuite, ce fichu dessin animé est sorti et Kea s'est rendu compte que Josh avait refilé toutes ses idées à Led-Machin. Josh Blay a gâché la vie de ma fille, voilà la vérité, et maintenant il vous envoie pour qu'elle lui rende service.

— Très bien, madame Niven, répliqua Strike en tentant ostensiblement de se lever malgré son handicap, j'ai bien entendu vos arguments, mais vous devez comprendre que nous voulons aider Kea à dissiper toute rumeur. Les accusations sur Internet, même infondées, ont tendance à déborder de la toile et affecter la vie des gens, parfois pendant des années. Mais si ça la met mal à l'aise de nous aider dans cette enquête, il n'y a rien de plus à dire, et je vous laisse tranquille. Merci de m'avoir permis d'utiliser vos toilettes.

Strike avait presque gagné la porte de la cuisine, quand Sara lança :

— Non, attendez !

Il se retourna. Elle semblait partagée entre le chagrin et la colère.

— C'est bon, je vais l'appeler. Je vais voir si elle veut revenir. S'il vous plaît, n'ouvrez ni la porte ni la fenêtre en mon absence.

Strike supposa que cette requête inhabituelle concernait le cacatoès. Sara prit son téléphone posé sur le plan de travail, s'éclipsa à l'extérieur et referma la porte derrière elle.

Strike l'observa qui appelait sa fille. Au bout de quelques secondes, elle se mit à parler. Elle imaginait peut-être que sa voix ne s'entendrait pas depuis la maison, mais comme la fenêtre fermait mal, Strike entendit tout ce qu'elle disait.

— Ma chérie ? Non il est toujours là… j'étais obligée, il avait besoin d'aller aux toilettes.

Une longue pause s'ensuivit, durant laquelle Kea parlait manifestement à sa mère. Sara se mit à faire les cent pas devant ses volières, l'air anxieux.

— Je sais… Oui bien sûr, je sais…

Strike remarqua des déjections d'oiseaux par terre, devant le frigo.

— Non, mais… non, il dit que Josh n'a pas… parce qu'ils veulent savoir ce que tu… non, mais… s'il te plaît, Kea, écoute-moi.

Sara sembla écouter un nouveau long monologue. Elle finit par répondre :

— Je sais, chérie, bien sûr, mais tu ne crois pas que si tu refuses, ça paraîtra… ce n'est pas juste, Kea… mais est-ce que ce ne serait pas mieux de s'en débarrasser ? … oui… il a apporté un dossier… je ne sais pas… s'il te plaît, non… Kea, comment tu peux dire ça ? Bien sûr que oui !… mais si cette rumeur court…

Strike entendit un battement d'ailes. Le grand cacatoès blanc avait atterri en haut de la porte de la cuisine et le toisait d'un air méchant.

— Très bien… oui, je vais lui dire… oui… non, je vais l'informer. Très bien, chérie… s'il te plaît, Kea, ne… oui… O.K… À plus tard, ché…

Mais apparemment, Kea avait raccroché.

Sara entrouvrit à peine la porte, juste assez pour se glisser à l'intérieur, et la referma rapidement, tout en jetant un coup d'œil à son oiseau. Sa respiration était un peu entrecoupée.

— Elle vous donne rendez-vous au Maids Head. Elle ne pourra pas rester plus de vingt minutes ; elle ne se sent pas assez en forme.

Sara inspira profondément dans son inhalateur.

— Est-ce que je peux m'y rendre à pied ? demanda Strike.

— Ce serait mieux d'y aller en voiture. C'est tout proche. Sur Tuesday Market Place. Vous ne pouvez pas le rater.

— Super. Merci beaucoup, madame Niven.

Strike venait de récupérer son dossier et se dirigeait vers la porte quand l'oiseau poussa un cri soudain et plongea sur lui. Aveuglé par un battement de plumes blanches, il tenta de se protéger à l'aide de son dossier, mais trop tard : son bec pointu l'avait attaqué à la tempe.

— Ne le frappez pas ! cria Sara tandis que Strike essayait d'éloigner l'oiseau dont les griffes s'étaient coincées dans ses cheveux.

Les yeux fermés, craignant que l'oiseau ne le vise à nouveau, il avança à l'aveuglette dans le couloir.

— N'ouvrez pas la porte ! hurla Sara tandis que le cacatoès poursuivait résolument Strike.

Mais ce dernier, désireux d'échapper aux attaques de l'oiseau, avait déjà posé la main sur la poignée. Soit ses tentatives d'éloigner l'oiseau à l'aide du dossier avaient fonctionné, soit les cris répétés qu'il avait lui-même poussés avaient effrayé le volatile : il réussit à ouvrir la porte et à sortir sur le perron.

49

Et brillait dans ses yeux fiévreux
La flamme mourante du désir de vie,
Devenu fou car l'espoir était parti,
Et se rallumait aux feux
De la jalousie et de la féroce revanche,
Et de la force qui n'avait ni changé ni faibli.

Mary Elizabeth COLERIDGE,
The Other Side of a Mirror

— Merde ! lâcha Strike en claquant la porte derrière lui.

La blessure infligée par l'oiseau était profonde et s'étendait sur presque cinq centimètres. Il tâta sa poche pour trouver un mouchoir, en vain.

— On dirait que vous avez affronté un tigre, pas un oiseau, lui lança quelqu'un.

Strike tourna la tête et vit le voisin de Sara, un monsieur âgé aux cheveux blancs et d'apparence fragile, devant chez lui.

— Tenez, ajouta l'homme, j'ai un mouchoir.

Il avança pour tendre à Strike un carré de tissu tout propre sorti de sa poche.

— C'est très gentil, mais…

— Gardez-le, répliqua le voisin. Ça va saigner un moment, vous pouvez me croire. Je la connais bien, cette fichue bestiole.

Strike le remercia, accepta le mouchoir, et le vieil homme rentra chez lui.

En passant devant la fenêtre du salon de Sara Niven pour regagner sa voiture, il la vit le fixer du regard, le cacatoès à présent perché sur la cage des perruches.

— Ça va ? articula-t-elle derrière la vitre, visiblement plus fâchée qu'inquiète.

— Ça va, répondit-il de la même façon même si c'était faux.

Une fois dans la voiture, Strike appela Robin, en gardant le mouchoir pressé sur sa blessure.

— Salut, dit-elle. Anomie n'est pas connecté au jeu. Comment ça s'est passé avec Kea ?

— Pour l'instant, ça ne s'est pas encore passé. Elle s'est enfuie par le jardin quand je suis entré. Elle a daigné m'accorder vingt minutes au pub. Mais j'ai glané une info intéressante chez sa mère : Josh Blay a appelé Kea la veille de son rendez-vous au cimetière avec Edie Ledwell, dans la soirée.

— Tu plaisantes ?

— Pas du tout. Je dois dire que ta théorie selon laquelle il serait resté en contact avec elle après leur soi-disant rupture devient de plus en plus plausible. À part ça, je me suis fait attaquer par un cacatoès.

— Un quoi ?

— Un oiseau, traduisit Strike, avec un bec aussi aiguisé qu'un rasoir.

— Merde.

Il apprécia le fait qu'elle n'éclate pas de rire.

— Et tu vas bien ? s'enquit-elle.

— Je vais survivre, répondit Strike, agacé, en jetant le mouchoir maculé de sang sur le siège passager. Où est Gus Upcott ?

— Chez le dermato. Il transporte un sac qui a l'air de contenir un ordinateur portable. Je me cache devant le… Attends, Anomie vient de tweeter. Désolée, il faut que je vérifie si quelqu'un a utilisé son téléphone.

Elle raccrocha et Strike ouvrit Twitter pour lire la publication d'Anomie.

Anomie
@AnomieGamemaster

Soutenez Drek's Game.

T-shirts en vente à l'adresse : https://bit.ly/2I3tYGg

#KeepDreksGame #ComicCon2015

Strike poussa un petit grognement ironique, puis ouvrit la photo qu'il avait prise de l'historique de recherche de Kea.

Talons roses vernis	https://www.prettylittlething.com/talonsrose. . .
Leggings faux cuir	https://www.prettylittlething.com/leggingsfaux. . .
Anneaux oreilles	https://www.prettylittlething.com/anneauxboucle. . .
Rétablissement Josh Blay – Recherche Google	
Josh Blay – Recherche Google	
Twitter Josh Blay (@realJoshBlay)	
Fayola Johnson parle de santé mentale	https://www.buzzfeed.com/scifiwriterFayolaJo. . .
10 Signes qui montrent que vous n'êtes pas (complètement) Cis	https://www.thebuzz.com/10signesqui. . .
Bumblefootandspoons	https://www.bumblefootandspoons.tumblr.com
Drek's Game	https://www.dreksgame/login
T-shirts Gardez Drek's Game	https://www.spreadshirt.co.uk/GardezDreksGam. . .
Cormoran Strike Jonny Rokeby – Recherche Google	
Cormoran Strike jambe – Recherche Google	
Cormoran Strike – Recherche Google	
Otherkin World	https://www.otherkinworld/ghostkin/fanfic. . .
Tribulationem et Dolorum	https://www.tribulationemetdolorum/forums. . .
Comic Con 2015	https://animecons.com/events/info/15951/mcm.
Twitter Wally Cardew (@the_r3&l_Wally)	
Twitter Anomie (@AnomieGamemaster)	

Strike haussa les sourcils et posa son portable à côté du mouchoir avant de démarrer pour rejoindre Tuesday Market Place.

La grande place sur laquelle il parvint quelques minutes plus tard était bordée par de beaux bâtiments abritant notamment des banques et des hôtels. Il n'y avait pas de marché ce jour-là, et l'espace servait donc de parking. The Maids Head, un pub modeste en brique sombre, jouxtait un établissement plus grand et prestigieux : le Duke's Head.

Strike se gara, puis humecta le mouchoir en tissu pour essuyer le sang. Après s'être nettoyé le visage, il saisit sa pochette et quitta la voiture, laissant cette fois la canne dans son véhicule.

Le bar n'était pas très animé et il lui suffit d'un coup d'œil pour voir que Kea n'était pas là.

T'as intérêt à être aux toilettes.

— Oh là là, c'est une vilaine blessure que vous avez là, commenta la barmaid en regardant la tempe de Strike. Qu'est-ce qui s'est passé ?

— Un accident, grommela-t-il.

Il commanda une bière sans alcool. Alors qu'il se retournait pour chercher une table libre, il vit Kea entrer d'un pas lent, s'appuyant sur une canne télescopique du même genre que la sienne. Elle portait un sweat rose bonbon avec un pantalon de jogging assorti et des tennis blanches. Ses cheveux étaient attachés en queue-de-cheval. Même sans maquillage et sans filtres, c'était une très jolie jeune femme. Quand elle vit Strike approcher, elle eut l'air inquiète. Elle fixa des yeux le dossier qu'il tenait à la main.

— Kea ?

— Oui, répondit-elle dans un murmure, comme lorsqu'elle lui avait parlé au téléphone.

— C'est très gentil à vous de me rencontrer. J'apprécie, et je sais que Josh aussi. Vous voulez boire quelque chose ?

— Non, répondit-elle faiblement. Je ne peux rien avaler en ce moment.

Strike préféra ne pas rebondir.

— On s'installe ?

Il recula d'un pas pour la laisser passer, mais elle dit, toujours dans un murmure :

— Allez-y d'abord. Je suis très lente.

Strike prit son dossier et sa pinte puis alla s'installer à la table pour deux la plus proche. Kea le rejoignit lentement en s'appuyant sur sa canne. Elle exagérait peut-être ses symptômes, mais après tout c'était exactement ce que Strike avait fait chez sa mère. Il adopta donc une expression neutre jusqu'à ce que Kea s'assoie prudemment sur le siège en face de lui.

En assemblant les divers récits de Kea, il en avait déduit qu'elle avait vingt-cinq ans, que sa relation avec Josh avait duré dix-huit mois, au cours desquels Josh s'était fait virer de St. Martin's, et qu'ils s'étaient séparés quand Josh avait commencé à sortir avec Edie. Peu après leur rupture, Kea avait pris une année sabbatique en raison de sa santé. Elle avait passé le plus clair de son temps chez sa mère mais, à en juger par sa page Instagram, avait fait de fréquents séjours à Londres où elle dormait parfois sur le canapé d'amis étudiants pendant plusieurs semaines d'affilée. Elle avait réintégré St. Martin's au bout d'un an, mais définitivement abandonné deux ans plus tard, de nouveau à cause de problèmes de santé.

Elle paraissait terriblement jeune aux yeux de Strike, avec sa peau parfaite, une impression renforcée peut-être par sa tenue, qui devait être un pyjama. Et pourtant, quelque chose chez Kea lui rappelait Charlotte. Il y avait dans son attitude une pointe d'audace. Même sans avoir lu sa présentation Twitter, il aurait pu deviner sous cette douceur apparente, une personnalité bien trempée.

— Merci d'être venue, Kea. J'apprécie beaucoup.
— Oh c'est rien, dit-elle en voyant sa blessure à la tempe. C'est Ozzy qui vous a fait ça ?
— Si Ozzy est le nom d'un grand rapace blanc, alors oui.
— Je suis désolée, s'excusa-t-elle avec un sourire. Ma mère est complètement gaga de cet oiseau. Elle ne lui fixe aucune limite.
Elle lui montra sa main blanche et douce où une cicatrice rosée était visible à la base du pouce.
— C'était Ozzy. Et j'en ai une ici, ajouta-t-elle en montrant sa paume. Et là.
Elle indiqua son oreille gauche.
— Ah, j'ai cru que je l'avais provoqué, parce que je suis un homme.
— Oh non, il a juste sale caractère. Ce type de cacatoès, surtout les mâles, peuvent être difficiles à gérer. Il faut savoir les prendre.
Sa voix s'éteignit. Elle regarda le dossier qu'il avait posé sur la table.
— Qu'est-ce que vous avez là-dedans ? C'est ça que vous voulez que je regarde ?
— Exactement, confirma Strike après avoir bu une gorgée de bière. Ça vous va si je prends des notes ?
— Oui, je pense.
Quand Strike sortit son carnet, elle demanda :
— Vous avez vu Josh ?
— Pas encore. Il n'est pas en état.
Les beaux yeux noisette de Kea, qui avaient la couleur d'un brandy hors d'âge, se remplirent immédiatement de larmes.
— C'est vrai, ce qu'on dit sur Internet ? Il est paralysé ? C'est vrai, hein ?
— Oui, malheureusement.
— Oh.
Elle retint sa respiration, puis se mit à sangloter en silence dans ses mains. Du coin de l'œil, Strike vit des clients au bar les dévisager. Ils devaient le prendre pour un méchant beau-père. Kea ne semblait guère se soucier qu'on la voie pleurer. Charlotte n'avait jamais été gênée par le regard des autres, elle non plus. Larmes, cris, menaces de se jeter du haut d'un toit : il avait tout enduré devant leurs amis et, parfois, devant des passants.
— Désolée, s'excusa Kea à voix basse.
Elle s'essuya les yeux d'un revers de main.
— C'est pas grave, la rassura Strike. Donc…

Il ouvrit le dossier.

— Comme vous le savez, on m'a engagé pour découvrir l'identité d'Anomie. À votre avis, de qui s'agit-il ?

— Qui ça peut intéresser, ce que je pense ? demanda Kea d'un ton désespéré.

— Moi, ça m'intéresse. C'est pour ça que je vous pose la question.

Elle s'essuya encore les yeux et dit :

— Josh ne voudrait pas que j'en parle.

— Je vous promets que si.

— Les gens vont m'accuser d'avoir une idée en tête.

— Qu'est-ce qui vous fait penser ça ?

— Tout le monde m'accuse toujours de ça.

— On ne fait qu'échanger des idées, là…

— Je ne fais pas partie de la communauté des fans, affirma Kea avec une colère surgie de nulle part. En fait, je suis l'une des créatrices.

Phillip Ormond avait prétendu la même chose tout en le regardant droit dans les yeux, mais il mentait. Concernant Kea, Strike en était moins sûr.

— Elle m'a piqué mes idées, expliqua Kea en murmurant de nouveau. Ça ne change rien qu'elle soit morte. Elle a volé mes idées en se les attribuant. Josh l'a quasiment reconnu.

— Ah bon ? Quand ça ?

Kea cligna les yeux, les larmes perlant au bout de ses longs cils.

— Je ne sais pas s'il voudrait que je vous en parle.

— Il veut que vous me racontiez tout.

— D'accord, alors, est-ce qu'il vous a dit qu'on était ressortis ensemble ?

— En novembre 2013, c'est ça ? demanda Strike d'un air impassible tandis qu'il faisait rapidement le calcul.

Il ouvrit le dossier. Il avait remarqué que pendant six mois, entre novembre 2013 et mai 2014, les publications de Kea étaient soudain devenues beaucoup plus joyeuses, avant de retomber dans un désespoir et une colère encore plus intenses qu'auparavant.

— Il vous en a parlé ? demanda Kea.

Strike lut l'espoir sur son visage.

— Non, répondit Strike en sortant de son dossier des messages que Robin avait rassemblés. Mais c'est à ce moment-là que vous avez désactivé votre chaîne YouTube, n'est-ce pas ? Et vous avez écrit dans un tweet que vous vous sentiez heureuse.

Il baissa les yeux sur deux pages de tweets dont il avait surligné certains passages et les lui montra.

Kea Niven @realPaperwhite
Quand je me suis réveillée, je me sentais bizarre. Et puis j'ai compris que j'étais… heureuse ?

Kea Niven @realPaperwhite
À tous ceux qui luttent en ce moment, je vous aime trop. J'étais prête à me tuer. Oh là là, j'aurais raté te lement de trucs.

La deuxième page montrait une série de tweets publiés six mois plus tard. Elle avait repris un ton geignard et ses doléances habituelles.

Kea Niven @realPaperwhite
Si tu sais que quelqu'un est fragile et que tu le jettes quand même, alors oui, c'est de ta faute s'il est brisé.

Kea Niven @realPaperwhite
Si un jour tu te réveilles et pas moi, ne t'en fais pas, on est tous les deux là où on doit être.

— Est-ce que ces tweets couvrent la période où vous avez revu Josh ? demanda Strike.

Kea hocha la tête, les yeux brillants de larmes, puis rendit ses documents à Strike.

— En quoi ça peut vous aider à découvrir l'identité d'Anomie ?

— Ce qui nous intéresse, c'est simplement de constater que vous critiquiez beaucoup moins Edie pendant cette période, alors qu'Anomie continuait de la harceler.

— Ben oui, parce que je suis pas Anomie. C'est pas moi. Je ne sais pas coder, j'aurais jamais pu créer ce jeu.

— Vous y avez joué, n'est-ce pas ? demanda Strike.

— Non, pourquoi ? Vous pensez que ça me fait quoi de voir tous ces gens fans des idées qu'on m'a piquées ? Vous avez vu le cœur, là-bas, au-dessus de la fenêtre du numéro seize ? demanda-t-elle en indiquant l'extérieur.

— Non.

— O.K., ben c'est là qu'on a brûlé une sorcière au seizième siècle.

Kea raconta à Strike l'histoire du cœur de Margaret Read explosant de sa poitrine en feu et convint, au moins devant Kea, que cela avait pu inspirer Harty.

— Harty est *noir*, comme s'il avait été brûlé !

— Pour revenir à ces six mois où Josh et vous, vous êtes ressortis ensemble : est-ce que vous avez arrêté d'accuser publiquement Edie de plagiat parce que Josh vous l'a demandé ?

— Oui… Il ne voulait pas qu'elle sache qu'on s'était remis ensemble. Elle risquait de péter un plomb et il devait continuer à travailler avec elle sur le dessin animé. Elle était vraiment instable, c'était un peu un tyran. Elle était beaucoup plus âgée que lui. Je pense que Josh avait peur d'elle. Donc on se cachait, pour que personne ne le sache. Je l'ai même pas dit à ma mère, parce que je savais que ça la mettrait en colère. Elle pense que c'est à cause de lui que je suis malade, mais c'est pas entièrement vrai. J'avais déjà des symptômes, avant notre rencontre. Le stress n'a pas aidé, j'imagine, ajouta-t-elle dans un murmure.

Tout à coup, Kea se cramponna au rebord de la table.

— Désolée, j'ai des vertiges terribles. J'ai la tête qui tourne.

Elle ferma les yeux. Strike but un peu de sa bière. Kea rouvrit les yeux.

— Désolée, répéta-t-elle.

— Ça va si on continue ?

— Heu… oui. Ça ne prendra pas trop de temps, si ?

— Non. C'est quand vous êtes sortis ensemble la deuxième fois que Josh a reconnu avoir transmis vos idées à Edie, c'est ça ?

— Oui. Il a reconnu qu'il lui avait sans doute raconté cette histoire de Margaret Read ce jour-là, dans le cimetière, alors qu'elle prétendait que ça lui était venu comme ça. Et il a admis que Magspie était inspiré de ce que je lui avais raconté sur les oiseaux qui parlent, et la silhouette de Drek, avec le long bec, était directement inspirée de mes dessins.

— Il les lui avait montrés ?

— Non… Mais je pense qu'il les a décrits. Il a admis que son dessin de Drek était quasiment identique à mes dessins. Mais à ce moment-là, tout ça leur rapportait beaucoup d'argent, et il ne voulait pas la contrarier. Elle avait cinq ans de plus que lui, elle contrôlait tout. À un moment, il m'a plus ou moins promis de me citer pour mon travail. C'est là qu'elle a mis en scène cette soi-disant tentative de suicide, dit Kea aigrie, toujours cramponnée à la table comme si elle risquait de tomber. Josh m'a dit qu'on devait arrêter de se voir, parce qu'il avait la trouille de ce qu'elle pouvait faire ensuite, si elle apprenait la vérité sur nous. Elle était hyper manipulatrice, vous n'imaginez pas. Toute cette histoire de suicide, c'était une blague. Plein de gens savaient que c'était pas vrai.

— Pourquoi vous n'avez pas révélé à tout le monde que vous étiez ressortis ensemble, quand vous vous êtes séparés pour la deuxième fois ?

Cette question le turlupinait, parce que cela aurait sans aucun doute permis à Kea d'atteindre un double objectif : punir Edie Ledwell et renforcer sa propre crédibilité.

— Josh m'a dit que c'était pas vraiment fini, il voulait juste qu'on fasse un break. Il ne voulait pas se fâcher avec Edie et avait besoin de temps pour s'organiser par rapport au dessin animé, au travail et tout… donc on n'a rien dit.

— Il ne vous a pas demandé d'arrêter de la critiquer ?

— Non. J'ai promis de ne pas parler de notre relation, mais je n'allais pas faire comme si elle n'avait pas piqué mes idées !

Elle posa une main sur sa poitrine.

— Oh, dit-elle d'une petite voix. Désolée. Tachycardie. Il va peut-être falloir qu'on arrête là…

Elle ferma les yeux encore une fois. Strike but un peu de bière. Kea prit plusieurs profondes inspirations en se massant la poitrine, puis finit par rouvrir les yeux.

— Tout va bien ?

— Heu… je ne sais pas… je crois, dit-elle dans un souffle.

— Donc, pour résumer : vous n'avez jamais joué au jeu ?

Elle secoua la tête.

— Vous avez déjà essayé de vous connecter ?

— Non.

— Mais est-ce que vous avez une théorie sur l'identité d'Anomie ? Parce que dans ce cas, je sais que Josh voudrait que vous la partagiez avec moi.

— O.K. Oui. Je pense qu'Anomie est un type qui s'appelle Preston Pierce.

— Qu'est-ce qui vous fait dire ça ?

— Eh bien il déteste Josh. Quand Josh a emménagé à North Grove, j'allais lui rendre visite là-bas et Pez – c'est comme ça que tout le monde l'appelle – le rabaissait sans arrêt, il lui faisait des petites remarques moqueuses sur son art et ses opinions. Il se foutait tout le temps de lui. Je pense que Pez aimait pas trop avoir un autre beau mec dans les parages, parce que tout ce qui l'intéressait, c'était se taper le plus de filles possible. Il voyait Josh comme un rival. Mais Josh… il aime tout le monde. Il aimait bien Pez, il le trouvait drôle. Josh ne voit jamais le mal nulle part.

— Le mal, c'est un mot plutôt fort.

— Je ne peux pas vous l'expliquer. Si vous l'aviez vu, vous comprendriez. Il y avait quelque chose de bizarre dans ce collectif artistique. Ils étaient tous un peu étranges. Je veux dire, comment les gens vivent, je m'en fiche, je dis pas qu'il faut se marier, avoir des enfants, réussir ou faire carrière, mais là-bas, y avait vraiment une atmosphère malsaine. J'ai beaucoup d'empathie, je suis vraiment sensible aux atmosphères. Je ne suis pas la seule, d'ailleurs. J'en avais parlé à quelqu'un d'autre qui est tout à fait d'accord avec moi. Je ne voulais pas que Josh reste là-bas, j'avais vraiment un mauvais feeling. Mais il avait besoin d'une chambre pas chère, parce qu'il s'était fait virer de St. Martin's, et elle a su en tirer profit, c'est comme ça que c'est arrivé.

— Qui était cette personne qui partageait votre avis sur North Grove ?

— Je ne me souviens pas, répondit Kea après une brève hésitation.

— Quelqu'un qui vivait là-bas ou qui suivait des cours ?

— Je ne me souviens plus ce qu'il faisait… Il était devant le bâtiment un jour, et on a bavardé, c'est tout.

— Vous avez d'autres raisons de croire que Preston Pierce est Anomie ?

— Oui, c'est un artiste numérique. Et il connaît le codage, donc il aurait pu créer le jeu. En plus, il était vraiment envieux du dessin animé, surtout quand ça a commencé à bien marcher. Mais là où je l'ai su, c'est quand Anomie m'a envoyé un message direct sur Twitter.

Kea attendit que Strike la relance.

— Continuez.

— Anomie a commencé par une phrase du genre « C'est pas un plan drague foireux », mais il voulait me dire que Josh m'avait vraiment maltraitée et qu'il croyait mon histoire. Je l'ai remercié et il m'a répondu : « T'as l'air un peu agressive, mais j'imagine que c'est compréhensible. »

— Anomie vous a reproché d'être agressive ?

— C'est la meilleure, non ? Il détestait Edie autant que… Je veux dire, il comprenait qu'elle racontait que des conneries et qu'elle était fausse. Moi je défendais seulement mes droits. Pendant quelques heures, il n'a pas réagi. Je m'en souviens, parce que après il s'est excusé en expliquant qu'il avait conduit le chat d'un ami chez le vétérinaire.

Strike prit cela en note.

— Autre chose ?

— Oui, à partir de là c'est devenu bizarre.

— C'est-à-dire ?

— J'ai répondu que j'espérais que le chat allait bien mais que j'aimais pas trop les chats parce qu'ils attaquent les oiseaux. Il m'a répondu : « Qui s'intéresse aux oiseaux ? » J'ai dit : « Moi, ma mère en élève et j'ai grandi avec. » Et là il a ajouté : « En fait ouais moi aussi je les aime bien. J'ai un perroquet. » J'ai cru qu'il se foutait de moi. Après, il m'a fait du rentre-dedans et m'a dit que si je lui envoyais des photos nue il relaierait mon histoire. J'ai dit : « Je t'envoie pas de photos nue, je sais pas qui tu es. » Il a répliqué : « En fait, on s'est déjà rencontrés. »

— « On s'est déjà rencontrés » ?

— Oui. J'ai pensé que c'étaient des conneries, comme cette histoire de perroquet. Qu'il disait ça juste pour m'intéresser. Du coup, je lui ai fait comprendre et il est devenu super agressif, il m'a traitée d'allumeuse et j'ai fini par le bloquer.

— Est-ce que je peux voir ces conversations ? demanda Strike en notant rapidement tout ce que Kea venait de raconter. Est-ce que vous en avez gardé des traces ?

— Non, vu que je l'ai bloqué. On n'y a plus accès. Quand je lui ai demandé de me laisser tranquille, il a tweeté « porte plainte ou ferme ta gueule, tu commences à nous emmerder » et tous ses fans en ont profité pour m'insulter, me dire que j'étais moche et menteuse.

— Quand est-ce que vous avez fait le lien avec Preston Pierce ?

— Juste après avoir bloqué Anomie. Ça a fait tilt. Tout concordait. Le couple qui gérait le collectif artistique avait un chat. Il est très vieux et il a perdu un œil. C'est le chat dont il devait parler. Et puis… Pez a essayé de coucher avec moi, quand je me suis séparée de Josh. Je suis allée à North Grove pour récupérer des affaires que j'avais laissées et Pez m'a dit que Josh et Edie étaient dans la chambre de Josh, je me suis mise à pleurer. Il m'a emmenée dans sa chambre où il a clairement essayé de me mettre dans son lit et je l'ai repoussé deux fois. C'est pour ça qu'Anomie est devenu aussi méchant.

Strike finit de prendre des notes puis demanda :

— O.K., c'est très utile tout ça. Est-ce que vous connaissiez d'autres personnes impliquées dans *Sang d'encre* ?

— Heu… Seb Montgomery, mais on n'a pas gardé contact. Et il y avait quelques vieux amis de Josh. C'est tout.

— Parmi ses vieux amis, est-ce qu'il y avait Wally Cardew ?

— Oui. On a bientôt fini ?

— Je n'ai plus beaucoup de questions. Vous êtes sûre que vous ne voulez pas un soda ? Ça pourrait vous faire du bien.

— Oui, pourquoi pas. Est-ce que je peux avoir un Coca ?

Un jour, Strike était parti acheter à manger à un suspect qui en avait profité pour se faire la malle, mais il n'avait aucune crainte avec Kea. Effectivement, quand il revint, elle était toujours cramponnée à la table.

— Vous m'avez vraiment beaucoup aidé, Kea. Juste deux ou trois choses encore… Que savez-vous du blog du Justicier numérique ?

— Pas grand-chose.

— Je me posais la question, parce que vous avez pas mal de contacts avec lui, déclara Strike en sortant d'autres documents de son dossier.

En réalité, Kea avait retweeté chaque publication du blog, sans exception. Strike observa son expression quand elle lut ses propres réponses aux posts du blog critiquant le dessin animé.

Le Justicier numérique @justiciernum

Certes, le monochrome c'est cool, mais quand noir = méchant et blanc = plus sexy, qu'est-ce que ça nous dit ?

Mon opinion sur la palette de couleurs problématique de Harty et Paperwhite

www.Justiciernumerique/LaPolitiquedesCoul…

09 h 38 28 février 2012

Kea Niven @realPaperwhite
Réponse à @justiciernum
ça me fait gerber que cette sale conne ait piqué mes idées pour en faire de la merde raciste

Kea tourna les pages, le visage fermé.

Le Justicier numérique @justiciernum

Elle fait des blagues innocentes sur le ver de terre, ou elle se moque de la fluidité des genres ?

Mon opinion sur les relents transphobes de The Worm.

www.Justiciernumerique/PourquoiTheWorm Est. . .

11 h 02 18 novembre 2012

Kea Niven @realPaperwhite
Réponse à @justiciernum
Juste pour être claire : elle m'a presque tout piqué SAUF The Worm. C'est son personnage et ça montre sa vraie nature.

Le blog avait provoqué le courroux de Kea en mentionnant la soi-disant discrimination envers les handicapés de *Sang d'encre*. Strike avait imprimé toutes les réponses de Kea à ceux qui se moquaient de l'idée que le dessin animé attaquait les handicapés.

Kea Niven @realPaperwhite
Réponse à @SpinkyDan @justiciernum
Avec ce genre de conneries contre les handicapés comme dans #SangDencre le taux de suicide chez les handicapés est en hausse

Zozo @sangdencre28
Réponse à @realPaperwhite @SpinkyDan @justiciernum
se moquer de la dépression c'est pas drôle je suis d'accord, maos Edie a dit qu'elle a été siucidaire avatn

Kea Niven @realPaperwhite
@sangdencre28 @SpinkyDan @justiciernum
si elle se tuait aujourd'hui, ça ferait du bien à des tas de gens handicapés

Elle rendit son document à Strike.

— Vous voulez quoi ? Que je vous dise que je suis désolée parce qu'elle est morte ? Je retire rien de ce que j'ai écrit.

Strike garda le silence.

— On a le droit de pas être triste quand des gens méchants meurent, insista Kea visiblement prise d'une émotion que Strike jugeait sincère. On a le droit d'être content quand des gens horribles meurent. Je ne vais pas prétendre que je suis désolée. Elle m'a littéralement pourri la vie. J'en ai marre de me sentir coupable. Et c'est à cause d'elle que Josh s'est fait poignarder.

— Comment ça ?

— C'est impossible qu'on ait voulu faire du mal à Josh. Quelqu'un a décidé de la tuer et il était là, donc il a été attaqué aussi.

— Qu'est-ce qui vous fait penser ça ?

— Parce que personne détestait Josh. Tout le monde savait que c'était elle la responsable de toute cette merde.

— Quelle merde ?

— Eh ben, tout ça, expliqua-t-elle en montrant les documents de Strike, étonnée qu'il ne comprenne pas. C'était un être humain horrible.

— Vous pensez qu'Edie a été tuée par quelqu'un qui n'aimait pas le dessin animé ?

— C'est pas le dessin animé. C'est les idées qu'il véhicule.

— Et qui en décide ?

Kea rit sèchement.

— Mais enfin… tout le monde !

— Est-ce que vous savez qui rédige le blog du Justicier numérique ?

— Je croyais que vous vouliez savoir qui est Anomie ?

— C'est vrai, mais il est possible que la même personne se cache derrière les deux comptes.

— Non, je ne sais pas qui c'est.

— Est-ce que le Justicier numérique vous a contactée, personnellement ?

— Non. Pourquoi ?

— O.K., répondit Strike en rangeant les tweets et en sortant les deux dernières pages de son dossier. Juste pour clarifier : selon vous, cette année, vous pensiez que Josh et vous faisiez un break, pas que vous étiez séparés définitivement ?

— Je… peut-être, je ne sais pas, répondit Kea d'une voix tremblante. Je dois y aller. Vraiment.

— Pendant ce laps de temps, vous vous êtes revus, comme amis ?

— On s'est croisés deux ou trois fois…

— Vous vous parliez à quelle fréquence ?

— Je ne sais pas… de temps en temps. Qu'est-ce que ça a à voir avec Anomie ?

— Josh vous a appelée la veille de son rendez-vous avec Edie au cimetière, n'est-ce pas ?

— Qui vous a dit ça, la police ?

— Non, votre mère.

Kea regarda Strike fixement.

— Super, merci maman. Waouh, c'est génial.

— Ce n'est pas grave qu'il vous ait appelée, si ? demanda Strike en l'observant attentivement.

— Non, mais il avait bu et j'entendais pas ce qu'il racontait. O.K. ? Je suis sûre que ma mère vous l'a dit, j'étais à Londres quand c'est arrivé, j'étais dans le métro quand ils ont été attaqués, ça a été confirmé par la vidéosurveillance.

— D'accord. J'ai une dernière…

— J'en ai marre, lâcha Kea en cherchant sa canne du regard. Il faut que j'y aille.

— Il faudrait m'expliquer ce dernier tweet, avant que je le transmette à la police.

Elle s'immobilisa. Strike fit glisser sa dernière page vers elle.

Ce tweet a été supprimé

Ce tweet a été supprimé

Ce tweet a été supprimé

Wally Cardew @The_Wally_Cardew
Réponse à @realPaperwhite

supprime ça ptn

12 h 39 12 février 2015

Ce tweet a été supprimé

Wally Cardew @The_Wally_Cardew
Réponse à @realPaperwhite

parce qu'il y a de meilleurs moyens

12 h 42 12 février 2015

Julius @i_am_evola
Réponse à @realPaperwhite

cette folle se motive à les tuer
😂😂😂

12 h 45 12 février 2015

Kea repoussa la page vers Strike, comme si c'était contagieux.

— Que disent tous ces tweets supprimés ? lui demanda-t-il.

— J'en sais rien. J'étais bourrée.

— Ils ont tous été envoyés le matin du jour où Josh et Edie ont été tués, non ?

Kea ne dit rien. Pour la première fois depuis le début de la conversation, elle avait l'air réellement au bord de la syncope. Elle était pâle, la respiration saccadée.

— Ce Julius a clairement interprété vos tweets comme une menace.

— Oui, mais lui, il me traite de pute sur les réseaux et me conseille de me tuer, donc j'en ai rien à foutre de ce qu'il pense.

— Wally Cardew semble vous donner un conseil, comme s'il vous connaissait.

— Les gens se parlent comme ça sur Twitter.

Sans un mot, Strike lui passa une dernière page.

En 2010, un compte baptisé Spoonie Kea dont l'extension était @pasunperroquet avait publié un selfie en noir et blanc montrant Kea plus jeune souriant depuis son lit. On la devinait nue sous le drap. À côté d'elle, un homme était allongé sur le ventre, la tête tournée de l'autre côté, probablement endormi, ses longs cheveux blonds étalés sur l'oreiller.

Sous l'image était postée une réaction :

Wally C @walCard3w
Réponse à @pasunperroquet
t'es belle

Spoonie Kea @pasunperroquet
Réponse à @WalCard3w
toi aussi ♥

Le dernier élément imprimé sur la page était extrait du tumblr de Kea, également daté de 2010.

Tout mes amis me disent : « coucher avec son meilleur ami pour se consoler, c'est pas la réponse » et moi je dis « ben ça dépend de la question »

— Il s'agit de vos comptes Twitter, à vous et Wally Cardew, n'est-ce pas ? Avant l'époque de *Sang d'encre*. Et ça, c'est bien votre compte tumblr ?

Toute pâle à présent, Kea ne dit rien.

— Je ne sais pas si Cardew et vous, vous couchez toujours ensemble ou si vous êtes simplement amis, dit Strike en rangeant les deux dernières pages dans son dossier avant de le refermer, mais si vous envisagez de le contacter après cet entretien, voilà trois excellentes raisons de ne pas le faire : d'abord, cet échange de tweets quelques heures avant le meurtre d'Edie paraîtra encore plus suspect si vous donnez l'impression de comploter ensemble.

— Je ne peux pas… J'apparais sur la caméra de surveillance du métro. Je n'aurais jamais…

— Ensuite, Josh Blay est paralysé. Si vous vous souciez un peu de lui…

Kea fondit en larmes. La plupart des clients la fixèrent du regard. Strike n'y prêta pas attention.

— Donc si vous vous souciez un peu de lui, vous allez faire en sorte de ne pas empêcher mon enquête, parce que c'est ce qu'il veut.

— Et enfin, Wally Cardew intéresse des gens beaucoup plus dangereux que moi. Si vous avez un peu de jugeote, cessez tout contact avec lui.

Toujours en larmes, Kea se leva et sortit, d'un pas bien plus rapide que quand elle était entrée, en s'appuyant malgré tout sur sa canne. Conscient d'être à présent l'objet de toutes les attentions, Strike vida sa pinte, se leva et se dirigea vers les toilettes. Il lança un regard noir aux plus curieux, s'assurant ainsi que plus personne ne le scruterait quand il ressortirait.

50

Amour, Amour, tu es plus fort que la Haine,
Plus durable, plus plein que l'art ; –
Ô amour béni, reviens, reviens,
Allumer la flamme qui ne peut s'éteindre.

Christina ROSSETTI,
What Sappho Would Have Said Had
Her Leap Cured Instead of Killing Her

Affublée d'une perruque et de lunettes sans correction, Robin attendait depuis presque une heure que Gus Upcott sorte de chez son dermatologue, aux tarifs certainement exorbitants. À treize heures, il finit par apparaître. Robin pensait qu'il retournerait vers le métro, au lieu de quoi il déambula dans le quartier, probablement pour trouver quelque chose à manger.

Gus était grand, maigre et voûté. Sur l'épaule droite, il portait un sac qui contenait sans doute un ordinateur portable, et son corps penchait légèrement de ce côté, à cause du poids. Anomie ne s'était pas connecté au jeu de la matinée ; Demony1 et Vilepechora étaient les seuls modérateurs présents.

Cinq minutes plus tard, après avoir dépassé quelques cafés qui, selon Robin, auraient davantage convenu à un jeune homme, Gus entra chez Fischer's, un restaurant viennois d'apparence traditionnelle et chic. Selon elle, il l'avait choisi pour son éclairage tamisé, gêné qu'il était par ses énormes plaques d'urticaires.

Après avoir donné à Gus le temps de s'installer, Robin entra. Le restaurant était animé et les murs jaunis par la nicotine étaient ornés de miroirs et de tableaux des années 1930. Gus s'était assis sur une banquette en cuir dans un coin reculé où il était impossible d'espérer jeter un coup d'œil discret à son écran d'ordinateur, qu'il avait déjà ouvert. Il mit des écouteurs et commença à taper sur son clavier, l'air totalement absorbé par sa tâche, sa vilaine peau presque camouflée dans la pénombre. Autant Seb Montgomery ne correspondait pas à l'image qu'on se faisait du troll, autant Gus Upcott, lui, s'y conformait davantage, même si cela paraissait un peu cliché. Robin ne pouvait s'empêcher d'avoir pitié de lui, si complexé.

Le serveur conduisit la détective jusqu'à une table à l'autre bout de la pièce, mais elle orienta sa chaise de façon à garder un œil sur Gus. Après avoir commandé un café, Robin consulta son iPad et vit que Demony1 et Vilepechora s'étaient déconnectés, remplacés par Hartella et Paperwhite.

Robin jouait depuis une minute à peine quand Strike l'appela.

— Tu peux parler ?

— Oui, je suis dans un restaurant, je surveille Gus Upcott. Où es-tu ?

— Assis dans la voiture. Je viens de quitter Kea. Anomie s'est manifesté ?

— Non. Comment c'était avec Kea ?

— Très intéressant. Elle pense qu'Anomie est Pez Pierce.

— Ah bon ? Pourquoi ?

Strike expliqua les raisons.

— Bon, j'imagine que c'est plausible. Qu'est-ce qu'elle a dit au sujet de Wally Cardew ?

— Quasiment rien. Je l'avais gardé pour la fin, par crainte que ça la fasse fuir. Ça n'a pas loupé.

— Mmm, fit Robin sans grande compassion en levant les yeux vers Gus, toujours en train de taper, écouteurs sur les oreilles. Si elle n'avait pas voulu qu'on sache qu'elle avait couché avec un type de l'ultradroite, elle aurait mieux fait de supprimer son compte, non ? Ou alors, elle a plusieurs comptes et elle n'arrive pas à tout suivre.

— Ça arrive souvent. Regarde notre ami Thurisaz. Et Gus, il fait quoi ?

— Il est sur son ordinateur. Malheureusement, il s'est installé dans un coin, je ne peux pas voir ce qu'il y a sur l'écran.

Au même moment, Gus étendit les longs doigts de sa main droite sur la table comme pour jouer un accord imaginaire avant de retourner à son ordinateur.

— Il est peut-être en train de composer, analysa Robin en observant Gus à la dérobée.

— Et son urticaire ?

— Pas d'amélioration. Continue sur Kea : est-ce qu'elle t'a montré ces soi-disant messages qu'elle aurait échangés avec Anomie ?

— Non. Elle m'a expliqué qu'on ne pouvait plus y accéder, parce qu'elle l'avait bloqué.

— Je vois. Tu penses qu'elle dit la vérité ?

— J'en suis pas sûr. Elle m'a raconté ça de façon très naturelle, sans avoir l'air de mentir, alors que le reste du temps, elle est assez comédienne. Elle prétend que Josh a admis qu'ils lui avaient volé ses idées, quand elle est sortie avec lui pour la deuxième fois, mais je ne suis pas convaincu. Elle m'a aussi assuré qu'elle n'avait jamais joué ou essayé de jouer à *Drek's Game*, ce qui est faux. J'ai réussi à prendre une photo de son historique de navigation quand j'étais chez elle.

— Comment tu t'y es pris ?

— Son ordinateur était ouvert sur le canapé. Sa mère était partie à ses trousses pour la rattraper, donc j'ai tenté le coup.

— Bien joué, commenta Robin, impressionnée.

— Elle s'est connectée au jeu, ou a tenté de le faire, ce matin.

— Tiens donc ! Elle ne pourrait pas être Paperwhite, la modératrice, par hasard ? Le nom d'utilisateur de Kea sur Twitter, c'est realPaperwhite.

— À toi de me le dire. C'est toi qui as parlé à Paperwhite.

— On n'a jamais vraiment eu de contact direct, mais Worm28 m'a dit un truc intéressant, l'autre soir. Apparemment, Anomie peut valider ou non les pseudos des joueurs quand ils s'inscrivent. Personne, dans *Drek's Game*, n'a le droit de porter le nom d'un personnage, je veux dire que ton nom ne peut pas être juste Harty ou Lord Wyrdy-Grob, ou autre.

— Question de statut, j'imagine. Ce qui est bien pratique pour Anomie.

— C'est vrai, mais Paperwhite a pu utiliser ce nom sans rien y ajouter.

Ils restèrent tous les deux silencieux, chacun suivant ses propres pensées, puis Strike reprit :

— Si Kea est Anomie, tout ce qu'elle m'a raconté sur le flirt d'Anomie, son agressivité, ce sont des conneries. Mais si elle n'est pas Anomie, on a appris quelque chose sur lui : il n'est pas aussi indifférent au sexe qu'on le croyait.

— Non, c'est vrai. Admettons que Kea soit Paperwhite. Est-ce que tu crois qu'Anomie sait qui elle est, et que cela expliquerait qu'il l'ait autorisée à garder ce nom ? Tu dois donner ton adresse email quand tu t'inscris, donc il y a une chance qu'Anomie, et peut-être Morehouse, connaissent l'identité des gens.

Robin entendit Strike bâiller.

— Désolé, je me suis levé tôt. Je vais acheter un truc à manger avant de reprendre la route.

— Avant que tu partes, il faut vraiment qu'on réfléchisse à nos costumes, tu sais.

— Nos costumes ?

— Pour le Comic Con. Si on y va.

— Ah oui. Très bien, j'y réfléchirai en rentrant au bureau.

Ils raccrochèrent et, pendant cinq minutes, Robin joua au jeu, levant de temps en temps les yeux vers Gus Upcott, qui ne fit rien de plus intéressant que picorer des frites d'une main et taper sur son ordinateur de l'autre, toujours concentré sur son écran, ou sur ce qu'il entendait dans ses écouteurs.

Puis un canal privé ouvrit sur l'écran devant Robin.

<Paperwhite MOD invite Buffypaws>

Paperwhite : salut

<Buffypaws a rejoint le canal>

Buffypaws : salut, qu'est-ce qui se passe ?

Paperwhite : Anomie veut savoir si tu seras au Comic Con

Buffypaws : il m'a déjà demandé

Buffypaws : et Hartella m'a demandé ce matin

Buffypaws : vous êtes payés pour poser la question ?

Paperwhite : lol non

Paperwhite : les modés exécutent juste les ordres du boss, comme d'hab

Buffypaws : oui j'espère venir

Buffypaws : j'ai pas encore mon tshirt

Paperwhite : super

Paperwhite : que tu viennes, je veux dire

Paperwhite : avec un masque ?

Buffypaws : il est sérieux ?

Paperwhite : carrément

Paperwhite : genre je pense pas qu'il laissera les gens revenir dans le jeu s'ils portent pas de masque

Buffypaws : ah ouais dis donc

Dans le jeu principal, Robin reconnut l'agitation habituelle signalant l'arrivée d'Anomie. Elle regarda la cape apparaître au point d'entrée du jeu, puis leva les yeux vers Gus Upcott. Il continuait de taper sur son clavier, la même expression sur le visage. Robin envoya un texto à Nutley, Midge et Shah pour les informer qu'Anomie venait de se connecter, puis retourna au canal privé où Paperwhite avait recommencé à lui parler.

Paperwhite : je peux te demander quelque chose ?

Buffypaws : bien sûr

Paperwhite : t'as parlé à Anomie le soir de l'élection ?

Paperwhite : sur un canal privé ?

Buffypaws : heu oui je crois

Paperwhite : il était comment ?

Robin hésita et réfléchit.

Buffypaws : comment ça ?

Paperwhite : il était bizarre ? je pense qu'il était bourré

Robin se demanda quoi répondre. Dire la vérité inciterait peut-être Paperwhite à faire des confidences. Mais d'un autre côté,

Paperwhite parlait peut-être au nom d'Anomie qui cherchait à vérifier si Robin avait reçu le message qu'il lui avait envoyé par erreur.

Buffypaws : je me rappelle pas vraiment. Il m'a demandé d'aller au Comic Con.

Buffypaws : il était peut-être bourré, mais si c'est le cas ça se voyait pas.

Paperwhite : c'est tout ce qu'il t'a dit ? d'aller au Comic Con ?

Buffypaws : oui, c'est tout

Buffypaws : mais j'ai dû aller m'occuper d'un truc au milieu de la conversation et quand je suis revenue, le canal était fermé

Buffypaws : alors il a peut-être dit d'autres trucs mais je les ai ratés

Paperwhite : ah ok

Buffypaws : pourquoi, il t'a dit des trucs bizarres ?

Paperwhite : pas vraiment mais j'ai pensé qu'il avait bu et je l'avais jamais vu comme ça

Paperwhite : il contrôle tout normalement donc bizarre qu'il boive tu vois ?

Buffypaws : lol ouais

Buffypaws : j'imagine que les génies ont le droit de se laisser aller parfois aussi

Paperwhite : lol il serait content de savoir que tu l'appelles génie

Paperwhite : hé, t'as croisé Morehouse ici récemment ?

Buffypaws : non

Durant la pause qui suivit, Robin leva la tête vers Gus Upcott. Il tapait toujours sur son clavier. Elle baissa les yeux vers son iPad. Anomie avait avancé dans le jeu mais ne parlait pas, en tout cas pas publiquement

Paperwhite : j'ai merdé

Buffypaws : comment ça ?

Paperwhite : j'ai fait une connerie

Buffypaws : ?

Paperwhite : avec Morehouse

Buffypaws : quoi ?

Paperwhite : j'ai mentionné un truc auquel Demony1 avait fait allusion une fois

Paperwhite : je voulais pas le blesser

Paperwhite : je voulais lui dire que je m'en fichais complètement

Paperwhite : mais il s'est déconnecté du jeu et j'ai pas pu lui parler depuis

Paperwhite : j'espère qu'il viendra au Comic Con pour qu'on puisse se réconcilier

Buffypaws : tu sais qui est Morehouse ?

>

>

Paperwhite : oui

Paperwhite : mais ptn lui dis rien

Paperwhite : il sait pas que je sais

Buffypaws : je dirai rien

Paperwhite : il m'a suivie sur internet d'abord

Paperwhite : donc il devrait pas m'en vouloir ms il est hyper susceptible

Paperwhite : je peux te faire confiance ok ?

Buffypaws : bien sûr

Paperwhite : s'il vient quand je suis pas là, tu peux lui dire que je suis dsl ? que je veux vraiment lui parler ?

Buffypaws : ok

Paperwhite : pourquoi je te dis tout ça ?

Buffypaws : parce que j'étais là et que t'avais besoin de parler à quelqu'un ☺

Paperwhite : lol ouais

>

>

Paperwhite : tu crois qu'on peut tomber amoureux de quelqu'un qu'on connaît pas ?

Robin scruta l'écran. Elle pouvait imaginer ressentir une attirance, une connexion, un désir profond de mieux connaître quelqu'un après une rencontre en ligne, mais de l'amour ? Ici dans *Drek's Game*, où on pouvait uniquement échanger des messages, sans même une photo pour piquer l'imagination ?

Buffypaws : peut-être

Paperwhite : t'as jms rencontré qqn en ligne ?

Buffypaws : si

Buffypaws : mais ça a pas marché. On s'est séparées

Paperwhite : je suis désolée

Buffypaws : non ça va

Robin leva une nouvelle fois les yeux. Gus Upcott demandait l'addition.

Buffypaws : je vais devoir y aller, désolée

Buffypaws : mais je le dirai à Morehouse si je le vois

Paperwhite : merci xxx

<Paperwhite a quitté le canal>

<Buffypaws a quitté le canal>

<Le canal privé est fermé>

Anomie continua à se promener dans le jeu, sans doute occupé par des conversations privées mais inactif par ailleurs. Gus avait ôté ses écouteurs pour les laisser pendre autour de son cou et il rangeait à présent son ordinateur portable. Robin leva la main pour demander la note, tout en gardant un œil sur le jeu au cas où Anomie écrirait quelque chose maintenant que l'ordinateur de Gus était dans son sac, ce qui aurait permis de l'éliminer. Anomie garda le silence tandis que Gus payait son addition, en évitant de croiser le regard de la jeune et jolie serveuse. Quelques minutes plus tard, il quitta le restaurant, Robin sur les talons.

51

Chose extraordinaire
D'être séparés après avoir été si proches –
Proches par la haine aujourd'hui, par un amour si fort hier

Augusta WEBSTER,
Medea in Athens

La perspective de passer prendre Madeline à la boutique à l'issue de sa soirée de lancement, l'emmener boire quelques verres puis se glisser au lit avec elle n'était pas déplaisante, mais Strike avait mal à la jambe à cause de son trajet jusqu'à King's Lynn et il aurait largement préféré rentrer seul chez lui. Mais comme tout était prévu, il ne pouvait plus reculer, donc il gara sa BMW dans son garage, mangea un kebab frites et tua le temps jusqu'à vingt et une heures, en essayant de ne pas prêter attention à la vague prémonition qui l'envahissait.

Quand il arriva dans Bond Street, il pleuvait. Il se dirigea vers la boutique de Madeline en boitant légèrement. Il longea des vitrines obscures et aperçut au loin un attroupement devant une devanture éclairée de mille feux. Des photographes mitraillaient deux femmes sous un grand parapluie. À en juger par la longueur de leurs jambes, c'étaient des mannequins qui portaient, sans aucun doute, des bijoux de Madeline. Manifestement, l'événement n'était pas terminé ; la presse n'avait pas encore quitté les lieux.

Strike s'abrita sous une porte cochère pour écrire un texto à Madeline.

« Je suis en retard. On se retrouve dans un bar ? »

Quelle que soit sa réponse, Strike avait l'intention de patienter là aussi longtemps que nécessaire, jusqu'à ce que les journalistes et les derniers invités se dispersent.

Un puissant effluve de cannabis lui parvint aux narines. Il se retourna et se rendit compte qu'il n'était pas seul : Henry, le fils de Madeline, et l'un de ses amis se tenaient là, en silence, vêtus de costumes. Ils se partageaient un joint.

En reconnaissant Strike, Henry lâcha le joint en murmurant « merde ». Son ami, qui ne savait pas qui il était, regarda Strike sans comprendre. Il hésitait à récupérer son joint par terre.

— T'inquiète, lança Strike à Henry. Je dirai rien.

Henry lâcha un petit rire nerveux.

Il eut envie de lui demander, en échange, de ne pas trahir sa présence, mais décida que ses affaires de cœur ne regardaient pas l'adolescent. Il continua donc de fumer sans s'occuper des deux jeunes.

Le copain ramassa son joint.

— T'en veux ? proposa-t-il à Strike.

— Non merci. J'essaie d'arrêter.

Le jeune rigola et tira une longue bouffée.

— T'es pas censé la rejoindre ? demanda Henry à Strike.

Il indiqua la bijouterie devant laquelle les mannequins plaisantaient avec les photographes.

— Ta mère a l'air assez occupée. Je vais la laisser terminer tranquillement.

L'autre jeune ouvrit de grands yeux.

— Oh, attends, c'est… le détective ?

Du coin de l'œil, Strike vit Henry acquiescer d'un hochement de tête.

— Merde !

— T'en fais pas, le rassura Strike. J'ai quitté la brigade des stups il y a longtemps. T'occupe pas de moi.

Une voiture avec chauffeur venait de se garer devant la boutique de Madeline. L'un des mannequins rentra rapidement dans le magasin, sans doute pour ôter les bijoux. L'autre continuait à bavarder avec le photographe sous le parapluie. Strike et les deux ados virent le photographe effleurer le bras du mannequin.

— « Kino escalation », commenta l'ami de Henry qui s'était approché pour voir la scène.

Henry éclata de rire.

— Je te jure ! C'est comme ça qu'il faut faire.

— D'après qui ? demanda Henry.
— Kosh.
— C'est des conneries.
— C'est scientifique, insista l'autre en tirant une nouvelle longue bouffée avant de passer le joint à Henry. Je te jure. D'abord des caresses, et de faux compliments. Genre il va lui dire qu'elle a des grands pieds, ou un truc comme ça.
— Ta gueule !
— Je te jure. On parie.
— J'ai rien à parier.
— T'as qu'à voir par toi-même.
— N'importe quoi.
— Tu devrais lire Kosh. Tiens, regarde…
Le photographe et le mannequin bavardaient toujours. Un éclat de rire leur parvint dans l'obscurité et le mannequin donna une petite tape joyeuse au photographe. Sa voix porta jusqu'à eux.
— T'es gonflé ! lâcha-t-elle.
— Qu'est-ce que je t'avais dit ? dit l'ami de Henry sur un ton triomphant.
Il jeta un coup d'œil à Strike.
— C'est pas vrai ? Si t'insultes une fille, enfin, si tu la critiques un peu, elle va tout faire pour essayer de te plaire ?
— Je compterais pas trop là-dessus, répondit Strike. Qui t'a donné ce conseil ?
— Kosh.
— C'est un de tes copains ?
— C'est un auteur américain. Il est spécialisé en techniques de séduction.
Le mannequin et le photographe étaient toujours en pleine conversation. Il lui effleura de nouveau le bras. Le portable de Strike sonna. Certain que c'était Madeline, il le sortit de la poche de son manteau. Le numéro était inconnu. Il décrocha.
— Strike.
Il y eut un bref silence. Puis une voix grave, rauque et déformée lui dit :
— Regardez la lettre dans son cercueil.
L'espace d'une seconde, Strike fut trop surpris pour réagir.
— Qui est-ce ?
Il entendait respirer à l'autre bout du fil.
— Lisez la lettre.
La communication fut coupée.

— Tu vois ? « Kino escalation », reprit le copain qui regardait toujours la scène. Tu la touches de plus en plus. Ça marche, regarde.

— Mais arrête tes conneries, pouffa Henry qui avait repris le joint.

Strike regarda son téléphone. L'appel n'avait pas été transféré depuis le bureau. Son interlocuteur avait directement composé son numéro. Il envoya un texto à Robin.

« Je viens de recevoir un deuxième appel pour nous conseiller de déterrer Ledwell. Cette fois il a dit : regardez la lettre dans son cercueil. »

Il rangea le téléphone dans sa poche.

— J'essaie ça en ligne, en ce moment et ça marche, dit l'ami de Henry.

— Comment tu peux faire ton kino machin en ligne ?

— Tu t'y prends différemment.

Une autre femme venait de sortir de la boutique de Madeline avec un petit sac. Elle regarda dans la rue, à gauche et à droite. Quand elle se tourna vers Strike, il la reconnut : Charlotte. Il recula dans l'obscurité de sa cachette.

— … tu leur dis des trucs comme « si c'est vraiment ta photo, tu dois en avoir marre des mecs qui te contactent, alors je vais te laisser tranquille »…

Henry éclata de rire. Strike entendit le cliquetis des talons de Charlotte qui se rapprochait d'eux. La rencontre était inévitable ; Strike s'en voulut de ne pas l'avoir anticipée.

— Je me disais bien que c'était toi !

Charlotte semblait amusée. Elle se tenait devant lui vêtue d'une robe noire moulante et d'un manteau de soie grise ouvert, chaussée de hauts talons, les cheveux détachés.

— Quand Madeline a fait la tête en regardant son téléphone, j'ai pensé : il lui a posé un lapin. Elle sera contente de savoir que tu te caches. Mais… Tu t'es battu ou quoi ?

Elle regardait la blessure sur la tempe de Strike.

— Non, répondit-il en écrasant sa cigarette sous sa chaussure.

Henry et son ami regardaient désormais Charlotte, l'air subjugué. Strike ne pouvait pas leur en vouloir.

— Je peux te piquer une cigarette ? demanda-t-elle.

— Désolé, j'en ai plus, mentit Strike.

— C'est presque fini. Gros succès. Elle est très douée, ta copine. J'ai acheté ça, c'est magnifique, non ?

Elle tendit sa fine main. Strike vit qu'elle arborait un énorme quartz au majeur. Il ne fit pas de commentaire. Cela ne sembla nullement perturber Charlotte.

— Je me suis demandé où vous étiez passés, tous les deux, lança-t-elle aux adolescents derrière Strike. J'imagine que vous vous ennuyiez là-bas.

L'ami de Henry balbutia une réponse incohérente. Sans se départir de son sourire, Charlotte s'adressa de nouveau à Strike.

— Comment va la fille de Pru ?

— Qui ça ?

— La fille de Pru, mon cher. Ta nièce.

Strike comprit qu'elle parlait de sa demi-sœur, Prudence.

— Aucune idée.

— Tu n'étais pas au courant ? Oh merde, fit-elle en perdant son sourire. Je n'étais sans doute pas censée te le dire.

— Maintenant que tu as commencé, termine.

Strike se rappela que Prudence avait évoqué une urgence familiale.

— C'est Gaby qui me l'a dit, expliqua Charlotte.

Gaby était une autre demi-sœur de Strike. Il la connaissait à peine, mais Charlotte et elle avaient évolué dans les mêmes cercles pendant des années.

— Sylvie est tombée d'un mur d'escalade. Un harnais mal fixé, ou quelque chose comme ça.

— Ah, je ne savais pas.

— Je croyais que Pru et toi étiez en contact, ces temps-ci.

— Je vois que Gaby a été bavarde.

— Ne sois pas fâché.

Il pouvait déceler l'effluve de Shalimar, malgré l'odeur de cannabis.

— Je ne voulais pas t'énerver.

— Je ne suis pas énervé.

La voiture garée devant le magasin de Madeline, où étaient montés les deux mannequins, s'éloigna enfin. Le photographe disparut dans la nuit. Les derniers invités quittèrent la boutique mais s'attardèrent sur le trottoir pour bavarder en riant.

— Henry ? lança une voix parmi le groupe.

— Merde, lâcha l'adolescent.

Son ami et lui se hâtèrent de retrouver sa mère, laissant la fin de leur joint se consumer au sol.

— Ça me fait envie, commenta Charlotte en baissant les yeux vers le joint. Mais il vaut mieux pas… Jago me surveille, comme je le fais avec lui.

Tout en disant cela, elle jeta un coup d'œil dans la rue en resserrant son manteau.

— Je suis allée voir McCabes, annonça-t-elle à Strike en le regardant dans les yeux. Ils ont mis quelqu'un sur le coup mais pour l'instant, ça n'a rien donné. Jago est vraiment très prudent. Je parie que tu aurais obtenu des résultats plus rapidement.

— Ils sont bons, chez McCabes.

— Ils ont intérêt.

Strike voulait s'éclipser mais n'avait pas envie de rejoindre le groupe devant la boutique, et qui prenait maintenant des selfies avec Madeline.

— Je voulais consulter Pru, pour une thérapie, ajouta-t-elle d'un ton songeur.

— Quoi ?

Elle avait sans doute cherché à le faire réagir.

— Il paraît qu'elle est vraiment compétente. Elle a fait des merveilles avec une de mes amies. Mais elle n'a pas voulu me prendre. Elle a dit que ce serait un conflit d'intérêts.

— De tous les psys de Londres, tu voulais consulter ma sœur ?

— Je ne savais pas à ce moment-là que vous étiez en contact.

— Ça n'en demeure pas moins ma sœur, sauf si tout ça s'est déroulé dans un univers parallèle.

— J'ai juste entendu dire qu'elle était très compétente, persista Charlotte sans se démonter. J'aimais bien l'idée de me confier à quelqu'un dont la famille est aussi ravagée que la mienne. J'en ai ras le bol de tous ces psys petit-bourgeois avec leurs conceptions poussiéreuses de la normalité.

Madeline était en train de pousser Henry et son copain dans un taxi. Le groupe d'invités se dispersait. Enfin seule, Madeline regarda vers Strike et Charlotte.

— Bon, je vais te laisser la féliciter, lança cette dernière.

Elle s'éloigna sous la pluie, ses talons hauts cliquetant sur le trottoir, ses cheveux bruns flottant derrière elle.

52

Je me pare de soies et de bijoux,
Me couvre de plumes telle une colombe ;
Ils applaudissent mes froufrous, mais ne voient pas
Que mon cœur se brise pour un peu d'amour…

Christina ROSSETTI,
L.E.L

Madeline, qui portait une robe ajustée en soie violette, avec un gros collier en améthyste et des talons vertigineux, se tenait immobile sur le trottoir, bras croisés, visage à moitié dans l'ombre, l'autre moitié éclairée par la vive lumière provenant de la vitrine. Tandis que Strike sortait de l'obscurité de sa cachette pour se diriger vers elle, il comprit qu'ils étaient sur le point de franchir une étape importante dans toute relation : la première grosse dispute.

— Salut, lança-t-il. Tu es magnifique. Comment ça s'est passé ?

Sans un mot, elle lui tourna le dos et rentra dans sa boutique en passant devant un vigile aussi costaud que Strike.

Deux jolies jeunes femmes qu'il supposa être des vendeuses, toutes les deux vêtues de noir, enfilaient leur manteau tout en regardant Strike avec curiosité. Trois serveurs en veste blanche débarrassaient des coupes à champagne vides posées sur des tables basses et des étagères en verre. La boutique, où Strike pénétrait pour la première fois, ressemblait à l'intérieur douillet d'une boîte à bijoux, avec ses tentures de velours bleu nuit, ses ornements dorés et son tapis persan.

— C'est magnifique, commenta-t-il.

Madeline salua les vendeuses puis rattrapa un des serveurs dans une autre pièce, pour lui demander de débarrasser les derniers verres avant de partir. Elle ajouta qu'il n'avait pas à se soucier de nettoyer les vitrines : les filles s'en chargeraient le lendemain matin.

Quatre photos de mannequins grandeur nature étaient posées sur des chevalets dorés. Une femme noire aux cheveux longs portait des boucles d'oreilles en diamants qui frôlaient ses épaules ; une rousse regardait l'objectif derrière ses doigts entrelacés portant chacun une bague de saphir ; une blonde portait une broche sur un œil, comme un cache ; et Charlotte le regardait avec son sourire de Mona Lisa, portant un harnais en or serti d'émeraudes brutes.

Madeline réapparut, suivant les traiteurs qui portaient tous un grand carton rempli de verres sales.

— Vous pouvez y aller, Al, dit-elle au vigile. Je vais fermer et mettre l'alarme.

— Vous êtes sûre ?

— Oui, allez-y.

Elle appuya sur un bouton situé à côté d'un bureau en bois, dans un coin. Un rideau de sécurité en acier commença à s'abaisser devant les vitrines.

Strike devinait que Madeline avait beaucoup bu. Elle était rouge et sa voix légèrement plus grave. Elle continua d'éviter son regard jusqu'au départ des serveurs, des traiteurs et du vigile. Quand ils se retrouvèrent enfin seuls, les fenêtres opaques, Madeline se tourna vers lui.

— Je savais que tu ferais ça.

— Quoi ?

— Tu pouvais même pas venir deux minutes à la fin.

— Il y avait encore un photographe dehors.

Elle lâcha un rire aigu.

— Écoute-toi ! Tu te prends pour qui ? Ton père ?

— C'est-à-dire ?

— Si Jonny Rokeby se pointait ici, alors oui les journalistes se battraient pour le photographier. Putain. T'es pas aussi célèbre que ça. Reviens sur terre.

— Je ne *veux* pas voir ma photo dans la presse, expliqua Strike calmement. Je te l'ai répété plusieurs fois. Je ne veux pas qu'on me reconnaisse.

— Et quand tu papotes avec Charlotte Campbell dans une allée sombre, t'as plus peur des paparazzi ? Elle m'a dit ce soir que Jago voulait te traîner dans leur divorce…

— C'est sympa de sa part, ironisa Strike qui commençait à perdre patience.

— Ça aurait été surtout sympa que je l'apprenne par toi plutôt que devant une vingtaine de personnes à ma putain de soirée…

— Mais bordel, tu crois que j'avais envie qu'elle fasse ça ?

— Et moi qui ai dû faire semblant d'être au courant. Alors dis-moi, quand est-ce que tu l'as quittée, réellement ?

— Comme je te l'ai dit : il y a presque cinq ans.

— Et pourquoi Jago veut te coincer ?

— Parce qu'il me déteste.

— D'après Charlotte, il aurait trouvé des échanges de textos entre vous.

— Des textos dans lesquels elle essayait de raviver la flamme. Je n'ai rien demandé.

— En fait, tu te prends vraiment pour Jonny Rokeby, hein. Les femmes se jettent sur toi sans que tu aies rien demandé, c'est ça ?

— Non, tu as été la première.

Madeline saisit ce qui lui tombait sous la main, à savoir une boîte à bijoux en bois, et la balança. Elle avait tellement mal visé qu'elle aurait raté Strike et brisé la vitre s'il n'avait pas tendu le bras pour la rattraper. Madeline avança vers lui.

— Tu ne veux pas qu'on sache que tu es avec moi !

— J'en ai rien à foutre que les gens le sachent ou pas.

— C'est pas ce que dit Charlotte !

— Quand est-ce que tu vas comprendre que tu peux pas faire confiance à ce que raconte Charlotte Campbell ?

— Est-ce que t'as dit à ta chère Robin qu'on était ensemble ?

— Oui.

— Avant ou après que Charlotte le lui a appris ? Parce que d'après Charlotte, elle avait l'air sous le choc.

— Réveille-toi, putain ! Charlotte cherche à causer le plus d'ennuis possible !

— Elle pense que si tu étais venu à ma soirée, ça aurait prouvé ton engagement envers moi.

— Elle remue la merde, Madeline, putain !

— Tu as fait taire toutes tes copines depuis…

— Je ne te fais pas taire !

— Pourquoi tu te cachais dans le noir en prétextant être retardé ?

— Je viens de te le dire.

— Tu espérais tomber sur Charlotte quand elle sortirait ?

— Faudrait te décider : je te trompe avec Charlotte ou Robin ?

— Peut-être les deux : ton père ne s'est jamais limité à une seule.

— Mentionne encore une fois mon père et je m'en vais.

Ils se fusillèrent du regard et l'immense portrait de Charlotte avec son harnais serti d'émeraudes les regardait, un demi-sourire aux lèvres.

— Ce que pense Charlotte te préoccupe plus que ce que je pense, moi, commenta Strike. C'est pour ça que tu voulais que je passe te prendre ici ? Pour lui prouver que tu me mènes par le bout du nez ?

— Tu m'avais jamais dit que tu avais couché avec Ciara Porter !

— Quoi ?

— Tu m'as entendue !

— Pourquoi je t'aurais parlé de ça, bordel ? C'était un coup d'un soir !

— Ni que tu étais sorti avec Elin Toft !

— Non mais, je t'ai demandé une liste de tous tes ex ?

— Ce sont des gens que je connais !

Strike sentit son portable vibrer dans sa poche et le sortit.

— T'as pas intérêt à répondre ! hurla Madeline tandis qu'il baissait les yeux sur un message de Robin.

« La voix ressemblait à quoi ? »

Strike commença à composer une réponse.

— Tu m'as entendue ?!

— Oui, je t'ai entendue.

Il continua son message

« Comme la dernière fois. Dark Vador.
Je pense que c'est un logiciel pour modifier la voix. »

Il remit son portable dans sa poche et, quand il releva les yeux, Madeline affichait un affreux rictus.

— Tu disais ?

— Je disais : je croyais que Charlotte était une ano…, commença-t-elle en trébuchant sur le mot à cause de l'alcool, une anomalalie. Valentine raconte que vous vous êtes rencontrés à la fac. Je croyais que l'argent, la célébrité, tout ça t'intéressait pas, et puis je découvre que t'as couché avec la moitié des célébrités de Londres !

— Donc je baise toutes les stars mais je veux pas être photographié avec toi, c'est ça ?

— Peut-être pour que la prochaine croie que tu l'aimes pour ce qu'elle est, pas pour son argent !

Strike pivota et se dirigea vers la porte.

— Cormoran !

Mais il avait déjà ouvert la lourde porte pour s'engager dans la nuit.

— Cormoran !!

Son téléphone vibra de nouveau. Il le sortit et lut le message de Robin. La pluie tambourinait sur son écran. Il entendit Madeline lui emboîter le pas, dans un cliquètement de talons et de clés.

« Un troll ? Combien de gens savaient qu'il y avait des lettres dans le cercueil ? »

Strike répondit tout en marchant :

« Bonne question »

Un autre message de Robin arriva quelques secondes plus tard.

« Je viens d'apprendre un truc intéressant dans le jeu. Si on peut s'appeler maintenant. Sinon ça peut attendre. »

Il venait de répondre « **Maintenant c'est bon** » quand il entendit un cri et un bruit de chute derrière lui. Il se retourna : Madeline avait glissé. Elle était tombée, avait lâché les clés et elle était étalée de tout son long sur le trottoir mouillé.

— Putain, grommela-t-il en boitant vers elle.

Madeline essaya de se relever, mais un de ses talons était cassé. En larmes, elle attrapa la main de Strike pour se redresser. Un de ses genoux était en sang.

— Abrite-toi là, lui dit Strike en la guidant vers une porte cochère avant d'aller ramasser les clés. Tu as laissé la porte ouverte ?

Elle hocha la tête, sanglotant toujours.

— Corm, je suis désolée… je suis désolée… je pensais rien de tout…

— Allons fermer cette fichue porte avant qu'on te dévalise.

— Attends…

S'appuyant sur lui, elle enleva ses chaussures. Pieds nus, beaucoup plus petite à présent, et toujours en sanglots, elle l'accompagna jusqu'à la boutique, jetant au passage ses talons violets à la poubelle.

— Corm, je suis désolée… ça a été tellement stressant et… je le pensais pas, honnêtement.

De retour dans la boutique, elle se laissa tomber dans un fauteuil, enfouit son visage dans ses mains et pleura. Strike poussa un profond soupir et posa les clés sur une vitrine en verre remplie de pendentifs scintillants.

— Est-ce que je t'ai déjà demandé un centime ? Est-ce que je t'ai demandé une seule fois de payer pour moi ?

— Jamais… jamais… je ne sais pas pourquoi j'ai dit ça… c'est tout ce qu'a dit Charlotte… J'ai découvert que Jim me trompait parce que je suis tombée sur des textos… Il avait acheté des cadeaux à cette fille avec mon argent et… je suis désolée, vraiment…

Elle leva les yeux vers lui. Elle était belle, même avec ses cheveux qui commençaient à frisotter et son mascara qui coulait.

— Il va falloir nettoyer ce genou, dit-il.

Madeline se leva du siège et le prit dans ses bras. Au bout d'un moment, il fit de même et déposa un baiser sur sa tête toute mouillée.

— Je suis désolée, répéta-t-elle.

— Je ne suis pas Jim.

— Je sais, hoqueta-t-elle. Je sais. J'aurais pas dû boire autant de champagne.

— Tu devrais surtout pas écouter cette peste de Charlotte Campbell, répliqua Strike d'un ton ferme.

— Je ne le ferai plus… Je sais que j'aurais pas dû.

Il se défit doucement de son étreinte.

— Va nettoyer ton genou. J'ai un coup de fil professionnel à passer. À Robin. Ça ne veut pas dire que je couche avec elle.

— Je… je sais, répéta Madeline moitié riant moitié pleurant.

— O.K. Je vais rester là devant la porte pour donner l'impression que je suis le mec de la sécurité.

Madeline se dirigea vers les toilettes en reniflant. Strike se posta devant la porte d'un air imposant et appela Robin.

— Salut, dit-elle. Ça aurait pu attendre.

— C'est bon, vas-y.

— Worm28 – je veux dire Zoe – m'a dit qu'elle s'était disputée avec Yasmin Weatherhead – Hartella, tu sais – hier soir, sur le canal des modérateurs. Yasmin a dit quelque chose du genre « un fan n'aurait pas pu les poignarder parce qu'il n'aurait jamais attaqué Josh ». Zoe s'est mise en colère et a demandé à Yasmin si elle pensait qu'Edie avait bien mérité ce qui lui était arrivé. Bref, Zoe m'en a parlé et elle a insinué que Yasmin et Anomie auraient une sorte de business ensemble. Un business lucratif.

— Ah bon ?

— Apparemment, il aurait interrogé Yasmin sur le canal des modérateurs au sujet du pourcentage qu'il allait toucher. Yasmin n'a pas répondu devant les autres, mais Zoe pense qu'ils ont échangé sur un canal privé ensuite.

Madeline ressortit des toilettes, rafraîchie. Elle adressa à Strike un sourire tremblotant puis se mit à vérifier que toutes les vitrines étaient verrouillées.

— Très intéressant, commenta Strike. Comme quoi, Morehouse n'est peut-être pas le seul à savoir qui est Anomie.

— Je sais. Je me demande si on pourrait approcher Yasmin comme on l'a fait avec Tim Ashcroft.

— En prétextant une interview journalistique ?

— Exactement. Sous prétexte d'écrire un article sur *Sang d'encre*. Vu qu'elle était là dès le début, et tout ça.

— C'est une idée. Je vais devoir y aller, mais on en reparle demain.

— Super, à demain.

Elle raccrocha. Strike se retourna vers Madeline, qui avait enfilé son manteau.

— Il va falloir prendre un taxi, dit-il en regardant ses pieds nus.

— Je suis désolée, murmura-t-elle.

— Tu es pardonnée.

Il lui adressa un sourire forcé.

Alors que Madeline prenait son téléphone pour appeler un taxi, Strike sortit fumer une cigarette. Cette soirée avait ravivé tout un tas de souvenirs de sa vie avec Charlotte : les cris, la violence, les irruptions de jalousie irrationnelle et des accusations en tous genres. La différence, c'était qu'il avait aimé Charlotte, malgré tout. Sans amour, ce genre de comportement n'avait aucun intérêt pour Strike. La pluie continuait de tomber et, tout en fumant, il songeait qu'il aurait préféré se trouver à des kilomètres de Bond Street.

53

Doux est le marais rempli de secrets,
Jusqu'à ce qu'on croise un serpent…

Emily DICKINSON,
XIX: A Snake

Tchats internes entre quatre modérateurs de *Drek's Game*

<Un nouveau canal privé a ouvert>

<20 mai 17 h 38>

<Anomie invite Morehouse>

Anomie : tu nous as manqué, mek

>

<Morehouse a rejoint le canal>

Morehouse : ah bon ?

Anomie : ouais

Anomie : Paperwhite est là H24 et demande à tout le monde si on t'a vu

Morehouse : je venais voir si Vilepechora et LordDrek étaient

<Un nouveau canal privé a ouvert>

<20 mai 2015 17 h 40>

<Paperwhite invite Morehouse>

Paperwhite : oh t'es là !!!

>

>

>

>

Paperwhite : Mouse, parle-moi stp

partis, mais non apparemment

Anomie : non

Anomie : mais ils partiront après le Comic Con

Morehouse : vire-les maintenant putain

Anomie : j'ai un plan, ok ?

Morehouse : comme quand tu devais « vérifier » leurs profils ?

Anomie : ils seront bientôt partis, promis. J'y travaille

Morehouse : tu ne fais que reculer l'échéance

Morehouse : parce que c'est « des bons modés » et qu'ils ont juste fait ça « pour se marrer »

Anomie : non

>

Anomie : t'avais raison, ok ?

Anomie : c'est des ptn de nazis

Morehouse : et comment t'est venue cette illumination, exactement ?

>

Anomie : j'ai changé d'avis, c'est tout

>

Paperwhite : s'il te plaît

>

>

>

>

>

>

>

<Morehouse a rejoint le canal>

Morehouse : salut

>

Paperwhite : Mouse, je veux m'excuser, je dors plus, j'arrête pas de penser à ça. Je suis super désolée, j'aurais pas dû dire ça

Morehouse : c'est bon

Paperwhite : non

Morehouse : j'étais juste énervé contre Demony1 parce qu'elle a ouvert sa grande gueule

>

Paperwhite : quoi ?

Paperwhite : Demony1 est une fille ?

Morehouse : ouais. Elle aime bien faire

<Un nouveau canal privé a ouvert>

<14 mai 2015 17 h 42

<Demony1 invite Morehouse >

Morehouse : un retournement d'opinion qui a coïncidé, comme par hasard, avec le fait que je te demande de choisir entre eux et moi

Anomie : et alors ? t'as ce que tu voulais non ?

>

Morehouse : tu comprends tjs pas putain ?

>

>

Morehouse : c'est des fachos et on dirait que tu t'en fous royalement

Anomie : tu te prétends scientifique ? Elles sont où, tes preuves ?

>

>

>

>

>

>

Anomie : laisse-moi deviner : tu parles à Paperwhite sur un autre canal

Morehouse : et alors ? c'est quoi ton pb avec Paperwhite et moi ? croire qu'elle est un mec, en ligne

>

>

>

>

Morehouse : comment va ta mère ?

Paperwhite : pas terrible

Paperwhite : ses cheveux ont commencé à tomber

Morehouse : merde

Paperwhite : ouais

>

Paperwhite : mais tant que ça marche

Morehouse : ouais

>

Paperwhite : c'est super de te parler

Paperwhite : tu m'as vraiment manqué

Morehouse : toi aussi tu m'as manqué

Paperwhite : alors on n'est plus fâchés ?

>

>

Morehouse : non x

Demony1 : je veux te parler

>

<Morehouse a rejoint le canal>

Demony1 : j'ai PAS dit à Paperwhite que t'étais handicapé ok ?

Demony1 : si qqn lui a dit c'est Anomie, pas moi

Demony1 : alors vérifie tes infos avant de m'envoyer un email comme ça

>

Morehouse : ok, peu importe

Demony1 : peu importe ?

Morehouse : tu te rappelles tjs ce que tu dis aux gens ?

Demony1 : ta gueule

Demony1 : je sais ce que tu sous-entends

>

Morehouse : je sais de quoi t'es capable après une demi-bouteille de vodka

Demony1 : va te faire foutre

Demony1 : je lui ai jamais dit que t'étais handicapé

Anomie : aucun pb, mek

Morehouse : je pense qu'elle te plaît

Anomie : comment ce serait possible, mek ?

Morehouse : tu sais qui c'est. Quand elle s'est inscrite

Anomie : tu crois que les adresses emails m'excitent ?

Morehouse : peut-être que son adresse contient son vrai nom et que tu es allé voir

Anomie : tu te trompes, j'en ai rien à foutre de qui c'est

>

Anomie : si tu veux t'engager ds un truc avec elle, hésite pas

Morehouse : et la règle 14 ?

Anomie : on s'en fout, t'es cocréateur, fais ce que tu veux

Morehouse : tu parles, je peux pas faire ce que je veux

Morehouse : pas avec elle en tout cas

>

Anomie : pourquoi ?

Anomie : apparemment, elle te kiffe

Paperwhite : tu vas aller au Comic Con ?

>

>

Paperwhite : hein ?

>

Morehouse : je peux pas y aller

>

Morehouse : mais tu peux y aller avec ton copain

>

>

Paperwhite : quoi ?

>

Morehouse : ton copain

>

>

>

>

Morehouse : t-shirt coupé, musclé, blond

>

Paperwhite : tu disais que tu savais pas qui j'étais

>

>

>

>

Morehouse : peut-être pas de façon explicite

Demony1 : ok, j'ai dit quoi alors ?

>

>

>

>

>

>

>

>

>

>

>

Morehouse : t'as sans doute raconté une de tes blagues super marrantes avec un fauteuil roulant

Demony1 : c'était y a un an ptn et je t'ai dit désolée un million de fois

>

>

>

>

>

>

Morehouse : tu sais pourquoi

>

>

>

>

>

>

Anomie : mek ?

>

>

>

>

>

>

>

>

>

Morehouse : quoi ?

Anomie : si je vire LordDrek et Vile, tu restes ?

Morehouse : bordel, t'écoutes rien. Mon pb, c'est que t'en as rien à foutre de ce qu'ils ont peut-être fait

Paperwhite : ça aurait jamais commencé si t'avais bien voulu me rencontrer ou m'envoyer une photo

Paperwhite : un soir j'étais bourrée, il était là

Paperwhite : c'est pas gentil à dire mais c'est vrai

Morehouse : ça a plutôt l'air de te rendre heureuse d'après ta page Instagram

Paperwhite : peut-être que j'espérais que t'allais la voir et que tu serais jaloux

Paperwhite : toute cette histoire est à sens unique : je t'envoie des photos, pas toi, je veux te rencontrer, tu dis non

Paperwhite : ce qu'on a toi et moi c'est mieux

Paperwhite : mais comment je peux savoir que tu dragues pas 100 filles à la fois ?

>

>

>

>

>

Morehouse : t'as fait la seule chose que je t'ai demandé de jamais faire

Morehouse : merde, j'essayais de t'aider

Demony1 : arrête ta morale

Morehouse : je te fais pas la morale. Je te traite en adulte, pour une fois

Demony1 : comment ça pour une fois ?

Demony1 : écoute, t'as été super sympa quand j'ai eu ts mes pbs et j'ai pas voulu te blesser ou t'offenser

Demony1 : je sais que je t'ai blessé et j'ai tout essayé pour m'excuser mais vu que tu réponds jms à mes messages, c'est difficile de se réconcilier

Demony1 : mais j'ai jms dit à personne que t'étais handicapé

Demony1 : pourquoi je ferais ça ?

>

>

>

>

>

>

Anomie : ils ont pas pu tuer Ledwell, je te l'ai déjà dit

>

Morehouse : comment tu peux être sûr ?

Anomie : parce que c'est moi qui l'ai fait, évidemment

Morehouse : putain, qu'est-ce qui cloche chez toi ?

Morehouse : je suis à deux doigts de te croire, t'en as conscience ?

Morehouse : t'arrêtes pas de dire ça dans le jeu

Morehouse : et si quelqu'un te prend au sérieux et appelle la police ?

Anomie : ça va je rigole

Anomie : avant on pouvait rigoler

Morehouse : oui

Morehouse : comme j'ai dit à Paperwhite : j'ai l'impression de plus savoir qui tu es, franchement

Morehouse : Ledwell est morte, Blay est tjs hospitalisé et tu t'en fous

Morehouse : pour toi c'est juste une blague

>

>

Morehouse : c'est pas le cas

Morehouse : j'ai beaucoup réfléchi pendant mon absence du jeu

>

>

>

Paperwhite : Mouse, s'il te plaît me dis pas que tu pars

Paperwhite : s'il te plaît

>

Paperwhite : ok, bon si tu pars j'ai rien à perdre, si ?

>

>

Morehouse : ?

>

>

Paperwhite : je sais très bien qui tu es, V****

Paperwhite : et tu peux pas râler vu que t'es allé fouiner et que t'as découvert qui j'étais

>

>

>

>

Morehouse : peut-être pour foutre la merde entre Paperwhite et moi

Demony1 : c'est un mensonge ptn

Demony1 : j'ai jamais voulu sortir avec toi, si c'est ce que tu veux dire

Demony1 : je pensais juste que t'étais mon ami

>

>

>

>

>

>

>

>

>

>

>

>

>

>

>

>

>

>

>

Anomie : et alors, j'aime bien l'humour noir t'as qu'à porter plainte

>

>

>

>

Anomie : si tu veux que je dise que c'est une tragédie évidemment que oui

Anomie : mais vu que tout le monde sait que je détestais Ledwell, je vais pas jouer les hypocrites

>

Morehouse : y a un minimum de décence putain

>

>

>

>

Anomie : O.K., je vais faire preuve de décence, virer

Paperwhite : tu me suis même sur Twitter avec ta vraie adresse

Paperwhite : et si ça peut te rassurer, maintenant que je sais qui tu es, je te trouve encore plus incroyable qu'avant

>

>

Paperwhite : aujourd'hui j'ai dit à Buffypaws que je suis amoureuse de toi

Paperwhite : tu peux vérifier si tu me crois pas

>

>

>

Morehouse : t'es sérieuse ?

>

Paperwhite : à quel sujet ?

Paperwhite : merde, j'ai jamais autant chialé pour un mec. Une vraie fontaine

Morehouse : tu penses savoir qui je suis ?

Paperwhite : au milieu de la photo, chemise verte, lunettes, fauteuil roulant, super sourire, très belles dents

>

Morehouse : j'étais ton ami

Morehouse : mais t'as trahi ma confiance

Morehouse : j'avais de très bonnes raisons pour pas vouloir qu'on sache que j'ai cocréé ce jeu

Morehouse : donc j'avais pas envie de voir une ado de seize ans bourrée multiplier les sous-entendus en se croyant drôle/intelligente

Demony1 : je t'ai dit que j'étais désolée, qu'est-ce que je peux faire de plus ?

Morehouse : rien

<Demony1 a quitté le canal>

<Morehouse a quitté le canal>

<Le canal privé est fermé>

LordDrek et Vile, toi tu te tapes Paperwhite autant que tu veux et le jeu continue, d'accord ?

>

>

>

>

>

>

Anomie : Morehouse ?

>

Morehouse : quoi ?

Anomie : si je fais tout ça, tu restes ?

>

>

>

>

>

>

Morehouse : je vais y réfléchir

>

>

>

Anomie : putain tu me facilites pas les choses

>

>

>

>

>

Morehouse : et t'as dit à Buffypaws que tu m'aimes ?

Paperwhite : je lui ai demandé si on pouvait tomber amoureux de qqn qu'on avait jms rencontré

Paperwhite : parce que ça s'est passé avec toi je crois

>

Paperwhite : te sens pas obligé de me dire pareil

Morehouse : lol

Morehouse : eh ben

Morehouse : moi aussi

Paperwhite : en vrai ?

Morehouse : oui

Paperwhite : <3<3<3<3<3<3<3<3

Paperwhite : si on se contacte sur Twitter je peux t'envoyer mon 06 en privé

Morehouse : non, je veux pas parler au téléphone

>

>

Anomie : t'es tjs là ?

>

>

>

Morehouse : dis-moi un truc

Morehouse : comment tu envisages la fin du jeu ?

>

>

Anomie : comment ça ?

>

Morehouse : ben ça va pas continuer pour toujours

>

>

>

Anomie : pourquoi pas ?

>

>

>

>

>

Morehouse : parce que les gens grandissent, ils se lassent

Morehouse : pas pour la première fois

>

>

>

Paperwhite : t'as des pbs d'élocution ou un truc comme ça ?

Morehouse : oui

Paperwhite : ça peut pas être si terrible

Paperwhite : t'as parlé au téléphone avec Anomie l'autre fois

Morehouse : c'était une urgence

Morehouse : mais il me comprend parce qu'on s'est beaucoup parlé sur FaceTime quand on a créé le jeu

Paperwhite : alors on peut s'appeler sur FaceTime

Morehouse : écoute, c'est difficile pour moi

Paperwhite : je comprends

Morehouse : non, tu peux pas, vu comme tu es belle

Morehouse : cette photo que t'as vue ne raconte pas toute l'histoire

>

Anomie : c'est pour ça qu'il faut qu'on continue à améliorer le jeu

>

>

Morehouse : ça peut pas durer éternellement

Anomie : ça durera aussi longtemps que je veux

>

>

Anomie : c'est nous qui décidons maintenant

Morehouse : c'est-à-dire ?

Anomie : on a le pouvoir. On peut faire en sorte que Sang d'encre reste comme on l'imagine

Morehouse : t'as conscience de parler comme un mégalo ?

Anomie : la volonté de pouvoir, c'est ce qui fait tourner le monde

Morehouse : je pensais que c'était l'amour ?

Anomie : l'amour c'est pour les chochottes

Paperwhite : quoi, t'as pas de jambes ?

Morehouse : lol

Morehouse : si

Morehouse : mais ça montre pas comment je parle ou comment je bouge

Paperwhite : je m'en fous

>

Morehouse : facile à dire

Paperwhite : alors on pourra jamais se voir ou parler irl ?

>

>

>

>

Morehouse : tu vas au Comic Con le 24 ?

>

Paperwhite : j'y vais si t'y vas

Morehouse : je vais essayer

>

Paperwhite : <3<3 <3 <3 <3 <3 <3 <3

Paperwhite : je t'aime

Morehouse : je t'aime aussi

54

... des masques en pagaille ;
Des masques de chair brumeux, dénués de sang m'entourent,
Agitant sans cesse des orbes et des bâtons...

Christina ROSSETTI,
A Castle Builder's World

Le lendemain de la soirée de Madeline, Strike et Robin se retrouvèrent au bureau où ils convinrent d'utiliser le personnage de Venetia Hall, qui avait déjà un site Internet et un compte Twitter, pour approcher Yasmin Weatherhead. Robin peaufina la bio de Venetia sur son compte Twitter pour renforcer son parcours de journaliste, et passa trois heures à écrire deux articles sur *Sang d'encre* pour medium.com sous le nom de Venetia.

— C'est nul, dit-elle plus tard à Strike au téléphone.

Il avait dû partir pour Sloane Square où il observait Fingers déjeuner une nouvelle fois au restaurant The Botanist.

— J'ai fait une compilation à partir de plein d'autres articles.

— N'importe qui peut écrire sur Medium, non ?

— Si, mais Venetia est censée être vraiment journaliste.

— Bon, avec un peu de chance, le niveau littéraire de Yasmin ne sera pas trop élevé.

Quoi qu'il en soit, Yasmin Weatherhead s'avéra aussi enthousiaste que Tim Ashcroft de parler à Venetia Hall : Robin reçut une réponse prometteuse vingt-quatre heures plus tard.

« Bonjour Venetia,

Quelle surprise de recevoir votre email ! Oui je suis « la » Yasmin Weatherhead qui a travaillé pour Josh et Edie. Secouée par ce qui s'est passé, comme vous pouvez l'imaginer. Toute la communauté de fans est encore sous le choc. C'est horrible. Nous prions tous pour que Josh se remette complètement.

Oui, je suis toujours très fan de *Sang d'encre*, en fait je suis même en train d'écrire un livre sur le sujet ! Je ne sais pas si vous connaissez *Drek's Game*, un jeu où de nombreux fans se rassemblent pour parler du dessin animé et de la franchise ? Mon livre parle aussi du jeu et de son rôle au sein de la communauté.

Donc oui, je serais ravie de parler avec vous ! Quelle date vous conviendrait ? Comme vous le savez, je travaille pour Lola June Cosmetics, mais je suis libre le soir ou le week-end, sauf celui qui vient, parce que je serai au Comic Con, comme tous les geeks !

Bien à vous,
Yasmin »

— Et si je lui proposais qu'on se retrouve au Comic Con ? suggéra Robin à Strike.

Elle l'avait rappelé après lui avoir transféré son email.

— Tu ferais d'une pierre deux coups. Bonne idée.

Il était à présent en train de filer Preston Pierce dans Swain's Lane, à Highgate.

— Au fait, ton déguisement est arrivé, l'informa Robin. Quand j'ai dit que tu ferais un très bon Dark Vador, je n'avais pas pensé que tu choisirais réellement ça.

— J'avais pas d'autre idée, confia Strike. J'espère juste qu'il n'est pas trop court.

— C'est cool que tu aies aussi acheté un sabre lumineux. C'est pile la bonne couleur.

— Tout le monde m'aurait démasqué au Comic Con si j'avais pas choisi la bonne couleur.

Robin rit.

Elle répondit à Yasmin qu'elle avait hâte de tout savoir sur son livre, qu'elle était fascinée par *Drek's Game* et lui proposa un rendez-vous au Comic Con, qui offrirait un cadre idéal pour discuter de tout ça. Elle lui donna également le numéro du portable prépayé qu'elle avait utilisé avec Tim.

Plusieurs heures passèrent sans nouvelles de Yasmin, mais entretemps, il y eut un développement intéressant sur le canal des modérateurs, que Buffypaws apprit par Worm28.

Worm28 : Hartella vient de dire a Anomie qu'elle pourra pas aller au comicon finalemnet

Buffypaws : c'est pas vrai ! Elle a saoulé tous les joueurs pour qu'ils y aillent !

Worm28 : oui je sais. Anomie est super enervé.

Robin soupçonnait Yasmin de s'être désistée pour rencontrer Venetia Hall et promouvoir son propre livre, sans masque. En effet, elle reçut une réponse de Yasmin une demi-heure plus tard.

« Bonjour Venetia,

Oui, ce serait super ! J'avais prévu d'y aller samedi, si ça vous convient ? »

Robin répondit que cela lui convenait parfaitement et elles décidèrent de se retrouver devant l'entrée d'ExCel à onze heures.

— Ça signifie peut-être qu'Anomie et elle ne se sont jamais rencontrés, donc il ne la reconnaîtra pas, dit Robin à Strike quand ils se parlèrent au téléphone le soir. Ou alors, elle a l'intention de profiter de la foule pour l'éviter.

— Ou bien Yasmin sait pertinemment qu'Anomie ne sera pas là.

— Il y sera forcément : ça fait des semaines qu'il répète à tout le monde de venir.

— Ce business qu'ils ont ensemble avec Yasmin, c'est sûrement le livre, non ?

— Oui. Anomie doit lui donner des exclusivités contre un pourcentage.

— Cette interview s'annonce intéressante.

— Avant que tu y ailles, ajouta Robin rapidement, parce qu'elle sentait Strike sur le point de raccrocher, j'ai réfléchi : on ferait mieux de prendre le métro pour aller au Comic Con, plutôt que la voiture.

Le silence qui s'ensuivit ne surprit pas vraiment Robin.

— Tu veux que je prenne le métro déguisé en Dark Vador ?

— Je comprends ce que tu ressens, mais d'après ce qu'a dit Worm28, le groupe de *Drek's Game* va prendre les transports en commun. Ils sont jeunes, je pense pas qu'ils aient de voiture. Je sais que Demony1 va prendre le bus. Si on apporte des vêtements de rechange – et encore, toi t'en as pas besoin, il te suffira d'enlever ton déguisement – on pourra vraiment être flexibles pour suivre un ou plusieurs suspects.

Elle entendit Strike pousser un soupir.

— Bon, d'accord. Mais tu vas devoir m'aider dans les escaliers mécaniques, parce que j'ai essayé mon masque, et je vois pas mes pieds.

Le jour du Comic Con, Strike et Robin se retrouvèrent donc tôt le matin au bureau. Elle se transforma en Venetia Hall, arborant une nouvelle fois sa perruque blond cendré, ses lentilles de contact grises et ses lunettes carrées, tandis que Strike enfilait son costume de Dark Vador, qui s'avéra effectivement trop court.

— Tu aurais dû coudre un morceau de tissu en plus, jugea Robin en regardant le bas de son costume d'où dépassait son pantalon.

— Ça ira, la rassura-t-il tout en insérant des piles dans son sabre lumineux. Personne n'y fera attention.

L'accoutrement de Strike provoqua à la fois la curiosité et l'amusement des passants, dans la rue, et même s'il avait chaud sous son masque, il se félicitait qu'on ne puisse pas le reconnaître. Toutefois, une fois parvenus à Dockland Light Railway, ils se retrouvèrent dans la même rame que d'autres personnes déguisées, dont deux adolescentes habillées en Harley Quinn, une femme vêtue d'un costume de Poison Ivy accompagnée d'un homme en Batman, et un groupe de jeunes hommes dont l'un était torse nu sous sa cape, avec un casque de spartiate. Strike, qui n'était plus le passager le plus excentrique de la rame, commença à se détendre.

À la station suivante, ils aperçurent le premier masque gris de Drek, avec son énorme nez de docteur de la peste, et son crâne chauve. À la fois impressionnant et sinistre, le masque de latex rappelait vraiment la texture de la peau, avec ses excroissances et ses pores. Il couvrait toute la tête et le cou de la personne déguisée, dont on ne voyait que les yeux. Le reste du costume consistait en une cape noire intégrale.

Robin était assise en face de Strike, silencieuse, les yeux baissés sur son téléphone. Strike supposa qu'elle se reconnectait au jeu, maintenant qu'ils avaient de nouveau du réseau. Cependant, peu après l'arrivée du fan déguisé en Drek, elle se leva pour venir s'asseoir à côté de son associé.

— Tu m'entends ? demanda-t-elle à voix basse.

— Tout juste.

— O.K., alors je ne sais pas si ça peut nous mener quelque part, mais Midge m'a dit que Jago Ross n'avait rien fait de compromettant pour l'instant.

— C'est vrai, confirma Strike.

Il avait évité de discuter de cette affaire avec Robin, en partie par culpabilité d'avoir alourdi la charge de travail de l'agence, et en partie parce qu'il ne voulait pas initier de conversation susceptible de l'amener à évoquer sa vie amoureuse guère satisfaisante.

— J'ai attendu avant de te montrer ce que j'avais, de peur que ça ne mène nulle part, mais regarde.

Elle lui passa son téléphone, qu'il dut lever un peu pour pouvoir lire à travers son masque. Robin avait ouvert le site Reddit ; en particulier une page baptisée « parents narcissiques », où avaient été postées des captures d'écran d'un échange de textos.

Postées par u /ChrisWossyWoss il y a 11 jours

Une conversation sympa avec mon père narcissique

Salut papa, est-ce que je peux aller chez Milly ce wkd ? C'est son anniversaire. Maman a dit ok.

Tu viendras dans le Kent comme prévu. Ta grand-mère vient exprès pour te voir.

Faut vraiment être une petite conne égoïste pour avoir oublié ça.

J'ai pas oublié mais je me suis dit que ça la dérangerait pas vu qu'Ari, Tatty et les jumeaux seront là.

Tu viens dans le Kent et si tu fais la gueule, tu sais comment ça va se terminer. Donc la réponse est non. Apparemment, ta mère a pas bien compris non plus.

C'est pas la faute de maman.

Tu aurais dû penser à ça avant de me déranger au travail pour que j'organise ta vie sociale.

S'il te plaît, c'est pas la faute de maman, c'est la mienne. Elle a dit oui seulement si tu disais oui.

Je vais lui parler plus tard.

Strike haussa les sourcils mais Robin ne pouvait pas le voir. Il demanda :

— Chris, c'est… ?

— Christabel, la fille aînée de Ross, oui. Elle a quatorze ans et elle est scolarisée à Benenden. Je surveille ses publications sur les réseaux sociaux depuis quinze jours, parce qu'elle n'a pas arrêté de poster des commentaires sur son père narcissique, mais sans détails précis, ce n'était pas très utile pour nous. Bref, j'ai croisé beaucoup de sources et j'ai trouvé ses publications sur Reddit hier soir.

— Bravo, la félicita Strike, embêté de ne pas y avoir pensé lui-même. Avoir des enfants à l'ère d'Internet… Les gamins peuvent déballer en ligne tout ce que tu pensais bien caché à la maison.

— Exactement, confirma Robin en reprenant son téléphone pour afficher une nouvelle page et la montrer à Strike. Regarde ça. Elle l'a posté tout à l'heure.

Posté par u/ChrisWossyWoss il y a 20 minutes
Besoin de conseil pour père violent

Je peux plus continuer, je vois pas d'autre solution et je me sens démunie. J'ai 14 ans donc SVP me dites pas de cesser tout contact, de déménager ou de quitter la région parce que je ne peux pas encore le faire.

Voilà, mon père a toujours été violent avec mes sœurs, ma mère et moi, il nous pousse, il nous gifle, et un jour, ma sœur s'est cogné la tête tellement fort par terre qu'elle avait des signes de traumatisme crânien après. Quand j'étais petite, je l'ai vu traîner ma mère dans les escaliers, un jour. Heureusement, ils ont divorcé, mais on est encore obligées de le voir. Maman n'a jamais dit à personne qu'il était violent, je pense qu'elle avait peur que les gens sachent et elle a dû avoir une meilleure pension alimentaire comme ça.

Il paie mon école et même si je suis bien là-bas, je préférerais aller n'importe où ailleurs si ça veut dire ne plus jamais le revoir.

Ce weekend, je suis avec lui et ma grand-mère et il aura tous ses enfants avec lui (il en a eu deux autres avec sa deuxième femme et le seul qu'il aime c'est mon frère, pas nous, les filles). Il m'a déjà emmerdée parce que je voulais aller à l'anniversaire d'une copine au lieu de venir ici.

Il vient d'y avoir une super grosse dispute parce que ma petite sœur a laissé une porte des écuries ouverte ce matin sans le faire exprès et le cheval de chasse de mon père s'est enfui. Quand il a découvert que le cheval était sur la route, il a pété un câble. Il a frappé ma sœur tellement fort qu'elle a un œil tout gonflé et quand je lui ai dit d'arrêter parce que je pensais qu'il allait vraiment lui faire très mal, il m'a frappée aussi et maintenant j'ai la lèvre enflée mais je m'en fous.

Ma grand-mère est venue nous voir avec mes sœurs et elle a dit que si on allait s'excuser (pourquoi on ferait ça on en sait rien, surtout une de mes sœurs qui n'était même pas là quand c'est arrivé), elle est sûre que tout ira bien après.

Si vous pouviez voir la maison de mon père, vous penseriez qu'on peut pas être malheureux, c'est une très belle maison dans la campagne avec des animaux et tout, ça prouve bien que les gens savent rien du tout. Je déteste cet endroit.

Comment on peut sortir de cette situation ? Je le déteste. Je suis obligée de continuer à le voir ? Je sais que si je le dis à un prof par exemple, ce sera mille fois pire même s'ils me croient et que les gens comme nous vont pas voir des assistantes sociales. J'ai essayé d'appeler ma mère mais elle répond pas.

Merci de vos conseils, n'importe lesquels, j'ai vraiment peur de ce qui peut arriver quand on va descendre au rez-de-chaussée.

Il y avait quatre réponses sous ce post.

u/evelynmae31 il y a 15 minutes
ton père est coupable de maltraitance. Je suis effarée que ta grand-mère ne te protège pas. Et ta belle-mère, est-ce qu'elle pourrait intervenir ?

u/ChrisWossyWoss il y a 11 minutes
ma belle-mère n'est pas là, mon père s'est séparé d'elle aussi. Elle est pas mieux que lui. Je voudrais savoir ce qu'on peut faire

pour arrêter de le voir. J'ai l'impression qu'il y a aucun moyen d'empêcher ça. Je sais qu'il va punir ma mère.

u/evelynmae31 il y a 9 minutes
Tu ne devrais pas t'inquiéter pour ta mère. C'est à elle de te protéger.

u/ChrisWossyWoss il a 7 minutes
C'est pas comme ça que ça marche dans cette famille mais merci de votre gentillesse.

Strike scruta l'écran pendant si longtemps que Robin vérifia qu'il ne s'était pas endormi, mais ses yeux étaient bel et bien ouverts. Il lui rendit son portable.

— Désolé. Bon sang, j'aurais dû m'en douter. Bien sûr qu'il frappe ses filles. Je savais qu'il avait été violent avec une de ses anciennes copines. Charlotte me l'a dit il y a très longtemps. Elle en a même rigolé.

— Rigolé ?

— Oh oui. Selon elle, cette fille était avec Ross uniquement pour son argent et son titre, et elle a eu un petit extra. En gros, elle pensait que c'était bien fait pour elle.

Robin ne fit aucun commentaire.

— Donc quand elle s'est fiancée avec Ross ensuite, c'est exactement pour ça qu'elle l'a fait, continua Strike en gardant les yeux fixés sur le personnage de Drek.

— Comment ça ?

— Elle pensait que je viendrais la sauver sur mon cheval blanc. La question, poursuivit Strike en indiquant le téléphone de Robin, c'est de savoir comment on utilise cette info sans empirer la situation pour les enfants. J'imagine même pas ce qu'il ferait s'il apprenait qu'elle raconte tout sur Internet, même sous pseudo.

— Il doit y avoir un moyen, dit Robin. On peut pas informer les services sociaux ?

— Peut-être. Mais comme elle ne nomme personne, je ne sais pas s'ils prendraient ça au sérieux. Ah, on descend là, non ?

Ils descendirent du train en même temps qu'une foule enthousiaste de visiteurs du Comic Con. Le bâtiment d'ExCeL se dressait devant eux, un édifice gigantesque d'acier, de métal et de verre, au pied duquel se pressait une horde de visiteurs, dont une bonne partie déguisée en personnages de dessin animé, de film, de BD ou de jeu.

Une maman tout excitée courut pour rattraper Strike et Robin alors qu'ils approchaient de l'entrée.

— Excusez-moi ! Est-ce qu'il pourrait prendre une photo avec vous ?

Un petit garçon déguisé en Boba Fett courut vers eux pour se poster en souriant à côté de Strike. Robin se décala en réprimant un sourire tandis qu'elle imaginait la tête que devait faire son associé, sous son masque. Quand la famille s'éloigna pour aborder une autre personne, déguisée en Chewbacca, Strike déclara :

— Bon, on devrait se séparer ici. Il faut que Yasmin pense que tu es venue juste pour elle, et pas parce que tu t'occupes à plein temps d'un cinglé déguisé en Dark Vador.

— C'est discriminatoire de dire « cinglé », lui rappela Robin, très sérieuse.

— Je savais pas que tu étais le Justicier numérique. Envoie-moi un message quand tu auras terminé avec Yasmin. Je vais chasser Anomie.

Laissant Robin attendre devant l'entrée, Strike pénétra dans le hall.

Il n'avait jamais rien vu de tel. Étant donné qu'il aurait pu se dire fan uniquement de Tom Waits et d'Arsenal, le phénomène auquel il assistait lui était totalement étranger. En plus du sentiment d'avoir pénétré une dimension complètement nouvelle, il était perdu car il ne reconnaissait quasiment aucun personnage. Certes, il connaissait Batman et Spiderman, et Blanche-Neige parce que sa sœur était fan de Disney, enfant, mais il ignorait qui était le petit personnage jaune en forme de capsule avec un seul œil qui venait de le frôler. Quant à la multitude de jeunes femmes influencées par les animes qui déambulaient, les cheveux teints en rose ou en violet, il n'aurait pas pu en expliquer les costumes davantage que celui de l'homme devant lui, visiblement emprisonné dans un exosquelette blanc et bleu fait de métal.

Avec son déguisement de Dark Vador, il n'avait plus l'impression d'attirer tous les regards, mais il détonnait car il était seul. La plupart étaient venus en groupes. Tandis que Strike commençait à progresser lentement dans les allées tapissées d'une moquette orange séparant les stands et les étals, il mesura à quel point cet endroit était gigantesque. Il venait de se décider à trouver un plan, quand deux visiteurs déguisés en personnages de *Sang d'encre* le frôlèrent : Paperwhite, visage et cheveux blancs, vêtue d'une longue chemise de nuit en coton, et Harty, dont la tête toute noire surgissait d'un énorme cœur humain aux veines bien dessinées. Le couple marchait d'un pas décidé et Strike les suivit, sabre lumineux à la main.

Ils passèrent devant la voiture de Mad Max, un homme en combinaison violette qui conduisait un chariot électrique pour enfants, un certain nombre de Stormtrooper que Strike se sentit tenu de saluer, et ils finirent par bifurquer pour déboucher sur un stand consacré à *Sang d'encre*.

Strike ralentit en regardant la petite foule s'affairer autour du stand. Il reconnut immédiatement Zoe. Minuscule, l'air fragile, ses longs cheveux noirs détachés, elle portait un masque en carton blanc peu élaboré mais qu'elle avait joliment peint, probablement pour figurer Paperwhite. À côté d'elle se tenait une fille plus grande et visiblement bien mieux portante aux cheveux châtains ramassés en queue-de-cheval. Comme Zoe, elle portait un T-shirt « GARDEZ *Drek's Game* » et un masque, acheté dans le commerce, à l'effigie de Lady Wyrdy-Grob. Les deux jeunes femmes distribuaient des tracts dont Strike supposait qu'ils défendaient la même cause que leurs T-shirts.

Il changea de position tout en continuant à observer les fans de *Sang d'encre* à travers les yeux de son masque. Le stand autour duquel ils s'étaient regroupés avait manifestement été installé par Netflix. Il y avait des personnages en carton à côté desquels les gens posaient pour des photos et des selfies, et un éventail de produits. D'une façon générale, Strike trouvait que Netflix avait réussi à être présent pour les fans tout en faisant preuve de respect vis-à-vis de la cocréatrice qui s'était fait assassiner. D'ailleurs, quand il changea de place pour obtenir un autre angle de vue, il vit ce qu'il crut être un registre de condoléances tenu par une femme vêtue d'un T-shirt officiel *Sang d'encre*, que trois adolescentes éplorées feuilletaient.

Un jeune homme frôla le détective. Comme Strike, il était seul. Il portait une veste noire, un jean et des baskets de designers impeccables, qui semblaient fabriquées partiellement en daim, avec des semelles rouges bien reconnaissables. Strike le regarda approcher lentement des fans du dessin animé et prendre un tract des mains de Zoe. Il se fondit ensuite dans la foule entourant le stand et Strike le perdit momentanément de vue derrière un Captain America et un Thor torse nu avec une longue perruque blonde.

Strike se décala légèrement pour mieux observer le groupe de fans qui bougeait constamment. Il voyait au moins une demi-douzaine de Drek, portant tous le même masque en latex couvrant la tête et le cou, mais chacun avec une corpulence différente. Certains avaient choisi la longue cape noire à capuche de Drek, d'autres portaient des T-shirts officiels et deux avaient un T-shirt « GARDEZ *Drek's Game* ».

Tout à coup, Strike eut une révélation, alors qu'il regardait un des Drek distribuer des tracts. Il savait enfin ce que ce personnage symbolisait. Ce long nez sinistre, cette cape avec capuche noire, cette manie d'inciter les gens à jouer à un jeu qui finissait toujours mal : Drek, bien entendu, symbolisait la Mort.

55

... non, morne cœur, tu étais trop petit,
Pour cacher l'affreux doute sous ce petit sourire
Hâtif et perplexe :
Tu n'as vu qu'une ombre, n'est-ce pas ? Mais l'ombre d'une
Vile chose...

Charlotte MEW,
Ne Me Tangito

— Venetia ?

Yasmin Weatherhead était très ponctuelle. Elle avait visiblement consacré beaucoup de temps à ses cheveux, qui étaient son meilleur atout et lui tombaient sur un œil façon Veronica Lake, dissimulant partiellement son visage plat et pâle. Son grand sourire révélait de petites dents blanches, comme celles d'un chat. Aussi grande que Robin mais beaucoup plus enveloppée, elle était vêtue de noir : T-shirt, leggings, chaussures plates et le long cardigan en laine que Robin lui avait vu porter quand elle surveillait la maison des Weatherhead à Croydon.

— Yasmin ! Quel plaisir de vous rencontrer ! s'exclama Robin en lui serrant la main.

Yasmin sembla chercher du regard une deuxième personne qui n'était pas là. Robin se demanda un instant si son interlocutrice craignait d'avoir grillé sa couverture, puis comprit son erreur.

— Oh, je n'ai pas pu avoir de photographe, s'excusa-t-elle auprès de Yasmin. On n'a pas beaucoup de budget, malheureusement, mais vous pourriez peut-être nous fournir une photo ?

— Oui, bien sûr.

— On se trouve une place ? Je crois qu'il y a des cafés par là.

Il leur fallut plus de dix minutes pour progresser dans la foule, qui avait tellement grossi qu'elles devaient jouer des coudes entre les sacs, les fusils en plastique et les costumes encombrants. Les deux femmes échangèrent quelques commentaires d'une voix forte mais à peine audible. Elles atteignirent enfin un Costa Coffee qui avait été installé au milieu du hall et réussirent à trouver deux places qui venaient de se libérer.

— J'espère que mon dictaphone captera votre voix malgré tout ce brouhaha, dit Robin en criant presque. Qu'est-ce que vous voulez boire ?

— Un latte, ce serait super.

En faisant la queue pour gagner le comptoir, Robin observa Yasmin qui ne cessait de coiffer du bout des doigts ses longs cheveux blond foncé tout en regardant les hordes de visiteurs avec un sourire un peu complaisant. Elle se rappela que Katya Upcott avait trouvé Yasmin gentille et sincère quand elle l'avait rencontrée ; elle se demanda si elle avait raison, ou si Yasmin avait adopté un air suffisant depuis qu'elle était devenue modératrice dans le jeu.

— Voilà, annonça Robin alors qu'elle posait le latte de Yasmin en s'asseyant en face d'elle. Bon, je vais installer le matériel.

Robin sortit le dictaphone qu'elle avait utilisé avec Tim Ashcroft, l'alluma et le poussa vers Yasmin.

— Est-ce que vous pouvez dire quelque chose, pour que je vérifie si je vous entends bien ?

— Oh… je ne sais pas quoi dire ? répondit Yasmin avec un petit rire.

Elle passa ses cheveux derrière ses épaules, se pencha légèrement et annonça :

— Alors… Je suis Yasmin Weatherhead, auteur de *Cœurs d'encre : un voyage avec les fans de* Sang d'encre ?

Yasmin prononçait ses phrases comme des questions. Robin se demanda si cela lui était naturel, ou si c'était signe de stress.

— Parfait, jugea Robin en réécoutant le passage où on entendait très bien la voix aiguë de Yasmin. Bon, alors… j'appuie sur Enregistrer et c'est parti ! Oh, ça vous ennuie si je prends des notes ?

— Non, je vous en prie.

Le sac à main que Yasmin avait posé sur ses genoux était en cuir véritable et visiblement flambant neuf. Ses ongles étaient vernis à la perfection. Robin se rappela vaguement un autre sac à main beaucoup plus cher, taché d'encre, tenu par des doigts crasseux portant un tatouage raté.

— Nous sommes ravis que vous ayez bien voulu répondre à nos questions, dit Robin. Je vais écrire un long article pour notre site Internet, ainsi qu'une version condensée que j'espère placer dans un grand journal. Est-ce que vous avez déjà trouvé un éditeur ?

— Beaucoup nous ont répondu qu'ils étaient intéressés.

Robin se demanda si son interlocutrice utilisait le « nous » pour l'imiter, ou si elle se référait à d'autres collaborateurs du projet.

— Est-ce que vous pouvez me faire un petit résumé du sujet ?

— Eh bien, les fans ? répondit Yasmin sur ce même ton interrogatif qui lui donnait l'air étonné que Robin pose cette question.

À ce moment-là, une fille avec des cheveux rouges portant un T-shirt « GARDEZ *Drek's Game* » passa.

— Tenez, voilà ! dit Yasmin en la montrant du doigt. *Sang d'encre* a attiré des fans vraiment passionnés ? Et moi qui ai été une fan, mais qui ai aussi vécu les choses de l'intérieur, j'imagine que j'ai un point de vue unique ?

— Je vois. Bien entendu, ce qui est arrivé à Josh et Edie, c'est ???

— Horrible, répondit Yasmin dont le sourire disparut aussitôt comme si on avait appuyé sur un bouton. Horrible et choquant… J'ai dû prendre deux jours de congé tellement je me sentais mal. Mais bon, je sais que je vais devoir en parler quand le livre sera publié, et je vais devoir… comment dire… l'accepter ?

— Oui.

Robin faisait de son mieux pour ne pas se laisser distraire par ce ton joyeux, particulièrement mal approprié au sujet de la discussion.

— Parce que j'étais allée voir Josh, pour le mettre en garde ? Deux semaines avant les événements ?

— Pour le mettre en garde ?

— Je pensais pas qu'un truc pareil allait arriver ! ajouta rapidement Yasmin. Non, pour les mettre en garde, Edie et lui, que des rumeurs vraiment moches couraient parmi les fans ? Sur Edie ?

Robin nota la légère réécriture des faits. Après tout, il n'y avait qu'une seule rumeur dans le dossier d'Edie. Néanmoins, elle fit mine d'accepter ce que lui disait Yasmin. Elle la soupçonnait, comme Tim Ashcroft, de vouloir annoncer elle-même à Venetia Hall qu'elle avait été entendue par la police.

— Du coup j'ai rassemblé un genre de dossier ? Pour qu'Edie et Josh puissent, je sais pas, mettre leurs agents sur le coup ou quelque chose ? Je l'ai apporté à Josh et il était vraiment reconnaissant, parce qu'il n'avait pas conscience de ce qui se racontait. Donc quand… quand j'ai été au courant de ce qui s'était passé, j'ai proposé aux policiers de leur parler. J'ai pensé qu'il le fallait ? Je leur ai expliqué que je me sentais très mal, même si j'avais seulement essayé d'aider Josh et Edie. Je savais, pour leur rendez-vous dans le cimetière. Un des policiers était vraiment gentil, il a dit : « Ce n'est pas de votre faute » et m'a conseillé de ne pas m'en vouloir. Il a ajouté que les gens comme moi se sentent souvent coupables même s'ils n'ont rien fait ?

Robin, qui se demandait si ce gentil policier existait en dehors de l'imagination de Yasmin, répliqua avec la plus grande sincérité possible :

— Ça a dû être très difficile pour vous.

— Oui, confirma Yasmin en hochant la tête lentement pour ne pas se décoiffer. La police m'a demandé si j'avais dit à d'autres personnes qu'ils avaient rendez-vous au cimetière ? Mais j'avais rien dit parce que Josh me faisait confiance. Je pensais vraiment être la seule à savoir où ils se retrouvaient. Mais Edie a dû informer quelqu'un, et ce quelqu'un l'a répété, j'imagine ? Ou alors c'était juste une attaque au hasard ? Ce qui est tout à fait possible.

Robin, qui avait décidé de repousser à la fin de l'interview toutes les questions relatives au Halvening, demanda :

— On ne vous a quand même pas demandé de fournir un alibi, au moins ? Vu que vous connaissiez leur lieu de rendez-vous ?

— Heu… si, si, reconnut Yasmin à contrecœur. J'étais chez ma sœur. Pour l'anniversaire de ma nièce. Donc évidemment…

— Je ne voulais pas insinuer quoi que ce soit !

— Non, bien sûr que non, dit Yasmin avec un petit rire.

Puis, en baissant la voix, elle poursuivit :

— En fait, la police m'a conseillé d'être très prudente, je veux dire, pour ma sécurité ? Disons que je suis assez connue parmi les fans, expliqua Yasmin avec un petit haussement d'épaules faussement modeste. Et vu que je suis amie avec Josh, les policiers m'ont dit « soyez prudente et vigilante ». Au cas où, vous savez, il y ait une vendetta contre tous ceux qui ont été impliqués.

— Oh là là. C'est flippant.

— Oui. Je me suis sincèrement demandé s'il fallait que je continue mon livre. Si c'était sage de devenir encore plus connue, vous voyez ? Mais ça fait du bien d'avoir un projet qui transforme les énergies négatives en positif. Je sais que Phil est pareil, le fiancé d'Edie. Il a approuvé le projet et a même collaboré un peu avec moi. Il va toucher trente pour cent des royalties. Et on envisage de donner de l'argent à une œuvre de charité. Peut-être pour lutter contre les violences.

— C'est une belle idée. Le pauvre, c'est affreux ce qu'il a dû traverser.

— Oh, Phil est dévasté… mais il veut m'aider avec le livre, pour la mémoire d'Edie.

— C'est très courageux.

— Il m'a expliqué ce qu'elle avait envisagé pour la suite de l'histoire. Je pense que les fans vont être très enthousiastes en apprenant ce qu'elle prévoyait. C'est super de l'écouter parler.

— J'imagine ! Quelle incroyable ressource !

— Oui. C'était vraiment la personne la plus proche d'Edie. Je ne veux pas gâcher la surprise, mais elle était en train de développer deux personnages complètement nouveaux pour le film et ils sont incroyables. Phil se souvient de tous les détails. Évidemment, je ne sais pas si Maverick les utilisera ou pas, mais je sais que les fans adoreraient savoir comment Edie avait envisagé ces personnages et la suite de l'intrigue. Parce qu'elle avait esquissé ça aussi.

— Elle avait tout écrit ?

— Non, elle n'avait pas vraiment pris de notes, mais Phil a une excellente mémoire.

— Fantastique ! dit Robin qui commençait à être à court de superlatifs. Alors, expliquez-moi comment ce livre est conçu.

— Je parle du dessin animé depuis ses tout débuts, bien sûr, quand il est apparu sur YouTube ? Mais le livre se concentre vraiment sur nous, les fans. Et sur ce qu'on a apporté au projet, comment on lui a donné forme nous-mêmes, j'imagine que c'est un phénomène… plutôt unique, quoi ?

Elle avait énoncé cela sans ironie, tandis que des fans de centaines d'autres franchises se succédaient dans l'allée toute proche.

— À votre avis, qu'est-ce qui est unique dans *Sang d'encre* ? Qu'est-ce qui vous a fait craquer ?

— D'abord, l'humour, évidemment ! Mais aussi tout cet univers bizarre, un peu effrayant mais super romantique. Tout est beau et les personnages sont… comment dire… ils survivent à tout, quoi ? Vous connaissez la réplique culte qui conclut le premier épisode ?

Robin hocha la tête. Elle n'avait jamais réussi à aller au bout du premier épisode.

Yasmin ouvrit son gilet pour montrer le message écrit sur son T-shirt noir : ON EST MORTS, LES CHOSES PEUVENT QUE S'ARRANGER.

Robin se força à rire.

— J'imagine que quand on s'est toujours senti un peu différent, jamais comme il faut, ou quand on sent qu'on a touché le fond, on se retrouve dans ce dessin animé ?

— Et vous avez ressenti ça ?

— Oui, un peu. À l'école, on s'est beaucoup moqué de moi ?

— Oh, je suis désolée.

— Ça va, je veux dire, je suis adulte maintenant, tout ça est derrière moi. Mais je pense que je me suis toujours beaucoup comparée à ma grande sœur. Elle a toujours été jolie, et vous savez que Paperwhite parle beaucoup de sa sœur, dans le dessin animé ? Elle est vivante et fait toujours la fête ?

— Oui, bien sûr.

— Et il y a aussi Harty ? ajouta Yasmin avec un sourire encore plus radieux. Tout le monde aime Harty. Josh a fait un super travail en doublant sa voix. On espère tous qu'il pourra de nouveau le doubler, quand il ira mieux ?

Ces paroles prouvèrent à Robin que Yasmin ne savait pas grand-chose de l'état de Josh Blay. Malgré ses propos, elle semblait être assez indifférente à ce qui s'était passé dans le cimetière.

— Donc voilà, dans le livre, je parle des tout débuts ? La réaction des fans aux différentes voix des acteurs, que j'ai connus…

— Oui, bien sûr, vous avez connu tout le monde ! Est-ce qu'on peut revenir à votre rencontre avec Josh et Edie ?

— Oui, j'étais super fan depuis toujours ! Et je n'étais jamais allée au cimetière de Highgate. Donc un jour j'y suis allée. Et là j'ai dû me perdre, parce que je me suis retrouvée vers North Grove. Je ne savais même pas qu'ils habitaient dans ce bâtiment, j'ai juste trouvé que la boutique avait l'air sympa. Honnêtement, j'en ai pas cru mes yeux quand je suis tombée sur Josh ! Il donnait un coup de main à la caisse et bavardait avec son agent, Katya.

Robin, qui savait très bien que la boutique n'était pas visible depuis l'extérieur, hocha la tête, sourit, et prit des notes.

— Alors j'ai été clouée sur place ? expliqua Yasmin en riant, tout en passant de nouveau ses doigts dans ses cheveux. Et j'ai dit un truc genre « Oh mon Dieu, je vous adore » – je voulais dire que j'adorais le dessin animé – j'étais morte de honte ! Mais Josh était vraiment sympa et bavard. Ensuite il a dû partir et je suis restée avec Katya. Elle est super gentille, je l'adore. Je lui ai demandé comment Josh et Edie vivaient leur succès et tout ? Elle a pris mon numéro, parce que j'ai proposé de leur donner un coup de main, pour écrire des emails par exemple. C'est comme ça que ça s'est passé !

— Incroyable !

Robin fit mine de consulter ses notes.

— Et ce jeu, *Drek's Game*, est-ce qu'il existait déjà, à cette époque ?

— Oui. C'était une façon extraordinaire pour les fans d'échanger. C'était comme un grand forum, on parlait des personnages, des intrigues, ça permettait de rendre tout ça plus vivant. Ç'a été bénéfique au dessin animé, vous savez, dès de début ?

— *Drek's Game* va figurer également dans votre livre ?

— Oui, le créateur principal m'a donné son accord. Je vais y consacrer une partie entière et il m'a donné quelques infos. Je pense que les fans vont être hyper contents d'en apprendre un peu plus sur le jeu ?

— Est-ce que ce créateur serait le fameux Anomie ?

Yasmin laissé échapper un petit ricanement.

— Ne me demandez pas qui c'est.

— Vous le savez, donc ?

— Je ne devrais pas le dire.

— Je prends ça pour un « oui », dit Robin en souriant. Si vous avez sa permission de donner quelques infos dans votre livre, vous êtes donc en contact direct avec lui ?

— Heu… C'est genre top secret ?

— Mais c'est un homme ?

— Oh oui, ça, tout le monde le sait !

— Anomie pouvait être un peu, comment dire… « violent » avec Edie en ligne, n'est-ce pas ?

Le sourire de Yasmin s'effaça.

— Heu… eh ben… parfois, il est un peu direct, mais il est… je veux dire… c'est horrible de dire ça… mais les fans se sentaient vraiment pas respectés ? Par Edie ?

— De quelle façon ?

— Ben par exemple, quand elle a dénigré le jeu. On adore tous ce jeu, vous voyez ? Donc quand elle a prétendu qu'on ne comprenait pas le dessin animé… les fans ont été assez choqués ?

— Je vois.

— Et après ça, Anomie est devenu… comme un genre de chef de file ? Pour les fans ? Il est genre super intelligent et… cultivé. Les fans pensent qu'Anomie méritait la reconnaissance d'Edie pour tout le travail qu'il a fait. Peut-être une compensation financière pour ce qu'il a créé ? Parce que… je veux dire, c'est quelqu'un qui a traversé, genre beaucoup de problèmes personnels, quoi.

Pour quelqu'un qui avait cru dur comme fer qu'Edie Ledwell était Anomie, Yasmin semblait étonnamment convaincue par sa propre théorie.

— Manifestement, vous savez qui est Anomie, remarqua Robin.

En esquissant une moue pleine d'espoir, Robin réussit à provoquer un nouveau ricanement de la part de Yasmin.

— Bon, d'accord, j'ai juste assemblé quelques pièces, et si on met tout bout à bout, c'est un peu évident ? C'est vraiment impressionnant pour moi qu'il ait fait tout ça vu sa vie personnelle. Ça aurait pu tout changer pour lui et sa famille, si Edie l'avait soutenu un peu plus. Qu'elle partage un peu de son succès avec Anomie, quoi ? Parce qu'elle n'avait pas payé son…

Yasmin s'interrompit avec une soudaineté quasi comique. Robin se demanda comment sa phrase aurait pu se terminer : *Salaire ? Dû ? Loyer ?*

— Elle a déçu Anomie, en gros, c'est ça ? demanda Robin.

Yasmin hésita.

— Je ne veux rien dire de plus sur Anomie, si ça ne vous ennuie pas.

— Bien sûr, répondit Robin en pensant qu'elles pourraient revenir sur le sujet plus tard.

— J'imagine que les choses ont pris plus d'ampleur quand le dessin animé a quitté YouTube ?

— Oh oui ! Carrément. Enfin, bref, je me suis sentie soulagée quand Edie m'a annoncé qu'ils n'avaient plus besoin de moi. Parce que je commençais à bosser beaucoup pour Lola June ? Je ne pouvais plus m'occuper de leur courrier, et ils me défrayaient à peine les déplacements. C'était pas Josh, il est assez détaché de l'argent, ajouta Yasmin avec un sourire attendri. C'était plutôt… enfin bon, je parle de tout ça dans le livre ! Quand on entreprend ce genre de projet, je pense qu'il faut être complètement honnête.

— Tout à fait.

— Edie a changé. Elle est devenue… comment dire, assez hautaine et tendue ? Elle a commencé à soupçonner tout le monde de vouloir profiter d'elle ? Je la côtoyais de près donc j'ai vraiment vu le changement. Elle ne voulait plus travailler avec Katya. Elle était devenue vraiment froide avec elle, même avant mon départ. Katya est adorable, je l'aime beaucoup, et elle avait ses propres problèmes aussi… Bref, Edie a changé, vous voyez ?

— Revenons un peu en arrière, juste pour bien comprendre la chronologie. Pendant combien de temps avez-vous travaillé pour Josh et Edie ?

— Un peu plus d'un an ? D'août 2011 à novembre 2012.

— Donc vous avez dû rencontrer tout le casting d'origine ?

— Bien sûr ! Josh, Tim, Bong, Lucy, Catriona, Wally et Pez. Même si Pez – Preston Pierce – ne participait plus au dessin animé quand j'ai commencé à travailler pour Josh et Edie ? Il n'a jamais cru que *Sang d'encre* aurait du succès. Il pouvait se montrer assez sarcastique au sujet de…

Yasmin s'interrompit, l'air nerveux.

— S'il vous plaît, ne répétez pas ça. Je ne veux pas que Pez soit fâché contre moi.

— Bien sûr, je comprends, je ne l'écrirai pas. D'ailleurs, regardez.

Elle éteignit le dictaphone.

— Ça peut rester entre nous.

Yasmin eut l'air d'hésiter entre l'excitation et l'inquiétude.

— Vous savez qu'on raconte que Preston Pierce serait Anomie ? dit Robin en guettant la réaction de Yasmin.

— Pez ? répéta Yasmin avec un petit rire incrédule. Oh non, certainement pas !

— Anomie n'avait pas l'accent de Liverpool quand vous lui avez parlé au téléphone ? demanda Robin en souriant.

— Non, pas du tout.

Robin se demanda si Yasmin avait déjà entendu la voix d'Anomie. Elle paraissait incertaine.

— Pourquoi vous ne voulez pas fâcher Pez ?

— Oh, il est juste… Il ressemble aux garçons qui m'embêtaient à l'école ?

Robin, qui se rappelait l'agressivité de Pez envers la jeune femme aux cheveux bleus de son premier cours de dessin, comprit ce que Yasmin voulait dire. Elle posa le doigt sur le bouton Enregistrer et demanda :

— On peut reprendre ?

— Oui, bien sûr.

Yasmin but une gorgée de latte.

— J'imagine que votre livre va aborder certaines controverses liées à *Sang d'encre* ?

— Oui. C'est important de garder un esprit critique, même quand on aime quelque chose ?

— Bien entendu.

— Donc oui… je parle de la déception des fans, vis-à-vis d'Edie ? Par rapport à certains contenus, certaines blagues ?

— J'ai lu un blog qui s'intitule le Justicier numérique, pour me documenter, expliqua Robin.

Elle observa attentivement Yasmin qui ne parut pas le moins du monde gênée.

— Oui, je l'ai lu aussi. C'est pas mal, mais je ne suis pas d'accord avec tout. Il y a eu un article où il dénonce le fait que le cœur noir pourchasse un fantôme blanc ? J'ai trouvé que c'était un peu exagéré, vous voyez ? De dire que c'était raciste ou quoi… D'ailleurs, ça vous embêterait de ne pas répéter ça non plus ? Je veux dire, je suis complètement antiraciste. J'ai été écœurée d'apprendre qu'Edie avait basé Paperwhite sur une femme noire.

— Vous étiez au courant ? demanda Robin sèchement.

Dès qu'elle prononça ces paroles, elle les regretta. Le ton n'était pas caractéristique de Venetia Hall : elle avait donné l'impression d'accuser. Yasmin parut surprise.

— Je crois que c'était, heu… assez connu ? dit-elle sur un ton incertain.

— Désolée. Je crois que le premier à l'avoir annoncé, c'était Anomie, alors je me demandais si c'était quelque chose qu'il vous avait confié.

— Oh, non. J'étais à North Grove, un jour pour travailler, et Josh m'a demandé si je voulais boire un verre. Dans leur chambre, à l'étage, parce qu'ils venaient d'enregistrer un épisode.

Elle rougit en disant cela. Ce souvenir était manifestement cher à son cœur.

— Sympa, commenta Robin en essayant de retrouver la légèreté du début.

— Oui. Il y avait moi, Josh, Edie, Seb – il leur donnait un coup de main avec l'animation – et aussi Pez et Wally. Ils étaient tous en train de fumer… du cannabis, je veux dire, précisa Yasmin avec un petit rire nerveux. Ils faisaient ça ouvertement donc c'était pas un secret, quoi. Moi j'ai jamais fumé, c'est pas vraiment mon truc.

Robin imagina Yasmin juchée sur une chaise en bois dans une pièce bondée et enfumée, les autres affalés autour d'elle, défoncés, tandis qu'elle, l'assistante à mi-temps, mal à l'aise, riait avec eux en buvant leurs paroles.

— Ce jour-là, Edie a confié à Seb qu'elle avait basé ce personnage sur cette fille avec qui elle avait partagé un appart. Cette fille avait plein de garçons à ses pieds, et d'après Edie, elle avait un genre de technique pour être méchante avec eux. Dans le dessin animé, Paperwhite est toujours un peu méchante avec Harty qui l'aime aveuglément. Mais parfois elle lui donne de faux espoirs, pour le faire revenir.

— Je vois. C'est fascinant. Les fans vont adorer ce genre d'anecdotes.

— Oui, mais je ne savais pas que cette coloc était noire, jusqu'à ce qu'Anomie l'annonce sur Twitter. Du coup, ça en rajoute une couche. C'est vrai, pourquoi on voudrait décrire un ami comme ça ? Comme un genre de… d'allumeuse, quoi ?

— Mais pour être honnête, contra Robin, ce n'est pas Edie qui a révélé publiquement d'où lui venait cette inspiration. C'est Anomie.

— Je crois qu'Anomie s'est lassé de son hypocrisie. Elle donnait l'image d'une personne vraiment « woke », mais en fait elle était tout l'inverse ?

— Oui, je vois ce que vous voulez dire. Puisque vous avez mentionné l'aspect politique : j'imagine que vous parlez dans votre livre de l'incident avec Wally Cardew et Drek ?

— Oui, j'y consacre tout un chapitre, répondit Yasmin l'air soudain plus sombre. C'était complètement dingue. Qui aurait pu croire que l'extrême droite aimerait *Sang d'encre* ? On était tous genre furieux quand ils ont commencé à s'y intéresser et à s'approprier le personnage, parce que tout le monde aimait Drek, il était super drôle. Et puis il a changé.

— Vous connaissiez Wally, je suppose ?

— Oui.. Évidemment, cette vidéo qu'il a tournée sur les « cookies » c'était… bon, je veux dire, ils n'avaient pas le choix que de le virer ? Mais de nombreux fans étaient contrariés par ce départ. Par exemple, il aurait pu simplement s'excuser ? Ça a vraiment divisé les fans. Mais Michael David, qui a pris le relais, est génial.

En prononçant ce nom, elle rougit légèrement.

— Oui, mais il a fini par partir lui aussi, n'est-ce pas ?

— Heu… oui, il a obtenu un rôle dans *Urgences*, expliqua Yasmin. Et il joue dans une nouvelle pièce du West End, à partir du mois prochain.

Les rougeurs s'étendaient à présent jusque dans son cou.

— Mais il est toujours resté lié aux fans d'une certaine façon. Il fait toujours partie de la communauté des Cœurs noirs, qui est super sympa. Je crois qu'il a vraiment apprécié le soutien qu'il a reçu. Quand il a été recruté pour doubler Drek, les réactions ont été assez violentes, parce que certains voulaient retrouver Wally. Il a été super gentil et reconnaissant envers ceux qui voulaient lui donner une chance.

— C'est super, commenta Robin que cette information intéressait.

Durant les longues heures qu'elle avait passées à éplucher les comptes Twitter d'Anomie et d'autres fans de *Sang d'encre*, elle n'avait vu aucune trace de cet attachement des fans à Michael David, lequel ne semblait pas se sentir associé au dessin animé plus que ça.

— Oui. En fait, maintenant je le connais un petit peu ? Il m'a contactée pour me remercier du soutien qu'il avait reçu quand il a rejoint le projet. J'ai des places pour sa pièce et il m'a promis un autographe après !

— Waouh.

— En fait, est-ce que vous pourriez éviter d'écrire ça aussi ? Je préfère qu'on parle pas de mon amitié avec Michael ?

— Bien sûr. Motus et bouche cousue… Maintenant, parlons un peu du Halvening.

Comme Robin s'y attendait, Yasmin afficha un air inquiet.

— Vous voulez dire, ce groupe néonazi ?

— Exactement. J'imagine que dans le livre, vous parlez de la possibilité qu'ils manipulent des fans ?

— Je… eh bien… pas vraiment. Je ne crois pas que les fans seraient tombés dans le panneau, si Le Halvening avait essayé de les embobiner !

Les rougeurs sur le cou de Yasmin ressemblaient à présent à l'urticaire de Gus Upcott. Comme Robin ne réagissait pas et se contentait de regarder Yasmin sans broncher, celle-ci sembla devenir encore plus nerveuse.

— C'est ce que j'ai dit à la police ! Après la publication de l'article dans les journaux, certains fans ont dit : « Oh, si tu as osé critiquer Edie Ledwell un jour, alors tu es un nazi qui essaie de la pousser au suicide » et c'était complètement ridicule !

— Mais vous aviez remarqué que les remarques méchantes à l'égard d'Edie étaient plus nombreuses ? Ça vous a inquiétée au point d'apporter à Josh un dossier complet rempli de preuves, non ?

— J'ai… ce que j'ai apporté à Josh ne provenait absolument pas du Halvening. J'en suis sûre et certaine, parce que… enfin bon, les gens qui disaient ça n'appartenaient pas au Halvening.

Il y eut une brève pause. Yasmin passa nerveusement la main dans ses cheveux.

— Je veux dire, ils auraient pu dire la vérité ? Mais ce n'était pas le cas. Ils s'étaient simplement trompés. En plus, l'une des personnes à l'origine de tout ça était noire, donc elle ne pouvait pas appartenir à ce groupe d'extrême droite.

Robin eut une pensée saugrenue qui ne lui serait jamais venue à l'esprit si la jeune femme qui lui faisait face n'avait pas rougi de plus en plus.

Yasmin ne croyait quand même pas que Michael David jouait à *Drek's Game* de façon anonyme ? Est-ce qu'elle était suffisamment naïve pour croire qu'un acteur de sa trempe pouvait consacrer des heures à prouver qu'Edie Ledwell était bien Anomie, plutôt que de se consacrer à sa carrière, qui semblait prolifique ? Et si Yasmin croyait à cet invraisemblable mensonge, qui avait réussi à lui faire gober qu'elle conversait régulièrement avec Michael David ?

— Cette personne est noire ? Vous en êtes sûre ?

Un silence s'installa. Yasmin était pétrifiée de peur, Robin le savait. Peut-être que le doute, qu'elle avait longtemps réprimé, revenait en force, la prenant par surprise. Peut-être commençait-elle également à comprendre que Venetia Hall, qui posait parfois des questions un peu sèches, n'était pas exactement celle qu'elle croyait. Yasmin avait pâli, mais son cou était toujours parsemé de taches rouges. Plus le silence s'installait entre elles, plus Yasmin semblait terrifiée.

— Oui, affirma enfin Yasmin. Je le sais.

— Évidemment, si c'est quelqu'un que vous avez rencontré en personne, dit Robin en souriant. Donc vous ne croyez pas que Le Halvening ait le moindre lien avec la mort d'Edie ?

— Heu… non, répondit Yasmin, hésitante. Non.

— Ou qu'Anomie soit le coupable ?

Robin avait abattu sa dernière carte parce qu'elle savait qu'elle n'avait plus rien à perdre. Yasmin avait peut-être compris, à ce stade, que Venetia Hill n'était pas vraiment journaliste, mais son déguisement lui assurait l'anonymat.

— Comment ça ?

— Eh bien, d'après vous, Anomie avait beaucoup de choses à reprocher à Edie Ledwell.

— Anomie n'aurait pas pu la tuer, assura Yasmin. C'est impossible.

Robin éteignit le dictaphone.

— Bon, je crois que j'ai tout ce qu'il me faut ! Merci beaucoup d'avoir bien voulu me rencontrer, c'était passionnant. Et bonne chance pour votre livre !

Yasmin paraissait ébranlée. Elle lui dit au revoir. Robin la vit s'éloigner du café, tête baissée, et, sans surprise, sortir son téléphone pour commencer à composer un message. De son côté, Robin fit de même et envoya un texto à Strike.

« J'ai appris des trucs. Tu es où ? »

56

Le sentiment a échoué dans le mortel conflit :
Comme le guetteur d'une cité
Agitée par un tremblement de terre,
Comme un mât frappé par la foudre…

Christina ROSSETTI,
Goblin Market

— Eh bien, tu as beaucoup plus avancé que moi, commenta Strike vingt minutes plus tard.

Pendant une heure, il avait tourné autour des stands dédiés à *Sang d'encre*, observant la foule, mais cela s'était révélé inutile. À présent, afin de soulager son moignon, il était appuyé contre un stand qui vendait des coussins à l'effigie de personnages d'animes.

— Je me doutais qu'Anomie n'allait rien faire qui puisse lui permettre d'être démasqué, continua Strike sans quitter des yeux la foule dense entourant le stand de *Sang d'encre*. Mais je pensais au moins reconnaître certains suspects. Personne, à part Zoe.

— Où est-elle ?

Avant de rejoindre Strike, Robin était passée aux toilettes pour enlever sa perruque, ses lunettes et changer de T-shirt. Même si elle était quasiment sûre que Yasmin n'aurait pas envie de s'éterniser sur les lieux après l'entretien éprouvant qu'elle venait de subir, elle ne voulait pas risquer de la croiser. Elle s'était également déconnectée du jeu, où, pour la première fois, tous les modérateurs semblaient absents.

— Elle est allée boire un café avec une autre fille vêtue d'un T-shirt « GARDEZ *Drek's Game* ». Elles avaient toutes les deux un masque. Je ne les ai pas suivies, parce que quelqu'un d'autre a attiré mon attention à ce moment-là.

— Qui ça ?

— Il est parti. Il était seul et semblait surveiller le même groupe que moi. Il est allé parler à deux personnes déguisées en Drek. Répète-moi ce que Yasmin t'a dit au sujet d'Anomie ?

— Elle est sûre que c'est un homme, et a sous-entendu qu'Edie lui devait de l'argent. Elle a ajouté que ça aurait changé les choses pour la famille de ce type si Edie lui avait permis de monétiser le jeu. Et elle m'a dit qu'il était intelligent et cultivé.

— Cultivé… tu aurais dit ça toi, d'après ses tchats ?

— Non. Dans le jeu, il est assez grande gueule. Sur le canal des modérateurs, il montre peut-être une autre facette de lui-même.

— Mais tu as dit que dans le jeu, il forçait un peu le trait.

— Disons que parfois, il me donne l'impression d'en faire des tonnes, tu vois ? Il est vulgaire sans raison.

— J'ai pas été épaté par sa culture sur son fil Twitter.

— Il a des bases de latin, lui rappela Robin.

— Est-ce que Yasmin paraissait facilement impressionnable ?

— Oui. Elle m'a semblé un peu…

— Un peu bête ? suggéra Strike.

— Eh bien, certainement crédule. Je veux dire, ce truc sur Michael David…

— Oui, mais celui qui l'a convaincue qu'il était Michael David a dû être assez malin. C'est pas une gamine de cinq ans. Elle a un job. Il ne suffit pas de raconter qu'on est une star de la télé pour que tout le monde y croie.

— Non, tu as raison. Il a dû faire ça avec subtilité, concéda-t-elle.

— Elle pense aussi qu'Anomie ne serait pas capable de tuer qui que ce soit. Pour des raisons morales, parce qu'il n'a pas la force ou par peur, à ton avis ?

— Aucune idée.

— Elle n'aurait pas prétendu que c'est un homme juste pour brouiller les pistes, par hasard ?

— Honnêtement, je pense pas. D'après moi, elle a sa petite idée sur l'identité d'Anomie mais elle n'a pas osé m'en dire trop. En tout cas, elle paraît avoir ses raisons pour justifier ça.

— Ce serait quelqu'un qui lui aurait donné des indices sans le vouloir ?

— Peut-être, dit Robin. Mais j'ai surtout eu l'impression que Yasmin veut croire dur comme fer qu'Anomie est comme ça : il n'a pas eu une vie facile, il en veut à Edie, il est cultivé et incapable de tuer qui que ce soit. Bref, elle a décidé que c'était un type bien ? Oh non, voilà que je parle comme elle.

— C'est-à-dire ?

— En formulant toutes les phrases comme des questions. Elle n'a pas arrêté de le faire.

— Le voilà ! s'écria soudain Strike. Il est revenu.

Robin se retourna pour regarder dans la même direction que lui.

Le jeune homme vêtu d'une veste en cuir, d'un jean et d'onéreuses baskets à semelles rouges, avait réapparu. Ses épais cheveux bruns lui tombaient sur le front. Strike et Robin le virent contourner un jeune homme en fauteuil roulant qui bavardait joyeusement avec une jeune fille en minijupe, avant d'engager la conversation avec un énième Drek.

— Il ne s'intéresse qu'aux Drek, analysa Strike.

— Bizarre.

Le type éclata de rire avec l'autre déguisé en Drek.

— Excusez-moi, dit le vendeur sur un ton agacé. Ça vous ennuierait de vous déplacer ? Vous bloquez mon stand.

Strike et Robin se déplacèrent vers le stand voisin qui proposait des bandes dessinées.

— Et ton déménagement ? demanda soudain Strike à Robin.

— Pardon ?

— Ton déménagement. Ça en est où ?

— Oh. Ça a été reporté. Je fais ça demain, c'est pour ça que j'ai pris ma journée.

— Merde. J'aurais dû m'en souvenir. J'aurais dû te poser la question. Désolé.

— Pas de problème.

Mieux vaut tard que jamais.

— Tu as quelqu'un pour t'aider ?

— Mes parents viennent ce soir.

Le type aux semelles rouges et celui déguisé en Drek se séparèrent. Le premier sortit son téléphone, visiblement pour envoyer un texto, puis il s'éloigna du stand de *Sang d'encre*.

— Ça t'ennuierait de tenir mon sabre laser ?

Strike ôta son masque de Dark Vador et son déguisement.

— Qu'est-ce que tu fais ?

— On file ce gars. Y a un truc pas net.

Strike roula le costume en boule, reprit son sabre laser et posa le tout sur une pile de BD.

— Offrez-le en cadeau, suggéra-t-il au vendeur pris de court.

Robin lui emboîta le pas tandis qu'il s'élançait aussi vite que sa jambe douloureuse le lui permettait. Par chance, la foule était tellement dense que le type en question n'avait pas pu aller bien loin.

— Il ne ressemble pas au fan de base, constata Strike tandis qu'ils se frayaient un chemin avec difficulté. Il cherche quelque chose… peut-être la même chose que nous.

Il fallut vingt minutes au type pour atteindre la sortie. L'air soulagé d'avoir échappé à la foule, il sortit son portable pour passer un appel tout en marchant. Impossible pour les détectives d'entendre sa conversation, parce que les visiteurs étaient encore trop nombreux aux abords du bâtiment ExCeL.

Strike sentit son téléphone vibrer dans sa poche et le sortit, dans l'espoir qu'il s'agisse d'un de leurs collaborateurs.

— Midge ? demanda Robin en jetant un rapide coup d'œil au jeu d'où Anomie était absent.

— Non, répondit Strike en rangeant son portable. Pru.

— Qui ça ?

— Prudence. Ma sœur.

— Ah. Tu l'as enfin rencontrée ?

— Non, répondit Strike qui essayait de ne pas prêter attention à son tendon douloureux. On devait se voir, mais sa fille est tombée d'un mur d'escalade.

— Oh zut, elle va bien ?

— Oui. Fracture du fémur.

Strike vit que leur type se dirigeait vers la gare, bondée.

— Ah, il n'est donc pas venu en voiture.

Un homme corpulent en costume de Batman bouscula Robin. Un groupe déguisé en style steampunk arriva dans la direction opposée en bavardant. Le type aux semelles rouges parlait toujours au téléphone.

Ils le virent se poster au bord du quai pour attendre le train. Strike se fraya un chemin, déclenchant quelques protestations de passagers. Il voulait s'approcher le plus possible de sa cible, pour être sûr d'entrer dans le même compartiment que lui.

Strike et Robin s'arrêtèrent juste derrière lui au moment où il finissait sa conversation et mettait les mains dans ses poches, oscillant d'avant en arrière d'un air impatient.

Ils entendirent le grondement du train à l'approche.

Strike sentit quelqu'un le bousculer. Il se retourna et vit une silhouette vêtue de noir forcer le passage jusqu'au bord du quai. Cet inconnu percuta leur cible.

À ce moment-là, tout sembla se dérouler au ralenti, comme lorsque l'on assiste à un désastre imminent.

Pris par surprise, le type aux semelles rouges tomba sur les voies, incapable de se retenir dans sa chute. Son crâne heurta les rails et la foule entendit un bruit sourd par-dessus le hurlement du train qui arrivait.

D'un bond, Robin se précipita sur les rails.

Elle entendit des cris s'élever derrière elle. Un grand Noir déguisé en Superman avait sauté en même temps qu'elle. Ils saisirent le type aux semelles rouges, inconscient, tandis que d'autres passagers sur le quai tendaient les bras pour le hisser vers eux.

Robin sentit qu'on l'attrapait sous les aisselles et qu'on tirait sur son T-shirt, tandis qu'une dizaine de personnes soulevaient le corps inerte auquel elle s'agrippait toujours. Tout à coup, le train arriva. Strike mit Robin en sécurité à la dernière seconde, mais ils entendirent un deuxième choc suivi de hurlements, parce que la tête de la victime était retombée en arrière, heurtant le train.

— Putain ! hurla Strike que personne n'entendit à part Robin, car tout le monde criait.

Des gens répétaient qu'il s'agissait d'un acte « délibéré » et se disputaient pour savoir qui exactement avait poussé qui. Un homme visiblement alcoolisé se vexa quand on l'accusa d'avoir poussé la victime. Le type aux semelles rouges gisait sur le quai, un filet de sang coulant de son oreille. Un responsable de la société de transports essayait d'accéder jusqu'à lui. Le train demeurait immobile.

— Putain ! répéta Strike à l'intention de Robin. Mais comment tu as pu croire que tu arriverais à le soulever ?

— Je ne savais pas qu'il avait perdu connaissance, protesta-t-elle, encore tremblante et sous le choc. J'ai cru pouvoir…

— Quelqu'un l'a poussé ! C'était volontaire ! hurla une femme.

Les voyageurs montaient dans le train comme si rien ne s'était passé. L'employé parlait dans son talkie-walkie, et des collègues vinrent le rejoindre rapidement pour sécuriser la zone où se trouvait le blessé. Strike, qui avait ramassé le sac à dos de Robin, la prit par le bras pour l'éloigner un peu. Elle tremblait. Il comprit que ce n'était pas seulement à cause du choc : son T-shirt était déchiré, elle avait froid. Sous son bras, un trou laissait entrevoir son soutien-gorge. Elle lui prit son sac à dos et sortit le haut qu'elle avait porté pour incarner Venetia, afin de l'enfiler par-dessus son T-shirt.

— Qui a vu ce qui s'était passé ?

Deux officiers de police étaient arrivés.

— Moi, répondit Strike d'une voix forte qui portait par-dessus le brouhaha.

L'une des policières attira Robin et Strike à l'écart, tandis que sa collègue et les employés de la gare tentaient de maîtriser la foule agitée. Le train n'était pas encore reparti. Par les vitres, les voyageurs regardaient le blessé.

— Je vous écoute, dit la policière à Strike, carnet ouvert.

— C'était un type déguisé en Batman, décrivit Strike. Il a foncé à travers la foule, il a fait semblant d'être bousculé pour créer une diversion, puis il a poussé ce gars sur les voies. C'était délibéré.

— Où est-il ? Vous le voyez ?

— Non, répondit Strike en jetant un coup d'œil autour de lui.

— Vous avez vu où il est allé après la chute ?

— Non, j'étais en train d'aider mon amie à remonter sur le quai.

— D'accord, il va falloir attendre un peu, on va prendre votre déposition.

Ils entendirent une sirène. Une ambulance était arrivée La policière se retourna.

— Bon d'accord, reconnut Robin alors que Strike s'apprêtait à ouvrir la bouche. C'était instinctif. Je sais que ce n'était pas très malin.

Son aisselle lui faisait mal, là où Strike l'avait agrippée pour la hisser jusqu'au quai. Il sortit ses cigarettes et son briquet de sa poche tout en observant le blessé, inerte par terre. Son T-shirt était déchiré aussi, révélant un petit tatouage sous le cœur. Il ressemblait à un Y avec un trait vertical au milieu.

Le train était toujours immobilisé. Les passagers essayaient maintenant de sortir, mais la police tenait à ce qu'ils restent à l'intérieur, sans doute pour les interroger.

— Tu peux pas fumer ici, lui fit remarquer Robin.

— Ce que je comprends pas c'est comment toi, tu arrives à ne pas fumer, rétorqua Strike.

Robin, qui essayait de maîtriser ses tremblements, se força à sourire.

57

Retourne ramper dans les repaires du crime,
Tu ne me connais pas, et tu ne me vois pas.

Adah Isaacs MENKEN,
Judith

Tchat interne entre Anomie et le modérateur LordDrek

<Un nouveau canal privé>

<23 mai 2015 22 h 57>

<LordDrek invite Anomie>

LordDrek : viens sinon je te force, ecnulé

>

<Anomie a rejoint le canal>

Anomie : je peux faire quelque chose pour toi ?

LordDrek : t'as esssayé de tuer mon frère je sais que cest toi

Anomie : je pense que je m'en rappellerais

LordDrek : joues pas à ca avce moi connadr tas poussé mon frère sosu un train

Anomie : tape moins vite, tu feras moins de fautes

LordDrek : tu sias pas à qui t'as affaire connard, fait gaffe

Anomie : je sais parfaitement à qui j'ai affaire, Charlie

Anomie : ton petit frère est moins prudent que toi

Anomie : « Vilepechora », c'était une erreur

LordDrek : ptn de connart, je vais te trouver

Anomie : certainement pas

Anomie : contrairement à toi, je ne laisse pas de traces

Anomie : je viens de regarder les infos

Anomie : trop drôle de voir sa tête se cogner contre le train

LordDrek : je vias te tourver et te tyuer

Anomie : mes amitiés à tout le monde au Halvening

Anomie : gros bisous à ton frère comateux

Anomie : avec un peu de chance il pourra tenir lui-même son biberon d'ici Noël

LordDrek : tu vsa voir espèuce de malade jvais te

<LordDrek a été exclu>

QUATRIÈME PARTIE

Les fibres des Ventricules. –
Elles sont disposées d'une façon excessivement compliquée, et les comptes rendus des divers anatomistes varient considérablement.

Henry GRAY,
Membre de l'Académie des sciences,
Gray's Anatomy

58

Ô hélas !
Formuler la pensée et la jeter
Sur la flamme qui se consume dans ton cœur.

Elizabeth Barrett BROWNING,
A Curse for a Nation

Tchat interne entre deux modérateurs de Drek's Game

<Un nouveau canal privé a ouvert>

<24 mai 2015 11 h 18>

<Morehouse invite Paperwhite>

Morehouse : Paperwhite, il faut qu'on parle

>

>

>

<Paperwhite a rejoint le canal>

Paperwhite : c'est quoi ton excuse ? Accident de voiture ? Abduction par des extra-terrestres ? Ta mère a dû se faire opérer d'urgence ?

Paperwhite : non, celle-là, tu la sortirais pas, ce serait déplacé vu que ma mère est malade

Morehouse : je suis désolé

Morehouse : je suis vraiment désolé

Morehouse : je me suis dégonflé

Paperwhite : tu t'es dégonflé

Paperwhite : tu sais combien d'heures j'ai passées dans ce putain de car ?

Paperwhite : qu'est-ce que tu veux ?

Paperwhite : t'as eu des photos, de la compassion, des tchats interminables et je bousille une relation dans la vraie vie juste pour passer des heures dans le jeu avec toi

Morehouse : t'as raison

Morehouse : mais s'il te plaît écoute-moi parce que je suis inquiet, pour toi et pour nous tous

Paperwhite : c'est-à-dire ?

Morehouse : tu as vu ce type qui a été poussé sous un train après le Comic Con

Paperwhite : non j'ai pris le car, je viens de te le dire

Paperwhite : pouruqoi ?

Morehouse : c'était Vilepechora

Paperwhite : quoi ?

Morehouse : c'est Vilepechora qui a été poussé sous ce train

>

Paperwhite : hein, quoi ?

Paperwhite : il est mort ?

Morehouse : peut-être que oui maintenant. Ils disent aux infos qu'il a une blessure très grave à la tête

Morehouse : Anomie m'a dit qu'il avait un plan pour les faire dégager pendant le weekend du Comic Con, voilà ce que c'était

Paperwhite : je comprends pas de quoi tu parles

Morehouse : il savait qu'il allait tuer Vilepechora

Paperwhite : tu me fous les boules là, quoi ?

Morehouse : il y a plusieurs semaines, Vilepechora a dit un truc comme « Anomie connaît le bitcoin, on pense que c'est comme ça qu'il a acheté le taser », sur le canal des modés

Morehouse : à mon avis ça c'est passé comme ça. Vilepechora connaît le Bitcoin et a expliqué à Anomie comment l'utiliser. Il s'est procuré un taser et un énorme couteau incognito, c'est Vilepechora qui lui a donné l'idée

Morehouse : il voulait pas énerver Vile en l'excluant parce que l'autre pouvait témoigner qu'il lui avait expliqué comment acheter des armes sur le dark net avec de la crypto monnaie.

Morehouse : il m'a dit que Vile et LordDrek partiraient le jour du Comic Con

Morehouse : il voulait dire Vilepechora mort et LD exclu

>

Paperwhite : t'es cinglé

Paperwhite : comment Anomie aurait pu savoir qui pousser sous le train ?

Morehouse : on connaît le vrai nom de Vilepechora et à quoi il ressemble

Paperwhite : comment vous le savez ?

Morehouse : on s'est intéressés au nom « Vilepechora »

Morehouse : c'est un anagramme

Morehouse : on l'a décrypté et on a cherché le résultat sur google

Morehouse : on a trouvé son job, tout. Il avait un peu l'air d'un con, à poser avec sa voiture. Ça a plu à Anomie. Il aimait bien savoir qu'un mec comme ça participait à notre jeu

Morehouse : moi j'ai toujours trouvé ça bizarre

>

Paperwhite : comment vous pouviez savoir que c'était bien lui ? Y a peut-être plusieurs personnes qui s'appellent comme ça ?

Morehouse : j'en étais pas sûr avant de voir les vidéos du gars qui a été poussé sous le train

Paperwhite : je regarde en même temps

>

>

>

Paperwhite : la qualité est vraiment pas top, t'es sûr que c'est lui ?

Morehouse : on le saura quand ils l'identifieront, non ?

Paperwhite : c'est quoi son vrai nom ?

Morehouse : moins tu en sais, mieux c'est. Pareil pour l'identité d'Anomie, avant que tu poses la question

Morehouse : je vais quitter le jeu ce soir. Je veux sortir d'ici, et tu devrais faire pareil. Ensuite il faut que je réfléchisse à la meilleure solution. La police va me prendre pour un fou mais je pense que je dois leur parler

Paperwhite : tu peux pas partir

Paperwhite : si tout ça est vrai

Paperwhite : et si Anomie pense que t'as des doutes, tu seras le prochain. Il connaît tout sur toi. Il sait où t'habites

Morehouse : je m'en fiche

Paperwhite : et moi, tu t'en fiches aussi ?

Morehouse : bien sûr que non, pourquoi tu dis ça ?

Paperwhite : parce qu'Anomie sait aussi qui je suis

Morehouse : quoi ? comment ?

Paperwhite : j'ai fait un truc bête

Morehouse : tu veux dire en envoyant cette photo ?

Paperwhite : c'était le deuxième truc bête

Paperwhite : le premier, c'est que mon vrai nom apparaît dans mon email quand je me suis inscrite

Morehouse : ptn je le savais

Morehouse : je savais qu'il connaissait ton nom

Morehouse : merde

>

Paperwhite : ok, réfléchissons calmement

Paperwhite : pense un peu à ce que tu dis

Paperwhite : ce gars que tu connais depuis super longtemps, qui adore Sang d'encre

Paperwhite : tu penses vraiment qu'il aurait pu avoir poignardé Ledwell et Blay ?

Paperwhite : tu penses vraiment qu'il aurait pu pousser quelqu'un sous un train ?

>

Morehouse : c'est ce que j'arrête pas de me demander

Morehouse : et en général je réponds quand même « non » mais ça devient difficile et quand j'ai vu les infos puis que Vilepechora et LordDrek ont été exclus, j'ai pensé : putain, c'est lui. C'est lui qui a fait tout ça.

>

Paperwhite : tu peux pas quitter le jeu en plus il va penser que tu iras voir la police

Morehouse : oui, tu as raison. Si je pars, il va me soupçonner.

Paperwhite : fais semblant d'être super content qu'il se soit débarrassé de Vilepechora et LordDrek pour pas l'énerver pendant qu'on réfléchit à la suite.

Morehouse : et il se passera quoi quand le nom de Vilepechora sera publié et que je le reconnaîtrai ?

>

Paperwhite : tu fais le mec persuadé que c'est un accident. qqn l'a bousculé et il est tombé

Paperwhite : ou le gars a vachement énervé qqn et il l'a poussé

>

Paperwhite : écoute, je sais que tu me trouves lâche

Paperwhite : tu voulais qu'on parle à la police de ce dossier que LordDrek et Vilepechora nous ont fait gober et j'ai dit non

Paperwhite : j'avais la trouille

Paperwhite : mais là c'est bien plus grave

Paperwhite : on a laissé tout ça se passer sans avertir la police

>

Morehouse : c'est le plus ironique

Morehouse : je pourrais avertir la police de façon anonyme mais ils vont penser que je suis bourré ou que je m'amuse, vu ma façon de parler

Paperwhite : dis pas ça

Morehouse : je pourrais écrire une lettre remarque

Morehouse : mais ils le prendraient au sérieux ?

>

Paperwhite : je peux appeler, si tu me dis son nom

Morehouse : j'ai peur. Si Anomie apprend que c'est une femme qui a parlé, il saura que c'est toi. Et s'il connaît ton nom, il peut savoir où tu habites

>

Morehouse : c'est de ma faute

Paperwhite : pourquoi ?

Morehouse : c'est moi qui l'ai aidé à construire son ptn d'empire, non ?

Paperwhite : Vikas, s'il te plaît, s'il te plaît, me laisse pas seule

Paperwhite : on peut attendre de voir si c'était Vilepechora

Morehouse : et si c'est lui ?

Paperwhite : on avisera

Paperwhite : mais t’as pas intérêt à te dégonfler la prochaine fois qu’on a rdv

Morehouse : ok

Paperwhite : promis ?

>

Morehouse : promis

59

Le pressentiment est cette ombre qui s'étire sur la pelouse
Indiquant que les soleils déclinent ;
La remarque faite à l'herbe surprise
Que l'obscurité s'apprête à tomber.

Emily DICKINSON,
XVI

Strike, qui figurait parmi la douzaine de personnes à avoir témoigné de ce qu'il s'était passé à la gare de Custom House, fut légèrement en retard au dîner avec Madeline samedi soir. Elle avait réservé chez Kazan, un restaurant turc. Strike était ravi de ce choix car il n'avait pas déjeuné et adorait la cuisine turque. Mais le repas fut d'emblée perturbé par les événements de la journée.

Sachant que l'accident allait être annoncé dans la presse et que le nom de Robin serait révélé tôt ou tard, il se sentit obligé de raconter l'événement à Madeline sans toutefois lui donner d'information sur leur enquête. Elle était à la fois fascinée et alarmée qu'il se soit retrouvé mêlé à une tentative de meurtre, et ne cessa de revenir sur le sujet pendant tout le repas. Strike se sentait de plus en plus mal à l'aise : à cause de cette scène, mais aussi des conséquences pour Robin si la scène venait à être diffusée.

Quand Madeline se rendit aux toilettes, il sortit son téléphone pour vérifier la symbolique du Y à trois branches tatoué sur le torse du jeune homme aux baskets rouges. Il découvrit avec angoisse qu'il s'agissait de la rune Algiz. Il ouvrit ensuite Twitter pour vérifier le compte de @Gizzard_Al et s'aperçut qu'il n'existait plus. Il consulta BBC News, qui avait déjà relayé la tentative de meurtre, sans révéler l'identité de la victime. Strike supposa que le type était encore en vie, mais son saignement à l'oreille n'augurait rien de bon, probablement un traumatisme crânien.

— Tu prends des nouvelles de Robin ? demanda joyeusement Madeline en se rasseyant en face de lui.

— Non. J'essaie de savoir comment va le type qui est tombé.

— Elle a été tellement courageuse…

Elle ne buvait que de l'eau pétillante ce soir, et semblait bien décidée à se montrer indulgente avec son compagnon.

— Si on veut, commenta Strike d'un air sombre en rangeant son téléphone.

Le temps qu'ils rentrent chez Madeline, trois photos de l'individu qui avait poussé Algiz avaient été rendues publiques, et un commissaire de police avait lancé un appel à témoins. Étant donné que les photos de l'agresseur étaient extraites d'images de vidéo surveillance, Strike ne s'attendait pas à ce qu'elles soient particulièrement nettes, mais il les observa quand même avec attention.

La première montrait le moment de l'impact : le jeune homme aux semelles rouges tombait en avant, mains dans les poches. Le masque intégral de Batman était clairement visible, le corps de l'agresseur dissimulé par la foule. Sur la deuxième photo, on distinguait quelqu'un portant un masque de Batman qui montait dans le train. Là encore, impossible de deviner sa corpulence, à cause des passagers qui étaient montés en même temps. Strike savait que la plupart d'entre eux ignoraient tout de ce qui venait de se passer, car ils n'avaient pas assisté à la scène.

Sur la troisième photo, on voyait un homme chauve de dos, très musclé, monter l'escalier en courant pour fuir la scène. Le commissaire expliqua que l'assaillant avait sûrement sauté dans le train le temps d'ôter son costume, sous lequel il portait un autre masque en latex figurant un crâne chauve. Il avait ensuite quitté le train pour sortir de la station, se mélangeant à la foule. Il s'agissait de la seule photo où l'on apercevait l'homme en pied et son impressionnante musculature faisait penser à un costume rembourré. On ignorait – ou on ne voulait pas révéler au public – ce que l'agresseur était devenu après avoir quitté la gare.

— Mon Dieu, dit Madeline, pauvre garçon. Il s'est pris le choc en pleine tête, non ? Incroyable qu'il ne se soit pas brisé la nuque.

Strike visionna plusieurs fois la vidéo montrant le jeune homme qui tombait sur les voies, puis Robin et Mo (le passager déguisé en Superman, le véritable sauveur du jeune homme, avec qui Strike et Robin avaient bavardé en attendant de faire leurs dépositions aux policiers) sauter derrière elle. Cela n'apaisa pas l'anxiété de Strike. À supposer que le tatouage de la victime ait bien la signification qu'il lui prêtait, il y avait de fortes chances pour que Le Halvening fasse le lien entre Robin Ellacott et le type qui avait mis K.O. un de leurs hommes dans les toilettes du Ship & Shovell.

— Robin mérite vraiment une distinction, commenta Madeline. Et l'homme qui l'a aidée aussi.

Ils se mirent au lit et leur partie de jambes en l'air fit grimper Madeline aux rideaux. Une fois de plus, Strike pensa à Charlotte, dont la libido était souvent stimulée par le drame et le conflit. Mais en l'occurrence, il s'agissait surtout pour Madeline d'effacer le souvenir de leur dispute après sa soirée de lancement. Comme elle était sobre, elle ne sombra pas immédiatement dans le sommeil, mais continua à discuter de l'incident de la gare, persuadée que Strike serait content qu'elle s'intéresse à sa journée de travail. Il finit par lui dire qu'il était épuisé et ils s'endormirent.

Elle le réveilla le lendemain matin avec un café avant de se rallonger à côté de lui pour de nouveaux ébats. Si Strike ne pouvait prétendre qu'il ne ressentait aucun plaisir quand une femme nue se glissait contre lui pour prendre son pénis dans sa bouche, ce fut seulement au moment de l'orgasme qu'il se sentit libéré de son anxiété, laquelle revint avec d'autant plus de force juste après. Alors même qu'il lui murmurait des paroles d'affection convenues, il se demandait à quel moment il allait bien pouvoir s'échapper.

C'était dimanche : Madeline s'attendait manifestement à passer toute la journée avec lui, chose qu'il ne pensait pas pouvoir supporter. Il ne pouvait rien faire non plus pour éloigner la menace que représentait Le Halvening, il le savait. Quant aux efforts nécessaires pour montrer à Madeline qu'elle était entièrement pardonnée, ils lui paraissaient au-dessus de ses forces pour un jour de congé. Ce qu'il lui fallait, c'était le calme et la paix de son appartement, mais il ressentait aussi le besoin d'appeler Robin, sans raison particulière. Elle déménageait aujourd'hui avec ses parents, et comme Strike ne lui avait pas parlé du tatouage, elle ignorait encore tout de l'implication du groupuscule terroriste.

Quand Strike sortit de la douche, une demi-heure plus tard, il vit qu'il avait manqué un appel de Dev Shah. Comme presque tout était préférable pour lui à une conversation avec Madeline sur leur programme de la matinée, il lui expliqua d'un air contrit qu'il devait s'isoler dans la chambre pour rappeler Dev.

— Salut, dit Dev. Du nouveau sur Jago Ross.

— Vas-y.

— J'étais sur la route qui mène à leur maison de campagne et je faisais semblant de réparer une crevaison sur mon vélo. Ross est sorti en voiture avec ses trois filles et s'est arrêté. Une des filles, la cadette, est sortie. Elle avait oublié quelque chose. Il a hurlé : « Espèce de petite conne », et d'autres trucs comme ça. Il avait l'air de s'en foutre que je puisse l'entendre.

— Tu as enregistré ?

— Oui, mais on n'entend quasiment rien. Il lui a ordonné d'aller chercher ce qu'elle avait oublié. Elle est super longue, leur allée. La gamine avait un œil au beurre noir.

— Je crois que j'ai une explication à ça. Sa grande sœur a partagé certains détails de leur week-end sur les réseaux sociaux.

— Bon, ben en attendant que leur frangine revienne, il a gueulé sur l'aînée. D'après ce que je pouvais entendre, elle défendait sa sœur. Je crois qu'il l'a giflée, mais on ne le voit pas sur ma vidéo à cause du reflet du pare-brise. L'autre a fini par revenir, en traînant un sac. J'ai fait semblant de déplacer mon vélo pour avoir un meilleur angle de vue. Quand la sœur est revenue, il est sorti de la voiture et lui a crié dessus parce qu'elle avait mis trop de temps. Il a ouvert le coffre et jeté le sac à l'intérieur. Au moment où elle s'apprêtait à remonter à l'arrière, il lui a donné un coup de pied dans le dos pour la faire accélérer. Et ça, on le voit parfaitement sur la vidéo.

— Excellent ! Enfin je veux dire…

— Oui, oui, je comprends. Quelle ordure. Si ça se passait dans un autre quartier…

— L'aînée a écrit sur Internet : « Les gens comme nous n'ont pas d'assistante sociale. » Tu es où, là ?

— Je leur file le train, on se dirige vers Londres. En général, il ramène les deux plus jeunes chez leur mère et conduit l'aînée à Benenden.

— Où sont les jumeaux ?

— Toujours dans la maison avec la nounou.

— O.K., excellent travail, Dev. Son avocat va prétexter que Ross était à cran, et va l'inscrire à une formation de gestion des émotions pour amadouer le juge. Mais si on peut assister à un ou deux autres incidents de ce genre, établir un schéma récurrent…

— Oui. Je t'avertis dès que j'ai du nouveau.

— Merci. À plus tard.

Toujours en T-shirt et boxer, Strike enfila son pantalon sans cesser de penser à Robin et au Halvening. Il finit par prendre une décision et rejoignit Madeline au salon, l'air désolé.

— Un problème ? demanda-t-elle en voyant l'expression sur son visage.

— Oui. Un de mes collaborateurs doit rester avec sa femme qui s'est cassé le poignet en tombant d'une échelle.

Ce mensonge était sorti spontanément, parce que c'était arrivé par le passé à la femme d'Andy.

— Oh, zut !

Le portable de Strike sonna une fois de plus. En baissant les yeux, il vit le numéro de Katya Upcott.

— Désolé, il faut que je réponde. J'essaie de m'organiser…

Il retourna dans la chambre et décrocha.

— Strike.

— Bonjour, dit Katya d'une voix fatiguée. J'espère que je ne vous dérange pas, un dimanche ?

— Pas du tout.

— Je suis allée voir Josh hier, et d'après ses médecins, il pourrait vous parler d'ici une semaine environ, si vous voulez toujours l'interroger. Les visites sont limitées. Son père et sa sœur viennent généralement le voir en semaine, mais si vous êtes disponible samedi prochain…

— Samedi, c'est parfait. Laissez-moi noter ça.

Il trouva un stylo sur la table de chevet de Madeline.

— Si vous voulez, on peut se retrouver à l'hôpital à deux heures ? Il est au Centre de la moelle épinière, à Londres. Il vaut mieux que je vous accompagne parce que… ce serait mieux que je sois présente. Il est encore très affaibli.

Après avoir noté les informations et les heures de visite dans son carnet, Strike remit machinalement le stylo dans sa poche, dit au revoir à Katya et alla retrouver Madeline.

— Je suis vraiment désolé. Il faut que je règle ça. Je vais devoir prendre le relais pour surveiller cette ordure.

— Merde.

Elle semblait déçue, mais Strike savait qu'elle n'allait pas faire une scène si peu de temps après leur dispute à Bond Street.

— Les pauvres.

— Qui ça ? demanda Strike qui pensait encore à Robin.

— Ton collègue et sa femme qui est tombée de l'échelle.

— Ah oui. Ouais, enfin bon, elle m'a pourri mon dimanche.

Il continua d'afficher une moue contrite en saisissant son manteau et son sac à dos. Madeline le prit dans ses bras et l'embrassa longuement. Après cela, il put enfin partir.

Il attendit d'avoir bifurqué au coin de sa rue avant d'allumer une cigarette. Le coup de téléphone de Katya Upcott lui avait donné un prétexte pour appeler Robin. Elle répondit presque immédiatement.

— Salut, attends une seconde, dit-elle.

Il comprit à sa voix emplie de sanglots que quelque chose n'allait pas, quelque chose de plus grave que le déménagement avec son lot de tracas habituels. En attendant qu'elle revienne, il imagina plusieurs scénarios catastrophes : elle avait pris conscience que la victime du train appartenait à un groupe terroriste d'extrême droite, ou pire encore, un acte de vengeance avait déjà eu lieu sans que Strike le sache. Au bout du fil, il entendit un homme rouspéter en fond.

— C'est bon, je suis là, dit-elle au bord des larmes. Qu'est-ce qu'il y a ?

— Rien. Et toi ?

— Comment ça ?

— Tu as une toute petite voix.

— Je… disons que…

— Qu'est-ce qui se passe ?

Sa question était sortie avec plus de violence qu'il ne l'avait pensé.

— C'est mon père… Mes parents devaient venir hier, tu sais ? Apparemment mon père a fait un malaise en sortant de la maison juste avant de monter dans la voiture. Ma mère l'a conduit à l'hôpital et ils ont dit qu'il avait eu un problème cardiaque, je ne sais pas quoi exactement, ça n'avait pas l'air trop grave, mais ma mère vient de m'appeler et ils l'emmènent au bloc…, expliqua-t-elle en retenant ses larmes. Désolée… je suis sûre que tout ira bien… Merde, Strike, il faut que j'y aille, je dois déplacer ma voiture.

Elle raccrocha.

60

Oh, donne-moi l'ami dont la poitrine chaude et fidèle
Pousse un soupir qui répond au mien…

Mary TIGHE,
A Faithful Friend Is the Medicine of Life

Le père de Robin n'avait pas jugé nécessaire d'engager des déménageurs pour l'occasion. Elle s'était séparée de la plus grande partie de ses affaires au moment de son divorce (par exemple le lit en acajou dans lequel Matthew avait couché avec Sarah, la fille avec qui il l'avait trompée et qu'il avait fini par épouser). Comme Robin n'avait pas de place dans sa colocation pour les quelques meubles qu'elle avait conservés, elle les avait stockés dans un box. En signant pour son appartement, elle avait également racheté le canapé, les fauteuils et le lit double de l'ancien propriétaire, pour lequel elle avait commandé un nouveau matelas. En dehors de cela, elle avait uniquement besoin de quelques meubles en kit. Michael Ellacott avait assuré à sa fille qu'il était tout à fait capable de l'aider à charger dans sa Land Rover les affaires qui se trouvaient dans le box pour les monter jusque chez elle. Il avait grandi dans une ferme et appréciait le travail physique. Quant à Robin, qui avait manqué le repas de Noël cette année, elle avait décidé de lui faire plaisir.

Elle se retrouvait donc seule pour tout transporter du box de stockage jusqu'à l'appartement. Elle avait passé les deux premières heures à broyer du noir et à pleurer, jusqu'à ce que l'occupant du box voisin, un type désagréable et agressif, lui demande en hurlant de déplacer sa Land Rover pour rapprocher son van. Strike l'avait appelée pile à ce moment-là et elle avait craqué. Après avoir raccroché et déplacé sa voiture, elle disparut dans son box pour pleurer tranquillement, assise sur un carton de livres. Elle avait envie de laisser tomber le déménagement, de monter dans sa voiture et de prendre la direction du Yorkshire pour aller voir son père. Sa mère lui avait assuré que l'opération était sans risque, mais Robin avait perçu l'anxiété dans sa voix.

Elle finit par se ressaisir et, au prix de gros efforts, continua à charger ses affaires dans sa voiture. Elle finit par regagner Walthamstow, bien plus tard qu'elle ne l'avait prévu.

À seize heures trente, Linda rappela sa fille qui patientait à un feu rouge. Comme sa vieille voiture n'avait pas de Bluetooth, Robin prit son portable et le colla à son oreille.

— Il va bien, l'informa sa mère. Ils lui ont posé un stent. S'il n'y a pas de complications, il pourra rentrer demain.

— Oh super !

Le feu passa au vert. Pour la première fois depuis qu'elle possédait cette voiture, elle cala, et l'automobiliste derrière klaxonna furieusement.

— Maman, je suis désolée, il faut que je raccroche, je suis sur la route. Je te rappelle tout à l'heure.

Même si elle savait que son père était maintenant hors de danger, Robin était toujours sous le coup de l'émotion, et elle luttait encore contre les larmes quand elle s'engagea enfin dans Blackhorse Road.

C'est seulement en se garant à côté de son nouvel immeuble qu'elle aperçut Strike planté devant la porte, un pot de fleurs dans une main, un sac Tesco dans l'autre. C'était complètement inattendu mais tellement bienvenu que Robin laissa échapper un petit rire qui se transforma immédiatement en sanglot.

— Qu'est-ce qui s'est passé ? Comment va ton père ?

— Ça ira, répondit Robin en retenant ses larmes. Ma mère a appelé. Ils lui ont posé un stent.

Elle eut envie de se jeter au cou de son associé, mais elle pensa à Madeline, à sa résolution de rester amie avec Strike, et au fait qu'elle était en nage. Tout cela l'en dissuada. Elle s'adossa à sa voiture et s'essuya les yeux d'un revers de manche.

— C'est une bonne nouvelle, non ? demanda Strike.

— Oui, bien sûr… mais j'ai eu une matinée de merde.

— Tu veux manger un morceau avant qu'on décharge la voiture ? Parce que moi oui, j'ai pas déjeuné. J'imagine que t'as pas encore déballé la bouilloire ?

— Non, mais elle est au pied du siège passager, avec quelques mugs, répondit-elle avec un petit rire. Strike, tu n'avais pas besoin de venir, vraiment.

Il lui tendit la plante en pot et le sac Tesco avant d'ouvrir la portière de la Land Rover pour en sortir le carton qui contenait la bouilloire.

— Prends ça.

— Comment tu as eu mon adresse, d'ailleurs ?

— Tu m'as montré l'annonce il y a des semaines.

Strike se révélait finalement moins distrait ou négligent qu'il n'y paraissait, et ce constat faillit la faire pleurer de nouveau, mais elle réussit à se contenir. Reniflant en silence, elle franchit la porte d'entrée, traversa le couloir en briques puis, par égards pour la jambe de Strike, appela l'ascenseur pour rejoindre le deuxième étage.

Elle ouvrit la porte sur un appartement spacieux et agréable, plus grand que le repaire de Strike et bien mieux entretenu.

— Très joli. Tu as racheté le canapé du vendeur ?

— Oui, c'est un canapé-lit. Je me suis dit que ça pouvait être utile.

Elle posa dans la cuisine la plante aux grandes feuilles en forme de cœur. Strike la suivait avec un carton contenant ce dont elle aurait besoin en priorité : bouilloire, tasses, thé, lait et papier toilette.

— Elle me plaît beaucoup. Merci.

— J'avais un peu peur que ça compte comme des fleurs, dit-il en lui jetant un petit regard en coin.

Un jour, au cours d'une dispute, Robin avait reproché à Strike sa tendance à n'offrir rien de plus original que des fleurs. Elle éclata de rire, mais ses yeux s'emplirent à nouveau de larmes.

— Non, une plante c'est pas des fleurs.

Strike remplit la bouilloire, puis se tourna et vit Robin sortir l'iPad de son sac.

— Tu te connectes pas au jeu, quand même ? Prends un jour de repos, bon sang.

— Non, je regarde juste s'ils ont attrapé Batman. Attends, ils ont publié le nom du gars qui est tombé sur la voie ferrée.

Elle venait de se connecter au site de BBC News.

— Et ?

— Il s'appelle Oliver Peach. C'est… Waouh. C'est le fils d'Ian Peach. Tu sais, ce type loufoque qui était candidat à la mairie de Londres ? Le milliardaire ?

— Le gars qui bosse dans la technologie, oui. On sait ce que fait son fils ?

— Non, ils disent juste qu'il est toujours hospitalisé. Son père a proposé une récompense de cent mille livres pour toute information sur l'agresseur.

— Ton nom n'a pas encore été publié ?

— Non. Écoute, je suis vraiment désolée. C'était…

— Courageux. C'était sacrément courageux, l'interrompit Strike.

Ce n'était pas le moment de lui révéler l'appréhension qui l'obnubilait depuis vingt-quatre heures.

— On va prendre un sandwich et un thé, et ensuite on déchargera la voiture.

— Tu es sûr que tu peux porter ?

— Ne t'inquiète pas, je te laisserai porter le plus lourd.

Ils mangèrent des sandwiches de supermarché debout dans la cuisine puis, alors que Strike allait sur le perron avec sa tasse de thé pour fumer une cigarette, la mère de Robin appela pour lui donner des nouvelles de son père.

Une fois que Robin se fut assurée que Linda ne minimisait pas la situation sous prétexte de rassurer sa fille, sa mère demanda :

— Et ton déménagement ? Tu as réussi à le reporter ?

— Je suis en plein dedans. Strike me donne un coup de main.

— Oh.

Cette simple syllabe paraissait chargée à la fois de surprise, de curiosité et de désapprobation.

Linda se méfiait de Strike, notamment à cause des blessures que Robin avait subies en travaillant à l'agence, et parce qu'elle avait interrompu la première danse de son mariage pour retrouver son associé. Robin décida de ne pas mentionner qu'elle avait failli se faire percuter par un train la veille, ce que sa mère aurait sans aucun doute également reproché à Strike. Avec un peu de chance, elle serait trop préoccupée par la santé de son mari pendant quelques jours pour s'intéresser aux journaux télévisés.

Quand elle eut raccroché, Robin descendit au pied de l'immeuble et commença à monter les affaires, assistée par Strike, dont la volonté de se rendre utile l'emportait sur l'inquiétude pour son tendon.

— Je t'assure qu'il ne paraissait pas y avoir autant de trucs quand j'ai sorti tout ça du box, grommela Robin en haletant, un carton de livres dans les bras.

Essoufflé et en nage, Strike se contenta de pousser un grognement.

Vers vingt heures, ils avaient enfin terminé de vider la Land Rover et d'assembler la plupart des meubles. Strike se laissa tomber lourdement dans le canapé.

— Qu'est-ce que tu dirais d'un fish and chips ? demanda-t-il.

Robin voyait bien qu'il avait mal à la jambe.

— On n'est pas chez soi quelque part tant qu'on ne sait pas où se trouve le fish and chips le plus proche.

— J'y vais, proposa immédiatement Robin qui assemblait une petite étagère en kit. C'est la moindre des choses. Strike, je ne sais pas comment te remercier.

— On est quittes. Tu as travaillé vingt-quatre heures sur vingt-quatre pendant que j'étais malade.

Il sortit de sa poche un billet de dix.

— Tu peux prendre de la bière aussi ?

— Bien sûr, mais c'est moi qui régale.

Elle se rendit donc chez Bonner's Fish Bar où, après avoir pris deux fish and chips, elle se connecta automatiquement à *Drek's Game* sur son téléphone. Anomie n'était pas présent. Elle salua quelques joueurs réguliers puis acheta une bouteille de vin et six canettes de lager en rentrant. Quand elle arriva, Strike avait fini d'assembler l'étagère.

Elle appuya le téléphone contre une lampe posée sur la table, afin de pouvoir continuer le jeu.

— Tu n'avais pas besoin de faire ça ! Franchement, fais une pause, tu l'as bien mérité… Qu'est-ce qu'il y a ? demanda-t-elle en voyant l'air contrarié de Strike.

Il hésita une seconde puis répondit :

— Ton nom a été publié. Je viens de le voir.

— Oh merde.

Elle lui tendit une bière, puis se dirigea vers la cuisine pour prendre un tire-bouchon. Quand elle revint avec un verre de vin, elle dit :

— Je suis vraiment désolée, je sais que j'ai merdé.

— Tu as cherché à sauver la vie de quelqu'un, tempéra Strike en piochant dans ses frites à l'aide de la fourchette en bois fournie par le restaurant, une canette ouverte à côté de lui. C'est pas un crime, non plus. Tu es connectée au jeu ?

Robin s'assit dans un fauteuil et répondit, en essayant de dissimuler son anxiété :

— Oui. Autant garder un œil sur Anomie. Midge est sur Cardew et Nutley surveille Pierce. Ce serait super de rayer un nouveau suspect de notre liste. C'était quoi ton coup de fil, tout à l'heure, au fait ?

— Ah oui : Katya Upcott nous annonce que Blay est en état de nous parler. Je lui ai dit qu'on irait à l'hôpital samedi.

— Super ! Attends. Anomie est là.

Elle posa ses frites et prit son téléphone.

Anomie : bonsoir les enfants

Buffypaws : salut Anomie !

— Je fais un peu de lèche. Quand je suis sympa, Anomie me fiche la paix et n'envoie pas ses sbires me demander pourquoi je ne bouge pas.

Elle envoya donc un texto à Midge et Nutley : « **Anomie est dans le jeu, vous voyez vos cibles** ? » Elle regarda de nouveau l'écran de son téléphone :

Anomie : Morehouse n'est pas là ?

DrekSennuik : non

DrekSennuik : vire cette feignasse

Anomie : lol

DrekSennuik : je sais coder je peux prendre sa place

Anomie : faut que tu passes le test des modés d'abord

Anomie : d'ailleurs je recrute

Anomie : je veux remplacer LordDrek et Vilepechora

— Quoi ? s'exclama Robin.

Avant qu'elle puisse poser la question, d'autres joueurs la devancèrent.

Magspy7 : quoi, ils sont partis ?

WyrdyGemma : quoiiiiiiiii ?

HartyHartHart : noooon qu'est-ce qui s'est passé ?

Anomie : ils ont été virés

— Strike, regarde, dit Robin en s'installant dans le canapé à côté de lui. Anomie s'est débarrassé de LordDrek et de Vilepechora.

Encre4Ever : oh putain pourquoi tu les as virés ?

Paperwhat : merde, ils ont fait quoi/ ?

DrekSennuik : pourquoi tu les as virés mek ?

Anomie : c'était des connarkos

Anomie : vous êtes prévenus

Deux textos apparurent en même temps sur l'écran :

« Cardew au pub sur son téléphone »
« Je vois pas Pierce, il est chez lui »

Robin fit glisser les deux messages pour continuer de lire les échanges.

Dr3kboy : ils étaient marrants

Anomie : ils ont essayé de mentir au maître du jeu

Anomie : mais le maître du jeu sait tout

TouteKeule : lol comment tu fais pour tout savoir ?

Anomie : vous êtes tous sur écoute

— « Vous êtes tous sur écoute », répéta Strike. Qui a parlé de mettre quelqu'un sur écoute, récemment ?

— Toi. Tu as dit que si Gus Upcott était Anomie, il mettrait le premier étage de sa maison sur écoute.

— Non ! C'était un mec sur Twitter. Lepine's Disciple.

— Ah, lui. Il est horrible. Il poste tout le temps. Comme I am Evola qui est tout aussi horrible, sinon pire… Je vais rester connectée, si Worm28 arrive, je pourrai lui demander ce qui est arrivé à LordDrek et Vilepechora.

Elle se carra dans son siège, posa de nouveau le téléphone contre la lampe et reprit son fish and chips. À ce moment-là, un son de basse se mit à résonner dans l'appartement du dessus. Robin leva les yeux.

— Ton appart doit être bruyant aussi, non ?

— Oui, répondit Strike en ouvrant une deuxième canette de bière, mais j'ai l'habitude. Tu pourrais essayer les boules quiès.

Robin ne répondit rien. Elle n'aimait pas l'idée de ne pas pouvoir entendre d'éventuels intrus pendant la nuit.

— Ça fait un moment qu'Anomie n'a pas fait de révélation au sujet de *Sang d'encre*, tu as remarqué ? dit Strike.

— Il n'y a peut-être pas grand-chose à révéler. Je ne pense pas que Maverick s'occupe beaucoup du film en ce moment, en tout cas pas au point de partager ça. Vu que Josh est toujours hospitalisé.

— C'est ça le truc. Maintenant qu'Edie est morte, il a perdu sa source d'information principale.

— Anomie est assez odieux avec Grant et Ledwell.

— Ouais, il les surnomme « Le Bouledogue » et « La Grosse Vache ». Mais tout ce qu'il connaît à leur sujet pourrait provenir directement de la page Facebook de Heather. J'ai vérifié : la seule info qu'il n'aurait pas pu y trouver, c'est le lupus de l'ex-femme de Grant.

— Ah, voilà Worm28 ! Attends, je vais lui demander ce qui s'est passé.

Pendant que Robin tapait, Strike détendit sa jambe en réprimant une grimace.

— Anomie se serait débarrassé d'eux pour faire plaisir à Morehouse, dit Robin en lisant la réponse de Worm28.

— Tu penses que Morehouse les soupçonnait d'appartenir à l'extrême droite ?

Strike avait envie de fumer une cigarette, mais ne se voyait pas reprendre l'escalier.

— Peut-être… Tu sais, ça ne me dérange pas si tu fumes ici, ajouta Robin qui avait vu la main de Strike se poser inconsciemment sur sa poche. Si tu veux bien ouvrir la fenêtre ?

— Merci.

Il se leva péniblement et prit une canette vide en guise de cendrier. Il observa la rue, passante et bien éclairée, mais dont les porches d'immeubles étaient plongés dans l'obscurité. Robin venait tout juste d'emménager : cela la rendait plus difficile à trouver pour quelqu'un qui voudrait se venger contre l'agence.

— Tu as une alarme ? demanda Strike après avoir allumé son briquet.

— Oui, répondit-elle sans quitter le jeu des yeux.

— Et ta porte d'entrée a deux verrous, non ?

— Oui. Worm dit que pour Morehouse, LordDrek et Vilepechora étaient « de mauvais éléments ». J'essaie d'en savoir plus…

— « Vilepechora ». Drôle de nom. Pechora, c'est un endroit, non ?

— Aucune idée.

— Oui, confirma Strike en cherchant sur son téléphone. C'est une ville et un fleuve en Russie… et le Pechora 2M est un système de missile antiaérien surface-air à court rayon d'action.

Il ressentait une sensation familière : une fois de plus, son subconscient essayait de lui transmettre un message.

— Vilepechora, répéta-t-il.

Il coinça sa cigarette entre ses lèvres, fouilla dans ses poches pour chercher le stylo qu'il avait pris chez Madeline et écrivit « Vilepechora » au dos de sa main. Après avoir observé ce mot pendant une bonne minute, il lâcha :

— Merde !

Robin leva les yeux.

— Quoi ?

— Vilepechora, c'est l'anagramme d'Oliver Peach.

Robin laissa échapper un petit cri. Le père, qui avait gagné des millions avec son entreprise dans les technologies, était connu pour avoir perdu les élections municipales de Londres. C'était un individu à l'allure reconnaissable, avec des cheveux qui lui tombaient bas sur les yeux et des costumes à larges rayures.

— Putain ! s'exclama Strike. Ils sont frères !

— Qui ça ?

Robin rejoignit Strike à la fenêtre. L'écran de Strike montrait Ian Peach flanqué de ses deux fils, Oliver et Charlie, tous les deux bruns, avec la même chevelure que leur père. Le plus jeune était clairement le type aux baskets rouges qui était tombé sur les voies du train. L'aîné portait la veste en velours que Strike avait vue sur l'homme qui avait tenté de recruter Wally Cardew au Ship & Shovell.

61

Ainsi tu chasses d'ici les fantômes ; lave mon âme !
Toi, douce enchanteresse, avec tes sorts !

Mathilde BLIND,
To Hope

Tchat interne entre quatre des huit modérateurs de *Drek's Game*

<Un nouveau canal privé a ouvert>

<26 mai 2015 22 h 02>

<Hartella invite Anomie>

Hartella : Anomie

>

<Anomie a rejoint le canal>

Anomie : quoi ?

Hartella : tu as vu les infos ?

Anomie : Maverick a fait une annonce au sujet du film ?

Hartella : non

Hartella : je parle de la femme qui a sauté

<Un nouveau canal privé a ouvert>

<26 mai 2015 22 h 07>

<Paperwhite invite Morehouse>

>

>

Paperwhite : Mouse ?

sur les voies du train pour sauver le gars qui était tombé

Hartella : juste à côté du Comic Con ?

Hartella : c'est aux infos, tu as dû le voir

Anomie : j'ai pas regardé les infos, je suis occupé

Hartella : ils ont donné son nom. Elle s'appelle Robin Ellacott

Hartella : elle est détective privé

>

Hartella : s'il te plaît te fâche pas. J'ai rien dit qui puisse révéler ton identité

Hartella : j'ai rien dit, ok ?

Anomie : c'est pas ce que tu dirais si t'étais innocente, Hartella

Hartella : je te jure

Anomie : alors pourquoi tu me demandes de pas me fâcher ?

Hartella : je suis allée au Comic Con parce qu'une femme m'a contactée. Elle a expliqué qu'elle était journaliste et qu'elle voulait écrire un article sur

<Morehouse a rejoint le canal>

Morehouse : salut

Paperwhite : t'as vu les infos aujourd'hui ?

Morehouse : non j'étais au labo

Morehouse : pourquoi, il s'est passé quoi ?

>

Paperwhite : tu sais la femme qui a sauté sur la voie ferrée pour sauver Vilepechora ?

Morehouse : ouais

Paperwhite : elle s'appelle Robin Ellacott et elle est détective privé

Morehouse : sérieux ?

Paperwhite : oui

Morehouse : waouh

>

Morehouse : c'est bizarre

Paperwhite : tu penses qu'elle suivait qqn ?

Morehouse : sûrement pas Vilepechora

Morehouse : c'est la police qui devrait suivre le Halvening, pas une détective privée

Sang d'encre, mon livre et tout

Hartella : elle portait une perruque quand elle m'a interviewée mais c'était elle, je la reconnais. C'était Robin Ellacott

Hartella : je suis vraiment désolée, Anomie, elle avait l'air honnête, elle avait un site avec des articles et tout

Hartella : mais je lui ai rien dit sur toi

Hartella : je pouvais pas, je sais pas qui tu es de toute façon

>

Anomie : tu mens

Hartella : non !

Hartella : si t'avais pu m'entendre parler de toi, je lui ai dit que t'étais un génie

Hartella : doué et cultivé

Hartella : j'ai rien révélé de personnel, rien qui puisse t'identifier, promis ! J'aurais pas pu !

Hartella : j'ai juste pensé que ce serait super pour notre livre si on pouvait faire de la promo !

Paperwhite : Mouse, ça va paraître dingue, mais tu penses que Maverick pourrait essayer de savoir qui est Anomie, pour l'empêcher de dire de la merde sur le film ?

Paperwhite : peut-être qu'elle suit Anomie ?

Morehouse : bon sang, c'est possible

Paperwhite : ça pourrait être notre chance !

Morehouse : comment ça ?

Paperwhite : on pourrait aller lui parler à son agence

Morehouse : elle est où ?

Paperwhite : à Denmark Street, à Londres, j'ai regardé

Paperwhite : on n'aurait pas besoin de dire qu'on le soupçonne de meurtre

Paperwhite : on pourrait dire qu'on s'inquiète de toute la négativité qu'il répand parmi les fans

Paperwhite : si elle essaie de savoir qui est Anomie, elle serait sans doute contente de nous parler. Je viens

Hartella : et si le livre se vend bien, plein de gens voudront jouer au jeu, non ?

Hartella : j'ai pas fait ça que pour moi !

>

>

Hartella : Anomie, t'es là ?

Anomie : donc tu l'as fait pour moi, c'est ça ?

Anomie : et comment ça je suis « cultivé » ?

Hartella : t'es intelligent, tu parles latin et tout

>

>

Anomie : tu crois savoir qui je suis

Hartella : mais non, comment je pourrais savoir ?

Anomie : si, tu le crois. « Cultivé ». Tu penses que tu sais, putain

Anomie : tu veux vraiment savoir quelque chose ?

Anomie : t'es grave dans la merde

Anomie : t'as peut-être fait croire aux flics que t'avais pas de lire des trucs sur son agence. Ils travaillent avec la police, ils ont déjà résolu des affaires de meurtres

Paperwhite : ce serait aussi bien que d'aller voir la police, sans les inconvénients.

Paperwhite : tu crois pas ?

Morehouse : mais la police finirait par nous interroger aussi

Morehouse : j'imagine que tous les fans qui ont un comportement bizarre doivent les intéresser à l'heure qu'il est

Paperwhite : on l'accuserait pas d'avoir tué qqn

Paperwhite : on se présenterait juste comme deux personnes qui aiment pas ce qu'il raconte sur Internet

>

Morehouse : tu sais quoi

Morehouse : c'est une idée de génie

>

>

>

>

de contact avec des terroristes, mais moi je sais que c'est faux. Je sais qui t'a donné ce dossier et je sais que tu mouilles ta culotte pour lui. Je pourrais vous faire foutre en taule tous les trois

Anomie : j'ai fermé ma gueule parce que je veux pas qu'on interdise le jeu. Mais si tu m'as balancé, je te fais arrêter pour terrorisme

Hartella : Anomie, j'ai rien dit, je te jure

Anomie : t'as intérêt à te rattraper

Hartella : comment je peux faire ?

Anomie : je te dirai

Anomie : et tu m'obéiras si tu veux pas finir en taule

<Anomie a quitté le canal>

<Hartella a quitté le canal>

<Le canal privé est fermé>

>

>

>

Morehouse : le seul inconvénient, c'est si elle a jamais entendu parler d'Anomie, elle nous prendra pour deux cinglés qui débarquent (en fauteuil en ce qui me concerne) pour râler sur un jeu vidéo

>

>

>

>

Morehouse : mais remarque, même si elle a jamais entendu parler de lui, on aura fait un premier pas, montré qu'on s'inquiète

Morehouse : et vu qu'il y a déjà eu trois attaques autour de *Sang d'encre*, elle donnera peut-être son nom à la police donc on aura fait notre job

Morehouse : Nicole, t'es un vrai génie

>

>

Paperwhite : mais tu viens avec moi, ok ?

Tu vas pas te dégonfler encore une fois ?

Morehouse : non

Morehouse : je vais avoir besoin de toi pour aller là-bas de toute façon

Morehouse : merde

Morehouse : quand ?

Morehouse : pcq j'ai un truc de recherche

Morehouse : je vais être ds la merde si je rends pas à l'heure

Paperwhite : moi j'ai des examens mais on peut faire ça juste après

Paperwhite : si on a raison, il s'est déjà débarrassé de tous ceux qui l'ennuyaient

Paperwhite : je veux dire, tous ceux qu'il considérait comme dangereux

Paperwhite : y aurait qui d'autre ?

Morehouse : moi sans doute

Morehouse : j'ai pas arrêté de le tanner avec LordDrek et Vile

>

>

Morehouse : merde, il est en train de me contacter

Paperwhite : merde

Paperwhite : il te dit quoi ?

>

>

>

>

Morehouse : qu'il nous faut de nouveaux modés

Paperwhite : fais semblant d'être content !

Morehouse : lol

>

>

Paperwhite : il a mentionné Vilepechora et le train ?

Morehouse : non, il fait comme s'il savait rien

>

>

>

>

>

>

>

>

>

>

>

>

>

>

>

>

>

>

>

>

Morehouse : quand il est comme ça je me demande si je me fais pas des idées

>

>

>

>

Paperwhite : j'ai essayé de croire que tu te trompais, pendant longtemps

>

>

Paperwhite : mais je pense que t'as raison

62

Il la quitta, mais elle le suivit –
Elle pensait qu'il ne supportait pas
Qu'elle ait laissé sa maison,
Pour observer son propre désespoir.

Letitia Elizabeth LANDON,
She Sat Alone Beside Her Hearth

Quand Strike appela Ryan Murphy pour lui annoncer qu'Oliver Peach était un des joueurs de *Drek's Game*, et que Charlie Peach avait probablement tenté de recruter Wally Cardew, son interlocuteur lâcha un « Merde ! » pour toute réponse.

— C'est un ami à vous ?

— On les a interrogés tous les deux il y a trois mois, expliqua Murphy.

Strike perçut le claquement d'une porte et supposa que Murphy s'isolait pour poursuivre la conversation.

— Ils font partie de la Fraternité d'Ultima Thulé. J'imagine que vous en avez entendu parler ?

— Oui, ils organisent des retraites odinistes et proposent d'expulser les Juifs, c'est ça ?

— Exactement, mais on n'a aucune preuve de leur implication dans des attentats ou du harcèlement en ligne. Finalement ils étaient liés à ce foutu jeu, c'est ça ?

— Oliver, oui, précisa Strike. Pour Charlie, je n'en suis pas sûr, mais je dirais qu'il y a des chances, vu que deux modérateurs sont partis juste après l'accident d'Oliver, et que ces deux modérateurs semblaient très proches, d'après Robin.

— On a un joueur infiltré dans le jeu depuis des semaines, mais il n'a pas réussi à trouver quoi que ce soit. Cette obligation d'anonymat est bien pratique.

— Du sur-mesure pour des terroristes, renchérit Strike.

Deux jours plus tard, Murphy appela Strike pour l'informer que l'aîné des frères Peach, Charlie, avait été entendu de nouveau, cette fois de façon plus officielle.

— Il a tout nié. Il a donné son ordinateur et son portable, mais on n'a rien trouvé. Il en a d'autres évidemment, bien cachés. Ce type est malin, c'est sûr.

— Quelqu'un a interrogé Oliver ? J'ai l'impression qu'il est le maillon faible. Utiliser une anagramme de son nom, c'était vraiment bête.

— Il est toujours hospitalisé, et les médecins refusent qu'on lui parle. Ils ont dû l'opérer en urgence pour stopper son hémorragie cérébrale. Leur père remue ciel et terre : il parle de faire jouer ses relations et de saisir les tribunaux.

— J'imagine.

— Il est bizarre, le père. Sa femme a l'air d'une momie. Enfin bref, je vous tiens au courant. Votre aide a été inestimable, sur ce coup-là. Elle va bien, au fait ? Elle l'a échappé belle.

— Robin ? Oui, elle va bien. Je lui ai ordonné de ne pas sortir de chez elle.

— C'est plus sage pour l'instant. Passez-lui le bonjour.

— Je n'y manquerai pas, promit Strike qui oublia sa promesse à peine le téléphone raccroché.

Après la publication du nom de Robin dans les médias, le téléphone du bureau n'avait pas cessé de sonner pour des interviews au sujet de son intervention à la gare de Custom House. Suivant les instructions de Strike, Pat avait répondu à tous les appels de la même façon : « Mrs. Ellacott est heureuse d'avoir aidé à secourir Mr. Peach, mais elle ne souhaite pas commenter. » La voix grave de Pat induisit en erreur quelques journalistes persuadés de s'adresser à Strike, qui lui demandèrent si, à son avis, il fallait donner à Robin et à Mohammed « No » Nazar une médaille du mérite. Strike ne fut pas surpris mais fâché que ce soit la photo de Robin, jeune femme blanche, qui attire le plus l'attention des tabloïdes. Il espérait que l'interrogatoire de Charlie Peach ralentirait provisoirement les activités du groupe terroriste et essaya d'oublier autant que possible ses inquiétudes concernant une possible vengeance. Il se trouva que ce mercredi-là, l'agence, qui avait longtemps attendu une avancée dans ses affaires courantes, en connut subitement deux d'un coup.

Tout d'abord, la femme de ménage de South Audley Street effectua un nouveau passage en revue minutieux de l'appartement et tomba sur la caméra noire avec son objectif grand angle. Comme elle n'avait pas réussi à l'éteindre, elle la mit dans son sac à main et l'emporta avec elle dans un restaurant où Fingers l'attendait, discrètement surveillé par Nutley. De la part de quelqu'un qui ne fréquentait habituellement que des super riches, inviter sa femme de ménage à déjeuner était louche ; il saisit le sac de son employée et, en le palpant, parvint à éteindre le mécanisme sans révéler son visage à la caméra.

— Donc ils sont de mèche, conclut Nutley quand il appela Strike pour l'informer des événements.

Il parlait sur un ton suffisant, comme d'habitude. Strike lutta contre l'agacement que lui procurait cette réflexion évidente, ce qui fut d'autant plus difficile lorsque Nutley ajouta :

— On devrait la surveiller, elle aussi.

— Bonne idée, commenta Strike en essayant de ne pas paraître sarcastique. Bon travail, Nutley, il était temps qu'on ait du nouveau à annoncer au client.

Une heure plus tard, Barclay appela de Hampstead.

— Gus Upcott n'est pas notre homme.

— Comment tu le sais ?

— Je viens de le suivre jusqu'à la pharmacie. Pas de téléphone, pas d'iPad, mains dans les poches tout le temps, et Robin dit qu'Anomie est actif dans le jeu depuis au moins une heure.

— Ça n'aurait pas pu mieux tomber, dit Strike qui lui expliqua ensuite les avancées de la matinée sur Fingers.

— Donc je vais t'envoyer l'adresse de la femme de ménage et tu pourras commencer la surveillance.

Ces avancées mirent Strike de meilleure humeur jusqu'à son rendez-vous de jeudi soir avec Madeline. Il avait bien conscience que passer du temps avec elle était devenu une corvée, alors que, quelques semaines plus tôt, c'était une distraction bienvenue dans ses journées chargées de travail. Il aimait toujours faire l'amour avec elle, mais ne parvenait plus à lui accorder qu'une fraction de son attention, parce qu'il était le plus souvent accaparé par des préoccupations qu'il ne pouvait, ou ne voulait pas, partager avec elle. Si elle pressentit cette infime distance, elle n'en donna aucun signe. Elle continuait de se passer d'alcool en sa présence.

Samedi, alors qu'ils ne s'étaient pas vus depuis une semaine, Strike et Robin devaient se retrouver au garage où Strike rangeait sa BMW, avant de se rendre au Centre de la moelle épinière pour interroger Josh Blay. Alors que Strike se mettait en route par cette journée ensoleillée, son portable sonna ; il s'agissait d'un appel transféré depuis le bureau.

— Strike.

— Bonjour, dit une voix grave et sonore.

L'espace d'une seconde, Strike crut qu'il s'agissait de l'inconnu qui lui avait conseillé de déterrer Edie Ledwell.

— Ici Grant Ledwell.

— Ah, fit Strike légèrement surpris. Qu'est-ce que je peux faire pour vous ?

— Je me demandais s'il était possible de savoir où vous en êtes.

Il avait parlé presque avec colère, comme si Strike avait fait une promesse qu'il n'avait pas tenue. Puisque ce n'était pas Grant qui rémunérait l'agence pour ses services, Strike trouvait son ton de reproche, et le fait qu'il appelle pendant le week-end, déplacés.

— Je pensais qu'Allan Yeoman et Richard Elgar vous tenaient au courant, répliqua Strike.

— De temps en temps. D'après ce que je sais, ça n'a pas beaucoup avancé.

— Je ne dirais pas ça, répliqua Strike plus poliment que ne le méritait l'attitude de Grant.

— Je me demandais si on pouvait se parler face à face. Il y a eu du nouveau de mon côté, et j'aimerais bien en parler avec vous. En plus, en tant que parent d'Edie, j'aimerais qu'on me tienne informé.

Lui rappeler que ce n'était pas lui le client aurait apporté à Strike une grande satisfaction, mais ce dernier était curieux de savoir de quoi parlait Grant quand il disait qu'il avait « du nouveau ». Il accepta donc de le retrouver mercredi soir au restaurant The Gun, sur les docks, non loin de son bureau.

— Il est un peu gonflé, commenta Robin quand Strike – après lui avoir cédé le volant car son tendon lui faisait trop mal – lui résuma la conversation téléphonique avec Grant. Je suis sûre qu'il est énervé à cause du tweet d'Anomie hier soir. C'est pour ça qu'il t'a appelé aujourd'hui.

— C'est bien possible.

Après une période assez calme, Anomie avait révélé aux fans que Maverick avait l'intention d'apporter un changement très significatif au personnage de Harty, le héros, dans le futur film.

Anomie
@AnomieGamemaster

Mauvaise nouvelle pour les fans de Sang d'encre. Maverick veut changer Harty en humain et Le Bouledogue et la Grosse Vache vont les laisser faire.
#prendsloseilleettire-toi @gledwell101

20 h 40 29 mai 2015

Ce tweet avait provoqué une explosion prévisible d'insultes de la part des fans, qui avaient accusé les Ledwell de cupidité et de trahison, avant de les menacer de boycott et de violence physique. Le lieu de travail de Grant avait été révélé, des photos de la page Facebook de Heather copiées et trafiquées, et Lepine's Disciple avait dit qu'il espérait que leur bébé naisse mort-né. Robin, qui avait assisté à ces réactions en temps réel, avait déjà consulté le compte Twitter de Grant et la page Facebook de Heather ce matin. Ils étaient devenus privés.

— Tu penses que Maverick prévoit vraiment de transformer Harty en humain ? demanda Robin à Strike.

— En général, les infos d'Anomie sur *Sang d'encre* sont fiables, commenta Strike. Ça signifie au moins que sa source est toujours là.

Ils continuèrent leur route en silence pendant un moment, jusqu'à ce que Strike demande :

— Tu as lu le rapport de Dev sur Ross et ses filles ?

— Oui. Les pauvres.

— Oui. Évidemment, je ne souhaite pas pour elles que ça se reproduise, mais si c'est le cas, je veux qu'on soit là pour le filmer. Deux incidents comme ça me donneraient un vrai moyen de pression.

Robin se demandait comment Strike comptait utiliser ces images, s'il réussissait à en avoir d'autres. Est-ce qu'il irait tout de suite mettre Ross face à ces agissements, ou est-ce qu'il en parlerait à Charlotte pour l'aider à obtenir la garde de ses enfants ?

Au bout d'une heure de voiture, ils s'engagèrent sur une longue allée bordée d'arbres. Robin finit par déboucher sur le parking de l'hôpital. Devant l'entrée, elle aperçut quatre personnes en pleine altercation. Quand Robin se fut garée et eut éteint le moteur, ils entendirent des éclats de voix malgré les vitres fermées de la voiture.

— C'est Katya et Flavia, non ? demanda Robin.

— Oui, confirma Strike en ôtant sa ceinture sans quitter le groupe des yeux. Et les deux autres, ce sont Sara et Kea Niven.

— Tu plaisantes ?

— Non. Apparemment, c'est à celle qui réussira à voir Blay.

— Mais pourquoi Katya est venue avec Flavia ?

La petite fille de douze ans paraissait morose.

— Peut-être qu'Inigo la pense de nouveau contagieuse.

Quand ils sortirent de la voiture, les cris des trois femmes se firent entendre plus fortement, sans pour autant qu'ils puissent discerner un seul mot.

— On y va ? proposa Strike.

Sans attendre la réponse de Robin, il avança vers elles, curieux d'en savoir davantage.

Quand Robin et lui se rapprochèrent, ils entendirent Katya, toute rouge, crier :

— Il ne veut pas la voir !

— Comment tu le sais ? s'exclama Kea en s'appuyant sur sa canne. T'es pas sa mère ni sa femme, putain ! Va demander à Josh ce qu'il veut !

— On est venues depuis le Norfolk ! ajouta Sara qui portait aujourd'hui une robe magenta aussi ample que le manteau de Katya. Ils nous ont dit qu'il était prêt à recevoir des visites.

— Vous auriez dû m'appeler avant ! rétorqua Katya furieuse. Il a déjà des visites prévues aujourd'hui, des gens qu'il a envie de voir ! Les voilà ! annonça Katya d'un ton triomphant en se tournant vers Strike et Robin.

— Oh non ! Pas lui ! lâcha Kea en fixant Strike droit dans les yeux.

Robin, qui n'avait jamais vu Kea en chair et en os, l'observa avec intérêt. Elle portait un sweat bleu ciel et un jean. Ses cheveux bruns étaient soyeux, sa peau de porcelaine et sa jolie bouche n'étaient pas maquillés. Elle tenait à la main une enveloppe.

— Bonjour, dit Strike en regardant tour à tour Kea puis Sara.

— Il ne manquait plus que lui ! s'exclama Kea en fondant en larmes. J'arrive pas à y croire…

Alors que Katya et Sara se remettaient à se crier dessus, un petit homme aux cheveux gris, vêtu d'une tenue d'hôpital bleue sortit, sourcils froncés.

— Mesdames, je peux vous demander de baisser le ton, s'il vous plaît ?

Katya et Sara, intimidées, se turent. Après avoir fusillé du regard les deux femmes, puis dévisagé Strike d'un air sévère, comme s'il s'attendait à ce que le seul homme du groupe fasse un peu mieux régner l'ordre, il retourna à l'intérieur.

— Josh attend Mr. Strike, annonça Katya dans un murmure courroucé. Donc vous feriez mieux de partir.

Sanglotant toujours, Kea lui tendit l'enveloppe.

— Alors, est-ce que vous pouvez au moins lui donner ça ?

— Hors de question, répliqua Katya en reculant comme si Kea la menaçait du bout de son enveloppe.

— Mais enfin, vous ne pouvez quand même pas refuser de lui transmettre une lettre ! intervint Sara.

— Je vous en prie, l'implora Kea. Je vous en prie, donnez-lui ma lettre.

— Très bien, céda Katya en la lui arrachant des mains. On y va ? demanda-t-elle à Strike et Robin.

Quand elle franchit les portes vitrées avec Katya et Flavia, Robin jeta un coup d'œil par-dessus son épaule. Sara et Kea avaient fait demi-tour et regagnaient lentement leur voiture. Sara posa un bras sur l'épaule de sa fille, qui la repoussa.

— Quel culot ! s'exclama Katya en s'engageant dans un long couloir en direction de la chambre de Josh. Mais quel culot, toutes les deux ! Heureusement que j'étais là !

— Tu as encore attrapé un rhume ? demanda Robin à Flavia qui venait de se moucher.

— Non, j'ai…

— Elle a fait une grosse bêtise, la coupa sa mère, alors qu'elle savait très bien que c'était interdit.

— C'était pas…

— Flavia, on t'avait demandé de ne pas rapporter ce chiot à la maison. Je ne veux pas entendre un mot de plus au sujet de papa, de Gus, des chiens ou de l'injustice du monde, tu m'entends ?

— Tu es toujours du côté de…

— Flavia ! tempêta Katya avant de dire à Strike : Il fallait que je l'emmène avec moi. Inigo est furieux.

Tandis que Katya se repérait parfaitement dans le labyrinthe de l'hôpital, Flavia rétorqua à l'intention de Robin :

— Elle m'emmène toujours dans les hôpitaux.

— Ah bon ? fit Robin.

Flavia et elle s'étaient laissé légèrement distancer.

— Oui. Un jour, quand les problèmes de peau de Gus étaient vraiment sérieux, il a dû aller à l'hôpital, puis papa est tombé malade le lendemain et il a dû y aller aussi. Mais ils étaient pas dans le même. Papa va dans un endroit beaucoup plus chic que Gus, une clinique. D'habitude, Gus va juste à l'hôpital public.

Flavia ajouta doucement :

— C'était vraiment bien quand ils étaient partis tous les deux.

Robin ne répondit rien car elle ne voyait pas quoi répondre.

— Je pouvais regarder tout ce que je voulais à la télé. J'ai vu un truc aux infos sur un type aux États-Unis qui a tué plein de gens parce qu'aucune fille ne voulait coucher avec lui.

— … comme si ce n'était pas suffisant qu'elle le bombarde de lettres qui le stressent complètement, disait Katya à Strike, il faut qu'elle vienne ici en personne…

— Je voulais faire mon projet scolaire sur ce type, mais maman a dit non. Papa lui reproche de m'avoir laissée regarder un truc pareil, mais elle était au téléphone avec Josh pendant toute la soirée, donc elle s'en fichait pas mal.

Robin, qui avait l'impression que Flavia avait bien conscience de l'image qu'elle peignait de la vie familiale, garda le silence. Devant elles, Katya poursuivait :

— … juste inquiète pour les jours où je ne pourrai pas venir et où elle va forcer le passage…

— Papa et maman se sont disputés ce matin, parce que papa croit savoir qui est Anomie mais maman dit que c'est impossible, et que c'est juste horrible.

— Vraiment ? dit Robin en essayant de garder un ton neutre. Qui…

Mais elle s'interrompit. Katya s'était arrêtée dans le couloir à côté d'une grande poubelle placée dans une petite alcôve. Visiblement furieuse, elle déchira la lettre de Kea en deux et la jeta dedans.

— Voilà.

Ils se remirent tous en route.

— Je croyais que c'était illégal de détourner le courrier des gens, dit Flavia.

— Heu… je crois que c'est seulement quand les lettres sont postées, répondit Robin en réfléchissant rapidement.

Au bout de quelques mètres, elle s'arrêta à son tour.

— Oh zut ! s'écria-t-elle. Désolée, j'ai laissé mes notes dans la voiture.

— Tu ferais mieux d'aller les chercher, lui conseilla Strike.

— Oui. Quel est le numéro de chambre de Josh ?

— Cinquante et un, répondit Katya d'une voix timide. Mais ils n'acceptent que deux personnes à la fois. Je n'avais pas compris que vous viendriez ensemble. Je m'étais dit que je pourrais y aller aussi avec Flavia, comme elle est petite.

— Je peux attendre à l'extérieur avec Flavia, si vous préférez accompagner Cormoran, proposa Robin en espérant sincèrement que Katya accepte.

Elle avait très envie d'entendre l'opinion d'Inigo sur Anomie. Cette idée semblait plaire aussi à Katya, mais après avoir jeté un coup d'œil à sa fille, puis à Robin, elle eut l'air de mesurer les conséquences potentielles de cette décision et déclara :

— Non, je ne peux pas vous demander ça, ce serait exagéré. Je resterai avec Flavia, mais je ferai juste un petit coucou à Josh, qu'il sache que je suis là au cas où.

— Très bien, je vais chercher mes documents dans la voiture et je vous rejoins.

— Je peux venir avec toi ? demanda Flavia, à qui Katya répondit sèchement :

— Non, tu restes avec moi.

Robin fit donc demi-tour en direction de la poubelle où Katya avait jeté la lettre de Kea. La poubelle était dotée d'une large fente de style boîte aux lettres, assez grande pour que Robin y glisse la main, mais hélas le couloir était fréquenté : du personnel soignant ainsi que des visiteurs allaient et venaient sans cesse. Robin patienta un peu puis, s'assurant que personne ne la regardait, sortit son téléphone de sa poche et le glissa dans la poubelle.

— Oh, c'est pas vrai ! lâcha-t-elle d'une voix sonore en feignant l'exaspération.

— Tout va bien ? demanda une infirmière qui passait dans le couloir en poussant un homme dans un fauteuil roulant.

— J'ai jeté mon téléphone par erreur, en même temps que mes déchets, expliqua-t-elle en glissant la main par la fente.

— Mon beau-frère a fait la même chose un jour, avec une boîte aux lettres.

— Où est-il…, dit-elle en tâtonnant à l'intérieur de la poubelle. Ah, le voilà !

Elle attendit que l'infirmière disparaisse, puis ressortit son téléphone ainsi que les deux moitiés de la lettre de Kea, toujours sous enveloppe, et fourra le tout dans sa poche. Robin repartit et fit une halte aux toilettes. Après s'être enfermée dans un box, elle plaça les deux moitiés de lettre côte à côte et lut.

« Mon petit Josh,

J'espère vraiment te voir aujourd'hui et te donner cette lettre en personne, parce que je ne sais pas si j'aurai le courage de te dire tout ça de vive voix. Si je te vois, je vais sans doute craquer. C'est pathétique, je sais.

Je ne sais pas si tu as eu mes autres lettres. J'ai l'impression que si tu les avais lues, tu m'aurais envoyé un message. Peut-être que Katya les a déchirées, et que tu ne sais même pas que j'ai essayé de te contacter. Je sais qu'elle me prend pour Satan, ou alors c'est moi qui m'imagine des choses.

Depuis que tout ça est arrivé, j'ai du mal à manger et à dormir. Je me tuerais sur-le-champ si ça pouvait t'aider à aller mieux. Parfois je pense que c'est ce que je devrais faire, de toute façon. Je ne dis pas ça pour te donner mauvaise conscience. Mais je ne sais pas comment je peux continuer à vivre avec toute cette souffrance.

J'ai été interrogée par un détective privé. Il m'a dit que tu voulais que je lui parle, alors j'ai obéi. Il était tellement agressif qu'en rentrant chez moi, j'ai vomi, mais j'ai respecté ton souhait.

Je pense vraiment que si on pouvait remonter le temps, et si tu pouvais comprendre d'où je viens, rien de tout ça ne se serait passé. Tout a déraillé quand tu as emménagé à North Grove. Anomie vient forcément de là, de cette phrase sur le vitrail, du dessin volé et tout ça. Mais tu n'as jamais voulu croire que cet endroit portait malheur, à cause d'elle.

Il y a plein de rumeurs qui circulent sur ton état de santé. Le détective a essayé de m'impressionner, il m'a dit que tu étais paralysé, mais il a peut-être menti juste pour me faire parler. J'espère que c'était faux, c'était horrible à entendre et ça m'a rendue tellement malade de stress que j'ai recommencé à me mutiler.

Je ne sais pas quoi dire d'autre, sinon que je souffre et que je suis en colère. Si tu embêtes longtemps un animal en cage, il finira par t'attaquer, et ce n'est vraiment pas de sa faute.

Tout ce que je t'ai dit au téléphone ce soir-là, je ne le pensais pas. J'étais tellement heureuse de voir ton numéro s'afficher que quand tu m'as annoncé que tu allais la retrouver le lendemain, j'ai vraiment eu l'impression que mon cœur se fendait en deux. Ça me semblait tellement cruel de m'appeler pour me dire que tu allais la retrouver là-bas. Tout le monde aurait ressenti ce que j'ai ressenti, mais je ne vous ai jamais voulu aucun mal à tous les deux, c'était juste ma douleur qui s'exprimait.

J'espère de tout mon cœur que tu vas bien. Quoi qu'il arrive, et que je sois en vie ou pas quand tu sortiras de l'hôpital, souviens-toi à quel point je t'aime, et rappelle-toi qui je suis, en vrai.

Kiki »

Robin relut deux fois la lettre, la remit dans sa poche et ressortit.

Quand Robin retrouva Flavia, elle était adossée au mur en face de la chambre de Josh, à jouer sur son téléphone. Elle avait l'air morose mais s'égaya en apercevant Robin.

— Est-ce que tu es allée récupérer la lettre de Kea dans la poubelle ? demanda-t-elle.

— Non, mentit Robin en souriant. Juste récupérer mes notes.

— Il faut attendre que maman sorte parce qu'il ne peut avoir que deux visiteurs en même temps.

— D'accord. Alors dis-moi, qui est-ce que ton père soupçonne… ?

La porte s'ouvrit et Katya apparut.

— Vous pouvez y aller, annonça Katya à voix basse. Je vais emmener Flavia au café pendant une demi-heure, mais si Josh a besoin de quoi que ce soit, vous m'appellerez, n'est-ce pas ?

— Oui bien sûr, répondit Robin.

Quand elle poussa la porte de la chambre de Josh Blay, elle entendit Flavia demander à sa mère :

— Pourquoi je pouvais pas rester avec Robin ?

— Tais-toi, Flavia !

63

Voyez l'agonie
Dans cette partie cachée du cœur,
Où se tapit le remords

Felicia HEMANS,
Arabella Stuart

La petite pièce orientée sud était une vraie fournaise, comme dans tous les hôpitaux. Quelques cartes de bon rétablissement et un ballon à l'hélium doré légèrement dégonflé étaient disposés sur la table de chevet.

En pénétrant dans la chambre de Josh, Strike eut l'impression d'être transporté à Selly Oak, l'hôpital militaire où on l'avait soigné après qu'il avait perdu sa jambe en Afghanistan, ce qui avait mis un terme à sa carrière. Josh Blay était assis dans un fauteuil roulant, en pyjama, chaussé de pantoufles bleu marine flambant neuves, les bras reposant sur les accoudoirs. Son téléphone était devant lui, sur un petit plateau attaché au fauteuil roulant. Son visage était dénué d'expression, et Strike y reconnut une forme d'introspection, de lutte intérieure pour s'adapter à l'étrangeté de sa nouvelle vie. Peut-être Strike avait-il lui-même arboré cette expression, quand il était allongé la nuit, en proie à sa douleur fantôme.

Les traits de Josh, pommettes saillantes, mâchoire carrée, grands yeux bleus, sourcils bruns, nez et bouche délicats, étaient d'autant plus frappants maintenant que ses cheveux, autrefois longs, étaient coupés très courts. La luminosité crue du soleil pénétrant dans la pièce, à peine tamisée par les rideaux beiges, révélait la récente cicatrice d'une trachéotomie à la base de sa gorge. Il avait des cernes violacés sous les yeux et semblait fiévreux.

— Voici Robin, mon associée, dit Strike tandis que Robin s'installait sur une chaise en plastique à côté de lui.

— Bonjour, le salua-t-elle.
— Bonjrrrr, bredouilla vaguement Josh.
— Tu as bien retrouvé tes notes ? lui demanda Strike en sachant très bien ce qu'elle était partie chercher.
— Oui, mais je ne pense pas qu'on en aura besoin.
— Je vois, dit Strike avant de s'adresser de nouveau à Josh : Pardon, vous disiez ?
— Je… j'ai des sensations du côté paralysé, articula lentement Josh, comme si les mots étaient lourds et peinaient à sortir. Et du côté où je peux bouger, je sens rien du tout. D'après les médecins, ça pourra s'arranger un peu, mais je… reviendrai jamais comme avant…
— Les atteintes nerveuses évoluent de façon très particulière, commenta Strike. Il faut beaucoup de temps pour que les hématomes se résorbent. Il m'a fallu deux ans pour stabiliser ma jambe. Vous ne saurez pas avant un bon moment ce qui fonctionne ou pas.
Josh ne répondit rien.
— Donc, reprit Strike en sortant son carnet. Parlons un peu d'Anomie.
— C'est lui qui nous a attaqués.
Josh avait assené cela comme un fait incontestable.
— Qu'est-ce qui vous fait penser ça ?
— Ce qu'il a murmuré après.
— « Ne t'en fais pas, je m'occupe de tout à partir de maintenant », cita Strike.
— Oui. Et aussi… il m'a averti qu'il allait faire quelque chose mais j'ai pas écouté.
— Comment ça, il vous a averti ?
— Tout est là, dit Josh en regardant son téléphone. Mot de passe : soixante-six, soixante-quinze, cinquante-deux. Vous allez dans Photos, y a un dossier « Anomie ».
Robin prit le téléphone, le déverrouilla et chercha le dossier.
— Ça fait des années qu'il m'envoie des messages privés sur Twitter. Ed m'a conseillé de le bloquer, et Yeoman aussi, mais j'aime pas qu'on me donne des ordres alors je l'ai pas fait.
Il plongea ses yeux bleus fiévreux dans ceux de Strike.
— Je suis comme ça, un vrai con.
— Je pense pas que ce soit un crime, répliqua Strike.
— J'ai gobé toutes les conneries que Yasmin m'a montrées, dans ce dossier, insista Josh sans lâcher Strike des yeux, comme s'il

voulait que le détective le condamne. Toutes ces conneries comme quoi Ed était Anomie.

— Beaucoup de gens tout à fait sensés croient à des choses bien plus étranges. Ceux qui ont monté ce dossier sont rôdés. Ils sont bons.

— Je l'ai trouvé, dit Robin qui venait de localiser le dossier rempli de captures d'écran.

Strike rapprocha sa chaise de la sienne pour pouvoir lire les messages d'Anomie.

Idée : Harty devrait se remettre à tuer des gens
15 août 2012

Il devrait poignarder des touristes dans le cimetière.
Un revirement drôle et inattendu.
15 août 2012

Idée : Paperwhite pourrait être coincée dans son cercueil
si elle n'accepte pas de sortir avec Harty
12 septembre 2012

Drek pourrait la piéger pour qu'elle retourne dans son cercueil.
Côté magicien/grand manitou du personnage. Paperwhite
serait punie pour son orgueil.
12 septembre 2012

Les Wyrdy-Grob sont manichéens. Idée : Lord WG devrait
enterrer sa Lady pour de bon. L'emmurer dans le mausolée
et aller chercher un squelette bien frais (<- réplique drôle)
4 janvier 2013

Idée : nouveau personnage. Le cerveau du propriétaire
de Harty s'échappe de la tombe. Personnage machiavélique,
bon contraste avec Harty. Combat entre le côté rationnel
et émotionnel du tueur.
26 août 2013

Vous êtes en train de perdre tout ce qui était bien. Arrêtez
de vous vendre. Il vous faut de nouveaux scénarios
et de nouveaux personnages. Voir messages précédents.
20 janvier 2014

Tu as besoin de moi. Je sais ce que veulent les fans.
18 mars 2014

Tu as besoin de moi si tu veux les fans de ton côté, Josh.
22 mai 2014

Idée : un vieux clochard meurt d'un arrêt cardiaque et devient un fantôme dégueulasse qui rivalise avec Harty pour le cœur de Paperwhite. Harty lui paraît maintenant beaucoup plus attirant, mais il la rejette.
29 juillet 2014

Je pensais que tu étais moins borné que Ledwell, mais je commence à changer d'avis.
19 septembre 2014

Il devient évident que tu ne comprends pas vraiment *Sang d'encre*, Josh. Je t'offre mon aide pour corriger et améliorer l'histoire, et tu aurais tort de refuser.
1 octobre 2014

Idée : tu annonces le départ de Ledwell au prochain épisode. Tu fais entrer Anomie pendant les dernières secondes de l'épisode. Les fans seraient dingues.
29 octobre 2014

Anomie : quelqu'un que tout le monde craint, même Drek. Visuel : voir mon apparence dans le jeu. Une créature vide à l'intérieur qui fait disparaître tous les personnages ennuyeux.
29 octobre 2014

Tes prétentions à être créateur de héros sont maintenant réduites à néant. J'étais prêt à te donner mes embryons d'idées pour que tu les développes. Mais tu as trahi les fans et je comprends que j'avais tort de proposer ma collaboration. Il ne peut y avoir qu'un seul Ἀρχηγέτης.
12 novembre 2014

Écoute bien : un contrat de film, ce sera la fin. Tu es prévenu.
10 février 2015

— C'est quoi, ce mot grec ? demanda Robin à Strike.

— Je crois que ça renvoie aux héros archégètes, dit Strike qui parcourait toujours les messages. Des Grecs de l'Antiquité qui avaient créé des villages ou des colonies.

— Le ton des messages est intéressant, constata Robin.

— Le côté narcissique, tu veux dire ? demanda Strike tandis que Josh les observait. Il suggère de devenir un personnage du jeu…

— Oui, mais aussi la langue : plus intellectuelle et plus adulte, non ? Moins vulgaire, moins m'as-tu-vu. Il utilise un mot grec…

— Oui, ces messages reflètent assez l'aspect « cultivé » dont parlait Yasmin, commenta Strike avant de demander à Josh : C'est tout ce que vous a envoyé Anomie ?

— Non. Y avait d'autres trucs mais j'ai pas pris la peine de les garder. Mais c'était pareil : des idées pourries pour le dessin animé.

— Vous avez montré ces messages à la police ?

— Oui.

— Et ?

— Je crois pas qu'ils ont pris ça au sérieux. Ils sont bloqués sur ce groupe d'extrême droite.

— Vous voulez bien qu'on garde une copie de tout ça ? demanda Strike.

Josh hocha la tête et Robin envoya le dossier contenant les messages d'Anomie sur son propre téléphone.

— Katya m'a dit que vous cherchez à savoir qui pourrait connaître tout ça, sur le dessin animé. Je vais pas pouvoir vous aider. Je me rappelle pas qui a dit quoi, quand. Ces cinq dernières années j'étais toujours bourré ou défoncé… On prenait beaucoup de drogue tous les deux. Ed savait plus trop non plus à qui elle avait dit des trucs… Elle s'est imaginé qu'Anomie était Seb, parce qu'elle lui avait raconté que Paperwhite était inspirée de son ancienne coloc… Mais elle me l'avait dit aussi quand on avait créé le personnage alors elle a pu le répéter à plein de gens… Elle oubliait pas mal de choses aussi, expliqua Josh d'un air démuni.

Robin eut soudain pitié de lui.

— D'après Katya, vous avez longtemps pensé qu'Anomie était Bram de Jong, déclara Strike.

— Vous devez me trouver débile, après avoir lu tous ces messages, mais Bram a un QI de 140. Ils lui ont fait passer le test, à l'école. Des fois on dirait qu'il a trois ans, mais d'autres fois, avec sa voix qui mue, on lui en donnerait 40. Vous savez, pour sa mère ?

— On sait qu'elle est morte, répondit Robin.

— Elle a été assassinée, précisa Josh. À Amsterdam.

— Merde, dirent en chœur Strike et Robin.

— Ouais… C'était une junkie, elle faisait le trottoir pour s'acheter de la drogue. Bram devait avoir six ans quand elle est morte. Elle l'enfermait dans sa chambre quand elle ramenait des mecs. Un client l'a étranglée et s'est barré. Bram est resté coincé dans sa chambre pendant genre deux jours. Sa tante est passée voir, parce que sa mère répondait pas au téléphone, elle a trouvé le corps, et Bram enfermé.

— Mon Dieu, dit Robin à voix basse. Quelle horreur.

— Ouais. Pas étonnant qu'il soit timbré. Au début je le trouvais marrant, mais au bout d'un moment… Je crois que c'est lui qui a mis le feu à ma chambre pendant que je dormais, le jour avant… Avant tout ça. Mariam m'a accusé. Elle a cru que j'avais laissé tomber mon pétard. Quand je me suis réveillé, y avait des gens qui criaient et qui jetaient des seaux d'eau partout. Les rideaux avaient pris feu. Mariam hurlait. J'avais picolé et pris pas mal de drogue donc je comprenais pas trop ce qui se passait, vous voyez. Mariam m'a fichu dehors, je me suis laissé faire, et c'est seulement dans la rue que j'ai percuté : Bram. C'est bien son style.

— Il essaie de tuer des gens ? demanda Strike en observant attentivement Josh.

— Je sais pas s'il cherche vraiment à tuer quelqu'un, répondit Josh sur un ton neutre et détaché. On dirait qu'il veut juste voir jusqu'où il peut aller. Nils pourrait sans doute l'arrêter s'il essayait, mais il s'en fout. Je pense pas qu'il voulait vraiment s'occuper de Bram. Katya vous a dit que le gamin avait percé un trou pour nous espionner, avec Edie ?

— Oui.

— C'est ça qui m'a fait penser que c'était peut-être Anomie. Quand il vivait avec sa mère… il a vu des trucs, vous comprenez ? Des trucs qu'un gosse devrait pas voir. Il a un pète au casque et un QI de génie, alors… ouais, pendant longtemps j'ai pensé que c'était lui. Mais c'était juste par facilité.

Robin entendait que Josh avait la bouche sèche. Elle hésitait à lui proposer à boire, de peur qu'il ne puisse pas tenir le verre, ou qu'il la trouve sans gêne de lui proposer de l'eau.

— Pourquoi, par facilité ?

— Ben, j'imagine que… si c'était un gamin cinglé qui comprenait pas vraiment la portée de ses actes, alors c'était pas un de nos potes. Mais c'est pas Bram qui nous a agressés. Ce truc qu'il m'a dit juste après, c'était pas le style de Bram.

— Pourquoi ?

Josh regarda le détective, mais ses yeux restèrent dans le vague, comme s'il réfléchissait. Il finit par répondre :

— Si Bram poignardait quelqu'un, ce serait pour voir ce qui se passe ensuite. À quoi ça ressemble ou ce qu'on ressent… Il le ferait pour ça, pour l'acte lui-même, pas pour s'approprier le dessin animé. Bram est pas créatif. Nils arrête pas de le répéter. Il lui dit toujours de se poser pour fabriquer quelque chose ou peindre un truc… Pour Nils, y a que l'art qui compte.

— Mais vous pensez que Bram aurait harcelé Edie sur Internet, pendant plusieurs années ?

— Ouais, mais… plus pour expérimenter. Comme s'il arrachait les ailes d'une mouche. Juste pour voir jusqu'où il peut faire mal. Par contre, celui qui nous a poignardés… Quand vous voulez vous occuper de tout, c'est que vous allez créer quelque chose, non ? Bram veut juste tout détruire.

— Donc ce harcèlement en ligne, vous pensez qu'il avait uniquement pour but de voir Edie souffrir ?

Il y eut un nouveau silence, puis, sortant de sa torpeur dépressive, Josh répondit :

— Pas besoin de me rappeler que je suis une merde. J'aurais dû la défendre, je sais.

— Je ne voulais pas…

— J'aurais dû envoyer chier Anomie, et le bloquer. Vous croyez que je pense pas à ça toute la journée, enfermé ici ?

Avant que Strike puisse répondre, la porte de la chambre s'ouvrit et Katya passa la tête en souriant timidement :

— Tout va bien ? murmura-t-elle.

— Oui, répondit Josh péniblement.

— Je peux t'apporter quelque chose, Joshy ?

— Non, ça va, merci.

— Tu as l'air d'avoir chaud. Est-ce que tu veux que j'ouvre la fenêtre ?

— Non. Ça va.

— Je vais te chercher de l'eau glacée, alors, dit Katya avant de s'éclipser.

Josh, dont les joues étaient effectivement un peu rouges, regarda de nouveau Strike. Celui-ci reprit :

— Je vous assure que je ne vous accuse de rien.

— Je sais ce que j'aurais dû faire, dit Josh en respirant avec difficulté. Je le sais, maintenant.

Katya revint avec un grand verre d'eau glacée et deux pailles.

— Tu en veux ? proposa-t-elle en se penchant pour lui tenir le verre.

— J'en boirai après, merci, répondit-il en hochant la tête.

Katya ressortit.

— Katya est super, dit Josh sur la défensive, comme s'il voulait étouffer toute critique à l'encontre de son agent.

Indiquant le verre d'eau, Strike proposa de le lui approcher.

— Non, répondit Josh.

Un silence pesant suivit, que Robin brisa :

— Vous étiez chez Katya la veille de l'attaque, n'est-ce pas ?

— Oui. Je suis allé chez elle parce que j'avais pas un rond et que Mariam m'avait foutu dehors. J'ai réveillé Inigo en montant à l'étage… Vous l'avez rencontré ?

— Oui, répondit Strike.

— Il a dû dire que j'étais un bon à rien, hein ? Si on l'écoutait, il aurait pu réussir n'importe quelle carrière : artiste, musicien, écrivain, n'importe quoi, il aurait été excellent, s'il n'était pas tombé malade. Donc maintenant son fils doit faire ce qu'il a pas pu faire. C'est pour ça qu'il a de l'urticaire, le pauvre. Et…

Il s'interrompit.

— Et quoi ?

— Ça a rien à voir, je parle trop. Ed me disait toujours que je racontais ma vie à tout le monde. Selon elle, c'est comme ça qu'Anomie était au courant de plein de trucs, parce que je sais pas fermer ma bouche. Elle avait sûrement raison, en plus. Mais j'aimais pas quand ça devenait trop… professionnel. Au début on se marrait, mais après ça a changé.

— Comment ça ?

— Ben… on pouvait plus demander aux fans de nous faire des suggestions, comme au début. Le père d'une gamine de douze ans nous a réclamé du fric. Il prétendait qu'on avait volé l'idée de sa fille, mais c'était faux, on n'avait pas vu son commentaire. Tout est vite devenu compliqué.

— Nous, on s'intéresse aux gens qui étaient proches de vous et Edie, expliqua Strike avec précaution, ceux qui auraient pu connaître vos idées et certains détails de votre vie.

— Je les ai tous passés en revue dans ma tête, répondit Josh les yeux rivés sur le plateau devant lui. J'arrive pas à croire qu'ils auraient pu faire ça à Ed.

— Quelqu'un qui lui en aurait voulu ?

— Ben…

Josh se ravisa. Strike se dit que le moment était mal choisi pour se mettre à tenir sa langue.

— Est-ce qu'Inigo l'aimait bien ? demanda Strike.

Josh leva les yeux, surpris.

— J'avais pas l'intention de dire qu'Inigo était Anomie. J'allais dire qu'il est super con avec Flavia.

— Oui, on a eu l'occasion de s'en rendre compte, répondit Strike qui cherchait avant tout à maintenir Josh intéressé par la conversation. Pourquoi ça, à votre avis ?

— J'imagine qu'elle fait rien qui puisse flatter l'ego de son père, contrairement à Gus.

— Vous pensez qu'Inigo est infidèle ?

— Quoi ?

— Vous avez entendu. Si Inigo a une maîtresse, ça nous intéresse. Elle pourrait être au courant de l'évolution du dessin animé et de certains aspects de la vie d'Edie.

— Je… Merde, vous êtes au courant qu'il voit quelqu'un ?

— Dites-moi ce que vous savez, vous, et on verra si ça colle avec nos infos.

— J'essaie… J'essaie de pas refaire les mêmes conneries qu'avant. De garder les choses pour moi. Je ne veux pas créer de problèmes.

— Vous n'allez pas créer de problèmes. Vous nous aidez à éliminer de potentiels suspects. Comment vous avez su qu'il avait une liaison ?

Josh hésita puis répondit :

— C'est Katya qui me l'a dit. Elle avait commencé à prendre des cours à North Grove et tout à coup, il a forcé leurs enfants à y aller en même temps qu'elle. Pour se débarrasser d'eux. Il voyait quelqu'un qu'il avait rencontré en ligne… Cette femme venait chez eux tous les jeudis soir.

— Pauvre Katya, dit Robin doucement.

— Ouais… Flavia a capté ce qui se passait. Un soir, quand ils sont rentrés, elle a remarqué une trace de rouge à lèvres sur un verre de vin, sur l'égouttoir, et Katya se maquille jamais. Le verre avait pas encore séché. Je pense que c'est pour ça qu'il est aussi méchant avec Flavia, parce qu'elle l'a capté. Il lui a pas pardonné. Mais elle est terminée, sa liaison, non ? C'était y a… trois ou quatre ans, je crois. Il a dit à Katya que c'était fini.

— Qu'est-ce que vous savez de cette femme ?

— Elle était mariée et elle s'appelait... Mary, je crois. Katya m'en a parlé un jour, dit Josh l'air légèrement mal à l'aise. Je pense qu'Inigo sait que je sais, ça explique en partie pourquoi il m'aime pas. Je comprends pas bien pourquoi Katya reste avec lui, honnêtement. Il est plein aux as. Il pourrait lui verser une bonne pension, mais elle a pas l'énergie, j'imagine... Vous le répéterez pas à Katya, hein ?

— Non, promit Strike, mais on va devoir parler à Inigo seul. Ne vous inquiétez pas. Il ne saura pas d'où vient l'information.

— Le salaud, commenta Josh. Et fils d'évêque en plus...

L'ironie de Josh retomba quasi immédiatement.

— J'imagine que c'est super hypocrite de ma part, reprit-il. Je suis pas exemplaire non plus.

— Kea Niven ? enchaîna Strike. J'imagine que vous êtes au courant, on raconte aussi qu'elle pourrait être Anomie.

Une fois de plus, il ne précisa pas que la personne à l'origine de cette rumeur était assise à côté de lui.

— Ouais, ça a circulé un peu sur Internet, à un moment. Je me suis posé la question aussi, mais c'est impossible. Il y a eu une longue période, quand Ed et moi on était ensemble, pendant laquelle Kea aurait rien pu savoir sur Ed ou sur le dessin animé, et Anomie avait l'air de connaître tout en détails.

— Kea s'est rendue à North Grove, n'est-ce pas ? demanda Robin.

— Ouais, quand j'ai emménagé au début, parce qu'on était encore ensemble. Elle voulait pas que je reste là-bas. Je crois qu'elle se sentait un peu menacée par cet univers et elle voyait Ed d'un mauvais œil. C'était la fille qui plaisait à tout le monde.

— Edie plaisait à qui, en particulier ?

— Ben, à Pez. Je pense qu'à Nils aussi. Et à moi... Kea le sentait, et c'était plus facile de critiquer l'ensemble. J'ai bien merdé. Ed disait que je voulais jamais fâcher personne, mais les gens préfèrent qu'on leur dise la vérité. J'aurais dû quitter Kea, mais j'ai continué la relation pendant un temps, parce que... parce que je suis lâche putain. Vous l'avez rencontrée ?

— Oui.

— Elle vous a raconté qu'on s'était remis ensemble un moment ? Après notre séparation, à Ed et moi ?

— Oui.

— C'était con. Complètement con. Je sais pas ce qui m'est passé par la tête. Elle m'avait un peu harcelé après notre séparation la première fois, donc je savais bien à quoi m'attendre. Pourquoi je me suis remis avec elle ? Je suis entré dans un bar de Camden un soir, et je savais que c'était pas une coïncidence qu'elle y soit aussi, mais j'étais bourré, malheureux parce que c'était fini avec Ed et… ben, elle est canon.

— On est tous passés par là, dit Strike en se remémorant Annabel.

Les deux hommes ne remarquèrent pas que Robin haussait les sourcils.

— Elle était encore pire la deuxième fois. Jalouse comme c'est pas possible, et elle arrêtait pas de me dire que si je la jetais de nouveau, elle se suiciderait. Donc pendant cinq ou six mois, je suis resté discret, je voulais pas qu'Ed le sache. Je savais qu'Ed penserait que… que c'était la trahison ultime de coucher avec Kea, ou un truc comme ça, vu comme Kea avait accusé Edie de lui piquer ses idées.

— D'après Kea, vous auriez confirmé certaines de ces accusations, quand vous êtes ressortis ensemble.

— C'est faux ! Tout ce que je lui ai dit, c'est que je savais pas que les pies pouvaient parler avant qu'elle me le raconte. Pour tout le reste elle était genre : « Jure sur la tombe de ta mère que t'as jamais parlé à Edie Ledwell du cœur de Margaret Read. » J'ai répondu que je jurais pas sur la tombe de ma mère, mais que j'avais rien dit. Elle voulait toujours que je jure sur la tombe de ma mère, putain. Quand on s'est rencontrés, on avait ça en commun, le fait d'avoir tous les deux perdu un parent. Depuis toute cette histoire, elle m'a écrit plein de lettres où elle me raconte qu'elle se mutile… Qu'est-ce qu'elle attend de moi, maintenant, putain ? Quand Ed a appris que je ressortais avec Kea, ça a foutu la merde entre nous. On pouvait plus se parler sans s'engueuler et on se disait des horreurs. Ensuite, alors que je me demandais comment quitter Kea sans qu'elle fasse une bêtise, Ed a fait une overdose. Elle m'a appelé, elle était encore en train d'avaler du paracétamol et du whisky. Elle m'a dit qu'elle allait partir quelque temps et elle voulait que j'aie le mot de passe de son téléphone, parce qu'elle avait noté quelques idées. Elle avait du mal à articuler. Je savais qu'elle avait pris un truc.

— Elle voulait vous dire qu'elle avait noté des idées dans son téléphone, alors qu'elle était en train d'avaler des cachets ?

— C'est ça, confirma Josh qui semblait ne rien y voir d'étrange. Vous avez pas connu Ed. *Sang d'encre*… c'était toute sa vie. À cette époque, en tout cas. Je crois qu'à la fin, elle en avait ras-le-bol. Mais à cette époque-là, elle aurait pas supporté l'idée qu'on puisse merder quand elle serait plus là. Elle devait avoir peur que si j'avais pas accès à ses idées, j'invente la suite avec Kea…

Il s'interrompit en fixant le sol, puis continua :

— Je suis allé la voir à l'hôpital après son overdose et Ormond était là, il gardait la porte de sa chambre. Vous l'avez rencontré ?

— Oui.

— Il m'a dit qu'Ed voulait pas me voir et on s'est un peu… échauffés, quoi. Un infirmier nous a séparés et m'a demandé de partir. Ce soir-là, j'ai commencé à me dire qu'Anomie, c'était Ormond. Je planais complètement. À ce moment-là, ça m'a paru tomber sous le sens. J'ai pensé qu'il l'avait peut-être persécutée pour qu'elle s'accroche à lui, et quand il l'avait amadouée, il s'était pointé à North Grove pour lui mettre le grappin dessus… Mais le lendemain, j'avais les idées plus claires, j'ai compris que c'était des conneries. Comment Ormond aurait pu avoir toutes ces infos plusieurs mois avant de nous rencontrer ? On avait l'habitude de l'appeler le géographe, parce que c'est le style de branleur qui pense que savoir lire une carte c'est genre une compétence incroyable. On a découvert qu'il enseignait l'informatique quand il nous a demandé d'aller parler à sa classe. J'ai jamais compris ce qu'il foutait à North Grove… Il est du genre bricoleur, vous voyez ? Il avait juste envie de faire de la soudure.

— Parlez-moi de votre appartement de Millfield Lane. Est-ce que Kea a eu la clé, à un moment donné ?

— Non. Pourquoi ?

— Est-ce que la police vous a expliqué que le téléphone d'Edie a été déplacé après les agressions et qu'il a été retrouvé dans Hamsptead Heath, tout près de chez vous ?

— Non, répondit Josh, vaguement surpris.

— Est-ce que quelqu'un d'autre avait la clé de l'appartement ?

— J'avais qu'un seul double et c'est l'agence immobilière qui l'a.

— Vous aviez votre clé sur vous quand on vous a attaqué ?

— Non. Comme je vous ai expliqué, j'ai été foutu dehors avec juste mon téléphone. La clé doit être toujours dans ma chambre à North Grove.

— O.K., c'est bon à savoir. Et sinon, à quel moment exactement avez-vous rompu avec Kea pour la deuxième fois ?

— Après l'overdose d'Ed. J'ai expliqué à Kea que j'avais besoin de faire le point. Je l'ai suppliée de pas répéter sur les réseaux qu'on s'était remis ensemble. Je savais que les fans allaient penser que ça prouvait qu'elle disait la vérité. Je suis un sacré connard, non ? Pourquoi j'ai fait tout ça ? Pourquoi je me suis remis avec Kea ? Pourquoi j'ai cru toutes ces conneries que m'a montrées Yasmin ?

— On se pose tous ce genre de questions, à un moment donné. C'est humain.

— Mais vos questions elles ont tué personne..

— Les vôtres non plus.

— Si, insista Josh en rougissant. J'ai jamais bloqué Anomie, j'ai pas défendu Edie. J'ai laissé courir, par faiblesse. Je suis faible, putain. Je voulais pas que les fans m'emmerdent, je voulais écouter personne sauf Katya, parce qu'elle me dit ce que je veux entendre. Je suis comme Bram, sauf que je fous pas le feu et que je balance pas de cailloux sur les gens. Je fais plus de mal en essayant de me la couler douce… Je devrais pas être en vie, à l'heure qu'il est. C'est moi qui méritais de mourir, et c'est moi qui portais une putain de veste qui a empêché le couteau de s'enfoncer plus loin. En plus, j'ai un truc qui s'appelle *situs inversus*. Tous mes organes sont inversés, comme dans un miroir. Mon cœur est à droite. Anomie a cru me poignarder dans le cœur, mais c'était le poumon. J'en savais rien, j'avais jamais fait de radio avant tout ça. *Situs inversus*… C'est le genre de truc bizarre qu'Edie aurait adoré.

Robin se dit qu'elle aurait dû l'anticiper. Josh éclata en sanglots. Son nez se mit à couler, sa tête pendait en avant, mais il était incapable de se couvrir le visage ou de se pencher : son corps demeura aussi immobile qu'un mannequin de cire.

Strike se leva et prit une boîte de mouchoirs sur la table de chevet. En se rasseyant, il en sortit quelques-uns.

— Non, haleta Josh.

— Vous pouvez vous noyer dans votre morve si vous voulez, mais pour nous aider à choper cette ordure…

— Je peux ? demanda Robin.

— Non, hoqueta Josh. C'est bon.

Strike essuya le visage de Josh d'un geste aussi machinal que s'il nettoyait son pare-brise, puis il jeta les mouchoirs usagés et se rassit en posant la boîte sur le plateau.

— C'est de ma faute si Ed est morte, sanglota Josh. Tout est de ma faute, putain.

— C'est de la faute de ce salopard qui vous a attaqués, répondit fermement Strike. Ne vous flagellez pas. Ce n'est pas vous qui l'avez provoqué.

— Tout ce que je veux, maintenant, c'est vivre assez longtemps pour voir ce salopard d'Anomie derrière les barreaux. Après ça… Je tirerai ma révérence.

— Certainement pas.

— Me dites pas ce que j'ai à faire ! Vous pouvez toujours marcher, putain !

— Et vous, vous pouvez encore penser et parler. D'ici six mois, vous aurez peut-être recouvré d'autres facultés. Un an après, ils trouveront peut-être un moyen de réparer votre moelle épinière. La médecine fait des progrès là-dessus tout le temps. Les cellules souches. Les implants.

— Et pendant ce temps-là…

— Oui, c'est le plus dur. Accepter le présent. Il faut arrêter de penser au long terme, pendant un moment.

— Si vous avez l'intention de me faire un cours sur la méditation, j'en entends assez parler avec le psy. Vivre le moment présent, mon cul. Je veux pas vivre comme ça. Je veux pas vivre du tout. Je le mérite pas, putain.

— Ce n'est pas vous qui avez causé ces attaques. Ce n'est pas vous qui avez acheté un taser, une machette et, j'imagine, un déguisement, dans l'intention de tuer deux personnes. Si vous cherchez une raison de tenir le coup, dites-vous que vous allez être le témoin numéro un au procès de ce salaud, et si vous avez besoin d'une raison de vivre au-delà de ça, rappelez-vous que c'est vous qu'Edie a appelé quand elle se pensait mourante, parce qu'elle voulait vous confier ce qui lui tenait le plus à cœur.

— J'en ai rien à foutre de ce dessin animé, dit Josh qui se remit à pleurer.

— Vous devriez vous en préoccuper, dit Robin avec douceur. J'ai récemment rencontré une fan que *Sang d'encre* a sauvée. Ça lui a vraiment sauvé la vie. Elle m'a dit qu'elle avait décidé de continuer à vivre juste pour le regarder. Ce que vous et Edie avez inventé, c'est extraordinaire. Cormoran a raison : vous êtes le seul aujourd'hui à pouvoir poursuivre le projet d'Edie, comme elle le voulait. Elle ne voudrait pas que vous tiriez votre révérence. Elle voudrait que vous fassiez ce que vous seul pouvez faire.

— Cette ordure a piqué son téléphone, sanglota-t-il de plus belle. C'est là que se trouvent toutes ses idées !

— Laissez-nous nous occuper de ça, dit Strike en reprenant des mouchoirs pour essuyer le visage de Josh. Mouchez-vous et buvez un peu d'eau.

Josh laissa Strike lui essuyer le visage et Robin orienter la paille vers lui. Une fois les mouchoirs jetés, Strike reprit :

— J'aimerais que vous me disiez qui était au courant de votre rendez-vous avec Edie dans le cimetière, ce jour-là.

— Seulement Mariam, répondit Josh d'une voix rauque. Je discutais avec elle dans la cuisine quand Edie m'a appelé. Mariam pensait que c'était une bonne idée qu'on se voie, qu'on en parle. Mais c'est impossible qu'elle...

— Est-ce que quelqu'un aurait pu vous entendre ?

— Je sais pas... peut-être. Il y a un grand garde-manger à côté de la cuisine. Mais y avait personne là-dedans.

— Qui vivait à North Grove, à ce moment-là ?

— Nils et Bram.

— Vous pensez que Mariam aurait pu dire à Nils que vous aviez rendez-vous avec Edie ?

— Oui.

— Parlez-moi de Nils.

— Il est... un peu cinglé. Excentrique. On sait jamais ce qu'il pense. Il est plein aux as. Son père était multimillionnaire et Nils a hérité de tout. Il a toujours voulu vivre comme ça : la création, la vie en communauté, la polygamie. Mariam et lui ont une relation ouverte. Nils couche de temps en temps avec Freyja, une autre femme de North Grove. Son copain a l'air d'accord.

— Vous avez dit tout à l'heure qu'Edie plaisait à Nils.

— Ouais je crois, mais il a jamais rien fait avec elle.

— Est-ce qu'elle l'appréciait ?

— Plus trop, vers la fin. Il est du genre libéral... Il a voté pour ce type bizarre, Ian Peach, aux élections municipales de Londres.

Strike et Robin évitèrent de se regarder.

— Il est à l'aise avec l'informatique ? demanda Strike.

— Très. Le truc marrant c'est qu'il se démerde très bien avec la technologie, mais tout ce qu'il veut c'est être artiste. Mais Nils peut pas être Anomie. Pourquoi il nous aurait fait ça ? À Edie surtout ?

— On essaie juste de savoir qui aurait pu être au courant de votre rendez-vous, rappela Strike. Donc : Mariam, Nils et Bram. Qui d'autre était dans le coin ?

— Freyja, Al et Star étaient sortis voir des amis. J'imagine que Pez était là. Il est venu me voir la semaine dernière. J'étais content, j'ai toujours bien aimé Pez. Mais j'ai eu un peu l'impression qu'il était là pour... disons qu'il est toujours très direct. Il m'a dit qu'il voulait que je lui décroche un job dans le film. Donc ouais… C'était bizarre. Il prétend qu'il est capable d'imiter mon style et tout.

— Est-ce que Pez aurait pu surprendre votre conversation avec Mariam ? Dans la cuisine ?

— J'imagine. Mais Pez peut pas être Anomie, c'est impossible.

— On parle seulement des gens qui auraient pu être au courant de votre rendez-vous dans le cimetière. Qui d'autre ?

— Ben… le truc c'est qu'à North Grove, les gens entrent et sortent comme ils veulent. Des étudiants, des clients de la boutique… Oh, y a une fille qui donne un coup de main, en ce moment. Zoe. Toute menue avec des tatouages sur un bras. J'imagine qu'elle pouvait être cachée dans un coin.

Alors que Strike écrivait son nom comme s'il venait de le découvrir, Robin demanda :

— À propos de North Grove, une histoire de dessin volé, ça vous dit quelque chose ?

— Mon dessin, vous voulez dire ? demanda Josh d'un air surpris. Celui du vampire ? C'est Kea qui vous en a parlé ?

— Oui.

Ce n'était pas vraiment un mensonge : elle l'avait lu dans la lettre de Kea.

— Oui… C'était au moment où Maverick nous avait demandé de réfléchir à de nouveaux personnages pour le film. Je voulais introduire le vampire. Dans les années 1970, les gens pensaient qu'il y avait un vrai vampire dans le cimetière. Edie trouvait cette idée un peu banale, mais je l'ai dessiné quand même pour qu'elle voie ce que j'avais en tête. Je voulais qu'il soit un peu ridicule, genre il essayait de tuer des touristes mais il avait jamais suffisamment de sang, du coup il était toujours faiblard.

— Vous aviez rédigé des notes sur ce dessin, pour définir le personnage ?

— Oui, au dos de la feuille. Mais j'ai laissé le dessin traîner en bas, dans une des salles de cours, et il a disparu.

— Ça s'est passé quand ?

— Je me rappelle plus exactement. L'année dernière. Quand on s'était remis ensemble, avec Kea. Je lui en ai parlé parce que j'étais vraiment vénère qu'on me l'ait piqué. Il a disparu un soir pendant un cours, donc ça aurait pu être n'importe qui. Quand y a beaucoup de cours, c'est ouvert à tout le monde, on entre comme dans un moulin. J'aurais dû le ranger dans ma chambre.

— O.K., merci, dit Robin en prenant des notes. Puisqu'on parle de nouveaux personnages, est-ce qu'Edie avait partagé ses idées avec vous ? Elle aurait tout expliqué en détail à Phillip Ormond.

— Elle m'a dit qu'elle avait quelques idées, mais sans préciser. Elle aimait pas parler des trucs tant que c'était pas complètement abouti dans sa tête. Mais elle était peut-être différente avec Ormond. C'est à moi qu'il devrait en parler s'il veut voir ça sur l'écran, mais il me déteste.

Et s'il t'en parle, il ne pourra en tirer aucun profit financier.

— Donc vous avez quitté North Grove dans la nuit, la veille des attaques, résuma Strike, sans argent, mais avec votre téléphone et le dossier que Yasmin vous avait apporté.

— Oui.

— Et une fois dehors, vous avez appelé qui ?

— Kea, répondit Josh d'un air misérable. Ouais. Par accident. J'étais bourré et son nom est juste en dessous de celui de Katya dans mon téléphone. Je lui ai dit que j'avais rendez-vous avec Edie le lendemain et que j'avais besoin d'un endroit où passer la nuit, et c'est seulement quand Kea m'a hurlé dans l'oreille que j'ai compris mon erreur.

— Vous êtes sûr d'avoir donné à Kea le lieu du rendez-vous ? demanda Robin.

— Ouais, c'est ça qui lui a fait péter un plomb. Le fait que je l'appelle pour lui donner tous les détails de mon rendez-vous avec Edie. Quand on était sortis ensemble la première fois, Kea et moi on avait suivi une visite guidée du vieux cimetière. Du coup, le fait qu'on en parle en interview avec Edie, c'était dur pour elle.

— Est-ce que quelqu'un aurait pu surprendre cet appel involontaire à Kea ? demanda Strike. Quelqu'un qui serait passé dans la rue ? Qui vous aurait suivi ?

— Pas dans mon souvenir, répondit Blay. J'ai remarqué personne, mais je planais total.

— Vous avez parlé à quelqu'un en allant chez Katya, au téléphone ou en personne ?

— Non.

— Vous avez dit que vous aviez réveillé Inigo, en entrant chez les Upcott. Vous lui avez parlé de vos projets pour le lendemain ?

— Non, il était déjà assez énervé de me voir. Je suis allé direct me coucher dans la chambre d'amis.

— Et le lendemain matin ?

— J'ai parlé de tout ça avec Katya. Je lui ai montré le dossier.

— Est-ce qu'Inigo aurait pu surprendre votre conversation ?

— Non, il était en haut. Katya et moi on était en bas, dans la cuisine.

— Qui d'autre se trouvait dans la maison ?

— Flavia était à l'école et Gus dans sa chambre.

— Est-ce que Gus aurait pu vous entendre ?

— Non, sa porte était fermée. Il répétait.

— Est-ce que vous avez parlé à quelqu'un d'autre avant de quitter la maison des Upcott ?

— Non, j'ai parlé à personne. Jusqu'à ce que je me réveille à l'hôpital, avec le crâne rasé.

— Est-ce que vous vous souvenez de l'attaque ?

Josh déglutit.

— J'étais à la bourre. Je me dépêchais parce que j'avais peur qu'Ed soit repartie. Ça la soûlait que je sois toujours en retard.

Il essaya d'ajouter quelque chose, mais aucun son ne sortit. Il se racla la gorge et poursuivit :

— Je me dirigeais vers notre point de rendez-vous. C'est là qu'on s'était défoncés le jour où elle a eu l'idée du dessin animé.

— Ça se trouve où, exactement ?

— Dans un coin interdit au public. C'est à l'écart du chemin et certaines tombes sont bancales. Y en a une qu'Edie aimait bien, avec un pélican dessus. Juste derrière. On pouvait pas nous voir depuis le chemin, parce que c'est dans un petit renfoncement.

— Vous avez croisé quelqu'un en chemin ?

— Un grand type, penché sur une tombe. Il devait travailler là. J'étais en retard, je me dépêchais. J'ai entendu quelqu'un courir derrière moi.

— Vous pourriez décrire ça plus précisément ?

— Quelqu'un qui courait vite. D'un pas lourd, mais trop léger pour que ce soit le type que j'avais vu. La police m'a posé la question. Il était grand et baraqué, le mec que j'ai vu. Ensuite j'ai senti quelque chose comme… comme si un cheval me donnait un coup de sabot par-derrière. Je suis tombé tête la première. Ensuite il… il m'a enfoncé un couteau dans le dos et dans le cou. C'était fulgurant, je peux pas décrire… Après, il a pris mon téléphone dans ma poche et le dossier que j'avais avec moi. Il m'a dit qu'il s'occupait de tout et il est parti. Après ça, je me souviens de rien jusqu'à mon réveil à l'hôpital. Je me rappelle pas le type qui m'a trouvé dans le cimetière ou de l'ambulance, rien. Je me suis réveillé le crâne rasé, dans cet état.

La porte s'ouvrit de nouveau. C'était Katya et Flavia, accompagnées d'une petite infirmière blonde.

— Je suis désolée, mais c'est la fin des visites, annonça l'infirmière.

— O.K., dit Strike. Est-ce que je peux lui poser encore une question, et on en aura terminé ?

— Juste une, répondit-elle avant de sortir avec Katya et Flavia.

Strike attendit que la porte se soit refermée avant de se tourner vers Josh.

— Ce type costaud que vous avez vu en train d'entretenir une tombe, est-ce qu'il était chauve ?

Josh ouvrit la bouche, le regard lointain, repensant à l'époque où il pouvait se mouvoir comme il le voulait.

— Je… je crois, oui. Oui, il était chauve.

— Vous nous avez beaucoup aidés, Josh, conclut Strike en refermant son carnet avant de se lever. On vous tiendra au courant de notre progression.

— Comment vous savez qu'il était chauve ?

— Je n'en sais rien. Mais il y a des chances pour que le crâne chauve soit un masque de latex et que le corps musclé soit un costume rembourré. Ça explique que les pas aient été plus légers que ce que la corpulence pouvait laisser penser.

— C'était Anomie ?

— Oui, je pense que c'était lui.

64

... il était heureux d'avoir une oreille
Dans laquelle grommeler et, un peu par plaisanterie
Déplorer les lois, le sort des héritiers,
Et les malheurs d'une bonne propriété...

Jean INGELOW,
Brothers, and a Sermon

L'image de Josh Blay, paralysé, sanglotant dans sa chambre surchauffée devant un verre d'eau glacée qu'il ne pouvait pas tenir, resta imprimée dans l'esprit de Robin. Les jours suivants, elle repensa souvent à lui en se demandant comment il allait, s'il avait des chances de retrouver ne serait-ce qu'un peu de sensation et de mouvement, et s'il allait un jour reprendre le cours de sa vie, qui avait été violemment bouleversée.

Elle songea aussi à Strike, dont elle avait découvert une nouvelle facette lors de cette visite. Quand ils interrogeaient des suspects ou des témoins, c'était généralement elle qui faisait preuve d'empathie. Il avait tendance à lui refiler tout ce qui relevait du contact humain, et c'était précisément ce qui avait causé leur plus violente dispute à ce jour, durant laquelle il avait notamment été question du fameux bouquet de fleurs pour se faire pardonner. Quand Josh avait éclaté en sanglots, Robin avait senti que c'était son rôle, en tant que femme, de s'occuper de lui. Peut-être était-ce dû au fait que le personnel soignant était très largement féminin. Pourtant, Strike s'était chargé d'essuyer le visage de Josh et de lui moucher le nez ; et le jeune homme s'était laissé faire.

Robin s'en voulut de s'attarder sur cette démonstration inattendue d'empathie : ce n'était pas ainsi qu'on étouffait ses sentiments pour quelqu'un. Elle s'empressa donc de se rappeler que Strike avait une petite amie et qu'il s'était impliqué de façon assez peu judicieuse dans le divorce de son ex-fiancée.

De son côté, quand Strike repensait à cette visite à l'hôpital, il pensait lui aussi à Robin, mais de façon moins sentimentale. Une fois de plus, il se félicitait que cette femme, initialement embauchée comme secrétaire temporaire, soit devenue le meilleur atout de l'agence. Récupérer la lettre de Kea dans la poubelle, en déchiffrer rapidement le contenu, identifier un élément et en demander l'explication à Josh sans qu'il se doute de rien, ce n'était peut-être pas une performance d'enquêtrice, mais ça caractérisait l'esprit d'initiative de son associée. Il estimait d'autant plus cette qualité rare et précieuse qu'elle contrastait violemment avec l'attitude arrogante de Nutley, qui passait son temps à se lancer des fleurs.

Ce n'était pas la première fois, loin de là, que Strike rencontrait un jeune homme mutilé par un autre être humain. En vérité, s'il avait croisé Josh Blay à l'époque où il était en pleine possession de ses moyens, il l'aurait sans doute trouvé désagréable. Strike savait qu'il avait des préjugés contre certaines idéologies et certains modes de vie, du fait de son enfance dans un milieu semblable à celui de North Grove, où l'on revendiquait l'absence de limites et le refus des conventions. Sa discipline de vie et sa propension à la propreté et l'ordre étaient largement une réaction à la façon de vivre de sa mère. Strike avait trop subi la présence de junkies pour que l'ivresse de la boisson, de la drogue ou de la musique rock lui apporte le moindre plaisir. Le jeune Josh Blay, avec ses cheveux longs et ses addictions, aurait tout à fait été le genre d'hommes qui attirait Leda ; raison de plus pour que Strike ne les apprécie guère.

Pourtant, à sa grande surprise, ce jeune homme avait forcé son admiration. Les remords de Blay se fondaient sur une analyse lucide de son comportement passé, et sa clairvoyance avait impressionné le détective. Vu l'état de Blay, personne ne lui en aurait voulu de s'apitoyer sur son sort, mais Strike avait été frappé par sa détresse vis-à-vis de la mort de son ex-petite amie et collaboratrice. Le détective qui, dans ses rêves, voyait encore le torse sectionné du sergent Gary Topley dont le corps avait été déchiqueté par l'explosion qui lui avait coûté sa jambe à lui, comprenait la culpabilité du survivant, et la honte qui hantait ceux qui avaient survécu, même difficilement. Strike ne s'était pas attendu à trouver un individu aussi intelligent et perspicace, peut-être parce que leur enquête avait jusqu'alors peint le portrait d'un type qui n'avait pas apporté grand-chose à *Sang d'encre*. Leur discussion lui avait permis, plus que toute autre, de mieux cerner la psychologie d'Anomie, et les réflexions du jeune homme s'étaient révélées tout aussi précieuses que la lecture des messages Twitter d'Anomie.

C'est dans cet état d'esprit, et avec l'odeur de l'hôpital encore présente à ses narines, que Strike alla rejoindre Grant Ledwell pour dîner le mercredi soir, préférant utiliser les transports plutôt que sa voiture, eu égard à la fragilité de son tendon.

Le restaurant que Ledwell avait choisi, The Gun, était situé sur les bords de la Tamise. À l'extérieur, l'enseigne figurait un impact de balle de la taille d'un pamplemousse, et à l'intérieur, la décoration était traditionnelle. Premier client de la soirée, Strike passa devant une collection de fusils de chasse pour déboucher dans une salle de restaurant lambrissée de bois et prendre place à une table pour deux, avec vue sur le Millennium Dome, sur la berge opposée.

Comme Robin l'avait fait à Colchester, Strike réfléchit aux indices que ce choix de restaurant donnait sur l'homme avec qui il avait rendez-vous. En dehors du fait que Grant Ledwell voulait le retrouver dans le quartier des docks où se trouvaient les bureaux de Shell, son employeur, plutôt que dans un secteur central qui aurait bien arrangé Strike, ce pub gastronomique à l'allure chic, avec ses menus reliés de cuir et ses collections d'armes à feu, dégageait une certaine idéalisation de la masculinité anglaise.

Comme il n'était pas à strictement parler en service, Strike commanda une pinte, qu'on venait tout juste de lui servir quand son téléphone sonna. Il s'attendait à ce que Grant lui annonce qu'il aurait du retard, mais vit que l'appel était transféré depuis le bureau. À cette heure-ci, Pat était déjà rentrée chez elle.

— Strike.

— Oh, dit une voix masculine qui lui était inconnue. Je, heu… je ne pensais pas que quelqu'un allait répondre. Je voulais simplement laisser un message pour Robin.

— Je peux noter le message, répondit Strike en plongeant la main dans sa poche poitrine pour prendre un stylo.

— Heu, d'accord. Si vous pouviez lui dire de rappeler Adam Labrosse, ce serait super. Je ne suis pas sûr qu'elle ait eu mes messages précédents.

— Est-ce qu'elle a votre numéro ?

— Oui, oui. Donc, si vous pouviez lui dire de me rappeler. Merci, au revoir.

Il raccrocha.

Strike posa son téléphone, perplexe. Il avait cru qu'Adam Labrosse, alias Colgate, était passé dans la vie de Robin sans laisser la moindre trace. Elle avait le numéro du gars et ne le rappelait pas ? Qu'est-ce que cela pouvait bien vouloir dire ? Est-ce que Labrosse la harcelait pour obtenir un rendez-vous ? Ou est-ce que Robin refusait de prendre ses appels parce qu'ils s'étaient disputés et qu'il en était réduit à laisser des messages sur la boîte vocale de l'agence ?

— Je ne suis pas en retard, j'espère ?

Strike leva les yeux. Grant Ledwell se tenait devant lui, en costume gris et cravate mauve, l'air d'un bouledogue engoncé dans un col trop petit, avec ses cheveux courts, ses sourcils bas et son double menton.

— Non, pile à l'heure.

Pour une raison curieuse qui tenait peut-être à sa propre carrure imposante, Strike trouva Grant moins intimidant en personne qu'au téléphone. Après avoir échangé une poignée de main, Grant s'installa en face de Strike et dit d'une voix revêche :

— Merci d'avoir accepté de me voir.

— Pas de souci.

— Je… je tiens à m'excuser si j'ai été un peu brusque au téléphone. On a traversé pas mal d'épreuves depuis la dernière fois.

— Je suis désolé de l'entendre, dit Strike en s'efforçant de ne plus penser à Adam Labrosse.

— Oui… c'est Heather, ça la mine. Tous ces trucs en ligne… J'ai beau lui répéter de ne pas lire ce qu'écrivent ces abrutis, elle n'y arrive pas et ça la rend hystérique. Vous êtes marié ?

— Non.

— Des enfants ?

— Non plus.

— Parce que bon, les femmes enceintes… Elle se fait des films en imaginant qu'on va venir faire du mal aux filles. Je lui ai répété que c'était juste une bande de lâches qui se cachent derrière leurs écrans, rien n'y fait.

Grant se mit à marteler la table du bout des doigts en disant :

— Je boirais bien un coup.

Il héla un serveur et commanda un verre de vin rouge. Une fois le serveur parti, il reprit :

— Vous avez vu le tweet d'Anomie samedi soir ? Sur le fait que Maverick veut transformer Harty en être humain ? Je commence à penser qu'Elgar et Yeoman devraient réinterroger leurs employés.

— Donc ce n'est pas juste une rumeur ?

— Non, c'est vrai. Franchement, qui va regarder un film avec un cœur qui part à la poursuite d'un fantôme ?

— Les gens ont bien aimé ça dans le dessin animé.

— Mais là, c'est différent, non ? On parle d'un film de cinéma, avec une cible plus grand public. Le... comment ils appellent ça ? Le traitement me paraît bien. Pour être honnête, je ne vois pas ce que les gens trouvent au dessin animé. Il est rigolo, c'est vrai. Bourré d'imagination. Mais est-ce que ça peut être adapté tel quel au cinéma ?

— Je ne saurais le dire.

— Eh bien d'après Maverick, la réponse est non, et ils savent ce qu'ils font.

Le verre de vin de Grant arriva. Il en but une grande goulée qui sembla le calmer légèrement.

— Après le tweet d'Anomie, tout est parti en vrille. Je suis resté éveillé presque toute la nuit avec Heather. Elle veut prendre ses cliques et ses claques pour partir là où ils ne pourront pas la trouver. Un cinglé a écrit qu'il espérait voir le bébé mort-né, vous vous rendez compte ? Je vous aurais bien invité à la maison plutôt qu'ici, mais sa mère est venue lui tenir compagnie, expliqua Grant avant de boire une nouvelle généreuse gorgée de vin. Je lui ai dit : « Y a plein de gens qui aimeraient avoir nos problèmes. Si tout se passe bien, avec l'argent qu'on va gagner, on pourra déménager dans un quartier sécurisé. » Dès qu'on a récupéré les parts d'Edie, j'ai demandé à voir les revenus générés par le merchandising et, comment dire... Je travaille dans l'industrie pétrolière, les grosses sommes ne me sont pas inconnues, mais j'ai été surpris de voir tout le profit que ça avait déjà engendré. Bien sûr, tout ça nécessite une bonne gestion, s'empressa-t-il d'ajouter, de peur que Strike ne le trouve trop fortuné. C'est beaucoup plus compliqué que les gens le pensent de gérer tout ça. Moi, je découvre. Je me demande si je ne vais pas faire vérifier les comptes de Netflix pour être sûr qu'ils sont bien transparents. Personne ne l'a fait jusque-là. Franchement, je ne sais pas à quoi servent les quinze pour cent que touche Allan Yeoman... En tout cas, il faut qu'on trouve qui est Anomie. On peut pas continuer comme ça, à chaque fois qu'une décision est prise au sujet du film. Voilà, c'est pour ça que je vous ai appelé. Pour comprendre un peu ce qui se passe.

— Eh bien, on a éliminé quelques suspects de notre liste, et on a pu parler à Josh Blay samedi.

— Lui, tout ce qui l'intéresse c'est de nous compliquer la tâche, lâcha Grant froidement. On commande ?

Il ouvrit le menu avant que Strike ait pu lui demander des explications et poursuivit :

— Je ne voulais pas vous en parler au téléphone, mais il y a autre chose. On a reçu deux coups de fil étranges. Anonymes. C'est ça qui a foutu les jetons à Heather, en réalité.

Strike sortit son carnet.

— Continuez.

— On m'a appelé sur mon portable. La première fois, c'est Heather qui a répondu parce que j'étais aux toilettes. La personne au bout du fil lui a dit qu'il fallait déterrer Edie.

— C'est tout ?

— C'est déjà pas mal, non ? répliqua vivement Grant. Quel genre de malade ferait une chose pareille ?

— Vous m'avez mal compris, je voulais dire : il n'est pas allé plus loin ?

— Ah, O.K. Je ne sais pas.

Le serveur revint. Les deux hommes commandèrent un steak frites. Quand ils furent de nouveau seuls, Grant reprit :

— Il a peut-être ajouté autre chose, mais Heather s'est mise à hurler en entendant ça et elle a lâché le téléphone. Elle m'a foutu en l'air mon écran, ajouta Grant, agacé. Quand je suis arrivé pour voir ce qui se passait, l'autre avait raccroché.

— Ça s'est passé quand ?

— Pas très longtemps après notre dernière entrevue.

— À quel moment de la journée ?

— Le soir.

Strike nota.

— Et le second appel ?

— C'était il y a dix jours environ. Le soir, encore. Numéro inconnu, mais j'ai décroché.

Grant but une gorgée de vin.

— Je suis à peu près sûr que la personne utilisait une application qui modifie la voix. Elle était grave et robotique et le type a dit : « Déterrez Edie et regardez la lettre », et puis ça a raccroché. Heather pense que c'est Anomie. Peut-être bien que oui, mais si c'est le cas je me demande comment il a eu mon numéro.

— Ce serait difficile de se le procurer via votre bureau ?

— Pas impossible, j'imagine.

Comme sa femme avec sa page Facebook, il ne semblait pas avoir envisagé l'explication la plus évidente.

— Mais mon assistante n'aurait pas donné mon numéro à quelqu'un juste comme ça, surtout à un type avec une voix de robot. Il faudrait raconter un bon bobard.

— Vous avez interrogé votre assistante à ce sujet ?

— Non ! Je ne veux pas parler de ça au bureau. Il y a eu suffisamment de publicité avec… avec ce qui s'est passé. Edie utilisait notre nom de famille donc forcément les gens ont fait le rapprochement.

Il finit son verre de vin, ce qui laissa à Strike le temps de songer qu'Edie avait bien le droit d'utiliser son propre nom.

— C'est pas le genre de chose que j'ai envie d'ébruiter. Non, tant que je ne sais pas combien… je veux dire, ce que l'avenir me réserve du point de vue carrière, je ne veux pas en parler au travail.

Grant leva la main pour commander un deuxième verre. Strike se demanda s'il préférait que ses collègues ignorent qu'Edie avait grandi dans la pauvreté et en foyer, tandis que lui menait la belle vie à Oman.

— Qui savait qu'il y avait des lettres dans le cercueil ? demanda Strike.

— Aucune idée. Heather et moi, on ne l'a pas claironné sur les toits. C'était chiant de… je veux dire, on avait déjà beaucoup de choses à organiser, entre les obsèques et les journalistes vissés devant chez nous. On n'avait pas besoin en plus de gérer l'ouverture du cercueil sous prétexte que ces deux types voulaient y jeter des lettres. Les employés des pompes funèbres étaient forcément au courant pour la lettre, mais ils sont tenus à la confidentialité j'imagine. Et Katya Upcott le savait aussi, puisque Blay lui a dicté sa lettre. Ormond idem. Lui, il en a probablement parlé à tout le monde pendant l'enterrement. Comme j'ai dit à Heather : on aurait dû vérifier qu'il n'avait pas des oignons plein les poches, vu comme il pleurait. Donc, pas mal de gens étaient au courant pour ces lettres, mais ce que j'aimerais savoir c'est qui est ce malade qui appelle la famille d'Edie pour lui conseiller de la déterrer, et qui sous-entend qu'Ormond l'aurait tuée. Parce que c'est l'idée qu'il essaie de faire passer, non ? À moins qu'il fasse ça juste pour nous emmerder. Il peut pas dire que c'est Blay le coupable, parce que bon, il n'a pas pu se poignarder lui-même dans le dos, n'est-ce pas ?

Strike crut détecter une note de déception dans la voix de Grant.

Le deuxième verre de vin arriva et Grant en but un tiers avant d'ôter sa veste de costume et de la suspendre au dos de sa chaise.

— Vous avez dit que Blay vous compliquait la tâche.

— Ça c'est sûr. Il a contacté Maverick lundi pour dire qu'il ne voulait pas de changement pour Harty. Soi-disant qu'Edie n'aurait pas été d'accord. Je vois très bien ce qu'il essaie de faire.

— C'est-à-dire ?

— C'est évident. C'est une stratégie, non ? Il va demander plus d'argent avant d'accepter le moindre changement.

Strike se demanda si leur visite à Blay avait sorti le jeune homme de son indifférence vis-à-vis de l'avenir de *Sang d'encre*.

— Quant à Katya Upcott, elle doit l'encourager. Cette femme me dégoûte.

— À ce point ?

— On ne peut pas faire affaire avec eux. Ils n'ont aucune morale, ces deux-là. Ils savent bien que le studio ne veut pas risquer de contrer les souhaits de Blay tant qu'il est hospitalisé, donc ils pensent qu'ils nous tiennent, Maverick et nous, à leur merci. Il suffit d'un tweet de Mr. Josh Blay contre Maverick et ce sera la débandade. Heather et moi, on sera de nouveau en première ligne. Mais je peux vous garantir quelque chose : je me battrai pour qu'il n'obtienne pas plus que nous. Si vous en saviez autant que moi, vous verriez que c'est odieux de la part de Blay d'utiliser Edie comme outil de négociation.

Grant avala encore un peu de vin.

— Et que savez-vous, exactement ?

— Pardon ?

— Que savez-vous qui vous fasse dire ça ?

— Eh bien, je pense qu'il se fiche pas mal qu'elle soit morte. Les choses ont plutôt bien tourné pour Mr. Blay.

— Oui, vous l'avez déjà dit la dernière fois, rappela Strike qui n'était pas tenu au respect envers ce type qui n'était pas son client. Mais je ne vois pas comment ça peut être le cas : il est presque entièrement paralysé.

— Bon, ça bien sûr, c'est tout à fait malheureux, mais voyez-vous, Blay aurait pu stopper Anomie quand il le voulait. Il me semble que tout le monde était bien content de laisser la situation s'envenimer et maintenant c'est ma famille qui en paie le prix. Vous remarquerez que personne n'attaque Josh Blay. Personne ne le menace, lui et ses enfants. Moi, je ne crois que ce que je vois.

Quand est-ce que les gens vont se réveiller et se demander pourquoi Blay s'en tire toujours ?

— Vous n'êtes pas en train d'insinuer que Blay est Anomie ?

— Non… Je sais qu'Anomie a été présent dans le jeu quand Blay était à l'hôpital, et qu'il ne peut pas faire ça vu son état, n'est-ce pas ?

— Non, c'est certain.

— Mais il faut admettre que les intérêts de Blay et d'Anomie coïncident de façon surprenante. Ils ne veulent ni l'un ni l'autre que Harty soit changé en humain, ils voulaient tous les deux évincer Edie du dessin animé…

Leurs plats arrivèrent. Même s'il n'avait pas fini son deuxième verre de vin, Grant en commanda un troisième, puis desserra sa cravate et ouvrit son premier bouton de chemise.

— Qu'est-ce qui vous fait affirmer ça ?

Grant coupa un morceau de steak qu'il se mit à mâchonner avant de répondre.

— Pour tout vous avouer, c'est Edie qui me l'a dit.

— Ah bon ?

— Oui. Elle m'a téléphoné, l'année dernière. Elle m'a dit que Blay voulait la pousser dehors. Elle avait besoin de conseils. On est de la famille, non ? Elle me faisait confiance.

Il finit son verre sans quitter Strike des yeux, puis ajouta :

— Ce n'était peut-être pas comme ça que Blay voyait les choses, mais bon, il faut se méfier de ce qu'on veut, non ?

Le serveur lui apporta son verre et Grant le remercia. Le portable de Strike vibra dans sa poche. Robin lui avait envoyé un texto.

« Wally Cardew n'est pas Anomie. Actuellement dans une ambulance. Appelle quand tu peux. »

Strike lâcha ses couverts.

— Excusez-moi, il faut que je réponde, annonça-t-il à Grant.

Il se leva et gagna aussi vite que possible l'entrée du pub, tout en appelant Robin.

— Salut, dit-elle en décrochant. Ça pouvait attendre.

— Qu'est-ce que tu fiches dans une ambulance ? demanda Strike qui faillit renverser une passante sur le trottoir.

— Quoi ? Ah non, c'est pas moi, c'est Wally Cardew qui est dans une ambulance !

— Bon sang, Robin ! J'ai compris de travers. Qu'est-ce qui s'est passé ?

— Pas mal de choses, en fait.

Strike entendait qu'elle marchait dans la rue. Il écouta tout en allumant une cigarette.

— Je suis allée relayer Dev vers seize heures. Il m'a dit qu'il avait entendu des cris chez Cardew en milieu d'après-midi. MJ est sorti l'air furieux et d'après Dev, il était bien amoché. Il avait le nez en sang. Ensuite, la sœur de Wally est sortie et a couru derrière MJ puis ils ont disparu dans le lotissement. Dev a vu Wally et sa grand-mère se disputer violemment. Tout était calme pendant deux heures après mon arrivée, mais j'ai vu cinq ou six mecs se regrouper pas loin de là. Deux d'entre eux paraissaient encore ados. Je ne serais pas surprise qu'ils soient de la famille de MJ. Ils surveillaient la porte de Wally. Ensuite, Anomie s'est connecté au jeu et cinq minutes après, Wally est sorti de son appart en pleine conversation téléphonique. Il ne regardait pas autour de lui et…

— Ils lui ont sauté dessus.

— Exactement. Il n'avait aucune chance. Ils l'ont mis à terre et l'ont roué de coups. Des gens ont observé par les fenêtres et quelqu'un a dû appeler la police parce qu'elle est arrivée rapidement. Les agresseurs se sont enfuis en courant quand ils ont entendu les sirènes et je pense que c'est la police qui a dû appeler l'ambulance. Wally semblait mal en point. Je me suis éclipsée. Ils n'avaient pas besoin de moi, il y avait plein de témoins. Mais Anomie était actif dans le jeu alors que Wally était à terre et que la police s'occupait de lui.

— O.K., donc il ne nous intéresse plus, conclut Strike en se décalant pour laisser de nouveaux clients pénétrer dans le restaurant. Bon, je n'ai jamais pensé que c'était lui de toute façon. S'il n'a pas assez de jugeote pour se méfier de ce type de représailles, il n'est pas assez intelligent pour être Anomie.

— Comment ça se passe avec Grant ?

— C'est assez intéressant. Il a reçu les mêmes coups de fil anonymes que nous.

— Sérieux ?

— Oui. Il faut que j'y retourne. Oh, au fait : Adam Labrosse a appelé le bureau. Il veut que tu le rappelles.

— Oh c'est pas vrai !

Strike attendit une explication qui ne vint pas.

— O.K., je te laisse retrouver Grant. À demain !

Elle raccrocha, et Strike tira une dernière fois sur sa cigarette avant de retrouver Grant Ledwell.

— Du nouveau ? demanda ce dernier quand le détective réintégra son siège.

— Un autre suspect éliminé de la liste. Donc, en dehors de ces deux appels anonymes et du harcèlement sur Internet, est-ce qu'il y a d'autres communications qui vous ont inquiété ? Est-ce qu'il s'est passé autre chose qui sorte de l'ordinaire ?

— Rien, sauf pendant l'enterrement, répondit Grant en mâchant son steak.

Comme Strike l'avait déjà remarqué lors du déjeuner à l'Arts Club, cet homme mastiquait bruyamment. Grant déglutit et ajouta :

— Une vraie cour des miracles.

— Ah bon ?

— Oh que oui ! Il y avait tout un tas de gens excentriques devant l'église, qui pleuraient toutes les larmes de leur corps. Ils portaient des T-shirts avec des cœurs noirs dessus et tenaient des bougies à la main. Tous tatoués. Un idiot a débarqué déguisé en fantôme. Quand le cercueil est arrivé, ils ont lancé des fleurs noires. En tissu, évidemment. Quel manque de respect. Un des employés des pompes funèbres en a pris une dans l'œil. Ensuite, à l'intérieur de l'église, il y avait un gamin énorme qui n'arrêtait pas de parler. Il paraît qu'il vit dans le collectif, lui aussi. Il faisait des commentaires à voix haute, demandait ce que fabriquait le pasteur. À un moment, ce petit con s'est levé et s'est avancé, sans aucune gêne. Il s'est dirigé droit sur le cercueil. Sa mère, j'imagine que c'était elle, lui a couru derrière et l'a forcé à s'asseoir sur un banc. Et quand je me suis levé pour prendre la parole, quelqu'un m'a hué. J'ai pas vu d'où ça venait.

Strike, assez amusé, demeura impassible.

— Après, on s'est mis en route pour le cimetière et toute la bande de clowns nous a suivis. Je voulais qu'elle soit incinérée, mais Blay et Ormond ont tenu à ce qu'on l'enterre dans le cimetière de Highgate, où ça coûte un bras… Selon moi, c'était vraiment de mauvais goût vu que c'était là que… mais on a cédé parce que… Bref, on a cédé, quoi. On était réunis autour de la tombe et une centaine de personnes toutes déguisées comme pour Halloween se tenaient un peu plus loin, pleurant à chaudes larmes. Bon, au moins ils étaient en noir. D'autres étaient en jaune. « C'était sa couleur préférée ». Bon sang. J'étais bien content de ne pas avoir emmené les enfants, même si Rachel avait insisté pour venir. Ma grande. Elle n'avait jamais rencontré Edie, mais c'était une bonne excuse pour rater l'école.

En coupant un nouveau morceau de steak, Grant continua :

— Ensuite, pendant la veillée, tous ces artistes se sont jetés sur le buffet, et deux d'entre eux ont failli en venir aux mains. C'est Rachel qui me l'a raconté parce que à ce moment-là, Heather et moi nous étions partis nous reposer. Elle est enceinte, et on avait pas mal piétiné. Et à ce stade, je me disais que si quelqu'un voulait venir nous présenter ses condoléances, il n'avait qu'à se déplacer.

Strike soupçonnait que les huées dans l'église étaient peut-être une façon de lui reprocher son manque de sociabilité.

— Rachel était au salon et parlait avec les enfants des Upcott. Le garçon et la fille. Le garçon a de très gros problèmes de peau, dit Grant comme si c'était un choix mal avisé de la part de Gus. Mais au moins, Katya leur avait fait porter le deuil et Rachel m'a raconté qu'un grand type était venu lui parler, je me rappelle plus son nom, peut-être Jim…

— Tim ? Tim Ashcroft ?

— Est-ce qu'il a doublé la voix d'un personnage ?

— Oui. The Worm.

— Ah oui, c'est lui. Donc Jim, ou Tim, s'est approché d'eux et a bavardé un peu. Peu après, le gars de Liverpool les a rejoints.

— Pez Pierce ?

— Comment ?

— Je pense que c'est son nom.

— Ah, je ne sais pas comment il s'appelle, mais j'ai entendu son accent dans le cimetière parce qu'il était juste derrière moi. J'ai jamais aimé cet accent. On a toujours l'impression qu'ils se moquent de nous, non ? Il était habillé en jaune. Une chemise et une cravate à la con. Bref, d'après Rachel, il avait pas mal bu. Comme les autres, d'ailleurs, ils étaient tous là à bavarder et à rigoler. Une vraie fête ! Rachel nous a raconté que ce Fez, ou je sais plus son nom, s'est approché de Jim et lui a dit : « Je connais ton petit numéro, alors arrête tout de suite. » Jim lui a répondu qu'il comprenait pas de quoi il parlait, et Fez l'aurait poussé en lui reprochant de faire ça « à l'enterrement d'Edie, putain ». Ormond a remarqué ce qui se passait et il est intervenu. Si j'avais été là, je les aurais foutus dehors tous les deux. Fez a dit à Ormond d'aller se faire foutre – on était à un enterrement, je vous le rappelle – et il est parti. Jim a fait de même peu de temps après. Lui, au moins, il a eu la décence de venir nous présenter ses condoléances. C'est quasiment le seul. Non j'exagère…

Les yeux de Grant étaient à présent injectés de sang et de larges auréoles de sueur étaient apparues sous ses bras.

— Tout à la fin, cette espèce de géant néerlandais qui gère le collectif, celui qui a les cheveux longs, est venu nous voir au moment où les gens partaient, pour nous donner un paquet. Le type empestait l'herbe. Il était sûrement sorti fumer un joint juste avant. Il a dit : « C'était une mort triomphale. »

— Triomphale ?

— Oui. Il m'a donné ce paquet en ajoutant : « Ouvrez-le plus tard. J'ai pensé qu'il vous en fallait un exemplaire. » Et puis il est parti sans présenter ses condoléances, ni rien. J'ai ouvert le paquet dans la voiture. J'avais jamais rien vu de pareil. Il avait fait une… une… je ne sais pas comment décrire ça. Si c'est l'idée qu'il se fait de l'art… Il y avait des morceaux peints, et des bouts de photos. Avec des mots collés dessus. En grec. Des vers de poésie et des tombes en arrière-plan avec Edie au milieu, à genoux, on aurait dit qu'elle était…

Pour la première fois, Strike crut discerner de la détresse chez son interlocuteur. Grant but une nouvelle gorgée de vin et en renversa quelques gouttes sur la table.

— Des personnages bizarres en arrière-plan et un gigantesque… Bref, peu importe. C'était abominable.

— Vous l'avez gardé ?

— Certainement pas ! J'ai tout fichu à la poubelle le lendemain.

65

Les herbes folles vagabondaient triomphalement,
Des inconnus déambulaient en épelant
L'orthographe solitaire
Du plus vieux défunt.

Emily DICKINSON,
XLI: The Forgotten Grave

L'email que Strike envoya à Robin à la suite de son dîner avec Grant Ledwell, et qu'elle lut assise sur un banc de Sloane Square le lendemain matin, se concluait ainsi :

« Le nombre de suspects se réduit : il nous reste seulement Tim Ashcroft, Kea Niven et Pez Pierce. Je me demande qui on aurait pu oublier. Quelques idées pour de nouvelles pistes :

Qui était au courant pour le changement de Harty en humain ?

J'ai appelé Allan Yeoman ce matin. Il me répète que seules dix personnes chez Maverick étaient dans la confidence : une demi-douzaine au sein de la société de production, toutes liées à la boîte par un accord de confidentialité, qui risquent donc de perdre des postes lucratifs si elles divulguent des infos ; Yeoman lui-même mais il n'en a parlé ni à sa femme ni à son agence par crainte de fuites ; Josh Blay ; Grant Ledwell et Katya Upcott.

1) Josh

J'ai demandé à Katya une liste des visiteurs de Blay à l'hôpital. Réponse : hormis elle, le père de Blay, son frère et sa sœur, deux autres personnes seulement : Mariam Torosyan (qui est venue trois fois) et Pez Pierce. Je vais appeler Josh plus tard pour savoir s'il a abordé ce sujet avec eux. Si oui, la nouvelle aurait pu se répandre à North Grove.

De tous nos suspects connus, Pez Pierce reste le plus plausible, selon moi. Il a les compétences artistiques/techniques, avait accès à de nombreuses informations personnelles sur Edie du fait qu'ils vivaient sous le même toit, et il y a de bonnes chances que Josh lui ait parlé du changement de Harty en humain. Si Pez te propose de nouveau un verre ce soir, je pense que tu devrais dire oui et je te relaierai pour Buffypaws.

J'aimerais aussi creuser Nils de Jong. Une « mort triomphale », c'est une façon sacrément tordue de qualifier un meurtre, même si on a fumé. On n'a pas les moyens de mettre Nils sous surveillance pour le moment, mais tout ce qu'on peut trouver à son sujet à North Grove sera utile. NB : apparemment, la peinture qu'il a donnée à Grant est une copie. Ça m'intéresserait de voir l'original.

2) Grant

Très difficile d'imaginer que Grant puisse laisser échapper une telle info. Heather me paraît encline aux ragots, mais elle est devenue parano et elle a peur, donc elle est sûrement plus discrète que d'habitude.

Néanmoins, je trouve étrange que la fille aînée de Grant, Rachel, ait voulu assister aux obsèques d'Edie. Elle a seize ans et ne l'avait jamais rencontrée. D'après Grant, Rachel voulait juste rater une journée d'école, mais vu qu'elle vit avec sa mère (il n'a pas précisé où, je chercherai sur Internet), je me dis qu'elle aurait obtenu le même résultat beaucoup plus facilement en feignant juste un mal de ventre. À ce stade, tout adolescent qui a un lien avec les Ledwell, les Upcott ou North Grove et qui agit bizarrement doit nous alerter.

3) Katya

Je n'imagine pas Katya discuter d'un sujet aussi sensible en dehors de chez elle, mais si elle en a parlé à la maison, tous les membres de la famille sont susceptibles d'avoir relayé cette info, volontairement ou pas. Les amis de Flavia sont trop jeunes pour correspondre au profil d'Anomie, mais on pourrait enquêter sur les amis de Gus. Je pense aussi qu'on devrait essayer de découvrir qui est la « petite chérie » d'Inigo.

4) Tim Ashcroft et Kea Niven

Ces deux-là me semblent de moins en moins suspects. À notre connaissance, ils n'ont pas de lien (actuellement) avec North Grove, les Ledwell ou les Upcott, donc difficile de savoir comment ils auraient pu être au courant du changement de Harty.

J'aimerais savoir si Pez et Ashcroft entretiennent de mauvaises relations, juste pour exclure la possibilité que ce soit lié à Anomie. Sinon, je propose de surveiller Kea dans l'optique de l'éliminer de la liste des suspects, et Ashcroft pour la même raison. »

Après avoir terminé la lecture de son email, Robin rangea son portable dans son sac et jeta un coup d'œil à son iPad, où le jeu continuait comme d'habitude. Anomie étant absent, elle leva les yeux vers les fenêtres du troisième étage, où vivait Fingers. Tout en observant les carreaux où se reflétait le soleil de printemps, elle réfléchit au fait qu'Anomie puisse être une personne à laquelle ils n'avaient même pas pensé. Si on ne se concentrait pas sur les détails, Anomie pouvait être n'importe qui, un anonyme sur Internet, mais quand on y regardait de plus près – qu'on prenait en compte les compétences nécessaires à la création du jeu, la connaissance précise de l'histoire personnelle d'Edie et les évolutions au sein du dessin animé, sans parler de la haine tenace qui avait nourri des années de harcèlement en ligne – cela paraissait étonnant que le coupable soit resté caché aussi longtemps.

Robin ne se réjouissait guère à l'idée d'envisager de nouveaux suspects et soupçonnait que Strike, lui aussi, espérait avant tout cocher des cases plutôt que poursuivre de nouvelles pistes.

Après une demi-heure supplémentaire de surveillance stérile, Nutley arriva pour prendre le relais, approchant de Robin avec son air supérieur habituel. Nutley ne pouvait s'empêcher de se prétendre plus malin que les autres, à tel point que Robin, qui redoutait toujours une petite remarque de sa part, était fatiguée d'essayer de rester naturelle avec lui.

— Treize heures passées, annonça Robin en consultant sa montre.

— Quoi ?

— Je fais comme si tu m'avais demandé l'heure. Mais ne t'assois pas là où j'étais ! lança Robin alors que Nutley s'apprêtait à prendre exactement la même place.

En se dirigeant vers le métro, Robin se consola en se disant que si Fingers avait regardé par la fenêtre à ce moment-là, il avait probablement conclu qu'elle s'était éloignée d'un importun qui s'était déplacé une fois qu'elle était partie. Malgré tout, elle ne pouvait pas s'empêcher d'espérer qu'ils trouvent meilleur collaborateur que Nutley, ou que leur charge de travail diminue légèrement pour pouvoir se passer de lui.

Même si, en théorie, elle avait un après-midi de congé, Robin décida de se déguiser en Jessica Robins pour aller visiter le cimetière de Highgate avant son cours du soir à North Grove. Elle ne voulait pas se promener si près du collectif artistique sans son déguisement. Plusieurs raisons motivaient cette visite. Elle était curieuse de découvrir cet endroit qu'elle fréquentait virtuellement depuis plusieurs semaines et de voir le lieu où Edie et Josh avaient été poignardés. Elle avait également envie de voir la tombe d'Edie Ledwell, même si elle rechignait à l'admettre. Elle n'en avait parlé à personne, surtout pas à Strike, de peur qu'on lui reproche d'être trop sentimentale ou animée d'une curiosité morbide. D'un autre côté, ce n'était pas comme si elle gâchait du temps de travail : elle aurait pu consacrer cet après-midi de repos à faire quelque chose d'agréable, mais Robin n'avait guère d'autre activité en tête. En mettant ses lentilles de contact devant le miroir craquelé, dans les toilettes du palier, elle se rappela les paroles d'Ilsa pendant leur dîner : « Franchement, tu es comme lui : le boulot avant tout. » Mais comme elle s'efforçait de ne pas réfléchir à ses ressemblances avec Cormoran Strike, Robin repoussa cette pensée et ressortit des toilettes avec sa perruque brune, son épais trait d'eyeliner, son rouge à lèvres et sa veste en daim noir.

— Ça vous va bien, fit remarquer Pat.

— Merci, répondit Robin en se dirigeant vers son bureau pour récupérer son iPad et son sac. J'ai bien l'intention de sortir ce soir.

— Ah bon ? Avec qui ?

Robin ne répondit pas immédiatement. Quelque chose venait d'attirer son regard. Pendant qu'elle se préparait, Anomie s'était non seulement connecté au jeu, mais il avait ouvert un canal privé avec Buffypaws.

— Attendez, Pat, je dois m'occuper de ça.

<Un nouveau canal privé a ouvert>

<4 juin 2015 14 h 13>

<Anomie invite Buffypaws>

Anomie : salut

>

>

>

>

>

>

Anomie : y a quelqu'un ?

>

>

>

>

Anomie : j'ai pas toute la journée tu sais

>

>

<Buffypaws a rejoint le canal>

Buffypaws : salut, désolée, je parlais avec mon chef

Anomie : ah ouais ?

Anomie : alors ça va peut-être poser problème

Buffypaws : pourquoi ?

Anomie : parce que

Anomie : je pensais te faire une proposition

Anomie : mais si tu dois t'absenter toutes les demi-heures pour le boulot, ça va pas être possible

Buffypaws : quel genre de proposition ?

Anomie : modératrice

Anomie : pour remplacer LordDrek

Robin laissa échapper une petite exclamation de surprise.
— Tout va bien ? s'enquit Pat.
— Oui !

Buffypaws : waouh j'adorerais !

Anomie : lol ouais c'est ce que j'ai pensé

Anomie : mais faut bosser pour y arriver

Buffypaws : comment ?

Anomie : passer un test

Anomie : je fais ça sur un canal privé

Anomie : 15 secondes pour répondre aux questions, comme ça je suis sûr que t'as pas le temps d'aller chercher les réponses ailleurs

Buffypaws : ça a l'air dur

Anomie : c'est dur

Anomie : ça permet de faire le tri

Anomie : t'as une semaine pour réviser

Anomie : Sang d'encre, épisodes 1-42

Anomie : plus le jeu

Anomie : plus, question bonus : tu devines qui je suis

Buffypaws : lol

Buffypaws : est-ce que qqn a déjà trouvé la bonne réponse ?

Anomie : non

Buffypaws : si je trouve, tu me le diras ?

Anomie : tu trouveras pas

Anomie : mais ça m'amuse de voir les gens se tromper

Anomie : donc jeudi semaine prochaine, ok ?

Anomie : 14 h

Buffypaws : ok

Buffypaws : merci !!

<Anomie a quitté le canal>

<Buffypaws a quitté le canal>

<Le canal privé est fermé>

Ravie, Robin informa par texto son associé, qui était en train de surveiller la femme de ménage de South Audley Street, puis elle rangea son iPad dans son sac et retourna à l'accueil.

— On vous a invitée à boire un verre ?

— Encore mieux que ça.

— À dîner ?

— Non, on m'a invitée quelque part où je rêve d'aller depuis des semaines.

— Avec Adam Labrosse ?

Pat s'intéressait sincèrement à la vie amoureuse de Robin, ou plutôt à son absence de vie amoureuse.

— Oh merde ! Adam Labrosse !

Après le dernier message d'Adam, Robin avait décidé de le rappeler pour lui signifier clairement qu'elle n'était pas intéressée, mais au réveil, elle avait totalement oublié cette résolution. Peu encline à blesser les gens, elle redoutait de formuler à Adam ce qu'il aurait dû comprendre par lui-même, depuis le temps.

Une demi-heure plus tard, au moment où Robin sortait du métro à la station de Highgate, son téléphone sonna.

— Alors comme ça on va devenir modératrice ? lui dit Strike sans préambule. Toutes mes félicitations.

— C'est pas encore fait, tempéra Robin en marchant vers le cimetière. Il faut que je passe un test sur le dessin animé et le jeu, évalué par Anomie, dans une semaine. Pour la dernière question, il faut deviner qui est Anomie, donc je ferais bien de réfléchir à la réponse la plus flatteuse.

— Est-ce que quelqu'un a déjà répondu correctement ?

— Je lui ai demandé. Apparemment non, mais ça l'amuse de voir les réponses.

— Quel gros égocentrique.

— Comment va notre femme de ménage ?

— Elle fait ses courses chez Aldi, en ce moment. Je ne vois aucun Fabergé dissimulé dans son sac. Nutley a pris le relais sur Fingers ?

— Il est arrivé à l'heure, mais si seulement il pouvait être moins…

— Moins con ? Je sais. Crois-moi, dès qu'on peut s'en séparer, je le vire. Tu es prête pour North Grove ce soir ?

— Oui.

— Espérons que Pez Pierce soit toujours attiré par Jessica. Au fait, Midge a perdu Tim Ashcroft.

— Merde !

— C'est le genre de chose qui pourrait arriver à n'importe qui. Il sortait de Colchester en voiture, et elle s'est retrouvée coincée derrière un camion à un rond-point, donc il est dans la nature. Elle pense qu'il allait à Londres, mais on ne peut pas savoir. Est-ce que tu as lu mon email ?

— Oui et je suis d'accord : c'est notre meilleur candidat pour Anomie. Ce serait bien de pouvoir l'éliminer pour de bon.

— Exactement. Bon, je te laisse. Bonne chance à North Grove ce soir. Donne-moi des nouvelles.

Strike raccrocha, Robin rangea son téléphone dans son sac et poursuivit sa route vers le cimetière.

En bifurquant dans Swain's Lane, cette longue rue bordée de murs qui séparait les deux moitiés du cimetière, elle aperçut un groupe de jeunes gens devant elle, quatre filles et un garçon, dont deux portaient un T-shirt de *Sang d'encre*. Celui du garçon affichait dans le dos une des phrases fétiches de Drek : « MOI JE SUIS TOUT KEUL ET JE M'ENNUIK » et celui de la fille, une des phrases de Paperwhite : « TRISTE, TELLEMENT TRISTE ». Le groupe s'arrêta au niveau des deux entrées menant d'un côté à la section est, de l'autre à la section ouest, et sembla discuter. Robin était persuadée qu'ils cherchaient la partie la plus ancienne, la section ouest, où était enterrée Edie et où le meurtre s'était déroulé. Elle était accessible uniquement avec une visite guidée. Elle garda ses distances et les vit prendre à droite.

Une fois parvenue à l'entrée, elle les vit acheter des tickets, puis patienter dans la cour bordée d'arches, près d'un petit groupe qui attendait le guide. Comme il restait un peu de temps avant le début de la prochaine visite, elle s'éloigna et, l'estomac noué, appela Adam Labrosse en numéro caché.

— Allô ?

— Salut, Adam, c'est Robin Ellacott.

— Robin ! s'exclama-t-il l'air à la fois surpris et ravi. Attends, je vais m'isoler pour parler.

Elle l'entendit marcher, sans doute pour s'éloigner de ses collègues.

— Comment ça va ? lui demanda-t-il.

— Bien. Et toi ?

— Pas trop mal. Mieux maintenant que je t'entends. Je commençais à croire que tu m'avais largué !

Comme elle ne pensait pas qu'on pouvait techniquement larguer quelqu'un avec qui on n'était jamais sorti, Robin ne répondit rien. Elle savait qu'Adam attendait qu'elle le rassure.

— Bon sinon, je me demandais si ça te dirait qu'on dîne un de ces soirs, proposa-t-il.

— Heu… je ne pense pas, Adam. Mais merci.

Il ne répondit rien et Robin poursuivit à contrecœur :

— C'est… je ne me sens pas de… tu sais, de voir quelqu'un en ce moment.

Silence.

— Bon ben… j'espère que ça va, ajouta Robin. Et heu…

— Pas vraiment en fait, répliqua Adam d'un ton presque furieux qui étonna Robin. Non, je ne vais pas vraiment bien. Je viens juste de reprendre le travail après un arrêt pour dépression.

— Oh, je suis vraiment désolée…

— J'ai parlé de toi à ma psy, d'ailleurs. J'ai perdu pas mal de temps à lui parler de toi, à ce qu'on ressent quand quelqu'un ne daigne même pas rappeler.

— Je… je ne sais pas quoi répondre à ça.

— Tu sais que je suis fragile en ce moment.

— Adam, reprit Robin désormais partagée entre le sentiment de culpabilité et un agacement grandissant. Si je t'ai donné l'impression que j'étais intéressée…

— Ma psy m'a conseillé de laisser tomber, mais je lui ai dit que tu étais vraiment gentille. En fait, t'es juste comme les autres…

— Au revoir, Adam.

Avant qu'elle raccroche, il eut le temps de conclure :

— Une salope.

Robin avait le cœur qui battait à cent à l'heure comme si elle venait de courir un cent mètres. Instinctivement, elle se retourna pour s'assurer qu'il n'était pas derrière elle, et se reprocha cette réaction irrationnelle.

Quel connard, se dit-elle. Il lui fallut néanmoins quelques secondes pour se ressaisir, avant de se rendre au guichet acheter un ticket pour la visite guidée.

Dans la cour, le groupe comptait maintenant une douzaine de personnes. En dehors des fans de *Sang d'encre*, il y avait deux touristes américains et un couple de personnes âgées avec des lunettes à montures d'écaille assorties.

Robin s'approcha du groupe en s'efforçant de ne pas penser à Adam Labrosse ni au dernier mot qu'il avait lâché. Salope. Elle se souvint tout à coup de la réaction polie et gênée du commandant Murphy de la Brigade criminelle quand elle avait décliné sa proposition de sortie, et elle ressentit une vague d'affection pour lui, même si elle le connaissait à peine.

Le guide qui les rejoignit avait une cinquantaine d'années et portait des lunettes ainsi qu'un anorak. Son regard se porta automatiquement vers les deux fans de *Sang d'encre* avec leurs T-shirts, comme s'il se préparait à la suite.

— Bonjour ! Je suis Toby et je suis votre guide aujourd'hui. Notre visite va durer environ une heure dix. Quelques petites informations avant qu'on commence : si vous voulez voir la tombe de Karl Marx, elle se trouve dans la section Est. L'entrée est gratuite avec votre ticket.

Robin le savait déjà. Josh et Edie, puis ensuite Anomie et Morehouse, avaient pris quelques libertés avec la disposition du cimetière en fusionnant les deux parties et en regroupant certaines tombes qui étaient en réalité séparées par Swain's Lane.

— Si vous voulez voir une tombe en particulier…

La jeune femme en T-shirt de Paperwhite et la femme d'un certain âge répondirent en même temps :

— On aimerait voir la tombe d'Edie Ledwell.

— Est-ce que Christina Rossetti est incluse dans la visite ?

Le guide répondit d'abord à cette dernière :

— Oui, on pourra voir la tombe de Rossetti. Elle se trouve au fond d'une petite impasse. On la verra à la fin, ça nous évite un demi-tour. En revanche, ajouta-t-il à l'intention de la jeune fan, on ne verra pas celle de Mrs. Ledwell. C'est une concession privée, et pour le respect des familles…

— Sa famille se fiche pas mal d'elle ! murmura le jeune homme en T-shirt de Drek.

Le guide fit mine de ne pas entendre.

— Les familles ont droit à leur intimité, donc nous demandons aux visiteurs de la respecter. Les photos sont autorisées, mais pour un usage personnel uniquement. Je vous remercierai de ne pas manger, boire ou fumer dans le cimetière, et de rester sur les sentiers. Certaines tombes sont instables.

— Mais on va voir la tombe de la baronne de Munck, n'est-ce pas ? demanda une jeune femme costaude aux cheveux rouges qui faisait partie du groupe de fans.

Robin ignorait qui était de Munck, ni en quoi sa tombe présentait de l'intérêt.

— Oui, on va passer devant.

— Bon, c'est déjà ça, dit la fille à ses amis.

Le groupe s'élança, non pas en direction des marches menant vers le cimetière, mais d'un vaste mémorial consacré aux morts de la Grande Guerre, pour s'engager sur un étroit sentier. D'après les récriminations qui s'élevaient du groupe des fans, Robin comprit que le guide n'empruntait pas leur itinéraire préféré. Robin, restée volontairement en retrait, consulta son iPad pour voir où en était le jeu. La seule modératrice présente était Hartella, et personne, heureusement, n'avait ouvert de canal privé avec Buffypaws.

Le guide les mena jusqu'à un sentier étroit bordé de tombes, et au-delà, sur la droite, d'un haut mur de briques. Tout était plongé dans l'ombre à cause du feuillage dense des arbres, et il régnait une odeur de végétation et d'humus. Le guide parlait, mais Robin n'entendait rien parce que devant elle, les fans de *Sang d'encre* étaient en pleine conversation.

— Ils ont pas pu entrer par là, dit la jeune femme en T-shirt Paperwhite qui examinait le haut mur.

— Je crois que c'est dans l'autre partie, commenta le jeune homme en T-shirt de Drek en jetant un coup d'œil entre les branches des arbres. Je ne reconnais rien, ici.

Mais quand le groupe atteignit le bout du sentier, la fille laissa échapper un petit cri et son amie aux cheveux rouges posa la main sur son cœur. Robin comprit pourquoi : elle-même avait l'étrange sentiment d'être déjà venue.

Un chemin serpentait entre des arbres recouverts de lierre, précisément là où Harty poursuivait en permanence Paperwhite ; on voyait aussi la forêt avec ses colonnes grecques en ruine, ses croix, ses urnes en pierre, ses cercueils et ses obélisques de marbre où se cachait toujours Drek, prêt à sauter sur tous les joueurs pour les enjoindre à jouer le jeu.

Le guide s'arrêta près d'une tombe surplombée d'une statue de cheval, expliquant au couple âgé et aux touristes américains qu'il s'agissait de l'abatteur de chevaux de la reine Victoria. L'attention de Robin fut attirée par un obélisque de pierre surmonté d'une épaisse couche de végétation, semblable à un monstre arachnéen prêt à engloutir la tombe. C'était là que Magspie, le personnage initialement doublé par Pez Pierce, se perchait habituellement. Les fans prenaient des photos, tout excités.

Le groupe repartit. Robin ne savait pas si elle trouvait le cimetière beau ou effrayant. Tout était envahi par le lierre, l'herbe, les fougères, les ronces et les racines d'arbres qui dissimulaient la splendeur passée des monuments. Les plantes rampantes avaient déplacé des socles de tombes, des fougères avaient poussé sur les sépultures délaissées depuis un siècle, les racines d'arbres avaient soulevé des pierres tombales désormais toutes de guingois.

L'excitation des fans redoubla quand ils arrivèrent à la tombe de Mary Nichols, surmontée d'un ange endormi grandeur nature. Dans le dessin animé, c'était là que reposait Paperwhite. Elle s'y recueillait régulièrement pour pleurer sa vie perdue, et les fans demandèrent à ce qu'on les prenne en photo devant.

Ils passèrent près d'énormes piliers égyptiens et entrèrent dans le Circle of Lebanon, cet amphithéâtre délabré où s'alignaient une double rangée de mausolées. En apercevant la majestueuse sépulture gothique rappelant celle de Lord et Lady Wyrdy-Grob dans le dessin animé, la fille habillée en Paperwhite poussa un cri d'excitation. Tandis que le guide évoquait l'intérêt porté à l'iconographie égyptienne durant l'époque victorienne, les fans de *Sang d'encre* prirent des selfies et des photos devant le mausolée.

Ils quittèrent le Circle of Lebanon et passèrent devant la tombe de William Wombwell, propriétaire d'une ménagerie, avec son lion sculpté. Le guide les mena ensuite sur un large chemin goudronné bordé de tombes et d'arbres, qui se déployait au loin dans plusieurs directions.

Tout à coup, le jeune homme en T-shirt de Drek s'arrêta, indiquant une pierre tombale qui se dressait sur une petite colline au-dessus du sentier, entourée de hautes herbes. Robin fut légèrement surprise de retrouver une image dont Groomer avait expliqué la symbolique à Legs à la galerie William Morris : une femelle pélican qui se pinçait le jabot tandis qu'un nid rempli de petits, bec en l'air, attendait qu'elle les nourrisse de son sang.

Les filles se serrèrent les unes contre les autres.

— Ça doit être celle-là !

— Oh c'est pas possible, souffla celle au T-shirt Paperwhite. Je vais pleurer.

Le guide s'était arrêté, lui aussi. En se tournant vers le groupe, sans prêter attention à l'agitation des fans, il annonça :

— Cette pierre inhabituelle est celle d'Elizabeth, baronne de Munck. Le pélican représente le sacrifice. Cette tombe a été érigée par sa fille, Rosalbina…

Mais Robin n'écoutait pas. Elle venait de se rappeler les paroles de Josh Blay sur ce lieu qui leur avait inspiré le dessin animé. Ce lieu où Edie avait été assassinée. « Près d'une tombe qu'elle avait toujours aimée. Avec un pélican dessus. »

— Prends ma photo, demanda l'une des fans à une autre en lui tendant son téléphone d'une main tremblante.

Le jeune homme semblait hésiter ; Robin était sûre qu'il voulait monter pour voir le lieu où Edie avait été tuée. Quand le groupe redémarra, les fans s'attardèrent, mais un coup d'œil du guide les força à rejoindre les autres malgré eux, non sans un dernier regard vers la tombe.

Fermant la marche, Robin ressentait un certain dégoût vis-à-vis de ces fans qui rêvaient de photographier le lieu où Edie avait été tuée. Mais est-ce qu'elle valait mieux qu'eux ? Maintenant qu'elle avait vu la scène du crime, elle comprenait que le tueur était doué, ou avait eu de la chance. Il connaissait manifestement bien la disposition des tombes, à l'écart des visiteurs. Il avait également évité les visites guidées et réussi à sortir du cimetière incognito. Elle songea aux deux masques que l'agresseur présumé d'Oliver Peach portait. Ici, parmi les arbres et les monuments, c'était un jeu d'enfant de changer de déguisement. Peut-être que le meurtrier avait discrètement intégré une visite guidée, ou qu'il était reparti comme il était venu.

Perdue dans ses pensées, Robin s'était laissé distancer derrière le groupe qui avançait à présent vers la tombe de Christina Rossetti. Elle était en train de se demander où Josh avait été retrouvé quand elle entendit :

— Pssst !

Elle sursauta et regarda autour d'elle. Pez Pierce se tenait au milieu des fourrés, à moitié dissimulé par la végétation, carnet de croquis à la main, et il lui souriait.

— Qu'est-ce que tu fais là ?

Un doigt sur ses lèvres, il lui fit signe de le rejoindre. Robin jeta un coup d'œil au groupe qui bifurquait sur le sentier. Personne ne se souciait d'elle. Elle s'engagea donc prudemment à travers les fourrés. Tout en s'accrochant dans les ronces, elle se demandait si elle devait maintenir son accent londonien, étant donné que Zoe avait peut-être dit à Pez que Jessica venait du Yorkshire. En parvenant à la petite clairière où se trouvait Pez, elle décida de couper la poire en deux.

— Je croyais qu'on ne pouvait pas accéder à cette partie en dehors des visites guidées, murmura-t-elle avec son accent habituel.

— Sauf quand on connaît le passage secret, répondit Pez en souriant. Qu'est-ce qu'une bosseuse comme toi fabrique ici ?

— J'avais un rendez-vous chez le dentiste, donc j'ai pris mon après-midi. J'étais jamais venue ici. C'est incroyable, non ?

— Ah, ah, je l'entends maintenant.

— Tu entends quoi ?

— Ton accent du Yorkshire. Zoe m'en a parlé. Elle m'a dit aussi que tu venais de te séparer de ton copain.

— Eh oui, répondit Robin en tentant d'afficher un sourire de circonstance. C'est vrai aussi.

Comme ils étaient entourés de hautes herbes humides, ils étaient forcés de se tenir très proches l'un de l'autre, sur une petite parcelle envahie de mousse, entre les arbres et les tombes. Robin sentait l'odeur de Pez à travers son T-shirt froissé : une odeur corporelle puissante, presque animale, et l'image de son pénis lui revint subitement en mémoire.

— Si je dis une troisième vérité à ton sujet, est-ce que j'aurai une récompense ?

— Essaie, dit Robin.

— Tu n'as pas vérifié tes emails cet après-midi.

— Tu es voyant, ou quoi ?

— Non, mais ton cours de dessin a été annulé.

— Oh, merde, dit Robin en feignant la déception. Est-ce que Mariam est malade ?

— Non, juste débordée. Une réunion politique qu'elle avait oubliée. Ce genre de trucs arrive tout le temps, à North Grove. Tu seras pas la seule à ne pas avoir lu le mail. Les élèves vont arriver comme d'habitude et ils prendront un verre dans la cuisine ou se poseront pour dessiner un peu. C'est comme ça qu'on fonctionne. À moins que tu sois le genre de fille à écrire une lettre de réclamation ?

— Bien sûr que non ! s'insurgea Robin comme l'aurait fait Jessica si on l'avait prise pour quelqu'un d'aussi coincé et borné.

— Content de l'apprendre. Ils vont où ? demanda Pez en regardant le groupe.

— Voir Christina Rossetti.

— Tu veux la voir ?

— Je sais pas. C'est intéressant ?

— Je peux te raconter la seule histoire intéressante au sujet de cette tombe. Ensuite, on pourrait aller boire un verre.

— Oh. Eh ben… c'est d'accord.

— Super. Viens, il faut contourner le chemin pour ne pas croiser les visiteurs. Et je vais devoir déposer ça à la maison, avant, ajouta-t-il en brandissant son carnet de croquis.

Ils s'engagèrent à travers les arbres et les sépultures, en évitant le parcours officiel. À plusieurs reprises, Pez tendit la main à Robin pour l'aider à enjamber une racine ou à progresser sur le sol couvert de cailloux, et elle se laissa faire. La troisième fois, il serra sa main un peu plus longuement.

— Alors, c'est quoi cette histoire au sujet de la tombe de Christina Rossetti ?

Elle préférait qu'il continue à parler, dans la mesure où ils étaient complètement isolés dans cette partie du cimetière.

— Eh bien, Rossetti n'est pas toute seule, là-dedans.

— Ah bon ?

— Non, il y a une autre femme, une certaine Lizzie Siddal. L'épouse de son frère. Elle est morte d'une overdose et quand ils l'ont enterrée, Dante a enseveli avec elle le seul manuscrit de son poème. Un geste de désespoir.

— Très romantique, commenta Robin en secouant sa cheville pour se dégager du lierre.

— Sept ans plus tard, Dante a changé d'avis. Il a demandé qu'on la déterre pour le récupérer. Le truc était bouffé par les vers, mais bon, l'art passe avant tout, non ?

Robin Ellacott ne trouvait pas cela très amusant, mais Jessica Robins, elle, gloussa poliment.

66

L'un des enfants qui traînaient là
Désigna en souriant cet horrible tas…
Il y a quelque chose de terrible chez les enfants.

Charlotte Mew,
In Nunhead Cemetery

— Tu dessinais quoi ? demanda Robin à Pez une fois sortis du cimetière, sur le chemin de North Grove.

— Je bosse sur un truc cyberpunk. Un des personnages est employé des pompes funèbres à l'époque victorienne et voyage dans le temps.

— Waouh, ça a l'air génial !

Pez passa presque tout le trajet à lui raconter son histoire qui, à la grande surprise de Robin, était complexe et captivante.

— Donc tu dessines aussi, en plus d'écrire ?

— Ouais, un peu.

Ils arrivèrent dans le hall du collectif dont les couleurs vives détonnaient avec la palette mélancolique du cimetière.

— J'en ai pour une minute, je vais poser ça en haut, dit Pez en indiquant son carnet.

Mais avant qu'il puisse gravir l'escalier en colimaçon, Nils de Jong sortit de la cuisine. Gigantesque, blond et débraillé, il portait son vieux bermuda et une sorte de blouse avec quelques taches de peinture.

— Tu as de la visite, informa-t-il Pez d'une voix sourde.

C'était difficile de savoir si Nils souriait ou pas, tant la commissure de ses fines lèvres avait naturellement tendance à remonter vers le haut.

— Il est parti aux toilettes, ajouta-t-il.

— Qui ça ? demanda Pez la main posée sur la rambarde.

— Phillip Ormond.
— Qu'est-ce qu'il me veut, celui-là ?
— Il pense que tu as quelque chose qui lui appartient.
— Et quoi donc ?
— Le voilà, annonça Nils alors qu'Ormond apparaissait.
Robin, qui n'avait jamais vu Ormond, remarqua son apparence propre et soignée, assez incongrue à North Grove. Il portait un costume et une cravate, ainsi qu'un cartable, comme s'il sortait de l'école.
— Salut, dit-il à Pez sans sourire. Je peux te parler ?
— À quel sujet ?
Ormond regarda Robin et Nils puis répondit :
— C'est personnel. Au sujet d'Edie.
— D'accord, dit Pez d'un air renfrogné. Tu veux venir dans la cuisine ?
— Mariam y est avec son groupe, précisa Nils.
— O.K., alors monte avec moi, proposa Pez, légèrement agacé.
Il se retourna vers Robin.
— Ça t'ennuie pas… ?
— Non, bien sûr, je vais attendre ici.
Les deux hommes gravirent en silence l'escalier en colimaçon, laissant Robin seule avec Nils.
— T'as pas vu un chat, par hasard ? lui demanda le Hollandais en la regardant à travers sa longue frange blonde.
— Non, désolée.
— Il a disparu.
Nils jeta un vague coup d'œil autour de lui avant de poser les yeux sur Robin.
— Zoe m'a dit que t'étais du Yorkshire.
— C'est exact.
— Elle est malade, aujourd'hui.
— Oh zut. Rien de grave, j'espère ?
— Non, non, je crois pas.
Il y eut un silence au cours duquel Nils scruta les quatre coins du hall, au cas où le chat se serait mystérieusement matérialisé.
— J'adore cet escalier, commenta Robin pour briser le silence.
— Ouais, c'est un vieil ami qui nous l'a construit. Tu sais que le cours de dessin est annulé ce soir ?
— Oui, Pez me l'a dit.
— Ça t'empêche pas de dessiner, si tu veux. Mariam a arrangé une petite composition végétale. Brendan est là, je crois.

— Ça aurait été avec plaisir, mais je vais boire un verre avec Pez.

— Ah. Tu veux t'asseoir en l'attendant ?

— Oui, merci beaucoup.

— Viens, dit Nils en lui faisant signe de le suivre dans la direction opposée à la cuisine.

Ses énormes sandales claquaient sur le parquet. En passant devant le studio où les cours avaient habituellement lieu, Robin aperçut Brendan qui travaillait consciencieusement à reproduire des fougères.

— La cuisine est remplie de révolutionnaires arméniens, expliqua Nils en s'arrêtant devant une porte fermée et en sortant un trousseau de sa poche. C'est compliqué. La politique… ça t'intéresse, la politique ?

— Plutôt, oui.

— Moi aussi, mais je suis jamais d'accord avec personne, et ça énerve Mariam. Ça, c'est mon atelier.

Ils pénétrèrent dans une grande pièce qui sentait fort la térébenthine et le cannabis. Le terme de « bazar » n'était guère approprié. Le sol était jonché de vieux chiffons, de tubes de peinture vides, de papiers froissés, d'emballages de friandises et de canettes vides. Au mur étaient fixées de fragiles étagères en bois où s'entassaient non seulement des pots de pinceaux, des tubes de peinture et des palettes, mais aussi tout un bric-à-brac : livres de poche cornés, bouteilles, pièces de machines rouillées, sculptures en argile bancales, masques en bois ou en tissu, un tricorne poussiéreux, divers modèles d'anatomie, une main en cire, un assortiment de plumes et une ancienne machine à écrire. Des toiles étaient entassées un peu partout contre le mur, dos face à eux.

Au milieu de ce capharnaüm se dressaient quelques créations de Nils, tels d'étranges champignons. Elles étaient tellement laides que Robin, en se frayant un chemin à travers ce dépotoir pour atteindre un fauteuil, décida que c'était soit du génie, soit de véritables horreurs. En plein milieu de la pièce trônait un buste d'homme en argile, avec de vieux rouages rouillés en guise d'yeux et des morceaux de pneus pour figurer les cheveux.

Quand Robin s'installa dans le fauteuil puant recouvert d'un plaid que Nils lui avait indiqué, elle remarqua un collage posé sur un chevalet, devant la fenêtre. L'image, dans les tons vert et caca d'oie, représentait une silhouette à genoux sur laquelle était collée une photo d'Edie Ledwell.

— Je suis désolée pour ton chat. Il a disparu depuis longtemps ?

— Depuis cinq jours maintenant, répondit Nils en se laissant tomber dans l'autre fauteuil qui grinça. Pauvre Joort. Il est jamais parti aussi longtemps.

Vu ce que Josh avait dit de la relation ouverte qu'entretenaient Nils et Mariam, Robin se demanda si cette invitation dans son atelier avait un caractère sexuel, mais Nils paraissait surtout avoir sommeil. Sur un petit guéridon à côté de lui était posé un cendrier, qui contenait un joint à moitié consumé de la taille d'une carotte, éteint, mais dont l'odeur puissante flottait encore dans l'air.

— J'adore, prétendit Robin en indiquant le collage avec le visage d'Edie.

L'œuvre était hétéroclite : deux silhouettes vêtues de longs costumes côtoyaient une araignée géante et un perroquet rouge avec une feuille de marijuana dans le bec, semblant se poser sur les genoux d'Edie. Deux phrases, l'une en grec et l'autre en latin, imprimées sur un épais papier beige, étaient collées en travers de la toile : « Thule ultima a sole nomen habens » et « ὅ μιν ἑκάεργος ἀνήρπασε Φοῖβος Ἀπόλλων. »

— Ouais, dit Nils en regardant son œuvre d'un air endormi et complaisant. J'en étais content. J'ai exploré le collage l'année dernière. Il y avait une rétrospective Hannah Höch à la Whitechapel Gallery à ce moment-là. Tu aimes Höch ?

— Je ne connais pas son travail, malheureusement, répondit Robin en toute sincérité.

— Elle faisait partie du mouvement dadaïste berlinois. Tu connais le dessin animé *Sang d'encre* ? Tu reconnais mon modèle ?

— Ah ! s'exclama Robin en feignant la surprise. C'est la créatrice, non ? Edie quelque chose ?

— C'est ça, Edie Ledwell. Tu reconnais l'inspiration pour la composition ?

— Pas vraiment.

— Rossetti. *Beata Beatrix*. Portrait de la maîtresse décédée.

— Ah, d'accord, je vais aller voir ça.

— Dans l'original, il y a un cadran solaire à la place de l'araignée. C'est une variété particulière d'araignée, qui déteste la lumière. Même la nuit n'est pas assez obscure pour elle. On en a trouvé dans une crypte du cimetière de Highgate. C'est le seul endroit d'Angleterre où on en a vu.

— Ah bon ?

— Tu comprends la symbolique ? L'araignée, qui représente l'industrie et l'art, mais déteste la lumière. Elle peut survivre que dans le noir.

Nils ôta quelques miettes de tabac de sa barbe. Robin, qui espérait détourner son attention assez longtemps pour prendre une photo du collage et le montrer à Strike, indiqua le buste de l'homme avec des rouages à la place des yeux et lança :

— C'est fabuleux.

— Merci. C'est mon père. J'ai mélangé ses cendres dans l'argile.

— Ah oui ?

— Il s'est suicidé. Il y a plus de dix ans.

— Oh, je suis vraiment désolée.

— Non, non, il n'avait pas vraiment d'importance dans ma vie, commenta Nils en haussant les épaules. On ne s'entendait pas. Il était beaucoup trop moderne pour moi.

— Moderne ?

— Oui. C'était un industriel, dans l'industrie pétrochimique. Un type important aux Pays-Bas. Il défendait le libéralisme social-démocrate, tu sais : des assemblées dirigeants/ouvriers, une crèche pour les employés… Tout ça pour contenter ses petits salariés.

« Mais ça n'avait pas réellement de fondement, poursuivit Nils en regardant son buste grotesque. C'était le genre de type qui achète un tableau parce qu'il s'accorde bien avec son tapis.

Il lâcha un petit rire et Robin sourit.

— Une semaine après la mort de ma mère, il a découvert qu'il était atteint d'un cancer. Un cancer opérable, mais il a quand même préféré se suicider. Tu as lu Durkheim ?

— Non.

— Emprunte-le. Émile Durkheim. *Sur le suicide*. On a une petite bibliothèque, dans les toilettes. Durkheim décrit parfaitement la maladie de mon père. L'anomie. Tu sais ce que c'est ?

— Une absence de normes éthiques ou sociales, n'est-ce pas ?

— Ah, très bien, répondit Nils avec un sourire paresseux. Tu le savais déjà, ou bien tu as cherché après l'avoir vu sur le vitrail dans la cuisine ?

— Je l'ai cherché, en effet.

Nils gloussa et reprit :

— Mon père n'avait pas de vie intérieure. Il était creux. Le profit, l'acquisition, des petites cases socio-démocrates à cocher… Sa mort était la conclusion naturelle de sa vie. Un suicide anomique : Durkheim le décrit bien. Pour tout le monde, la mort est un accomplissement. Tu ne penses pas ?

La réponse de Robin aurait été non, mais Jessica Robins répondit :

— Je n'y avais jamais vraiment pensé en ces termes.

— C'est vrai, pourtant. Je connais personne dont la mort n'ait pas été inévitable et parfaitement adaptée. Tu connais les chakras ?

— Heu… ce sont des zones du corps, c'est ça ?

— Un peu plus que ça. Ça vient du tantrisme hindou, expliqua Nils en reprenant son joint éteint et en le lui montrant. Ça t'embête si je… ?

— Non, je t'en prie.

Il l'alluma à l'aide d'un vieux Zippo. D'énormes volutes de fumée s'élevèrent dans la pièce.

— Mon père a eu un cancer de la prostate. Deuxième chakra : *svadhishthana*. Les maladies du deuxième chakra proviennent d'un manque de créativité et d'une isolation émotionnelle. J'ai un truc ici…

Il se leva tout à coup, en chancelant. Pendant le temps qu'il lui fallut pour traverser la pièce, Robin sortit son téléphone, prit une photo du collage, puis rangea l'appareil dans son sac.

— Où est-ce que je l'ai mis ? marmonna Nils en fouillant dans ses étagères encombrées.

Il déplaçait des objets, certains tombaient par terre sans qu'il s'en préoccupe beaucoup.

— Attention ! s'exclama Robin.

Une épée était tombée de l'étagère et avait manqué de peu le pied de Nils, nu dans ses sandales. Il se contenta de rire et se baissa pour la ramasser.

— Le *klewang* de mon père. J'ai gravé quelque chose dessus. Tu vois ? Tu sais ce que ça veut dire ?

— Non, répondit Robin en regardant les lettres grecques légèrement tordues, sur la lame.

— κληρονομιά. « Héritage ». Où est passé ce bouquin ?

Il remit l'épée sur l'étagère, mais après avoir cherché encore quelques minutes, il conclut :

— Je le trouve pas.

Il revint vers Robin les mains vides. Le fauteuil couina de nouveau quand Nils s'y affala de tout son poids.

— Dans certains cas, comme celui-ci, dit Robin en indiquant le collage, en quoi la mort d'Edie Ledwell était un accomplissement ?

— Ah. Elle, c'était lié à ce que j'appellerais le manque de perspective « aristocratique ».

Il tira une longue bouffée de son joint et souffla. Robin ne le discernait presque plus à travers la fumée.

— Je n'entends pas « aristocrate » au sens étroit, en termes de classes. Je parle d'une tournure d'esprit bien particulière. Une nature aristocratique connaît un certain détachement. Une personne qui a un point de vue généreux, ouvert sur le monde. Qui peut résister aux changements de fortune, heureux ou malheureux. Edie, elle, avait un esprit bourgeois. Elle était possessive avec ses créations, elle s'inquiétait du copyright, elle ne supportait pas la critique. Et le succès a fini par la détruire.

— Tu penses que l'art devrait être gratuit ?

— Pourquoi pas ? répliqua Nils en lui tendant le joint. Tu en veux ?

— Non, merci.

Elle avait déjà la tête qui tournait, rien qu'à inhaler la fumée.

— Mais, reprit-elle en atténuant ses propos avec un léger rire, tu ne penses pas que se préoccuper du copyright l'a tuée, quand même ?

— Pas exactement. Non, Edie a été tuée à cause de ce qu'elle était devenue.

— Ce qu'elle était devenue ?

— Une figure de haine. Elle s'est rendue haïssable… mais c'était une artiste.

Les yeux fixés sur la silhouette agenouillée peinte en vert, avec le portrait d'Edie collé par-dessus, Nils ajouta :

— Et quel plus grand hommage on peut rendre à un artiste que de le détruire ? Donc dans ce sens-là, elle a triomphé dans la mort. Son pouvoir a été reconnu. Elle a été sacrifiée sur l'autel de son art. Mais si elle avait su comment… comment habiter ce pouvoir, alors tout se serait mieux passé pour elle.

Nils tira de nouveau sur son joint. Son débit ralentissait peu à peu.

— Les gens ne peuvent pas aller contre leur nature… leur nature profonde… ton ami Pez… type occidental classique…

Robin entendit la voix de Bram au loin, qui chantait une chanson en néerlandais, avant de crier :

— Nils ?

Nils porta un doigt à ses lèvres, en souriant à Robin.

— Nils ?

Ils entendirent Bram courir dans le couloir puis tambouriner à la porte. Robin se douta qu'habituellement, Nils la verrouillait quand il était dans son atelier, parce que Bram n'essaya pas de l'ouvrir.

— Je sais que t'es là, papa, je sens l'herbe !

Robin eut l'impression que, sans elle, Nils aurait fait semblant de ne pas l'entendre. Mais il éclata de rire et lança :

— O.K., mon garçon.

Il se redressa, posa son joint et ouvrit la porte. Bram apparut et écarquilla les yeux en voyant Robin.

— Papa, est-ce que t'as essayé de…

— C'est une amie de Pez, l'interrompit Nils. Qu'est-ce que tu veux ?

— Est-ce que je peux emmener l'épée de *overgrootvader* à l'école ?

— Non, mon garçon, tu risquerais de te faire renvoyer. Allez, va jouer plus loin.

— *Drek est tout keul et il s'ennuik. Drek est tout keul et il s'ennuik.*

— Nils ? lança une voix féminine.

La femme aux cheveux courts que Robin avait aperçue un peu plus tôt apparut avec un bébé dans les bras.

— Il y a quelqu'un à la porte, pour la chaudière.

— Je vais attendre dans le hall, dit Robin en se levant. Comme ça vous pourrez refermer la pièce.

En disant cela, elle espérait rappeler à Nils de verrouiller derrière eux. Robin n'aimait pas trop l'idée que Bram puisse mettre la main sur le *klewang* de son arrière-grand-père, et elle fut soulagée de l'entendre verrouiller l'atelier alors qu'elle avançait dans le couloir.

Pez n'était toujours pas revenu, mais un artisan en combinaison bleue admirait d'un air amusé la gigantesque plante du hall d'entrée, l'escalier en colimaçon et les centaines de dessins et tableaux aux murs. Nils passa devant Robin dans un effluve de cannabis pour saluer l'artisan, et le mena vers la cuisine. La femme aux cheveux courts sourit à Robin, puis monta à l'étage en murmurant quelque chose au bébé qui gloussa.

Une fois seule, Robin sortit son téléphone pour envoyer à Strike la photo qu'elle avait prise du collage. Mais avant de pouvoir le faire, une voix aussi stridente qu'un sifflet lui hurla dans l'oreille :

— DREK VEUT JOUER LE JEU, MEK !

Elle lâcha un petit cri de surprise et se retourna. Bram s'était approché d'elle à pas de loup, avec un petit engin en plastique placé devant sa bouche. En voyant l'expression choquée de Robin, il éclata de rire. Elle rangea son portable dans son sac, cœur battant, et se força à sourire.

— Tu aimes bien *Sang d'encre*, dis donc.

— J'aime bien Drek, la corrigea Bram en parlant toujours dans sa petite machine qui transformait sa voix en un gémissement suraigu.

— Est-ce que tu peux faire d'autres voix, avec ce machin ? demanda Robin prise d'une soudaine suspicion.

— Peut-être.

Il appuya sur un bouton et sa voix se transforma en un râle rauque :

— Je peux faire celle-là aussi.

— Où est-ce que tu l'as eu ? Ça a l'air marrant.

— Au musée des sciences.

Il éloigna la machine de sa bouche et lui demanda :

— T'es qui ?

— Jessica. Je prends des cours de dessin ici.

— Je croyais que t'étais une copine de Pez ?

La suspicion dans la voix de Bram et la perspicacité de son regard le vieillissaient énormément, comme l'avait expliqué Josh.

— C'est vrai aussi, répondit Robin avant de pointer le doigt vers l'engin en plastique et d'ajouter : ce serait super de faire des canulars téléphoniques avec ça. T'as déjà essayé ? On adorait ça avec mon frère.

Bram esquissa un demi-sourire.

— Tu veux voir les peintures de Pez ? lui proposa-t-il.

— J'aimerais bien, répondit Robin en pensant qu'il allait lui montrer certaines images affichées au mur.

— C'est en haut, précisa Bram qui s'engagea dans l'escalier.

— Je ne suis pas sûre de pouvoir monter.

— Ils s'en fichent. Tout le monde a le droit de monter.

— Où se trouvent ses créations, exactement ?

Elle n'avait aucune intention de se laisser mener par Bram jusqu'à la chambre de Pez. Même si elle avait très envie de savoir de quoi il discutait avec Ormond, elle pensait avoir plus de chances de soutirer cette information à Pez autour d'un verre qu'en débarquant dans sa chambre avec Bram.

— C'est dans l'ancienne chambre d'Edie et Josh.

La tentation de voir cette pièce étant irrésistible, Robin suivit Bram dans l'escalier en colimaçon pour monter à l'étage.

Étrangement excité, Bram la conduisit dans le couloir recouvert d'une moquette et ponctué de petites volées de deux ou trois marches. On se serait cru dans un hôtel, si la plupart des portes n'avaient pas été grandes ouvertes, révélant des chambres désordonnées.

— Ça c'est la mienne, annonça Bram.

C'était inutile de le préciser étant donné qu'elle était jonchée de jouets pour la plupart cassés.

— Et ça c'est leur chambre.

Contrairement aux autres pièces, la chambre voisine de celle de Bram était fermée. Robin fut surprise de voir le garçon regarder de part et d'autre dans le couloir avant de sortir une clé de sa poche pour ouvrir la porte.

La chambre était orientée au nord. Une odeur de bois et de tissu brûlés flottait dans l'air, mêlée à des relents de pourriture et d'humidité. Le plafonnier n'avait pas d'ampoule. Une fois que Robin se fut habituée à l'obscurité, elle comprit que la chambre était dans l'état où Josh l'avait laissée quelques mois plus tôt. Les rideaux noircis étaient toujours là, légèrement agités par l'air qui s'infiltrait par la porte ouverte. Le lit double était défait et on voyait le matelas partiellement carbonisé. Au mur, certains croquis étaient réduits à des fragments, mais l'œuvre d'art la plus importante, si on pouvait la décrire ainsi, était peinte directement sur le mur. C'était un graffiti que Bram lui montrait du doigt, attendant sa réaction.

Quelqu'un – Pez d'après Bram – avait peint en détail un pénis d'un mètre quatre-vingts de long pénétrant un vagin. Au-dessus, on pouvait lire les mêmes mots que sur le vitrail de Mariam dans la cuisine.

Un état d'anomie est impossible
Tant que des organes solidaires entre eux
Restent en contact,
Et en contact prolongé.

— T'en penses quoi ? demanda Bram qui ne pouvait pas s'empêcher de glousser.

— C'est très bien. Celui qui a peint ça connaît bien son sujet.

Bram semblait légèrement frustré par sa réponse.

— C'est Pez. Il a fait ça quand ils étaient sortis. Ça a pas plu à Edie.

— Ah bon ?

— Je sais qui l'a tuée.

Robin le toisa. Il était presque aussi grand qu'elle. Elle se rappela ce qui était arrivé à sa mère et ne put s'empêcher d'avoir pitié de lui, mais rien chez lui n'était attachant : ni son expression avide, ni son envie manifeste de choquer et de faire peur.

— Alors tu devrais le dire à un adulte.

— Toi t'es une adulte. Si je te le dis, tu seras obligée de faire quelque chose, non ?

— Je voulais dire un adulte comme ton père ou Mariam.
— Comment tu sais que c'est pas ma mère ?
— Quelqu'un me l'a dit.
— Tu sais ce qui est arrivé à ma vraie mère ?
— Non.
— Un type l'a étranglée et elle est morte.
— C'est horrible. Je suis vraiment désolée.

Elle soupçonnait Bram de s'être attendu à ce qu'elle le traite de menteur. L'espace d'un bref instant, son sourire se dissipa. Puis il reprit d'une voix forte :

— Je m'en fiche, en fait. Je préfère vivre avec Nils. Il me donne tout ce que je veux.

— Tu en as, de la chance.

Elle se retourna pour observer le reste de la pièce.

Ça ne pouvait pas être ici que Josh et Edie avaient enregistré leur première vidéo où ils paraissaient si amoureux, parce qu'ils étaient assis sur un lit simple. Elle ne voyait ni le portefeuille ni les clés de Josh. À l'autre extrémité de la pièce, une cible de fléchettes avait échappé aux flammes, et un dessin était punaisé dessus, sur lequel trois fléchettes étaient plantées. Curieuse, Robin s'approcha et constata avec surprise qu'il s'agissait d'un mauvais portrait au crayon d'Inigo Upcott, identifiable essentiellement parce que Katya avait écrit son nom, en plus de sa propre signature.

— Qui a mis le portrait de ce pauvre homme sur le panneau de fléchettes ? demanda Robin.

Comme Bram ne répondait pas, elle se retourna et se retrouva devant un rat mort.

Robin poussa un cri, recula maladroitement et sentit la pointe des fléchettes s'enfoncer dans son dos. Le rat, en partie décomposé, n'avait plus d'yeux : ses dents étaient jaunes, et sa grosse queue toute raide. Il empestait l'alcool et Bram le brandissait vers elle en riant. Un gros bocal rempli d'un liquide trouble était posé par terre à côté du lit, ouvert.

— Arrête ! s'écria Robin en poussant Bram.

Elle quitta la pièce et se retrouva dans le couloir. Elle regagna l'escalier, Bram sur ses talons.

Du haut de l'escalier, elle aperçut Pez seul dans le hall, visiblement embêté, mais son visage s'éclaira quand elle descendit vers lui.

— J'ai cru que tu étais partie.
— Non. Bram voulait me montrer quelque chose là-haut.
— Ah bon, quoi donc ?

— Quelque chose que tu as peint sur le mur, répondit Robin en essayant d'adopter la même expression amusée que lui.

— Merde, il t'a montré ça ? dit Pez en perdant son sourire. C'était une blague. Et cette chambre est censée être fermée à clé.

Robin venait tout juste d'arriver en bas quand Bram dévala l'escalier derrière elle.

— Comment tu as pu avoir la clé de la chambre de Josh ? lui demanda Pez.

Bram haussa les épaules d'un air insolent, puis dit à Robin en la regardant droit dans les yeux :

— C'est Zoe qui l'a fait.

Il afficha un large sourire et s'enfuit vers la cuisine.

67

À présent il me croit contrariée,
Je crois m'être drapée dans ma fierté de femme
À bon escient.

Elizabeth Barrett Browning,
Aurora Leigh

— C'est Zoe qui a fait quoi ?

— Aucune idée, mentit Robin. Il est drôle, ce gamin, non ?

— Si on veut, répliqua Pez d'un air moqueur. Allez viens, on va au Gatehouse.

La bonne humeur de Pez semblait avoir été entamée par sa conversation avec Ormond, mais il se détendit en sortant dans l'atmosphère douce du début de soirée. En marchant vers le pub, il interrogea Robin sur sa carrière dans le marketing, qu'elle avait heureusement inventée avec suffisamment de détails pour pouvoir lui répondre.

— Et tu ne t'ennuies pas ? lui demanda-t-il.

— Bien sûr que si !

Pez éclata de rire.

— Désolé d'avoir été un peu long tout à l'heure.

— Pas de problème, j'ai bavardé avec Nils.

— Ah ouais ? Et qu'est-ce que t'as pensé de lui ?

— Il est intéressant.

Pez éclata de nouveau de rire.

— T'inquiète, t'as le droit de dire qu'il est bizarre. C'est pas comme si c'était mon père. Vous avez parlé de quoi ?

— Du tantrisme hindou, du capitalisme, du suicide, de l'anomie, énuméra Robin en l'observant du coin de l'œil pour guetter sa réaction. De l'esprit aristocratique, de la mort comme accomplissement…

— Ah, t'as eu droit à son best of ! Il est un peu excentrique mais pas méchant. Il se prend pour un véritable aristocrate parce que son père lui a légué des millions.

— Ça n'a pas dû être facile.

Pez rit de nouveau, mais cette fois, il lui effleura légèrement le bras.

— Tu as de l'humour, dit-il l'air un peu surpris.

— Il m'a montré ses créations, aussi.

— Ah ouais ? T'en penses quoi ?

Avant que Robin puisse répondre, Pez enchaîna :

— C'est affreux, hein ? T'inquiète, on sait tous que c'est de la merde. Il est touche-à-tout : peinture, sculpture, gravure, créations digitales… La semaine dernière, il parlait de se mettre à la gravure sur bois.

— Il a déjà vendu des pièces ? Ah non, laisse-moi deviner, il pense que l'art devrait être gratuit, non ?

— Exactement. Facile à dire quand on a déjà des millions sur son compte en banque. Parfois il nous fait des petits laïus. Tous les habitués de North Grove, les élèves qui traînent ici depuis des années, lui disent que c'est un génie. Certains le pensent, même, j'en suis sûr. C'est mignon en fait… Il t'a dit à quelle race tu appartenais ?

— Quelle *race* ? C'est-à-dire ?

— Il va nous falloir une bière avant d'en parler.

Le Gatehouse se dressait devant eux : c'était un grand établissement avec des colombages noirs et blancs, flanqué d'une terrasse.

— Dedans ou dehors ? demanda Pez.

— Dedans.

Maintenant que Pez et elle n'étaient plus cachés par la dense végétation du cimetière, elle craignait que sa perruque et ses lentilles ne se voient, de près.

Ils pénétrèrent dans une immense salle aux murs en brique et au sol parqueté, dont un tiers des tables étaient occupées.

— Tu prends quoi ? lui demanda Pez.

— Un verre de rouge, s'il te plaît. Je vais juste faire un saut aux toilettes.

Le papier peint des toilettes pour femmes avait un motif de rhododendrons et de perroquets. Robin s'enferma dans une cabine, envoya à Strike la photo du collage de Nils à l'effigie d'Edie, puis l'appela. Il répondit presque instantanément.

— Tu n'es pas à ton cours de dessin ?

— Il a été annulé, donc je bois un verre avec Pez à la place. Je viens de t'envoyer une photo du collage que Nils de Jong a donné à Grant Ledwell – ou plutôt, qu'il a copié pour le lui offrir – et j'ai besoin que tu notes tout ce que j'ai échangé avec lui parce que j'ai pas le temps de le faire. Pez m'attend au bar.

— Vas-y.

Robin lui relata la visite d'Ormond à Pez, tout ce qu'elle pouvait se rappeler des élucubrations de Nils sur la mort d'Edie, elle décrivit en détail la chambre de Josh, et termina par un bref portrait de Bram sans oublier l'accusation qu'il avait portée envers Zoe. Elle entendait le stylo de Strike gratter le papier.

— Bon sang, tu n'as pas chômé. Bravo.

— Il faut que tu te connectes au jeu dès maintenant. La dernière fois que j'ai vérifié, Anomie n'était pas là, mais c'était il y a plus de trois heures.

— Je me transforme en Buffypaws sans plus tarder.

Elle l'entendit pianoter sur son clavier.

— O.K., je t'appelle quand j'en ai terminé avec Pez.

— Ça marche. Bonne chance.

Robin raccrocha, sortit de la cabine et s'examina dans le miroir pour s'assurer que sa perruque et ses lentilles n'avaient pas bougé, puis elle enclencha la fonction dictaphone de son téléphone avant de le remettre dans son sac pour sortir des toilettes.

Pez était installé dans un coin isolé du pub, à une petite table ronde proche de la fenêtre, un verre de vin rouge et une pinte de blonde posés devant lui. Il avait rapproché les deux chaises, si bien qu'ils n'étaient pas face à face mais côte à côte.

Robin ôta sa veste avant de s'asseoir et le regard de Pez se posa sur ses seins, puis sur ses yeux.

— Bon, dit-elle, c'est quoi cette histoire de races dont parle Nils ?

Robin sentait de nouveau l'odeur corporelle de Pez. Ses bras étaient musclés, ses ongles sales. Si on omettait le jean et le T-shirt, on aurait dit une peinture de saint par le Caravage, avec ses grands yeux sombres et tristes, et ses épais cheveux bouclés.

— Selon lui, l'humanité, ou plutôt les Européens, se divisent en plusieurs races. Il a trouvé ça dans un vieux bouquin. Il y aurait six races d'Européens blancs. Il lit des trucs bizarres dont personne n'a jamais entendu parler et il adore débattre, même quand il est défoncé. Il est du genre anticonformiste.

— Alors quand il m'a dit que tu étais un homme occidental typique, c'était un truc de race ?

— Ah, il t'a dit ça ? Ouais, je suis un Occidental. Petit et brun.

Robin faillit lui rétorquer qu'il était bien proportionné, mais elle ravala ses paroles : cela aurait pu être mal interprété.

— Cela dit, tout le monde est petit comparé à Nils.

— C'est vrai, mais les Occidentaux sont de type latin et émotif. Ils aiment se donner en spectacle.

— Et lui, il pense appartenir à quelle race ?

— La race nordique. Le grand guerrier-créateur blond. La race supérieure, évidemment.

— Il dit tout ça pour plaisanter, mais il appartient quand même à la race supérieure ?

Pez rit.

— Voilà. Mariam supporte pas qu'il parle de ça, mais Nils dit que c'est juste parce qu'elle appartient au type dinarique, qui est inférieur aux Nordiques.

Robin rit à son tour, même si elle ne trouvait pas ça très drôle.

— Un jour, pendant une fête de fin de semestre, Nils a sorti à un vieux type en fauteuil roulant qu'il était un Alpin classique. C'est une blague à North Grove, parce que dès que Nils n'aime pas quelqu'un, il dit qu'il est alpin. En gros, c'est un code pour « con et chiant ». Petit-bourgeois, fermé d'esprit.

Robin, qui se demandait si cet interlocuteur en fauteuil roulant pouvait être Inigo Upcott, rit de plus belle.

— Mais le plus drôle, c'est que ce vieux connaissait le livre d'où proviennent tous ces trucs, donc il avait compris que Nils le traitait de réac et d'emmerdeur. Tu bois pas ton vin ?

— Si, si, dit Robin en buvant une gorgée. Alors le type en fauteuil roulant, il lui a demandé pourquoi il le traitait de vieux con, en gros ?

— Non, il a dit : « Les théories raciales de ce vieux facho ont été complètement discréditées. » Et il s'est éloigné. Je me suis engueulé avec ce même type un peu plus tard dans la soirée au sujet des Beatles, et du coup il a dit à sa femme qu'il était l'heure de partir. Depuis, on l'a plus jamais revu !

— Lequel de vous deux n'aimait pas les Beatles ?

— Oh, on aime tous les deux le groupe. C'est les Beatles, quand même. Je sais plus comment on en est venus à parler de ça, mais on a fini par se disputer pour savoir quel album contenait uniquement des chansons de McCartney et Lennon. C'est moi qui avais raison : *Hard Day's Night*. C'est un peu cliché vu que je viens de Liverpool, mais bon…

Il tira sur l'encolure de son T-shirt pour lui montrer une phrase tatouée à la base de son cou. Robin se pencha en avant pour mieux voir et Pez en profita pour l'embrasser.

De toute sa vie, Robin Ellacott n'avait embrassé que deux hommes : son mari, rencontré à dix-sept ans, et un garçon qu'elle avait connu à quinze ans et dont les baisers étaient plus baveux que ceux d'un labrador. Pendant une fraction de seconde, elle se raidit, mais Jessica Robins n'était pas Robin Ellacott : elle avait eu des aventures que Robin n'avait pas connues, elle était sur Tinder, elle sortait en boîte avec ses copines. Robin eut donc une réaction enthousiaste quand Pez passa la main sur sa nuque, pressant ses lèvres contre les siennes et faisant tourner sa langue dans sa bouche. Elle sentit le goût de la bière et l'haleine chaude de Pez.

Quand Jessica, beaucoup plus expérimentée que Robin, en eut assez, elle brisa son étreinte et Pez la relâcha non sans passer une dernière fois la main dans sa perruque qui, heureusement, était faite de cheveux humains. Robin avait dû en justifier la dépense quand elle l'avait achetée, et avait dit à Strike que, de près, le résultat n'était pas le même.

— T'es trop belle, putain, murmura Pez.

— J'essayais juste de lire ton tatouage, répondit timidement Robin.

— « It's getting hard to be someone, But it all works out, It doesn't matter much to me. » Paroles de « Strawberry Fields Forever ».

— Alors comme dit la chanson : tu te fiches d'être quelqu'un ou pas ? demanda Robin.

Elle espérait l'amener naturellement à parler des Strokes.

— Oui, je m'en fiche un peu. Pourquoi ? Tu aimes les hommes qui conduisent des grosses voitures et gagnent plein de thune ?

— Non, ils m'ennuient.

Pez éclata de rire. Si ça avait été un véritable rendez-vous amoureux, Robin aurait jugé que ça se passait très bien.

— Alors raconte-moi, comment tu as atterri à North Grove ? lui demanda-t-elle.

— Je suis passé un soir et j'ai rencontré un gars qui vivait là. J'avais du mal à payer mon loyer, à l'époque. Il est parti maintenant, mais il m'a dit qu'ils avaient une chambre libre. J'ai rencontré Nils, il m'a apprécié et m'a proposé de les rejoindre. Depuis, j'y suis toujours. Et toi, t'habites où ?

— À Kentish Town.

— Ouais, Zoe m'a dit que t'étais pas loin de chez elle. Tu vis seule ?

— Non, j'ai deux colocs, répondit Robin en espérant que cela évite qu'il veuille venir chez elle pour être tranquille. Nils m'a dit que Zoe était malade aujourd'hui.

— Ah bon ? Elle est genre anorexique. Elle bouffe rien. Typique des fans de *Sang d'encre*.

— Comment ça ?

— Ils sont tous tordus, ceux qui sont à fond là-dedans. Ils cherchent toujours à se faire du mal. Pourquoi tu bois pas ton vin ?

— Si, si, je le bois, répliqua Robin qui n'en avait avalé que trois gorgées tandis que Pez avait presque fini sa pinte. Je ne suis pas une grande buveuse.

— Va falloir qu'on corrige ça.

— Est-ce que quelqu'un a appelé Zoe pour s'assurer qu'elle allait bien ?

— Mariam, probablement, répondit Pez avant de terminer sa pinte. Ah, ça fait du bien.

Robin se demanda si c'était la conversation avec Ormond qui l'avait tendu à ce point.

— Je vais t'en chercher une autre, proposa Robin.

— T'as même pas fini.

— C'est pas une compétition, si ? demanda Robin en souriant.

— T'as raison, merci.

Elle se dirigea vers le bar, consciente que Pez l'observait. Elle avait délibérément laissé passer sa première allusion à *Sang d'encre,* mais avait l'intention de réintroduire le sujet quand il aurait bu davantage.

Quand Robin revint avec sa pinte et se rassit, Pez lui prit la main.

— T'es différente de ce que je pensais, lui dit-il en la regardant avec un petit sourire.

— Pourquoi, tu croyais que j'étais une Alpine ? demanda Robin qui le laissa entrecroiser ses doigts dans les siens.

— Non ! Mais je pensais que t'étais un peu coincée, quoi.

— Je suis très coincée ! Tu as dû dénouer quelque chose en moi.

Pez rit. Sa main était sèche et chaude.

— Tu retournes souvent à Liverpool ? lui demanda-t-elle en pensant à sa page Instagram qui montrait de nombreux séjours prolongés dans sa ville natale.

— Oui. Mon père a une sclérose en plaques. Il est veuf, il vit seul.

— Oh, c'est triste.

— C'est surtout ma sœur qui s'occupe de lui mais elle a deux enfants autistes, donc je rentre de temps en temps pour aider. Qu'elle puisse souffler un peu, quoi.

— C'est vraiment gentil de ta part. Dis donc, toi aussi tu es différent de ce que je pensais.

— Ah ouais ? Et ça veut dire quoi, ça ?

— Tu es gentil. Quelqu'un de bien. Je pensais que tu étais… je sais pas, une sorte d'artiste m'as-tu-vu.

— Pourquoi ? Parce que je me suis foutu à poil pour le cours de dessin ?

— Oh non, ça me pose pas de problème ! Et sinon, quel style de musique tu écoutes ?

— Je m'en fiche, tant que c'est bon. Et toi, quand est-ce que tu as rompu avec ton copain ?

— Y a environ six mois. Tu as quelqu'un, toi ?

— Pas vraiment depuis un an. Mais ça va.

— Je vois.

Il l'attira de nouveau vers lui. Elle feignit le plaisir quand ils s'embrassèrent de nouveau. Elle voulait qu'il arrête de toucher sa perruque et ne pouvait s'empêcher de penser qu'il se servait d'elle, comme de l'alcool, pour se changer les idées. Son audace trahissait une certaine insouciance. Une fois de plus, c'est elle qui interrompit le baiser, en poussant un petit grognement.

— Je ne fais pas ce genre de chose d'habitude, en plein jour, murmura-t-elle en jetant un coup d'œil vers les autres clients.

Deux hommes d'un certain âge assis au bar les avaient observés, sourire aux lèvres, comme s'ils vivaient le plaisir par procuration. Pez, qui avait encore rapproché sa chaise de celle de Robin, lui passa le bras autour de l'épaule, son pouce caressant son omoplate.

— Aucun problème. Il va bientôt faire nuit.

— Bois ta pinte et parle-moi de ton travail. D'après Mariam, tu es vraiment doué.

— C'est vrai. Mais j'ai pas de situation stable. Notamment parce que je dois souvent rentrer chez moi m'occuper de mon père. Quand ils ont diagnostiqué sa maladie, ils ne lui donnaient pas aussi longtemps à vivre. J'ai quelques projets sous le coude. On verra bien.

— Montre-moi ce que tu fais. Je parie que t'es sur Instagram.

— En effet.

Il dut lui lâcher la main pour prendre son téléphone et ouvrir Instagram.

— Regarde.

Il lui montra son écran.

— Waouh !

Elle n'exagérait pas son admiration : ses créations étaient dignes d'un artiste accompli. Tandis qu'elle faisait défiler les dessins, les peintures fantasy, les animes et les petites vidéos, Pez se pencha de nouveau vers elle et posa le bras sur le dossier de la chaise de Robin pour lui donner des indications.

— Ça, c'était une commande pour une BD… Ça c'était pour une pub, mais ça n'a pas plu au client. J'ai quand même été payé… Ah, ça, c'était pour un jeu indépendant, mais le développeur a fait faillite. J'essaie de voir si je peux récupérer mes créations.

— Tu as réalisé tout ça à North Grove ?

— La plus grande partie, oui. Nils a un super équipement haute technologie.

— Jolie, commenta Robin en tombant sur un visage familier.

C'était un portrait de Kea Niven, façon dessin animé, avec une longue robe verte extrêmement décolletée. Derrière elle, une grosse lune était peinte dans le ciel.

— Mais folle. Elle sortait avec un gars du collectif. J'avais besoin d'un modèle de sorcière sexy, donc je lui ai demandé de poser. Elle a juste accepté pour rendre son mec jaloux. Quand il lui a dit qu'il voulait pas venir voir, ça l'a énervée. Il était en train de baiser une autre nana pendant qu'elle posait pour moi en bas, dans l'atelier.

— Aïe.

— Ouais. Quand il l'a larguée, elle est revenue pour « récupérer des affaires », et quand elle est arrivée, il avait verrouillé la porte de sa chambre et elle les entendait baiser, du coup elle a débarqué dans ma chambre complètement hystérique. Au bout de vingt minutes elle s'est jetée sur moi… mais j'aime pas les cinglées.

Remarquant que c'était l'exact contraire de l'histoire que Kea avait racontée à Strike, dans laquelle c'était Pez qui lui avait fait des avances et Kea qui l'avait éconduit, Robin continua à faire défiler la page Instagram à la recherche du moindre prétexte pour rediriger la conversation vers *Sang d'encre*.

— C'est le chat de Nils ? Celui qui a disparu ?

— Oui, confirma Pez en regardant la photo d'un chat écaille-de-tortue. J'ai essayé de décrocher un contrat pour illustrer un livre pour enfants sur les animaux. J'aime pas les chats, je suis allergique. Peut-être qu'ils l'ont deviné et c'est pour ça qu'ils m'ont pas donné le job. Celui-là, il a plus qu'un œil, mais ça se voit pas quand il dort.

— Comment il a perdu son œil ?

— Je sais pas, j'ai jamais posé la question… Ça fait presque une semaine maintenant. Soit il a été renversé par une voiture, soit c'est Bram qui l'a étranglé.

— Quoi ?

— Il est complètement maboul, ce gamin. Dès qu'il mesurera un mètre quatre-vingts, je me barre de là-bas. Ce sera sans doute mardi prochain, vu la vitesse à laquelle il grandit… Bon allez, ça suffit, dit-il soudainement en posant la main sur celle de Robin alors qu'un personnage anguleux en noir et blanc vêtu d'une redingote victorienne apparaissait à l'écran.

— Ça me plaisait bien de regarder !

— Et moi y a autre chose qui me plaisait bien mais tu m'as interrompu, sous-entendit Pez en rangeant son téléphone.

— Au fait, rebondit Robin tandis qu'il lui caressait la main. Ce type qui est venu te voir, tu lui as rendu ce qu'il cherchait ?

— Non.

— C'était quoi ?

— Rien. Je l'ai perdu. Et puis c'était pas à lui, de toute façon. Sa copine me l'avait donné.

— Ah. Mais alors pourquoi il venait le réclamer ?

— Sa copine, c'était Edie Ledwell. La fille qui a créé *Sang d'encre*. Celle qui a été assassinée.

— Oh, le pauvre !

— Ouais si on veut…

Il but une longue gorgée de bière tandis que Robin réfléchissait à toute vitesse.

— Écoute, puisque tu parles d'elle, je… je ne sais pas si je devrais te le dire, mais y a un truc qui m'a fait un peu flipper.

— Quoi ?

— Le truc que m'a dit le gamin tout à l'heure.

— Qui ça, Bram ?

— Oui. Il m'a dit que Zoe avait tué cette fille. Edie.

Pendant un instant, Pez se contenta de regarder Robin, sans réagir.

— Bram a dit que Zoe avait tué Edie ?

— Oui. Enfin évidemment, je ne l'ai pas cru. Mais c'était bizarre qu'il dise ça.

— Bon Dieu, marmonna Pez.

Il s'écarta de Robin pour se passer la main dans les cheveux, avant de vider sa deuxième pinte.

— Je n'aurais pas dû te le dire, regretta Robin à voix basse.

— Je pensais juste pouvoir passer une soirée sans penser à ça, c'est tout.

— Oh, je suis désolée de l'avoir mentionné, s'excusa Robin d'une voix volontairement triste.

Ce n'était pas de la faute de Jessica Robins si ce gamin bizarre l'avait menée dans cette chambre en lui parlant du meurtre. Surprise par son changement d'attitude, Jessica Robins commençait à penser que Pez n'était pas l'homme charmant qu'elle s'imaginait.

— Non, ne t'en veux pas. C'est pas de ta faute. Mais depuis que c'est arrivé, tout le monde veut tout le temps en parler. À quoi ça sert ? C'est horrible. Je veux dire, elle est morte, quoi. Parler tout le temps d'elle, ça la ramènera pas… Bram aime pas Zoe, c'est tout. Elle le garde, de temps en temps. Il déteste qu'on essaie de lui dire ce qu'il doit faire. Tu l'as vue : elle serait incapable de tenir une machette, alors s'en servir, je t'en parle même pas. Bon, tu vas le terminer, ce verre ?

— Oui, oui.

— Excuse-moi, dit Pez qui semblait mi-contrit, mi-agacé. On a tous traversé une sacrée épreuve, depuis que c'est arrivé. J'ai dû parler à la police.

— Sérieux ?

— Ouais. Ils ont interrogé tous ceux qui connaissaient Josh et Edie, en gros. Même Mariam.

— Tu plaisantes !

— Non. Elle savait que Josh et Edie avaient rendez-vous au cimetière ce jour-là. Mais elle donnait un cours cet après-midi-là. Pour les gamins en difficulté. Moi j'étais dans l'atelier, en train de travailler sur mon projet de BD.

— Celle avec l'employé des pompes funèbres qui voyage dans le temps ?

— C'est ça, répondit-il sans avoir l'air particulièrement flatté que Robin s'en soit souvenue. Bref, y a des gens qui m'ont vu traîner dans la maison, donc j'étais pas suspect. Mais les flics ont cherché à savoir si j'étais ce troll qui harcelait Edie sur Twitter.

Il lâcha un petit rire moqueur.

— On a vécu dans la même baraque pendant trois ans, putain. Si j'avais eu envie de la harceler, j'aurais pas eu besoin d'Internet. Enfin de toute façon, je sais qui c'est, ce troll, c'est pas difficile à deviner.

— Ah bon ? C'est qui ?

— Un mec qui s'appelle Wally Cardew.

— Tu l'as dit à la police ?

— Oui. Je leur ai dit que j'avais toujours su que c'était lui. Anomie – c'est le pseudo du gars…

— Anomie ? C'est bizarre, Nils m'a justement parlé de ça.

— Ouais, c'est comme ça que j'ai su que c'était Wally. J'ai entendu Nils lui expliquer ce que ça voulait dire. Il avait dû le voir écrit sur le vitrail de la cuisine.

— Et ce type, tu le connais personnellement ?

— Oui, on était tous les deux dans *Sang d'encre*. On a doublé des personnages, quoi. Moi j'ai fait que deux épisodes, parce que j'ai dû partir m'occuper de mon père pendant un moment, et quand je suis revenu, quelqu'un m'avait remplacé, en imitant l'accent de Liverpool.

Vu son expression, Robin en déduisit qu'il n'en était pas très content.

— Wally a un pote qui sait coder. Je me souviens qu'il m'en avait parlé. Et ce troll, Anomie, gère un jeu en ligne basé sur le dessin animé, avec un de ses potes. Donc bon, c'est pas bien difficile à deviner, hein ? Je vais prendre une autre pinte. T'es sûre que tu veux pas un autre verre ?

— Non, je vais finir celui-ci d'abord.

Pez alla au bar, et Robin réfléchit à leur échange. Quelques éléments que Pez avait révélés sur lui-même collaient au profil qu'elle avait esquissé avec Strike, et pourtant, elle n'avait pas l'impression d'être en face d'Anomie. La malveillance et le sadisme dont il avait fait preuve durant sa longue persécution d'Edie seraient visibles, quand bien même il essayait de les dissimuler. Pez Pierce n'était peut-être pas le compagnon idéal, mais elle n'arrivait pas à imaginer qu'il puisse passer des heures à jouer à ce jeu, ou à harceler quelqu'un sur Twitter. C'était un artiste bourré de talent, un don juan, un amateur de musique : il lui paraissait mener une vie bien remplie, sans avoir besoin de s'inventer un personnage virtuel.

Quand il revint s'installer près d'elle, elle lui dit :

— Pourquoi est-ce qu'ils t'ont remplacé, dans le dessin animé ? Ils n'auraient pas préféré trouver quelqu'un réellement originaire de Liverpool, plutôt que d'imiter l'accent ? J'ai horreur de ça, quand les gens imitent mon accent. Il y a un mec au travail qui adore faire ça.

— Putain de Londoniens, hein ? Comme ils ne savaient pas quand j'allais revenir de chez mon père, ils ont continué sans moi.

Enfin, arrêtons de parler de ce foutu dessin animé. Je te l'ai dit, j'ai envie de me changer les idées.

— O.K., comme tu veux.

Elle afficha un air légèrement vexé.

— Ah non, écoute, je suis désolé, reprit Pez en voyant sa réaction. C'est juste que… j'arrive toujours pas à accepter ce qui s'est passé.

— Ça ne m'étonne pas. C'est affreux.

Pez posa une nouvelle fois le bras sur son dossier.

— Est-ce que je t'ai dit que t'étais super belle ?

Robin le laissa de nouveau l'embrasser. Ce baiser était plus doux, moins brutal que le précédent, ce qui était approprié, après avoir parlé de meurtre. Quand Pez la relâcha, Robin lui murmura :

— Peut-être que ça t'aiderait d'en parler.

— Tu veux être ma psy ? lui demanda-t-il en la regardant dans les yeux, tout en lui caressant l'épaule.

— Eh bien, je ne suis pas diplômée, mais l'avantage, c'est que je propose des services non conventionnels.

Il éclata de rire, et avant qu'il puisse lui demander de développer, elle ajouta, sérieuse :

— Mais tu devrais peut-être parler à quelqu'un. Ça a dû être vraiment traumatisant pour toi, et tu as suffisamment de stress comme ça dans ta vie, avec ton père qui est malade et tout.

Il parut légèrement déstabilisé par sa remarque.

— Pourquoi vous vous êtes séparés, avec ton copain ?

— Il m'a trompée avec une de mes copines. Pourquoi tu poses la question ?

— Parce que tu es belle et gentille. Ça devait être un sacré con.

Oh c'est pas vrai, songea Robin quand il se pencha pour l'embrasser encore. Ce fut le plus long baiser de la soirée : au moins il ne lui touchait pas les cheveux, mais alors qu'il pressait ses lèvres de plus en plus fiévreusement contre les siennes, il la prit dans ses bras, la soulevant presque de sa chaise.

— Doucement, lui murmura-t-elle en lâchant un petit rire tandis qu'elle essayait de se dégager de son étreinte. On nous regarde.

— Je voulais juste avoir un petit aperçu de ces services non conventionnels.

— Tu as oublié que la thérapie passe d'abord par la parole.

Elle termina son verre de vin, essentiellement pour l'empêcher de l'embrasser de nouveau, alors qu'il continuait de lui caresser le dos.

— Ah j'aime mieux ça ! commenta-t-il en voyant son verre vide.

— Je ne plaisante pas. Tu as vécu quelque chose d'horrible. Je vois bien que tu es perturbé.

— Ah, ne va pas t'imaginer que j'ai perdu ma meilleure amie. Je me suis brouillé avec elle bien avant toute cette histoire.

— Pourquoi ?

— Crois-moi, t'as pas envie d'entendre ça.

— Comme tu veux, répliqua-t-elle avec la même froideur, comme si elle était vexée.

Jessica Robins n'aimait pas qu'on se serve d'elle juste pour se changer les idées. Elle aimait parler un peu avant qu'on l'attire dans son lit. Après quelques secondes d'un silence pesant, Pez reprit :

— Bon d'accord, mais je t'aurais prévenue. Un jour, un autre gars qui doublait un personnage du dessin animé traînait à North Grove, dans la salle informatique, en attendant que ce soit son tour. Quand je suis entré dans la pièce, il a immédiatement fermé sa fenêtre Internet, du coup ça a éveillé ma curiosité. J'ai jamais aimé ce type. Genre école privée, parents pleins aux as, mais qui fait la morale à tout le monde sur le partage des richesses. Un jour, Wally a retrouvé sur Internet une photo de ce type, plus jeune. Il l'a agrandie et l'a collée au mur en faisant un montage, et il a écrit dessus : « Tim apprend à mépriser les privilèges des blancs cisgenres. »

Robin éclata de rire.

— Ça a pas plu à Tim. Pas du tout. J'ai déjà rencontré des types comme lui, dans le boulot. Des connards de la classe moyenne qui t'en veulent d'être issu de la classe ouvrière. Comme si tu crânais avec ça, ou que t'essayais d'avoir le dessus sur eux dans la grande lutte des opprimés. Enfin bref, tu sais ce que c'est un lilicon ?

— Non, c'est quoi ?

— C'est des dessins animés avec des petites filles. Qui font des trucs. Tu sais… des trucs de cul. C'est un truc japonais ou du moins c'est là-bas que ça a commencé. C'est partout sur le net, maintenant.

— Oh là là. C'est dégueulasse.

— Ouais, et c'est ça que Tim le moraliste était en train de regarder quand je suis entré. Il avait pas eu le temps d'effacer l'historique parce qu'Edie était arrivée juste derrière moi pour lui dire que c'était son tour de doubler le personnage. Je suis allé sur l'ordi pour voir ce qu'il regardait. J'en ai parlé à Edie et on s'est disputés. Elle me croyait pas. Elle vénérait ce mec. Elle voulait toujours se faire bien voir par les gens intelligents. Elle avait pas son bac, ni rien. Pas fait d'études. Elle voyait pas que Tim était un connard. Elle pensait qu'il était intelligent juste à cause de son accent. Mais elle lui a quand même demandé des explications. Il m'a traité de menteur et elle l'a cru. Ensuite on s'est vraiment engueulés pour de bon, parce que je lui ai dit que s'il aimait les gamins, il avait rien à foutre à North Grove. Je sais que c'était juste des dessins qu'il regardait, mais certains étaient vraiment crus. Elle m'a traité d'aigri et tout.

— Pourquoi elle t'a dit ça ?

— Elle pensait que j'étais jaloux de son succès, j'imagine. Donc après ça, on s'est plus trop adressé la parole.

Il but encore un peu de bière, l'air maussade, et continua :

— Tu vois, avant qu'elle rencontre Josh, le type avec qui elle a créé le dessin animé, on flirtait un peu. Et on bossait sur un projet ensemble…

Il s'interrompit brusquement.

— Et maintenant y a son mec qui vient me réclamer un truc qu'elle m'a donné. Eh ben il peut aller se faire foutre.

Robin discernait une gêne, sous la colère et la grandiloquence.

— C'est à moi et je le garde.

Donc tu ne l'as pas perdu, songea Robin.

La gentille Jessica Robins, elle, n'exprima que de la compassion envers son ami dont le ressentiment était justifié, et elle lui proposa une quatrième pinte.

68

Le doute jaloux, la douleur lancinante,
Qui tourmentent le cœur et l'esprit de l'amante ;
La peur qui ne dit pas son nom,
L'espoir qui ne peut s'éteindre…

Letitia Elizabeth LANDON,
The Troubadour, Canto 2

Fatigué d'être confiné dans le bureau ou dans son petit appartement, Strike avait décidé de passer la soirée au Tottenham, où il pouvait continuer ses enquêtes en ligne tout en buvant une ou deux pintes. Néanmoins, le pub étant exceptionnellement bondé pour un jeudi soir, il avait finalement opté pour The Angel, où il avait découvert un panneau indiquant que l'usage des téléphones portables et des ordinateurs était interdit dans l'établissement.

Chaque déconvenue avait décuplé son envie de bière, et il se posa donc au Cambridge, un grand pub bruyant où, à peine installé, il reçut un appel de Robin lui demandant de prendre le relais de Buffypaws dans *Drek's Game*. Il avait dû abandonner les pistes qu'il avait l'intention d'explorer et avait passé les deux dernières heures à faire semblant d'être Buffypaws, accompagné de plusieurs pintes successives, d'un burger et de frites. En dehors d'une conversation privée avec Demony1, il ne s'était rien passé d'extraordinaire dans le jeu, et Anomie ne s'était pas montré.

À vingt et une heures quarante-cinq, son téléphone sonna.

— Strike.

— Bonsoir, annonça Nutley. J'ai quelque chose sur Kea Niven.

Strike avait envoyé leur nouveau collaborateur à King's Lynn, dans l'espoir d'éliminer enfin Kea de la liste des suspects. Cela lui permettait par la même occasion de tenir Nutley à distance.

— Vas-y, dit Strike en saisissant un stylo et en tirant son carnet vers lui.

— Elle boit un verre avec des amis dans un bar à vin, près de chez elle.

— Elle se déplace sans problème ?

— Elle marche avec une canne, et ses copains vont lui chercher ses boissons.

Il attendait qu'on lui réclame la suite. C'était une des nombreuses habitudes de Nutley que Strike trouvait extrêmement agaçante.

— C'est tout ?

— Non, répondit Nutley qui semblait amusé que Strike puisse le penser. Y a vingt minutes environ, son portable a sonné et elle est sortie pour répondre. J'ai fait semblant d'aller m'en griller une.

Nutley s'interrompit, attendant qu'on l'enjoigne à poursuivre. Mais comme Strike gardait le silence, il reprit :

— Donc elle parlait à quelqu'un au téléphone, et elle s'est mise dans tous ses états. Elle voulait savoir pourquoi il l'avait pas rappelée et tout. Elle avait un message pour Josh et voulait que cette personne le lui transmette. Elle a ajouté que sur Edit on racontait des horreurs sur elle, que c'était pas vrai. Et, conclut Nutley comme s'il s'apprêtait à sortir un lapin de son chapeau, elle pense qu'Anomie est derrière tout ça. Tout ce truc sur Edit.

— T'es sûr qu'elle a pas dit « Reddit » ? demanda Strike sans se soucier de dissimuler son exaspération.

— Quoi ?

— *Reddit.*

— Ouais, peut-être bien, répondit Nutley après quelques secondes de réflexion. Mais je te dis, elle pétait un peu les plombs, c'était pas facile de comprendre de quoi elle parlait. Ils sont tous dans le milieu de l'art, hein, alors j'ai pensé qu'Edit était un genre de…

— T'as entendu à qui elle parlait ?

— Je l'ai pas entendue prononcer son nom.

Évidemment.

— O.K., merci Nutley, c'est bien, le félicita Strike sur un ton qui contredisait son propos. Écris un rapport pour le dossier et appelle-moi s'il y a du nouveau.

Quand Nutley eut raccroché, Strike retourna à *Drek's Game*, regrettant qu'on n'aille pas lui chercher ses boissons au bar, à lui aussi. Autour de lui, tout le monde bavardait en riant : il était l'unique client solitaire, un excentrique de quarante ans avec son ordinateur, qui jouait tout seul en attendant de pouvoir fumer une cigarette. Il venait d'esquiver une attaque de vampire numérique et avait réussi à déplacer Buffypaws au-delà d'un lion en pierre, grâce à la feuille de route de Robin (« écris : 'T'es un mauvais connarkos en pierre, mek' ») quand il reçut un texto de sa demi-sœur, Prudence.

Il ne l'avait toujours pas rencontrée. Pendant qu'il était immobilisé à cause de sa jambe et débordé de travail, elle s'occupait de sa fille.

« Salut, Sylvie va beaucoup mieux, est-ce que tu serais libre jeudi pour boire un verre ? »

Il décida qu'il n'avait pas besoin de répondre immédiatement et se concentra de nouveau sur son ordinateur. Cinq minutes plus tard, nouveau texto. Son téléphone sonna dans la foulée. C'était Robin, donc il répondit immédiatement.

— Salut. Je viens de finir avec Pez. Est-ce qu'Anomie s'est connecté au jeu ?

— Non, répondit Strike. Mais j'ai eu un échange en privé avec Demony1, qui connaît bien le foot, je dois dire. La personne la plus saine que j'ai rencontrée là-dedans pour l'instant. Par contre, tu m'avais pas dit que Buffypaws était supporter de Manchester United.

— Merde, c'était pas dans les notes ? Désolée. C'est la première équipe qui m'est venue à l'esprit.

— C'est bon, je m'en suis sorti. J'aurais trouvé plus poli de choisir Arsenal, c'est tout. Comment ça s'est passé avec Pez ?

— Je viens de t'envoyer un enregistrement de la discussion. Je l'ai pas réécoutée, donc je ne sais pas si on entend bien. Le pub était assez bruyant.

— J'ai le même problème ici, dit Strike en haussant la voix parce qu'un groupe particulièrement braillard venait de s'installer à la table voisine.

— Je vais rédiger mon compte rendu au plus vite, au cas où ça n'aurait pas enregistré. J'ai appris pas mal de choses intéressantes.

— Tu es où, là ?

— Je marche en direction de Junction Road, j'essaie d'attraper un taxi.

— Qu'est-ce que tu fiches là-bas ?

— C'est peut-être rien, mais j'ai une intuition… Attends, voilà un taxi. On se reparle demain au bureau.

Robin héla le taxi qui approchait en ralentissant, donna l'adresse au chauffeur, puis monta.

Même si elle avait fait de son mieux pour avoir l'air naturel au téléphone, elle était passablement troublée. La dernière heure de son entrevue avec Pez, dont elle avait coupé l'enregistrement pour Strike, avait consisté essentiellement en baisers prolongés et en tentatives répétées de la ramener avec lui à North Grove « juste pour un dernier verre, quoi ». Robin était prête à beaucoup de choses pour l'agence, comme le prouvait la longue cicatrice qu'elle portait sur l'avant-bras, mais coucher avec Pez ne relevait pas de ses attributions, même si cela aurait peut-être permis de l'éliminer de la liste des suspects.

Tandis que le taxi progressait sur Highgate High Street, Robin se dit qu'elle avait éconduit pas mal d'hommes, dernièrement. La réaction de Pez se situait à mi-chemin entre la colère froide d'Adam Labrosse et le repli maladroit et immédiat de Ryan Murphy. Pez avait essayé la manipulation (« Tu me fais pas confiance ou quoi ? »), l'agression passive (« Ah bon, je pensais que je te plaisais »), avant de lui demander finalement son numéro. Robin lui avait donné celui du téléphone prépayé utilisé avec Tim Ashcroft et Yasmin Weatherhead et, après une dernière étreinte devant le pub, où Pez s'était collé si fort contre elle qu'elle avait senti tous les muscles à travers son T-shirt, ils s'étaient séparés.

Des pensées mâtinées d'un plaisir coupable traversaient l'esprit de Robin dans le taxi qui la menait chez Zoe. Pez Pierce n'était pas le genre d'homme qui l'attirait, habituellement : elle n'était pas très fan des ongles crasseux ni des odeurs corporelles puissantes ; elle ne l'appréciait pas spécialement et n'avait pas oublié une seule seconde qu'elle était là pour lui soutirer des informations. Néanmoins, pendant qu'il l'embrassait avec passion et qu'il lui caressait le dos, son corps, qui avait renoncé à toute forme de contact sexuel depuis trois ans, ne s'était pas trop soucié de ce qu'elle pouvait penser. La vérité, aussi inconfortable qu'elle soit, c'était que sa réaction physique aux avances de Pez n'avait pas été entièrement feinte. Robin hésitait entre la honte et la fierté, parce que Pez Pierce, un homme qui (soupçonnait-elle), jouissait d'une longue liste de conquêtes, semblait n'avoir détecté chez elle aucun signe d'inexpérience. Cette dernière réflexion la ramena à ce fameux épisode devant le Ritz avec Strike : heureusement pour elle, le taxi arrivait à Junction Road, au coin de l'immeuble lugubre qu'habitait Zoe Haigh.

Une lumière était allumée à une fenêtre du deuxième étage qu'occultait un fin rideau rose. Robin contourna l'immeuble pour gagner Brookside Lane et examina les sonnettes à côté de la porte par où elle avait vu Zoe entrer. Son nom ne figurait nulle part, donc elle appuya au hasard.

Personne ne répondit. Elle sonna de nouveau. Une minute s'écoula. L'immeuble était tellement décati que les sonnettes ne fonctionnaient probablement pas. Elle appuya une troisième fois.

— Oui ?

La voix de Zoe s'éleva faiblement de l'interphone.

— Salut Zoe, dit Robin en accentuant son accent du Yorkshire. C'est Jessica, de North Grove. Je passais juste par là en rentrant chez moi et je me demandais si tout allait bien. On m'a dit que tu étais malade.

— Oh… oui, ça va. Juste… juste mal au ventre.

— Tu as besoin de quelque chose ?

— Non… non, merci.

— O.K., bon ben j'espère que tu vas vite te remettre.

— Oui, merci.

Robin traversa la rue jusqu'au trottoir opposé, sans quitter des yeux la fenêtre de Zoe. Une silhouette passa derrière le fin rideau rose. Elle semblait trop corpulente pour être Zoe. Après avoir jeté un coup d'œil autour d'elle pour s'assurer qu'on ne l'observait pas, elle ôta délicatement sa perruque brune, la rangea dans son sac, puis enleva ses lentilles de contact noisette. Maintenant, si quelqu'un regardait dans la rue, il verrait une femme blonde attendant un taxi.

Une heure s'écoula. Personne n'entra ni ne sortit de l'immeuble. Robin continua de patienter.

À minuit moins dix, un jeune homme noir s'approcha de la porte et la déverrouilla. Robin traversa la rue au pas de course.

— Pardon, je peux entrer avec vous ? J'ai laissé mes clés chez ma copine et elle ne répond pas.

Le jeune homme n'y vit aucune objection.

Le hall était mal entretenu et l'escalier en béton jonché de mégots de cigarettes et d'emballages. La cage d'escalier sentait fort l'urine.

Robin gravit les marches étroites à la suite du jeune homme, qui disparut derrière une porte du premier étage, laissant Robin monter seule jusqu'au deuxième. Elle régla son portable sur silencieux.

En arrivant au dernier palier, éclairé par une ampoule nue, Robin distingua deux portes, l'une fermée, l'autre entrouverte. Cette dernière donnait sur une salle de bains de la taille d'un placard aux murs recouverts de carrelage noirci et craquelé. Il y avait des toilettes et une pomme de douche au-dessus. Robin doutait que tout cela fût déclaré.

La porte fermée ne semblait pas très solide. Consciente du risque qu'elle prenait, Robin s'en approcha sur la pointe des pieds et posa l'oreille dans l'interstice entre la porte et le chambranle.

Elle entendit une voix d'homme. Son débit était saccadé et seuls quelques mots lui parvenaient.

— … jouer la comédie… libre choix… me mettre la pression…

Robin consulta son téléphone. Il était maintenant minuit passé. L'invité de Zoe avait peut-être prévu de rester dormir, mais le ton qu'il employait ne le laissait pas penser. Robin ne bougea pas d'un iota.

— … me faire mal…

À ce moment-là, la voix de Zoe s'éleva, bien plus aiguë, chargée de sanglots, et beaucoup plus facile à entendre :

— J'ai jamais voulu te faire du mal, jamais !

— Parle pas si fort !

Zoe obéit, mais Robin comprit à sa voix qu'elle le suppliait.

Puis Robin entendit des bruits de pas dans la pièce : ils approchaient de la porte.

Elle regagna l'escalier en béton sur la pointe des pieds et avait atteint le premier étage quand elle entendit la porte de Zoe s'ouvrir.

— Non, je t'en prie, dit cette dernière. Je t'en prie, ne t'en va pas…

— Lâche-moi. Lâche-moi. Si tu me menaces…

— Je te menaçais pas. Vraiment, j'étais juste…

— Qui a commencé ?

— C'est moi, c'est moi, je sais…

— Je te l'ai dit à l'époque, c'est moi qui prends un risque, putain.

Robin continua à descendre sans bruit jusqu'au rez-de-chaussée, où elle se colla contre le mur de façon à ce qu'on ne la voie pas si on jetait un coup d'œil dans la cage d'escalier.

— S'il te plaît, reste avec moi. Je voulais pas…

— Il est tard. Il faut que j'y aille. Je dois réfléchir.

— Non ! gémit Zoe dont la plainte résonna dans l'escalier.

— Parle moins fort putain !

Robin entendit du mouvement. Elle profita de l'agitation pour ouvrir la porte d'entrée sans bruit, tendant toujours l'oreille, prête à décamper.

— Lâche-moi. Tu m'as foutu dans une position impossible et maintenant tu me fais du chantage…

— C'est pas vrai !

Robin entendit quelqu'un descendre l'escalier d'un pas lourd. Elle se glissa à l'extérieur, ôta la veste que Jessica Robins portait à chaque fois qu'elle allait à North Grove, se posta à plusieurs mètres de là et fit mine d'être absorbée par son téléphone.

En regardant à travers ses cheveux qui masquaient son visage, Robin vit Tim Ashcroft sortir de l'immeuble et se diriger vers une Fiat garée non loin de là. Quelques secondes plus tard, Zoe, pieds nus et en larmes, suivit. Elle essaya d'empêcher Ashcroft de monter dans sa voiture, mais il la repoussa facilement et, après lui avoir claqué la portière au nez, il s'éloigna, non sans que Robin prenne en photo la voiture.

Zoe resta dans la rue, frissonnante, en sanglots, fluette comme une enfant, jusqu'à ce que la voiture disparaisse. Robin se replongea rapidement dans son téléphone et Zoe rentra chez elle sans avoir jeté le moindre coup d'œil à la jeune femme blonde.

Une fois la porte refermée, Robin sortit son carnet et son stylo, s'accroupit, posa le carnet sur son genou et griffonna tout ce qu'elle pouvait se rappeler. « Chantage… qui a commencé ?… Tu m'as mis dans une position impossible… C'est moi qui ai pris des risques… »

Elle se remit debout et consulta l'heure sur son téléphone. Elle voulut appeler Strike, puis elle se ravisa. Il devait dormir.

Mais elle se trompait. En ce moment même, son associé, qui avait quitté le Cambridge une heure plus tôt, était bien réveillé, en train de fumer à la table de sa cuisine. Devant lui étaient posés son téléphone portable et son carnet, ouvert sur une double page qu'il venait de couvrir de questions et d'observations concernant l'enregistrement de Robin avec Pez, relativement distinct malgré le bruit environnant du pub.

Pendant que Robin hélait un taxi pour la ramener à Walthamstow, Strike se repassait l'enregistrement en boucle, pour s'arrêter sur certains passages qui l'intéressaient tout particulièrement.

Un long silence, puis la voix grave de Pez :

« T'es super belle. »

« J'essayais juste de lire ton tatouage. »

Strike avança.

« Tu es gentil. Quelqu'un de bien. Je pensais que tu étais… je ne sais pas… un artiste m'as-tu-vu. »

« Pourquoi ? Parce que je me suis foutu à poil pour le cours de dessin ? »

« Oh non, ça me pose pas de problème. »

Pez éclata de rire. Strike avança de nouveau.

« Tu as quelqu'un, toi ? »

« Pas vraiment depuis un an. Mais ça va. »

« Je vois. »

Un autre long silence, suivi par une espèce de gémissement de la part de Pez. Puis Robin murmura quelque chose que Strike n'arrivait pas à comprendre. Il se repassa l'enregistrement trois fois avant d'entendre ce que disait Robin :

« Normalement, je fais pas ça en plein jour. »

« Pas de problème. Il va bientôt faire nuit. »

Il avança de nouveau.

« Je t'ai dit que t'étais super belle ? »

Nouveau long silence. Puis Robin dit :

« Peut-être que ça t'aiderait d'en parler. »

Strike avança encore.

« Je ne suis pas diplômée, mais l'avantage, c'est que je propose des services non conventionnels. »

Il n'avait jamais entendu Robin s'exprimer ainsi, jamais imaginé qu'elle pouvait flirter aussi bien. Il la prenait pour qui ? Une innocente écolière ?

Strike, qui s'était convaincu qu'elle avait paniqué face à ses avances devant le Ritz pour de bonnes raisons, découvrait qu'elle n'avait rien contre des avances pour le bien d'une enquête. Ou peut-être juste lorsqu'elles provenaient d'un jeune artiste musclé qu'apparemment, elle avait déjà vu dans son plus simple appareil.

« Parce que tu es belle et gentille. Ça devait être un sacré con. »

Un nouveau silence prolongé. Puis Robin reprit :

« Doucement. On nous regarde. »

« Je voulais juste avoir un petit aperçu de ces services non conventionnels. »

Strike resta encore une vingtaine de minutes à fumer dans sa cuisine en fixant le mur, avant d'aller se coucher. Il était conscient qu'il n'avait aucun droit de se plaindre (et qu'au lieu de se sentir gêné et peiné, il aurait dû féliciter son associée pour son bon travail) mais cela ne le mit pas de meilleure humeur.

69

Elle le servit faiblement, avec angoisse,
Avec amour, partagée entre foi et peur.

Letitia Elizabeth LANDON,
She Sat Alone Beside Her Hearth

Tchats internes entre cinq modérateurs d'origine de *Drek's Game* et un nouveau modérateur

<Canal des modérateurs>

<4 juin 2015 23 h 57>

<Worm28, Demony1, Hartella>

<Anomie a rejoint le canal>

<BorkledDrek a rejoint le canal>

Anomie : le voilà, notre nouveau modérateur

Worm28 : salut !!!

Demony1 : *applaudit*

Hartella : félicitations, BorkledDrek

BorkledDrek : salut à tous

<Un nouveau canal privé a ouvert>

<5 juin 2015 00 h 02>

<Anomie invite Hartella>

<Hartella a rejoint le canal>

Anomie : je vais encore avoir besoin de toi demain. Mêmes horaires

Demony1 : tu as eu combien au test ?

>

>

Anomie : 64 %

Anomie : respectable

Worm28 : beaucuop miuex que moi

Worm28 : Demony1 a eu 83 %

BorkledDrek : wouahou

Worm28 : Anomie, quand est - ce que Buffypaws va passer le test ?

>

Anomie : dans une semaine

Worm28 : hé BorkledDrek, t'as deviné qui était Anomie ?

BorkledDrek : le frère de Josh Blay

Demony1 : lol

Demony1 : c'est une réponse habituelle non ?

Demony1 : Hartella a deviné, non ?

>

>

Demony1 : Hartella, t'es aux toilettes ?

Hartella : Anomie, je peux pas, j'ai une présentation au travail

Anomie : tu vas devoir dire que tu es malade alors

Hartella : s'il te plaît, Anomie

Hartella : ça fait des semaines que je bosse dessus

Anomie : je parie que t'as pas bossé sur ta ptn de présentation aussi longtemps que sur ce jeu

Anomie : et pourtant t'as eu aucun scrupule à mettre ça en danger, hein ? En parlant à une journaliste

Hartella : Anomie, j'ai rien dit qui puisse t'identifier

Anomie : « cultivé »

Hartella : pourquoi t'as besoin de moi, de toute façon ?

Anomie : réfléchis un peu, c'est pas dur

Anomie : si tu veux pas finir en taule, tu fais comme je te dis, madame la copine des terroristes

<Anomie a quitté le canal>

<Hartella a quitté le canal>

BorkledDrek : lol

<Anomie a quitté le canal>

BorkledDrek : c’est super cool d’être là

Demony1 : t’aimes bien le tapis rouge ?

BorkledDrek : ouais trop bien

BorkledDrek : alors vous avez deviné qui est Anomie ?

Demony1 : Luciano Becchio

BorkledDrek : le footballer ?

Demony1 : oui, j’avais pas d’idée

BorkledDrek : lol

BorkledDrek : à quel moment je peux commencer à exclure des joueurs ?

Demony1 : fais-toi plaisir

Demony1 : mais bon en général on attend qu’ils aient fait une connerie

BorkledDrek : lol

>

>

>

>

<Le canal privé est fermé>

<Un nouveau canal privé a ouvert>

<5 juin 2015 00 h 06>

<Demony1 invite Worm28>

<Worm28 a rejoint le canal>

>

>

>

>

>

>

>

>

>

<Paperwhite a rejoint le canal>

Paperwhite : salut

BorkledDrek : salut

Paperwhite : oh waouh, nouveau modé !

BorkledDrek : lol ouais

Paperwhite : Morehouse est passé ?

BorkledDrek : pas depuis que je suis arrivé

Paperwhite : il paraît que t'es bon en code

BorkledDrek : j'ai le droit de répondre ?

Paperwhite : quoi, à cause de la règle 14 ? T'as dit à Anomie que tu savais coder et il t'a pas viré, donc tout va bien

BorkledDrek : lol ok

Worm28 : salut, ca va ?

Demony1 : tu penses que Hartella va bien ?

Worm28 : comment ca ?

Demony1 : on la voit plus

Worm28 : je pense qu'elle est triste que LordDrek soi partit

Demony1 : oui peut-être

Demony1 : oh, quelle surprise

Demony1 : sa majesté vient d'arriver pour flirter avec le nouveau modé

Worm28 : elle est sympa frnachement

Demony1 : elle aime bien foutre la merde

Worm28 : elle était smypa avec moi hier sior

Worm28 : je me sentais super mal, je suis venue ici & elle m'a dit tout ira bien

Demony1 : putain worm, il t'en faut peu

Worm28 : ca veut dire quoi ca ?

Demony1 : tout le monde peut dire « tout ira bien »

Worm28 : tu me trouves pahtétique ou quoi ?

BorkledDrek : ouais, je suis pas mauvais en code

BorkledDrek : mais pas aussi bon qu'eux

BorkledDrek : Anomie et Morehouse

BorkledDrek : ce jeu est dingue

Paperwhite : tu leur diras, ils vont adorer

<Worm28 a quitté le canal>

BorkledDrek : je l'ai déjà dit à Anomie

Paperwhite : pas étonnant qu'il t'aime bien

BorkledDrek : lol

>

Paperwhite : y a encore un con qui essaie de connaître l'âge/le sexe/ l'adresse des filles

Paperwhite : d'après Stoney

Paperwhite : Drekkk5, tu le vois ?

Paperwhite : tu veux le virer ? Ta première exclusion ?

BorkledDrek : haha trop bien

>

Demony1 : bien sûr que non

<Worm28 a quitté le canal>

Demony1 : oh putain

<Demony1 a quitté le canal>

<Le canal privé est fermé>

<Un nouveau canal privé a ouvert>

<5 juin 2015 00 h 15>

<Demony1 invite Hartella>

>

<Hartella a rejoint le canal>

Demony1 : ça va ?

Demony1 : on te voit plus

Hartella : non ça va

Hartella : juste débordée au boulot

Demony1 : ah ok

>

>

>

BorkledDrek : YES !

Paperwhite : hahaha

BorkledDrek : de ouf !

Demony1 : qu'est-ce qui se passe ?

Demony1 : Paperwhite t'a envoyé une photo de nu ?

BorkledDrek : quoi ?

BorkledDrek : ptdr

Demony1 : laisse-lui un peu de temps

<Demony1 a quitté le canal>

Paperwhite : je donne pas de photos de nu

Paperwhite : elle peut pas me voir parce que je suis avec le mec qu'elle aime bien

BorkledDrek : y a plein d'intrigues dans le canal des modés !

Paperwhite : t'as encore rien vu

Hartella : mais merci de prendre de mes nouvelles xx

<Hartella a quitté le canal>

<Demony1 a quitté le canal>

<Le canal privé est fermé>

70

Alors que je le craignais, c'est arrivé…

Emily DICKINSON,
XCVIII

Strike, qui était restait éveillé à prendre des notes sur l'entrevue de Robin et Pez jusqu'à une heure et demie du matin, fut réveillé à cinq heures par un phénomène connu sous le nom de « spasmes du moignon ».

Il avait eu des myoclonies dans la partie supérieure de la jambe droite pendant quelques mois après son amputation, et ce retour inattendu n'était pas bienvenu. Comme les spasmes l'empêchaient de se rendormir, il avait fini par se tirer hors du lit et se rendre à cloche-pied jusqu'à la salle de bains en s'appuyant contre le montant de la porte pour garder l'équilibre.

Les spasmes continuèrent sous la douche. En se savonnant, il songea sérieusement à sa santé. Il avait quarante ans et des kilos superflus ; il avait une mauvaise hygiène de vie et s'était fait une tendinite à deux reprises, ce qui fragilisait son tendon. Il savait que le tabac était mauvais pour sa circulation sanguine et sa santé en général, et que ses vagues résolutions de reprendre le sport, comme l'avait recommandé son kiné, avaient été oubliées à peine formulées. Une fois par semaine au moins, il se promettait d'arrêter de fumer, mais il continuait à consommer un paquet par jour ; il achetait des sachets de salade qu'il jetait sans les avoir ouverts. Il interpréta les spasmes qui n'avaient pas cessé comme un message silencieux : quelque chose devait changer.

Après s'être essuyé, il mit sa prothèse en espérant que le poids aiderait à stabiliser les tremblements involontaires qui secouaient son moignon, puis il se prépara un thé et, malgré son petit laïus sous la douche, alluma une cigarette. Tout en s'installant à sa table de cuisine, où son ordinateur portable et son carnet étaient restés ouverts, il se rappela qu'il était censé dîner avec Madeline ce soir-là.

Cette perspective ne lui apportait aucun plaisir : au contraire, un sentiment d'obligation lui pesait au creux de l'estomac. Il but son thé en observant par la fenêtre sur le toit voisin les pigeons dont la silhouette se découpait sur le ciel cristallin du matin, et se demanda pourquoi il s'était mis dans cette situation. On lui avait déjà reproché de saboter des histoires d'amour en refusant de s'engager : il revoyait Ilsa lui faire la leçon sur les compromis et l'indulgence nécessaires à toute relation, après qu'il avait rompu avec une fille qu'il avait brièvement fréquentée lors d'un des nombreux breaks qui avaient ponctué sa relation avec Charlotte. Évidemment, Ilsa, comme bon nombre de ses amis, n'avait qu'un seul objectif : le voir s'installer avec n'importe qui sauf Charlotte. Il avait essayé. Il avait vraiment tenté de donner une chance à sa relation avec Madeline. Ils s'éclataient au lit, certains aspects de sa personnalité l'attendrissaient, voire forçaient son admiration, mais il était inutile de se voiler la face plus longtemps : il leur manquait l'ingrédient essentiel.

La jambe de Strike était toujours animée de spasmes, malgré la prothèse ; son pied artificiel s'agitait par terre de façon incontrôlable. En bâillant, il ouvrit son ordinateur pour consulter le planning de la journée. Robin était censée suivre la femme de ménage de South Audley Street ce matin. Strike prit son téléphone pour lui envoyer un texto :

« Ce serait bien de faire un point sur Anomie aujourd'hui. Nutley a eu du nouveau sur Kea Niven hier. Tu peux laisser tomber la femme de ménage. Dev est sur Fingers, il le saura s'ils ont rendez-vous. »

Après avoir envoyé son message, Strike se prépara du porridge plutôt que le bacon qu'il aimait tant, puis il descendit au bureau, notamment parce que cela l'empêcherait de fumer ; il essayait de faire en sorte que cet espace demeure non-fumeur.

Il sortit le dossier Anomie qui ne cessait de s'épaissir, puis s'installa à l'ordinateur pour reprendre les investigations qu'il avait dû abandonner la veille au soir pour faire évoluer Buffypaws dans *Drek's Game*.

Une heure s'écoula, mais Strike ne trouva aucune trace d'éventuels amis de Gus Upcott. Il ne trouva rien sur lui en ligne, à part la vidéo d'un concert d'école sept ans plus tôt, où Gus, adolescent, interprétait un solo de violoncelle que Strike trouva extrêmement difficile. Si Gus utilisait Twitter, Instagram ou Facebook, il avait un pseudonyme, et son existence virtuelle demeurait donc un mystère.

Même chose avec Rachel Ledwell, la fille de Grant Ledwell, dont il ne dénicha qu'une seule photo tirée d'Instagram, datant d'un an plus tôt. On y voyait un groupe d'adolescentes riant au fond d'un bus. L'une d'elles avait tiré son bonnet sur son visage si bien qu'on apercevait seulement son menton. Elle faisait le salut rock'n roll des deux mains, avec l'index et l'auriculaire levés, et était taguée sous le nom de @RachLedwell. Toutefois, quand Strike chercha @RachLedwell sur Instagram, il découvrit que le compte avait été supprimé. Retournant sur la page initiale, il passa lentement tous les clichés en revue, jusqu'à ce qu'il finisse par déduire que l'auteur de cette page (@ShellyPinker) vivait à Bradford. Le seul élément que Strike avait donc récolté était « Rachel Ledwell – Bradford ? » dans son carnet.

Bâillant de nouveau, il se rendit à l'accueil pour se refaire du thé, se félicitant au moins que sa jambe ait arrêté de s'agiter.

De retour à son bureau, il trouva une réponse de Robin sur son téléphone.

« Super, parce que j'ai plein de choses à te raconter. 10 h ça te va ? J'ai bossé toute la nuit. »

Strike observa son message pendant une bonne minute, une foule de questions se bousculant dans son esprit. Robin avait dit qu'elle allait à Junction Road ; il en avait déduit qu'elle voulait, pour des raisons qui lui échappaient, rendre visite à Zoe ou surveiller son appartement. « Je t'ai dit que t'étais super belle ? » Qu'est-ce qui l'avait tenue éveillée toute la nuit, exactement ? « Doucement… On nous regarde. » Pez Pierce ne l'avait quand même pas accompagnée jusqu'à Junction Road ? Est-ce qu'elle lui avait promis de le rejoindre à North Grove ensuite ? « D'habitude, je ne fais pas ce genre de chose en plein jour. »

Renfrogné, Strike répondit « O.K. » et se concentra sur son ordinateur où il tapa « Kea Niven Reddit » dans Google.

Les résultats furent immédiats. Son exaspération envers Nutley grandissant, parce qu'il aurait pu effectuer cette recherche tout seul, Strike ouvrit une page Reddit intitulée :

Strike fit lentement dérouler la page. Il fut surpris qu'elle n'ait pas été interdite parce qu'elle se présentait comme une longue invitation à la vigilance exacerbée ; y figuraient les coordonnées personnelles de femmes accusées de crimes contre des hommes. Pour permettre de mieux les identifier, une photo accompagnait chaque profil. Au-dessus d'un cliché représentant une blonde d'une trentaine d'années aux traits tirés, on pouvait lire :

Baba_yaga Melanie Jane Strong a porté de fausses accusations de violence domestique contre son ex-mari afin de l'empêcher de voir ses enfants. Une juge a tout gobé. Elle vit aujourd'hui au 3 Parteger Avenue, Cheam, SM1 2PL. Elle travaille pour un notaire : Miller, May & Bricknell, n° de tel : 020 8443 8686

Avec la photo d'une jolie brune de vingt-cinq ans environ :

john_baldwin Cette menteuse de Darcy Olivia Barrett a proféré de fausses accusations d'agression sexuelle contre son copain. Elle vit au 4b Lancaster Drive, Hoxteth. Instagram : @ViolaD97. Twitter : @DarkViola90, famille au 98 Raglan Road, Barnet, EN4 788 n° de tel : 020 8906 4359. Appelez sa famille pour l'avertir que c'est une salope.

Au bout de quelques minutes, Strike tomba sur le nom de Kea. Le post avait été publié dix jours plus tôt.

DrekBw88h Cette cinglée a menacé de tuer son ex-copain et sa copine la veille du jour où ils ont été agressés au couteau : http://dailymail.co.uk/news/meurtre-de-la-creatrice-highgate-cemetery.html

Elle a maintenant supprimé ces tweets. Faites circuler les captures d'écran.

Twitter : @realPaperwhite
tumblr : http://bumblefootandspoons.tumblr.com
https://www.instagram.com/keaniven
http://patreon.com/KeaNivenArt

Kea Niven @realPaperwhite

Quand tu découvres par accident qu'on t'a trahie et trompée depuis des mois @realJoshBlay @EdLedDraws

00 h 10 12 février 2015

Kea Niven @realPaperwhite

Vous allez voir ce qui se passe quand on poignarde les gens dans le cœur et qu'on s'en va @realJoshBlay @EdLedDraws

00 h 25 12 février 2015

Kea Niven @realPaperwhite

Quand on méprise les gens trop longtemps ils se vengent La violence appelle la violence @realJoshBlay @EdLedDraws

00 h 26 12 février 2015

Wally Cardew @The_Wally_Cardew
Réponse à @realPaperwhite
Supprime ça ptn

00 h 39 12 février 2015

Kea Niven @realPaperwhite
Réponse à @The_Wally_Cardew
Je vois pas pourquoi

00 h 40 12 février 2015

Wally Cardew @The_Wally_Cardew
Réponse à @realPaperwhite
Parce qu'il y a d'autres moyens

00 h 42 12 février 2015

Kea Niven @realPaperwhite
Réponse à @The_Wally_Cardew
Rien à foutre

00 h 42 12 février 2015

Wally Cardew @The_Wally_Cardew
Réponse à @realPaperwhite
Trop con

00 h 44   12 février 2015

Strike ouvrit le dossier Anomie et en sortit la liste des sites consultés par Kea avant son entrevue avec lui. Il s'était contenté d'y jeter un coup d'œil précédemment, mais étant donné que Kea avait formulé des menaces très explicites à l'encontre de Josh et Edie moins de vingt-quatre heures avant leur agression, elle méritait qu'on se penche plus sérieusement sur elle.

Il parcourut la liste en éliminant mentalement le quiz Buzzfeed sur les cisgenres, les sites de shopping, les recherches Google sur son nom à lui et celui de Josh, puis tomba sur le site baptisé « Tribulationem et Dolorum ». Il l'ouvrit sur son ordinateur.

Il s'agissait d'un groupe de soutien destiné à des personnes souffrant de maladie chronique, pour la plupart d'encéphalomyélite myalgique. L'aspect général était assez rudimentaire et, par endroits, la mise en page laissait à désirer. Toutefois, après une demi-heure de recherches sur le forum de messages, Strike finit par trouver quelque chose d'intéressant, daté de 2013.

Arke : Bonjour, je souffre de maladie chronique (SED) et j'aimerais échanger avec d'autres personnes qui vivent la même chose. Je viens d'avoir 24 ans et je devrais terminer mes études en art mais j'ai dû arrêter à cause de mes nombreux problèmes de santé.

John : Bienvenue, Arke ! Très content de t'accueillir parmi nous. J'espère que nos ressources te seront utiles. On est une communauté amicale et je suis sûr que tu trouveras le soutien que tu recherches !

Arke : Merci beaucoup ! Le site a l'air super, l'un des meilleurs que j'ai trouvés.

John : On essaie ! Je peux te demander l'origine de ton pseudo : c'est une référence à la déesse grecque ?

Arke : Oui, incroyable que tu aies reconnu ! Je l'aime bien, pour plusieurs raisons, notamment parce qu'elle est très modeste ! C'est toi qui as créé ce site ?

John : Absolument.

Arke : Waouh, c'est vraiment super. Je suis artiste et j'adore ce design. Les couleurs et le look général. J'ai deviné du premier coup d'œil que c'était pas du travail d'amateur !

John : Que de compliments venant d'une artiste ! Je faisais un peu de web design avant d'être atteint d'EM, ce qui m'a malheureusement forcé à arrêter de travailler.

Arke : Oh je suis vraiment désolée. Tu es malade depuis combien de temps ?

John : 12 ans.

Arke : ah, c'est affreux. Tu as un bon médecin ?

John : J'ai la chance d'avoir pu passer dans le privé et j'ai trouvé un médecin qui me convient. Avant ça, c'était compliqué et c'est pour ça que j'ai créé ce site.

Arke : On m'a recommandé d'essayer la thérapie par l'exercice graduel, mais j'ai lu que des avis négatifs là-dessus.

John : Je ne recommande pas cette approche. Pour ma part, ça a considérablement accentué ma fatigue.

Arke : Oui, c'est ce que j'ai lu. Et quand on me conseille d'essayer la thérapie cognitive comportementale, j'ai l'impression qu'on cherche à me dire que tout ça, c'est dans ma tête.

John : Oui, malheureusement trop de médecins ignorent tout de notre maladie. N'hésite pas à m'envoyer un message privé, je peux partager avec toi les médicaments et les traitements qui ont fonctionné pour moi.

Arke : avec plaisir, c'est super gentil !

John : tu peux cliquer sur la bulle de dialogue à droite.

Strike retourna sur la page d'accueil.

Au sujet du fondateur de Tribulationem et Dolorum

Doté d'une fibre artistique, John a dû interrompre sa carrière dans l'édition (doublée d'une pratique artistique et musicale !) quand on lui a diagnostiqué une encéphalomyélite myalgique (EM) il y a plus de dix ans. Il continue de peindre et de composer malgré les limites que lui impose son état de santé. On peut entendre certaines de ses compositions sur www.IJUMakesSounds et il défend également les malades chroniques (et partage ses opinions politiques !) sur Twitter : @BillyShearsME.

— Tiens, tiens, murmura Strike en parcourant le compte Twitter en question.

Il contenait essentiellement des attaques visant le corps médical, des critiques méprisantes à l'égard des conservateurs et des travaillistes, et quelques liens vers www.IJUMakesSounds.

La porte de l'accueil s'ouvrit. Il leva les yeux et vit Pat entrer avec le courrier, la cigarette électronique déjà au bec.

— Vous êtes matinal, commenta-t-elle.

— Je suis une piste.

Cinq minutes plus tard, il trouva ce qu'il cherchait.

Kea Niven
@realPaperwhite

Quand t'es trop fatiguée pour faire autre chose que fixer le plafond et que tu préférerais mourir mais que ça demande trop d'efforts

13 h 50 4 septembre 2014

Lepine's Disciple @LepinesD1sciple
Réponse à @realPaperwhite
Qu'est-ce qu'elle a à se plaindre celle-là ?

13 h 51 4 septembre 2014

DroitsME @BillyShearsME
Réponse à @LepinesD1sciple @realPaperwhite
Tu ne sais rien de ce que traverse cette jeune femme, et elle ne mérite pas qu'on la traite de cette façon.

13 h 57 4 septembre 2014

Lepine's Disciple @LepinesD1sciple
Réponse à @BillyShearsME @realPaperwhite
Papi est chaud 😂😂😂

13 h 59 4 septembre 2014

DroitsME @BillyShearsME
Réponse à @LepinesD1sciple @realPaperwhite
Je vois que ça vole toujours aussi haut

14 h 03 4 septembre 2014

Avant que Strike puisse intégrer ce qu'il venait de lire, il entendit quelqu'un se précipiter vers le bureau. Il leva la tête : Pat courait vers lui. Elle eut tout juste le temps de refermer la porte derrière elle : une explosion retentit et la porte se fendit en deux. Les gonds inférieurs résistèrent mais la partie supérieure céda, pour s'abattre sur la secrétaire. Il la retint in extremis. Des débris avaient été projetés partout. En tirant Pat derrière le bureau, Strike sentit une douleur au cou. Dans l'accueil, un bruit de verre brisé se fit entendre, alors qu'une odeur de fumée étouffante s'élevait dans l'air.

— Le colis ! hurla Pat dans l'oreille de Strike. J'ai commencé à l'ouvrir et j'ai entendu un sifflement…

Un bruit de chute sourd et métallique retentit du côté de l'accueil et Strike sentit le sol trembler. La fumée s'épaissit. Il avait les yeux qui pleuraient. Des cris s'élevaient dans la rue.

— J'ai fait tomber ma cigarette électronique, bon sang, pesta Pat en regardant par terre.

— Restez ici !

Il se mit péniblement debout en plissant les yeux à travers la fumée. De la poussière de plâtre pleuvait du plafond, à côté de la porte. L'ordinateur de Pat gisait par terre, l'écran pulvérisé. Son bureau, brisé en deux, fumait encore. Le sol était jonché de morceaux de bois et de plâtre.

— La police, s'il vous plaît, demanda Pat qui, malgré l'ordre de Strike, s'était relevée pour atteindre son téléphone sur le bureau. Strike Detective Agency au bout du fil, Denmark Street. On a reçu un colis piégé qui a explosé. Non, non, pas de blessé… Ah bon ?… D'accord. Ils arrivent, annonça Pat en raccrochant. Quelqu'un a dû les prévenir.

— Ça ne me surprend pas.

Ils percevaient le bruit de la cohue qui se formait dehors, malgré leurs oreilles qui sifflaient.

— Je veux retrouver ma vapote, dit Pat en continuant de scruter le sol.

— Prenez une des miennes, proposa Strike en lui tendant son paquet de cigarettes et son briquet. On ne bouge pas d'ici tant qu'on n'est pas sûrs que ce soit sans danger.

Après quelques minutes d'attente, durant lesquelles des morceaux de plafond continuaient de tomber, Strike décida qu'il était temps de sortir.

Il saisit le dossier Anomie, puis le bras de Pat pour la guider à travers les débris vers la porte d'entrée dont la vitre avait explosé. Les murs portaient des traces de brûlure, les meubles étaient abîmés et les coussins du canapé éventrés. Des fils pendaient de deux grandes ouvertures dans le plafond, dont l'une semblait si profonde qu'elle devait aller jusqu'à l'appartement de Strike. Il sentit la rage monter en lui.

Bande de lâches.

— Je venais de l'emmener au pressing, maugréa Pat en regardant son manteau couvert de poussière qui n'avait pas bougé de la patère.

Son sac à main était par terre, son contenu éparpillé partout. Quand elle se pencha pour le ramasser, Strike entendit une sirène retentir dans la rue.

— Ils arrivent. Allez.

— Attendez, je veux retrouver…

— Bon sang, Pat, je vous en rachèterai une. On y va.

Strike n'imaginait pas dans quel état pouvait se trouver son appartement. Il était heureux d'avoir au moins avec lui, par habitude, son téléphone, ses clés de voiture et son portefeuille, afin de minimiser le nombre de trajets en haut. Il fit sortir Pat sur le palier et, ensemble, ils descendirent dans la rue.

71

Trois monstres, en plein soleil,
Projettent bien sûr des ombres monstrueuses ; ceux qui pensent
De travers n'agiront jamais droit.

Elizabeth Barrett BROWNING,
Aurora Leigh

À dix heures moins dix, Robin émergea de la station de métro Tottenham Court Road, éblouie par la lumière, et gagna le bureau en traversant la zone de travaux. Avec seulement deux heures de sommeil, elle était soulagée de laisser tomber la filature de la femme de ménage.

En approchant de Denmark Street, elle vit une voiture de police et un petit attroupement où elle reconnut les vendeurs des magasins de disques qui environnaient l'agence. Prise d'un mauvais pressentiment, elle accéléra le pas ; quand elle atteignit le groupe, elle constata qu'un ruban de police bleu et blanc bloquait l'entrée de leur immeuble, gardée par un policier.

Elle chercha son téléphone d'une main tremblante. Elle avait reçu un texto de Strike.

« Colis piégé envoyé au bureau. Tout va bien pour Pat et moi. On est au Starbucks. »

— C'est pas vrai ! s'exclama Robin avant de traverser la rue en courant.

Strike et Pat étaient installés au fond du café. Strike avait une trace de sang sur le col et Pat était plus pâle que d'habitude.

— Mon Dieu ! lâcha Robin en se hâtant vers eux, et faute de mieux elle répétait : mon Dieu ! Mon Dieu !

— Dieu était sans aucun doute de notre côté il y a une heure, répondit Strike. On nous a demandé de rester là. Ils vont nous interroger de nouveau. Je crois qu'ils attendent la Brigade criminelle.

— Qu'est-ce qui s'est passé ?

— Un colis, expliqua Pat de sa voix grave. J'ai commencé à l'ouvrir, j'ai entendu un sifflement. Et puis *boum* !

— Le bureau a été soufflé par l'explosion. Le plafond s'est effondré par endroits. On a de la chance que mon lit soit pas descendu d'un étage.

— Vous allez bien ?

— Les secours nous ont examinés, dit Strike en jetant un coup d'œil à Pat. On va bien. J'ai averti Barclay et les autres.

— Je vais faire un saut chez Boots, annonça Pat en tendant le bras vers son sac à main couvert de poussière.

— Non, vous restez là, lui ordonna Strike d'un ton ferme.

Pat était en état de choc, il le voyait bien. Elle avait peut-être réussi à berner l'ambulancier avec son air solide, mais Strike avait remarqué à quel point sa main tremblait quand elle avait saisi son café.

— Qu'est-ce qu'il vous faut, Pat ? demanda Robin.

— Il a pas voulu que je retourne chercher ma cigarette électronique.

— Je vais aller vous en acheter une autre, proposa immédiatement Robin.

— Vous ne saurez pas laquelle choisir, répliqua vivement Pat. Et je me rappelle pas la marque.

— Prends ce qu'ils ont, lui conseilla Strike en lui donnant deux billets de vingt livres. Et sinon, des chewing-gums et des patches.

Quand Robin fut partie, Strike demanda à Pat :

— Vous avez pris un petit déjeuner ?

— Bien sûr que oui, c'est quoi cette question stupide ?

— Je pense qu'il vous faut du sucre, dit Strike en se levant.

Il n'en voulait pas à sa secrétaire d'être irritable. En fait, il compatissait. Lui aussi, quand il était sous le choc, il avait tendance à s'énerver. Il revint à leur table avec deux pains aux raisins et du café, et après avoir considéré l'assiette d'un œil assassin, Pat daigna prendre un morceau de viennoiserie.

— Vous avez conscience que vous nous avez sauvé la vie ? Si vous n'aviez pas réagi immédiatement et fermé la porte entre l'accueil et le bureau…

Ils trinquèrent, entrechoquant leurs deux gobelets de café.

— Vous êtes exceptionnelle, Pat. Et en plus, vous faites un très bon cake aux fruits.

Pat pinça les lèvres en fronçant les sourcils. Ses yeux s'étaient emplis de larmes. Strike envisagea de poser le bras sur son épaule osseuse, mais il sentit qu'elle allait certainement le repousser.

— J'imagine que c'est ce groupe terroriste que vous avez énervé, dit-elle.

— Sûrement. C'est pas un travail d'amateurs.

— Les ordures.

— Comme vous dites.

— Mon oncle est mort lors d'un attentat de l'IRA, dans un pub. À Woolwich. En 1974.

— Merde, je suis désolé.

— Il était au mauvais endroit au mauvais moment. C'est dur à accepter. Enfin bon, ajouta-t-elle en regardant la jambe artificielle de Strike. C'est pas à vous que je vais l'apprendre.

Elle grignota sa viennoiserie. Strike vit une Toyota Avensis bleue passer devant la fenêtre et crut reconnaître la silhouette du commandant Ryan Murphy, le policier de la Brigade criminelle qu'ils avaient rencontré à l'agence.

— Ils voudront peut-être nous interroger à Scotland Yard, dit Strike. Pour prendre nos dépositions.

— Hors de question que j'aille là-bas. On peut pas faire ça ici ?

— Peut-être.

— Où est passée Robin ? lâcha nerveusement Pat.

Strike sentait qu'elle était en manque de nicotine. Le premier policier sur place leur avait demandé de rester à l'abri dans le café et non sur le trottoir. Cela convenait à Strike qui voulait éviter l'arrivée imminente de la presse.

Quand Robin revint avec un sac en plastique rempli de différentes cigarettes électroniques, deux membres de la criminelle avaient rejoint Strike et Pat : Murphy, ainsi qu'un homme noir plus âgé aux cheveux grisonnants. Robin était tellement inquiète qu'apercevoir Ryan Murphy ne lui causa guère d'émoi. Quand elle les rejoignit, Pat protestait qu'elle n'irait pas à Scotland Yard, qu'elle n'avait rien fait de mal et qu'elle pouvait très bien faire sa déposition sur place.

Murphy, qui mesurait l'état de choc de la secrétaire, lui répondit :

— Tout ce qu'on veut, c'est vous parler dans un endroit un peu plus tranquille, madame Chauncey. Oh, bonjour, dit-il en apercevant Robin.

— Bonjour. Tenez, Pat. J'espère que vous trouverez votre bonheur.

Tandis que Pat saisissait le sac pour en examiner le contenu d'un air désolé, Strike dit aux officiers de la Brigade criminelle :

— Il y a un pub au bout de la rue, avec une salle en sous-sol. Ils nous laisseront sûrement l'utiliser pour une demi-heure. On est des habitués.

Ils se mirent donc en route vers le Tottenham, Strike et Pat en profitant pour fumer une vraie cigarette. Robin marchait derrière eux, coincée entre Murphy et son collègue, un certain Neal Jameson.

— Vous allez bien ? lui demanda Murphy.

— Je n'étais pas au bureau, répondit Robin.

Elle culpabilisait de n'avoir pas été présente quand la bombe avait explosé.

— Encore sous le choc, conclut Murphy.

— C'est ça.

Le barman du Tottenham ne fit aucune difficulté. En quelques minutes, les deux policiers, Strike, Robin et Pat étaient installés autour d'une table dans la salle en sous-sol, par ailleurs déserte et tapissée de moquette rouge.

Pat essaya de déballer sa nouvelle cigarette électronique d'une main encore tremblante. Strike lui prit la boîte, l'ouvrit, et se mit à assembler les pièces de la cigarette.

— Bon, madame Chauncey, dit le collègue de Murphy en sortant son carnet. Si vous pouvez me raconter ce qui s'est passé.

— Le facteur est arrivé dans l'escalier juste derrière moi, commença Pat.

— Le facteur habituel ?

— Oui. Il me connaît. Il m'a donné notre courrier sur le palier.

— Le colis faisait quelle taille ?

Pat indiqua la taille d'une boîte à chaussures.

— Lourd ?

— Oui, répondit Pat en regardant Strike remplir la cigarette de liquide.

— Qu'est-ce qui était écrit dessus, vous vous rappelez ?

— Leurs noms à eux deux, dit-elle en indiquant Strike et Robin.

— Vous vous rappelez l'écriture ?

— Une jolie écriture. Parfois on a des cinglés qui envoient des trucs. Ça se voit tout de suite, à la façon dont c'est écrit.

— Avec de l'encre verte ? demanda Murphy en souriant.

— Le pire, c'était à l'encre violette, répondit Pat en esquissant presque un sourire elle aussi.

Elle avait toujours un petit faible pour les hommes charmants, et Murphy était bien fait de sa personne. Robin s'en rendait compte à présent malgré son état de choc. Il avait les pommettes hautes et la lèvre supérieure charnue, ainsi que des cheveux ondulés, semblables à ceux de Strike mais plus clairs.

— Un abruti persuadé que la famille royale avait été remplacée par des imposteurs.

Les deux officiers de la criminelle lâchèrent un petit rire.

— Mais cette fois, ce n'était pas l'écriture d'un déséquilibré ? demanda le collègue de Murphy.

— Non. Tout écrit à l'encre noire, sans faute d'orthographe. Ils se trompent souvent sur « Ellacott », et la plupart des gens l'appellent, lui, « Cameron ».

— J'imagine que vous n'avez pas regardé l'oblitération ?

Pat accepta la nouvelle cigarette électronique que lui tendait Strike, tira une longue bouffée, comme si c'était de l'oxygène, et répondit :

— Si, Kilburn. C'est là que je vis. Quand ça vient de chez vous, ça vous marque.

— C'est vrai, reconnut le policier. Donc vous avez pris le paquet et ensuite ?

— Je l'ai posé sur mon bureau. J'ai enlevé mon manteau, j'ai d'abord ouvert une lettre puis j'ai commencé à déballer le colis. Avec la belle écriture et tout, j'ai pensé que c'était un cadeau de remerciements. Parfois les clients envoient des chocolats ou des bouteilles. J'ai déplié un rabat et j'ai entendu un sifflement. Et là… j'ai compris.

Elle pâlit légèrement. Sans bruit, Robin se leva et quitta la pièce.

— J'ai couru jusqu'au bureau des détectives, j'ai claqué la porte et ça a explosé.

— Eh bien, si tout le monde avait votre faculté d'observation et vos réflexes, madame Chauncey, ça nous simplifierait la tâche.

— Il faudra vingt-quatre heures à la police scientifique pour effectuer tous les relevés, indiqua Murphy à Strike. Vous vivez au-dessus du bureau, c'est ça ?

— Oui. J'imagine que vous allez me conseiller de loger ailleurs ?

— En effet. D'après ce que j'entends, ce serait plus prudent. D'autre part…

— Je comprends, le coupa Strike.

Inutile de le préciser devant Pat, mais quand les terroristes comprendraient que l'attentat avait échoué, ils chercheraient d'autres moyens de s'en prendre à eux.

Robin revint avec un verre de porto qu'elle posa devant Pat.

— J'en ai pas besoin ! protesta cette dernière.

— Buvez-le, insista Robin en se rasseyant.

— Tu aurais pu me prendre une pinte, tant que tu y étais, dit Strike. J'ai été visé par la bombe moi aussi, tu sais.

Les deux officiers de police rirent de nouveau.

— Bon, reprit Neal Jameson. Je vais noter tout ça et vous demander de signer, madame Chauncey.

Tandis qu'il rédigeait la déposition de Pat, Murphy se tourna vers Robin.

— J'expliquais à votre patron que…

— On est associés, le corrigèrent en chœur les deux détectives.

— Ah, pardon. Comme je le disais à votre associé, ce serait plus sage de ne pas venir au bureau pendant un moment. Je ne veux pas être indiscret, mais vous vivez seule ?

— Oui. Je viens de déménager. À Walthamstow.

— Pas loin de chez moi. Je suis à Wanstead. C'est peut-être pas plus mal que vous ayez déménagé récemment. Mais malgré tout…

— J'ai toute la sécurité qu'il faut, l'interrompit Robin.

Le collègue de Murphy avait fini de rédiger. Pat, qui avait retrouvé des couleurs après quelques gorgées de porto, lut la déposition et la signa.

— Bien, je vous ramène chez vous, dit Strike à Pat en se levant.

— C'est inutile, répliqua Pat, agacée.

— Ne vous inquiétez pas, ce n'est pas parce que je vous aime bien, la rassura Strike. Mais je ne pense pas pouvoir trouver une secrétaire aussi compétente que vous.

Pat eut les larmes aux yeux. Alors qu'ils s'engageaient vers l'escalier, Robin lança dans leur dos :

— Cormoran, j'ai un canapé-lit, si tu as besoin.

Elle n'était pas sûre qu'il l'ait entendue, parce qu'il ne répondit rien, mais elle regretta immédiatement sa proposition : bien sûr, il pouvait aller chez Madeline Courson-Miles.

Les deux officiers de police discutaient ensemble, à voix basse. Robin prit son sac, prête à partir.

— Vous voulez que je vous dépose ? lui proposa Murphy.

— Comment ça, à Walthamstow ? demanda Robin d'un air surpris.

— Oui. Je suis en repos aujourd'hui, je suis venu parce que Neal m'a appelé. Il repart au poste. Je peux vous ramener, c'est sur ma route.

— Oh, dans ce cas, je veux bien, merci.

72

Tu as devant toi aujourd'hui… Écoute-moi,
Non une femme qui cherche protection. En tant qu'homme,
Sois un homme, parle clairement, sois précis
Avec les faits et les dates.

Elizabeth Barrett BROWNING,
Aurora Leigh

Pourquoi diable avait-elle accepté ? se demanda Robin. À cause du choc ? Du manque de sommeil ? D'une certaine insouciance héritée de Jessica Robins ? Tout en suivant les deux policiers, elle se sentait vaguement parano de remettre en doute l'honnêteté de Murphy. Elle envisagea de se raviser mais n'en fit rien, et ils rejoignirent bientôt la voiture, où les deux policiers continuèrent de discuter du planning à venir. Robin les entendit prononcer le nom d'Angela Darwish. L'officier le plus âgé traversa la route et se glissa sous la rubalise qui bloquait l'accès à Denmark Street, tandis que Murphy et Robin montaient en voiture.

— C'est terrible, ce qui est arrivé, commenta Murphy en démarrant.

— Oui.

— Vous pouvez peut-être loger chez des amis ?

— Ça ira.

Murphy attribuait peut-être la mine défaite de Robin à un contrecoup du choc, alors qu'elle avait simplement passé une nuit blanche. Pour dissuader toute autre proposition de ce genre, elle ajouta :

— Ce n'est pas la première fois qu'on m'envoie des trucs horribles. Un jour, j'ai reçu par la poste une jambe coupée.

— Ah oui, je me souviens avoir lu ça dans les journaux !

Un silence s'ensuivit, durant lequel Robin chercha en vain des sujets de conversation banale. Murphy la devança.

— Comment avance le dossier Anomie ?

— Pas aussi bien qu'on le souhaiterait.

Nouveau silence. C'est encore Murphy qui relança la discussion :

— Je pars en vacances ce soir.

— Ah bon ? Vous allez où ?

— À Saint-Sébastien. Ma sœur vit là-bas avec sa famille. Chaque fois que je leur rends visite, je me demande pourquoi j'habite à Londres. J'avais hâte d'y aller, j'ai pas pris de vacances depuis deux ans, mais hier soir on a enfin avancé dans notre enquête pour meurtre. Je pourrais reporter mon voyage, mais c'est les quarante ans de ma sœur après-demain. Si je rate ça, c'est moi qui vais me faire tuer.

— Quelle enquête pour meurtre ?

— La vôtre. Celle de l'animatrice.

Elle tourna la tête vers lui.

— Vous avez mis la main sur le meurtrier d'Edie Ledwell ?

— On pense que oui. Toutes les preuves concordent, mais je ne peux pas vous dire de qui il s'agit tant qu'on ne l'a pas arrêté.

Murphy consulta l'heure sur le tableau de bord.

Les questions se bousculaient dans le cerveau fatigué de Robin.

— Il s'est confié à quelqu'un ? Il a avoué ?

— Non.

Il y eut un nouveau silence, durant lequel Robin réfléchit à d'autres façons de lui soutirer des informations, même si elle voyait bien que Murphy n'était pas dupe. Il finit par dire :

— C'est grâce au téléphone. Celui de Ledwell.

— C'était le meurtrier qui l'avait ?

— Plus maintenant. Il l'a jeté dans un étang de Writtle.

— C'est où, ça ?

— Près de Chelmsford.

Elle sentait que Murphy s'apprêtait à lui en dire davantage, qu'il avait envie de lui expliquer comment ils avaient trouvé leur homme, même s'il ne pouvait pas révéler son identité. À sa place, elle aurait été tout aussi tentée. Elle aussi connaissait la satisfaction d'assembler les pièces du puzzle, et mesurait parfaitement le travail accompli pour en arriver là.

— Environ quinze jours après le meurtre, le téléphone de Ledwell a été allumé pendant quinze minutes, puis s'est éteint. On a remonté la trace du signal jusqu'à un parking du centre commercial Westfield de Stratford. Vous y êtes déjà allée ?

— Non.

— C'est le plus grand centre commercial d'Europe. Vous imaginez la taille du parking. On a recueilli les enregistrements de vidéo-surveillance. Plus d'un millier de voitures, plein de gens avec leur téléphone portable. On a relevé toutes les immatriculations, on a pris des photos de tous ceux qui utilisaient un portable, on a tout épluché. Cinq jours plus tard, le téléphone a été rallumé pendant dix minutes, puis éteint. Le signal nous a permis de le localiser dans le Kent. Aucune caméra à proximité, mais on a récupéré l'enregistrement vidéo le plus proche, qui était quand même assez éloigné. On a examiné les immatriculations des véhicules circulant dans la zone, sans oublier les piétons et les cyclistes, en essayant de les recouper avec les véhicules de Westfield. Un travail de fourmi, vous imaginez.

— Ces deux endroits n'ont pas été choisis au hasard.

— Non. Cette personne a fait en sorte de nous compliquer la vie au maximum. On n'a trouvé aucun lien entre les deux endroits. On ne sait toujours pas pourquoi le portable a été allumé. Ça aurait été plus intelligent de ne pas le toucher du tout. Aucun appel n'a été passé. On suppose que le tueur cherchait surtout des informations.

— Vous savez qu'Edie Ledwell consignait ses idées pour son dessin animé dans son téléphone ?

— Oui, Blay nous l'a dit. Enfin bref, il y a trois semaines, un type sort d'une voiture en pleine nuit, au bord de l'étang de Writtle, le visage caché par son écharpe, et il jette quelque chose dans l'eau. Un ado qui se grillait une clope discrètement à la fenêtre de sa chambre pendant que ses parents dormaient l'a vu. Le gamin était curieux, donc le lendemain, il plonge dans l'étang pour aller voir, et récupère un iPhone. Au bout d'une heure, il se dit qu'il y a peut-être quelque chose de louche dans tout ça, donc il avertit ses parents. La mère apporte le téléphone au commissariat. Ils nous contactent, on fait venir une équipe de la police scientifique et nos techniciens parce que le téléphone a passé une nuit dans l'eau. C'était celui de Ledwell. Les images de vidéo-surveillance ont montré une Ford Fiesta circulant dans la zone. Avec de fausses plaques. On est donc retournés voir les images du centre commercial Westfield.

— Et vous avez trouvé une Ford Fiesta dont l'immatriculation se terminait par CBS, dit Robin.

Murphy tourna la tête vers elle si vivement que Robin s'exclama :

— Feu rouge !

Murphy ralentit et lui demanda :

— Comment vous le savez ?

— Je l'ai vu au volant de cette voiture.

Elle était à la fois surprise et animée de sentiments mélangés : de la déception mêlée à une certaine incrédulité.

— J'ai retenu les lettres de sa plaque, ajouta-t-elle.

— À cause de CBS, la chaîne de télé américaine ?

— C'est ça, mentit-elle. Ne vous en faites pas, je ne vais pas alerter la presse. Et le téléphone de Blay : il a été utilisé ?

— Non, personne ne l'a allumé depuis qu'il a été volé. On pense qu'Ormond l'a gardé chez lui ou qu'il s'en est séparé. On a fouillé l'étang de Writtle sans résultat.

— J'ai aperçu Ormond hier soir, dit Robin sans parvenir à y croire elle-même.

— Où ça ?

— À North Grove, au collectif artistique. Il voulait récupérer quelque chose auprès d'un résident.

— Ah bon ? Quoi donc ?

— Je ne sais pas. Je crois que c'était un dessin ou un texte d'Edie… J'arrive pas à y croire. En même temps j'imagine que…

Elle ne termina pas sa phrase, mais Murphy comprit où elle voulait en venir.

— La première personne qu'on soupçonne, c'est le compagnon. C'est vous qui avez remarqué qu'elle avait des bleus dans le cou.

— Je croyais qu'il surveillait une punition quand elle a été tuée ?

— Oui. Entre nous, on pense qu'il avait mis une balise GPS sur son portable, à son insu. On essaie de le déverrouiller. Apple refuse de nous aider, au nom de la protection des données. Mais il connaissait le mot de passe vu qu'il l'a allumé deux fois.

— Ils vont l'arrêter aujourd'hui ?

— Oui. Il est parti au travail, comme d'habitude. On va le cueillir quand il rentrera chez lui, après ses cours. Arrêter un type devant des gamins, c'est pas très malin. On n'a pas envie d'avoir des journalistes qui nous courent après.

C'était donc Phillip Ormond le coupable, l'ex-policier devenu enseignant en qui Edie avait confiance. Un compagnon jaloux qui l'avait suivie quand elle avait rendez-vous avec son ex et les avait poignardés tous les deux avant de s'emparer de leurs portables… Évidemment, cela expliquait certaines choses. Le fait que le meurtrier sache exactement où se trouvait Edie, qu'il ait utilisé son téléphone avec parcimonie, ce qui supposait une bonne connaissance des méthodes de police. Par ailleurs, Ormond connaissait parfaitement bien les deux nouveaux personnages du prochain film.

Murphy interrogea Robin sur ses dernières vacances. Elle lui parla du ski, au Nouvel An. La conversation était un peu personnelle, mais légère et facile. Murphy la fit rire en racontant la chute à ski d'un de ses amis qui avait voulu impressionner sa copine. Il ne fit aucune mention de sa proposition d'aller boire un verre, elle se sentait à l'aise avec lui et fut soulagée.

Ils approchaient de Blackhorse Road quand Robin dit soudain, surprise par sa propre audace :

— Au fait, quand vous m'avez proposé un verre la dernière fois… j'ai été un peu… c'est parce que je n'ai pas l'habitude.

— Comment c'est possible ? demanda Murphy sans quitter la route des yeux.

— J'ai divorcé récemment, enfin ça fait un an maintenant, je sortais avec lui depuis mes dix-sept ans. Donc… bref, quand vous m'avez appelée, j'étais en plein travail et donc j'ai été un peu… vous voyez, quoi, désemparée.

— Je vois très bien. Moi, j'ai divorcé il y a trois ans.

Robin se demanda quel âge il avait. Peut-être deux ans de plus qu'elle.

— Vous avez des enfants ? demanda-t-elle.

— Non. Mon ex n'en voulait pas. Et vous ?

— Non plus.

Ils se garèrent devant son immeuble, en silence. Quand elle prit son sac et posa la main sur la poignée de la portière, Murphy dit :

— Du coup… si, quand je rentre de vacances, je vous appelle et que je vous propose encore de boire un verre… ?

C'est juste un verre, se rappela Robin. *Tu n'es pas obligée de coucher avec lui.* L'image de Madeline Courson-Miles lui passa dans la tête.

— Heu… oui, d'accord. Avec plaisir, répondit Robin le cœur battant.

Elle pensait qu'il serait content, mais il semblait plutôt tendu.

— O.K., dit-il en se frottant le nez. Il y a quelque chose que je dois vous avouer d'abord. « Aller boire un verre » c'est ce qu'on dit, hein ? Mais, en fait… je suis alcoolique.

— Ah.

— Je suis sobre depuis deux ans et neuf mois. Ça ne me pose aucun problème que les gens boivent autour de moi. Mais je voulais juste vous prévenir. C'est la règle des Alcooliques Anonymes.

— Eh bien, ça ne fait aucune différence. Merci de m'avoir prévenue. Ce serait avec plaisir malgré tout. Merci de m'avoir déposée, c'est vraiment gentil.

Il semblait plus joyeux.

— Avec plaisir. Je ferais bien d'aller préparer ma valise.

— Oui, amusez-vous bien en Espagne !

Robin sortit de la voiture. Quand celle-ci s'éloigna, Murphy lui fit au revoir de la main et Robin l'imita, encore tout étonnée. La matinée avait été pleine de surprises.

Elle venait d'ouvrir la porte de chez elle quand son portable sonna.

— Salut, dit Strike. Est-ce que ta proposition canapé tient toujours ?

— Oui, bien sûr, répondit Robin à la fois contente et surprise. Comment va Pat ?

— Elle est sacrément ronchon. Je l'ai ramenée chez elle. Je lui ai conseillé de prendre rendez-vous en urgence chez le médecin. La moitié du plafond lui est tombée dessus. Je vois bien qu'elle a mal : elle s'est peut-être cassé quelque chose. Elle m'a envoyé balader. Elle doit penser que je la trouve trop vieille pour survivre à ce genre de trucs.

— Strike, je viens d'apprendre quelque chose. Ils vont arrêter Phillip Ormond pour le meurtre d'Edie.

Un silence s'ensuivit. Robin avança jusqu'à sa cuisine et posa son sac à main sur le comptoir.

— Ormond ?

— Oui.

Elle expliqua comment ils avaient trouvé le téléphone d'Edie et identifié Ormond.

Il y eut un nouveau silence, plus long.

— Bon, je comprends pourquoi ils pensent tenir le coupable, mais j'ai quand même pas mal de questions.

Robin se sentit étrangement soulagée. Strike lui précisa qu'il arriverait vers dix-huit heures parce qu'il avait besoin de faire des courses, puis raccrocha.

73

Mon rival conçoit ses intrigues –
Quel sujet ? Sa trahison est vide,
Je le méprise : je sais qui remporte le prix.

May KENDALL,
The Last Performance

Tchats internes entre quatre modérateurs de *Drek's Game*

<Canal des modérateurs>

<5 juin 2015 15 h 58>

<BorkledDrek, Anomie>

<Morehouse a rejoint le canal>

BorkledDrek : salut Morehouse !

Morehouse : salut

BorkledDrek : t'es pas souvent là l'après-midi

Anomie : c'est un homme occupé

Morehouse : exactement

>

>

<Un nouveau canal privé a ouvert>

<5 juin 2015 16 h>

<Anomie invite Morehouse>

>

>

>

BorkledDrek : les effectifs sont en baisse

Anomie : pas pour très longtemps

BorkledDrek : ?

>

>

Anomie : quand Maverick va faire son annonce, ça va exploser ici

BorkledDrek : tu sais ce qu'ils vont annoncer ???

Anomie : le maître du jeu sait tout

BorkledDrek : comment tu sais tout ça ???

BorkledDrek : tu bosses pour eux, non ? chez Maverick ?

>

>

>

BorkledDrek : désolé je t'ai vexé ?

>

>

Anomie : t'as fini tes exams, mek ?

Morehouse : c'est pas un exam c'est un truc de recherche

Anomie : ah oui je savais

Morehouse : Paperwhite est dans le coin ?

Anomie : elle va pas tarder vu que t'es là

>

>

>

Anomie : bah tiens la voilà. Télépathie ou coïncidence ?

Morehouse : télépathie, évidemment

Anomie : t'es un scientifique, tu crois pas à ce genre de conneries

Morehouse : coïncidence alors

Anomie : très bien, va lui parler

Morehouse : t'es ma priorité tu sais

Anomie : lol

Anomie : pédé

<Un nouveau canal privé a ouvert>

<5 juin 2015 16 h 03>

<Paperwhite invite Morehouse>

Paperwhite : Morehouse ?

>

>

>

>

>

>

>

>

>

>

>

>

>

>

Anomie : lol non tu m'as pas vexé

Anomie : les infos sont direct injectées dans mes veines mon ami

BorkledDrek : allez dis-moi

BorkledDrek : ils vont faire quoi ?

BorkledDrek : je le répéterai pas

Anomie : je te le dirai quand tu auras pris le relais de Morehouse

BorkledDrek : ?

Anomie : je veux dire si Morehouse a un accident par exemple

BorkledDrek : lol

BorkledDrek : tu veux ma théorie ?

BorkledDrek : je pense que t'es un pote de Josh Blay

>

>

>

>

Morehouse : va parler à BorkledDrek, il te prend pour un dieu

Anomie : c'est vrai. Mais je le suis

<Anomie a quitté le canal>

<Morehouse a quitté le canal>

<Le canal privé est fermé>

Paperwhite : coucou

>

Paperwhite : tu dragues une belle scientifique ?

>

>

>

>

<Morehouse a rejoint le canal>

Morehouse : désolé, je faisais de la lèche à Anomie

Morehouse : t'as vu ? La bombe ?

>

>

Paperwhite : grave !!! c'est quoi ce délire ??

Morehouse : ils disent que c'est le Halvening

Paperwhite : je sais, j'ai vu

Morehouse : ça colle non ?

Morehouse : cette nana, Ellacott, elle a sauté sur les rails pour aider Vilepechora donc ils ont pensé qu'elle le suivait lui, pas Anomie

Paperwhite : ça paraît logique

Paperwhite : mais si Ellacott n'est pas dans son bureau,

>

Anomie : t'as peut-être raison

BorkledDrek : tu connaissais aussi Ledwell ?

>

Anomie : ouais

Anomie : mais elle m'a baisé

BorkledDrek : sérieux ?

>

>

>

Anomie : ouais la salope

comment on fait pour la voir ?

Morehouse : on va appeler, on va trouver un moyen

Morehouse : il te reste combien d'exams ?

Paperwhite : 2

Morehouse : on se voit bientôt alors

Morehouse : sauf si t'as changé d'avis

Paperwhite : va te faire foutre Morehouse

Paperwhite : je réclame ça depuis combien de temps ?

Morehouse : lol

74

Pourtant – tu dis que les espions rôdent autour de nous...
Que notre sang mutuel risque
De rougir dans un bois isolé
La lame de la trahison ?

Charlotte Brontë,
The Wood

S'il y avait un avantage à ce que son appartement et son bureau aient été bombardés, songea Strike tout en parcourant Kilburn High Road pour s'acheter des sous-vêtements, des chaussettes, des produits de toilette incluant de la crème pour son moignon, deux chemises et un pyjama (le premier qu'il possédait depuis son adolescence, le minimum nécessaire pour loger chez Robin), c'était que cela lui donnait une excuse en béton pour ne pas dîner avec Madeline ce soir-là, d'autant que l'explosion était en ce moment même relayée par la BBC. Il l'appela en sortant de Superdrug pour lui raconter les événements.

— Quoi ? Oh mon Dieu ! Qui a fait ça ? Pourquoi ? Je viens de voir sur Internet ! C'est Corm ! l'entendit-elle lancer à quelqu'un, probablement l'une de ses vendeuses. On lui a envoyé un colis piégé et ça a explosé !

Pour une raison qu'il ne s'expliquait pas vraiment, cela lui déplaisait que Madeline en informe ses vendeuses, même si ce n'était plus confidentiel, maintenant que la presse s'en était fait l'écho.

— Viens à la maison ! lui proposa Madeline.

— Je ne peux pas. La Met pense qu'il vaut mieux que je me fasse oublier un peu. Je ne veux pas vous impliquer, Henry et toi.

— Oh, tu crois que ça pourrait être dangereux ? Je veux dire, personne n'est au courant, pour nous deux.

C'est pas faute d'avoir voulu le médiatiser, pensa immédiatement Strike.

— Ce sont des terroristes. Ils surveillent les gens.

— Des terroristes ?! Je pensais que c'était un déséquilibré.

— Non, c'est le même groupe que celui qui a visé les députés. Ceux qui ont attaqué ton amie Gigi.

— Oh non c'est pas possible… Je ne savais pas que vous enquêtiez sur ça.

— On n'enquête pas là-dessus. On est tombés sur eux par hasard au cours d'une autre affaire. Je ne peux pas t'en dire plus. Il vaut mieux que tu ne saches rien.

Vu que tu vas tout répéter à tes vendeuses.

— Tu as raison, j'imagine. Mais où est-ce que tu vas aller, alors ?

— Dans un hôtel je pense, mentit Strike. Je t'appellerai quand j'aurai du nouveau.

— Oui appelle-moi de toute façon, même si tu n'as pas de nouveau. Je veux être sûre que tout va bien.

Une fois que Strike eut raccroché, il prit conscience d'être libéré d'une corvée. Il plongea immédiatement la main dans sa poche pour fêter ça en allumant une cigarette, mais après avoir sorti son paquet, il le regarda attentivement, puis se ravisa et retourna chez Superdrug.

Après avoir acheté l'essentiel ainsi qu'un sac à dos bon marché pour y ranger ses affaires, il entra chez McDonald's où, en se rappelant l'état de son moignon ce matin-là, il renonça à contrecœur à commander un burger et opta plutôt pour une salade décevante. Comme il avait encore faim après ça, il prit une tarte aux pommes et un café. Il mangea en essayant de ne pas envier les trois ados maigrichons qui, à la table voisine, mordaient dans leurs Big Mac.

Malgré la fatigue, Strike se sentait agité. L'adrénaline lui parcourait les veines, nourrissant en lui un désir de vengeance. Mais il se résigna à manger sa tarte en regardant dans le vide, tandis qu'autour de lui, tout le monde riait et bavardait. Maintenant qu'il n'avait plus à s'occuper de Pat ni rien de concret à faire, le contrecoup de l'explosion lui tombait dessus. Il n'avait pas accès à son ordinateur portable, ni à son imprimante. Tout ce qu'il avait pour travailler, c'était son carnet, le dossier Anomie et son téléphone.

Il saisit ce dernier pour ouvrir Twitter et vérifier ce que faisait Anomie, puis remarqua qu'il avait deux textos, l'un de sa demi-sœur Prudence et l'autre de Shanker, un ami de jeunesse avec qui il avait gardé le contact malgré ses activités criminelles. Il lut d'abord celui de Prudence.

« Je viens de voir que ton bureau avait reçu une bombe. J'espère que ça va. »

Il répondit :

« Je vais bien. Mais je vais devoir reporter notre rendez-vous. La police m'a conseillé de ne pas sortir. J'espère que Sylvie se remet. »

Il ouvrit ensuite le message de Shanker :

« Qui est-ce que t'as emmerdé cette fois, espèce d'abruti ? »

Son téléphone sonna pile à ce moment-là. Voyant que c'était son autre sœur, Lucy, il hésita, mais décida qu'il valait mieux s'en débarrasser.

— Pourquoi tu m'as pas appelée ? demanda-t-elle d'emblée, furieuse.

— Je m'apprêtais à le faire. J'étais avec la police.

Strike se demanda à combien d'autres femmes il allait devoir mentir d'ici la fin de la journée.

— Eh ben t'aurais pu envoyer un texto ! J'ai failli avoir une attaque quand Greg m'a appelée pour m'annoncer la nouvelle !

— Je vais bien, Luce. Juste quelques égratignures.

— Tu es où ? La BBC dit que le bâtiment a été sérieusement endommagé. Viens chez nous !

Strike lui raconta la même chose qu'à Madeline, soulignant le danger qu'il pouvait représenter et réussit à la convaincre qu'il était préférable pour lui de se retirer dans un hôtel discret et bon marché, pour la sécurité de toute la famille. Elle lui parla quand même pendant vingt minutes, le suppliant d'être prudent, jusqu'à ce que Strike lui dise que la police se préparait à arrêter les coupables d'ici quelques jours. Légèrement rassurée, elle finit par raccrocher, laissant Strike agacé et encore plus fatigué.

Il ouvrit Twitter. Il n'y avait pas de posts récents d'Anomie, mais un hashtag qui gagnait en popularité attira son regard : #FuckWallyCardew

S'il n'avait pas découvert le matin même que Wally avait été en contact avec Kea la veille des attaques, Strike n'aurait peut-être pas cherché à savoir pourquoi le youtuber s'était aujourd'hui attiré les foudres de Twitter. Mais il cliqua sur le hashtag pour découvrir de quoi il s'agissait.

Aoife @aoifeoconz

lol il était temps ptn #FuckWallyCardew

www.tubenewz.com/youtube-vire-Wally-Cardew-pour-allegations-de-racisme/html

Sammi @Sammitch97
Réponse à @aoifeoconz
omg il a cassé la gueule de MJ??? #FuckWallyCardew #JeSoutiensMJ

Drew C @_drewc^rtis
Réponse à @Sammitch97 @aoifeoconz
Pourquoi il a fait ça à MJ ?

SQ @#F_U_TQuince
Réponse à @ydderidna @_drewc^rtis @Sammitch97 @aoifeoconz
Parce que le n**** baisait sa frangine

SQ @#F_U_T_Quince
Réponse à @ydderidna @_drewc^rtis @Sammitch97 @aoifeoconz
Ensuite un groupe de connards a envoyé Wally à l'hosto

SQ @#F_U_T_Quince
Réponse à @ydderidna @_drewc^rtis @Sammitch97 @aoifeoconz
Et certains frères vont avoir leur mot à dire là-dessus @Heimd&ll88

Strike rangea son téléphone dans sa poche en se demandant quand il allait pouvoir retourner dans son studio. Il ne voulait pas squatter chez Robin plus de deux jours, mais n'aimait pas non plus la savoir seule dans son appartement, tant qu'ils n'avaient pas éliminé la menace du Halvening. À l'évidence, les suprématistes blancs ne lui étaient pas reconnaissants d'avoir tenté de sauver l'un des leurs ; tout ce qu'ils voyaient, c'était deux détectives à leurs trousses. Cette bombe n'était pas une simple menace : sans le réflexe immédiat de Pat, il aurait pu se retrouver à l'hôpital, amputé d'un nouveau membre, et rongé par la culpabilité d'avoir causé la mort de leur secrétaire.

Comme il réfléchissait aux mesures pratiques à mettre en place dans l'immédiat, Strike songea à sa BMW garée dans un garage au tarif excessif. Le stationnement était facile dans la rue de Robin. Malgré son tendon douloureux, il allait récupérer sa voiture pour la garer à Walthamstow, histoire de l'avoir à proximité, au cas où. Quand il eut terminé son café, il se leva, mit son sac à dos qui contenait tout ce qu'il possédait pour le moment, et repartit en boitant.

75

Cela donna corps à tes jurons, et réchauffa
Tes os dans les plus froides nuits,
De ne pas te sentir seule
Pour affronter le monde.

Emily PFEIFFER,
The Witch's Last Ride

Alors que Strike regagnait le centre de Londres, Robin, tout aussi épuisée et soucieuse que lui, faisait les courses au supermarché. Strike avait bon appétit et le contenu actuel de son réfrigérateur n'était pas de nature à le rassasier. Tout en déposant un poulet entier dans son caddie, elle se demanda pourquoi son associé n'avait pas choisi d'aller plutôt chez Madeline. Probablement pour protéger sa petite amie ; il pouvait se montrer exagérément protecteur, attitude parfois exaspérante mais attendrissante. Elle devait bien reconnaître que les événements de la matinée l'avaient secouée, et elle se réjouissait de sa venue. Après tout, le colis piégé leur était adressé à eux deux et, à part Strike, elle n'avait envie de partager ce moment-là avec personne.

Pendant qu'elle faisait la queue à la caisse, son portable sonna. C'était sa mère. Tout comme Strike l'avait fait avec Lucy, Robin répondit dans le seul but de se débarrasser d'elle.

— Robin ? On vient de voir les infos ! Pourquoi est-ce que tu ne nous as pas prévenus ?

— J'étais pas au bureau quand c'est arrivé, maman.

— Et comment on pouvait le savoir ?

— Désolée, j'aurais dû vous appeler, s'excusa Robin d'un ton las. On a dû faire des dépositions auprès de la police. Je viens juste de terminer.

— Pourquoi est-ce que tu as dû faire une déposition, si tu n'étais pas sur place ?

— Parce que l'attaque visait l'agence.

— Ils disent aux infos que c'était un groupe terroriste d'extrême droite !

— Oui, c'est ce que pense la police.

— Mais pourquoi ce groupe vous a attaqués, vous ?

— Parce qu'ils pensent qu'on enquête sur eux, ce qui est faux. Tu ne me demandes même pas s'il y a eu des blessés ?

— On ne peut pas m'en vouloir de me préoccuper avant tout de ma fille !

— Je ne t'en veux pas. Je pensais juste que ça pouvait t'intéresser.

Robin commença à déposer ses courses sur le tapis de la caisse.

— Alors, qui était au bureau à ce moment-là ?

— Pat et Strike. Mais ils vont bien, heureusement Pat a réagi très vite.

— Tant mieux, répondit Linda sur un ton un peu froid. Tant mieux. Et tu vas faire quoi, maintenant ? Tu veux venir à la maison ?

— Maman, je suis à la maison. Chez moi.

— Robin, on ne te demande pas de renoncer à ce que tu aimes, tu sais.

Linda avait des trémolos dans la voix.

— Si, un peu quand même, répliqua Robin qui ne pouvait pas se retenir. Tu préférerais que j'arrête. Je sais que c'est choquant, je suis choquée aussi, mais c'est comme ça.

— Pourquoi tu ne passes pas le concours de la police ? Avec l'expérience que tu as maintenant, je suis sûre qu'ils te prendraient sans problème.

— Je suis très bien là où je suis, maman.

— Écoute, tu l'as échappé belle plusieurs fois, mais un jour…

Sa voix se brisa.

Robin sentait les larmes lui monter aux yeux, maintenant. Elle était épuisée, stressée et effrayée. Elle comprenait la panique et la douleur de sa mère, mais elle était adulte et prenait ses propres décisions, même si cela ne convenait pas à son entourage. Pendant des années, elle avait fait ce que ses parents ou Matthew attendaient d'elle, et mené une vie raisonnable qui l'ennuyait.

La caissière commença à scanner ses produits, tandis que Robin tentait d'ouvrir d'une main un sac en plastique.

— Maman, s'il te plaît, ne t'inquiète pas.

— Bien sûr que je m'inquiète ! Ton père est à peine sorti de l'hôpital, on allume les infos et on tombe là-dessus !

L'appel dura encore une quinzaine de minutes, et Robin raccrocha encore plus épuisée et triste. Seule la perspective de cette soirée en compagnie de Strike réussit à lui remonter un peu le moral.

De retour chez elle, elle rangea ses courses, sortit des draps propres pour son canapé-lit et, remontée contre sa mère, se connecta à *Drek's Game* sur son iPad. Elle laissa tourner le jeu tout en accomplissant diverses tâches ménagères qu'elle interrompait régulièrement pour vérifier la présence ou non d'Anomie. Elle posa sur la petite table derrière le canapé les documents qu'elle avait imprimés tôt dans la matinée.

Contrairement à son habitude, Strike se montra extrêmement ponctuel. Robin avait à peine enfourné le poulet que la sonnette retentissait. Elle appuya sur l'interphone et l'attendit en haut de l'escalier.

— Bonsoir, dit-il en arrivant, légèrement essoufflé.

En entrant, il lui tendit une bouteille de vin rouge.

— Merci de m'accueillir. C'est gentil.

— Aucun problème, répondit Robin en refermant la porte derrière lui.

Strike ôta son manteau et l'accrocha à une série de patères qui n'étaient pas là le jour de l'emménagement. Il avait les traits tirés, signe qu'il souffrait. Elle avait remarqué qu'il se tenait à la rampe pour monter l'escalier.

Strike, qui n'avait pas vu l'appartement depuis que Robin avait tout installé, jeta un coup d'œil au salon. Il y avait désormais des photos encadrées sur la cheminée, et une reproduction de Raoul Duffy suspendue au-dessus, représentant une fenêtre ouverte sur un paysage maritime.

— Bon, alors, dit Strike en regardant Robin. C'est donc Phillip Ormond.

— Apparemment… J'ai acheté de la bière, tu en veux ?

Persuadée qu'il allait accepter, elle se dirigea automatiquement vers la cuisine.

— Ça dépend. Qu'est-ce qui contient le plus de calories, la bière ou le vin ?

Elle s'arrêta au seuil de la pièce, étonnée.

— Tu comptes les calories, toi ?

— Il faut que je perde du poids. Ma jambe ne supporte plus.

Il était tellement rare qu'il la mentionne, que Robin décida de ne pas en plaisanter.

— Le vin. Le vin, c'est moins calorique.

— J'avais bien peur que tu me dises ça, répliqua Strike d'un air morose. Alors ça t'ennuierait de me donner un verre de vin ? Est-ce que je peux t'aider ?

— Non, assieds-toi. Il n'y a rien à faire. Je viens de lancer un poulet et des patates.

— Il ne fallait pas cuisiner. On aurait pu se faire livrer quelque chose.

— Et les calories, alors ?

— C'est vrai, concéda Strike en s'installant sur le canapé.

Quand Robin revint, elle lui tendit un verre de vin, puis s'installa dans le siège opposé, positionna son iPad face à elle, et dit :

— Donc, ils pensent que c'est Ormond.

Strike but une longue gorgée de vin.

— Eh bien, je comprends pourquoi ils l'ont arrêté. Il avait le téléphone en sa possession.

— Mais tu ne penses pas que c'est lui.

— Ça pourrait être lui, mais j'ai quelques doutes. Je suis sûr que la Met aussi, d'ailleurs.

— D'après Murphy, Ormond aurait équipé le téléphone d'un GPS.

— Oui, très probablement. Et si Ormond a suivi à la trace le téléphone de sa copine sans qu'elle le sache, ça la fout mal, non ? Il pouvait savoir où elle se trouvait et avait d'excellentes raisons de voler le portable après l'avoir tuée, pour supprimer l'appli de localisation.

Strike posa son verre de vin sur la table basse, près du canapé, ouvrit son sac à dos et, à la grande surprise de Robin, sortit un sachet plastique qu'elle reconnut : elle avait acheté exactement la même chose à Pat, ce matin. Elle avait du mal à en croire ses yeux.

— Tu n'essaies pas d'arrêter de fumer, quand même ?

Elle avait toujours cru que Strike mourrait une Benson aux lèvres.

— J'y songe. J'ai jamais testé la vapote… Donc, poursuivit-il en assemblant sa cigarette électronique, admettons qu'Ormond surveille la punition de son élève, consulte son appli de localisation et découvre qu'Edie se dirige vers le cimetière. Il n'est pas rassuré. Il est persuadé qu'elle va retrouver Blay. Il dit à la gamine qu'il surveille qu'il doit partir, et il la menace de la coller pendant une semaine si elle vend la mèche. Pas terrible comme alibi. Je miserais pas là-dessus si j'avais commis un meurtre.

— Peut-être qu'il n'avait pas prévu d'assassiner Edie.

— Mais il a glissé une machette dans son cartable, juste au cas où ?

Robin réprima un bâillement.

— Tu as raison. Où est l'école d'Ormond, par rapport au cimetière ?

— Juste à côté du Flask, le pub où je l'ai interrogé. À quelques minutes du cimetière en voiture.

Ils réfléchirent en silence pendant que Strike remplissait sa cigarette électronique et que Robin vérifiait le jeu : toujours aucun signe d'Anomie. Elle finit par reprendre :

— Ce serait possible que le type que Blay a vu au cimetière, le grand chauve probablement déguisé, soit Ormond ?

— En théorie, c'est possible, mais il y a des zones d'ombre : Est-ce qu'il a emmené son déguisement au travail, dans l'éventualité d'aller commettre un meurtre ? Où est-ce qu'il l'aurait enfilé ? Ce serait sacrément risqué de faire ça à l'école. Il devait y avoir d'autres enseignants dans le coin.

— Il vit à Highgate ?

— Non. À Finchley.

— Donc, il faut expliquer aussi comment le téléphone s'est déplacé jusqu'à Hampstead Heath. S'il venait tout juste de poignarder Edie et Josh, il aurait sans doute regagné sa voiture pour déguerpir le plus rapidement possible, sans faire un détour par l'étang, non ? Mais c'est bizarre quand même, parce que d'après la police, la personne qui a pris le téléphone est allée à l'étang de Hampstead pour le jeter dedans. Ormond a bel et bien jeté le téléphone, mais dans un autre étang !

— C'est curieux, je suis d'accord. Qu'est-ce qui l'a décidé à se débarrasser du téléphone précisément dans un étang ? Peut-être le fait de l'avoir trouvé à côté d'un autre étang. Ça l'a peut-être inspiré inconsciemment ?

— Tu penses qu'il a suivi le téléphone jusqu'au Heath et qu'il l'a trouvé dans l'herbe ?

— C'est une possibilité. L'autre option, c'est qu'il se soit retrouvé face à face avec la personne qui l'avait pris.

— Mais pourquoi ne pas le dire à la police ?

— Il a paniqué ? Il ne veut pas admettre qu'il se trouvait aux abords du cimetière quand c'est arrivé, ni qu'il la suivait ?

Strike alluma sa cigarette électronique et la porta à ses lèvres pour inspirer, en fronçant les sourcils.

— Mais s'il s'est retrouvé face à face avec le tueur, reprit-il en expirant la vapeur, comment il a fait pour lui piquer le téléphone ? Ils se sont battus ?

— Le tueur a pu prétendre qu'il avait trouvé le téléphone par terre, Ormond lui a dit que c'était le sien et l'autre le lui a donné.

— Je trouve ça plus plausible. En partant du principe que le grand type chauve penché sur une tombe soit notre tueur, il aurait pu se débarrasser de son déguisement, et passer pour un promeneur lambda. Cela étant, si Ormond a rencontré le tueur alors qu'il était encore déguisé, ça explique ce qu'il m'a raconté quand je l'ai interrogé. Je sais plus si je te l'ai dit, mais quand il a évoqué Anomie caché derrière son écran d'ordinateur, il a mimé un masque. Et s'il pensait que le type masqué qu'il a croisé était Anomie ? Si c'est le cas, Anomie l'a vu, lui, Ormond, aux abords de la scène de crime en possession du téléphone d'Edie, ce qui nous ramène à : « Anomie préférerait détourner l'attention sur quelqu'un d'autre que lui. » Freud l'aurait adorée, celle-là. Si mon hypothèse est correcte, Ormond a en effet une très bonne raison de croire que le tueur est Anomie, parce qu'il l'a vu de ses yeux, donc il se défendait contre une accusation que je n'avais pas formulée, à savoir qu'il avait dissimulé une preuve qu'il avait vue.

— Ça se tient. Donc Ormond a le téléphone d'Edie…

— Mais il ne l'a pas trouvée, elle. Il retourne à sa voiture et rentre chez lui. Il patiente. Elle ne revient pas. Il appelle la police et, assez rapidement, il comprend qu'elle a été assassinée. Il décide rapidement de mentir sur ses déplacements, de peur que l'appli de localisation et le fait qu'il ait le téléphone d'Edie, ne le trahissent.

Robin vérifia une nouvelle fois le jeu, vit qu'Anomie était toujours absent, puis indiqua la cigarette électronique.

— C'est comment ?

— Pas aussi bon qu'une vraie. Mais c'est une question d'habitude, j'imagine. Au moins, je vais pas empester ton appartement.

— Tu veux un peu de vin ?

— Je veux bien. Et sinon, Nils de Jong a l'air d'être un sacré personnage.

— Il est très étrange. Comme je te l'ai expliqué, c'est un genre de hippie avec des idées fascistes. Toute cette théorie d'« attitude aristocratique » et de races : je ne m'attendais pas à ça. Et je t'ai dit qu'il avait parlé de la mort d'Edie comme d'un « accomplissement » ?

— C'était sûrement un accomplissement, pour le tueur. Alors qu'est-ce que tu as fait d'autre cette nuit ? Tu as dit que tu avais travaillé.

— C'est vrai. Je suis restée à Junction Road jusqu'à minuit et quelques, puis j'ai passé le reste de la nuit sur les réseaux sociaux.

En gros, le petit copain mystérieux de Zoe, c'est Tim Ashcroft. Je l'ai vu quitter son appartement hier soir.

— Ashcroft ? Je ne l'aurais pas parié.

— Disons que Zoe a, ou plutôt elle avait, quelque chose qui plaît beaucoup à Ashcroft, expliqua Robin d'un air sombre.

Elle se leva pour prendre les documents qu'elle avait imprimés et les lui tendit.

— Voilà à quoi j'ai passé ma nuit. Jette un œil, pendant que je prépare la sauce.

Robin se rendit dans la cuisine. Les pages qu'elle avait données à Strike contenaient des fils Twitter remontant, pour certains, à plusieurs années. Il commença la lecture.

Timothy J Ashcroft
@TheWormTurning

Bonne année les cœurs d'encre !
Love from The Worm

11 h 10 1er Janvier 2011

Zozo @sangdencre28
Réponse à @TheWormTurning
Merci Timothy ! À toi aussi, j'adore The Worm !!!!
💔💔💔

Timothy J Ashcroft
@TheWormTurning
Réponse à @sangdencre28
Merci, mais ce dessin animé est pas un peu vieux pour toi ?!

Zozo @sangdencre28
Réponse à @TheWormTurning
😊 J'ai presque 14 ans !!!!!!

Timothy J Ashcroft
@TheWormTurning
Réponse à @sangdencre28
Ah ok j'avais peur qu'on t'ait corrompue !

Zozo @sangdencre28
Réponse à @TheWormTurning
😂 Non je suis pas si innocente 😂

Timothy J Ashcroft
@TheWormTurning
C'est l'anniversaire de The Worm
(le mien, quoi)
#SangDencre

9 h 14 1er Novembre 2011

MrsHarty @carlywhistler_*
Réponse à @TheWormTurning
Joyeux anniversaire, j'adore The Worm, il est trop mignon !

Timothy J Ashcroft
@TheWormTurning
Réponse à @carlywhistler_*
T'es mignonne aussi mais comment ça se fait que tu tweetes à cette heure-là, t'es pas à l'école ???

MrsHarty @carlywhistler_*
Réponse à @TheWormTurning
Je suis malade

Timothy J Ashcroft
@TheWormTurning
Réponse à @carlywhistler_*
Je m'abonne à ton compte parce que tu as eu la gentillesse de me souhaiter joyeux anniversaire

Timothy J Ashcroft
@TheWormTurning
Réponse à @sangdencre28
C'est-à-dire... ?

Zozo @sangdencre28
Réponse à @TheWormTurning
😂😂😂😂😂😂😂😂😂😂😂😂

Timothy J Ashcroft
@TheWormTurning
Réponse à @sangdencre28
Je me suis abonné à ton compte donc tu peux me parler en privé si tu préfères !

Timothy J Ashcroft
@TheWormTurning
Je viens de finir d'enregistrer le dernier épisode, grand moment pour The Worm !

21 h 32 23 décembre 2011

Orla Moran @OrlaCoeurNoir
Réponse à @TheWormTurning
Dis-nous !!!!!!

Timothy J Ashcroft
@TheWormTurning
Réponse à @OrlaCoeurNoir
Faut patienter ! Tu as quel âge ?

Orla Moran @OrlaCoeurNoir
Réponse à @TheWormTurning
😂😂😂 14 ans pourquoi ?

Timothy J Ashcroft
@TheWormTurning
Réponse à @OrlaCoeurNoir
Abonne-toi à mon compte et je t'envoie des détails par MP

Orla Moran @OrlaCoeurNoir
Réponse à @TheWormTurning
Wouah 😌

Laura H @CoeurDencre<3
Je pourrais mourir pour The Worm 💔
#SangDencre

19 h 13 30 novembre 2011

Timothy J Ashcroft
@TheWormTurning
Réponse à @CoeurDencre<3
The Worm mourrait pour toi aussi !
Tu as quel âge ?

Laura H @CoeurDencre<3
Réponse à @TheWormTurning
Oh là là j'arrive pas à croire que t'as vu ça !!!!!! 13 ans

Timothy J Ashcroft
@TheWormTurning
Réponse à @CoeurDencre<3
The Worm s'abonne à ton compte !

Le Justicier numérique
@justiciernum
Quand noir = mauvais et blanc = gentil, qu'est-ce que cela signifie ? Mon opinion sur l'usage problématique des couleurs dans #SangDencre

sur www.Justiciernumerique/LaPolitiqueDesCou. . .

9 h 38 9 février 2013

Zozo @sangdencre28
Réponse à @justiciernum
C'est super intéressant, j'avais pas réfléchi à ca

Justicier numérique
@justiciernum
Réponse à @sangdencre28
Merci ma belle

Impassible, Strike tourna la page.

Le Justicier numérique
@justiciernum
Chouchou des fans ou stéréotype antisémite ?

Mon opinion sur le problème que pose Drek

www.Justiciernumerique/PersonnageAntisemite. . .

11 h 02 28 février 2012

Penny Peacock @rachledbadly
Réponse à @justiciernum
Mais Edie Ledwell a dit qu'elle s'était inspirée d'un masque de la peste pour Drek

---

Justicier numérique
@justiciernum
Réponse à @rachledbadly
C'est pas juste le nez ! Tu as quel âge ?

Penny Peacock @rachledbadly
Réponse à @justiciernum
14 ans, pourquoi ?

Justicier numérique
@justiciernum
Réponse à @rachledbadly
Waouh, tu fais plus. Si tu lis l'article en entier, tu verras que Drek manipule tout le monde et qu'il vit dans le plus grand mausolée, c'est-à-dire le plus riche.

Penny Peacock @rachledbadly
Réponse à @justiciernum
Mais c'est pas vrai, c'est Lord et Lady WG qui vivent dans le plus grand mausolée.

Netflix UK & Ireland
@N£tflix
Nous sommes ravis d'annoncer que le dessin animé culte de YouTube #SangDencre sera diffusé en avant-première sur Netflix en juin 2013, avec de nouveaux épisodes et une deuxième saison déjà annoncée. Pour plus d'infos :
www.NetflixUK/SangDencre...

21 h 12 5 février 2013

Esther Cohen @happ£_bunn££
Réponse à @N£tflix
Super nouvelle, très heureuse pour les deux créateurs si doués !

Justicier numérique
@justiciernum
Réponse à @N£tflix
J'espère que @N£tflix va entendre les inquiétudes des fans sur tous les aspects problématiques du dessin animé avant de le diffuser largement

---

Caitlin Adams @CaitAdumsss
Réponse à @justiciernum @N£tflix
Une seule façon de rectifier ça #VirezLedwell

Penny Peacock @rachledbadly
Réponse à @CaitAdumsss @justiciernum @N£tflix
Je veux pas qu'elle soit virée, toutes les bonnes idées viennent d'elle.

Penny Peacock @rachledbadly
Réponse à @justiciernum
Et il ne manipule pas les gens, il les embête juste parce qu'il s'ennuie

Justicier numérique
@justiciernum
Réponse à @rachledbadly
Hé, je suis toujours content d'avoir des échanges intelligents ! Je m'abonne à ton compte !

MrsHarty @carlywhistler_*
Je viens à Londres, y a quoi à voir ?

19 h 45 14 mars 2012

Justicier numérique
@justiciernum
Réponse à @carlywhistler_*
Moi

MrsHarty @carlywhistler_*
Réponse à @justiciernum
😂💔

MrsHarty @carlywhistler_*

Mon père veut pas que j'aille à Londres 😟😭

20 h 02 20 mars 2012

Zozo @sangdencre28

C'EST MON ANNIVERSAIRE AUJOURD'HUI ET JE SUIS À LONDRES !!!!!!
🎆🎆🎆🎆🎆🎈🎈🎈🎈

10 h 02 28 mars 2012

Justicier numérique
@ justiciernum
Réponse à @rachledbadly
@CaitAdumsss @N£tflix
C'est vrai qu'elle a beaucoup de talent, mais pour améliorer le dessin animé, il faudrait modifier certains aspects

Penny Peacock @rachledbadly
Réponse à @justiciernum
@CaitAdumsss @N£tflix
Mais moi je veux pas virer Drek, colorer Harty en rose ou empêcher Paperwhite d'être un fantôme, comme toi

Justicier numérique
@justiciernum
Réponse à @rachledbadly
@CaitAdumsss @N£tflix
Lol, apparemment tu lis mes articles ! Tu as quel âge ?

Penny Peacock @rachledbadly
Réponse à @justiciernum
@CaitAdumsss @N£tflix
Tu m'as déjà posé la question, pourquoi tu veux toujours savoir l'âge des filles ?

DrekBwah14 @DrekBwah14
Réponse à @rachledbadly
@justiciernum @CaitAdumsss @N£tflix
Parce que c'est un pédophile

Justicier numérique
@justiciernum
Réponse à @DrekBwah14
@rachledbadly @justiciernum
@CaitAdumsss @N£tflix
Pourquoi est-ce que l'insulte préférée des fachos, c'est « pédophile ». Je le bloque.

DrekBwah14 @DrekBwah14
Réponse à @justiciernum
@rachledbadly
T'es quand même un pédophile 😂

Timothy J Ashcroft
@TheWormTurning

Je vais pas mentir, je suis dégoûté d'être évincé de #SangDencre, mais de nouveaux projets arrivent !

« On est morts. Les choses ne peuvent que s'arranger. »

11 h 14 25 mars 2013

Ruby Nooby @rubynooby*_*
Réponse à @TheWormTurning
Je suis super triste, j'adorais la voix de The Worm

Timothy J Ashcroft
@TheWormTurning
Réponse à @rubynooby*_*
Ton joli visage vient d'illuminer ma journée 💖

Ruby Nooby @rubynooby*_*
Réponse à @TheWormTurning
Oh wahou je pensais pas que t'allais répondre !!!!!! 💖💖💖

Timothy J Ashcroft
@TheWormTurning
Réponse à @rubynooby*_*
lol t'as quel âge ?

Ruby Nooby @rubynooby*_*
Réponse à @TheWormTurning
12 ans

Timothy J Ashcroft
@TheWormTurning
Réponse à @rubynooby*_*
Coquine, tu devrais pas être sur Twitter !

Zozo @sangdencre28

Quand tu pensais que quelqu'un t'aimait bien et qu'il répond pas à tes messages alors que t'as perdu ta mère, et tu te demandes pourquoi tu restes fidèle

9 h 05 14 mai 2012

Justicier numérique
@justiciernum
Réponse à @ sangdencre28
Regarde ton tel je t'ai envoyé un msg

Justicier numérique
@justiciernum

Bon sang je déteste faire les paquets cadeaux

21 h 32 23 décembre 2014

Darcy Barrett @DarkViola90
Réponse à @justiciernum
Moi aussi je trouve ça merdique

Lepine's Disciple
@LepinesD1sciple
Réponse à @DarkViola90
@justiciernum
Merdique venant d'une grosse merde, ça en dit long

Justicier numérique
@justiciernum
Réponse à @LepinsD1sciple
@DarkViola90
Va te branler ailleurs

Lepine's Disciple
@LepinesD1sciple
Réponse à @justiciernum @darkling_b
Elle est trop vieille pour toi, pédo

Ruby Nooby @rubynooby*_*
Réponse à @TheWormTurning
Je veux dire 13 !

Timothy J Ashcroft
@TheWormTurning
Réponse à @rubynooby*_*
Lol je me suis abonné

Andrew Whistler
@andywhistler8
Réponse à @TheWormTurning
@rubynooby*_*
Tu continues ?

Andrew Whistler
@andywhistler8
Réponse à @TheWormTurning
@rubynooby*_*
Ah, tu m'as bloqué évidemment

Timothy J Ashcroft
@TheWormTurning
Réponse à @juiceeluce
J'adore ton petit chien ! Tu as quel âge ?

Justicier numérique
@justiciernum
Réponse à @carla_mappin5
Tu comprends vraiment bien les enjeux de la question ! Tu as quel âge ?

Justicier numérique
@justiciernum
Réponse à @LepinsD1sciple
@DarkViola90
Bloqué, connard

Ellen Richardson
@e_r_CoeurDencre
Réponse à @justiciernum
J'adore tes interprétations des choses 🖤

Justicier numérique
@justiciernum
Réponse à @e_r_CoeurDencre
Merci, tu as quel âge ? 🖤

Ellen Richardson
@e_r_CoeurDencre
Réponse à @justiciernum
13 ans

Justicier numérique
@justiciernum
Réponse à @e_r_CoeurDencre
T'es trop gentille, je m'abonne !

Ellen Richardson
@e_r_CoeurDencre
Réponse à @justiciernum
Oh waouh 🖤

Timothy J Ashcroft
@TheWormTurning
Réponse à @mollydeverill1
Bonne idée ! Tu as quel âge ?

Timothy J Ashcroft
@TheWormTurning
Réponse à @annaff0rbes
Jolie photo ! Tu as quel âge ?

Timothy J Ashcroft
@TheWormTurning
Réponse à @tash&&&rgh
T'es trop marrante ! Tu as quel âge ?

Robin revint dans la pièce au moment où Strike achevait sa lecture. Il avait le visage fermé.

— Tu as lu l'intégralité ?

— Oui.

— Je pense qu'il a créé son blog comme solution de repli. Il voulait garder un lien avec les fans de *Sang d'encre* après avoir perdu son rôle dans le dessin animé. Comme ça, il pouvait attirer des jeunes fans sous le nom de Tim, et formuler des critiques sous celui du Justicier numérique.

— Et il a commencé à draguer Zoe quand elle avait, quoi, quatorze ans ?

— Treize. Elle lui a menti, en lui faisant croire qu'elle avait un an de plus. Elle est venue pour la première fois à Londres pour son quatorzième anniversaire. J'ai vérifié les archives en ligne. Elle n'a que dix-sept ans, aujourd'hui. T'as vu le père qui l'a démasqué en disant « Tu continues » ?

— Ouais, le type qui a empêché sa fille d'aller à Londres… Un mec futé. Et dire qu'Ashcroft parcourt toutes les écoles avec sa troupe de théâtre, c'est sordide.

Robin prit son carnet sur la table et l'ouvrit à la page où elle avait noté les bribes de conversation surprises à Junction Road.

— Zoe et Tim se sont disputés, hier soir. Je me suis introduite dans l'immeuble et j'ai écouté à sa porte. Ashcroft l'a accusée de chantage, mais Zoe a nié. Il lui a dit « Qui a commencé ? » et l'a accusée de le mettre dans une situation « impossible » en ajoutant qu'il avait pris des risques. Il n'a pas précisé davantage, mais j'imagine qu'il parlait de leur relation. Zoe l'a supplié de ne pas la laisser et il a répliqué qu'il devait réfléchir. Évidemment, elle est devenue trop vieille pour lui maintenant. Il préfère les filles de treize ou quatorze ans. Je me suis demandé si c'était pour ça qu'elle s'affamait, pour continuer d'avoir l'air le plus jeune possible.

Une musique rap se mit à résonner dans l'appartement du dessus.

— Je déteste les pédophiles, putain, lâcha Strike.

— Personne les aime.

— Si, les autres pédophiles. D'après mon expérience, ils s'apprécient mutuellement. En tout cas, ça explique pourquoi ton ami Pez s'en est pris à Ashcroft pendant les obsèques, non ? Ashcroft avait entamé la discussion avec un groupe de filles mineures.

— Je ne sais pas si Rachel Ledwell est mineure, mais Flavia Upcott, oui. Et qu'entends-tu par « mon ami Pez » ? demanda-t-elle parce que le sous-entendu de Strike ne lui avait pas échappé et lui déplaisait.

Il haussa les sourcils en esquissant un petit sourire en coin. Robin se sentit rougir.

— J'ai fait ce que je devais pour lui extorquer des infos, répliqua-t-elle sèchement, avant de quitter la pièce pour aller remuer la sauce, ce qui lui donnait un peu de temps pour se calmer.

Regrettant son approche qui était surtout destinée à savoir si Robin avait apprécié cet échange de baisers et, peut-être, de caresses, Strike envisagea de lui présenter ses excuses. Avant de pouvoir le faire, son portable sonna. C'était Madeline.

Il scruta l'écran, hésitant. Madeline lui avait demandé de la rappeler, mais bien sûr, il n'en avait rien fait. Il était censé être seul dans une chambre d'hôtel anonyme et Strike supposa que s'il ne répondait pas, elle allait rappeler toutes les dix minutes jusqu'à ce qu'il décroche.

— Salut.

— Comment vas-tu ? Tu as trouvé une chambre d'hôtel ?

— Oui, je viens de m'installer, répondit Strike à voix basse. Je peux pas parler trop longtemps, j'attends un coup de fil d'un collaborateur.

— Je me fais du souci pour toi. Bon sang, Corm. Une bombe ! C'est flippant.

Robin revint dans la pièce, les joues toujours rosies. Comme elle n'avait pas vu que Strike était au téléphone, elle lança :

— Écoute, je n'apprécie pas trop…

Elle s'interrompit quand elle vit qu'il était en pleine communication.

— C'était qui ? demanda Madeline.

— Le room service, répondit Strike.

— Ça m'étonnerait.

Robin le scruta d'un regard accusateur. Il avait la nette impression que les deux femmes comprenaient exactement ce qui se passait. Cédant bêtement à l'instinct du mâle acculé, il s'enfonça dans son mensonge :

— Si, si, je t'assure.

— Corm. Ne me prends pas pour une conne.

Robin quitta de nouveau la pièce.

— Je te prends pas pour une conne.

Il ferma les yeux, comme s'il était au volant d'un véhicule incontrôlable fonçant droit sur un mur.

— C'est qui cette femme, et qu'est-ce qu'elle te reproche, au juste ?

Merde, merde, merde. Il aurait dû sortir pour répondre, mais il était tellement fatigué et sa jambe lui faisait tellement mal qu'il n'avait pas eu envie de se lever. Il rouvrit les yeux et fixa la reproduction de Raoul Dufy accrochée au mur. Qu'est-ce qu'il n'aurait pas donné pour être seul face à une fenêtre donnant sur la Méditerranée, comme dans ce tableau !

— Je bois un verre rapidement avec Robin. Pour discuter boulot. Il faut qu'on s'organise vu qu'on n'a plus accès au bureau.

Il y eut un long silence, puis Madeline reprit :

— Tu loges chez elle.

— Non.

— Mais ça ne te pose pas de problème de voir Robin ce soir et de la mettre en danger, elle.

— Elle est déjà en danger. La bombe était adressée à nous deux.

— Comme c'est mignon. Un vrai petit couple, hein ? Dans ce cas, je vais vous laisser boire un verre ensemble.

Elle raccrocha.

Il fut immédiatement submergé par une vague de furie et d'anxiété. Il fallait que ça se termine. Quel abruti. *J'avais pas besoin de ça ce soir. C'était voué à l'échec. Inutile de la rappeler. Il faut mettre un terme à tout ça. Tant pis.*

Strike se leva péniblement et approcha de la cuisine en boitant. Occupée à remuer la sauce, Robin lui tournait le dos.

— Désolé. J'ai été con.

— Je te le fais pas dire, répliqua-t-elle sèchement. Tu n'aurais jamais parlé comme ça à Barclay s'il avait dû flirter avec une femme pour obtenir des infos.

— C'est vrai, j'aurais été beaucoup plus grossier avec lui s'il avait fait ça, crois-moi.

Robin se retourna vers lui, encore fâchée mais légèrement amusée. Il dit en haussant les épaules :

— Je plaisante.

— Mmm, grommela-t-elle en remuant de nouveau sa sauce. En tout cas, je pensais que tu me féliciterais d'avoir fait parler Pierce.

— Je te félicite. Excellent travail. Ce poulet sent super bon.

— Il lui faut encore une trentaine de minutes de cuisson, dit Robin qui hésita avant d'ajouter : à qui tu faisais croire que j'étais le room service ?

Strike n'avait plus l'énergie de mentir.

— À Madeline. Elle voulait que je vienne chez elle. J'ai prétendu que j'étais à l'hôtel. C'était plus simple.

Robin continua à remuer sa sauce, espérant qu'il en dise plus sans avoir à le relancer. Cependant, comme Strike ne s'étendait pas sur le sujet, elle baissa le feu sous la casserole et ils regagnèrent le salon.

Pendant que Robin s'occupait du jeu où elle salua quelques joueurs afin de s'assurer que Buffypaws ne reste pas complètement inactive, Strike sortit son carnet et feuilleta les pages où il avait consigné les remarques que lui avait inspirées l'entrevue de Robin et Pez.

— Tu as fait un boulot remarquable avec Pez.

— Bon ça va, dit-elle en levant les yeux au ciel. Pas besoin d'en faire des tonnes non plus.

— Ça ne t'a pas échappé qu'il coche de nombreuses cases du profil d'Anomie. Il connaît bien les Beatles, il n'aime pas les chats…

— Ça, c'était une supposition.

— Il s'occupe de son père malade, il sait comment s'introduire dans le cimetière sans se faire voir…

— Je sais, mais…

— Et d'après ce que j'entends, il travaillait avec Edie sur un projet quand elle a tout laissé tomber pour créer avec Josh un dessin animé qui a cartonné. Il a des raisons de lui en vouloir à mort.

— Elle n'a pas exactement tout laissé tomber. Elle trouvait peut-être que le projet avec Pez n'était pas très bon. Elle a changé d'avis. Ils se sont aussi disputés au sujet de Tim. Peut-être qu'elle ne prenait plus de plaisir à bosser avec lui après.

— Il se peut qu'il voie les choses différemment. Tu ne penses pas que ce soit Anomie, c'est ça ?

— Eh bien… il aurait pu créer le jeu, mais ça on le savait déjà. Je ne sais pas… Quand j'étais avec lui, je ne l'ai pas vraiment senti en Anomie.

Au prix d'un effort héroïque, Strike se retint d'un commentaire grivois qui lui était immédiatement venu à l'esprit. Robin, qui n'avait rien remarqué, poursuivit :

— Je veux dire, Anomie est vicieux, sadique. Je n'ai pas ressenti ça avec Pez. Il peut facilement être grossier, je t'ai parlé de la peinture qu'il a réalisée sur le mur de Josh et Edie. Et il était assez agressif vis-à-vis de la jeune fan de *Sang d'encre* qui a assisté à mon premier cours de dessin, et qui voulait « absorber la magie ». Il faut reconnaître qu'elle était un peu agaçante, mais il n'avait pas besoin d'être cruel. Yasmin Weatherhead semblait avoir peur de lui. Je l'imagine bien faire des blagues contre les grosses. C'est le genre. Mais en dehors de son père qui est malade, ce qui doit représenter un gros investissement, il a l'air d'aller plutôt bien. Il a du succès auprès des femmes. Il a trouvé un lieu de vie qui lui convient. Et il a du travail, même si ça reste aléatoire. J'ai les mêmes objections que pour Gus Upcott, en fait : pour être aussi compétents dans leurs domaines, ils doivent travailler énormément, et s'il y a bien une chose dont on est certain au sujet d'Anomie, c'est qu'il a du temps à revendre.

— C'est vrai. D'ailleurs, à ce propos, j'ai découvert quelque chose ce matin, moi aussi. J'ai pas eu le temps de l'imprimer avant l'explosion, mais en gros : Kea Niven a proféré des menaces sur Twitter la veille des attaques, qu'elle a supprimées ensuite, mais qui ont depuis été relayées par Reddit. Elle parlait de poignarder quelqu'un dans le cœur.

— Oh… Alors c'est ça que Wally Cardew voulait la convaincre de supprimer ?

— Exactement. Leur petit flirt semble s'être arrêté là, ce qui est intéressant, tout comme son commentaire : « Il y a d'autres moyens. » C'est presque dommage qu'on ait éliminé Cardew de notre liste parce que, au niveau personnalité, il colle bien mieux à Anomie que n'importe qui d'autre. Et je pense que Pierce partage cet avis. Quoi qu'il en soit, Kea ne s'est pas contentée de publier des remarques sur Twitter, poursuivit Strike en sortant son téléphone pour ouvrir le site « Tribulationem et Dolorum ». Jette un œil là-dessus. Ça date d'il y a quelques années.

Robin prit le téléphone et lut la conversation entre Arke et John que Strike avait trouvée le matin même.

— Maintenant, va voir la page « Au sujet de l'auteur ».

Robin s'exécuta puis, comme si elle venait d'avoir une révélation, lut à voix haute :

— « On peut entendre une sélection des compositions de John sur www.IJU.MakesSounds… » ? IJU. Ce serait pas…

— Inigo John Upcott. En personne.

Robin le dévisagea.

— Mais dans ce cas…

— Tu te rappelles comment Inigo a défendu Kea quand on est allés chez lui ? « Josh a traité cette jeune femme comme un chien » ? J'ai l'intuition que Kea et lui n'ont pas fait que discuter de fatigue chronique sur Internet.

— Tu ne crois quand même pas que…

— Que c'est sa « petite chérie » ? Si.

— Waouh, dit lentement Robin en regardant de nouveau le site. Ça ne peut pas être une coïncidence. Elle n'a pas atterri sur ce site sans savoir qui en était l'auteur.

— Je suis d'accord. Elle cherchait à garder un œil sur Josh et Edie de façon détournée. Après avoir convaincu Inigo qu'elle était fascinée par sa personnalité, je suis sûr qu'ils se sont découvert un lien commun avec les deux créateurs et qu'elle a fait semblant d'être épatée par cette coïncidence. À mon avis, Inigo a un ego démesuré. Kea a dû facilement le convaincre qu'elle était fascinée par sa sagesse et son talent. Tout ça replace Kea en tête de la liste des suspects, n'est-ce pas ? On croyait qu'elle n'avait aucun moyen de connaître les changements envisagés par Maverick, alors qu'en réalité, elle avait accès à toutes les infos via la famille Upcott depuis 2013.

— Tu penses qu'Inigo et elle se sont déjà rencontrés ?

— Il faudra poser la question à l'intéressé. Ils se parlent régulièrement au téléphone, si elle est la « petite chérie » qu'il rassure et promet d'aider.

— Mais quand même, elle n'aurait pas… ? commença Robin avant de s'interrompre.

— Qui sait ? dit Strike qui connaissait la fin de sa phrase. Certaines personnes font n'importe quoi pour obtenir ce qu'elles veulent.

Ils songèrent tous les deux à ce qui s'était passé entre Pez Pierce et elle.

— Je suis censée prendre le relais sur Ashcroft demain, dit-elle.

— On va revoir le planning, dit Strike en reprenant son téléphone. On va aller parler à Inigo ensemble, avant toute chose.

Robin soupçonnait Strike de vouloir rester avec elle à cause de la menace du Halvening, mais elle ne voyait pas d'inconvénients à passer la matinée avec lui.

— Le poulet va être bientôt prêt. Garde un œil sur le jeu, je vais juste cuire quelques légumes à la vapeur.

— À la « vapeur » ? répéta Strike comme s'il n'avait jamais entendu ce mot auparavant.

— Ça te pose un problème ?

— Non, c'est juste que je l'ai jamais fait. D'habitude, je cuis tout à la poêle.

— Ah. Il va peut-être falloir modifier ça, si tu te préoccupes des calories.

Elle s'éclipsa dans la cuisine, laissant Strike écrire un email à Pat au sujet du planning et envoyer des textos à Midge, Dev, Barclay et Nutley. Après quoi il vérifia *Drek's Game* pour s'assurer qu'Anomie était toujours absent, puis regarda autour de lui.

Qu'est-ce qu'il aurait pu deviner sur l'occupante des lieux, s'il ne la connaissait pas ? Elle aimait lire : les livres débordaient de la petite étagère qu'il avait lui-même assemblée, et il remarqua de nombreux ouvrages de criminologie rangés au milieu des romans. Apparemment, elle s'intéressait au fauvisme, car il y avait une deuxième peinture accrochée au-dessus de la table à manger : *Nature morte avec géraniums* de Matisse. Il aurait deviné qu'elle n'avait pas les moyens financiers ou la fortune familiale de Charlotte dont l'appartement, que Strike avait brièvement partagé, était rempli d'antiquités léguées par différents membres de la famille. Les rideaux bleu et crème que Robin avait installés depuis son emménagement étaient bas de gamme et dénués de lourdes embrases ou de franges à perles. Quant à l'abat-jour du plafonnier, il s'agissait d'une lanterne en papier bon marché. Il aurait deviné qu'elle avait le sens de l'ordre et du rangement, parce que la pièce ne semblait pas avoir été rangée à la va-vite avant son arrivée : pas de traces d'aspirateur sur le tapis ni d'odeur de désodorisant. Il constata non sans plaisir que Robin avait mis le philodendron qu'il lui avait offert dans un pot en céramique bleu. La plante était désormais posée sur une petite table et paraissait en bonne santé : apparemment, elle arrosait également ses plantes. Après avoir tiré de nouveau sur sa cigarette électronique, il se leva péniblement pour observer les photos sur la cheminée.

Il reconnut les parents de Robin, souriant lors de leur vingt-cinquième anniversaire de mariage, comme l'indiquaient les ballons argentés derrière eux. Sa mère, Linda, n'avait pas souvent gratifié Strike d'un sourire ; chaque fois que sa fille avait été exposée aux risques du métier, elle avait été un peu plus distante. Sur une autre photo, on voyait un jeune enfant hilare vêtu d'un maillot de bain à pois roses, debout sous un jet d'eau. Strike supposa que c'était la nièce de Robin. La troisième montrait Robin adulte, bras dessus bras dessous avec ses trois frères, Strike les avait tous rencontrés ; la quatrième, un labrador marron ; et la cinquième, un groupe d'amis autour d'une table avec une vue spectaculaire sur le Matterhorn au coucher du soleil.

Après avoir jeté un coup d'œil derrière lui pour s'assurer que Robin n'allait pas revenir, il saisit la photo et l'observa. Un bébé était assis dans une chaise haute en bout de table, cuiller en plastique dans sa main dodue. Robin souriait à l'objectif et un type costaud avec une barbichette blonde soignée et un regard que Strike trouvait salace, était assis à côté d'elle, souriant lui aussi, le bras posé sur sa chaise. Strike tenait toujours la photo quand Robin revint avec les couverts.

— Matterhorn, dit-il en remettant le cadre à sa place.

— Oui, c'est magnifique. Est-ce qu'Anomie s'est connecté ?

— Non. Attends, je vais t'aider.

Ils étaient tous les deux tellement fatigués que la conversation fut un peu décousue pendant le dîner, Robin s'interrompant régulièrement pour déplacer Buffypaws. Anomie resta absent et les seuls modérateurs présents étaient Paperwhite et Morehouse qui laissèrent Buffypaws tranquille malgré son inactivité.

— Si je veux passer le test des modérateurs, il va falloir que je trouve du temps pour réviser la semaine prochaine, dit Robin à la fin du dîner, alors qu'ils débarrassaient la table.

— Je sais. Ce sera une priorité.

Après avoir fait la vaisselle, Strike vérifia si l'arrestation d'Ormond était annoncée dans les journaux, mais ne trouva rien. Chacun alla se coucher peu de temps après, et s'ils étaient bien conscients de la promiscuité dans laquelle ils se retrouvaient, ils n'en montrèrent rien.

Après avoir ôté sa jambe artificielle et enduit de crème son moignon, Strike s'allongea dans son pyjama tout neuf et eut à peine le temps d'apprécier le confort du canapé-lit de Robin qu'il sombra dans le sommeil.

Non loin de là, alors qu'elle se préparait pour aller au lit, Robin entendit Strike ronfler malgré le rap de la voisine. Elle se sentait rassurée. Depuis qu'elle avait emménagé à Blackhorse Road, elle appréciait le calme et l'indépendance de sa vie solitaire, mais ce soir-là, après l'explosion au bureau, c'était réconfortant d'avoir de la compagnie, même si Strike s'était déjà endormi et ronflait comme un sonneur. Avant de se laisser aller au sommeil, elle songea à Ryan Murphy. Leur rendez-vous n'avait pas encore eu lieu, et ne se concrétiserait peut-être jamais, mais cette possibilité rétablissait un équilibre entre Strike et elle. Elle n'était plus cette amoureuse transie condamnée au célibat en attendant qu'un jour Strike accepte ce que, manifestement, il ne voulait pas. Elle sombra bientôt dans le rêve : elle se trouvait devant l'église sur le point d'épouser Matthew. Il lui expliquait, comme à une enfant, qu'il connaissait l'identité d'Anomie, et que si Robin n'était pas capable de voir l'évidence, c'est qu'elle n'était vraiment pas faite pour ce job qui avait failli les séparer pour toujours.

76

Quelle est cette auberge
Où pour la nuit
L'étrange voyageur s'arrête ?

Emily DICKINSON,
XXXIV

Quand elle entra dans la pièce, le lendemain matin à sept heures, Robin trouva Strike déjà habillé, le canapé-lit rangé et les draps soigneusement repliés. Elle prépara du thé et des toasts, et ils prirent leur petit déjeuner à la table où ils avaient dîné.

— Allons chez les Upcott pour découvrir ce qu'Inigo a partagé avec Kea, proposa Strike. Ensuite, en fonction de ce qu'il nous dira, on ira à King's Lynn.

— O.K., accepta Robin d'un air chagriné.

— Qu'est-ce qu'il y a ?

— Je me demande juste ce que Katya va dire quand elle va comprendre qu'Inigo est en contact avec Kea depuis tout ce temps.

— J'imagine qu'elle va être sacrément énervée, dit Strike en haussant légèrement les épaules. Mais c'est pas notre problème.

— Je sais, mais je peux pas m'empêcher d'avoir pitié d'elle. Je me dis que leurs enfants seraient plus heureux si le couple se séparait.

Le téléphone de Strike vibra. Il lut le texto qui venait d'arriver et une expression furieuse s'afficha sur son visage.

— Qu'est-ce qui se passe ? demanda Robin.

— Ce con de Nutley !

— Qu'est-ce qu'il a ?

— Il démissionne, putain !

— Hein ? Pourquoi ?

Strike parcourut rapidement le message.

— Parce que sa femme ne veut plus qu'il travaille pour nous, maintenant qu'on a reçu un colis piégé. « Je sais que ça va vous poser un problème de personnel, mais quand cette situation sera réglée, je serais heureux de… » Ah oui, tu serais heureux, espèce de connard ?

— Écoute, va parler à Inigo seul. Je vais prendre la relève pour Ashcroft comme prévu et…

— On reste ensemble. C'étaient nos deux noms sur cette putain de bombe, nos photos dans ces articles et même si tu ne prends pas ces ordures du Halvening au sérieux, moi si.

— Bien sûr que je les prends au sérieux.

— Alors ne propose pas de faire bande à part !

Il se leva et, oubliant toutes ses bonnes résolutions de la veille, descendit dans la rue pour fumer une vraie cigarette.

Il savait très bien qu'il avait été injustement agressif envers Robin, et rien que d'y penser, sa mauvaise humeur empirait. Il fuma deux cigarettes tout en informant Barclay, Midge et Dev de la décision de Nutley. Il se sentit exactement sur la même longueur d'onde que Barclay, qui répliqua : « **Connard et trouillard.** »

Quand il revint dans le salon de Robin, il trouva la table du petit déjeuner débarrassée et Robin prête à partir. Comme il s'y attendait, elle était assez distante.

— Désolé de m'être emporté, s'excusa-t-il avant qu'elle ne puisse prononcer un mot. Je suis inquiet, c'est tout.

— Moi aussi, bizarrement, mais quand tu dis « faire bande à part », comme si je voulais me la jouer perso…

— Je ne le pensais pas. Mais bordel Robin, cette bombe, c'était du sérieux, pas juste un truc pour nous faire peur. En plus, on sait qu'ils ciblent en particulier les femmes qui réussissent.

— Alors tu vas me faire suivre jusqu'à ce qu'ils aient arrêté Le Halvening ?

— Non… J'en sais rien. Allons parler à Inigo. Si on prouvait que Kea est Anomie, on réglerait au moins notre problème d'effectifs.

Ils montèrent dans la BMW de Strike, Robin au volant, pour un trajet de vingt minutes qui se déroula dans le silence. Robin ne put s'empêcher de se rappeler leur dernière visite aux Upcott : elle était déjà en colère contre Strike, c'était juste après avoir découvert l'existence de Madeline. Elle se demandait comment s'était soldé le mensonge de Strike au sujet du room service. Il ne semblait pas avoir parlé à Madeline depuis, à moins qu'il ait fait semblant de ronfler tout en lui envoyant des textos sous la couette. Elle n'avait pas non plus oublié Charlotte. C'était l'enquête sur Jago Ross qui avait mené l'agence à ce point de saturation, un fait que Strike semblait curieusement oublier.

Ce qu'ignorait Robin, c'était que Strike pensait à peu près la même chose. À moins de trouver un remplaçant immédiat pour Nutley, ils n'avaient pas les moyens humains de conserver toutes les enquêtes courantes et, à l'évidence, Ross était le plus facile à lâcher. Même si on l'associait à ce divorce très en vue et que cela sabotait sa carrière de détective, tous les autres conserveraient leur emploi. C'était peut-être son devoir de cesser la surveillance de Ross, malgré les conséquences.

Il en était là de ses déprimantes ruminations quand son téléphone vibra de nouveau. Il avait reçu un texto de Madeline.

« S'il te plaît, appelle-moi quand tu pourras.
Je pense qu'on a besoin de discuter. »

Il remit le téléphone dans sa poche sans répondre. Il savait très bien où cela allait aboutir : là où toutes ses relations amoureuses se terminaient, au moment où les espoirs déçus finissaient par imploser.

O.K., pensa-t-il en regardant par la vitre, *je n'aurais pas dû te mentir, mais si je t'avais dit où je passais la nuit, il y aurait eu une scène quand même.* Était-ce un crime de vouloir éviter le conflit, d'avoir tenté de leur épargner du chagrin à tous les deux ?

Il avait essayé, n'est-ce pas ? Il avait été présent aux rendez-vous, lui avait offert des fleurs quand il le fallait, avait écouté ses soucis professionnels, et ils s'étaient éclatés au lit : que demander de plus ? *De l'honnêteté*, l'entendait-il répliquer, comme le lui disaient toutes les femmes, mais être honnête reviendrait à admettre qu'il avait débuté cette relation pour se détourner des sentiments qu'il éprouvait envers une autre femme, et Madeline répondrait sûrement qu'il s'était servi d'elle. *Et alors, tout le monde se sert des autres*, répliqua Strike à cette Madeline imaginaire, en tirant sur la cigarette électronique qu'il avait rechargée en prévision du trajet en voiture. *Pour ne pas être seul, pour pallier le manque, pour montrer au monde qu'ils ont décroché le gros lot.* Il revit Madeline voulant prendre une photo d'eux pour sa page Instagram, et la dispute le soir du lancement de sa collection. Il pouvait déjà s'entendre lui dire : *Je crois qu'on ne veut pas les mêmes choses.* Il devrait s'imprimer cette phrase sur des cartes, prêtes à être distribuées au début de toute relation, pour que tout le monde soit prévenu d'avance.

— Merde ! dit Robin.

Strike vit un Range Rover démarrer, devant la maison des Upcott.

— Je crois qu'Inigo est dans la voiture, reprit-elle en scrutant le véhicule. Oui. C'est Gus au volant. On fait quoi ?

— On les suit. Ils vont sans doute à un rendez-vous médical. Ce serait plus simple de lui parler si Katya n'est pas là, de toute façon.

— Il va être furieux qu'on l'ait suivi.

— Probablement, mais il aura beaucoup plus de mal à se débarrasser de nous. Quoi qu'il en soit, il l'aura bien mérité, ce menteur.

Inigo et Gus ne s'arrêtèrent cependant pas chez le médecin ni à l'hôpital, mais poursuivirent vers l'est. Robin voyait Inigo de profil, parlant à son fils. Il semblait le disputer et agitait de temps en temps le doigt en signe de remontrance.

— Où est-ce qu'ils vont, bon sang ? pesta Strike une bonne heure après avoir débuté la filature.

Ils étaient au niveau de Dartford Crossing, le pont qui traverse la Tamise.

— Inigo ne peut pas aller dans un hôpital aussi éloigné, si ? Il a l'air vraiment en colère contre Gus.

— Oui. Il a plutôt la forme, Inigo.

— Je croyais que Gus était son enfant préféré.

— Son urticaire pourrait indiquer que c'est une position assez stressante pour lui. Peut-être qu'il a annoncé à Inigo qu'il voulait arrêter le violoncelle.

Le Range Rover poursuivit sa route sur la M2 pendant une heure.

— J'ai l'impression qu'ils se dirigent vers Whitstable, finit par conclure Robin quand la voiture bifurqua sur une route baptisée Borstal Hill. Est-ce qu'ils rendent visite à quelqu'un ?

— Ou alors, ils ont une résidence secondaire. C'est le genre d'endroit où les Londoniens fortunés achètent une petite maison au bord de la mer. Pratique pour le week-end.

Il ressortit son téléphone et consulta le site 192.com où il entra les termes « IJ Upcott » et « Whitstable » dans la barre de recherche.

— Bingo. Ils ont une maison là-bas. Aquarelle Cottage, Island Wall.

Robin suivit le Range Rover au cœur de la petite ville, passa devant des maisons à colombages et des cottages aux couleurs pastel, puis le long de Harbour Street où s'alignaient galeries d'art et boutiques de curiosités. La voiture finit par tourner deux fois à droite, ce qui les mena dans le parking de Keam's Yard. Robin gara la BMW un peu plus loin, et dans les rétroviseurs, ils virent Gus sortir de la voiture, décharger le fauteuil roulant de son père puis l’aider à descendre avant de le pousser et de bifurquer au coin de la rue.

— On va leur laisser une dizaine de minutes, proposa Strike en consultant l’heure sur le tableau de bord. Je parie que Gus va revenir prendre des affaires dans la voiture. Je ne veux pas les alerter avant qu’ils aient enclenché la bouilloire et enlevé leurs chaussures. L’avantage, c’est que s’enfuir en fauteuil roulant, c’est pas évident.

77

Tu pleures : « j'avais des buts si élevés
Et mon âme de si vastes aspirations.
Plus que des autels brisés, des flammes mourantes,
J'avais mérité meilleur sort... »

May KENDALL,
Failures

Après avoir observé Gus qui déchargeait les valises du coffre et lui avoir laissé le temps de les porter jusqu'à la maison, Strike et Robin sortirent de la BMW. De l'autre côté du mur du parking se déployait une plage de galets et Strike, né en Cornouailles, ressentit cette vague de bonne humeur qui l'envahissait quand il sentait l'odeur de la mer et entendait le clapotis des vagues.

Island Wall était une rue étroite et pentue, que l'on rejoignait en tournant à l'angle, après le parking. Les maisons mitoyennes du côté droit devaient avoir une vue sur mer imprenable. Aquarelle Cottage, située à quelques numéros de là, était peinte en vert pâle et le vitrail qui surmontait la porte d'entrée représentait un galion en pleine traversée.

Comme il n'y avait pas de sonnette, Strike souleva le heurtoir en forme d'ancre et frappa deux fois. Dix secondes plus tard, Gus ouvrit la porte.

En reconnaissant Strike et Robin, l'horreur se peignit sur son visage. Robin nota que son urticaire, même s'il n'atteignait plus ses yeux, était plus enflammé que jamais.

— Qui est-ce ? demanda Inigo depuis la maison.

Gus se retourna et vit son père approcher. Lui aussi parut étonné de voir les deux détectives, mais il se ressaisit rapidement.

— Qu'est-ce que c'est que ça ?

— Bonjour, dit Strike avec un sang-froid que Robin jugea remarquable étant donné la fureur que dégageait Inigo. Est-ce que nous pourrions vous parler, monsieur Upcott ?

Inigo approcha son fauteuil. Gus se pressa contre le mur, comme s'il avait envie d'y disparaître.

— Comment m'avez-vous trouvé ? Est-ce que vous m'avez suivi ?

Regrettant de ne pas pouvoir répondre « Manifestement oui, espèce de connard de mes deux », Strike répondit :

— On espérait vous voir chez vous à Hampstead, mais comme vous avez démarré pile quand on arrivait, on vous a suivis.

— Pourquoi ? Mais… c'est scandaleux !

— Nous pensons que vous pourriez détenir des informations importantes pour notre enquête.

Il avait parlé fort parce que deux jeunes femmes passaient par là et Strike soupçonnait Inigo de rechigner à ce que des inconnus entendent cette conversation.

Inigo, l'air furieux, répliqua d'ailleurs :

— Ne restez pas à hurler sur le pas de la porte ! Mon Dieu, c'est invraisemblable !

L'expérience de Robin lui avait appris que, même quand ils n'étaient pas les bienvenus, presque tout le monde voulait connaître la raison de leur venue, donc elle ne fut pas surprise d'entendre Inigo leur dire :

— Je vous donne cinq minutes. Pas une de plus.

Il tenta de reculer pour les laisser passer, mais ce faisant se cogna dans le mur.

— Aide-moi, bon sang ! aboya-t-il à l'intention de son fils qui s'empressa d'obéir.

Quand ils pénétrèrent à l'intérieur de la maison, ils constatèrent qu'elle avait été adaptée aux mêmes exigences que leur domicile de Hampstead. Le rez-de-chaussée avait été transformé en pièce à vivre comprenant cuisine, salle à manger et salon, tout sur parquet. À l'arrière de la maison, des portes-fenêtres donnaient sur le jardin et un accès handicapé menait à une terrasse où se trouvait un grand parasol, une table et des chaises, surplombant la mer. Un palmier trônait au milieu du jardin, ses palmes s'agitant doucement dans la brise légère.

— Va défaire les valises, lança Inigo à son fils qui semblait très content de s'éloigner de son père.

Comme le bruit des pas de Gus s'estompait à mesure qu'il gagnait l'étage, Inigo manœuvra son fauteuil roulant jusqu'à une table basse et invita d'un geste brusque les détectives à s'installer dans des fauteuils au tissu bleu et blanc à rayures.

Des aquarelles décoraient les murs de la pièce peints en blanc. Se rappelant la description de « Tribulationem et Dolorum » (« Il continue de peindre et de composer malgré les limites que lui impose son état de santé »), Robin se demanda si c'étaient les œuvres d'Inigo ou de Katya, et ce que Mariam ou Pez en aurait pensé : personnellement, elle les trouvait insipides et maladroites. Le plus grand tableau, doté d'un cadre en bois flotté, représentait Island Wall avec l'Aquarelle Cottage sur la droite ; la perspective était un peu bancale, si bien que la rue paraissait extrêmement longue et disparaissait à l'horizon, tandis que les maisons étaient trop grandes pour leur emplacement. Un clavier électrique était posé dans un coin et sur un pupitre de musique était ouvert un recueil de partitions : *30 kleine Choralvorspiele* de Max Reger. Sur la couverture, on voyait un portrait au crayon du compositeur allemand qui, avec son air revêche, sa silhouette ventripotente et ses lunettes, ressemblait remarquablement à leur hôte.

— Alors, dit Inigo en fusillant Strike du regard, à quoi dois-je le plaisir de vous voir envahir ma vie privée ?

— À Kea Niven.

Bien qu'il tentât de conserver son air scandalisé, il fut trahi par sa main qui serra légèrement le bras de son fauteuil, et par le tic nerveux qui agita sa bouche.

— Je me demande bien ce que je peux vous dire sur elle que ma femme ne vous aurait pas déjà confié, répondit-il après une pause un peu trop longue.

— Pas mal de choses. Nous pensons que vous avez développé une relation intime avec Kea Niven, à l'insu de votre épouse, et qui remonte à au moins deux ans.

Strike laissa un silence de glace s'installer entre eux : dangereux à briser, impossible à éviter. Leur interlocuteur finit par dire :

— Je ne vois pas en quoi mes relations intimes – et je suis loin d'admettre qu'elles le soient – peuvent avoir le moindre rapport avec votre enquête. En supposant que vous essayiez toujours de retrouver cet Anomie. Ou est-ce que Katya vous a engagés pour enquêter sur moi, plutôt ?

— À l'heure actuelle, nous n'enquêtons que sur Anomie.

— Et quelles preuves avez-vous de cette soi-disant relation ?

— Monsieur Upcott, un homme aussi intelligent que vous sait bien que je ne vais pas exposer tout ce que nous savons pour vous permettre d'adapter votre histoire.

— Comment osez-vous sous-entendre que j'aie quoi que ce soit à adapter ? explosa Inigo qui parut soulagé de pouvoir laisser sa colère s'exprimer. Je suis en contact avec un certain nombre de malades chroniques, via le site Internet que j'anime. Il est vrai que Kea y est venue chercher des conseils. Je l'ai orientée comme je le fais avec n'importe quelle personne souffrant de ce type de maladies, dont les médecins reconnaissent à peine l'existence.

— Mais vous n'avez pas dit à votre femme que Kea Niven vous avait contacté ?

— Je ne savais pas qui était Kea Niven, à l'époque. Elle a visité le site sous un pseudonyme, comme la majorité des utilisateurs. Il y a beaucoup de honte et de stigmatisation liées à ces maladies que la médecine qualifie de psychosomatiques, je vous signale !

— Mais à un moment donné, vous avez découvert qui était Arke ?

Durant le bref silence qui s'ensuivit, ils entendirent les marches craquer. Inigo tourna la tête si violemment que Robin n'aurait pas été étonnée qu'il se soit coincé les cervicales.

— Qu'est-ce que tu fabriques ? hurla-t-il à son fils qui descendait en hâte l'escalier.

— J'ai sorti tes affaires, expliqua Gus d'un air apeuré. Il faut vraiment que j'y aille, si je veux…

— Et je suis censé aller faire les courses moi-même ? aboya Inigo.

— Désolé, j'ai oublié. J'y vais maintenant. Qu'est-ce que tu veux ?

— Fais un peu preuve d'initiative, lâcha Inigo en se retournant vers les deux détectives.

Il attendit d'entendre la porte d'entrée se refermer puis, d'une voix plus maîtrisée, poursuivit :

— D'après mes souvenirs – et je communique avec beaucoup de gens sur Internet – au bout de quelques semaines, Kea a mentionné un détail qui m'a fait comprendre qu'elle avait, d'une façon ou d'une autre, participé à ce maudit dessin animé. Donc oui, on a découvert qu'on avait vaguement ce point commun.

— Cette coïncidence ne vous a pas paru étrange ?

— Non, pourquoi ? Mon site reçoit beaucoup de visites. Il est considéré comme l'une des ressources en ligne les plus complètes pour les patients souffrant de fatigue chronique et de fibromyalgie.

— Mais vous n'en avez pas parlé à votre femme ? insista Strike.

— Le secret médical, vous connaissez ?

— Je ne savais pas que vous étiez médecin.

— Évidemment que non, mais pas besoin d'être médecin pour avoir une certaine éthique et garder pour soi les informations personnelles des gens qui vous consultent pour un avis médical et un soutien psychologique !

— Je vois. Donc c'est par égard pour la vie privée de Kea que vous n'avez rien dit à Katya ?

— Quelle autre raison voulez-vous que j'aie ? lança-t-il dans une vaine tentative de contre-attaque. Si vous sous-entendez que… c'est totalement ridicule. Elle a l'âge d'être ma fille !

En se rappelant l'instinct maternel de Katya vis-à-vis de Josh, Robin oscillait entre le dégoût et la compassion pour ce couple qui cherchait le réconfort en nouant des relations avec des jeunes d'une vingtaine d'années.

— Et depuis, vous avez rencontré Kea, physiquement, tenta Strike.

Inigo devint cramoisi. Légèrement alarmée, Robin se demanda comment ils réagiraient s'il faisait une crise cardiaque. Il leva une main tremblante et pointa Strike du doigt en disant d'une voix rauque :

— Vous m'avez suivi. C'est une violation méprisable, scandaleuse de ma… de ma…

Il fut pris d'une toux, comme s'il s'étouffait. Robin bondit et se hâta vers le coin-cuisine pour prendre un verre sur l'étagère et le remplir d'eau. Quand elle revint, Inigo toussait toujours. Il accepta le verre d'eau et parvint à en avaler quelques gorgées, même s'il en renversa une bonne partie. Il reprit enfin sa respiration.

— Je n'ai pas assisté à une rencontre entre Kea et vous, reprit Strike. Je posais simplement une question.

Inigo lui lança un regard noir, les lèvres tremblantes.

— Combien de fois l'avez-vous vue ?

Leur interlocuteur tremblait de rage et de ressentiment, à présent. Un peu d'eau s'écoula sur sa cuisse.

— Une fois. Une seule fois. Elle était à Londres et on s'est retrouvés pour boire un café. Elle se sentait particulièrement mal, voulait mes conseils et mon soutien, et c'est précisément ce que je lui ai apporté.

Il tenta de poser son verre sur la table basse ; il lui échappa et le verre se brisa au sol.

— Putain ! hurla Inigo.

— Je m'en occupe, dit rapidement Robin qui se leva de nouveau pour aller chercher un rouleau d'essuie-tout.

— Scandaleux, absolument scandaleux, répéta Inigo en respirant avec difficulté. Tout ça... me suivre jusqu'ici, envahir mon espace... et tout ça parce que j'ai voulu aider une fille !

— Une fille qui en voulait énormément à Edie Ledwell, précisa Strike pendant que Robin revenait, puis épongeait le sol. Qui reprochait à Ledwell de lui avoir volé ses idées, qui la harcelait en ligne, poursuivait Blay alors qu'ils étaient séparés et les a violemment menacés la veille des attaques.

— Qui prétend qu'elle les a menacés ? répliqua furieusement Inigo pendant que Robin ramassait le verre brisé.

— Moi. J'ai vu les tweets qu'elle a supprimés après avoir dessoûlé. C'est Wally Cardew qui lui a conseillé de les effacer. Sans doute la chose la plus sensée qu'il ait faite depuis qu'on a commencé à enquêter sur lui. Vous saviez qu'ils avaient gardé le contact ? Vous saviez qu'elle avait couché avec Wally après sa rupture avec Josh ?

Il était difficile d'observer les effets que ces paroles avaient sur Inigo, dans la mesure où il était déjà tout rouge, mais Strike crut entrevoir un bref choc. Le détective soupçonnait Inigo de s'être laissé charmer par une fille qu'il imaginait vulnérable et innocente. Il fallait admettre que Kea jouait très bien ce rôle.

— Je ne vois pas de quoi vous voulez parler. Je ne sais pas qui est ce Cardew.

— Ah bon ? Il a doublé Drek jusqu'à ce qu'on le vire pour antisémitisme, à cause d'une vidéo qu'il a publiée sur YouTube.

— Je ne me suis pas tenu au courant de toutes les péripéties entourant ce foutu dessin animé. Tout ce que je sais, c'est que Kea est quelqu'un de vulnérable qui s'est retrouvé dans une situation difficile, et croyez-moi : elle ne peut pas être Anomie. Certainement pas.

— Donc vous n'avez jamais parlé de *Sang d'encre* avec elle ?

— Seulement de façon générale. Évidemment, quand j'ai compris qui c'était, on a abordé le sujet. Elle avait l'impression d'avoir été plagiée. Je lui ai donné des conseils. En tant qu'ancien éditeur, j'ai une expertise dans ce domaine.

— Vous souteniez donc ses allégations de plagiat.

— Je ne les soutenais pas, je lui ai juste donné quelques pistes intelligentes, expliqua Inigo pendant que Robin allait jeter le verre brisé dans la poubelle de la cuisine. Elle souffrait du sentiment d'avoir été utilisée puis jetée. Elle avait besoin d'une oreille attentive : j'étais là. Kea et moi, on a beaucoup de choses en commun, ajouta-t-il en rougissant davantage.

Strike se rappela la beauté sans fard de Kea, assise en face de lui au Maids Head, si éloignée du visage boursouflé de ce quinquagénaire, avec ses poches sous les yeux, sa peau aux pores dilatés et ses lunettes.

— Il se trouve que je sais exactement ce qu'on ressent quand on est frappé en plein élan créateur. Savoir qu'on aurait pu exceller, voir les autres réussir, voir son propre univers se rétrécir et tous ses espoirs d'avenir s'envoler en fumée. Quand cette saloperie de maladie s'est déclarée, j'ai dû arrêter de travailler. J'avais toujours la musique, mais le groupe, mes soi-disant amis m'ont clairement fait comprendre qu'ils n'avaient pas l'intention de s'adapter à mon handicap, même si j'étais bien meilleur musicien qu'eux. J'aurais pu faire comme Gus, et poursuivre à l'université, c'est certain. J'avais beaucoup de talent, mais cette fichue maladie m'en a empêché.

Le portable de Robin sonna. Elle le sortit de sa poche en s'excusant, regarda le nom qui s'affichait et dit :

— Il faut que je réponde, désolée.

Elle retourna dans la rue pour pouvoir parler tranquillement. Quand elle s'éclipsa, Inigo ôta ses lunettes et s'essuya les yeux, qui s'étaient embués à mesure qu'il énumérait les choses qu'il avait perdues. Après avoir rechaussé ses lunettes, il renifla bruyamment.

Si Inigo Upcott espérait éveiller la compassion de Strike, il avait tout faux. Lui qui s'était retrouvé sur une route d'Afghanistan avec une jambe arrachée, aux côtés du torse déchiqueté d'un homme qui, quelques minutes plus tôt, racontait joyeusement son enterrement de vie de garçon à Newcastle, ne ressentait pas la moindre pitié pour les rêves brisés d'Inigo. Si ses collègues et ses amis musiciens n'avaient pas exprimé beaucoup de compassion à son égard, Strike était prêt à parier que c'était dû à l'attitude brutale et narcissique de cet homme. Plus Strike vieillissait, plus il était enclin à penser que dans un pays prospère, en temps de paix – et malgré les revers de fortune qui n'épargnaient personne ou les coups de pouce du destin dont Inigo, riche héritier, avait également bénéficié – la personnalité était ce qui déterminait le plus sûrement la trajectoire d'une vie.

— Est-ce que vous avez répété à Kea ce que votre femme vous disait au sujet des négociations avec Maverick, par exemple ?

— Il se peut que je l'aie mentionné, mais seulement de façon très vague.

— Est-ce que Kea vous a demandé de transmettre des messages à Josh ?

— De temps en temps, répondit Inigo, après une brève hésitation.

— Mais vous ne l'avez pas fait ?

— Je n'ai pas de contact avec lui.

— Et j'imagine que vous ne pouvez pas vraiment demander à votre femme de lui transmettre les messages de Kea.

En guise de réponse, Inigo serra les lèvres.

— Avez-vous promis à Kea de l'aider, en dehors de vos conseils pour cette affaire de plagiat ?

— Je l'ai rassurée.

— À quel sujet ?

— Elle sait très bien que ma femme ne l'apprécie pas. Elle a évidemment pensé qu'on allait l'accuser d'être Anomie, ou d'avoir un rapport avec la mort d'Edie Ledwell. Je lui ai seulement promis de raisonner Katya. Je le répète, Kea ne peut pas être Anomie.

— Comment pouvez-vous en être aussi sûr ?

— D'abord parce qu'elle n'est pas en état. Tout travail prolongé – créer et maintenir un jeu de ce type – serait impossible pour elle, à cause de ses problèmes de santé. Il lui faut beaucoup de repos et beaucoup de sommeil, ce qui est difficile avec cette maladie. Par ailleurs, Anomie a attaqué Kea sur le net. Elle a même été très déplaisante. Kea était bouleversée.

— « Elle » ?

— Quoi ?

— Vous désignez Anomie au féminin ?

Inigo répondit en rechignant :

— Ma femme ne voulait pas que je vous en parle lors de votre première visite. J'ai accepté parce que je n'avais pas envie qu'elle se plaigne ensuite. Il y a une limite à ce que je peux supporter ; je suis censé éviter le stress. Mais finalement elle n'a pas à se plaindre, vu que c'est moi qu'on suit et qu'on harcèle jusque chez moi. Anomie est Yasmin Weatherhead. Elle travaille dans l'informatique, elle est curieuse, manipulatrice et essaie toujours d'obtenir ce qu'elle veut. J'ai tout de suite compris où elle voulait en venir, dès qu'elle a mis les pieds chez nous. Katya refuse de l'admettre, évidemment, parce que c'est elle qui a fait entrer cette maudite bonne femme dans leur cercle. Une bêtise de plus de la part de Katya, et elle s'étonne toujours quand ça lui pète à la figure.

— Yasmin Weatherhead travaille dans les relations publiques, pas dans l'informatique, le corrigea Strike.

— Vous vous trompez, répliqua Inigo avec l'arrogance d'un homme peu habitué à la contradiction. Elle maîtrise très bien l'informatique, elle connaît beaucoup de choses. J'ai eu un problème avec mon ordinateur, un jour, et elle l'a réglé.

— Est-ce que vous avez d'autres raisons de penser que ce serait Anomie ?

— Certainement. Je l'ai entendue le reconnaître ! annonça Inigo d'un air triomphant. J'ai accompagné Katya à ce fichu collectif artistique pour une fête de Noël. Je voulais aller aux toilettes. Je me suis trompé de couloir et je suis tombé sur Yasmin dans les bras de ce type répugnant qui gère le collectif.

— Nils de Jong ? demanda Strike en sortant son carnet et en l'ouvrant pour la première fois.

— Je ne sais pas comment il s'appelle. Un vrai géant. Il empestait l'herbe. Il venait de me faire un laïus sur Evola.

— Evola ?

Strike nota le nom. Il avait l'impression de l'avoir entendu récemment, mais il ne se rappelait pas où.

— Julius Evola. Un philosophe d'extrême droite. Avec des théories raciales ridicules. Un de mes camarades de classe à Radley, résolument excentrique, ne jurait que par lui. Il transportait partout avec lui *The Myth of Blood* qu'il lisait ostensiblement pendant les repas. Bref, ils n'ont pas vu que j'étais là. Il faisait sombre et je ne fais pas de bruit quand je me déplace avec ça, expliqua-t-il en indiquant son fauteuil. Je l'ai entendue dire « Je suis Anomie ».

— Vous en êtes certain ?

— Je n'invente rien. Allez leur demander. À mon avis, ils sont ensemble. Lui, ça pourrait être Morehouse, n'est-ce pas ?

— Ah, vous connaissez le nom du compagnon d'Anomie ?

— Bien obligé. Entre Katya et Blay qui parlent sans arrêt d'Anomie et de ce fichu jeu, sans oublier Kea qui a peur qu'on l'accuse, je suis très bien informé sur le sujet pour quelqu'un que ça n'intéresse pas.

— Vous avez partagé votre théorie avec Kea ?

— Oui. Elle n'y croit pas. Elle est naïve, parfois. Dans sa bulle. Elle est convaincue qu'Anomie est un artiste de Liverpool qui vit lui aussi à North Grove. Il s'appelle Presley, je crois. Il était présent à cette fête lui aussi. C'est un petit con et apparemment, il a agressé sexuellement Kea une fois, dans sa chambre. Dégoûtant. Naturellement, ça l'a traumatisée. D'après Kea, cet Anomie aurait joué avec elle, sexuellement, en ligne, pour lui faire croire qu'il était Presley. Kea est innocente. Elle n'a pas conscience que les gens peuvent mentir. Il ne lui viendrait pas à l'esprit qu'une femme puisse l'attirer dans un traquenard sexuel.

— À votre avis, quel était le but de Yasmin, en agissant de la sorte ?

— Avoir l'emprise sur elle. La menacer, la faire chanter. Yasmin est très manipulatrice et elle aime fouiner partout.

— Qu'est-ce qui vous fait dire ça ?

— Sa façon de se comporter, chez nous. Elle trouvait des excuses pour passer, si Blay et Ledwell n'étaient pas disponibles, ou si elle avait besoin de leur transmettre du courrier, ou je ne sais quoi encore. Elle avait les yeux partout. Elle posait des questions. Elle récoltait des informations. Oh, je comprends pourquoi Katya est tombée dans le panneau, au début. Yasmin faisait semblant d'être compréhensive. Puis, peu à peu, on a compris que c'était un parasite, tout simplement. C'est elle, Anomie.

Ils entendirent la porte d'entrée s'ouvrir et Gus reparut, chargé de sacs Sainsbury's, suivi par Robin qui semblait tendue.

— Papa. Je vais devoir y aller si je veux être à l'heure.

— Et c'est moi qui vais ranger tout ça, peut-être ?

— Je m'occupe du lait et des produits frais, dit Gus partagé entre la crainte et le désir de partir, ce qui lui donnait l'air sûr de lui pour une fois. Mais si je n'y vais pas maintenant…

Il se dépêcha d'aller dans la cuisine déballer les produits périssables pour les mettre au réfrigérateur.

— À qui la faute, lança violemment son père par-dessus son épaule, si tu as besoin de cours particuliers parce que tu as pris du retard ? À qui la faute, espèce de malade imaginaire ?

Caché derrière la porte du réfrigérateur, Gus ne répondit rien. Inigo se retourna vers Strike et ajouta sur un ton péremptoire :

— Je ne peux rien vous dire de plus. C'est tout ce que je sais. Tout cela va me causer un stress et une agitation inouïs.

— À qui la faute ? lui lança Strike en se levant.

Il en avait marre de cet homme colérique, arrogant et aigri et n'appréciait pas le traitement qu'il réservait à ses enfants, contrastant avec la sollicitude qu'il témoignait envers une jolie jeune femme qui l'avait mis dans sa poche.

— À qui la faute, si vous avez caché à votre femme que vous draguiez Kea Niven en douce ?

Robin vit Gus écarquiller les yeux en refermant le frigo. L'espace d'un instant, Inigo resta sans voix. Puis il leur lâcha sur un ton de menace :

— Sortez de chez moi !

78

Pourquoi devrais-je chanter tes louanges, délicieuse Aphrodite ?
Tu n'es nulle guide,
Tu divises plutôt mon esprit en un cruel conflit…

Katherine BRADLEY et Edith COOPER,
Ψάπφοι, τί τὰν πολύολβον Ἀφρόδιταν

— Qui t'a appelée ? demanda Strike à Robin quand ils furent de nouveau dans la rue.

Il avait l'impression que son air soucieux était directement lié au coup de téléphone qu'elle avait reçu. Robin s'éloigna un peu de la porte des Upcott avant de se tourner vers lui.

— La police. Ils ont suivi un type qui fait partie du Halvening. Il s'est rendu à Blackhorse Road il y a une heure pour prendre des photos de mon immeuble.

— Merde ! O.K., allons…

Il s'interrompit. Gus Upcott venait de sortir de chez lui, manifestement alarmé de trouver les deux détectives encore présents.

— Vous m'attendiez ? leur demanda-t-il.

— Non, répondirent-ils en chœur.

— Oh. Eh ben, je vais… Je vais dans cette direction, dit-il en indiquant le parking.

— Nous aussi, dit Strike.

Ils marchèrent tous les trois en silence. En tournant au coin de la rue, Gus lâcha tout à coup :

— Elle n'est pas la seule à qui il parle.

— Pardon ? demanda Strike qui songeait au Halvening et à l'appartement de Robin.

— Mon père parle à une autre femme.

Gus semblait décidé à parler. La lumière du jour soulignait cruellement ses problèmes de peau, mais quelque part sous son urticaire, il était joli garçon. Il dégageait cette odeur caractéristique des jeunes hommes peu regardants sur l'hygiène ; une odeur de renfermé et de transpiration, et son T-shirt noir froissé semblait porté depuis plusieurs jours.

— Sur le même site. Je l'ai vu lui envoyer des messages. Elle s'appelle Rachel.

Comme les deux détectives gardaient le silence, Gus ajouta :

— Il a déjà trompé ma mère. Elle pense que c'est fini.

— Rachel, répéta Robin.

— Oui. Je ne peux pas le dire à ma mère. Mon père me tuerait. Bon, il faut que j'y aille.

Il s'éloigna et monta dans le Range Rover, laissant Strike et Robin retourner vers la BMW où ils s'installèrent, sans un mot.

— Qu'est-ce que la police t'a dit, à part ça ? demanda Strike une fois qu'ils eurent refermé les portières.

Il était bien plus préoccupé par les terroristes que par la vie amoureuse d'Inigo Upcott.

— Ils ont posté un agent en civil devant mon appartement, expliqua Robin en regardant droit devant elle. Et ils suivent le gars qui a pris des photos. Ils ne l'ont pas arrêté, parce qu'ils supposent qu'il est assez bas dans la hiérarchie et ils espèrent qu'il va les mener aux gros bonnets… ou aux artificiers. Le policier m'a dit qu'il m'enverrait par texto une photo, ajouta-t-elle en baissant les yeux sur son téléphone.

Elle ouvrit une photo qu'elle venait de recevoir en inclinant son écran vers Strike.

— Il a le physique de l'emploi, constata-t-il. Le chiffre quatre-vingt-huit tatoué sur le biceps, une coupe de cheveux des jeunesses hitlériennes, un peu exagérée même. Que conseille la police ?

— De m'en aller. Au cas où quelque chose arrive par la poste.

— Bien. J'aurais dit la même chose.

— Merde, soupira Robin en posant son front sur le volant. Désolée…

Strike tendit le bras et lui tapota l'épaule.

— Ça te dirait de passer la nuit à Whitstable ? C'est assez joli. Personne ne sait qu'on est là. On en profitera pour élaborer un plan d'action. Tu as raté les parties les plus juteuses de la conversation avec Inigo. On a plein de trucs à se raconter.

— Vraiment ?

Elle avait envie de penser à autre chose qu'à son nouvel appartement devenu la cible de l'extrême droite.

— Oui. Il pense qu'Anomie est Yasmin Weatherhead.

— Tiens donc !

Strike fut assez amusé de voir le dédain de Robin pour la théorie d'Inigo, malgré les nouveaux soucis qui l'accaparaient.

— Yasmin n'est pas assez bonne actrice, et pas assez crédule pour penser qu'avoir une liaison en ligne avec un acteur de télé pourrait rester secret longtemps.

— Je suis d'accord. Mais Inigo affirme qu'il a surpris Yasmin en train d'avouer à Nils de Jong qu'elle était Anomie, alors qu'elle lui roulait des pelles lors d'une fête de Noël à North Grove.

— Quoi ?

— Je sais. Pas aussi dégoûtant que d'imaginer Ashcroft et Zoe ensemble, mais…

— Je ne peux pas croire qu'Inigo ait entendu ça. Désolée, mais j'y crois pas du tout. Si c'est arrivé, je suis sûre qu'ils étaient bourrés.

— Nils, au moins.

— C'est pas exactement un beau parti. Un fasciste défoncé flanqué d'un gamin capable de te trancher la gorge pendant ton sommeil ?

Strike éclata de rire.

— Mais il est quand même multimillionnaire, ajouta-t-elle sans sourire. Et une source potentielle de ragots sur Josh et Edie. Mariam doit bien lui trouver quelque chose… et l'autre femme qui vit là-bas et avec qui il couche, aussi. Est-ce que je suis prude ? Je ne pourrais pas vivre comme ça. Je ne comprends pas. Bref, qu'est-ce que je disais ?

Tout se mélangeait dans sa tête : le numéro quatre-vingt-huit sur le biceps, les photographies de son appartement, la menace d'un colis piégé envoyé chez elle. Elle s'efforça de se concentrer sur la conversation.

— Ah oui, je disais qu'ils devaient être bourrés. Nils devait lui faire un petit laïus sur l'anomie. Les Alpins et les chakras, son truc habituel. D'après Pez, c'est son best of. Et Inigo aurait mal entendu la réponse de Yasmin.

— Tu pourrais bien avoir raison. Inigo n'a pas précisé non plus s'il avait bu. Il aurait très bien pu être bourré aussi. J'ai l'impression qu'il en veut tellement à Katya qu'il aimerait bien qu'Anomie soit de sa faute, d'une certaine façon.

— Tu penses pas qu'il est jaloux parce qu'elle est amoureuse de Blay ?

— Je suis même pas sûr que ce soit ça. Ça blesse sans doute Inigo dans son orgueil, mais c'est pas comme s'il n'avait pas fait la même chose. Non, je pense qu'il en veut à la terre entière de ne pas avoir la reconnaissance qu'il mérite et qu'il se défoule sur sa femme. Tu as vu son sketch sur le grand génie qu'il est, fauché en pleine gloire, non ?

— Oui, mais il faut bien reconnaître qu'il est vraiment malade.

— Il est propriétaire de deux très belles maisons et il est en état d'avoir des liaisons amoureuses, de peindre, de jouer du clavier et de gérer un site Internet. Son père évêque lui a légué une fortune, apparemment. Beaucoup de gens inspirent davantage la pitié qu'Inigo Upcott. Mais tu as raté un autre point important. Il m'a expliqué d'où Nils tirait ses conneries sur les races alpines. Ça vient d'un type baptisé Julius Evola. Philosophe d'extrême droite.

— Evola ? Ça me dit quelque chose…

— Oui, à moi aussi, mais je n'arrive pas à remettre le doigt dessus.

Robin fouilla sa mémoire puis s'exclama :

— Mais oui ! C'est moi qui t'en ai parlé. « I am Evola ».

— Quoi ?

— C'est le nom d'utilisateur d'un troll qui traque les fans de *Sang d'encre* sur Twitter. I am Evola. En gros, c'est le jumeau de Lepine's Disciple, qui dit aux filles d'aller se suicider ou qu'elles sont moches.

— Ah, oui. Je me souviens… J'imagine qu'il va te falloir des affaires, si on descend dans un bed and breakfast ? Parce que moi oui. Oh, et puis merde, dit-il en glissant la main dans sa poche à la recherche de son téléphone. J'ai pas envie d'un truc pourri. C'est sur le budget de l'agence ; trouvons un endroit correct.

En regardant son téléphone, il découvrit un message de Madeline. D'après les premières lignes qui s'affichaient, ça paraissait long. Il le chassa sans le lire et chercha sur Google des hôtels à Whitstable.

— Le Marine Hotel a l'air pas mal. Trois étoiles, vue sur mer, juste en haut de la rue. Je vais les appeler tout de suite.

Mais avant qu'il puisse le faire, sa sonnerie retentit. C'était Madeline.

— Je vais répondre dehors.

En réalité, il ne voulait pas que Robin le voie diriger l'appel vers la messagerie. Il sortit de la voiture. Gus et le Range Rover étaient partis : à la place, une vieille Peugeot était garée, d'où deux petits garçons étaient en train de descendre. Strike s'éloigna de la BMW, son téléphone sonnant toujours, et gravit les quelques marches en béton pour sortir du parking, en faisant une pause en haut afin d'admirer la mer et la plage de galets. Il aurait bien aimé redescendre les marches de l'autre côté, mais sa jambe n'allait pas apprécier le sol inégal. Il inspira donc à pleins poumons cette odeur familière et réconfortante en regardant les vagues lécher la longue digue en bois, tandis que son portable sonnait toujours. Quand la sonnerie se tut enfin, il ouvrit le message que Madeline s'attendait sans le moindre doute à ce qu'il ait lu :

« Si tu es en colère contre moi, je préférerais que tu me le dises plutôt que m'infliger ton silence. Je n'accepte pas qu'on me mente et qu'on me prenne pour une conne. Quand un homme prétend que sa collaboratrice est le room service, ce n'est pas étonnant que sa copine soit méfiante et furieuse. Je n'ai plus l'âge de jouer à ces jeux débiles. J'ai déjà connu ça et je n'accepte pas que tu me mentes de cette façon. Je suis sûre que tu vas penser que je suis possessive et que j'exagère, mais pour moi c'est juste une question de respect. On m'avait prévenue que tu étais comme ça, je n'ai pas écouté et maintenant je me sens bien conne de t'avoir approché. Après hier soir, je pense que tu me dois une vraie explication sans que j'aie besoin de te courir après par texto. Alors s'il te plaît, appelle-moi. »

Le visage impassible, Strike écouta ensuite le message vocal que Madeline venait de laisser, deux mots prononcés d'une voix froide : « Appelle-moi. »

Au lieu de s'exécuter, Strike appela le Marine Hotel. Après avoir réservé deux chambres pour la nuit, il revint à la BMW, où Robin était toute pâle.

— J'ai réservé au Marie Hotel. Tout va bien ?

— Oui.

— O.K. On va aller manger, acheter une brosse à dents et des chaussettes, et on pourra se connecter à ce fichu jeu une fois arrivés à l'hôtel.

79

L'amour ne vient qu'à l'appel de l'amour,
Et la pitié le réclame en vain ;
Car je ne peux tout te donner,
Tu ne me rendras rien.

Mary Elizabeth COLERIDGE,
An Insincere Wish Addressed to a Beggar

Après avoir acheté les produits indispensables pour passer la nuit et mangé des sandwiches dans un café de la ville, Strike et Robin arrivèrent au Marine Hotel à quatorze heures. Le long bâtiment en brique rouge, doté de nombreux pignons et de portes qui donnaient sur la rue, était équipé de balcons en bois blanc qui s'étendaient tout le long de la façade. Séparé du trottoir par une haie basse, bien taillée, il faisait face à la mer et paraissait élégant et propre.

Au téléphone, on avait annoncé à Strike qu'il avait la chance de réserver les deux dernières chambres disponibles ce samedi soir-là et, en contournant la belle façade de l'hôtel pour accéder au parking, il s'imagina rappeler Madeline depuis l'un de ces balcons avec vue sur mer, un whisky du minibar en main.

Cette vision romantique fut balayée à la réception, où un homme costaud en costume lui répéta joyeusement qu'ils avaient en effet eu de la chance de prendre les deux dernières chambres libres, qui se trouvaient au dernier étage, sans balcon.

— Numéros trente et trente-deux. En haut des escaliers, dans votre dos, vous montez encore une volée de marches, puis une deuxième, et vous y êtes.

— Est-ce qu'il y a un ascenseur ? demanda Strike en prenant deux jeux de clés pour en tendre un à Robin.

— Oui, mais pas jusqu'en haut.

Il salua d'un sourire le couple qui patientait derrière eux.

— Super. Et on nous propose même pas de porter nos bagages.

Ils s'engagèrent dans l'escalier étroit recouvert d'une moquette de style années 1970, à motif de feuilles orange et marron.

— On n'a pas de bagages, objecta Robin à juste titre.

Ils n'avaient l'un et l'autre qu'un petit sac à dos léger.

— C'est pas la question, s'entêta Strike en approchant de la deuxième volée de marches.

Son tendon avait eu assez d'escaliers pour la journée et l'extrémité de son moignon recommençait à le faire souffrir.

— Trois étoiles, ça veut pas dire le Ritz non plus, fit remarquer Robin en oubliant le tabou tacite concernant le Ritz, depuis leur soirée là-bas. De toute façon, le comptable n'aurait pas voulu qu'on paie plus cher.

Strike ne répondit rien : son moignon commençait à trembler sous l'effort, et il craignait que les spasmes de la veille ne reprennent. La troisième volée de marches les mena à une petite alcôve où étaient exposés des modèles réduits de bateaux et des pots en terre. En nage, Strike trouva cela plus agaçant que charmant : s'il y avait de la place, pourquoi ne pas caser un autre ascenseur ?

Ils parvinrent enfin à un petit palier avec deux portes côte à côte, occupant à l'évidence les deux moitiés d'une même soupente.

— On échange, proposa Robin en inversant leurs trousseaux de clés.

— Pourquoi ?

— Tu pourras avoir la vue sur la mer. En tant que Cornouaillais, je sais que ça te parle.

Il était touché, mais trop essoufflé et tracassé par sa jambe pour se répandre en effusions.

— Merci. J'ai deux trois choses à faire. Je frappe à ta porte quand j'ai fini et on pourra discuter de la suite.

— Ça marche. En attendant, je vais me connecter au jeu.

Elle ouvrit la porte sur une agréable chambre mansardée, qui donnait sur le parking, à l'arrière du bâtiment. Il y avait un lit double et un lit simple, avec des têtes de lit impeccables. Robin imagina leur comptable, un homme dénué d'humour, leur demander pourquoi ils n'avaient pas partagé la chambre par souci d'économie. La seule fois où Barclay avait rencontré cet homme, il avait conclu : « On dirait qu'il chie des agrafes. »

Il ne fallut à Robin que quelques minutes pour sortir les affaires de son nouveau sac à dos, qu'elle avait acheté parce qu'elle ne se voyait pas débarquer à l'hôtel avec des sacs de courses. Après avoir suspendu sa chemise, elle disposa les affaires de toilette dans la salle de bains attenante, puis s'assit sur le lit double où étaient posés trois appareils électroniques : son téléphone, le téléphone prépayé dont Pez Pierce avait le numéro, et son iPad.

Elle avait reçu un texto de sa mère :

« Comment vas-tu ? Tu as eu des nouvelles de la police ? »

Bien consciente que cette inquiétude était tout à fait fondée, elle répondit :

« Je vais bien ! La police me tient au courant régulièrement, ils avancent. Ne t'en fais pas, je te promets que je suis prudente et que tout va bien. Bisous à papa xxx »

Elle prit ensuite son téléphone prépayé et vit que Pez Pierce lui avait envoyé une photo.

Pourvu que ce soit pas un truc salace, se dit-elle en l'ouvrant, mais au contraire : c'était le croquis d'une fille brune nue, un bras dissimulant timidement ses seins, l'autre main son pubis. Il fallut quelques secondes à Robin pour comprendre que le dessin était censé représenter Jessica. Pez n'avait écrit qu'un seul mot :

« Ressemblant ? »

Il avait envoyé ça deux heures plus tôt. Jessica Robins avait une vie sociale bien remplie, donc Robin décida qu'un laps de deux heures était parfaitement raisonnable, et elle répondit :

« Parfaitement. Tu dessines les épaules beaucoup mieux que moi. »

Elle posa le téléphone et prit son iPad pour se connecter au jeu. Anomie était absent, les seuls modérateurs présents étaient Hartella et Demony1. Robin fut surprise de voir Demony1 ouvrir un canal privé avec elle dès qu'elle entra.

Demony1 : je suis allée regarder cette tête de Ferdinand sur YouTube

Demony1 : inroyable ptn

Robin regarda le message sans comprendre. Qui était Ferdinand ? Est-ce que ce message lui était vraiment destiné ?

> **Demony1** : un transfert de 18 millions de livres, ça paraît rien maintenant lol

Le foot, songea Robin en se rappelant que Strike lui avait raconté sa conversation privée avec Demony1 la veille au soir, alors qu'il avait pris le contrôle de Buffypaws. Elle eut presque envie d'aller frapper au mur pour lui demander les détails de leurs échanges, mais comme il était occupé, elle prit son téléphone et tapa « Ferdinand transfert de 18 millions » dans Google.

Robin comprit qu'il s'agissait de Rio Ferdinand, qui avait marqué un célèbre but de la tête pour Leeds United contre Deportivo en 2001.

Pendant ce temps-là, Strike était assis sur son lit double lui aussi, dans une chambre identique à celle de Robin. Il n'avait pas sorti ses affaires, parce que sa priorité avait été d'ôter sa prothèse. Au lieu d'apprécier la vue sur mer, il regardait son moignon s'agiter de façon incontrôlable dans sa jambe de pantalon.

En jetant un coup d'œil rapide dans la pièce, il avait constaté l'absence de minibar, ce qui semblait cohérent puisque, comme l'avait fait remarquer Robin, ils n'étaient pas au Ritz. L'hôtel ne remonta pas dans son estime. Peut-être que boire un whisky en plein après-midi était une mauvaise habitude à prendre, mais entre la bombe, l'arrivée d'un jeune membre du Halvening dans la rue de Robin, les spasmes récurrents de son moignon et la perspective d'une « discussion sérieuse » imminente avec Madeline, une dose apaisante d'alcool aurait été la bienvenue.

Bien qu'il n'ait guère envie de lui parler, il fallait qu'il le fasse, parce qu'il ne voulait pas ajouter un souci supplémentaire à une liste déjà longue. Conscient qu'il n'avait pas agi de façon exemplaire, loin de là, il était prêt à s'excuser. Mais que se passerait-il ensuite ? Adossé aux oreillers, il ne voyait qu'un long avenir de ressentiment mutuel. Tandis que son moignon était toujours agité de spasmes incontrôlables, il songea qu'il aurait dû voir tout de suite que Madeline et lui n'étaient pas faits pour vivre ensemble. Ce qu'il lui fallait, c'était un homme heureux de rester à ses côtés sous les flashes des photographes ; elle méritait quelqu'un qui l'aimait suffisamment pour ne pas s'arrêter à une scène de ménage causée par le stress et l'abus d'alcool, et il n'était pas comme ça. Il prit une profonde inspiration, saisit son téléphone et composa son numéro.

Madeline répondit d'une voix froide.

— Salut.

Quand il parut clair qu'elle attendait qu'il parle, il demanda :

— Comment vas-tu ?

— Pas très bien. Et toi ?

— J'ai connu mieux. Écoute, je veux m'excuser pour hier soir. Je n'aurais pas dû mentir, c'était nul de ma part. J'avais peur qu'on se dispute, donc…

— Donc t'as fait en sorte que ça arrive.

— Pas volontairement.

— Tu es resté chez Robin hier soir ? Corm, dis-moi la vérité.

Il tourna la tête pour regarder l'horizon, où le ciel rencontrait la mer.

— Oui.

Il y eut un long silence. Strike ne dit rien, espérant que Madeline mette fin à leur relation sur-le-champ, sans plus d'efforts de sa part. Mais ce qu'il entendit, ce fut le bruit reconnaissable de ses sanglots.

— Bon, reprit-il sans savoir comment poursuivre.

Madeline l'interrompit :

— Comment j'ai pu être assez bête pour tomber amoureuse de toi ? Les gens m'ont prévenue, pourtant…

Il n'allait pas tomber dans le piège consistant à lui demander de nommer ces gens-là, car il était certain qu'ils se réduisaient à une seule personne : celle dont le mariage en lambeaux menaçait actuellement son agence.

— Mais tu n'avais pas l'air d'être comme ça !

— Si tu veux dire que je couche avec Robin, c'est faux, dit-il en saisissant sa cigarette électronique malheureusement déchargée. Je n'ai couché avec personne d'autre que toi pendant tout le temps qu'on a passé ensemble.

— Au passé. « Je n'ai couché ».

— On parle du passé, non ?

— Est-ce que tu veux de cette relation, Corm ? lui demanda-t-elle d'une voix plus aiguë que d'habitude, pleine de sanglots. Tu veux vraiment être avec moi ?

— Tu es géniale, répondit-il en se reprochant intérieurement l'usage de paroles aussi banales qui ne réconfortaient personne, mais donnaient à celui qui les prononçait la maigre illusion d'être gentil. Et ça a été super avec toi, mais je pense qu'on ne veut pas les mêmes choses.

Il s'attendait à ce qu'elle le contredise, voire qu'elle lui crie dessus, parce qu'elle savait faire mal quand elle était blessée. Mais après quelques sanglots, elle raccrocha.

80

Je ne sais ce qui peut apaiser mes souffrances,
Ni ce que je souhaite ;
La passion me tire sur le cœur
Comme un tigre en laisse.

Amy Levy,
Oh, Is It Love?

Tiré soudainement du sommeil par deux coups contre la porte de sa chambre, Strike cligna les yeux, désorienté, fixant le plafond en pente pendant quelques secondes en se demandant où il se trouvait. Puis, se souvenant qu'il était dans un hôtel de Whitstable, il jeta un coup d'œil au ciel par la fenêtre et devina que c'était le début de la soirée.

— Strike ? demanda Robin derrière la porte. Tout va bien ?

— Oui, répondit-il d'une voix rauque. Une minute.

Les spasmes de sa jambe s'étaient calmés. Il avança jusqu'à la porte à cloche-pied avec plus de facilité que prévu car il pouvait prendre appui sur une commode et la structure du lit en cuivre.

— Désolé, dit-il en ouvrant la porte. Je me suis endormi. Entre.

Robin savait qu'il n'aurait pas enlevé sa prothèse s'il n'était pas en grande souffrance, parce qu'il détestait les commentaires et les questions que cela provoquait. Il retourna vers le lit à cloche-pied et s'y assit.

— Qu'est-ce qui se passe avec ta jambe ?

— Elle bouge toute seule.

— Quoi ?

Robin regarda la prothèse appuyée contre le mur et Strike laissa échapper un petit rire.

— Non, pas elle. Mon moignon. J'ai des spasmes. J'ai connu ça juste après l'amputation et ils sont revenus il y a quelques jours.

— Merde. Tu veux voir un médecin ?

— Pas la peine. Assieds-toi, lui offrit-il en indiquant une chaise en osier. On dirait que tu as du nouveau.

— Oui, répondit Robin en s'installant. Ils ont parlé de l'arrestation d'Ormond aux infos. Apparemment, la police a demandé à prolonger la garde à vue.

— Donc il n'a pas avoué le meurtre, pour l'instant.

— Évidemment. Il y a autre chose…

— Ça t'ennuie si je m'en grille une avant qu'on passe à la suite ? demanda Strike encore un peu endormi. Il va falloir que je remette ma jambe en place. Et je meurs de faim. Ils étaient pas très copieux, ces sandwiches du déjeuner, hein ?

— Tu veux de l'aide pour descendre ?

— Non, non, ça ira.

— Sinon, je peux aller nous réserver une table au restaurant ?

— Parfait, très bonne idée. Je te retrouve en bas.

Robin descendit au rez-de-chaussée, inquiète pour Strike mais aussi tout excitée par la nouvelle piste qui venait de s'ouvrir devant elle, après sa conversation avec Demony1. Elle n'avait pas vu l'après-midi passer et c'est seulement à dix-huit heures dix qu'elle s'était rendu compte que Strike ne s'était pas manifesté.

Une jeune employée de l'hôtel lui indiqua la salle de restaurant dont les murs étaient peints couleur ardoise, avec des bow-windows face à la mer et des morceaux de corail ondulé disposés sur les cheminées. Un serveur se présenta à sa table et après avoir commandé un verre de Rioja, Robin choisit la chaise face à la mer, ce qu'elle trouvait équitable dans la mesure où elle avait laissé la meilleure chambre à Strike. Elle posa son iPad sur la table, connecté au jeu.

Anomie était toujours absent, ce qui commençait à intriguer Robin. À moins qu'elle n'ait raté son apparition pendant leur trajet à Whitstable, son absence n'avait jamais duré aussi longtemps depuis qu'elle jouait. Elle songea qu'en garde à vue, Phillip Ormond n'avait accès à aucun appareil électronique.

Pendant ce temps, Pez Pierce avait envoyé plusieurs textos supplémentaires à Jessica Robins. Robin avait prétexté un dîner chez ses parents afin de calmer ses ardeurs, mais ça ne l'avait pas freiné. Le dernier message disait : **« Alors on se revoit quand ? »** À quoi Jessica avait répondu : **« Je vais regarder mon planning. Je file, mon père râle parce que je suis sur mon téléphone. »**

Le serveur lui apporta son vin, et tout en buvant une gorgée, Robin se mit à penser à son ex-mari. Elle n'aurait jamais été là si elle avait encore été mariée. La simple idée d'envoyer un message à Matthew pour lui dire : « On a reçu une bombe au bureau, Strike va venir dormir sur le canapé » était risible. Matthew n'avait jamais apprécié Strike et elle pouvait imaginer sa réaction si Robin lui avait annoncé qu'elle allait passer la nuit avec Cormoran à Whitstable. Pendant quelques secondes, elle goûta ce sentiment de liberté, mais ses pensées se dirigèrent immédiatement vers Madeline et le mensonge de Strike au sujet du room service : il avait sûrement dû passer du temps à la rassurer. Elle se demandait comment était Strike quand il essayait de consoler quelqu'un. Elle ne l'avait jamais entendu le faire.

Peu importe, se dit-elle sévèrement. *Tu as ça*, (elle voulait dire l'enquête, pas la chambre d'hôtel et le verre de Rioja), *et c'est mieux. Mieux vaut être amis et collègues*. Sur ce, elle sortit son téléphone, ouvrit Twitter et vérifia si elle avait reçu une réponse au long message privé qu'elle avait envoyé une heure plus tôt à une jeune fan de *Sang d'encre*. Si la théorie de Robin était correcte – et elle était sûre que oui – la réponse de cette fille pourrait se révéler extrêmement importante pour l'affaire Anomie, mais elle n'avait rien reçu pour l'instant.

Il fallut une demi-heure à Strike pour rejoindre le restaurant, parce qu'il avait pris une douche rapide dans l'espoir que cela soulagerait ses muscles avant de descendre prudemment dans la rue fumer une cigarette. En traversant le restaurant, il remarqua que Robin avait revêtu sa chemise bleue flambant neuve. Les murs sombres de la salle mettaient en valeur son teint de pêche si distinctif, et il songea à lui dire que la couleur de sa chemise lui allait très bien, mais elle le coiffa au poteau en lui demandant directement :

— Comment va ta jambe ?

— Pas trop mal, répondit-il en s'asseyant. Dis-moi ce que tu as de nouveau.

— D'abord, j'ai eu une conversation privée avec Demony1 cet après-midi. Vous avez sérieusement parlé foot l'autre soir : j'ai dû faire pas mal de recherches sur Google pour être à niveau. Rio Ferdinand, tête contre Deportivo, victoire légendaire pour Leeds, etc.

— Désolé, s'excusa Strike en esquissant un sourire en coin. J'aurais dû le mettre dans les notes. Tu bois quoi ?

— Du Rioja. Il est bon.

— Parfait. Je vais prendre la même chose, indiqua-t-il au serveur qui était apparu à leur table.

Quand il partit, Strike reprit :

— Je parie que c'est pas la tête de Ferdinand qui t'enthousiasme à ce point ?

— En effet. Je suis dans cet état parce que j'ai appris que Leeds United est aussi connu sous le nom de Peacocks, les paons.

— Et pourquoi ça t'intéresse ?

— Parce que je pense avoir enfin découvert un élément très important. Je me sens bête de ne pas l'avoir vu avant, mais il y a des millions de gens sur Twitter, donc… Regarde ça.

Robin ferma Twitter sur son téléphone et ouvrit son album-photos pour lui montrer les captures d'écran qu'elle avait prises l'après-midi, et qui montraient un extrait de sa conversation privée avec Demony1.

Demony1 : c'est mon dernier jour ici

Demony1 : je suis juste venue dire au revoir à Worm mais elle est pas là

Demony1 : mes conversations avec toi ces derniers jours c'est le truc le plus sympa qui me soit arrivé depuis très longtemps

Buffypaws : tu pars pas pour de vrai ?!

Demony1 : si, il faut

Demony1 : cet endroit me rend malade, je plaisante pas

Demony1 : je sais que tu veux devenir modé mais sérieusement fais pas ça. Cet endroit est toxique ptn.

Strike passa à la photo suivante et continua à lire.

Buffypaws : tu as prévenu Anomie que tu partais ?

Demony1 : non

Demony1 : je vais juste disparaître

Demony1 : y a plein de choses que tu connais pas sur cet endroit

Demony1 : je suis tellement stressée que ma mère voulait m'emmener chez le médecin

Demony1 : mais c'est pas un médecin qu'il me faut

Buffypaws : qu'est-ce qu'il te faut ?

>

>

>

Demony1 : trouver quelqu'un qui peut stopper Anomie

Le verre de Strike arriva mais il était tellement absorbé dans sa lecture qu'il ne le remarqua pas ; c'est Robin qui remercia le serveur.

Buffypaws : comment ça « stopper Anomie » ?

Demony1 : peu importe. Mais deviens pas modé, sérieux. J'ai tellement honte d'avoir participé à ça que j'arrive à penser à rien d'autre. Faut que j'y aille

<Demony1 a quitté le canal>

Strike leva la tête et s'apprêta à parler, mais Robin le devança :

— Continue de faire défiler les photos. Y a autre chose.

Il s'exécuta et vit une série de tweets, dont le premier remontait à plus de trois ans. La photo de profil montrait une adolescente brune avec d'épais sourcils et un sourire ironique. Elle n'avait pas utilisé de filtre pour sa photo, ce qui, comme l'avait récemment découvert Strike, était très rare chez les jeunes utilisatrices de Twitter.

Penny Peacock @rachledbadly

Je me suis disputée avec mon père et il m'a dit que j'étais un démon de l'enfer #BonneAnnee

01 h 58 1er janvier 2012

Penny Peacock @rachledbadly

J'ADORE ce truc. Joue le jeu, mek !

www.sangdencre/LeJeu.com

19 h 55 9 février 2012

Penny Peacock @rachledbadly

Qui s'est fait exclure pour avoir fumé dans les toilettes de l'école 😂😂😂

00 h 49 27 février 2012

Penny Peacock @rachledbadly

cplt bourree la

00 h 49 14 avril 2012

DroitsEM @MEBillyShears

Étude prometteuse sur le trouble mitochondrial et la physiologie de la EM ici : bitly.sd987m

15 h 49 14 mai 2012

Penny Peacock @rachledbadly
Réponse à @MEBillyShears

Vous connaissez le lupus ?

18 h 02 14 mai 2012

DroitsME @BillyShearsME

Consultez la section « auto-immune » de mon site : www.TribulationemEtDolorum.com

18 h 26 14 mai 2012

— Penny est en contact avec Inigo ? demanda Strike.
— Continue ta lecture.

Penny Peacock @rachledbadly

@TheMorehou © e ALPHA CENTAURI Bb BABY !

20 h 51 16 octobre 2012

Morehouse @theMorehou©e
Réponse à @rachledbadly
Oui je sais ! Mais à ta place j'attendrais un peu avant de faire mes valises

---

Penny Peacock @rachledbadly
Réponse à @theMorehou©e
Sois pas rabat-joie

Morehouse @theMorehou©e
Réponse à @rachledbadly
Je dis juste qu'on n'en est pas encore sûrs

Penny Peacock @rachledbadly
Réponse à @theMorehou©e
quoi ????

Morehouse @theMorehou©e
Réponse à @rachledbadly
C'est une hypothèse de travail. Il reste des sceptiques.

— Tu es déjà arrivé aux trucs de Morehouse sur l'astronomie ? lui demanda Robin.
— J'y viens.
— Je m'en veux, parce que j'avais remarqué leurs interactions, je t'en ai parlé, tu te rappelles ? Cette collégienne à qui parle Morehouse ? Mais j'ai jamais fait le lien.
Voyant que Strike ne l'avait pas fait non plus, elle lui dit :
— Continue de lire.

Penny Peacock @rachledbadly

Super hâte de voir le match demain, mon père supporte les bleus et moi les blancs et j'ai vraiment envie qu'on les ÉCRASE

17 h 45 18 décembre 2012

Ron Briars @ronbriars_1962
Réponse à @rachledbadly
Comment vous avez fait avec ton père pour être ennemis dans cette guerre de cent ans ?!

Penny Peacock @rachledbadly
Réponse à @ronbriars_1962
Il est parti quand j'avais 12 ans et ma mère et moi on est allées vivre dans sa famille à Leeds

17 h 57 18 décembre 2012

Ron Briars @ronbriars_1962
Réponse à @rachledbadly
Ah ok. Petite revanche perso alors

Penny Peacock @rachledbadly
Réponse à @ronbriars_1962
Toute petite.

— Attends, dit Strike en levant les yeux vers Robin qui était tout sourire. Leeds United ? Son père l'a traitée de démon de l'enfer ?

— Et sa mère a un lupus. Par ailleurs, Gus vient de nous dire que son père parle à une certaine Rachel.

— En quoi ça nous aide ?

— Strike, oublie « Penny Peacock » et regarde son autre pseudo.

Strike regarda les deux derniers tweets.

Penny Peacock @rachledbadly

Merde. MERDE.
MEEEEEEERRRRRDDDDEE #LeedsvChelsea

21 h 32 19 décembre 2012

Penny Peacock @rachledbadly

Super et mon père m'envoie un texto. Il oublie mon anniversaire mais m'écrit pour se vanter que Chelsea a gagné.

— Rachled…, dit-il. Attends. « Rach led badly », comme par opposition à…

— Rach led well, confirma Robin toute contente. Continue de lire.

Penny Peacock @rachledbadly

Si vous aviez un membre de votre famille qui est connu mais vous l'avez jamais rencontré est-ce que vous le contacteriez ?

21 h 13 28 janvier 2013

Julius @i_am_evola
Réponse à @rachledbadly
Pas si j'avais ta gueule. Il va se demander pourquoi Ringo Starr a débarqué chez lui avec une jupe

— Vous avez choisi ? demanda le serveur.

— Non, désolée, dit Robin en ouvrant le menu et en commandant au hasard les spaghettis au pesto.

— Prends-moi quelque chose de rassasiant mais pas gras, lui dit Strike sans lever les yeux tellement il était concentré sur les photos.

Sa requête n'était pas facile à satisfaire. Le menu, qui proposait des plats que Strike aurait sans aucun doute adorés, comme la poitrine de porc ou le fish and chips, n'était pas très light. Robin demanda un steak avec de la salade à la place des frites, et le serveur s'éloigna.

— Tu en es où ? demanda-t-elle à Strike.

— Le long échange où ils disent que Ledwell a menti en se prétendant pauvre.

Anomie
@AnomieGamemaster

Ceux qui croient aux pleurnicheries de La Goinfre sur son enfance pauvre doivent savoir que son oncle riche lui a donné deux gros paquets de fric au début des années 2000. #EdieLaMenteuse

22 h 30 26 avril 2013

Moonyspoons @m<>nyspoons
Réponse à @AnomieGamemaster
J'ai toujours pensé qu'il y avait un truc pas net avec ces conneries. #JeSoutiensJosh #EdieLaMenteuse

22 h 32 26 avril 2013

Yasmin Weatherhead @YazzyWeathers
Réponse à @AnomieGamemaster
Je pense qu'elle était fauchée mais pas autant qu'elle raconte, genre son histoire d'être à la rue j'y crois pas

---

Penny Peacock @rachledbadly
Réponse à @YazzyWeathers @AnomieGamemaster
Elle ment pas. Elle était vraiment à la rue.

Lepine's Disciple @LepinesD1sciple
Réponse à @rachledbadly @YazzyWeathers @AnomieGamemaster
Apparemment elle a offert quelques services contre des £££

> **Max R** @mreger#5
> Pas fier de ça, mais en 2002 j'ai payé @EdLedDraws pour me tailler une pipe

---

Julius @i_am_evola
Réponse à @LepinesD1sciple @rachledbadly @YazzyWeathers @AnomieGamemaster
#JoueAvecTonCul 😂😂😂😂😂😂😂😂😂😂😂

Johnny B @jbaldw1n1>>
Réponse à @LepinesD1sciple @rachledbadly @YazzyWeathers @AnomieGamemaster
#LaGoinfreSuceBien 😂😂😂😂😂😂😂😂😂

Max R @mreger#5
Réponse à @LepinesD1sciple @rachledbadly @YazzyWeathers @AnomieGamemaster
Apparemment je suis pas le seul, elle suce son proprio hollandais pour éviter de payer son loyer #JoueAvecTonCul

---

Penny Peacock @rachledbadly
Réponse à @mreger#5 @LepinesD1sciple @YazzyWeathers @AnomieGamemaster
Allez tous vous faire foutre

Moonyspoons @m<>nyspoons
Réponse à @rachledbadly @mreger#5 @YazzyWeathers @AnomieGamemaster
Ras le bol de Ledwell et ses défenseurs. Elle est sectaire et c'est une menteuse

Penny Peacock @rachledbadly
Réponse à @m<>nyspoons @mreger#5 @LepinesD1sciple @YazzyWeathers @AnomieGamemaster
Moi je connais sa famille et je sais qu'elle dit la vérité alors vos gueules

Au moment où Strike s'apprêtait à parler, Robin, qui avait refermé son iPad où tournait le jeu, ouvrit Twitter et lâcha un petit cri.

— Continue de lire, il faut que je réponde à un truc.

Strike obéit et Robin lut la brève réponse de Rachel Ledwell au message privé que Robin avait envoyé depuis un compte Twitter créé dans l'après-midi dans ce but, baptisé @StopAnomie.

Vous êtes qui ?
Penny Peacock

Une femme qui pense qu'Anomie a fait suffisamment de dégâts aux fans et qu'il faut l'arrêter
StopAnomie

Elle attendit en retenant sa respiration. Elle regarda Strike.

— Tu en es où, maintenant ?

— Ses échanges sur l'astronomie avec Morehouse.

Penny Peacock @rachledbadly
@theMorehou©e

26 trous noirs sur Andromède

Tu vas me dire qu'ils n'existent pas eux non plus ?

22 h 02 12 juin 2013

Morehouse @theMorehou©e
Réponse à @rachledbadly
lol, non ils sont bien là. Super excitant.

Penny Peacock @rachledbadly
@theMorehou©e

Kepler-78b ?

20 h 25 5 novembre 2013

Morehouse @theMorehou©e
Réponse à @rachledbadly
Le contraire d'Alpha Centauri Bb : il existe mais ne devrait pas

— On a vraiment l'impression qu'ils se connaissent, commenta Strike. Il est quoi, astrophysicien ?

— Paperwhite m'a dit qu'elle avait deviné qui était Morehouse parce que Demony1 lui a donné un indice sur le canal des modérateurs. Morehouse s'est fâché contre Paperwhite parce qu'elle avait deviné qui il était, mais je pense pas que c'était lié au fait qu'il soit astrophysicien. C'est plutôt quelque chose dont on peut être fier.

— Tu sais, le ton de Morehouse m'intéresse.

— Dans quel sens ?

— Je ne pense pas qu'il soit aussi jeune qu'elle. Vu sa façon d'écrire, il pourrait avoir n'importe quel âge. C'est peut-être même un prof.

— Je suis d'accord. Et dans les messages publics qu'il poste, il ne jure quasiment jamais.

— Et dans ce message-là…

Il orienta le téléphone vers Robin.

Penny Peacock @rachledbadly

« Donnez un exemple d'utilisation d'une variable »
SOS @theMorehou©e

22 h 33 11 novembre 2013

Morehouse @theMorehou©e
Réponse à @rachledbadly
Allez, tu le sais, ça

Penny Peacock @rachledbadly
Réponse à @theMorehou©e
Je suis crevée ptn, tu peux pas le faire pour moi ?

Morehouse @theMorehou©e
Réponse à @rachledbadly
Lol non j'ai du boulot aussi

— Il lui parle comme un grand frère ou peut-être un oncle.

— Un oncle assez cool puisqu'elle se sent libre de jurer devant lui.

— Et d'un autre côté, il n'y a rien de malsain. C'est pas Ashcroft, quoi.

— C'est marrant que tu mentionnes Ashcroft. Il apparaît plus loin.

Strike fit défiler une photo, mais Robin vit que Rachel venait de répondre à son message.

Pourquoi tu veux m'aider ?
Penny Peacock

Le cœur battant, Robin répondit :

Parce que je pense que tu es qqn
de bien qui partage la même opinion
que moi et que tu pourrais m'aider
à arrêter Anomie.
StopAnomie

Pendant que Robin attendait avec impatience la réponse de Rachel, Strike commença à lire le fil Twitter suivant.

Anomie @AnomieGamemaster

Le dernier numéro de Ledwell la goinfre #trollaugrandcoeur
« Je préfère les petites pièces parce que c'est là-dedans
que j'ai grandi ».

Ça vous paraît petit, ça ?

01 h 53   15 août 2013

Le tweet s'accompagnait de la photo d'une maison mitoyenne dont le numéro de porte était clairement visible.

Justicier numérique @justiciernum
@AnomieGamemaster @rachledbadly

Quels que soient les défauts de Ledwell, on peut pas révéler
son adresse comme ça. Dénoncé.

01 h 56   15 août 2013

Anomie @AnomieGamemaster
Réponse à @justiciernum @rachledbadly
À quel moment j'ai révélé son adresse ?

01 h 57 15 août 2013

Penny Peacock @rachledbadly
Réponse à @AnomieGamemaster @justiciernum
Il a raison, enlève la photo

01 h 58 15 août 2013

Justicier numérique @justiciernum
Réponse à @rachledbadly @AnomieGamemaster
Arrête ton numéro, Penny

01 h 58 15 août 2013

Penny Peacock @rachledbadly
Réponse à @justiciernum @AnomieGamemaster
JE NE SUIS PAS ANOMIE

01 h 58 15 août 2013

Lepine's Disciple @LepinesD1sciple
Réponse à @EdLedDraws
Si quelqu'un veut l'adresse de son appart, envoyez-moi un DM, je l'ai
😂😂😂😂😂😂😂

— Attends, Ashcroft pensait que Rachel était Anomie ?
— Il le pense toujours. Si tu lis la suite, tu verras pourquoi il m'a dit qu'Anomie était une jeune fille perturbée qui a eu des ennuis avec la police.

Penny Peacock @rachledbadly

Attrapée en train de faire des graffitis dans Hyde Park.
Je sors du commissariat. Ma mère a dit que c'était le pire jour de sa vie.

19 h 19 7 février 2014

Penny Peacock @rachledbadly
Réponse à @rachledbadly
Claque dans la gueule pour mon père. Il a trouvé ça moins dur de la quitter alors qu'elle était très malade

Penny Peacock @rachledbadly
Réponse à @rachledbadly
que moi qui ai écrit LUCY WRIGHT EST UNE SALOPE sur un mur.

Penny Peacock @rachledbadly
Qqn s'est fait prendre pour des graffitis ? J'essaie de rassurer ma mère que je vais pas finir pendue

Lilian Asquith @LilAsquith345
Réponse à @rachledbadly
Arrête peut-être de te vanter. Les graffitis sont des dégradations volontaires. Je comprends pas pourquoi les gens font ça.

Penny Peacock @rachledbadly
Réponse à @LilAsquith345
On est tous keuls et on s'ennuik

19 h 42 7 février 2014

Malgré lui, Strike lâcha un petit rire, mais Robin ne fit pas attention ; Rachel venait de répondre.

Qu'est-ce qui te fait penser
que j'ai des informations ?
Penny Peacock

Robin vida son verre de Rioja et répondit :

Je pense que tu sais qui est
Morehouse – et Morehouse sait
qui est Anomie.
StopAnomie

Au bout de quelques secondes, Rachel répondit :

Morehouse ne te le dirait jamais
Penny Peacock

Comme elle n'avait pas nié connaître Morehouse et qu'elle ne refusait pas de continuer l'échange, l'excitation de Robin grandit.

Je peux peut-être le persuader.
Je suis douée pour ça.
StopAnomie

Pendant que Robin attendait impatiemment, Strike lisait la dernière capture d'écran sur son téléphone.

Penny Peacock @rachledbadly

J'ai reçu le jugement pour le graffiti et je vais sans doute devoir nettoyer ou un truc dans le genre

16 h 27 8 juillet 2014

Penny Peacock @rachledbadly
Réponse à @rachledbadly
Ma mère a dit bien fait pour moi et mon père avait oublié que le jugement était aujourd'hui #SuperParents

---

Penny Peacock @rachledbadly
Réponse à @rachledbadly
Du coup je vais boire un peu de vodka pour fêter ça haha #jevaispasenprison

---

Lepine's Disciple @LepinesD1sciple
Réponse à @rachledbadly
Ils devraient foutre en taule les meufs comme toi qui sont trop moches

---

Penny Peacock @rachledbadly
Réponse à @LepinesD1sciple
VA TE FAIRE FOUTRE

— Ça fait un moment que j'attends que quelqu'un envoie balader Lepine's Disciple, commenta Strike en rendant son téléphone à Robin. C'est le genre de type qu'il faut remettre à sa place systématiquement, sans ménagement. Tout va bien ?

Robin regardait son iPad, très tendue.

— Oui. Mais je boirais bien un autre verre.

Tandis que Strike hélait le serveur, la réponse de Rachel apparut sur l'écran.

Tu es journaliste ?

Penny Peacock

Ou de la police ?

Penny Peacock

Comme Robin se mit à pianoter très rapidement, Strike se demanda ce qui pouvait bien se passer. Son silence suggérait que c'était personnel, et il se souvint soudain de l'appel d'Adam Labrosse qui avait été transféré sur son portable depuis le bureau, le soir où il dînait avec Grant Ledwell. Il n'avait pas eu l'occasion de découvrir ce qui se passait entre eux deux. Maintenant il se rappelait ce type au regard bizarre qui avait le bras posé sur la chaise de Robin, en Suisse. Quand les deux verres de vin furent servis, il but le sien tout en observant Robin à la dérobée, pour essayer de décrypter si elle était en train d'organiser son prochain voyage avec lui ou de rompre.

En réalité, Robin tapait un message :

Ni l'un ni l'autre. Je te raconterai tout si tu acceptes de me rencontrer. Je te garantis l'anonymat total et on peut se voir en plein jour, dans un endroit public. Si tu n'aimes pas mon apparence, tu pourras partir immédiatement. Si une fois sur place tu n'as plus envie de me parler, tu pourras partir. Personne ne saura rien de notre rencontre et personne ne saura que tu m'as aidée, si c'est ce que tu décides de faire.

StopAnomie

Pourquoi tu ne me dis pas maintenant qui tu es ?

Penny Peacock

Parce que si tu le répètes à quelqu'un ça pourrait m'empêcher d'arrêter Anomie.

StopAnomie

Le serveur revint avec leurs plats. Robin lui fit de la place, les yeux toujours fixés sur son iPad. Strike regarda son assiette : à la place des frites, il n'y avait que de la salade. Il ne pouvait s'en prendre qu'à lui-même, donc il saisit sa fourchette et se mit à manger pendant que Robin continuait de taper.

Je veux t'aider mais j'ai peur
Penny Peacock

Je comprends mais tu n'as rien
à craindre de moi, je te le jure
StopAnomie

Ma mère est malade. Elle pourra
pas supporter si j'ai encore
des ennuis
Penny Peacock

Tu n'auras pas d'ennuis. Personne
ne saura rien
StopAnomie

Tu peux venir à Leeds ?
Penny Peacock

Bien sûr
StopAnomie

Demain après-midi ?
Penny Peacock

— Strike ? dit Robin avec une telle excitation sur le visage qu'il craignit le pire c'est-à-dire qu'elle ait reçu une demande en mariage. On peut aller à Leeds demain ?

— Leeds ?

— Rachel Ledwell a accepté de me rencontrer.

— Quoi ?

— Je vais t'expliquer. On peut y aller ?

— Bien sûr !

Robin répondit donc :

Oui
StopAnomie

Tu peux pas venir chez moi
à cause de ma mère
Penny Peacock

Pas de pb
StopAnomie

Il y a un endroit qui s'appelle
Meanwood Park
Penny Peacock

Tu peux entrer par le café
et prendre le sentier à droite
Penny Peacock

Il y a un pont en pierres
sur la gauche, comme
des dalles cassées
Penny Peacock

De l'autre côté du ruisseau,
y a un arbre avec deux grosses
souches de chaque côté
Penny Peacock

Près de l'arbre y a un banc avec
le nom de Janet Martin dessus
Penny Peacock

On peut se retrouver au banc
de Janet Martin à 15 h
Penny Peacock

Parfait. À demain x
StopAnomie

Robin posa son iPad, but une grande partie de son deuxième verre de Rioja d'un trait, puis raconta tout à Strike. Il écouta, de plus en plus étonné, et quand elle eut fini, il commenta :

— Putain, Ellacott ! Je fais une sieste de trois heures et tu nous résous l'affaire !

— Pas encore, tempéra-t-elle tout excitée. Mais si on trouve Morehouse, on trouve Anomie !

Ils trinquèrent.

— Tu en veux un autre ?

— Vaut mieux pas. Y a plus de trois cents kilomètres jusqu'à Leeds. J'ai pas envie de me faire griller par un test d'alcoolémie.

Elle saisit sa fourchette et se mit à manger ses pâtes.

— Comment est ton steak ?

— Très bon, en fait, répondit Strike en hésitant à dire ce qu'il avait en tête avant de se lancer : j'ai pensé que tu écrivais à Adam Labrosse.

— Adam Labrosse ? Pourquoi j'aurais fait ça ?

— Je sais pas. Il t'appelle au travail, j'ai pensé qu'il y avait quelque chose entre vous.

— Oh non, il n'y a rien du tout entre Adam Labrosse et moi.

Le Rioja ajouté au fait d'avoir obtenu un rendez-vous avec Rachel Ledwell avait détendu Robin. Elle ressentit une affection renouvelée pour son associé.

— Dis-moi quelque chose, reprit-elle. Si une femme n'ouvre pas la porte quand tu frappes à sa chambre, qu'elle ne répond pas à ta carte de la Saint-Valentin ni à tes coups de téléphone, tu penserais qu'elle est intéressée ?

Strike éclata de rire.

— Non, certainement pas.

— Dieu merci, parce que tu serais pas un super détective si tu ne comprenais pas ce genre d'indice.

Strike rit de nouveau. Le soulagement qu'il ressentait était révélateur, mais ce n'était pas le moment de sombrer dans l'introspection. Il but donc un peu de vin et dit :

— C'est un bel hôtel.

— Je croyais que t'étais énervé qu'il n'y ait pas d'ascenseur et que personne ne t'ait aidé à porter des bagages ?

— Mais ils servent un bon steak.

Robin rit à son tour. Quand il l'avait interrogée sur Adam Labrosse, elle avait brièvement songé à lui demander comment ça se passait avec Madeline, mais s'était ravisée pour ne pas gâcher la bonne atmosphère. Le reste du dîner passa agréablement à bavarder, à échanger des blagues et à rire, ce qui aurait pu paraître extraordinaire aux autres convives du restaurant s'ils avaient su que Strike et Robin avaient reçu peu de temps avant un colis piégé.

81

… entre nous s'étendent des grilles dorées,
La vérité ouvre ses yeux sévères…

Mary Elizabeth COLERIDGE,
An Insincere Wish Addressed to a Beggar

Tchat interne entre deux modérateurs de *Drek's Game*

<Un nouveau canal privé a ouvert>

<6 juin 2015 23 h 29>

<Morehouse invite Paperwhite>

<Paperwhite rejoint le canal>

Paperwhite : tu as vu, pour le mec de Ledwell ?

Morehouse : oui y a 2 min

Morehouse : j'étais au labo tout l'aprem

Morehouse : j'arrive pas à y croire

Paperwhite : on fait quoi ?

Morehouse : je sais pas

Paperwhite : la police l'a pas arrêté pour rien

Morehouse : non

Morehouse : ils l'ont pas encore mis en examen

Paperwhite : Mouse, tu VEUX que ce soit Anomie qui l'ait tué ?

Morehouse : bien sûr que non

Morehouse : mais explique-moi Vilepechora

Paperwhite : ça avait peut-être aucun rapport

Paperwhite : peut-être qu'Anomie n'y est pour RIEN dans tout ça !

Morehouse : s'ils mettent Ormond en examen, tout ce qu'on saura c'est qu'A. n'a pas tué Ledwell et Blay

Paperwhite : mais chéri, s'il les a pas tués, pourquoi il aurait attaqué Vilepechora ?

>

Morehouse : j'en sais rien

Morehouse : j'ai peut-être passé tellement de tps à avoir peur que ce soit lui, que maintenant j'ai du mal à accepter autre chose

>

Morehouse : t'as rien remarqué de bizarre chez lui sur le canal des modés, récemment ?

Paperwhite : plus que d'habitude tu veux dire ?

Morehouse : deux fois, au lieu d'écrire « oderim dum metuant » il a écrit « aderum dum mentum »

Paperwhite : et alors ?

Morehouse : alors ça lui ressemble pas

Paperwhite : il avait peut-être bu ?

Morehouse : et y a deux jours, quand t'étais pas là, il a reconnu avec BorkledDrek que All-Star Batman et Robin est une bonne BD.

Paperwhite : eh ben quoi ?

Morehouse : c'est comme si Nigel Farage disait que ce qu'il faut à l'Angleterre c'est cent mille immigrés turcs

Paperwhite : lol

Morehouse : c'est bizarre

Paperwhite : il essayait peut-être de faire de la lèche à BorkledDrek

Morehouse : Anomie ne fait de la lèche à personne

Morehouse : il pense que c'est à nous de lui plaire, pas l'inverse

Paperwhite : lol c'est vrai

Morehouse : en tout cas si Ormond est inculpé ce sera un sacré soulagement

Morehouse : mais le fait que je puisse soupçonner Anomie d'être le tueur, ça m'a fait un électrochoc

Morehouse : récemment j'ai beaucoup pensé à ce qu'il avait fait à Ledwell

Morehouse : la harceler, poster son adresse et tout le reste

Morehouse : j'ai un peu honte quand je repense à tout ça

Morehouse : j'aurais dû l'arrêter. Je me suis trouvé des excuses

Morehouse : Nicole, même si Ormond l'a tué, je quitte le jeu et je pense que tu devrais faire pareil. Anomie et ce jeu n'apportent rien de bon

Paperwhite : ouais

Paperwhite : je me dis pareil

Paperwhite : ma vie va être bizarre sans le jeu quand même

Paperwhite : je vais passer mon temps à t'envoyer des textos

Morehouse : ça me va

Paperwhite : <3

Morehouse : du coup…

Paperwhite : ???

Morehouse : je pense qu'on devrait faire un FaceTime

Paperwhite : OH MON DIEU !!!!

Morehouse : maintenant ?

Paperwhite : j'y crois pas

Paperwhite : et tu me diras qui est Anomie ?

Morehouse : pourquoi pas

Morehouse : non attends

Paperwhite : MOUSE TU PEUX PAS DIRE OUI ET ENSUITE NON

Morehouse : non non, y a qqn à ma porte

Morehouse : je reviens

>

>

>
>
>
>
>
>
>
>
>
>
>
>
>
>
>
>
>
>
>
>
>
>
>
>
>
>

82

Les filles parfois rougissent car elles sont vivantes,
Le regrettant presque car la mort leur épargnerait la honte…
Elles ont touché trop près le feu de la vie, comme des phalènes,
Et s'enflamment entièrement, corps et ailes compris.

Elizabeth Barrett BROWNING,
Aurora Leigh

Robin tenait tellement à être à l'heure à son rendez-vous avec Rachel Ledwell qu'ils reprirent la route à huit heures le lendemain matin. Le ciel était dégagé et la luminosité les aveuglait. Robin regretta de ne pas avoir acheté de lunettes de soleil à Whitstable.

Strike, qui avait rechargé sa cigarette électronique la veille, tirait dessus de temps en temps, sans conviction, pendant qu'ils parcouraient la M11. Quand il ne vapotait pas, il regardait *Drek's Game* où il s'était connecté avant de monter en voiture. Il avait du mal à déplacer Buffypaws de la main gauche. Il avait besoin de sa main droite pour presser sa cuisse parce que son moignon était de nouveau agité de spasmes depuis le réveil et qu'il continuait de bouger tout seul. Par conséquent, il avait à contrecœur refusé le petit déjeuner anglais proposé par l'hôtel pour se rabattre sur du porridge et une salade de fruits.

— Anomie est là ? demanda Robin.

— Non.

— Et les modérateurs ?

— Paperwhite et BorkledDrek. Mais je te rappelle qu'on n'a personne pour surveiller Kea Niven et Tim Ashcroft, donc même si Anomie arrive, on ne pourra pas les éliminer de notre liste.

Quel con, ce Nutley. J'espère qu'il va me demander une recommandation parce que je vais lui en donner une qu'il ne sera pas près d'oublier.

Un silence de vingt minutes s'ensuivit, jusqu'à ce que Strike, que le jeu ennuyait profondément, se déconnecte et reprenne sa cigarette électronique.

— Comment tu fais pour ne pas prendre de poids, avec ce job ? demanda-t-il à Robin.

— Quoi ?

Elle était concentrée sur les questions qu'elle allait poser à Rachel Ledwell.

— Oh, reprit-elle, eh bien je m'organise. J'essaie de prendre des trucs sains quand je suis en surveillance pour ne pas me goinfrer de chocolat.

— Des trucs sains, comme quoi ?

— Je sais pas, des noix. Parfois je me fais des sandwiches… Ta jambe t'embête ?

Elle avait remarqué sans faire de commentaire qu'il appuyait sur sa cuisse.

— Pas assez pour que je me mette à manger comme un écureuil.

— Je mange pas comme un écureuil ! s'insurgea Robin. Mais je ne cuis pas tout à l'huile et je ne mange pas des frites à chaque repas, si tu veux savoir.

Strike poussa un profond soupir.

— J'espérais qu'il y avait une pilule magique.

— Désolée, dit Robin en doublant une Volvo qui traînait, pas de pilule magique. J'en déduis que tu as faim ?

— Un peu.

— On peut s'arrêter à la station de Cambridge Services, mais pas longtemps. Je ne veux vraiment pas être en retard pour Rachel, en supposant qu'elle vienne.

Quelques minutes s'écoulèrent, puis Strike reprit :

— Ça fait un peu *L'espion qui venait du froid*, ce rendez-vous sur un banc, dans un parc.

— Un truc d'ado, j'imagine. C'est sans doute là qu'elle retrouve ses copains. D'ailleurs, si ça ne t'ennuie pas…

Elle se sentait un peu mal à l'aise, parce que c'était la première fois qu'elle lui disait quelque chose comme ça.

— Il vaut mieux que je la voie seule, je pense. Elle ne connaît pas ton existence, j'ai peur que tu l'intimides. En plus, elle n'attend qu'une seule personne.

— Ça se tient, convint Strike en tirant sur sa fausse cigarette. Je vais t'attendre dans le café dont elle a parlé. Ils feront peut-être des frites.

Ils firent une brève pause chez Cambridge Services, où Strike prit un café et une barre à l'avoine insipide tout en consultant ses emails professionnels. Robin, qui avait remarqué son changement d'expression, demanda avec inquiétude :

— Qu'est-ce qui se passe ?

— C'est Dev.

— Il n'a pas démissionné, lui aussi ?

— Non, bien au contraire… Bon sang, il a réussi à bavarder avec l'une des nounous de Charlotte et Jago. Hier soir, dans un pub de Kensington… Elle avait bu. Elle lui a confié que ni l'un ni l'autre n'étaient aptes à être parents. Elle a « assisté à des violences du père sur ses filles, à de nombreuses reprises ». Merde, ça pourrait être bon pour nous.

— Le malheur des uns fait le bonheur des autres, commenta froidement Robin.

— Tu vois ce que je veux dire. Évidemment, je préférerais qu'il ne frappe pas ses enfants, mais si c'est le cas, je serai très content de pouvoir le dénoncer.

Mais tu ne vas pas le dénoncer, n'est-ce pas ? songea Robin tout en buvant son café. *Si tu le dénonces, tu perds ton influence sur lui.* Elle s'interrogeait également sur la facilité avec laquelle Strike avait mentionné sans commentaire qu'aucun des deux parents n'était apte à l'être, mais peut-être qu'au fond de lui, il n'envisageait pas que Charlotte puisse être une mauvaise mère. À voix haute, elle lui dit :

— Je pensais qu'un couple pareil aurait fait signer des clauses de confidentialité à ses employés.

— C'est probablement le cas, dit Strike tout en continuant de lire le rapport de Dev. Toute la famille est de nouveau réunie dans la maison de campagne de Ross ce week-end. Midge est sur le coup. Si on pouvait se débarrasser de Ross, ça nous aiderait beaucoup.

Ils reprirent la route et arrivèrent à Leeds une heure avant le rendez-vous prévu avec Rachel. Le GPS de la BMW les guida jusqu'à Meanwood Park.

Ils passèrent devant un portail en forme de temple miniature, doté d'un toit en ardoise et de piliers en pierre.

— Je ne pense pas qu'elle ait mentionné cette entrée-là, dit Robin. Ça doit être plus loin. Ah oui, j'aperçois le café !

— Il te reste cinquante-cinq minutes.

— Je sais, répondit-elle en bifurquant dans un petit parking où elle gara la BMW. Mais je veux y être tôt pour la guetter. Tu peux m'attendre au café et je te retrouve quand j'aurai fini de parler avec elle, ou dans une heure, si elle ne vient pas.

Strike se rendit donc seul au Three Cottages Café. Il n'avait pas été vexé que Robin lui propose de rencontrer l'adolescente sans lui. C'était un gaillard costaud d'un mètre quatre-vingt-dix dont l'expression par défaut était assez renfrognée. Quand il commanda son café en résistant à la tentation d'y ajouter un scone, il songea à la façon dont Robin avait pris en charge cette piste-là. S'il était parfaitement honnête avec lui-même, il devait admettre que c'était la première fois qu'il la considérait vraiment comme une associée, une égale. Elle avait décroché ce rendez-vous de sa seule initiative et en avait préparé le déroulé en lui expliquant clairement qu'il était de trop. Cela ne l'ennuyait pas ; au contraire, il était presque amusé de se voir relégué au rôle du subalterne qui patientait au café de Meanwood Park.

Pendant ce temps-là, Robin s'engageait dans le parc, déjà bondé en ce dimanche après-midi ensoleillé. Suivant les instructions de Rachel, elle tourna à droite sur le chemin à une patte d'oie et poursuivit. À sa droite s'étendait une vaste prairie ponctuée d'arbres, et à sa gauche, un ruisseau aux rives tout aussi arborées.

Au bout de quelques minutes, elle atteignit le pont que Rachel avait mentionné, construit en dalles inégales qui permettaient de traverser le ruisseau. Elle aperçut l'arbre entouré de grandes pierres levées, ainsi que le banc qui portait une petite plaque en métal :

Janet Martin
(28.02.67 – 04.12.09)
Elle aimait le Yorkshire
Elle aimait la vie. Elle était aimée.

Robin, native du Yorkshire, s'assit sur le banc avec une pensée pour Janet tout en observant les environs. Rachel venait ici avec ses amis, elle en était convaincue. Le banc était installé sur un sentier en partie dissimulé du grand parc par les arbres qui poussaient sur les deux berges du ruisseau. Elle imaginait des adolescents se retrouver ici pour boire, à l'abri des regards inquisiteurs des flâneurs prenant un bain de soleil ou jouant au frisbee.

Quarante minutes s'écoulèrent, durant lesquelles elle ne vit passer devant elle que quelques promeneurs avec leur chien. À un moment donné, Robin aperçut une silhouette de l'autre côté du ruisseau, qui avançait lentement vers le pont.

Malgré la chaleur, la fille portait un jean baggy, une chemise épaisse oversize et de grosses baskets. Ses cheveux bruns lui tombaient juste en dessous des épaules. Robin ne bougea pas, comme si la fille était un animal sauvage qu'elle risquait d'effrayer au moindre mouvement. La fille s'arrêta deux fois en regardant vers Robin, prenant peut-être la mesure de son interlocutrice, ou pour vérifier qu'elle était bien seule. Elle finit par traverser le pont.

Deux choses frappèrent immédiatement Robin quand elle la distingua plus nettement. Tout d'abord, sa ressemblance avec sa cousine, Edie Ledwell : visage carré et bouche généreuse, même si Rachel avait des yeux sombres et un nez aquilin. Ensuite, cette attitude caractéristique d'une adolescente, à l'âge où son corps cesse d'être un simple véhicule de douleur ou de plaisir, pour se transformer en objet de désir soumis au jugement des autres. En avançant vers le banc, elle serra les bras autour d'elle, les yeux rivés sur Robin, ignorant s'il s'agissait bien d'elle.

— Rachel ? dit Robin en se levant et en esquissant un sourire qu'elle espérait rassurant. Je suis Robin, mais je me fais aussi appeler Stop Anomie.

Elle lui tendit la main. Rachel la serra, et Robin sentit sa paume moite.

— Tes instructions étaient très claires, commença Robin en se rasseyant sur le banc de Janet Martin. J'adore ce parc. Tu connais les noms sur tous les bancs ?

— Non. Juste celui-là.

Elle resta debout à tripoter l'ourlet de sa chemise trop épaisse, puis s'assit sur le banc à côté de Robin. Elle devait avoir seize ans, tout au plus.

— Je retrouvais souvent ma cousine sur ce banc avant qu'elle déménage. On habitait chacune d'un côté du parc.

— Elle est partie où, ta cousine ?

— À Bradford.

— Pas trop loin.

— Non.

On entendait le bruit du cours d'eau tout proche, et un labrador jappa joyeusement en s'élançant derrière une balle lancée par son maître sur la berge opposée. Rachel prit une profonde inspiration et demanda à Robin :

— Vous êtes Buffypaws, non ?

— Oui.

— Je le savais. Ça pouvait pas être une coïncidence que je veuille trouver quelqu'un pour arrêter Anomie, et que vous m'envoyiez un message direct après. Alors vous êtes quoi si vous êtes ni policière ni journaliste ?

Elle plongea la main dans son sac, ouvrit son portefeuille et lui tendit une carte de visite.

— Voilà. Je suis détective privé. Mon associé et moi, on a été engagés pour trouver qui est Anomie.

Elle voyait bien que le nom de l'agence sur la carte ne lui disait rien et en déduisit que Grant n'en avait pas parlé à sa fille. Évidemment, Rachel demanda :

— Qui vous a engagés ?

— Je ne peux pas te le dire, malheureusement. Mais ce sont des gens bien. Ils veulent stopper Anomie et s'intéressent à *Sang d'encre*.

Comme Rachel ne paraissait pas rassurée, Robin ajouta :

— Personne ne saura que tu m'as parlé. C'est complètement confidentiel. Je ne vais même pas prendre de notes.

— Vous connaissez aussi mon surnom ? demanda Rachel dans un murmure.

— Oui.

Les yeux de l'adolescente se remplirent de larmes.

— Vous me trouvez horrible ?

— Bien sûr que non. Pourquoi je penserais ça ?

— Parce que c'était ma cousine et…

Les larmes roulèrent sur les joues de Rachel qui voûta les épaules et se mit à sangloter. Robin fouilla dans son sac à la recherche d'un mouchoir et le mit dans la main de Rachel.

— Merci.

— Pourquoi tu pleures ?

— Parce que j'étais avec eux. J'étais dans *Drek's Game* et elle devait penser qu'on la détestait tous, mais c'était pas vrai, on n'était pas tous comme ça… Je regrette d'avoir été en contact avec Anomie. J'aurais dû écrire à Edie, faire quelque chose, lui dire à quel point j'aimais le dessin animé, pour qu'elle sache qu'au moins une personne de sa famille était…

Ses paroles furent étouffées par le mouchoir qu'elle pressait sur son visage.

— Et je suis allée à son enterrement, sanglota Rachel. Dans le train pour rentrer, je me suis connectée à Twitter, y avait des gens qui disaient pour plaisanter qu'il fallait la déterrer et quand je suis arrivée chez moi, j'ai bu genre une demi-bouteille de vodka en regrettant d'avoir… J'ai personne avec qui en parler parce que si ma mère savait que j'étais dans le jeu… Elle pense que tout est la faute des fans, et que mon père profite du meurtre et…

Sa voix se brisa.

— Rachel, dit doucement Robin. Je ne t'ai jamais vu attaquer personne dans le jeu, être méchante avec quelqu'un, encore moins avec Edie. Ce n'est pas un crime d'être une fan.

— J'aurais dû la défendre plus. Quand on a appris sa mort, tout ce qui intéressait Anomie c'était le nombre de joueurs connectés. Pourquoi je suis restée ?

— Parce que c'étaient tes amis. Parce que tu t'amusais bien avec eux.

— Vous êtes gentille, dit Rachel en s'essuyant les yeux, mais vous ne savez pas tout ce qui se passe. Anomie n'arrêtait pas de faire des blagues au sujet des attaques, et on a tous plus ou moins laissé faire. En plus, y avait d'autres personnes dans ce jeu, je savais qu'ils étaient méchants et Morehouse le savait aussi, mais il me parlait plus, du coup je pouvais même pas en discuter avec lui. Vous êtes pas au courant de tout. Si vous saviez, je vous dégoûterais.

— Laisse-moi te dire ce que je pense. Je pense que LordDrek et Vilepechora ont prétendu qu'Edie était Anomie, et ils ont donné à des modérateurs un dossier de preuves soi-disant concluantes.

Rachel sursauta d'une façon presque comique, mais Robin fit semblant de n'avoir rien vu et poursuivit.

— Hartella vous a dit qu'elle allait donner ce dossier à Josh, et elle l'a fait, et puis elle vous a informés que Josh et Edie avaient rendez-vous pour s'expliquer. Mais le lendemain de leur rendez-vous, vous avez appris qu'ils avaient été poignardés.

— Comment vous savez tout ça ? demanda Rachel, l'air terrifié.

— Je l'ai déduit, expliqua Robin qui craignait que Rachel s'enfuie. Mais Rachel, tu n'as fait qu'assister à tout ça. Tu n'en es pas la cause. Ce n'est pas ta faute.

— J'aurais pu prévenir Edie, lui expliquer d'où venait ce dossier…

— Comment ? Vous ne vous étiez jamais rencontrées. Je ne pense pas que son agent lui aurait transféré ton appel. Il n'aurait peut-être même pas cru que tu étais sa cousine. Les gens connus reçoivent tout un tas de messages bizarres venant de gens qu'ils ne connaissent pas.

— J'aurais dû *essayer*, insista Rachel en se mettant de nouveau à pleurer.

— Tu ne savais pas à quoi ce dossier allait mener, et tu te serais mise en danger si LordDrek et Vilepechora avaient découvert que tu cherchais à bouleverser leurs plans. Sois indulgente avec toi-même, Rachel. Ce n'est pas ta faute.

Rachel renifla, tandis que le ruisseau chantait toujours non loin d'elles et que des enfants criaient dans le parc en courant derrière des ballons. Robin sentait qu'il serait contre-productif de lui réclamer l'identité de Morehouse tant que Rachel ne lui faisait pas encore entièrement confiance. Elle demanda donc :

— Comment est-ce que tu as découvert *Sang d'encre* ? Tu es tombée dessus par hasard sur YouTube et tu as commencé à le suivre ?

— Non, répondit Rachel en regardant le mouchoir qu'elle tordait dans ses mains. J'en ai entendu parler par un mec avec qui je discutais sur Club Penguin, le réseau social pour enfants. C'était mignon. On était tous des pingouins qui parlaient ensemble.

Elle lâcha un petit rire timide.

— Y avait un garçon qui s'appelait Zoltan, on est devenus amis sur Penguin. Il me parlait de son père qui était violent, et mon père à moi venait de larguer ma mère alors qu'elle était malade pour partir avec une de ses collègues de travail. Ma mère et moi on avait quitté Londres pour Leeds et je connaissais personne, alors je passais mon temps à parler avec Zoltan sur Club Penguin, on essayait de se soutenir. Zoltan a trouvé le premier épisode de *Sang d'encre* sur YouTube et m'a dit qu'il fallait absolument que je le regarde, que c'était super marrant. Je suis allée voir et j'ai adoré. On était complètement obsédés par ce truc. Ensuite, j'ai découvert que c'était ma cousine qui l'avait créé, j'étais tellement choquée que j'arrivais pas à le croire. Je l'ai dit à Zoltan et… il est devenu tout bizarre. Il a commencé à prétendre qu'il la connaissait pour de vrai et qu'elle avait flirté avec lui. Il était pas beaucoup plus vieux que moi, à mon avis. C'était que des conneries. Je savais qu'il mentait, je lui ai dit et on s'est disputés, mais ensuite je me suis calmée parce que c'était mon ami, il allait mal et il avait peut-être besoin d'inventer un bobard pour se sentir mieux, pour m'impressionner ou un truc comme ça.

« Mais ensuite, il a changé. Il a essayé de… Il m'a fait des propositions, quoi. C'était la première fois, jusque-là y avait pas de ça entre nous, on était juste super copains, on parlait du dessin animé ou de nos problèmes…

« J'ai compris qu'il voulait sortir avec moi juste parce que j'étais la cousine d'Edie. À ce moment-là, on avait tous les deux rejoint Twitter, j'avais mis ma vraie photo et il arrêtait pas de me dire des trucs débiles qui lui ressemblaient pas, du genre : « Si c'est ta vraie photo, tu dois en avoir marre qu'on te drague », et tout ça. « Désolé de ne pas avoir donné de nouvelles, j'ai dû conduire mon chien chez le vétérinaire ». Il était bien trop jeune pour conduire, c'était nul et débile.

Robin avait très envie de prendre des notes, parce que les propos de Rachel l'intéressaient beaucoup, mais elle se concentra pour pouvoir relayer tout ça à Strike plus tard.

— Quand je lui ai dit d'arrêter ses conneries et ses phrases ridicules, il s'est mis très en colère et il est devenu horrible. Il… il a menacé de me violer et de tuer ma mère.

— Quoi ?

— Oui. Il a supprimé ses comptes Club Penguin et Twitter et j'ai plus jamais entendu parler de lui. C'est pour ça que j'ai décidé de me faire passer pour un garçon quand j'ai intégré *Drek's Game*, parce que les choses avaient dégénéré avec Zoltan. C'est juste plus facile d'être un mec. On reçoit pas toutes ces conneries.

— Tu es sûre que Zoltan a disparu ? Il parle comme un de ces types qui traînent toujours autour des fans de *Sang d'encre*.

— Oui je sais. Il y avait un gars, Scaramouche, qui était sur Twitter pendant un moment et suivait tous les fils de discussion des fans. J'ai pensé que c'était Zoltan parce qu'il a utilisé les mêmes phrases avec Worm28. Elle m'en a parlé. Il lui a dit : « J'ai dénoncé Lepine's Disciple » parce qu'il te harcèle et ensuite, comme elle l'a pas remercié ou qu'elle a pas proposé de le branler… pardon, se reprit Rachel en devenant toute rouge.

— Pas de problème, dit Robin, amusée d'avoir atteint un âge où une ado pensait qu'elle serait choquée d'entendre parler de ça.

— Donc comme Worm s'est pas répandue en remerciements, et qu'elle a pas proposé de coucher avec lui, il a fait comme Zoltan avec moi : il l'a traitée de salope et tout. Y a plein de trucs comme ça autour de *Sang d'encre*. Par exemple, t'es pas un vrai fan tant que le Justicier numérique t'a pas fait des propositions.

— Ça arrive souvent ?

— Tout le temps, putain… désolée.

— Pas de problème. Les gros mots, je m'en fiche. Si tu entendais mon associé quand ça ne se passe pas comme il veut…

— Ce type est un vrai pervers. Il est horrible : « Oh, j'adore ta théorie au sujet de Magspie – tu as quel âge ? – Waouh, c'est une idée très pertinente – tu as quel âge ? » Il le fait tellement qu'il sait même plus à qui il parle. Il m'a posé la question au moins trois fois. La dernière fois, je lui ai envoyé un message privé en lui disant que j'étais Anomie, juste pour l'énerver. Je voulais lui faire peur, parce que si Anomie peut plus vous blairer, c'est sérieux. Et il m'a crue en plus ! Mais après, j'ai dû avouer que c'était faux parce qu'il a commencé à le raconter à tout le monde sur Twitter et les gens y croyaient. J'étais presque devenue célèbre en trois jours. Enfin, parmi les fans, hein. Ensuite, y a eu une nouvelle théorie sur Anomie et ils m'ont laissée tranquille. Moi, je suis une vraie fan. Vraie de vraie. Je suis passée par toutes les étapes. Genre, t'es pas un vrai fan si tu t'es pas pris la tête avec quelqu'un pour savoir si Paperwhite est méchante ou pas, ou si le lion de pierre contient un indice permettant de deviner l'identité du propriétaire de Harty enterré là. J'ai essayé aussi d'avoir des infos en exclu et tout, comme les vrais fans.

— Quoi, par exemple ?

— Ben on savait tous que le mari de l'agent de Josh a un site Internet sur les maladies chroniques, donc on s'inscrivait sous des faux noms pour essayer de choper des infos. En fait, il est assez sympa. Je lui parle encore, de temps en temps, de ma mère. Il est au courant de toutes les avancées médicales et il m'a parlé d'un article que j'ai imprimé pour que ma mère puisse l'apporter à son médecin. Il a été très compréhensif au sujet de son lupus. J'adorais tous ces trucs-là au début, on était comme des détectives : on cherchait à deviner la suite des aventures et quand un épisode sortait, on analysait tout, c'était génial. Et Anomie, elle était cool au début, vraiment. Je l'aimais bien.

— « Elle » ?

— Oui. Je sais que c'est une fille. J'ai discuté avec elle, au tout début, quand le jeu venait de commencer, y avait juste nous deux. C'était avant qu'Edie l'énerve. Elle m'a dit : « Edie et moi, on est les mêmes. » C'est pas un truc que dirait un garçon, si ? Elle répétait qu'elles se ressemblaient vachement. Anomie vénérait Edie, au début. Oui, je savais que c'était une fille. Je trouvais aussi qu'elle était un peu… je sais pas… obsédée par le dessin animé. Moi aussi, mais elle c'était à un autre niveau. Ensuite, Edie a annoncé qu'elle accrochait pas trop avec le jeu d'Anomie, et la réaction d'Anomie… Je sais comment peuvent être les filles parfois. Il suffit de dire un truc de travers ou de leur marcher sur un orteil et ça y est, on est le diable. Dans mon école, c'est des vraies pétasses. Si tu te lèves pas à cinq heures du matin pour mettre tes faux-cils et une couche de maquillage tellement épaisse qu'il faut une truelle pour l'enlever, et si t'aimes le foot, les jeux et l'astronomie au lieu de mimer Ariana Grande sur Instagram ou poser les nichons à l'air, t'es genre un monstre ou une grosse lesbienne. Y a une fille, Lucy Wright... ma mère voulait se plaindre d'elle au collège, mais c'était pas la peine. Ça aurait été encore pire...

À présent, Rachel déchiquetait en petits morceaux le mouchoir mouillé. Un jeune couple avec un chien passa sur le chemin. L'homme avait un porte-bébé dans le dos, et Robin attendit qu'ils s'éloignent avant de dire :

— Parle-moi de Morehouse.

Rachel déglutit, et les larmes montèrent de nouveau à ses yeux.

— C'était... c'était mon meilleur ami dans le jeu. Il a cru pendant super longtemps que j'étais un mec. On a plein de choses en commun, on aime le même genre de trucs. Enfin, il suit pas trop le foot, mais il adore les sciences, l'espace, et on est fans de jeux vidéo. C'était un peu comme mon nouveau Zoltan, sauf que Morehouse est gentil. Même quand il a découvert que j'étais une fille, il s'est pas mis à me parler différemment ou quoi...

Elle prit une profonde inspiration avant de continuer :

— Il m'a même aidée, parce que j'avais commencé à sécher les cours à cause de tout ce harcèlement, et la police m'a arrêtée pour une histoire de graffiti. Il me répétait qu'il fallait que je me reprenne, que je fasse des études plus tard, que j'arrête de boire et que je travaille bien à l'école. À la fac, j'aurais plus à voir toutes les pétasses de mon lycée.

— Tu as expliqué à Morehouse ta théorie sur Anomie ?

— Oui, il a nié, mais je voyais bien qu'il essayait de la protéger. Au début, j'ai cru qu'ils étaient ensemble, comme Josh et Edie. Il m'a dit « C'est ma sœur, pas ma copine », comme si c'était une blague. Anomie savait qu'on avait des conversations privées avec Morehouse, et je voyais bien qu'elle était jalouse. Elle a fait pareil avec Paperwhite. Elle est possessive avec Morehouse. Il m'a répété : « C'est un garçon, va pas dire devant lui que c'est une fille, tu vas te faire exclure », mais je sais qu'elle faisait semblant d'être un garçon, sans doute pour les mêmes raisons que moi. Après ce commentaire de Morehouse, j'ai fait des recherches pour voir s'ils n'étaient pas vraiment frère et sœur.

— Morehouse a une sœur ?

— Oui, mais je savais que ça pouvait pas être Anomie. Elle est avocate. Ça peut pas être elle.

— Tu avais donc découvert qui était Morehouse, à ce stade ?

Un long silence s'ensuivit, au terme duquel Rachel finit par hocher la tête.

— C'est ça qui a foutu en l'air notre amitié. Il m'avait demandé de ne jamais chercher à savoir qui il était. Je l'avais pas pris au sérieux, et quand il a su, il est devenu fou. Ça m'a vraiment secouée… J'ai voulu m'excuser, mais il refusait de me parler. Ensuite, je me suis vraiment énervée, parce que j'avais pas l'intention de révéler son identité à tout le monde, c'était mon ami. Un soir, je buvais dans ma chambre, j'étais sur le canal des modérateurs et… j'ai fait une blague sur un truc que je savais de lui. Et là, il a carrément pété les plombs. Il m'a seulement parlé une fois en privé depuis, pour me reprocher d'avoir dit à Paperwhite qu'il était handicapé, sauf que j'ai rien dit. Elle s'est sans doute souvenue de ma blague débile comme quoi il pouvait pas faire la roue… vu qu'il est en fauteuil roulant…

— Il est en fauteuil roulant ? rebondit Robin en pensant immédiatement à Inigo Upcott.

Rachel hocha la tête avant de fondre en larmes.

— Je suis désolée, hoqueta-t-elle entre deux sanglots. Si Paperwhite n'était pas arrivée, on aurait peut-être fait la paix, mais tous les deux ils sont devenus super proches très vite et il avait plus de temps pour moi…

Robin passa un autre mouchoir à Rachel, et attendit qu'elle se calme un peu avant de demander d'une voix douce :

— Comment tu as trouvé qui était Morehouse ?

— Il a fait une erreur sur Twitter, répondit Rachel d'une voix brisée en s'essuyant les yeux. Il a posté un lien sur le compte de Morehouse au lieu de son compte perso. Il s'en est rendu compte presque immédiatement, mais je l'avais vu, donc j'ai cliqué sur le lien. Ça menait à une espèce de projet d'astrophysique complètement dingue à l'université de Cambridge. Quand on se parlait en privé dans le jeu, il m'avait donné quelques infos sur lui, donc j'avais une petite idée. Il m'avait dit qu'il était plus vieux que moi, mais refusait de me donner son âge, et qu'il avait créé le jeu avec Anomie pour rigoler, parce que ça le changeait de son boulot, qui était stressant. J'avais deviné qu'il avait la peau noire parce qu'un jour il avait mentionné qu'il était tout le temps bronzé, et l'un des surnoms sur le projet de recherche était « indien ». Donc je suis allée sur le site de Cambridge et j'ai regardé le département d'astrophysique, les différents collèges et tout, et j'ai fini par tomber sur une photo de lui, dans son fauteuil roulant, qui posait avec les autres chercheurs.

Rachel rougit de nouveau.

— Il est vraiment beau, je comprends que Paperwhite soit attachée… Bref, du coup j'avais son vrai nom, je suis retournée sur Twitter, j'ai trouvé son compte perso, où il tweete sur l'espace, poste des photos de Cambridge et tout. Il a une paralysie cérébrale. Ça doit être assez sévère, parce qu'il a dit qu'il a dû adapter son ordinateur et tout. Ça doit être un genre de génie, parce qu'il a pas l'air très vieux… Enfin voilà, quoi.

Elle regarda Robin. Quand le soleil éclaira le visage baigné de larmes de Rachel, Robin fut de nouveau frappée par sa forte ressemblance avec Edie.

— Vous lui direz pas que c'est moi qui vous ai aidée à le trouver ?

— Bien sûr que non.

Rachel prit une profonde inspiration et dit :

— O.K. Il s'appelle Vikas Bhardwaj, et il est docteur en astrophysique au Gonville and Caius College.

83

Ils ont tous tant de perfidie,
Leur tourment est ton prix ;
Tu garderais ton cœur indemne,
En infligeant toi-même la peine.

Letitia Elizabeth LANDON,
Cottage Courtship

— Le seul Dr Vikas Bhardwaj de moins de trente ans se trouve à Birmingham, annonça Strike, trois quarts d'heure plus tard au café, après avoir chaleureusement félicité Robin pour son entrevue et ouvert 192.com sur son téléphone. C'est peut-être l'adresse de ses parents ?

— Ou bien il est inscrit sur les listes électorales là-bas, mais appelons-les d'abord, ça nous évitera des trajets inutiles.

— Je m'en charge, dit Strike en se levant. Je vais en profiter pour fumer une cigarette dehors.

Il revint cinq minutes plus tard.

— Il est bien à Cambridge. J'ai eu sa mère. Elle m'a dit qu'il était « à sa faculté ».

Ils remontèrent dans la voiture.

— C'est rageant : on est passés devant ce matin, commenta Strike tandis qu'ils reprenaient la M11 dans l'autre sens. On aurait pu lui rendre visite après le café et cette barre de céréales dégueulasse à la station-service.

Ils roulaient vers le sud, le soleil dans les yeux.

— C'est peut-être mieux qu'on aille lui parler chez lui, ce soir, dit Strike. Il doit travailler au labo toute la journée.

— On est dimanche. Il sera peut-être au pub.

— Dans ce cas, on l'attendra. Je campe devant sa porte s'il le faut. Grâce à toi, on est à deux doigts d'élucider cette affaire.

— Il y a autre chose qu'a mentionné Rachel et dont je ne t'ai pas parlé. Ça n'a rien à voir avec Vikas ou Anomie, mais c'est bizarre. Elle a découvert *Sang d'encre* grâce à un garçon avec qui elle discutait, sur Club Penguin. Il se faisait appeler Zoltan.

Robin lui raconta l'histoire de Zoltan, ses avances quand il avait appris que Rachel était la cousine d'Edie, ses menaces violentes quand elle lui avait demandé de ne plus la harceler, puis la suppression de ses comptes.

— Mais le truc bizarre, c'est les phrases que Zoltan a utilisées pour draguer Rachel ; certains types qui traînent parmi les fans ont utilisé les mêmes avec moi. Je veux dire, *exactement* les mêmes. Comme si elles sortaient d'un bouquin.

— Quel genre de phrases ?

— Des trucs du genre : « Si c'est ta vraie photo, t'en as sûrement marre des mecs qui t'envoient des messages, donc je vais te laisser tranquille. » Mon compte Twitter est public, donc tout le monde peut m'écrire. Évidemment, j'ai pas utilisé ma vraie photo, c'est celle d'une ado. Au début, les commentaires étaient assez modestes et pas méchants, mais comme je n'ai pas répondu, le type est devenu rapidement agressif. J'étais une snob coincée qui se trouvait trop bien pour lui.

— Répète sa première phrase ?

— « Si c'est ta vraie photo, t'en as sûrement marre des mecs qui t'envoient des messages donc je vais te laisser tranquille ». Rachel m'a parlé d'un autre type, qu'elle soupçonne d'être Zoltan sous un autre pseudo, qui a dragué Zoe Haigh sur Twitter. Il prétendait la défendre contre un autre type qui la harcelait, et s'attendait à ce que Zoe couche avec lui par gratitude. Eh bien un certain Max a fait *exactement* la même chose avec moi sur Twitter. Il m'a dit : « J'essaie pas de te draguer, mais sache que j'ai dénoncé un mec parce qu'il a fait des remarques déplacées. » Je suis retombée sur lui hier quand j'ai passé en revue tous ces tweets à la recherche de Rachel, et c'est vraiment pas un gentleman. C'était l'un de ceux qui harcelaient Edie – en fait, c'est lui qui a lancé la rumeur prétendant qu'elle se serait prostituée.

« Par ailleurs, Rachel m'a raconté que Zoltan avait prétexté qu'il devait emmener un chien chez le vétérinaire. Tu ne m'as pas dit qu'Anomie avait raconté la même chose à Kea Niven ?

— Oui, c'était un chat, répliqua Strike, intrigué. Tu sais, je suis sûr d'avoir entendu cette phrase, « Si c'est ta vraie photo » quelque part, mais… attends !

Robin continua à conduire en silence pendant que Strike consultait son téléphone. Cinq minutes s'écoulèrent. Puis Strike annonça :

— J'avais raison. Je suis sur le site d'un certain Kosh, qui se décrit comme « le célèbre expert en séduction qui a enseigné à des millions d'hommes comment faire l'amour à des femmes au bout de quelques heures à peine ! Auteur à succès de *Bang !* et *Chasser* ». Je viens de télécharger son ebook intitulé *Chasser en ligne*. T'es prête ?

— Vas-y.

Strike lut à voix haute :

« Chasser en ligne

Répète après moi : tu ne trouveras pas ton épouse sur Internet.

En ligne, les femmes peuvent choper tous les mecs qu'elles veulent. Même celles qui ont seulement 4 ou 5 sur 10 se font régulièrement draguer, ce qui montre qu'elles ont... »

— Il est américain, devina Strike.

— Et je l'aime déjà, ironisa Robin.

« ... qu'elles ont l'habitude de prendre les hommes pour les jeter ensuite. Avec un peu de chance, elles peuvent même réussir à choper un alpha.

Si une femme a l'habitude de draguer sur Internet, elle pourra toujours te remplacer en un seul clic. Personne ne veut en épouser une qui va chasser de la bite en quelques clics.

Ça, c'est la mauvaise nouvelle.

Mais bonne nouvelle : ça te libère des contraintes habituelles de la chasse en personne. La chasse en ligne est plus impitoyable, et d'une certaine façon, plus agréable : un minimum d'efforts pour un maximum de résultats – à partir du moment où tu es prêt à accepter de la chatte bas de gamme. »

— Charmant, commenta Robin.

« Si tu cherches la quantité plutôt que la qualité, va sur Internet. En internalisant les règles suivantes, avec un minimum d'efforts, tu seras certain de choper des femmes quand tu veux, et facilement. »

— Viennent ensuite les méthodes infaillibles pour choper des femmes, annonça Strike.

« 1. Le bombardement

Il va falloir démarcher entre 50 et 100 filles pour t'assurer un ou deux coups gagnants, en plus de quelques photos ou vidéos nues.

Si tu suis ces étapes à la lettre, ta chasse en ligne ne nécessitera plus aucun effort. L'un des grands avantages, c'est que tu peux cibler beaucoup de femmes en même temps. Je te conseille de faire un tableau pour savoir où tu en es avec chaque cible. »

— C'est là que Tim Ashcroft a commis une erreur, dit Robin. Il n'a pas fait de tableau de progression. Rachel m'a dit qu'il l'avait relancée trois fois, par erreur.

« 2. Connais ta proie

La plupart des chattes disponibles sur des sites comme Twitter, tumblr, etc. sont plutôt gauchistes, donc aucune chance d'y trouver une future épouse. Les gauchistes sont capricieuses, narcissiques, souvent agressives et pensent que tout leur est dû. Elles sont aussi très faciles à choper si tu connais les règles.

Les gauchos sont plus fausses que les autres femmes. Elles veulent des mâles alpha mais en ont honte. Elles adorent les chevaliers servants mais prétendent le contraire. Elles veulent l'égalité tout en rêvant qu'on les traite comme les petites princesses qu'elles se croient être, au fond d'elles.

Pour choper une gauchiste, il faut être sensible, montrer qu'on connaît ses limites et feindre de s'intéresser à leurs opinions. »

— Comment tu connais ce type ? demanda Robin.
— Un gamin de seize ans m'a parlé de lui. Mais écoute la suite :

« 3. Les phrases d'accroche

Voici des phrases d'accroche que j'ai utilisées très souvent et qui te garantiront un résultat. L'un des avantages de la chasse en ligne, c'est qu'elle ne se fonde pas sur le physique, le charme, la voix ou le langage corporel. Il suffit de faire un copier/coller et d'attendre.

– Si c'est ta vraie photo, tu dois en avoir marre des mecs qui t'envoient des messages, donc je te laisse tranquille.

– Vu les réactions que les femmes reçoivent sur cette plate-forme, je préfère annoncer clairement que je ne cherche pas à te draguer, mais le commentaire que tu viens de faire sur [la politique/la justice sociale/l'attitude déplorable des hommes] est très pertinent.

– Ce n'est pas une technique de drague, je voulais juste te prévenir que [un type qui n'est pas d'accord avec elle/l'a harcelée/l'a insultée] était complètement déplacé/je l'ai dénoncé. »

— J'arrive pas à y croire, dit Robin. Alors tous ces abrutis utilisent des techniques de Kosh ?

— Ce n'est pas fini. Ce passage-là est intéressant.

« 4. Le negging

Le negging fonctionne en ligne comme dans la vie. Une fois que tu as retenu son attention en faisant semblant de t'intéresser à ses opinions/ses inquiétudes concernant son bien-être/son physique, trouve un point sur lequel la critiquer ou ne pas être d'accord. Quelque chose de modeste, pas trop grave.

Déstabilisée, elle va tout faire pour regagner ton admiration.

– [au sujet de sa photo] mais j'imagine que tu as utilisé beaucoup de filtres, non ? Comme tout le monde.

– J'imagine que tu n'as pas lu [insérer un des chouchous des gauchistes comme Noam Chomsky/Ta-Nehisi Coates/Ananda Giridharadas et sois prêt à les citer]

– Ta réaction était un peu agressive mais j'imagine que ça peut se comprendre. »

— Kea m'a expliqué qu'Anomie lui avait reproché sa réaction agressive, mais qu'on pouvait la comprendre, commenta Strike. Je me suis dit que c'était gonflé, de la part d'Anomie…

« 5. Cultive la peur de l'abandon

Elle pense que tu es un type bien et elle veut regagner ton admiration : maintenant, arrête toute communication pendant un temps, ça peut aller d'une heure à douze heures, en fonction de ta cible. Concernant celles qui ont 8 ou 9, il ne faut pas les faire attendre trop longtemps, parce qu'elles ont d'autres options. Pour une 4 ou une 5, on peut aller jusqu'à 24 h. Il faut qu'elle comprenne que tu as une vie, et d'autres intérêts en dehors de tes conversations en ligne avec elle.

« 6. L'alpha déguisé en cocu

Reviens sans t'excuser – tu ne lui dois rien, puisqu'elle ne t'a encore rien donné. La raison de ton absence va révéler ton côté alpha, sans que tu le formules explicitement : tu es physiquement/émotionnellement fort, populaire, solvable, et compétent. Tu renvoies l'image d'un mec bien, un mec fiable, sans avoir à le préciser.

– Mon voisin avait besoin d'aide pour déplacer son frigo et récupérer un jouet coincé dessous.

– L'ex de ma sœur l'embête. Je lui ai proposé de passer la nuit chez elle.

– J'ai dû conduire un ami chez le vétérinaire pour récupérer son chien. »

— C'est de là que viennent toutes ces histoires d'animaux malades ? s'étonna Robin.

— Apparemment oui.

« 7. Élargis ta conversation

Elle est contente d'avoir de nouveau ton attention, et la raison de ton absence t'a fait gagner son estime. Maintenant, pose-lui des questions sur elle, afin de mieux faire coïncider ton histoire personnelle avec ses propres envies. Si c'est une mère célibataire, dis que tu as été élevé par une mère célibataire qui s'est très bien débrouillée. Si la pauvreté l'inquiète, prétends être bénévole à la banque alimentaire. Si c'est la justice sociale qui la préoccupe, fais croire que tu as justement discuté de ça avec ur ami noir… »

— Dans ses échanges avec Anomie, Kea a précisé qu'elle n'aimait pas les chats, parce qu'ils chassaient les oiseaux, se rappela Strike. Quand elle a expliqué que sa mère élevait des perroquets, il a immédiatement prétendu en avoir un aussi.

Robin resta silencieuse quelques secondes, puis demanda :

— Donc tu penses que Kea disait la vérité sur cette conversation ? Elle ne t'a pas montré cet échange, n'est-ce pas ?

— Non. Elle ne pouvait plus accéder à ses messages : elle a bloqué Anomie quand il est devenu désagréable. Qu'est-ce qui t'embête ?

— Eh bien, un certain nombre d'hommes gravitent manifestement autour des fans de *Sang d'encre* pour essayer de draguer des filles de gauche, non ? En utilisant les techniques de Kosh.

— Oui.

— Kea a été abordée par l'un de ces types, à l'évidence. Elle est très mignonne et elle passe son temps sur Twitter depuis deux ans.

— Tu crois qu'elle a inventé cette histoire avec Anomie ? Qu'elle s'est contentée de lui attribuer un échange qu'elle a eu avec l'un de ces autres types ?

— Oui, sans avoir conscience que c'était un schéma récurrent utilisé par d'autres. Par ailleurs, je ne comprends pas pourquoi elle n'a pas sauvegardé cet échange avec Anomie, s'il a eu lieu, parce que ça le fait un peu passer pour un idiot, non ? Surtout le passage sur le perroquet. Ça lui permettrait de se défendre contre ceux qui l'accusent d'être Anomie : « Regardez, il m'a harcelée, moi aussi. »

— C'est vrai. Tu penches pour la théorie de Rachel, selon laquelle Anomie est une femme ?

Robin réfléchit un instant, puis répondit :

— Je n'en sais rien. Jusqu'à mon entrevue avec Rachel, je pensais que les messages envoyés à Josh nous donnaient une idée de la personnalité d'Anomie : très arrogant, apparemment éduqué et se sentant clairement capable de reprendre les rênes du dessin animé. Mais la conversation que Rachel m'a décrite, et qui a eu lieu au tout début, est étrange, non ? « Edie et moi, on est les mêmes. » D'après Rachel, ce n'est pas le langage d'un garçon de base, et je suis d'accord. Je suis certaine qu'elle m'a dit la vérité : elle regrette à mort de s'être engagée dans ce jeu, ça ne fait aucun doute. Je ne vois pas pourquoi elle mentirait. Dès qu'on a commencé à enquêter là-dessus, je t'ai dit qu'Anomie avait un rapport bizarre au sexe. Il ne flirte pas, il n'essaie pas de rencontrer des filles ou de sortir avec elles. Dans le jeu, oui, il est différent, il peut être cru, agressif, mais ça paraît parfois un peu forcé, comme s'il se conformait à ce qu'on attend d'un homme sur Internet.

— En tout cas, j'ai toujours bien aimé ta théorie selon laquelle Kea serait Anomie. Mais pour l'instant, admettons qu'Anomie ait bel et bien essayé de draguer Kea, en utilisant les techniques de Kosh. Il pourrait également se cacher derrière les pseudos de Max et de Zoltan, qui essaient de choper des filles, non ?

— J'imagine que oui, mais pourquoi s'embêter à créer d'autres comptes pour draguer des filles, alors qu'il a toutes les fans de *Sang d'encre* à ses pieds ?

— Pour garder Anomie complètement anonyme ?

— C'est possible, mais bon sang, si Anomie s'occupe du jeu, qu'il tweete tout le temps et qu'il essaie de choper le plus de filles possible, quand est-ce qu'il dort ?

— Il n'a certainement pas beaucoup de temps pour autre chose. Et on a un autre mystère, maintenant, non ? Qu'est-ce que fiche Vikas Bhardwaj, astrophysicien dans l'une des universités les plus prestigieuses du monde, avec un type comme Anomie ?

— « C'est ma sœur », répéta Robin. Tu sais, je me suis demandé...

Le portable de Strike sonna, se connectant immédiatement au Bluetooth. Il répondit et la voix de Midge s'éleva du haut-parleur.

— Strike ?

— Oui je suis là, avec Robin.

— J'ai du nouveau sur Ross...

Midge semblait essoufflée. Strike et Robin échangèrent un coup d'œil.

— Tout va bien ?

— Oui... ça va... mais j'ai dû courir cinq cents mètres... je reprends mon souffle...

— Tu surveillais la maison de campagne de Ross, non ?

— Oui... j'ai pénétré dans la propriété... Ne t'énerve pas, j'étais obligée... c'était la seule façon d'obtenir ce qu'il nous fallait... O.K., continua-t-elle après avoir pris une grande inspiration. Je me suis installée sur une colline surplombant la maison, et j'ai observé les lieux aux jumelles.

— Une colline située dans la propriété de Ross, j'imagine ?

— Oui, mais c'était le seul endroit d'où j'avais une bonne vue. J'étais cachée derrière les arbres. Bref, il y a une heure environ, deux des filles sont sorties pour mener leurs poneys jusqu'à un... comment on appelle cet endroit pour monter les chevaux, si c'est pas un pré ?

— Une carrière ? suggéra Robin.

— Voilà. Strike, je pense que tu vas m'en vouloir, mais si c'était à refaire, je ne changerais rien.

— À moins que tu aies menacé les gamines avec un fusil, je peux pas me permettre de te virer actuellement, donc vas-y, lui répondit Strike.

— Elles faisaient des sauts d'obstacles et tout ça, et Ross est sorti pour les regarder, donc j'ai commencé à filmer.

— Bon, filmer sur une propriété privée, c'est illégal, mais on va laisser passer ça...

— La plus jeune avait du mal, son poney ne voulait rien faire. Du coup le père a fait le tour de la carrière et a mis la barre d'obstacle plus haut en ordonnant à sa fille de recommencer. Elle a lancé le poney, mais il a fait tomber la barre. Donc il l'a remise, encore plus haut. Je savais comment ça allait se terminer. Je le sentais venir. Je savais qu'il allait être violent. Donc je suis descendue de ma colline, sans m'arrêter de filmer…

— Il t'a vue ? demanda Strike, l'air furieux.

— Pas à ce moment-là. Je me suis accroupie derrière une haie fleurie, je sais pas comment ça s'appelle, mais…

— On s'en fout de l'horticulture, putain, qu'est-ce qui s'est passé ?

— Elle lui a dit qu'elle n'y arrivait pas. Elle pleurait, elle était dans tous ses états. La grande sœur est venue à sa rescousse en disant à leur père de la laisser tranquille. Ross s'est approché de la grande, l'a tirée pour qu'elle descende de son poney, il l'a giflée et l'a renvoyée à la maison. Elle a essayé de rester, mais il l'a giflée une nouvelle fois, donc elle a obéi. C'est à ce moment-là que j'aurais dû m'interposer, pour éviter la suite, mais j'ai continué à filmer, toujours cachée. Il s'est tourné vers la cadette et lui a dit de sauter l'obstacle, et de donner des coups de cravache au poney. La barre était plus haute que l'animal, c'était complètement ridicule. La gamine était terrifiée, mais Ross lui gueulait dessus, alors elle a galopé vers l'obstacle en utilisant la cravache comme il lui avait dit, le poney a foncé sur l'obstacle et s'est renversé sur le flanc. J'ai entendu la gamine hurler. Le poney pouvait pas se relever parce qu'une de ses jambes était coincée, et la petite était écrasée dessous. À ce moment-là, je suis sortie de mon buisson et j'ai accouru. J'ai des bases de secourisme. Je pouvais pas laisser une gamine comme ça…

— Et bien sûr, Ross t'a laissée l'examiner sans te demander ce que tu foutais dans les buissons…

— Elle était censée faire quoi ? intervint Robin avec humeur parce qu'elle était entièrement du côté de Midge. Continuer à filmer en laissant la petite mourir écrasée ?

— J'étais en train d'escalader la clôture quand Ross a réussi à dégager sa fille de sous le poney, mais je pense qu'elle a au moins une jambe cassée. Elle était livide. Ross m'a vue et m'a gueulé « Vous êtes qui, putain ? » et là, tu vas pas y croire, Strike…

— Tu lui as annoncé que tu avais tout filmé ?

— Oui, et il s'est jeté sur moi pour me foutre des coups de cravache. Je pensais que c'était fini depuis l'époque victorienne.

— Il a laissé sa fille à l'agonie avec une jambe cassée pour te taper dessus ? demanda Robin, incrédule.

— Évidemment, grommela Strike. C'est à cause de lui qu'elle a une jambe cassée, il va quand même pas lui porter secours. J'imagine qu'il n'a pas pu te rattraper ?

— Bien sûr que non. Il n'est pas très en forme. Il se déplace partout en voiture, ce fainéant. Donc j'ai une vidéo pour toi, avec maltraitance sur un enfant et un animal. Je pensais que ça te ferait plaisir.

— C'est le cas. Avec un peu de chance, Ross t'aura prise pour une ayatollah du bien-être chevalin… Bon, j'aurais pas recommandé ta technique, mais tu as obtenu d'excellents résultats. Bravo.

Quand Midge eut raccroché, Strike poussa un long soupir de soulagement.

— Bon, entre ça, le film de Dev et la nounou énervée, je pense que Ross est fichu. Quand Bhardwaj nous aura appris qui est Anomie, on aura bouclé deux affaires et on pourra se concentrer sur Fingers. On touchera une jolie petite prime.

Robin ne répondit rien. Strike lui lança un petit regard en coin, vit son visage de marbre et devina immédiatement ce qu'elle dissimulait.

— Je ne me réjouis pas que la fille soit blessée, précisa-t-il.

— J'ai jamais dit ça, répliqua froidement Robin.

— Alors qu'est-ce qu'il y a ?

— Je me dis juste que ça n'aidera pas les filles de savoir que leur père a été filmé en train de les brutaliser. Tout ce qui va se passer, c'est qu'il sera un peu plus prudent à l'avenir.

Strike sortit la cigarette électronique de sa poche et, les yeux braqués sur la route, il déclara :

— Je ne les oublie pas. Si je peux les aider, je le ferai.

84

Quel est mon péché, pour avoir mérité ça ?

Christina Rossetti,
Zara

Il était presque dix-neuf heures quand Strike et Robin arrivèrent enfin aux environs de Cambridge. Le ciel de printemps était rose et, malgré la fatigue, Robin admira la magnifique architecture classique qui se déployait à mesure qu'ils approchaient de la faculté de Vikas Bhardwaj.

— Quelle ironie, commenta Strike plongé dans le site de l'université. « La faculté de Caius » – baptisée comme ça d'après un type célèbre, apparemment – « était réputée pour son règlement inhabituel : interdite aux malades et aux infirmes, ainsi qu'aux Gallois. » Eh bien, pour les Gallois on ne peut que partager leur avis, mais ils auraient eu tort de se priver de Bhardwaj. Ah, Stephen Hawking y a étudié aussi. C'est la quatrième plus ancienne faculté, et l'une des plus riches.

Robin gardait un œil sur le GPS, où leur destination s'affichait clairement malgré un trajet sinueux à travers une série de petites rues qui semblaient plutôt les en éloigner.

— Je sais qu'on n'y entre pas facilement, dit-elle. Est-ce que tu peux marcher ? Je pense pas qu'on pourra se garer à proximité, entre les couloirs de bus et les rues piétonnes.

— Oui, pas de problème.

Il bascula sur une autre fenêtre ouverte sur son écran, montrant une photo de Vikas. Le jeune homme en fauteuil roulant, vêtu d'un T-shirt vert clair et d'un jean, était entouré par ses collègues chercheurs. Vikas était très beau garçon avec ses épais cheveux bruns, sa mâchoire carrée et son sourire charmant. Strike lui donnait environ vingt-cinq ans. Il devinait que le jeune homme avait un problème aux mains parce qu'elles étaient recroquevillées, et aux jambes également, parce que, comme celles d'Inigo Upcott, elles semblaient paralysées. D'après la légende de la photo, Vikas et ses collègues étudiaient les étoiles neutrons, un sujet sur lequel Strike ignorait absolument tout, et ils posaient dans la cour de Tree Court, qui comportait une verte pelouse et des bâtiments en pierre.

— Ça a pas l'air d'être le lieu idéal où habiter quand on est en fauteuil roulant, jugea Strike en observant la petite porte derrière Vikas, qui donnait sans aucun doute sur un escalier encore plus étroit et plus raide que celui du Marine Hotel.

Quelques minutes plus tard, Robin se gara. Elle consulta à son tour son téléphone pour trouver la direction à prendre.

Ils croisèrent beaucoup de jeunes gens, profitant de la douceur du soir. Le soleil donnait aux bâtiments de brique une teinte mordorée. Robin, dont la vie étudiante avait été brusquement interrompue, se remémora ces quelques mois de bonheur et de liberté auxquels elle évitait généralement de penser, parce qu'ils lui rappelaient l'incident qui avait eu lieu dans la cage d'escalier de sa résidence. Au fil des années, elle en était venue à penser que si ce type caché derrière un masque de gorille n'avait pas surgi de l'obscurité pour la violer, Matthew et elle se seraient séparés avant leurs vingt ans car leurs intérêts et leur existence auraient divergé. Robin avait lâché la fac, était rentrée chez ses parents et s'était accrochée au seul homme qui lui inspirait confiance. Comme ces souvenirs demeuraient douloureux, elle s'efforça de se concentrer de nouveau sur ce qui l'entourait.

— Ça doit être incroyable d'étudier ici, non ? dit-elle à Strike.

Ils franchirent un pont traversant la rivière Cam, aux berges bordées de saules, où deux étudiants faisaient du punt.

— Ouais, si t'aimes les statues et les snobs.

— Dis donc, je savais pas que t'étais si aigri ! Tu as étudié dans une université prestigieuse, toi aussi, alors pourquoi tu dis ça ?

— J'ai raté mes études dans une université prestigieuse, la corrigea-t-il alors qu'ils s'engageaient dans Garret Hostel Lane, une étroite allée entre deux bâtiments de brique.

— Tu n'as rien raté puisque tu es parti de ton propre chef, lui rappela Robin, qui savait que Strike avait arrêté ses études à Oxford après la mort suspecte de sa mère.

— Ouais, je suis sûr que c'est ce que Joan a raconté aux voisins, dit Strike qui se souvenait bien de l'amertume de sa tante quand il avait lâché la fac.

— Tu as étudié quoi ? Les Lettres classiques ?

— Non, l'histoire.

— Ah bon ? Comme tu connais le latin, je pensais que…

— Je ne connais pas le latin. Pas vraiment. Je l'ai juste étudié pour le bac, et j'ai une bonne mémoire.

Ils bifurquèrent dans Trinity Lane.

— Dans un des squats où on a vécu avec ma mère, expliqua Strike qui évoquait rarement son enfance, il y avait un ancien prof de Lettres classiques d'une grande école privée. Je ne me rappelle plus laquelle, mais je sais qu'elle était connue. Lui, c'était un alcoolique qui prétendait avoir fait un burn-out. Il était assez instable, donc c'était peut-être vrai, mais c'était un connard quand même. J'avais treize ans, et il m'a dit que je ne réussirais jamais dans la vie parce que, entre autres choses, il me manquait toutes les bases de l'éducation d'un gentleman.

— Comme quoi, par exemple ?

— Eh bien, la culture classique. Il me citait de longues phrases latines pour me narguer. Comme je ne comprenais pas, je ne pouvais pas répliquer, mais je n'aimais pas qu'on me prenne de haut comme ça.

Ils progressèrent dans Brick Lane, toujours au milieu des bâtiments de brique.

— Enfin bref, quand on a quitté le squat, le lendemain si je me souviens bien, j'ai piqué tous les bouquins de latin de ce mec.

Robin éclata de rire ; elle ne s'était pas attendue à ça.

— Dans le lot, il y en avait un de Catulle. Tu as déjà lu cet auteur ?

— Non.

— C'est cochon. Je le sais, parce qu'il y avait la traduction anglaise en face du texte latin. En gros, c'est du sexe, de la sodomie, des fellations, des poèmes sur des gens que Catulle n'aime pas parce qu'ils sont cons, son amour pour une femme qu'il avait baptisée Lesbie parce qu'elle venait de l'île de Lesbos.

— J'imagine qu'elle n'était pas lesbienne ?

— Non, elle aimait les hommes, d'après Catulle. Enfin bref, je ne voulais plus qu'un pédant me prenne de haut parce que j'ignorais le latin, donc je me suis servi des livres de ce con pour préparer l'option latin au bac, et mémoriser plein de citations.

Robin partit dans un tel fou rire que Strike se mit à rire aussi.

— Qu'est-ce qu'il y a de si drôle ?

— Tu as appris le latin pour te venger d'un type que tu n'allais jamais revoir de ta vie ?

— Il m'a pris pour un con, se justifia Strike qui souriait et ne comprenait pas bien en quoi son attitude était étrange. Et crois-moi : rien de tel que le latin pour clouer le bec à des snobs qui se croient supérieurs à toi. Je l'ai utilisé plusieurs fois et ça a bien marché.

— Je ne connaissais pas cette facette de ta personnalité, dit Robin en contenant difficilement son hilarité. J'aurais dû te dire que tout gentleman qui se respecte doit s'y connaître en reproduction des moutons. Tu aurais sans doute décidé de passer un diplôme dans cette matière.

— Sans vouloir offenser ton père, s'il te faut un diplôme pour comprendre comment les moutons se reproduisent, tu as du souci à te faire… J'ai sorti mon latin le jour où j'ai rencontré Charlotte, ajouta-t-il de façon inattendue. Elle me prenait pour un abruti, évidemment, mais elle me draguait pour rendre Ross jaloux. Ils sortaient ensemble et s'étaient disputés. Enfin bref, elle étudiait les Lettres classiques, poursuivit Strike tandis qu'ils s'engageaient dans Senate House Passage. Elle m'a dit qu'elle adorait Catulle et s'attendait à ce que ce soit un parfait inconnu pour moi, donc je lui ai débité le poème V dans son intégralité, qui est une ode à son amour pour Lesbie. Le reste est connu : seize années de douleur. C'était prémonitoire, parce Lesbie a mené Catulle par le bout du nez. On est arrivés, non ?

Le Gonville & Caius College se dressait devant eux ; son entrée voûtée était fermée par un portail noir en fer forgé et construite en pierres brun gris qui défiaient le monde moderne représenté par les boutiques voisines. Trois statues à l'effigie d'hommes des quatorzième et seizième siècles, très sérieux, se tenaient dans des alcôves. Derrière le portail se déployait une pelouse verte et grasse, entourée de bâtisses baignées de la lumière du couchant. La loge du concierge était vide : il n'y avait personne.

— Verrouillé, évidemment, constata Strike en essayant d'ouvrir le portail.

À ce moment-là, une Indienne d'une trentaine d'années vêtue d'un pantalon en lin blanc et d'un T-shirt, apparut, sacoche d'ordinateur portable à la main. Avant qu'elle ne disparaisse, Strike la héla.

— Excusez-moi ? Bonjour, est-ce que vous connaissez Vikas Bhardwaj ?

Il était certain de l'avoir vue sur l'une des photos montrant le groupe de recherche de Vikas, et elle s'arrêta effectivement, l'air perplexe.

— Oui, répondit-elle en s'approchant du portail.

— On est des amis de Vikas, on passait par là et on voulait lui faire une surprise, mais il ne répond pas au téléphone. Vous ne sauriez pas où il est, par hasard ?

Elle dévisagea tour à tour Strike et Robin. Comme le supposait Strike, la présence de Robin sembla la rassurer.

— Vous avez frappé à la porte de sa chambre ? demanda-t-elle.

— On pensait qu'il vivait là, répondit Robin.

— Non, il est dans le bâtiment Stephen Hawking.

— Ah mais oui, bien sûr ! s'exclama Strike en faisant mine de s'en souvenir. Il me l'avait dit. Merci beaucoup.

Elle esquissa un léger sourire et retourna d'où elle venait. Robin était déjà en train de localiser le bâtiment Stephen Hawking sur son téléphone.

— C'est un peu loin. Ça vaudrait le coup de récupérer la voiture et de se garer là-bas.

Ils firent donc demi-tour et, après un bref trajet en voiture, arrivèrent à un bâtiment en forme de S, en pierres gris pâle, entouré d'un parc où des roses odorantes poussaient au milieu de la verdure. Un panneau indiquait aux visiteurs de se présenter à la loge du concierge, mais un homme aux cheveux longs et aux yeux rêveurs venait d'ouvrir la porte, donc Robin lui demanda :

— Excusez-moi ? On est des amis de Vikas Bhardwaj, est-ce qu'on pourrait entrer avec vous ?

L'homme leur tint la porte sans broncher. Robin eut l'impression qu'il était tellement perdu dans ses pensées qu'il prêtait à peine attention à ce qui l'entourait.

— Est-ce que vous sauriez où se trouve son studio ? demanda Robin.

Il indiqua la gauche et disparut.

— Il n'aurait pas dû faire ça, objecta Strike alors qu'ils passaient devant un portrait de Stephen Hawking. On laisse pas n'importe qui entrer dans ce genre d'endroit.

— Non.

Après l'agression dont elle avait été victime, la sécurité de sa propre résidence avait été renforcée, mais il y avait malgré tout des gens qui laissaient la porte ouverte pour leurs amis.

— C'est un peu plus adapté aux fauteuils roulants, ici, dit Strike.

Le sol était lisse et le couloir légèrement concave était large, ponctué de portes blanches.

Tout au bout du couloir, un homme mince de type caucasien accompagné d'une petite femme noire scrutaient un tableau d'affichage.

— Aucun nom sur les portes, observa Strike. On va leur demander. S'ils ne savent pas, on frappera au hasard.

En entendant arriver Strike et Robin, les deux autres se retournèrent vivement. Ils avaient l'air inquiets, voire paniqués.

— Est-ce que vous sauriez où se trouve la chambre de Vikas Bhardwaj ? leur demanda Strike.

— C'est celle-là, répondit la femme en indiquant la porte juste à côté d'elle, où était scotché un message tapé à l'ordinateur et imprimé en gros :

« Parti à Birmingham. De retour lundi. »

— Qui êtes-vous ? demanda l'homme.

— Je suis détective privé.

Robin savait très bien pourquoi il avait répondu cela. Quelque chose clochait, elle le sentait : la peur peinte sur le visage de leurs interlocuteurs, ce message sur la porte, et l'odeur légèrement écœurante qui flottait dans l'air, et qui lui rappelait la chambre de Josh et Edie à North Grove, où un rat en décomposition était enfermé dans un bocal. Son cœur se mit à cogner dans sa poitrine : il avait pressenti ce que son cerveau refusait d'accepter.

— Vous aviez rendez-vous avec lui ? leur demanda Strike.

— Oui, répondit la femme.

— Est-ce que quelqu'un a alerté le concierge ?

— Oui, répondit l'homme.

Ils ne semblaient, ni l'un ni l'autre, remettre en question la légitimité de Strike à les interroger, et cela confirmait qu'ils partageaient tous le même pressentiment.

— Est-ce qu'il tape habituellement ses messages à l'ordinateur ? leur demanda Strike.

— Oui, répondit la femme. Mais ce n'est pas sa police habituelle. Il utilise toujours Comic Sans. Pour plaisanter.

— Il ne répond pas au téléphone, dit son compagnon.

— Il n'a pas décroché de la journée, ajouta-t-elle.

Ils entendirent un bruit de pas précipités derrière eux. Une femme blonde à lunettes approcha à petites foulées.

— Le concierge n'est pas là, annonça-t-elle en haletant. Je ne le trouve pas.

— Va à la voiture, dit Strike à Robin. Il y a un passe-partout, dans la boîte à gants. Vous pouvez l'accompagner ? demanda-t-il à la blonde. Pour qu'elle puisse rentrer dans le bâtiment ?

Son interlocutrice semblait heureuse de se voir attribuer une mission. Elles s'éloignèrent ensemble.

— Vous n'avez pas appelé la police ? demanda Strike à l'homme.

— On est arrivés il y a seulement dix minutes, répondit-il, l'air totalement paniqué. On a pensé que le concierge…

— Avertissez la police. Quand j'ouvrirai la porte, personne n'entre sauf s'il est vivant.

— Oh ! mon Dieu, lâcha la femme en se couvrant la bouche.

L'homme avait sorti son portable et composait le 999.

— La police, s'il vous plaît, demanda-t-il d'une voix tremblante.

Strike examinait le message sur la porte, sans le toucher. Dans le coin supérieur, il remarqua une trace, si ténue qu'elle était à peine visible : un ovale rose pâle, comme une empreinte de pouce dans un gant de latex.

Un bruit de course et un cliquetis de clés annoncèrent le retour de Robin et de la blonde.

— On est inquiets pour un ami handicapé, expliqua le grand mince au téléphone. Il ne décroche pas et n'ouvre pas sa porte… Oui… Bâtiment Stephen Hawking…

Strike prit le trousseau de clés et, après en avoir essayé plusieurs, parvint à déverrouiller la porte. Il ouvrit.

La femme noire lâcha un cri à percer les tympans. Vikas Bhardwaj était assis dans son fauteuil roulant, face à la porte, dos à son bureau et à son ordinateur. Sa chemise blanche était couverte de sang séché, ses yeux et sa bouche étaient grands ouverts, sa tête pendait d'un côté, sa gorge était tranchée.

CINQUIÈME PARTIE

Au sommet, les fibres tournent brusquement vers l'intérieur, vers le ventricule, formant ce que l'on appelle le vortex.

Henry GRAY,
Membre de l'Académie des sciences,
Gray's Anatomy

85

Je croyais mon esprit et mon cœur habitués
À la mort ; éteints les pincements du cœur agonisant.

Amy LEVY,
The Old House

Tandis que la police scientifique s'affairait sur la scène de crime et que l'ambulance attendait pour emporter le corps de Vikas Bhardwaj, la police mena Strike et Robin dans une pièce minuscule dotée d'une seule haute fenêtre. L'endroit était à mi-chemin entre le bureau et le placard, avec un mur couvert d'étagères remplies de dossiers, un seau et sa serpillière posés dans un coin. Ils firent leur déposition auprès d'un policier en uniforme à la chevelure roux vif qui ne dissimula pas sa suspicion envers les deux détectives, et qui interrogea Strike sur un ton agressif au sujet de son passe-partout.

Strike expliqua en détail la participation de Vikas à *Drek's Game* et mentionna délibérément l'infiltration du jeu par Le Halvening, dans l'espoir que la police mette rapidement sur le coup des collègues compétents. Toutes ces informations semblèrent au contraire énerver davantage son interlocuteur. Un deuxième officier entra, téléphone portable à la main. Le rouquin quitta la pièce pour prendre l'appel et revint dix minutes plus tard, en demandant à Strike et Robin de ne pas bouger.

Ils patientèrent dans le placard pendant une heure, sans que personne vienne les voir, excepté le concierge dans tous ses états, qui leur apporta du café tiède dans des gobelets en plastique.

— C'était un homme charmant, le Dr Bhardwaj, commenta-t-il. L'un des plus gentils qu'on…

Sa voix se brisa. Après avoir posé les cafés, il quitta la pièce en s'abritant les yeux de la main.

— Le pauvre, dit Strike. Ce n'est pas sa faute.

Robin, qui n'oublierait sans doute jamais l'image de Vikas Bhardwaj égorgé, avec ses tendons et ses artères à nu, demanda :

— Tu penses qu'ils nous font patienter pour quoi ?

— Le temps que leurs supérieurs arrivent. J'espère qu'on va retrouver des visages familiers. C'est pour ça que j'ai mentionné Le Halvening à cet abruti de rouquin.

Par la haute fenêtre, on apercevait un morceau de ciel étoilé. La porte s'ouvrit de nouveau, et Strike fut soulagé de voir Angela Darwish.

— Comme on se retrouve ! lança cette dernière.

Strike commença à se lever pour céder sa place à Darwish, mais elle secoua la tête.

— Non, merci. Je viens de lire vos dépositions. Alors Bhardwaj participait à votre jeu en ligne ? Celui qui a été infiltré par Le Halvening ?

— Il n'était pas juste joueur, il l'a cocréé, précisa Strike.

— Est-ce qu'ils savent depuis combien de temps il est mort ? demanda Robin.

— Grosso modo, depuis vingt-quatre heures.

Il était donc déjà trop tard, quand Strike et elle avaient pris ce café à la station-service de Cambridge.

— Il y a beaucoup de caméras de surveillance par ici, constata Strike qui les avait remarquées en arrivant. C'est un environnement très sécurisé, à moins que l'idiot qui nous a laissés entrer ait l'habitude d'ouvrir la porte aux inconnus.

— L'idiot qui vous a laissés entrer est un docteur en physique théorique, expliqua Angela Darwish. Ils sont en train de l'interroger à l'heure qu'il est. C'est le problème des résidences. Elles ne sont sécurisées que grâce au bon vouloir des résidents. Cela dit, je pense que nous n'aurons pas beaucoup de mal à identifier le tueur. Comme vous le dites, il y a des caméras partout ; il fallait vraiment vouloir tuer ce pauvre homme pour prendre de tels risques.

— J'ai l'impression que tout ce qu'on verra, c'est un masque de latex, dit Strike.

Il remarqua qu'elle ne réagissait pas à son commentaire.

— Nous essaierons de ne pas mentionner vos noms dans la presse, dit-elle. Vous n'avez pas besoin de ça, après la bombe de l'autre jour.

— Merci.

— Où est-ce que vous allez loger ?

— Aucune idée.

— Tenez-nous au courant quand vous aurez trouvé quelque chose, dit Angela Darwish. Nous aurons sûrement besoin de vous parler de nouveau. Je vais vous raccompagner. Pas d'inquiétude : j'ai tout expliqué à la police.

— Merci.

Strike se leva en grimaçant. Son genou droit s'était remis à trembler.

— Je ne crois pas que ce type aux cheveux roux nous ait beaucoup appréciés.

— L'utilisation d'un passe-partout a tendance à provoquer ce genre de réaction, expliqua Darwish avec un sourire froid.

Quand ils traversèrent le parc plongé dans l'obscurité pour regagner la rue, Robin aperçut des voitures de police garées. Des étudiants s'étaient massés devant le bâtiment, horrifiés face à ce que leur camarade venait de subir.

— Bonne route, et n'oubliez pas de nous donner votre adresse, leur rappela Darwish quand ils arrivèrent à la BMW.

Elle les salua de la main et repartit.

— Ça va ? demanda Strike à Robin, une fois dans la voiture.

— Ça va, répondit-elle même si ce n'était pas entièrement vrai. On fait quoi, maintenant ?

— On pourrait dormir chez Nick et Ilsa ? suggéra Strike, sans grande conviction.

— Non, elle est enceinte. Ils ont pas besoin d'invités poursuivis par Le Halvening.

— Alors si tu te sens de conduire jusqu'à Londres, on pourrait trouver un autre hôtel, peut-être plus proche du bureau pour pouvoir récupérer nos affaires quand ce sera possible ? Mais si tu préfères passer la nuit ici…

— Non, répondit Robin qui en avait assez de Cambridge, j'aime autant rentrer.

86

Oh, lasse impatiente patience de mon être !
Ainsi en va-t-il de moi : qu'en est-il pour vous, mes Amis ?

Christina Rossetti,
Later Life: A Double Sonnet of Sonnets

Le meurtre brutal de Vikas Bhardwaj fit grand bruit dans les médias, à juste titre : entré à l'université de Cambridge à l'âge de seize ans, ce génie précoce avait décroché un doctorat en astrophysique à vingt-trois ans et avait déjà remporté un prix international pour sa recherche. Robin, qui lisait tous les articles qui lui étaient consacrés, ressentit un chagrin troublant pour ce jeune homme qu'elle n'avait jamais rencontré. Est-ce que c'était mal de juger ce meurtre d'autant plus odieux qu'il avait visé un garçon particulièrement brillant ?

— Non, trancha Strike deux jours plus tard au déjeuner, quand elle lui posa ouvertement la question dans le café de l'hôtel de Poland Street où ils logeaient désormais.

Ils attendaient le reste de l'équipe pour une réunion maintes fois repoussée. D'après Strike, remonter le moral de leurs collaborateurs primait sur quelques heures de surveillance, au vu des événements récents.

— J'échangerais volontiers Oliver Peach contre Bhardwaj. À quoi sert Peach, dans la vie ?

— Tu trouves pas ça un peu… eugéniste ?

— Seulement si je me mets à pousser les gens sous des trains. Mais comme je n'ai pas l'intention de tuer ceux que je n'aime pas, je ne vois pas de problème à affirmer que certaines personnes contribuent davantage à la société que d'autres.

— Donc tu ne souscris pas à la thèse selon laquelle « la mort d'un homme me diminue » ?

— Je ne me sentirais pas le moins du monde diminué si certains connards que j'ai rencontrés mouraient. Tu as lu ce que la famille de Bhardwaj a déclaré dans le *Times* de ce matin ?

— Oui.

Robin ne précisa pas que cette déclaration l'avait émue aux larmes. En plus de demander de l'aide pour retrouver le meurtrier de leur fils, ils avaient parlé de leur immense fierté pour ce génie qui n'avait jamais laissé son handicap lui barrer la route, et qui avait voué sa vie à l'astrophysique.

— Ça explique pas mal de choses, je trouve, dit Strike.

— C'est-à-dire ?

— C'est très surprenant qu'un docteur en astrophysique ait passé tant de temps dans le jeu. Mais quand on sait qu'il est entré à Cambridge à seize ans et qu'il était lourdement handicapé… Il devait se sentir très seul. Ce jeu, c'était sa vie sociale. En ligne, il n'avait pas à gérer ses problèmes d'élocution et de mobilité. Ça devait être un soulagement pour lui d'être juste un fan comme les autres et pas l'enfant prodige.

— Et d'avoir Anomie comme meilleur ami.

— Oui, c'est un point intéressant. Avec qui Vikas Bhurwaj aurait-il été le plus susceptible de se lier d'amitié, parmi les suspects qui nous restent ?

— Je me suis posé la question.

— Kea est jolie. Un jeune homme solitaire serait content de l'avoir comme amie.

— C'est vrai. Mais si on ne connaît pas les tendances pédophiles d'Ashcroft, on peut aussi le trouver sympa.

— Et d'après ce que j'ai entendu sur ton enregistrement, Pierce peut se montrer très charmant quand il veut. En plus, il connaît Ledwell et Blay. Il a vécu avec eux. Pour un fan, ce serait super.

Ils gardèrent le silence pendant quelques secondes, plongés tous deux dans leurs pensées, puis Strike reprit :

— Heureusement, la presse n'a pas encore été informée de notre présence là-bas. Tout s'est bien passé dans ton appartement hier ?

— Oui, tout va bien.

Avec l'aval de la police, elle était rapidement repassée chez elle pour prendre des affaires propres et les apporter à l'hôtel. Elle en avait profité pour arroser son philodendron et avait même envisagé de l'emporter avec elle.

Quand elle était arrivée au Z Hotel, épuisée après des centaines de kilomètres en voiture et choquée de la découverte macabre qu'ils avaient faite, la chambre, avec ses différentes nuances de gris, lui avait paru exiguë et sans âme. Contrairement à Strike, elle avait passé tout son temps enfermée à l'intérieur, parce qu'elle devait réviser pour le test de modérateur, dans moins d'une semaine.

Son associé, lui, se sentait heureux. Ses années dans l'armée l'avaient habitué à changer fréquemment de lieu de résidence ; il aimait les endroits propres, épurés et fonctionnels ; quant à la taille de la chambre, elle lui semblait pratique quand il n'avait pas sa prothèse. L'hôtel était aussi idéalement situé pour garder un œil sur les travaux du bureau tout en restant à proximité des commodités.

Midge et Barclay furent les premiers à arriver pour la réunion. Midge portait un jean noir et un débardeur qui mettait en valeur ses bras musclés.

— Tout s'est passé comme prévu ce matin, annonça Midge.

— Qu'est-ce qui s'est passé ce matin ? demanda Robin qui s'était plongée dans *Sang d'encre* dès sept heures du matin, pour essayer de mémoriser les intrigues et les répliques.

— J'ai rendu visite à l'ex-femme de Jago Ross, expliqua Midge. Je lui ai montré les vidéos qu'on a faites, où il frappe ses enfants et force cette petite fille à sauter l'obstacle avec son poney.

— Et ?

— Elle va réclamer la garde exclusive. Mais elle a promis de ne pas appeler Ross ni son avocat avant ce soir.

— Bien, commenta Strike.

— Est-ce que vous allez…, commença Robin, mais Barclay demanda en même temps :

— On a trouvé quelqu'un pour remplacer cet abruti de Nutley ?

— J'y travaille, répondit Strike qui n'avait en réalité pas eu le temps de régler ce problème de personnel depuis leur retour de Cambridge.

La matinée avait été occupée par un rendez-vous avec le propriétaire de leurs locaux qui n'était pas très enclin à renouveler le bail et qu'il avait fallu sérieusement amadouer.

— Midge et moi, on a du nouveau sur Fingers, annonça Barclay.

— Excellent. Vous nous raconterez ça quand Dev et Pat seront arrivés : ils seront là dans une minute.

Robin constata avec plaisir que Pat avait l'air en forme, quand elle arriva d'un pas énergique avec Dev. L'explosion dont elle avait été victime n'avait pas causé de blessure durable. Son attitude non plus n'avait pas changé : quand elle examina d'un regard réprobateur le tabouret triangulaire sur lequel elle était censée s'asseoir, Strike lui proposa le canapé, mais la secrétaire répliqua :

— Je peux prendre le tabouret, je ne suis pas encore mourante.

Elle s'assit en tirant vigoureusement sur sa cigarette électronique.

Quand tout le monde eut commandé à manger et à boire, Strike déclara :

— Je suis content qu'on puisse se réunir. Je sais que notre absence ces derniers jours ne vous a pas facilité la vie. Je veux juste vous dire que Robin et moi, on est très reconnaissants du travail que vous avez fourni et de votre solidarité avec l'agence après ce qui est arrivé.

— La police sait qui a envoyé la bombe ? demanda Dev.

— On n'a pas encore eu de nouvelles, mais ça ne devrait plus tarder, vu que le MI5 est impliqué, répondit Strike en espérant ne pas être trop optimiste. Bon, quoi de neuf sur Fingers ?

— La femme de ménage a démissionné, annonça Barclay.

— Intéressant, jugea Strike.

— Ouais. J'étais juste à côté d'elle à l'arrêt de bus hier soir pendant qu'elle annonçait à Fingers qu'elle ne voulait plus revenir bosser parce qu'elle avait peur.

— Peur ? Peur de quoi ?

— Du KGB.

— Le KGB, ça n'existe plus, fit remarquer Robin. C'est quoi cette histoire ?

— D'après ce que j'ai pu entendre, Fingers lui a dit que son père était surveillé par le gouvernement russe, alors il lui a demandé de fouiller pour dénicher les caméras et les lui apporter. Il ne veut pas embêter sa mère malade avec ça. Mais Midge en sait un peu plus là-dessus.

— Ouais, enchaîna cette dernière. La mère est ici, à Londres. Arrivée y a deux jours. Je les ai filés, elle et Fingers, et hier, coup de bol, j'ai trouvé un siège juste derrière eux au bar à champagne et caviar de Harrods.

— Je vérifierai ça dans tes dépenses du mois.

— Si ça peut te consoler, c'était dégueu. J'avais jamais mangé de caviar.

— Il n'y avait rien de moins cher ?

— Bordel, Strike, j'étais dans un bar à caviar. Tu voulais que je commande quoi ? Un sandwich au jambon ?

Robin éclata de rire.

— Enfin bref, j'ai entendu leur conversation. Elle a l'intention de divorcer. Si vous voulez mon avis, Fingers a piqué des trucs parce qu'il veut récupérer un max d'objets dans la maison avant que les serrures soient changées.

— Ou alors, intervint Strike, elle lui a demandé de piquer des choses qu'elle aime bien pour les récupérer avant de partir, en espérant qu'on accuserait la femme de ménage.

— Ça me surprendrait pas, commenta Midge. Fingers et sa mère ont l'air de s'entendre comme cul et chemise.

— O.K., excellent travail à tous les deux. On reste sur Fingers, et peut-être sa mère aussi tant qu'elle est à Londres. Elle a quel âge ?

— Je sais pas… la quarantaine ? proposa Midge. Elle paraît peut-être plus jeune, de nuit. Elle est toute botoxée. En plein jour, on dirait qu'elle a eu un choc anaphylactique.

— Je me dis que si elle prévoit de divorcer… est-ce qu'elle a vu beaucoup de monde, depuis qu'elle est ici ?

— Elle mange tout le temps à l'extérieur. Il y a deux jours, elle est allée dîner dans un bar de Knightsbridge avec deux femmes qui lui ressemblent.

Strike interrogea Dev du regard, qui demanda :

— Quoi ?

— Ça pourrait être intéressant qu'un charmant marchand d'art aille bavarder avec elle. Pour voir si elle lui demande la valeur des objets que Fingers a piqués.

— J'y connais que dalle à l'art, moi, protesta Dev.

— T'as juste besoin de te renseigner sur les objets qui ont disparu de la maison, objecta Strike.

— Pourquoi tu me demandes pas ça, à moi ? intervint Barclay, très sérieux.

— Ah, parce que l'art, c'est ton rayon ?

— J'ai un diplôme en Fabergé et soudure.

Même Pat éclata de rire.

Quand leurs sandwiches furent servis, Strike reprit :

— Bon, Anomie, maintenant.

Il comprit à l'expression de ses collaborateurs que le sujet ne les réjouissait pas spécialement.

— Il nous reste trois candidats potentiels. Il va vraiment falloir leur coller au train pour pouvoir les éliminer de notre liste.

— À ce rythme, ça va nous prendre des années, fit remarquer Midge.

— Robin est sur le point de devenir modératrice. À mon avis, c'est ça qui nous permettra de trouver la clé de cette énigme.

Ses interlocuteurs avaient l'air sceptiques, et Strike ne pouvait pas leur en vouloir. L'agence comptait cinq enquêteurs, dont une était momentanément hors-jeu parce qu'elle révisait pour le test d'Anomie, et ils étaient censés surveiller six personnes.

— Bon, reprit Strike, je sais qu'on est ric-rac, mais l'affaire Ross devrait être réglée d'ici ce soir.

— Tu vas aller lui parler ? lui demanda Robin.

— Oui, répondit Strike sans développer davantage.

Comme il n'avait pas envie de discuter de Ross devant toute l'équipe, ni de sa relation compliquée avec Charlotte et de la culpabilité qu'il ressentait d'avoir alourdi leur planning, il continua à parler d'Anomie, et attribua à chaque collaborateur un suspect à surveiller.

87

Les grands amours, jusqu'au dernier, vous battent le sang ;
Tout grand amour qui meurt, meurt subitement.

Helen Hunt JACKSON,
Dropped Dead

À vingt heures trente ce soir-là, heure où Jago Ross était habituellement rentré du travail, Strike arriva à Kensington et se dirigea vers le grand immeuble carré en brique rouge avec habillage en pierres blanches où Jago Ross possédait un appartement. Les lumières étaient allumées au deuxième étage, et Strike sonna à la porte partiellement vitrée qui laissait entrevoir un luxueux hall d'entrée. Un concierge en livrée noire ouvrit, sans pour autant le laisser passer.

— Je viens voir Jago Ross. Cormoran Strike, annonça-t-il.

— Je vais le prévenir, répondit le concierge sur un ton lugubre avant de lui refermer la porte au nez.

Persuadé que Ross le recevrait, au moins pour avoir l'occasion de l'insulter et de le menacer en personne, le détective patienta sans s'inquiéter. Effectivement, le concierge revint quelques minutes plus tard, ouvrit la porte et le pria d'entrer.

— Deuxième étage, appartement 2B, précisa-t-il d'une voix basse et onctueuse, comme s'il offrait ses condoléances à un haut dignitaire. L'ascenseur est juste en face.

Étant donné que Strike avait parfaitement localisé l'ascenseur au premier coup d'œil, il jugea que l'information n'était pas digne d'un pourboire et traversa le hall à la moquette bleu roi. Il appuya sur le bouton cuivré, puis monta dans l'ascenseur tout en acajou décoré d'un miroir biseauté à encadrement doré.

Les portes se rouvrirent au deuxième étage, où l'on retrouvait la moquette bleu roi, des lys dans un vase posé sur une table, et trois portes en acajou menant à des appartements. Le nom de ROSS était gravé sur une petite plaque en métal fixée sur la porte du milieu. Strike sonna, puis attendit.

Il fallut à Ross près d'une minute pour ouvrir. Il était aussi grand que Strike, mais beaucoup plus mince, avec un visage tout en pointe, des cheveux blancs et des yeux bleu vif. Il n'avait pas quitté son costume mais avait dénoué sa cravate bleu marine et tenait à la main un verre en cristal contenant du whisky. Il recula d'un pas, l'air impassible, afin de permettre à Strike de pénétrer dans l'entrée, referma la porte de l'appartement, et passa en silence devant son visiteur qu'il mena jusqu'au salon. Strike le suivit.

Strike savait que cet appartement appartenait aux parents de Ross, et le décor était presque une caricature de l'opulence : rideaux en brocart aux couleurs légèrement passées mais toujours splendides, chandeliers, tapis d'Aubusson. Les murs étaient couverts de tableaux aux tons sombres représentant des chiens, des chevaux, et, supposa Strike, des ancêtres de la famille. Sur la table derrière le canapé, parmi les photos, dans un cadre en argent, on reconnaissait Ross jeune, portant la cravate blanche et la queue-de-pie noire caractéristiques d'Eton.

Ross attendait que Strike prenne la parole en premier, ce à quoi il ne rechignait pas – pressé qu'il était d'en finir – mais avant qu'il puisse ouvrir la bouche, il entendit un bruit de pas.

Charlotte arriva dans la pièce, vêtue d'une robe noire ajustée et de hauts talons. Elle avait l'air d'avoir pleuré, mais en voyant Strike, ce fut la surprise qui l'emporta.

— Corm !

— Bravo pour l'Oscar de la meilleure actrice, commenta Jago depuis l'un des canapés où il s'était installé, le bras étalé le long du dossier, manifestement à son aise.

— Je ne savais pas qu'il venait ! lança-t-elle à son mari.

— Mais bien sûr.

Charlotte regarda Strike. Elle avait rougi, sans doute de plaisir et d'espoir.

— Je vous interromps peut-être en pleine intimité ? demanda Strike dans le but de décevoir les attentes de Charlotte et d'en venir au fait le plus rapidement possible.

— Non, répliqua Charlotte qui, malgré ses yeux humides, lâcha un petit rire. Jago m'a demandé de venir pour me proposer de m'acheter mes enfants. Si je ne veux pas passer pour une cinglée hystérique devant le tribunal, il me propose cent cinquante mille livres. Il doit croire que ça coûte moins cher qu'un procès. Cent quarante-cinq mille livres pour James et cinq pour Mary, j'imagine. Ou peut-être moins que ça ?

— Surtout si elle tient de sa mère, répliqua Jago en la regardant.

— Tu vois comment il me traite ? dit Charlotte à Strike en cherchant à susciter sa pitié.

— C'est ma dernière offre, annonça Jago à sa femme, et c'est uniquement pour que tes enfants ne découvrent pas la vérité sur leur mère, quand ils auront l'âge de lire la presse. Sinon, je veux bien aller jusqu'au procès, sans problème. Quand ce sera terminé, on dira : « Ils ont confié les gamins au père parce que la mère était une véritable Charlotte Ross. » Mes excuses, ajouta-t-il à l'intention de Strike. Je sais que ça doit beaucoup te peiner d'entendre ça.

— Je me contrefous de vos histoires de garde d'enfants. Je suis venu pour m'assurer que vous n'allez pas entraîner mon agence dans votre merdier.

— Ce sera malheureusement impossible, dit Ross qui semblait bien loin de le regretter. Des photos nues. « Je t'aimerai toujours, Corm. » Aller lui sauver la vie, alors que j'aurais économisé beaucoup de temps, d'énergie et d'argent si elle était morte dans son asile de fous…

Charlotte s'empara d'une sphère en malachite polie de la taille d'un ananas posée sur la table la plus proche et la balança, en visant le miroir au-dessus de la cheminée. Sans surprise, elle n'avait pas assez de force, et la sphère atterrit lourdement sur une pile de livres avant de rouler mollement sur le tapis. Jago éclata de rire. De façon tout aussi prévisible, Charlotte saisit ensuite le deuxième objet le plus proche, une boîte marquetée en écaille de tortue et la jeta sur Jago qui esquiva d'un geste de la main. La boîte fut projetée dans le foyer de la cheminée où elle se brisa.

— Ça, dit-il en perdant son sourire, ça datait du dix-huitième siècle et tu vas le payer.

— Ah bon ? Vraiment ? hurla Charlotte.

— Absolument, espèce de cinglée. J'enlève dix mille livres à mon offre. Cent quarante, et tu auras le droit de voir les jumeaux, sous surveillance, six fois par an.

Il se retourna vers Strike.

— J'espère que tu ne crois pas que t'es le seul avec qui elle s'amuse, parce que…

— Espèce de menteur ! Sale connard ! hurla Charlotte. J'ai rien fait avec Landon et tu le sais, tu veux juste foutre la merde entre Corm et moi !

— Il n'y a pas de « Corm et moi », Charlotte, intervint Strike. Il n'y a plus rien entre nous depuis cinq ans. Si vous pouvez tous les deux vous maîtriser pendant deux minutes, je pense que vous aurez envie d'entendre ce que j'ai à dire, parce que ça vous concerne de très près.

Ils semblèrent pris de court, et Strike enchaîna, en regardant Jago :

— L'une de mes collaboratrices a rencontré ton ex-femme aujourd'hui. Elle lui a montré une vidéo sur laquelle on te voit donner des coups de pied et des gifles à vos filles, dans le jardin de votre maison du Kent. Ton ex a également vu la vidéo où tu forces ta fille à sauter un obstacle sur son poney, ce qui lui a causé une grave blessure. Ma collaboratrice m'a informé que ton ex va demander la garde exclusive des enfants, en se basant sur les preuves que mon agence a recueillies.

Il était impossible de savoir si Ross avait pâli, parce qu'il paraissait toujours avoir de l'antigel dans les veines plutôt que du sang. Quoi qu'il en soit, il demeurait totalement figé.

— J'ai posté des copies de ces mêmes vidéos à ton adresse cet après-midi, expliqua-t-il ensuite à Charlotte qui, contrairement à son mari, était toute rouge et semblait ravie. J'ai conservé mes propres copies, cela va sans dire. Si mon nom apparaît dans votre procédure de divorce, continua Strike en regardant Ross droit dans les yeux, j'envoie ces vidéos directement aux tabloïdes et on verra quelle version ils préfèrent : une affirmation sans fondement selon laquelle j'aurais eu une aventure avec une femme mariée, ou le millionnaire aristocratique qui côtoie la famille royale mais bat ses enfants et provoque un accident qui casse la jambe d'une de ses filles parce qu'il se croit intouchable.

Strike se dirigea vers la porte, avant d'ajouter :

— Et au fait : une de tes nombreuses nounous s'apprête à démissionner. Il est évident que mon agence n'enregistrerait pas de conversations privées, mais l'un de mes détectives a pris beaucoup de notes, après avoir bavardé avec elle au pub. Selon elle, tu n'es pas apte à t'occuper d'un enfant. J'imagine que tu lui as fait signer une clause de confidentialité, mais je suis sûr que les journaux prendraient en charge ses frais d'avocat, en échange de quelques détails croustillants. Donc n'oublie pas : j'ai le nom de la nounou et son adresse, ainsi que le contenu de cette conversation. Et j'ai les vidéos. Un seul coup de fil à la presse et on verra qui sera traîné dans la boue. Alors réfléchissez bien tous les deux, la prochaine fois que vous voudrez me mêler à vos sales affaires.

Personne ne le suivit dans le couloir menant à l'entrée. Les Ross semblaient avoir été réduits au silence. Il claqua la porte de l'appartement derrière lui.

Le concierge sembla surpris de revoir Strike aussi vite, et se leva pour lui ouvrir la porte. Dans la mesure où Strike aurait pu aisément s'en charger lui-même, il ne jugea pas cela digne d'un pourboire non plus, et il lui souhaita une bonne soirée avant de disparaître dans la nuit en direction de Kensington High Street, où il espérait trouver un taxi.

Quelques minutes plus tard, il entendit des talons claquer derrière lui, et sut immédiatement de qui il s'agissait.

— Corm… ! Corm !

Il se retourna. Charlotte parcourait les quelques mètres qui la séparaient de lui, à bout de souffle, rouge et magnifique.

— Merci, lui dit-elle en lui effleurant le bras.

— Je l'ai pas fait pour toi.

— Ne joue pas au plus malin, Bluey.

Elle souriait à présent, et observait son visage pour guetter sa réaction.

— C'est la vérité. Je l'ai fait pour moi et pour ses filles.

Il pivota sur les talons et reprit son chemin en sortant ses cigarettes, mais elle courut pour le rattraper, et lui saisit le bras.

— Corm…

— Non, dit-il brusquement en se dégageant. Ça n'avait rien à voir avec nous.

— Espèce de menteur, dit-elle avec un petit rire.

— Je ne mens pas, mentit-il.

— Corm, ralentis, je suis en talons.

— Charlotte, reprit-il en se tournant pour lui faire face, mets-toi bien ça en tête : mon agence était menacée. Tout le travail que j'ai mené ces cinq dernières années aurait été réduit à néant si j'avais été mêlé à votre divorce. Je ne veux pas apparaître dans la presse à scandales.

— Oui, j'ai entendu dire que Madeline et toi, vous vous étiez séparés, dit-elle avec un demi-sourire qui confirma à Strike qu'elle se fichait bien de ce qu'il venait d'expliquer. Corm, viens, on va fêter ça. Ton agence n'est plus menacée, et je suis libérée de Jago…

— Non.

Il se détourna de nouveau, mais cette fois, elle lui attrapa le bras si fermement qu'il aurait fallu la pousser violemment et qu'elle serait tombée, vu comme elle tanguait sur ses talons aiguilles.

— S'il te plaît, dit-elle doucement.

Il savait qu'elle pensait avoir encore de l'influence sur lui, et que sous la colère et l'impatience de son ancien fiancé se trouvait l'amour qui avait résisté à tant de scènes de ménage.

— S'il te plaît, Corm. Un verre. Je te l'ai dit quand j'étais mourante, que ça aurait pu être mes dernières paroles : Je t'aime.

Mais en entendant cela, Strike explosa. Il se dégagea de son étreinte et répondit :

— L'amour, c'est comme une expérience de chimie, pour toi. Ce que tu recherches, c'est le danger et les explosions, et même si c'était pas fini entre nous, pour rien au monde j'élèverais avec toi les enfants de Jago Ross.

— Ben... on va avoir une garde partagée, maintenant, j'imagine. Ils ne seront pas tout le temps avec moi.

À ce moment-là, tout sembla ralentir autour de lui, et la rumeur de la circulation fut comme assourdie. Sauf que cette fois, ce n'était pas le visage de Robin qu'il avait devant lui, ivre et pleine de désir. Un séisme s'était produit en lui. Il avait senti quelque chose céder et savait qu'enfin, il avait atteint le point de non-retour.

Non pas qu'il ait soudainement entrevu qui était réellement Charlotte, parce qu'il ne pensait pas qu'un être humain puisse se réduire à une seule vérité, mais il comprenait, une bonne fois pour toutes, que ce qu'il avait tenu pour vrai ne l'était pas.

Il avait toujours cru – il fallait qu'il le croie, parce que sans cela, pourquoi ne cessait-il de retourner vers elle ? – que malgré sa violence et sa capacité de destruction, malgré sa tendance à semer le chaos et à infliger la douleur, ils partageaient des valeurs essentielles et inaliénables. En dépit de tout ce qui prouvait le contraire – sa méchanceté, son agressivité, son appétit pour le conflit – il s'était accroché par romantisme à l'idée que l'enfance de Charlotte, qui avait été aussi chaotique et perturbée que la sienne, avait fait naître en elle le désir de construire un monde plus sain, plus serein, plus bienveillant.

Il comprenait qu'il s'était complètement fourvoyé. Il avait cru que la vulnérabilité de Charlotte la rapprochait instinctivement d'autres personnes vulnérables. Même quand, comme lui, on ne voulait pas d'enfants, parce qu'on refusait les sacrifices nécessaires à leur éducation, on ne pouvait pas fermer les yeux devant les actes de Jago Ross. Il n'avait pas douté une seule seconde que Charlotte aurait fait exactement la même chose que l'ex-femme de Ross : protéger ses enfants de leur père.

— Pourquoi tu me regardes comme ça ? demanda-t-elle avec impatience.

Strike venait de se rendre compte, en regardant la tenue de Charlotte à laquelle il n'avait pas prêté la moindre attention un peu plus tôt, qu'elle s'était rendue chez son mari dans le but de le séduire. Elle avait sans doute l'intention de revenir vers lui, même si ce fameux Landon l'attendait quelque part dans un bar de Mayfair, pendant qu'elle essayait de raviver la flamme qu'elle n'avait jamais vraiment voulu éteindre.

— Bonne nuit, Charlotte, lança-t-il en tournant les talons.

Elle lui courut après et lui saisit de nouveau le bras.

— Corm ! Un verre, allez ! Tu peux pas t'enfuir comme ça !

Un taxi arrivait vers eux. Strike leva le bras. Le taxi ralentit et, à peine une minute plus tard, il s'éloignait du trottoir, en laissant l'une des plus belles femmes de Londres seule derrière lui.

88

Voyez, à quelle vitesse ont disparu de votre vue
Les objets promis que vous estimiez tant…

Mary TIGHE,
Sonnet

Même s'il avait refusé ce verre avec Charlotte, Strike ressentait le besoin de boire un coup, si bien qu'il s'arrêta sur le trajet de retour à l'hôtel pour acheter du whisky et de la bière, faisant fi de son régime.

Il tenait le sac de courses à la main et les bouteilles s'entrechoquaient contre sa jambe artificielle, tandis qu'il parcourait le couloir menant à sa chambre, située à cinq portes de celle de Robin. Il venait de sortir le passe de sa poche quand il entendit une porte s'ouvrir derrière lui. En regardant par-dessus son épaule, il aperçut Robin qui avait passé la tête par l'entrebâillement.

— Pourquoi tu ne réponds pas aux textos ? demanda-t-elle.

Il comprit à son expression que quelque chose n'allait pas.

— Désolé, j'ai pas entendu mon téléphone, répondit-il en s'approchant d'elle.

— Tu peux venir ?

En arrivant devant sa porte, il vit qu'elle portait un pyjama composé d'un short gris et d'un T-shirt coordonné. Ils prirent conscience tous les deux en même temps qu'elle ne portait pas de soutien-gorge. Quand il franchit la porte, elle alla enfiler un peignoir. La chambre sentait bon le shampooing, il était clair que Robin avait utilisé un sèche-cheveux.

— J'ai de bonnes nouvelles, annonça-t-elle tandis qu'il refermait la porte, et des mauvaises.

— Les mauvaises d'abord.

— J'ai merdé, lâcha-t-elle en prenant son iPad pour le lui montrer. J'ai pris la dernière photo in extremis. Je suis vraiment désolée, Strike.

Strike posa son sac de courses, s'assit sur le lit parce qu'il n'y avait pas de chaise, et regarda les photos montrant l'activité du jeu durant l'heure qui venait de s'écouler.

<Un nouveau canal privé a ouvert>

<9 juin 2015 21 h 45>

<Anomie invite Buffypaws>

Anomie : qu'est-ce que tu fais là ? Tu devrais être en train de réviser pour ton test

<Buffypaws a rejoint le canal>

Buffypaws : ça fait des heures que je révise

Buffypaws : j'ai besoin d'un break !

Anomie : tu as vu Demony1 ?

Buffypaws : non, désolée

>

>

Anomie : si tu deviens modé, faut que tu saches qu'il va y avoir du changement

Anomie : Morehouse est parti

Buffypaws : c'est pas vrai ?

<Un nouveau canal privé est ouvert>

<9 juin 2015 21 h 47>

<Hartella invite Buffypaws et Worm28>

Hartella : salut

<Worm28 a rejoint le canal>

Buffypaws : salut, quoi de neuf ?

Worm28 : Hartella, est-ce que Morehouse est parti pour de vrai ???

Buffypaws : quoi ? Morehouse est parti ?!

Hartella : Anomie dit qu'il n'arrivait plus à gérer

Worm28 : j'y crois pas

Anomie : pas grave

Anomie : BorkledDrek va m'aider pour les mises à jour du jeu

Anomie : et à partir de maintenant, plus de canaux privés, je les ferme tous

Anomie : y aura plus que le canal des modérateurs et le jeu

Anomie : plus personne pourra parler dans mon dos

>

>

>

Anomie : est-ce que tu parles sur d'autres canaux privés, là ?

>

>

>

Buffypaws : oui

Buffypaws : avec Hartella et Worm28

Anomie : ok, t'as pas menti

Anomie : c'est bien

Anomie : je veux pouvoir faire confiance à mes modés

Anomie : est-ce qu'elles te demandent

Worm28 : je croyais qu'ils étaient super amis ?

Worm28 : on pourrait avoir plus de modés et Morehouse ferait moins de choses ?

Hartella : Anomie est mieux sans lui

Hartella : est-ce que vous avez vu Demony1 ?

Buffypaws : non

Worm28 : non, pourquoi ?

Hartella : il a disparu

Hartella : il a déjà manqué deux sessions de modération

Hartella : Anomie devient fou

Hartella : il l'a contacté par email et tout

Buffypaws : waouh trop bizarre

Worm28 : il est peut-être malade ?

Hartella : c'est pas possible, on doit le dire à Anomie quand on peut pas être là

Worm28 : il a peut-être eu un accident

Hartella : non impossible

Hartella : Anomie serait au courant,

si tu sais où est passée Demony1 ?

Buffypaws : oui

Buffypaws : mais je sais pas

>

>

>

>

>

>

>

>

>

>

>

>

>

>

>

>

>

>

>

Anomie : est-ce que tu parles à qqn d'autre en privé en ce moment ?

>

je pense. Je suis quasi sûre qu'il sait qui on est

Worm28 : mais Demony1 pourrait pas quitter le jeu

Worm28 : il me l'aurait dit

Worm28 : il serait pas parti comme ça

Hartella : t'as ses coordonnées ?

Worm28 : Ben non. Règle 14

Worm28 : vous savez si la police a mis O***** P**** en prison ?

Hartella : non, ils le feront pas

Hartella : c'était pas lui

Hartella : les gens devraient arrêter de parler de ce qu'ils connaissent pas

Worm28 : tu dis ca pour moi ?

Hartella : non, je parle de tous les fans sur Twitter qui disent qu'il est coupable

>

Hartella : c'est faux

Worm28 : comment tu le sais ?

<Un canal privé a ouvert>

<9 juin 2015 21 h 56>

<Paperwhite invite Buffypaws>

Paperwhite : est-ce qu'Anomie te parle ?

>

>

>

<Buffypaws a rejoint le canal>

Buffypaws : salut

Paperwhite : dis-moi, est-ce qu'Anomie te parle ?

>

>

>

Buffypaws : pas pour l'instant mais on a un canal privé ouvert

Paperwhite : il t'a dit quoi ?

Buffypaws : il m'a demandé si je sais où est Demony1

Buffypaws : et il m'a dit que Morehouse était parti

Paperwhite : dis pas à Anomie que je te parle

>

>

>

>

>

>

Buffypaws : désolée, j'étais aux toilettes

Anomie : réponds

>

Buffypaws : non

Buffypaws : seulement Worm28 et Hartella

Anomie : t'en es sûre ?

Anomie : ton petit passage aux toilettes a eu lieu pile quand Paperwhite est arrivée

Buffypaws : je la connais à peine

Anomie : et t'es pas en train de lui parler ?

Buffypaws : non, je t'ai dit

Anomie : le truc avec BorkledDrek c'est qu'il a l'intelligence de pas devenir trop intelligent

Buffypaws : je comprends pas

Hartella : je le sais, c'est tout

>

Hartella : oh regardez, Paperwhite est de retour

>

Hartella : je pensais qu'elle partirait en même temps que Morehouse

Hartella : quelle salope celle-là

Worm28 : pourquoi ?

Hartella : elle a envoyé des photos nues à tous les mecs

Hartella : elle va faire pareil avec toi, Buffy

Hartella : faut qu'elle maintienne le fan club

Hartella : Demony1 avait raison sur elle

>

Buffypaws : elle envoie des photos nues ?

Hartella : ouais, à tous les mecs

Worm28 : tu peux pas savoir

Hartella : je sais qu'elle en a envoyé à Anomie et Morehouse

Paperwhite : je t'en prie

Paperwhite : s'il te plaît lui dis rien

Buffypaws : ok

Paperwhite : merci xx

>

>

Buffypaws : j'arrive pas à croire que Morehouse ait quitté le jeu

Paperwhite : il avait pas le choix

Paperwhite : je m'en vais aussi

Buffypaws : pourquoi ???

>

>

>

Paperwhite : parce que j'étais là juste pour Morehouse

>

Paperwhite : t'es sympa alors prends ça au sérieux

Buffypaws : quoi ?

>

>

>

Buffypaws : j'essaie pas d'être intelligente

>

Anomie : ouais t'es juste sympa c'est ça ?

Buffypaws : j'ai déjà parlé à Paperwhite mais pas ce soir

Buffypaws : c'est ce que j'adore dans ce jeu, parler aux autres fans

Anomie : hinc cum hostibus clandestina colloquia nasci

Buffypaws : ça veut dire quoi ?

Anomie : ça

<Buffypaws est exclue>

Hartella : j'en ai vu une, Vile me l'a montrée

Worm28 : sérieux ?

Hartella : ouais, quand j'ai demandé à Vile d'inverser son tour de modération avec moi

Hartella : il m'a dit : « je veux bien, si tu me prouves que t'es plus belle qu'elle à poil »

Hartella : j'ai dit : « c'est qui cette fille ? »

Hartella : il a dit Paperwhite

Hartella : elle l'a envoyée à Anomie « par erreur » et Anomie l'a montrée à Vile et je crois que ça a fait le tour des mecs, genre elle

<Buffypaws a été exclue>

Paperwhite : ne te mets jamais Anomie à dos

Buffypaws : c'est flippant

>

>

Paperwhite : JAMAIS
>

Buffypaws : Paperwhite ?

<Paperwhite a quitté le canal>

>

>

<Buffypaws a été exclue>

— Anomie savait, dit Robin quand Strike eut fini de lire. Il savait que je parlais à Paperwhite. J'aurais pas dû mentir, mais je me suis inquiétée pour elle et…

— Peut-être qu'il ne le savait pas, même si j'imagine qu'il doit y avoir un moyen pour lui d'espionner les canaux privés.

— Merde, lâcha Robin en se prenant la tête dans les mains. Tout ce travail pour rien.

— C'est pas pour rien, dit Strike, pensif.

Il sortit la bouteille de whisky du sac plastique en essayant de trouver autre chose à dire que « on n'avait vraiment pas besoin de ça ».

— Paperwhite, c'est celle qui avait une liaison avec Morehouse, non ? demanda-t-il en regardant autour de lui pour trouver un verre, voire un mug.

— Oui, et elle prétendait connaître sa véritable identité.

— Donc elle sait qu'il a été assassiné. Pas étonnant qu'elle veuille partir. La question est de savoir si en quittant le jeu, elle ne se met pas davantage en danger. Si Morehouse lui a révélé qui était Anomie, et qu'Anomie sait qui elle est – et on sait qu'il a au moins vu sa photo – elle aura de la chance de ne pas finir avec un couteau dans le dos.

— On fait quoi ?

— J'avertirai Murphy demain, même si, comme Darwish et lui ont l'air convaincus que c'est Le Halvening qui manigance tout, je ne suis pas sûr qu'ils seront intéressés. Au moins j'en profiterai pour lui demander ce qu'ils ont trouvé sur les caméras de surveillance, à Cambridge.

— Ça veut dire quoi, ce passage en latin ? demanda Robin. Ce qu'Anomie m'a dit avant de m'exclure ?

Strike baissa les yeux vers l'iPad.

— Tu as dit « C'est ce que j'adore dans ce jeu, parler aux autres fans », et sa réponse, traduite grossièrement : « C'est là que naissent des rendez-vous secrets avec des ennemis. » Donc oui, il considère désormais Paperwhite comme une ennemie… Dommage que Vilepechora ne t'ait pas montré cette fameuse photo de Paperwhite.

— Yasmin l'a vue. Elle n'aime pas Paperwhite. Elle a peut-être conservé la photo pour prouver que Paperwhite enfreignait la Règle 14.

— C'est une idée, dit Strike en sortant de sa poche son carnet et son stylo pour s'écrire un pense-bête. J'irai peut-être rendre visite à Yasmin. Foutu pour foutu… Tu veux un whisky pour célébrer ta bonne nouvelle ?

— Oh, fit Robin qui avait presque oublié qu'il y avait une bonne nouvelle. Kea Niven n'est pas Anomie.

— Quoi ?

Il l'avait placée en tête de sa liste des suspects.

— Midge m'a appelée il y a une demi-heure. C'est l'anniversaire de Sara Niven et elle a dîné dans un bar à huîtres avec Kea et des amis. Kea n'était pas sur son téléphone, et comme tu l'as vu, Anomie a été très actif sur les canaux privés, ce soir.

— Merde, lâcha Strike tout en débouchant le whisky. Enfin je veux dire, c'est bien qu'on puisse l'éliminer définitivement, mais ça nous laisse seulement…

— Tim Ahscroft et Pez Pierce. Je sais. J'ai passé la soirée à esquiver des appels de Pez. Il veut qu'on se voie. Je devrais peut-être accepter.

Strike poussa un grognement indistinct.

— Tu as un verre ? lui demanda-t-il.

— Un seul. Dans la salle de bains, avec ma brosse à dents dedans.

— O.K., je vais chercher le mien. Je reviens.

C'est seulement quand Strike eut quitté la pièce que Robin se souvint qu'il était allé parler à Jago Ross : sa déception d'avoir été virée du jeu lui avait fait complètement oublier le reste. Elle alla chercher son verre à dents, et quand Strike revint avec le sien, elle lui demanda :

— Comment s'est passé... ?

Mais Strike l'interrompit :

— Ça a recommencé ! Juste au moment où j'allais chercher mon verre ! J'ai reçu un appel avec cette voix de Dark Vador !

— Tu plaisantes ?

— « Si vous déterrez Edie, vous saurez qui est Anomie. Tout est dans la lettre. » J'ai répondu : « Qui êtes-vous ? » Il y a eu un grondement bizarre et ça a raccroché.

Ils se regardèrent sans rien dire.

— C'est nouveau, cette mention d'Anomie, non ? demanda Robin.

— Oui. Jusqu'à maintenant c'était « Si vous voulez connaître la vérité » ou « Si vous voulez savoir qui l'a tuée ».

Il saisit la bouteille et servit à Robin une double dose. Tout en se rasseyant sur son lit, serrant le peignoir autour d'elle, elle dit :

— Je t'ai dit que Bram possède un engin qui permet de modifier la voix, non ? Il me l'a montré à North Grove.

— Est-ce que ça fait une voix de Dark Vador ?

— Un peu.

Strike, qui s'était également servi un double whisky, en but une longue gorgée, s'assit à côté de Robin, sortit sa cigarette électronique et demanda :

— Tu penses que c'est Bram qui passe ces coups de fil ?

— Essayer de faire déterrer Edie, ça fait très Bram.

— Est-ce qu'il peut savoir que le cercueil contient des lettres ?

— Probablement, répondit Robin, après une légère hésitation. Mariam et Pez ont tous les deux été en contact avec Josh, non ?

— Est-ce que Bram pourrait s'intéresser à ces lettres ?

— Je ne sais pas... C'est un gamin très bizarre. Bien plus intelligent qu'on pourrait le croire quand on l'entend beugler des répliques de Drek. Tu as entendu ce que Pez a dit : il a un QI de génie.

Strike tira une longue bouffée de sa vapoteuse et déclara :

— D'après Grant Ledwell, celui qui passe ces appels essaie de rejeter les soupçons sur Ormond et c'est difficile de ne pas être d'accord avec lui. Personne de sensé ne peut croire que Josh a tué Edie, a retourné l'arme contre lui puis dicté une confession à Katya afin qu'elle la mette dans le cercueil. Mais Ormond a été arrêté, alors pourquoi continuer à attirer notre attention sur ces lettres ?

— Bram n'a peut-être pas autant anticipé les choses. Comme l'a dit Josh : il essaie seulement de voir ce qui se passera après.

— On peut penser qu'un gamin doté du QI d'un génie doit avoir anticipé un peu plus que ça. On ne déterre pas un corps à cause d'un message anonyme. En plus, d'après ce qu'on sait de Bram, il est plutôt du genre à s'introduire de nuit dans le cimetière pour essayer de la déterrer lui-même.

— Quelle horreur ! fit Robin en frissonnant.

— L'autre chose, c'est qu'a priori, personne à North Grove ne sait qu'on enquête sur Anomie. Or, la personne qui m'appelle est clairement au courant, ce qui réduit les possibilités à un tout petit cercle de candidats… En supposant qu'on n'ait pas été grillés, bien sûr. Les journaux ont publié nos photos, récemment, et Tim Ashcroft, Pez Pierce et Yasmin Weatherhead ont pu faire le lien entre toi et Jessica Robins ou Venetia Hall.

— Mais les appels anonymes ont commencé avant, lui rappela Robin.

— C'est vrai.

Ils burent un peu de whisky, les yeux dans le vide, réfléchissant à ce nouveau problème, la vapeur de la cigarette électronique de Strike flottant dans la pièce.

— Si cette personne veut vraiment qu'on déterre Edie, reprit Robin, pourquoi elle ne balance pas clairement ce qu'elle sait, ou croit savoir, au sujet de ces lettres ?

— La réponse la plus évidente serait qu'elle a peur qu'on l'identifie. Je peux demander à Murphy s'ils ont reçu des appels, eux aussi.

Strike rédigea une nouvelle note dans son carnet.

— Il y a forcément quelque chose qu'on ne voit pas, reprit Robin qui regardait toujours dans le vague. Ou quelqu'un… Ça a donné quoi, les amis de Gus Upcott ?

— Aucune trace de lui en ligne, en dehors d'une vieille vidéo YouTube où on le voit jouer du violoncelle. On pourrait le remettre sous surveillance pour voir qui il fréquente, proposa Strike sans grand enthousiasme. Mais comme tu l'as dit dès le début : Anomie ne peut pas être l'ami d'un ami d'un ami de Josh ou d'Edie. C'est impossible, vu la rapidité à laquelle les informations lui parviennent.

— Est-ce que ça vaut la peine de trouver la maîtresse d'Inigo Upcott ?

— On peut toujours tenter, mais je vois pas une femme de cet âge se cacher derrière le masque d'Anomie.

— Donc on reste sur Ashcroft et Pez, c'est ça ? Ce sont les deux seuls qui nous restent. Je parie qu'Ashcroft connaît le latin. Il a eu ce genre d'éducation.

— C'est vrai, mais qu'est-ce que ça lui apporterait d'avoir créé ce jeu, vu qu'il a déjà son blog ? Ce n'est pas avec le jeu qu'il peut rencontrer des jeunes filles, à cause de la Règle 14. Si on n'a pas le droit d'échanger des infos personnelles, comment est-ce qu'il peut déterminer l'âge des joueurs ?

— Cette règle est étrange… Pourquoi Morehouse et Anomie l'ont mise en place ?

— Va savoir, mais je note que d'après Hartella, Anomie connaît la véritable identité de tous les modérateurs. Il y a deux poids, deux mesures, pour Anomie et les autres. Anomie a tous les pouvoirs.

Il y eut un nouveau silence, et Strike, qui avait déjà fini son verre, s'en servit un autre.

— Je n'arrête pas de penser à North Grove, dit Robin. Je suis sûre que c'est le cœur de tout ça. Je suis certaine qu'Anomie est là-bas, ou qu'il y est allé. La citation sur le vitrail. Le dessin volé à Josh…

— N'importe qui aurait pu le piquer.

— Mais le vampire, dans le jeu… Il ne figure pas dans le dessin animé, uniquement dans le jeu. Morehouse et Anomie pensaient devancer Josh et Edie, en introduisant ce vampire, mais il n'est jamais apparu dans le dessin animé.

— C'est un excellent raisonnement, jugea Strike qui n'avait pas pensé à ça. Et ça nous ramène à Pez Pierce, non ?

— Sur le papier, c'est un bon candidat, j'en suis consciente, reconnut Robin. Il a les compétences nécessaires, il en voulait à Edie… Mais il ne *parle* pas comme Anomie. Le latin, le côté obsessionnel, le vitriol… Je ne dis pas que Pez n'entretenait pas des sentiments compliqués pour Edie, mais il portait du jaune à son enterrement parce que c'était sa couleur préférée. S'il fait semblant, c'est le meilleur acteur que je connaisse. Je peux ? demanda-t-elle en désignant la bouteille de whisky.

— Sers-toi autant que tu veux, répondit Strike en lui tendant la bouteille.

Il sentit un effluve de shampooing quand ses cheveux lui tombèrent devant les yeux, et bien qu'il fît son possible pour se concentrer sur son visage, il aperçut ses seins qui s'agitaient dans le mouvement, sous son fin T-shirt.

Il y eut un nouveau silence, le temps que Robin se serve généreusement en whisky. Elle posa la bouteille et demanda :

— Evola... I am Evola... Tu ne trouves pas que c'est une étrange coïncidence, ça aussi ?

— Quoi donc ? fit Strike en essayant de ne pas penser aux seins de Robin.

— Qu'il y ait un troll qui traîne autour des fans de *Sang d'encre*, et qu'il utilise le pseudo Evola, l'un des auteurs préférés de Nils ?

Robin poussa une soudaine exclamation.

— Il est dans les toilettes de North Grove !

— Qui ça ? demanda Strike, déboussolé.

— Evola ! Je suis sûre d'avoir vu l'un de ses livres sur l'étagère ! Nils m'a dit que c'était une petite bibliothèque, que je pouvais emprunter ce que je voulais... Il a une couverture jaune... Attends !

Elle reprit son iPad et chercha quelque chose en silence.

— *Ride the Tiger*, de Julius Evola. C'est celui-là qui est dans les toilettes de North Grove.

— Est-ce que tu suggères qu'Anomie et I Am Evola sont la même personne ?

— Je... non..., répondit Robin, incertaine. C'est juste étrange...

— Pour le coup, il pourrait vraiment s'agir d'une coïncidence. On sait que *Sang d'encre* a attiré pas mal de néonazis et d'extrémistes de droite. Evola, c'est leur genre d'écrivain.

— C'est vrai, soupira Robin. Bon sang, si seulement tous les misogynes et les fascistes pouvaient déguerpir.

— J'aimerais bien, mais ça ne risque pas d'arriver de sitôt. Ils se font bien plaisir.

— Bon à part ça, qu'est-ce qui s'est passé avec Jago Ross ?

Strike avait oublié de lui en parler.

— Disons que ç'a été assez bref...

Il lui raconta son passage à Kensington tout en sirotant son troisième whisky.

— Bref, son ex-femme va demander la garde exclusive des enfants.

— Tant mieux ! Je suis bien contente. J'avais peur que tu cherches juste à le faire chanter avec ces vidéos. Pauvres gamines... Leur mère devait être au courant, non ? Les filles ont dû lui en parler ?

— La pension alimentaire doit être généreuse, répliqua Strike avec cynisme. Dans ces cas-là, mieux vaut ne pas faire de vagues. Elle a peut-être pensé que les filles exagéraient. Cela dit, voir sa fille revenir avec une jambe cassée, ça a dû lui faire un choc, alors quand elle a vu ça se produire sur la vidéo… J'imagine qu'ils vont parvenir à un accord, parce que Ross ne voudra pas qu'on montre ça devant un tribunal. Il en a rien à foutre de ses filles. Il semble uniquement intéressé par son fils, son héritier.

— Mais si tu as aussi envoyé les vidéos à Charlotte…

Strike vida son verre.

— Elle n'a pas l'air de vouloir la garde exclusive de ses enfants. Ça compliquerait sa vie sociale.

Robin ne l'avait jamais entendu parler comme ça de Charlotte.

— Je vais te laisser dormir, annonça-t-il de but en blanc.

Il se leva, et récupéra son whisky ainsi que son sac rempli de bières.

— Bonne nuit.

Robin fixa la porte qu'il venait de refermer derrière lui, sans comprendre pourquoi il était parti aussi brusquement. Est-ce qu'il s'était senti submergé par ses souvenirs avec Charlotte ? Seize années de douleur, lui avait-il confié à Cambridge, mais il avait dû y avoir du plaisir, aussi, pour qu'il revienne systématiquement vers elle.

C'est le problème de Madeline, pas le tien, songea-t-elle. Elle termina son whisky et alla se brosser les dents.

En réalité, la raison du départ précipité de Strike, c'était qu'après une demi-bouteille de Macallan le ventre vide, il préférait se retirer dans la solitude. Robin, avec son visage sans maquillage, sa douce odeur de shampooing, son pyjama et sa robe de chambre, ses démonstrations intelligentes et sa compassion envers des enfants qu'elle ne connaissait même pas, n'aurait pas pu être plus éloignée de Charlotte. Strike avait craint de céder à la tentation – non physique, même si avec autant de whisky, c'était risqué – mais émotionnelle. Il avait eu peur de se confier, de s'épancher, dans cette chambre d'hôtel anonyme.

Leur bureau était en ruine et l'affaire Anomie toujours insoluble : inutile de saboter la seule relation humaine qui lui permettait de garder les pieds sur Terre.

89

Les puissants sont rabaissés par bien des choses
Trop infimes pour être nommées...

Helen Murphy HUNT,
Danger

Le lendemain matin, Strike se chargea d'avertir chacun de leurs collaborateurs que l'agence avait perdu son accès à *Drek's Game*. Comme il s'y attendait, ils répondirent tous par un juron et Strike se félicita que son associée ne puisse les entendre. Il annonça ensuite à Barclay et Dev qu'ils allaient continuer de suivre respectivement Pierce et Ashcroft.

— À quoi bon, bordel ? demanda Barclay.

— Anomie peut toujours tweeter. C'est tout ce qui nous reste.

Il appela ensuite Ryan Murphy, mais fut prié de le recontacter plus tard car il était en réunion. Strike se rendit donc à Denmark Street pour la première fois depuis l'explosion. Il voulait voir où en étaient les travaux et s'il pouvait récupérer quelques affaires.

Robin était de nouveau à Sloane Square pour surveiller les fenêtres de Fingers, quand Strike l'appela une heure plus tard. Il avait accepté à contrecœur qu'elle prenne le relais sur la surveillance de jour, étant donné leur manque de personnel actuel.

— Dans quel état est le bureau ? lui demanda-t-elle.

— En meilleur état que je le pensais. Les murs et le plafond ont été refaits et ils ont remplacé la porte qui sépare l'accueil et le bureau. Il va nous falloir de nouveaux meubles, un ordinateur et un bureau pour Pat. La porte d'entrée n'a pas encore de carreau. Mon appartement est accessible, maintenant. Mais c'est pas pour ça que je t'appelle. Je viens d'avoir Murphy. Ils ont relâché Ormond.

— Ah. Tu lui as parlé de Paperwhite ?

— Oui. Il a pas sauté au plafond, mais il veut nous voir le plus vite possible à Scotland Yard.

— Ah bon ? Pourquoi ?

— Il n'a pas été très clair. Apparemment, on pourrait collaborer. J'ai prévenu Midge, elle va te remplacer.

— Strike, elle n'a pas eu de jour de repos depuis des semaines.

— Je lui ai promis un long week-end. Je te retrouve devant le bâtiment, dit-il avant de raccrocher.

Après avoir passé le relais à Midge, Robin se rendit en taxi jusqu'à Scotland Yard, un énorme bâtiment gris pâle face à la Tamise. Elle retrouva Strike, qui fumait non loin de l'entrée.

— C'est un peu curieux, non ? lui dit Robin.

— C'est le moins qu'on puisse dire, convint Strike en écrasant son mégot. Murphy n'avait pas la voix du type qui vient de perdre son principal suspect. Il avait même l'air content. Je lui ai dit que je l'appellerais en arrivant.

Murphy vint les chercher en personne, et après avoir pris l'ascenseur, ils pénétrèrent dans une petite pièce meublée d'une table ronde et de plusieurs chaises aux pieds en acier. Angela Darwish était déjà présente et elle les accueillit en leur serrant la main. Un boîtier noir et lisse était posé sur la table, et Strike devina qu'il s'agissait d'un appareil d'enregistrement.

L'unique fenêtre de la pièce donnait sur le fleuve qui, ce jour-là, était si étincelant qu'il en devenait aveuglant, et le soleil qui pénétrait avait chauffé les chaises en plastique au point de les rendre inconfortables. Après avoir refermé la porte et les avoir rejoints à table, Murphy déclara en souriant :

— Si vous êtes ici, c'est à cause d'un chat.

— Un chat ? répéta Robin.

— Oui, j'ai le plaisir de vous faire entendre une conversation qui s'est déroulée il y a une semaine, enregistrée grâce à quelques micros dissimulés dans l'appartement d'une vieille dame.

— Vous travaillez pour qui ? demanda Strike à Angela Darwish. La SPA ? Rentokil ?

Angela sourit sans répondre. Murphy appuya sur un bouton du boîtier noir.

Un bruit leur parvint : des pas sur un tapis, supposa Strike. Puis une voix se fit entendre, que Strike identifia comme celle de Wally Cardew.

— Uruz ?

Un bref silence, puis :

— Ouais, j'ai pu me connecter, mais c'était compliqué... Il m'a fallu au moins cinq tentatives pour me rappeler mon mot de passe... Ouais... Mais ça a tout changé, j'ai vu personne que je connaissais... Ben j'ai pas joué souvent, je m'étais créé un compte quand ils m'ont viré pour essayer de trouver un peu de soutien... Ha ha, ouais... Non, c'est de la merde de toute façon... Ouais, ils ont un nouveau modé donc je lui ai posé deux trois questions, mais rien. Après Anomie s'est pointé et il m'a demandé ce que je foutais là, genre méfiant tu vois, et il m'a posé plein de questions, mais je me rappelais plus ce que je lui avais dit sur moi avant, parce que je faisais genre j'étais un fan lambda, je voulais pas qu'on sache que j'étais là pour me vendre... Ha ha, ouais, carrément... Du coup j'ai répondu faux à une question et ce connard m'a exclu... Ouais... Non mon pote je sais bien... Je veux juste aider, quoi... Ouais O.K... Ça marche... Dis-lui quand même que je veux vous aider... Dis-lui que je suis prêt à rencontrer son vieux quand il veut... Ouais, je sais bien... Ça marche... O.K., à plus. »

Murphy appuya sur Pause.

— Cardew a essayé de savoir qui était Anomie, en pénétrant le jeu, conclut Strike.

— Exactement. Vous aurez remarqué qu'ils utilisent leurs noms de code quand ils se parlent au téléphone, mais on a identifié Uruz depuis un moment. Il était chez Thurisaz quand on l'a cueilli.

— Thurisaz s'appelle Jamie Kettle, annonça Darwish. C'est à lui que vous...

— À qui j'ai cassé la gueule, termina Strike. Oui, je m'en souviens. Ça ne m'arrive pas si souvent. Je veux dire, j'arrive à tenir le compte.

Darwish éclata de rire.

— À ce moment-là, on n'avait rien sur Uruz, expliqua Murphy, mais ses tatouages nous ont donné une bonne idée de son orientation politique.

— Quand on veut agir dans l'ombre, on ferait mieux d'y réfléchir à deux fois avant de se tatouer des svastikas, commenta Strike.

— Selon nous, intervint Darwish, Uruz et Thurisaz ont été choisis pour leurs muscles, pas pour leurs cerveaux.

— Quoi qu'il en soit, on a identifié Uruz assez rapidement. C'est lui qui surveillait votre appartement, dit-il à Robin. Et il devient négligent quand il boit un peu, ou beaucoup. Un de nos agents en planque l'a surpris en train de dire à ses potes qu'une chaîne Internet d'extrême droite était sur le point de voir le jour. Il était très content de partager cette petite info, ce cher Uruz. Il a ajouté qu'un multimillionnaire soutenait ce projet, et qu'on pourrait y retrouver une célébrité qui ne pouvait pas s'exprimer librement sur YouTube.

— Ce multimillionnaire, ce ne serait pas Ian Peach, par hasard ?

— Je ne peux pas répondre, dit Murphy en lui adressant un clin d'œil. Voici un deuxième enregistrement qui date d'hier aprèsmidi.

Il appuya de nouveau sur le bouton. Cette fois, ils entendirent la voix tout excitée de Wally résonner légèrement, comme s'il était enfermé dans une salle de bains.

— Uruz ? J'ai un truc énorme… ouais… j'ai trouvé qui était Anomie… ouais, je pense aller en parler à Heimdall… oh, O.K… non, je comprends… merde, sérieux ?

Murphy appuya sur Pause.

— Heimdall, qui est le cerveau de l'opération, est suffisamment futé pour savoir que la police les surveille, son père et lui, expliqua Murphy. C'est pour ça qu'il fait appel à des sous-fifres, évidemment.

Il enclencha de nouveau l'enregistrement, et Wally dit :

— Ben, mon appart est safe…

Murphy poussa un gloussement amusé.

— Ouais… carrément… non, ce soir, n'importe quelle heure…

Ils entendirent une vieille femme parler indistinctement derrière.

— Deux secondes, mamie ! lança Wally qui reprit d'une voix basse : Non, elle devrait s'absenter tout à l'heure… ouais, O.K… ouais… à plus.

Strike supposa que Wally avait raccroché, mais il se mit à fredonner :

There is a road an'it leads to Valhalla
Where on'y the chosen are allowed…

Murphy appuya de nouveau sur Pause.

— Chanson de Screwdriver, précisa-t-il. Populaire lors des retraites odinistes, paraît-il. L'enregistrement qui suit date de mercredi soir. Soyez attentifs au chat.

Murphy appuya sur Play pour la troisième fois.

Apparemment, les micros dissimulés chez Mrs. Cardew ne se trouvaient pas dans l'entrée, parce que le bruit de la porte qui s'ouvrait semblait distant, tout comme le début de la conversation entre les deux hommes.

— Dagaz, mon pote.

— Wally a un nom de rune, maintenant ? s'étonna Robin.

Murphy hocha la tête.

Un éclat de rire retentit, suivi d'un bruit de porte qu'on ferme. De nouveaux pas étouffés par un tapis, puis une voix de vieille femme demandant distinctement :

— Un thé ?

— Non, merci.

— Non, merci mamie. Tu peux nous laisser une demi-heure ?... Non, il est là, il est bien. Il regarde juste par la fenêtre.

— C'est le chat, qui regarde par la fenêtre ? intervint Strike.

— Exactement.

Un bruit de porte qui se referme.

— Je croyais qu'elle devait sortir, s'excusa Wally. Trop bien de te voir mon pote. Comment va Algiz ?

— Pas super, le pauvre. Il a des sautes d'humeur. Des maux de tête...

Un léger crissement, un bruit d'étoffe, comme s'ils s'installaient dans des fauteuils.

— Il aura peut-être des séquelles à vie, au cerveau, genre... donc si tu sais qui est ce connard...

— Ouais, j'en suis sûr à quatre-vingt-dix-neuf pour cent. Vas-y, sers-toi.

Ils entendirent le bruit reconnaissable de canettes de bière qu'on ouvre.

— Alors voilà, reprit Wally, y a ce gars sur le Net qui s'appelle Lepine's Disciple...

Robin jeta un coup d'œil à Strike.

— Il like toujours mes tweets, et parfois il commente, ou plutôt il commentait, les vidéos de mon émission avec MJ. Hier soir il m'a tagué sur une discussion qu'il a avec un trou-du-cul qui s'appelle le Justicier numérique. Il prétend connaître Anomie.

— Qui ça, le Justicier numérique ?

— Non, Lepine's Disciple. Donc je me suis abonné à son compte et je lui ai envoyé un message privé pour dire : « Tu connais Anomie ? » Et l'autre a répondu : « Oué, c'est un pote à moi. » Il me sort plein de conneries, comme quoi Anomie est un génie et tout, et puis je demande : « Qu'est-ce qu'il avait contre Ledwell ? » Il me répond qu'elle l'a bien baisé – j'ai eu l'impression qu'ils avaient couché ensemble, en vrai – et ensuite elle s'est cassée avec le pognon pour sortir avec Josh Blay.

— Il t'a donné un nom ?

— Pas besoin. Je sais très bien qui c'est. Un mec qui s'appelle Pe…
Ils entendirent un gros bruit, puis les voix se firent plus distantes.
— … ierce. Fait chier, ce chat. Je suis sûr à quatre-vingts…
De nouveaux bruits retentirent : Robin imaginait Wally repositionner l'objet qui contenait le micro, que le chat avait manifestement fait tomber. Les voix redevinrent distinctes.
— … la kiffait, parce que je me rappelle avoir dit à Josh : ce connard peut pas te blairer, fais gaffe. Surveille ta meuf. Il se prenait pour un meilleur artiste que Josh et il fait de l'animation… Je suis sûr que c'est lui. Dans la baraque on le surnommait le Cheval parce qu'il a une énorme qu…
Uruz éclata de rire. Murphy arrêta l'enregistrement.
— On espère que vous pourrez nous dire…
— Pez Pierce, répondit immédiatement Robin. De son vrai nom : Preston Pierce. Il est de Liverpool et il vit au collectif artistique de North Grove, à Highgate.
— Excellent, commenta Darwish.
Les deux policiers se levèrent. Murphy demanda à Strike :
— Vous voulez bien patienter ici, tous les deux ?
— Sans problème.
— Ce fut un plaisir, dit Darwish en leur tendant la main. J'espère que votre bureau n'a pas subi trop de dégâts.
— Ça aurait pu être bien pire.
Darwish sortit. Strike et Robin se regardèrent.
— Lepine's Disciple est ami avec Anomie dans la vraie vie ? demanda Robin.
— Je parierais pas là-dessus.
— Il le défend beaucoup, quand même.
— Comme plein de trolls d'extrême droite.
— Le profil correspond bien à Pez.
— Ouais…, fit Strike d'un air peu convaincu.
— Tu as toujours pensé que Pez était un très bon candidat pour Anomie.
— Tu ne trouves pas que cette histoire de Ledwell qui a trompé Anomie est exactement le genre de trucs qu'inventerait un puceau qui déteste les femmes ?
— Peut-être, mais…
Murphy revint avec une enveloppe en papier brun qu'il posa sur la table, sans le moindre commentaire.
— Étant donné que votre bureau a reçu un colis piégé, et que vous nous avez donné des pistes importantes dans cette affaire, je

pense que vous méritez d'entendre comment ils se sont trahis. C'est un peu plus loin, sur l'enregistrement.

Il avança, puis appuya sur Play.

— Le caresse pas, il va te griffer.

Il avança de nouveau.

— ... fermé, du coup je me suis vengé en me branlant devant l'Insta de Kea Niven...

— Ça continue pendant un moment, précisa Murphy en avançant de nouveau. Une ex-copine de gauche que Wally Cardew n'a pas réussi à mettre dans son lit.

Il appuya de nouveau sur Play.

La voix d'Uruz semblait lointaine, comme si les deux hommes étaient retournés dans l'entrée.

— C'est là, indiqua Murphy en montant le son quand la voix d'Uruz retentit :

— Non, Eihwaz... nouvelle serrure... putains de flics... Non, pas Ben...

Après des paroles inaudibles, Uruz reprit :

— ... s'améliore à... haha... Lui dis pas ça... Bref, Charlie va être trop content.

— Tant mieux. Passe-lui le bonjour, et à Ollie.

— Ça marche.

— Bingo, dit Murphy en appuyant sur Stop. De vrais noms. Ces abrutis ont bu trop de bières. Heimdall, à la tête du réseau, c'est Charlie Peach. On a enquêté sur lui il y a quelques mois sans rien trouver. Très habile, très intelligent, il ne fait jamais la moindre gaffe.

— Dommage qu'il ne puisse pas en dire autant de son frère, déplora Strike.

— Lui, c'est – ou plutôt c'était – un petit merdeux m'as-tu-vu. Sa blessure à la tête n'est pas près de guérir. Et ils mentionnent un troisième type, Ben. On savait déjà qu'Eihwaz était l'artificier, et le fait qu'ils l'appellent Ben nous confirme qu'il s'agit bien de notre principal suspect. Ingénieur diplômé, respectable, un bon job. On ne le croirait pas néo-fasciste quand on le rencontre.

— L'avantage d'être allé à l'université, n'est-ce pas ? dit Strike. Ça vous apprend à vous tatouer vos runes nazies sur le cul plutôt que sur le front.

Murphy rit.

— Il est intelligent mais dangereux. Il a été accusé de harcèlement par une ex-petite amie et a écopé de travaux d'intérêt général pour tentative d'agression quand il était ado. Je ne serais pas surpris que la défense réclame une expertise psychiatrique. Plus on lui parle, plus on le trouve bizarre. Bref, à six heures ce matin, on a procédé à une série d'arrestations simultanées. On pense avoir attrapé tous les gros bonnets du Halvening.

— Félicitations, dirent en chœur Strike et Robin.

— Vous devriez donc pouvoir rentrer chez vous.

— Fantastique, fit Robin, soulagée.

Strike, lui, demanda :

— Et Anomie ?

— Comme vous l'avez entendu, Charlie est convaincu qu'Anomie a poussé son frère sous ce train. J'ai envoyé des hommes avertir Pierce qu'il pourrait également être visé. Il est possible que Charlie Peach ait donné l'ordre de l'éliminer, et on ne peut pas garantir d'avoir coffré tous les sympathisants. Je vous conseille fortement de garder vos distances avec Pierce jusqu'à ce qu'on vous donne le feu vert. Inutile de vous attirer de nouveau les foudres du Halvening tant qu'on n'est pas sûrs d'avoir neutralisé tout le groupe. Cela étant, même si on a manqué quelques sous-fifres, ils vont se faire dessus en apprenant la nouvelle.

— Vous ne pensez pas qu'Anomie a poussé Oliver Peach sous ce train, n'est-ce pas ? demanda Strike en observant attentivement Murphy.

— Non.

— Alors, qui est le coupable ?

Muprhy se cala dans sa chaise.

— L'artificier, le fameux Ben, a écopé d'une peine avec sursis pour avoir poussé un gamin devant une voiture. Le gamin a survécu, mais de peu. Il y a trois mois de ça, Ben et Oliver Peach se sont violemment engueulés sur Internet, avant qu'ils n'apprennent qu'on les surveillait. À ce moment-là, on n'était pas certains de leurs véritables identités. Charlie préfère croire que c'est Anomie qui a poussé son frère sous le train plutôt qu'un des hommes qu'il a recrutés dans Le Halvening, non ? C'est la nature humaine… Mais on pense que c'est plutôt Ben.

— Est-ce que Le Halvening a l'habitude d'utiliser des masques de latex ?

Murphy répondit en prenant l'enveloppe sur la table :

— Puisque vous en parlez, oui, ça fait partie de leurs méthodes.

— Ah bon ? dit Robin qui ne s'était pas attendue à ça.

Murphy sortit une série de photos de l'enveloppe et en disposa deux sur la table. Elles avaient été prises dans la rue, de nuit, et montraient un homme avec un sweat à capuche. Il examinait la boîte aux lettres d'un petit bureau donnant sur la rue.

— Ces photos ont été prises il y a dix-huit mois. Le type porte un masque de latex qui lui couvre toute la tête et le cou. Il y a un individu peu recommandable, en Allemagne, qui les fabrique à la demande, et Le Halvening lui en a commandé plusieurs. Ces masques sont extrêmement réalistes. Le groupuscule n'est pas le seul à les utiliser. Il y a eu un gros braquage de banque à Munich récemment où tout le gang portait ce genre de masques.

Murphy pointa du doigt les photos qu'examinaient Strike et Robin.

— Il s'agit de la permanence d'Amy Wittstock. Deux jours après cette photo, une bombe est arrivée par la poste. Quant à celles-ci, ajouta Murphy en leur montrant de nouvelles photos, elles ont été prises le soir du meurtre du Vikas Bhardwaj, à Cambridge.

On voyait un homme à la peau sombre dans un fauteuil roulant franchir la porte du bâtiment Stephen Hawking.

— C'est Vikas ? demanda Robin.

— Regardez mieux, dit Murphy. Ce fauteuil roulant n'est pas motorisé. C'est un modèle léger, pliant.

— Attendez, est-ce qu'il s'agit de… ?

— Du tueur, oui. Il portait un masque à la peau foncée, c'était le soir, et l'idiot qui vous a laissé entrer lui a tenu la porte en le prenant pour Vikas.

Effectivement, la photo suivante montrait le même homme aux cheveux longs tenant poliment la porte à l'inconnu en fauteuil roulant, les yeux fixés sur son portable. Sur la troisième photo, on voyait l'inconnu quitter les lieux, capuche sur la tête. Strike rendit les photos à Murphy.

— Que s'est-il passé une fois que le tueur a quitté les lieux ?

— On a retrouvé le fauteuil roulant plié dans un buisson, un peu plus loin. Mais pas le disque dur.

— Quel disque dur ?

— Oh, je ne vous en ai pas parlé. Le disque dur de l'ordinateur de Vikas a disparu, ce qui paraît logique. S'il avait fait part de ses doutes à quelqu'un, le tueur n'a pas voulu que ça se sache. Apparemment, le meurtrier s'est enfui par les parcs, donc pas de caméras. On est encore en train d'analyser les images des caméras situées aux abords des parcs, mais je pense qu'on a déjà placé le coupable en garde à vue. D'après nous, Vikas a eu des doutes et a compris qui étaient les frères Peach, donc ils l'ont éliminé.

— La méthode est très semblable à celle utilisée pour l'attaque dans le cimetière de Highgate, fit remarquer Strike. Tuer, puis disparaître dans un parc ou un bois, toujours déguisé.

— Oui. Celui qui a perpétré ces attaques a les nerfs solides, et il est très bien préparé. Charlie Peach a bien formé ses troupes, même si l'un d'entre eux a déraillé et tenté de tuer son frère.

— Ormond est donc innocent, conclut Strike.

— Oui. Il ne s'est pas facilité la tâche en nous cachant la vérité, mais on a fini par tout démêler. Entre nous, il a fini par avouer qu'il avait placé un GPS sur le téléphone d'Edie pour garder un œil sur elle. Il était en train de surveiller cette punition à l'école quand il a vu le téléphone se déplacer vers le cimetière de Highgate, alors qu'Edie était censée être chez eux à Finchley. Il a immédiatement deviné qu'elle allait retrouver Blay, donc il a écourté la punition et s'est lancé à ses trousses, furieux.

— Elle ne l'avait pas averti qu'elle avait rendez-vous avec Josh ? demanda Robin.

— Non. Il raconte que quand il est arrivé dans sa voiture, le téléphone n'était plus au cimetière, mais à Hampstead Heath. Il est allé là-bas, a suivi le signal et a trouvé le téléphone dans l'herbe. Il l'a ramassé et prétend qu'à ce moment-là, une « étrange silhouette » a surgi du bosquet pour accourir vers lui.

— Étrange dans quel sens ? demanda Strike.

— Il a dit qu'il ressemblait à un troll. Un corps tout mou, un horrible crâne chauve avec de grandes oreilles. L'individu a vu Ormond avec le téléphone à la main – qui a une coque jaune fluo donc il est particulièrement reconnaissable – puis s'est enfui dans le bois.

— Il pense donc que cette personne masquée a fait tomber le téléphone, s'en est rendu compte, et est revenue le chercher ? demanda Robin.

— Oui. Quand Ormond a entendu qu'Edie avait été assassinée, il a paniqué, parce qu'il savait qu'il était sur les lieux. « Je savais que vous alliez me soupçonner, on soupçonne toujours le petit copain, n'est-ce pas ? Alors j'ai paniqué, mais j'aurais jamais levé la main sur elle… »

— Jamais levé la main sur elle, c'est une exagération, rectifia Robin.

— Il était sans aucun doute violent, mais on a retourné tout son appartement. Pas de trace du téléphone de Blay, ni de l'arme du crime, ni du dossier que le tueur a emporté. On n'avait pas de raisons de le garder plus longtemps, et je suis certain qu'il ne l'a pas tuée.

— Vous pensez que cette personne masquée appartenait au Halvening, dit Strike.

— Oui, répondit Murphy en indiquant les photos des individus masqués. Maintenant qu'on les a en garde à vue, on va pouvoir fouiller toutes leurs planques, et il y a des chances qu'on trouve le téléphone de Blay et l'arme du crime. Enfin bref, conclut-il en ramassant les photos, vos tuyaux sur le jeu nous ont été extrêmement utiles.

— Je peux vous poser une dernière question ? demanda Strike.

— Allez-y. Mais je ne peux pas promettre de vous répondre.

— Est-ce que la Met a reçu des appels anonymes leur conseillant de déterrer Edie ?

Murphy sembla étonné.

— Non. Pourquoi, c'est votre cas ?

— Oui.

— Des trolls, supposa Murphy.

— Peut-être.

Le policier les raccompagna au rez-de-chaussée.

— J'ai été pas mal occupé depuis mon retour d'Espagne, murmura Murphy à Robin, tandis que Strike marchait devant eux, perdu dans ses pensées, les yeux rivés sur Twitter. Mais maintenant que ça s'est calmé un peu…

— Super, répondit Robin d'un ton peu naturel.

— Je vous appelle, lui dit Murphy.

En les saluant, il leur répéta :

— N'approchez pas de Pez Pierce. Comme je vous l'ai dit, on n'est pas sûrs de les avoir tous attrapés.

90

Nous avons des manques, que nous ne pouvons combler :
Ni ceci ni cela ; mais quelque part, certainement,
Nous voyons ce que nous ne souhaitons voir
Autour de nous : et que voit-on en se retournant ?

Christina ROSSETTI,
Later Life: A Double Sonnet of Sonnets

— Allons boire un verre et manger un morceau, proposa Strike, mais loin d'ici. Je ne veux pas qu'un policier puisse surprendre notre conversation.

Ils s'éloignèrent de la Tamise pour gagner le cœur de Westminster et entrèrent dans St. Stephen's Tavern, un petit pub victorien obscur situé en face de Big Ben et du Parlement. Robin trouva une table dans un coin au fond de la salle et, cinq minutes plus tard, pinte de Badger et verre de vin à la main, Strike contournait avec difficulté la petite table pour s'asseoir sur le banc tapissé de cuir vert, contre un mur orné d'un miroir.

— Ta jambe est mal en point ? lui demanda Robin qui l'avait vu grimacer.

— J'ai connu mieux.

Après avoir bu une gorgée de bière, il reprit :

— Donc, selon Lepine's Disciple, Edie aurait entubé Anomie, après avoir couché avec lui.

— Mais tu es sceptique.

— C'est sûrement ce que Lepine's Disciple a raconté à Wally, répondit Strike en ouvrant le menu pour chercher en vain quelque chose à manger qui pourrait convenir à son régime. Mais je ne suis pas sûr de croire Lepine's Disciple. Il parle à un youtuber qu'il admire. Ce serait pas la première fois qu'un abruti sur

Internet inventerait un bobard pour se faire mousser. Prétendre être un copain d'Anomie et connaître tous ses secrets, ça ne lui coûte pas grand-chose… À ton avis, il y a combien de calories dans un cheeseburger avec des frites ?

— Beaucoup, répondit Robin en regardant elle aussi le menu. Mais ils ont un burger végétarien. Tu peux choisir ça, sans frites.

— Super, dit tristement Strike.

— Je vais commander, proposa-t-elle en se levant pour lui épargner cet effort.

Quand elle revint, elle lui demanda :

— Pourquoi tu ne voulais pas que les policiers surprennent notre conversation ?

— Je comprends pourquoi, selon la Met, toutes les attaques sont l'œuvre du Halvening, expliqua Strike en baissant la voix parce qu'une famille de quatre venait de s'installer à la table voisine. Les masques utilisés à chaque fois, le fait qu'Edie soit sur une liste d'action directe, Vikas qui aurait pu découvrir quelque chose sur les frères Peach et devenir dangereux pour eux. Si on avait uniquement les meurtres d'Edie et de Vikas, je trouverais moi aussi que Le Halvening est le coupable idéal, mais je n'arrive toujours pas à croire que Josh ait été attaqué par des terroristes. Et ça me paraît très tiré par les cheveux d'imaginer que Ben, l'artificier, ait décidé de tuer Oliver Peach en utilisant une méthode aussi risquée, dans un endroit aussi bondé. Selon moi, cette attaque se justifie bien plus s'il s'agit d'Anomie. C'était un geste de désespoir, le genre de truc qui arrive parce que le mec sait qu'il a une chance et ne peut pas se permettre de la rater. Le risque était énorme, et même si Ben est un mec tordu, s'il est assez intelligent pour fabriquer des bombes, il doit savoir que sa vie ne tiendra plus qu'à un fil une fois que Charlie apprendra qu'il a essayé de tuer Oliver. D'après ce qu'on sait de Charlie, il est futé. Il a déjà filé une fois entre les doigts de la Met. Ce n'est pas un type qui va tirer des conclusions hâtives. Alors pourquoi est-il persuadé qu'Anomie a attaqué son frère ? Est-ce qu'il savait qu'Anomie avait prévu de retrouver Oliver au Comic Con ? Ou est-ce qu'il soupçonnait Anomie de l'avoir attiré là-bas ?

— C'est possible.

— Je suis certain qu'Oliver est allé au Comic Con pour essayer d'identifier Anomie. Il n'arrêtait pas d'approcher des gens déguisés en Drek pour leur parler. Je sais, c'est pas une preuve, ajouta-t-il en voyant que Robin s'apprêtait à protester, mais j'ai surveillé ce mec pendant une heure. Il cherchait quelqu'un. Donc soit il a fini par trouver Anomie, qui savait exactement qui attaquer, soit Anomie savait déjà à quoi ressemblait Oliver, parce qu'il a fait comme moi et a cherché sa photo sur Google. Donc pendant qu'Oliver essayait de trouver Anomie, Anomie le surveillait en attendant qu'une occasion se présente.

— Mais pourquoi l'attaquer ?

Strike but une gorgée de bière, et répondit :

— Je pars de l'hypothèse que, contrairement à son grand frère, Oliver est un idiot. Son anagramme dans le jeu, son nom de rune sur un compte Twitter rempli de photos permettant de l'identifier, puis sa présence au Comic Con avec ses plus belles baskets de designer alors qu'il devait passer incognito. Est-ce que tu en conclurais comme moi que c'est un type qui a une grande gueule, un ego démesuré et qui se croit dangereusement invincible ?

— Oui, confirma Robin.

— O.K. À mon avis, il y a de grandes chances qu'Oliver ait étalé ses connaissances au sujet du Bitcoin, du dark web et des masques en latex liés à des activités criminelles, le tout lors de discussions privées avec Anomie, pour l'impressionner. Les frères Peach ont dû faire pas mal de lèche à Anomie pour devenir modérateurs.

— Alors d'après toi, Anomie a appris certaines méthodes du Halvening directement de la bouche d'Oliver ?

— Tout à fait. Et si c'est le cas, il représentait un danger pour Anomie. Oliver aurait pu témoigner avoir transmis ces infos à Anomie.

Robin s'apprêtait une nouvelle fois à intervenir, mais Strike lut dans ses pensées.

— Je ne fais que spéculer, je sais, mais il y a une chose dont on est sûrs : à partir du moment où Anomie et Le Halvening ont été en contact direct, il y a eu un brusque changement dans la façon dont les victimes ont été attaquées. Les méthodes du groupuscule étaient bien établies, avant leur entrée dans le jeu : des masques pour les surveillances, des bombes pour les actions directes, et du harcèlement en ligne pour les actions indirectes. C'est comme ça qu'Edie était censée mourir. Ils voulaient la pousser au suicide. Ce groupuscule n'est pas une organisation de terrain. Toutes leurs victimes ont été tuées à distance : par des colis piégés ou via Internet. Et puis tout à coup, deux meurtres et deux tentatives de meurtre qui ne correspondent pas à ce schéma : trois attaques au couteau et un incident de train, tous commis par une personne cachée derrière un masque qui, d'après les éléments de la Met, est à chaque fois réalisé par un type peu recommandable vaguement affilié au Halvening en Allemagne.

« Ensuite on a l'exclusion de LordDrek juste après la chute d'Oliver sur la voie ferrée. Pourquoi est-ce que c'est arrivé aussi rapidement après la tentative de meurtre ? À mon avis, pour que Charlie ne mentionne pas l'incident d'Anomie dans *Drek's Game*.

— Ça colle, dit Robin en hésitant, mais…

— Je n'arrête pas de me demander pourquoi Le Halvening aurait tué Blay. Il ne figurait pas sur leur liste, et on sait que c'était pas juste une victime collatérale : il n'a pas été tué en voulant défendre Edie, puisqu'il était en retard et ne l'avait même pas rejointe. Que voulait dire l'agresseur quand il lui a murmuré « Je m'occupe de tout maintenant », s'il ne parlait pas du dessin animé ?

— Je ne sais pas.

— Pourquoi est-ce que Le Halvening aurait pris les téléphones de Josh et Edie ? Ils auraient mieux fait de les laisser là où ils étaient. Ils ne contenaient aucun élément incriminant pour eux. Ce serait s'encombrer d'un objet qui pouvait les relier à la scène de crime. Prendre le dossier, d'accord, parce qu'on peut le brûler facilement, mais pourquoi les téléphones ?

— Je ne sais pas, répéta Robin, mais le vol du dossier suggère plutôt une action du Halvening.

— Pas forcément. Peut-être qu'Anomie ne savait pas ce qu'il contenait, qu'il pensait y trouver des photos ou des idées pour de futurs scénarios. Ou alors, Anomie a eu vent de son contenu et ne voulait pas qu'on apprenne que le jeu avait été infiltré par des terroristes.

« Et pourquoi Le Halvening aurait voulu récupérer le disque dur de Bhardwaj ? Là encore, ils s'encombreraient d'une preuve accablante les reliant au meurtre. S'ils soupçonnaient Anomie d'avoir révélé leurs activités terroristes, le mal était fait, de toute façon. Mais si le tueur est Anomie, la disparition du disque dur prend tout son sens. Il voulait s'assurer que personne ne pourrait relier Morehouse à Bhardwaj. À tout le moins, le disque dur aurait prouvé que c'était Bhardwaj qui avait codé le jeu. N'oublions pas que la police n'a pas la moindre preuve que Vikas avait découvert les véritables identités des frères Peach, mais on sait qu'il connaissait celle d'Anomie.

— Mais…

— Admettons, pour l'instant, que Vikas soit convaincu qu'Anomie était responsable des attaques visant Edie, Josh et Oliver Peach. Anomie aurait pu craindre qu'il contacte la police.

— Mais on a aucune preuve de ça non plus.

— Est-ce que tu peux expliquer la froideur avec laquelle Anomie t'a annoncé le départ de Morehouse hier soir ? Il sait que Vikas a été assassiné, tous les journaux en parlent. Pourquoi est-ce qu'il n'est pas sous le choc ? Ils étaient censés être amis. Tu trouves la réaction d'Anomie normale, s'il n'a rien à voir avec son meurtre ?

— Non, en effet.

Ils burent une gorgée, pensifs. À côté d'eux, les deux ados de la famille étaient scotchés sur leur téléphone, sans prêter attention à leurs parents. Robin finit par demander à Strike :

— Tu penses que ça vaut le coup de faire quelques recherches sur Lepine's Disciple ?

— J'ai jeté un œil à son compte, l'autre jour. Je doute qu'il nous apporte grand-chose. C'est juste un petit merdeux anonyme qui n'aime pas les femmes.

— Mais par acquit de conscience…

— Oui, soupira-t-il. Si tu veux, vas-y. Pour ma part, je pense qu'on a beaucoup plus de chances d'obtenir ce qu'on veut en se concentrant sur Paperwhite que sur Lepine's Disciple. Il y a une chance pour que Morehouse lui ait confié l'identité d'Anomie. Je vais rendre visite à Yasmin ce soir. Chez elle, à l'improviste. Si elle a toujours cette photo de Paperwhite, ça pourrait nous permettre de la retrouver.

Un serveur leur apporta deux burgers végétariens.

— Pourquoi t'as pas pris de frites ? demanda Strike en regardant l'assiette de Robin.

— Par solidarité, répondit-elle en souriant.

— Mais j'aurais pu t'en piquer, soupira Strike en prenant son couteau et sa fourchette.

91

Ses cheveux encadraient
Son visage dénué de solitude.
Il ne voulait plus cacher
Ce que jadis aucun homme sur terre n'aurait deviné.
Il formait l'auréole épineuse
De la détresse profonde non sanctifiée.

Mary Elizabeth COLERIDGE,
The Other Side of a Mirror

La jambe de Strike le faisait beaucoup plus souffrir qu'il ne voulait bien l'admettre devant Robin. Ce matin-là, il avait été réveillé par un nouvel accès de spasmes, et une vive douleur contractait le tendon dès qu'il s'appuyait sur sa prothèse, laquelle lui rappelait sans cesse qu'elle aurait préféré supporter le moins de poids possible, voire aucun.

S'il avait eu le choix, il serait resté une nuit supplémentaire au Z Hotel pour se reposer, mais comme Murphy leur avait donné le feu vert pour rentrer chez eux, et conscient de ce que le comptable était prêt à accepter en notes de frais, Strike revint à l'hôtel avec Robin uniquement pour récupérer ses affaires et les rapporter dans son appartement sous les toits de Denmark Street.

Les trois étages à monter accentuèrent sensiblement sa douleur. Le bruit des travaux l'empêcha de faire une sieste avant d'aller rendre visite à Yasmin Weatherhead, à Croydon. Il s'installa donc à sa petite table de cuisine, jambe surélevée sur la deuxième chaise, et commanda une nouvelle table de travail, un meuble de rangement, un PC, un fauteuil de bureau et un canapé, de façon à être livré dans quelques jours.

La presse avait annoncé l'arrestation des membres du Halvening deux heures après son retour chez lui. Strike passa le reste de l'après-midi à vapoter et à boire du café tout en consultant les sites d'information. Sans surprise, les journalistes se concentraient sur le fait que les deux fils d'Ian Peach, multimillionnaire du secteur des technologies et ancien candidat à la mairie de Londres, avaient été cueillis menottes aux poignets chez lui, dans sa maison de Bishop Avenue aux colonnes grecques, et sa Maserati flambant neuve garée dans l'allée. Les articles reléguaient en bas de page les photos d'Uruz, avec son tatouage 88 et ses cheveux blonds lissés, de Thurisaz le skinhead avec sa rune sur la pomme d'Adam, de Ben l'artificier au regard d'acier, et de Wally Cardew, « le célèbre youtuber ». Dix-neuf jeunes hommes étaient désormais en garde à vue, la plupart à Londres, mais la police avait également procédé à des arrestations à Manchester, Newcastle et Dundee. Strike imaginait la satisfaction que devaient ressentir Ryan Murphy et Angela Darwish. Il avait connu cela, à la fin d'une enquête, et les enviait.

À dix-sept heures, Strike se mit en route pour Croydon, et après un peu plus d'une heure, il remontait en boitant Lower Addiscombe Road, la rue résidentielle tranquille où Robin avait surveillé la maison des Weatherhead depuis le Saucy Sausage Café.

Strike décida d'observer un moment la maison avant d'aller frapper. Même si son moignon n'appréciait guère de rester en position statique pendant quarante minutes, il fut conforté dans cette décision quand il aperçut Yasmin arriver à pied, pianotant sur son téléphone, une grande sacoche sur l'épaule et vêtue du même gilet noir que sur les photos de Robin quelques semaines auparavant. Levant à peine les yeux de son téléphone, elle bifurqua comme un automate vers la porte d'entrée de la maison familiale, et disparut à l'intérieur.

Strike attendit cinq minutes, puis traversa la rue et appuya sur la sonnette. Après une courte attente, Yasmin ouvrit la porte, téléphone toujours à la main, l'air légèrement surpris de trouver un inconnu sur le perron.

— Bonsoir, dit Strike. Yasmin Weatherhead ?

— Oui, répondit-elle, perplexe.

— Je m'appelle Cormoran Strike. Je suis détective privé. J'aimerais vous poser quelques questions.

L'étonnement sur le visage de Yasmin se mua immédiatement en panique.

— Ce ne sera pas long, ajouta Strike. J'ai juste quelques questions. Phillip Ormond me connaît, et il peut attester de ma bonne foi.

Une femme plus âgée surgit dans le couloir, derrière Yasmin. Elle avait d'épais cheveux gris et le même visage aplati que sa fille.

— Qui est-ce ?

— C'est juste… quelqu'un qui veut me poser des questions, expliqua Yasmin.

— À quel sujet ? demanda Mrs. Weatherhead en observant Strike d'un air placide.

— Au sujet de mon livre, mentit Yasmin. Entrez, je vous en prie, ajouta-t-elle à l'intention de Strike. Ce sera rapide, dit-elle à sa mère.

Strike supposait que, comme pour Inigo Upcott, la curiosité l'avait emporté sur la peur. Elle le mena dans un salon donnant sur la rue et referma la porte.

La pièce semblait avoir été redécorée de frais : le tapis bleu impeccable sentait le neuf, quant au canapé et aux fauteuils en cuir, ils semblaient n'avoir jamais accueilli personne. Un grand écran plat de télévision dominait la pièce. Quelques photographies étaient exposées sur un guéridon, montrant essentiellement les deux mêmes fillettes brunes dont Strike devina, vu l'absence de ressemblance avec Yasmin, qu'il s'agissait de ses nièces.

— Asseyez-vous, proposa Yasmin.

Strike s'installa dans le canapé pendant qu'elle prenait place dans un fauteuil, posant son téléphone sur l'accoudoir.

— Quand est-ce que vous avez parlé à Phillip ? lui demanda-t-elle.

— Il y a quelques semaines. Mon agence a été engagée pour découvrir l'identité d'Anomie. Je pensais que Phillip vous en aurait parlé.

Yasmin cligna plusieurs fois les yeux et demanda :

— C'est votre associée que j'ai rencontrée au Comic Con, n'est-ce pas ?

— C'est exact.

— Eh ben j'ai déjà dit tout ce que je savais à la police, c'est-à-dire rien ? ajouta-t-elle.

Il remarqua cette intonation montante que Robin avait mentionnée.

— Ce n'est pas ce que vous avez dit à mon associée. Vous lui avez dit que vous aviez assemblé les pièces du puzzle et découvert qui était Anomie.

Yasmin tripotait ses ongles parfaitement manucurés. En guise de chaussons, elle portait une paire de bottes Ugg qui aplatissaient le tapis.

— Vous êtes Hartella, dans *Drek's Game*, déclara Strike.

Yasmin pâlit encore un peu. Si l'idée lui vint de répliquer « Qui ça ? », elle fut littéralement incapable de produire le moindre son et se contenta donc de fixer Strike, sans rien dire.

— Je ne sais pas si vous avez vu les infos, cet après-midi, dit Strike. Dix-neuf membres d'un groupe terroriste d'extrême droite…

Yasmin éclata en sanglots. Elle cacha son visage dans ses mains, ses cheveux blond foncé tombant devant ses yeux. Ses jambes épaisses plantées dans ses bottes Ugg tremblèrent. Sentant instinctivement qu'il obtiendrait davantage d'elle en allant au fait plutôt qu'en la consolant, Strike attendit qu'elle se calme.

Au bout d'une minute, Yasmin releva la tête. Elle était toute rouge et son mascara avait coulé, laissant des traînées gris pâle sous ses yeux gonflés.

— Je ne sais rien, geignit-elle d'une voix plaintive. Rien du tout !

Comme elle n'avait pas de mouchoir sur elle, elle s'essuya les yeux et le nez sur la manche de son gilet noir.

— On sait tous les deux que ce n'est pas vrai, répliqua Strike sans sourire. Où vous êtes-vous procuré ce dossier contenant des soi-disant preuves qu'Edie Ledwell était Anomie ?

— Je l'ai créé moi-même ? répondit-elle dans un murmure.

— Je ne crois pas, dit Strike posément. Quelqu'un a constitué ce dossier et vous l'a transmis via *Drek's Game*.

À ses yeux gonflés, Strike devina que ce n'était pas la première fois de la journée qu'elle pleurait. Peut-être que l'arrestation du Halvening l'avait profondément secouée, et qu'elle était allée pleurer dans les toilettes de son bureau avant de se remaquiller soigneusement.

— On sait que deux membres du Halvening ont infiltré le canal des modérateurs. La police trouvera bientôt les appareils utilisés par LordDrek et Vilepechora…

En entendant leurs noms, elle poussa un petit cri, comme s'il lui avait jeté de l'eau glacée au visage.

— … pour jouer à *Drek's Game*. Le MI5 est sur le coup aussi. D'ici peu, ils retrouveront votre trace et…

Yasmin fondit de nouveau en larmes et posa une main sur sa bouche en se balançant d'avant en arrière.

— … ils vont vouloir savoir pourquoi vous ne leur aviez pas dit…

— Je ne savais pas ! Je ne savais rien ! Rien du tout !

— … d'où venait ce dossier.

Il y eut un petit coup à la porte, qui s'entrouvrit.

— Est-ce que vous voulez une tasse de…, commença Mrs. Weatherhead.

— Non ! répondit Yasmin d'une voix étranglée.

Sa mère poussa la porte plus largement, l'air inquiet. Comme sa fille, elle portait des Ugg.

— Qu'est-ce qui se… ?

— Je t'expliquerai après, maman, murmura Yasmin. Va-t'en !

La mère se retira, guère rassurée. Une fois la porte fermée, Yasmin enfouit de nouveau son visage dans ses mains, pour sangloter. Elle prononça des paroles étouffées que Strike ne distingua pas, à l'exception de :

— Tellement… humiliant !

— Qu'est-ce qui est humiliant ?

Yasmin leva la tête.

— Je pensais que… que LordDrek était acteur ? C'est ce qu'il m'avait dit et il était super convaincant… Alors je… je suis allée voir sa pièce de théâtre… et j'ai dit à la dame dans les loges que j'étais Hartella… Il m'avait promis un autographe… en coulisses ? et… il est passé devant moi sans me regarder et j'ai crié : « Je suis là ! Je suis là ! » Et…

Ses sanglots redoublèrent.

— Si vous continuez à prétendre qu'ils n'ont jamais participé au jeu, vous devenez complice, lui dit Strike sans pitié. On va penser que vous les avez volontairement aidés.

— C'est pas possible ! répliqua Yasmin d'un air de défiance mâtinée de désespoir. Je veux dire, tous ceux qui me connaissent savent que je suis super à gauche ? Et tous mes réseaux sociaux le prouvent ?

— Les gens mentent sur Internet. Un avocat pourrait vous accuser d'avoir voulu vous faire passer pour une femme de gauche afin de dissimuler vos convictions.

Elle le regarda, les yeux emplis de larmes, puis, à la surprise de Strike, lui lança :

— Je croyais que vous étiez chargés de trouver qui est Anomie ? C'est la police qui enquête sur Le Halvening, pas vous ! Ou bien vous cherchez à vous faire mousser ?

— Si vous préférez qu'on discute d'Anomie, allons-y. Vous vous êtes déjà demandé s'il avait tué Ledwell ?

— Bien sûr que non ! s'exclama Yasmin.

— Alors qu'il n'a pas arrêté de proclamer le contraire dans le jeu ?

— C'est juste… je veux dire, il plaisante ? suggéra Yasmin en tentant de feindre l'incrédulité.

— Et ça ne vous a jamais traversé l'esprit que ce n'était peut-être pas une blague ? Qu'il l'avait vraiment tuée ?

— Bien sûr que non !

— Votre livre, ça avance ? Anomie va toucher une partie des droits ?

— C'est… en attente pour l'instant ? parce que…

— Parce que l'un des coauteurs a été arrêté pour meurtre et que l'autre est peut-être bien le coupable ?

— Parce que… ça paraît pas être le bon moment.

— Vous êtes consciente que tous les détails qu'Ormond vous a donnés au sujet des nouveaux personnages d'Edie, et l'intrigue du film, provenaient du téléphone qu'il a récupéré et caché après qu'elle a été tuée ?

Strike savait que, derrière cette expression atterrée et ces yeux gonflés, les rêves de Yasmin commençaient à s'effondrer. Elle ne deviendrait jamais l'autrice qu'elle s'était imaginée, star des interviews avec photos flatteuses en prime.

— S'il s'avère qu'Anomie a tué Edie Ledwell et qu'il est responsable de la paralysie de Josh Blay…

— Josh n'est pas paralysé ! s'insurgea Yasmin. Les gens racontent ça, mais c'est faux. J'ai entendu dire qu'il allait beaucoup mieux ?

— Et où avez-vous entendu ça ? Sur Twitter, de la bouche de quelqu'un qui connaît un mec dont la sœur bosse à l'hôpital ? Josh a un côté du corps paralysé et il a perdu toutes ses sensations de l'autre côté. Et je le sais, parce que je suis allé lui parler, à l'hôpital.

Désormais livide, Yasmin tripotait le bord de son gilet.

— Si l'agresseur est Anomie…, commença Strike.

— Si Anomie est la personne à qui je pense, il ne peut pas être coupable, murmura Yasmin. Il est physiquement incapable de faire ça.

— Alors d'après vous, qui est Anomie ? demanda Strike.

Yasmin hésita avant de répondre :

— Inigo Upcott.

Strike ne s'attendait pas à ça.

— Pourquoi vous pensez qu'il s'agit d'Inigo Upcott ?

— Parce que… Anomie parle comme lui. Anomie connaît le latin et Inigo est toujours en train de citer des phrases en latin ? Y a aussi des détails qu'Anomie a révélés sur sa vie : il n'a pas eu une vie facile, et Inigo est en fauteuil roulant ? Anomie était vraiment très en colère quand Edie s'est séparée de Katya, et je sais qu'Inigo en voulait à Edie de ne jamais avoir payé sa femme pour son travail avec Josh et Edie, parce que je l'ai entendu s'en plaindre plusieurs fois, quand j'étais chez eux. Et un jour que j'étais là-bas, j'ai vu Inigo jouer au jeu ?

— Vraiment ?

Yasmin hocha la tête tout en se tapotant le nez du bout de son gilet.

— Son PC boguait. Je suis allée lui donner un coup de main et j'ai vu qu'il y jouait, parce que l'écran était bloqué dessus ? À l'époque, j'ai pensé qu'il était juste allé jeter un œil. Parce que Josh et Edie étaient venus et qu'ils avaient parlé du jeu, et d'Anomie ? Mais plus tard, j'ai commencé à assembler les éléments…

Dans le mauvais ordre…

— … tout a pris son sens, parce qu'il est coincé chez lui, et passe son temps sur son ordinateur ? C'est un artiste et il nous entendait tous parler de *Sang d'encre* sans arrêt. Il a fait ça pour s'amuser, je pense, pour avoir un projet…

— Vous trouvez qu'Anomie parle comme un homme d'une soixantaine d'années ?

— Heu… oui ? répliqua Yasmin de nouveau sur la défensive. Inigo a… il a mauvais caractère ? Il jure beaucoup et il n'aimait pas Josh. Au début, il avait l'air d'apprécier Edie, donc quand elle a critiqué le jeu, ça l'a sans doute vraiment énervé. Vu tout le temps qu'il avait passé à le créer ?

— Est-ce que vous appréciez Inigo ?

— Heu… oui. Je… j'avais pitié de lui, vu son état ? Au début que j'allais là-bas, il était gentil, mais c'est vrai qu'il est… il peut être un peu méchant. Comme Anomie. Mais c'est juste une théorie, hein…

Strike se demanda si Yasmin vivait depuis si longtemps dans un monde virtuel peuplé de gens anonymes qu'elle en avait oublié toute notion de probabilité et de plausibilité. Une théorie paraissait aussi valable qu'une autre tant qu'elle justifiait son appartenance à cette sphère virtuelle. Cela l'avait rendue vulnérable face au Halvening et ne faisait pas d'elle un témoin très utile.

— Inigo et vous, vous avez participé à une fête de Noël à North Grove, n'est-ce pas ?

— Oui ? répondit Yasmin qui ne semblait pas saisir la pertinence de la question.

— Il m'a raconté qu'il vous avait surprise en train d'embrasser Nils de Jong ?

Yasmin parut choquée, mais Strike crut déceler une certaine fierté.

— Nils m'a… il m'a proposé de l'embrasser sous le gui, c'est tout.

— Vous seriez surprise, si je vous disais qu'Inigo prétend vous avoir entendu confier à Nils que vous étiez Anomie ?

Elle lâcha une exclamation outrée.

— C'est n'importe quoi ! C'est… c'est ridicule !

— Est-ce que vous vous souvenez de quoi vous parliez, avec Nils, avant qu'il vous embrasse ?

— Heu… on avait beaucoup bu ? Il me trouvait triste et voulait me remonter un peu le moral ? Et… il m'a attirée sous le gui.

Strike soupçonnait que c'était une première dans la vie de Yasmin.

— Nils ne parlait pas du concept de l'anomie, de façon abstraite ?

— C'est-à-dire ?

— L'anomie, une absence de morale ?

Comme Yasmin ne semblait pas comprendre, Strike poursuivit :

— Vous n'avez jamais remarqué que le terme « anomie » est gravé sur un vitrail de la cuisine, à North Grove ?

— Ah bon ? s'étonna Yasmin.

Sa surprise semblait sincère.

— Avez-vous déjà parlé à Anomie, la personne, au téléphone ?

— Non, uniquement par email.

— Quelle est son adresse email ? demanda Strike en sortant son carnet.

— Je ne vais pas vous la donner, dit-elle tandis que les larmes lui montaient de nouveau aux yeux. Anomie me tuerait.

— Vous n'avez peut-être pas tort, reconnut Strike. Vous savez que Morehouse a été assassiné ?

— Quoi ? Non, il… quoi ?

Strike la vit assimiler lentement l'information.

— Je ne vous crois pas, finit-elle par murmurer.

— Vérifiez. Vikas Bhardwaj. Université de Cambridge. Égorgé.

Yasmin semblait sur le point de vomir.

— Comment vous savez que c'était Morehouse ? demanda-t-elle faiblement.

— Si vous lisez les articles, dit Strike sans relever sa question, vous remarquerez que le meurtre a eu lieu le soir où Morehouse a disparu du jeu.

— Je ne vous crois pas, répéta-t-elle en tremblant. Vous essayez juste de me faire peur.

À travers le voilage de la fenêtre, Strike aperçut un homme grisonnant qui remontait l'allée de la maison, mallette à la main. Peu après, il entendit des voix étouffées derrière la porte du salon, et devina que la mère de Yasmin, anxieuse, informait son mari qu'un inconnu était en train de tourmenter leur fille.

La porte du salon s'ouvrit et le père de Yasmin entra, mallette toujours à la main.

— Qu'est-ce qui se passe ici ? Qui est cet homme, Yasmin ?

— C'est rien… je vous expliquerai après…

— Qui est-ce ? répéta le père de Yasmin qui semblait alarmé, à juste titre, vu l'état de sa fille.

— Cormoran Strike, annonça le détective en se levant lentement tandis que son tendon hurlait de douleur. Je suis détective privé et votre fille m'aide dans une enquête.

— Un détective… mais c'est quoi, cette histoire ? tonna Mr. Weatherhead. Est-ce que c'est encore au sujet de ce fichu dessin animé ?

— Laisse tomber, papa, murmura Yasmin. S'il te plaît. On a bientôt fini. Je vous expliquerai.

— Je…

— S'il te plaît papa, laisse-moi finir de parler avec lui ! s'énerva Yasmin.

Ses parents ressortirent, à contrecœur. La porte se referma. Strike se rassit.

— Vous ne saisissez pas bien, reprit-il. Quand tout ça sera connu, et ça finira par arriver, parce que comme je vous l'ai dit, la police et le MI5 ont saisi les ordinateurs des membres du Halvening, le public, les médias et la justice vont apprendre que vous avez eu en votre possession un dossier contenant de fausses preuves contre Edie Ledwell, qui avait été monté de toutes pièces par une organisation terroriste qui voulait sa mort, et que vous l'avez apporté à Josh Blay pour le convaincre de se retourner contre elle. À votre avis, Yasmin, vous allez passer pour qui, quand le monde entier apprendra que vous avez joyeusement continué de jouer alors que vous saviez pertinemment que le jeu était infiltré par des terroristes, que vous avez même continué votre activité de modératrice, tout en préparant un livre basé sur des informations volées à une femme décédée ? Je vous préviens : le chef du Halvening va affirmer que c'est Anomie qui a attaqué Ledwell et Blay, et qu'il a également essayé de pousser un des membres du groupuscule sous un train. Et quel que soit le coupable, vous serez impliquée jusqu'au cou.

Yasmin enfouit son visage dans ses mains et se remit à pleurer.

— Votre seul espoir, reprit Strike d'une voix forte pour s'assurer qu'elle l'entendait malgré ses sanglots, est de tout avouer, maintenant, de votre plein gré. Quittez le jeu, allez avouer tout ce que vous savez à la police, et aidez-moi à retrouver Anomie.

— Je ne peux pas vous aider… Si ce n'est pas Inigo…

— D'abord, vous pouvez me donner l'adresse email d'Anomie. Ensuite, vous pouvez m'aider à trouver la modératrice qui se fait appeler Paperwhite.

— Pourquoi vous voulez la trouver ?

— Parce que je pense qu'elle est en danger.

— Ah bon ?

— Morehouse lui a peut-être révélé l'identité d'Anomie.

— Oh…

Yasmin s'essuya le visage sur sa manche, se barbouillant davantage avec son maquillage, puis ajouta :

— Je ne sais rien sur elle.

— Vous vous côtoyez dans *Drek's Game* depuis des mois, vous devez bien connaître quelque chose. On sait que Vilepechora vous a montré sa photo.

— Comment vous le savez ?

— Peu importe. Cette photo, vous l'avez gardée ?

— Non, elle était…

— Nue ?

— Pas… pas entièrement.

— Décrivez-la-moi.

— Elle est… jolie. Mince. Rousse.

— Quel âge, environ ?

— Je sais pas… la vingtaine ? Peut-être plus jeune ?

— Est-ce qu'elle a déjà mentionné où elle vivait ?

— Oui… une fois, elle a dit qu'elle était loin de Londres, quand…

— Quand quoi ? l'encouragea Strike.

Yasmin tripotait nerveusement la manche humide de son gilet.

— Quand j'ai dit aux modérateurs que Josh et Edie allaient se retrouver… pour discuter du dossier.

— Vous leur avez dit où ils avaient rendez-vous ? demanda Strike d'un ton sec.

— Non. Paperwhite m'a posé la question mais j'ai refusé de répondre, parce que Josh m'aurait jamais pardonné de voir débarquer un fan réclamant un autographe ? Elle s'est vexée et m'a répondu que de toute façon elle risquait pas d'y aller vu qu'elle habitait loin de Londres. Ensuite, elle a dit que le lieu du rendez-vous était évident, et elle est partie.

— Vous pensez que la plupart des fans de *Sang d'encre* auraient deviné que Josh et Edie avaient rendez-vous au cimetière ?

— Peut-être ? Je veux dire… c'était leur lieu à eux. C'est là que tout a commencé.

— Est-ce que vous vous rappelez d'autres détails que Paperwhite aurait pu donner sur sa vie ?

— Non, je sais juste qu'elle plaisait à tous les mecs. Mais elle préfère… elle *préférait* Morehouse.

— À votre avis, combien de personnes ont vu cette photo d'elle ?

— Tous les mecs, j'imagine ? Vilepechora m'a raconté qu'elle voulait l'envoyer à Morehouse mais l'avait envoyée à Anomie par erreur ? Vilepechora l'a sans doute montrée aux autres…

— Très bien, dit Strike en prenant des notes. Maintenant, donnez-moi l'adresse email d'Anomie.

Après une légère hésitation, Yasmin prit son téléphone posé sur l'accoudoir du fauteuil, ouvrit son compte email et épela :

— coeurencage14@aol.com. Tout en minuscules.

— Merci. Quatorze… comme la Règle 14 ?

Yasmin, affairée à s'essuyer le visage sur sa manche, hocha la tête.

— Par curiosité, quelles sont les treize autres règles ? demanda Strike.

— Il n'y en a pas. Il n'existe que celle-là.

— Alors pourquoi elle s'appelle « Règle quatorze » ?

— C'est le chiffre préféré d'Anomie.

— Pourquoi ?

Elle haussa les épaules.

— O.K., dit Strike en refermant son carnet et en sortant son portefeuille. Merci pour votre aide, Yasmin. Si vous suivez mon conseil, contactez cet homme, déclara-t-il en sortant la carte de Ryan Murphy qu'il lui tendit. Dites-lui tout ce que vous venez de me raconter. Ensuite, je vous conseille de vous retirer du jeu, pour de bon.

— Je peux pas, bredouilla Yasmin.

— Pourquoi ?

— Parce qu'Anomie a dit que si je partais…

Elle lâcha subitement un petit rire hystérique totalement dénué de joie.

— Il raconterait à la police que j'ai aidé des terroristes ? Mais j'imagine que… si je le dis moi-même à la police… au moins je n'aurais pas besoin de garder…

Sa voix dérailla.

— Garder quoi ?

Yasmin s'essuya les yeux et répondit d'une voix plaintive :

— Anomie me fait du chantage ?

— Pourquoi ?

— Pour que… je le remplace de temps en temps, dans le jeu.

— Comment ça ? demanda Strike, soudain pris d'une vive inquiétude.

— Il m'a forcée à prendre sa place parfois ? Il m'a donné ses identifiants de connexion et m'a obligée sinon il va tout raconter à la police ?

— Ça dure depuis combien de temps ?

Il passa mentalement en revue tous les suspects qu'ils avaient éliminés sous prétexte qu'ils n'étaient pas connectés quand Anomie était présent dans le jeu.

— Je ne sais pas, sanglota Yasmin. Depuis… c'était après que j'ai dit à Anomie que j'avais discuté avec votre associée ? Au Comic Con ?

— Bon sang, lâcha Strike en essayant de dissimuler la rage qui l'envahissait. Et ça ne vous a pas paru bizarre, comme demande ?

— Ben si, un peu… je lui ai demandé pourquoi il faisait ça, mais il m'a juste répondu que j'étais obligée.

— Est-ce que vous vous rappelez exactement à quels moments vous avez remplacé Anomie ? Vous avez noté ça ?

— Non, répondit Yasmin, penaude. C'est arrivé plein de fois, je me rappelle pas tout… Pourquoi ?

— Parce que, répondit Strike en oubliant tout scrupule face à une jeune femme aussi obtuse, vous avez aidé Anomie à mettre en place ses alibis. Si j'étais vous, j'essaierais de me souvenir : vous avez remplacé ou non Anomie le soir du meurtre de Vikas Bhardwaj ? Je pense que la Met sera particulièrement intéressée par cette info.

Il se leva péniblement, tellement furieux qu'il sortit sans un mot de plus.

Alors que Strike s'apprêtait à quitter les lieux, les parents de Yasmin se hâtèrent vers le salon et, la dernière chose qu'il entendit avant de claquer la porte derrière lui, ce fut leurs voix anxieuses interrogeant leur fille, et le gémissement désespéré de Yasmin.

92

Cette nuit encore la pâleur de la lune
S'étire sur le sol du dortoir
Alors que dehors, comme un chat méchant,
Le gardien rôde dans le couloir sombre,
Prêt, je le sais, à se jeter sur moi, malgré
Le congé qu'il a reçu pour passer la nuit en ville.

Charlotte MEW,
The Fête

Au début, Robin fut heureuse de rentrer chez elle à Blackhorse Road. C'était un peu étrange de se retrouver seule, sans Strike avec qui échanger des idées ou partager un silence amical, mais elle chassa cette sensation, le temps de mettre son linge sale dans la machine, ranger ses affaires de toilette, arroser son philodendron et faire un saut au supermarché pour remplir son réfrigérateur.

Toutefois, à mesure que la journée progressait, elle eut plus de mal à dissimuler sa nervosité et son sentiment d'insécurité. Hantée par des images qu'elle ne pouvait oublier – la gorge tranchée de Vikas Bhardwaj, les masques en latex grotesques utilisés par les terroristes, le jeune homme au 88 tatoué prenant des photos de son appartement – elle tira les rideaux tôt et vérifia à deux reprises qu'elle avait bien activé son alarme.

Elle venait de s'asseoir pour manger des œufs brouillés sur des toasts quand la sonnerie inhabituelle de son téléphone prépayé la fit sursauter. Quand elle sortit le portable, elle vit un message de Pez Pierce.

« Tu croiras jamais ce qui m'est arrivé. »

Robin réfléchit quelques instants avant de répondre :

« Non, quoi ? »

Pez répondit quasi instantanément :

« La police est venue. Un connard leur a raconté que c'était moi le troll qui harcelait Edie. Maintenant ils me conseillent d'aller me cacher. Des dingues d'extrême droite recherchent le troll. Les mêmes types qu'on voit aux infos. »

« Oh là là. T'es sérieux ? »

Elle pressentait que Pez allait lui demander de l'héberger. Effectivement, ça ne tarda pas.

« Je pourrais peut-être squatter chez toi ? »

« Je suis vraiment désolée mais on héberge déjà deux personnes. »

« Ouais, j'ai pas mal de potes qui m'ont répondu la même chose, maintenant que j'ai des terroristes au cul. »

« Désolée, c'est la vérité. Mais dis-moi où tu logeras, je pourrai venir te remonter le moral. »

Elle n'avait aucune intention de voir Pez, mais elle n'avait pas trouvé d'autre moyen pour rester au courant de ses activités, afin qu'ils ne le perdent pas de vue. Mais, sans doute vexé qu'elle ne lui propose pas de l'accueillir, il ne répondit pas. D'un côté, Robin était soulagée : elle n'était pas sûre d'avoir le courage de passer la soirée à flirter avec Pez par texto. C'était peut-être lui qui avait égorgé ce jeune génie à Cambridge, le laissant se vider de son sang.

Sa voisine du dessus écoutait encore sa musique à fond ; et pour la première fois, cela agaça Robin. Elle voulait pouvoir entendre des bruits inhabituels. Après avoir fini son dîner et fait la vaisselle, elle essaya de se plonger dans le compte Twitter de Lepine's Disciple mais avait du mal à se concentrer. Quand Strike l'appela, elle décrocha, soulagée.

— Salut, comment ça s'est passé avec Yasmin ?

— Tu vas jamais le croire, putain.

— Quoi ?

— Depuis le Comic Con, Yasmin a remplacé Anomie dans le jeu à de nombreuses reprises, mais elle ne sait plus exactement quand. Elle a compris que c'était toi qui l'avais interviewée, après avoir vu ta photo dans les journaux, a dit à Anomie qu'une détective l'avait interrogée sous couverture, et depuis, Anomie la fait chanter en lui demandant de la remplacer dans le jeu.

— Quoi ?!

— Donc tous les suspects qu'on a éliminés depuis le Comic Con sont de nouveau suspects.

— Mais c'est…

— Absolument tous, sauf Seb Montgomery. Il va falloir que je prenne le temps d'y réfléchir, mais putain on n'avait pas besoin de ça. Il ne nous en restait plus que deux. Quant à Paperwhite…

— Bon, répliqua Robin quand Strike lui eut répété tout ce que Yasmin avait dit sur Paperwhite. C'est au moins ça. Rousse, jolie, jeune, vit loin de Londres…

— Ouais, ça réduit les possibilités à quelques centaines de milliers de femmes. Si tu sais comment identifier Paperwhite dans le lot, rappelle-moi.

Après avoir raccroché, Robin resta assise un moment, choquée et abasourdie par cette nouvelle, jusqu'à ce qu'un bruit soudain dans le couloir la fasse sursauter. Elle se retourna vers le palier. Sa porte d'entrée était verrouillée, son alarme activée donc c'était ridicule de craindre une intrusion quelconque. Elle attendit quelques secondes, le cœur battant beaucoup plus vite qu'il n'aurait dû, et avança lentement vers la porte. Elle y colla l'oreille, regrettant de ne pas avoir de judas. Elle n'entendit rien. Sans doute quelqu'un avait-il laissé tomber quelque chose en montant l'escalier. Pourtant, l'image de Vikas Bhardwaj, assassiné dans son fauteuil roulant, gorge tranchée, yeux dans le vide, se rappela soudain à elle.

Pour la première fois depuis la découverte du corps de Vikas, elle pensa à Rachel Ledwell. Elle devait savoir à présent que Vikas était mort.

C'est alors qu'une idée lui traversa l'esprit, la faisant presque sursauter. Elle s'empressa de retourner à son ordinateur, ferma le compte Twitter de Lepine's Disciple, ouvrit ses messages en cliquant sur la dernière conversation qu'elle avait eue avec Rachel, et commença à taper.

« Rachel, c'est moi, Robin. J'imagine que tu as appris la terrible nouvelle concernant Vikas. Je suis vraiment désolée.

J'essaie de faire en sorte qu'il n'y ait pas d'autres attaques. Si possible, envoie-moi un message. Tu peux peut-être m'aider. »
StopAnomie

Rachel n'était peut-être pas sur Twitter à ce moment-là, tellement écœurée par ce monde virtuel qu'il faudrait des heures voire des jours avant qu'elle y revienne. Malgré tout, Robin scruta l'écran comme si cela pouvait convaincre Rachel de se connecter. Tout à coup, elle vit trois petits points apparaître sous son propre message. Rachel écrivait.

« Est-ce que Vikas était déjà mort quand vous êtes arrivée là-bas ? »
Penny Peacock

« Oui. C'est horrible. Je suis vraiment désolée, Rachel. J'imagine ce que tu ressens. »
StopAnomie

Robin attendit.

« Vous savez qui a fait ça ? La police sait ? »
Penny Peacock

« Pas encore »
StopAnomie

Il y eut une pause d'une minute environ. Robin s'apprêtait à écrire de nouveau quand elle vit les trois points réapparaître. Une minute plus tard, un long message :

« Je suis morte de peur. Je pleure sans arrêt. Ma mère pense que je suis déprimée, elle veut m'emmener chez le médecin,

mais je peux pas lui dire ce qui va pas. Vous pensez que c'était quelqu'un du Halvening ? Vikas voulait virer LordDrek et Vilepechora du jeu parce qu'il était convaincu qu'ils appartenaient à ce groupe. Ils l'ont peut-être tué pour se venger. Il a peut-être découvert leurs vraies identités, c'est pas impossible, il était super intelligent. Après il aurait appelé la police. J'ai vu toutes les arrestations aux infos aujourd'hui, j'ai lu tous les articles, et les tweets. Je pensais que la police allait annoncer que c'est le Halvening qui a tué Vikas, mais ils ont rien dit. »
Penny Peacock

« Je n'en sais pas beaucoup plus que toi, mais je veux empêcher qu'il y ait d'autres victimes. »
StopAnomie

« Mais tous les membres du Halvening ont été arrêtés. »
Penny Peacock

Robin s'apprêtait à répondre quand elle vit à nouveau les trois petits points se matérialiser sur l'écran. Elle attendit.

« Vous pensez que c'est Anomie »
Penny Peacock

Robin hésita sur la meilleure stratégie à adopter.

« Pas forcément, même si la dernière fois, dans le jeu, Anomie se comportait bizarrement pour quelqu'un dont l'ami vient d'être assassiné. »
StopAnomie

« Bizarrement comment ? »
Penny Peacock

« Très froid et pragmatique.
Ça ne paraissait pas naturel. »
StopAnomie

La plus longue pause depuis le début, puis les trois points, et enfin un nouveau message de Rachel apparut :

« C'est comme un cauchemar.
Un truc me tourne dans la tête
en boucle, un truc bizarre qu'a dit
Vilepechora y a longtemps.
Quand Morehouse a demandé
à Vile et LordDrek de quitter le jeu,
sur le canal des modérateurs.
Ils ont nié leur appartenance
à ce groupe et pour plaisanter,
Vile a dit qu'Anomie avait tué Edie
et acheté le couteau et le taser
avec des Bitcoins. Il a ajouté
qu'Anomie connaissait bien
le dark web. J'ai jamais vu Anomie
parler de cryptomonnaie, mais
maintenant je me dis qu'elle en a
peut-être discuté avec Vile sur
un canal privé. Je me suis fâchée
en les entendant parler comme ça
d'une cousine assassinée comme
si c'était marrant, alors je suis
partie. Mais depuis ce qui est arrivé
à Vikas, j'arrête pas d'y repenser,
parce qu'Anomie disait toujours
en rigolant qu'elle avait poignardé
Josh et Edie. Et le coupable peut
être une fille vu qu'ils ont été tasés
d'abord. Vikas pouvait pas
se défendre non plus, dans son
fauteuil roulant. »
Penny Peacock

— Bingo, murmura Robin qui répondit :

« Je comprends que tu sois
bouleversée, Rachel. Vraiment. »
StopAnomie

« Non vous pouvez pas
comprendre. »
Penny Peacock

« C'est horrible d'imaginer qu'Edie
et Vikas ont été tués par
le Halvening, mais si c'est Anomie,
alors j'ai été amie avec un meurtrier.
J'étais modératrice dans son jeu. »
Penny Peacock

« Même si Anomie est coupable,
tu ne pouvais pas savoir qu'il était
capable de tuer. Si tous ceux qui
qui parlent de tuer quelqu'un pour
plaisanter passaient à l'acte, on ne
pourrait plus sortir dans la rue.

Ma priorité maintenant, c'est
d'identifier Paperwhite. Il est possible
qu'elle sache qui est Anomie. Elle
saura peut-être aussi si Vikas avait
prévu d'avertir la police pour faire
part de ses doutes sur Anomie et le
Halvening. »
StopAnomie

« Je sais pas qui est Paperwhite. »
Penny Peacock

« On sait qu'une photo d'elle a
circulé sur le canal des modérateurs.
Anomie l'a transmise à Vilepechora
qui l'a montrée à Hartella. Est-ce
que quelqu'un te l'a montrée ?
Ils pensaient tous que tu étais un
garçon. »
StopAnomie

Une pause. Robin avait le cœur qui battait la chamade, presque aussi fort que tout à l'heure, quand elle avait entendu du bruit dehors.

« Oui, Vilepechora »
Penny Peacock

« Lui et LordDrek ont toujours cru
que j'étais gay »
Penny Peacock

« Il a dit : « Là si tu bandes pas
on est sûrs que t'es homo »
Penny Peacock

Robin prit soin de choisir ses mots, car elle n'avait pas oublié le harcèlement qu'avait subi Rachel à l'école, quand on se moquait d'elle en disant qu'elle était lesbienne.

« Rachel, est-ce que tu pourrais
vérifier si tu l'as toujours ?
Parce que ça pourrait nous aider
à la trouver. »
StopAnomie

Robin patienta, retenant sa respiration. La pause s'éternisait et elle gardait espoir : si Rachel avait supprimé la photo, elle l'aurait dit immédiatement. Puis les trois points apparurent et Rachel répondit :

« Je vais vérifier. Je voulais pas
la garder, mais je vais voir. »
Penny Peacock

C'est bon, se dit Robin. Elle ne savait pas – et s'en fichait pas mal – si Rachel avait conservé cette photo par vengeance ou pour essayer de trouver l'identité de cette fille qui lui avait piqué son meilleur ami en ligne. Le plus important, c'était qu'elle l'ait conservée.

Trois minutes s'écoulèrent, qui lui parurent en durer trente. Puis Rachel revint.

« Je l'ai. »
Penny Peacock

« Je vous l'envoie »
Penny Peacock

La photo arriva avant que Robin ait eu le temps d'écrire merci. Cette fille n'était pas simplement jolie : c'était une vraie beauté.

Vingt ans tout au plus, mince, avec de longs cheveux roux, une peau nacrée parsemée de taches de rousseur translucides, des pommettes hautes et de grands yeux noisette. Elle posait simplement vêtue d'une chemise rose légère déboutonnée, les bras pressant ses seins, sa chemise lui couvrant à peine les tétons. On apercevait son ventre plat et la photo était coupée juste sous son nombril.

« Rachel, merci BEAUCOUP. Ça pourra nous aider énormément. »
StopAnomie

« Vous me tiendrez au courant ? Je supporte pas de pas savoir ce qui se passe. C'est pire que tout. »
Penny Peacock

« Bien sûr. Je te tiens au courant. Ne t'en veux pas. Ton aide est précieuse et tu n'es responsable de rien. Rien du tout x »
StopAnomie

« x »
Penny Peacock

Robin enregistra la photo de Paperwhite sur son ordinateur portable, ouvrit Google pour procéder à une recherche d'image inversée, et colla la photo dans le cadre.

Les « images similaires » qu'elle trouva étaient évidemment du genre *soft porn*. Elle passa en revue une multitude de femmes avec chemise ouverte sur leurs seins nus, mais aucune ne ressemblait à Paperwhite. Cela lui apprit néanmoins quelque chose d'intéressant : Paperwhite n'avait jamais posté cette photo sur le web, mais l'avait uniquement envoyée à un petit ami, ou quelqu'un qu'elle considérait comme tel.

Robin examina attentivement l'arrière-plan de la photo. On distinguait une chambre à l'éclairage tamisé, peut-être une chambre d'étudiant, car il y avait un bureau en fond. En agrandissant la photo, elle vit une petite boîte sur le bureau, où il était écrit Faber-Castell Soft Pastels, des fournitures de dessin.

Elle rogna la photo pour ne garder que le visage de la jeune femme et copia cela dans l'appli.

Des résultats bien plus prometteurs apparurent : des portraits de jeunes femmes rousses dont certains semblaient réalisés par des professionnels, d'autres plus spontanés. Robin parcourut lentement les clichés et s'arrêta sur le seizième.

Il montrait la même fille : yeux, pommettes, chevelure identiques. Soudain tout excitée, elle cliqua dessus. La photo provenait d'Instagram. Robin fit défiler la page et s'exclama : *Yes !*

Cette fille s'appelait Nicole Crystal. En consultant son compte, Robin comprit qu'elle était étudiante en art, à Glasgow. La page montrait ses nombreux travaux qui, même pour une néophyte comme Robin, paraissaient dénoter un très grand talent. Il y avait quand même quelques selfies de temps en temps et l'un d'eux fit réfléchir Robin. Un beau jeune homme blond vêtu d'un T-shirt noir déchiré embrassait Nicole par-derrière, les lèvres posées sur sa joue. Plus loin, deux autres photos du même jeune homme, dont l'une était entourée d'un cœur.

Est-ce que cet homme savait que sa copine avait passé des heures dans le jeu à parler avec Vikas Bhardwaj ? Et qu'elle lui avait envoyé des photos provocantes ?

Robin cliqua sur les followers de Nicole à la recherche de Vikas, en vain.

Elle ouvrit Twitter et tapa Nicole Crystal. Plusieurs comptes apparurent et elle identifia le bon sans difficulté : Nicole avait utilisé son nom et la même photo de profil, en se localisant à Glasgow. Elle semblait utiliser Twitter moins souvent qu'Instagram. Son dernier post était un message retweeté d'un compte baptisé Women's Art, daté de dix jours plus tôt, avant la découverte du corps de Vikas.

Robin cliqua de nouveau sur ses followers et, au bout de quelques minutes, trouva ce qu'elle cherchait : Vikas Bhardwaj était abonné au compte de Nicole.

Robin était tellement plongée dans ses recherches que la sonnerie de son téléphone la fit sursauter. L'appel provenait du bureau, qui redirigeait les coups de fil sur les portables de Strike et Robin, en cas d'absence. Supposant que Strike avait regagné Denmark Street plus rapidement qu'escompté, elle décrocha.

Une voix lui susurra à l'oreille, en séparant bien chaque mot :

— Je… vais… te… tuer.

La communication fut coupée.

93

Mes vêtements sont mouillés, mes dents serrées,
Et la route fut dure et longue…
Oh, porte-moi jusqu'au seuil, laisse-moi entrer !

Mary Elizabeth COLERIDGE,
The Witch

La jambe de Strike le tourmentait à tel point qu'il dut se reposer quinze minutes sur un banc à Victoria Station. Persuadé que ça allait beaucoup mieux et qu'attendre un taxi serait aussi douloureux que finir le trajet en métro, il regagna la station en boitant, puis laissa passer deux métros, histoire de reposer son moignon. Quand il sortit à Tottenham Court Station, la nuit tombait et il dut se retenir de ne pas jurer tous les deux pas. C'était comme si des éclats de verre perforaient la chair de son moignon et il ne parvenait plus à distinguer si cette douleur était due à ses muscles contractés ou à son tendon enflammé. Regrettant amèrement de ne pas s'être muni de sa canne, et suant sous l'effort de la marche, il en vint à proposer mentalement un marché à un dieu dont il n'était pas convaincu de l'existence. *Je vais perdre du poids. Je vais arrêter de fumer. Si tu me laisses juste rentrer à la maison. Je jure que je prendrai mieux soin de moi. Mais ne me laisse pas m'effondrer en pleine rue, bordel.*

Il craignait que son moignon ne cède de nouveau et qu'il doive subir l'humiliation de s'écrouler en public. Cela s'était déjà produit une fois et il savait parfaitement bien ce qui s'ensuivrait, parce qu'il n'était pas une vieille dame fragile à qui les inconnus portaient instinctivement secours : un quadragénaire d'un mètre quatre-vingt-dix, renfrogné et costaud, n'inspirait pas immédiatement confiance aux inconnus ; on le supposerait ivre ou dangereux. Même les chauffeurs de taxi avaient tendance à détourner le regard quand un grand type s'agitait frénétiquement, allongé dans un caniveau.

À son grand soulagement, il parvint à sortir de la station de métro, toujours debout. Se soutenant au mur, il inspira profondément l'air nocturne et, en s'appuyant de tout son poids sur son pied gauche, parvint à faire ralentir son rythme cardiaque. Il laissa passer un groupe qui le doubla joyeusement. Ils pouvaient marcher sur leurs deux jambes, les salauds. Il fut tenté de se traîner jusqu'au pub, mais cela ne lui procurerait qu'un répit temporaire : ce qu'il lui fallait, c'était rentrer à Denmark Street, et s'il réussissait à se hisser jusqu'au troisième étage, il trouverait de la glace au congélateur et des antidouleurs dans le placard. Il pourrait ôter sa prothèse, s'asseoir confortablement en caleçon et jurer à loisir.

Dans l'unique but de justifier cette pause prolongée, et bien décidé à ne pas fumer, il tira son portable de sa poche et fut surpris de découvrir un texto de Robin.

« Bonnes nouvelles. Appelle-moi quand tu peux. »

Incapable d'expliquer pourquoi, il lui semblait plus envisageable de marcher tout en parlant avec Robin, donc il la rappela et se mit en route péniblement jusqu'à Charing Cross.

— Salut, dit-elle en répondant à la deuxième sonnerie.

— C'est quoi, cette bonne nouvelle ? demanda-t-il, les dents serrées de douleur.

— J'ai identifié Paperwhite.

— Quoi ? s'exclama Strike qui sembla moins souffrir l'espace de quelques instants. Comment ?

Robin lui expliqua et Strike s'efforça de se concentrer. Quand elle eut terminé, il dit, sur un ton aussi enthousiaste que possible malgré sa douleur aiguë :

— Putain, c'est brillant, Ellacott !

— Merci.

Concentré sur sa respiration, il ne releva pas le ton étrange de son associée.

— On pourrait envoyer Barclay lui parler. C'est dans son coin, Glasgow.

— Oui, c'est ce que j'ai pensé, dit Robin qui, comme lui, s'efforçait de paraître naturelle. Heu… sinon, il y a autre chose.

— Pardon ?

Un bus à étage roulait à ce moment-là bruyamment dans la rue.

— Il y a autre chose, répéta Robin plus fort. Je viens de recevoir un appel, transféré du bureau. Quelqu'un qui menaçait de me tuer.

— *Quoi ?!*

Strike s'éloigna de la chaussée et pressa son doigt sur son oreille pour mieux entendre.

— Une voix qui murmurait. Je pense que c'était un homme, mais je n'en suis pas sûre à cent pour cent. Il a dit « Je vais te tuer », puis il a raccroché.

— Très bien, annonça Strike sur un ton militaire qui ne souffrait pas de contestation. Fais tes bagages. Maintenant. Tu retournes au Z Hotel.

— Non, répliqua Robin qui faisait les cent pas dans son petit salon pour évacuer le stress. Je suis mieux ici. J'ai une alarme et une porte à double verrou.

— Le Halvening sait où tu habites, putain !

Pourquoi ne pouvait-elle pas obéir, bordel ?

— Et s'ils sont dehors en ce moment même, ce serait stupide de sortir seule.

Elle avait résisté à la tentation d'entrouvrir les rideaux pour regarder.

— Pas si un taxi t'attend. Dis-leur que tu veux un chauffeur, un homme. Demande-lui de monter pour t'aider avec tes bagages, dis-lui qu'il aura un pourboire et prends ton boîtier d'appel d'urgence, au cas où on se jette sur toi.

— Cette personne a juste essayé de me faire peur…

— Ce sont des terroristes, putain ! C'est ce qu'ils font !

— Tu sais quoi ? J'ai pas besoin que tu me gueules dessus, d'accord ?

Il perçut la panique dans sa voix et, au prix du même effort que quand il avait dû monter l'escalator en panne un peu plus tôt, il réprima l'instinct de lui hurler des ordres face au danger.

— Désolé. Bon, ben si tu ne veux pas sortir, c'est moi qui viens.

Monter chez lui préparer un sac puis redescendre et aller jusqu'à Walthamstow était la dernière chose qu'il avait envie de faire, mais le bruit de l'explosion dans leur bureau était encore tout frais dans sa mémoire.

— Tu essaies juste de me faire culpabiliser pour que je…

— Pas du tout. Je prends au sérieux la possibilité qu'un de ces tordus soit encore dans la nature et tente de régler son compte à une femme une dernière fois, avant que le groupuscule soit dissous pour de bon.

— Strike.

— Arrête de… Merde !

Sa jambe venait de céder sous lui. Il tangua, parvint à maintenir son équilibre, et continua à avancer cahin-caha.

— Qu'est-ce qu'il y a ?

— Rien.

— C'est ta jambe.

Elle entendait sa respiration haletante.

— Ça va.

Des gouttes de sueur froide perlaient sur son visage, sa poitrine et son dos. Il essayait de surmonter les vagues de nausée qui se succédaient.

— Strike.

— Je te retrouve dans environ…

— Non. C'est bon. Je retourne à l'hôtel. J'appelle un taxi tout de suite.

— T'es sûre ?

Son intonation était plus agressive qu'il ne l'aurait voulu, mais son moignon tremblait tellement dès qu'il posait le pied par terre qu'il se serait estimé heureux de pouvoir atteindre ne serait-ce que la porte du bureau.

— Oui. Je vais appeler un taxi et demander de l'aide pour mes bagages.

— Parfait.

Il s'engagea dans Denmark Street, déserte à l'exception d'une femme dont la silhouette se découpait au bout de la rue.

— Appelle-moi quand tu seras dans le taxi.

— O.K. À plus tard.

Elle raccrocha. Cédant à la tentation de jurer à voix basse chaque fois qu'il s'appuyait sur son pied droit, Strike continua d'avancer jusque chez lui.

C'est seulement quand il fut à une dizaine de mètres qu'il reconnut la femme qui se tenait devant la porte. C'était Madeline.

94

Et alors je t'ai poussé à terre
Je t'ai poignardé deux fois, puis deux fois encore,
Parce que tu as osé ôter ta couronne,
Pour être un homme comme les autres.

Mary Elizabeth COLERIDGE,
Mortal Combat

— Tu as bu ? lui demanda-t-elle en voyant qu'il se tenait au mur pour se stabiliser.

— Non.

Elle s'avança vers lui en titubant, et il comprit qu'on ne pouvait pas en dire autant d'elle. Elle paraissait avoir minci. Ses hauts talons argentés et sa courte robe lamée suggérait qu'elle sortait d'une soirée ou peut-être du lancement d'un livre, d'un album ou d'un produit de beauté ; en tout cas, d'un endroit où les gens étaient vus, photographiés et assurés de leur importance.

— Je veux te parler, dit-elle d'une voix traînante. Je veux te parler, putain !

Strike souffrait tellement et se sentait si anxieux et furieux depuis le coup de téléphone de Robin qu'il souhaitait abréger cette scène le plus vite possible.

— Je t'écoute.

— Espèce de sale connard.

Elle tangua légèrement. Le petit sac suspendu à son poignet au bout d'une chaîne était ouvert.

— Je vois. C'est tout ?

— Va te faire foutre. *Va te faire foutre !* Je voulais… je voulais t'écrire une lettre, mais je me suis dit nonononoon, faut qu'il entende ça. En direct. Sale baratineur.

Malgré toutes les résolutions qu'il venait de prendre, Strike sortit ses cigarettes. Si Dieu lui en voulait à ce point, ses bonnes résolutions ne valaient plus rien.

— Un type bien, hein ? Un vrai « héros ».

Il alluma une cigarette, tira longuement dessus, puis recracha la fumée.

— Je me souviens pas avoir dit ça de moi, un jour.

— Oh que si. Si, tu l'as dit. Tu t'es servi de moi… depuis le début. Eh ben t'as ce que tu voulais, non ?

— Tout ce que je veux, c'est aller au lit et qu'on me foute…

— Espèce. De. Connard !

Elle lui donna un violent coup de poing dans la poitrine. Il recula d'un pas ; elle faillit perdre l'équilibre et, dans le mouvement, un tube de rouge à lèvres s'échappa de son sac et roula par terre.

Strike essaya de la contourner mais elle lui attrapa la manche des deux mains et cria :

— Tu t'es servi de moi et je sais pourquoi !

Avec un sentiment de déjà-vu, il tenta de se dégager ; sa cigarette tomba au sol.

— Sale con, espèce de parasite !

— Et si tu allais plutôt dessoûler et que tu m'envoyais cette lettre ?

Sans lâcher sa manche, elle lui martela le dos de son poing droit, jusqu'à ce qu'il se retourne pour le lui saisir. Il vit sur son visage le rictus qu'elle avait affiché le soir de sa soirée de lancement, dans Bond Street.

— « Parle pas de mon père ! » Mais t'es comme lui, putain. En moins connu. Tu dis que tu veux pas de publicité… mais tu couches qu'avec des célébrités. Et tu penses qu'elle est à toi, maintenant, hein ?

— Arrête de te donner en spectacle.

Il essayait toujours de se dégager.

— Moi ? Me donner en spectacle ? Tout le monde sait qu'elle couche avec Landon Dormer ! Tu voles à sa rescousse et tu crois que c'est toi qu'elle veut ?

— Oh oui, répliqua Strike avec une cruauté née de la colère. Elle demande que ça. Mais moi je veux ni d'elle ni de toi, alors essaie de trouver un peu de dignité et va…

— Espèce de connard, putain ! Tu entres dans ma vie, dans la vie de Henry…

— Henry en a rien à foutre de moi et j'en ai rien à foutre…

— T'as fait tout ça pour la rendre jalouse, c'est ça ?
— Continue de croire Charlotte et continue de boire…
— J'ai une interview avec le *Mail* la semaine prochaine et je vais leur dire !
— Quelle classe, de me menacer comme ça.
Elle se dégagea et lui donna un violent coup de pied. Strike sentit son talon aiguille s'enfoncer dans sa cuisse. Il recula d'un pas et son pied glissa sur le tube de rouge à lèvres qu'elle avait fait tomber. Il tomba en arrière en poussant un cri de douleur, s'effondra sur le bitume et se cogna la tête.
Pendant quelques secondes, il crut qu'il allait vomir. Il roula sur lui-même et se mit à quatre pattes sans se préoccuper de Madeline, prête à lui redonner des coups. Il était emprisonné dans la douleur, son moignon agité de spasmes incontrôlables, son tendon hurlant à la mort.
Il entendit vaguement sa voix plaintive. Il ne distinguait pas les mots. Il voulait disparaître, partir pour toujours. Du coin de l'œil, il la vit s'agenouiller près de lui, en larmes.
— Corm…
— Fous-moi la paix. Va-t'en. Va-t'en, putain.
— Je voulais pas…
— Barre-toi !
Elle se releva avec difficulté.
— Corm, s'il te plaît… laisse-moi…
— CASSE-TOI !
Elle pleurait, mais au bout d'un moment, quelques secondes ou plusieurs minutes il n'aurait su le dire, il l'entendit s'éloigner d'un pas incertain. Quand elle eut disparu, il essaya de se relever, mais son moignon refusait de soutenir son poids.
Rampant jusqu'à la porte de l'immeuble, il aperçut la cigarette qui lui avait échappé des mains, encore allumée, et se la colla entre les lèvres. Traînant son moignon, il atteignit le seuil, s'installa maladroitement en position assise et tira longuement sur la cigarette, adossé contre la porte noire.
L'air de la nuit était frais sur son visage, les étoiles au-dessus de Londres paraissaient aussi ténues que dans toute grande métropole. Il expérimenta l'un de ces rares moments de la vie où la confusion le dispute à la clairvoyance, et qui n'appartiennent qu'aux ivrognes et aux désespérés. Le visage de Yasmin Weatherhead et le rictus déformé de Madeline se mêlèrent ; il repensa au dossier de preuves concernant les agressions au couteau, et la lettre d'accusation de Madeline qu'il aurait pu brûler avant même de la lire.

Là, sur le seuil de son bureau, alors qu'il se demandait s'il allait devoir dormir assis sur place, quelque chose flotta à la surface de sa conscience. Toutes les femmes avec qui il avait envisagé une vie commune lui avaient reproché la même chose : d'être fermé, impénétrable, toujours occupé à résoudre un problème, quoi qu'il se passe autour de lui. Une seule femme ne le lui avait jamais reproché.

Son portable sonna et il le sortit de sa poche.

— Je suis dans le taxi, annonça Robin.

— Parfait.

— Je pense qu'il n'y avait personne dehors. J'ai été un peu parano.

— On a reçu une bombe. T'es pas parano.

— Comment va ta jambe ?

— Elle est foutue, reconnut-il.

Inutile de mentir plus longtemps : il n'allait pas pouvoir remarcher de sitôt.

— Mais la bonne nouvelle, c'est que je viens de comprendre qu'on tient une piste.

95

Mais cet endroit est gris,
Et trop calme. Personne ici,
Pourquoi, c'est horrible, c'est frayeur !
Rien à voir, aucun visage.
Aucun bruit sinon celui de ton cœur
Comme si le monde avait péri.

Charlotte MEW,
Madeleine in Church

Tchat interne entre un créateur et une modératrice de *Drek's Game*

<Canal des modérateurs>

<11 juin 2015 00 h 15>

<Présent : Worm28>

>

>

<Anomie a rejoint le canal>

Worm28 : aaah , enfin !

Worm28 : je me demandais où était tout le monde

Worm28 : Hartella est censée modérer avec moi ce soir

Anomie : elle est partie. Elle reviendra pas

Anomie : elle vient de me le dire

Worm28 : quoi ? !

Worm28 : mais pourquoi ? ?

Anomie : parce que c'est une traîtresse

Anomie : je vais t'envoyer 2 photos et je veux que tu les regardes attentivement

<Anomie veut vous envoyer un fichier>

<Cliquez sur alt+y pour accepter le fichier>

>

>

>

Worm28 : c'est qui ?

Anomie : putain t'es aussi bête que ça ? Lis les légendes

Anomie : tu les as déjà rencontrés ?

>

>

>

Worm28 : non

Anomie : t'es sûre ?

Worm28 : oui

Anomie : ils étaient peut-être déguisés, avec une perruque par exemple

Worm28 : non, je les ai jamais rencontrés

Anomie : tu mens ?

Worm28 : non

Worm28 : pourquoi tu veux savoir si je les connais ?

Anomie : ils ont été engagés pour me trouver

Anomie : parce que Maverick veut stopper le jeu

>

Anomie : pourquoi tu dis rien ?

Worm28 : je suis choquée

Anomie : tu caches quelque chose ?

Worm28 : bien sûr que non

Anomie : quand les gens me cachent des choses ça leur réussit pas

Worm28 : je sais que tu plaisantes mais dis pas des trucs pareils

Anomie : tu me donnes des ordres ?

Worm28 : j'aime pas ce style de blagues

Anomie : tu sauras que je plaisante pas quand tu verras ce qui arrive à ces deux détectives

Anomie : elle, je l'ai déjà avertie, cette salope

Anomie : dis-moi la vérité : est-ce que Demony1 les a rencontrés ? C'est pour ça qu'elle est partie ?

Worm28 : comment ça « elle » ?

Anomie : Demony1 est une fille, imbécile

Anomie : ces détectives ont trouvé certains modés

Anomie : il est allé chez les parents de Hartella ce soir

Anomie : alors dis-moi si Demony1 les a rencontrés

Worm28 : non

Worm28 : j'en sais rien

Worm28 : Demony1 a juste disparu

Worm28 : elle m 'a rien dit

Worm28 : tout le monde s'en va

Worm28 : il reste plus que quatre modés

Anomie : trois. Tu sais pas compter ?

Worm28 : toi, moi, BorkledDrek et Paperwhite

Anomie : Paperwhite va disparaître bientôt mais c'est pas encore le bon moment

>

Worm28 : tu me fais peur

Anomie : parfait

Anomie : si ces détectives te contactent tu m'avertis immédiatement

Worm28 : ok

Anomie : mais je les aurai peut-être envoyés rejoindre Ledwell et Blay avant

Worm28 : Anomie arrete

Worm28 : arrete de faire des blagues je déteste ca

Anomie : tu penses que j'en suis pas capable ?

Anomie : continue de rêver

Anomie : t'as rien à craindre

Anomie : tant que tu restes loyale

<Anomie a quitté le canal>

>

>

>

>

>

>

>

>

>

>

>

<Worm28 a quitté le canal>

<Le canal des modérateurs est fermé>

96

Travaille homme, travaille femme, puisque travail il y a
Sur cette terre assiégée, pour la tête et le cœur…

Elizabeth Barrett BROWNING,
Aurora Leigh

Si toutes les bonnes idées pouvaient se réaliser immédiatement, le travail d'enquête ne serait pas aussi long et fastidieux, Cormoran Strike le savait. C'est pourquoi il ne s'alarma pas quand, en appelant Grant Ledwell le lendemain à neuf heures, la sonnerie indiqua une communication internationale avant d'aboutir à la messagerie. Après lui avoir demandé de le recontacter, il composa le numéro de Ryan Murphy.

Le policier considéra avec grand sérieux la menace de mort que Robin avait reçue la veille, approuva sa décision de s'installer à l'hôtel, assura à Strike qu'il ferait surveiller l'appartement de son associée et promit de l'informer sur les arrestations liées au Halvening.

— D'ailleurs, je m'apprête à interroger l'une de vos joueuses. Elle prétend avoir des infos.

— Ah, elle vous a appelé ? Bien.

— Comment savez-vous de qui il s'agit ?

— Je lui ai parlé hier soir et lui ai conseillé de tout vous dire.

— Je commence à penser qu'on devrait vous embaucher.

Le troisième appel de Strike fut pour Midge à qui il devait annoncer que, depuis douze heures maintenant, la plupart des suspects qu'ils avaient éliminés étaient de nouveau suspects.

— Oh merde, lâcha-t-elle. Ça fait combien ? Une demi-douzaine de personnes à surveiller ? Et la seule façon de les éliminer, c'est de voir s'ils sont sur Twitter en même temps qu'Anomie ?

— Il n'y en a pas autant que ça, tempéra Strike. La Brigade criminelle nous a conseillé de ne pas nous approcher de Pierce, alors il reste au choix : Kea Niven à King's Lynn ou Tim Ashcroft à Colchester.

— Et Wally Cardew ?

— Définitivement éliminé. Il a voulu aider Le Halvening à identifier Anomie. Ça ne peut pas être lui.

— Peut-être qu'il bluffe ?

— Je ne pense pas.

Strike savait que son coup de téléphone le plus stressant de la journée était imminent, avec Robin, et il n'appréciait guère l'entêtement de Midge. Il avait mal dormi, en partie à cause de ses douleurs à la jambe, mais aussi de son hématome à la tête quand il s'était cogné en tombant.

— Et le jeune Upcott ?

— Je ne me rappelle plus quand on l'a éliminé.

Strike n'avait pas encore rouvert le dossier.

— C'était après le Comic Con, parce que quand Barclay m'a appelée pour me dire qu'on arrêtait de le surveiller, j'étais en train de lire un article sur Robin qui avait sauté sur les voies ferrées.

— Merde. Bon ben si tu veux, tu peux aller à Hampstead. Je m'en fiche, tant qu'on surveille au moins un suspect aujourd'hui.

— Et Phillip Ormond ? On l'a jamais éliminé. On l'a même jamais surveillé.

— Il ne colle pas au profil.

— Plus que le jeune Upcott. Il est prof d'informatique.

— Anomie était actif avant même la rencontre d'Ormond et Edie. Où est-ce qu'il aurait déniché toutes ces infos sur elle ?

— J'ai bossé sur une affaire à Manchester où un mari a créé trois faux profils Facebook et a commencé à harceler sa femme pour savoir si elle allait voir ailleurs…

Strike laissa Midge raconter son histoire mais l'écoutait à peine. Quand elle eut terminé, il déclara :

— Bon, on a un problème d'effectifs. Tout ce que je veux, c'est qu'on surveille un suspect. Alors au choix : Tim Ashcroft, Kea Niven ou Gus Upcott.

Midge choisit Gus, sans doute parce qu'elle ne voulait pas faire la route jusqu'à King's Lynn ou Colchester, puis elle raccrocha.

Strike vida sa tasse de thé très sucré, puis appela Barclay pour qu'il se rende en Écosse au plus vite, afin de trouver et d'interroger Nicole Crystal.

— Je t'envoie une photo dans la matinée. Elle fréquente l'école d'art de Glasgow, mais le semestre est terminé donc j'imagine qu'elle sera chez ses parents à Bearsden.

— Ouais, je vois où c'est. Quartier chic de Glasgow. Je dois lui demander si elle sait qui est Anomie, j'imagine ?

— Oui, mais reste prudent. Son petit ami virtuel a été assassiné, elle doit le savoir et avoir la trouille. Dis-lui qu'on sait qu'elle est Paperwhite dans *Drek's Game*, rassure-la en lui disant qu'elle n'a rien fait de mal et profites-en pour récolter un maximum d'infos.

Barclay accepta sa mission sans discuter et raccrocha.

Strike se résolut désormais à appeler Robin.

— Salut, répondit-elle immédiatement d'une voix glaciale. J'ai lu ton email.

Il l'avait envoyé à une heure du matin après s'être traîné jusqu'à son studio. Une fois là-haut, il avait enlevé ses chaussures, son pantalon et sa prothèse pour examiner l'extrémité sectionnée de sa jambe. Les spasmes avaient recommencé dès qu'il l'avait soulevée. Il avait une vilaine marque rouge, là où Madeline lui avait donné un coup de talon, la douleur de son tendon était fulgurante, son genou enflé et la peau de son moignon enflammée. Il fut forcé d'en tirer quelques conclusions désagréables.

Tout d'abord, même s'il redoutait les conseils et les traitements susceptibles de l'immobiliser, l'heure était venue de consulter un spécialiste. Ensuite, comme il n'allait pouvoir accompagner Robin nulle part dans les prochains jours et que tous leurs collaborateurs étaient occupés – Dev filait toujours la mère de Fingers de bars en restaurants dans l'espoir de surprendre une conversation sur Fabergé ou les antiquités grecques – Strike voulait que Robin reste hors de danger.

— Tu es d'accord, alors ? Tu vas continuer à enquêter sur Lepine's Disciple ?

— Ce que tu trouves inutile.

— Non, j'étais d'accord pour qu'on l'étudie de plus près, pour ne rien laisser au hasard.

— Je sais ce que tu manigances, Strike. Je ne suis pas bête. On est censés filer plusieurs suspects, mais tu préfères que je reste enfermée à l'hôtel connectée sur Twitter.

— On t'a menacée de mort, lui rappela Strike qui commençait à s'impatienter. Ils connaissent ton adresse, ils savent à quoi tu ressembles, ils ont envoyé une foutue bombe adressée à nous deux.

— Alors pourquoi toi, tu ne te caches pas ?

— Parce que je dois aller à l'hôpital, lâcha-t-il.

— Quoi ? Pourquoi ? Que s'est-il passé ?

— J'ai perdu une jambe, bordel.

— Oh merde, c'est grave à ce point ? Alors laisse-moi…

— Non, hors de question que tu m'accompagnes ! Est-ce que tu peux, s'il te plaît, rester là où tu es pour que j'aie un souci de moins, putain ?

— Très bien. Mais est-ce que tu pourras m'appeler pour me donner des nouvelles ?

Strike accepta, raccrocha, puis, en s'appuyant sur le dossier des chaises, la poignée de la porte et la commode, sautilla jusqu'à sa chambre pour s'habiller.

Sans illusion sur la possibilité d'obtenir un rendez-vous avec un spécialiste aussi rapidement, il décida de se présenter aux urgences et d'attendre son tour. Il avait prévu de raconter qu'il avait chuté la veille et qu'il souffrait énormément, ce qui était tout à fait vrai, même si, bien sûr, il ne dirait pas que cela traînait depuis longtemps et que des mois de négligence l'avaient mené là où il en était. Il savait qu'un médecin verrait clair dans son jeu, mais il s'en fichait pas mal : tout ce qu'il voulait, c'était une prescription de puissants antidouleurs qui lui permettraient de continuer de travailler.

Cinquante minutes plus tard, il était dans un taxi, béquilles posées à côté de lui et jambe droite de son pantalon relevée, quand son portable sonna.

— Strike.

— Bonjour, dit une voix masculine lointaine. Ici Grant Ledwell.

— Ah, Grant, merci de me rappeler. Je me demandais si on pouvait se voir. Pour vous tenir informé des dernières avancées ? ajouta-t-il de façon un peu mensongère.

— Oui, volontiers. Je suis à Oman en ce moment, mais je rentre lundi. Je serai disponible le soir. Est-ce que vingt et une heures, c'est trop tard pour vous ? Est-ce que vous pourriez venir à la maison ?

Content de pouvoir les voir chez eux, Strike accepta le rendez-vous.

— Parfait, parce que Heather n'aura pas envie que je sorte dès mon retour d'Oman, mais elle veut des nouvelles d'Anomie. Elle n'a pas apprécié que je m'en aille et que je la laisse seule à la maison.

Grant lui donna leur adresse dans Battledean Road et Strike le remercia avant de raccrocher.

Comme il l'avait escompté, le service des urgences était bondé. Des enfants hurlaient sur les genoux de leurs mamans, des personnes âgées attendaient leur tour en silence, des représentants de toutes les ethnies de Londres étaient présents, le nez dans des magazines ou plongés dans leur téléphone, une jeune femme était pliée en deux en serrant son ventre, et un jeune homme débraillé portant des dreadlocks était assis à un bout de la salle d'attente d'où il éructait ponctuellement des cris et des jurons. Évidemment, les seules places libres se trouvaient à côté de lui.

Strike pivota sur ses béquilles pour se diriger vers la réception, donna ses coordonnées à une femme qui semblait épuisée, puis opta pour un siège non loin du patient qui hurlait. Il devait être sérieusement dérangé, ou sous l'emprise de la drogue, peut-être les deux.

— Ouais, c'est ça, putain ! hurla-t-il les yeux dans le vague.

Strike s'assit sur une chaise à deux places de lui et un effluve d'urine mêlée à une puissante odeur corporelle lui parvint. Après avoir appuyé ses béquilles contre le siège voisin, il sortit son téléphone uniquement pour se donner une contenance et éviter les regards. Il ouvrit Twitter.

Anomie avait tweeté quelques minutes plus tôt.

Anomie @AnomieGamemaster

« J'ai appris à haïr tous les traîtres et il n'y a pas de maladie qui me révulse davantage que la traitrise » Eschyle

13 h 18 11 juin 2015

Les réactions ne se firent pas attendre, proliférant à mesure que Strike rafraîchissait la page.

Andi Reddy @ydderidna
Réponse à @AnomieGamemaster
Le Bouledogue s'est plié à Maverick, c'est ça ?
#SangDencreJackpot #HartyEstUnCoeurPasUnHumain

Lucy Ashley @juiceeluce
Réponse à @AnomieGamemaster
C'est pas vrai, est-ce que Josh a accepté de modifier Harty ?
#HartyEstUnCoeurPasUnHumain

Moonyspoons @m<>nyspoons
Réponse à @AnomieGamemaster
Sérieux, si Josh a accepté…
#HartyEstUnCoeurPasUnHumain

Tout à fait conscient d'être de parti pris, comme les fans furieux du dessin animé réagissant à chaud, Strike se demanda si cette trahison concernait Yasmin qui, si elle avait suivi le conseil du détective, devait avoir quitté le jeu à l'heure qu'il était. Mais si tel était le cas et que son départ avait causé cette diatribe d'Anomie, elle avait dû le lui annoncer. Décision stupide, de la part d'une femme que Strike jugeait extrêmement bête. Il la pensait même capable d'avoir mentionné à Anomie la visite de Strike.

— Sors de là, putain ! hurla son voisin qui semblait en pleine dispute avec un ennemi imaginaire.

Or, si Yasmin avait annoncé son départ à Anomie, et qu'elle lui avait bel et bien parlé de Strike, alors l'appel reçu par Robin et transféré depuis le bureau n'avait peut-être aucun lien avec Le Halvening. L'auteur de ce coup de fil pouvait être celui que Strike jugeait coupable du meurtre d'Edie et de Vikas Bhardwaj, celui qui avait laissé Josh Blay partiellement paralysé et causé à Oliver Peach un traumatisme crânien important.

Alors que ces pensées se bousculaient rapidement dans l'esprit de Strike, Anomie tweeta de nouveau.

Anomie @AnomieGamemaster
C'est vrai, il faut pardonner à ses ennemis – mais pas avant qu'ils n'aient été pendus.
Heinrich Heine

D'autres fans d'Anomie firent alors leur apparition sur la toile, ceux qui harcelaient les jeunes femmes qui avaient répondu au post précédent.

SJW Destroyer @Br0ken729
Réponse à @AnomieGamemaster
👏👏👏

Julius @i_am_evola
Réponse à @AnomieGamemaster
Pends-les au-dessus de ton lit comme des mobiles 😁
tu les regarderas pourrir en t'endormant

Arlene @queenarleene
Réponds à @i_am_evola @AnomieGamemaster
Les gens comme vous et Wally Cardew donnez une mauvaise réputation aux fans, Anomie voulait pas dire ça de façon littérale

Lepine's Disciple @LepinesD1sciple
replying to @queenarleene @i_am_evola
@AnomieGamemaster
elle dit quoi, la connasse qui ferait un super mobile ?

— Monsieur Thompson ?

Strike leva la tête : deux infirmiers étaient arrivés pour escorter son voisin jusqu'à une salle de consultation et s'assurer qu'il y parvienne sans causer de dégâts. Le jeune homme se leva sans protester et même s'il ne tenait pas très bien sur ses jambes, ne fit rien de plus que crier « Z'êtes tous une bande de dingues ! » Quelques rires s'élevèrent dans l'assemblée, maintenant que le jeune homme était pris en charge par les soignants. Soulagé d'échapper aux odeurs de son voisin, Strike se concentra de nouveau sur Twitter, où Anomie avait posté deux nouveaux tweets.

Anomie @AnomieGamemaster
Le type de héros qui plaît aux foules aura toujours l'air d'un César.

Anomie @AnomieGamemaster
Réponse à @AnomieGamemaster
Son insigne les attire, son autorité les submerge et son épée les effraie.

Intrigué par ce soudain jaillissement de citations et de déclamations de la part d'Anomie, Strike ne fut pas surpris que ces dernières publications créent la confusion parmi ses followers.

MrsHarty @carlywhistler_*
Réponse à @AnomieGamemaster
Tu parles toujours de Harty ? Ça veut dire quoi ?

Baz Tyler @BzTyl95
Réponse à @AnomieGamemaster
Tout va bien, mec ?

SJW Destroyer @Br0ken729
replying to @AnomieGamemaster
t'as été piraté ?

Lepine's Disciple @Lep1nesDisciple
replying to @Br0ken729 @AnomieGamemaster
Non, il a pas été piraté, c'est évident ce qu'il veut dire, espèce de con

---

Lepine's Disciple @Lep1nesDisciple
replying to @Br0ken729 @AnomieGamemaster
pourquoi vous êtes tous aussi débiles ?

Le portable de Strike sonna dans sa poche. Voyant le numéro du domicile de Pat, il décrocha.

— Bonjour, quoi de neuf ?

Elle voulait lui parler de la livraison des meubles et de quelques aménagements dans le planning. Strike fit son possible pour répondre à ses questions tout en restant attentif au cas où un médecin l'appellerait.

— J'ai promis à Midge un long week-end, conclut-il. Donc il faudrait le noter également.

— Sans faute. Ah, j'ai aussi reçu deux appels ce matin, toujours du même numéro, quelqu'un qui raccroche immédiatement. Transférés depuis le bureau.

— Ah bon ? Donnez-moi ce numéro, dit-il en fouillant sa poche pour trouver un stylo.

Elle s'exécuta. Strike le nota sur le dos de sa main. C'était un numéro de portable qu'il ne reconnaissait pas.

— La personne a raccroché dès que vous avez répondu, à deux reprises ?

— J'ai entendu une respiration, la deuxième fois.

— Homme ou femme ?

— C'était juste une respiration.

— Très bien. Prévenez-moi si ça se reproduit. Et vérifiez que votre porte est bien fermée.

Quand il rangea son téléphone, quelqu'un lança :

— Cameron Strike ?

— C'est moi ! répondit-il à la petite femme aux cheveux gris vêtue d'une blouse d'hôpital et munie d'une écritoire à pince.

Dix minutes plus tard, il était assis sur un lit d'hôpital, protégé derrière un rideau circulaire, pantalon et béquilles posés sur une chaise à côté de lui, tandis que la femme aux cheveux gris examinait attentivement d'abord son moignon, puis son autre jambe. Strike avait oublié à quel point les médecins étaient méticuleux. Tout ce qu'il voulait, c'étaient des antidouleurs.

— Vous êtes tombé en arrière, dites-vous ? demanda-t-elle en observant l'extrémité irritée de son moignon.

— Oui.

— Vous pouvez le soulever légèrement ?

Il obéit non sans pousser un cri de douleur étouffé, puis le laissa retomber. Dès que le moignon toucha le lit, il fut pris de spasmes.

— Ça vous est déjà arrivé avant ?

— Un peu.

Il transpirait.

— Régulièrement ?

— De temps en temps ces deux dernières semaines. J'ai eu des spasmes juste après l'amputation, mais ils avaient disparu au bout de quelques mois.

— Votre amputation remonte à quand ?

— Six ans. Non, sept.

— C'est assez inhabituel que la myoclonie reprenne sept ans plus tard.

Elle fit le tour du lit.

— C'est quoi, cette marque sur votre jambe ? demanda-t-elle en indiquant la blessure infligée par le talon de Madeline. C'est arrivé pendant votre chute ?

— J'imagine que oui, mentit Strike.

Sa jambe s'agitait toujours, mais la médecin examinait le visage de Strike.

— Vous avez conscience d'avoir des convulsions au visage ?

— Quoi ?

— Le côté droit du visage.

— Non, c'est juste que je fais la grimace.

Il commençait à redouter tout une batterie d'examens ou, pire encore, une nuit d'hospitalisation.

— O.K., je vais vous lever la jambe. Dites-moi quand ça fait mal.

— Ça fait mal, dit Strike alors qu'elle avait soulevé son moignon de quelques centimètres à peine.

— Vos muscles sont très contractés. Je vais palper votre tendon. Dites-moi si…

Elle tâta doucement l'arrière de son genou.

— Oui, dit-il les mâchoires serrées. Ça fait mal.

— Très bien.

Elle reposa doucement la jambe dont l'extrémité continua de s'agiter de façon incontrôlable.

— J'aimerais vous faire passer une échographie. Votre genou est assez enflé, et je veux regarder votre tendon de plus près.

— J'ai déjà eu ça, une tendinite. Si je pouvais juste avoir des antidouleurs…

— Ces spasmes m'inquiètent, dit-elle en le regardant droit dans les yeux. J'aimerais faire une prise de sang et demander à un collègue de vous examiner. Je reviens.

— Pourquoi une prise de sang ?

— Pour exclure d'autres problèmes. Comme la carence en calcium, par exemple.

Elle disparut derrière le rideau qu'elle tira derrière elle. Du bout des doigts, Strike tâta son visage pour vérifier s'il avait des spasmes musculaires, mais ne sentit rien. Il détestait être assis là en caleçon dans cet environnement, haïssait l'impression de vulnérabilité et de dépendance que produisaient les hôpitaux. Il entendit son téléphone vibrer. Il s'assit sur le rebord du lit, saisit le bas de son manteau posé sur le dossier de la chaise et en sortit son portable où il découvrit un long message de Madeline qui commençait ainsi :

« Corm, je suis vraiment désolée, j'avais bu.
Je venais de croiser Charlotte et… »

Il supprima le message sans le lire puis bloqua le numéro. C'est à ce moment-là qu'il sentit un muscle se contracter involontairement à la commissure droite de ses lèvres ; un mouvement léger mais perceptible.

Il s'était à peine rallongé sur le lit qu'une infirmière d'une cinquantaine d'années arriva pour la prise de sang.

— Il va falloir enlever votre chemise. Je ne vais pas pouvoir relever la manche assez haut.

Il obéit tout en rechignant intérieurement. Elle serra le garrot autour de son bras, puis inséra l'aiguille et remplit la seringue. Son téléphone vibra de nouveau.

— Vous n'allez pas pouvoir répondre tout de suite.

Quand elle fut partie, emportant avec elle deux tubes remplis de sang, il remit sa chemise, prit son téléphone et vit un texto de Midge, accompagné d'une vidéo.

« C'est tout ce que j'ai sur Gus Upcott pour l'instant.
C'est qui le géant ? »

Strike ouvrit la vidéo et reconnut immédiatement la silhouette caractéristique de Nils de Jong, qui remontait la rue des Upcott, un carton sous le bras, téléphone portable dans l'autre main. Vêtu de son vieux bermuda, d'une chemise froissée et de sandales, ses cheveux blonds tombant sur son visage grotesque, il paraissait absorbé dans son téléphone. Peu avant d'arriver chez les Upcott, Nils s'arrêta, posa le carton, pianota quelque chose, reprit son carton et se dirigea vers la porte d'entrée. Il frappa et Strike aperçut Gus ouvrant la porte pour le faire entrer. La vidéo s'arrêtait là.

« Nils de Jong. Propriétaire du collectif artistique de North Grove. Il ramène sans doute à Katya des affaires de Josh. »

Il venait d'envoyer son message quand un infirmier noir tira le rideau. Strike s'inquiéta en voyant qu'il poussait un fauteuil roulant.

— Échographie ? dit l'infirmier avec un fort accent brésilien.

Strike se demanda ce qu'il arriverait s'il répondait : « Non merci, je viens d'en faire une. »

— Je peux marcher.

— Non, désolé, le docteur ne veut pas, répondit l'infirmier en souriant. Vous pouvez prendre votre couverture.

Strike, téléphone à la main, se laissa donc pousser contre sa volonté vers un examen médical dont il aurait préféré se passer, dans un fauteuil roulant, une mince couverture recouvrant ses jambes nues et son caleçon, spécimen parmi d'autres de l'humanité blessée.

La sonde était glacée contre sa jambe et lui faisait mal en appuyant sur son tendon. Le visage du médecin qui scrutait l'écran placé à côté du lit n'exprimait aucune émotion, jusqu'à ce que le téléphone de Strike vibre de nouveau, provoquant un regard agacé de la part du praticien. Quelques minutes plus tard, sa collègue aux cheveux gris revint lui dire quelque chose à voix basse. Strike aurait tout aussi bien pu être absent.

— Très enflammé, conclut le médecin en passant la sonde sur le genou de Strike.

— Ligaments déchirés ?

— Peut-être une déchirure mineure…

Il appuya la sonde à l'arrière de la cuisse de Strike.

— De grade deux… Peut-être trois.

Il pressa plus fort encore à l'arrière du moignon, et Strike tenta de se distraire en imaginant qu'il lui donnait un coup de poing à l'arrière du crâne.

— Je ne vois rien ici qui puisse expliquer la myoclonie. Les muscles sont très contractés.

L'infirmier brésilien ramena Strike à son point de départ et l'aida à s'installer sur le lit en lui disant qu'un médecin viendrait d'ici peu, puis il le laissa seul.

Strike lut le texto qu'il avait reçu pendant l'examen, envoyé par Robin.

« Comment va ta jambe ? Ils disent quoi ? »

« J'attends les résultats. Anomie se comporte bizarrement sur Twitter »

« Oui j'ai vu »

Le rideau entourant Strike s'ouvrit encore et une nouvelle infirmière apparut : petite, rondelette, d'apparence hispanique.

— Il va falloir attendre un peu pour le médecin. Vous voulez un thé ?

— J'aimerais surtout des antidouleurs.

Strike ne voulait pas encombrer le service et trouvait sa proposition inquiétante, car elle sous-entendait qu'il n'était pas près de partir. Mais comme l'infirmière attendait sa réponse, il répondit :

— Oui, un thé, avec plaisir, merci.

— Avec du lait et du sucre ?

— Tout ce que vous avez.

Et si vous pouviez ajouter un petit antalgique.

Strike se cala contre les oreillers et regarda autour de lui, déprimé. Il entendait des bruits de pas de l'autre côté du rideau. Quelque part au loin, un bébé pleurait. Son portable vibra de nouveau : encore un texto de Robin.

« Si tu veux une belle démonstration d'hypocrisie, va voir le fil Twitter de Tim Ashcroft. Le sien, pas celui du Justicier numérique. »

Strike ouvrit Twitter et regarda le compte de Tim.

Une heure plus tôt, celui-ci avait tweeté un lien vers un article du *Daily Mail*, qu'il présentait ainsi :

Tim Ashcroft @TheWormTurning

En tant qu'ami d'Edie Ledwell et en tant que professionnel qui travaille avec les écoles et prend la sécurité très au sérieux, je suis franchement atterré. www.DailyMail/ParentsScandalisés...

15 h 10 11 juin 2015

Strike cliqua sur le lien, dont le titre annonçait :

« Des parents "scandalisés" : l'enseignant entendu pour meurtre restera en poste »

Il lut en diagonale l'article qui, comme il s'y attendait, concernait Phillip Ormond, actuellement suspendu dans l'attente d'une enquête du conseil d'administration de son collège. L'article réussissait à suggérer qu'Ormond était un enseignant désagréable et peu apprécié, sans pour autant l'accuser explicitement d'avoir poignardé son ex-petite amie et l'ancien compagnon de celle-ci. L'article faisait la part belle au témoignage de la mère dont la fille était en punition avec Ormond, lequel lui avait demandé de mentir au moment où il avait quitté le collège afin de chercher le téléphone d'Edie.

> « Il a menacé Sophie pour qu'elle ne dise pas la vérité. Elle a eu tellement peur qu'elle a mis des jours à nous en parler. Un jour, elle est venue me voir en pleurant parce qu'elle avait vu que la copine de ce prof avait été tuée cet après-midi-là. Elle m'a tout raconté. J'ai immédiatement averti la police. Il n'a pas été mis en examen mais je m'en fiche, ce n'est pas la question. Il n'en demeure pas moins qu'il a demandé à une fille de quatorze ans de mentir pour lui, et d'après moi, il devrait être renvoyé. »

Strike retourna sur Twitter. Tim ne s'était pas contenté de sa première remarque, il avait enfoncé le clou.

Tim Ashcroft @TheWormTurning

(Je m'excuse de copier le lien de ce torchon facho, mais apparemment les parents leur ont parlé directement, donc c'est là que se trouve l'article)

Tim Ashcroft @TheWormTurning

Le problème, c'est qu'il est scandaleux de demander à une ado de quatorze ans de mentir. Cet homme ne devrait pas travailler avec des enfants ou des adolescents.

Andi Reddy @ydderidna
Réponse à @TheWormTurning
T'es un mec bien, Tim

Strike répondit à Robin :

« Belle mascarade de la part de Tim, le pédophile moralisateur. »

L'infirmière revint avec son thé, qui contenait beaucoup trop de lait. Quand il la remercia, son moignon se remit à convulser. Il se redressa et appuya fermement sur sa cuisse pour forcer sa jambe à se calmer, à bien se tenir, à ne pas le trahir. Il redoutait que ces médecins bien intentionnés essaient de le garder pour d'autres examens.

— Tout va bien ? lui demanda l'infirmière.

— Oui.

Il sentit sa joue droite tressauter.

L'infirmière s'éclipsa. Strike reçut un nouveau message de Robin.

« Et on a raté une embrouille sur Kea Niven hier soir. Voir #FuckKeaNiven »

Strike alla voir.

À l'évidence, il y avait eu une petite tempête sur Twitter la veille au soir, concernant Kea. L'élément déclencheur avait été l'arrestation de Wally Cardew, qui avait fait l'objet d'échanges houleux. Des internautes de gauche qui l'avaient toujours méprisé se délectaient de le voir bientôt derrière les barreaux, tandis que ses défenseurs étaient certains qu'il s'agissait d'une erreur et qu'il ne pouvait pas appartenir à un groupuscule terroriste. Cette bataille avait généré les hashtags #IlFautSauverWally et #PasDeCookiesEnPrison. Au milieu de tout ce capharnaüm, quelqu'un avait ressorti de vieux tweets échangés entre Wally et Kea, indiquant qu'ils se connaissaient, et pire encore, qu'ils avaient eu une liaison. Il n'avait pas fallu longtemps pour que le post tumblr de Kea datant de 2010 (« Tous mes amis me disent : "coucher avec son meilleur ami pour se consoler, c'est pas la réponse" et moi je dis "ben ça dépend de la question" ») soit posté sur Twitter, et tous les fans de *Sang d'encre* s'étaient jetés sur Kea avec la férocité d'un alligator affamé.

SangDencre Lizzie @encrelizy00

Oh là là regardez, Kea Niven et ce nazi de Wally Cardew couchaient ensemble ?

> **Wally C** @walCard3w
> Réponse à @notaparrottho
> T'es belle
>
> **Spoonie Kea** @notaparrottho
> Réponse à @WalCard3w
> Toi aussi ♥

22 h 37 10 juin 2015

Loren @l°rygill
Réponse à @encrelizy00
Oh wow. Je l'ai toujours défendue. Mais si c'est vrai…

Moonyspoons @m<>nyspoons
Réponse à @paperwhiteghost @encrelizy00 @l°rygill
Si tu baises un facho, t'es facho #fuckKeaNiven

Johnny B @jbaldw1n1>>
Réponse à @m<>nyspoons @paperwhiteghost @encrelizy00 @l°rygill
Alors t'as dû baiser une baleine #IlFautSauverWally

Bite de Drek @drekscokkk
Réponse à @dickymacD
😂😂😂😂😂😂

À cet instant, la médecin aux cheveux gris réapparut.

Elle dit à Strike ce qu'il savait déjà : que son tendon et son genou étaient mal en point et que seul le repos pouvait les guérir.

— Vous devriez prendre rendez-vous avec votre spécialiste, mais d'ici là, je vous conseillerais de soulager votre jambe pendant quatre semaines. Peut-être six.

— Quatre semaines ?

Il avait parié qu'on lui demanderait de reposer sa jambe pendant huit jours, et avait prévu de diviser ce temps par deux.

— C'est variable, en fonction du patient, mais vous êtes grand. Votre moignon supporte beaucoup de poids. Je vous conseille vivement de prendre rendez-vous avec votre spécialiste pour un examen complet. D'ici là, enlevez votre prothèse, gardez votre moignon surélevé, reposez-vous, appliquez de la glace là où c'est gonflé, et prenez soin de l'extrémité de votre jambe sectionnée, si vous ne voulez pas que la peau se craquelle. Quant à vos spasmes, l'inflammation et la tension musculaire ont pu déclencher une crise de vos symptômes nerveux, mais la prise de sang va nous en dire davantage.

— Et on le saura quand ?

Strike n'avait qu'une envie : quitter l'hôpital avant qu'on ne lui colle plus de sondes ou qu'on le pique.

— Ça ne devrait plus être long. Je reviens quand je les ai.

Elle repartit, laissant Strike se demander s'il avait une carence en calcium. Il mangeait pourtant beaucoup de fromage. Et il ne s'était rien cassé récemment : s'il avait manqué de calcium, il aurait probablement eu des os fracturés lors de ses dernières chutes.

Cette pensée raviva le souvenir d'une chute dans l'escalier quelques années plus tôt, et de la fois où son tendon l'avait lâché en pleine filature, le laissant allongé sur le trottoir. Il pensa à la *junk food* qui constituait l'essentiel de son régime alimentaire, à la toux du fumeur qui l'assaillait chaque matin, et se rappela comment il avait rampé dans le caniveau la veille, ne s'arrêtant que pour récupérer sa cigarette tombée. Il avait envie de rappeler la médecin pour lui dire : « Je sais pourquoi je suis dans cet état. Parce que je ne prends pas soin de moi. Écrivez-le dans mon dossier, et laissez-moi rentrer. »

Pour se changer les idées, il reprit son téléphone et fit défiler les commentaires Twitter sur Kea Niven.

Max R @mreger#5
Réponse à @drekscokkk @dickymacD @marnieb89
Les salopes de gauche prétendent vouloir des pacifistes mais y a que les vrais mecs qui les font mouiller #FuckKeaNiven

---

Max R @mreger#5
Réponse à @bittttededrek @dickymacD @marnieb89
Elle a baisé Wally parce qu'elle savait que c'était un tueur.
C'est ça, une vraie pute.

Le rideau s'ouvrit : la médecin était de retour.

— Alors, vos résultats sont normaux, c'est bien. Il est possible que ces spasmes soient d'origine psychogénique.

— C'est-à-dire ?

— Ils pourraient être causés par des facteurs psychologiques. Vous êtes très stressé, en ce moment ?

— Pas plus que d'habitude. Est-ce que je peux avoir des antidouleurs ?

— Qu'est-ce que vous avez pris ?

— De l'Ibuprofen, mais ils sont aussi efficaces que des Smarties.

— O.K., je vais vous donner quelque chose de plus fort, pour cette semaine, mais ils ne remplacent pas le repos et la glace, d'accord ?

Après le départ de la médecin, pendant que Strike enfilait son pantalon, deux pensées contradictoires se disputaient dans sa tête. Son côté rationnel lui disait que l'enquête sur Anomie était terminée, du moins en ce qui concernait l'agence. Entre un détective immobilisé pendant un mois et une pénurie de collaborateurs, il n'était pas possible d'avancer.

Toutefois, cette indépendance farouche que plus d'une femme dans sa vie avaient taxée d'arrogance lui disait que tout n'était pas fini. Barclay n'avait pas rendu compte de son entrevue avec Paperwhite et il y avait une chance pour que la prochaine visite de Strike à Grant Ledwell, si elle était habilement menée, les conduise à Anomie.

97

Était-ce une mauvaise fille ? Quoi alors ?
Elle se fichait de tout !
Elle n'était pas plus mauvaise que tous ces hommes
À l'air si choqué en public, quand
Ils l'ont forcée à avouer son péché.

Mathilde BLIND,
The Message

Quand Strike se réveilla à huit heures le lendemain matin, il comprit que le whisky qu'il avait bu la veille ne faisait pas bon ménage avec le Tramadol. Il avait mal au cœur, la tête lui tournait, et cela durait encore à onze heures, quand il reçut un appel de Barclay.

— Du nouveau, annonça l'Écossais.

— Déjà ?

Strike, qui était en train de gagner les toilettes à cloche-pied quand le téléphone avait sonné, s'agrippait maintenant à une chaise pour garder l'équilibre.

— Ouais, mais pas ce que tu attendais.

— Nicole n'est pas chez ses parents ?

— Si, si. Je suis avec elle en ce moment. Elle voudrait te parler. Via FaceTime, de préférence.

— O.K. Est-ce qu'elle serait d'accord pour que Robin se joigne à l'appel ?

Il entendit Barclay relayer la question.

— C'est bon, elle veut bien.

— Donne-moi cinq minutes, j'avertis Robin.

Quand Strike l'appela, Robin était toujours en pyjama dans sa chambre oppressante du Z Hotel, même si elle travaillait intensément depuis trois heures. À quoi bon s'habiller puisqu'elle ne quittait pas la pièce ?

— Elle veut nous parler ? Fantastique !

Robin bondit du lit et se débarrassa de sa robe de chambre d'une main.

— Je t'envoie les détails dans deux minutes, lui dit Strike qui n'avait toujours pas eu le temps d'aller aux toilettes.

Robin enfila rapidement un T-shirt et se coiffa pour que Strike ne s'imagine pas qu'elle avait fait la grasse matinée, puis elle se réinstalla sur le lit car il n'y avait pas d'autre endroit où s'asseoir, et ouvrit son ordinateur portable. Pendant ce temps Strike, qui avait la même tête coiffé ou décoiffé, avait troqué sa chemise contre une autre moins froissée, et s'assit à sa petite table de cuisine.

Quand l'appel débuta, Strike et Robin eurent la surprise de se retrouver non seulement face à la beauté préraphaélite qu'était Nicole Crystal, mais également deux autres personnes qui ne pouvaient être que ses parents. Même si aucun des deux n'était roux, sa mère avait les mêmes pommettes saillantes et le même visage en forme de cœur. Quant à son père, avec sa mâchoire carrée, il paraissait aussi furieux qu'escompté, pour un homme qui venait de découvrir qu'une photo érotique de sa fille avait mené deux détectives privés à les contacter.

— Bonjour, dit Strike. Merci d'avoir accepté de nous parler.

— Avec plaisir, répondit joyeusement Nicole.

Son accent était beaucoup moins prononcé que celui de Barclay. Derrière eux, la pièce était d'une élégante sobriété et avait dû coûter très cher.

— Heu… je ne suis pas Papertruc. Paperwhite. Dans ce jeu.

Elle parlait sans la moindre gêne. Elle semblait plutôt intriguée par la situation dans laquelle elle se retrouvait.

— Je ne sais pas comment ma photo a atterri dans ce jeu. Vraiment, aucune idée. Je n'aime même pas *Sang d'encre* !

— D'accord, dit Strike qui ne décelait aucune trace de mensonge dans ce visage joyeux. Mais vous avez entendu parler du dessin animé ?

— Oh oui. J'ai une copine qui est fan.

— Est-ce que cette copine aurait pu avoir accès à vos photos ?

— Non, certainement pas.

— Est-ce qu'elle aurait pu se la procurer à votre insu ?

— Elle aurait dû utiliser mon téléphone, pour ça. Et puis de toute façon elle est catholique pratiquante. Elle est vraiment coincée…

vous voyez, quoi. Elle ne fait pas ce genre de chose. Envoyer des photos nues.

À en juger par l'expression sur le visage du père de Nicole, il aurait bien aimé pouvoir en dire autant de sa fille.

— Cette photo a été prise quand, vous vous rappelez ? demanda Robin.

— Il y a environ… deux ans et demi ?

— Et vous l'avez envoyée à quelqu'un ?

— Oui. À mon ex-copain. On sortait ensemble pendant notre dernière année de lycée, mais ensuite il est parti étudier à la Royal Academy of Dramatic Art, et moi je suis restée ici pour faire les Beaux-Arts.

— Il est acteur ? demanda Strike.

— Il veut le devenir, oui. On a eu une relation à distance pendant un semestre, et je lui envoyais des photos.

Le père de Nicole serrait les mâchoires.

— Comment s'appelle votre ex ?

— Marcus. Marcus Barrett.

— Vous êtes toujours en contact avec lui ? demanda Robin. Vous avez son numéro ?

— Oui, mais… vous n'allez pas l'agresser, hein ? Parce que honnêtement, je ne peux pas imaginer Marcus…

— Donne-lui son numéro, bon sang, intervint le père.

— *Papa*, répliqua Nicole en le regardant de biais. S'il te plaît, ne le prends pas comme ça.

Mr. Crystal donnait l'impression de vouloir le prendre « comme ça » pendant encore très longtemps.

— Marcus a peut-être été piraté, reprit Nicole. C'est arrivé à une de mes copines : ils lui ont piqué des photos sur le cloud. Bon en même temps, son mot de passe est hyperfacile à deviner. Mais je ne vois vraiment pas Marcus publier une photo de moi en ligne. On est toujours amis ! C'est un mec bien.

— Qui de vous deux a rompu ? demanda Strike.

— Moi, mais il l'a bien pris. On vit dans des villes différentes et on est jeunes. Il sort avec quelqu'un d'autre, maintenant.

— Est-ce que Marcus a des colocataires ? demanda Robin cherchant qui pouvait avoir eu accès à cette photo.

— Il partage un appartement avec sa sœur. Elle a quatre ans de plus et elle est adorable. Pourquoi est-ce que Darcy voudrait montrer mes seins à tout le monde ?

Nicole rit. Sa mère dit doucement :

— Nicole, c'est pas drôle.

— Oh si, c'est quand même assez drôle !

Nicole semblait totalement indifférente au fait que toutes les personnes participant à cet appel l'avaient vue à moitié nue. Comme ses parents demeuraient sérieux, elle haussa les épaules.

— Écoutez, je suis artiste. Je ne suis pas aussi pudique que vous.

— Il ne s'agit pas de ça, répliqua son père qui regardait droit vers l'écran plutôt que vers sa fille. En donnant à un homme ce genre de photos, tu lui donnes du même coup le pouvoir de te faire chanter ou de t'humilier.

— Mais je ne me sens pas humiliée. Je suis plutôt sexy sur cette photo. C'est pas comme si j'avais les jambes écartées ou…

— Nicole ! dirent ses parents en chœur sur un ton identique.

— Résumons, reprit Strike. À votre connaissance, la seule personne à avoir jamais vu cette photo, c'est Marcus Barrett, c'est bien ça ?

— Oui. À moins qu'il l'ait montrée à quelqu'un, mais ça m'étonnerait.

— Vous avez dit que vous lui aviez envoyé des photos, au pluriel, poursuivit Strike.

— En effet.

— Est-ce que ces photos se sont retrouvées à des endroits inattendus ?

— Non.

— Il y avait d'autres photos semblables à celle-ci ?

— Plus ou moins. Je crois qu'il y en avait au moins une où j'étais complètement nue.

La mère de Nicole posa brièvement la main sur ses yeux.

— Quoi ? fit Nicole d'un ton agacé. Il était entouré de jolies étudiantes en théâtre. Il fallait bien que je lui donne… je sais pas, quelque chose à se mettre sous la dent !

Elle éclata de rire.

— Désolée, s'excusa-t-elle entre deux gloussements. C'est juste… tout ça est un peu inattendu. Je n'aurais jamais pensé parler à des détectives parce que quelqu'un a fait des bêtises avec mes photos.

— Des bêtises ? répéta son père.

— Tu sais bien papa, se faire passer pour moi en espérant une petite récompense.

— Donc pour être bien clair, reprit Strike, vous n'avez jamais joué à *Drek's Game* ?

— Non, jamais.

— Et vous n'avez jamais échangé avec quelqu'un dont le pseudo est Morehouse ?

— Non, jamais.

— Vous n'avez jamais parlé ou échangé des messages, ni eu aucun contact avec un certain Dr Vikas Bhardwaj ?

Nicole ouvrit la bouche pour répondre, puis hésita.

— Attendez… en fait… attendez deux minutes.

Elle se leva et sortit du champ, suivie du regard par ses parents, nerveux. À présent, Strike et Robin aperçurent Barclay, assis au fond dans un fauteuil. Quelqu'un lui avait préparé un thé.

Nicole revint, portable à la main.

— Il y a un gars qui me suit sur Twitter, expliqua-t-elle en se rasseyant entre ses deux parents. Il like toujours mes tweets, mais je ne le connais pas… il s'appelle Vikas… attendez…

Elle passa en revue ses followers Twitter pendant une bonne minute.

— C'est lui ? demanda-t-elle en tournant l'écran de son portable vers la caméra.

— Oui, confirma Strike. C'est lui. Est-ce que vous lui avez envoyé des messages ou eu un contact direct avec lui ?

— Non. J'ai juste remarqué qu'il likait tous mes tweets et je savais pas pourquoi il me suivait. C'est un scientifique, non ?

Elle baissa les yeux vers le compte de Vikas.

— C'était. Il est mort.

— Quoi ? dirent Nicole et son père en même temps.

Elle avait perdu son air joyeux.

— Il a été assassiné, à Cambridge la semaine…

— Pas l'astrophysicien ? demanda le père de Nicole, atterré. Celui qui était en fauteuil roulant ?

— Exactement.

Il y eut un long silence. Toute la famille regardait la caméra d'un air horrifié.

— Oh ! mon Dieu, finit par dire Nicole.

— Il va falloir qu'on parle à Marcus. Vous pourriez nous donner son numéro ?

— Je… je ne crois pas que je devrais vous donner son numéro avant de lui demander d'abord, répondit Nicole.

Elle paraissait maintenant aussi tendue que ses parents.

— Nicole…, dit son père.

— Je ne veux pas que ça lui tombe dessus sans prévenir ! C'est un ami, papa !

— Il vaudrait vraiment mieux que vous ne l'avertissiez pas, intervint Strike.

Robin savait que Nicole n'allait pas changer d'avis.

— Non, je suis désolée, répondit l'étudiante, c'est impossible que Marcus ait quelque chose à voir avec ça. Impossible. Je ne vous donnerai pas son numéro sans lui dire de quoi il s'agit. C'est non ! lança-t-elle à son père qui s'apprêtait à contester.

Elle se retourna vers Strike et Robin.

— Je vais demander à Marcus de vous appeler, d'accord ? Quand je lui en aurai parlé.

Ils n'avaient pas le choix. Après avoir remercié les Crystal pour leur disponibilité, Strike leur souhaita une bonne journée. Quand ils se furent déconnectés, Strike et Robin se retrouvèrent seuls.

— Merde, lâcha Robin.

— Comme tu dis.

98

Échanges de regards,
De frère à frère étrange ;
Échanges entendus,
De frère à frère suspect.

Christina ROSSETTI,
Goblin Market

Comme Strike ne pouvait pas faire grand-chose, coincé dans son grenier avec un pack de glace appliqué en permanence sur son moignon, il se mit à rechercher Marcus Barrett sur Internet. Même s'il était encore un peu groggy à cause du médicament, il parvint à identifier le compte Instagram de Barrett parce que l'étudiant avait utilisé son nom complet et posté de nombreuses photos de répétitions ainsi que quelques selfies pris devant le bâtiment de son école. C'était un beau jeune homme brun aux yeux noirs, avec des traits qu'un romancier romantique aurait qualifiés de ciselés.

Malgré les certitudes de Nicole qui leur avait assuré que son ex-copain n'aurait jamais partagé ses photos avec d'autres, Strike était sceptique. Après des années à avoir enquêté sur les conséquences désastreuses de relations brisées, sans parler des répercussions néfastes de ses nombreuses ruptures avec Charlotte et la dernière scène peu reluisante avec Madeline, il savait jusqu'où un amant éconduit pouvait aller pour faire souffrir la personne qui l'avait abandonné.

Toutefois, en faisant lentement défiler la page Instagram de Marcus, il trouva une photo datée de décembre et légendée #FêteDeNoël #Retrouvailles #Fettes, où Marcus et Nicole figuraient ensemble. Le détective devait bien admettre qu'ils paraissaient très bien s'entendre, bras dessus bras dessous, heureux au milieu de leur groupe d'anciens camarades.

Par ailleurs, comme l'avait expliqué Nicole, Marcus avait manifestement tourné la page de leur relation. De nombreuses photos le montraient en compagnie d'une blonde aussi belle que Nicole et, à en juger par le nombre de câlins et de baisers affichés, l'attirance était mutuelle. La sœur de Barrett était également taguée dans les photos : brune comme son frère, et tout aussi jolie. On les voyait notamment chanter à un karaoké lors d'une fête, avec les hashtags : #Timber #Pitbull&Ke$ha #BestOf.

Bien que Strike fût tout à fait conscient qu'Instagram ne reflétait pas la réalité d'une existence, il apparaissait que Marcus Barrett avait une vie sociale très active et, à moins que tout ça ne soit du pipeau, il s'amusait bien à Londres. Il y avait des photos de groupes dans des pubs, des restaurants, dans son appartement dont Strike déduisit qu'il se trouvait dans le quartier branché de Shoreditch. Tout comme la famille Crystal, la famille Barrett semblait très aisée : à vingt ans à peine, leurs deux enfants partageaient un appartement qui paraissait plus grand et mieux meublé que celui de Strike.

Une seule série de photos lui donna à réfléchir. En 2013, sans doute peu après sa rupture avec Nicole, Marcus avait visité le cimetière de Highgate avec des amis, et posté des photos de lui posant l'air mélancolique dans un long manteau noir parmi les urnes, les colonnes brisées et les anges éplorés.

— Évidemment, ça pouvait être une visite touristique, dit Strike à Robin quand il l'eut au téléphone le dimanche soir. Il ne faut pas oublier que c'est un site populaire, pas uniquement une scène de crime.

— Il n'a toujours pas appelé ?

Robin avait renfilé son pyjama et était toujours dans sa chambre d'hôtel qu'elle ne pouvait plus supporter, à présent.

— Non. Je redoute un appel paniqué de Nicole et des conversations tout aussi paniquées entre les membres de la famille Crystal.

— Tu penses qu'il va prendre un avocat ?

— Ça ne m'étonnerait pas. Peu de parents voudraient voir le nom de leur fils associé à une affaire de meurtre. Mais je suis sûr d'une chose : ce n'est pas lui qui s'est fait passer pour Nicole dans le jeu. Il suit une formation et, d'après ce que je vois, il passe tout son temps libre à faire la fête. Je pensais que Nicole se montrait naïve, mais je dois dire que je rejoins son point de vue. Ils sont toujours amis, ça ne fait aucun doute. Je ne l'imagine pas se venger d'elle en diffusant sa photo.

— Mais alors qui est Paperwhite ?

— J'y ai réfléchi.

Il tira sur sa cigarette électronique. Il n'avait pas fumé depuis sa visite aux urgences, même s'il avait toujours un paquet de Benson & Hedges à moitié entamé dans la poche de son manteau.

— Je me suis demandé qui était venu en premier : Nicole ou ses photos.

— Tu veux dire que quelqu'un aurait mis la main sur ses photos et serait allé prospecter en ligne pour savoir qui elle était ?

— Exactement, et on sait que c'est possible, puisque c'est ce que tu as fait. Celui ou celle qui a piqué ses photos aurait eu ainsi un personnage tout prêt, parce qu'elle publie beaucoup d'infos personnelles en ligne. Donc si Vikas avait cherché à en savoir plus sur elle, tout se serait vérifié : les études d'art, Glasgow, les photos…

— C'était quand même un risque de se faire passer pour elle, nuança Robin. Et si Vikas avait contacté la vraie Nicole directement ? S'il l'avait appelée, ou lui avait proposé un FaceTime ?

— J'ai pensé à ça aussi. Je ne sais pas si tu as remarqué, mais son ordinateur était très équipé. Il avait peut-être des problèmes d'élocution ? Et la personne qui incarne Paperwhite le savait, et était persuadée qu'il préférait les échanges par écrit.

— Oh ! mon Dieu, c'est horrible, fit Robin en fermant les yeux.

— Oui, mais c'est aussi génial. Paperwhite pouvait proposer à Vikas des échanges réels, elle savait qu'il refuserait. Une manipulation parfaite.

« Il y a autre chose. À en juger par l'Instagram de Marcus, il reçoit beaucoup de gens chez lui. Les photos de Nicole auraient pu se trouver sur plusieurs appareils, si Marcus les synchronisait, et l'un de ces appareils aurait pu être volé ou ouvert sans qu'il le sache. J'ai regardé aussi comment on pouvait pirater l'icloud de quelqu'un. C'est possible, même sans mot de passe.

— Et sur la sœur de Marcus, on a quelque chose ?

— Je n'ai pas trouvé de compte sur les réseaux, donc je ne sais pas ce qu'elle fait dans la vie, mais j'ai remarqué quelque chose : il n'y a pas que des étudiants, sur leurs photos de fêtes. Certains paraissent avoir trente ou quarante ans.

— Ses collègues à elle, d'après toi ?

— Je pense, oui, ce qui suggère qu'elle a aussi une vie assez remplie.

Strike fut pris d'un bâillement. Entre le Tramadol et les heures de recherche Internet, il se sentait prêt à aller au lit.

— Toi, tu avances ? demanda-t-il à Robin.

— J'ai creusé au maximum le compte de Lepine's Disciple et je t'ai tout collé dans un document, mais j'ai aussi jeté un œil à d'autres comptes. Tu sais, ce Max, qui a lancé sur Twitter la rumeur selon laquelle Edie s'était prostituée ? Il m'a abordée en utilisant une technique de Kosh.

— Tous ces trolls se mélangent, pour moi, reconnut Strike.

— Il a posté un tweet mercredi disant que Wally était un tueur.

— Ah oui, je crois avoir vu ça.

— Je me suis intéressée à lui, et je me suis rendu compte qu'il fait partie des quatre comptes qui réagissent toujours aux remarques d'Anomie. C'était difficile à repérer, mais une fois qu'on l'a vu, on remarque que leurs réactions sont toujours coordonnées.

— Comment ça, « coordonnées » ?

Il se frotta les yeux pour rester attentif.

— Eh bien par exemple en 2011 : Lepine's Disciple a accusé Edie d'avoir menti sur la mort de sa mère. Il a cité une phrase d'une interview qu'elle avait donnée, où elle disait que sa mère était « droguée ». Lepine's Disciple a tweeté qu'elle prétendait que sa mère était junkie. Une minute plus tard, Max a posté l'avis de décès de la mère en question, expliquant qu'elle était morte d'un cancer.

— Il avait déjà l'avis de décès sous la main, prêt à poster ?

— Exactement. Ensuite, Anomie a retweeté ces deux publications à ces cinquante mille followers, et c'est après ça qu'un certain Johnny B – qui a aussi essayé de me draguer avec des méthodes de Kosh, d'ailleurs – a posté une photo de la mère d'Edie en se moquant d'elle. Il a été rejoint par Julius « I Am Evola » disant qu'un de ses amis avait entendu Edie prétendre que sa mère était une junkie. Et Anomie a retweeté ça.

« Ces cinq-là ont tout manigancé ensemble, il n'y a pas d'autre explication possible. Ils ont cherché à la faire passer pour une menteuse. Tout ça s'est déroulé en l'espace de quelques minutes seulement. Ils ont dû beaucoup chercher pour dénicher l'avis de décès et la photo ; j'ai vérifié : ils sont disponibles en ligne, mais pas évidents à trouver. Ils ont coordonné pas mal d'attaques de ce genre. Il y a autre chose : ils se répondent les uns aux autres, avec des répliques de Kosh.

— Comment ça ?

Strike luttait pour se concentrer.

— Lepine's Disciple ou Julius va dire quelque chose d'odieux à une fille, puis Max R ou Johnny B va intervenir en prétendant les avoir dénoncés. Mais tout ça est mis en scène, parce qu'ils sont manifestement amis. Lepine's Disciple et Julius ont été suspendus quelque temps pour avoir harcelé des filles, mais ils sont toujours revenus.

— Ils ont potentiellement sacrifié leurs comptes Twitter pour que leurs potes puissent utiliser des répliques de Kosh avec des filles ?

— Oui. C'est comme… je ne sais pas… comme une équipe.

— Une idée de leurs véritables identités ?

— Non. Pas de localisation et ils ne disent pas grand-chose sur leurs vies. Ça m'a poussée à m'interroger sur Anomie. J'imaginais quelqu'un d'assez aigri et solitaire, mais il est clairement capable d'inspirer la sympathie et l'admiration, même si ça se limite à un petit groupe de gars fort désagréables.

— Vikas Bhardwaj avait l'air d'être un mec bien. Il connaissait Anomie, et ça ne l'a pas empêché d'être longtemps de son côté.

Ils restèrent un instant silencieux. Robin fixait l'écran de télé noir fixé au mur, et Strike vapotait à sa table de cuisine, épuisé.

— Le nouveau mobilier du bureau sera livré demain, c'est ça ? demanda Robin.

— Oui, dans l'après-midi. Le soir, je vois Grant Ledwell. Je voulais te demander si tu pouvais m'y conduire.

— Avec plaisir. Je deviens dingue à rester enfermée dans cette chambre. Je peux venir au bureau dans l'après-midi pour aider à tout installer, et on partirait directement de là-bas ?

Sentant que Strike hésitait, elle ajouta :

— Écoute, si Le Halvening sait où je suis, ils ont eu largement le temps de venir frapper à ma porte sous un faux prétexte. Ça m'étonnerait qu'ils me poignardent sur le trajet entre l'hôtel et le bureau, c'est à dix minutes. Et ce sera en plein jour, dans une rue passante.

— D'accord, ça marche, tu peux venir à quatorze heures.

Sur ce, ils raccrochèrent. Strike resta assis encore quelques minutes, éreinté, somnolent, mais redoutant de se lever pour aller au lit. Son carnet était ouvert à côté de son ordinateur, avec l'adresse email que Yasmin lui avait donnée pour Anomie, mais il ne l'avait pour l'instant pas utilisée. Contrairement à Yasmin, Anomie était intelligent : il se méfierait d'un inconnu.

Assis dans un nuage de vapeur nicotinée, avec un morceau de lune qui apparaissait au carreau de sa fenêtre, Strike posa les yeux sur l'exposé de Jack consacré à la bataille de Neuve Chapelle, toujours affiché sur le placard de sa cuisine.

Même si le village avait été repris aux Allemands, un très grand nombre de soldats avaient péri, non seulement à cause d'un manque de munitions et d'une mauvaise communication, mais aussi parce qu'un millier d'entre eux avaient essayé de franchir les barbelés encerclant les tranchées ennemies.

Légèrement abruti par le Tramadol, Strike essaya d'analyser l'affaire Anomie en termes militaires. Leur cible, pour l'heure insaisissable, était encerclée de ce même barbelé : la forteresse numérique construite par Vikas Bhardwaj dans le jeu, doublée de ces quatre trolls qui le protégeaient.

Quelle était la leçon à tirer de Neuve Chapelle ? *Coupez les barbelés avant d'envoyer vos troupes.*

Strike bâilla de nouveau, trop fatigué pour pousser l'analogie plus loin et, en grimaçant par avance, se leva de sa chaise.

Pendant ce temps, au Z Hotel, Robin était déjà au lit, mais son cerveau refusait de décrocher, il passait d'une idée à l'autre et échafaudait des théories comme s'il s'agissait de châteaux de cartes, en lui envoyant des images aléatoires. Après avoir cherché le sommeil pendant vingt minutes, elle ralluma sa lampe de chevet, s'assit et ouvrit son carnet à la dernière page qu'elle avait écrite, là où elle avait listé les noms des utilisateurs de quatre comptes utiles à Anomie, et solidaires ensemble.

Au bout d'un moment, sans trop savoir pourquoi elle faisait cela, elle prit un stylo sur sa table de chevet et écrivit un cinquième nom : Zoltan. Le tout premier ami virtuel de Rachel, dont la jeune fille pensait qu'il avait ensuite adopté une autre identité en ligne... Laquelle, déjà ? Robin visualisait une image d'Harlequin.

Elle prit son ordinateur qui chargeait à côté du lit et tapa « Harlequin ».

— Scaramouche ! dit-elle à voix haute après la lecture d'un article sur les personnages de la Commedia dell'Arte.

Scaramouche était un clown : malicieux, crâneur et fondamentalement lâche, c'était un étrange choix de pseudonyme pour attirer les jeunes femmes dans son lit. Elle écrivit Scaramouche sous Zoltan, sans savoir davantage pourquoi. Elle scruta ces six noms, puis reprit son ordinateur.

99

On ne sait jamais à quelle hauteur nous sommes
Jusqu'à ce qu'on nous demande de nous élever…

Emily DICKINSON,
Aspiration

— Si vous n'avez rien à dire, arrêtez d'appeler ! grogna Pat à l'accueil.

Il était treize heures trente, le lundi suivant, et Strike, assis dans son bureau, ses béquilles appuyées contre le mur, mangeait des biscuits tout en traitant l'avalanche d'emails reçus dans sa boîte de réception.

— Même numéro ? Juste un bruit de respiration ?

— Cette fois-ci, j'ai pas entendu de respiration, dit Pat en approchant de la porte séparant les deux pièces, cigarette électronique à la main.

Derrière elle, l'accueil était quasiment vide à l'exception d'un téléphone posé par terre et de piles de dossiers que Pat triait avant de les ranger dans les nouveaux meubles.

— Juste du silence. Un plaisantin.

— Je rappellerai peut-être le numéro quand j'aurai terminé ça.

Il lisait un email du propriétaire, selon lequel l'explosion justifiait une augmentation de loyer, opinion que ne partageait pas Strike.

— Tout va bien ?

— Oui, pourquoi ça n'irait pas ? rétorqua Pat avec méfiance.

— Le retour ici, après ce qui s'est passé.

— Ça va. Ils les ont tous arrêtés, non ? Et j'espère qu'ils vont jeter la clé de leur cellule !

Elle retourna à ses dossiers.

Strike, lui, se replongea dans son email. Quelques minutes plus tard, après avoir rédigé une réponse polie mais ferme, à leur propriétaire, il commença à écrire un compte rendu des avancées, destiné à Allan Yeoman. Il essayait encore de formuler son premier paragraphe de façon à suggérer qu'ils progressaient, sans pour autant donner de détails, quand il entendit Pat dire :

— Vous n'êtes pas censé travailler aujourd'hui.

Pensant que c'était Robin qui était en avance, Strike leva les yeux, mais ce fut Dev Shah qui apparut dans l'encadrement de la porte. Il arborait un large sourire.

— Je les ai eus. Fingers et sa chère maman.

— Sérieusement ?

Strike était ravi d'abandonner la rédaction de messages.

— Oui. J'ai papoté avec elle hier soir au Connaught Bar. Elle y était avec sa sœur. Ou une femme qui a le même chirurgien esthétique.

Dev sortit son portefeuille, en tira une carte de visite joliment décorée portant le nom d'Azam Masoumi, « Marchand d'antiquités et d'objets d'art ».

— Mr. Masoumi vend des objets précieux pour ses clients, expliqua Dev, et sa commission n'a rien à voir avec celles des grandes maisons de vente.

— Comme c'est généreux de sa part. J'imagine qu'il travaille en toute discrétion.

— Il y met un point d'honneur. Certains de ses clients vendent des objets de valeur et n'ont pas envie que ça se sache. Mr. Masoumi comprend très bien cela.

— Ça a marché ?

— À grand renfort de cocktails offerts par moi aux deux sœurs. Et il a fallu que je devine l'âge de la mère de Fingers, auquel j'ai soustrait une quinzaine d'années, évidemment. Quand le bar a fermé, elle m'a invité à poursuivre chez son fils.

— Il était là ?

— Non, et tant mieux, parce qu'il n'aurait sans doute pas trop apprécié le comportement de sa mère.

— Elle était d'humeur folâtre ?

— On peut le dire. Quand j'ai commencé à lever le camp, elle a essayé de me retenir en me montrant un coffret Fabergé et une tête d'Alexandre le Grand, cadeaux de son mari dont elle est séparée, a-t-elle expliqué.

— Ils vont être plus que séparés quand il apprendra ça. Tu as pris des photos ?

— Oui.

Il montra à Strike la photo des deux objets sur son portable. Ensemble, ils valaient plus d'un million de livres.

— Tu as réussi à t'échapper vivant ?

— In extremis, en lui promettant un dîner ce soir.

Strike se leva sur une jambe et lui tendit la main.

— Tu viens de gagner le titre d'employé de la semaine.

— Je vais recevoir un diplôme ?

— Je demanderai à Pat de t'en imprimer un quand elle recevra son ordinateur.

— La jambe fait des siennes ? demanda Dev en remarquant le pantalon de Strike.

— Ça va aller.

Strike se rassit lourdement.

— Où sont les autres ?

— Barclay rentre de Glasgow en ce moment même, il a fait un saut chez ses parents. Midge est en repos, et Robin va arriver, en même temps que notre nouveau mobilier.

— Tu veux que je reste donner un coup de main ?

— Non, tu as bien mérité du repos. J'ai prévu de filer un billet aux livreurs s'il y a des éléments à assembler.

Robin arriva dix minutes après le départ de Dev. Elle fut aussi ravie que Strike d'apprendre que l'affaire Fingers était résolue, mais choquée par l'état de son associé. Il avait le teint grisâtre, les yeux injectés de sang et une barbe de deux jours. Elle s'abstint néanmoins de commentaire et se contenta de brandir la clé USB qu'elle avait apportée.

— Quand l'imprimante arrivera, je pourrai te montrer tout ce que j'ai sur la petite troupe de trolls d'Anomie. Qu'est-ce que tu fais ?

— J'essaie d'écrire un email à Allan Yeoman, mais on ne peut pas éternellement parler d'« avancées prometteuses » sans en décrire aucune.

— Avec un peu de chance, Grant Ledwell parlera, ce soir.

— Il a intérêt. Sinon je vais devoir trouver une façon positive de dire « l'enquête est foutue ».

Les premiers meubles arrivèrent à quinze heures et ils passèrent les deux heures suivantes à ranger les dossiers, assembler le bureau de Pat, installer le nouvel ordinateur et l'imprimante, et déballer le nouveau canapé, qui était en tissu rouge.

— Tu ne voulais plus de simili cuir ? demanda Robin.

Avec l'aide de Pat, elle poussa le canapé à sa place, sous l'œil attentif de Strike qui, avec ses béquilles, était frustré de ne pas pouvoir les aider.

— J'en avais assez que l'ancien fasse des bruits de pets à chaque mouvement.

— Celui-ci va se tacher rapidement, jugea Pat.

Elle alla s'installer à sa nouvelle chaise de bureau.

— Mais celle-là, elle est meilleure que l'ancienne.

— Ça valait presque le coup de recevoir une bombe, non ? lança Strike.

Entre le nouveau mobilier et les murs repeints, l'accueil n'avait jamais été aussi élégant.

— Quand est-ce qu'ils vont remplacer le carreau ? demanda Pat en pointant la partie supérieure de la porte d'entrée, toujours barricadée de planches de bois. J'aime bien voir qui arrive. Ça permet de se préparer.

— Le vitrier vient à la fin de la semaine, répondit Strike. Je ferais bien de finir ce mail à Yeoman.

Il retourna au bureau en s'appuyant sur ses béquilles. Robin venait d'imprimer ses recherches sur Lepine's Disciple et ses amis quand le téléphone du bureau sonna de nouveau.

— Strike Detective Agency, annonça Pat.

Elle écouta quelques secondes, puis demanda :

— Qu'est-ce que vous voulez ? Si c'est un canular…

— Le même numéro ? demanda Strike qui était réapparu à la porte entre les deux pièces. Je m'en charge.

Mais Pat, qui était passée de l'agacement à la suspicion, couvrit le combiné pour lui dire :

— Elle demande Robin.

Robin mit l'imprimante en pause et tendit la main, mais Pat murmura en regardant toujours Strike :

— Je pense que c'est une dingue.

— Pat. Passez-la-moi, dit Robin.

La secrétaire s'exécuta à contrecœur.

— Allô ? Ici Robin Ellacott.

Une voix lui murmura à l'oreille :

— C'était vous, Jessica ?

Robin croisa le regard de Strike.

— Qui êtes-vous ?

— C'était vous ?

— Comment vous vous appelez ?

Elle entendit la fille respirer rapidement, comme terrorisée.

— Est-ce qu'on se connaît ? demanda Robin.

— Oui. Je crois. Si vous étiez Jessica.

Robin posa la main sur le combiné et dit à voix basse :

— C'est Zoe Haigh. Elle veut savoir si j'étais Jessica.

Strike hésita, se demandant si cela valait le coup, puis il hocha la tête. Robin ôta sa main.

— Zoe ?

— Oui. Je… je…

— Est-ce que tout va bien ? Il s'est passé quelque chose ?

— J'ai peur.

— Pourquoi ?

— S'il te plaît… Tu peux venir ?

— Bien sûr. Tu es chez toi ?

— Oui.

— Très bien. Ne bouge pas. J'arrive aussi vite que possible.

— O.K. Merci.

Elle raccrocha.

— Elle veut me voir, annonça Robin en consultant sa montre. Ce serait peut-être mieux que tu prennes un taxi jusqu'à chez Grant et…

— Certainement pas ! Et si c'était un piège ? Elle est peut-être l'appât, et Anomie t'attend tranquillement.

— Dans ce cas, on découvrira enfin qui c'est.

Elle relança l'imprimante.

— Juste avant qu'il t'égorge, c'est ça ?

Pat regardait alternativement les deux associés, comme si elle assistait à un match de tennis.

— Zoe habite au deuxième étage, répliqua Robin sans le regarder.

— Et comment tu crois que je suis monté jusqu'ici ? En lévitant ?

Il ne mentionna pas qu'il avait fait la plus grande partie de cette ascension sur les fesses.

— Strike, je ne pense vraiment pas que Zoe m'attire dans un traquenard.

— Tu ne pensais pas non plus trouver Vikas Bhardwaj égorgé.

— C'est marrant, rétorqua-t-elle en se tournant brusquement vers lui, parce que je me rappelle pas non plus que tu l'avais anticipé.

— La différence, dit Strike qui perdait patience, c'est que j'ai retenu la leçon. Je t'accompagne. Si on part maintenant, on aura largement le temps d'arriver chez Ledwell avant vingt et une heures.

Quand Strike disparut dans le bureau pour récupérer son téléphone et son portefeuille, Pat murmura de sa voix rocailleuse :

— Il a raison, vous savez.

— Non, répliqua-t-elle en prenant ses impressions ainsi qu'une chemise en plastique sur les étagères derrière Pat. S'il essaie encore de donner un coup de poing à quelqu'un ou qu'il tombe dans l'escalier, il sera hors service pendant…

Elle s'interrompit au moment où Strike réapparut.

— Prête ?

Robin comprit, à l'expression de son associé, qu'il avait tout entendu.

100

Mais un furieux courage s'assoit là triomphant
Grandeur farouche d'un fier désespoir ;
De ses malheurs s'élève un esprit audacieux,
Plus puissant que la mort, indomptable par le destin.

Felicia HEMANS,
The Wife of Asdrubal

Les deux détectives restèrent silencieux pendant les dix premières minutes de leur trajet jusqu'à Junction Road. Strike en voulait à Robin de le considérer comme un poids et non comme un atout. Toujours sensible à l'humeur de son associé, Robin trouvait ce silence pesant, et pendant tout le début du trajet, elle essaya de rassembler son courage pour briser la glace, à l'aide des mots justes.

À un feu rouge, tout en fixant la route des yeux, elle finit par lâcher :

— Un jour tu m'as dit qu'on devait être honnête l'un envers l'autre, sinon on était foutus.

Strike resta silencieux jusqu'à ce que le feu passe au vert et qu'ils redémarrent.

— Et alors ?

— Tu m'as dit que tu t'inquiétais davantage pour moi quand j'étais seule que si j'avais été un homme, parce que je n'avais pas autant de chances de m'en sortir, en cas de violence.

— Exactement. Ce qui explique pourquoi…

— Je peux finir ?

Son ton était posé, mais son cœur battait la chamade.

— Vas-y.

— Tu m'as dit aussi que je devais soigner mes crises de panique, parce que si je foirais et que je souffrais de nouveau, tu ne voulais pas l'avoir sur la conscience.

Strike, qui savait exactement où elle voulait en venir, afficha un air que Robin, si elle avait pu le voir, aurait qualifié de buté.

— Je ne t'ai jamais fait la leçon sur ton hygiène de vie. Pas une seule fois. C'est ta vie, ton corps. Mais quand tu m'as conseillé de consulter un psy, tu as ajouté que je ne serais pas la seule à devoir assumer les conséquences si je me faisais tuer.

— Et alors ?

Un mélange de masochisme et de sadisme le poussait à vouloir qu'elle explicite. De plus en plus agacée, Robin reprit :

— Je sais que tu souffres. Tu as une mine affreuse.

— Merci. J'avais bien besoin de ça.

— Oh ! bon sang ! Tu ne laisserais personne bosser dans cet état ! Comment est-ce que tu penses te défendre, ou me défendre, si… ?

— Alors je suis un frein pour ma propre agence, c'est ça ?

— Ne me fais pas dire ce que j'ai pas dit ! Tu sais très bien ce que j'entends par là !

— Oui, que je suis un infirme de quarante ans que tu préférerais laisser dans la voiture…

— Qui a parlé de ton âge ?!

— Pendant que toi, tu vas sauter joyeusement…

— « Joyeusement » ? Tu peux pas être encore plus donneur de leçons ?

— … dans une embuscade…

— J'ai pris ça en compte et…

— Oh, t'as pris ça en compte ? Ça t'empêchera sans doute de te faire trancher la gorge dès que t'entreras dans cet appartement !

— BORDEL DE MERDE, STRIKE ! hurla-t-elle en frappant le volant des deux mains, relâchant enfin la tension qu'elle portait en elle depuis l'explosion. JE VEUX PAS QUE TU Y LAISSES TA SANTÉ ! Je sais que tu te sens, comment dire… *émasculé* par le fait d'avoir des béquilles, mais…

— Non, c'est faux.

— C'est toi qui parles d'honnêteté mais tu n'es pas honnête, pas avec moi, ni avec toi ! Tu sais très bien pourquoi je te dis ça : je ne veux pas te perdre ! Tu es content ?

— Non, je suis pas content.

C'était à la fois vrai et faux : quelque part au fond de lui, il avait entendu ses paroles et elles avaient allégé un poids dont il ignorait l'existence.

— Je pense qu'on a affaire à un tueur en série.

— Moi aussi ! répliqua Robin, furieuse qu'il n'accepte pas des propos qui lui avaient tellement coûté. Mais je connais Zoe, pas toi !

— Tu la connais ? Tu as marché avec elle une fois pendant vingt minutes.

— Parfois, vingt minutes, ça suffit ! Elle était terrifiée au téléphone, et je ne pense pas qu'Anomie lui avait mis un couteau sous la gorge. Elle a peur parce qu'elle est sur le point de le trahir ! Je sais que tu me prends pour une naïve sans jugeote qui court « joyeusement » vers tous les dangers…

— Ce n'est pas ce que je pense. Vraiment pas.

Le silence revint dans la BMW. Strike réfléchissait à ce qu'il venait d'entendre. *Je ne veux pas te perdre.* Est-ce qu'une femme aurait dit ça à l'homme qu'il craignait, à ses heures sombres, d'être devenu ? Un quadragénaire obèse et amoché, qui n'avait plus qu'une jambe, fumait comme un pompier, qui était persuadé d'être attirant et compétent, s'imaginant être toujours le fringant boxeur amateur qui, avec ses tablettes de chocolat, pouvait séduire les plus belles femmes de l'université d'Oxford ?

Robin, elle, ne se sentait pas soulagée. Bien au contraire, elle se sentait vulnérable et fragilisée, parce qu'elle venait de formuler des paroles retenues en elle depuis longtemps. Elle craignait que Strike surinterprète ce « Je ne veux pas te perdre », alors qu'elle redoutait surtout les conséquences catastrophiques qu'il pouvait infliger à sa jambe en la suivant chez Zoe. Elle avait peur qu'il la perce à jour, devine en elle des sentiments qu'elle refusait elle-même d'admettre.

Au bout de quelques minutes, elle déclara, sur un ton qu'elle voulait calme et professionnel :

— Cette agence, c'est toi. Sans toi, elle ne serait rien. Je ne t'ai jamais conseillé de te reposer, d'arrêter de fumer ou de manger mieux. Ça ne me regardait pas, mais maintenant si. J'ai un boîtier d'appel d'urgence dans mon sac et, s'il y a quelqu'un chez Zoe quand j'arrive, j'avertirai cet éventuel agresseur que je ne suis pas seule. Tu as l'air assez méchant, même assis dans une voiture. Il suffira qu'il regarde par la fenêtre pour réfléchir à deux fois avant de s'en prendre à moi sachant que tu es là. Mais tu ne seras pas capable de monter cet escalier sans te mettre en danger, et je me ferais plus de souci pour toi que pour moi, si quelqu'un nous attaquait.

Strike ne répondit rien, parce qu'il traversait cette phase humiliante où l'on est forcé de reconnaître sa propre hypocrisie et ses illusions. Si leur ennemi avait un couteau, il deviendrait totalement inutile.

— Tu as réellement pris ton alarme ?

— Oui, répondit Robin en bifurquant dans Junction Road. Parce que je ne suis pas complètement écervelée…

— J'ai jamais dit ça. Bon, je vais patienter dans la voiture. Mais tu m'appelles dès que tu es là-haut. Si je n'ai pas de nouvelles d'ici cinq minutes, je monte.

— Très bien.

Ils passèrent devant le magasin de jouets, et l'immeuble de Zoe se dessina lentement. Robin se gara dans Brookside Lane.

— En attendant, tu peux jeter un œil à tout ça, lui dit-elle en lui donnant la chemise plastique contenant les documents imprimés. J'ai passé beaucoup de temps là-dessus hier soir. Ce serait bien que quelqu'un le lise.

Quand elle détacha sa ceinture de sécurité, Strike lui lança :

— Tu fais attention, hein ?

— Oui, répondit-elle sur un ton ferme en sortant de la voiture.

101

Mes hommes et femmes aux vies dissolues…
Ils brisèrent les masques de cire que je leur fis porter,
Leur vrai visage tout contorsionné –
Ils me maudirent pour ma tyrannie.

Elizabeth Barrett BROWNING,
Aurora Leigh

Avec son odeur de crasse et d'urine rance, la cage d'escalier de l'immeuble de Zoe ne parut pas moins déprimante à Robin que la première fois. En montant l'escalier en béton, elle prit dans son sac le boîtier d'appel d'urgence qu'elle portait constamment sur elle, et le garda à la main.

Parvenue au dernier étage, elle frappa à la porte de Zoe.

Celle-ci ouvrit immédiatement. L'expression que Zoe avait sur le visage aurait pu suggérer qu'elle avait devant elle la Mort en personne. Mais Robin avait raison : Zoe était seule dans la pièce, émaciée et terrifiée, les yeux cernés. Elle dévisagea Robin qu'elle voyait maintenant sans déguisement.

— Je peux entrer ?

— Oui.

Zoe recula. Sa chambre contenait un lit recouvert d'un fin plaid en coton noir parsemé d'étoiles blanches sur lequel était posé un vieil ordinateur portable. Un rideau rose pendait mollement devant la fenêtre et une plaque électrique à deux feux était posée sur un réfrigérateur qui semblait dater des années quatre-vingt, à côté d'un petit évier mal fixé au mur. Il n'y avait pas de placards, seulement des étagères. Une casserole et deux boîtes de soupe allégée occupaient l'étagère au-dessus du frigo ; sur celle qui dominait le lit, du maquillage bon marché, un déodorant, des crayons et des stylos ainsi qu'un calepin. La maigre garde-robe de Zoe, intégralement noire, était pliée et empilée dans un coin. Il restait un mètre carré disponible, recouvert d'une moquette vert clair tachée.

Toutefois, Robin ne remarqua rien de tout ça en pénétrant dans la pièce, parce que son attention fut attirée par les murs et le plafond, couverts de dessins réalisés au crayon et à l'encre noire. Ils étaient extrêmement détaillés et révélaient un furieux besoin de créer. Et surtout un tel talent qu'elle en ressentit un choc.

— Waouh, dit-elle doucement en parcourant les murs des yeux. Zoe… c'est incroyable…

Le visage de Zoe s'éclaira brièvement.

— Il faut que je passe un rapide coup de fil, murmura Robin. Aucune inquiétude à avoir, ajouta-t-elle en voyant la jeune fille un peu anxieuse. Ensuite, on pourra parler.

Elle appela Strike.

— Zoe est là.

— Seule ?

— Oui.

— Très bien. Bonne chance.

Robin raccrocha, puis enclencha sans rien dire le dictaphone de son téléphone avant de le remettre dans son sac.

— Tu veux t'asseoir ? murmura Zoe.

— Oui, merci.

Elles s'assirent toutes les deux sur le lit.

— Pourquoi tu voulais me voir, Zoe ?

— Parce qu'Anomie, vous savez, celui qui a créé *Drek's Game* ? Il a dit qu'il allait te tuer, toi et ton associé. Il a dit qu'il allait vous envoyer rejoindre Ledwell et Blay. Il m'a montré des photos de toi qu'il a trouvées dans le journal l'autre jour, c'est là que j'ai compris que tu étais Jessica. Je sais que j'ai embêté le monsieur du standard, à ton bureau, mais je raccrochais à chaque fois parce que j'étais morte de peur. Mon copain m'a dit que je devais pas te contacter, que j'allais avoir des problèmes, mais j'étais obligée, parce que je crois qu'il a tué Edie.

— Tu crois que ton copain a tué Edie ?

— Non ! Pas lui ! Anomie ! J'ai parlé avec cette fille qui s'appelle Paperwhite dans le jeu et…

— Est-ce qu'elle est dans *Drek's Game* en ce moment ?

Zoe parut étonnée que Robin sache immédiatement de qui il s'agissait.

— Zoe, est-ce que je pourrais lui parler, s'il te plaît ? Ne t'inquiète pas. Elle ne saura pas que ce n'est pas toi.

— Mais tu sais pas comment…

— Je connais très bien le jeu. Je suis Buffypaws. Du moins, depuis quelques mois.

— Tu es Buffypaws ? C'est à toi que je parlais ?

— Exactement.

Bouche bée, Zoe tourna son ordinateur pour que Robin puisse voir le canal des modérateurs, ainsi qu'un canal privé sur lequel Worm28 et Paperwhite discutaient. Robin remonta rapidement en arrière pour voir le début de la conversation.

<Canal des modérateurs>

<15 juin 2015 17 h 47>

<Présents : BorkledDrek, Worm28, Anomie>

BorkledDrek : mais pourquoi ?

Anomie : parce qu'à partir de maintenant, je veux que toutes les conversations restent sur le canal des modérateurs

BorkledDrek : Morehouse a pas laissé un manuel d'instructions ou un truc comme ça ?

BorkledDrek : je sais pas comment supprimer les canaux privés

Anomie : tu m'as dit que tu savais coder putain

BorkledDrek : c'est vrai

BorkledDrek : mais là c'est un autre niveau

<Canal privé>

<15 juin 2015 17 h 47>

<Présents : Paperwhite, Worm28>

Worm28 : mais si c'est lui qui l'a fait ?

Worm28 : s'il plaisante pas ?

Paperwhite : dis pas n'importe quoi, évidemment qu'il a pas fait ça

Worm28 : comment tu le sais ? il dit toujours que c'est lui

Paperwhite : je sais qui est Anomie et il aurait jamais pu faire ça

Worm28 : tu sais qui est Anomie ?

>

>

Paperwhite : oui

Paperwhite : t'as pas dit à tout le monde

BorkledDrek : en plus les joueurs aiment bien les canaux privés

Anomie : ils en ont abusé donc fais ce que je te dis

>

qu'Anomie avait tué Ledwell j'espère ?

Worm28 : non

Worm28 : bien sûr que non

>

— Tu étais en train de dire que d'après toi, c'est Anomie qui a tué Edie ?

Zoe hocha la tête.

Robin s'installa face au clavier en se souvenant de reproduire la ponctuation particulière de Zoe, alors que Paperwhite se remettait à parler.

>

>

>

>

Anomie : les gens aiment toutes sortes de conneries. Fais juste ce que je te dis

>

>

>

BorkledDrek : faut que j'y aille

<BorkledDrek a quitté le canal>

>

>
>

Anomie : Worm ?

Paperwhite : bien. Parce qu'Anomie sera super en colère s'il apprend que tu l'as dit

Worm28 : j'ai rien dit

Worm28 : c ' est Morehouse qui t'a dit qui était Anomie ?

Paperwhite : non, anomie lui-même

Worm28 : sérieux ? ?

Paperwhite : oui, on est devenus proches

Worm28 : waouh. Je pensais que tu lui en voudrais d'avoir viré Morehouse

Paperwhite : Morehouse était un connard

Paperwhite : bon débarras

>

>

Worm28 : salut

Anomie : tu parles avec qqn sur un canal privé là ?

Worm28 : je croyais que vous étiez amis

Paperwhite : non quand j'ai appris à le connaître j'ai compris qu'il était bizarre

>

Robin n'allait pas faire la même erreur deux fois.

Worm28 : oui, avec Paperwhite

Anomie : et ça t'ennuierait si je pouvais voir ce que vous dites ?

Worm28 : non

Anomie : vraiment ?

Worm28 : oui

>

>

>

Paperwhite : haha, t'es dans la merde maintenant

>

Paperwhite : menteuse

À ce moment, Robin s'interrompit pour regarder les deux canaux, et son cœur s'accéléra.

Worm28 : c'est marrant

Worm28 : Paperwhite et toi, vous parlez jamais en même temps

>

>

>

<Worm28 a été exclu>

>

>

>**Worm28** : marrant, non ?

>

>

<Worm28 a été exclu>

Robin referma lentement l'ordinateur.

— Qu'est-ce qui s'est passé ? demanda Zoe, anxieuse.

— Malheureusement, Worm28 a été exclu.

— Oh non ! murmura-t-elle en se plaquant les mains sur le visage.

Elle regarda Robin à travers ses doigts écartés.

— Oh merde ! Il est en colère ? Tu lui as répété ce que j'avais dit, au sujet du meurtre… ?

— Je n'en ai pas eu besoin. Tu parlais à Anomie depuis le début. Anomie et Paperwhite sont la même personne.

— Quoi ? Oh ! mon Dieu… Non ! Il va venir me chercher… Il va venir… Il va me…

Zoe se leva, paniquée, comme si elle allait prendre ses quelques affaires et déguerpir.

— Zoe, assieds-toi. Assieds-toi ! Je peux t'aider. Je te le promets, mais il faut que tu me dises ce que tu sais.

Elle se rassit sur le lit et regarda Robin de ses immenses yeux enfoncés dans leurs orbites. Elle finit par dire à voix basse :

— Anomie est la personne à laquelle tu penses.

— À laquelle je pense, moi ?

— Oui, dit Zoe en laissant rouler les larmes sur ses joues. C'est pour ça que tu lui as parlé avec ton déguisement, non ? Si j'avais su, je me serais jamais approchée de lui…

— Zoe, tu parles de Tim Ash…

— Non ! s'écria-t-elle. Bien sûr que non !

— Écoute, je sais que Tim et toi vous avez… une relation.

Elle avait hésité à qualifier de relation la façon dont Tim exploitait cette fille complètement paumée.

Zoe se décomposa, et Robin fut de nouveau frappée par son apparence jeune et vieille à la fois : la fragilité de son squelette et sa façon enfantine de s'essuyer les yeux du revers de la main.

— Il va tout arrêter maintenant, sanglota-t-elle. Il va être furieux que tu sois au courant. Il va penser que c'est moi qui te l'ai dit.

Sur ces mots, elle consulta l'heure sur son téléphone.

— Est-ce qu'il doit venir ? lui demanda Robin.

— Oui. Il voulait venir parce que je lui ai dit que j'avais envie de te contacter. Il était pas d'accord. Il a toujours peur de la police et tout ça.

Tu m'étonnes.

— Il ne veut pas qu'on enquête sur la mort d'Edie ? C'était son amie, non ?

— Il veut qu'on arrête le tueur, mais… il pense que les gens ne vont pas comprendre notre relation, alors il aime pas que je parle à des inconnus… Ça l'a vraiment énervé quand j'ai commencé à travailler à North Grove… mais c'est pas lui qui a commencé avec moi… c'est l'inverse. C'est pas de sa faute. C'est moi qui l'ai embrassé en premier.

— Tu avais quel âge ?

— Treize ans, et il voulait pas à cause de mon âge. C'est moi qui ai commencé. C'est de ma faute, pas celle de Tim.

— Tu l'as forcé, alors ?

— Non… il m'a dit qu'il était amoureux de moi mais qu'il pouvait pas à cause de mon âge et j'ai dit qu'on s'en fichait. Il voulait rien de physique. C'est moi qui ai insisté.

— Tu as dit à Tim que tu pensais qu'Anomie avait tué Edie ?

Zoe acquiesça, les larmes roulant sur ses joues.

— Tu lui as dit qui était Anomie, d'après toi ?

— Oui, mais il pense que c'est n'importe quoi.

— Zoe, s'il te plaît, dis-moi qui…

— Mais je pensais que tu savais, que tu étais à North Grove pour ça !

— Tu penses que c'est Pez Pierce ?

— Non, murmura Zoe. C'est Nils.

102

... et puisque tu te révèles si vil,
Oui, vil, dis-je – nous allons le montrer...
Tu as piégé la pauvre Marian Erle,
Et envoyé son amour creuser sa propre tombe
Dans le jardin bien vert de son espoir...

Elizabeth Barrett BROWNING,
Aurora Leigh

Dans la BMW, Strike venait de finir les notes de Robin sur les quatre comptes Twitter qui avaient aidé Anomie à répandre de fausses informations sur Edie Ledwell. Il baissa la vitre, tira longuement sur sa vapoteuse et revint aux pages qu'il trouvait les plus intéressantes.

Les quatre comptes qualifiaient Anomie de « brillant » et de « génie » ; à l'inverse, ils décrivaient Edie comme une « salope », une « putain » et une fille « intéressée ». Ils suggéraient tous qu'elle avait laissé tomber Anomie qui était son ami, ou bien qu'ils avaient couché ensemble, par le passé.

Strike tourna une nouvelle page. Sous le titre « Encore les Beatles », Robin avait collé un autre tweet.

Julius @i_am_evola
Réponse à @rachledbadly

Pas si j'avais ta gueule. Il va se demander pourquoi Ringo Starr a débarqué chez lui avec une jupe

21 h 15 28 janvier 2013

Strike relut ensuite la section intitulée « Phrases reproduites ». Les quatre comptes aimaient utiliser avec les femmes la phrase « Je sens ta chatte moisie d'ici ». Julius I Am Evola et Max R avaient tous les deux dit à des filles que si on les violait à chaque fois qu'elles disaient une connerie, elles auraient « tout le temps une bite dans la chatte ». Avec Lepine's Disciple, ils avaient exprimé la même opinion, à savoir que les femmes devraient « être affamées jusqu'à atteindre le poids optimal de reproduction ».

Strike retourna à la première page, où Robin avait collé les tout premiers tweets de Lepine's Disciple.

Lepine's Disciple @LepinesD1sciple

Marc Lepine était un Dieu

Lepine's Disciple @LepinesD1sciple

14 meufs mortes hahahahahaha

Lepine's Disciple @LepinesD1sciple

On les aligne et on les bute

Enfin, Strike retourna au résumé final de Robin.

« Les comptes visent tous des filles au hasard, mais trois femmes ont essuyé des attaques incessantes depuis cinq ans : Edie Ledwell, Kea Niven et Rachel Ledwell.

Les quatre comptes ont visé Kea uniquement après les attaques d'Anomie, c'est-à-dire après qu'il a écrit : « Porte plainte ou ferme ta gueule, tu commences à nous emmerder. » À partir de là, ils s'en sont donné à cœur joie et ont harcelé Kea presque autant qu'Edie.

Ce qui est bizarre, c'est qu'Anomie n'a jamais attaqué Rachel Ledwell, pourtant elle a reçu quasiment autant d'insultes de la part des autres qu'Edie. Cela me fait penser qu'il y a un passif envers elle, indépendamment de *Sang d'encre*.

L'un des coupables potentiels est Zoltan, l'ancien ami de Rachel, sur Club Penguin. Rachel a coupé les liens avec lui quand il s'est mis à lui balancer des répliques de Kosh, et elle pense qu'il est devenu Scaramouche, parce que ce dernier a fait la même chose avec Zoe Haigh. Les comptes de Zoltan et de Scaramouche ont disparu de

Twitter, mais le ton utilisé par les quatre contre Rachel pourrait suggérer une ancienne relation qu'elle a refusée. »

En dessous, Robin avait collé quelques exemples de tweets que les quatre avaient envoyés à la jeune fille de seize ans.

Johnny B @jbaldw1n1>>
Réponse à @rachledbadly
Toujours à la recherche d'une bonne bite pour pécho un alpha ?
Continue de rêver avec tes nichons qui tombent

Julius @i_am_evola
Réponse à @rachledbadly
Elle dit quoi maintenant, la salope qui se croit trop bien pour des béta ?

Max R @mreger#5
Réponse à @rachledbadly
Les gouines moches comme toi devraient être parquées et violées pour qu'on vous soigne

---

Lepine's Disciple @LepinesD1sciple
replying to @rachledbadly
au moins quand ta mère va mourir t'auras un point commun avec #LedwellLaGoinfre

Levant les yeux, Strike aperçut une silhouette dans le rétroviseur : un homme grand et chauve avançait d'un pas décidé vers la porte de l'immeuble de Zoe.

Strike jeta ses papiers sur le siège conducteur et baissa la vitre.

— Hé, vous !

Tim Ashcroft se retourna brusquement et fixa du regard l'homme qui avait crié, avec sa légère barbe sombre et son nez de boxeur.

— Je veux vous parler, dit Strike.

L'air méfiant, Ashcroft approcha de Strike, s'arrêtant à une certaine distance.

— Je peux vous aider ? demanda-t-il avec cet accent poli des Home Counties.

— Oui, je m'appelle Cormoran Strike. Je suis détective privé.

Il eut la satisfaction de voir le sourire de Tim disparaître.

— Vous allez rendre visite à Zoe Haigh, n'est-ce pas ?

Tim attendit quelques secondes de trop pour feindre l'étonnement de façon convaincante.

— Qui ça ?
— La fille mineure avec qui vous couchez depuis quatre ans.
— Je… pardon ? C'est ce que Zoe vous a dit ?
— Je croyais que vous ne la connaissiez pas ?
— Je n'avais pas bien entendu.

Strike remarqua une fine couche de sueur perler au-dessus de la lèvre supérieure de Tim.

— Je connais Zoe, c'est vrai. C'est une jeune fille assez troublée…
— Mais c'est comme ça que vous les aimez, non ? Elles sont plus faciles à manipuler quand elles ont pas d'estime de soi et pas de famille pour vous traîner devant un tribunal.
— Je ne vois vraiment pas…
— Oh, je pense que vous voyez très bien.

Il ouvrit la portière. Tim recula, l'air effrayé. Mais quand Strike se hissa sur une seule jambe en s'appuyant sur le toit de la voiture pour garder son équilibre pendant qu'il sortait ses béquilles, Ashcroft parut reprendre courage.

— J'ai bien peur que vous vous soyez trompé…
— Vous ne faites pas une petite blague sur mon amputation ? jeta Strike en avançant vers Ashcroft qui recula. Je vais peut-être lancer mon blog, moi aussi. « Mon opinion sur ce pédophile qu'est le Justicier numérique et pourquoi ça devrait sacrément vous inquiéter. »

Tim recula encore d'un pas.

— Je ne sais pas ce que Zoe a raconté aux gens, bégaya-t-il, mais elle n'est pas bien…
— Ah, elle est folle, c'est ça ? Une vraie cinglée ?
— Les filles ont parfois des coups de cœur pour des hommes plus âgés. Elles interprètent certaines…
— Oh, elle aurait dû comprendre que vous couchiez avec elle de façon platonique, c'est ça ? Vous savez ce qui va se passer, maintenant ?
— Quoi ?
— Je vais essayer de la persuader d'aller voir la police. Si elle refuse, je vais contacter toutes les jeunes filles que vous suivez sur Twitter. Mon associée a constitué un joli petit dossier sur vous. Dans le tas, il y a au moins un père furieux qui sera ravi que je le contacte.

Tim semblait sur le point de s'effondrer ou de fondre en larmes.

— Si vous vous approchez encore une fois de Zoe Haigh, c'est moi qui réaliserais personnellement une amputation et ce sera pas sur votre jambe. C'est compris ?

— Oui, murmura Tim.

— Maintenant foutez le camp.

La porte de l'immeuble derrière Tim s'ouvrit, et Robin sortit, accompagnée de Zoe.

— Tim ! s'écria-t-elle.

Ashcroft ne la regarda pas et commença à s'éloigner rapidement. Sous les yeux de Zoe, il se mit à courir et disparut au coin du bâtiment. Strike et Robin échangèrent un regard, et cette dernière comprit immédiatement, en substance, ce qui s'était passé.

— On va déposer Zoe au métro, dit Robin. Elle va prendre ma chambre au Z Hotel ce soir.

— Non, protesta la jeune fille qui avait des traînées noires sur les joues. Je veux voir Tim.

— Mais il ne veut pas vous voir, répliqua Strike.

— Pourquoi ? gémit Zoe en pleurant de plus belle.

— On peut en parler dans la voiture, répondit Strike en ouvrant la portière arrière. Montez.

103

Tout se termine, connu ou inconnu :
Les existences finissent ; le temps diminue ;
Le champ en jachère ne connut-il nulle semence ?
Et ces fleurs en boutons, nulle éclosion ?

Christina ROSSETTI,
Amen

— Tu aurais pu faire preuve d'un peu plus d'empathie, lui reprocha Robin une demi-heure plus tard.

Strike et elle étaient garés près de la station de Tufnell Park, après avoir déposé Zoe au métro. La jeune fille avait pris la clé de la chambre d'hôtel de Robin et cent livres en liquide que lui avait données Strike.

— Je suis plein d'empathie, protesta Strike. Pourquoi tu crois que j'ai menacé Ashcroft de lui amputer la bite ?

Il leur avait fallu trente minutes pour calmer le chagrin de Zoe, puis lui expliquer comment fonctionnait un hôtel, parce qu'elle n'en avait jamais fréquenté. Mais elle avait tellement peur qu'Anomie la trouve qu'elle finit par se laisser convaincre qu'elle serait en sécurité là-bas. Elle accepta même que Robin la prenne dans ses bras pour la rassurer, devant l'escalier du métro.

— Elle va appeler Ashcroft dès qu'elle aura récupéré du réseau, dit Robin.

— S'il tient à ce qu'il a, il ne répondra pas. Plus jamais.

— Tu as conscience que si c'est Anomie…

— C'est pas lui. Je viens de l'éliminer. À quatre-vingt-dix pour cent, du moins.

— Comment ça ?

— Je t'expliquerai quand tu m'auras raconté comment ça s'est passé là-haut.

— Tout est là.

Elle sortit son téléphone de son sac, trouva l'enregistrement et appuya sur Play.

Strike écouta, le visage fermé, quand Zoe expliqua qu'Anomie avait l'intention de faire aux détectives la même chose qu'à Ledwell et Blay. Quand on entendit un silence entrecoupé de bruits de clavier, Robin expliqua :

— Ça, c'est moi qui tchatte dans le jeu. Il y avait deux canaux ouverts. Paperwhite était complètement différente. Elle a traité Morehouse de mec bizarre et a dit qu'elle était bien débarrassée de lui. Au bout d'un moment, j'ai remarqué qu'Anomie et Paperwhite n'écrivaient jamais en même temps et, quand je leur ai dit, j'ai été immédiatement exclue. Je suis certaine que…

— … c'est une seule et même personne, compléta Strike en appuyant sur Pause. Merde. Évidemment. Paperwhite a été créée pour garder un œil sur Morehouse. Savoir ce qu'il pensait, s'il avait l'intention de partir…

— Et essayer surtout de le garder dans le jeu, parce que Vikas avait grandi depuis l'époque où il avait aidé à créer le jeu. Il réussissait de plus en plus dans la vraie vie, et Anomie devait savoir qu'il était quasiment irremplaçable. J'ai vu Anomie s'en prendre au nouveau modérateur, BorkledDrek, qui n'a clairement pas les compétences requises.

— Paperwhite est arrivée dans le jeu au moment où Vikas et Rachel se sont brouillés. Je ne pense pas que ce soit une coïncidence. D'après Rachel, Anomie est très possessif avec Vikas, il n'aimait pas qu'il soit proche de Rachel. Paperwhite était le moyen idéal d'éloigner Vikas de Rachel pour de bon.

— Avec l'aide de quelques photos nues volées, qu'Anomie a aussi montrées à tous les autres mecs. Il est possible qu'Oliver Peach soit venu au Comic Con dans l'espoir de rencontrer cette superbe rousse qui pouvait l'aider à trouver Anomie.

Strike appuya sur Play.

Quand Zoe prétendit sur l'enregistrement que c'était elle qui avait initié les rapports sexuels avec Tim Ashcroft, Strike marmonna « espèce de merdeux ». Mais quand Zoe dit « C'est Nils », il lâcha :

— Quoi ?!

— Chut, écoute.

Robin pointa son portable, d'où sa voix s'élevait à présent.

— *Qu'est-ce qui te fait penser que c'est Nils ?*

— Plein de choses. J'ai eu un choc quand j'ai vu le vitrail pour la première fois, à North Grove. Il y a le mot « anomie » dessus, alors ce soir-là, sur le canal des modés, j'ai dit : « Vous devinerez jamais, j'ai vu un vitrail avec le mot "anomie" dessus, c'est marrant, non ? » et Anomie m'a tout de suite contactée en privé pour dire : « Ne mentionne plus jamais ce vitrail ou je t'exclus. Tu n'en parles à personne. » C'était vraiment bizarre.

— Est-ce qu'Anomie a déjà fait référence à North Grove ?

— Non, mais j'avais l'impression qu'il savait où se trouvait le vitrail, et je me suis dit qu'il devait connaître cet endroit. C'est peut-être là qu'il a eu l'idée de son nom.

« Un jour, Nils m'a parlé de l'anomie, il m'a expliqué ce que ça voulait dire. Il disait qu'il faut avoir, genre, un but dans son travail, et qu'il faut rester connecté aux autres. Pour lui, la meilleure façon de vivre, c'était en communauté, parce qu'on peut pas souffrir d'anomie quand on vit dans un collectif. Il m'a conseillé de quitter ce studio pour emménager là-bas. Mariam était d'accord. Je pensais qu'ils voulaient juste être sympas. J'y suis pas allée, parce que Tim voulait pas. Il disait qu'on avait plus d'intimité ici.

« Un jour j'ai entendu Nils et Pez parler d'Edie. Ils disaient des trucs horribles sur elle. Moi j'écoutais, parce que j'espérais toujours qu'elle passe à North Grove, pour pouvoir la rencontrer.

« Mais ils étaient vraiment méchants… Je pensais qu'ils seraient fiers de la connaître, vu tout ce qu'elle avait créé, mais non. Pez parlait de son idée de BD sur laquelle il travaillait avec elle avant que Josh emménage. Il a dit qu'elle lui ferait sans doute un procès maintenant, s'il la finissait et la publiait sous son nom, parce que certaines des idées venaient d'elle. Ça parlait d'un croque-mort qui voyage dans le temps, c'était super sombre, il se déplaçait en cercueil. Je trouvais l'idée cool. Je parie que toutes ces idées venaient d'Edie, ça ressemblait à ce qu'elle faisait. Je suis sûre que Pez a seulement dessiné quelques petits trucs.

« Nils a commencé à pourrir Edie et je l'avais jamais entendu comme ça avant. Il était en colère, vraiment. Nils, il se fâche jamais. Il a dit qu'elle avait jamais mentionné son nom dans la moindre interview alors qu'il lui avait donné une chambre gratuitement et de l'espace pour créer Sang d'encre. *Qu'elle avait tout pris sans rien donner en échange. À l'écouter, sans lui, elle n'aurait jamais eu de succès et il disait qu'elle avait plus ou moins flirté avec lui pour obtenir ce qu'elle voulait. Elle ne mentionnait jamais ses créations à lui, elle ne prenait pas la peine de venir voir ses expos.*

« Il parlait d'elle exactement comme Anomie. Un soir, pas longtemps après que j'ai rejoint le jeu, Anomie a traité Edie de salope parce qu'elle avait critiqué Drek's Game, alors qu'il maintenait l'intérêt des fans et qu'il lui rendait service. Ensuite, il m'a dit qu'Edie lui avait fait des avances, en vrai genre, mais qu'elle l'avait lâché quand elle avait commencé à gagner de l'argent.

« Anomie était bourré à ce moment-là, il me l'a dit. Il avait eu une mauvaise journée.

— Pourquoi une mauvaise journée ?

— Je sais pas, il parle pas vraiment de sa vraie vie. Le lendemain, il a ouvert un autre canal privé avec moi pour me dire « Oublie ce que j'ai raconté hier soir, si tu veux rester dans le jeu ». Alors j'en ai parlé à personne, parce que j'adorais le jeu à cette époque. J'y avais des amis – Demonyl et Buffypaws – je veux dire, avant toi… L'autre Buffypaws, je lui parlais beaucoup.

« Mais après avoir entendu Nils parler d'Edie, je l'aimais plus trop. J'ai remarqué qu'il était tout le temps sur son ordinateur. Il crée pas mal d'œuvres, mais il termine pas grand-chose.

— Tu l'as déjà vu jouer au jeu ?

— Non, mais quelqu'un d'autre à North Grove y a joué, parce que je l'ai vu dans l'historique de recherche un jour. Je suis allée vérifier. C'était mal, tu penses ?

— Non, Zoe, je pense que c'était une bonne idée.

— Après, quand Josh est venu vivre à North Grove, le mois avant qu'ils soient attaqués, Nils lui suggérait plein d'idées pour le dessin animé. Je l'ai entendu plusieurs fois, et Anomie faisait pareil. Il critiquait toujours le dessin animé – ça j'ai jamais compris parce qu'il était fan de ce truc – mais en même temps il disait sans arrêt qu'il aurait pu faire mieux qu'Edie. Du coup, j'ai commencé à avoir vraiment des doutes sur Nils et puis ensuite… il s'est passé… ce qui s'est passé…

— Les attaques ?

— Oui. Nils était sorti. Il sort quasiment jamais.

— Tu sais où il est allé ?

— Non, je sais juste qu'il était pas là, parce que Bram était pas à l'école et que Mariam se plaignait qu'elle pouvait pas faire cours et surveiller Bram en même temps.

« Mais le pire… J'ai eu tellement peur quand je l'ai découvert… J'étais dans l'atelier de Nils. Il le ferme à clé, mais il m'avait envoyée chercher un livre et j'ai trouvé…

— Elle a trouvé quoi ? demanda Strike.

— Un couteau, répondit Robin. Elle m'a mimé le mot.

— … *un très grand couteau*, reprit Zoe dans un murmure. *Il était là, sur l'étagère. Y avait un truc bizarre écrit dessus, genre une formule magique.*

Robin appuya sur Pause.

— J'ai vu ce couteau. Il appartenait au grand-père de Nils. Il le désigne par un mot néerlandais que j'ai oublié. La « formule magique » est un mot grec qui signifie « héritage ».

— Il traîne dans son atelier, ce couteau ?

— Oui, et tout le monde sait qu'il est là. Ou en tout cas, Bram le sait, parce qu'il voulait l'apporter à l'école. Nils a refusé.

— Encore heureux, sinon on aurait un massacre d'écoliers sur les bras.

— C'est tout ce que Zoe m'a dit sur ses doutes. Le reste de la conversation, c'est elle qui panique qu'Anomie vienne la chercher pour la tuer, et moi qui la persuade d'aller à l'hôtel. Alors, t'en penses quoi, de sa théorie ?

— Honnêtement ? Je suis pas très convaincu.

Il tira une longue bouffée de sa vapoteuse. Après avoir expiré la fumée, il dit :

— Edie Ledwell a vraiment énervé pas mal de mecs, non ?

— Oui. Mais je ne pense pas qu'elle ait flirté avec Nils pour lui soutirer quoi que ce soit. Je pense pas qu'elle était comme ça, et en plus…

— Les hommes pensent généralement qu'on flirte avec eux, c'est ça ?

— Certains, oui. Curieusement, c'est toujours ceux que t'aimes pas qui semblent croire que t'es folle d'eux.

Elle pensait à Adam Labrosse, mais Strike lui, songeait à l'épisode devant le Ritz.

— On va manger un morceau ? proposa-t-il. On a pas mal de temps avant d'aller chez les Ledwell.

Ils s'arrêtèrent prendre un sandwich dans un café, et Strike emporta avec lui les notes de Robin sur les trolls en ligne. Une fois installé à une petite table près de la fenêtre, Strike dit :

— J'ai lu tes notes.

— Et ?

— Et je suis d'accord.

— Avec quoi ?

Robin n'avait pas formulé ses propres conclusions, pensant que Strike lui reprocherait de surinterpréter.

— C'est la même personne. Je parle de Julius, Johnny, Max et Lepine. Difficile de se prononcer sur Zoltan et Scaramouche, parce qu'on n'a pas assez d'éléments pour les comparer avec les autres.

— Il me semble possible que Scaramouche et Zoltan aient été exclus, répondit Robin, soulagée que Strike adhère à sa théorie, parce que je n'ai trouvé aucune trace d'eux sur Twitter. Mais si Rachel a raison, et que Zoltan s'est transformé en Scaramouche, est-ce qu'il aurait décidé de se démultiplier ? Créer plusieurs comptes de façon à en sacrifier un ou deux, si jamais il allait trop loin ?

— Plausible, même si les mecs qui harcèlent les filles en ligne, c'est pas ce qui manque. Ils sont pas forcément tous connectés.

— Je sais, mais ça n'explique pas l'avalanche de haine de la part de ces quatre comptes à l'encontre de Rachel. Ça ne rentre pas dans le schéma : Edie et Kea ont énervé Anomie. Rachel, jamais. Et tu as vu la référence à Ringo Starr ?

— Oui, ce qui nous mène à la question inévitable : est-ce qu'il s'agit de quatre autres pseudos d'Anomie ? Je pencherais fortement pour le oui, et dans ce cas, Ashcroft ne peut pas être Anomie. Je ne sais pas si tu as fait gaffe aux dates, mais Julius et Johnny ont tweeté énormément pendant que tu étais avec Ashcroft à Colchester.

— Ah, c'est comme ça que tu l'as éliminé ?

— Je peux me tromper, mais je suis quasiment sûr de mon coup.

— Mais alors, qui est cette personne, bon sang ? Est-ce que celui qui d'un côté cite du grec à Josh Blay et confie à Rachel « Edie et moi, on est les mêmes » peut, d'un autre côté, dire à des jeunes femmes qu'elles devraient se faire violer et maigrir pour atteindre un poids idéal de reproduction ?

— Pourquoi pas ? Tu penses que les gens cultivés et éduqués ne sont pas capables d'être aussi dégueulasses que les autres ? Regarde Ashcroft. En plus, c'est pas difficile de trouver des citations en latin ou en grec et de les copier. Ça ne veut pas forcément dire qu'on recherche un intello comme Bhardwaj.

— S'ils sont tous la même personne, alors Kea Niven disait peut-être la vérité en affirmant qu'Anomie avait utilisé des répliques de Kosh avec elle. C'est pas n'importe qui : jolie, directement connectée à *Sang d'encre*. Anomie a pu penser qu'elle méritait de se faire harceler par lui plutôt que par un troll.

— Ça se tient, et si Anomie l'a bel et bien abordée à grand renfort de répliques de Kosh, ça suggère un homme qui n'a pas de succès avec les femmes dans la vraie vie. Il y a plein d'hommes en apparence heureux en mariage qui apprécient la drague pour la drague. La quantité plutôt que la qualité, comme dirait Kosh.

« Tu sais, je n'arrête pas de revenir à la question initiale : qu'est-ce qu'Anomie a à perdre si on le démasque ? Je comprends pourquoi Bhardwaj tenait à rester anonyme. C'était un gamin et il voulait que les astrophysiciens de Cambridge le prennent au sérieux. Il n'avait sûrement pas envie qu'on sache qu'il consacrait autant de temps à ce jeu, ni être associé à la persécution publique d'Edie par Anomie.

— Je ne comprends toujours pas pourquoi Vikas n'a pas coupé les ponts avec Anomie plus tôt.

— Tu viens de le découvrir, non ? Paperwhite.

— Mais elle n'était pas là, au début. Pourquoi est-ce que Vikas est resté, avant même son apparition ?

— Bonne question.

— Tu te rappelles cette « blague » que Vikas a faite à Rachel ? « Anomie n'est pas ma copine. C'est ma sœur. » Qu'est-ce que ça peut bien vouloir dire ?

— Va savoir.

Quelque chose dans son subconscient le tracassait, mais de façon trop implicite.

Quand ils eurent mangé leurs sandwiches et que Robin fut passée aux toilettes, elle dit :

— On n'est pas loin de Battledean Road, mais on peut se mettre en route… Ça va ?

— Quoi ? Oui, ça va. Je réfléchis.

Il essayait de forcer son subconscient à lui livrer cette vague idée.

De retour dans la BMW, Strike sortit son portable pour examiner les quatre pseudonymes d'Anomie. Par esprit de contradiction, puisque Robin lui avait expliqué que Zoltan n'avait peut-être rien à voir avec leur affaire, il rechercha d'abord ce nom dans Google.

Les résultats furent pour le moins éclectiques. Zoltan était un nom hongrois mais désignait également un geste qui trouvait son origine dans un film sorti quinze ans plus tôt, intitulé *Hé mec, elle est où ma caisse ?*

Avec un petit grognement de surprise, Strike chercha « John Baldwin ». Les résultats furent là aussi nombreux et variés. Toutefois, maintenant qu'il se concentrait sur ce nom, il lui semblait l'avoir vu ailleurs que sur Twitter, mais son cerveau récalcitrant refusait de lui livrer la solution.

Les noms de Lepine's Disciple et Julius Evola étaient transparents, mais en réfléchissant à Scaramouche, une musique se mit à lui trotter dans la tête. Il se dit qu'il ne devait pas être le seul à penser à « Bohemian Rhapsody » plutôt qu'à un clown du seizième siècle quand il entendait ce nom.

Il focalisa ensuite son attention sur le dernier pseudo : Max R, également connu sous le nom de @mreger#5.

— On est arrivés, dit Robin en bifurquant dans Battledean Road.

Mais à peine eut-elle prononcé ces mots que Strike lâcha d'une voix forte :

— Merde !

— Quoi ?

— Donne-moi une minute.

Il tapa de nouveau, hâtivement cette fois, le nom de Zoltan dans le moteur de recherche.

Robin progressa dans la rue où s'alignaient de part et d'autre des maisons de famille solidement bâties dont elle devinait, forte de ses récentes recherches d'appartement, qu'elles coûtaient un bon million de livres. Par chance, une place de parking était libre juste devant la maison de Grant et Heather Ledwell. Après avoir garé la BMW, elle se tourna vers Strike qui continuait de pianoter sur son téléphone puis observait les résultats avec un air qu'elle connaissait bien. Il était concentré.

Il leur restait quelques minutes avant leur rendez-vous de vingt et une heures. Robin patienta en silence. Strike finit par lever la tête.

— Qu'est-ce qu'il y a ?

Elle savait qu'il avait quelque chose d'important à lui annoncer.

— Je crois que j'ai entaillé le barbelé.

— Quoi ?

Avant que Strike puisse le lui expliquer, quelqu'un tapa à la vitre de Robin, la faisant sursauter.

Grant Ledwell lui souriait, bouteille de vin à la main, manifestement impatient d'apprendre leurs avancées.

104

La poussière noire de la mort, qui souffle
Qui s'infiltre par tous les recoins secrets
De cette lettre scellée par la destinée,
À l'encre fraîche séchée pour l'éternité.

Elizabeth Barrett BROWNING,
Aurora Leigh

— Je t'expliquerai après, murmura-t-il.

— Je viens d'acheter ça ! lança Grant en indiquant la bouteille au moment où Strike et Robin sortaient de la voiture.

Il était revenu d'Oman avec un bronzage que soulignait la chemise blanche qu'il portait avec un jean. Sans veste, on remarquait bien son ventre.

— Heather et sa mère ont bu toutes mes bonnes bouteilles de rouge.

Strike sortit de la voiture et, quand il contourna le véhicule, Grant remarqua ses béquilles et son pantalon remonté.

— Oh mais vous avez…

— Perdu une moitié de jambe, oui. Je vais bien finir par la retrouver.

Grant lâcha un petit rire gêné. L'esprit fixé sur le commentaire mystérieux de Strike au sujet du barbelé, Robin fut distraite de ses pensées par l'embarras de Grant. Cela ne le fit pas remonter dans son estime ; elle considérait déjà qu'il avait clairement négligé sa fille et sa nièce.

— La famille s'est agrandie, depuis la dernière fois ! annonça-t-il sans quitter Strike des yeux, tandis qu'ils avançaient tous les trois vers la porte de la maison.

— Oh, Heather a accouché ? demanda poliment Robin. Félicitations !

— Oui, enfin un garçon ! La troisième fois, c'est la bonne !

Apparemment, songea Robin qui l'appréciait de moins en moins, Rachel ne faisait déjà plus partie de la famille.

— Comment s'appelle-t-il ? demanda-t-elle.

— Ethan. Ça a toujours été le prénom préféré de Heather, depuis *Mission : Impossible*.

Il ouvrit la porte sur une entrée décorée dans les tons beige et crème, puis ils arrivèrent dans un grand salon-salle à manger où étaient installées Heather et sa mère. Ce fut au tour de Strike de détourner les yeux, parce que Heather allaitait son nouveau-né ; son sein était presque entièrement exposé et la tête du bébé, aux cheveux bruns clairsemés, tenait dans sa main comme une grosse patate. Deux petites filles vêtues des mêmes pyjamas à pois étaient en train de jouer par terre avec des poneys en plastique. Elles levèrent les yeux quand leur père revint avec les deux inconnus et restèrent bouche bée devant la jambe amputée de Strike. Leur grand-mère, une petite dame aux cheveux auburn vif, paraissait tout excitée.

— Oh, bonjour ! lança joyeusement Heather. Excusez-moi, quand il a faim, il a faim !

— J'ai lu tellement de choses sur vous, dit la belle-mère de Grant à Strike en le dévorant du regard. J'ai parlé de vous aux filles. Elles voulaient rester debout pour voir le célèbre invité de papa !

— On va aller au jardin, proposa Grant.

Cela évita à Strike de répondre. Les deux détectives le suivirent dans la cuisine, vaste et très bien équipée, avec des éléments en acier. La porte-fenêtre était déjà ouverte et Robin vit que le jardin était en fait un petit espace pavé agrémenté de plantes en pots autour d'une table en bois avec des chaises.

— Vous voulez boire quelque chose ? demanda Grant en prenant un verre à pied pour lui.

Ils déclinèrent. Une fois installés tous les trois dehors, Grant se servit et but une gorgée.

— Jolie maison, commenta Robin qui ne le pensait pas particulièrement.

Elle la trouvait plutôt banale.

— Merci, mais on ne va pas rester longtemps. On déménage. On est soulagés d'avoir enfin pris une décision. On retourne à Oman. Super écoles pour les enfants, bonne communauté d'expats. On a des amis là-bas. Je peux gérer tout ce qui touche au film à distance, pas besoin de rester ici pour ça. Et puis, Heather a hâte de repartir. Elle est toujours stressée par Anomie et tous ces abrutis qui tournent autour de *Sang d'encre*.

Sans compter qu'Oman est un joli petit paradis fiscal, songea Strike.

Après une nouvelle gorgée de vin, il reprit :

— Alors, vous avez du nouveau ?

— Oui, on est sûrs à quatre-vingt-dix pour cent d'avoir trouvé qui est Anomie.

Ah bon ? pensa Robin en jetant un regard de biais à Strike.

— C'est une excellente nouvelle ! Alors c'est qui ?

— On ne peut rien dire tant qu'on n'a pas de preuves. On pourrait nous poursuivre pour diffamation. En fait, il nous manque un élément clé, et on se demandait si vous ne pourriez pas nous aider.

— Moi ?

— Oui. J'ai quelques questions à vous poser, si ça ne vous ennuie pas ?

— Allez-y.

Robin crut déceler une trace de méfiance sur le visage de leur interlocuteur dont la peau était semblable à du cuir, dans le soleil du soir.

— D'abord, ce coup de fil avec Edie dont vous m'avez parlé. Quand elle vous a dit que Blay voulait la virer du projet *Sang d'encre*…

Grant se frotta le nez pour faire disparaître une poussière invisible.

— Oui ?

— C'était quand, exactement ?

— Heu… l'année dernière.

— Vous vous rappelez la date, précisément ?

— Sans doute en juin, dans ces eaux-là.

— Elle avait votre numéro de portable ?

Une légère pause s'ensuivit.

— Oui.

— Et la dernière fois que vous lui aviez parlé, avant ça, c'était quand ?

— Quel rapport avec Anomie ?

— Oh, vous verrez.

— Avant ça… on n'avait pas été en contact pendant un moment.

— Le précédent contact, c'était quand elle n'avait pas de logement et qu'elle vous avait demandé de l'aide ?

Le goitre de Grant se fit un peu plus prononcé. Avant qu'il ne puisse répondre, ses deux filles surgirent de la maison avec leurs jouets, l'air très curieuses de ces deux invités.

— Papa, dit la plus costaude des deux en s'approchant de la table. Regarde ce que mamie nous a donné !

Elle posa le poney sur la table. Sa sœur regardait à la dérobée la jambe de pantalon repliée de Strike.

— Super, répondit Grant. Rentrez dans la maison, maintenant. Papa est occupé.

L'aînée s'approcha de lui, se mit sur la pointe des pieds et murmura d'une voix forte dans son oreille :

— Il a quoi à la jambe, le monsieur ?

— J'étais soldat et je me trouvais dans une voiture qui a roulé sur une bombe, lui expliqua Strike.

Il voulait davantage se débarrasser d'elle qu'épargner à Grant l'embarras de devoir répondre.

— Oh.

La plus jeune s'approcha, et les deux filles regardèrent Strike avec des yeux ronds.

— Allez, filez, répéta Grant.

Les filles rentrèrent en échangeant un murmure.

— Désolé, s'excusa Grant en buvant une gorgée de vin.

— Aucun problème. Autre question : est-ce que vous avez reçu de nouveaux coups de téléphone vous suggérant de déterrer votre nièce ?

— Non. Seulement les deux dont je vous ai parlé.

Strike sortit son carnet et l'ouvrit à la page où il avait pris des notes lors de leur précédente entrevue.

— Vous avez répondu la deuxième fois, c'est ça ? Et Heather la première.

— Oui. J'imagine que c'était Anomie ?

— Non. La personne a dit « Déterrez Edie et regardez la lettre », si je ne me trompe pas ?

— Oui.

Grant paraissait désormais franchement mal à l'aise.

— Sans préciser de quelle lettre il s'agissait ?

— Non.

— Parce qu'il y avait deux lettres dans le cercueil, non ? L'une d'Ormond, l'autre de Blay ?

— Oui, confirma Grant en s'abritant les yeux contre le soleil couchant. Excusez-moi. Je vais chercher mes lunettes de soleil. C'est aveuglant.

Il se leva et disparut à l'intérieur.

— Il a peur, murmura Robin.

— À juste titre. Un coup de fil d'Edie, mon cul. Je pense qu'on va devoir se répartir les tâches entre nous : un gentil, un méchant.

— Jusqu'à quel point tu veux que je sois méchante ?

— Ha ha.

Ils entendirent des pas et Grant Ledwell revint, une paire de Ray-Ban aviateurs sur le nez.

— Désolé.

Il se rassit et but immédiatement une gorgée de vin.

— Pas de problème. Donc, revenons aux lettres dans le cercueil. Il y en avait bien deux, on est d'accord là-dessus ?

— Cormoran, intervint Robin d'une voix douce.

— Quoi ? fit-il en feignant l'agacement.

Robin adressa un sourire d'excuses à Grant.

— Il faut se rappeler que c'est de la nièce de Grant qu'on parle.

— Merci, dit celui-ci. Merci beaucoup…

Mais manifestement, il avait oublié son nom.

— O.K., donc deux lettres, c'est ça ?

— C'est ça.

— Parce que quand on s'est vus l'autre fois au restaurant, vous avez parlé d'une lettre. « Les employés des pompes funèbres étaient forcément au courant pour la lettre. » Sur le moment, je n'ai pas relevé. J'ai pensé qu'il s'agissait d'une lettre que vous lui aviez remise personnellement et que l'autre lettre, celle d'Ormond, avait été apportée par Ormond lui-même. C'est ce qui s'est passé ?

Le visage de Grant était maintenant dénué d'expression. Robin était persuadée qu'il était en train de se dire que s'il mentait, Ormond pourrait le percer à jour.

— Non. J'avais les deux lettres. C'est moi qui avais affaire aux pompes funèbres.

— Alors pourquoi m'avez-vous dit que l'employé l'avait mise dans le cercueil, au singulier ?

— Je n'ai pas dit ça, mentit Grant. Ou si c'est le cas, c'est une erreur.

— Donc vous avez donné deux lettres aux pompes funèbres, et si la police va interroger les employés de l'entreprise, ils confirmeront ?

— Pourquoi la police irait les interroger ?

Pour la deuxième fois de la soirée, les paroles de Strike avaient causé la frayeur : le front de Grant perlait à présent dans le soleil rougeoyant.

— Parce qu'il s'agit d'une affaire de meurtre, expliqua Strike en haussant le ton, et que si on ment sur l'enterrement d'Edie, ou sur les relations qu'elle avait de son vivant…

— Cormoran ! Tu insinues que…, désolée, s'excusa de nouveau Robin. C'est une affaire compliquée. Je sais que ça a été dur pour vous aussi.

— Ça, on peut le dire.

Grant but une gorgée, regarda Strike et répliqua :

— Je ne vois pas quelle différence ça peut faire, qu'il y ait eu une lettre ou deux dans son cercueil.

— Donc vous admettez qu'il n'y en a qu'une ?

— Non. Je demande ce que ça peut bien faire.

— Revenons à ce coup de fil dont vous m'avez parlé. Quand Edie s'est procuré votre numéro comme par magie et qu'elle vous a demandé conseil, même si elle ne vous avait pas vu depuis que vous lui aviez filé quelques billets alors qu'elle vivait dans la rue.

— Dites donc, attendez un peu…

— Cormoran, c'est injuste, intervint Robin avec vigueur.

— C'est juste un fait…

— Tu ne sais pas, et moi non plus, ce qui se passait dans cette famille.

— Je sais que ce foutu coup de fil n'a jamais eu lieu. De toute façon, c'est vérifiable, maintenant que la police a retrouvé le téléphone d'Edie.

Vu l'expression glaciale de Grant, Strike déduisit qu'il n'était pas au courant.

— Ce n'est pas un crime de regretter le peu de contacts que vous avez eus avec un membre de la famille, le rassura Robin. Moi, je comprends très bien qu'on ait pu prétendre qu'il y avait eu un coup de téléphone même s'il n'a pas existé. On a tous fait ça. C'est dans la nature humaine.

— Votre associée semble bien mieux comprendre les gens que vous !

— Donc il n'y a pas eu de coup de fil ? C'est ce que vous nous dites ?

Les boutons de la chemise blanche de Grant laissaient voir son ventre à chaque fois qu'il respirait.

— Non, elle ne m'a pas appelé. Comme a dit votre associée. Je me suis senti… mal de ne pas avoir gardé le contact.

— Mais c'est ce coup de fil fictif qui vous a permis de déduire que Blay voulait éjecter Edie du projet.

— Ça c'est vrai, répliqua Grant qui sembla le regretter aussitôt.

— Comme le savez-vous ? D'où tenez-vous cette information ?

Comme Ledwell ne répondait pas, Strike poursuivit :

— Vous m'avez dit, la dernière fois, que Blay et Katya n'avaient pas de morale. C'est un jugement fort. Qu'est-ce qui vous permet d'affirmer ça ?

Ledwell ne répondit rien.

— Est-ce que vous voulez que je vous dise où vous avez pêché l'idée que Blay voulait tout contrôler seul, d'après moi ?

À ce moment-là, les deux fillettes réapparurent, accompagnées de leur grand-mère qui sourit à tout le monde, sentant la tension ambiante.

— Les filles veulent dire bonne nuit à papa.

Grant laissa ses filles lui faire un bisou sur la joue. Au lieu de repartir aussitôt, la mère de Heather se tourna vers Strike et dit :

— Mia veut vous poser une question. Je lui ai dit que ça ne vous gênerait pas.

— Vas-y.

Il la maudit intérieurement, ainsi que les fillettes.

— Ça t'a fait mal, quand tu as perdu ta jambe ?

— Oui.

— Voilà, Mia, tu as ta réponse, dit la grand-mère en souriant toujours.

Robin n'aurait pas été étonnée que la grand-mère autorise Mia à poursuivre son interrogatoire.

— Bon les filles, dites au revoir à nos invités.

— Au revoir, dirent-elles à l'unisson avant de rentrer.

Le soleil était passé derrière le toit de la maison, plongeant la petite cour pavée dans l'ombre, mais Grant avait gardé ses lunettes qui reflétaient maintenant les nuances rouges du ciel. Cette pause lui avait donné le temps de réfléchir, si bien qu'il déclara :

— J'avais l'impression, d'une façon générale, que Blay voulait se débarrasser d'Edie.

— Mais vous ne sauriez dire d'où venait cette impression ?

— Eh bien, ils s'étaient brouillés, non ?

— Vous avez dit que Katya et lui n'avaient pas de morale…

— Ils ont cru qu'Edie était Anomie !

— Blay s'est laissé convaincre qu'Edie était Anomie parce qu'il était constamment défoncé et que leur relation était terminée. Vous, en revanche, êtes le seul à avoir suggéré qu'il voulait reprendre à son compte *Sang d'encre*. Toute notre enquête a montré qu'il était tout juste en état de fumer des pétards. On l'imagine mal écrire seul les épisodes du dessin animé et négocier avec les sociétés de production et Netflix. Selon moi, vous avez une raison bien précise pour penser qu'il voulait poursuivre seul, et une raison aussi pour faire passer Katya pour un escroc. Je pense que vous avez ouvert et lu les lettres que vous étiez censé placer dans son cercueil. Et une fois lues, vous avez décidé de ne mettre que celle d'Ormond.

Ils ne sauraient jamais si Grant aurait avoué ou non, parce que, à ce moment-là, Heather apparut dans la cour, verre de vin vide à la main, et leur adressa un large sourire.

— Ressers-moi, Grub, dit-elle en s'installant. Je viens de coucher Ethan, et maman lit une histoire aux filles.

Alors que Grant remplissait le verre de sa femme, le visage toujours fermé, elle demanda avec enthousiasme :

— Alors, qu'est-ce que j'ai raté ? On sait qui est Anomie ?

— On le saura, répondit Strike, quand on aura vu la lettre qui n'a pas été placée dans le cercueil.

— Oh tu leur as dit ! s'exclama Heather en souriant à son mari. Je lui ai *répété*...

— Tais-toi, grommela Grant.

Ses mots eurent sur elle l'effet d'une gifle. Le silence pesant qui s'ensuivit fut interrompu par les jappements d'un chien dans le jardin voisin.

— Vous lui avez conseillé de tout avouer ? Dommage qu'il ne vous ait pas écoutée. Dissimuler des preuves dans une enquête pour meurtre, raconter des mensonges...

Heather sembla paniquée.

— Cormoran, intervint Robin pour la troisième fois. Personne n'a dissimulé de preuves. Personnellement, poursuivit-elle en regardant le couple, je pense que vous étiez tout à fait en droit de lire ces lettres. C'était votre nièce, et ces deux hommes auraient pu être responsables de sa mort, non ?

— C'est exactement ce que j'ai dit ! s'exclama Heather, encouragée.

Elle perçut l'expression sur le visage de son mari et reprit :

— Mais c'est vrai, Grub...

— Je n'ai pas reconnu qu'on a lu ces lettres, ni qu'on a décidé de ne pas les mettre dans le cercueil, se défendit-il.

Il ôta ses lunettes de soleil. Son visage ressemblait à une sculpture primitive, dans la lumière du couchant.

— Mais votre femme, si, fit remarquer Strike.

— Non, elle…

— Si, elle l'a reconnu, et c'est suffisant pour lancer un mandat de perquisition. Évidemment, si vous voulez brûler la lettre avant l'arrivée de la police, c'est votre choix, mais nous serons tous les deux témoins de la confession de Heather. Il ne faudrait pas grand-chose pour que le Home Office autorise l'exhumation.

Au grand dam de Strike, la mère de Heather réapparut à ce moment-là à la porte-fenêtre, et demanda gaiement :

— Il y a une petite place ?

— Non, lâcha Grant. Je veux dire, donne-nous une minute, Wendy.

Visiblement déçue, elle battit en retraite. Chez les voisins, le chien continuait d'aboyer.

— Je vous conseille de bien réfléchir aux conséquences de vos déclarations, les avertit Strike.

— Tout ira bien, les rassura Robin, si vous avouez tout maintenant. Tout le monde comprendra. Bien sûr, vous aviez peur qu'Ormond ou Blay soit impliqué dans la mort d'Edie. À votre place, personne n'aurait résisté à l'envie d'ouvrir les lettres, vu la façon dont elle est morte. C'est tout à fait compréhensible.

Heather semblait légèrement rassurée.

— Par contre, enchaîna Strike, si vous continuez à prétendre que vous n'avez pas cette lettre, ça va paraître louche, quand ça va se savoir. C'est le genre de chose que les journaux adorent. « Pourquoi ils n'ont rien dit ? », « Pourquoi ils ont caché ça ? ».

Heather avait maintenant l'air effrayée et Robin était persuadée qu'elle imaginait déjà les ragots se propager dans la cour de l'école.

— Grub, je crois que…

— On n'a rien caché, finit-il par dire. On ne l'a pas mise dans son cercueil, c'est tout. C'était répugnant, ce qu'il avait écrit. Je ne voulais pas l'enterrer avec ça.

— On peut la voir ? demanda Strike.

Grant fixa le détective dans les yeux, toujours accompagné par les aboiements hystériques du chien des voisins. Strike pensait que cet homme était bête à bien des égards, mais ce n'était pas un idiot. Grant se leva lentement et entra dans la maison, laissant sa femme dans un état d'anxiété prononcé.

— Il aboie souvent ? demanda Robin en indiquant le jardin voisin.

— Lui ? Il n'arrête jamais ! C'est un loulou de Poméranie. Les filles nous tannent pour avoir un chien. On leur a dit peut-être, quand on rentrerait à Oman… Les domestiques sont tellement bon marché là-bas que je pourrai sans doute m'occuper d'un chien et du bébé. Mais ce sera pas un loulou, ça c'est sûr.

— Non, je vous comprends.

Robin attendait avec impatience l'arrivée de leur preuve.

Grant revint avec une enveloppe à la main. Avant qu'il ne s'installe, Strike lui demanda :

— Vous auriez un sachet transparent ?

— Quoi ?

— Un sachet transparent. Il y a des traces d'ADN là-dessus. Je ne veux pas contaminer une pièce à conviction.

Sans un mot, Grant retourna à la cuisine et rapporta un sachet congélation.

— Si vous pouvez déplier la lettre et la mettre dans le sachet avec l'enveloppe, avant qu'on la lise, préconisa Strike.

Grant obéit, puis posa le tout sur la table.

Robin avait le cœur qui battait fort. Elle se pencha vers Strike pour lire le bref paragraphe rédigé dans une écriture que Pat aurait qualifiée « de cinglé ». Des pattes de mouche irrégulières, avec certaines lettres retracées par-dessus, qui semblaient étrangement enfantines, si on ne tenait pas compte de la syntaxe parfaite et du contenu.

« Tu m'as dit que j'étais comme toi. Tu m'as fait croire que tu m'aimais et ensuite tu m'as jeté comme une merde. Si tu étais restée en vie, tu aurais fait souffrir d'autres hommes pour t'amuser, tu les aurais jetés quand ils t'auraient lassée. Tu étais une conne arrogante, hypocrite, méprisable et je veux que ces mots t'accompagnent, comme une véritable épitaphe. Tu vas me regarder depuis l'Enfer m'occuper seul de Sang d'encre, pour toujours. »

— C'est Katya Upcott qui vous a donné ça ? demanda Strike.

— Oui.

— C'est révoltant, non ? dit Heather avec vigueur. Révoltant. Et que Katya ait pu recopier cette horreur et la donner à Grub, en sachant ce qu'il y avait dedans… J'ai eu envie de vomir lors du déjeuner à l'Arts Club, quand Allan Yeoman et Richard Elgar ont répété que c'était une femme charmante.

— Sauf que ce n'est pas Katya qui a écrit ça, fit remarquer Strike. Ce n'est pas son écriture. Son écriture, c'est celle-là.

Il montra l'enveloppe sur laquelle était écrit « Pour Edie » d'une graphie propre et carrée, la même que sur la liste que Katya lui avait donnée plusieurs semaines auparavant.

— Mais alors qui a rédigé ça ? demanda Grant.

Le couple avait l'air très inquiet.

— Anomie.

Strike prit une photo de la lettre. Il rangea son téléphone et son carnet, puis saisit ses béquilles.

— Vous devriez avertir immédiatement la police. Demandez Ryan Murphy, à la Brigade criminelle. Il faut qu'il voie cette lettre. En attendant, n'y touchez pas.

Strike parvint à repartir à l'aide de ses béquilles, même si l'équilibre était toujours plus précaire après une longue période immobile.

— Au revoir, dit Robin aux Ledwell.

Elle avait du mal à abandonner son rôle de gentille. Elle suivit Strike à travers la maison, dans un silence uniquement ponctué par les aboiements du loulou d'à côté.

105

Quand les mystères seront révélés ;
Tous les secrets dévoilés ;
Quand les choses de la nuit, quand les choses de la honte,
Seront enfin nommées…

Christina Rossetti,
Sooner or Later: Yet at Last

— Bon, dit Strike alors qu'ils parcouraient la courte allée devant la maison des Ledwell, dans la pénombre grandissante. Il faut qu'on parle à Katya. Je veux mettre la main sur Anomie avant qu'il ne détruise d'autres disques durs.

Quand ils furent remontés dans la BMW et que Strike eut jeté ses béquilles sur la banquette arrière, il appela Katya mais, après quelques sonneries, tomba sur la messagerie.

— Pas de réponse.

— Il est dix heures moins le quart, constata Robin en consultant le tableau de bord. Peut-être qu'elle met son téléphone sur silencieux à cette heure-ci ?

— On va aller chez elle.

— Je pense pas qu'Inigo sera ravi de nous voir débarquer chez eux aussi tard, dit-elle en démarrant. Ça va nous prendre vingt bonnes minutes pour aller là-bas.

— Avec un peu de chance, ce vieux con sera à Whitstable.

Tout en sortant de sa place de parking et en accélérant, Robin déclara :

— C'est impossible que Katya ait su ce qui se trouvait dans l'enveloppe. Elle devait être persuadée d'avoir transmis le message de Josh.

— Je suis d'accord. Ce qui signifie qu'elle a laissé cette enveloppe sans surveillance à un moment, entre l'hôpital et la remise en main propre à Grant Ledwell. Il faut qu'on sache exactement le trajet qu'elle a suivi.

— Il reste toujours les traces d'ADN, si les Ledwell ne l'ont pas trop tripotée.

— Anomie n'est pas bête. Je parie qu'il portait des gants et si on n'a pas d'ADN, tout ce qu'il nous reste, c'est l'écriture et un accès potentiel au sac à main de Katya.

Ils traversèrent des rues résidentielles aux fenêtres éclairées, derrière lesquelles Robin imaginait des vies saines et heureuses.

— On a affaire à quelqu'un de vraiment mauvais, non ? Pour vouloir mettre ça dans son cercueil.

— Oui, dit Strike plongé dans ses pensées. C'est un individu profondément perturbé.

— Qui pensait qu'Edie l'aimait.

— Ou du moins c'est ce qu'il voulait croire.

— Je peux savoir ce que ça voulait dire, ton commentaire sur le barbelé coupé ?

— Quoi ? Oh… Je parlais du barbelé qui entoure les tranchées ennemies.

— Et dans notre cas, le barbelé, c'est quoi ?

— Tous ces comptes annexes créés par Anomie sur Twitter. Ce connard a eu l'arrogance de penser que personne ne s'intéresserait à ses comptes mineurs, du coup il s'est pas trop foulé avec les noms. Donne-moi une minute et je pourrai t'expliquer à quoi ils se réfèrent, expliqua Strike en reprenant son téléphone. Je sais que j'ai vu le nom de John Baldwin ailleurs que sur Twitter…

À la fois impatiente et anxieuse, Robin se tut en attendant la suite. Elle bifurqua sur Holloway Road, qui les mènerait vers le nord-ouest, en direction de Hampstead et Highgate. Strike était penché sur son portable, sourcils froncés, pianotant par intermittence.

— Je l'ai ! C'était sur Reddit, la « Liste des salopes » et… Merde !

— Quoi ?

— Il a dénoncé la sœur de Marcus Barrett.

— *Quoi* ?

— « Cette menteuse de Darcy Olivia Barrett a proféré de fausses accusations d'agression sexuelle contre son copain. Elle vit au 4b Lancaster Drive, Hoxteth ». Il balance tous ses réseaux sociaux. C'est pour ça que je ne trouvais rien sur elle. Elle a dû les supprimer.

— Strike, explique-moi les noms. Ils révèlent quoi ?

— Pour commencer, Marc Lépine a tiré sur quatorze personnes. Le chiffre préféré d'Anomie est le quatorze. Julius-I-Am-Evola nous dit qu'Anomie est, ou était, à North Grove.

— Tu disais qu'Evola était le genre d'écrivain apprécié par l'extrême droite ?

— Je me suis trompé. Si Anomie est Lepine's Disciple, il est aussi I-Am-Evola. Ensuite on a Max Reger, compositeur allemand du dix-neuvième siècle. J'aurais dû remarquer ça : j'ai vu un livre de partitions de lui sur ce fichu piano.

— Attends…

— John Baldwin, compositeur britannique du seizième siècle ; Zoltán Kodály, compositeur hongrois du début du vingtième siècle. Scaramouche : ça vient de « Bohemian Rhapsody » de Queen. C'est donc quelqu'un qui écoute Queen et les Beatles, peut-être parce qu'il n'a pas de…

La sonnerie du portable de Strike relié en Bluetooth au système de la voiture, résonna dans l'habitacle : c'était Katya. Il décrocha mais n'eut pas le temps de dire « Bonjour » qu'un hurlement suraigu retentit dans le haut-parleur :

— Aidez-nous ! Aidez-nous ! Aidez… !

L'appel fut coupé.

Strike la rappela immédiatement mais personne ne répondit. Robin appuya sur l'accélérateur.

— C'était pas Katya. C'était Flavia. Strike, appelle…

Mais il avait déjà composé le 999.

— Police ! Il y a des cris en provenance du 81 Lisburne Road et il y a un homme avec un couteau… Parce que je le sais !… Cormoran Strike… une famille de quatre…

— Merde. Merde ! C'est de ma faute ! Je lui ai fait peur.

— C'est pas ta faute, répliqua Strike en s'agrippant à son siège tandis que Robin prenait un virage sur les chapeaux de roues.

— Mais si. J'aurais dû m'en rendre compte… Strike, il dessine vraiment très bien.

— Comment tu le sais ?

— Il y a un autoportrait dans les toilettes, à North Grove. Je pensais qu'il avait été réalisé par Katya, mais ensuite j'ai vu un de ses dessins à elle dans la chambre de Josh et Edie et il était nul. Strike, je sais pourquoi il est allé se cacher derrière les arbres après avoir tué Edie. Ryan Murphy m'a dit qu'il y avait un chien incontrôlable sur le Heath cet après-midi-là.

— Et il a peur des chiens.

106

Tu m'ordonnes de me défendre !
Ton danger me donnera une force surhumaine,
Une main de fer et un cœur d'acier,
Pour frapper, blesser, tuer sans rien ressentir.

Mary Elizabeth COLERIDGE,
Affection

— Pas de police ! lança Robin en pilant devant la maison des Upcott.

Elle enleva sa ceinture, se pencha du côté de Strike et, avant qu'il comprenne ce qu'elle faisait, elle ouvrit la boîte à gants pour saisir son passe-partout.

— Tu fais quoi, putain ? s'exclama Strike en attrapant l'arrière de sa veste au moment où elle bondissait à l'extérieur.

— Lâche-moi !

— Tu ne vas pas entrer dans cette baraque, il a une machette, bordel !

— Il y a une fille de douze ans ! LÂCHE-MOI !

Robin sortit le boîtier d'alarme de sa poche, se débarrassa de sa veste et descendit de la voiture. L'alarme glissa de sa main et roula par terre ; elle la ramassa et s'élança en courant vers la maison des Upcott.

— Robin ! ROBIN !

Jurant copieusement, Strike se tourna pour prendre ses béquilles à l'arrière.

— ROBIN !

Une silhouette apparut à la fenêtre éclairée de la maison voisine.

— Appelez la police ! Appelez la police, nom d'un chien ! hurla Strike au voisin.

Il sortit de la BMW, se mettant lentement à la poursuite de Robin avec ses béquilles.

Elle était déjà à la porte des Upcott où elle essayait, mains tremblantes, de trouver une clé qui fonctionne. Les trois premières furent inefficaces et alors qu'elle essayait la quatrième, elle vit la lumière de la chambre de Gus, au rez-de-chaussée, s'éteindre.

À la cinquième tentative, elle parvint à tourner la clé dans la serrure. Sans prêter attention à Strike qui l'appelait, elle poussa la porte.

L'entrée était plongée dans le noir. Une main toujours sur la poignée de la porte, elle tâtonna de l'autre à la recherche de l'interrupteur et appuya. Rien ne se produisit. Elle savait que quelqu'un avait disjoncté le système, sans doute en les entendant crier, mentionner la police, puis accourir vers la maison et enfin tourner les clés dans la serrure.

Elle laissa la porte d'entrée ouverte pour faire pénétrer un peu de lumière. Pouce sur son alarme, elle avança lentement vers l'escalier.

Elle avait gravi quelques marches quand elle entendit le bruit des béquilles de Strike, qui approchait à cloche-pied. Elle se retourna et vit sa silhouette se découper contre la lumière des lampadaires, puis quelque chose bouger dans l'ombre, derrière la porte.

— STRIKE !

Quelqu'un claqua la porte derrière le détective. Robin vit des éclairs bleutés et entendit un bourdonnement. Strike tomba en avant, pris de convulsions. Ses béquilles tombèrent avec fracas et dans la lueur grisâtre qui filtrait par le carreau au-dessus de la porte d'entrée, Robin distingua une machette levée vers le ciel.

Elle sauta de la quatrième marche et atterrit sur le dos de Gus puis passa ses bras autour de son cou ; elle pensait qu'il allait s'effondrer, mais malgré sa minceur il tituba à peine et tenta de se libérer. Elle sentait à pleines narines son odeur d'humidité et de renfermé, puis il trébucha sur la jambe de Strike et ils plongèrent tous les deux en avant. La tête de Gus heurta le mur opposé.

— Je vais te tuer, putain, espèce de salope !

Robin parvint à se relever et comme Gus, toujours à genoux, fendait l'air avec sa machette, elle n'eut pas le choix que de gravir l'escalier à toute vitesse. À ce moment-là, elle se souvint de l'alarme qu'elle tenait toujours fermement à la main, et elle l'activa. Sa sonnerie stridente lui perça les tympans.

— Flavia ? FLAVIA ?

Elle n'entendait rien à cause de l'alarme, mais perçut derrière elle les pas de Gus qui montait les marches quatre à quatre.

— FLAVIA ?

On y voyait plus clair à l'étage : les rideaux étaient ouverts et, par la porte du salon, Robin aperçut une silhouette recroquevillée près de la fenêtre. Pensant uniquement à s'interposer entre la fillette et son frère, Robin s'élança dans cette direction, glissa dans une flaque de sang et, à ce moment-là, vit le fauteuil roulant renversé, caché par le canapé. Puis, sur le corps gisant au sol, les lunettes du mort, toutes de travers.

— Oh ! mon Dieu…

Elle se retourna. Dans sa main, l'alarme hurlait toujours et elle la jeta le plus loin possible. Gus avançait vers elle, haletant, machette levée.

— Je vais te violer avant de te tuer.

— La police est en route.

— C'est pas grave, répliqua-t-il en lâchant un petit rire. Ça va pas durer longtemps, ce sera ma première fois.

Un torse de femme sculpté était posé sur un guéridon, non loin d'elle. Robin se déplaça lentement vers lui.

— Ça te fait mouiller, de penser que je vais te violer ?

Le pied droit de Robin glissa dans une nouvelle flaque de sang. Elle continua vers le guéridon.

— Je sais que les femmes fantasment d'être violées, dit Gus en continuant d'avancer.

D'une main, Robin tâta le marbre.

— Est-ce que ta chatte sent le poisson ?

Lestement, Robin saisit le buste en marbre. Il était tellement lourd qu'elle pouvait à peine le soulever, mais avec l'énergie du désespoir, elle le projeta à travers la fenêtre qui se brisa. Le buste vola et alla s'écraser dans l'allée devant la maison. Si ça ne réveillait pas les voisins, rien ne fonctionnerait.

Gus se jeta sur elle, la fit pivoter, un bras autour de sa gorge, machette dans l'autre main. Robin écrasa violemment son pied nu et ils glissèrent de nouveau dans une flaque de sang. Gus relâchant légèrement son emprise, Robin parvint à lui mordre profondément l'avant-bras. Il lâcha la machette pour lui donner un coup de poing dans la tempe : la tête lui tourna subitement, tout se mit à vaciller, mais la terreur la força à ne pas desserrer les mâchoires. Elle sentait son sang sur sa langue et la sueur animale qu'il dégageait. Gus trébucha sur la machette par terre et, poussant un hurlement de douleur, il glissa de côté et lâcha Robin. Elle lui écrasa de nouveau le pied et réussit à s'enfuir vers la porte.

— Salope !

— Flavia ?! hurla Robin en atteignant le palier.

— Ici ! Je suis ici !

Robin gravit quatre à quatre l'escalier menant au deuxième étage, vit un téléphone par terre mais n'eut pas le temps de le ramasser, Gus à ses trousses. Arrivée en haut, une porte déjà attaquée à coups de machette s'ouvrit et Robin s'engouffra dans la pièce. C'était la salle de bains. Robin tira le verrou quelques secondes avant que Gus se jette sur la porte de tout son poids. Alors que le bois tremblait, Robin aperçut à la faible lueur du ciel, Katya affalée à côté de la baignoire, ses mains ensanglantées appuyées sur son ventre.

— Flavia, aide ta maman, appuie sur sa blessure ! cria Robin en attrapant une serviette pour la jeter à la fille terrifiée.

Elle tâta sa poche pour prendre son téléphone mais se rendit compte qu'il était dans la veste qu'elle avait laissée dans la voiture.

Gus attaquait la porte à coups de machette. Il parvint à faire une entaille et Robin aperçut son visage en furie.

— Je vais te baiser et après je vais te tuer, espèce de salope.

Robin regarda autour d'elle : un lourd pot en cuivre contenant un cactus était posé sur une table de toilette. Elle l'attrapa, prête à lui broyer le visage avec, mais tout à coup il pivota et, avec un soulagement inattendu, Robin entendit des voix d'hommes.

— Du calme, Gus, du calme…

Elle baissa les yeux vers Flavia qui était toute pâle, posa un index sur ses lèvres et, sans bruit, tira le verrou de la porte. Gus lui tournait le dos, faisant face à deux hommes dont le plus grand était en pyjama. Le jeune homme le tenait à distance en frappant l'air de sa machette.

Robin leva le pot en cuivre puis l'asséna violemment sur l'arrière du crâne de Gus. Il tituba, tandis que le cactus et la terre voltigeaient partout, et les deux hommes s'approchèrent de lui. L'un saisit le bras qui tenait la machette et, d'un coup de genou, lui fit lâcher prise, si bien que l'arme tomba au sol. L'autre l'attrapa par le cou, le contraignant à s'allonger face contre terre.

— Appelez une ambulance, dit Robin hors d'haleine. Il a poignardé sa mère…

— On a déjà appelé l'ambulance, répondit l'homme en pyjama agenouillé sur Gus qui se débattait. Il a aussi poignardé un type dans l'entrée.

— Je suis médecin, dit l'autre homme en se précipitant dans la salle de bains.

Mais Robin était déjà en train de dévaler l'escalier en se cognant contre les murs. Dans le salon, le boîtier continuait de hurler, elle fila jusqu'à l'entrée où Strike était adossé à côté de la porte d'entrée ouverte, la main pressée sur le haut de sa poitrine, des traces de sang sur le mur.

— Oh ! mon Dieu, Strike…

— … crois… qu'il m'a perforé… le poumon.

Robin bondit et ouvrit la porte de la chambre de Gus à la recherche d'un linge pour appuyer sur la blessure. La pièce empestait : c'était un lieu où personne n'entrait, où les vêtements sales étaient éparpillés par terre. Elle attrapa un sweat et retourna vers Strike. Elle le pencha légèrement en avant de façon à pouvoir presser la plaie.

— Qu'est-ce qui… s'est passé ?

— Inigo est mort, Katya poignardée, Flavia va bien. Ne parle pas… Tu as laissé entrer ces deux hommes ?

— T'as dit… de pas… parler ?

— Il suffisait de hocher la tête ! répliqua Robin, furieuse.

Elle sentait son sang chaud imbiber le sweat.

— Oh ! Dieu merci.

Des gyrophares bleus appaissaient enfin dans la rue. La police et les ambulanciers accoururent vers la maison d'où l'alarme continuait de hurler et devant laquelle les voisins avaient commencé à se rassembler.

CODA

Le cœur continue à se développer au cours de la vie : il grossit, s'allonge, s'élargit et s'épaissit. Ce développement est plus marqué chez les hommes que chez les femmes.

Henry GRAY,
Membre de l'Académie des sciences,
Gray's Anatomy

107

Ô folie la plus folle d'un cœur
Divisé, ne trouvant de repos ni ici ni là !
Il rêve de paradis mais s'accroche à la terre
Qui, ni ici ni là, ne connaît de vraie joie,
Choisissant à moitié, et passant à côté, de la meilleure partie : –
Ô idiot parmi les idiots, dans ta quête.

Christina ROSSETTI,
Later Life: A Double Sonnet of Sonnets

— Des patches de nicotine, du raisin, des bananes, des noix, des barres à l'avoine, énuméra Robin.

— T'es sérieuse ?

— Tu m'as demandé des trucs sains, répliqua-t-elle en relevant les yeux.

— Ouais, je sais, soupira Strike.

Cinq jours s'étaient écoulés depuis l'arrestation d'Anomie chez ses parents, mais c'était seulement la deuxième visite de Robin à son associé. Lucy, la sœur de Strike, et son oncle Ted, avaient occupé la plus grande partie des heures de visite, et Robin supposait que Madeline devait être venue régulièrement, elle aussi. Robin désirait désespérément parler à Strike, mais sa précédente visite n'avait pas été satisfaisante, parce qu'il était bourré de morphine et à moitié endormi. La culpabilité qu'elle ressentait vis-à-vis de son état n'avait pas été apaisée par l'attitude froide de Lucy qui avait appelé Robin pour lui signaler que son frère voulait la voir aujourd'hui. À l'évidence, Robin n'était pas la seule à s'accuser du sort de son associé. Elle se demanda pourquoi Lucy ou Madeline ne lui avaient pas apporté les courses qu'il lui avait réclamées par texto, mais heureuse de pouvoir lui rendre service, elle n'avait pas posé de question.

— Sans oublier du chocolat noir, parce que je ne suis pas cruelle.

— Ah, je préfère ça. Mais du noir ?

— C'est meilleur pour la santé. Plein d'antioxydants. Moins de sucre. Pat a tenu à te confectionner un cake aux fruits.

— J'ai toujours bien aimé cette femme.

Il regarda Robin poser sur la table de chevet le gâteau en forme de brique emballé de papier alu.

Les quatre hommes soignés dans cette petite unité avaient tous de la visite, cet après-midi-là. Les deux patients âgés qui se remettaient d'une opération bavardaient à voix basse avec leurs familles, excepté le trentenaire en convalescence après une crise cardiaque qui venait de convaincre sa copine d'aller se promener. Strike savait qu'il en profiterait pour fumer une cigarette en douce. L'odeur de tabac qu'il ramenait avec lui à chaque retour de promenade rappelait constamment à Strike cette habitude qu'il avait désormais juré d'abandonner pour toujours. Il avait même, sur un ton moralisateur, déconseillé au jeune homme de fumer après une crise cardiaque. Strike était parfaitement conscient de son hypocrisie, mais sermonner son voisin était le seul plaisir qu'il pouvait se permettre en ce moment.

— Ces deux gourdes contiennent du thé, mais avant que tu me fasses une réflexion sur le goût, je te préviens que j'ai remplacé le sucre par de la stevia.

— C'est quoi ?

— Un édulcorant sans calorie. Et enfin, conclut Robin en sortant ce qui restait dans le sac, ça, c'est de la part de Katya et Flavia.

— Pourquoi est-ce qu'elles me donnent une carte, à moi ? C'est toi qui as tout fait.

La carte représentait un chien tenant des ballons à la main.

— Si tu n'avais pas réussi à ouvrir la porte pour laisser entrer les voisins, répondit-elle en baissant la voix parce que l'épouse d'un des patients passait devant le lit pour aller remplir la carafe d'eau, on serait tous morts.

— Comment elles vont ?

— Katya est dévastée, évidemment. Elle est toujours hospitalisée à l'étage du dessus. Je suis allée la voir hier, c'est à ce moment-là que Flavia m'a donné la carte pour toi. Je ne pense pas que Katya se soit doutée une seule seconde de… la personne qu'était Gus. Ryan Murphy m'a dit que dans sa chambre, ils ont retrouvé des dessins horribles partout. Des femmes poignardées, pendues, torturées… Il avait aussi détruit son violoncelle.

— Ils ont trouvé le téléphone de Blay ? Le dossier ?

Strike était bien plus éveillé que les jours précédents.

— Oui. Tout était caché sous une latte de parquet, avec la lettre originale de Josh à Edie, les masques de latex, tout.

— Ces appels anonymes qu'on avait reçus, ils provenaient de Flavia, non ?

Il avait eu du temps pour réfléchir.

— Bien vu, commenta Robin. En effet, c'était elle. Elle a vu Gus remplacer la lettre de Josh, dans la cuisine, là où Katya avait laissé son sac à main. Il tournait le dos à sa sœur et elle est repartie en catimini si bien qu'il ne s'est rendu compte de rien. C'est Bram qui lui a donné l'idée de l'appli qui modifie les voix. C'est vraiment une gamine futée et observatrice.

— Espérons que sa mère la tienne éloignée d'Internet. La famille n'a pas besoin d'un autre génie criminel.

— Elle veut devenir détective. Elle me l'a dit hier.

— On devrait lui proposer un stage. Pourquoi elle a pas raconté à sa mère ce qu'elle avait vu ? Elle avait peur ?

— Elle ne peut pas le dire ouvertement devant Katya, mais oui, je crois que Gus la terrifiait. À mon avis, Flavia était la seule de la famille à percevoir qui il était vraiment. Tu sais, elle a essayé de nous mettre sur la piste, quand elle a dit : « Vous reviendrez peut-être nous voir » après notre première visite. Elle a vu la tuerie de masse d'Elliot Rodger aux infos, quand Gus était à l'hôpital. J'ai vérifié : c'était le jour où Edie était hospitalisée à la suite de sa tentative de suicide, quand Anomie a disparu du jeu et de Twitter pendant deux jours. C'était l'une des soi-disant preuves des frères Peach pour justifier qu'Edie pouvait être Anomie.

Strike se redressa sur son oreiller en grimaçant.

— Mmm, on aurait apprécié des allusions un peu plus transparentes. Mais la prochaine fois que je te dis : « Que penses-tu de X comme coupable ? », on arrête l'enquête tant qu'on n'a pas éliminé X.

— C'est noté, répondit Robin en souriant.

— Angela Darwsih est passée hier.

Robin se sentit presque vexée que Darwish ait eu le droit de le voir avant sa deuxième visite à elle.

— Elle m'a appris que cette ordure avait bien posé des micros dans la maison. Il a tout acheté sur le dark web. Il entendait tout ce que disaient Josh et Katya, et Edie aussi, avant qu'elle ne cesse de venir chez eux. Mais le truc s'est retourné contre lui parce que la police a pu entendre ce qui s'était passé avant notre arrivée là-bas.

« Apparemment, le Royal College of Music a appelé, cet après-midi-là, pour les avertir que Gus ne s'était pas présenté au cours, qu'il n'avait rendu aucun devoir et qu'en gros il avait menti à ses parents toute l'année au sujet de ses cours particuliers. La fac s'apprêtait à le virer. Inigo a passé une heure à l'engueuler en le rabaissant plus bas que terre, alors Gus est allé dans sa chambre, il a pris sa machette, il est remonté et la lui a plantée dans la poitrine et dans le cou.

Robin était déjà au courant, parce que Murphy le lui avait raconté, mais elle fit mine de le découvrir. Elle avait l'impression que Strike avait besoin de croire qu'il savait des choses qu'elle ignorait.

— Elle m'a dit aussi qu'ils avaient interrogé la famille Barrett, mais je n'en sais pas plus.

— Murphy m'en a parlé, intervint Robin. Darcy était trois années au-dessus de Gus au Royal College of Music, et elle avait pitié de lui parce qu'il était toujours seul, alors un jour elle l'a invité à une fête.

— La pitié des femmes est sacrément dangereuse.

Il était en train de manger un morceau de chocolat. Il aurait préféré un Twix, mais ça valait quand même mieux que les repas de l'hôpital.

— Donc Gus a dit à Katya qu'il sortait avec Darcy. Elle était vraiment contente qu'il ait trouvé une copine, parce qu'il a toujours été « un peu maladroit avec les filles ».

— Sans déconner.

— D'après les Barrett, Gus est arrivé à la fête et a passé la soirée sur son téléphone sans parler à personne, visiblement furieux parce que la jeune femme avait déjà un copain. Gus a dû pirater l'icloud de Marcus ce soir-là. Les Barrett ne l'ont plus jamais invité, parce qu'il a suivi Darcy aux toilettes à deux heures du matin et a essayé de l'embrasser.

— Je commence à comprendre pourquoi il avait besoin de Kosh, commenta Strike.

— Elle a crié et s'est débattue. Son copain et son frère l'ont mis à la porte, mais elle n'a jamais dénoncé l'incident auprès de la fac. Comme j'ai dit, elle avait pitié de lui – exactement comme Rachel avec Zoltan. Zoltan a confié à Rachel que son père était violent, du coup elle lui passait beaucoup de choses… jusqu'à ce qu'il commence à la menacer de viol et de mort.

— Gus évoluait dans un monde totalement illusoire, où toutes les femmes qui sont polies veulent coucher avec lui.

— Exactement. D'après Katya, Edie était gentille avec Gus quand elle venait chez eux. Quand Inigo a forcé ses enfants à aller à North Grove, Edie a encouragé Gus et lui a dit qu'elle aussi avait été très introvertie quand elle était ado. Je crois pas qu'ils aient eu plus de contacts que ça, mais il s'est fait tout un film dans sa tête. Ensuite, Edie a critiqué le jeu publiquement et ça l'a fait vriller.

— Et son urticaire, c'est bien réel ?

— Oui, mais quand la police a fouillé sa chambre, elle a trouvé plein d'aliments qu'il n'est pas censé manger parce que ça lui déclenchait des crises. Il ne voulait pas retourner à la fac, il voulait juste rester dans sa chambre et être Anomie. J'ai repensé aussi à la Règle 14. Tout cet anonymat. Je ne pense pas que c'est seulement parce que Anomie et Morehouse avaient peur que leur entourage découvre ce qu'ils faisaient. Gus ne pouvait pas supporter l'idée de créer un jeu où des joueurs auraient pu flirter. Il voulait tout contrôler et forcer les joueurs à l'abstinence…, tout en essayant désespérément de draguer des filles sur Twitter avec la méthode de Kosh.

— Tu sais, dit Strike qui avait eu le temps de réfléchir, tout ça aurait pu être évité si les gens avaient simplement ouvert les yeux. Inigo et Katya qui ne cherchaient pas à savoir ce que fabriquait leur fils dans sa chambre. Et Grant Ledwell… s'il avait comparé l'écriture de l'enveloppe avec celle de la lettre, s'il avait montré ça à la police au lieu d'en déduire que Blay ne cherchait que le profit, ce qui était totalement erroné, alors Vikas Bhardwaj serait peut-être encore vivant.

— « C'est ma sœur », répéta Robin. D'après ce que m'a appris Murphy, je crois que les parents de Vikas n'avaient rien à voir avec Inigo, ils n'ont pas l'air de tyrans. Ils ont été étonnés d'apprendre que Vikas avait cocréé le jeu. Ils pensaient qu'il ne s'intéressait qu'à la science.

— Tous les adolescents cachent quelque chose à leurs parents. C'est juste dommage que certains choisissent le meurtre.

— Mais ça explique le lien initial entre Gus et Vikas, non ? S'ils étaient tous les deux aussi précoces, chacun dans sa discipline, ils devaient subir une grosse pression. Et aucun des deux ne savait s'y prendre avec les filles… On peut comprendre comment ils sont devenus amis. Je te pose la carte quelque part ?

Sa table de chevet était déjà tellement encombrée de cartes fabriquées par ses neveux, et d'autres achetées par Lucy et Ted, qu'en voulant ajouter celle de Flavia, elle en fit tomber une autre par terre.

En se baissant pour la ramasser, elle aperçut un long message signé Madeline.

— Mets-la à la poubelle, lui dit Strike. On s'est séparés.

— Oh, depuis que tu es hospitalisé ?

— Non, il y a deux semaines. Ça marchait pas.

— Ah. Une rupture à l'amiable ?

— Pas vraiment.

Il mangea deux carrés de chocolat avant d'ajouter :

— Elle m'a donné des coups de pied.

Robin ne put s'empêcher d'éclater de rire. Strike s'y mit aussi, mais s'arrêta à cause d'une vive douleur à la poitrine.

— Oh, merde, ça va ? lui demanda Robin en le voyant grimacer.

— Ça va. Et toi ?

— Moi oui. Je me suis pas fait poignarder. Je vais très bien.

— Vraiment ? insista Strike en l'observant de près.

— Oui, répondit Robin qui savait pertinemment ce que signifiait ce regard perçant. Vraiment. Le plus douloureux, c'est l'hématome à la tempe, là où il m'a frappée. Je peux pas dormir de ce côté-là.

Elle ne voulait pas lui parler de ses insomnies ou de ses cauchemars, mais comme il continuait de l'observer, elle ajouta :

— Écoute, c'était horrible, je vais pas prétendre le contraire. Voir Inigo mort, même si c'était pas aussi horrible que la découverte de Vikas… mais ça s'est passé très vite. Je savais que la police était en route et que si Gus essayait de me violer au moins il laisserait Flavia et Katya tranquilles.

Puis en essayant de réprimer le rire hystérique qui la tenait depuis quelques jours, elle lança :

— Il tenait vraiment à violer une femme en vie et non morte, donc ça a joué en ma faveur !

— C'est pas drôle.

— Je sais. Je voulais pas que tu sois blessé. Je suis désolée, vraiment. J'ai eu tellement peur pour toi…

— C'est pas ta faute. J'avais le choix. J'étais pas obligé de te suivre…

Il prit une profonde inspiration, dans la mesure où le lui permettait son poumon blessé, puis se força à dire quelque chose qu'il aurait préféré garder pour lui :

— Tu as sauvé la vie de Katya et de Flavia en entrant dans la maison. Les micros ont tout enregistré. Ce connard était en train de casser la porte de la salle de bains quand il t'a entendue trifouiller la serrure de l'entrée. Il a disjoncté et s'est caché derrière la porte.

Et si tu n'avais pas balancé ce truc en marbre par la fenêtre, les voisins ne seraient pas venus à la rescousse, donc… je peux pas dire que je regrette ce que tu as fait.

— Mais si tu étais mort, je ne me le serais jamais pardonné. Jamais.

Elle essuya furtivement une larme.

— Ah, ne t'y mets pas, toi aussi. J'ai eu ma dose avec Lucy. Je croyais que si on rendait visite aux gens dans les hôpitaux, c'était pour leur apporter un peu de gaieté. Elle, elle a passé son temps à pleurer comme une Madeleine.

— Faut pas lui en vouloir. Tu as failli mourir.

— Mais je suis pas mort ! Elle ferait mieux d'apprendre quelques blagues si elle veut continuer à me voir.

— Elle revient ce soir ?

— Non. Ce soir, c'est Prudence.

— Ah bon ? La sœur que tu n'as jamais vue ? La psy ?

— Ouais. Je peux plus trop lui dire que j'ai pas le temps, maintenant.

— Je te fais confiance, tu aurais bien trouvé une autre excuse si tu n'avais pas voulu la voir, répliqua-t-elle en souriant.

— Oui, peut-être, admit Strike. Mais rends-moi service : si Lucy téléphone au bureau, ne mentionne pas la visite de Prudence.

— Pourquoi ?

— Ça ne lui ferait pas plaisir.

Elle songea brièvement à lui conseiller d'arrêter de mentir aux femmes qui peuplaient sa vie, mais rejeta immédiatement cette idée, parce que ses résolutions d'arrêter de fumer, de perdre du poids et de se mettre au sport étaient déjà suffisantes.

— Comment ça va, à l'agence ?

— Bien, ne t'en fais pas. On a pris deux clients qui étaient sur la liste d'attente, des histoires d'adultère, sans complication. Mais il s'est passé un truc amusant ce matin. Nutley a appelé. Maintenant que Le Halvening a été arrêté, il serait heureux de revenir.

— Tiens donc ?

— Barclay s'est occupé de lui. Il a pris le téléphone des mains de Pat et a balancé, mot pour mot : « Va te faire foutre, espèce de fumier sans couilles. »

Strike éclata de rire, puis s'interrompit en grimaçant.

— Est-ce qu'ils ont posé le carreau de la porte d'entrée ?

— Oui.

— Et ?

— Et quoi ?

— Tu l'as regardé ?

— Regardé quoi ? Le carreau ? Pas vraiment. Je n'ai pas été beaucoup au bureau, mais Pat n'a fait aucun commentaire donc j'imagine que tout va bien. Pourquoi ?

— Passe-moi mon téléphone. Bon sang, vous êtes quatre dans le bureau et vous n'avez rien vu ?

Robin lui tendit son téléphone, sans comprendre. Strike ouvrit ses photos et trouva celle que le vitrier lui avait envoyée à sa demande.

— Tiens, regarde.

Elle vit la porte du bureau, avec son carreau fumé qu'elle avait découvert pour la première fois cinq ans plus tôt, quand on l'avait envoyée là comme secrétaire intérimaire. Elle avait découvert que cette agence faisait le job de ses rêves, un job qu'elle pensait avoir raté pour toujours. Cinq années plus tôt, le carreau indiquait : « C.B. STRIKE, DÉTECTIVE PRIVÉ ». À présent, on y lisait : « AGENCE DE DÉTECTIVES STRIKE AND ELLACOTT ».

Sans prévenir, les larmes qu'elle ravalait depuis des jours roulèrent sur ses joues, et elle se cacha les yeux derrière sa main.

— Bon sang, grommela Strike en regardant les autres visiteurs qui jetaient un coup d'œil à Robin. Je pensais que ça te ferait plaisir.

— Oui… oui ça me fait plaisir. Mais je suis prise au dépourvu.

— Prise au dépourvu ? Ça fait cinq jours que tu passes devant !

— Je viens de te dire que non ! J'étais en surveillance…

Elle tendit la main vers la boîte de mouchoirs sur la table de chevet de Strike et, ce faisant, fit tomber la moitié des cartes disposées là. Après s'être mouchée, elle dit :

— Merci. Je peux juste… merci.

Elle n'osait pas le prendre dans ses bras, de peur de lui faire mal, donc au lieu de ça elle lui serra la main.

— De rien.

Finalement, il était content qu'elle n'ait rien remarqué, parce qu'il pouvait assister en personne à sa réaction.

— On peut dire qu'il était grand temps. Tu devrais aussi demander à Pat de nous commander de nouvelles cartes.

— Fin des visites ! lança une infirmière par la porte.

— Des projets sympas pour ce soir ? s'enquit Strike.

Robin fut brièvement saisie d'un doute. Elle envisagea de mentir mais se ravisa : elle ne pouvait pas faire ce qu'elle reprochait exactement à Strike.

— Eh ben en fait… j'ai un rendez-vous.

La barbe de Strike dissimula un peu sa surprise, mais pas totalement. Robin avait préféré ne pas le regarder et se baisser pour ramasser les cartes.

— Avec qui ? Pas Pez Pierce ?

— *Pez Pierce* ? répéta Robin en levant les yeux. Tu crois que j'accepterais un rendez-vous avec un ancien suspect ?

— Alors c'est Adam Labrosse ?

— Non, bien sûr que non ! Non… c'est Ryan Murphy.

— Ryan… le type de la Criminelle ?

— Oui.

Strike resta silencieux quelques secondes, parce qu'il essayait de digérer cette information.

— C'est arrivé quand ?

— Il m'a proposé d'aller boire un verre il y a quelque temps, mais je ne pouvais pas parce que je travaillais. Maintenant j'ai du temps, j'ai un week-end de libre.

— Ah. O.K.

Strike avait du mal à trouver quoi dire.

— Il a l'air sympa.

— Oui, je crois. Bon, je reviendrai te voir quand tu veux, si tu…

— Oui, avec plaisir. J'espère sortir bientôt.

Robin sourit, se leva, et sortit en lui adressant un petit signe depuis le seuil.

Strike garda les yeux braqués dans sa direction, jusqu'à ce que son jeune voisin revienne à son lit. Le détective ne lui fit aucun commentaire sur la forte odeur de Marlboro qu'il transportait avec lui, parce qu'il voyait soudain très clair dans son propre cœur. Le sentiment qu'il essayait de voiler depuis des années, sans le nommer, avait surgi du recoin obscur où il tentait de le cacher. Strike le savait, il était désormais inutile de nier son existence.

Coincé sur son lit d'hôpital, il ne pouvait pas suivre Robin ni la rappeler pour lui dire qu'il était temps de parler de cet épisode devant le Ritz.

« Ce n'est qu'un rendez-vous », songea Strike. Il était tout à coup submergé par l'envie de fumer. « Ça peut mal se passer. »

Sous les effets de l'alcool, Murphy pouvait très bien raconter une blague raciste. Il pouvait prendre Robin de haut parce qu'elle n'avait aucune formation dans le domaine. Il pouvait même essayer de la forcer à coucher avec lui. Strike n'aimait pas du tout cette idée.

Il prit la gourde qu'elle avait préparée et se servit une tasse de thé. Il était bien noir, comme il l'aimait, et cela lui fit encore un peu plus mal. Il le but sans trop prêter attention au goût et sans pouvoir dire si la stevia différait du sucre.

Cormoran Strike venait de prendre un coup au cœur, que la machette avait manqué, mais cette blessure-là risquait de le faire souffrir bien longtemps après qu'on lui aurait retiré ses tubes et ses perfusions.

Le pire, c'est qu'il savait que cette situation douloureuse aurait pu être évitée si, comme il l'avait dit tout récemment, il avait simplement ouvert les yeux.

REMERCIEMENTS

Mes remerciements les plus sincères à :

David Shelley, éditeur incomparable, pour sa sagesse, son empathie et son extraordinaire talent.

Mon ami Neil Blair, qui ne ressemble en rien à aucun des agents présents dans la série.

Mark Hutchinson, Rebecca Salt et Nick Stonehill pour leur présence si constante qu'une page entière ne suffirait pas à les remercier. Toutes mes excuses à Nicky parce que Rebecca, Mark et moi lui avons révélé la fin un jour au dîner.

Di Brooks, Simon Brown, Danny Cameron, Angela Milne, Ross Milne, Fiendyl Shapcott et Kaisa Tiensuu, parce que sans vous, je ne pourrais pas continuer d'écrire.

Sofia, pour avoir généreusement répondu à mes questions sur le monde de l'animation.

Decca, génie de l'informatique, qui a sauvé mon livre et ma santé mentale. Si seulement je pouvais te cloner, et pas seulement pour tes compétences en informatique.

David et Kenzie, qui m'ont accompagnée au cimetière de Highgate sous une pluie battante le jour de mon anniversaire, et ont fait semblant d'avoir envie d'être là.

Neil, pour son inépuisable thé, sa patience, sa gentillesse, ses conseils et, comme toujours, son soutien indéfectible. #NotAllBeards

Cet ouvrage a été imprimé par
Normandie Roto Impression s.a.s. à Lonrai
pour le compte des Éditions Grasset
en avril 2024

Mise en pages
PCA 44400 Rezé

PAPIER CERTIFIÉ

Grasset s'engage pour
l'environnement en réduisant
l'empreinte carbone de ses livres.
Celle de cet exemplaire est de :
2 kg éq. CO_2
Rendez-vous sur
www.grasset-durable.fr

N° d'édition : 23173 – N° d'impression : 2401170
Dépôt légal : mai 2024
Imprimé en France